U0052847

嚴文儒 注譯

新譯

閱微草堂筆記

（上）

三民書局

圖二　紀曉嵐的雕像

圖一　紀曉嵐像

紀昀，字曉嵐，一字春帆，為清乾隆朝著名的文學大臣。

圖三　紀曉嵐的故居

位於北京珠市口西大街 241 號，1986 年被列為宣武區文物保護單位。

圖五　紀曉嵐故居的匾額
為紀曉嵐六世孫、大陸畫家紀清遠所書。

圖四　紀念館內的陳設

圖六　晉陽飯莊
紀曉嵐去世後，故居幾經轉賣，1959 年在舊址成立晉陽飯莊。然而，數年後，飯莊因擴建需要而必須拆毀原建築，在許多人士多方努力下，市政府終於決定保留原址，並成立紀曉嵐故居紀念館。

刊印古籍今注新譯叢書緣起

劉振強

人類歷史發展，每至偏執一端，往而不返的關頭，總有一股新興的反本運動繼起，要求回顧過往的源頭，從中汲取新生的創造力量。孔子所謂的述而不作，溫故知新，以及西方文藝復興所強調的再生精神，都體現了創造源頭這股日新不竭的力量。古典之所以重要，古籍之所以不可不讀，正在這層尋本與啟示的意義上。處於現代世界而倡言讀古書，並不是迷信傳統，更不是故步自封；而是當我們愈懂得聆聽來自根源的聲音，我們就愈懂得如何向歷史追問，也就愈能夠清醒正對當世的苦厄。要擴大心量，冥契古今心靈，會通宇宙精神，不能不由學會讀古書這一層根本的工夫做起。

基於這樣的想法，本局自草創以來，即懷著注譯傳統重要典籍的理想，由第一部的四書做起，希望藉由文字障礙的掃除，幫助有心的讀者，打開禁錮於古老話語中的豐沛寶藏。我們工作的原則是「兼取諸家，直注明解」。一方面熔鑄眾說，擇善而從；一方面也力求明白可喻，達到學術普及化的要求。叢書自陸續出刊以來，頗受各界的喜愛，使我們得到很大的鼓勵，也有信心繼續推廣這項工作。隨著海峽兩岸的交流，我們注譯的成員，也由臺灣各大學的教授，擴及大陸各有專長的學者。陣容的充實，使我們有更多的資源，整理更多樣化的古籍。兼採經、史、子、集四部的要典，重拾對通才器識的重視，將是我們進一步工作的目標。

古籍的注譯，固然是一件繁難的工作，但其實也只是整個工作的開端而已，最後的完成與意義的賦予，全賴讀者的閱讀與自得自證。我們期望這項工作能有助於為世界文化的未來匯流，注入一股源頭活水；也希望各界博雅君子不吝指正，讓我們的步伐能夠更堅穩地走下去。

新譯閱微草堂筆記　目次

卷二 灤陽消夏錄二

卷三　灤陽消夏錄三

卷四 灤陽消夏錄四

卷六　灤陽消夏錄六

卷七 如是我聞一

卷八　如是我聞二

中冊

卷九　如是我聞三

卷十　如是我聞四

卷十一　槐西雜志一

卷十二 槐西雜志二

卷十三 槐西雜志三

卷十四　槐西雜志四

下冊

卷十五 姑妄聽之一

卷十六　姑妄聽之二

卷十七　姑妄聽之三

卷十八　姑妄聽之四

卷十九　灤陽續錄一

卷二十　灤陽續錄二

卷二十一 灤陽續錄三

卷二十二 灤陽續錄四

卷二十三　灤陽續錄五

卷二十四　灤陽續錄六

附　錄

導讀

《閱微草堂筆記》二十四卷，分為〈灤陽消夏錄〉六卷、〈如是我聞〉四卷、〈槐西雜志〉四卷、〈姑妄聽之〉四卷、〈灤陽續錄〉六卷等五種，由清人紀昀自乾隆五十四年（一七八九年）至嘉慶三年（一七九八年）陸續寫成，並分別刊刻行世。因諸板漫漶，嘉慶五年（一八〇〇年）八月，門人盛時彥得到紀昀同意，合五書為一編，各存其原來編次，精校細刊，並經紀昀檢視一過，刊刻行世，稱《閱微草堂筆記五種》。

紀昀（一七二四—一八〇五年），字曉嵐，一字春帆，號孤石老人。在《閱微草堂筆記》中自署「觀弈道人」，直隸獻縣（今屬河北）人。紀昀自幼喜歡讀書，才思敏捷，八歲應童子試，十一歲隨父親來到京城，十六歲返鄉。二十四歲應順天鄉試，中舉人第一名。三十一歲登進士第，入翰林院。三年散館授編修。乾隆二十四年，紀昀以翰林院編修出任山西鄉試正考官。乾隆二十八年，升任侍讀，提督福建學政。乾隆三十三年，吏部推薦其任貴州都勻知府，被乾隆帝留在京城，任詹事府左春坊左庶子，加四品銜。旋因洩漏消息給行將受到查處的姻親兩淮鹽運使盧見曾而獲罪，被奪職發往烏魯木齊軍中效力。在新疆期間，他考察邊疆的山川地貌，了解當地的風土人情，寫下了著名的〈烏魯木齊雜詩〉，並積累了大量的素材，為日後的《閱微草堂筆記》寫作作了準備。三年後遇赦返京。乾隆三十八年（一七七三年），即從他四十九歲起擔任《四庫全書》總纂官，「始終其事，十有餘年」，纂定《四庫全書總目》、《四庫全書簡明目錄》，可說是傾注了他畢生的精力。晚年在公務之餘，「晝長無事，追錄見聞」，陸續撰成《閱微草堂筆記》。紀昀累官至禮部尚書、協辦大學士加太子少保、管國子監事。嘉慶十年（一八〇五年）二月十四日，卒於任上，年八十二，謚「文達」。

紀昀學識淵博，貫澈儒籍，詩文經後人輯為《紀文達公遺集》行世。一生著述以《四庫全書總目》及《閱微草堂筆記》為著名。《四庫全書總目》，其重要性自不待言說，但我們看到的是一個學術的紀昀，一個學理的紀昀：冷靜而嚴謹，博學而通達。而通過《閱微草堂筆記》，我們看到的是一個世俗的紀昀，一個與常人無異的紀昀：有情感，有血肉。從這個角度而言，《閱微草堂筆記》中反映的紀昀更加真實，更加可信，我們似乎觸目可見，觸手可及。同時，作者駕馭文字的能力極高，《閱微草堂筆記》文字質樸淡雅、亦莊亦諧，令人讀來不忍釋手。故而當時就享有盛譽，深為人們喜愛，廣為流傳。作者自言：「曩撰《灤陽消夏錄》，屬草未定，遽為書肆所竊刊。」其門人盛時彥也說：「以前三書，甫經脫稿，即為抄胥私寫去。」《閱微草堂筆記》後世屢有翻刻，被譽為堪與蒲松齡《聊齋志異》比肩的清代筆記小說集。

《閱微草堂筆記》的撰寫，歷來有種種說法。其中一說就是紀昀寫筆記是為影射某某人某某事，故而研究者就是要找到其影射之人或影射之事。這類似《紅樓夢》研究中的索隱一派。然而，筆者以為紀昀並無如此狹仄。紀昀說自己：「性耽孤寂，而不能自閒。卷軸筆硯，自束髮至今，無數十日相離也。三十以前，講考證之學，所坐之處，典籍環繞如獺祭。三十以後，以文章與天下相馳驟，抽黃對白，恆徹夜構思。五十以後，領修祕籍，復折而講考證。今老矣。無復當年之意興，惟時拈紙墨，追錄舊聞，姑以消遣歲月而已。」據此，我們可以體會一位老人晚年撰寫《閱微草堂筆記》時的心情，是其「追錄見聞」，「消遣歲月」的遣興之作。當然，紀昀的用意並不僅僅在此。中國文人始終以天下為己任，即北宋范仲淹所謂的「居廟堂之上則憂其民，處江湖之遠則憂其君」，紀昀也不能例外。他自己說撰寫筆記是希望「有益於勸懲」，「大旨期不乖於風教」，這也是紀昀樂此不疲的原因之一。當然，《閱微草堂筆記》中涉及人物甚多，「所見異詞、所聞異詞、所傳聞異詞」，亦或有之。故而紀昀一再說明自己撰寫此書，只是希望「不失忠厚之意，稍存勸戒之旨」，「不顛倒是非，不懷挾恩怨、不描摹才子佳人、不繪畫橫陳，不見擯於君子」。「若懷挾恩怨，顛倒是非，如魏泰、陳善之所為，則自信無是矣」。可見，在作者當時，對此書已經有種種議論。針對當時文人中已有的這種指責，迫使紀昀不得不再三表白。我們也可以看作是對二百年後學界所謂影射說的一種否定。

《閱微草堂筆記》五種，全書近一千二百則，紀昀雜記在京師、河北、福建、新疆等地的所見所聞、所思所想，內容廣博，涉及社會生活的各個方面，也多有涉及學術思想各層面。作品大多假託才鬼靈狐、花妖木魅作言，以說明一定的哲理，諷諭性很強；也有關於官場世態、風土人情等社會生活的記述；還有一些考辨文字和對物理藥性的闡釋及山川地理、物產異聞等的記載，內容包羅宏富。

如紀昀對理學的批評，在《閱微草堂筆記》中隨處可見。他反對理學的崇尚空談，不關心民間疾苦。如卷四〈某公挨磚〉則（標題為筆者所加，下文同）：武邑某公與戚友賞花佛寺經閣前。某公以道學自任，盛談《西銘》萬物一體之理，滿座拱聽，不覺入夜。忽閣上厲聲叱曰：「時方饑疫，百姓頗有死亡。汝為鄉宦，既不思早倡義舉，施粥捨藥；即應趁此良夜，閉戶安眠，尚不失為自了漢。乃虛談高論，在此講民胞物與。不知講至天明，還可作飯餐、可作藥服否？且擊汝一磚，聽汝再講邪不勝正。」忽一城磚飛下，聲若霹靂，杯盤几案俱碎。某公倉皇出走，曰：「不信程朱之學，此妖之所以為妖歟！」徐步太息而去。某公挨此一磚，可看作是作者對崇尚空談的理學家的迎頭痛擊。同時，紀昀還指出後世迂儒只知先儒的隻言片語，不知變通，一遇到實際問題就茫然不知所措，造成許多悲劇。等而下之的理學徒更是些滿口的仁義道德，一肚子的男盜女娼、幹盡壞事的無恥之徒。卷四〈巧發奸謀〉則，說有兩塾師都以道學自任。一天，相邀會講，在門生前「辯論性天，剖析理欲，嚴詞正色，如對聖賢」。忽然微風颯然，吹片紙落階下，生徒們拾起觀看，原來是這兩個塾師謀奪一寡婦田，往來密商的信札。作者的如此揭露，可謂入木三分。正因為作者對那些口是心非的理學徒的鄙視，故而，紀昀在《閱微草堂筆記》中用「講學家」這樣一個稱呼來貶視那些信奉理學之徒。

紀昀還正面評判了漢學與宋學之短長，卷一〈漢學與宋學〉則，紀昀指出「夫漢儒以訓詁專門，宋儒以義理相尚。似漢學粗而宋學精，然不明訓詁，義理何自而知。概用詆排，視猶土苴，未免既成大輅，追斥椎輪；得濟迷川，遽焚寶筏」。這是因為「漢儒重師傳，淵源有自。宋儒尚心悟，研索易深。漢儒或執舊文，過於信傳。宋儒或憑臆斷，勇於改經。計其得失，亦復相當。惟漢儒之學，非讀書稽古，不能下一語。宋儒之學，則人人皆可空談」。兩宋理學的興起，使宋代諸儒一反漢學傳統，不再尋章摘句，皓首窮經，而是講求性命之學，推究義理，遂使儒學發展進入一個新高潮。元明兩朝，因為得到歷代皇帝的推崇和支持，程朱理學遂成為社會的主流思潮，也成為諸多儒生賴以進身的階梯。這些人並非真的篤信程朱性命之學，而是以此為幌子，一味空談，以謀取自己的進身之階。明王朝的覆滅，人們從思想上去追索原因，都認為空談誤國，遂有顧炎武經世致用思想的提出。降至乾隆年間，學術界復興漢學已成潮流，《四庫全書總目》的撰寫，使紀昀成為這一學派的領軍人物。這一學派被後世稱作乾嘉學派，成為漢學在清代復興的標誌。此章可以看作是紀昀對漢學、宋學作了一番比較和評判，頗有灼見，是研究紀昀學術思想的重要史料。可見，紀昀並非一味推崇漢學而貶低宋學，而是較為公允地評判了漢學與宋學的長短。

魏晉以來筆記小說中最常見的題材就是談狐說鬼、搜奇志怪，《閱微草堂筆記》繼承了這一傳統，在書中有大量的此類故事。紀昀相信世上有鬼神，並從理性上接受有鬼論，批駁無鬼說。紀昀在書中一再宣揚的因果報應，就是建立在「世上有鬼神」這一前提上的。紀昀認為只有人們相信世上有鬼神存在，才能自覺接受因果報應說，才能發揮勸善懲惡的教化作用，才能挽回日趨衰敗的世風民俗。故而紀昀在書中不厭其煩地大說特說命運果報、地獄輪迴。今人讀來，可能會感到迂腐迷信。然而一位老人的拳拳勸善之心，讀者當能體會。當然，紀昀畢竟不同於一般的愚夫愚婦，不是一味地癡迷鬼神，而是一位有眼光、有見識的學者，在《閱微草堂筆記》中對鬼不無調侃，如文章中描寫了糊塗之鬼、騙吃騙喝之鬼、得過且過之鬼、欺軟怕硬之鬼、強作面目嚇人之鬼、隱居避世之鬼等等，使人覺得鬼世界如同人世界，人們只要一身正氣，無愧於天地，鬼又能奈我何？紀昀對神也是時有批評、戲謔，如《閱微草堂筆記》卷二十四〈城隍和稀泥〉則中批評「有事不如化無事，大事不如化小事」的城隍是「聰明而不正直」之神，城隍的所謂聰明，「毋乃亦通蔽各半」。紀昀進而指出「妖由心起，魔由心生」，「或一切幻象由心而造，未可知也」，甚而提出「鬼神茫昧，究不知其如何」，對鬼神世界提出強烈的質疑。當然，這只是紀昀理性思維的閃光，不必評價過高，因為這些並不能說明紀昀已經拋棄有鬼神論。

狐仙故事是《閱微草堂筆記》中的重要內容。儘管紀昀筆下的狐仙尚不如蒲松齡筆下的狐仙那樣討人喜歡，然而有些故事中的狐仙聰明正直，能夠明辨是非、勸善懲惡等等，還是給人留下深刻印象。紀昀筆下的狐女雖然很多是以媚惑凡人面目出現的，但也不乏與人相愛，追求愛情，甘於獻身的狐女。這些狐女聰慧嫻雅，感情熾烈，雖然她們的愛情往往短暫，結局淒涼，但作者給予了她們無比的愛憐、惋惜和同情。而作者對於那些假裝鬼神狐仙的騙子，卻給予了無情的揭露和辛辣的嘲諷。如卷四〈女巫郝媪〉則，女巫郝媪自言狐神附體，言人休咎。凡人家細務，一一周知。故信之者甚眾。實則「布散徒黨，結交婢媼，代為刺探隱事，以售其欺」。真相被揭穿後，郝媪只能「狼狽遁去，莫知所終」了。

紀昀雖身居高位，但心繫天下，《閱微草堂筆記》中有不少篇章直接反映民生疾苦。如卷二〈菜人〉則，記載明末崇禎末年，直隸、山東等五省發生大旱災，民不聊生，在《閱微草堂筆記》中也有所記載：饑民們在吃光了草根樹皮以後，乃至「以人為糧，官吏弗能禁，婦女幼孩，反接鬻於市，謂之菜人」，並具體描寫了「屠者買去，如刲羊豕」的慘不忍睹的場面。卷八也有類似記載，這些記載不是一般的「小說家言」，而是可以與相關的歷史記載相印證，反映了當時的社會危機和人民塗炭，是當時歷史的真實寫照，足以補充正史記載之不足。

紀昀久在官場，對官場中的明爭暗鬥、爾虞我詐、排擠傾軋等醜惡現象多有了解，就所見所聞筆之成書，痛加貶斥，並一再表示對官場醜惡現象的厭惡。紀昀藉一個隱居深山岩洞之鬼說出「雖淒風苦雨，蕭索難堪，較諸宦海風波、世途機阱，則如生忉利天矣」的無窮感歎。對那些假借官員之威，肆意橫行、盤剝百姓的衙吏僕奴也作了揭露和譴責，指出「最為民害」的除了官員，就是官員身邊及與官員有關係的四種人：「吏、役、官之親屬、官之僕隸」，他們「無官之責，有官之權」，「依草附木，怙勢作威，足使人敲髓灑膏，吞聲泣血」。如卷二十四〈司閽之爭〉則，一個京官外放為地方縣令，其僕人視作成為「天上人」，而僕人自己則是一步「登仙」，為了爭奪「司閽」職位，引來四個僕人拼死相爭而用盡心計，其目的還是為了榨取錢財。類似揭露在《閱微草堂筆記》中並不罕見。

紀昀雖然批評理學，卻對理學家提倡的「餓死事小，失節事大」的觀點極為贊同，並在《閱微草堂筆記》中加以宣揚和提倡，如卷十九〈婢女柳青〉則，講述了婢女柳青在未婚夫出逃沒有音信時，被迫與主人同居。未婚夫回來與柳青成婚後，柳青堅決拒絕主人的非分要求，寧願窮苦一生的故事。作者身為士大夫中的上層分子，自然不能理解柳青的操守和辛酸，竟然驚詫莫名地說她「不貞不淫，亦貞亦淫」。這反映了紀昀思想中的封建愚昧的一面和他所處時代的局限，今人不必苛求。然而，紀昀對生活在社會底層的婦女的悲慘命運還是深懷同情，表現了一位大儒的仁慈和關愛。如卷十八〈狐狸辯冤〉則，講述一戶官宦人家丟失金釧，嚴刑拷打無辜小女奴。住在這戶人家的狐狸精難以忍受這種無辜拷打，挺身為小女奴辯冤的故事。作者在文章中對小女奴寄託了深切的同情。類似故事還有一些，在此不再枚舉。

在《閱微草堂筆記》中有不少關於考據的文字。如卷十二〈楊令公祠〉則，辯證楊令公（北宋楊業）祠應在古北口內。卷三〈一隻繡花鞋〉則，證明中原與西域交往由來已久。至於考證大宛、烏孫等西域各國不產方竹杖、芸香草等物，考定《西遊記》不是邱處機所作等等，對於學術研究都具有一定的參考價值。作者在烏魯木齊三年的謫戍生涯，使他對西域的山川地理、風土人情、礦藏物產都有一定的了解，在《閱微草堂筆記》中不乏記載。雖說其中不少是作者得於傳聞，但奇聞軼事，讀來還是頗有趣味的。如卷十九〈刑天與山海經〉則，記述有人曾在漠北見過「刑天」模樣的人的故事，並因而質疑朱熹所謂依附〈天問〉而成《山海經》的觀點。今人知道像「刑天」這樣有身體沒有腦袋的人，世界上是不可能存在的。當然我們不必拘泥於這點上。作者撰寫此則的目的之一，在於辯駁朱熹關於《山海經》依據屈原〈天問〉而作的觀點。如今學術界一般認為《山經》成書不遲於戰國，《海經》有不少篇目雜有秦漢時期地名，當有秦漢時期的內容摻入。而屈原〈天問〉是戰國時期作品，《山海經》是否完全依據〈天問〉成書，看來還不能下如此的結論，姑且留待學問家們再作探討。

《閱微草堂筆記》包羅宏富，內容繁雜，上下古今，無所不有，可以說是傳統社會的一部百科全書。各色人等都可以在書中找到自己想要的內容。故而自其問世以來，坊間爭相刊刻，社會廣為傳閱。但批評者也大有人在，認為其宣揚因果報應，封建說教太多。而褒揚者更是不遺餘力，稱其可與《紅樓夢》、《聊齋志異》媲美。以筆者所見，《閱微草堂筆記》中雖有些許瑕疵，但瑕不掩瑜，它確實是我國古典文學作品中難得的一部佳作，是一顆可以傳世永遠的明珠。

紀昀門人盛時彥於嘉慶五年所印的《閱微草堂筆記五種》初刻本今已難以得見，而道光以後坊間刻本甚多，卻往往隨意刪削，訛舛頻頻，殊失紀昀原意，這是書商牟利慣技。二十世紀八十年代以來各地出版了一些影印本、點校本、譯注本、選注本等，如上海古籍出版社於一九八〇年出版了汪賢度點校本、天津古籍書店於一九八〇年影印了文明書局石印本、河北人民出版社於一九八一年出版了孟昭晉等人的選注本、海峽文藝出版社一九八五年出版李漢秋、朱一清選注本。一九八九年，農村讀物出版社出版了施亮如譯的《白話閱微草堂筆記》，一九九四年，中國華僑出版社出版了北原等人注譯的《閱微草堂筆記》；次年，上海古籍出版社又出版了邵海清等人的白話本《閱微草堂筆記》，遂使《閱微草堂筆記》的出版形成一個小小高潮。但系統地集點校、注釋、今譯、研析於一體的注譯本則尚未得見。

本書以清道光十五年刊本為底本，校以進步書局石印本、會文堂書局詳注本等。對於原文中的一些明顯誤字，徑行改正，不再一一出校。原文並無標題，現為每段擬定標題以方便讀者。筆者在工作中努力做到注釋簡明扼要而不煩瑣，今譯忠實原著而不妄改，研析直抒胸臆而不隱諱，力求為讀者奉獻一部較好的注譯研析本。在點校注譯工作中，參考了近年來出版的各種注釋本、今譯本，得到不少幫助，在此一併致謝。由於注譯者水平有限，如有不到之處，懇請批評指正。

嚴文儒　謹識

卷一　灤陽消夏錄一

乾隆己酉❶夏，以編排祕籍❷，於役灤陽❸。時校理久竟，特督視官吏題籤庋架❹而已。晝長無事，追錄見聞，憶及即書，都無體例。小說稗官，知無關於著述；街談巷議，或有益於勸懲。聊付抄胥❺存之，名曰〈灤陽消夏錄〉云爾。

【章旨】 此段作者簡要交代了撰寫此書的目的和經過。

【注釋】 ❶乾隆己酉　即乾隆五十四年，西元一七八九年。乾隆，清高宗愛新覺羅弘曆的年號。❷祕籍　此處指難以得見的書籍。因當時編修《四庫全書》，官府向全國廣泛徵集書籍，故紀昀能見到許多珍稀書籍。❸灤陽　河北承德的別稱。因在灤河之北，故名。清廷在承德建有行宮，每年夏天，清帝都會前去避暑。❹庋架　書架。❺抄胥　在官署中專事抄寫的小吏。

【語譯】 乾隆己酉年的夏天，我因為編排整理平時難以得見的祕籍，在灤陽工作。當時校勘整理書籍時間很久，工作已經完成，只是監督查看官吏所寫的書架題籤而已。晝長無事可做，追錄見聞，凡記憶所及就書寫下來，寫下的文章都沒有體例。這些只是小說稗官之言，知道其無關於著述立言；而街談巷議，或許有益於勸勉民風習俗。聊付官署中專事抄寫的小吏抄寫保存，書名叫做〈灤陽消夏錄〉。

長生豬

胡御史牧亭❶言：其里有人畜一豬，見鄰叟輒瞋目狂吼，奔突欲噬，見他人則否。鄰叟初甚怒之，欲買而啖其肉；既而憬然❷省曰：「此殆佛經所謂夙冤❸耶！世無不可解之冤。」乃以善價贖得，送佛寺為長生豬❹。後再見之，弭耳呢就❺，非復曩態❻矣。嘗見孫重畫〈伏虎應真〉❼，有巴西李衍❽題曰：「至人騎猛虎，馭之猶騏驥❾。豈伊本馴良，道力消其鷙。乃知天地間，有情皆可契。共保金石心，無為多畏忌。」可為此事作解也。

【章旨】此章講述了一個以仁慈之心化解前世冤仇的故事。

【注釋】❶胡御史牧亭　即胡紹鼎。字雨方，號牧亭，清湖北孝感人。官至御史。❷憬然　覺悟；省悟。❸夙冤　指前世結下的冤仇。❹長生豬　即給豬放生，使其不遭屠宰。❺弭耳呢就　指俯首貼耳馴順的樣子。弭，順服。❻曩態　以往的態度。曩，以往；從前。❼伏虎應真　即伏虎羅漢，十八羅漢之一。為佛的上足弟子。應真，佛教語，羅漢的意譯。意謂得真道的人。❽巴西李衍　川東曰巴，川西曰蜀。此處指李衍的家鄉隆慶（今四川劍閣）。李衍，字文盛，明景泰年間進士。官至戶部尚書。在職能體恤民情，興修水利，受到百姓愛戴。後告老歸鄉。❾騏驥　良馬。

【語譯】御史胡牧亭說：他鄉里有人養了一頭豬，這頭豬只要一見到鄰居家的老頭，就瞪起眼睛狂叫，奔跑著衝上去追著咬他，見到別人就不會這樣。起初，老頭對此情景非常惱火，打算把這頭豬買下來宰了吃；後來，他忽然省悟過來，說道：「這大概就是佛經上所說的前世冤仇吧！世界上沒有不可解的冤仇。」於是，他就以高價從鄰居手裡把這頭豬買下來，送到寺廟裡作為長生豬供養。此後，這頭豬再見到老頭，便親熱地跑過來俯首貼耳地靠近他，再也沒有從前那副凶惡的樣子了。我曾經見過孫重畫的一幅〈伏虎應真〉，有巴西李衍的題詩，詩道：「高人騎著猛虎，如同駕馭千里馬。哪裡是猛虎本性馴服善良，而是法力消除了牠的暴鷙之性。於是才知道在天地之間，只要有情就能投合。共同保護這純真的金石之心吧，不要有過多的忌諱和畏懼。」這首詩可以作為胡御史所講故事的注解了。

【研析】佛家講究因果，前世冤業，後世總有報應。然而，是冤冤相報，還是以仁慈寬大之心化解冤仇，這又體現了胸懷的狹窄與寬廣了。其實，與人與事何嘗不是如此，只要大家都能以仁慈寬大之心真誠相待，友愛之情日長，紛爭之心自然日消。

狐語

滄州❶劉士玉孝廉❷，有書室為狐所居，白晝與人對語，擲瓦石擊人，但不睹其形耳。知州平原❸董思任，良吏也，聞其事，自往驅之。方盛陳人妖異路之理，忽簷際朗言曰：「公為官頗愛民，亦不取錢，故我不敢擊公。然公愛民乃好名，不取錢乃畏後患耳，故我亦不避公。公休矣，毋多言取困。」董狼狽而歸，咄咄❹不怡者數日。劉一僕婦甚粗蠢，獨不畏狐，狐亦不擊之。或於對語時舉以問狐，狐曰：「彼雖下役，乃真孝婦也。鬼神見之猶斂避，況我曹乎！」劉乃令僕婦居此室，狐是日即去。

【章旨】此章講述了為人真誠，就能得到神鬼尊重的故事。

【注釋】❶滄州　今河北滄州。❷孝廉　明清時對舉人的稱呼。❸平原　今山東平原。❹咄咄　表示感歎和失意。

【語譯】滄州有位舉人名叫劉士玉，他家的書房被狐仙占據了。這狐仙大白天公然和人對話，而且拋磚擲瓦地打人，但就是看不見他的蹤影。當時，山東平原人董思任為滄州知州，是一位好官。董思任聽說這件事後，就親自前往劉家驅逐狐仙。正當他在劉家大談人與妖路數不同的宏論時，狐仙忽然在房簷間大聲答話，說：「您為官很愛護老百姓，也不貪圖錢財，所以我不敢襲擾您。不過，您愛護老百姓，只是圖自己落個好名聲；您不貪圖錢財，是怕有後患，因此，我也就不躲避您。我看您就算了吧，不要再多說什麼了，以免自找不痛快！」董思任被狐仙擊中要害，無言以對，狼狽逃回府中，好幾天心裡都不快活。劉士玉家裡有位僕婦生性粗俗樸實，唯獨她不怕狐仙，狐仙也不襲擾她。有人在與狐仙對話時問起這件事，狐仙回答說：「她雖然是個低賤的僕婦，卻是一個真正孝順的女人。鬼神見了這樣的人尚且要斂跡退避，何況是我輩呢！」於是，劉士玉就叫這位僕婦住在這間書房裡，狐仙當天就離去了。

【研析】在狐仙眼裡，無論你是身居高位的知州，還是身分低下的僕婦，只要是真心為善，就會受到尊敬；而以偽善來掩飾私心，則不免受到鄙視。狐仙之見雖說尚有可議之處，但也說出了一個道理：真誠是為人的基本準則。

黑煙學究

愛堂先生❶言：聞有老學究夜行，忽遇其亡友。學究素剛直，亦不怖畏，問：「君何往？」曰：「吾為冥吏❷，至南村有所勾攝❸，適同路耳。」因並行，至一破屋，鬼曰：「此文士廬也。」問何以知之。曰：「凡人白晝營營，性靈汩沒。惟睡時一念不生，元神❹朗澈，胸中所讀之書，字字皆吐光芒，自百竅而出，其狀縹緲繽紛，爛如錦繡。學如鄭、孔❺，文如屈、宋、班、馬❻者，上燭霄漢，與星月爭輝。次者數丈，次者數尺，以漸而差，極下者亦熒熒如一燈，照映戶牖❼；人不能見，惟鬼神見之耳。此室上光芒高七八尺，以是而知。」學究問：「我讀書一生，睡中光芒當幾許？」鬼囁嚅❽良久曰：「昨過君塾，君方晝寢。見君胸中高頭講章❾一部，墨卷❿五六百篇，經文⓫七八十篇，策略⓬三四十篇，字字化為黑煙，籠罩屋上。諸生誦讀之聲，如在濃雲密霧中。實未見光芒，不敢妄語。」學究怒叱之，鬼大笑而去。

【章旨】此章講述了一個學究胸中只有科舉八股文而遭鬼譏笑的故事，表達了作者對科舉制度的嘲諷。

【注釋】❶愛堂先生　即關福章。字東培，號愛堂，清錢塘（今浙江杭州）人。❷冥吏　傳統習俗認為陰間也有官府，冥吏則為陰間官府的小吏。❸勾攝　即勾魂攝魄。傳統習俗認為人的魂魄一旦被勾攝而去，此人即死。❹元神　道家所稱人的靈魂。也指人的元氣精神。❺鄭孔　指鄭玄和孔安國。鄭玄，東漢經學家，字康成，北海高密（今屬山東）人。其潛心著述，聚徒講學，為漢代經學的集大成者，史稱鄭學。孔安國，西漢經學家，孔子後裔。司馬遷曾從安國問故。以治《尚書》為漢武帝博士。官至諫大夫、臨淮太守。一說「孔」指孔穎達，唐代經學家。歷任國子博士、祭酒等職。奉唐太宗命，主編《五經正義》。❻屈宋班馬　指屈原、宋玉、班固、司馬遷。屈原，名平，字原，戰國楚人。曾官三閭大夫。因主張舉賢授能，東聯齊國，西抗強秦，遭讒去職，後被放逐，投汨羅江而死。他是我國歷史上著名的大詩人，著有〈離騷〉、〈九章〉等。宋玉，戰國楚人，後於屈原，一說為屈原的學生，亦是著名辭賦家。著有〈九辯〉、〈招魂〉等。班固，字孟堅，東漢扶風安陵（今陝西咸陽東北）人。歷時二十餘年，修成《漢書》。後因罪被殺，唯〈天文志〉及八表散亂，由其妹班昭和馬續奉命續修完成。司馬遷，字子長，西漢夏陽（今陝西韓城）人。早年遊跡遍及南北，後繼其父任太史令。因替投降匈奴的李陵辯護，得罪下獄，受腐刑。出獄後任中書令，遂發憤完成所著史籍。人稱其書為《太史公書》，後稱《史記》。司馬遷與班固均是我國歷史上著名的史學家、文學家。❼戶牖　門窗。❽囁嚅　吞吞吐吐的樣子。❾高頭講章　經書正文上端留有較寬空白，刊印講解文字，稱為高頭講章。❿墨卷　科舉制度中試卷名目之一。明清兩代，鄉試和會試場內試卷，應試的人用墨筆繕寫，稱為墨卷。為防考官認識字跡，營私舞弊，將墨卷彌封糊名，付謄錄人用朱筆謄寫，然後送考官批閱，稱為朱卷。此指中式的試卷，八股選家將其選出彙刻成卷，以供考生效法。⓫經文　或即指經義，科舉考試所用文體之一。以儒家經典中文句為題，應試者作文闡明其中義理。始於宋代，明清時形成一種固定的八股文體。⓬策略　古代皇帝選拔人才，有策問一說。即皇帝提出有關經義或政事等問題，以簡策難問，徵求對答，謂之策問。對答者因其意圖而闡發議論者曰「射策」，針對問題而陳述政事者曰「對策」。起源於漢代，後世科舉考試也多採用之。清代科舉，鄉試會試殿試三場，要考經史策問五道，士子掇拾陳言，編彙成卷，以備抄襲，遂稱為策略。

【語譯】愛堂先生說：聽說有位老學究走夜路，忽然碰見了他已經死去的老朋友。這位老學究素來秉性剛直，也不害怕，他問鬼說：「你要到哪兒去？」鬼回答說：「我是陰間的官吏，到南村去辦勾魂的差事，剛巧與你同路。」於是，這位老學究就和鬼一起走。到了一間破屋，鬼便指著那間破屋說：「這是讀書人居住的屋子！」老學究問鬼是怎麼知道的，鬼說：「大凡人們白天都忙忙碌碌，就把人的性靈淹沒了。到了夜晚睡著時，一切私心雜念全然不生，人的元氣精神清朗明澈，他胸中所讀過的書，每個字都發出光芒。這些光芒從人的百竅散發出來，形狀縹緲繽紛，燦爛如斑斕錦繡。學問博大精深如鄭玄、孔安國，文采絢麗如屈原、宋玉、班固、司馬遷等人，光芒萬丈直上雲霄，與星辰明月爭輝。學問稍次於以上數人者，那光芒也有幾丈高；再次的也有幾尺，最低的像一盞熒熒的燈火，映照門窗。這一切人都是看不見的，只有我們鬼神才能看到。這間屋子上的光芒有七、八尺高，因此知道這裡住的是讀書人。」老學究問道：「我讀書讀了一輩子了，睡眠時光芒有多高呢？」鬼吞吞吐吐了半天才說：「昨天，我曾路過您教書的地方，您剛巧在大白天睡覺。我看到您胸中有厚厚的解釋經義的文章一部，選刻取中的試卷五、六百篇，經文七、八十篇，策文三、四十篇，這些文章字字都化成黑煙籠罩在您的書房之上。您的學生們誦讀詩書的聲音，就像混雜於濃雲密霧之中。我實在沒有看見有什麼光芒在您房頂上出現，不敢亂說。」老學究聽了怒聲責斥，鬼大笑著走了。

【研析】文章有高下之分。在紀昀看來，科舉之經義八股，不值一提，即使胸中裝了數百篇此類文章，也不過是混混沌沌的一片黑霧，根本不能與屈原、宋玉、班固、司馬遷等人的光芒萬丈相比。看來，此鬼與蒲松齡《聊齋志異》中〈司文郎〉篇所提到的瞽叟以鼻嗅來判定文章高下的做法有異曲同工之妙。

鬼詩

東光❶李又聃先生，嘗至宛平相國廢園中，見廊下有詩二首，其一曰：「颯颯西風吹破欞❷，蕭蕭秋草滿空庭。月光穿漏飛簷角，照見莓苔❸半壁青。」其二曰：「耿耿❹疏星幾點明，銀河時有片雲行。憑闌❺坐聽譙樓❻鼓，數到連敲第五聲。」墨痕慘淡，殆不類人書。

【章旨】此章記錄了兩首淒涼感人的小詩，亦可見作者的情懷。

【注釋】❶東光　縣名。在河北東南部、南運河東岸，鄰接山東。❷櫺　本指窗戶上的格子，此處代指窗戶。❸莓苔　指苔蘚。❹耿耿　微明的樣子。❺闌　欄杆。❻譙樓　古時建築在城門上用以瞭望的樓。

【語譯】東光李又聃先生，曾經到過宛平相國的廢園中。李先生在廢園的遊廊間發現了兩首題詩。其中一首寫道：「颯颯的西風從破窗櫺裡吹來，蕭蕭的秋草長滿了空曠的庭院。月光穿過飛簷角上的破洞，照見半壁牆角的青苔。」另一首寫道：「疏散的星星散發出幾點微弱的光亮，天上的銀河不時有片片雲朵飄過。憑坐在欄杆邊聽著譙樓敲響的鼓聲，一直數到連敲第五聲。」這兩首題詩墨跡斑駁，情調悲哀慘淡，幾乎不像是人所題寫的。

【研析】淒涼的廢園引起慘淡的情懷。昔時王謝堂前燕，飛入尋常百姓家。滄海桑田，人事變遷，令人感慨無限。

詩扇

董曲江先生，名元度，平原❶人。乾隆壬申❷進士，入翰林❸。散館❹改知縣。又改教授，移疾歸。少年夢人贈一扇，上有三絕句曰：「曹公❺飲馬天池日，文采西園感故知。至竟心情終不改，月明花影上旌旗。」「尺五城南並馬來，垂楊一例赤鱗❻開。黃金屈戌雕胡錦❼，不信陳王❽八斗才。」「簫鼓冬冬畫燭樓❾，是誰親按〈小涼州〉❿？春風豆蔻⓫知多少，併作秋江一段愁。」語多難解，後亦卒無徵驗，莫明其故。

【章旨】此章記述夢中所見三絕句，詩意難解，純為記異。

【注釋】❶平原　今山東平原。❷乾隆壬申　即乾隆十七年，西元一七五二年。❸翰林　官名。唐玄宗初置，為文學侍從之官。明清則以翰林院為儲才之地。在科舉考試中選拔一部分人入院為翰林官，稱為點翰林。❹散館　清時翰林院設庶常館，新進士朝考得庶吉士資格者入館學習，三年期滿考試成績優秀者留館，授以編修、檢討之職。其餘分配各部為官，或出為州縣官，稱為散館。❺曹公　即曹操。字孟德，小名阿瞞，東漢末年譙（今安徽亳州）人。因鎮壓漢末黃巾起義發跡，迎漢獻帝都許（今河南許昌），遂挾天子以令諸侯，逐漸消滅割據勢力，統一中國北方地區。因曹操位至三公，人皆號曹公。其死後，子曹丕稱帝，追尊為武帝。❻赤鱗　指鱗片赤色的魚。南朝宋劉義慶《世說新語・規箴》：「東望香爐峰，北眺九江，傳聞有石井為湖，中有赤鱗湧出。」❼胡錦　不詳。或指胡人所織的錦緞。❽陳王　即曹植。曹操第三子，曹丕弟。善詩文，曾七步成詩。因封陳王，故稱。❾燭樓　或指點著蠟炬的樓臺。❿小涼州　或指〈涼州詞〉，樂府「近代曲」名。原是涼州一帶的歌曲。唐代詩人多用此調作歌詞，描寫西北方的塞上風光和戰爭情景。⓫豆蔻　本為植物名，多年生常綠草本，可入藥。後用作喻未婚少女，稱其年少而美。

【語譯】董曲江先生，名元度，山東平原人。他是乾隆壬申年進士，入翰林院授庶吉士，經考試選拔後做了知縣，後來又改任府學教授。不久，他稱病辭官，歸還鄉里。他年輕的時候，曾經做過一個夢，夢見有人贈送他一把扇子。那扇子上題有絕句三首，第一首寫道：「曹公飲馬天池的日子，文采西園感念故知。直至最後心情終究不改，月明花影映上旌旗。」第二首寫道：「尺五城南並馬奔馳而來，倒垂楊柳一例赤鱗開。黃金屈戍如同雕鑿胡錦，不相信陳王曹植具有八斗高才。」第三首寫道：「簫鼓冬冬響起在畫燭樓上，是誰在親自彈奏〈小涼州〉？春風豆蔻知道多少，一起併作秋江的一段愁緒。」這三首絕句語言艱澀難懂；這夢，最終也沒出現驗證，實在無法明白其中的緣故。

【研析】紀昀是清代著名的大學問家，也是著名詩人。此處所錄的三首絕句，連紀昀也稱其語言艱澀難懂，更何況今人了。

眾鬼論詩

平定❶王孝廉執信❷，嘗隨父宦榆林❸。夜宿野寺經閣下，聞閣上有人絮語，似是論詩。竊訝此間少文士，那得有此？因諦聽之，終不甚了了。後語聲漸出閣廊下，乃稍分明。其一曰：「唐彥謙❹詩格不高，然『禾麻地廢生邊氣，草木春寒起戰聲』，故是佳句。」其一曰：「僕嘗有句云：『陰磧❺日光連雪白，風天沙氣入雲黃。』非親至關外❻，不睹此景。」其一又曰：「僕亦有一聯云：『山沉邊氣無情碧，河帶寒聲亙古秋。』自謂頗肖邊城日暮之狀。」相與吟賞者久之。寺鐘忽動，乃寂無聲。天曉起視，則扃鑰❼塵封。「山沉邊氣」一聯，後於任總鎮❽遺稿見之。總鎮名舉，出師金川❾時，百戰陣歿者也。「陰磧」一聯，終不知為誰語。即其精靈長在，得與任公同遊，亦決非常鬼矣。

【章旨】此段記述了清人所作邊塞詩的片斷，抒發了遠征邊塞的豪情。

【注釋】❶平定　今山西平定。❷王孝廉執信　即舉人王執信。孝廉為明清時對舉人的稱呼。❸榆林　今陝西榆林。❹唐彥謙　字茂業，號鹿門先生，唐代詩人。曾官州刺史。❺陰磧　指陽光稀少的沙漠戈壁地區。❻關外　此處指玉門關外。❼扃鑰　指門窗和鎖。❽任總鎮　即任舉。清大同（今山西大同）人。雍正武進士。赴金川軍營，升任總兵，後陣亡。❾金川　有大小金川，均在四川西北地區。大金川為大渡河上游，小金川發源於四川懋功，南流注入大金川。大小金川地區為羌族聚居地。乾隆年間羌人叛亂，清發兵鎮壓，於乾隆三十九年討平。

【語譯】山西平定舉人王執信，曾跟隨其父親到陝西榆林去做官。路上住宿在荒野寺廟的藏經閣下，聽到閣上有人輕聲說話，像是在談論詩句。王氏父子二人暗中驚訝這荒郊野外之地少有讀書人，怎麼會有人論詩呢？因此仔細聽了半晌，卻始終沒有聽清楚他們在談論些什麼。後來談話聲漸漸出閣來到廊簷下，才稍稍能聽清楚些談話內容。其中一位說：「唐彥謙的詩格調不高，然而他那『種植禾麻的土地廢棄了便產生邊地的氣氛，草木叢中在春天的寒風裡響起了隆隆的戰鼓之聲』之句，可以算得上是佳句了。」另一位說：「我也曾有兩句詩：『陰暗的沙漠戈壁地區的陽光連著積雪一樣的白色，颳風天大風把砂子捲入雲層是一樣的黃色。』如果不是親自到玉門關外，就看不到這番景色。」前一位又說：「我也曾有楹聯一副，道是：『高山積沉邊境的氣氛呈現著無情的碧綠，黃河帶來寒冷的聲響表示著永遠的秋天。』自認為很像邊城太陽落山時的景色。」幾人互相吟詩賞玩了很長一段時間。寺廟裡的鐘聲忽然敲響，藏經閣上就寂然無聲了。天亮後，王氏父子起身觀察，發現藏經閣上門窗和鎖布滿了灰塵。「山沉邊氣無情碧」一聯，後來在任總鎮的遺稿中發現。任總鎮名舉，就是隨軍出征金川時，身經百戰而陣亡的那人。至於「陰磧日光連雪白」一詩，則始終不知道是誰寫的了。假若這些精靈長期存在，能與任總兵這樣的功臣有交遊，也一定不是平常的鬼了。

【研析】唐人邊塞詩享譽日久，歷代傳誦不已。清人邊塞詩則少有聽聞，這與康熙、雍正、乾隆數朝對邊塞的經營不符。紀昀摘抄數句以饗讀者，讀來頗能感受邊塞的金戈鐵馬、秋風寒意。

無賴呂四

滄州❶城南上河涯，有無賴呂四，凶橫無所不為，人畏如狼虎。一日薄暮，與諸惡少❷村外納涼。忽隱隱聞雷聲，風雨且至。遙見似一少婦，避入河干❸古廟中。呂語諸惡少曰：「彼可淫也。」時已入夜，陰雲黯黑❹。呂突入，掩其口。眾共褫衣沓嬲❺。俄電光穿牖❻，見狀貌似是其妻，急釋手問之，果不謬。呂大恚❼，欲提妻擲河中，妻大號曰：「汝欲淫人，致人淫我，天理昭然，汝尚欲殺我耶？」呂語塞，急覓衣褲，已隨風吹入河流矣。旁皇❽無計，乃自負裸婦歸。雲散月明，滿村譁笑，爭前問狀。呂無可置對，竟自投於河。蓋其妻歸寧❾，約一月方歸。不虞母家遘回祿❿，無屋可棲，乃先期返。呂不知，而遘此難。後妻夢呂來曰：「我業⓫重，當永墮泥犁⓬。緣生前事母尚盡孝，冥官⓭檢籍，得受蛇身，今往生矣。汝後夫不久至，善事新姑嫜；陰律⓮不孝罪至重，毋自蹈冥司湯鑊⓯也。」至妻再醮⓰日，屋角有赤練蛇垂首下視，意似眷眷。妻憶前夢，方舉首問之，俄聞門外鼓樂聲，蛇於屋上跳擲數四，奮然去。

【章旨】此章記述了一個無賴作孽而自遭報應的故事。

【注釋】❶滄州　今河北滄州。❷惡少　不良少年。❸河干　河邊。❹黯黑　暗黑。❺褫衣沓嬲　指剝衣輪姦。❻牖　窗戶。❼恚　惱怒。❽旁皇　也作「彷徨」。徘徊；游移不定。❾歸寧　指已出嫁的女子回娘家探親。❿遘回祿　遭遇火災。⓫業　佛教名詞。梵文 Karman 的意譯。指身、口、意三方面的活動，稱為「三業」。業分為善、不善、非善非不善三種。佛教認為業發生後不會消除，它將引起善惡等報應。這是佛教「善惡因果」說的依據。⓬泥犁　佛教名詞。梵文 Niraya 的音譯。意為地獄。在此界中，一切皆無，為十界中最惡劣的境界。⓭冥官　傳說中陰間地府之官。⓮陰律　傳說中陰間地府的法律。⓯湯鑊　指油鍋。⓰再醮　再婚。

【語譯】滄州城南衛河畔上河涯有個無賴呂四，凶狠橫暴，什麼壞事都敢幹，人們怕他如同畏懼虎狼。一天傍晚時分，呂四和幾個流氓惡少在村外乘涼。這時忽然隱隱聽到雷聲，一場暴風雨即將來臨。呂四等人遠遠地看到好像有一位少婦跑進河邊的一座古廟中避雨。呂四對流氓惡少們說：「那個少婦可以姦淫。」當時已經入夜，天上陰雲黑暗。呂四等人闖入古廟中，堵住了那少婦的嘴。眾人一起七手八腳把少婦的衣服剝光，並輪番姦淫。這時閃電穿窗而進，藉著電光一閃，呂四發現那少婦似乎是自己的妻子，急忙罷手問少婦，果然不錯，是自己的妻子。呂四大怒，拉起被人糟蹋的妻子就想扔到河裡去，呂四妻子大哭著說：「你想姦淫別人之妻，結果使人姦淫了我！這是上天對你的報應啊！你難道還要殺我嗎？」呂四無話可說，急忙尋找妻子的衣褲，但衣服早已被風吹入河裡沖走了。呂四彷徨沮喪而沒有辦法，只好背著裸體的妻子回家。這時候，雲散月明，全村人見了無不譁然失笑，爭相上前問是發生了什麼事。呂四對別人的詢問無以置答，後來竟然自己投河自盡。原來呂四的妻子本來是回娘家去了，約好一個月後才回來。不幸她娘家遭受火災，沒有屋子可以棲身，只好提前返回。但呂四不知這些情況，因而才遭受這場噩運。後來，呂四妻子夢見呂四對她說：「我生前罪孽深重，本該永遠打入地獄。但因為侍奉母親尚能恪盡孝道，陰間地府官員翻檢簿籍，才讓我轉為蛇身。我要轉世託生了。你的後夫不久就要來了，你要好好侍奉新公婆，陰曹地府的法律中不孝的罪很重，不要自己跳入陰曹地府的油鍋啊！」到了呂四妻子改嫁的那一天，屋角處有一條赤練蛇垂頭下望，久久不肯離去。呂四妻子回想起前些日子的夢來，剛抬起頭想問個明白，忽然聽到門外的鼓樂聲，那赤練蛇在屋樑上跳躍翻騰三四次，然後奮然爬走了。

【研析】古人言：「自作孽，不可活。」呂四作惡多端，最終既害了妻子，又葬送了自己的性命。可謂是天網恢恢，疏而不漏。但，呂四尚存羞恥之心，只要羞恥之心尚存，就還有一線希望。紀昀記敘此段故事，無非是勸人向善。

狐緣

獻縣❶周氏僕周虎，為狐所媚，二十餘年如伉儷❷。嘗語僕曰：「吾煉形❸已四百餘年，過去生中，於汝有業緣❹當補，一日不滿，即一日不得生天。緣盡，吾當去耳。」一日，囅然❺自喜，又泫然自悲，語虎曰：「月之十九日，吾緣盡當別。已為君相一婦，可聘定之。」因出白金❻付虎，俾備禮。自是狎昵燕婉❼，逾於平日，恆形影不離。至十五日，忽晨起告別。虎怪其先期，狐泣曰：「業緣一日不可減，亦一日不可增，惟遲早則隨所遇耳。吾留此三日緣，為再一相會地也。」越數年，果再至，歡洽三日而後去。臨行嗚咽曰：「從此終天訣矣！」陳德音先生曰：「此狐善留其有餘，惜福者當如是。」劉季箴則曰：「三日後終須一別，何必暫留？此狐煉形四百年，尚未到懸崖撒手地位，臨事者不當如是。」

余謂二公之言，各明一義，各有當也。

【章旨】此章講述了狐仙與凡人的情戀故事。

【注釋】❶獻縣　即今河北獻縣。❷伉儷　夫妻；配偶。❸煉形　道教稱異類修煉成人形的過程。❹業緣　佛教名詞。業，梵文Karman的意譯，指身、口、意三方面的活動。佛教認為業發生後不會消除，它將引起善惡等報應。是佛教善惡因果說的依據。緣，即指緣分。❺驩然　喜悅的樣子。❻白金　指白銀。❼狎暱燕婉　纏綿親熱。

【語譯】獻縣周姓人家有個僕人名叫周虎，被狐仙所迷惑。二十多年來，他們就像夫妻一樣過著和諧美滿的生活。狐仙曾經對周虎說：「我修煉人形已經有四百多年了。在前世的生活中，我和你有注定的緣分應當補償，一天不補滿，我就一天不能升天。等緣分一盡，我就要離開你了。」有一天，狐仙一會兒高興喜悅，一會兒又傷心流淚，對周虎說：「這個月的十九日，我們倆的緣分就盡了，應當分別。我已經給你相中了一個女子，你可以去下聘禮，把婚事定下來。」狐仙於是取出白銀交給周虎，讓他去準備聘禮。此後的日子裡，狐仙和周虎的感情更勝於往常，更加纏綿親熱，兩人常常形影不離。到了十五日，狐仙早晨起來突然說要與周虎告別。周虎責怪她把分別日期提前了。狐仙流著淚說：「前世注定的緣分一天都不可以減少，也一天都不可以增加。唯獨緣分了結的時間早晚，可以隨個人的心願罷了。我留下我們兩人這三天的緣分，是為了日後能有再次相見的機會！」過了幾年，狐仙果然再次來到周虎面前，兩人歡聚了三天，狐仙告辭而去。臨行之際，狐仙泣不成聲地說：「從此以後，我和你就永別了！」陳德音先生說：「這位狐仙善於留有自己緣分的餘地，對於珍惜幸福的人來講，是應當這麼做的。」劉季箴先生卻說：「三天之後終究還是一別，又何必暫留下這三天呢？這位狐仙雖然修煉了四百多年，但她依然眷戀兒女私情，還是做不到懸崖撒手、斷然了斷的地步。為人處事，不應當如此纏綿寡斷。」我認為兩位先生說的話，各自說明了一方面的道理，可以說是各有其獨到之處。

【研析】人世間，見異思遷者有之，攀龍附鳳者有之；當然，也有一往情深者，也有患難與共者等等。紀昀此處講述了一個狐仙與人的真實愛情故事，不難看出，紀昀對此是深懷同情的。人與狐尚且如此，人與人則不更應互相珍惜，攜手偕老。

李公遇仙

獻縣令明晟，應山❶人。嘗欲申雪一冤獄，而慮上官❷不允，疑惑未決。儒學門斗❸有王半仙者，與一狐友，言小休咎❹多有驗，遣往問之。狐正色曰：「明公為民父母，但當論其冤不冤，不當問其允不允。獨不記制府❺李公❻之言乎？」門斗返報，明為悚然❼。因言制府李公未達時，嘗同一道士渡江。適有與舟子❽爭詬者，道士太息❾曰：「命在須臾，尚較計數文錢耶！」俄其人為帆腳❿所掃，墮江死。李公心異之。中流風作，舟欲覆。道士禹步⓫誦咒，風止得濟。李公再拜謝更生⓬。道士曰：「適墮江者，命也，吾不能救。公貴人也，遇厄得濟，亦命也，吾不能不救，何謝焉！」李公又拜曰：「領師此訓，吾終身安命矣。」道士曰：「是不盡然。一身之窮達⓭，當安命，不安命則奔競排軋⓮，無所不至。不知李林甫⓯、秦檜⓰，即不傾陷善類⓱，亦作宰相，徒自增罪案耳。至國計民生之利害，則不可言命。天地之生才，朝廷之設官，所以補救氣數⓲也。身握事權⓳，束手而委命，天地何必生此才，朝廷何必設此官乎？晨門⓴曰：『是知其不可而為之。』諸葛武侯㉑曰：『鞠躬盡瘁，死而後已。成敗利鈍，非所逆睹。』此聖賢立命之學，公其識之。」李公謹受教，拜問姓名。道士曰：「言之恐公駭！」下舟行數十步，翳然㉒滅跡。昔在會城㉓，李公曾話是事，不識此狐何以得知也。

【章旨】此段記敘了清雍正朝名臣李衛領悟為官之道的一段軼事。

【注釋】❶應山　今湖北應山。❷上官　上司。❸門斗　清代學官中看門及看管糧倉的公役。因清代學官給就讀的生員提供飲食，設有糧倉。故合門子、斗子之名而稱門斗。參見徐珂《清稗類鈔．胥役類》。❹休咎　吉凶。❺制府　清代對總督的稱呼。❻李公　即李衛。清江蘇銅山人。康熙末年捐資為員外郎。雍正時得到寵信，官至直隸總督。❼悚然　恐懼的樣子。❽舟子　船夫。❾太息　歎息。❿帆腳　船帆下部。一說指船帆下部的左右兩邊。⓫禹步　巫師道士作法時的一種步法。相傳大禹治水傷了腳，因而跛行。巫師多仿效禹步，故稱。⓬更生　再生。⓭窮達　困窮和顯達。⓮奔競排軋　到處鑽營活動，互相排擠傾軋。⓯李林甫　唐代奸相。在職十九年，把握大權，敗壞政事。對人表面友好，而暗中陷害，人稱口蜜腹劍。主張重用番人為將，使安祿山等掌握重兵。死後不久便發生安史之亂。⓰秦檜　南宋奸相。江寧（今江蘇南京）人。徽宗政和進士。北宋滅亡時被虜到北方，遂投降金人，後被遣回。南宋高宗紹興年間兩任宰相，前後執政十九年，主張投降，得高宗信任。殺抗金名將岳飛，驅逐張浚、趙鼎等主戰派人物。主持和議，決定向金稱臣納幣的政策，為人民所痛恨。⓱善類　善人；好人。⓲氣數　指命運。⓳事權　指職權。⓴晨門　早晨看城門人。孔子弟子子路宿於石門，看城門的人問他：「您從哪兒來？」子路說：「從孔子那兒來。」看門人就問：「是那位明知道做不到卻偏要去做的老先生吧！」事見《論語．憲問》。㉑諸葛武侯　即諸葛亮。字孔明，琅琊陽都（今山東沂南）人。三國蜀漢政治家、軍事家。任蜀漢宰相，封武侯，故稱。此語出自諸葛亮〈後出師表〉。㉒翳然隱蔽的樣子。㉓會城　指省會。直隸的省城在保定。

【語譯】獻縣縣令明晟，是湖北應山人。這位縣令曾想昭雪一樁冤案，但是擔心上司不答應，因此猶豫不決。獻縣學官有位看門人叫王半仙，和狐仙交上了朋友，這位狐仙能預知人們的吉凶，多有靈驗。於是，明晟便叫王半仙去向狐仙請教昭雪冤案一事。狐仙聽後神情嚴肅地說：「明公作為一縣百姓的父母官，審情斷案，只能查問老百姓冤不冤，不應該考慮上司答應不答應。難道明公忘了總督李老爺所說的故事嗎？」看門人王半仙回來把狐仙這番話轉告明晟，明晟聽了便露出害怕的樣子。因而說起當初李總督所講的故事。直隸總督李衛在沒有發達前，曾經與一位道士一起乘船渡江。當時船上有個人正為了幾文渡船錢與船夫爭吵相罵。那道士歎息著說：「性命即將不保，還在為幾文錢斤斤計較呢！」不久，那人被船帆下部掃倒，因而跌進江裡淹死了。李總督對道士的先見之明感到非常驚異。當船航行到了江心，狂風大作，船好像就要傾覆。那道士在船上邁著祭拜神靈的步法，口誦經咒，大風平息了，而全船人得以保全性命。李衛一再向道士拜謝他的救命之恩。道士說：「剛才那人跌入江中喪失性命，那是命應如此，我救不了他；您是位貴人，遇有危難得到救助，也是命裡注定，我不能不救。您用不著謝我啊！」李衛又拜謝說：「領受仙師的這番教訓，我終身可以安身知命了。」那道士說：「那倒不盡然！就個人而言窮困與通達，應當安身知命，不順從天命，就會陷入奔波競爭、互相排斥傾軋，到無所不為的境地。要知道像唐朝的李林甫、南宋的秦檜，他們即使不幹那些禍國殃民、殘害忠良的壞事，也會做宰相的。他們那麼做，只是增加自己的罪惡記錄罷了。至於關係國計民生、與老百姓利益休戚相關的大事，那就不可以聽天由命了！天地生人才、朝廷設職官，就是為了補救時政、端正風俗、振興國家、安撫百姓。如果掌握著職權，卻俯首貼耳地聽天由命，那麼天地何必產生這些人才、朝廷何必設置這些職官呢？《論語》中有這麼一段記載：早晨看城門的人說：『是那位明知道做不到卻偏要去做的老先生吧！』諸葛亮說：『鞠躬盡瘁，死而後已。至於事情的成敗、結局的好壞，不是我所能預料的。』這就是聖賢安身立命的學說，先生您要記住。」李衛恭敬地接受道士的教導，並拜問道士的姓名。道士說：「我說出來怕把您嚇壞了！」那道士下船上岸，走出去幾十步遠，忽然就不見了。當時明晟在省城，李總督曾經講了這個故事，然而不知道這個狐仙怎麼會得知這段經歷的。

【研析】為官之道，歷代論說甚多：有鞠躬盡瘁者，也有得過且過者；有清正廉潔者，也有貪贓枉法者；有為民請命者，也有明哲保身者，等等。紀昀顯然推崇那種不爭個人名利地位、而為國計民生與天命強權抗爭的志士，認為這才是國家社稷所需要的人才。以古例今，不也頗有借鑑意義嗎？

為官無功即有罪

北村鄭蘇仙，一日夢至冥府❶，見閻羅王❷方錄囚❸。有鄰村一媼至殿前，王改容拱手，賜以杯茗，命冥吏❹速送生善處。鄭私叩冥吏曰：「此農家老婦，有何功德？」冥吏曰：「是媼一生無利己損人心。夫利己之心，雖賢士大夫或不免。然利己者必損人，種種機械❺，因是而生；種種冤愆❻，因是而造；甚至貽臭萬年，流毒四海，皆此一念為害也。此一村婦而能自制其私心，讀書講學之儒，對之多愧色矣，何怪王之加禮乎！」鄭素有心計，聞之惕然❼而寤。鄭又言，此媼未至以前，有一官公服❽昂然入，自稱所至但飲一杯水，今無愧鬼神。王哂❾曰：「設官以治民，下至驛丞閘官❿，皆有利弊之當理。但不要錢即為好官，植木偶於堂，並⓫水不飲，不更勝公乎？」官又辯曰：「某雖無功，亦無罪！」王曰：「公一生處處求自全，某獄某獄，避嫌疑而不言，非負民乎？某事某事，畏煩重而不舉，非負國乎？三載考績⓬之謂何？無功即有罪矣。」官大踧踖⓭，鋒稜⓮頓減。王徐顧笑曰：「怪公盛氣耳。平心而論，要是三四等好官，來生尚不失冠帶⓯。」促命即送轉輪王⓰。觀此二事，知人心微曖，鬼神皆得而窺，雖賢者一念之私，亦不免於責備。「相在爾室⓱」，其信然乎！

【章旨】此段分別記敘了村婦和朝廷官員的兩個故事，說明村婦無利己之心的可貴，而對官員則提出「無功即有罪」的為官標準。

【注釋】❶冥府　陰曹地府。❷閻羅王　即閻羅。梵文*Yamarāja*的簡譯，傳說是主管地獄的神。❸錄囚　即審察囚徒的罪狀並加以記錄。❹冥吏　陰曹地府的官吏。❺機械　指機巧奸詐。❻冤愆　指罪過冤仇。❼惕然　戰兢戒懼的樣子。❽公服　官服。❾哂　嘲諷譏笑。❿驛丞閘官　驛丞，掌管驛站的小官。閘官，掌管水閘的小官。⓫並　連；即使。⓬考績　猶考成。考核官員的工作成績。三年一次。⓭踧踖　恭敬而局促不安的樣子。⓮鋒稜　指人鋒芒畢露的神情。⓯冠帶　官服。此處指做官。⓰轉輪王　即中國佛教所傳十殿閻王中的第十殿五道轉輪王，掌管陰曹地府的轉生投胎之事。⓱相在爾室　句出《詩經・大雅・抑》。意謂神鬼時刻就在你身邊。

【語譯】北村的鄭蘇仙有一天夢見自己來到了陰曹地府，見到閻羅王正在審理囚犯。這時候，鄭蘇仙看見鄰村的一位老婆婆來到殿堂前，閻羅王立刻改變威嚴可畏的面容向老婆婆拱手施禮，並賜給她一杯茶，命令陰曹地府的官員立即送這位老婆婆轉輪託生到一個好人家。鄭蘇仙悄悄地問陰曹地府的官員說：「這個農家老婦人，有什麼功德？」陰曹地府的官員說：「這位老婆婆一輩子沒有損人利己之心。這利己之心，即使是賢德的士大夫也往往在所難免。但是利己的人必然損害他人，種種機巧奸詐，就會因此應運而生；種種罪過冤仇，就會因此隨之而來。甚至有的人會做出遺臭萬年、流毒四海的壞事來，都是因為這損人利己的一念之差所造成的危害。這位老婆婆只是一位村婦，而能自己克制利己的私心，即使那些讀書講學的儒學之士，與這位老婆婆相比較也大多會有慚愧之色，那麼閻羅王如此禮遇這位老婆婆，又有什麼奇怪了呢！」鄭蘇仙一向是位有心計的人，聽了這番話，感到戰兢戒懼而省悟了其中的道理。鄭蘇仙又說，在老婆婆還沒來到殿上之前，有一位官員身穿官服氣宇軒昂地走上殿來，自稱做官以來，所到之處只喝一杯清茶，如今在閻王小鬼們面前可以毫無愧色。閻羅王譏諷地說道：「朝廷設立官員是為了治理安撫百姓，下至那些管理驛站和掌管水閘的小官，都有興利除弊的責任。如果不要錢就是好官，那麼在官府大堂上立一具木偶，它連一杯清水也不喝，不是比您更強得多嗎？」那個官員又強辯說：「我雖說沒什麼功勞，但也沒有任何罪過！」閻羅王說：「您一生處處力求保全自己，某件某件獄案，您為了躲避嫌疑而沒有說話，這不是損害百姓嗎？又如某件某件事情，您怕麻煩重重而沒有處理，這不是有負於國家嗎？三年一次的考核成績對您又如何評價？身居官職，無功就是有過啊！」那個官員現出極其羞慚的表情，剛才那股盛氣凌人的傲慢神情頓時大大減少了。閻羅王神色從容地看著他笑說：「怪不得您這麼高傲呢。平心而論，您還算得上是位三、四等的好官，下輩子您還不會失去官職！」隨即命令將此人送到轉輪王那裡去轉生。我看這兩個故事，說明一個人心中哪怕有微小的曖昧之心，鬼神都能窺見。即使是賢者的一個念頭的私心，也不免要受到譴責。《詩經・大雅・抑》說：「鬼神時刻就在你身邊。」這話還是可信的呀！

【研析】一個人一生無損人利己之心，雖是村野老婦，也受到鬼神的尊重；而為官只求保全自身，處處避嫌疑，畏煩重，在其位不謀其政，這樣上有負於國家的重託，下有負於百姓的厚望，雖清廉自守，又豈能稱作好官。為官「無功即有罪」，可謂至理。

雷擊不孝婦

雍正壬子❶，有宦家❷子婦，素無勃谿❸狀。突狂雷穿牖，如火光激射，雷楔貫心而入，洞左脅而出。其夫亦為雷焰燔燒，背至尻❹皆焦黑，氣息僅屬。久之乃蘇，顧婦屍泣曰：「我性剛勁，與母爭論或有之。爾不過私訴抑鬱，背燈掩淚而已，何雷之誤中爾耶？」是未知律重主謀，幽明一也。

【章旨】此章講述了一個媳婦因暗中埋怨公婆而遭雷擊的故事。

【注釋】❶雍正壬子　即雍正十年，西元一七三二年。雍正，清世宗愛新覺羅胤禛的年號。❷宦家　指官宦之家。❸勃谿　指家庭中的爭吵。❹尻　脊骨的末端。此處指臀部。

【語譯】雍正十年，有個官宦人家的媳婦，在家裡從來不與婆婆發生爭吵。有一天，突然雷電交加，一道閃電穿窗而入，如同火光激射，像楔子般擊中那個媳婦，穿心而入，洞穿她的左邊肋骨而出。她的丈夫也被雷電的烈焰所焚燒，從背脊到臀部都燒黑了，只剩下一點微弱的氣息。過了很久，這個丈夫才蘇醒過來，望著妻子的屍體哭泣著說：「我的性格剛強暴烈，平常與母親爭論的事或許是有的。你不過只是私下對我訴說你心中的壓抑鬱悶，背著燈光抹抹眼淚罷了，為什麼雷電會錯誤地擊中你呢？」這個丈夫還不知道法律嚴懲主謀的道理，在陰間和陽間都是一樣的。

【研析】古人不知道躲避雷擊，而遭雷擊身亡的事常有，本不足為奇。但作者卻將其與禮教相聯繫，勸告人們要恪盡孝道，以為冥冥之中，自有報應。此說雖有陳腐之氣，但其勸人向善之心還是值得肯定的。

無雲和尚

無雲和尚，不知何許人。康熙❶中，掛單❷河間❸資勝寺，終日默坐，與語亦不答。一日，忽登禪床❹，以界尺❺拍案一聲，泊然化去。視案上有偈曰：「削髮辭家淨六塵❻，自家且了自家身。仁民愛物無窮事，原有周公❼孔聖人❽。」佛法近墨❾，此僧乃近於楊❿。

【章旨】此章記述了一位僧人的軼事。

【注釋】❶康熙　清聖祖愛新覺羅玄燁的年號（一六六二—一七二二年）。❷掛單　佛教名詞。行腳僧投寺院暫住之意。「單」指僧堂東西兩牆上的名單，衣缽就掛搭在名單之下，故稱。❸河間　今河北河間。❹禪床　坐禪之床。❺界尺　寫字時用以間隔行距的文具。❻六塵　佛教名詞。色、聲、香、味、觸、法的合稱。塵，梵文guna的意譯，其義相當於「質點」或「因素」，又有汙染義。《淨心誡觀》：「云何名塵，坌汙淨心，觸身成垢，故名塵。」❼周公　西周初年政治家。姓姬，名旦，亦稱叔旦，周武王之弟。因采邑在周（今陝西岐山北），故稱周公。曾助武王滅商。武王死後，成王年幼，由他攝政。相傳他制定禮樂，建立典章制度，是上古時期的著名賢人。❽孔聖人　即孔子。名丘，字仲尼，魯國陬邑（今山東曲阜東南）人。春秋末期思想家、教育家、政治家，儒家學派創始者。主張仁者愛人，以仁治國。自漢代以後，孔子學說成為二千多年來封建文化正統，孔子亦被尊稱為聖人。❾墨　指墨子。即墨翟。相傳原為宋國人，後長期住在魯國。春秋戰國時期思想家、政治家，墨家學派創始人。主張「兼愛」，崇尚節儉。其學說對當時思想界影響很大，與儒家並稱顯學。❿楊　指楊朱。魏國人。戰國時期思想家。相傳他反對墨家的「兼愛」和儒家的倫理思想，主張「貴生」、「重己」，孟子說他：「拔一毛而利天下，不為也」，極力抨擊他的「為我」思想。

【語譯】有位無雲和尚，不知道他是什麼人，也不知道他的來歷。康熙年間，無雲和尚雲遊到河間府，便暫時寄住在資勝寺裡。他整天默默地打坐，有人和他說話，他也一概不回答。有一天，他忽然登上禪床，用界尺拍了一下案桌，就平靜地坐著去世了。那案桌上留有一張字偈，道是：「剃去頭髮辭別家庭六塵清淨，自己就管自己的事情。仁民愛物無窮無盡的事務啊，原來就有周公孔聖人操心。」佛法教義近似春秋時期墨家的「兼愛」，無雲和尚的主張，卻近似楊朱的「為我」思想。

【研析】中國人受儒家思想影響甚深，主張以家國天下為己任，反對楊朱的「為我」思想。佛法亦是主張普度眾生，以仁厚寬大之心包容天下。而無雲和尚卻主張自家只管自家事，顯然是佛教徒中的異類，難免要引起紀曉嵐的詫異了。

吳生

寧波❶吳生，好作北里❷遊。後昵一狐女，時相幽會，然仍出入青樓❸間。一日，狐女請曰：「吾能幻化，凡君所眷，吾一見即可肖其貌。君一存想，應念而至，不逾於黃金買笑乎？」試之，果頃刻換形，與真無二，遂不復外出。嘗語狐女曰：「眠花藉柳❹，實愜人心。惜是幻化，意中終隔一膜耳。」狐女曰：「不然。聲色之娛，本電光石火。豈特吾肖某某為幻化，即彼某某亦幻化也；豈特某某為幻化，即妾亦幻化也。即千百年來，名姬豔女，皆幻化也，白楊綠草，黃土青山，何一非古來歌舞之場。握雨攜雲，與埋香葬玉、別鶴離鸞，一曲伸臂頃耳。中間兩美相合，或以時刻計，或以日計，或以月計，或以年計，終有訣別之期。及其訣別，則數十年而散，與片刻暫遇而散者，同一懸崖撒手，轉瞬成空。倚翠偎紅，不皆恍如春夢乎？即夙契❺原深，終身聚首，而朱顏不駐，白髮已侵，一人之身，非復舊態。則當時黛眉粉頰，亦謂之幻化可矣！何獨以妾肖某某為幻化也？」吳洒然有悟。後數歲，狐女辭去，吳竟絕跡於狎遊。

【章旨】此章藉著狐女之口講述了一個「色即是空」的故事。

【注釋】❶寧波　今浙江寧波。❷北里　指妓院。唐代長安平康里，因在城北，故稱北里。其地為妓院所在，後即用為妓院的代稱。❸青樓　本指華麗精緻的樓宇，後專指妓院。❹眠花藉柳　一作「眠花宿柳」。比喻狎妓。❺夙契　指前世的因緣。

【語譯】浙江寧波有位姓吳的書生，喜歡逛妓院。後來，這位吳姓書生又與一位狐女親近，經常幽會，然而他仍然出入於妓院之間。有一天，狐女對書生說：「我能變形幻化成各種人的面貌。凡是您所眷戀喜歡的女人，我見過一面就能幻化成她的相貌。以後您只要一想起誰，她就會應您的想念而來，這樣不比您用黃金買笑更好嗎？」吳姓書生就請狐女試一試，狐女果然馬上變幻成他所想念的女人的樣子，相貌簡直與真人一樣，於是吳姓書生就不再離家外出尋歡作樂了。後來，吳姓書生又對狐女說：「像現在這樣的眠花宿柳，各方面都得到滿足，確實是很愜意。可惜這一切都是幻化而成，感覺終究隔著一層膜。」狐女說：「不能這樣說。聲色方面的娛樂，本來就如同閃電發出的光、擊石迸出的火花。豈只我變成別人是幻化的，即使那些被我模仿的人本身也是幻化的；豈只那些被我模仿的人本身是幻化的，就連我自己也是幻化的。即使是千百年來，歷朝歷代的著名嬪姬、香豔女子，都是幻化而成的。高大的白楊、碧綠的芳草、黃土覆蓋的大地、青蔥翠綠的山嶺，哪一處不曾是古來的歌舞場所。男女歡合、百般恩愛，與埋香葬玉憑弔悲悽之情、別鶴離鸞分手東西之痛，短暫的就像臂膀一曲一伸的工夫罷了。這之間青春美好的兩人相愛，或者是以時刻來計算，或者是以天數來計算，或者是以月來計算，或者是以年來計算，兩人卻終究有訣別的日期。等到兩人訣別的時候，那麼兩人相處幾十年而分手，或短暫的相遇而散，卻都像是在懸崖上撒手，轉瞬間就成了一場空。那種倚紅偎翠、與美女相伴的生活，恍惚間不都像是一場春夢嗎？即使是前世因緣原本很深，兩人得以相伴終生。但是青春的容顏不能長留，不知不覺間白髮已經上頭。就是一個人的身體，也無法回復到原來的樣子。那麼當時妙齡少女的烏黑眉毛、粉嫩面頰，也可以說是幻化而已。您為什麼唯獨說我像某某人是虛假幻化的呢？」吳姓書生聽了狐女的這番話，恍然而有所省悟。過了幾年，狐女向吳姓書生辭別而去，吳姓書生竟然從此不再到妓院狎妓遊玩。

【研析】眠花宿柳本是陋習，但古代文人卻以為風流，樂此不疲。狐女從人的一生轉瞬即過中引申出「色即是空」的佛法教義，把一切都看作是虛幻變化的，以此來勸說書生，狐女的這種說法未免太虛無。然而歪打正著，那位書生竟然因此改掉陋習，也可以說是狐女的一功吧！

鬼談

交河❶及孺愛、青縣❷張文甫，皆老儒也，並授徒於獻❸。嘗同步月南村北村之間，去館稍遠，荒原闃寂❹，榛莽❺翳然❻。張心怖欲返，曰：「墟墓間多鬼，曷可久留！」俄一老人扶杖至，揖二人坐曰：「世間安得有鬼，不聞阮瞻❼之論乎？二君儒者，奈何信釋氏❽之妖妄。」因闡發程朱❾二氣屈伸❿之理，疏通證明，詞條流暢。二人聽之，皆首肯，共歎宋儒見理之真。遞相酬對，竟忘問姓名。適大車數輛遠遠至，牛鐸⓫錚然。老人振衣急起曰：「泉下之人，岑寂⓬久矣。不持無鬼之論，不能留二君作竟夕談。今將別，謹以實告，毋訝相戲侮也！」俯仰之頃，欻然⓭已滅。是間絕少文士，惟董空如先生墓相近，或即其魂歟！

【章旨】此章講述了一個泉下之鬼為留客而持無鬼論的故事。

【注釋】❶交河　縣名。在河北中部偏南、南運河和滏陽河之間。❷青縣　縣名。在河北東南部，鄰接天津。❸獻今河北獻縣。❹闃寂　寂靜無聲。❺榛莽　蕪雜叢生的草木。❻翳然　光線被遮蔽而晦暗不明。❼阮瞻　阮咸之子，字千里，西晉人。清虛寡欲，讀書不甚研求。一直持無鬼論，認為此理足以辨正幽明。據《晉書・阮瞻傳》記載，永嘉中，有客訪阮瞻，兩人相談甚歡。久而談及鬼神之事，阮瞻堅持無鬼之論，客無可辯駁，說：「鬼神，古今聖賢所共傳，君何得獨言無，即僕便是鬼。」隨即變為異形，須臾消滅。阮瞻因此得病，歲餘去世，終年三十歲。❽釋氏　釋迦牟尼的簡稱，後又用來泛指佛教。❾程朱　指二程和朱熹。二程，即北宋思想家程顥、程頤兄弟。為宋代理學的奠基人之一。朱熹，南宋大思想家。學宗二程，是宋代理學之集大成者。後世將朱熹和二程並稱為程朱理學。❿二氣屈伸　指陰陽二氣的運動變化。⓫牛鐸　繫在牛脖子上的鈴鐺。⓬岑寂　寂靜；寂寞。⓭欻然　迅疾；突然。

【語譯】交河縣的及孺愛、青縣的張文甫，都是學識淵博的老先生。他們一起在獻縣設館教授學生。有一天晚上，月光下，及先生和張先生一起在南村與北村之間散步，離他們的學館稍稍遠了些，荒涼的原野寂靜無聲，雜亂叢生的草木黑森森地布滿四周。張文甫不由得恐懼而想回家，說：「頹垣斷壁之間荒墳累累，會有很多鬼，怎麼可以久留！」這時突然有一位老人拄著拐杖而來，拱手讓及、張兩位先生坐下，說道：「世界上哪有什麼鬼，難道二位沒有聽說晉代阮瞻關於世上無鬼的論述嗎？二位都是有學識的讀書人，怎麼能聽信佛家的妖妄邪說呢。」老人於是闡述了程朱理學關於陰陽二氣屈伸的理論，旁徵博引，論述精闢透徹，條理清晰分明，言語流暢明達。及孺愛、張文甫兩位先生聽了都連連點頭，共同讚歎宋代大儒對世間事物理解的真切。互相應酬答對之間，及、張兩位先生竟忘了請教老人的尊姓大名了。這時候，遠遠來了幾輛大車，那繫在牛脖子上的鈴鐺發出清脆洪亮的響聲。這位老人急忙站起身，抖了抖衣服，說：「黃泉下的人，冷清寂寞久了。如果我不主張無鬼論，就不能留二位先生作徹夜長談了。現在，我們就要分別了，謹以實情相告，你們不要驚訝，以為我是在存心戲弄二位呀！」說話之間，那老人忽地便不見了。這地方很少有什麼文人學士。唯獨董空如先生的墳墓在附近，這位老人，或許就是董先生的魂魄吧！

【研析】人都怕孤獨，即使離開人世變成鬼了也是如此。為排遣孤寂作竟夜長談，不惜說些違心之論，這個鬼可謂用心良苦了。自然，世間是沒有鬼的，而孤寂卻常有。現代社會，人與人的交往是頻繁了，而孤寂感卻更強烈。人們渴求親情、友情、愛情，比以往任何時候都迫切，這也是後工業化時代帶來的社會問題吧！

塾師怕鬼

河間唐生，好戲侮。土人❶至今能道之，所謂唐嘯子者是也。有塾師好講無鬼，嘗曰：「阮瞻遇鬼❷，安有是事，僧徒妄造誑語❸耳。」唐夜灑土其窗，而嗚嗚擊其戶。塾師駭問為誰，則曰：「我二氣之良能❹也。」塾師大怖，蒙首股栗，使二弟子守達旦。次日委頓❺不起。朋友來問，但呻吟曰：「有鬼。」既而知唐所為，莫不拊掌。然自是魅❻大作，拋擲瓦石，搖撼戶牖，無虛夕。初尚以為唐再來，細察之，乃真魅。不勝其嬲，竟棄館而去。蓋震懼之後，益以慚恧，其氣已餒，狐乘其餒而中之也。妖由人興，此之謂乎？

【章旨】 此章講述了一個怕鬼而引來真鬼的故事。

【注釋】 ❶士人　指當地百姓。❷阮瞻遇鬼　見前則〈鬼談〉注釋❼。❸蜚語　指沒有根據的流言。❹二氣之良能　此處指陰陽二氣凝聚而成的產物。❺委頓　指精神萎靡，極度疲困。❻魅　指鬼魅之類。

【語譯】 河間縣有位姓唐的年輕人，喜好戲弄別人。當地百姓至今都能說起他的故事，就是被稱為唐嘯子的那個人。河間縣有位私塾先生喜好堅持無鬼論，曾經說：「人們都說晉朝的阮瞻遇上了鬼，哪有這樣的事情。這只不過是那些佛門弟子們胡亂編造的流言蜚語罷了。」唐嘯子聽說後，當天夜裡就往那位私塾先生住的屋子窗戶上撒了幾把沙土，而且還發出嗚嗚的聲音敲打他的屋門。這位私塾先生驚問是誰，唐嘯子則回答說：「我就是陰陽二氣凝集而成的產物！」私塾先生極為害怕，嚇得用被子蒙了頭，兩腿發抖，還叫兩名學生守在房門口直到天亮。第二天，這位私塾先生精神恍惚，萎靡不振，不能起床。朋友們聞訊，紛紛來看望他。只見他躺在床上，還不住地叫喊：「有鬼！有鬼！」後來，人們才知道這惡作劇是唐嘯子搞的，無不拍手大笑。可是，從那以後，這位私塾先生的學館裡真的有鬼大鬧起來，拋磚擲瓦，搖晃門窗，沒有一個晚上安靜的。起先，人們還以為是唐嘯子又在搞鬼。但是仔細一觀察，卻是真的鬧鬼了。私塾先生無法忍受鬼魅的戲弄糾纏，竟丟下學館逃走了。這是因為他被震驚嚇唬之後，又加上慚愧，情緒既沮喪又氣餒，那些狐鬼便也在他氣餒之時乘虛而入。所謂「妖魔是因為人而興盛」，說的就是這個道理吧？

【研析】不信鬼、不怕鬼，鬼也不敢上門。一旦信鬼、怕鬼，鬼就會找上門，這時候要想擺脫也困難了。因此，只有不信邪、不怕鬼，才能有勇氣驅逐鬼魅邪惡，還世界一個安寧太平。

輕薄孝廉

天津某孝廉❶，與數友郊外踏青❷，皆少年輕薄。見柳陰中少婦騎驢過，欺其無伴，邀眾逐其後，嫚語❸調謔。少婦殊不答，鞭驢疾行。有兩三人先追及，少婦忽下驢軟語❹，意似相悅。俄某與三四人追及，審視，正其妻也。但妻不解騎，是日亦無由至郊外，且疑且怒，近前訶之。妻嬉笑如故。某憤氣潮湧，奮掌欲摑其面。妻忽飛跨驢背，別換一形，以鞭指某數曰：「見他人之婦，則狎褻❺百端；見是己婦，則恚恨❻如是。爾讀聖賢書，一『恕❼』字尚不能解，何以掛名桂籍❽耶？」數訖徑行。某色如死灰，僵立道左，殆不能去。竟不知是何魅❾也。

【章旨】光天化日之下，輕薄少年竟敢邀眾調戲良家少婦，哪知受辱的人卻是自己的妻子！

【注釋】❶孝廉　明清時對舉人的稱呼。❷踏青　漢民族風俗，清明日到郊外春遊。❸嫚語　輕薄下流之語。❹軟語　溫柔含情的話語。❺狎褻　狎昵放蕩。❻恚恨　憤怒怨恨。❼恕　即儒家提倡的「己所不欲，勿施於人」、以仁愛之心待人的恕道，屬儒家的重要思想。❽桂籍　科舉及第稱折桂，故登錄科第的名冊稱桂籍。❾魅　鬼怪。

【語譯】天津有一位舉人，約了幾個朋友去郊外踏青遊玩，這些人都是品行不端、行為放蕩的年輕人。他們看見柳蔭下有一位少婦獨自騎驢經過，欺負這位少婦身旁無人陪伴，這個舉人就邀眾人尾隨其後，說些輕薄下流的話來挑逗人家。但少婦根本就不搭理他們，用鞭子抽打著毛驢疾步快走。這時候有兩三個跑在最前面的無賴先追上少婦，那少婦忽然跨下驢子和這幾個人溫柔含情地說起話來，意思像是想和他們勾搭。一會兒那舉人和三四個人也追了上來，仔細一看，那位少婦正是自己的妻子。但是他的妻子並不會騎驢，這天也沒有理由獨自來到這荒郊野外。這位舉人又是懷疑又是憤恨，走上前大聲呵斥妻子。但是這位舉人的妻子卻還是和剛才那樣與他人嬉笑交談。舉人的怒氣如潮水般洶湧而來，舉手就要摑她嘴巴。舉人的妻子忽然飛身跨上驢子，立刻變作另一個面貌，用鞭子指著舉人責斥道：「見是他人的妻子，你就千方百計地去猥褻調戲；見是自己的妻子，你卻像這樣怒不可遏。你讀了那麼多聖賢之書，卻連個『恕』字也不懂！怎麼能名列科第名冊？」說罷徑直而去。這位舉人面如死灰，僵立在路旁，幾乎不能離開了。而始終不知道這位騎驢少婦是個什麼妖魅。

【研析】儒家以忠恕為立身之本，但總有一些讀聖賢書，卻不行聖賢事的無恥文人、輕薄弟子以自己的行為來糟蹋「忠恕」二字。漢代舉孝廉，民謠即有「舉孝廉，父別居」之說，諷刺「孝廉」不孝。一千多年後的清代，又有少年舉人邀眾調戲良家少婦之事，把聖賢之說全然拋在腦後。這個輕薄少年想調戲良家少婦，誰知受辱的卻是自己的妻子，而最難堪的就是這個輕薄少年，真可謂報應不爽。

縱惡就是害民

德州❶田白巖曰：有額都統❷者，在滇黔❸間山行，見道士按一麗女於石，欲剖其心。女哀呼乞救，額急揮騎馳及，遽格❹道士手。女噭然❺一聲，化火光飛去。道士頓足❻曰：「公敗吾事！此魅已媚殺❼百餘人，故捕誅之以除害。但取精已多，歲久通靈，斬其首則神遁去，故必剖其心乃死。公今縱之，又貽患無窮矣。惜一猛虎之命，放置深山，不知澤麋林鹿，劘❽其牙者幾許命也！」匣其匕首，恨恨渡溪去。此殆白巖之寓言，即所謂「一家哭，何如一路哭❾」也。姑容墨吏❿，自以為陰功⓫，人亦多稱為忠厚；而窮民之賣兒貼婦⓬，皆未一思，亦安用此長者乎？

【章旨】此段以一個寓言故事來說明縱惡就是害民的道理。

【注釋】❶德州　市名。在山東西北部，鄰接河北。❷都統　武官官銜。清代內設八旗都統，在各地設駐防副都統。❸滇黔　雲南簡稱滇，貴州簡稱黔。❹格　格擊阻攔。❺噭然　淒厲的號叫聲。❻頓足　跺腳。❼媚殺　以女色蠱惑、柔顏媚態的方式殺人。❽劘　磨。❾一家哭何如一路哭　北宋名臣范仲淹擔任參知政事時，憂慮諸路監司的不稱職，取過名冊，把不稱職的監司官員一筆勾去。大臣富弼勸他說：「你這一筆，哪裡知道一家人都要為之啼哭。」范仲淹回答說：「一家哭，何如一路哭耶！」意思是富弼只憐惜貪官一家，而忘記貪官造成的廣大百姓的苦難。❿墨吏　貪官。⓫陰功　陰德。⓬貼婦　典押妻子。

【語譯】德州人田白巖說：有位姓額的都統在雲、貴之間的山中行走。忽然看見道旁一名道士將一位漂亮女子按倒在一塊大石頭上，要挖取那女子的心。那女子哀呼求救，額都統急忙揮鞭趕馬快速上前，突然格擊道士的手。那女子噭然一聲怪叫，化作一團火光騰空飛去。那道士跺著腳說：「您敗壞了我的大事！這個妖怪利用女色蠱惑、柔顏媚態已經殺害了一百多人，所以我要捕殺她，為民除害。但是因為她攝取人的精血已很多了，年代久遠通了靈性，若只是斬殺她的頭，那麼她的神魂就會逃脫，因此必須挖了她的心才能使她死亡。您今天放跑了這樣一個妖怪，又留下了無窮後患。憐憫一隻猛虎的性命，把虎放置在深山，不知道山林澤畔的麋鹿有多少要遭殃了！」那道士將匕首放回匣中，氣憤地渡過溪水而去。這大概是田白巖編撰的一段寓言，闡明了北宋名臣范仲淹所謂「一家哭，何如一路哭」的道理。姑息包容貪官，自以為是在救人積陰德，人們也會稱讚這些人為忠厚長者。然而窮苦百姓賣兒女、典押妻子的悲慘苦難，都沒有去想一想，又怎麼能夠任用這種包容貪官的所謂忠厚長者呢？

【研析】田白巖所說寓言意義深刻。人們常對眼前發生的事情產生憐憫之心，卻對普遍的社會苦難缺乏實在的了解而忽視。因此，社會需要人們的同情憐憫之心，但這種同情憐憫應該建立在對社會苦難的深刻了解上，而不是因為自己不周全的偏見而造成所謂的「一路哭」。只有這樣，我們付出的同情憐憫之心才有其真正的價值。

鬼懲邪人

獻縣吏王某，工刀筆❶，善巧取人財。然每有所積，必有一意外事耗去。有城隍廟道童，夜行廊廡❷間，聞二吏持簿對算。其一曰：「渠今歲所蓄較多，當何法以銷之？」方沉思間，其一曰：「一翠雲足矣，無煩迂折也。」是廟往往遇鬼，道童習見，亦不怖，但不知翠雲為誰，亦不知為誰銷算。俄有小妓翠雲至，王某大嬖❸之，耗所蓄八九；又染惡瘡❹，醫藥備至，比愈，則已蕩然矣。人計其平生所取，可屈指數者，約三四萬金。後發狂疾暴卒，竟無棺以殮。

【章旨】此章講述了一個刀筆吏巧取民財而遭懲戒的故事。

【注釋】❶刀筆　本指寫字的工具。古代用筆在竹簡上寫字，有誤，就用刀刮去重寫，所以刀筆連稱。後指公文案牘，亦指訴訟狀。❷廊廡　指殿堂四周有頂的廊屋。❸嬖　寵愛狎昵。❹惡瘡　指梅毒，一種性病。在抗生素沒有發明前較難治癒。

【語譯】獻縣衙門裡有個官吏王某人，很會寫案牘訴訟狀等一類文字，是個善於巧取他人財物的刀筆吏。然而，每當他巧取的不義之財有所積蓄的時候，必然會有一起意外事件把這些財物消耗掉。獻縣城隍廟裡有個小道童，有一天夜晚，路過大殿的廊屋下，聽到廊屋裡有兩位官吏正面對面地坐著算帳。其中的一位說：「此人今年所積蓄的不義之財較多，應該用什麼方法來消耗他的財物呢？」正在沉思之間，另一位說：「只要一個小翠雲就足夠了，用不著費什麼周折。」這座城隍廟裡常常有鬼，小道童經常見到，也就不感到害怕，只是不知道這小翠雲是什麼人，也不明白兩位官吏在給誰計算消耗。不久，獻縣妓院裡來了個名叫小翠雲的妓女。那王某人非常寵愛狎昵小翠雲，所積蓄的不義之財在小翠雲身上花去了八、九成。王某人後來又染上了惡瘡，求醫問藥，無所不至。等到病好，已經花盡了所有的積蓄。有人計算王某人一生巧取豪奪得來的錢財，可以屈指計算的，大約有三、四萬兩銀子。可是王某人後來發瘋病突然死去，竟然沒有錢買一口棺材入殮。

【研析】先哲云：「君子愛財，取之有道。」不義之財，得之無益有害。王某人雖為縣衙小吏，卻在百姓到衙門提起訴訟時，上下其手來謀取不義之財。雖然得到了錢財，但喪失了良心，冥冥之中自有報應。作者講述此事，是要人們行善積德，免遭天譴。勸戒之意，溢於言表。

臺灣驛使

陳雲亭舍人❶言：有臺灣驛使❷宿館舍，見豔女登牆下窺，叱索無所睹。夜半琅然有聲，乃片瓦擲枕畔。叱問是何妖魅，敢侮天使？窗外朗應曰：「公祿命❸重，我避公不及，致公叱索，懼干神譴，惴惴至今。今公睡中萌邪念，誤作驛卒之女，謀他日納為妾。人心一動，鬼神知之。以邪召邪，神不得而咎我，故投瓦相報。公何怒焉？」驛使大愧沮，未及天曙，促裝去。

【章旨】此章講述了一個只要邪念一動而神鬼即知的故事。

【注釋】❶舍人　官名。清朝內閣設中書科，設有中書舍人，其職責為繕寫文書。明清以來也用來稱呼貴顯弟子。❷臺灣驛使　清康熙年間收復臺灣，遂設臺灣府，屬福建省。此處即指朝廷派去臺灣的使者。❸祿命　指官運。

【語譯】陳雲亭舍人說：有位朝廷派去臺灣府的使者住宿在驛站客舍中，忽然看見有個美豔的女子趴在驛站的牆頭往下窺探，使者斥罵搜尋，結果是一無所獲。睡到半夜，忽然聽到哐鐺一聲，原來有一片瓦擲落在他枕頭邊。使臣大聲責問是什麼妖怪，竟敢侮辱天子的使臣？窗外一個聲音朗聲回答說：「您官運大，白天我一時迴避不及，遭到您的呵斥搜尋。我害怕因這事受到神明譴責，心裡一直惴惴不安。剛才您睡夢中萌生邪念，誤把我當成驛站士兵的女兒，謀畫他日如何把我娶來當小老婆。只要人心裡的邪念一動，鬼神立刻就會知道。因為邪念而招來邪惡，神靈就不能因此而歸咎於我，所以我就投擲瓦片報復。您為什麼要生氣呢？」使者聽了大為慚愧沮喪，沒有等到天亮，就匆匆忙忙收拾行裝離開了驛站。

【研析】為人心中不能有邪念。邪念一動，神鬼皆知。故東漢楊震在拒絕受賄時曾說此事：「天知神知我知子知，何謂無知？」心無邪念，自然鬼魅不侵。一旦邪念一動，遂有鬼魅乘虛而入，為人豈能不謹慎！

道士降狐

葉旅亭御史❶宅，忽有狐怪，白晝對語，迫葉讓所居。擾攘戲侮，至杯盤自舞，几榻自行。葉告張真人。真人以委法官❷，先書一符，甫張而裂。次牒都城隍❸，亦無驗。法官曰：「是必天狐❹，非拜章❺不可。」乃建道場❻七日。至三日，狐猶詬詈。至四日，乃婉詞請和。葉不欲與為難，亦祈不竟其事。真人曰：「章已拜，不可追矣。」至七日，忽聞格鬥砰訇，門窗破墮，薄暮尚未已。法官又檄他神相助，乃就擒，以罌❼貯之，埋廣渠門❽外。余嘗問真人驅役鬼神之故，曰：「我亦不知所以然，但依法施行耳。大抵鬼神皆受役於印，而符籙❾則掌於法官。真人如官長，法官如吏胥❿。真人非法官不能為符籙，法官非真人之印，其符籙亦不靈。中間有驗有不驗，則如各官司文移章奏，或准或駁，不能一一必行耳。」此言頗近理。又問設空宅深山，猝遇精魅，君尚能制伏否？曰：「譬大吏經行，劫盜自然避匿。儻或無知猖獗，突犯雙旌⓫，雖手握兵符，徵調不及，一時亦無如之何。」此言亦頗篤實。然則一切神奇之說，皆附會也。

【章旨】此章講述了一個道士作法制服狐怪的故事。

【注釋】❶御史　官名。明清設監察御史，負責糾察百官。❷法官　古時對道士的尊稱。❸都城隍　道教所傳守護城池的神為城隍。都城隍即總管城隍之神。❹天狐　相傳千年狐狸即通天，故稱。❺拜章　對神靈的祈禱文。❻道場　原指佛教禮拜、誦經、行道的場所。後道教亦沿用這一稱呼。❼罍　盛酒的器皿，口小腹大。❽廣渠門　北京城門名。❾符籙　道教法術之一。說是天上神的文字，筆畫屈曲，似篆字形狀。道教認為可用於驅使鬼神、祭禱、治病等。❿吏胥　即胥吏。古時在官府中辦理文書的小吏。⓫雙旌　唐代節度領刺史者出行時的儀仗。後亦借指高官。

【語譯】葉旅亭御史的住宅裡，忽然出了狐怪。這狐怪大白天和人對話，進而逼迫葉御史讓出這所住宅。狐怪騷擾戲弄侮辱葉御史一家，甚至家中的杯子、盤子會自動跳舞，桌子、床鋪也會自動移動位置。葉御史無奈之下，就去求助於張真人。張真人派了一位道士來驅除狐怪。這位道士先寫了一道符，剛貼出去就被狐怪撕碎。道士又把狐怪的罪狀寫成呈文，移交都城隍處理，但也沒有效驗。道士說：「這狐怪肯定是天狐，非上奏章，奏請天庭處理不可了。」於是，道士設壇拜天，做七天七夜的道場。道場做到第三天，那狐怪還在謾罵。到了第四天，狐怪就說好話請求和解。葉旅亭不想與狐怪為難，也請求道士罷手到此為止。張真人說：「奏章已經拜送天庭，是不可以追悔的。」到第七天，忽然聽到砰砰碰碰的格鬥聲，屋子的門窗都破碎了，直到傍晚都還沒有停止。那道士又用檄文召來其他神靈相助，才把狐怪擒住，裝進一個口小肚大的酒罈裡，埋在廣渠門外。我曾經詢問張真人能役使鬼神的道理。張真人說：「我也不知道為什麼，不過是依法施行而已。一般來說鬼神都服從於官印的驅使，道士則掌握符籙。真人如同官長，而道士就如同官長屬下的小吏。真人沒有道士就不能畫符籙，道士沒有真人的官印，畫的符籙也就不靈驗。這中間有的靈驗有的不靈驗，就如同各個官府衙門的行文奏章，有的被批准也有的被駁回，不可能一一都得以執行。」我認為張真人說的話很有道理。我又問假如在沒有人居住的空宅中或深山裡，突然遭遇妖精怪魅，您是否能制服他們？張真人回答說：「這就像朝廷大臣奉命出巡，強盜劫賊自然會躲避藏匿。倘若有些無知猖獗之徒，突然冒犯朝廷高官，朝廷高官雖然手握兵權，卻來不及徵調軍隊，一時之間對這些強盜劫賊也是無可奈何的。」我覺得張真人這話說得也很誠懇實在。然而那些所有神奇的說法，都是牽強附會的。

【研析】狐怪作祟，遭到擒拿，被裝在罌中埋入土裡，不知何年何月才能夠再見天日。這也是狐怪咎由自取，怨不得旁人。狐怪若早知今日，又何必當初作惡呢？原來神鬼世界也是有尊卑高下之分的。地位高者如張真人，可以指揮小道士，道士則憑藉符籙驅使鬼神，鬼神則驅除妖魅，人狐秩序因此得以恢復。當然，這只是一個寓言故事，世上本無狐怪，自然也不須勞煩像張真人一類的高人。

漢學與宋學

朱子穎運使❶言：守泰安❷日，聞有士人至岱嶽❸深處，忽人語出石壁中，曰：「何處經香，豈有轉世人❹來耶？」剨然震響，石壁中開，貝闕瓊樓❺，湧現峰頂，有耆儒❻冠帶下迎。士人駭愕，問此何地。曰：「此經香閣也。」士人叩經香之義。曰：「其說長矣，請坐講之。昔尼山❼刪定，垂教萬年，大義微言，遞相授受。漢代諸儒，去古未遠，訓詁箋注，類能窺先聖之心；又淳樸未漓，無植黨爭名之習，惟各傳師說，篤溯淵源。沿及有唐，斯文未改。迨乎北宋，勒為注疏十三部[8]，先聖嘉焉。諸大儒慮新說[9]日興，漸成絕學，建是閣以貯之。中為初本，以五色玉為函，尊聖教也。配以歷代官刊之本，以白玉為函，昭帝王表章之功也。皆南面。左右則各家私刊之本，每一部成，必取初印精好者，按次時代，庋[10]置斯閣，以蒼玉為函，獎汲古之勤也。皆東西面。並以珊瑚為簽，黃金作鎖鑰。東西兩廡以沉檀為几，錦繡為茵。諸大儒之神，歲一來視，相與列坐於斯閣。後三楹[11]則唐以前諸儒經義，帙以纂組[12]，收為一庫。自是以外，雖著述等身，聲華蓋代，總聽其自貯名山，不得入此門一步焉，先聖之志也。諸書至子刻午刻[13]，一字一句，皆發濃香，故題曰經香。蓋一元斡運[14]，二氣絪縕[15]，陰起午中，陽生子半。聖人之心，與天地通。諸大儒闡發聖人之理，其精奧亦與天地通，故相感也。然必傳是學者始聞之，他人則否。世儒於此十三部，或焚膏繼晷，鑽仰終身；或鍛鍊苛求，百端掊擊，亦各因其性識之所根耳。君四世前為刻工，曾手刊《周禮》[16]半部，故餘香尚在，吾得以知君之來。」因引使周覽閣廡，款以茗果。送別曰：「君善自愛，此地不易至也。」士人回顧，惟萬峰插天，杳無人跡。案：此事荒誕，殆尊漢學[17]者之寓言。夫漢儒以訓詁專門，宋儒以義理相尚。似漢學粗而宋學精，然不明訓詁，義理何自而知？概用詆排，視猶土苴[18]，未免既成大輅[19]，追斥椎輪；得濟迷川，遽焚寶筏。於是攻宋儒者又紛紛而起。故余撰《四庫全書・詩部總序》⑳有曰，宋儒之攻漢儒，非為說經起見也，特求勝於漢儒而已。後人之攻宋儒，亦非為說經起見也，特不平宋儒之詆漢儒而已。韋蘇州㉑詩曰：「水性自云靜，石中亦無聲。如何兩相激，雷轉空山驚。」此之謂矣。平心而論，《易》㉒自王弼㉓始變舊說，為宋學之萌芽。宋儒不攻《孝經》㉔，詞義明顯。宋儒所爭，只今文古文㉕字句，亦無關宏旨，均姑置弗議。至《尚書》㉖、「三禮」㉗、「三傳」㉘、《毛詩》㉙、《爾雅》㉚諸注疏，皆根據古義，斷非宋儒所能。《論語》㉛、《孟子》㉜，宋儒積一生精力，字斟句酌，亦斷非漢儒所及。蓋漢儒重師傳，淵源有自。宋儒尚心悟，研索易深。漢儒或執舊文，過於信傳。宋儒或憑臆斷，勇於改經。計其得失，亦復相當。惟漢儒之學，非讀書稽古，不能下一語。宋儒之學，則人人皆可以空談。其間蘭艾㉝同生，誠有不盡饜人心者，是嗤點㉞之所自來。此種虛構之詞，亦非無因而作也。

【章旨】 此章藉一個寓言論述了作者對漢學、宋學的評價。

【注釋】 ❶朱子穎運使　即朱孝純。字子穎，號海愚，清山東歷城（今山東歷城）人。乾隆進士。官至兩淮鹽運使，故稱。❷泰安　今山東泰安。❸岱嶽　即泰山。❹轉世人　指轉世投胎之人。佛教認為眾生各依善惡業因，一直在六道（天、人、阿修羅、地獄、餓鬼、畜生）中生死相續，升沉不定，有如車輪般旋轉不停。❺貝闕瓊樓　比喻宮宇樓觀的富麗壯美。用貝裝飾宮門兩側的樓觀稱貝闕。瑰麗堂皇的建築物稱瓊樓。❻耆儒　指年老而學識淵博的儒生。❼尼山　山名。在山東曲阜東南。《史記・孔子世家》：「禱於尼丘得孔子。」即此。代指孔子。❽注疏十三部　指漢代至唐代各家對十三部儒家經典的注疏。十三經指《易》、《書》、《詩》、《周禮》、《儀禮》、《禮記》、《春秋左傳》、《公羊傳》、《穀梁傳》、《論語》、《孟子》、《孝經》、《爾雅》。南宋以後開始合刻，明清均曾刊行，稱《十三經注疏》。紀昀此處所說有誤。❾新說　指北宋王安石新學。王安石為推行變法，對《詩經》、《尚書》、《周禮》作了新的解說，擺脫原來訓詁繁瑣的注釋，用來作為變法的理論根據，遂被稱為王安石新學。熙寧變法時，科舉考試規定必須採用王安石新學的說法。❿庋　置放；收藏。⓫楹　計算房屋的單位，一列為一楹。⓬纂組　用五彩絲編織的寬帶子。⓭子刻午刻　指子時和午時。子時，半夜十一時至一時。午時，中午十一時至一時。⓮一元斡運　指宇宙開始形成時，天地不分、渾然一體而不停地旋轉運動的狀態。⓯二氣絪縕　指陰陽二氣相互作用而萬物變化生長。⓰周禮　也稱《周官》或《周官經》，儒家經典之一。⓱漢學　指漢代儒生考據訓詁之學。與「宋學」對稱。⓲土苴　猶土渣。比喻極輕賤的事物。⓳大輅　大車。⓴四庫全書詩部總序　清乾隆年間開館修《四庫全書》，收書三千多種，分經史子集四部著錄，是我國古代編修最大一部的叢書。此處所說的詩部即《四庫全書》的經部詩類，紀昀撰寫有總序。㉑韋蘇州　即唐代詩人韋應物。京兆（今陝西西安）人。曾任滁州、江州、蘇州刺史，故稱韋江州或韋蘇州。其詩以寫田園風物著名。㉒易　《周易》的簡稱。儒家經典之一。相傳是周人所作，故名。通過八卦形式，推測自然和社會的變化，認為陰陽的相互作用是產生萬物的根源，提出了「剛柔相推，變在其中」等觀點。㉓王弼　字輔嗣，三國魏山陽（今河南焦作）人。曾任尚書郎。少年即享高名，卒時年僅二十四歲。著作有《周易注》、《周易略例》等。其注《周易》，偏重哲理，一掃漢代經學繁瑣之風。㉔孝經　儒家經典之一。作者說法不一，以孔門後學所作較為合理。論述孝道，漢代立為七經之一。今《十三經注疏》本《孝經》係唐玄宗注，北宋邢昺疏。㉕今文古文　漢代稱當時通行的隸書為今文，以別於籀書的古文。秦始皇焚書坑儒後，經學一時中絕。漢興，諸儒始漸以經學教授弟子，其寫本皆以秦漢時通行的隸書，稱今文經。西漢末，魯恭王壞孔子宅，於牆壁中發現以古文書寫的儒家經典，時稱古文經。今文經與古文經文字、篇目略有不同，遂形成研究經學的兩大流派。㉖尚書　亦稱《書》。儒家經典之一。「尚」即「上」，上古以來之書，故名。中國上古歷史文件和部分追述古代事跡著作的彙編，相傳由孔子編選而成。㉗三禮　指《周禮》、《儀禮》和《禮記》。

均為儒家經典。㉘三傳　指《春秋左傳》、《春秋公羊傳》和《春秋穀梁傳》。均為儒家經典。㉙毛詩　指相傳由西漢初年毛亨、毛萇所傳的《詩經》，據稱其學出於孔子弟子子夏，屬古文學派。㉚爾雅　我國最早解釋詞義的專著。由漢初學者綴輯周漢諸書舊文，遞相增益而成。㉛論語　儒家經典之一。內容為孔子弟子及其再傳弟子關於孔子言行的記錄。㉜孟子　儒家經典之一。戰國時孟子及其弟子萬章等著。一說是孟子弟子及再傳弟子的記錄。記載了孟子的政治活動、政治學說及哲學倫理教育思想等。㉝蘭艾　蘭草與艾草。蘭香艾臭，常比喻君子小人或貴賤美惡。㉞嗤點　譏笑指摘；嘲笑挑剔。

【語譯】兩淮鹽運使朱子穎說：他在山東做泰安知府的時候，聽說有位書生來到了泰山深處，忽然聽見從山崖石壁之中傳出人的說話聲，說：「什麼地方來的經書香，難道是有轉世的人來了嗎？」接著就是一聲劃然巨響，石崖中開，現出了瑰麗壯觀的樓臺殿閣，湧現在山頂之上。這時候，有一位年老的儒生頂冠束帶下來迎接。書生驚慌惶恐，問這裡是什麼地方。老者回答說：「這裡是經香閣。」書生繼而拱手請教經香的意思。老者說道：「這經香閣的來歷，說來話長，請坐下我們慢慢來講吧。過去孔子刪定儒家經書以後，儒家教義垂流後世，教育萬民。諸經的要義、精微的言辭，一代一代地傳授下去。漢代的各位儒學之士，離春秋時期不遠，他們對孔子刪定的儒家經典做了很多訓詁、考證和箋注工作，大致可以窺見先朝聖賢當初著書立說的用心所在。而且那時淳正古樸的風俗還沒有被丟棄，人們也還沒有沾染上培植黨羽、爭名奪利的惡習。只是各自傳授著老師的學說，執著地追索學問的淵源而已。一直沿續到唐代，這種淳正古樸的文風尚未改變。到了北宋朝，刻為注疏十三部，得到先聖的嘉許。但是，儒學大家們擔心隨著王安石新學的日漸興盛，而聖賢的本旨會逐漸衰落淪為絕學，便倡議興建了這座經香閣來保存先聖的經典著作。這中間是儒家經籍最初的寫本，外面是用五色玉石做成的書匣，這是為了充分尊崇先聖的遺教；配上歷代官刻的經書印本，外面是用白色玉石做成的書匣，以表彰歷代帝王重視學問的功德。這些經書都坐北朝南存放在此。左、右兩邊是歷代各家私自刊刻的本子，每一部書刻成，必須取來最初印刷的精美善本，按照刊印的年代為序陳列在這個書閣中。這些典籍，一律用青色的玉石做書匣，以嘉獎私家刻書珍惜古籍的辛勞。這些書都陳列在東西兩邊。並且用珊瑚做成書籤，以黃金製作成鎖鑰，妥善地封存起來。這東、西兩邊的配殿裡有用沉檀木製作的几案，鋪的是用錦緞精心縫製的坐墊。歷朝歷代的大儒們的神靈每年到此視察一次，他們就共同依次坐在這經香閣中。後面三棟房子裡所貯藏的，則是唐朝以前各派儒家的經義，經過整理編排，保存在一個書庫中。除此之外，其他學者就是著述等身，聲名蓋世，也只能聽由其自己藏之名山，而不能進入這經香閣大門一步的，這是遵照先聖的遺志。書閣內的藏書，每到夜半的子時、正午的午時，每字每句都會發出濃郁的清香，所以，書閣就題名為經香閣。這是因為渾然一體的宇宙元氣不停地斡旋、運行，陰陽二氣隨之互相感化、互相作用，陰氣起於午時的正中；陽氣產生於子時的一半時分，聖人的心志與天地相通。各位大儒闡發聖人的義理，其精深奧妙也與天地相通而互相感應。然而，必須是能傳存這些義理的學者才能聞到這馨香，其他人則不能。世間的許多儒生對於這十三部經書，有的人夜以繼日地用一生來仰慕鑽研這十三部經書；有的人則對這些經書深推曲解，苛求不已，百般抨擊，這也是因為他們各自性情學識根柢不同罷了。您在四世前是位刻書的刻工，曾經親手刻過半部《周禮》，故而您身上餘留的書香還在，因此我才能知道您的到來。」於是，老者引導書生看遍了經香閣的樓閣廊廡，並用茶點款待了他。老者送別書生時說：「您要善加自愛，這裡不是輕易能夠來的！」書生回頭看時，只見群峰萬仞，直插雲霄；林莽叢翳，杳無人跡。按：這件事離奇而荒誕，大概是那些崇尚漢學的學者們編撰的寓言。漢代學者以解釋古書字句為專門學問；而宋代學者則以闡發古書義理互相推崇。似乎漢學顯得粗淺而宋學顯得精湛，但是宋儒不通曉訓詁，義理又如何知道？一概詆毀誹謗漢儒的學問，把它看作好像是糞土一般的東西，這未免像是已經造就了華美的大車，就回頭去貶斥原始沒有輻條的車；得以渡過迷津險境，就立即焚毀寶貴的木筏。因此，攻擊宋代學者的人又紛紛出現了。因此我在撰寫《四庫全書．詩部總序》時曾經這樣寫道：宋代儒生攻擊漢代儒生，並不是為講解儒家的經典而引起的，只是追求勝過漢代儒生罷了；而後代學者攻擊宋代儒生，也不是為解說儒家經義起見，只是為漢代儒生遭受宋代儒生的詆毀攻擊而憤憤不平。唐代詩人韋應物的詩中寫道：

「水性自然可以說是寧靜平和的，岩石中也沒有任何聲響；不知為什麼兩者互相撞擊，發出的聲響就像雷霆使得空曠的山嶺都受到震驚。」所比喻的就是這個道理。平心而論，自從三國時的王弼著《周易注》改變了漢代儒生的舊說，成為宋學得以興盛的萌芽。宋代儒生不攻擊《孝經》原來的注疏，因為這些注疏詞義顯而易見。宋代學者所爭論的，也只不過是儒家今文經和古文經在字句上的差異，這些爭論也都無關大局，都可以放在一邊而不加討論的。至於《尚書》、「三禮」、「春秋三傳」、《毛詩》、《爾雅》等各種儒家經典著作的注疏，都要考據文字的古義，絕不是宋代學者們所能夠做到的。《論語》、《孟子》，是宋代儒生積累一生的精力，字斟句酌地去推敲鑽研，也絕對不是漢代學者所能及的。所以說：漢代學者重視老師傳授，學術自有淵源。宋代儒生崇尚內心的體悟，研究探索容易深入。漢代儒生或者執著於儒家經書原來的文字，因而過於相信老師的傳授；宋代儒生或者單憑主觀臆斷，就敢於改動儒家經書的文字。考慮這兩者的得失，漢代學者和宋代學者之間的功過是非，也可以說是不相上下。只是對於漢儒的學說，如果不讀書考察古義，就不能說一句評判的話；而對於宋儒的學說，則是人人都可以空談。這之間蘭花和艾草共同生長在一起，確實有不盡如人意的地方，這就是他們往往遭人譏諷指摘的原因。上述那種虛構的話，也不是沒有原因的瞎說了。

【研析】兩宋理學的興起，使宋代諸儒一反漢學傳統，不再尋章摘句，皓首窮經，而是講求心性之學，推究義理，遂使儒學發展進入一個新高潮。元明兩朝，因為得到歷代皇帝的推崇和支持，程朱理學遂成為社會的主流思潮，也成為諸多儒生賴以進身的階梯。但這些人並非真的篤信程朱義理之學，而是以此為幌子，一味空談，以謀取自己的進身之階。明王朝的覆滅，人們從思想上去追索原因，都認為是空談誤國，遂有顧炎武經世致用思想的提出。降至乾隆年間，學術界復興漢學已成潮流，《四庫全書總目》的撰寫，使紀昀成為這一學派的領軍人物。這一學派被後世稱作乾嘉學派，成為漢學在清代復興的標誌。此章可以看作是紀昀對漢學、宋學作了一番比較和評判，頗有灼見，是研究紀昀學術思想的重要史料。

無畏而鬼滅

曹司農竹虛❶言：其族兄自歙❷往揚州，途經友人家。時盛夏，延坐書屋，甚軒爽。暮欲下榻其中，友人曰：「是有魅，夜不可居。」曹強居之。夜半，有物自門隙蠕蠕入，薄如夾紙。入室後漸開展作人形，乃女子也。曹殊不畏。忽披髮吐舌，作縊鬼狀。曹笑曰：「猶是髮，但稍亂；猶是舌，但稍長。亦何足畏！」忽自摘其首置案上。曹又笑曰：「有首尚不足畏，況無首耶！」鬼技窮，倏然❸滅。及歸途再宿，夜半門隙又蠕動。甫露其首，輒唾曰：「又此敗興物耶！」竟不入。此與嵇中散事❹相類。夫虎不食醉人，不知畏也。大抵畏則心亂，心亂則神渙，神渙則鬼得乘之；不畏則心定，心定則神全，神全則沴戾之氣不能干。故記中散是事者，稱「神志湛然，鬼慚而去」。

【章旨】此段記敘一個人只要無畏懼之心，則鬼魅也要退避的故事。

【注釋】❶曹司農竹虛　即司農曹竹虛。司農，原為漢代官名。主管錢糧，為九卿之一，又稱大司農。清代因戶部主管錢糧田賦，故俗稱戶部尚書為大司農。曹竹虛，即曹文埴。字竹虛，清歙縣人。乾隆進士，官至戶部尚書。❷歙　今安徽歙縣。❸倏然　迅速；極快地。❹嵇中散事　嵇中散，即嵇康。字叔夜，三國魏著名文學家、思想家、音樂家。

官中散大夫，故稱。為「竹林七賢」之一，與阮籍齊名。後因不滿當時掌握政權的司馬氏集團，遭陷害被殺。據《幽明錄》記載，嵇康嘗鼓琴，忽有人面甚小，須臾轉大，單衣葛帶，視之既熟，吹其燈曰：「予恥與鬼魅爭光。」此事與曹竹虛所言相類。

【語譯】戶部尚書曹竹虛說：他的族兄從歙縣到揚州去，途經友人家。當時正值盛夏季節，主人請曹君到書房裡休息，書房十分寬敞涼爽。晚上曹君想住在書房裡。主人說：「這書房裡有鬼魅，夜間不能居住。」曹君堅持就住下來了！半夜時分，有一樣東西從門縫慢慢擠進來，薄的像層夾紙。進入書房後，漸漸展開來像人的形狀，是個女子。曹君毫不畏懼。這個女鬼忽然披散長髮吐出舌頭，裝成吊死鬼的樣子。曹君笑著說：「你這頭髮還是頭髮，只不過稍稍亂了點；你這舌頭還是舌頭，只不過稍稍長了點。這又有什麼可怕的！」那女鬼忽然自己把頭摘下來放在桌子上。曹君又笑著說：「你有腦袋尚且不足畏懼，何況沒有腦袋啊！」那女鬼黔驢技窮，轉眼間就不見了。曹君在回來的路上又住進這間書房。半夜時分，那鬼怪又在從門縫中慢慢擠進來。她剛一露頭，曹君就唾罵道：「怎麼又是你這個敗興的東西！」那女鬼最終沒敢進入書房。這個故事與三國魏國的中散大夫嵇康遇鬼的故事相類似。據說，老虎不會吃喝醉酒的人，因為醉漢不知道畏懼。大抵驚慌恐懼就會導致心神混亂，心一亂就會造成神志渙散，神志渙散就會讓邪魔鬼怪乘虛而入；遇事不畏懼就會心神安定，心神安定就會神志健全，神志健全就會使妖魔鬼怪不敢侵犯。因此記述嵇中散遇鬼故事的人說「嵇中散神志清醒冷靜，那鬼便羞慚地退下去了」。

【研析】鬼魅並無多少伎倆，只不過藉人們對鬼魅的畏懼心理而得其逞。因此，只要去畏懼之心，增無畏之氣，則鬼魅又豈能得逞？神鬼世界如此，人世間何嘗不是如此。

土神

董曲江言：默庵先生❶為總漕❷時，署有土神❸馬神❹二祠，惟土神有配。其少子恃才兀傲，謂土神于思❺老翁，不應擁豔婦；馬神年少，正為嘉耦。徑移女像於馬神祠。俄眩仆不知人。默庵先生聞其事親禱，移還乃蘇。又聞河間學署❻有土神，亦配以女像。有訓導❼謂黌宮❽不可塑婦人，乃別建一小祠遷焉。土神憑其幼孫語曰：「汝理雖正，而心則私，正欲廣汝宅耳，吾不服也。」訓導方侃侃談古禮，猝中其隱，大駭，乃終任不敢居是室。二事相近，或曰：「訓導遷廟猶以禮，董瀆神甚矣，譴當重。」余謂董少年放誕耳，訓導內挾私心，使己有利；外假公義，使人無詞。微神發其陰謀，人尚以為能正祀典也。《春秋》誅心❾，訓導譴當重於董。

【章旨】此章講述了一個冒犯神靈而遭懲罰的故事。

【注釋】❶默庵先生　即董訥。字茲重，號默庵，清平原（今河北平原）人。康熙進士。官至兩江總督，改漕運總督。❷總漕　即漕運總督。官名。明代始設，管理漕糧的取齊、上繳和監押運輸，兼巡撫鳳陽等地。清代相沿不改，以督促南方各省通過運河向京城運送糧食。❸土神　即土地神。掌管、守護某個地方的神。❹馬神　指保佑馬平安的神。

❺于思　亦作「于腮」，臉上鬍鬚多的樣子。❻學署　指學校。❼訓導　官名。明清府、州、縣學都設置訓導，協助同級學官教育所屬生員。❽黌宮　指學校。❾誅心　指揭露和指責別人的思想和動機。

【語譯】董曲江先生說：默庵先生官居漕運總督時，在總督衙門裡有土神和馬神兩座祠堂，而只有土神有配偶。默庵先生的小兒子依仗自己有才能而狂妄驕傲，說土神是個滿臉鬍子的老頭，不應該擁有這麼漂亮的妻子。馬神年輕，這漂亮的婦人正是祂的好配偶。於是他直接把這個婦人塑像搬到了馬神祠。這位少年隨即一陣眩暈而跌倒在地，不省人事。默庵先生聽說這件事後親自來到土神祠祈禱，並且把那個婦人塑像搬回土神祠，這位少年才蘇醒過來了。我又聽說河間府的學府裡也供奉著一尊土神，也配有女子的塑像。有位訓導說學府不可以塑造女人像，於是另外建了一座小祠把土神和祂的夫人搬遷過去。土神附身在這位訓導家裡的小孫子身上說話：「你說的道理雖然表面上看來光明正大，但你的內心卻是隱藏著私心。你正打算用這塊地來擴建你的私人住宅，你這樣做我不服氣。」這位訓導正在侃侃而談古代禮儀，突然被土神說中了自己的隱私，十分害怕，於是直到任期屆滿也不敢住進這座新宅裡。這兩個故事性質差不多，有人說：「訓導拆遷土地廟還憑藉古代的禮儀規矩，而默庵先生的這位少爺褻瀆神靈太過分了，理應受到嚴厲的譴責。」我認為這位董姓少年放蕩荒唐而已，但這位訓導卻是內心夾挾私念，使之對自己有利；表面上好像是秉公仗義，使人無話可說。如果沒有土地神揭發了他的陰謀，人們還以為他能端正祭祀的典禮呢！孔子筆削《春秋》，講求揭露和指責人的思想和動機，從這點出發，這位訓導受到的譴責應該要比董姓少年更加嚴厲。

【研析】少年狂妄無知，冒犯神靈，情猶可原。而道貌岸然的偽君子以滿口的仁義道德，來掩飾自己一肚子的男盜女娼，於情於理都應該受到嚴厲的譴責和懲罰。不這樣無益於懲戒偽善，也無助於伸張正義。不過，紀曉嵐在此處引用孔子《春秋》誅心之說，似乎譴責偽善還要從老祖宗那裡尋找理論依據，未免太過小心。

戲術

戲術❶皆手法捷耳，然亦實有般運術❷（宋人書「搬」運皆作「般」）。憶小時在外祖雪峰先生家，一術士❸置杯酒於案，舉掌拍之，杯陷入案中，口與案平。然捫案下，不見杯底。少選❹取出，案如故。此或障目法也。又舉魚膾一巨碗，拋擲空中不見。令其取回，則曰不能矣，在書室畫廚夾屜中，公等自取耳。時以賓從雜遝❺，書室多古器，已嚴扃❻；且夾屜高僅二寸，碗高三四寸許，斷不可入，疑其妄。姑呼鑰啟視，則碗置案上，換貯佛手❼五。原貯佛手之盤，乃換貯魚膾，藏夾屜中，是非般運術乎？理所必無，事所或有，類如此，然實亦理之所有。狐怪山魈，盜取人物不為異，能劾禁狐怪山魈者亦不為異。既能劾禁，即可以役使；既能盜取人物，即可以代人盜取物，夫又何異焉？

【章旨】此段記敘了作者年少時看見術士所表演的兩件有關搬運物品的事情。

【注釋】❶戲術　即變戲法，或稱變魔術。❷般運術　即搬運術。古代方士稱不借助人力，能通過法術將一物從一地運到另一地。今天看來，只不過是一種變魔術手法而已。❸術士　即方士。我國古代好講神仙方術的人。起源於燕齊一帶近海地區。以修煉成仙和不死之藥來騙取人們信任。❹少選　一會兒。❺賓從雜遝　賓客和隨從人員眾多而雜亂。

❻嚴扃　關鎖嚴緊。扃，門窗箱櫃上的插關。❼佛手　一種常綠灌木或小喬木所結的果實，鮮黃色，基部圓形，上部分裂如掌，成手指狀，故稱。

【語譯】 變戲法全憑手法敏捷，然而也確實有般運術（宋代人寫「搬」運都寫作「般」）。記得小時候我在外祖父張雪峰先生家裡，見過一位術士把一杯酒放在几案上，用手一拍，酒杯就陷入几案，杯口和案面一般平。然而用手去摸几案的背面，卻摸不到酒杯的底部。一會兒，他把酒杯從几案中取出，案面卻和原來一樣完好無損。這或許是障眼法。這位術士又舉起一大碗燉魚，拋擲到空中就不見了。讓他把魚取回來，術士卻說辦不到，因為這碗魚已經在書房畫櫥夾層的抽屜裡，先生們還是自己去取吧。當時家中賓客和隨從眾多雜亂，而書房裡收藏著很多珍貴的古代器物，早已關鎖嚴緊；而且畫櫥夾層抽屜只有兩寸多高，而那盛燉魚的大碗卻高三四寸，魚碗根本不可能放進抽屜裡的，大家都懷疑術士是在胡說。姑且叫人拿來鑰匙打開書房門查看，就看見盛燉魚的大碗放在几案上，碗裡的燉魚換成裝了五只佛手。原來盛放佛手的盤子，卻換成盛上了燉魚，藏在夾層的抽屜裡。這大概就是所謂的搬運術吧？從道理上說根本不該有搬運術，然而這種事情或許是存在的。類似的事情很多。那麼，它既然事實上是存在的，道理上也應該承認它是存在的。狐仙、山魈之類的怪物偷盜人們的物品並不使人感到奇怪，那麼，能夠劾治狐仙、鬼怪的術士也不感到奇怪。術士既然能夠劾治他們，當然就可以役使他們；狐仙、山魈之類既然能夠為自己盜竊他人東西，當然也就可以替別人盜取他人物品，這又有什麼兩樣呢？

【研析】 術士靠騙人以謀取名利，司馬遷《史記》記載了多起漢武帝輕信術士而受騙的事例，可為後世帝王鑑。然而後世某些帝王往往還是輕信術士，如宋徽宗、明嘉靖皇帝迷信道士，沉溺於求仙煉丹，留給後人笑柄。不過，術士既要騙人，自有其騙人的手法，常人難以辨別。如紀昀見到這位術士表演所謂的搬運法，就使紀昀陷入迷惑，甚而說出「理所必無，事所或有」的話來。因此，揭穿江湖術士的騙人把戲，並不是一件輕而易舉的事情。

何必如此

舊僕莊壽言：昔事某官，見一官侵晨❶至，又一官續至，皆契交❷也，其狀若密遞消息者。俄皆去，主人亦命駕遞出。至黃昏乃歸，車殆馬煩，不勝困憊。俄前二官又至，燈下或附耳，或點首，或搖手，或蹙眉，或拊掌，不知所議何事。漏❸下二鼓❹，我遙聞北窗外吃吃有笑聲，室中弗聞也。方疑惑間，忽又聞長歎一聲曰：「何必如此！」始賓主皆驚，開窗急視，新雨後泥平如掌，絕無人蹤，共疑為我囈語。我時因戒勿竊聽，避立南榮❺外花架下，實未嘗睡，亦未嘗言，究不知其何故也。

【章旨】此章批評了官場中人背後竊議他人的陋習。

【注釋】❶侵晨　即凌晨。侵，漸近。❷契交　指意氣相投的好友。❸漏　本指古代滴水記時的儀器。此處借指時間。❹鼓　古代擊鼓報更，故以為更的代稱。❺榮　指屋簷兩頭翹起的部分。

【語譯】我過去有位僕人名叫莊壽，他說：我以前曾經侍奉過某位官員，看到有一位官員天快亮的時候就來了，接著又來了一位官員，他們都是與主人交情很深的朋友，看他們樣子好像是在祕密傳遞什麼消息。不一會兒，兩位客人就都走了，主人也命人備車出門。直到黃昏時分，主人才回家來，累得人困馬乏，疲憊不堪。一會兒，早晨來的那兩位官員又來了。他們在燈下或交頭接耳、或頻頻點頭、或連連搖手、或眉頭緊鎖、或拊手稱快，不知在議論什麼事情。到了二更天的時候，我遠遠聽見主人房外北窗戶下有吃吃的笑聲，可房裡的主客三人顯然是沒有聽見。我正在疑惑時，忽然又聽到一聲長歎，說：「何必如此！」這時候，主客三人才都大吃一驚，急忙打開窗戶察看，剛下過一場雨之後，泥地被雨水沖得一平如掌，絲毫沒有人來過的痕跡，主客三人又一起懷疑是我在說夢話。當時我因為主人禁止竊聽，遠遠地迴避站在南面屋簷外的花架下侍候，根本沒有睡覺，也沒有說話，終究還是不知道這是什麼原因。

【研析】官場中結黨營私之事常有，本不足為奇。此賓主三人竊竊私語，且不許下人偷聽，當然也不會是在談論什麼光明正大之事。然而，心懷機巧者並不能事事如意；謀算他人者往往搬起石頭砸自己腳，真所謂「機關算盡太聰明，反誤了卿卿性命」。類似事例，歷史上比比皆是，故而才會有「何必如此」之歎。

村童

永春❶邱孝廉二田，偶憩息九鯉湖❷道中。有童子騎牛來，行甚駛，至邱前小立，朗吟曰：「來衝風雨來，去踏煙霞去。斜照萬峰青，是我還山路。」怪村豎❸那得作此語，凝思欲問，則笠影出沒杉檜間，已距半里許矣。不知神仙遊戲，抑鄉塾小兒聞人誦而偶記也。

【章旨】此章講述了福建永春鄉間小童吟詩之事。

【注釋】❶永春　地名。今福建永春。❷九鯉湖　湖名。在福建仙遊北，諸水匯聚而成。❸村豎　此處指鄉村男童。

【語譯】福建永春邱二田舉人，有一次偶然在九鯉湖邊的路旁休息。有一個牧童騎在牛背上走來，那牛走得很快，不一會兒就來到邱二田面前，站立了一會兒，牧童朗聲吟誦道：「來時冒著風雨而來，去時踏著煙霞而去。斜陽照映萬峰青翠，這是我還山之路。」邱二田奇怪一個鄉村小童怎麼能說出這樣的話來，他凝神思索正打算向村童詢問時，只見那村童頭上戴的斗笠在杉樹和檜樹之間忽隱忽現，已經走出半里多地了。不知這是神仙在作遊戲，還是鄉間小童聽別人吟誦詩句而偶然記住的。

【研析】自東晉以來，福建得到開發，逐漸成為人文薈萃之地。北宋時，福建已以其諸多物產而名聞天下，如建州的龍鳳團茶、建陽的雕板印刷等。自罹靖康之難，宋室南渡，中原士人南下躲避戰火，促使福建的社會文化得到進一步發展。如大儒朱熹就長期在福建生活，著書立說，教授學生。降至明清，福建民間好學求知之風日甚，村童能吟誦幾首詩詞並非稀罕之事。故而，文化積澱並非一朝一夕之事，當作長久努力。

林教諭

莆田❶林教諭❷霈，以臺灣俸滿❸北上。至涿州❹南，下車便旋。見破屋牆匡外，有磁鋒劃一詩曰：「騾綱隊隊響銅鈴，清曉衝寒過驛亭。我自垂鞭玩殘雪，驢蹄緩踏亂山青。」款曰羅洋山人。讀訖，自語曰：「詩小有致。羅洋是何地耶？」屋內應曰：「其語似是湖廣❺人。」入視之，惟凝塵敗葉而已。自知遇鬼，惕然登車。恆鬱鬱不適，不久竟卒。

【章旨】此章講述了一個士人遇鬼的故事。

【注釋】❶莆田　市名。在福建東部沿海、木蘭溪下游。❷教諭　學官名。元明清縣學都設置教諭，掌管文廟祭祀、教育所屬生員。❸俸滿　明清官員任職滿一定年限可酌情升調，稱俸滿。❹涿州　今河北涿州。❺湖廣　指今湖北、湖南兩省。

【語譯】福建莆田人林霈曾經擔任教諭的官職，他在臺灣某縣學任滿升調北上。路過河北涿州南郊時，下車小便，看見一間破屋子的外牆上有用碎磁片刻畫寫下的一首詩，詩道：「一批批騾隊響著銅鈴，清晨冒著寒氣經過驛亭。我獨自垂下鞭子玩弄殘雪，驢蹄慢慢踏過擾亂了滿山的青翠。」這首詩的下款署名羅洋山人。林教諭讀罷，自言自語地說：「這首詩稍稍有點意境，羅洋是什麼地方呢？」破屋子裡有人應聲回答說：「看那詩句，好像是湖廣一帶的人。」林教諭進屋子察看，只見屋子裡滿是凝積的塵土和枯枝敗葉而已。林教諭知道自己碰到了鬼，就驚恐地趕快登上車離開了。從那以後，林教諭總覺得心中憂鬱而身體不適，不久就去世了。

【研析】這林教諭似乎實在經不起事。就算與鬼對話，鬼又沒有對其作祟，而林教諭卻鬱鬱而終。因此人們常說人不是被鬼嚇死的，而是被自己嚇死的。林教諭就提供了這樣一個事例。

一聯成讖

景州❶李露園基塙，康熙甲午❷孝廉，余婿僚也。博雅工詩。需次❸日，夢中作一聯曰：「鸞翮嵇中散❹，蛾眉屈左徒❺。」醒而自不能解。後得湖南一令，卒於官，正屈原行吟地❻也。

【章旨】此章講述了因夢作一聯而得應驗的故事。

【注釋】❶景州　今河北景縣。❷康熙甲午　即康熙五十三年，西元一七一四年。❸需次　古時指官吏授職後，按照資歷依次補缺。❹嵇中散　即嵇康。字叔夜，三國魏譙郡銍（今安徽宿州西南）人。與魏宗室通婚，官中散大夫，世稱嵇中散。為「竹林七賢」之一，與阮籍齊名。後被司馬昭所殺。❺屈左徒　即屈原。名平，字原，戰國楚人。初輔佐楚懷王，任左徒，故稱。遭讒去職，楚頃襄王時被放逐，長期流浪沅湘流域。後因楚國日漸衰敗，而自己又無力挽救，遂投汨羅江而死。是我國最早的大詩人。❻屈原行吟地　指當年屈原被流放的湖南沅水、湘江流域地區。

【語譯】河北景縣人李基塙，字露園。康熙五十三年舉人，是我女婿的同事。李露園博學端方，善於寫詩。他在等候官職補缺的日子時，有一天在睡夢作了一個聯句，說：「像鸞鳥一樣翩翩起舞的是嵇中散，如美女一般惹人喜愛的是屈左徒。」他夢醒之後，自己也不能解釋這詩句的意思。後來李基塙得到湖南某個縣令的官職，死在任上。他做官的地方，正是屈原被放逐而一路吟誦詩句的地方。

【研析】人們常有宿命思想，好像一切都在冥冥中注定。其實，偶然的巧合並非宿命。如果相信宿命，就會喪失奮鬥的勇氣，這也不是造物主所希望的吧！

小花犬

先祖母張太夫人，畜一小花犬。群婢患其盜肉，陰搤殺之。中一婢曰柳意，夢中恆見此犬來齧，睡輒囈語。太夫人知之，曰：「群婢共殺犬，何獨銜冤於柳意？此必柳意亦盜肉，不足服其心也。」考問果然。

【章旨】此章講述了一個正人必先正己的故事。

【語譯】先祖母張太夫人曾養過一條小花狗。婢女們嫌這條小花狗總愛偷肉吃，就暗地裡合力把這小花狗勒死了。這些婢女中有個名叫柳意的，睡夢中常常夢見小花狗來撲咬她，因此她一睡著就會講夢話。太夫人知道了這件事後，說：「婢女們一起勒死了小花狗，牠為什麼會含冤單獨找柳意算帳？這一定是柳意也偷肉吃，所以小花狗心中不服氣。」經過拷問柳意，果然如此。

【研析】小花狗偷肉吃就要受到嚴懲，而婢女偷肉吃卻不受懲罰，罪同而罰異，小花狗自然不能服氣，些許報復亦在常理。因此，正人必先正己，己不正焉能正人。推己及物，無不如此。

古柏

福建汀州❶試院❷，堂前二古柏，唐物也，云有神。余按臨日，吏白當詣樹拜。余謂木魅不為害，聽之可也，非祀典所有，使者不當拜。樹柯葉森聳，隔屋數重可見。是夕月明，余步階上，仰見樹杪兩紅衣人，向余磬折拱揖，冉冉漸沒。呼幕友出視，尚見之。余次日詣樹，各答以揖。為鐫一聯於祠門曰：「參天黛色常如此，點首朱衣❸或是君。」此事亦頗異。袁子才❹嘗載此事於《新齊諧》❺，所記稍異，蓋傳聞之誤也。

【章旨】此章講述了一個唐代古柏神異的故事。

【注釋】❶汀州　今福建長汀。❷試院　古代科舉考試時的考場。❸點首朱衣　相傳北宋歐陽脩主持貢院舉試，每閱試卷，常覺座後有朱衣人時復點頭，凡朱衣人點頭的，都是合格的文章，因有「唯願朱衣一點頭」之句。後用為科舉中選的代稱。❹袁子才　即袁枚。字子才，號簡齋、隨園老人，清浙江錢塘（今浙江杭州）人。乾隆進士，曾任江寧等地知縣。後辭官居江寧，是清代著名詩人。❺新齊諧　袁枚所著筆記小說集，二十四卷。

【語譯】福建汀州鄉試貢院的大堂前有兩棵古柏，是唐代人種植的，人們都說這兩棵古柏有神靈。我督學福建來到汀州貢院視察的時候，屬下的官吏提醒我應當先到古柏前參拜神靈。我說草木之怪不能危害人，聽其自然就可以了。參拜古柏神靈不是朝廷祭祀禮制所規定的，朝廷的命官不應該去參拜。這兩棵古柏枝葉繁茂高聳，隔著幾進屋子仍然可以看見茂密的樹冠。那天晚上月光明亮，我走在石階上，抬頭看見古柏的樹梢上站著兩個身穿紅衣服的人，向我彎腰作揖施禮，隨之漸漸隱沒於昏暗中。我急忙呼喚幕友來看，他們還能見到了紅衣人的身影。我第二天便來到兩棵古柏前，向它們各作了一揖表示還禮。並鐫刻一副對聯懸掛在祠堂門前，道是：「參天柏樹常年泛著黛色，點頭朱衣人或許就是您。」這件事也很奇異。袁子才曾經把這件事記入《新齊諧》，所記載的故事稍稍有些出入，大概是因為傳聞有誤的緣故。

【研析】樹木有神，本是虛妄之說。「子不語怪力亂神」，紀曉嵐自然也不會相信。但紀曉嵐確實親眼見到有紅衣人出現在樹梢，遂使其不能不信。究其原因，或許是好事之徒以為如果聽任紀曉嵐不信樹神，就會使古柏失去神的光環。遂請來武林高手，在紀曉嵐黃昏散步時，顯身樹梢，演了一場裝神弄鬼的好戲。紀曉嵐難辨真偽，曲從眾議，於是留下這個公案。

呂道士

德州❶宋清遠先生言：呂道士，不知何許人，善幻術❷，嘗客田山薑司農❸家。

值朱藤盛開，賓客會賞。一俗士❹言詞猥鄙，喋喋不休，殊敗人意。一少年性輕脫，厭薄尤甚，斥勿多言。二人幾攘臂❺。一老儒和解之，俱不聽，亦慍形於色。滿坐為之不樂。道士耳語小童，取紙筆，畫三符焚之。三人忽皆起，在院中旋折數四。俗客趨東南隅坐，喃喃自語。聽之，乃與妻妾談家事。俄左右回顧若和解，俄怡色自辯，俄作引罪狀，俄屈一膝，俄兩膝並屈，俄叩首不已。視少年，則坐西南隅花欄上流目送盼，妮妮軟語。俄嬉笑，俄謙謝，俄低唱《浣紗記》❻，呦呦不已，手自按拍，備諸冶蕩之態。老儒則端坐石凳上，講《孟子》「齊桓、晉文之事」一章❼。字剖句析，指揮顧盼，如與四五人對語。忽搖首曰「不是」，忽瞋目曰「尚不解耶」，咯咯癆嗽❽仍不止。眾駭笑，道士搖手止之。比酒闌，道士又焚三符。三人乃惘惘痴坐，少選始醒，自稱不覺醉眠，謝無禮。眾匿笑散。道士曰：「此小術，不足道。葉法善❾引唐明皇❿入月宮，即用此符。當時誤以為真仙，迂儒又以為妄語，皆井底蛙耳。」後在旅館，符攝一過往貴人妾魂。妾蘇後，登車識其路徑門戶，語貴人急捕之，已遁去。此《周禮》所以禁怪民⓫歟！

【章旨】此章講述了一個道士裝神弄鬼的故事。

【注釋】❶德州　市名。在山東西北部，鄰接河北。❷幻術　指方士、術士用來眩惑人的法術。❸田山薑司農　田山薑，即田雯。字綸霞，又字紫綸，自號山薑子，清德州（今山東德州）人。康熙進士。官至戶部侍郎致仕。司農，漢代官名。主管錢糧，為九卿之一。清代因戶部主管錢糧田賦，故俗稱戶部長官為司農。❹俗士　平庸的儒生。❺攘臂　指捲起衣袖。形容激動奮起的樣子。❻浣紗記　一名《吳越春秋》，傳奇劇本。明梁辰魚作。講述春秋時期句踐臥薪嚐膽，用范蠡之計，獻浣紗女西施給吳王夫差，終於滅吳。范蠡功成身退，棄官攜西施泛舟而去的故事。❼孟子齊桓晉文之事一章　見《孟子．梁惠王》。❽癆嗽　如患了肺結核一般地咳嗽不停。❾葉法善　字道元，唐括蒼（今浙江麗水）人。自曾祖三代為道，傳習攝養、陰陽、卜筮、符咒之術。唐高宗時應召入京，至玄宗開元年間去世，享年一百零七歲。❿唐明皇　即唐玄宗李隆基。諡號為至道大聖大明孝皇帝，故稱。⓫怪民　指精神失常或學習旁門左道而舉止怪異的人。

【語譯】德州人宋清遠先生說：有位呂道士，不知道他是什麼來歷，善於施行幻術，曾經寄居在戶部侍郎田山薑的家裡，那時正逢朱藤花盛開，主人邀集賓客一起賞花。有一位俗不可耐的書生言詞粗俗卑劣，而且說起話來喋喋不休，很敗壞人的雅興。一位少年書生性格淺薄輕狂，他特別討厭這位書生，於是斥責書生不要多說話。兩人爭吵起來，幾乎要捋臂挽袖準備打架。一位年老的儒生上前勸解，這兩人都不聽，這位老先生也露出惱怒的神色。滿座的人都因此不高興。呂道士對隨身小童附耳說了幾句話，小童拿來了紙和筆。呂道士當即畫了三道符焚燒了。那三位滋事者忽然都站起身來。在院子裡轉了幾個圈。那位庸俗的書生走到院子的東南角坐下，喃喃地自言自語，仔細一聽，是在和自己的妻妾談論家事。他一會兒左顧右盼，似乎是在尋求和解；一會兒和顏悅色，似乎是在為自己辯解；一會兒做出承認罪過的樣子；一會兒單腿跪地、一會兒雙腿跪地；一會兒又不停地磕頭。再看那淺薄輕狂的年輕人，正坐在院子西南角的花欄杆上。只見他流目送盼、眉眼傳情，卿卿我我地細聲軟語，一會兒嘻笑不止，一會兒謙卑稱謝；一會兒低聲唱起《浣紗記》，咿咿呀呀唱個不停，自己用手打著節拍，極盡淫靡冶蕩的樣子。那位年老的儒生則端坐在一方石凳上，開講《孟子》中「齊桓、晉文之事」一章。只見他解字析句，揮動著手，左顧右盼，似乎是同四、五個人對話。這位老儒一會兒搖頭說「不是」，一會兒瞪眼說道「還沒有聽明白嗎」，像患癆病似地咯咯咳嗽不停。眾人既驚訝又好笑，呂道士搖搖手制止大家大笑。等到酒筵快結束時，呂道士又焚燒了三道符。那三個人茫茫然呆坐著，過了一會兒便清醒了。說自己不知不覺喝醉酒就睡著了，有失禮的地方向大家謝罪。眾人忍住笑散去。呂道士對主人說：「這種小小的法術，是不足稱道的。當年，葉法善引導唐明皇進入月宮觀燈，用的就是這種符。當時誤以為是遇上了真仙，一些迂腐的儒生又以為是虛妄的說法，都是井底之蛙罷了。」後來在旅館裡，呂道士用符勾攝一位過往的達官貴人小老婆的魂魄。那小老婆蘇醒後，坐上車還認識去呂道士住處的道路和門戶，對達官貴人說趕快去追捕呂道士，但呂道士已經逃走了。這就是《周禮》為什麼禁止旁門左道的人進入宮中的原因吧！

【研析】道士故弄玄虛，本不足為奇。使人感到奇怪的卻是有這三人的配合，使呂道士得售其奸。誰能說這三人不是呂道士安排的呢？聯想到上個世紀八十年代，大陸突然出現許多所謂的氣功大師，聲稱能呼風喚雨，能倒轉乾坤，能起死回生，如此等等。最後真相大白，這些所謂的氣功大師都是靠欺騙來謀取他人錢財，騙術也並不高明。但是人一旦沉溺其中，便會喪失起碼的判斷能力，世人還當提高警覺。

馬語

交河❶老儒及潤礎，雍正乙卯❷鄉試，晚至石門橋，客舍皆滿，惟一小屋，窗臨馬櫪❸，無肯居者，姑解裝焉。群馬跳踉，夜不得寐。人靜後，忽聞馬語。及愛觀雜書，先記宋人說部❹中有堰下牛語事，知非鬼魅，屏息聽之。一馬曰：「今日方知忍飢之苦。生前所欺隱草豆錢，竟在何處！」一馬曰：「我輩多由圉人❺

轉生，死者方知，生者不悟，可為太息❻！」眾馬皆嗚咽。一馬曰：「冥判❼亦不甚公，王五何以得為犬？」一馬曰：「冥卒曾言之，渠一妻二女並淫濫，盡盜其錢與所歡，當罪之半矣。」一馬曰：「信然，罪有輕重，姜七墮豕身，受屠割，更我輩不若也。」及忽輕嗽，語遂寂。及恆舉以戒圉人。

【章旨】此章以馬的口吻講述了一個因果報應的故事。

【注釋】❶交河　縣名。在河北中部偏南、南運河和滏陽河之間。❷雍正乙卯　即雍正十三年，西元一七三五年。❸馬櫪　即馬廄。❹說部　指古代小說、筆記、雜著一類書籍。❺圉人　古官名。掌養馬芻牧之事。後指養馬人。❻太息　即歎息。❼冥判　指陰曹地府的判決。

【語譯】河北交河縣有位名叫及潤礎的老年儒生。雍正十三年，他去參加鄉試，晚間來到任丘縣的石門橋鎮。當時，客店旅館都已住滿了過往的客人，唯獨有一間小屋，因為窗戶正對著馬廄，所以沒有人肯住。及老先生就只好放下行李住進這間小屋子裡了。等及老先生住下後，只聽見群馬跳躍，攪得他夜裡無法入睡。待到夜深人靜，他忽然聽見馬說起話來。及老先生喜愛看雜書，早先記得在宋代筆記小說一類的書籍中，講過牛在河堤下說話的故事。他知道這不是鬼魅作亂，就屏住呼吸聽馬匹說話。一匹馬說：「今天我才知道忍飢挨餓的痛苦了。我生前靠欺騙隱瞞剋扣下的草料錢，現在究竟在什麼地方呢！」另一匹馬說：「我們都是由養馬人轉生來的。死了才知道前生的罪過；而現在還活著的養馬人卻依然不覺悟，實在令人歎息！」眾馬聽了這話都嗚嗚咽咽地哭泣起來。又一匹馬說：「我看陰曹地府判案也很不公正，王五為什麼能夠託生為狗？」有一匹馬回答說：「陰曹鬼卒曾經說起這件事，王五的一個妻子和兩個女兒都淫亂放蕩，把王五的錢全部偷去給了自己的情人，所以王五的罪過就抵消了一半。」另一匹馬說：

「確實是這樣的。罪過有輕有重，姜七墮落託生為一頭豬，要受屠宰切割，還不如我們了。」及老先生忽然輕輕地咳嗽一聲，馬廄裡就安靜無聲了。及老先生經常用這個故事來告誡養馬人。

【研析】佛教講因果，士大夫們常用來勸人積德行善，從中亦可看出儒佛兩教之間的互相浸潤。因果說雖出自佛教，但還能使惡人作惡時多些顧忌，好人行善時多些慰藉，這可能就是因果說的積極作用吧！

善詈

余一侍姬，平生未嘗出詈語。自云親見其祖母善詈，後了無疾病，忽舌爛至喉，飲食言語皆不能，宛轉❶數日而死。

【章旨】此章講了一個善詈者爛舌的故事。

【注釋】❶宛轉　指疼痛難忍在床上翻滾的樣子。

【語譯】我有一名侍妾，平生從來沒有說過罵人的話。她說曾親眼見到自己的奶奶喜歡罵人。後來，奶奶根本沒有什麼病，忽然從她的舌尖一直爛到咽喉，飲食說話都不能夠，痛得在床上翻滾了幾天就死了。

【研析】善詈者爛舌。紀曉嵐以此來勸告世人勿怒勿詈，才能保得一生平安，勸世之意昭然若揭。

隱惡

有某生在家，偶晏起，呼妻妾不至。問小婢，云並隨一少年南去矣。露刃追及，將駢斬之。少年忽不見。有老僧衣紅袈裟❶，一手托缽❷，一手振錫杖❸，格其刀曰：「汝尚不悟耶？汝利心太重，忮忌心❹太重，機巧心太重，而能使人終不覺。鬼神忌隱惡，故判是二婦，使作此以報汝。彼何罪焉？」言訖亦隱。生默然引歸。二婦云：「少年初不相識，亦未相悅。忽惘然如夢，隨之去。」鄰里亦曰：「二婦非淫奔者，又素不相得，豈肯隨一人？且淫奔必避人，豈有白晝公行，緩步待追者耶？其為神譴，信矣。」然終不能明其惡，真隱惡哉！

【章旨】此章講述了某書生的妻妾隨人私奔而書生不敢責罰的故事。

【注釋】❶袈裟　梵文 Kasāya 的音譯，意謂「壞色」。指佛教僧尼的法衣。❷缽　僧人的食器，缽多羅的略稱。❸錫杖　梵文 Khakkhara 意譯，亦譯「聲杖」、「鳴杖」。杖高與眉齊，頭有錫環，原為僧人乞食時，振環作聲，以代扣門，兼防牛犬之用。是比丘常持的十八物之一。❹忮忌心　忌恨之心。

【語譯】有一位書生在家居住，偶然晚起床，呼喚妻妾，卻都沒有來。他問一名小婢女，回答說是都隨著一個少年往南去了。書生拔出刀追上他們，打算把他們一起斬殺。那名少年忽然不見了，有一位身穿紅色袈裟的老和尚，一手托缽，一手揮動錫杖，格開書生的佩刀，說道：「你難道還不省悟嗎？你的利欲之心太重，忌恨之心太重，機變巧詐之心太重，而且還能使人始終不能察覺。鬼神忌諱人們隱匿的惡行，故而判處這兩個女人，讓她們做出跟人私奔的事來報復你，她們倆有什麼罪呢？」老和尚說完話也就不見了。這位書生默默地把自己的妻妾領回家。兩個女人解釋說：「我們與這名少年素不相識，也沒有互相愛悅。忽然間昏昏沉沉地像做夢，身不由己地就跟著他走了。」鄰居們也說：「這兩個女人不是那種淫蕩私奔的人，平常又不很和睦，怎麼就肯跟隨一個人走？而且如果是淫蕩私奔必然要避開他人，豈有大白天公然行走，慢慢走著等待人追趕的呢？這書生一定是遭到了神明的譴責，可以確信無疑了。」然而人們終究不能明白書生的惡行，真是不為人知的惡行啊！

【研析】公開作惡，難以欺騙世人；作惡後隱匿罪過，還要裝出一副道貌岸然的樣子，使人們難以識別，這種人最可惡，欺騙性也最大。世人對這種隱惡之人也沒有多少辦法，只能藉著故事來出一口怨氣罷了。

題詩成讖

事皆前定，豈不信然？戊子❶春，余為人題〈蕃騎射獵圖〉曰：「白草粘天野獸肥，彎弧愛爾馬如飛；何當快飲黃羊血，一上天山雪打圍。」是年八月，竟從軍於西域❷。又董文恪公❸嘗為余作〈秋林覓句圖〉。余至烏魯木齊，城西有深林，老木參雲，彌亙數十里，前將軍伍公彌泰❹建一亭於中，題曰「秀野」。散步其間，宛然前畫之景。辛卯❺還京，因自題一絕句曰：「霜葉微黃石骨青，孤吟自怪太零丁。誰知早作西行讖，老木寒雲秀野亭。」

【章旨】此章作者以自己流放西域而感歎命運前定。

【注釋】❶戊子　即乾隆三十三年，西元一七六八年。❷從軍於西域　乾隆年間，作者的姻親兩淮鹽運使盧見曾因犯法將被治罪，作者為其通風報信而獲罪，被流放西域（此處指烏魯木齊）。❸董文恪公　即董邦達。字孚存，號東山，清富陽（今浙江富陽）人。官至工部尚書。卒謚文恪，故稱。❹伍公彌泰　姓伍彌，清蒙古正黃旗人。雍正間襲三等伯，後官西安將軍。平定撒哈拉回民叛亂有功。官至東閣大學士。❺辛卯　即乾隆三十六年，西元一七七一年。

【語譯】凡事都是命中注定的，難道不確實是這樣的嗎？乾隆戊子年春天，我為人題寫〈蕃騎射獵圖〉時說：「白草遠接天空野獸肥碩，喜愛張開彎弓駿馬如飛；什麼時候能痛快地暢飲黃羊血，登一次天山在雪中打獵。」這一年的八月，我竟然從軍來到了西域。又，董文恪公曾經為我畫了一幅〈秋林覓句圖〉。我從軍來到烏魯木齊後，發現城西有茂密的森林，古老的樹木高聳入雲，廣袤綿延數十里。前西安將軍伍彌泰公在森林中修建了一座亭子，題名為「秀野」。我在林間散步，感到景致似乎同董公所繪的〈秋林覓句圖〉一樣。乾隆辛卯年我回到京城，因而自己題寫了一首絕句：「經霜的樹葉微微泛黃而岩石青青，孤獨地吟誦自己也感到太零丁。誰知早已有了西行的徵兆，那便是老樹寒雲和秀野亭。」

【研析】流放西域，對紀曉嵐來說是人生的一場挫折。即使如紀曉嵐這樣的曠達之人，難免也會有情緒低落之時。但如果「事皆前定」，對自己來說無疑是一種心理解脫，也是藉以自慰的最好藉口。

南皮瘍醫

南皮瘍醫❶某，藝頗精，然好陰用毒藥，勒索重資。不饜所欲，則必死。蓋其術詭祕，他醫不能解也。一日，其子雷震死。今其人尚在，亦無敢延之者矣。或謂某殺人至多，天何不殛其身而殛其子？有佚罰❷焉。夫罪不至極，刑不及孥❸；惡不至極，殃不及世。殛其子，所以明禍延後嗣也。

【章旨】此章講述了一個醫生害人而最終自害的故事。

【注釋】❶瘍醫 指專治瘡傷的醫生。❷佚罰 指懲罰失當。❸孥 兒女。

【語譯】南皮縣有位專治瘡傷的醫生某人，醫術很高明，然而他喜歡暗地裡在病人身上使用毒藥，藉此來勒索病家的大筆錢財。如果不能滿足他那貪婪的欲望，那麼病人必定會死亡。這是因為他的手段十分詭祕，其他醫生不能解除的緣故。有一天，這位醫生的兒子被雷擊死了。如今這位醫生依然健在，但是也沒有人敢請他看病了。有人說這個醫生殺人很多，老天爺為什麼不擊殺他本人而擊殺他的兒子？這樣是懲罰不當。要知道犯罪不到極點，刑罰不會累及其兒女；作惡不到極點，災禍不會殃及後代。老天爺擊殺這名醫生的兒子，正是要表明災禍已經延續到他的後代了。

【研析】為醫之道，在於救死扶傷。切不可藉行醫之際，謀取不義之財。即使自以為手段高明，他人無可奈何，但冥冥之中自有報應。常言道：「自作孽，不可活。」不正是說這類人嗎？

術士

安中寬言：昔吳三桂❶之叛，有術士精六壬❷，將往投之。遇一人，言亦欲投三桂，因共宿。其人眠西牆下，術士曰：「君勿眠此，此牆亥刻❸當圮。」其人曰：「君術未深，牆向外圮，非向內圮也。」至夜果然。余謂此附會之談也，是人能知牆之內外圮，不知三桂之必敗乎？

【章旨】此章講述了江湖術士只能料小事而不能識大局的故事。

【注釋】❶吳三桂　字長白，明清之際高郵人，遼東（今遼寧遼陽）籍。武舉出身。明末任遼東總兵，駐守山海關。李自成攻克北京後，吳三桂引清兵入關，受封為平西王。為清兵先驅，進攻南明雲貴地區，殺死明永曆帝。鎮守雲南，形成割據勢力。清聖祖下令撤藩，吳三桂遂於康熙十二年舉兵叛亂。康熙十七年在衡州稱帝，不久病死。❷六壬　術數的一種。五行（水、火、木、金、土）以水為首，天干中壬、癸皆屬水，壬為陽水，癸為陰水，捨陰取陽，故名壬。六十甲子中，壬有六個（壬申、壬午、壬辰、壬寅、壬子、壬戌），故稱「六壬」。六壬共有七百二十課，總括為六十四種課體，術士用以占卜吉凶禍福。❸亥刻　指十二時辰中的亥時，即二十一時至二十三時。

【語譯】安中寬說：過去吳三桂發動叛亂時，有個術士精通「六壬」之法，打算前去投奔吳三桂。他在路上遇見一個人，那人說也打算去投奔吳三桂，因此兩人就同在一處住宿了。那人睡在西牆下，術士說：「你別睡在那兒，到了夜裡亥時，這堵牆就會倒塌。」那人回答說：「您的道術還不夠精深，這堵牆是向外倒塌，而不是向內倒塌的。」到了半夜時分，這堵牆果然向外倒塌了。我認為這是牽強附會之談，他們既然能知道牆壁是向裡還是向外倒塌，難道不能預知吳三桂必然要失敗嗎？

【研析】江湖術士以法術行騙於世，本不足為奇。奇怪的是世間卻有這類騙子的容身之地，行騙也往往得手，故而術士代不乏人。紀曉嵐以為這個故事是附會之談，讀者當亦能自辨。

劃壁

有僧遊交河蘇吏部次公❶家，善幻術，出奇不窮，云與呂道士❷同師。嘗摶泥❸為豕，咒之，漸蠕動。再咒之，忽作聲。再咒之，躍而起矣。因付庖屠以供客，味不甚美。食訖，客皆作嘔逆，所吐皆泥也。有一士因雨留同宿，密叩僧曰：「《太平廣記》❹載術士咒片瓦授人，劃壁立開，可潛至人閨閣中。師術能及此否？」曰：「此不難。」拾片瓦咒良久，曰：「持此可往。但勿語，語則術敗矣。」士試之，壁果開。至一處，見所慕，方卸妝就寢。守僧戒，不敢語，徑掩扉，登榻狎昵，婦亦歡洽。倦而酣睡。忽開目，則眠妻榻上也。方互相疑詰，僧登門數之曰：「呂道士一念之差，已受雷誅，君更累我耶？小術戲君，幸不傷盛德，後更無萌此念。」既而太息曰：「此一念，司命❺已錄之，雖無大譴，恐於祿籍❻有妨耳。」士果蹭蹬❼，晚得一訓導，竟終於寒氈❽。

【章旨】此章講述為人處世不可有邪念，一有邪念，必遭天譴的故事。

【注釋】❶蘇吏部次公　或即蘇銓，曾官吏部。❷呂道士　參見本卷〈呂道士〉則。❸摶泥　指用膠泥捏。❹太平廣記　小說總集，北宋李昉等編輯。因書成於宋太宗太平興國年間，故名。該書採錄自漢至宋初的小說、筆記、稗史等四百七十五種，保存了大量的古小說資料。❺司命　星官名。即文昌第四星。中國神話中主宰功名、祿位之神。❻祿籍　指記載功名祿位的簿籍。❼蹭蹬　指困頓失意。❽寒氈　指寒士的困苦生活。

【語譯】有位和尚遊方來到交河縣曾在吏部為官的蘇次公家裡。這位和尚擅長幻術，變化奇特而沒有窮盡，還說他與呂道士同一個師父。他曾經用膠泥捏了一頭豬，然後對著泥豬念起咒語，只見那泥豬漸漸蠕動起來。這個和尚繼續對著泥豬念咒，那豬忽然就叫出聲來。再念咒，那頭豬就一躍而起了。於是把這頭豬送到廚房屠宰做菜來招待客人，這豬肉的味道不太好。吃完飯後，客人們都感到反胃而嘔吐起來，所吐的都是泥土。有位書生因為下雨而留下來與這位和尚同宿在一起，私下詢問和尚說：「《太平廣記》中記載一位術士對著瓦片念咒後給人，那人拿著瓦片就能立刻畫開牆壁，可以暗中進入女人的閨房之中。仙師的法術能做到這一步嗎？」和尚說：「這個並不難。」和尚隨手拾起一塊瓦片念了很長時間的咒語，把瓦片交給書生說：「你拿著這塊瓦片就可以去了。但是你不可說話，一說話法術就不靈了。」那書生試著用瓦片在牆上一劃，牆壁果然開了。他來到一間房子裡，見到自己所仰慕的女人，那女子正在卸妝準備就寢。書生遵照和尚的告誡，不敢說話，徑直關上房門，登上床榻與那女子親近昵愛。那女子也很歡洽。書生因為疲倦而酣然入睡。他忽然睜開眼睛，發現自己卻睡在妻子的床上。夫妻二人正疑惑而互相詢問時，那和尚卻上門來數落這位書生說：「那呂道士只因一念之差，已經受到雷殛而死，您還要連累我嗎？我略施小小的法術戲弄你，你幸而沒有損害大德，以後再也不要萌發這種邪念了。」稍停片刻，和尚又歎息地說：「你這邪念已經被司命之神所記錄。雖然對你沒有大的懲罰，恐怕對於你的仕途前程會有妨礙。」這位書生後來果然困頓失意，直到晚年才謀到了一個縣學訓導的職位，一直到死都過著貧困而淒涼的生活。

【研析】為人有點私心雜念，可能在所難免。如唐代傳奇〈枕中記〉，講一位書生夢中一生榮華富貴，醒來卻是黃粱未熟。告誡人們榮華富貴無非是水中月、夢中花，不應刻意追求。而此文則是告誡人們切不可心懷邪念，否則必遭天譴，勸世之意表達得更為明顯。

胡維華

康熙中，獻縣胡維華以燒香聚眾謀不軌。所居由大城❶、文安❷一路行，去京師三百餘里。由青縣❸、靜海❹一路行，去天津二百餘里。維華謀分兵為二，其一出不意，並程抵京師；其一據天津，掠海舟。利則天津之兵亦北趨，不利則遁往天津，登舟泛海去。方部署偽官，事已洩。官軍擒捕，圍而火攻之，齠齔❺不遺。初，維華之父雄於資，喜周窮乏，亦未為大惡。鄰村老儒張月坪，有女豔麗，殆稱國色，見而心醉。然月坪端方迂執，無與人為妾理，乃延之教讀。月坪父母柩在遼東❻，不得返，恆戚戚。偶言及，即捐金使扶歸，且贈以葬地。月坪田內有橫屍，其仇也。官以謀殺劾，又為百計申辯得釋。一日，月坪妻攜女歸寧❼，三子並幼，月坪歸家守門戶，約數日返。乃陰使其黨，夜鍵戶❽而焚其廬，父子四人並燼。陽為驚悼，代營喪葬，且時周其妻女，竟依以為命。或有欲聘女者，妻必與謀，輒陰沮，使不就。久之，漸露求女為妾意。妻感其惠，欲許之。女初不願，夜夢其父曰：「汝不往，吾終不暢吾志也。」女乃受命。歲餘，生維華，女旋病卒。維華竟覆其宗。

【章旨】此章講述了一個惡霸作惡終遭滅族報應的故事。

【注釋】❶大城　今河北大城。❷文安　縣名。在河北中部、大清河下游，鄰接天津。❸青縣　縣名。在河北東南部，鄰接天津。❹靜海　縣名。在天津西南部，鄰接河北。❺齠齔　借指兒童。齠與齔，均謂兒童成長換乳牙。❻遼東　指今遼寧遼陽一帶。❼歸寧　指已出嫁女子回娘家探親。❽鍵戶　鎖上房門。

【語譯】康熙年間，河北獻縣人胡維華利用燒香結拜的方式聚眾造反。從他們聚集的地方經大城縣、文安縣一路進軍，距北京城三百多里；由青縣、靜海縣一路進軍，距天津二百多里。胡維華打算兵分兩路：一路出其不意地沿大城、文安進軍，日夜兼程直搗北京；一路沿青縣、靜海進軍占據天津，搶掠海船。如果一切順利的話，那麼天津一路也北赴京城；如果北上一路受挫就逃往天津，乘船入海而去。胡維華剛剛任命偽官，叛亂的陰謀便敗露了。官軍圍剿搜捕，包圍叛亂分子並且放火攻擊，叛亂者的孩子也全部被殺死了。當初，胡維華的父親在當地是位很有錢的人，喜歡周濟窮人，也沒有做過大惡事。鄰村年老的儒生張月坪，有個女兒長得十分豔麗，堪稱傾國之色，胡維華的父親一見就為之心醉。但是，張月坪品行端正而性格迂闊固執，絕不肯將女兒嫁給人家做小老婆，胡維華的父親於是請張月坪來做家庭教師。張月坪父母的靈柩寄放在遼東，無法運回家鄉安葬，所以他常常鬱鬱不樂。張月坪偶然談起這件事，胡維華的父親馬上捐助錢財讓張月坪扶靈柩而歸，並且還贈給了入葬的墳地。張月坪的田地中出現了一具橫死的屍體，而死者正是張月坪的仇人。官府勘察後要以謀殺罪論處張月坪，胡維華的父親又千方百計為其申辯，張月坪才得以無罪釋放。有一天，張月坪的妻子帶著女兒回娘家探親，約定住幾天後就回來。張月坪的三個兒子都還年幼，張月坪就回家看管門戶。胡維華的父親暗中派遣黨羽，夜裡將張家父子住房的屋門緊鎖後縱火焚燒，張月坪父子四人一併化為灰燼。胡維華的父親表面上做出震驚而哀悼的樣子，代為張家母女料理喪事，而且經常出錢周濟張氏母女。張氏母女竟至依靠胡家為生。如有人打算來聘娶張月坪的女兒，張月坪的妻子必定去與胡維華的父親商量，胡維華的父親就暗中作梗，使婚事不能成功。時間長了，胡維華的父親漸漸露出想娶張月坪女兒為妾的意圖。張月坪妻子感激胡維華父親的恩德，就想答應這門親事。張月坪的女兒起初不願意，夜裡夢見父親對自己說：「如果你不答應嫁給他，我就永遠不能實現我的願望了！」張月坪的女兒於是遵從父命嫁了過去。過了一年多，生下胡維華，張月坪的女兒隨即病死了。胡維華最終使胡家遭到滅族的報應。

【研析】鄉間惡霸想霸占民女為妾，竟然謀殺了此女一家四口，卻還假裝出一副悲天憫人的樣子，其所作所為令人髮指。作者講惡霸此前並無大的惡行，難以令人信服。只要看到其作惡是如此心狠手辣，老練周密，就絕不會是初次行惡。文中所說的惡霸最終遭到報應，正是迎合了人們嫉惡如仇的思想。

某女

又去余家三四十里，有凌虐其僕夫婦死而納其女者。女故慧黠，經營其飲食服用，事事當意。又凡可博其歡者，冶蕩狎媟❶，無所不至。皆竊議其忘仇。蠱惑既深，惟其言是聽。女始則導之奢華，破其產十之七八。又讒間其骨肉，使門以內如寇仇。繼乃時說《水滸傳》❷宋江、柴進等事，稱為英雄，慫恿之交通盜賊，卒以殺人抵法。抵法之日，女不哭其夫，而陰攜卮酒，酬其父母墓曰：「父母恆夢中魘❸我，意恨恨似欲擊我。今知之否耶？」人始知其蓄志報復。曰：此女所為，非惟人不測，鬼亦不測也。機深哉！然而不以陰險論，《春秋》原心❹，本不共戴天者也。

【章旨】此章講述了一個女兒蓄志為父母報仇的故事。

【注釋】❶冶蕩狎媟　指淫蕩下流。❷水滸傳　又名《忠義水滸傳》，古代長篇小說。描寫梁山泊一百零八條好漢與官軍對抗的故事。宋江、柴進都是書中人物，能仗義疏財，結交江湖好漢。❸魘　夢魘。夢中遇到可怕的事而呻吟、驚叫。❹春秋原心　推究其本心。《漢書・薛宣傳》：「《春秋》之義，原心定罪。」唐顏師古注：「原，謂尋其本也。」

【語譯】又，離我老家三、四十里的地方，有一戶人家的主人凌辱虐待一對僕人夫婦致死後又霸占了他們的女兒。這位僕人的女兒生來聰慧機巧，她侍候主人的飲食衣著器用，使主人感到事事如意。而且凡是能博得主人歡心的事，就是下流淫蕩，她也無所不為，曲意奉承。人們都在背地裡議論她忘記主人虐殺父母的深仇大恨。這家主人被她深深地迷住了，只要是她說的必然言聽計從。這個女子先誘導他過起奢華的生活，使主人破費了自己七、八成的財產。接著，這個女子又進讒言挑撥離間他們的同胞骨肉，使家庭關係如同仇敵一般。繼而她還經常給主人講說《水滸傳》中宋江、柴進等人的故事，說他們是了不起的英雄，慫恿主人去結交強盜賊人，這個主人終因殺人罪伏法抵命。在主人被處決的那一天，這個女子不哭自己的丈夫，而是悄悄地帶上酒和供品，來到父母墓前祭奠，說：「父母經常在夢中驚嚇我，意思似乎是恨恨地要打我一頓。如今明白女兒的用心了嗎？」人們這才知道這位女子蓄志報仇的志向。人們都說：這女子的所作所為，不但活人難以猜測，鬼神也無法猜測。心機太深奧了！然而，不能把她的作為視做狡詐與陰險來論定。《春秋》的主旨在於推究人的本心，這本來就是不共戴天的仇敵啊！

【研析】這位女子以犧牲自己來報復仇敵，雖然最終成功，但難免給人留下苦澀的回味。不過，一個弱女子如果不採取這樣的手段，她又怎能報仇雪恨呢？因而作者引《春秋》原心之說來為這位女子辯護，也可看出作者對這名女子所懷的深深同情。

鬼牒

余在烏魯木齊，軍吏具文牒❶數十紙，捧墨筆請判，曰：「凡客死於此者，其棺歸籍，例給牒，否則魂不得入關。」以行於冥司❷，故不用朱判，其印亦以墨。視其文，鄙誕殊甚。曰：「為給照事：照得某處某人，年若干歲，以某年某月某日在本處病故。今親屬搬柩歸籍，合行給照。為此牌仰沿路把守關隘鬼卒，即將該魂驗實放行，毋得勒索留滯，致干未便。」余曰：「此胥役❸託詞取錢耳。」啟將軍除其例。旬日後，或告城西墟墓中鬼哭，無牒不能歸故也。余斥其妄。又旬日，或告鬼哭已近城，斥之如故。越旬日，余所居牆外䰭䰭有聲（原注：《說文》❹曰：「䰭，鬼聲。」）。余尚以為胥役所偽。越數日，聲至窗外。時月明如晝，自起尋視，實無一人。同事觀御史成❺曰：「公所持理正，雖將軍不能奪也。然鬼哭實共聞，不得照者，實亦怨公。盍試一給之，姑間執讒慝之口。倘鬼哭如故，則公益有詞矣。」勉從其議，是夜寂然。又軍吏宋吉祿在印房❻，忽眩仆。久而蘇，云見其母至。俄臺軍❼以官牒呈，啟視，則哈密❽報吉祿之母來視子，卒於途也。天下事何所不有，儒生論其常耳。余嘗作〈烏魯木齊雜詩〉一百六十首，中一首云：「白草颼颼接冷雲，關山疆界是誰分？幽鬼來往隨官牒，〈原鬼〉昌黎❾竟未聞。」即此二事也。

【章旨】此章講述了客死他鄉的戍邊將士魂魄如何歸家的故事。

【注釋】❶文牒　公文。❷冥司　指陰曹地府。❸胥役　指衙門中的小吏。❹說文　即東漢許慎所撰的《說文解字》的簡稱。是我國第一部系統地分析字形和考究字源的字書。❺觀御史成　即觀成。姓富察氏，清滿洲鑲白旗人。乾隆中隨征烏什等地，官至成都將軍。❻印房　官衙中掌管官印的地方。❼臺軍　即官軍。❽哈密　縣名。在新疆維吾爾自治區東部，鄰接甘肅。❾昌黎　即唐代大文豪韓愈，因其自謂郡望昌黎，世稱韓昌黎。

【語譯】我在烏魯木齊的時候，軍中的佐吏準備了幾十張公文，捧著筆墨來請我簽署，軍吏們說：「凡是客死在這裡的內地人，他們的棺槨運回原籍，照例要給予他們這張公文，否則他們的魂魄就不能夠入關。」因為這張公文要通行到陰曹地府去，所以不能使用紅色來寫公文，公文上蓋的官印也要使用黑色的印泥。我看了這些公文的內容，實在是鄙俗荒誕得很，大致說：「這發放公文事，查得某地某人，年齡若干歲，某年某月某日在本地病故，如今他的親屬將他的靈柩運回原籍，特發此公文。由於這道公文希望沿途把守關口要隘的鬼卒，見公文對該魂魄查驗核實後放行，不得藉故滯留勒索而導致不便之事發生。」我說：「這是衙門中的小吏們藉口鬼神而謀取錢財的花招罷了。」於是我將這件事報告定邊將軍，廢除了這項行之已久的慣例。十幾天後，有人向我報告說在城西荒廢的墳塋中聽到鬼哭聲，那是因為得不到返鄉公文，魂魄回不了原籍之故。我斥責了他報告的虛妄荒謬。又過了十幾天，有人又報告說鬼哭聲已經接近城區了！我又如前次那樣嚴厲斥責了他們。又過了十幾天，在我居住的院牆之外，就有了魒魒的鬼哭聲（原注：《說文解字》說：「魒，鬼聲。」）。我還是認為是衙門中的小吏偽裝的。又過了幾天，那鬼哭聲就來到了我的窗戶外。當時月光明亮皎潔如同白晝，我起身親自出房去查找原因，但屋外確實一個人都沒有。我的同事，御史觀成對我說：「您所堅持的，誠然是正理。即使是定邊將軍，也不能否認。然而，鬼哭聲也確實是大家都聽見的事實，沒有得到返鄉公文的鬼魂，也確實是在怨恨您。為什麼不試一試簽幾份返鄉公文給他們，姑且堵住那些搗鬼騙人者的嘴。假如返鄉公文簽發後，鬼還是像過去那樣哭泣，那麼您就更有話可說了。」我勉強接受了觀成的建議簽發了幾張返鄉公文，這天夜裡便寂然無聲。

還有個軍吏名叫宋吉祿，在衙門的印房中忽然昏暈跌倒。很久才蘇醒過來，他說在昏迷中見到他母親來了。一會兒，就有臺車呈上來一份官府文件，打開一看，是哈密方面報告宋吉祿的母親從內地來看望兒子，不幸病死在半路上了。天下事無奇不有，書生們所談論的只是一般正常情況罷了。我曾經寫了〈烏魯木齊雜詩〉一百六十首，其中一首道：「白色的茅草在風中颼颼作響遠接天際陰冷的寒雲，關隘山川的疆界是誰來劃分？陰曹地府的鬼魂隨著官府的公文來來往往，在〈原鬼〉中韓昌黎竟然也沒有聽說過這種事情。」這首詩就是有感於以上兩個故事而作的。

【研析】戍邊將士為國捐軀，生前不能返鄉，死後也要魂歸故里。這是人之常情，理應得到尊重。作者戍邊數年，親聞親歷之事甚多，而魂魄歸鄉竟要陽世開具的通行公文，卻是聞所未聞之事，自然加以拒絕。如作者所言此事確實是小吏謀取錢財之舉，那麼此後的裝神弄鬼也必定是小吏所為。但作者無法揭穿其作假手法，只能勉從舊俗。真是「戰場白骨纏草根，客死他鄉有誰聞？」至於心靈感應，或許也是有的。母子情深，雖遙隔千里，而心靈還是相通的。

詩僧

范衡洲❶言：昔渡錢塘江，有一僧附舟，徑置坐具，倚檣竿❷，不相問訊。與之語，口漫應，目視他處，神意殊不屬。衡洲怪其傲，亦不再言。時西風過急，衡洲偶得二句，曰：「白浪簸船頭，行人怯石尤❸。」下聯未屬，吟哦數四。僧忽閉目微吟曰：「如何紅袖女，尚倚最高樓？」衡洲不省所云，再與語，仍不答。

比繫纜，恰一少女立樓上，正著紅袖。乃大驚，再三致詰。曰：「偶望見耳。」然煙水渺茫，廬舍遮映，實無望見理。疑其前知，欲作禮，則已振錫❹去。衡洲惘然莫測，曰：「此又一駱賓王❺矣！」

【章旨】此章講述了一個和尚能吟詩接句的故事。

【注釋】❶范蘅洲　即范家相。字左南，號蘅洲，清會稽（今浙江紹興）人。乾隆進士。官至柳州知府。❷檣竿　指桅杆。❸石尤　即石尤風，打頭逆風。❹振錫　謂僧人拿著錫杖出行。錫杖頂端有環，持杖行走時則振動有聲。❺駱賓王　唐代人，為徐敬業作討武則天檄文。徐敬業失敗，他不知去向。詩人宋之問遊覽靈隱寺，夜裡吟詩，見一老僧，老僧問了上聯，隨即說：「怎麼不續寫『雲樓觀滄海，門對浙江潮』？」宋之問愕然，後才知道這老僧是駱賓王。

【語譯】范蘅洲說：過去有一次乘船渡錢塘江時，有一個和尚搭船。和尚上船之後，直接安置好坐具，靠著桅杆坐下來，不與他人搭話相問。范蘅洲上前和他說話，他口中漫不經心應付著，眼睛卻看著其他地方，神情意態很不在意。范蘅洲責怪這和尚態度傲慢，也就不再和他說話。當時西風颳得很大，范蘅洲觸景生情，偶然吟了兩句詩：「白色的浪花顛簸著船頭，行路人害怕遇上打頭逆風。」下聯一時構思未就，范蘅洲就把上聯反覆吟誦幾遍。那位和尚忽然閉上眼睛輕輕吟誦道：「為什麼那穿著紅衣的女子，還站在最高的樓頂？」范蘅洲不明白這兩句詩的意思，再次上前與和尚說話，那和尚卻仍舊是不作回答。等到船到達對岸繫纜繩時，范蘅洲恰好看見一位少女站立在樓臺上，身上正是穿著紅色的衣服。范蘅洲於是大驚，再三詢問和尚。和尚回答說：「不過是偶然望見的。」然而，當時江面上煙波浩渺，房屋村舍遮擋掩映，根本就不可能望見那位少女。范蘅洲懷疑這位和尚能夠預知未來，想上前施禮，那和尚卻已經拄著錫杖離去了。范蘅洲惘惘然不知道這和尚是什麼人，說道：「這又是一個駱賓王了！」

【研析】其實，僧人中能吟詩作畫者代不乏人，此本不足為奇。那范蘅洲吟了兩句詩，下句自己苦思不得，就以為天下無人能續，誰知那僧人竟隨口接上。范蘅洲為掩飾自己才學的淺薄，就指這僧人為先知。自然，先知先覺之人是誰也及不上的，范蘅洲也就不會因此而失體面。

樹魅

清苑❶張公鉞❷，官河南鄭州時，署有老桑樹，合抱不交，云棲神物。惡而伐之。是夕，其女燈下睹一人，面目手足及衣冠色皆濃綠，厲聲曰：「爾父太橫，姑示警於爾！」驚呼媼婢至，神已痴矣。後歸戈太僕仙舟❸，不久下世。驅厲鬼，毀淫祠，正狄梁公❹、范文正公❺輩事。德苟不足以勝之，鮮不取敗。

【章旨】此章講述了一個木怪為祟的故事。

【注釋】❶清苑　今河北清苑。❷張公鉞　即張鉞。清雍正進士。❸戈太僕仙舟　即戈源。字仙舟，號橘浦，清獻縣（今河北獻縣）人。乾隆進士。官至太僕寺少卿，故稱。❹狄梁公　即狄仁傑。字懷英，太原（今山西太原）人。唐代著名賢相。曾勸止武則天造大佛像。睿宗時追封為梁國公，故稱。其任江南巡撫使時，毀吳楚淫祠一千七百所。❺范文正公　即范仲淹。字希文，蘇州吳縣（今江蘇蘇州）人。宋代著名賢相。宋真宗大中祥符進士。官至參知政事。宋仁宗天聖年間江淮地區發生蝗災、旱災，范仲淹受命前往災區安撫百姓，所到之處開倉賑濟，並且禁止淫祠。

【語譯】直隸清苑縣人張鉞先生在河南鄭州做官時，官署裡有棵老桑樹，樹幹粗大，兩手都合抱不過來，人們說這棵老桑樹是棲息神仙鬼怪之樹。張先生感到厭惡而命人將這棵老桑樹砍掉了。當天晚上，張先生的女兒在燈光下看見一個人，這人從面孔到手腳以及衣服都是濃綠色的，厲聲說道：「你父親做事太專橫跋扈了，暫且就在你身上顯示警告！」張鉞的女兒嚇得驚叫奴婢們來，等奴婢們趕到，她的神智已經痴呆了。後來張鉞的女兒嫁給了太僕寺少卿戈仙舟，但不久就去世了。驅除厲鬼、搗毀淫祠，這正是如狄梁公、范文正公那樣德高望重的長者所做的事。如果本身的德行不足以戰勝妖魅，很少有不自取其敗的。

【研析】妖魅作祟，人皆可奮起剷除之。如果按照文中所言「德苟不足以勝之，鮮不取敗」行事，豈不是說除惡定要善人，那麼在很多情況下只能任憑妖魅橫行了。其實從妖魅不敢報復張鉞，而去嚇唬他的女兒來看，就可見其色厲內荏的真實面目了。因此，妖魅並不可怕，只要我們胸中有正直浩然之氣，就能掃除一切妖魅鬼怪。

卜宅

錢文敏公❶曰：「天之禍福，不猶君之賞罰乎？鬼神之鑒察，不猶官吏之詳議乎？今使有一彈章曰：『某立身無玷，居官有績，然門徑向凶方❷，營建犯凶日❸，罪當謫罰。』所司允乎？駁乎？又使有一薦牘曰：『某立身多瑕，居官無狀，然門徑得吉方❹，營建值吉日❺，功當遷擢。』所司又允乎？駁乎？官吏所必駁，而謂鬼神允之乎？故陽宅❻之說，余終不謂然。」此譬至明，以詰形家❼，亦無可置辯。然所見實有凶宅❽：京師斜對給孤寺❾道南一宅，余行弔者五；粉坊琉璃街極北道西一宅，余行弔者七。給孤寺宅，曹宗丞學閔⑩嘗居之，甫移入，二僕一夕並暴亡，懼而遷去。粉坊琉璃街宅，邵教授大生⑪嘗居之，白晝往往見變異。毅然不畏，竟歿其中。此又何理歟？劉文正公⑫曰：「卜地見《書》⑬，卜日見《禮》⑭。苟無吉凶，聖人何卜？但恐非今術士所知耳。」斯持平之論矣。

【章旨】此章反映了作者對堪輿之學的矛盾心理。

【注釋】❶錢文敏公　即錢維城。字幼安，一字宗磐，清江蘇武進（今江蘇無錫）人。乾隆進士第一。官至刑部左侍郎。卒諡文敏，故稱。❷凶方　堪輿家們所稱的不吉利的方向。❸凶日　堪輿家們所稱的不吉利的日子。❹吉方　相對凶方而言。即堪輿家們所稱的吉利的方向。❺吉日　相對凶日而言。即堪輿家們所稱的吉利的日子。❻陽宅　此處係堪輿家所稱的能使住家興旺的住宅，與「凶宅」相對。❼形家　古時相度地形吉凶，為人選擇宅基、墓地為業的人。也稱堪輿家。俗稱陰陽先生或風水先生。❽凶宅　與陽宅相對。係堪輿家所稱的會使住家遭遇不吉利的住宅。❾給孤寺　北京城內一佛教寺院。給孤，即給孤獨園的省語。孤獨園是古中印度舍衛城長者給孤獨購置，為佛說法之地。❿曹宗丞學閔　即曹學閔。字孝如，號慕堂，清汾陽（今山西汾陽）人。乾隆進士。官至內閣侍讀學士。⑪邵教授大生　即邵大生。曾官府學教授。⑫劉文正公　即劉統勳。字延清，號爾鈍，清諸城（今山東諸城）人。雍正進士，官至東閣大學士。卒諡文正，故稱。⑬書　即《尚書》。先秦儒家典籍。《尚書‧洛誥》記載了周公曾卜地營建洛邑之事。⑭禮　即《禮記》。「三禮」之一，先秦儒家典籍。《禮記》中記載卜吉日出行。

【語譯】錢文敏公說：「上天降下的禍福，不是如同君王對臣下的獎懲嗎？鬼神的明察，不是如同官吏審案時的充分討論嗎？假如現在有一份彈劾奏章說：『某某人為人處世沒有汙點，為官也很有政績。只因他的宅第面向凶方開門，營建住宅的時候又是個不吉利的日子，因此應該將他貶官懲罰。』有關當局對這個奏章是批准呢？還是駁回？又譬如有一份保薦的奏章說：『某某人為人處世有很多汙點，做官也不成樣子。然而他的宅第面向吉方開門，營建住宅的時候也是吉利日子。因此應當對他獎賞和提拔。』那麼，有關當局對這個奏章是批准呢？還是駁回？官吏所必然駁斥的事情，難道鬼神倒是讚許的嗎？所以對於陽宅的說法，我始終不以為然。」錢文敏公的這個比喻極為透徹，拿這話去質問陰陽先生，恐怕他們也無可置辯。然而據我所見確實是有凶宅的：京城裡給孤寺斜對面路南的一所住宅，我去弔唁過五次；粉坊琉璃街最北頭路西的一所住宅，我去弔唁過七次。給孤寺附近的那處住宅，宗丞曹學閔曾經居住在那裡，剛搬進去住，他的兩個僕人就在一夜之間同時暴死，嚇得他趕忙搬了出來。粉坊琉璃街的那處住宅，邵大生教授曾經搬進去住，在大白天往往能見到怪異之事。邵大生剛毅果敢，毫不畏懼，然而他竟然死在這座宅子裡。這又是什麼道理呢？劉文正公說：「占卜地利的記載見於《尚書》，占卜時日吉凶的記載見於《禮記》。如果沒有吉凶，聖人為什麼占卜呢？但是這道理恐怕不是如今的術士所能知道的罷了。」這才是不偏不倚的公正議論。

【研析】戰國時期鄒衍推行五行陰陽之說，並將其附會人事，遂開後世堪輿學之先河。人們或極度信任堪輿之學，什麼事都要卜個吉凶；也有些人指斥堪輿為虛妄。其實，就堪輿學而言，其中有江湖術士騙取錢財之手法勾當，但也有科學合理的成分。如堪輿家認為房屋要建造在高亢通風之處，屋前沒有阻擋，大門不要正對大路等等，這些都很正確，就算在今天也有參考價值。但在堪輿學中科學與迷信混淆，虛妄與真實並存，如紀曉嵐這樣的學問家也區分不清，因此只能請出聖人作證了。

潘班豔遇

滄州[1]潘班，善書畫，自稱黃葉道人。嘗夜宿友人齋中，聞壁間小語曰：「君今夕無留人共寢，當出就君。」班大駭，移出。友人曰：「室舊有此怪，一婉孌[2]

女子，不為害也。」後友人私語所親曰：「潘君其終困青衿❸乎？此怪非鬼非狐，不審何物，遇粗俗人不出，遇富貴人亦不出，惟遇才士之淪落者，始一出薦枕❹耳。」後潘果坎壈❺以終。越十餘年，忽夜聞齋中啜泣聲。次日，大風折一老杏樹，其怪乃絕。外祖張雪峰先生嘗戲曰：「此怪大佳，其意識在綺羅人❻上。」

【章旨】此章講述了一個才子困頓得到樹精愛憐的故事。

【注釋】❶滄州　今河北滄州。❷婉孌　年少而美好的樣子。❸青衿　指讀書人。語出《詩經・鄭風・子衿》：「青青子衿。」❹薦枕　指侍寢。即陪同睡覺。❺坎壈　也作「坎廩」。困頓；不得志。❻綺羅人　謂穿綢著緞之人，即富貴人家的太太小姐。綺羅，絲綢之類的絲織品。

【語譯】滄州人潘班，擅長書法繪畫，自稱黃葉道人。潘班曾經在夜晚住宿在一位朋友家的書房裡，聽到牆壁間有人小聲地說：「您今夜不要留下人來一起睡，我會出來侍候您的。」潘班大為驚恐，當即搬出了這間書房。朋友對潘班說：「書房裡原來就有這個怪物，是一個年少美貌的女子，不會危害人的。」後來朋友私下同自己親近的人說：「難道潘君會一直是讀書人而困頓終身嗎？書房裡出現的怪物不是鬼魅不是狐仙，不知道是什麼來歷。遇到粗俗的人，她不會出現；遇到富貴的人，她也不會出現；只有遇到那些失意落魄的才子，她才會出來相陪侍寢的。」後來潘班果然困頓不得志而貧困潦倒地度過一生。過了十多年，一天夜裡忽然聽到書房裡有哭泣聲。第二天，大風把書房門前的一棵老杏樹颳倒，這個怪物於是就不再出現了。我的外祖父張雪峰先生聽了這個故事後，曾經開玩笑說：「這個怪物非常好，她的志向見識在穿綢著緞的太太小姐們之上！」

【研析】世上女子嫌貧愛富者多，而唯愛才子者少。君不見傍大款、當金絲雀者每每可見。此女子雖是樹精，卻不圖錢財，愛憐才子，其志向見識確實「在綺羅人上」。此文雖是小說，也可洞見世事。

貞魂

陳楓厓光祿❶言：康熙中，楓涇❷一太學生，嘗讀書別業❸。見草間有片石，已斷裂剝蝕，僅存數十字，偶有一二成句，似是夭逝女子之碣也。生故好事，意其墓必在左右，每陳茗果於石上，而祝以狎詞。越一載餘，見麗女獨步菜畦間，手執野花，顧生一笑。生趨近其側，目挑眉語，方相引入籬後灌莽間。女凝立直視，若有所思。忽自批其頰曰：「一百餘年，心如古井，一旦乃為蕩子所動乎？」頓足數四，奄然而滅，方知即墓中鬼也。蔡修撰季實❹曰：「古稱蓋棺論定。觀於此事，知蓋棺猶難論定矣。是本貞魂，乃以一念之差，幾失故步。」晦庵先生❺詩曰：「世上無如人欲險，幾人到此誤平生。」諒哉！

【章旨】此章講述一名女鬼在誘惑下差點失身的故事。

【注釋】❶光祿　或指光祿卿，掌管皇室酒宴膳食之事。❷楓涇　今上海金山楓涇。❸別業　即別墅。❹蔡修撰季實　即蔡以臺。字季實，清嘉善（今浙江嘉善）人。官至翰林院修撰。❺晦庵先生　即南宋大思想家、文學家、教育家朱熹。因號晦庵，故稱。

【語譯】光祿卿陳楓厓說：康熙年間，楓涇鎮有位太學生，曾經住在一處別墅裡讀書。這位太學生發現草叢中有一塊石碑，已經斷裂了，表面風化侵蝕，字跡剝落，碑文僅僅殘存幾十個字，偶爾有一二句成文的句子，似乎是一位夭折女子的墓碑。太學生原來就是喜歡多事的人，他想這位女子的墳墓必定就在附近。於是，他經常放些茶果供品在山石上祀奠，而祈祝時還說些狎暱挑逗的言詞。這樣過了一年多。一天，太學生忽然看見一位年輕豔麗的女子獨自漫步在菜田畦埂之間，手裡拿著一束野花，朝著太學生回頭嫣然一笑。太學生急忙走到她的近旁，以眉目挑逗傳情。太學生正要把那女子勾引到籬笆後面的灌木叢中。那女子忽然凝神佇立，眼神直視，若有所思。突然，她自己打自己的臉頰說：「一百多年了，心如枯井一樣，難道一時竟然被這個浪蕩子所挑逗而心動嗎？」她用腳跺了幾下地，忽地就不見了。太學生這才省悟那女子就是墳墓中的鬼魂。翰林院修撰蔡季實說：「古人常說蓋棺論定。現在看這件事，才知道蓋棺還是難以論定。這女子確實是個貞節的鬼魂，竟然因為一念之差，幾乎失去她原來的操守。」朱熹先生的詩說：「世上萬物沒有比人欲更危險的，多少人都因此而耽誤一生。」確實是如此啊！

【研析】雖然宋代理學家提出的「存天理，滅人欲」，今天沒有人會去理會。但是也無庸諱言，人的欲望是最難控制的。君不見世上袞袞諸公有多少克制不了自己的欲望而陷入百劫不復的深淵，就能體會到朱熹所言「幾人到此誤平生」的真諦了。

喑鬼

王孝廉金英言：江寧❶一書生，宿故家廢園中。月夜有豔女窺窗。心知非鬼即狐，愛其姣麗，亦不畏怖。招使入室，即宛轉相就。然始終無一語，問亦不答，惟含笑流盼而已。如是月餘，莫喻其故。一日，執而固問之，乃取筆作字曰：「妾前明某翰林❷侍姬，不幸夭逝。因平生巧於讒構，使一門骨肉如水火。冥司見譴，罰為喑鬼，已沉淪二百餘年。君能為書《金剛經》❸十部，得仗佛力，超拔苦海，則世世銜感矣。」書生如其所乞。寫竣之日，詣書生再拜，仍取筆作字曰：「借《金經》懺悔，已脫離鬼趣。然前生罪重，僅能帶業往生，尚須三世作啞婦，方能語也。」

【章旨】此章講述了一個女子因作孽而得到報應的故事。

【注釋】❶江寧　今江蘇南京。❷翰林　官名。唐玄宗時初設，為文學侍從之官。明清翰林院為儲才之地。朝廷從科舉考試中選拔一部分人入翰林院為翰林官。清代翰林院以大學士為掌院學士，下設侍讀學士、侍講學士、侍讀、侍講、修撰、編修、檢討等官。❸金剛經　佛教經名。全稱《金剛般若波羅蜜經》，因用金剛比喻智慧有能斷煩惱的功用，故名。

【語譯】舉人王金英說：江寧有位書生，住宿在某官宦人家廢棄的花園裡。一天夜裡，月光明亮，書生發現有一位年輕豔麗的女子在窗戶外偷看。書生心裡明白這時候出現在窗外的女子不是鬼魅就是狐仙。但是，書生喜愛這個女子姣好美麗，也不感到畏懼恐怖，便招呼她進屋裡來，那女子就溫柔多情地主動投向他。然而女子始終不發一言，書生問她也一概不答；只是含笑默默，流目送盼而已。這樣過了一個多月，書生依然不知道她閉口不言的緣故。有一天，書生拉著她追問，她於是取筆寫字說：「我本來是前明朝某翰林的一位侍姬，不幸年少夭折。因為我平生巧於進讒言陷害他人，使得一門骨肉同胞如同水火不能相容。陰曹地府便對我施加懲處，罰我變成了啞鬼，我沉淪地下至今已經有二百多年了。您如果能夠為我抄寫十部《金剛經》，我便可以依仗佛祖的力量，超度救拔於苦海之中，我將世世代代感念您的大恩大德。」書生就按照她的乞求動手抄寫《金剛經》。書生抄完十部《金剛經》的那天，女鬼來到書生這裡拜了又拜，仍舊取筆寫字說：「憑藉《金剛經》的神力，得以懺悔前生的罪過，我已經脫離了鬼界。然而，因為我前生罪孽深重，僅僅能夠帶著業障前往投生。我還必須做三世的啞巴女人，才能夠說話。」

【研析】因果報應思想在中國民間根深蒂固。如俗語常講「種瓜得瓜，種豆得豆」，就是一種因果報應。有因就有果，因果不能分離。沒有無因的果，也沒有無果的因，佛教作如是說。這種思想有其積極的一面，即人們如果不希望遭到報應，就要多行善，不作惡。但這種道德的自律只能告誡普通人，對於真正的惡人是並無用處的。

卷二　灤陽消夏錄二

知命

董文恪公[1]為少司空[2]時，云：昔在富陽[3]村居，有村叟坐鄰家，聞讀書聲，曰：「貴人也。」請相見。諦觀再四，又問八字干支[4]。沉思良久，曰：「君命相皆一品。當某年得知縣，某年署大縣，某年實授，某年遷通判[5]，某年遷知府[6]，某年由知府遷布政[7]，某年遷巡撫[8]，某年遷總督[9]。善自愛，他日知吾言不謬也。」後不再見此叟，其言亦不驗。然細較生平，則所謂知縣，乃由拔貢[10]得戶部七品官也。所謂調署大縣，乃庶吉士[11]也。所謂實授，乃編修[12]也。所謂通判，乃中允[13]也。所謂知府，乃侍讀學士[14]也。所謂布政使，乃內閣學士[15]也。所謂巡撫，乃工部侍郎也。品秩皆符，其年亦皆符，特內外異途耳。是其言驗而不驗，不驗而驗，惟未知總督如何。後公以其年拜禮部尚書，品秩仍符。按推算干支，或奇驗，或全不驗，或半驗半不驗。余嘗以聞見最確者，反覆深思，八字貴賤貧富，特大概如是。其間乘除盈縮，略有異同。無錫⑯鄒小山⑰先生夫人，與安州⑱陳密山⑲先生夫人，八字干支並同。小山先生官禮部侍郎，密山先生官貴州布政使，均二品也。論爵，布政不及侍郎之尊。論祿，則侍郎不及布政之厚。互相補矣。二夫人並壽考。陳夫人早寡，然晚歲康強安樂。鄒夫人白首齊眉，然晚歲喪明，家計亦薄。又相補矣。此或疑地有南北，時有初正也。余第六侄與奴子劉雲鵬，生時只隔一牆，兩窗相對，兩兒並落蓐啼。非惟時同刻同，乃至分秒亦同。侄至十六歲而夭，奴子今尚在。豈非此命所賦之祿，只有此數？侄生長富貴，消耗先盡；奴子生長貧賤，消耗無多，祿尚未盡耶？盈虛消息，理似如斯，俟知命者更詳之。

【章旨】此章反映了作者認為人之富貴生死皆由天命的思想。

【注釋】❶董文恪公　即董邦達。字孚存，號東山，清富陽（今浙江富陽）人。雍正進士。官至工部尚書。卒諡文恪，故稱。❷少司空　司空官名，西周始置，金文都作司工。後世用作工部尚書的別稱。工部侍郎則稱少司空。❸富陽　今浙江富陽。❹八字干支　傳統習俗認為一個人出生的年、月、日、時，各有天干地支相配，每項用兩個字代替，四項就有八個字。根據這八個字，即可推算一個人的命運。故在訂婚時須先交換八字帖，也叫「庚帖」。❺通判　官名。清代州府設置，掌管糧運及農田水利等事務。此處指府一級的通判，為正六品官。❻知府　官名。明代始以知府為正式名稱，管轄州縣，為府一級的行政長官。清代相沿不改。為正四品官。❼布政　即布政使，官名。明代設置。清代正式定為總督、巡撫的屬官，專管一省的財賦和人事。為從二品官。❽巡撫　官名。清代為省級地方政府的長官，總攬一省的軍事、吏治、刑獄等，地位略次於總督。為正二品官。❾總督　官名。清代以總督為地方最高長官，轄一省或二、三省，綜理軍民要政，為正二品官。加尚書銜者為從一品。❿拔貢　指朝廷從貢生中選拔官員。貢生，指生員（秀才）經考試選拔升入京師國子監讀書的人員。意思是以人才貢獻給皇帝，故稱。⓫庶吉士　明初置，分設六科，練習辦事，永樂以後屬翰林院。清代沿襲其制，翰林院設庶常館，選新進士中優於文學書法者入館學習。三年後經考試，成績優良者授以翰林院編修、檢討等官。其餘分給各部任主事等職，或以「知縣」優先委用。⓬編修　官名。清代翰林院編修以一甲二三名進士及庶吉士之留館者擔任。⓭中允　官名。本太子屬官。唐代以後屬詹事府，掌管侍從禮儀等事。⓮侍讀學士　官名。明清兩朝均在翰林院設侍讀學士，為較高級的翰林官。清代另在內閣也設侍讀學士，掌典校。⓯內閣學士　官名。清代內閣亦設學士即侍讀學士，掌內閣的章奏。⓰無錫　今江蘇無錫。⓱鄒小山　即鄒一桂。字原褒，號小山，清江蘇無錫人。雍正進士。乾隆時官至內閣學士兼禮部侍郎。⓲安州　舊縣名。治所在今河北安新西南安州。⓳陳密山　即陳德榮。字廷彥，號密山，清安州人。康熙進士。官至布政使。

【語譯】董文恪公擔任工部侍郎的時候說：過去我在浙江富陽縣的鄉村裡居住，村裡有位老者坐在鄰居家，聽到我朗朗的讀書聲，便說：「這讀書人是位貴人。」請求與我見面。見面後老者再三審視我的面相，又詢問了我的生辰八字，沉思了很長時間，說：「您的命運和相貌都是要官居一品的。應當在某年做知縣，某年代理一個大縣，某年實際授任大縣的知縣，某年升任通判，某年升任知府，某年由知府擢升布政使，某年升任巡撫，某年升任總督。您要善加自愛，到了那時您就會明白我說的話不錯。」從那以後，董公再也沒見到這位老者，他說的話也沒有應驗。然而如果仔細考查董先生的生平，那位老者所謂的做知縣，是董先生由貢生經選拔得到戶部的七品官；所謂調任署理大縣，是董先生舉進士後被授以翰林院庶吉士；所謂實際授任，是董先生擔任了翰林院編修；所謂遷升通判，是董先生升任詹事府右中允；所謂升遷知府，是董先生升任為翰林院侍讀學士；所謂的布政使，是董先生升任為內閣學士；所謂升遷為巡撫，是董先生升任為工部侍郎。官品俸祿都與老者的預言相符合，授官的年月也與老者的預言相符合，只是在朝為官和在地方為官的途徑不同罷了。所以說那位老者的話是得到了應驗而沒有得到應驗，沒有得到應驗而又得到了應驗，只是他預言董先生要官居總督的話不知道如何。後來董先生在這一年官拜禮部尚書，官品俸祿仍舊與老者所說的完全符合。以一個人的生辰八字來推算他的命運，有時候出奇的應驗，有時候完全不應驗，有時候就一半應驗而一半不應驗。我曾經就我聽說和看見的最準確的幾件事反覆深入思考，覺得以人的生辰八字來推算人的貴賤貧富，只不過大概如此。這中間的增減出入，稍稍有些差異。無錫人鄒小山先生的夫人，與安州人陳密山先生的夫人，這兩位夫人的生辰八字完全相同。鄒小山先生官居禮部侍郎，而陳密山先生官居貴州布政使，都是二品官。如果論其爵位，那麼布政使不如禮部侍郎尊貴；如果論其俸祿，那麼禮部侍郎不如布政使的豐厚，兩人也就互相彌補了。兩位夫人都享高壽。雖然陳夫人早年守寡，但晚年身體康強安樂；而鄒夫人夫婦互敬互愛，白頭偕老，晚年卻眼睛失明，家境也趨衰敗。這麼說來，兩位夫人的命運又互相彌補了。有人懷疑這或許是因為她們出生的地點南北不同，或許是她們出生在同一個時辰而稍有先後的關係。我的第六個侄兒和奴僕的兒子劉雲鵬，出生時只有一牆之隔，兩家的窗戶相對。兩個嬰兒同時呱呱落地，不但同時同刻，乃至於一分一秒都相同。我的侄兒活到十六歲就夭折了，而奴僕的兒子劉雲鵬至今依然還活著。難道不是命運所賦予他的福氣只有這個數？六侄兒生長在富貴之中，先把一生的福氣消耗盡了；而奴僕之子劉雲鵬生長在貧賤之中，命運賦予他的福氣沒有消耗多少，他的福氣尚且還沒有耗盡吧？人的富貴生死的情況，道理似乎應該如此，等待那些通曉天命的人來做更詳盡的解釋。

【研析】天命觀在中國傳統文化中占有極其重要的地位。如人們常說：「聽天由命」，「生死有命，富貴在天」，將「天命」看作是決定一個人命運的主宰和唯一。即使人們想通過主觀努力來改變自己的「命運」，但最終還是只能「盡人事而聽天命」，把最後決定權又交還給了「天命」。由此可見，宿命論思想在中國人意識中的根深蒂固，反映了人們對前途的無法把握而產生的無可奈何心理。

妻妾易位

曾伯祖光吉公❶，康熙初官鎮番守備❷。云有李太學妻，恆虐其妾，怒輒褫下衣鞭之，殆無虛日。里有老媼，能入冥，所謂「走無常❸」者是也。規其妻曰：「娘子與是妾有夙冤，然應償二百鞭耳。今妒心熾盛，鞭之殆過十倍，又負彼債矣。且良婦受刑，雖官法不褫衣。娘子必使裸露以示辱，事太快意，則干鬼神之忌。娘子與我厚，竊見冥籍❹，不敢不相聞。」妻哂曰：「死媼謾語，欲我禳解取錢耶！」會經略❺莫洛❻遘王輔臣之變❼，亂黨蜂起。李歿於兵，妾為副將韓公所得。喜其明慧，寵專房。韓公無正室，家政遂操於妾。妻為賊所掠，賊破被俘，分賞將士，恰歸韓公。妾蓄以為婢，使跪於堂而語之曰：「爾能受我指揮，每日晨起，先跪妝臺前，自褫下衣，伏地受五鞭，然後供役，則貸爾命。否則爾為賊黨妻，殺之無禁，當寸寸臠爾，飼犬豕。」妻懼死失志，叩首願遵教。然妾不欲其遽死，鞭不甚毒，俾知痛楚而已。年餘，乃以他疾死。計其鞭數，適相當。此婦真頑鈍無恥哉！亦鬼神所忌，陰奪其魄也。此事韓公不自諱，且舉以明果報，故人知其詳。韓公又言：此猶顯易其位也。明季嘗遊襄、鄧❽間，與術士張鴛湖同舍。鴛湖稔知居停主人❾妻虐妾太甚，積不平，私語曰：「道家有借形法。凡修煉未成，氣血已衰，不能還丹❿者，則借一壯盛之軀，乘其睡，與之互易。吾嘗受此法，姑試之。」次日，其家忽聞妻在妾房語，妾在妻房語。比出戶，則作妻語者妾，作妾語者妻也。妾得妻身，但默坐。妻得妾身，殊不甘，紛紜爭執，親族不能判。鳴之官，官怒為妖妄，笞其夫，逐出。皆無可如何。然據形而論，妻實是妾，不在其位威不能行，竟分宅各居而終。此事尤奇也。

【章旨】 此章藉妻子虐待小妾必遭報應，諷勸家庭內部要和睦相處。

【注釋】 ❶光吉公　即紀景星。紀昀的曾伯祖父，字光吉，故稱。❷鎮番守備　鎮番，地名。今甘肅民勤。守備，武官名。清代綠營統兵官，分領營兵。❸走無常　古時稱活人到陰間當差，事訖放回。❹冥籍　傳說中世人在陰間的戶籍簿。❺經略　官名。明清有重要軍事任務時特設此職，職位高於總督。清中葉以後不設。❻莫洛　清滿洲正紅旗人。順治時官至山西陝西總督。康熙年間吳三桂起兵造反，莫洛任經略，由陝西進剿四川。王輔臣叛亂，莫洛遂被殺。❼王輔臣之變　王輔臣，清大同（今山西大同）人。明末降清，官至陝西提督。吳三桂起兵造反，又叛投吳三桂。後被清兵打敗，再次降清。此指王輔臣投吳三桂起兵反清之事。❽襄鄧間　指湖北襄陽、河南南陽之間。❾居停主人　指寄居處所的主人。❿還丹　相傳道家煉丹，使丹砂燒成水銀，積久又還原成丹砂，這種丹砂就叫還丹。此處指氣血衰竭不能恢復元氣。

【語譯】 我的曾伯祖父光吉公，康熙初年擔任鎮番守備。他說：有位李太學生的妻子經常虐待小妾，一發怒就命人剝下小老婆的下身衣服鞭打，幾乎沒有一天停止過。同里有一位老婦人，能夠到陰曹地府去，就是所謂「走無常」的人。這位老婦人規勸李太學的妻子說：「娘子您和這個小妾有前世的積怨。然而她應該償還您的不過是二百鞭子罷了。如今您的妒嫉心旺盛如烈火，鞭數早已超出她欠您的數目十幾倍，您反而又欠下她的怨債了。況且良家婦女受刑，即使是官府法律也不剝去下身的衣服。娘子您卻必定要使她裸露下體受辱。這樣做似乎是稱心痛快，但是卻冒犯了鬼神的禁忌！娘子與我情意深厚，我在陰曹地府偷偷看過生死簿，不敢不把這情況告訴您。」李太學妻子譏笑老婦人說：「死老婆子，想拿這些鬼話來嚇唬我，讓我去祭祀尋求解脫，你好從中矇騙我的錢財啊！」就在這時經略莫洛遭到陝西提督王輔臣叛亂而被殺，亂黨紛紛起來響應。李太學死於兵亂，那小妾被副將韓將軍得到。韓將軍喜愛她的聰明智慧，寵愛之情高出其他姬妾。韓將軍沒有正妻，於是家政事宜便操控在這位小妾手中。李太學的妻子被叛軍所擄掠，叛軍破敗後被官軍俘虜，朝廷分別賞賜將士，恰巧把李妻賞給了韓將軍。小妾把她留下作奴婢，讓她跪在堂前訓斥說：「你如能聽我的使喚，每天早晨起床後，先跪在梳妝臺前，自己脫掉下身衣服，趴在地上接受五下鞭子，然後供使喚幹活，這樣就饒了你的命。否則，你是賊黨的妻室，殺了你也不被禁止，當一寸一寸地碎割了你去餵豬狗！」李太學妻子貪生怕死，失去志氣，磕頭表示願意遵命照辦。然而小妾不想讓李妻立刻就死去，鞭打她時不很凶狠，只是讓她知道痛楚而已。過了一年多，李妻因為其他疾病死去。計算她所挨的鞭打數，恰好和她當年打小妾的數目相等。這個婦人活得真是麻木遲鈍而沒有骨氣啊！連鬼神也忌恨這種人，暗中剝奪了她的魂魄。這件事韓將軍自己不隱諱，並且舉出這件事來說明因果報應，因此人們知道這件事的詳細情況。韓將軍又說：這還是仇人之間明顯調換位置的例子。明朝末年，我曾經遊歷於湖北襄陽、河南南陽之間，和術士張鴛湖同住在一間屋裡。張鴛湖熟知寓所主人妻子虐待小妾太過分，心中積下不平之氣，暗中對我說：「道家有借換形體之法。凡是修煉沒有成功，氣血已經衰竭的人，不能恢復他的丹田之氣，就借用一個強壯旺盛的軀體，乘他熟睡之機，同他互相調換。我曾經學過這種法術，姑且試一試。」第二天，那家人忽然聽見主人的妻子在小妾的房裡說話，而小妾在妻子的房裡說話。等她們走出門來，則用妻子聲音說話的是小妾，用小妾聲音說話的卻是妻子。小妾具有了妻子的身軀，只是默默地坐著。妻子具有小妾的軀體，很不甘心，便與小妾便相互爭吵起來，親戚和族人無法判別裁決，只能告到官府。官老爺怒斥此事妖異荒誕，把主人打了一頓板子，驅逐出衙門。大家都無可奈何沒有辦法。然而根據形體而論，妻子之身確實是小妾。因為她不在妻子的位子上，所以便不能行使正妻的威風，後來這戶人家的妻子與小妾竟然分宅各自居住直到去世。這件事尤其奇特。

【研析】滄海桑田，人事變遷，居人上者一旦居於人下，親身感受其滋味，自然會百感交集。因此古人常說：「得饒人處且饒人。」這也就是儒家常說的一個「恕」字。如果世人都能以「恕」字待人，那麼世上能夠減少多少是非恩怨啊！

俗儒聒耳

相傳有塾師❶，夏夜月明，率門人納涼河間獻王❷祠外田塍❸上。因共講《三百篇》擬題❹，音琅琅如鐘鼓。又令小兒誦《孝經》❺，誦已復講。忽舉首見祠門雙古柏下，隱隱有人。試近之，形狀頗異，知為神鬼。然私念此獻王祠前，決無妖魅，前問姓名，曰毛萇❻、貫長卿❼、顏芝❽，因謁王至此。塾師大喜，再拜請授經義❾。毛、貫並曰：「君所講適已聞，都非我輩所解，無從奉答。」塾師又拜曰：「《詩》義深微❿，難授下愚⓫。請顏先生一講《孝經》可乎？」顏回面向內曰：「君小兒所誦，漏落顛倒，全非我所傳本。我亦無可著語處⓬。」俄聞傳王教曰：「門外似有人醉語，聒耳⓭已久，可驅之去。」余謂此與愛堂先生所言學究遇冥吏事，皆博雅之士，造戲語⓮以詬俗儒也。然亦空穴來風，桐乳來巢⓯乎？

【章旨】此章譏刺俗儒講經悖離經義，猶如痴人醉語，聒噪人耳，實屬可厭的故事。

【注釋】❶塾師　私塾的教書先生。❷河間獻王　即劉德。西漢時人，漢景帝第三子，立為河間王。修學好古，蒐集民間善書，得書多於朝廷。卒諡獻，故稱。❸田塍　即田埂。❹三百篇擬題　此處指《詩經》的擬題。《三百篇》即《詩經》的別稱。因《詩經》為三百零五篇，故稱。擬題，指科舉時代，富家子弟延聘名士，於儒家經典中選取可能要考的題目，事先做好，由考生熟讀背出，以備科舉考試時抄襲之用。❺孝經　儒家十三經之一。作者說法不一，以孔門後學所作一說較為合理。論述孝道，漢代即立為儒家經典。❻毛萇　西漢趙人。受《詩》於毛亨，以治《詩經》著稱。世稱毛亨為大毛公，毛萇為小毛公。曾任河間獻王博士，官至北海太守。❼貫長卿　即冠公子，西漢趙人。受《詩》於毛亨。曾為蕩陰令。❽顏芝　西漢河間人。據說秦始皇焚書時，他把《孝經》藏起來。西漢時，其子顏貞才把《孝經》獻出來，世稱今文《孝經》。❾經義　此處指儒家經書的意旨。❿深微　深奧微妙。⓫下愚　最愚蠢的人。此處用以表示自謙。⓬著語處　指說話的餘地。⓭聒耳　喧譁吵鬧。⓮戲語　笑話；玩笑之語。⓯空穴來風桐乳來巢　意謂門戶有空孔，風就會鑽進來；桐子似乳，著其葉而生，其巢似箕，鳥就喜巢其中。比喻授人以隙，讓人鑽空子。

【語譯】相傳有位私塾先生，在夏天一個明月皎潔的夜晚，帶領門徒們來到河間獻王祠堂前的田埂上納涼。這位私塾先生借此機會和學生們一起講述《詩經》的擬題，聲音琅琅如同擂鼓鳴鐘。這位先生又命年歲比較小的學生們齊聲誦讀《孝經》，誦讀完後再講解。他忽然抬頭看見祠堂門前兩棵古柏下面，隱隱約約有人。試著靠近一看，這些人的形狀頗為奇異，知道他們是神鬼。然而這位先生私下思量在河間獻王祠堂前，絕對不會有妖怪鬼魅，便上前去請問姓名，回答說是毛萇、貫長卿、顏芝，因為謁見河間獻王來到這裡。私塾先生大喜，一拜再拜，請求講授經書的要義主旨。毛萇、貫長卿一起說：「您所講的我們已經聽到，都不是我等所理解的，無從奉答。」這位私塾先生又下拜說：「《詩經》的義理深奧精微，難以傳授像我這樣極愚蠢的人。請顏先生講一講《孝經》可以嗎？」顏芝轉過臉向裡說：「您的學生所誦讀的《孝經》，文字漏落顛倒，全然不是我的傳本，我也沒有可以說話的餘地了。」忽然聽到傳來河間獻王的曉喻說：「門外好像有人喝醉了酒說話，已經喧譁吵鬧很久，可以趕他走了。」我說這個故事同愛堂先生所說學究碰到陰間小吏的故事一樣，都是淵博高雅之士編造的玩笑話，用來譏諷嘲罵庸俗儒生的。然而也是「門戶有空洞，風就隨之而來；桐子似乳頭，引來鳥雀築巢」的緣故吧？

【研析】那些俗儒曲解經義，搞些所謂的「擬題」，遂使真正的大儒無「著語處」。譏諷嘲笑之意也在其中了。然而，俗儒之所以能行其道，就是因為有科舉考試的存在。清代的科舉考試僵硬死板，徒具形式，而且每況愈下。紀昀極為厭惡俗儒的誤人子弟，故在本書中多次譏諷此類俗儒，以起到警世的作用。

因果不爽

先姚安公性嚴峻，門無雜賓。一日，與一襤褸人對語，呼余兄弟與為禮，曰：「此宋曼珠曾孫，不相聞久矣，今乃見之。明季兵亂，汝曾祖年十一，流離戈馬間，賴宋曼珠得存也。」乃為委曲謀生計。因戒余兄弟曰：「義所當報，不必談因果。然因果亦不爽。昔某公受人再生恩，富貴後，視其子孫零替❶，漠如陌路。後病困，方服藥，恍惚見其人手授二札，皆未封。視之，則當年乞救書也。覆杯於地曰：『吾死晚矣！』是夕卒。」

【章旨】此章表達了作者受恩必報理念的由來。

【注釋】❶零替　陵替；衰敗。

【語譯】先父姚安公生性嚴厲，家中沒有蕪雜的賓客。有一天，姚安公同一個衣衫破爛的人說話，呼喚我們兄弟向他行禮，說：「這是宋曼珠的曾孫，互相不通音訊很久了，如今才見面。明朝末年戰亂，你們的曾祖父當時十一歲，流落在兵荒馬亂之中，依靠宋曼珠才生存下來。」於是先父想方設法為他謀求生計。先父並告誡我們兄弟說：「大義理所應當報答的，不必談論因果報應。但是因果報應確實也是不會錯的。過去某公受人重生的恩惠，富貴了以後，看到恩人的子孫衰敗破落，漠然視之如同不認識的過路人。後來某公生重病困頓，正在服藥的時候，恍恍惚惚看到恩人親手交給他兩封信，都沒有封口。打開信一看，就是自己當年乞求救助的書信。某公把藥杯覆倒在地上說：『我死得晚了！』這天晚上就死了。」

【研析】中華民族講究「受人滴水之恩，自當湧泉相報」。這是一種美德，也是一種做人準則。人們鄙視那種過河拆橋、見利忘義之人，也鄙視那種知恩不報、冷漠寡義之人。在現代商業社會，這種傳統美德已經被許多人拋棄了。現在，人們在招呼誠信的回歸。而這種回歸，也理應包含傳統價值觀中的一切真善。

君不死

宋按察❶蒙泉言：某公在明為諫官❷，嘗扶乩❸問壽數。仙判某年某月某日當死。計期不遠，恆悒悒。屆期乃無恙。後入本朝，至九列❹。適同僚家扶乩，前仙又降。某公叩以所判無驗。又判曰：「君不死，我奈何？」某公俯沉思，忽命駕❺去。蓋所判正甲申❻三月十九日也。

【章旨】作者藉乩仙之言譏刺了不肯殺身殉國的人。

【注釋】❶按察　即按察使。清代為正三品官，隸屬各省總督、巡撫，主管一省刑法。❷諫官　掌規諫朝政缺失，監督和彈劾百官及百司衙門的官員。❸扶乩　一種民間請示神明的方法。用丁字形木架，垂直端上有錐，承以沙盤。兩人扶木架兩端，作法請神，畫沙成文或詩詞，示人吉凶。此法在清代甚為流行。❹九列　九卿之列，指朝廷各主要部門的長官。明清兩代均有大小九卿。明代大九卿指六部尚書、都察御史、大理寺卿、通政司使。清代大九卿究竟指某官，無明文規定。清代小九卿則指宗人府、太常寺、太僕寺、光祿寺、國子監祭酒等官員。❺駕　繫馬拉車。此指坐車走了。❻甲申　即明崇禎十七年（一六四四年）。此年三月十九日，李自成農民起義軍攻入北京，崇禎皇帝在煤山自縊。

【語譯】按察使宋蒙泉說：某公在明朝時擔任諫官，曾經扶乩請神降示自己的壽命。乩仙判斷他當於某年某月某日死。他計算死期已經不遠，所以經常鬱鬱不歡。但到了那一天，他竟然平安無事。後來某公入大清朝為官，官至九卿。恰巧同僚家裡扶乩請神，以前他所請的乩仙又降臨了，某公叩問以前所下的判語為什麼沒有應驗。乩仙又寫下判語說：「您不去死，我能怎麼辦？」某公沉思良久，忽然命人備車走了。因為乩仙所判定他的死期正是甲申年三月十九日啊！

【研析】凡不能以身殉國而甘願為貳臣之人，歷朝歷代都要受到譴責和譏刺。如某公雖是投靠大清朝，且官至九卿，卻仍要遭受同朝為官之人的譏刺。「君不死，我奈何？」譏刺之意溢然言表。

硯銘

沈椒園❶先生為鰲峰書院山長❷時，見示高邑❸趙忠毅公❹舊硯，額有「東方未明之硯」六字。背有銘曰：「殘月熒熒，太白睒睒❺，雞三號，更五點，此時拜疏擊大奄❻。事成策汝功，不成同汝貶。」蓋劾魏忠賢❼時，用此硯草疏也。末有小字一行，題「門人王鐸❽書」。此行遺未鐫，而黑痕深入石骨。乾則不見，取水濯之，則五字炳然。相傳初令鐸書此銘，未及鐫而難作。後在戍所，乃鐫之，語工勿鐫此一行。然閱一百餘年，滌之不去，其事頗奇。或曰：忠毅嫉惡嚴，漁洋山人❾筆記稱鐸人品日下，書品亦日下，然則忠毅先有所見矣。削其名，擯之也；滌之不去，欲著其嘗為忠毅所擯也。天地鬼神，恆於一事偶露其巧，使人知警。是或然歟！

【章旨】此章記述了有關明代趙南星舊硯的一段軼事。

【注釋】❶沈椒園　即沈廷芳。字椒園，一字畹叔，清仁和（今浙江杭州）人。乾隆初由監生召試鴻博，授庶吉士。累官河南按察使。❷鰲峰書院山長　清康熙四十六年，福建巡撫張伯行在閩侯（今福州）建鰲峰書院。山長，即管理書院的負責人，同時也兼講學。❸高邑　河北高邑。❹趙忠毅公　即趙南星。字夢白，明高邑人。萬曆進士。為官正直，慨然以天下為己任。官至吏部尚書。後遭魏忠賢迫害，被流放代州為戍卒。崇禎初追諡忠毅，故稱。❺太白睒睒 即金星光芒閃爍的樣子。太白，即金星。睒睒，光芒閃爍貌。❻大奄 大太監，指魏忠賢。❼魏忠賢 明河間肅寧（今河北肅寧）人。萬曆時入宮為宦官。熹宗即位，任司禮秉筆太監，後兼掌東廠。勾結熹宗乳母客氏，專斷國政，結黨營私，興獄大殺東林黨人。崇禎帝即位後，黜職，後畏罪自殺。❽王鐸 清初書法家。字覺斯，號嵩樵，河南孟津人。南明弘光朝官禮部尚書、東閣大學士。後來降清，官至禮部尚書。工行草書，筆力雄健。❾漁洋山人 即王士禛。字子真，一字貽上，號阮庭，一號漁陽山人，清山東新城（今山東桓台）人。順治進士，官至刑部尚書。工詩，在當時負有盛名，門生甚眾，影響很大。

【語譯】沈椒園先生擔任鰲峰書院山長的時候，拿出高邑人趙忠毅公的一方舊硯臺給我看，硯臺的額部刻有「東方未明之硯」六個字，背面刻有銘文說：「殘月熒熒發光，金星睒睒閃爍，雄雞三次鳴叫，更敲五點時分，這時寫奏疏彈劾大宦官。事情成功就記你功勞，不成功則和你一起遭貶謫。」大概彈劾魏忠賢時，是用這方硯臺研墨起草奏疏的。硯臺末尾有一行小字，題寫「門人王鐸書」。這一行遺漏沒有鐫刻，而墨色深深沁入石骨之中。硯臺乾的時候看不見，拿水洗濯硯臺，這五個字就明白顯現出來。相傳趙忠毅公一開始讓王鐸書寫這段銘文，沒有來得及鐫刻災變就發生了。後來趙忠毅公在謫戍的住所時，才加以鐫刻，並對刻工說不要刻這一行字。然而過了一百多年，這行字還是洗滌不去，這件事頗為奇怪。有人說：趙忠毅公為人嚴格，嫉惡如仇，漁洋山人在他的筆記中稱王鐸的人品一天不如一天，書品也一天不如一天。那麼就是趙忠毅公已經預見了，削去他的名字，是摒棄他；洗滌不去，是要明顯表示他曾經被趙忠毅公所摒棄吧。天地鬼神常常在一件事情上偶爾顯露出祂的機巧，使人知道警醒。這件事或者就是這樣吧！

【研析】古代士大夫將一個人的人品氣節看得極重，如果人品氣節有虧損，則此人就一無所取，不值一提了。王鐸書法在歷史上亦頗負盛名，但在當時卻不為士大夫們所賞識，就是因為其人品有虧，氣節有虧。士大夫們認為人品氣節是大節，而書法之類僅是細微末節。大節有虧，則細微末節再出色也無濟於事。

而士大夫們的這種價值取向又影響整個社會，作為評判人物的最重要的標準。這種價值取向，是耶？非耶？留待讀者作出評判。

冤魂復仇

乾隆庚午❶，官庫失玉器，勘諸苑戶❷。苑戶常明對簿❸時，忽作童子聲曰：「玉器非所竊，人則真所殺。我即所殺之魂也。」問官大駭，移送刑部。姚安公時為江蘇司郎中，與余公文儀❹等同鞫之。魂曰：「我名二格，年十四，家在海淀❺。父曰李星望。前歲上元❻，常明引我觀燈歸。夜深人寂，常明戲調我。我力拒，且言歸當訴諸父。常明遂以衣帶勒我死，埋河岸下。父疑常明匿我，控諸巡城❼。送刑部，以事無左證，議別緝真凶。我魂恆隨常明行，但相去四五尺，即覺熾如烈焰，不得近。後熱稍減，漸近至二三尺。又漸近至尺許。昨乃都不覺熱，始得附之。」又言初訊時，魂亦隨至刑部，指其門乃廣西司。按所言月日，果檢得舊案。問其屍，云在河岸第幾柳樹旁。掘之亦得，尚未壞。呼其父使辨識，長慟曰：「吾兒也！」以事雖幻杳，而證驗皆真。且訊問時，呼常明名，則忽似夢醒，作常明語；呼二格名，則忽似昏醉，作二格語。互辯數四，始款伏。又父子絮語家事，一一分明。獄無可疑，乃以實狀上聞。論如律。命下之日，魂喜甚。本賣糕為活，忽高唱「賣糕」一聲。父泣曰：「久不聞此，宛然生時聲也。」問：「兒當何往？」曰：「吾亦不知，且去耳。」自是再問常明，不復作二格語矣。

【章旨】此章記述了一個冤魂復仇的故事。

【注釋】❶乾隆庚午　即乾隆十五年，西元一七五〇年。乾隆，清高宗愛新覺羅弘曆的年號。❷苑戶　指世代看守皇家園林的僕隸戶。❸對簿　謂受審訊或質訊。簿，文狀、起訴書之類。❹余公文儀　字寶岡，清浙江諸暨（今屬浙江）人。❺海淀　亦作「海甸」。地名。在北京城西北。附近有頤和園、以及圓明園、暢春園遺址。❻上元　節日名。舊以農曆正月十五為上元節，其夜為上元夜，也叫「元宵」。❼巡城　御史職名之一，掌管京城治安。

【語譯】乾隆十五年，因官府庫房裡丟失了玉器，衙門調查那些世代看守園林中的僕隸戶，其中一戶人家的主人叫常明。常明在接受審訊時，說話忽然變成兒童的聲音說：「玉器不是他所盜竊的，人卻真是他所殺的。我就是被他殺掉的那個人的魂魄。」審問官一聽大驚，把案子移送到了刑部。先父姚安公當時任刑部江蘇司郎中，同余文儀先生等人一起審訊犯人。這個魂魄說：「我的名字叫二格，年齡十四歲，家住在海淀，父親叫李星望。前年元宵節，常明領著我看燈回來。夜深人靜的時候，常明調戲我，我竭力抗拒，而且說回去要告訴父親。常明於是就用衣帶勒死了我，把屍體埋在河岸下。我父親懷疑常明把我藏了起來，告到負責京城治安的官員那裡。案子移送到刑部，因為事情沒有證據，審訊官員商議另外緝捕真正的凶手。我的魂魄經常跟著常明走，但是與他相隔四五尺，就覺得熾熱如同烈火，不能夠靠近他。後來熱度稍稍減退，漸漸地我能靠近他到二三尺，又漸漸地靠近他到一尺左右。昨天因為都感覺不到熱度，才得以附在他身上。」這個魂魄又說初次審訊常明的時候，魂魄也隨著他來到刑部，魂魄所指的那個門是刑部廣西司。按照魂魄所說的月份日子，果然查到原來的案卷。問他的屍體埋在什麼地方，魂魄說在河岸邊第幾棵柳樹旁。官府派人去發掘也找到了屍體，屍體還沒有腐爛。官府叫他的父親來辨認，父親認出是自己的兒子就失聲痛哭說：「是我的兒子啊！」這件事情雖然虛幻飄渺，然而證據驗屍都是真實的。而且在訊問時，叫常明的名字，就忽然像夢中醒來，作常明的聲音說話；叫二格的名字，就忽然像昏昏沉沉喝醉酒一樣，作二格的聲音說話。兩種聲音互相辯論多次，常明才招認伏罪。魂魄又和父親兩人談論家裡瑣事，一一分明。案件審理沒有可疑之處，於是審訊官以實際情況上報，按照法律判處常明罪行。判決命令下達的那一天，魂魄十分高興。二格生前本來是以賣糕為生的，忽然高唱一聲：「賣糕！」父親哭泣著說：「很久沒有聽到這個聲音了，如同他活著時候的聲音啊！」問魂魄：「兒子準備去什麼地方？」魂魄回答說：「我也不知道，姑且走罷。」從此再問常明，不再作二格的聲音說話了。

【研析】這個故事雖然荒誕，但沉冤得以昭雪，讀來還是大快人心的。一個少年為懲治罪犯，以報殺身之仇，多年來緊追罪犯不放，直至把罪犯繩之以法。這種與罪惡鬥爭的精神又豈止是冤冤相報所能包容的。與惡勢力鬥爭，就是要有這種精神。

治獄可畏

南皮張副使❶受長，官河南開歸道❷時，夜閱一讞牘❸，沉吟自語曰：「自剄死者，刀痕當入重而出輕。今入輕出重，何也？」忽聞背後太息❹曰：「公尚解事。」回顧無一人。喟然曰：「甚哉，治獄之可畏也！此幸不誤，安保他日之不誤耶？」遂移疾而歸。

【章旨】此章講述了審理刑案之不易。

【注釋】❶副使 即監察副御史。明清時監察御史分道負責彈劾官員和向朝廷建言。❷河南開歸道 即管轄河南開封、歸德兩府的道臺。❸讞牘 判案的案卷。❹太息 深深地歎息。

【語譯】南皮人監察副使張受長，任河南開歸道官員時，曾在夜裡閱讀一份審判囚犯的案卷。他思考著自言自語地說：「自刎而死的人，刀痕應該是刀子進去時重而出來時輕，現在刀痕是進去輕而出來重，為什麼呢？」忽然聽到背後歎息一聲說：「您還算懂得事情。」他回頭卻沒有看見一個人。他歎了口氣說：「太嚴重了，審理案件真可怕啊！這次我幸運而沒有出錯，怎麼能夠保證別的日子不出錯呢？」於是上書稱病而回了老家。

【研析】古人審案，是憑審案官的良心、人品、經驗、閱歷等個人因素，因此，歷代審訊刑獄的官員中有清正廉明者、剛正不阿者，也有草菅人命者、貪贓枉法者。顯然，作者對張受長的所作所為抱有同情和讚許。但是，封建社會中，如張受長者，又有幾人呢？

物異

先叔母高宜人❶之父，諱榮祉，官山西陵川❷令。有一舊玉馬，質理不甚白潔，而血浸斑斑。斫紫檀為座承之，恆置几上。其前足本為雙跪欲起之形，一日，左足忽伸出於座外。高公大駭，闔署傳視，曰：「此物程朱❸不能格也。」一館賓曰：「凡物歲久則為妖。得人精氣多，亦能為妖。此理易明，無足怪也。」眾議碎之，猶豫未決。次日，仍屈還故形。高公曰：「是真有知矣。」投熾爐中，似微有呦呦聲。後無他異，然高氏自此漸式微❹。高宜人云，此馬煅三日，裂為二段，尚及見其半身。又武清❺王慶垞❻曹氏廳柱，忽生牡丹二朵，一紫一碧，瓣中脈絡如金絲，花葉葳蕤❼，越七八日乃萎落。其根從柱而出，紋理相連；近柱二寸許，尚是枯木，以上乃漸青。先太夫人，曹氏甥也，小時親見之，咸曰瑞也。外祖雪峰先生曰：「物之反常者為妖，何瑞之有！」後曹氏亦式微。

【章旨】此章記述了因物異而殃及人事的故事。

【注釋】❶宜人　封建時代命婦的一種封號。北宋政和年間始有此制度。文官在一定品級內其母或妻封宜人。元代官員七品，其母或妻子封宜人；明清時期官員五品，其母或妻子封宜人。❷陵川　今山西陵川。❸程朱　即指二程（程顥、程頤）、朱熹。為宋代理學的代表人物，其學派稱程朱理學。❹式微　衰落；衰微。❺武清　今天津武清。❻王慶垞　鎮名。在武清縣南八十五里，東通大海。❼葳蕤　草木茂盛枝葉下垂的樣子。

【語譯】先叔母高宜人的父親名叫榮祉，擔任山西陵川縣令。高先生有一匹舊的玉雕馬，玉的質地不太潔白，還有斑斑點點血浸漬的痕跡。高先生雕刻紫檀木作底座來承放這匹玉雕馬，一直放置在几案上。玉雕馬的前腳本來作雙膝下跪要想起來的樣子，有一天，馬的左腳忽然伸出在底座外面。高先生非常驚駭，整個衙門裡的人都互相傳說而前來觀看，說：「這個物件就是理學大家二程兄弟和朱熹也不能推知啊。」一位住在衙門裡的賓客說：「凡是物件年歲久了就會變為妖魅。這個物件得到人的精氣多了，也能變為妖魅。這道理容易明白，不足為怪的。」眾人議論打碎這匹玉雕馬，但猶豫不決。第二天，玉雕馬的左腳仍然屈回到原來的樣子。高先生說：「這是真的有知覺了。」於是就把玉雕馬扔到熾熱的火爐中，好像還微微發出呦呦的聲音。後來也沒有別的異樣情況，但是高氏一家自此以後漸漸衰敗。高宜人說，這匹玉雕馬在火爐中煅燒了三天，裂成兩段，還趕得上看到它的半個馬身。又有一件事，武清縣王慶坨鎮曹家大廳的柱子，忽然生出兩朵牡丹花，一朵紫色，一朵碧綠色，花瓣中的脈絡如同金絲，花葉繁茂下垂，過了七八天才枯萎凋落。這兩株牡丹花的根從柱子裡長出來，紋路互相連接，靠近柱子二寸左右，還是枯槁的木頭，往上才漸漸變成青色。先母太夫人是曹氏的外甥女，小時候曾親眼看到，大家都說是祥瑞的徵兆。外祖父雪峰先生說：「事物中違反常態的就會成為妖魅，有什麼祥瑞啊！」後來曹家也衰敗了。

【研析】自然界千變萬化，許多事物人們並不了解。如果抱著平常心看待，不以物喜，自然也就不會橫生事端。但自有好事之徒，將物異當成祥瑞，以謀求一己私利，而當權者又不能明辨之時，那麼，物異非但不是祥瑞，反而成為災禍了。如北宋的真宗皇帝、明朝的嘉靖皇帝，都迷信道教，相信天降祥瑞，結果是小人當道，百姓遭禍。因此，孔子不言怪力亂神，只求做好人事。

白蛇

先外祖母言：曹化淳❶死，其家以前明玉帶殉。越數年，墓前恒見一白蛇。後墓為水齧，棺壞朽。改葬之日，他珍物具在，視玉帶則亡矣。蛇身節節有紋，尚似帶形。豈其悍鷙❷之魄，託玉帶而化歟？

【章旨】此章講述了宦官曹化淳死後仍遭譴責的一件軼事。

【注釋】❶曹化淳　明末宦官。崇禎十七年，李自成攻北京，他開城門迎納。清兵入關，他又投降清朝。❷悍鷙　凶悍陰鷙。

【語譯】先外祖母說：曹化淳死後，他的家人用明朝遺留下來的一條玉帶殉葬。過了幾年，他的墓前經常見到一條白蛇。後來，他的墳墓被水浸蝕，棺木朽壞。改葬的這一天，別的珍異物品都在，只有那條玉帶不見了。蛇身上有一節節的花紋，還像那條玉帶的形狀。難道是他凶悍陰鷙的魂魄借玉帶而幻化的嗎？

【研析】作惡者即使死後，其魂魄也不得安寧。如曹化淳，先是背叛崇禎皇帝，打開北京城門迎接李自成。其後又再降滿清，雖有身前的榮華富貴，但不能免除其身後的萬世罵名。作者記載這一傳說故事，也有警世之意。

翳鏡

外祖張雪峰先生，性高潔，書室中几硯精嚴，圖史整肅，恆鐍❶其戶，必親至乃開。院中花木翳如❷，莓苔綠縟。僮婢非奉使令，亦不敢輕蹈一步。舅氏健亭公，年十一二時，乘外祖他出，私往院中樹下納涼。聞室內似有人行，疑外祖已先歸，屏息從窗隙窺之。見竹椅上坐一女子，靚妝如畫。椅對面一大方鏡，高可五尺，鏡中之影，乃是一狐。懼弗敢動，竊窺所為。女子忽見其影，急起繞鏡，四圍呵之，鏡昏如霧。良久歸坐，鏡上呵跡亦漸消，再視其影，則亦一好女子矣。

恐為所見，躡足而歸。後私語先姚安公。姚安公嘗為諸孫講《大學・修身》章❸，舉是事曰：「明鏡空空，故物無遁影。然一為妖氣所翳，尚失真形。況私情偏倚，先有所障者乎！」又曰：「非惟私情為障，即公心亦為障。正人君子，為小人乘其機而反激之，其固執決裂，有轉致顛倒是非者。昔包孝肅❹之吏，陽為弄權之狀，而應杖之囚，反不予杖。是亦妖氣之翳鏡也。故正心誠意，必先格物致知❺。」

【章旨】此章講述了因受私情蒙蔽或小人伺機反激都會導致看不清事物真相的道理。

【注釋】❶鐍　本指加鎖的鉸鈕。此處指上鎖。❷翳如　指花木茂密的樣子。❸大學修身章　《大學》為儒家經典之一，原是《禮記》中的一篇，約為秦漢之際儒家作品。宋人從《禮記》中將其抽出，以與《論語》、《孟子》、《中庸》相配合。南宋孝宗時，朱熹撰《四書章句集注》，成為「四書」之一。內容提出格物、致知、誠意、正心、修身、齊家、治國、平天下等條目，成為南宋以後理學家講倫理、哲學、政治的基本綱領。〈修身〉為《大學》的一個章節。❹包孝肅　即包拯。字希仁，北宋廬州合肥（今安徽合肥）人。仁宗天聖進士。官至樞密副使。知開封府時，以廉潔著稱，執法嚴峻，不畏權貴，有「包青天」之稱。卒諡孝肅，故稱。❺格物致知　謂窮究事物的原理而獲得知識。語出《禮記・大學》：「致知在格物，物格而後知至。」

【語譯】外祖父張雪峰先生性情高潔，書房中的書桌几案和硯臺精緻整潔，書籍畫卷擺放得整整齊齊。張雪峰先生總是鎖著書房門，必須是他親自來了才能開啟。院子裡花木繁茂，苔蘚濃密如同綠色的氈褥。僮僕婢女沒有要他們侍候的命令，也不敢輕易踏進去一步。舅父健亭公十一、二歲時，一天，趁外祖父到別處去的機會，私自到院子裡樹下乘涼。他聽到書房裡好像有人行走，懷疑外祖父已經先回來了，屏住呼吸從窗縫裡偷偷往裡看。健亭公看見竹椅上坐著一位女子，濃妝豔抹，姣妍如畫。椅子的對面有一面大方鏡，高約五尺。鏡中的影子，竟然是一隻狐狸。他心中害怕而不敢動彈，繼續偷看她做些什麼。那女子忽然見到自己的影子，急忙起身繞著鏡子四周呵氣，鏡面昏暗如同蒙上霧氣。過了很長時間，那女子回到座位，鏡面上呵氣的痕跡也漸漸消退。再看她的影子，則也是一個漂亮的女子了。健亭公恐怕被她看到，就躡手躡腳地回去了。後來，他把這事私下裡對先父姚安公說過。姚安公曾經給兒孫們講說《大學・修身》一章，舉這件事情為例說：「明鏡空空，所以一切事物無從逃遁它的形影。然而一旦被妖氣所掩蓋，尚且還要失去真實的影子。何況因為私心而偏袒，事先就有所遮蔽啊！」又說：「不但私情可以成為觀察事物的障礙，即使是公心也可以成為觀察事物的障礙。正人君子，被小人伺機而激怒，固執己見而專斷獨行，有轉而導致顛倒是非的。過去包拯屬下的官吏表面上做出玩弄權術的樣子，使應該受到杖責的囚犯反而沒有受到杖責。這也像是妖氣掩蓋了鏡子呵。所以說正心誠意之前，一定要先推究事物的原理而獲取真知。」

【研析】明鏡空空，尚且還會蒙上迷霧，導致不能反映真實的形像，何況人心的複雜、世道的艱險，要弄清萬事萬物的真相並非易事。如果人心也被有意無意的迷霧所遮蔽，豈不就會發生顛倒黑白、混淆是非的事情。此處所說故事雖小，但所喻甚大，為人處世，豈能不謹慎！

託狐

有賣花老婦言：京師一宅近空圃[1]，圃故多狐。有麗婦夜逾短垣，與鄰家少年狎。懼事洩，初詭託姓名。歡昵漸洽，度不相棄，乃自冒為圃中狐女。少年悅其色，亦不疑拒。久之，忽婦家屋上擲瓦罵曰：「我居圃中久，小兒女戲拋磚石，驚動鄰里，或有之，實無冶蕩蠱惑事，汝奈何汙我？」事乃洩。異哉！狐媚恆託於人，此婦乃託於狐。人善媚者比之狐，此狐乃貞於人。

【章旨】此章講述了一個青年婦人假託狐女與人戀愛的故事。

【注釋】❶空圃　荒廢而沒人種植的菜圃。

【語譯】有一位賣花的老婦人說：京城裡有所住宅靠近一個荒廢的菜園子。菜園子裡本來就有許多狐狸。有一個漂亮的婦人夜裡翻過矮牆同鄰家少年親昵偷情，因為害怕事情洩漏，起初假託姓名。後來兩人歡愛漸深，料想不會拋棄她，於是就冒充是菜園子裡的狐女。少年喜歡她的美色，也不疑心拒絕。過了很久，這個婦人家的屋子上忽然有瓦片擲下來，並聽到罵聲說：「我住在菜園子裡很久了，小孩子們戲耍拋磚頭擲石塊，驚動鄰里鄉親的情況，或許是有的，卻實在沒有做過淫蕩蠱惑人的事情，你為什麼要誣衊我？」這個婦人與少年相愛的事情才洩露出來。真奇怪啊！狐狸精媚惑人時常常假託是人，這個婦人竟假託是狐狸精。人們將善於媚惑他人的人比作狐狸精，而這個狐狸精竟然比人還要貞潔。

【研析】少年男女歡愛偷情，本是人之常情。這個狐仙既然不能成人之好，也不要從中作梗，破壞人家的美好愛情。看來此狐不解風情，與蒲松齡筆下的狐怪相比，少了些人世間的情感，多了些道學家的陳腐。

生死相隨

有遊士以書畫自給，在京師納一妾，甚愛之。或遇宴會，必袖果餌以貽。妾亦甚相得。無何病革❶，語妾曰：「吾無家，汝無歸；吾無親屬，汝無依。吾以筆墨為活，吾死，汝琵琶別抱❷，勢也，亦理也。吾無遺債累汝，汝亦無父母兄弟掣肘❸。得行己志，可勿受錙銖❹聘金；但與約，歲時❺許汝祭我墓，則吾無恨矣。」妾泣受教。納之者亦如約，又甚愛之。然妾恆鬱鬱憶舊恩，夜必夢故夫同枕席，睡中或妮妮囈語。夫覺之，密延術士鎮以符籙❻。夢語止，而病漸作，馴至綿惙❼。臨歿，以額叩枕曰：「故人情重，實不能忘，君所深知，妾亦不諱。昨夜又夢見曰：『久被驅遣，今得再來。汝病如是，何不同歸？』已諾之矣。能邀格外之惠，還妾屍於彼墓，當生生世世，結草銜環❽。不情之請，惟君圖之。」語訖奄然。夫亦豪士，慨然曰：「魂已往矣，留此遺蛻❾何為？楊越公❿能合樂昌之鏡⓫，吾不能合之泉下乎？」竟如所請。此雍正甲寅、乙卯⓬間事。余是年十一二，聞人述之，而忘其姓名。余謂再嫁，負故夫也；嫁而有貳心，負後夫也。此婦進退無據焉。何子山先生亦曰：「憶而死，何如殉而死乎？」何勵庵⓭先生則曰：「《春秋》責備賢者，未可以士大夫之義律兒女子。哀其遇可也，憫其志可也。」

【章旨】此章講述了一對戀人生死相隨的故事。

【注釋】❶病革　病勢危急，指即將死亡。❷琵琶別抱　指婦女改嫁。❸掣肘　比喻在別人做事情時，從旁牽制。❹錙銖　古代重量單位以六銖為一錙，二十四銖（一說四錙）為一兩。錙銖，比喻極微小的數量。❺歲時　每年一定的季節或時間。此處或指每年的時令節日如清明節等。❻符籙　道教法術之一。筆畫屈曲，似篆字形狀。道教認為是天上神的文，可用於驅使鬼神、祭禱、治病等。❼綿惙　指病勢危殆。❽結草銜環　比喻感恩報德，雖死猶報。結草，《左傳》中故事：魏武子得病，告訴兒子魏顆，他死後要把自己的寵妾嫁人。病重時又說要妾殉葬。魏武子死後，魏顆沒有讓父妾殉葬，而是嫁了出去。後來魏顆與秦國杜回打仗，妾之父感其恩德，結草助魏顆俘敵，以為報答。銜環，《續齊諧記》載：一隻被救的黃雀化為黃衣童子，以白環四枚向恩人投報。❾遺蛻　佛教、道教認為死是遺其形骸而化去，故稱其屍體為遺蛻。❿楊越公　即楊素。字處道，隋弘農華陰（今陝西華陰）人。從隋文帝楊堅平定天下，封越國公，故稱。⓫樂昌之鏡　南朝陳將亡時，駙馬徐德言預料妻子樂昌公主將被人掠去，因破一面銅鏡，各執一半，為他日重見時的憑證，並約定正月十五日賣鏡於市，以相探訊。陳亡，樂昌公主為楊素所有。徐德言至京城，正月十五日見一老奴在市上叫賣破鏡，與自己所藏破鏡相合，遂在破鏡上題寫了一首詩。公主見詩，非常悲傷。楊素知曉後，便讓公主與徐德言團圓，一起回到江南偕老。⓬雍正甲寅乙卯　即雍正十二、十三年，西元一七三四、一七三五年。雍正，清世宗愛新覺羅胤禛的年號。⓭何勵庵　即何琇。字君琢，號勵庵，清宛平（今北京）人。雍正進士，官至宗人府主事。

【語譯】有位遠遊在外的士人，靠書法繪畫來養活自己。他在京城娶了一個妾，非常愛她。有時參加宴會，他也必定會在衣袖裡藏一些果子食品帶回去給她吃，那妾也和他很投合。沒過多久，士人得了重病快死了，對妾說：「我沒有家庭，你沒有去處；我沒有親屬，你沒有依靠。我以筆墨為生，我一死，你就另嫁他人，這是勢所必然，也在情理之中。我沒有留下債務連累你，你也沒有父母兄弟阻撓，可以按照自己的意志行事。你可以不要接受人家的絲毫聘金，只要同他約定，逢年過節允許你去祭掃我的墳墓，那麼我就沒有遺恨了。」妾哭泣著接受了他的要求。娶她的人也能夠信守事先的約定，又很愛她。但妾經常鬱鬱不歡回想起舊日夫妻的恩情，夜裡必然做夢同原來的丈夫同床共枕，睡夢中有時發出呢呢的夢話。丈夫覺察後，暗地裡延請術士用符籙來鎮治。妾夜裡夢話倒是不說了，而疾病卻漸漸發作，逐漸到了病危的地步。臨死時，她用前額叩著枕頭說：「我和前夫情意深重，實在不能遺忘，這是您所深知的，我也不隱瞞。昨天夜裡我又夢見了他，他對我說：『我被趕走很久了，現在得以再來。你的病已經到了如此地步，為什麼不一起走呢？』我也已經答應他了。如果我能夠得到您格外的恩惠，把我的屍體送回到他的墳墓裡，我當生生世世結草銜環來報答您的恩德。這不合情理的請求，希望您考慮安排。」說完就奄然而死了。她的後夫也是一個豪爽之士，感慨地說：「魂魄已經離去了，留著這個屍體又有什麼用呢？楊越公能夠讓樂昌公主和徐德言破鏡重圓，我就不能讓他們團圓在黃泉之下嗎？」他竟然就按照她的請求做了。這是雍正十二、三年間的事，我這年十一、二歲，聽人講過這個故事，但忘了他們的姓名。我認為再嫁，是背棄了原來的丈夫；嫁了以後又有不忠之心，是背棄了後來的丈夫，這個女人進退都是無所依據的。何子山先生也說：「思念前夫而死，怎麼比得上殉情而死呢？」何勵庵先生則說：「《春秋》責備賢人，不可以用士大夫的觀念來規範平民的男女之情。哀傷她的遭遇可以了，同情她的心志可以了。」

【研析】這是一個悽婉的愛情故事。這位女子以全身心愛著自己的丈夫，真是生死相依，直到永遠。我們可以不必理會故事裡所謂的丈夫託夢，也可以不必理會紀昀等人的陳詞濫調。但我們還是要感激作者記錄下了這麼一個動人的愛情故事，今天讀來還感慨萬千。

鬼醉酒

屠者許方，嘗擔酒二罌❶夜行，倦息大樹下。月明如晝，遠聞嗚嗚聲，一鬼自叢薄❷中出，形狀可怖。乃避入樹後，持擔以自衛。鬼至罌前，躍舞大喜，遽開飲，盡一罌，尚欲開其第二罌，緘甫半啟，已頹然倒矣。許恨甚，且視之似無他技，突舉擔擊之，如中虛空。因連與痛擊，漸縱弛委地，化濃煙一聚。恐其變幻，更捶百餘。其煙平鋪地面，漸散漸開，痕如淡墨，如輕縠❸；漸愈散愈薄，以至於無，蓋已澌滅矣。余謂鬼，人之餘氣也。氣以漸而消，故《左傳》❹稱新鬼大，故鬼小。世有見鬼者，而不聞見羲❺、軒❻以上鬼，消已盡也。酒，散氣者也。故醫家行血發汗、開鬱驅寒之藥，皆治以酒。此鬼以僅存之氣，而散以滿罌之酒，盛陽鼓蕩，蒸鑠微陰，其消盡也固宜。是澌滅於醉，非澌滅於捶也。聞是事時，有戒酒者曰：「鬼善幻，以酒之故，至臥而受捶。鬼本人所畏，以酒之故，反為人所困。沉湎者念哉！」有耽酒者曰：「鬼雖無形而有知，猶未免乎喜怒哀樂之心。今冥然醉臥，消歸烏有，反其真矣。酒中之趣，莫深於是。佛氏❼以涅槃❽為極樂，營營者❾惡乎知之！」莊子❿所謂「此亦一是非，彼亦一是非」歟！

【章旨】此章講述了一個鬼魂因酒醉而遭毀滅的故事，引申出酒醉利弊之議論。

【注釋】❶罌　口小腹大的盛酒器皿。❷叢薄　草木叢生的地方。❸輕縠　一種輕薄的絲綢織品。❹左傳　亦稱《春秋左氏傳》或《左氏春秋》，儒家經典之一。是記載春秋時期史事的一部編年體史書。❺羲　即伏羲氏。中國神話傳說中的人類始祖。傳說人類是由他和女媧氏兄妹相婚而產生。❻軒　軒轅氏，即黃帝。傳說中中原各族的共同祖先。姓姬，稱軒轅氏。❼佛氏　指佛教徒。❽涅槃　佛教名詞。梵文Nirvāna的音譯，意譯「入滅」、「圓寂」。佛教所指的「最高境界」。佛經說信仰佛教的人，經過長期修道，即能「寂滅」一切煩惱和「圓滿」(具備)一切「清淨功德」，稱為「涅槃」。後世亦稱僧人逝世為「涅槃」。❾營營者　指為生計而忙碌奔逐的人。❿莊子　名周。戰國時宋國蒙(今河南商丘東南)人。著有《莊子》，是道家經典之一。

【語譯】有個屠夫名叫許方，曾經挑著兩罈酒走夜路，走得疲倦了，就在大樹底下休息。這時月光明亮得如同白晝，許方遠遠地聽見嗚嗚的聲音，一個鬼從草木叢生的地方出來，形狀恐怖可怕。許方於是就躲到大樹後，手中拿著扁擔用來自衛。鬼來到酒罈前，高興得手舞足蹈，立刻打開酒罈就喝，喝完了一罈，還想打開第二罈酒。但第二罈酒的封蓋剛打開一半，這個鬼就頹然醉倒在地上了。許方恨極了，而且看他好像沒有別的本領，就突然舉起扁擔打向這個鬼，打上去好像是擊中了什麼虛空的東西。於是許方連連痛擊，那個鬼的形體在地上漸漸鬆散開來，化成一團濃煙。許方恐怕他會變幻，又打了一百多下，那濃煙平鋪在地面，漸散漸開，煙痕像淡淡的墨色，像輕紗，漸漸愈散愈薄，終於不見了。原來這個鬼已經被完全消滅了。我認為鬼是人的餘氣，氣會逐漸地趨向消亡，因此《左傳》上說新鬼大，舊鬼小。世上有見到過鬼的人，而沒有聽說過見到伏羲氏、軒轅氏以前的鬼，那是因為那時的鬼已經消亡盡了。酒是散氣的，所以醫家活血、發汗、開鬱結、驅寒氣的藥，都配以酒來治療。這個鬼以自己僅存的一點餘氣，而用滿罈的酒來驅散。熾盛的陽氣鼓蕩，蒸發熔化微弱的陰氣，他的消亡殆盡也是理所當然的。這個鬼是消亡於酒醉，不是消亡於被擊打。聽說這件事情的時候，有個戒酒的人說：「鬼善於變幻，因為喝酒的緣故，以至於躺臥在地而遭受痛打。鬼本來是人所害怕的，因為喝酒的緣故，反而被人所治服了。沉湎於酒的人想想吧！」有個嗜酒的人說：「鬼雖然沒有形狀，但有知覺，所以沒有免去喜怒哀樂之心。現在昏昏然醉臥，消失而歸於虛無，返回到他的本原了。酒中的旨趣，沒有深過於此的了。佛家以涅槃為極樂境界，那些為了生計而忙碌奔逐的人哪裡會知道啊！」這就是莊子所說的「這也是一個是非，那也是一個是非」吧！

【研析】世人常怕鬼，怕其無影無蹤，怕其作祟害人。文中所說的許方本也是怕鬼之人，只是因為其辛辛苦苦挑來的美酒被惡鬼所喝，在忍無可忍的情況下，一時奮起打鬼，將鬼打得灰飛煙滅。其實，世上的惡勢力都如同這鬼魅，只要人們奮起反擊，就能驅逐惡勢力，還世界一個清平。紀昀卻認為鬼是因醉酒而滅，把一個極富內涵的寓言故事變成了平庸，讀來未免感到遺憾。

見麟

獻縣田家牛產麟，駭而擊殺。知縣劉徵廉收葬之，刊碑曰：「見麟郊❶」。劉固良吏，此舉何陋也！麟本仁獸，實非牛種。犢之麟而角，雷雨時蛟龍所感耳。

【章旨】此章講述了一名迂腐知縣如何沽名釣譽的故事。

【注釋】❶見麟郊　《春秋・哀公十四年》：「春，西狩獲麟。」孔子此時正在編修《春秋》一書。孔子認為麒麟是仁獸，是仁王吉祥的「嘉瑞」。但當時世上沒有聖明君主卻出現麒麟，因而感到「周道之不興，嘉瑞之無應」，故絕筆於「獲麟」一句。此處劉知縣立碑是仿效孔子而為。

【語譯】獻縣有戶農家的母牛產下一頭麒麟，這戶農民因驚嚇而把麒麟打死了。知縣劉徵廉給麒麟收屍並埋葬了牠，立了一塊石碑，上面寫道：「見麟郊」。劉徵廉固然是個好官，但這個舉動是何等的淺陋呵！麒麟本來是仁獸，確實不是牛種。小牛犢的麟片和角，不過是下雷雨時受到蛟龍的感應罷了。

【研析】世上本無麒麟，也就談不上什麼「嘉瑞」。當年孔子感傷，是因為他面對當時禮崩樂壞的社會而無能為力。二千多年後的乾隆盛世，劉知縣再來感傷「見麟」，在紀昀看來，這是不識天下大勢的迂儒行為，故要嘲笑其「此舉何陋」了。

鬼怕人

董文恪公❶未第❷時，館於空宅，云常見怪異。公不信，夜篝燈❸以待。三更後，陰風颯然，庭戶自啟，有似人非人數輩，雜遝❹擁入。見公大駭曰：「此屋有鬼！」皆狼狽奔出。公持梃❺逐之。又相呼曰：「鬼追至，可急走。」爭逾❻牆去。公恆言及，自笑曰：「不識何以呼我為鬼？」故城❼賈漢恆，時從公受經，因舉《太平廣記》❽載野叉❾欲啖哥舒翰❿妾屍，翰方眠側，野叉相語曰：「貴人在此，奈何？」翰自念呼我為貴人，擊之當無害，遂起擊之，野叉逃散。鬼貴音近，或鬼呼先生為貴人，先生聽未審⓫也。公笑曰：「其然。」

【章旨】此段記敘了兩個鬼怕人的故事。

【注釋】❶董文恪公　即董邦達。字孚春，號東山，清富陽（今浙江富陽）人。雍正進士。官至工部尚書。卒謚文恪，故稱。❷未第　科舉考試還沒有考中時。考中則稱及第。❸篝燈　把燈燭放在籠中，以防被風吹滅。❹雜遝　指雜亂無序。❺梃　棍棒。❻逾　越過。❼故城　縣名。今河北故城。❽太平廣記　小說總集，北宋李昉等編輯，因書成於宋太宗太平興國年間，故名。五百卷，另目錄十卷。該書採錄自漢至宋初的小說、筆記、稗史等四百七十五種，保存了大量的古小說資料。❾野叉　即夜叉。梵文 Yaksa 的音譯。意譯為「能啖鬼」或「捷疾鬼」等。佛經說他是一種吃人的惡鬼，但也被立為守護佛教的「天龍八部」之一。❿哥舒翰　突厥族哥舒部人，唐玄宗時曾任隴右節度使，後兼河西節度使，封西平郡王，在安史之亂中被殺。⓫審　審察；明白。

【語譯】董文恪公沒有登第時，設學館在一所空的住宅裡，有人說這裡常可見到怪異。董公不相信，夜裡用竹籠罩著燭光等待。三更以後，陰風颯颯颳來，庭院中的門戶自動打開，有幾個像人又不像人的怪物雜亂地湧進來。他們看見董公大驚失色地說：「這個屋子有鬼！」都狼狽地奔逃出去。董公拿著棍棒追逐，他們又互相呼叫著說：「鬼追來了，趕快跑！」爭先恐後地越過牆頭逃走了。董公常常談起這事，自己笑著說：「不知道為什麼叫我是鬼？」故城人賈漢恆，當時跟隨董公學習儒家經文，於是舉出《太平廣記》所載夜叉想吃哥舒翰小妾的屍體，哥舒翰正睡在旁邊，夜叉相互說：「貴人在這裡，怎麼辦？」哥舒翰自己想叫我為貴人，打這些鬼應當沒有什麼危害，於是起身擊打夜叉，夜叉奔逃散去。鬼、貴兩個字的讀音相近，或者鬼叫先生為貴人，先生聽得不清楚吧。董公笑了笑說：「可能是這樣吧！」

【研析】人因鬼是異類而駭怕，鬼何嘗不因人是異類而駭怕呢？人無懼於鬼，鬼必懼於人。然而，要做到無懼於鬼又談何容易。無懼於鬼，就要做到光明磊落，「君子坦蕩蕩」。俗話說：「為人不做虧心事，半夜敲門不心驚。」做人如果有一股正氣，鬼怪自然退避。

鬼詩

庚午❶秋，買得《埤雅》❷一部，中摺疊綠❸箋一片，上有詩曰：「愁煙低冪朱扉雙，酸風微戛玉女窗。青磷隱隱出古壁，土花蝕斷黃金釭❹。」「草根露下陰蟲急，夜深悄映芙蓉立。濕螢一點過空塘，幽光照見殘紅泣。」末題「靚雲仙子降壇詩，張凝敬錄。」蓋扶乩者❺所書。余謂此鬼詩，非仙詩也。

【章旨】此章輯錄了兩首悲悽傷感的詩。

【注釋】❶庚午 即乾隆十五年，西元一七五〇年。❷埤雅 訓詁書。二十卷，北宋陸佃著。此書初名《物性門類》，後改今名，取輔佐《爾雅》之意。解釋名物，分〈釋魚〉、〈釋獸〉、〈釋鳥〉等八類。❸疊綠 指層疊的翠綠色。❹黃金釭 古代宮室壁帶上的環狀金屬飾物。❺扶乩者 指扶乩之人。扶乩，「扶」即「扶架子」，「乩」即「卜以問疑」，將木製的丁字架放於沙盤上，由兩人各扶一端，依法請神，木架的下垂部分即在沙上畫成文字，作為神的啟示，或與人唱和、或示人吉凶等等。

【語譯】乾隆十五年秋天，我買了一部《埤雅》，書中間摺疊著一張綠色精美的紙片，上面寫著兩首詩，說：「愁煙低垂遮蓋著兩扇朱紅色的大門，悲風輕輕擊打著美女的窗櫺。青色的磷光隱隱出現在古牆上，土花侵蝕斷了黃金釭。」「草根間露水下秋蟲急促地鳴叫，夜深深靜悄悄月光映照著直立的芙蓉。沾了露水的螢火蟲星星點點般地飛過空曠的池塘，幽幽的微光照見了如泣的殘紅。」詩的末尾題寫道「靚雲仙子降壇詩，張凝恭敬地記錄」，大概是請神扶乩的人所書寫的。我說這兩首詩是鬼詩，不是仙詩。

【研析】悲悽的詩句反映著悲悽的世情。寫出這樣詩句的詩人心中必然蘊含著難以言說的悲悽，今天讀來還令人難以釋懷。

夢中作詩

滄州張鉉耳❶先生，夢中作一絕句❷曰：「江上秋潮拍岸生，孤舟夜泊近三更。朱樓十二垂楊遍，何處吹簫伴月明？」自跋云：「夢如非想，如何成詩？夢如是想，平生未到江南，何以落想至此？莫明其故，姑錄存之。」桐城❸姚別峰❹，初不相識。新自江南來，晤於李銳巔家。所刻近作，乃有此詩。問其年月，則在余夢後歲餘。開篋出舊稿示之，共相駭異。世間真有不可解事。宋儒事事言理，此理從何處推求耶？」又海陽❺李漱六❻，名承芳，余丁卯同年❼也。余聽事掛〈淵明采菊圖〉❽，是藍田叔❾畫。董曲江曰：「一何神似李漱六！」余審視信然。後漱六公車❿入都，乞此畫去，云平生所作小照，都不及此。此事亦不可解。

【章旨】此章講述了清代文人詩畫風格近似而難以區分的故事。

【注釋】❶張鉉耳　即張延緒。字鉉耳，清人。❷絕句　詩體名。絕，有斷截之義，因詩定格為四句，故稱。以五言、七言為主。❸桐城　今安徽桐城。❹姚別峰　即姚士升。字別峰，清桐城人。康熙進士。工詩文。❺海陽　今山東海陽。❻李漱六　即李承芳。字漱六，清海陽（今山東海陽）人。乾隆十二年舉人。❼丁卯同年　丁卯，即乾隆十二年，西元一七四七年。同年，明清鄉試會試同榜登科者。❽淵明采菊圖　東晉陶淵明有詩：「采菊東籬下，悠然見南山。」後文人多以此入畫。❾藍田叔　即藍瑛。字田叔，號蝶叟，晚號石頭陀，明錢塘（今浙江杭州）人。著名畫家，畫山水效法宋元，為浙派山水畫家的代表。❿公車　官車。漢代以公家車馬遞送應舉的人，後因以作為舉人入京應試的代稱。

【語譯】滄州人張鉉耳先生在睡夢中作了一首絕句：「江上秋天的潮水拍打著岸邊，孤舟夜泊已近三更天。朱紅色的樓房十二座周圍遍插著垂楊，什麼地方傳來吹簫聲陪伴著明月？」自己題寫跋語道：「夢到的假如不是曾想到的，怎麼能成詩？夢到的假如是想到的，平生從來沒有到過江南，怎麼會想到這樣的景象？不知道這是什麼原因，姑且記錄留存。桐城人姚別峰和我起初並不相識，不久前他從江南來，在李銳巔家裡見面。他所刻近來的詩作，竟然有這首詩。問他寫作的年月，則是在我做夢後的一年多。開箱拿出舊稿來看，兩人都感到驚異。人世間真有無法解釋的事情！宋代儒者事事都講究義理，這個理又從哪裡來推求呢？」又，海陽人李漱六，名叫承芳，和我是乾隆十二年丁卯科鄉試的同年中舉的舉人。我廳堂上掛的〈淵明采菊圖〉，是明代畫家藍田叔畫的。董曲江說：「神情何等像李漱六！」我仔細觀看，確實如此。後來李漱六以舉人入京應試，求得這幅畫去，說一輩子所畫的小照，都不如這一張畫。這件事也無法解釋。

【研析】夢中作詩，又和他人所作之詩全然一致；古人作畫，畫中人卻與今人難以區分，事雖屬巧合，但也並不是全無可能。

菜人

景城❶西偏有數荒冢，將平矣。小時過之，老僕施祥指曰：「是即周某子孫，以一善延三世❷者也。」蓋前明崇禎❸末，河南、山東大旱蝗，草根木皮皆盡，乃以人為糧，官吏弗能禁。婦女幼孩，反接鬻❹於市，謂之「菜人」。屠者買去，如封❺羊豕。周氏之祖，自東昌❻商販歸，至肆❼午餐。屠者曰：「肉盡，請少待。」俄見曳二女子入廚，呼曰：「客待久，可先取一蹄來。」急出止之，聞長號一聲，則一女已生斷❽右臂，宛轉❾地上。一女戰栗❿無人色。見周，並哀呼，一求速死，一求救。周惻然⓫心動，並出資贖之。一無生理，急刺其心死。一攜歸。因無子，納為妾。竟生一男，右臂有紅絲，自腋下繞肩胛，宛然斷臂女也。後傳三世乃絕。

皆言周本無子，此三世乃一善所延云。

【章旨】此段記載了大災荒之年，百姓苦難及行善必得善報的故事。

【注釋】❶景城　地名。今河北滄州西景城。❷延三世　指子孫延續三代。延，綿延。❸崇禎　明思宗朱由檢的年號（一六二八－一六四四年）。❹反接鬻　兩手反綁被出賣。鬻，賣。❺刲　宰殺。❻東昌　地名。今山東聊城。❼肆　酒店。❽生斷　活活地砍斷。❾宛轉　指在地上打滾的樣子。❿戰栗　恐懼；發抖。⓫惻然　悲哀憐憫。

【語譯】景城西面偏僻地方有幾處荒墳，墳頭將要坍平了。我小時候經過那裡，老僕人施祥指著墳頭說：「那裡埋葬的就是周某人的子孫，因為周某人的祖先做了一件善事而使子孫延續三代。」原來是前朝明代崇禎末年，河南、山東遇到大旱和蝗災，草根樹皮都吃盡了，於是就把人當作食物來吃，官吏無法禁止。一些婦女、兒童被兩手反綁著趕到集市上出賣，叫做「菜人」。屠夫買去後，好像宰殺羊和豬一樣地屠宰他們。周氏的祖先，從東昌做生意回來，到酒店裡吃午飯。屠夫說：「肉賣完了，請稍等一下。」他不久就看見屠夫拽著兩個女子到廚房裡，喊叫說：「客人等得久了，可以先拿一隻蹄子來。」周氏的祖先連忙出來阻止，只聽到一聲長長的慘叫，那時一個女子已被活活地砍下右臂，疼得在地上打滾。另一個女子嚇得渾身顫抖，面無人色。她們看到周氏的祖先，就一起哀叫呼喊，一個乞求快點死，一個乞求救命。周氏的祖先內心十分悲哀憐憫，就出錢把她們贖了出來。一個已經沒有生存的希望，只好立刻把她當胸刺死。一個帶了回家，因為周氏的祖先自己沒有兒子，就把她收做小妾。後來這小妾生下一個兒子，這孩子生下來右臂就有一條紅線，從胳肢窩繞過肩胛，好像就是那個斷臂女子再生。後來周氏傳了三代才絕了後。人們都說周氏的祖先本來沒有兒子，這三代子孫是因為周氏祖先做的一件善事所延續的。

【研析】明朝崇禎末年，戰亂饑荒，民不聊生。文章中「菜人」一詞觸目驚心，世上哪還有比把人當作菜來賣更悲慘殘酷的事情啊！古史中曾記載「易子而食」、「積骨而炊」的故事，每每讀到此處，便讓人頓生悲天憫人之情。人世間的苦難，總是由萬千百姓來承擔。因此，元代詞人才會感歎「百姓苦」。但是，在百姓苦難之時，如能伸手幫人一把，於己沒有多少損失，對人或許就是救命。冥冥之中，自有善報。

農家少婦

青縣[1]農家少婦，性輕佻，隨其夫操作，形影不離。恆相對嬉笑，不避忌人，或夏夜並宿瓜圃中。皆薄其冶蕩[2]。然對他人，則面如寒鐵[3]。或私挑之，必峻拒。後遇劫盜，身受七刃，猶詬詈[4]，卒不汙而死。又皆驚其貞烈。老儒劉君琢曰：「此所謂質美而未學也。惟篤[5]於夫婦，故矢死[6]不二。惟不知禮法，故情欲之感，介於儀容；燕昵[7]之私，形於動靜。」辛彤甫先生曰：「程子[8]有言，凡避嫌者，皆中不足[9]。此婦中無他腸[10]，故坦然徑行不自疑。此其所以能守死[11]也。彼好立崖岸者[12]，吾見之矣。」先姚安公[13]曰：「劉君正論，辛君有激[14]之言也。」後其夫夜守豆田，獨宿團焦[15]中。忽見婦來，燕婉[16]如平日，曰：「冥官以我貞烈，判來生中乙榜[17]，官縣令。我念君，不欲往，乞辭官祿為遊魂[18]，長得隨君。冥官哀[19]我，許之矣。」夫為感泣，誓不他偶[20]。自是晝隱夜來，幾二十載。兒童或亦窺見之。此康熙[21]末年事。姚安公能舉其姓名居址，今忘矣。

【章旨】此段記敘了一位農家少婦對愛情的執著追求和忠貞不二。

【注釋】❶青縣　縣名。在河北東南部，鄰接天津。❷冶蕩　妖豔放蕩。❸寒鐵　寒冷冰涼的鐵。❹詬詈　謾罵。❺篤　忠實。❻矢死　也作「誓死」。❼燕昵　指夫妻倆親昵無間。❽程子　指北宋理學家程顥、程頤。程顥、程頤為兄弟，同學於周敦頤，並同為北宋理學的奠基者，世稱「二程」。其學說後為朱熹所繼承和發展，世稱「程朱理學」。❾皆中不足　都是內心有不足、不充實的地方。❿中無他腸　指內心沒有別的想法。⓫守死　指以死殉節。⓬彼好立崖岸者　指那些喜歡唱高調標榜自己、道貌岸然的人。崖岸，本指高峻的山崖。此處比喻自我標榜，持論深刻。⓭先姚安公　指紀昀的父親紀容舒。字遲叟，號竹崖，清康熙舉人。因曾任雲南姚安府知府，故稱。⓮激　偏激。⓯團焦　草屋。⓰燕婉　夫婦親昵。⓱乙榜　科舉制度中取中舉人的別稱，俗亦作「一榜」。榜是科舉考試後揭曉名次的布告。⓲遊魂　指飄泊不定不受冥吏管束的鬼魂。⓳哀　憐憫。⓴偶　此處指婚配。㉑康熙　清聖祖愛新覺羅玄燁的年號（一六六二年—一七二二年）。

【語譯】青縣有位農家少婦，性格輕佻，跟隨著丈夫幹農活，兩人形影不離。夫妻兩人經常相互嬉笑，不避忌外人，有時夏天夜裡一起睡在瓜園中。人們都鄙薄她的輕薄放蕩。但是這位農家少婦對別人則臉色就像冰冷的鐵。有人私底下挑逗她，必定遭到她的嚴厲拒絕。後來這位農家少婦碰到劫匪強盜，身上被刺了七刀，但嘴裡還在斥罵，最終沒有被玷汙而死。人們又都驚歎她的貞潔和剛烈。老儒劉君琢說：「這就是所謂品質美而沒有教養的人啊！她只知道忠實於夫妻之情，所以誓死沒有二心。只是不懂得禮法，所以把夫妻情欲的感念，表現在自己的儀態容貌上；把夫妻間親昵的情私，表現在自己的行為舉止中。」辛彤甫先生說：「程子說過，凡是躲避嫌疑的，都是他們內心不充實、有所不足。這個女人心裡沒有別的想法，所以能正大光明地直接去做而從不懷疑自己。這就是她所以能夠以死守節的緣故。那些喜歡標舉自己、道貌岸然唱高調的人，我見得多了。」先父姚安公說：「劉先生的觀點是公正的論斷，辛先生所說的話未免過激。」後來這位農家少婦的丈夫夜裡看守豆田，單獨住宿在草屋裡，忽然看見妻子到來，夫妻歡愛如同平時。這位少婦對丈夫說：「陰間地府官員因為我貞潔剛烈，判我來世考取舉人，官居縣令。我因為思念您而不想去，所以請求辭去官位俸祿做一個遊鬼野魂，可以長久跟隨您。陰間地府的官員憐憫我，已經允許了。」那位少婦的丈夫為此感動得哭泣，發誓不再另找配偶。從此，這位農家少婦白天隱藏起來，晚上就來與丈夫相會，這樣長達幾乎二十年。村裡的兒童有時也能暗中看到。這是康熙末年的事，先父姚安公能夠舉出他們的姓名和住址，現在我已經忘記了。

【研析】這位農家少婦對愛情的執著追求令人感動。夫妻情深，不管是天上人間，還是幽明之間都不能將他們隔斷。無怪乎連那些滿口仁義道德的老先生都讚許這位農家少婦的品質美，是「中無他腸」。如果聯想到這位農家少婦生活的時代正是程朱理學盛行之時，這位農家少婦能不掩飾自己對愛情的真情實感，率性直行，無疑是一曲愛情的讚歌。

韓生

獻縣❶老儒韓生，性剛正，動必遵禮，一鄉推祭酒❷。一日，得寒疾。恍惚❸間，一鬼立前曰：「城隍❹神喚。」韓念數❺盡當死，拒亦無益，乃隨去。至一官署，神檢籍❻曰：「以姓同誤矣。」杖其鬼二十，使送還。韓意不平，上請曰：「人命至重，神奈何遣憒憒❼之鬼，致有誤拘？倘不檢出，不竟枉死耶？聰明正直之謂何！」神笑曰：「謂汝倔強，今果然。夫天行不能無歲差❽，況鬼神乎！誤而即覺，是謂聰明；覺而不回護❾，是謂正直。汝何足以知之。念汝言行無玷❿，姑貸汝，後勿如是躁妄⓫也。」霍然而蘇⓬。韓章美云。

【章旨】此段記敘了一位剛直的老先生追究城隍出差錯的故事。

【注釋】❶獻縣　今河北獻縣。❷祭酒　古代饗宴時酹酒祭神必由尊者或長者一人舉酒祭地。後世遂泛稱年高德劭或位尊的人叫祭酒。❸恍惚　指神志不清，不可辨識。❹城隍　道教所傳守衛城池的神。唐代以來郡縣都祭城隍。❺數氣數；命運。❻檢籍　此處指查看生死簿。❼憒憒　指昏憒糊塗。❽歲差　指地球因自轉而產生的回歸年比恆星年短的現象。這裡借指老天運行都有誤差。❾回護　曲為辯護、袒護。❿無玷　沒有過失。⓫躁妄　急躁狂妄。⓬霍然而蘇　忽然蘇醒的樣子。蘇，蘇醒。

【語譯】獻縣有位老儒韓生，性格剛強正直，他的一舉一動必然遵照禮法的規定，所以全鄉人都推舉他為祭酒。有一天，這位韓老先生得了寒邪侵襲的疾病，昏昏沉沉、神志不清之時，看見一名小鬼站立在自己面前，說：「城隍神來傳喚你了。」韓老先生想自己氣數已盡應當死了，抗拒也沒有益處，於是跟著小鬼前去。到了一處官衙，神查看了生死簿冊，說：「因為姓相同而抓錯了。」打了那小鬼二十板子，讓他把韓老先生送回家去。韓老先生內心憤憤不平，上前質問說：「人命至關重要，神為什麼派糊裡糊塗的鬼，以致有錯抓的事情發生呢？倘若沒有查看出來，豈不是枉死了嗎？神鬼的聰明正直難道就是這樣的嗎！」神笑著說：「聽說你倔強，現在看來果然如此。要知道天時運行也不可能沒有歲差，何況是鬼神呢！錯誤了而能夠立刻覺察，這就叫聰明；覺察了而不曲為袒護，這就叫正直，你哪裡能夠明白這層道理呢。考慮到你的言行沒有什麼過失汙點，姑且寬恕你，以後不要再像這樣急躁狂妄了。」韓老先生忽然蘇醒過來。韓章美講了上述故事。

【研析】韓生剛直而不懼神鬼，對神鬼犯錯也敢於責問。神鬼則巧於辯解，但所說也不無道理。古人云：「人非聖賢，孰能無過。」就是聖賢，也有過失之時。有過失並不可怕，只要能及時覺察，及時糾正，不曲為袒護，聰明正直也就在其中了。如果人們都能真正做到這樣，世上的紛爭糾葛就能大大減少了。

夙負

先祖有小奴，名大月，年十三四。嘗隨村人罩魚❶河中，得一大魚，長幾二尺。方手舉以示眾，魚忽撥刺掉尾❷，擊中左頰，仆水中。眾怪其不起，試扶之，則血縷浮出。有破碗在泥中，鋒銛❸如刃，刺其太陽穴死矣。先是其母夢是奴為人執縛俎❹上，屠割如羊豕，似尚有餘恨。醒而惡之，恆戒以毋與人鬥。不虞乃為魚所擊。佛氏所謂夙生❺中負彼命耶？

【章旨】此章記述了作者因一名小奴意外傷亡而引發的感歎。

【注釋】❶罩魚　用一種圓形的竹籠捕魚。❷撥刺掉尾　指大魚被抓住後拼命掙扎的樣子。❸鋒銛　鋒利；銳利。❹俎　割肉所用的砧板。❺夙生　指前生。

【語譯】先祖父有個僮僕，名叫大月，大約十三四歲。他曾經跟隨村裡人到河裡去罩魚，捕到一條大魚，幾乎有二尺長。大月剛用手舉起那條大魚給眾人看，大魚忽然掙扎著甩動尾巴，擊中他的左臉，大月向前仆倒在水中。大家奇怪他躺在水裡不起來，正要上前攙扶他，只見鮮血縷縷浮出水面。原來在水底淤泥中有一只破碗，破損的碗口鋒利如同刀刃，大月的太陽穴被刺中而死了。在此之前，大月的母親夢見大月被人抓住捆綁在砧板上，如同羊、豬一般地宰割，那些人好像還是恨恨不已。大月母親醒來後厭惡這個夢，經常告誡大月不要同人爭鬥。沒有料到竟被那條大魚所擊中。這是佛家所謂的在前世欠了誰的命嗎？

【研析】跌倒在地而被利物刺死，本是偶然之事，並不牽涉前世因果。但作者卻非要從中找出一番說教，使一件偶然之事也變得不偶然了。本書類似說教太多，因此也削弱了本書的藝術感染力。

嫁禍於神

劉少宗伯青垣❶言：有中表❷涉元稹〈會真〉❸之嫌者，女有孕，為母所覺，飾言夜恆有巨人來，壓體甚重，而色黝黑。母曰：「是必土偶為妖也。」授以彩絲，於來時陰繫其足。女竊付所歡，繫關帝❹祠周將軍❺足上。母物色得之，撻其足幾斷。後復密會，忽見周將軍擊其腰，男女並僵臥不能起。皆曰汙蔑神明之報也。夫專其利而移禍於人，其術巧矣。巧者，造物❻之所忌。機械萬端，反而自及，天道也。神惡其險巇❼，非惡其汙蔑也。

【章旨】此章講述了一個男女偷情而嫁禍於神的故事。

【注釋】❶劉少宗伯青垣　即劉躍雲。字青垣，清武進（今江蘇無錫）人。乾隆進士，官至禮部侍郎。少宗伯是禮部侍郎的代稱。❷中表　古代稱父親的姐妹（姑母）的兒子為外兄弟，稱母親的兄弟（舅父）姐妹（姨母）的兒子為內兄弟。外為表，內為中，合稱中表兄弟。後稱同姑母、舅父、姨母的子女之間的親戚關係為「中表」。❸元稹會真　唐人元稹著有傳奇小說〈會真記〉，又名〈鶯鶯傳〉。寫崔鶯鶯和表兄張生互相愛慕，私自結合，又為張生所拋棄的故事。《西廂記》即取材於此，但在情節上已有發展和改造。❹關帝　即關羽。三國蜀漢大將。字雲長，河東解縣（今山西臨猗）人。從劉備起兵，對劉備忠心不二。後與東吳作戰，兵敗被殺。其事跡被後世帝王所渲染，並加以神化，尊為

「關帝」。地方州縣均建關帝祠廟祭祀。❺周將軍　即關羽部將周倉。❻造物　古時以為萬物是天造的，故稱天為「造物」。❼嶮巇　艱險崎嶇。此處指用心奸險。

【語譯】禮部侍郎劉青垣說：有一對表兄妹，犯了元稹〈會真記〉裡所寫的那種嫌疑，女方有了身孕，被母親所覺察。女子就謊稱夜裡經常有一個巨人來，壓在身上很重，而膚色黑黑的。母親說：「這必定是個泥土塑造的土偶興妖作怪。」便給了她一根彩色的絲線，叫她等那巨人來的時候，偷偷地繫在他的腳上。那女子暗中把彩色絲線給了自己的情人，繫在關帝祠周倉將軍的腳上。母親尋覓找到了，幾乎把周將軍的腳打斷了。後來那對表兄妹再度幽會時，忽然見到周倉將軍擊打兩人的腰，男女二人一起僵硬地躺著不能起身。大家都說這是汙蔑神靈的報應。要知道獨享好處而嫁禍於人，這手段也夠狡詐的了。狡詐是造物主所忌諱的。機變萬端，反而禍及自身，這就是天道。神靈厭惡他們用心奸險，並不是厭惡他們的汙蔑。

【研析】男歡女愛，偷嘗禁果，也是青年男女一時之舉，難以責備。漢人司馬相如有〈鳳求凰〉，元人王實甫有《西廂記》，留下千古佳話。但文中的這對小情人在社會壓力下，卻沒有卓文君和崔鶯鶯的勇敢和執著，採取了嫁禍於人的做法，故而也就得不到人們的同情。作者藉神靈之口，批評這兩人的用心奸險，可以說是擊中要害。

視鬼

揚州❶羅兩峰❷，目能視鬼。曰：「凡有人處皆有鬼。其橫亡厲鬼❸，多年沉滯者，率在幽房空宅中，是不可近，近則為害。其幢幢往來之鬼，午前陽盛，多在牆陰；午後陰盛，則四散遊行，可以穿壁而過，不由門戶；遇人則避路，畏陽氣也。是隨處有之，不為害。」又曰：「鬼所聚集，恆在人煙密簇處，僻地曠野，所見殊稀。喜圍繞廚灶，似欲近食氣。又喜入溷廁❹，則莫明其故，或取人跡罕到耶？」所畫有〈鬼趣圖〉，頗疑其以意造作。中有一鬼，首大於身幾十倍，尤似幻妄。然聞先姚安公言：瑤涇陳公，嘗夏夜掛窗臥，窗廣一丈。忽一巨面窺窗，闊與窗等，不知其身在何處。急掣劍刺其左目，應手而沒。對屋一老僕亦見之，云從窗下地中湧出。掘地丈餘，無所睹而止。是果有此種鬼矣。茫茫昧昧，吾烏乎質之！

【章旨】此章反映了作者對所謂能「視鬼」說法將信將疑的態度。

【注釋】❶揚州　今江蘇揚州。❷羅兩峰　即羅聘。清代著名畫家。字遁夫，號兩峰，歙（今安徽歙縣）人。為金農弟子。尤喜畫鬼，有〈鬼趣圖〉。因長期在揚州作畫賣畫，與汪士慎、鄭燮、金農等並稱「揚州八怪」，故紀昀誤以為其是揚州人。❸厲鬼　惡鬼。❹溷廁　廁所。

【語譯】揚州的羅兩峰先生，眼睛能看到鬼。他說：「凡是有人的地方都有鬼。那些橫死的惡鬼，多年沉淪轉不了世，大都在僻靜的房間和無人居住的空宅裡，人不能靠近他們，靠近他們就會受害。那些往來不絕的鬼，中午前陽氣盛，多在牆的陰面；中午後陰氣盛，就四處分散遊蕩。他們可以穿牆而過，而不從門戶出入。碰到人就避讓在路邊，是因為害怕陽氣。這種鬼到處都有，不會禍害人。」羅兩峰先生又說：「鬼所聚集的地方，總是在人煙密集的處所。偏僻的地方、空曠的野地，見到的鬼就非常稀少。他們喜歡圍繞在廚房鍋灶邊，似乎想要接近食物的氣味。又喜歡到廁所裡去，就不知道是什麼緣故了，或許是因為人們很少到那裡去吧？」羅兩峰先生畫有〈鬼趣圖〉，人們很懷疑這些畫是他憑想像創作的。畫中有一個鬼，頭大於身體幾乎有十倍，尤其像是出於虛幻的想像。但是聽先父姚安公說：瑤涇陳先生曾經在夏天的夜裡掛起窗戶睡覺，窗戶有一丈寬。忽然有一張大臉來窗戶前偷看，那張臉寬得幾乎同窗戶的寬度相等，不知道他的身體在什麼地方。陳先生急忙拔劍刺他左邊的眼睛，那張臉就隨著劍刺過去而不見了。對屋的一個老僕人也曾經看到過，說是從窗戶下的地裡湧現出來的。於是陳先生掘地一丈多深，沒有發現什麼就罷手了。可見果真是有這種鬼的。這類渺茫暗昧的事情，我到哪裡去詢問啊！

【研析】此處所說的鬼一是怕人，二是喜在廚房或廁所。鬼怕人好理解，凡是鬼魅都見不得人，只能躲在陰暗之處。但如羅兩峰所謂的鬼喜在廁所，這就難以理解了，難道鬼是逐臭之徒，喜在這五穀輪迴之所嗎？紀昀在本書卷六〈許南金戲鬼〉則，說南皮許南金先生如廁時，見廁所地中出現一鬼。可見鬼確實喜歡在廁所安頓。聊供一笑。

劉四

奴子劉四，壬辰❶夏乞假歸省❷。自御牛車載其婦。距家三四十里，夜將半，牛忽不行。婦車中驚呼曰：「有一鬼，首大如甕，在牛前。」劉四諦視，則一短黑婦人，首戴一破雞籠，舞且呼曰：「來來！」懼而回車，則又躍在牛前呼：「來來！」如是四面旋繞，遂至雞鳴。忽立而笑曰：「夜涼無事，借汝夫婦消閒耳。」

偶相戲，我去後慎勿詈我，詈則我復來。雞籠是前村某家物，附汝還之。」語訖，以雞籠擲車上去。天曙抵家，夫婦並昏昏如醉。婦不久病死，劉四亦流落無人狀。鬼蓋乘其衰氣也！

【章旨】此章講述了一對夫婦受到鬼驚嚇而一死一流落的故事。

【注釋】❶壬辰　即乾隆三十七年，西元一七七二年。❷歸省　指回家探望父母。

【語譯】奴僕劉四，乾隆三十七年夏天請假回家探望父母。他自己趕著牛車載著妻子。走到離家三四十里路時，已將近半夜，牛忽然不走了。妻子在車上驚叫道：「有一個鬼，頭像甕那麼大，在牛的前面。」劉四仔細一看，只見一個又矮又黑的女人，頭上戴著一個破雞籠，邊舞邊叫道：「來！來！」劉四驚恐地掉轉車頭，那女人又跳到牛的前面，叫：「來！來！」就這樣轉來轉去，一直折騰到雞叫。那女人忽然站住，笑著說：「夜裡涼快，沒有什麼事，借你們夫妻消遣消遣。不過是偶然相戲弄，我走後，當心不要罵我，如果罵我就再來。雞籠是前村某某家的東西，請你們捎帶著還給他。」說完，把雞籠擲到車上走了。劉四趕著牛車天亮才到家，夫妻倆都昏昏沉沉像喝醉了酒。妻子不久病死了，劉四也窮困潦倒，四處流浪，弄得不像人樣。大概鬼是趁他們氣數衰敗才欺負他們的吧！

【研析】人怕鬼，鬼才能嚇人。此處所說之鬼，真耶？假耶？難以分辨。劉四如能奮起擊「鬼」，此「鬼」必定落荒而逃。只是劉四無此勇氣，遂使此「鬼」之伎倆得逞。因此說勇氣是戰勝鬼魅的前提。

狐戲

景城有劉武周❶墓，《獻縣志》❷亦載。按武周山後馬邑❸人，墓不應在是，疑為隋劉炫❹墓。炫，景城人，《一統志》❺載其墓在獻縣東八十里。景城距城八十七里，約略當是也。舊有狐居之，時或戲嬲醉人。里有陳雙，酒徒也，聞之憤曰：「妖獸敢爾！」詣墓所，且數且詈。時耘者滿野，皆見其父怒坐墓側，雙跳踉叫號。競前呵曰：「爾何醉至此，乃詈爾父！」雙凝視，果父也，大怖叩首。父徑趨歸。雙隨而哀乞，追及於村外。方伏地陳說，忽婦媼環繞，譁笑曰：「陳雙何故跪拜其妻？」雙仰視，又果妻也，愕而痴立。妻亦徑趨歸。雙惘惘至家，則父與妻實未嘗出。方知皆狐幻化戲之也，慚不出戶者數日，聞者無不絕倒。余謂雙不詈狐，何至遭狐之戲，雙有自取之道焉。狐不嬲人，何至遭雙之詈，狐亦有自取之道焉。顛倒糾纏，皆緣一念之妄起。故佛言一切眾生，慎勿造因。

【章旨】此章講述了一名酒徒趁酒罵狐而反遭狐戲的故事。

【注釋】❶劉武周　景城人。隋末聚眾起兵，勾結突厥，突厥立為定楊可汗。侵擾唐邊境。秦王李世民率精銳騎兵突擊，攻破劉軍。劉武周逃入突厥，後被突厥所殺。❷獻縣志　獻縣地方志。專記獻縣一縣之事。❸馬邑　即馬邑郡。

今山西朔縣。隋末，劉武周殺太守王仁恭，割據於此。❹劉炫　字光伯，景城人。官太學博士。隋末降農民軍。農民軍敗，遂湅餓而死。❺一統志　此處指《大清一統志》，清官修地理總志。初次成書於乾隆八年，三百四十二卷。乾隆四十九年再次成書，五百卷。嘉慶時重修，道光間成書。此處指乾隆年間成書的《大清一統志》。

【語譯】景城有劉武周的墳墓，《獻縣志》上也有記載。按：劉武周是山西馬邑人，他的墳墓不應該在這裡，懷疑是隋朝劉炫的墳墓。劉炫，景城人。《大清一統志》記載，他的墳墓在獻縣東面八十里。景城距離縣城八十七里，大約相當於這裡。過去墓裡有狐狸精居住，時常戲弄喝醉酒的人。鄉里有個名叫陳雙的人，是個酒徒，聽說此事後憤怒地說：「妖獸膽敢如此！」他來到墓地，邊數落邊罵。這時耕種的人遍布田野，都看見陳雙的父親氣憤地坐在墳墓旁邊。陳雙跳著腳叫罵。大家競相上前喝叱陳雙，說：「你怎麼酒喝得醉成這樣，竟然辱罵自己的父親！」陳雙仔細一看，果然是父親，於是大驚叩頭。父親徑自快步走回去，陳雙跟在後面哀求，終於在村子外追上了。他正伏在地上訴說，忽然婦女們四面圍攏過來，喧笑地說：「陳雙為什麼要跪拜自己的妻子？」陳雙仰面看去，又果然是自己的妻子，吃驚地呆立著。妻子也徑自快步走回去了。陳雙迷迷惘惘地回到家，發現父親和妻子根本沒有出門過。陳雙這才知道都是狐狸精幻化而戲弄他的，羞慚得好幾天沒有出門，聽說這件事的人都笑得前仰後合。我認為陳雙如果不去罵狐狸精，怎麼會遭到狐狸精的戲弄，這是他自己招來的羞辱。狐狸精不戲弄人，怎麼會遭到陳雙的辱罵，這也是狐狸精自己招來的羞辱。顛倒糾纏，都是因為一個狂妄的念頭引起的。因此佛說，一切生靈要小心謹慎，不要製造結冤的因由。

【研析】世間冤業的起因往往如此，一念之差，引起冤冤相報而不可解脫。因此為人處世，還是應該寬厚待人。如此，世間就會少許多無謂紛爭。

似人似獸

方桂，烏魯木齊流人❶子也。言嘗牧馬山中，一馬忽逸去。躡蹤往覓，隔嶺聞嘶聲甚厲。尋聲至一幽谷，見數物，似人似獸，周身鱗皴斑駁如古松，髮蓬蓬如羽葆❷，目睛突出，色純白，如嵌二雞卵，共按馬生齧其肉。牧人多攜銃❸自防，桂故頑劣，因升樹放銃。物悉入深林去，馬已半軀被啖矣。後不再見，迄不知為何物也。

【章旨】此章記述了作者在新疆地區所聞的一樁奇事。

【注釋】❶流人　流亡在外的人。此處指被朝廷流放到新疆的人。❷羽葆　即羽蓋。古時用鳥羽裝飾的車蓋，為儀仗時所用。❸銃　古時的一種火器。

【語譯】方桂，是一個被流放到烏魯木齊的人的兒子。他說，曾經在山裡牧馬，一匹馬忽然逃走了。他跟著馬的蹤跡前往尋找，隔著山嶺聽到馬的嘶叫聲很淒厲。方桂循著聲音的方向來到一個幽深的山谷，看見幾個怪物，像人又像野獸，全身長著鱗片，斑斑駁駁如同古松；頭髮蓬鬆散亂如同鳥羽裝飾的車蓋；眼珠突出，顏色純白，如同在臉上鑲嵌著兩枚雞蛋。這些怪物一起按住那匹馬，活生生地撕咬馬肉。牧馬人多半攜帶火銃用來防身，方桂本就是個生性頑劣的青年，於是爬上樹對著怪物放銃。那幾個怪物全都逃入茂密的森林裡去，而那匹馬的半個軀體已經被吃掉了。後來沒有再見到過那些怪物，所以至今不知道是什麼東西。

【研析】新疆之大，自然界物種之豐富，有許多事物尚未被人們認識，此亦不足為奇。作者記載這一奇聞，以供後之君子考察探索。

狐居

芮庶子鐵涯❶宅中一樓，有狐居其上，恆扃鐍之。狐或夜於廚下治饌，齋中宴客，家人習見亦不訝。凡盜賊火燭，皆能代主人呵護，相安已久。後鬻宅於李學士廉衣❷。廉衣素不信妖妄，自往啟視，則樓上三楹，潔無纖塵，中央一片如席大，藉以木板，整齊如几榻，餘無所睹。時方修築，因並毀其樓，使無可據，亦無他異。迨甫落成，突烈焰四起，頃刻無寸椽，而鄰居苫草❸無一莖被爇。皆曰：「此宅自當是日焚耳。如數不當焚，狐安敢縱火？」余謂妖魅能一一守科律❹，則天無雷霆之誅矣。王法禁殺人，不敢殺者多，殺人抵罪者亦時有，是固未可知也。

【章旨】作者以狐仙居所被毀而施報復為例，認為法律並不能禁絕一切犯罪。

【注釋】❶芮庶子鐵涯　即芮永肩。字鐵涯，清人。官至侍講學士。❷李學士廉衣　即李中簡。字廉衣，號文園，清任丘(今山東任丘)人。乾隆進士，官侍講學士。❸苫草　指用草編成而覆蓋在屋頂上的覆蓋物。❹科律　法令；法律。

【語譯】侍講學士芮鐵涯的住宅中有一棟樓房，有狐狸精居住在樓上，常常鎖著門。狐狸精有時夜間在廚房裡治備菜肴，在書齋裡宴請客人，芮學士家裡人因為經常見到也不感到驚訝。凡是遇到盜賊、火燭一類的事情，狐狸精都能替主人呵禁護衛，彼此相安已經很久。後來芮學士把住宅賣給了李廉衣學士。李廉衣向來不相信妖異誕妄的事情，親自前往那幢樓房打開門觀看。只見樓上的三間房子，乾淨得沒有一點灰塵。中間一塊地方像席子那麼大，鋪著木板，整齊得如同几案床榻，其他什麼也沒有發現。當時李廉衣正在修建住宅，於是一併拆毀了那幢樓房，使狐狸精沒有地方可住，樓房拆除後也沒有別的異常現象。等到李廉衣新修建的房子剛落成，突然烈火四面而起，頃刻間燒得連一寸椽子也沒剩下，而鄰居家用茅草蓋的屋頂卻一根草也沒燒著。大家都說是狐狸精所幹的。禮部侍郎劉青垣說：「這所住宅應當在這一天起火焚燒。如果氣數不應當焚燒，狐狸精怎麼敢縱火？」我認為妖精鬼魅如果能夠一一遵守法令，那麼上天就沒有雷霆誅殺的懲罰了。王法禁止殺人，不敢殺人的人占多數，而殺人抵罪的人也時常有，所以這件事確實不知道是什麼原因。

【研析】狐狸精與人相安無事已久，雖占據主人的樓房，但也為主人看家護院，不能看作是白住了。如果主人能以寬大仁慈之心待狐狸精，又怎會招致後來新建住宅的被毀？因此，人們常說：與人方便，自己方便。說的就是這個道理。

夢午塘

王少司寇蘭泉❶言：夢午塘❷提學❸江南時，署後有高阜，恆夜見光怪。云有一雉一蛇居其上，皆歲久，能為魅。午塘少年盛氣，集鍤畚平之。眾猶豫不舉手，午塘方怒督，忽風飄片席蒙其首，急撤去；又一片蒙之，皆署中涼蓬上物也。午塘覺其異，乃輟役。今尚巋然存。

【章旨】此章講述了一個信怪則怪在的故事。

【注釋】❶王少司寇蘭泉　即王昶。字德甫，號述庵，學者稱蘭泉先生，清青浦（今上海青浦）人。乾隆進士。官至刑部右侍郎。少司寇，即刑部侍郎的代稱。❷夢午塘　即夢麟。姓西魯特氏，字文子，號午塘，清蒙古正白旗人。乾隆進士。官至工部侍郎。❸提學　官名。宋代在各路設提舉學事司，管理所屬州縣學校和教育行政，長官簡稱提學。後歷代沿設。清各省多設督學道，雍正四年（一七二六年），改提督學院，長官稱提督某省學政，簡稱學政。

【語譯】刑部侍郎王蘭泉說：夢午塘出任江南學政的時候，衙署後面有一處高高的土山，常常在夜裡見到發光的怪物。人們說有一隻雉雞、一條蛇居住在土山上，都因為年歲久了而能興妖作怪。夢午塘年輕氣盛，便召集人拿了鐵鍬畚箕準備把這土山夷平。眾人猶豫不敢動手，夢午塘正在發怒督促，忽然風颳來一片席子蒙在他的頭上，他急忙扯去那片席子，又颳來一片席子蒙在頭上，都是衙署中涼蓬上的席子。夢午塘覺察到這件事的奇異，於是叫衙役停止夷平土山的工程了。那座土山現在還高高地聳立著。

【研析】信怪則怪在。夢午塘因為相信有鬼魅才下決心夷平土山，但一旦遇到無法解釋之事，就會立即想到是鬼魅作祟，便不敢下手繼續推行已經開始的工程。其實，胸中無怪，世間自然就沒有怪魅。道理淺顯，但要真正領悟而付諸實踐又談何容易。

司命

老僕魏哲聞其父言：順治❶初，有某生者，距家八九十里，忘其姓名，與妻先後卒。越三四年，其妾亦卒。適其家傭工人，夜行避雨，宿東嶽祠❷廊下。若夢非夢，見某生荷校❸立庭前，妻妾隨焉。有神衣冠類城隍，磬折對嶽神❹語曰：「某生汙二人，有罪；活二命，亦有功，合相抵。」嶽神咈然曰：「二人畏死忍恥，尚可貸。某生活二人，正為欲汙二人。但宜科罪，何云功罪相抵也？」揮之出。某生及妻妾亦隨出。悸不敢語，天曙歸告家人，皆莫能解。有舊僕泣曰：「異哉，竟以此事被錄乎？此事惟吾父子知之。緣受恩深重，誓不敢言。今已隔兩朝，始敢追述。兩主母皆實非婦人也。前明天啟❺中，魏忠賢殺裕妃❻，其位下宮女內監❼，皆密捕送東廠❽，死甚慘。有二內監，一曰福來，一曰雙桂，亡命逃匿。緣與主人曾相識，主人方商於京師，夜投焉。主人引入密室，吾穴隙私窺。主人語二人曰：『君等聲音狀貌，在男女之間，與常人稍異，一出必見獲。若改女裝，則物色不及。然兩無夫之婦，寄宿人家，形跡可疑，亦必敗。二君身已淨❾，本無異婦人；肯屈意為我妻妾，則萬無一失矣。』二人進退無計，沉思良久，並曲從。遂為辦女飾，鉗其耳，漸可受珥⑩。並市軟骨藥，陰為纏足。越數月，居然兩好婦矣。乃車載還家，詭言在京所娶。二人久在宮禁，並白皙溫雅，無一毫男子狀。又其事迥出意想外，竟無覺者。但訝其不事女紅⑪，為恃寵驕惰耳。二人感主人再生恩，故事定後亦甘心偕老。然實巧言誘脅，非哀其窮，宜司命⑫之見譴也。信乎人可欺，鬼神不可欺哉！」

【章旨】此章講述了明天啟年間一商人趁人之危而終獲報應的故事。

【注釋】❶順治　清世祖愛新覺羅福臨的年號（一六四四—一六六一年）。❷東嶽祠　祭祀泰山的祠廟。東嶽，指泰山。❸荷校　以肩荷枷。即頸上帶枷。校，枷。❹嶽神　山神。此處指泰山山神。❺天啟　明熹宗朱由校的年號（一六二一—一六二七年）。❻裕妃　明熹宗妃，姓張。被魏忠賢幽禁於別宮，斷絕飲食，故飢渴而死。❼內監　太監。❽東廠　官署名。明成祖為鎮壓人民和官員中的反對派，於永樂十八年（一四二〇年）在京師東安門北設立。由宦官掌權，諸事可直接報告皇帝，權力在錦衣衛之上。❾身已淨　即淨身，指被割去生殖器。❿珥　女子的珠玉耳飾。⓫女紅　指女子做針線活。⓬司命　神名。《禮記・祭法》稱宮中所祀小神為司命。

【語譯】我家的老僕人魏哲聽他父親說：順治初年有位某生，住的地方距離我家八九十里，忘記了他的姓名，同妻子先後去世。過了三、四年，他的妾也死了。剛巧他家的雇工走夜路避雨，住宿在東嶽祠的廊廡下。在似夢非夢中，看見某生戴著枷鎖站立在庭前，他的妻妾跟隨著。有一個神靈穿戴的衣冠像是城隍，彎腰對嶽神說道：「某生汙辱了二人，有罪；救活了二命，也算有功，應當互相抵銷。」嶽神不高興地說：「這二人怕死而忍受恥辱，還可以寬恕。某生救活二人，正是為了想要姦汙這二人。只應該治他的罪過，怎麼能說功罪相抵呢？」說完便揮手讓他出去。某生和他的妻妾也隨後出來。傭工驚恐不敢說話，天明回來告訴家人，大家都無法理解。某生家過去的一個僕人哭泣著說：「太奇怪了！主人竟然因為這件事被逮捕嗎？這件事只有我們父子知道。因為我們父子受主人恩情深重，發誓不敢說。現在已經改朝換代，才敢追述往事。兩位主母其實都不是女人。在明朝天啟年間，魏忠賢害死了張裕妃，她名位下的宮女、內監都被祕密地抓入東廠，死得很慘。有兩個內監，一個叫福來，一個叫雙桂，逃亡躲藏。因為同主人曾經相識，主人剛好在京城經商，他倆夜裡便前來投奔。主人把他們引進密室，我從洞孔縫隙中偷看。主人對這二人說：『你們的聲音相貌，在男女之間，與一般人稍有不同，一出門必然被抓住。如果改穿女裝，就察訪不著。但是兩個沒有丈夫的女人寄宿在人家裡，形跡可疑，也必然會敗露。兩位已經淨了身，本來與女人沒有什麼不同。如果二位肯委曲遷就做我的妻妾，就萬無一失了。』兩人進退都沒有辦法，想了很長時間，一起曲意依從。於是主人為他們置辦婦女的服飾，扎穿耳洞，漸漸可以承受珠玉的耳墜。主人並且買來軟骨藥，暗地裡為他們纏腳。過了幾個月，居然變成兩位美貌的女人了。主人就用車載著兩人回老家，撒謊說是在京城娶來的。兩人長久住在皇宮中，都皮膚白淨、溫柔文雅，沒有一點男子的樣子。這事又遠出人們意料之外，竟然沒有人覺察。只是奇怪他們都不做針線活，以為是仗著主人的寵愛驕貴懶惰罷了。兩人感激主人的再生之恩，因此在事情安定以後，也甘心跟他白首到老。但實在是主人花言巧語引誘脅迫，並非憐憫他們的窮途末路，理所當然地要受到司命之神的譴責了。果然人是可以欺騙，而鬼神是不可欺騙的啊！」

【研析】趁人之危而姦汙他人，鬼神不容。在道德評判上，這種人比直接殺人者更卑劣，也更可惡。當然，靠鬼神來懲罰奸人，本來就是一種社會評判，並不是說真有其事。於此也可見作者的價值取向。清人喜男寵，但不能等同於現代社會的同性戀，清人的這種陋習只是一種扭曲的性心理。

科名有命

乾隆己卯❶，余典山西鄉試❷，有二卷皆中式矣。一定四十八名，填草榜時，同考官員萬泉❸呂令瀶，誤收其卷於衣箱❹，竟覓不可得。一定五十三名，填草榜時，陰風滅燭者三四，易他卷乃已。揭榜後，拆視彌封❺，失卷者范學敷，滅燭者李騰蛟也。頗疑二生有陰譴。然庚辰❻鄉試，二生皆中式，范仍四十八名。李於辛丑❼成進士。乃知科名有命，先一年亦不可得，彼營營者何為耶？即求而得之，亦必其命所應有，雖不求亦得也。

【章旨】此章作者表示了富貴皆命中注定的思想。

【注釋】❶乾隆己卯　即乾隆二十四年，西元一七五九年。❷鄉試　明清兩代每三年一次在各省省城（包括京城）舉行的考試。凡考中者稱為舉人。❸萬泉　舊縣名。在山西西南部。一九五四年與榮河縣合併設萬榮縣。❹衣箱　藏衣服的箱篋。❺彌封　科舉制度中糊名考試之法。清代鄉、會試試卷均採用彌封制。先由彌封官將卷面摺疊藏其姓名，用《千字文》編「紅號」。另由謄錄將試卷（即「墨卷」）用朱筆謄寫，稱為「朱卷」，送考官評閱。放榜日，按取中的「朱卷」紅號調取墨卷拆封，才唱名寫榜。❻庚辰　即康熙二十五年，西元一七六〇年。❼辛丑　即康熙四十六年，西元一七八一年。

【語譯】乾隆二十四年，我主持山西鄉試，有兩份卷子都考試合格了。一份卷子定在第四十八名，填寫草榜時，同考官萬泉縣令呂灊，錯收他的卷子在衣箱裡，竟然尋覓不到。一份卷子定在第五十三名，填寫草榜時，陰風吹滅蠟燭有三四次，換了別人的卷子才罷。揭榜以後，拆看彌封查看，被丟失試卷的考生叫范學敷，被陰風吹滅蠟燭而無法填榜的考生叫李騰蛟。我很懷疑這兩名考生是受到了冥冥之中的懲罰。然而乾隆二十五年鄉試時，這兩名考生都中舉了。范學敷仍舊是第四十八名舉人。李騰蛟在乾隆四十六年考中進士。我這才知道科舉考試是由命運決定的，早一年也不行，那些在仕途上忙碌鑽營的人為了什麼呢？就是通過鑽營乞求而得到了，也必然是他命裡所應該有的，即使不去鑽營乞求也會得到的。

【研析】官場上靠投機鑽營，以謀求仕途發達，歷代如此，概不能免。作者冷眼旁觀，極為厭惡，但又無力改變這種醜惡，只能以冥冥之中皆有定數這樣虛無縹緲的勸告來發出幾聲微弱的呼喊。其心可嘉，其事可歎。

鬼殊憒憒

先姚安公言：雍正庚戌❶會試❷，與雄縣❸湯孝廉同號舍❹。湯夜半忽見披髮女鬼，搴簾手裂其卷，如蛺蝶亂飛。湯素剛正，亦不恐怖，坐而問之曰：「前生吾不知，今生則實無害人事。汝胡為來者？」鬼愕眙❺卻立曰：「君非四十七號耶？」曰：「吾四十九號。」蓋前有二空舍，鬼除之未數也。諦視良久，作禮謝罪而去。斯須間，四十七號喧呼某甲中惡矣。此鬼殊憒憒❻，湯君可謂無妄之災。幸其心無愧怍，故倉卒間敢與詰辯，僅裂一卷耳，否亦殆哉！

【章旨】此章講述了一個女鬼昏憒糊塗而報復錯人的故事。

【注釋】❶雍正庚戌 即雍正八年，西元一七三〇年。雍正，清世宗愛新覺羅胤禛的年號。❷會試 明清兩代每三年一次在京城舉行的考試。各省的舉人皆可應考，考中者稱貢士。❸雄縣 在河北中部、大清河中游、白洋淀以北。❹號舍 科舉考試時，考場中生員答卷和食宿的地方。每人一間，每間有編號。❺愕眙 亦作「愕怡」。驚視。❻憒憒 糊塗。

【語譯】先父姚安公說：雍正八年會試，他同雄縣的湯舉人在同一個號舍裡。湯舉人半夜裡忽然看見一個頭髮披散的女鬼撩起簾子進來，用手撕裂了他的考卷，碎紙片好像蝴蝶亂飛。湯舉人向來剛強正直，也不恐懼，坐起來問那個女鬼說：「前輩子我不知道，今生則實在沒有做過害人的事，你為什麼來呢？」那個女鬼驚愕地看著湯舉人退後幾步才站在那裡說：「您不是四十七號嗎？」湯舉人說：「我是四十九號。」原來前面有兩間空的號舍，女鬼除去了沒有數。女鬼仔細地看了湯舉人很久，行禮謝罪而去。不一會兒，四十七號房喧鬧呼叫某某人中邪了。這個女鬼真是太糊塗了，湯君可說是遭到意外的災禍。幸虧他內心無所慚愧，倉促之間敢於和女鬼爭辯，僅僅被撕毀了一份考卷而已，否則也就危險了！

【研析】女鬼為什麼要來報復，那個男子到底虧欠了她什麼？留給人們很大的想像空間。只不過這女鬼也太糊裡糊塗，竟會跑錯地方。看來，這女鬼活在人世時也是一位馬大哈。

陰律

顧員外❶德懋，自言為東嶽冥官❷，余弗深信也，然其言則有理。曩在裘文達公❸家，嘗謂余曰：「冥司重貞婦，而亦有差等：或以兒女之愛，或以田宅之豐，有所繫戀而弗去者，下也；不免情欲之萌，而能以禮義自克者，次也；心如枯井，波瀾不生，富貴亦不睹，飢寒亦不知，利害亦不計者，斯為上矣。如是者千百不得一，得一則鬼神為起敬。一日，喧傳節婦❹至，冥王改容，冥官皆振衣佇迓。見一老婦僂然❺來，其行步步漸高，如躡階級。比到，則竟從殿脊上過，莫知所適。冥王憮然曰：『此已升天，不在吾鬼籙❻中矣。』」又曰：「賢臣亦三等：畏法度者為下；愛名節者為次；乃心王室，但知國計民生，不知禍福毀譽者為上。」又曰：「冥司惡躁競，謂種種惡業，從此而生。故多困躓❼之，使得不償失。人心愈巧，則鬼神之機亦愈巧。然不甚重隱逸，謂天地生才，原期於世事有補。人人為巢❽、許❾，則至今洪水橫流，並掛瓢飲犢❿之地，亦不可得矣。」又曰：「陰律⓫如《春秋》責備賢者，而與人為善。君子偏執害事，亦錄以為過。小人有一事利人，亦必予以小善報。世人未明此義，故多疑因果或爽耳。」

【章旨】此章講述了一個陰間對貞婦、賢臣的看法，實際上表達的是理學家的觀點。

【注釋】❶員外　本謂在定額以外設的官員，可以納錢捐買，後漸用為對鄉間富豪的一種稱呼，常見於宋代以來的小說、戲曲中。❷東嶽冥官　指在東嶽廟中任陰曹的官職。❸裘文達公　即裘曰修。字叔度，一字漫士，清新建（今江西南昌新建）人。乾隆進士，歷官禮刑工三部尚書。卒謚文達，故稱。❹節婦　指丈夫死後守貞不再嫁的婦女。❺僂然　衰竭疲憊的樣子。❻鬼籙　陰間死人的名簿。❼困躓　受挫；顛沛窘迫。❽巢　即上古時的巢父。相傳因巢居樹上得名。堯要把君位讓給他，他不受。堯又要把君位讓給許由，他又教許由隱居。❾許　即上古時的許由。一作許繇。

相傳堯要把君位讓給他，他逃至箕山下，農耕而食。堯又請他作九州長官，他到潁水邊洗耳，表示不願聽到。❿掛瓢飲犢 《逸士傳》載：許由以手捧水喝，有人給他一瓢。他喝完水，把瓢掛在樹上。風吹瓢嗚嗚響，他厭煩地把瓢又拿下來。《高士傳》載：堯請許由當九州長，許由到水邊洗耳。巢父牽牛來飲水，怕汙了牛嘴，到上游去飲。⓫陰律 指陰曹地府的法律。

【語譯】員外顧德懋自己說擔任東嶽神廟的陰官，我並不怎麼相信，但他說的話則有道理。過去在裘文達公家裡，他曾經對我說：「陰司看重貞婦烈女，但也有等級差別：有的因為兒女之情，有的因為田宅的豐厚，有所牽掛眷戀而不改嫁離去的，這是下等；不能免於情欲的萌動而能夠以禮義自己克制的，這是次等；心如枯井，波瀾不起，面前是富貴也不會去看，受盡飢寒也不知道苦，生死利害也不懂得計較，這樣就是上等的了。像這樣的人千百人中也找不到一個，找到一個就是鬼神也為之肅然起敬的。有一天，冥府中紛紛傳說有節婦到了，冥王改換面容，陰府官員都整理衣服站立迎接。看見一位老婦人很疲憊地走過來，她行走時一步步逐漸高起來，好像踩著臺階。等走到臨近大殿時，她竟然從大殿的屋脊上面過去，不知道走向哪裡。冥王驚愕地說：『這已經升天，不在我的鬼簿中了。』」顧德懋又說：「賢臣也有三等：畏懼法令制度的人是下等；愛惜名聲節操的人是次等；忠心朝廷，只知國計民生大事，不知禍福毀譽的人是上等。」他又說：「陰曹地府厭惡那些迫不及待地爭權奪利的舉動，認為種種罪孽都是由此產生的。因此冥府多半要讓他們困頓受挫，使他們得不償失。人心愈機詐，則鬼神的機變也愈是巧妙。但是冥府不太看重隱逸，認為天地降生人才，原本希望他們對世事有所補益。如果人人都去做巢父、許由，那麼到現在還是洪水四處泛溢，連許由掛瓢的樹、巢父牽牛犢飲水的地方也不可得了。」他又說：「陰曹地府的法律像《春秋》那樣求全責備賢者，而與人為善。君子因偏激固執而做錯了什麼事情，也作為過失記錄下來。小人有一件事情對別人有利，也必定給予小小的好報。世上人不明白這個道理，因此大多懷疑因果報應是否有時出了偏差。」

【研析】冥府對善惡的評介，如同人世間一樣，說明了陰曹是陽世的反照。文中藉顧員外之口說出的對節婦、賢臣、隱逸的評判，作者並無一詞反對，因此也可以看成是作者的觀點。儒家是入世的學說，反對人們為了自身禍福而逃避對國家的責任。因此，林則徐有詩曰：「苟利國家生死以，豈因禍福趨避之。」這就是中國讀書人的真正情懷。

醫家同類相忌

內閣學士❶永公，諱寧，嬰疾❷，頗委頓❸。延醫診視，未遽愈。改延一醫，索前醫所用藥帖，弗得。公以為小婢誤置他處，責使搜索，云：不得且笞汝。方倚枕憩息，恍惚有人跪燈下曰：「公勿笞婢。此藥帖小人所藏。小人即公為臬司❹時平反得生之囚也。」問：「藏藥帖何意？」曰：「醫家同類皆相忌，務改前醫之方，以見所長。公所服藥不誤，特初試一劑，力尚未至耳。使後醫見方，必相反以立異，則公殆矣。所以小人竊之。」公方昏悶，亦未思及其為鬼。稍頃始悟，悚然汗下。乃稱前方已失，不復記憶，請後醫別疏方❺。視所用藥，則仍前醫方也。因連進數劑，病霍然如失。公鎮烏魯木齊❻日，親為余言，曰：「此鬼可謂諳悉世情矣。」

【章旨】此段記敘了一個報恩的鬼魅為避免醫家同行相忌而傷害恩人的故事。

【注釋】❶內閣學士　官名。清代為正一品官，參預機謀，執掌朝政。後清廷成立軍機處，內閣學士職權逐漸低落，皇帝常用以為官員的加銜，或充當皇帝的顧問。❷嬰疾　為病所困。❸委頓　身體困倦；精神萎靡不振。❹臬司　即按察使的簡稱。清代按察使隸屬各省總督、巡撫，主管一省的司法。為正三品官。❺疏方　開藥方。❻烏魯木齊　即今新疆烏魯木齊市。紀昀曾被流放烏魯木齊。

【語譯】內閣學士永寧患了一場重病，頗為困頓萎靡。延請醫生診治，沒有立刻痊癒，就改請另一個醫生診治。這位醫生索取前面那位醫生所開的藥方，沒能得到。永寧先生以為是小婢錯放在別的地方，責令她搜索尋找，說：找不到就要鞭打你。當永寧先生靠著枕頭歇息時，恍恍惚惚間有人跪在燈下說：「您不要鞭打婢女，這個藥方是小人所藏的，小人就是您做按察使的時候因平反而得生的囚犯。」永寧先生問道：「你藏起藥方是什麼意思？」那人回答說：「醫家是同行，都互相妒忌，醫生務必要改動前面醫生的藥方以顯示他的長處。您所服的藥沒有錯，只不過才開始試服了一帖，藥力還沒有達到罷了。如果讓後來的醫生見到藥方，他開出的藥方必然要與前面那個藥方相反以標新立異，那麼您就危險了，所以小人偷偷地把藥方竊取了。」永寧先生正在昏沉氣悶，也沒有想到他是鬼。稍過了一會兒才省悟過來，驚恐地出了一身汗。永寧先生於是就說前面醫生開的藥方已經丟失，不再記得所用的藥，請後來的醫生另外開一個藥方。看他所用的藥，則仍舊是與前面醫生的藥方相同。永寧先生就接連服用了幾帖藥，病症突然像消失了一樣。永寧先生在鎮守烏魯木齊的日子裡，親口對我談起這件事，說：「這個鬼可以說是熟悉世情了。」

【研析】同行相忌，本是常情。如講到文人，就有「文人相輕」的說法。但醫生本是救死扶傷之人，不能摻雜私心，否則就會貽害病人，違背醫生治病救人的宗旨。文章中所講的永寧先生能得鬼神提醒而避害，一般人就沒有那麼幸運了。因此，還是應該提倡不管辦什麼事情，都要排除私心，秉公而行。

群蜂螫貪徒

族叔楘庵說：肅寧❶有塾師，講程朱之學❷。一日，有遊僧❸乞食於塾外，木魚❹琅琅，自辰逮午❺不肯息。塾師厭之，自出叱使去，且曰：「爾本異端❻，愚民或受爾惑耳。此地皆聖賢之徒，爾何必作妄想？」僧作禮曰：「佛之流❼而募衣食，猶儒之流而求富貴也，同一失其本來❽，先生何必定相苦❾？」塾師怒，自擊以夏楚❿。僧振衣起曰：「太惡作劇。」遺⓫布囊於地而去。意必復來，暮竟不至。捫之，所貯皆散錢。諸弟子欲探取，塾師曰：「俟其久而不來，再為計。然須數明，庶⓬不爭。」甫啟囊，則群蜂分湧⓭，螫⓮師弟面目盡腫。號呼撲救，鄰里咸驚問。僧忽排闥⓯入曰：「聖賢乃謀匿人財耶？」提囊徑行，臨出，合掌向塾師曰：「異端偶觸忤聖賢，幸見恕。」觀者粲然⓰。或曰：「幻術也。」或曰：「塾師好闢佛⓱，見僧輒詬。僧故置蜂於囊以戲之。」楘庵曰：「此事余目擊，如先置多蜂於囊，必有蠕動之狀見於囊外，爾時殊未睹也。云幻術者為差近。」

【章旨】此段記敘了一位假道學先生的醜陋嘴臉。

【注釋】❶肅寧　今河北肅寧。❷程朱之學　即指程朱理學。宋代理學的主要派別。首創者北宋程顥、程頤，集大成者南宋朱熹。因為他們的學說基本一致，後人稱這一學派為程朱理學。宋以後統治者提倡程朱理學，使程朱理學長期保持社會思想上的統治地位。❸遊僧　雲遊四方的和尚。❹木魚　佛教法器名。木製，刻為魚形，誦經時敲之，以調音節。❺自辰逮午　從辰時至午時。即從早晨七時至下午一時。辰時，七時至九時；午時，十一時至十三時。❻異端　儒家以正統自居，稱其他學說和教派為異端。❼佛之流　即指佛教徒。下文儒之流，即指儒生。❽本來　指本來面目。❾相苦　使人為難。相，表示一方對另一方有所動作之詞。❿夏楚　夏、楚，兩木名，常用作古代扑責之具。《禮記・學記》：「夏楚二物，收其威也。」⓫遺　留下。⓬庶　幸；希望。⓭坌湧　聚而騰上。⓮螫　指蜂蠍等毒蟲螫人。⓯排闥　推開門。闥，小門。⓰粲然　歡笑的樣子。⓱闢佛　排斥佛教。闢，通「避」。迴避；排斥。

【語譯】我的族叔櫫庵說：肅寧縣有一個私塾先生，講授程朱理學。一天，有位遊方和尚在私塾外面要飯，木魚聲敲得琅琅響，從辰時一直敲到午時都不肯停息。私塾先生討厭這個遊方和尚，親自出去喝叱他走，並且說：「你那一套本來就是異端邪說，愚蠢的百姓或許有人受你的迷惑。我們這裡都是聖賢的信徒，你何必作什麼妄想呢？」和尚行禮說：「我們佛門子弟募衣化食，就像儒家門生追求富貴一樣，同樣是失去它的本來面目，先生何必定要苦苦相逼呢？」私塾先生發怒，拿起責罰學童的用具就來擊打和尚。和尚抖抖僧衣站起身來說：「太惡作劇了！」便遺落了一個布袋在地上而離去了。私塾先生料想他必定會再來，但是直到晚上竟然還沒有來。私塾先生摸摸布袋，布袋裡所貯存的都是零散的銀子銅錢。私塾先生的那些弟子想伸手到布袋中去取錢，這位私塾先生說：「等那個和尚時間長久而還不來，我們再作計較。但必須把錢數清楚，希望這樣可以免得爭吵。」私塾先生剛打開布袋，就有一群蜜蜂一起飛湧出來，螫得私塾先生和那些弟子的面孔全都腫了。私塾先生和弟子們呼喊撲救，鄰居們都吃驚地前來打聽出了什麼事。那位遊方和尚忽然推門而入說：「聖賢之徒還要謀畫藏匿別人的錢財嗎？」提起布袋徑自走了。臨出門，和尚合掌對私塾先生說：「佛教異端之徒偶然觸犯了聖賢，希望能得到寬恕。」圍觀的人都笑了。有的人說：「這是一種幻術。」有的人說：「私塾先生喜歡闢佛，看見和尚就辱罵詆毀，所以和尚把蜜蜂放在布袋裡來戲弄他。」族叔棃庵說：「這件事是我親眼所見，如果事先把許多蜜蜂放在布袋裡，必然有蠕動的樣子，在布袋外面就可以看到，當時確實不曾看見什麼異樣，說它是幻術較為接近。」

【研析】程朱理學博大精深，是中世紀以來對中華民族影響最大的思想學說。但明清時期，有那麼些偽道學先生，口頌聖賢之言，卻行骯髒醜陋之事，遂使程朱理學被蒙上了塵埃，而遭人曲解。如文中所講的這位私塾先生即是在金錢誘惑面前，不能把持自己而貽笑後人。讀聖賢之書，當行聖賢之事。尤其是在種種誘惑面前，更要把持得住自己，這樣才能站定腳跟，成為真正的聖賢之徒。

青雷寓言

朱青雷❶言：有避仇竄匿深山者，時月白風清，見一鬼徙倚❷白楊下，伏不敢起。鬼忽見之，曰：「君何不出？」栗而答曰：「吾畏君。」鬼曰：「至可畏者莫若人，鬼何畏焉？使君顛沛至此者，人耶鬼耶？」一笑而隱。余謂此青雷有激之寓言也。

【章旨】此章講述了一個對人世險惡、憤激不平的寓言。

【注釋】❶朱青雷　即朱文震。字青雷，號去羨，清歷城（今山東歷城）人。開四庫全書館時，以詹事府主簿充任篆隸校對官。❷徙倚　猶徘徊，流連不去的意思。

【語譯】朱青雷說：有一個為躲避仇人而逃竄藏匿在深山裡的人，當時月明風清，看見一個鬼在白楊樹下徘徊，他嚇得趴在地上不敢起來。鬼忽然看到了他，說：「您為什麼不出來？」他戰慄著回答說：「我怕您。」鬼說：「最可怕的莫過於人，鬼有什麼好怕的呢？使您顛沛流離來到這裡的，是人呢還是鬼呢？」笑了一聲就不見了。我認為這是朱青雷有所激憤而編造出的寓言。

【研析】這是一則寓言，雖然偏激，但也道出了部分實情。而且，編造這則寓言之人，在人世間並不順暢，故而才會講出如此憤激的話來。

巨蟒

都察院❶庫中有巨蟒，時或夜出。余官總憲❷時，凡兩見。其蟠跡著塵處，約廣二寸餘，計其身當橫徑五寸。壁無罅❸，門亦無罅，窗櫺闊不及二寸，不識何以出入。大抵物久則能化形，狐魅能由窗隙往來，其本形亦非窗隙所容也。堂吏❹云其出應休咎❺，殊無驗，神其說耳。

【章旨】此章講述了京師都察院內有條大蟒，作者從而認為「物久能化形」的看法。

【注釋】❶都察院　官署名。漢以後歷代都有御史臺，明初改設都察院。長官為左、右都御史，下設副都御史、僉都御史。清代改以左都御史、左副都御史為主官，右都御史及右副都御史則專作總督、巡撫的加銜。都察院是最高的監察、彈劾及諫議機關。❷總憲　明清都察院左都御史的別稱，左副都御史則稱副憲。御史臺古稱憲臺，故有此稱。❸罅　縫隙。❹堂吏　此處指在都察院衙門中任職的吏員。❺休咎　吉凶。

【語譯】都察院的庫房裡有一條大蟒蛇，有時會在夜裡出來。我擔任都察院左都御史時，共見到這條蟒蛇兩次。蟒蛇盤繞著的痕跡碰到有灰塵的地方，大約有兩寸多寬，估計蟒蛇的蛇身相當於直徑五寸。牆壁沒有縫隙，門也沒有縫隙，窗格闊不到兩寸，不知道這條蟒蛇是怎樣出入的。大概物體時間長了就能夠變幻形體，狐狸精能夠從窗縫裡往來，牠本來的形體也不是窗縫所能容納的。都察院任職的吏員說蟒蛇的出現同吉凶相應，但從來沒有應驗，不過是把這件事神化了的說法罷了。

【研析】古代的老房子一般都有老鼠，蛇吃老鼠，因此舊宅中也往往有蛇。至於舊宅裡有大蟒蛇，而且這房子又在北京，就更少聽說了。作者並不認為蟒蛇的出現與人的吉凶禍福相關，這是作者見識高於常人之處。但作者認為「物久能化形」，將蟒蛇與狐狸精相提並論，顯然還是不明白其中的道理。

幽明一理

幽明異路，人所能治者，鬼神不必更治之，示不瀆也。幽明一理，人所不及治者，鬼神或亦代治之，示不測也。戈太僕仙舟❶言：有奴子嘗醉寢城隍神案❷上，神拘去笞二十，兩股青痕斑斑。太僕目見之。

【章旨】此章反映了為人處世當循守規矩，否則必遭懲罰的觀點。

【注釋】❶戈太僕仙舟　即戈源。字仙舟，號橘浦，清獻縣（今河北獻縣）人。乾隆進士，官至太僕寺少卿，故稱。

❷神案　指廟宇中放置在神像前的供桌。

【語譯】陰間和陽間是兩個世界，人間能夠治理的事，鬼神不必再整治，以表示不褻瀆。陰間和陽間又是同一個準則，人世間所來不及處置的事，鬼神或許也會代為處置，以顯示祂們的難以猜度。戈仙舟太僕說：有個奴僕曾經喝醉酒睡在城隍廟的神案上。神把他抓去，打了二十板，兩條大腿烏青色的傷痕斑斑點點。戈仙舟太僕是親眼見到的。

【研析】陰陽異路而又同路，就是說陰間鬼神一般不管陽間事，只有在看不下去時才會插手。所以，人們只要管好自己事，陰間鬼神自然不會來多管。道理雖說簡單，但人們真能夠管好自己事卻也不易。

土神

杜生村，距余家十八里。有貪富室之賄，鬻其養媳為妾者。其媳雖未成婚，然與夫聚已數年，義不再適。度事不可止，乃密約同逃。翁姑覺而追之。二人夜抵余村土神祠❶，無可棲止，相抱泣。忽祠內語曰：「追者且至，可匿神案下。」俄廟祝❷踉蹌醉歸，橫臥門外。翁姑追至，問蹤跡。廟祝囈語應曰：「是小男女二人耶？年約若干，衣履若何，向某路去矣。」翁姑急循所指路往，二人因得免。乞食至媳之父母家，父母欲訟官，乃得不鬻。爾時祠中無一人，廟祝曰：「吾初不知是事，亦不記作是語。」蓋皆土神之靈也。

【章旨】此章講述了一對青年戀人得到神靈庇護的故事。

【注釋】❶土神祠　即土地廟，祭祀土地神的廟。❷廟祝　神廟裡管理香火的人。

【語譯】杜生村，距離我家十八里路。那村裡有個貪圖富家錢財的人，打算把他家的童養媳賣給富人做小妾。那個童養媳雖然還沒有成婚，但是同未婚夫在一起生活已經有幾年時間了，發誓絕不再嫁他人。他們兩人心想這件事情不可能制止，於是就祕密約定一起逃走。公公婆婆發覺之後隨後追趕。兩人夜裡來到我們村子的土地廟，沒有地方可以住宿，只好相抱哭泣。忽然廟裡傳來說話聲：「追趕的人就要來到，可以藏在廟裡的神案下面。」一會兒管香火的廟祝踉踉蹌蹌地喝醉酒回來，橫躺在廟門外。那個童養媳的公公婆婆追到廟前，問起兒子媳婦的蹤跡，廟祝說著夢話回答說：「是年少的男女二人嗎？年紀大約是多少，穿的衣服又是怎樣的，已經朝著某一條路走了。」公公婆婆急忙按照他所指的路前往追趕，兩人因而得以避免被公公婆婆抓到。他們一路要飯到了童養媳的父母家，童養媳的父母要將這件事告到官府，那位童養媳才不至於被賣掉。當時廟裡沒有一個人，廟祝說：「我當時不知道有這件事，也不記得說過這樣的話。」大概都是土地神的顯靈了。

【研析】貪圖錢財而要拆散一對小鴛鴦，本來就是人鬼共憤之事。要說土地神顯靈，倒不如說是廟祝有心。從事情的經過看，是廟祝救了那對小夫妻。只是廟祝為避免惹禍上身，故意假裝喝醉了酒，將一切推在神靈頭上，看來神靈也不會因此而責怪他。

破屋獨存

乾隆庚子❶，京師楊梅竹斜街火，所毀殆百楹❷。有破屋巋然獨存，四面頹垣，齊如界畫，乃寡媳守病姑不去也。此所謂：「孝弟至之，通於神明❸」。

【章旨】此章講述了危急面前寡媳不棄病姑的故事。

【注釋】❶乾隆庚子　即乾隆四十五年，西元一七八〇年。❷楹　計算房屋的單位，一列為一楹。❸孝弟至之二句語出《孝經》。孝弟，儒家倫理思想。亦作「孝悌」。善事父母為孝，善事兄長為弟。弟，通「悌」。

【語譯】乾隆四十五年，京城楊梅竹斜街發生火災，燒毀了差不多有一百間房屋。唯獨有一間破屋屹立在火海中保存下來，四周是殘垣斷壁，整整齊齊如同為這間破房子劃定的界線，這間破屋中居住著一位守寡的媳婦看護著生病的婆婆不肯離開。這就是所謂：「孝悌到了極點，能夠與神明相通」。

【研析】水火無情，卻放過了這家寡婦病姑。作者不從自然科學方面尋求原因，而將其歸結於人文原因，無非是想通過這件事達到勸諭社會的目的。確實，在中華民族的道德判斷中，大忠大孝始終占有至高的地位。

魏忠賢求婚

于氏，肅寧❶舊族也。魏忠賢竊柄時，視王侯將相如土苴❷。顧以生長肅寧，耳濡目染，望于氏如王謝❸。為侄求婚，非得于氏女不可。適于氏少子赴鄉試，乃置酒強邀至家，面與議，于生念許之則禍在後日，不許則禍在目前，猝不能決。託言父在難自專。忠賢曰：「此易耳。君速作札，我能即致太翁也。」是夕，于翁夢其亡父，督課❹如平日，命以二題：一為「孔子曰諾」，一為「歸潔其身而已矣」。方構思，忽叩門驚醒。得子書，恍然頓悟。因覆書許姻，而附言病頗棘，促子速歸。肅寧去京四百餘里，比信返，天甫微明，演劇猶未散。于生匆匆束裝，途中官吏迎候者已供帳相屬。抵家後，父子俱稱疾不出。是歲為天啟甲子❺。越三載而忠賢敗，竟免於難。事定後，于翁坐小車，遍遊郊外，曰：「吾三載杜門，僅博得此日看花飲酒，岌乎危哉！」于生瀕行時，忠賢授以小像曰：「先使新婦識我面。」于氏於余家為表戚，余兒時尚見此軸，貌修偉而秀削，面白色隱赤，兩顴微露，頰微狹，目光如醉，臥蠶❻以上，赭石❼薄暈如微腫。衣緋紅。座旁几上，露列金印九。

【章旨】此章講述明朝魏忠賢強行求婚士族而遭婉拒的故事。

【注釋】❶肅寧　今河北肅寧。❷土苴　渣滓。此處比喻輕視。❸王謝　指六朝時代的望族王氏、謝氏。《南史・侯景傳》：「景請婚於王、謝，帝曰：『王、謝門高，非偶；可於朱、張以下求之。』」故以「王謝」為高門世族的代稱。❹督課　督察考核。❺天啟甲子　即明天啟四年，西元一六二四年。❻臥蠶　形容眉毛長得像橫臥的蠶。❼赭石　即「赤鐵礦」，我國古代使用的一種黃棕色的礦物染料。

【語譯】姓于的家族是肅寧縣的世家大族。明朝末年太監魏忠賢把持朝政時，把王侯將相們看作泥土渣滓。只因為他生長在肅寧縣，耳聞目染，看待于氏家族就如同六朝時人們看待當時的豪門世族王、謝家族一樣。魏忠賢為侄兒求婚，非要娶到于氏家族的女兒不可。剛巧于家的小兒子前去京城參加鄉試，於是準備酒菜強行邀請到家，當面同他商議。于家的那位書生考慮到如果答應這樁婚事吧，那麼災禍在日後，不答應這樁婚事吧，那麼災禍就在眼前，倉促之間不能決定。就藉口父親在，難以自作主張。魏忠賢說：「這件事容易，您趕緊寫信，我能夠立即送達您父親那裡。」這天晚上，于家老翁夢見他已故的父親就像平時一樣督促功課，出了兩道題目：一道題目是「孔子說答應」，另一道題目是「回去獨善其身就可以了」。他正在構思文章時，忽然被敲門聲驚醒，接到兒子的來信，猛然省悟過來。於是他寫了回信答應婚事，而信中附帶地說自己病情很危險，催促兒子趕快回來。肅寧縣離京城四百多里路，等到于家的覆信返回，天剛微微亮，演戲還沒有散場。于家書生匆匆忙忙整理行裝回家，一路上官吏們迎接等候宴請的已經接連不斷。回到家後，于氏父子倆都宣稱有病不出門。這一年是明朝天啟四年。過了三年，魏忠賢垮臺，于氏家族竟然免於災禍。事情穩定之後，于家老翁坐著小車，到郊外到處遊逛，說：「我三年來杜門不出，僅僅換得今朝的看花飲酒，真是太危險了啊！」于家書生臨走時，魏忠賢給了他一幅自己的小像，說：「先讓新媳婦認識認識我的面孔。」于氏家族同我家是表親，我小時候還見到過這軸畫像，魏忠賢身材高大而瘦削，面色白裡泛紅，兩邊顴骨微微突出，臉頰稍窄，目光好像喝醉了酒，形如臥蠶的眉毛以上，薄薄地塗以赤紅色，好像微微腫起。穿著鮮紅的衣服。座位旁邊的几案上，顯眼地排列著九顆金印。

【研析】儘管魏忠賢權傾朝野，但還是想通過聯姻，以取得士大夫們的承認。但士大夫們是不屑與閹黨為伍的，拖延是他們常用的、也是最有效的手段。西晉的阮籍也曾採取這種方法拒絕了司馬家族的求婚。於此可見，人們古今心思相通，手段相同。

土神鐫秩

杜林鎮土神祠道士，夢土神語曰：「此地繁劇❶，吾失於呵護，致疫鬼❷誤入孝子節婦家，損傷童稚。今鐫秩❸去矣。新神性嚴重，汝善事之，恐不似我姑容也。」謂春夢無憑，殊不介意。越數日，醉臥神座旁，得寒疾幾殆。

【章旨】此章講述了土地神因失職而被免官的故事。

【注釋】❶繁劇　指事務繁重。❷疫鬼　指散布瘟疫的鬼神。❸鐫秩　謂官員因某種原因降級或降職。

【語譯】杜林鎮土神廟有位道士，夢見土地神說話道：「這裡的事務繁重，我失於呵禁護衛，以致使得傳播瘟疫的疫鬼誤入孝子節婦的家裡，傷害了孩童。現在我被貶職要離去了。新來的土地神性情嚴肅莊重，你好好地侍奉他，恐怕他不像我那麼姑息寬容了。」道士以為是一場春夢不足為憑，根本沒有放在心上。過了幾天，這位道士喝醉了酒躺臥在神座的旁邊，得了寒病，幾乎送了命。

【研析】為官要有職責，一旦失職理應受到懲處。這樣，吏治就能清明，而百姓才能太平。如文章中所說的土地神因一時失職，即受到降職的處罰，前車之鑑，後來者自會汲取教訓，恪盡職守，以保一方平安。由鬼神世界折射人世間，何嘗不是如此？

一女子

景州❶戈太守桐園，官朔平❷時，有幕客❸夜中睡醒，明月滿窗，見一女子在几側坐。大怖，呼家奴。女子搖手曰：「吾居此久矣，君不見耳。今偶避不及，何驚駭乃爾？」幕客呼益急。女子哂曰：「果欲禍君，奴豈能救？」拂衣遽起，如微風之振窗紙，穿櫺❹而逝。

【章旨】此章講述了一個幕客遇鬼的故事。

【注釋】❶景州　今河北景縣。❷朔平　今山西右玉。❸幕客　幕賓。指官府中的參謀顧問人員。❹櫺　窗櫺；窗戶上的木條。此處代指窗戶。

【語譯】景州人戈桐園太守在朔平做官時，衙門裡有個幕客半夜裡睡醒，這時明月滿窗，看見一名女子側身坐在几案旁，非常害怕，急忙呼喚家奴。那名女子搖搖手說：「我住在這裡很久了，您沒有看見罷了。今天偶然躲避不及，何必嚇成這個樣子？」這位幕客喊叫得更加急迫。那名女子嘲笑道：「我果真要想禍害於您，奴僕豈能救您呢？」女子拂拭衣服立刻起身，如同微風吹動窗戶紙那樣，穿過窗櫺而消失了。

【研析】鬼無害人意，人有怕鬼心。人鬼殊途，難免會產生怕鬼之心。這對常人而言，本不足為奇。如果要不怕鬼，就必須有一股陽剛正直之氣，也就是凜然於天地之間的那股浩然正氣。只要有這股正氣，百邪不侵，何況區區小鬼呢？

泥塑判官

潁州❶吳明經❷躍鳴言：其鄉老儒林生，端人❸也。嘗讀書神廟中，廟故宏闊，僦居者多。林生性孤峭❹，率不相聞問。一日，夜半不寐，散步月下。忽一客來敘寒溫。林生方寂寞，因邀入室共談，甚有理致。偶及因果之事，林生曰：「聖賢之為善，皆無所為而為者也。有所為而為，其事雖合天理，其心已純乎人欲矣。故佛氏福田之說❺，君子弗道也。」客曰：「先生之言，粹然儒者之言也。然用以律己則可，用以律人則不可；用以律君子猶可，用以律天下之人則斷不可。聖人之立教，欲人為善而已。其不能為者，則誘掖以成之；不肯為者，則驅策以迫之。於是乎刑賞生焉。能因慕賞而為善，聖人但與其善，必不責其為求賞而然也。能因畏刑而為善，聖人亦與其善，必不責其為避刑而然也。苟以刑賞使之循天理，而又責慕賞畏刑之為人欲，是不激勸於刑賞，謂之不善；激勸於刑賞，又謂之不善，人且無所措手足矣。況慕賞避刑，既謂之人欲，而又激勸以刑賞，人且謂聖人實以人欲導民矣，有是理歟？蓋天下上智❻少而凡民多，故聖人之刑賞，為中人以下設教。佛氏之因果，亦為中人以下說法。儒釋之宗旨雖殊，至其教人為善，則意歸一轍。先生執董子❼謀利計功之說，以駁佛氏之因果，將並聖人之刑賞而駁之乎？先生徒見緇流❽誘人布施，謂之行善，謂可得福。見愚民持齋燒香，謂之行善，謂可得福。不如是者，謂之不行善，謂必獲罪。遂謂佛氏因果，適以惑眾。而不知佛氏所謂善惡，與儒無異；所謂善惡之報，亦與儒無異也。」林生意不謂然，尚欲更申己意。俯仰之頃，天已將曙。客起欲去，固挽留之，忽挺然不動，乃廟中一泥塑判官。

【章旨】此章作者藉泥塑判官之口論述了儒釋合一的道理。

【注釋】❶潁州　今安徽阜陽。❷明經　唐代科舉制度中科目之一。與進士科並列，主要考經義。清代用作貢生的別稱。❸端人　正直的人。❹孤峭　孤傲獨立，不與眾人和同。❺福田之說　佛教語。佛教以為供養布施，行善修德，能受福報，猶如播種田畝，有秋收之利，故稱福田。❻上智　上等智慧。此處指有上等智慧的人。❼董子　即董仲舒。西漢武帝時著名儒學大師，提出「罷黜百家，獨尊儒術」，為武帝所採納，遂開此後二千多年封建社會以儒學為正統的先聲。「子」為尊稱，如孔子、孟子之類。❽緇流　僧眾。中國僧徒多穿黑衣服，故稱。

【語譯】潁州貢生吳躍鳴說：他的家鄉有位姓林的老儒，是一個正直的人。林某曾經在神廟中讀書，廟本來就宏大寬敞，租賃居住的人很多。林某生性孤傲獨立，一概不與旁人交往互通問候。一天，林某半夜裡睡不著，在月光下散步。忽然一個客人過來敘談問候，林某正好寂寞，於是邀他入房間裡一起談話，兩人談得很有情致理趣。偶然涉及因果的事情，林某說：「聖賢的行善，都是無所求而去做的；如果有所求而去做，這件事雖然合乎天理，但做這件事的人內心已經純然是人欲了。所以佛家種福田的說法，君子是不講的。」客人說：「先生的話，純粹是儒家的看法。然而用來約束自己是可以的，用來約束別人則不可以；用來約束君子還可以，用來約束天下人則斷然不可以。聖人設立教化，是想使人為善而已。那些不能為善的人，就誘導扶助以促成他們為善；不肯為善的人，就鞭策驅使以逼迫他們為善。於是刑罰和獎賞就這樣產生了。能夠因為羨慕獎賞而為善，聖人只肯定他的為善，必然不會去責備他為追求獎賞而這樣做。能夠因為害怕刑罰而為善，聖人也肯定他的為善，必然不會責備他為躲避刑罰而這樣做。如果用刑罰、獎賞使他遵循天理，而又責備他羨慕獎賞、畏懼刑罰而為善是出乎人欲，那麼就等於不用獎賞、刑罰來激勵人，這樣被說成是不善；用刑罰、獎賞來激勵人，也被說成是不善，人們將不知該怎麼辦了。況且羨慕獎賞、躲避刑罰，既然叫作是人欲，然而又用刑罰、獎賞來激勵百姓，人們將會說聖人實際上是用人欲來誘導民眾了，有這樣的道理嗎？因為普天下有上等智慧的人少而平凡的人多，所以聖人的刑罰、獎賞是為中等以下的人設立教化。佛家的因果之說，也是為中等以下的人講說佛法。儒家、佛家的宗旨雖然不同，至於兩家的教人行善，旨意則是同出一轍。先生拿著董仲舒先生謀利計功的說法，來駁斥佛家的因果之說，難道連同聖人的刑罰、獎賞凡人行善的說法也要駁斥掉嗎？先生只看見僧徒引誘人們布施，把這種行為叫做行善，說可以得福；看見愚民吃素燒香叫做行善，說可以得福。不這樣做的叫做不行善，說一定會獲罪。因此說佛家因果報應之說，正是用來迷惑眾人的。而不知道佛家所謂的善惡，同儒家沒有不同；所謂積善行惡的報應，也同儒家沒有兩樣。」林某不以為然，還想要再申述自己的意見。不知不覺之間，天已快亮了。客人起身要走，林某竭力挽留。客人忽然挺立不動了，原來是廟裡的一尊泥塑判官。

【研析】國學大師錢穆曾說：中國思想傳統，以儒家為中心，儒家思想以人文為本位。此乃儒家思想之長，亦即儒家思想之所短。而佛家的原始態度，本屬一種極濃重的「出世」精神，故能看輕一切現世人文而抱出世精神，遂成為一種宗教。而佛家要在中國生下根來，僅有這些是不夠的。它必須不斷地修正自己，使得與中國的儒家思想相適應；而儒家要繼續占據中國思想的統治地位，也必須從外來思想中汲取營養，以豐富自己。因此，自宋代起，儒家與佛家之間激烈的宗教鬥爭沒有了，更多的是互相交融，故而有「三教合一」之說。上述故事正說明了儒、釋合流的關鍵和特點。

雷陽公

族祖雷陽公言：昔有遇冥吏者，問：「命皆前定，然乎？」曰：「然。然特窮通壽夭之數，若唐小說❶所稱預知食料，乃術士射覆法❷耳。如人人瑣記此等事，雖大地為架，不能庋此簿籍矣。」問：「定數❸可移乎？」曰：「可。大善則移，大惡則移。」問：「孰定之？孰移之？」曰：「其人自定自移，鬼神無權也。」問：「果報何有驗有不驗？」曰：「人世善惡論一生，禍福亦論一生。冥司則善惡兼前生，禍福兼後生，故若或爽也。」問：「果報何以不同？」曰：「此皆各因其本命。以人事譬之，同一遷官，尚書遷一級則宰相，典史❹遷一級，不過主簿❺耳。同一鐫秩，有加級者抵，無加級，則竟鐫矣。故事同而報或異也。」問：「何不使人先知？」曰：「勢不可也。先知之，則人事息，諸葛武侯❻為多事，唐六臣❼為知命矣。」問：「何以又使人偶知？」曰：「不偶示之，則恃無鬼神而人心肆，曖昧難知之處，將無不為矣。」先姚安公嘗述之曰：「此或雷陽所論，託諸冥吏也。然揆之以理，諒亦不過如斯。」

【章旨】此章藉著與冥吏答問以宣揚因果報應之說。

【注釋】❶唐小說　指唐代的傳奇小說，如〈虬髯客傳〉、〈枕中記〉等。❷射覆法　古代的遊戲，將物件預先隱藏，供人猜度。後世酒令用字句隱寓事物，令人猜度，也稱射覆。❸定數　定命。指人世禍福都由前定。❹典史　官名。元始置，明清沿置，為知縣下掌管緝捕、監獄的屬官。如無縣丞、主簿，則典史兼領其職。❺主簿　官名。始設於漢代，朝廷及郡縣均設置此官，以典領文書，辦理事務。明清時，知縣以下設主簿，與縣丞同為知縣的佐官，亦往往省併。❻諸葛武侯　即諸葛亮。字孔明。三國蜀漢政治家、軍事家。官至丞相。因曾封武鄉侯，故稱。❼唐六臣　指唐末哀帝遜位於梁王朱溫時，派往梁王處辦理移交事宜的張文蔚、蘇循、楊涉、張策、薛貽矩、趙光逢等六個大臣。

【語譯】 族祖雷陽公說：從前有個人遇見陰曹地府的官吏，問道：「命運都是以前注定了的，是這樣的嗎？」陰曹地府的官吏回答說：「是的。然而注定的只是窮困或亨通、長壽或夭折的氣數。像唐代傳奇小說所說的能夠預知人吃些什麼，那是術士的射覆法遊戲罷了。如果都要為每個人瑣碎地記錄這等事情，即使以大地為書架，也不能夠放下這類簿冊了。」這個人又問：「一個人的定數可以改變嗎？」陰曹地府的官吏回答說：「可以的。一個人有大善就能改變自己的定數，一個人有了大惡就會改變自己的定數。」這個人又問：「定數是誰來確定，誰來改變呢？」陰曹地府的官吏回答說：「是本人自己確定，自己改變，鬼神沒有這個權力。」這個人又問：「為什麼因果報應有的靈驗有的不靈驗？」陰曹地府的官吏回答說：「人世間的善惡講的是這一生，禍福也講這一生。陰曹地府考察一個人的善惡則是兼顧他的前世，確定一個人的禍福連帶他的後世，所以有時好像不靈驗。」這個人又問：「因果報應因為什麼原因而不同？」陰曹地府的官吏回答說：「這都是依據每個人本來的命運不同而不同。用人事來打比方，同樣是升官，尚書升遷一級就是宰相，典史升遷一級不過是主簿罷了。同樣是貶官，原來有加級的就抵銷了貶官，沒有加級的那就是真的貶官了。所以事情相同而報應有時就會不同。」這個人又問：「為什麼不讓人事先知道自己的定數？」陰曹地府的官吏回答說：「絕對不可以。如果讓人們都事先知道了自己的命運，那麼人世間的事情就平息了。如諸葛亮就成為多事的人，而唐末的六個佞臣卻成為知道天命的人了。」這個人又問：「為什麼又使人偶爾知道呢？」陰曹地府的官吏回答說：「如果不偶爾顯示一下，那麼世間就會有人仗著沒有鬼神而無所顧忌、肆意妄為，暗昧難知的地方將無所不為了。」先父姚安公曾經講述這件事，說：「這可能是雷陽公的議論，而假託於陰曹地府的官吏罷了。然而以情理來度量，想來也不過如此。」

【研析】 因果報應思想在中華民族的民族心理、民族文化中根深蒂固，其中有迷信的成分，也有其積極的一面。如人們常說「種瓜得瓜，種豆得豆」、「多行不義必自斃」等等，以此來約束自己，規範社會，無疑起到了積極的作用。進入法制社會後，規範人們的思想和行為的主要手段是法律。但法律有其不足，尤其是法律懲戒於後，而不能防微杜漸於先，這就需要人們以道德的自律來彌補修正。而人們的這種道德自律意識又是靠什麼來建立呢？放眼世界，看到的只是迷茫。

鬼神顛倒

先姚安公有僕，貌謹厚而最有心計。一日，乘主人急需，飾詞邀勒，得贏數十金。其婦亦悻悻自好，若不可犯；而陰有外遇，久欲與所歡逃，苦無資斧❶。既得此金，即盜之同遁。越十餘日捕獲，夫婦之奸乃並敗。余兄弟甚快之，姚安公曰：「此事何巧相牽引，一至於斯！殆有鬼神顛倒其間也。夫鬼神之顛倒，豈徒博人一快哉？凡以示戒云爾。故遇此種事，當生警惕心，不可生歡喜心。甲與乙為友，甲居下口❷，乙居泊鎮❸，相距三十里。乙妻以事過甲家，甲醉以酒而留之宿。乙心知之，不能言也，反致謝焉。甲妻渡河覆舟，隨急流至乙門前，為人所拯。乙識而扶歸，亦醉以酒而留之宿。甲心知之，不能言也，亦反致謝焉。其鄰媼陰知之，合掌誦佛曰：『有是哉，吾知懼矣。』其子方佐人誣訟，急自往呼之歸。汝曹如此媼可也。」

【章旨】此章講述了作惡必遭果報的故事，勸人為善。

【注釋】❶資斧　本義為利斧，北宋理學家程頤解釋為資材、器用，後因稱旅費、盤纏為「資斧」。❷下口　今北京昌平西北居庸關口。❸泊鎮　又稱泊頭鎮，今河北交河。

【語譯】先父姚安公有一個僕人，相貌看起來謹慎忠厚，其實最有心計。一天，他趁著主人急需，找藉口要挾勒索，獲利數十兩銀子。他的妻子也是一副盛氣傲慢、潔身自好的樣子，好像不可侵犯；但暗地裡卻有外遇，很久以來就打算同她的相好一起出逃，卻苦於沒有盤纏。既然這個僕人得到這些銀兩，他的妻子就偷了銀子與相好一起逃跑。過了十幾天，兩人被捕獲了，夫婦兩人的奸惡於是一起暴露。我們兄弟很是高興，姚安公說：「這事為什麼這樣湊巧牽連，竟然到了這種地步呢？恐怕有鬼神從中作梗。鬼神的從中作梗，難道只是為了博取人們的一時痛快嗎？大概是在顯示對人們的警戒罷了。所以碰到這種事情，應當產生警惕心，不可以產生歡喜心。甲同乙是朋友，甲住在下口，乙住在泊鎮，相距三十里。乙的妻子因事去甲家，甲用酒灌醉了她而留下過夜。乙心裡知道，卻不能說出口，反而向甲表示謝意。甲的妻子渡河時翻了船，隨著急流漂到乙的門前，被人所救起，乙認出是甲的妻子而把她攙扶回家，也用酒灌醉而留她過夜。甲心裡明白，卻也不能說出口，也反而向乙表示謝意。他的鄰居一位老婦人暗地裡知道了這件事，合掌念佛說：『有這種事情啊，我知道懼怕了。』她的兒子正在幫助人揑造罪名訴訟，她急忙親自去把他叫回來。你們像這個老婦人就可以了。」

【研析】做了壞事必遭報應，這是作者一貫宣揚的思想。此處，作者又提出如何看待他人遭果報的問題。是幸災樂禍、拍手稱快呢？還是引以為戒、兢兢自律呢？這是兩種思想、兩種境界。如果是前者，那麼與遭果報者也就一步之遙；如果是後者，則能夠從他人處汲取教訓，才能免蹈覆轍。作者用心，也在於此。

鬼誡

四川毛公振翧，任河間同知❶時，言其鄉人有薄暮山行者，避雨入一廢祠，已先有一人坐簷下。諦視，乃其亡叔也，驚駭欲避。其叔急止之曰：「因有事告汝，故此相待。不禍汝，汝勿怖也。我歿之後，汝叔母失汝祖母歡，恆非理見棰撻。汝叔母雖順受不辭，然心懷怨毒，於無人處竊詛詈。吾在陰曹為伍伯❷，見土神牒報❸者數矣。憑汝寄語，戒其悛改。如不知悔，恐不免魂墮泥犁❹也。」語訖而滅。鄉人歸，告其叔母。雖堅諱無有，然悚然變色，如不自容。知鬼語非誣矣。

【章旨】此章藉鬼之口告誡人們須遵守封建禮教，不得違反，否則必遭報應。

【注釋】❶同知　官名。金元時每府或州設同知一員。明清定為知府、知州的佐官，分掌督糧、緝捕、海防、江防、水利等，分駐指定地點。清代州的同知，則稱為州同。同知與通判又可為地方廳一級的長官。❷伍伯　古代衙門中的役卒，掌管行刑。❸牒報　指行文通報。❹泥犁　佛教語。梵文Niráya的音譯，意為地獄。

【語譯】四川人毛振翧先生擔任河間府同知時，說他的家鄉有一人傍晚時分在山裡行路，因避雨進入一座廢棄的祠廟，已經先有一個人坐在屋簷下面。仔細一看，原來是自己已經去世的叔父，此人又驚又怕，想要躲避。他的叔父急忙止住他說：「因為有事情要告訴你，所以在這裡等你。我不會禍害你，你不要害怕。我死後，你的叔母失去你祖母的歡心，經常無緣無故地遭到捶打。你的叔母表面上雖然逆來順受沒有抗拒，但是內心裡懷著怨恨怒氣，在沒有人的地方偷偷地咒罵你的祖母。我在陰曹地府做差役，看到土地神行文通報多次了。要靠你傳話，告誡她立刻悔改。如果她不知道悔悟，她的魂魄恐怕不免要墮入地獄啊。」他的叔父說完話就消失了。鄉人回到家，把這番話告訴他的叔母。他的叔母雖然堅持否認有這種事，然而惶恐不安地變了臉色，好像無地自容。可知鬼的話語不是誣陷她的了。

【研析】受公婆虐待還不能埋怨，天下豈有此理？但在封建社會，卻是司空見慣的事實，也被認為是天經地義之舉，故而小媳婦只能苦熬。一旦「多年的媳婦熬成婆」，也是這樣對待自己的媳婦。於是，如此的悲劇便一代代地延續下去。作者記敘此事，並不是批評這種現象，而是抱著一種支持、讚賞的態度。可見，生活在社會中，就難以跳出自己生活的這個社會，即使如紀昀這樣傑出的人物亦然。

七世為豕

毛公又言：有人夜行，遇一人狀似里胥❶，鎖縶一囚，坐樹下。因並坐暫息。囚啜泣不止，里胥鞭之。此人意不忍，從旁勸止。里胥曰：「此桀黠❷之魁，生平所播弄傾軋者，不啻數百。冥司判七世受豕身，吾押之往生也。君何憫焉！」此人栗然而起，二鬼亦一時滅跡。

【章旨】此章講述了一個前世作孽而遭七世為豬報應的故事。仍不離勸人為善的本旨。

【注釋】❶里胥　即里正。古時鄉官，一里之長。❷桀黠　凶悍而狡猾。

【語譯】毛振翧先生又說：有人夜裡趕路，遇見一個樣子像是里長的人，鎖著一個囚犯，坐在樹下。於是這人與他們並排坐在一起暫時歇息。那個囚犯不停地哭泣，里長模樣的人就鞭打他。這人於心不忍，就從旁邊勸阻。里長說：「這是個凶悍而狡猾的罪魁禍首，一生中被他耍弄傾軋排擠的人，不止幾百人。陰曹地府判他七世轉生為豬身，我押解他前去投胎轉生。您何必要憐憫他呢！」這個人惶懼地站起身，兩個鬼也一起消失不見了。

【研析】一個人做了壞事，竟要遭到七世報應。看文章中所說的罪狀，是弄權傾軋排斥他人。這樣的罪行，在官場上廝混的常客，或多或少都曾犯過，而唯獨此人卻遭七世果報，看來此人傾軋排擠他人，手段過於惡劣。其實，這個故事無非是個寓言，寄託的是說寓言者的思想和希望。或許講這個故事的毛先生在官場上就曾遭到小人傾軋排擠，仕途失意，故藉此抒發一腔怨氣。

卷三　灤陽消夏錄三

大蝎虎

俞提督❶金鰲言：嘗夜行闢展❷戈壁中（原注：戈壁者，碎沙亂石不生水草之地，即瀚海也），遙見一物，似人非人，其高幾一丈，追之甚急。彎弧❸中其胸，踣❹而復起，再射之始仆。就視，乃一大蝎虎❺。竟能人立而行，異哉！

【章旨】此章講述了在新疆地區發現奇異動物的故事。

【注釋】❶提督　官名。清制設提督軍務總兵官，簡稱提督。一般為一省的高級武官，但仍受總督或巡撫節制。沿江沿海地區則專設水師提督。❷闢展　城名。本唐蒲昌縣治，訛為闢展。清雍正五年（一七二七年）建，城址在今新疆鄯善。❸彎弧　指拉弓放箭。❹踣　仆倒。❺蝎虎　爬行綱，壁虎科。長十二釐米左右，體型與一般壁虎相似。

【語譯】俞金鰲提督說：他曾經夜間行走在闢展城附近的戈壁中（原注：戈壁，是碎沙亂石不生水草的地方，就是古代所說的瀚海），遠遠看見一個怪物，似人非人，身高將近一丈，急急地追趕他。俞提督彎弓放箭射中了牠的胸部，這個怪物跌倒了又站起來，俞提督再射牠一箭，這個怪物才向前跌倒。俞提督靠近觀看，原來是一隻大蝎虎。這隻大蝎虎竟然能夠像人一樣地直立行走，真是怪事啊！

【研析】以新疆之大，特殊的氣候、地理環境，如果發現一些特異的新物種是不足為怪的。作者在新疆生活數年，對新疆地區的奇聞異事耳聞目染，援筆記下，便成為人們茶餘飯後的談資。不過，文中所提到的「大蝎虎」究竟是什麼動物，還要靠我們的科學家去考察研究。

黑氣迷人

昌吉叛亂❶之時，捕獲逆黨，皆戮於迪化城西樹林中（原注：迪化，即烏魯木齊，今建為州。樹林綿亙數十里，俗謂之樹窩），時戊子❷八月也。後林中有黑氣數團，往來倏忽，夜行者遇之輒迷。余謂此凶悖之魄，聚為妖厲，猶蛇虺❸雖死，餘毒尚染於草木，不足怪也。凡陰邪之氣，遇陽剛之氣則消。遣數軍士於月夜伏銃❹擊之，應手散滅。

【章旨】此章講述了清朝官府血腥鎮壓乾隆年間昌吉地區百姓起義的故事。

【注釋】❶昌吉叛亂　清乾隆三十三年（一七六八年），昌吉地方遣屯的屯民在八月十五晚上起義，反抗清廷，但很快被官軍鎮壓，許多人被捕。昌吉，縣名。在新疆維吾爾自治區昌吉回族自治州西部、天山北麓、準噶爾盆地南部。❷戊子　即清乾隆三十三年，西元一七六八年。❸蛇虺　蛇、虺皆蛇類，比喻凶殘狠毒之人。❹銃　古時的一種火器。

【語譯】昌吉發生叛亂的時候，官軍捕獲造反的逆黨，都殺戮於迪化城西面的樹林中（原注：迪化，就是烏魯木齊，如今建為州。樹林連綿不絕數十里，俗稱為樹窩），這時是戊子年的八月。後來樹林中有黑氣數團，往來迅捷，夜間行走的人碰到黑氣就要迷路。我說這是凶惡悖逆之人的魂魄，聚集在一起而成為妖異怪厲之氣，這就像是毒蛇雖然已經死亡，餘毒還沾染在草木上，不足為怪的。凡是陰毒邪惡之氣，碰上陽剛之氣就會消失。我便派遣了部分軍士，在月夜裡埋伏在樹林裡用火槍射擊，黑氣應手散滅。

【研析】紀昀在迪化時，城外尚有綿延數十里的樹林。二百餘年後的今天，烏魯木齊城外已難以找到綿延數里的樹林。坐在飛機上下瞰烏魯木齊近郊，只見鐵青色的戈壁大漠中點綴著不多的綠蔭。二百多年來，由於人們的活動，對新疆地區生態環境的破壞已經相當嚴重。好在近年來人們對環境保護的意識不斷增強，再現絲綢古道的生機和繁華已經為期不遠了。

關帝祠馬

烏魯木齊關帝祠❶有馬，市賈所施以供神者也。嘗自齧草山林中，不歸皂櫪❷。每至朔望❸祭神，必昧爽❹先立祠門外，屹如泥塑。所立之地，不失尺寸。遇月小建❺，其來亦不失期。祭畢，仍莫知所往。余謂道士先引至祠外，神其說耳。庚寅❻二月朔，余到祠稍早，實見其由雪磧❼緩步而來，弭耳竟立祠門外。雪中絕無人跡，是亦奇矣。

【注釋】❶關帝祠　供奉關帝的寺廟。關帝，即關羽。字雲長，河東解縣（今山西臨猗）人。三國蜀漢大將。東漢末從劉備起兵。建安十九年，劉備留其鎮守荊州，大破曹軍。後因孫權襲取荊州，遂兵敗被殺。他的事跡被後世帝王所推崇神化，尊為「關公」、「關帝」。各地都建有關帝廟。❷皂櫪　馬廄。養馬之所。❸朔望　朔日和望日。農曆每月初一日和十五日。❹昧爽　指黎明，天將亮未亮時。昧，昏暗。爽，明亮。❺小建　指農曆的小月。清代時憲曆每月下例載「某月大（或小），建某某」，建謂斗柄所指，如甲子、乙丑等。後來誤將建字連讀，因有大建、小建之稱。❻庚寅　即清乾隆三十五年，西元一七七〇年。❼雪磧　指殘雪。

【語譯】烏魯木齊的關帝祠有一匹馬，是市上的商人施捨給寺廟用來供奉神靈的。這匹馬每每可以隨意到山林中吃草，不回馬廄。每到初一、十五祭神時，這匹馬必定在黎明時分先站立在祠門外，直立不動如同泥塑。這匹馬所站立的地方，每次都分毫不差。碰到農曆小月份，這匹馬到來也不會誤期。祭祀完畢，人們仍然不知道牠去了哪裡。我認為是道士先把這匹馬引到祠外，故意神化這匹馬的傳說罷了。乾隆三十五年二月初一，我到關帝祠稍稍早些，確實看見這匹馬踏著殘雪慢步而來，垂下耳朵站立在祠門外。雪地中絕對沒有人的蹤跡，也真是太奇怪了。

【研析】這匹馬的神奇之處，在於人們不知道牠是如何在特定時間回到特定地點的。而牠的歸來，又是寺廟供奉神靈的日子，人們難免會給這件事蒙上神祕的色彩。紀昀並不迷信鬼神，以為是人工馴化的結果。紀昀的觀點無疑是對的，可惜其沒有堅持。如果能作進一步調查，我想是能發現事情真相的，而其中也肯定沒有神靈的作用。

真魅

淮鎮❶在獻縣東五十里，即《金史》❷所謂槐家鎮也。有馬氏者，家忽見變異，夜中或拋擲瓦石，或鬼聲嗚嗚，或無人處突火出，嬲❸歲餘不止。禱禳❹亦無驗。

乃買宅遷居，有賃居者嬲如故，不久亦他徙，以是無人敢再問。有老儒不信其事，以賤價得之。卜日遷居，竟寂然無他，頗謂其德能勝妖。既而有猾盜登門與詬爭❺，始知宅之變異，皆老儒賄盜夜為之，非真魅也。先姚安公曰：「魅亦不過變幻耳。老儒之變幻如是，即謂之真魅可矣。」

【章旨】此章講述了一個老儒裝神弄鬼謀取他人住宅的故事。

【注釋】❶淮鎮　原名槐家鎮。在河北獻縣東。❷金史　書名。元脫脫等撰。為「二十四史」之一。❸嬲　糾纏；戲弄。❹禱禳　祈禱鬼神求福除災。❺詬爭　爭吵辱罵。

【語譯】淮鎮，在獻縣東面五十里，就是《金史》中所說的槐家鎮。有一戶姓馬的人家，家裡忽然出現變異怪事，夜裡有時會拋擲瓦片石塊，有時鬼叫聲嗚嗚作響，有時沒有人的地方會突然起火，鬧騰了一年多還不停止。馬姓人家祈禱鬼神禳解也沒有效驗，於是另外買了房子遷居他處。有租賃這所住宅居住的人，也遭到與馬氏人家一樣的戲弄，不久也搬往別處。於是沒有人敢再打聽這座住宅。有個老儒不相信這事，用賤價買了這座住宅。挑選日子遷居，竟然安安靜靜地沒有什麼事故，人們都認為是他的德行能夠戰勝妖孽。不久之後，有狡猾的強盜登門同他爭吵辱罵，人們才知道這座住宅的奇異怪事，都是老儒買通了盜賊在夜裡幹的，不是真的有什麼妖魅。先父姚安公說：「妖魅也不過是變幻罷了。老儒的弄神裝鬼到了這個程度，就算稱他是真正的妖魅也是可以的。」

【研析】裝神弄鬼謀取他人財物，理應受到譴責。但有意思的是文中那個弄鬼之人竟是個老儒。可以想見，此人平時一派道貌岸然的正經樣子，殊不知背地裡卻幹些見不得人的勾當。明清以來，理學走到了窮途末路，撇開理學本身的原因不說，這些偽道學家的倒行逆施嚴重地損害了理學在人們心中的形象。正是這些人滿口的仁義道德，卻一肚子男盜女娼的卑劣行為，使得理學逐漸成為人們嘲笑、譏諷的對象。

路遇僧人

己卯❶七月，姚安公在苑家口，遇一僧，合掌作禮曰：「相別七十三年矣，相見不一齋乎？」適旅舍所賣皆素食，因與共飯。問其年，解囊出一度牒❷，乃前明成化二年❸所給。問：「師傳此幾代矣？」遽❹收之囊中，曰：「公疑我，我不必再言。」食未畢而去，竟莫測其真偽。嘗舉以戒昀曰：「士大夫好奇，往往為此輩所累。即真仙真佛，吾寧交臂失之。」

【章旨】此章講述了作者父親路遇自稱三百歲僧人的故事。

【注釋】❶己卯　即清乾隆二十四年，西元一七五九年。❷度牒　中國封建時代度僧（即准許出家）歸政府掌握，經審查合格得度後，政府所發給的證明文件，稱為「度牒」。有度牒可免除賦稅、勞役。相當於後世僧人遊方掛單，必須隨身攜帶，作為身分證的「戒牒」。❸成化二年　即西元一四六六年。成化，明憲宗朱見深的年號。❹遽　惶恐；窘急。

【語譯】乾隆二十四年七月，先父姚安公在苑家口遇見一個和尚。和尚合掌作禮說：「分別七十三年了，相見不布施一頓齋飯嗎？」剛巧旅店所賣的都是素食，姚安公於是同他一起吃飯。姚安公詢問他的年齡，和尚解開香袋取出一份度牒，乃是前朝明代成化二年所頒給的。姚安公問：「師父這張度牒傳到現在幾代了？」和尚急忙把度牒收入香袋中，說：「您懷疑我，我不必再說。」飯還沒吃完就離去了，姚安公竟然無從推測他的真假。姚安公曾經舉這件事來告誡我說：「士大夫們好奇，往往被這一類人所連累。

即使是真正的神仙、真正的佛祖，我也寧可當面錯過。」

【研析】和尚用一張古舊的度牒來招搖撞騙，從其如此熟練地施展行騙手段，看來是慣用此伎倆的。但姚安公一句「師傅此幾代矣？」和尚知道騙術已被識破，遂即倉卒離去。此類騙子，古今都有。他們往往利用人們好奇或貪小利的心理，以售其奸。如果人人都能抱著「即真仙真佛，吾寧交臂失之」的態度，騙子又豈能得逞？

狐居

余家假山上有小樓，狐居之五十餘年矣。人不上，狐亦不下，但時見窗扉無風自啟閉耳。樓之北曰綠意軒，老樹陰森，是夏日納涼處。戊辰❶七月，忽夜中聞琴聲棋聲。奴子奔告姚安公。公知狐所為，了不介意，但顧奴子曰：「固勝於汝輩飲博❷。」次日，告昀曰：「海客❸無心，則白鷗可狎❹。相安已久，惟宜以不聞不見處之。」至今亦絕無他異。

【章旨】此章講述了一個見怪不怪即可相安無事的故事。

【注釋】❶戊辰　即清乾隆十三年，西元一七四八年。❷飲博　飲酒賭博。❸海客　航海者。❹白鷗可狎　此典故出自《列子》。《列子》中載，有位喜歡鷗鳥的人，天天到海上和鷗鳥一起玩。他父親叫他捉幾隻鳥來。第二天，他到海上，鷗鳥在天上飛旋而不落下來。

【語譯】我家花園裡的假山上有座小樓，狐仙居住在小樓裡有五十多年了。人不上樓去，狐仙也不下樓來，但時常可見到小樓的門窗在無風的時候卻自動開關。小樓的北面叫綠意軒，古老的樹木綠蔭森森，是夏天納涼的地方。乾隆十三年七月夜裡，人們忽然聽到小樓裡傳出撫琴、下棋的聲音。奴僕跑來稟告姚安公，姚安公知道是狐仙所為，毫不介意，只是對奴僕說：「就是這樣也勝過你們飲酒賭博。」第二天，姚安公告訴我說：「海上客沒有機心，那麼白鷗可以狎玩。我們與狐仙相安無事已經很久了，只宜以聽而不聞、視而不見的態度來與狐仙相處。」直到現在也毫無其他的怪異。

【研析】人們常說：「見怪不怪，其怪自敗。」遇事不驚，坦然處之。這既是一種人生態度，也是一種處世經驗。看來，紀昀從其父親身上學到的為人處世的學問是不少的。

戲狐

丁亥❶春，余攜家至京師。因虎坊橋舊宅未贖，權住錢香樹❷先生空宅中。樓上亦有狐居，但扃鎖雜物，人不輕上。余戲粘一詩於壁曰：「草草移家偶遇君，一樓上下且平分。耽詩自是書生癖，徹夜吟哦莫厭聞。」一日，姬人❸啟鎖取物，急呼怪事。余走視之，則地板塵上，滿畫荷花，莖葉苕亭❹，具有筆致。因以紙筆置几上，又粘一詩於壁曰：「仙人果是好樓居❺，文采風流我不如。新得吳箋❻三十幅，可能一一畫芙蕖❼？」越數日啟視，竟不舉筆。以告裘文達公❽，公笑曰：

「錢香樹家狐，固應稍雅。」

【章旨】此章講述了作者與狐仙戲作兩首詩的故事。

【注釋】❶丁亥　即清乾隆三十二年，西元一七六七年。❷錢香樹　即錢陳群。字主敬，號香樹，嘉興（今浙江嘉興）人。清康熙末年進士，雍正、乾隆時久值南書房，官至刑部左侍郎。❸姬人　指小妾、侍女。❹苕亭　本指高峻貌。此處指荷花的亭亭玉立。❺仙人果是好樓居　典故出自《史記・孝武本紀》。武帝急於求仙，術士公孫卿對武帝說：仙人可見，但「仙人好樓居」。武帝於是在長安、甘泉宮等地修造樓觀，以待仙人。後遂成為笑柄。紀昀引用此典，有調侃之意。❻吳箋　吳地所產之箋紙，常借指書信。❼芙蕖　即荷花。❽裘文達公　即裘曰修。字叔度，一字漫士，新建（今江西南昌）人。清乾隆進士，歷官禮、刑、工三部尚書。卒謚文達，故稱。

【語譯】乾隆三十二年春天，我攜帶家屬來到京城。因為我家在虎坊橋的舊宅沒有贖回來，只能暫且住在錢香樹先生的一所空宅院裡。錢先生說這座空宅的樓上也有狐仙居住，所以只是鎖著門放些雜物，人不輕易上樓去。我戲作了一首詩粘在牆壁上道：「草草地搬家前來偶然會遇見您，一座樓房上下暫且平分。我喜愛詩詞自是書生的癖好，徹夜吟誦希望您不要厭煩聽聞。」有一天，侍女開鎖上樓取物，急急地呼叫說看到了怪事。我跑去一看，只見地板的塵土上，滿滿地畫著荷花，莖葉亭亭玉立，具有情致韻味。於是我把紙筆放在几案上，又寫了一首詩粘在牆壁上道：「仙人果然喜好居住在樓上，文采風流我遠遠不如。我新近得到吳箋三十幅，能否一一畫上荷花？」過了幾天打開樓門觀看，竟然沒有動筆。我把這件事告訴裘文達公，裘公笑著說：「錢香樹家的狐仙，自然就應該較為風雅的。」

【研析】這段故事風雅優美，頗具情趣。與這樣的狐仙交往，也是一樁雅事。其實，我們都知道沒有什麼狐仙。如此說來，只是文人雅事，聊供一笑而已。

祈夢

河間❶馮樹柟，粗通筆札，落拓❷京師十餘年。每遇機緣，輒無成就；干祈於人，率口惠而實不至。窮愁抑鬱，因祈夢於呂仙❸祠。夜夢一人語之曰：「爾無恨人情薄，此因緣爾所自造也。爾過去生中，喜以虛詞博長者名：遇有善事，心知必不能舉也，必再三慫恿，使人感爾之贊成；遇有惡人，心知必不可貸也，必再三申雪，使人感爾之拯救。雖於人無所損益，然恩皆歸爾，怨必歸人，機巧❹已為太甚。且爾所贊成拯救，皆爾身在局外，他人任其利害者也。其事稍稍涉於爾，則退避惟恐不速，坐視其人之焚溺，雖一舉手之力，亦憚煩不為。此心尚可問乎？由是思維，人於爾貌合而情疏，外關切而心漠視，宜乎不宜？鬼神之責人，一二行事之失，猶可以善抵。至罪在心術，則為陰律所不容。今生已矣，勉修未來可也。」後果寒餓以終。

【章旨】此章講述了一個書生今生遭前世果報的故事。

【注釋】❶河間　今河北河間。❷落拓　落魄；窮困失意。❸呂仙　指呂洞賓，傳說中的八仙之一。相傳為唐京兆人，一說關西人，號純陽子。移家終南山修道。遊江湖間，遇漢鍾離權授以丹訣而成仙。宋以來關於他的神奇事跡的記載很多。元明小說、戲曲中，亦常以他的故事為題材。❹機巧　指心術不正，投機取巧。

【語譯】河間人馮樹柟粗通筆墨，在京城窮困失意了十多年。他每每遇到機遇，總是沒有成功；請求他人幫助，都是口頭上答應得很好而沒有什麼實際的幫助。馮生窮愁潦倒，心情抑鬱，於是到呂仙祠求夢。一天夜裡，馮生夢見一人對自己說：「你不要怨恨人情淡薄，這因緣是你自己造成的。你上輩子的一生中，喜歡用虛假的言詞博取長者的名聲。遇到有善事，心裡知道必然不能舉辦的，必定再三慫恿，使人感激你的贊成；遇到有惡人，心裡知道必然不可以寬恕的，卻必定再三為他申辯洗雪，使人感激你的拯救。雖然對於人沒有什麼損害和增益，但是恩惠都歸於你，怨恨必然歸於他人，你投機取巧已經做得太過分了。而且你所贊成或拯救的，都是你置身在局外，由別人來承擔它的利害得失。如果事情稍稍涉及到你，你就退讓躲避唯恐不及，眼看著當事人處在水深火熱之中，即使是舉手之力，你也怕麻煩而不做，有這種心思還可問鬼神嗎？由此想來，人們對你表面上投合而感情上疏離，外表關切而內心漠視，適當還是不適當呢？鬼神的責備人，一二件事的過失，還可以用他做的善事來相抵。至於罪在心術不正，就為陰曹地府的法律所不容了。你這輩子也就這樣了，努力修行為來生是可以的。」後來馮生果然飢寒而死。

【研析】今生窮困潦倒，是因為前世冤業。故不要怨天尤人，也不要有過激之舉，老老實實地接受命運的安排，以爭取來世的幸福。紀昀講述此段故事，其主旨就是如此。從中不難看出紀昀的思想意識，甚至沒有超過二千年前的司馬遷。司馬遷面對命運不公正的對待，還發出了「儻所謂天道，是耶非耶」的嚴詞責問，使人為之一振；而紀昀就沒有如此的膽識，這也是作者的不足之處。

幹僕辯

史松濤先生，諱茂，華州❶人，官至太常寺卿❷，與先姚安公為契友❸。余十四五時，憶其與先姚安公談一事曰：某公嘗捶殺一幹僕❹，後附一痴婢，與某公辯曰：「奴舞弊當死。然主人殺奴，奴實不甘。主人高爵厚祿，不過於奴之受恩乎？賣官鬻爵，積金至巨萬，不過於奴之受賂乎？某事某事，顛倒是非，出入生死，不過於奴之竊弄權柄乎？主人可負國，奈何責奴負主人？主人殺奴，奴實不甘。」某公怒而擊之仆，猶嗚嗚不已。後某公亦不令終❺。因歎曰：「吾曹斷斷不至是。然旅進旅退❻，坐食俸錢，而每責僮婢不事事，毋乃亦腹誹❼矣乎？」

【章旨】此章講述了一個遭毒打致死的僕人，託身他人指責官員犯罪卻不受懲罰的故事。

【注釋】❶華州　今陝西華縣。❷太常寺卿　官名。秦置奉常，漢景帝時改稱太常。為九卿之一，掌宗廟禮儀，兼掌選試博士。歷代沿置，為專司祭祀禮樂之官。清末廢。❸契友　指情義相投的朋友。❹幹僕　精明能幹的僕人。❺令終　保持善名而死。❻旅進旅退　猶言隨大流。❼腹誹　口裡不說，心裡卻責備。

【語譯】史松濤先生，名茂，華州人，官做到太常寺卿，同先父姚安公是情義相投的好朋友。我十四五歲時，回憶他同先父姚安公談論一件事說：某公曾經鞭打一個精明能幹的僕人致死。這個僕人的魂魄後來附在一個痴呆的婢女身上，同某公爭辯說：「奴僕舞弊理當死罪，然而主人殺死奴僕，奴僕實在不甘心。主人享受朝廷的高官厚祿，難道不是超過奴僕受到的您的恩惠嗎？主人出賣官爵，收受賄賂，積聚錢財到了巨萬，難道不是超過奴僕的收受賄賂嗎？主人做的某件事某件事，顛倒是非，出入人的生死，草菅人命，難道不是超過奴僕的竊弄權柄嗎？主人可以辜負國家，為什麼要責備奴僕的辜負主人呢？主人殺死奴僕，奴僕實在不甘心。」某公發怒而把這名婢女打倒在地，她還嗚嗚地哭個不停。後來某公也沒有得到善終。松濤先生因而歎息說：「我們絕對不至於這樣。但是我們在仕途上隨波逐流，坐享朝廷俸祿，而每每責備僮僕婢女不做事，他們難道不也是口裡不說，心中卻在責備我們嗎？」

【研析】大奸大惡之人即使犯下滔天罪行，往往也能逃脫懲罰，因為他們手中掌有權柄。然而他們卻容不得手下人對自己犯下的小奸小惡，必然嚴懲不貸。歷來都是如此，故有「竊鉤者誅，竊國者侯」的說法。文中的這名僕人想要向主人討個公平，豈不是痴人說夢？

依樣畫壺盧

東城❶李某，以販棗往來於鄰縣，私誘居停主人❷少婦歸。比至家，其妻先已偕人逃。自詫曰：「幸攜此婦來，不然，鰥矣。」人計其妻遷賄之期，正當此婦乘垣後日，適相報，尚不悟耶！既而此婦不樂居農家，復隨一少年遁，始茫然自失。後其夫蹤跡至東城，欲訟李。李以婦已他去，無佐證，堅不承。糾紛間，里有扶乩者，眾曰：「盍質於仙？」仙判一詩曰：「鴛鴦夢好兩歡娛，記否羅敷❸自有夫。今日相逢須一笑，分明依樣畫壺盧❹。」其夫默然徑返。兩邑接壤有知其事者曰：「此婦初亦其夫誘來者也。」

【章旨】此章講述了一個拐騙他人妻子而自己妻子亦被他人拐騙的故事。

【注釋】❶東城　今河北河間東北。❷居停主人　寄居處的主人。居停，寄居的處所。❸羅敷　古樂府〈陌上桑〉描述秦羅敷在陌上採桑，被使君看中，要強娶她，她嚴詞拒絕。崔豹《古今注》說羅敷是趙國邯鄲人。或以為羅敷是女子常用的名字，不必實有其人。〈孔雀東南飛〉也有「東家有賢女，自名秦羅敷」的記載。多用為美麗而堅貞的婦女的代稱。❹壺盧　即葫蘆。

【語譯】東城人李某，因為販賣棗子往來於相鄰的幾個縣，暗中引誘寄居處主人的少婦回來。等李某回到家，他的妻子已先跟著他人逃走了。李某詫異地說：「幸虧帶了這個女人回家來，要不然我就成鰥夫了。」人們計算他的妻子搬走家中財物的日期，正是這個少婦跟著他出逃的後一天，正巧是對他的報應，但李某還不覺悟。過了不久，這個少婦不喜歡居住在農家，又跟隨一個少年逃走了，李某這才感到茫茫然若有所失。後來這個少婦的丈夫尋覓蹤跡來到東城，想要告發李某。李某因為這個少婦已經到別處去了，沒有旁證，堅決不肯承認。正在吵鬧之間，聽說鄉里有扶乩的人。大家說：「為什麼不向仙人質詢呢？」仙人判下一首詩，說道：「鴛鴦夢好兩相歡娛，是否記得羅敷自有丈夫。今日相逢應該互相一笑，彼此分明是依樣子畫葫蘆。」聽完，這個少婦的丈夫默默無語就直接回去了。兩縣交界，有知道內情的人說：「這個少婦起初也是她的丈夫引誘來的。」

【研析】拐騙良家婦女理應受到譴責，而李某受到的懲罰就是自己的妻子也隨他人私奔了。報應來得恰當而及時，這也是作者記錄這段故事以勸人向善的用心所在。其實，隨人私奔之事古今都有，關鍵在為什麼私奔，如卓文君為愛情而隨司馬相如私奔，就成為千古佳話。可見，即使是古人，也不是一概地反對私奔的。

荔姐智退狂徒

滿媼，余弟乳母也，有女曰荔姐，嫁為近村民家妻。一日，聞母病，不及待婿同行，遽狼狽而來。時已入夜，缺月微明。顧見一人追之急，度是強暴，而曠野無可呼救。乃隱身古冢白楊下，納簪珥❶懷中，解絲繫頸，披髮吐舌，瞪目直視以待。其人將近，反招之坐。及逼視，知為縊鬼，驚仆不起。荔姐竟狂奔得免。比入門，舉家大駭，徐問得實，且怒且笑。方議向鄰里追問，次日，喧傳某家少年遇鬼中惡❷，其鬼今尚隨之，已發狂譫語❸。後醫藥符籙❹皆無驗，竟癲癇❺終身。此或由恐怖之餘，邪魅乘機而中之，未可知也。或一切幻象，由心而造，未可知也。或明神殛惡，陰奪其魄，亦未可知也。然均可為狂且❻戒。

【章旨】此章講述了一位村姑以智慧嚇退強徒的故事。

【注釋】❶簪珥　髮簪和珠玉耳飾。❷中惡　即中邪。❸譫語　病中胡言亂語。❹符籙　道教法術之一。筆畫屈曲，似篆字形狀。道教認為是天上神的文字，可用於驅使鬼神、祭禱和治病等。❺癲癇　神經病的一種，發病時失去知覺，口噴沫，經常復發，不易痊癒。❻狂且　語出《詩・鄭風・山有扶蘇》：「不見扶蘇，乃見狂且。」意謂沒有見到美男子，卻看到了一個狂人。狂且，即狂人。這裡指輕薄少年。且，語助詞。

【語譯】姓滿的老婦人，是我弟弟的乳母。她有一個女兒，名叫荔姐，嫁給附近村裡一位農民為妻。一天，荔姐聽說母親有病，來不及等待丈夫同行，就匆匆趕來探望。當時已經入夜，殘月微微有些亮光。荔姐回頭看見一個人在後面追得很急，心想是要強暴她，但在曠野中無人可以呼救。荔姐於是躲在一座古墓的白楊樹下，把髮簪和耳飾藏入懷中，解下絲帶繫在頭頸上，披散頭髮吐出舌頭，瞪著眼睛直直地看著前方，等待來人。那人將要走近時，荔姐反而招呼他來同坐。那人走到荔姐身旁仔細一看，發現是個吊死鬼，驚嚇之下倒地不起。荔姐趁機狂奔逃了回來。等到荔姐跑進家門，全家人大驚，慢慢地詢問，得知實情，又氣憤又好笑。正在商議向鄰里打聽追問，第二天，鄉里紛紛傳說某家少年遇見鬼中了邪，那鬼到現在還跟著他，這個少年已經發狂而胡言亂語。後來這戶人家求醫問藥、請道士畫符驅鬼，都沒有效驗，那少年竟終身得了癲癇病。這或許是由於那個少年受了驚嚇之後，妖邪鬼魅趁機控制住他，詳細情況不可知曉。或許這一切幻象，都是由於那個少年的內心受到驚嚇而造成的，這也不可知曉了。或許是明察的神靈懲治惡人，暗中奪去了那個少年的魂魄，這也不可知曉了。然而都可以作為那些輕薄少年、浮浪子弟的鑑戒。

【研析】村姑荔姐有勇有謀，足堪稱道。對付那些輕薄少年、浮浪子弟，是需要些特殊的手段和方法，否則不足以制服歹徒，保護自己。作者顯然讚賞荔姐作為，故而特意指出「可為狂且戒」。

信鬼勘案

制府❶唐公執玉，嘗勘一殺人案，獄具矣。一夜秉燭獨坐，忽微聞泣聲，似漸近窗戶。命小婢出視，噭然❷而仆。公自啟簾，則一鬼浴血跪階下。厲聲叱之，稽顙❸曰：「殺我者某，縣官乃誤坐某。仇不雪，目不瞑也。」公曰：「知之矣。」鬼乃去。翌日，自提訊。眾供死者衣履，與所見合。信益堅，竟如鬼言改坐某。問官申辯百端，終以為南山可移，此案不動。其幕友❹疑有他故，微叩公。始具言始末，亦無如之何。一夕，幕友請見，曰：「鬼從何來？」曰：「自至階下。」

「鬼從何去？」曰：「欻然❺越牆去。」幕友曰：「凡鬼有形而無質，去當奄然而隱，不當越牆。」因即越牆處尋視，雖甃瓦❻不裂，而新雨之後，數重屋上皆隱隱有泥跡，直至外垣而下。指以示公曰：「此必囚賄捷盜所為也。」公沉思恍然，仍從原讞。諱其事，亦不復深求。

【章旨】此章講述了一個總督聽信鬼話勘案，差點釀成冤獄的故事。

【注釋】❶制府　宋代的安撫使、制置使，明清兩代的總督，均尊稱為「制府」。❷嗷然　形容聲音響亮、激越。❸稽顙　即叩頭。古時一種跪拜禮。即屈膝下拜，以額觸地。❹幕友　指總督衙門的幕僚。❺欻然　忽然、迅速的樣子。❻甃瓦　磚瓦。

【語譯】總督唐執玉先生曾經複查一件殺人案，案情已經審結了。一天夜裡，唐總督在燈前獨自坐著，忽然微微地聽到一陣哭泣聲，聲音好像漸漸靠近窗戶。他叫小婢出去觀看，小婢突然尖叫了一聲跌倒了。唐總督自己撩起門簾，只看見一個鬼滿身是血跪在石階下。唐總督厲聲喝叱鬼，那個鬼叩著頭說：「殺我的是某人，縣官竟誤判了某人。冤仇不能昭雪，我死不瞑目啊！」唐總督說：「知道了。」鬼才離去。第二天，唐總督親自提審這個案子。眾人供出死者的衣服鞋子，與唐總督自己昨天夜裡所見的相符合，因此更加深信不疑，竟然按照鬼所說的，改判了某人。原審問官百般申辯，唐總督始終認為南山可以移動，而這個案子不能改動。唐總督的幕友懷疑有別的緣故，委婉地詢問，唐總督才詳細說出事情的始末，幕友聽了也沒有什麼話可說。一天晚上，幕友求見唐總督，問道：「鬼從哪裡來的？」唐總督回答說：「鬼是自己來到石階下的。」幕友又問：「鬼從哪裡去的？」唐總督回答說：「忽然越牆而去。」幕友說：「凡是鬼有外形而無實質，離去應當是急速隱沒，不應當越牆而去。」於是就在鬼越牆的地方尋找察看，雖然屋上的磚瓦沒有破裂，但剛下過雨之後，幾層屋脊上都隱隱有泥水的足跡，一直延續到外面的圍牆而下。幕友指著那些足跡讓唐總督看，說：「這必然是因犯買通了身手矯捷的強盜所幹的。」唐總督沉思片刻，恍然省悟，仍舊依照原來的判決而不改。因為忌諱這件事，也不再深究下去了。

【研析】唐總督勘案，不重證據信鬼神，差點釀成冤獄。幸而他不是剛愎自用之徒，還聽得進別人的據理分析；他腦子也不是一盆漿糊，還能作出正確的判斷，故能及時糾正自己的錯誤，避免了一場悲劇。可見，當權者切不可主觀臆斷，也切不可剛愎自用。如此，才能避免或減少錯誤。

譎詐僧人

景城❶南有破寺，四無居人，惟一僧攜二弟子司香火❷，皆蠢蠢如村傭，見人不能為禮。然譎詐殊甚，陰市松脂煉為末，夜以紙捲燃火撒空中，焰光四射。望見趨問，則師弟鍵戶❸酣寢，皆曰不知。又陰市戲場佛衣，作菩薩❹羅漢❺形，月夜或立屋脊，或隱映寺門樹下。望見趨問，亦云無睹。或舉所見語之，則合掌曰：「佛在西天，到此破落寺院何為？官司方禁白蓮教❻，與公無仇，何必造此語禍我？」人益信為佛示現，檀施❼日多。然寺日頹敝，不肯葺一瓦一椽，曰：「此方人喜作蜚語，每言此寺多怪異。再一莊嚴❽，惑眾者益藉口矣。」積十餘年，漸致富。忽盜瞰其室，師弟並拷死，罄其資去。官檢所遺囊篋❾，得松脂戲衣之類，始悟其奸。此前明崇禎⑩末事。先高祖厚齋公曰：「此僧以不蠱惑為蠱惑，亦至巧矣。然蠱惑所得，適以自戕⑪，雖謂之至拙可也！」

【章旨】此章講述了一個譎詐和尚騙人錢財而最後遭到報應的故事。

【注釋】❶景城　地名。今河北滄州西景城。❷司香火　即掌管寺廟中拜神的香火，即管理寺廟。❸鍵戶　把門閂上。鍵，鎖閉；關閉。❹菩薩　佛教名詞。梵文Bodhi-sattva的音譯之略，意譯「覺有情」，即「上求菩提（覺悟），下化有情（眾生）」的人。或譯為「大士」，即「發大心的人」。原為釋迦牟尼修行尚未成佛時的稱號，後廣泛用作對大乘思想的實行者的稱呼。後世指崇拜的神像，也稱為菩薩。❺羅漢　佛教名詞。梵文Arhat（阿羅漢）的略稱。是上座部佛教（小乘）所理想的最高果位。❻白蓮教　也叫「白蓮社」。混合有佛教、明教、彌勒教等思想的祕密宗教組織。其教義崇尚光明，認為光明定能戰勝黑暗。起源於宋代，盛行於元代。韓林兒曾以此號召群眾反對蒙古統治者。清乾隆四十年河南人劉松，以符咒治病成為白蓮教首領，被捕遣戍甘肅。其徒安徽人劉之協、宋之清等人，仍於各省布教，號召群眾推翻滿清，故官方禁止白蓮教。❼檀施　布施。指施主布施財物給寺院。❽莊嚴　裝飾美盛。這裡指裝飾寺廟。❾篋　箱子。❿崇禎　明思宗朱由檢的年號（一六二八－一六四四年）。⓫自戕　自殺。

【語譯】景城南面有座破敗的寺廟，四周沒有居民，只有一個和尚帶著兩個徒弟管理寺廟。看上去他們都蠢笨得如同鄉下的雇工，見到人不能以禮相待。但是他們卻很詭譎奸詐，暗中買來松香煉成細末，夜裡用紙捲起松香末點燃後撒到空中，火焰光芒四射。人們望見光亮跑來詢問，他們師徒就關上廟門酣睡，都回答說不知道。和尚師徒三人又偷偷買來戲院演戲時所穿的佛衣，裝作菩薩、羅漢的形狀，在有月光的夜晚或站在屋脊上，或隱約映現在寺廟門前的樹下。人們望見跑去詢問，他們三人也說沒有看見。有人舉出所見到的情形對他們說，和尚師徒則合掌說：「佛在西天，到這個破落的寺院來做什麼？官府正在查禁白蓮教，我們師徒同您沒有冤仇，何必造出這種話來害我？」人們更加相信是真佛的顯形現身，對這個寺廟的布施日益增多。但是寺院一天天地頹敗凋敝，和尚不肯拿出錢來修葺寺廟的一張瓦片一根椽子，說：「這個地方的人喜歡散布流言蜚語，常說這寺廟中有許多怪異之事。如果我們把寺廟再加修繕，那些造謠惑眾的人更加有藉口了。」和尚師徒這樣積蓄了十幾年，漸漸致富。忽然被強盜窺覬這座寺廟，師徒一起被強盜拷打致死，積蓄的錢財也全部被強盜掠去。官府檢查和尚所留下的口袋和箱子，發現松香、戲衣之類物品，這才省悟出他們的奸計。這是前朝明代崇禎末年的事。先高祖厚齋公說：「這個和尚以不蠱惑人來蠱惑人，手法也是巧妙極了。然而蠱惑他人所得，恰巧用來傷害自己，所以說他是最笨拙的也可以啊！」

【研析】以詭譎騙人，最終被詭譎所害。文中所提到的和尚自以為聰明，表面上裝出愚笨無知，暗地裡卻詭譎異常，想在人不知鬼不覺之間，發財致富。殊不知冥冥之中自有報應，真所謂的「竹籃子打水一場空」，還誤了自己小命。

老僧說法

有書生嬖一孌童❶，相愛如夫婦。童病將歿，淒戀萬狀，氣已絕，猶手把書生腕，擘之乃開。後夢寐見之，燈月下見之，漸至白晝亦見之，相去恆七八尺。問之不語，呼之不前，即之則卻退。緣是惘惘成心疾，符籙劾治無驗。其父姑令借榻叢林❷，冀鬼不敢入佛地。至則見如故。一老僧曰：「種種魔障❸，皆起於心。果此童耶？是心所招；非此童耶？是心所幻。但空爾心，一切俱滅矣。」又一老僧曰：「師對下等人說上等法，渠無定力，心安得空？正如但說病證，不疏藥物耳。」因語生曰：「邪念糾結，如草生根。當如物在孔中，出之以楔，楔滿孔則物自出。爾當思惟：此童歿後，其身漸至僵冷，漸至洪脹，漸至臭穢，漸至腐潰，漸至屍蟲❹蠕動，漸至臟腑碎裂，血肉狼藉，作種種色。其面目漸至變貌，漸至變色，漸至變相如羅剎❺，則恐怖之念生矣。再思惟：此童如在，日長一日，漸至壯偉，無復媚態，漸至鬑鬑❻有鬚，漸至修髯如戟，漸至面蒼黧，漸至髮斑白，漸至兩鬢如雪，漸至頭童齒豁，漸至傴僂勞嗽，涕淚涎沫，穢不可近，則厭棄之念生矣。再思惟：此童先死，故我念彼。倘我先死，彼貌姣好，定有人誘，利餌勢脅，彼未必守貞如寡女。一日引去，薦彼枕席，我在生時對我種種淫語，種種淫態，俱回向是人，恣其娛樂；從前種種昵愛，如浮雲散滅，都無餘滓，則憤恚❼之念生矣。再思惟：此童如在，或恃寵跋扈，使我不堪，偶相觸忤，反面詬誶；或我財不贍，不饜所求，頓生異心，形色索漠；或彼見富貴，棄我他往，與我相遇如陌路人，則怨恨之念生矣。以是諸念起伏生滅於心中，則心無餘閒。心無餘閒，則一切愛根欲根無處容著，一切魔障不祛自退矣。」生如所教，數日或見或不見，又數日竟滅跡。病起往訪，則寺中無是二僧。或曰古佛現化，或曰十方常住❽，來往如雲，萍水偶逢，已飛錫❾他往云。

【章旨】此章講述了兩位老僧用佛法為一喜歡孌童的書生疏導心理的故事。

【注釋】❶孌童　美好的童子。古時指被人狎玩的美貌男子。❷叢林　佛教名詞。佛教多數僧眾聚居的寺院。意思比丘和合一處，有如眾木相倚成林，故名。後道教也沿用此稱。❸魔障　佛教名詞。魔為「魔羅」（梵文Māra）之略，意譯「障礙」或「奪命」。指能奪人生命，障礙善事的鬼神。❹屍蟲　滋生在腐爛屍體上的蟲。❺羅剎　食人血肉的惡鬼。❻鬖鬖　鬚髮稀疏的樣子。❼憒恚　痛恨；怨恨。❽十方常住　佛教語。謂接待往來僧人的寺院。❾飛錫　佛教名詞。僧侶遊方之稱。「錫」為錫杖，僧侶隨身之物。相傳唐元和年間，高僧隱峰遊五臺山，擲錫杖飛空而去。

【語譯】有個書生寵幸一個美貌的男童，兩人相愛如同夫婦。這名男童生病將死，對書生有著淒切的萬般眷戀。男童呼吸已經停止了，還握著書生的手腕，掰男童的手才鬆開。後來書生在睡夢之中見到他，在燈影月光之下見到他，漸漸到了白天也見到他，相距經常是七八尺。問他不說話，叫他不走過來，走上前去他就後退。書生因此惘惘然得了心病，請道士畫符、請神治療都沒有效驗。他的父親叫他暫且借住在一所寺院裡，希望鬼不敢進入佛地。書生到了寺廟裡，卻仍然和以前一樣見到那個男童。一個老和尚說：「種種魔障，都是起於自己的內心。果然是這個童子嗎？是自己內心所招致來的；不是這個童子嗎？是自己內心所幻化的。只要讓你自己的內心空無所思，一切幻象就都消滅了。」又一個老和尚說：「師父對下等人說上等的法，他沒有把握自己的意志力，他的內心怎麼能夠做到空無所思呢？這就同只說病症，而不下藥物一樣罷了。」於是這個老和尚就對書生說：「邪念糾纏盤結在一起，如同雜草的生根。排除邪念應當如同物體在洞孔裡，用楔子把它通出來。楔子塞滿洞孔，物體就自然被擠出來。你應當這樣想：這個童子死後，他的身體漸漸僵硬冷卻，屍體漸漸膨脹腫大，漸漸發出臭穢之氣，漸漸腐爛，漸漸有屍蟲蠕動，漸漸肚子裡的五臟六腑破碎斷裂，血肉狼籍，顯出種種不堪入目的顏色。他的面目漸漸改變，漸漸改變面色，漸漸變得相貌像惡鬼羅剎，到那時恐怖的念頭就產生了。你再想一想：這個童子如果還活在人世，一天一天長大，漸漸壯實魁偉，不再有嫵媚的姿態，漸漸地長出稀疏的鬍鬚，漸漸地臉頰上的鬚髮長得如同能刺人的戟，漸漸地面色蒼老變黑，漸漸地頭髮花白，漸漸地兩鬢如雪，漸漸地頭上禿了髮、牙齒缺落，漸漸地彎腰曲背，病癆咳嗽，鼻涕眼淚，流涎吐沫，骯髒不堪，無法接近，那麼厭棄的念頭就會產生了。再想一想：這個童子先死，所以我思念他。倘若我先死，他的相貌姣好，肯定有人去引誘他，或用利勾引，或用權勢脅迫，他未必能夠像寡婦那樣保持節操。一旦被人引誘而去，陪他人睡覺，我在活著的時候，他對我說的種種淫褻的話語，種種淫褻的姿態，都回過去獻給了那個人，由著他任意娛樂；從前的種種親昵歡愛，如同浮雲散滅，沒有留下一點兒痕跡，那麼憤怒的念頭就會產生了。再想一想：這個童子如果活著，或者倚仗寵愛，驕橫任性，使我難以忍受，偶爾觸犯了他，就翻臉咒罵；或者我的錢財不夠豐厚，不能滿足他的要求，立刻生出異心，對我臉色冷漠；或者他見了人家富貴，拋棄我到了別處，同我相遇，如同陌路人，那麼怨恨的念頭就產生了。有這種種念頭在心中起伏生滅，那麼內心就沒有多餘的空間。內心沒有多餘的空間，那麼一切愛戀之根、欲念之根無處容納，一切魔障不除就自行退卻了。」書生按照他的教誨去做，幾天中有時見到有時沒有見到那個男童。又過了幾天，那個男童竟然消失了蹤跡。書生病好了前往寺廟尋訪，那寺廟中並沒有這兩個老和尚。有人說是古佛化身顯現，有人說這個寺廟是十方常住，和尚來來往往如行雲流水，偶然萍水相逢，很快又雲遊到別處去了。

【研析】明清社會，權貴之家或士大夫們喜養孌童。並不是說社會上真有那麼多的同性戀，那些養孌童者其實也喜歡女色，他們的養孌童，只是一種腐朽的生活方式。而文中的那個書生，卻已經有了同性戀的心理，對自己的男伴難以割捨。然而他喜愛的還是那個男童的美色，還談不上真正的愛戀。故而老和尚的一番話語，破解了他的幻覺，使他回到了其生活的社會。第一位老和尚，從心性上來解說色空關係；

而第二位老和尚，則是舉例說明色空關係，兩位老和尚所說的話主旨並無兩樣。

賣麵婦

先太夫人乳媼廖氏言：滄州❶馬落坡，有婦以賣麵為業，得餘麵以養姑。貧不能畜驢，恆自轉磨，夜夜徹四鼓❷。姑歿後，上墓歸，遇二少女於路，迎而笑曰：「同住二十餘年，頗相識否？」婦錯愕不知所對。二女曰：「嫂勿訝，我姊妹皆狐也。感嫂孝心，每夜助嫂轉磨。不意為上帝所嘉，緣是功行，得證正果❸。今嫂養姑事畢，我姊妹亦登仙去矣。敬來道別，並謝提攜也。」言訖，其去如風，轉瞬已不見。婦歸，再轉其磨，則力幾不勝，非宿昔之旋運自如矣。

【章旨】此章講述了一個狐仙助人而自助的故事。

【注釋】❶滄州　今河北滄州。❷四鼓　即四更。約凌晨一時至三時。古代夜間擊鼓報更，故以為更的代稱。❸正果　佛教語。修道有所證悟，謂之「證果」。言行修行成功，學佛證得之果，與外道之盲修瞎煉所得有正邪之分，故曰正果。

【語譯】先母太夫人的乳母廖氏說：滄州馬落坡有個女人以賣麵為職業，拿剩餘的麵奉養婆婆。因為貧窮養不起驢子，那個女人總是自己推磨磨麵，夜夜要工作到四更天。婆婆死後，她掃墓歸來，在路上碰到兩個少女，迎面而來笑著說：「同住了二十多年，還認識我們嗎？」那個女人驚訝得不知道如何回答。兩個少女說：「嫂嫂不要驚訝，我們姐妹都是狐狸，被嫂嫂的孝心所感動，每天夜裡幫助嫂嫂推磨磨麵。

想不到被上帝所嘉許，因為這個功德，使我們成了正果。如今嫂嫂奉養婆婆的事情已完，我們姐妹也要登仙去了。恭敬地前來向嫂嫂道別，並且感謝您對我們的提攜之恩。」說完，兩位少女像一陣風似地離去，轉眼之間已經不見。那個女人回來，再去推她的磨，則力氣幾乎不能勝任，不像過去那樣的推轉自如了。

【研析】那個女人以孤苦之軀供養婆婆，孝心可嘉，遂感動了兩位可愛的狐仙前來相助。這兩位狐仙助人並無功利之心，但助人者恆自助。你幫助了他人，也就是幫助了自己。故而狐仙能修成正果。這個道理淺顯明白，但真正要身體力行，又何其不易！

事皆前定

烏魯木齊，譯言好圍場❶也。余在是地時，有筆帖式❷名烏魯木齊。計其命名之日，在平定西域前二十餘年。自言：「初生時，父夢其祖語曰：『爾所生子，當名烏魯木齊。』並指畫其字以示。覺而不省為何語；然夢甚了了，姑以名之。不意今果至此，意將終此乎？」後遷印房主事❸，果卒於官。計其自從征至卒，始終未嘗離是地。事皆前定，豈不信夫？

【章旨】此章講述了一個事皆前定的宿命故事。

【注釋】❶圍場　古時供皇帝、貴族合圍打獵的場地。❷筆帖式　官名。清代在各衙署中設置的低級官員。掌理翻譯滿、漢章奏文書。❸印房主事　衙門中負責保管官印的主管。主事，官名。本為雇員性質，不在正規職官之內。金元以後，始以士人為主，明代遂定為各部司官中最低之一級。清代相沿，進士分部，須先補主事，遞升員外郎、郎中。官階為正六品。

【語譯】烏魯木齊，翻譯成漢語就是好圍場。我在這裡時，有位負責翻譯滿漢文書的官員，名叫烏魯木齊。計算給他起這個名字的日子，在平定西域之前二十多年。他自己說：「剛出生時，父親夢見祖父說：『你所生的兒子，應該名叫烏魯木齊。』並且用手指寫出那幾個字給他看。父親醒來後不明白這是什麼意思，但是夢中祖父所說的話卻非常清楚，姑且給我起了這個名字。沒有想到我現在果然到了這裡，想來將要終老於此嗎？」後來他升遷為掌印房的主事，果然死於任上。計算他從隨軍出征到去世，始終沒有離開這裡。命運都是前世注定的，難道能不相信嗎？

【研析】當一個人身處逆境、事業不順利之時，往往會相信「事皆前定」的說法。因為在自己無法改變現狀的情況下，從心理上解脫這種壓力的最好途徑就是相信「宿命」。紀昀當時被流放烏魯木齊，而那個筆帖式卻是從軍至此，兩人同病相憐。紀昀尚有返鄉之日，而那個筆帖式卻無回家之期。聊以自慰的，就是那個筆帖式相信命中注定要終老此地。這樣一想，那個筆帖式的心態也就平和了許多。

廝養巴拉

烏魯木齊又言：有廝養[1]曰巴拉，從征時，遇賊每力戰。後流矢貫左頰，鏃出於右耳之後，猶奮刀斫一賊，與之俱仆。後因事至孤穆第（在烏魯木齊、特納格爾之間），夢巴拉拜謁，衣冠修整，頗不類賤役。夢中忘其已死，問：「向在何處？今將何往？」對曰：「因差遣過此，偶遇主人，一展積戀耳。」問：「何以得官？」曰：「忠孝節義，上帝所重。凡為國捐生者，雖下至僕隸，生前苟無過惡，幽冥必與一職事；原有過惡者，亦消除前罪，向人道❷轉生。奴今為博克達❸山神部將，秩如驍騎校也。」問：「何往？」曰：「昌吉❹。」問：「何事？」曰：「齎有文牒，不能知也。」霍然而醒，語音似猶在耳。時戊子❺六月。至八月十六日而有昌吉變亂❻之事，鬼蓋不敢預洩云。

【章旨】此章講述了廝養巴拉為國捐軀後終獲好報的故事。

【注釋】❶廝養　稱為人服役、地位低微的人。❷人道　指人界。佛教把眾生世界分為天、人、阿修羅、地獄、餓鬼、畜生六類，稱六道，因各自所作的善惡業因不同，在此六道中升沉輪迴。❸博克達　即一稱博格多山。在新疆維吾爾自治區中部。屬北天山中段。準噶爾盆地和吐魯番盆地的界山。東西走向。西端山口達坂城為天山南北交通孔道；東端山口七角井，古為天山南北通道。❹昌吉　縣名。在新疆維吾爾自治區昌吉回族自治州西部、天山北麓、準噶爾盆地南部。❺戊子　即清乾隆三十三年，西元一七六八年。❻昌吉變亂　即乾隆三十三年昌吉地區發生的叛亂。參見本卷〈黑氣迷人〉則注釋❶。

【語譯】那個筆帖式烏魯木齊又說：我有個僕役名叫巴拉，隨軍出征打仗時，遇到賊軍往往盡全力戰鬥。後來一枝流箭射中他，貫穿他的左頰，箭頭從他右耳之後穿出，他還是奮力用刀砍中一名賊人，同賊人一起撲倒而死。後來我因事來到孤穆第（在烏魯木齊、特納格爾之間），夢見巴拉來拜見，衣冠整潔，很不像是低賤的僕役。我夢中忘記他已經死了，問他：「你一直以來在哪裡？現在要到哪裡去？」他回答說：「因為奉命辦事經過這裡，偶然碰到主人，一抒長久累積的思念罷了。」我又問：「你是怎麼得到官職的？」他回答道：「忠孝節義，是上帝所重視的。凡是為國獻出生命的人，雖然卑下到僕役隸卒，生前如果沒有什麼大的惡行，陰曹地府必然會給他一個職位；如果原來有大的惡行的人，也能消除以前的罪過，向人道中轉生。奴才現今是博克達山神的部將，官秩如同驍騎校。」我問道：「你要去哪裡？」他回答說：「昌吉。」我又問：「去辦什麼事？」他答道：「我帶有公文，內容無法知道。」我突然醒了過來，巴拉說話的聲音好像還在耳邊。當時是乾隆三十三年六月。到了八月十六日，就有昌吉變亂的事情發生，鬼大概不敢預先洩露。

【研析】忠孝節義，在不同的社會時期有不同的解釋。但就其本身而言，都應該得到提倡和弘揚。尤其是為國捐軀的英雄，更應該得到褒揚。神鬼世界是人類社會的投影，神鬼世界的價值標準，正反映了人類社會的道德取向。從這點來看，此篇無疑有著積極的意義。

一隻繡花鞋

昌吉築城時，掘土至五尺餘，得紅紵絲❶繡花女鞋一，製作精緻，尚未全朽。余〈烏魯木齊雜詩〉曰：「築城掘土土深深，邪許相呼萬杵音。怪事一聲齊注目，半鉤新月蘚花侵。」詠此事也。入土至五尺餘，至近亦須數十年，何以不壞？額魯特❷女子不纏足，何以得作弓彎樣，僅三寸許？此必有其故，今不得知矣。

【章旨】此章講述了在昌吉地區發現一隻繡花鞋的故事。

【注釋】❶紵絲　即紵麻絲。❷額魯特　亦稱「衛拉特」，清代對西部蒙古各部的總稱。

【語譯】昌吉修築城牆時，當掘地到五尺多深時，挖到紅紵麻絲的繡花女鞋一隻，製作精緻，還沒有完全朽爛。我的〈烏魯木齊雜詩〉中寫道：「修築城池掘土到深深處，民工互相呼應中雜著萬杵夯土的聲音。有人喊了一聲怪事大家齊齊注目觀看，一隻半鉤新月般的繡花鞋上長滿了苔蘚。」就是吟詠這件事情的。這隻繡花鞋埋入土中到了五尺多深，距離現在最近也要幾十年的時間，為什麼沒有爛掉？額魯特的女子不纏腳，這隻鞋為什麼要做成彎曲如弓的樣子，只有三寸左右長？這裡必定有它的緣故，現在不得而知了。

【研析】從這隻繡花鞋的形狀和製作工藝來看，肯定是上層漢族女子穿著的用品，不禁引人思考這些問題：這個漢族女子是什麼人？她是因為什麼原因來到這裡的？其中的故事是歡快美好的，還是淒切悲慘的？因為這隻繡花鞋的來歷已無法考證，所以這一切我們今天也都不得而知了。

農婦郭六

郭六，淮鎮❶農家婦，不知其夫氏郭父氏郭也，相傳呼為郭六云爾。雍正甲辰、乙巳❷間，歲大饑。其夫度不得活，出而乞食於四方，瀕行，對之稽顙❸曰：「父母皆老病，吾以累汝矣。」婦故有姿，里少年瞰其乏食，以金錢挑之，皆不應，惟以女工❹養翁姑。既而必不能贍，則集鄰里叩首曰：「我夫以父母託我，今力竭矣，不別作計，當俱死。鄰里能助我，則乞助我；不能助我，則我且賣花，毋笑我。」（里語以婦女倚門為賣花）鄰里趑趄囁嚅❺，徐散去。乃慟哭白翁姑，公然與諸蕩子遊。陰蓄夜合❻之資，又置一女子，然防閑甚嚴，不使外人覯其面。

或曰，是將邀重價，亦不辯也。越三載餘，其夫歸，寒溫甫畢，即與見翁姑，曰：「父母並在，今還汝。」又引所置女見其夫曰：「我身已汙，不能忍恥再對汝。已為汝別娶一婦，今亦付汝。」夫駭愕未答，則曰：「且為汝辦餐。」已往廚下自剄矣。縣令來驗，目炯炯不瞑。縣令判葬於祖塋❼，而不祔❽夫墓，曰：「不祔墓，宜絕於夫也；葬於祖塋，明其未絕於翁姑也。」目仍不瞑。其翁姑哀號曰：「是本貞婦，以我二人故至此也。子不能養父母，反絕代養父母者耶？況身為男子不能養，避而委一少婦，途人知其心矣，是誰之過而絕之耶？此我家事，官不必與聞也。」語訖而目瞑。時邑人議論頗不一。先祖寵予公曰：「節孝並重也，節孝又不能兩全也。此一事非聖賢不能斷，吾不敢置一詞也。」

【章旨】此章講述了一位農婦為奉養公婆而甘願賣身的故事。

【注釋】❶淮鎮　在河北獻縣東，本名槐家鎮。❷雍正甲辰乙巳　即清雍正二年、三年，西元一七二四、一七二五年。❸稽顙　即叩頭。古時一種跪拜禮。❹女工　也作「女功」、「女紅」。指婦女所作的紡織、刺繡、縫紉等事。❺趑趄囁嚅　指欲進又退、欲言又止、躊躇猶豫的樣子。❻夜合　合歡的別名。這裡指賣身。❼祖塋　祖輩的墳地。即祖墳。❽祔　合葬。

【語譯】郭六，是淮鎮的一名農家婦女，不知道是她的丈夫姓郭還是父親姓郭，但是大家都叫她郭六。雍正二、三年間，這裡發生大饑荒。她的丈夫心想活不下去了，想要離開家鄉到各地要飯。臨走時，對著她叩頭說：「父母都年老有病，我託付給你了。」這女人原來就有姿色，鄉里少年見她家缺少食物，就用金錢來挑逗她，她都毫不理睬，只靠做女紅來養活公婆。不久，實在難以贍養公婆了，郭六就邀請眾多鄰里鄉親來，對大家叩頭說：「我的丈夫把父母託付給我，現在我的力量已經用盡了，如果不另做打算，就會一起餓死。鄰里鄉親如果能幫助我，那就懇求你們幫助我；如果不能幫助我，那麼我就打算去賣花，希望不要嘲笑我。」（鄉里俗語把婦女倚門賣笑稱為賣花）鄰里鄉親欲言又止，吞吞吐吐，難以表態，慢慢散去了。於是她痛哭著把這事告訴公婆，公開同鄉里的那班浪蕩子交遊。她暗地裡積蓄了夜裡賣身的錢，又購買了一個女子，但是對那個女子防範得很嚴，不讓外人見到她的面孔。有人說這是要想賣個好價錢，她也不辯駁。過了三年多，郭六的丈夫回來了。問候剛完，郭六就同他一起去見公婆，說：「父母都在，現在還給你。」又引自己所買的女子來見丈夫說：「我的身子已經被玷汙，不能忍受恥辱再面對你。我已經為你另外娶了一個妻子，現在也交給你。」丈夫驚愕還沒有回答，她就說：「我這就去做飯。」說著已經到廚房裡割頸自殺了。縣令來驗看郭六的屍體，她的眼睛還圓睜著沒有閉上。縣令判處把郭六葬在夫家的祖墳裡，而不附葬於丈夫的墳墓裡，說：「不合葬，是應當斷絕同丈夫的關係；葬於祖墳，表明她沒有斷絕同公婆的關係。」這時她的眼睛仍然不閉。她的公婆哀聲號哭說：「她本是個貞節的女人，因為我們兩人的緣故，使她到了這種地步。兒子不能奉養父母，反而斷絕與代養父母的人關係嗎？況且身為男子，不能奉養父母，自己逃避而將責任託付給一個少婦，路人也知道他心裡想的是什麼了，是誰的過錯卻要與她斷絕關係的呢？這是我們家的事，官府不必過問。」公婆的話說完，郭六的眼睛就閉上了。當時鄰里鄉親議論很不一致。我的先祖寵予公說：「節和孝一樣重要，但節和孝又不能兩全。這件事不是聖賢不能作出判斷，我不敢說一句話。」

【研析】農婦郭六在丈夫逃往外地躲避奉養父母的責任時，毅然挑起贍養雙親的重任，可敬可佩。縣令判詞，看似公允，實際並不公道。看來還是她的公婆看得分明，一席話還了郭六的清白，把自己那個躲避責任的兒子推上了被告席。郭六雖然失身，但心靈高潔。在她面前，連被道學浸潤多年的讀書人都不敢妄發議論了。

某御史

御史❶某之伏法也，有問官白晝假寐，恍惚見之，驚問曰：「君有冤耶？」曰：「言官❷受賂鬻章奏，於法當誅，吾何冤？」曰：「不冤，何為來見我？」曰：「有憾於君。」曰：「問官七八人，舊交如我者亦兩三人，何獨憾我？」曰：「我與君有宿隙，不過進取相軋耳，非不共戴天者也。我對簿❸時，君雖引嫌不問，而陽陽有德色；我獄成時，君雖虛詞慰藉，而隱隱含輕薄。是他人據法置我死，而君以修怨快我死也。患難之際，此最傷人心，吾安得不憾！」問官惶恐愧謝曰：「然則君將報我乎？」曰：「我死於法，安得報君？君居心如是，自非載福之道，亦無庸我報。特意有不平，使君知之耳。」語訖，若睡若醒，開目已失所在，案上殘茗尚微溫。後所親見其惘惘如失，陰叩之，乃具道始末，喟然曰：「幸哉我未下石也，其飲恨猶如是。曾子❹曰：『哀矜勿喜。』不其然乎！」所親為人述之，亦喟然曰：「一有私心，雖當其罪猶不服，況不當其罪乎！」

【章旨】此章講述了一名御史因貪贓伏法卻心有餘憾的故事。

【注釋】❶御史　官名。秦以前本為史官，後職責有變化。明清僅有監察御史，分道行使監察，職權甚重。❷言官　封建時代的諫官，如御史等。❸對簿　謂受審訊或質詢。簿，文狀、起訴書之類。❹曾子　名參，字子輿，春秋末魯國南武城（今山東費縣）人。孔子學生，以孝著稱。後被尊為「宗聖」。

【語譯】某御史依法被判處死刑。有個審問官白天打盹時，恍惚見到了這位御史，吃驚地問道：「您有冤屈嗎？」某御史回答說：「諫官接受賄賂出賣奏章，依照法律應當處死。我有什麼冤屈？」審問官問：「您沒有冤屈，為什麼來見我？」某御史回答說：「我對您感到怨恨。」審問官問：「審訊的官員有七八個人，過去與您有交情像我這樣的也有二三個人，為什麼唯獨怨恨我？」某御史說：「我同您過去一直有嫌隙，不過是在仕途上進身取官中互相傾軋罷了，不是不共戴天的怨仇。我在公堂接受審訊時，您雖然避嫌疑沒有提問，臉上卻露出洋洋得意的神色。我的罪行成立判決時，您雖然假言假語撫慰我，而神色間隱隱約約地帶著輕薄。他人是依據法律置我於死地，您是因為舊仇而高興我的被處死。患難之際，這是最傷人心的，我怎麼能夠對您不怨恨呢！」審問官惶恐慚愧地謝罪說：「那麼您將要報復我嗎？」某御史回答道：「我死於法律，怎麼能夠報復您呢？您的居心如此，自然不是承受福分之道，也不用我的報復。只不過我內心有所不平，使您知道罷了。」某御史說完，審問官就從如睡如醒的狀態中醒來，張開眼睛，那個御史已經不見了。桌上茶杯中的殘茶還有微溫。後來這位官員親近的人，見他惘惘然若有所失，就私下問他，他才詳細地說出事情的始末，歎息說：「幸虧啊我沒有落井下石，他還對我怨恨得這樣。曾子說：『要哀戚憐憫，不要過分高興。』不正是這樣嗎！」這位官員所親近的人為別人講述，也感歎說：「一旦有了私心，即便判決相當於他的罪行尚且不服，何況判決同他的罪行不相當呢！」

【研析】貪官伏法，本是大快人心之事，卻有審訊官心懷忐忑，顧忌罪犯鬼魂找上門來。如果不是自己心中有鬼，又何必怕此已經伏法之鬼魂？古人說：「無欲則剛。」剛強正直者，鬼魂自然不敢上門，古今同理。

宿怨

程編修魚門❶曰：「怨毒之於人甚矣哉！宋小岩將歿，以片札寄其友曰：『白骨可成塵，遊魂終不散；黃泉業鏡❷臺，待汝來相見。』余親見之。其友將歿，以手拊床曰：『宋公且坐。』余亦親見之。」

【章旨】此章講述了一個冤仇至死不解的故事。

【注釋】❶程編修魚門　即程晉芳。字魚門，清歙縣（今安徽歙縣）人。乾隆進士。曾任《四庫全書》纂修官、翰林院編修。編修，官名。宋代凡修國史、實錄、會要等均隨時置編修官，樞密院亦有編修官，均負責編纂記述。明清之翰林院編修，以一甲二三名進士及庶吉士之留館者充任，無定員，亦無實際職務。❷業鏡　佛教指冥界照映眾生善惡業的鏡子。《楞嚴經》卷八：「故有惡友業鏡火珠披露宿業，對驗諸事。」《酉陽雜俎》載，趙業被帶到陰府，與賈奕對證殺牛的事。有一巨鏡高懸，見裡面賈奕持刀，趙業有不忍之色。此即業鏡。

【語譯】編修程魚門說：「怨仇忌恨對於人太厲害了！宋小岩臨死前，寄了一封信給朋友說：『白骨可以成為塵土，遊蕩的魂魄終究不會消散；在黃泉業鏡臺，我等待你來相見。』這是我親眼見到的。他朋友臨死時，用手拍著床說：『宋公請暫且坐坐。』這事我也是親眼見到的。」

【研析】文中所敘兩人的交往情景，看來並無不共戴天之仇。但他們卻並不想在人世間化解，要帶到陰曹地府去再爭個明白。其實，人在世上，個人之間的恩怨是非，還是採取「相逢一笑泯仇怨」的態度為好。

某公貪色

相傳某公奉使歸，駐節❶館舍。時庭菊盛開，徘徊花下。見小童隱映疏竹間，年可十四五，端麗溫雅如靚妝女子。問知為居停主人❷子。呼與語，甚慧黠，取一扇贈之。流目送盼，意似相就。某公亦愛其秀穎，與流連軟語。適左右皆不在，童即跪引其裾曰：「公如不棄，即不敢欺公：父陷冤獄，得公一語可活。公肯援手，當不惜此身。」方探袖出訟牒，忽暴風衝擊，窗扉六扇皆洞開，幾為騶從❸所窺。心知有異，急揮之去，曰：「俟夕徐議。」即草草命駕行。後廉知為土豪殺人，獄急不得解，賂胥吏引某公館其家，陰市孌童，偽為其子；又賂左右，得至前為秦弱蘭❹之計，不虞冤魄之示變也。裘文達公❺嘗曰：「此公偶爾多事，幾為所中。士大夫一言一動，不可不慎。使爾時面如包孝肅❻，亦何隙可乘。」

【章旨】此章講述了一位高官因貪色險中圈套的故事。

【注釋】❶駐節　指朝廷使節出使，途中停留暫住。❷居停主人　指寄住處的主人。❸騶從　古時達官貴人出行時，前後侍從的騎卒。❹秦弱蘭　宋人筆記小說中人物。清人輯《南唐拾異記》載，陶谷出使江南，見女伎秦弱蘭，以為是驛使的女兒，便寫了一首詞給她。❺裘文達公　即裘曰修。參見本卷〈戲狐〉則注釋❽。❻包孝肅　即北宋包拯。

他任開封知府時，以廉潔著稱，執法嚴峻，不畏權貴。死後謚為「孝肅」，故稱。

【語譯】相傳某公奉命出使歸來，途中停留暫住在接待賓客的客舍裡。當時庭院中菊花盛開，某公在花下徘徊。他看見有個小童隱約映現在稀疏的竹林間，年紀約十四五歲，端莊美麗，溫文爾雅，如同盛妝的女子。某公經詢問才知道是客舍主人的兒子。某公把他叫來說話，發覺他很聰慧機敏，拿了一把扇子贈送給他。某公看到他目光流轉送情，意思像是主動要與他親近。某公也喜愛他的秀美聰穎，同這個小童講些溫和的悄悄話。恰巧某公身邊的人都不在，這個小童當即跪下，拉著某公的衣袖說：「您如果不嫌棄，我不敢欺騙您。我的父親因為冤枉陷身牢獄，如果能得到您的一句話，他就可以活命。您如果肯伸出援手救助，我自然不會顧惜自己的身體。」這個小童剛從衣袖裡摸出狀紙時，忽然暴風驟起衝擊門窗，把六扇窗門都吹開了，他們談話的情景幾乎被侍從們偷看到。某公心中知道有異狀，急忙揮手讓他離去，說：「到晚上再慢慢商量。」並立即叫人備好車馬走了。某公後來經過察訪，知道是因為土豪殺了人，案情急切不能解脫，就賄賂官府的小吏，把某公引來留宿他家，暗地裡買了孌童，假裝是自己的兒子；又買通某公身邊的侍從，使小童得以來到某公面前，用秦弱蘭引誘陶谷的計策。沒有想到冤魂顯示變化。裘文達公曾經說：「此公偶爾多事，幾乎中了他人之計。士大夫一言一行，不可不謹慎，如果當時某公面孔像包拯一樣剛正肅直，那些人也就無機可乘了。」

【研析】某公因貪色，險些中了殺人犯設下的圈套。一旦落入圈套，不是喪盡天良，胡亂判案；就是身敗名裂，難以見人，當權者豈能不小心？但是，如果某公不起色心，以包拯鐵面待人，別人設下的圈套再巧妙，又有何用！身正，自然百邪不侵。

孟村女

明崇禎❶末，孟村有巨盜肆掠，見一女有色，並其父母縶之。女不受汙，則縛其父母加炮烙❷。父母並呼號慘切，命女從賊。女請縱父母去，乃肯從。賊知其紿己，必先使受汙而後釋。女遂奮擲批賊頰，與父母俱死，棄屍於野。後賊與官兵格鬥，馬至屍側，辟易❸不肯前，遂陷淖❹就擒。女亦有靈矣，惜其名氏不可考。論是事者，或謂女子在室，從父母之命者也。父母命之從賊矣，成一己之名，坐視父母之慘酷，女似過忍。或謂命有治亂，從賊不可與許嫁比。父母命為倡，亦為倡乎？女似無罪。先姚安公曰：「此事與郭六正相反，均有理可執，而於心終不敢確信。不食馬肝，未為不知味也❺。」

【章旨】此章講述了一名村女以死抗暴的故事。

【注釋】❶崇禎　明思宗朱由檢的年號。❷炮烙　相傳是商代所用的一種酷刑，把銅柱燒熱，令有罪者行其上。此處指用烙鐵烙人。❸辟易　驚退。❹淖　泥；泥沼。❺不食馬肝二句　語出《漢書・轅固傳》：「食肉毋食馬肝，未為不知味也；言學者毋言湯武受命，不為愚。」相傳馬肝有毒，食之能致人於死。意思是有害的事情不必親身經歷。

【語譯】明朝崇禎末年，孟村有個大盜肆意搶劫，看見一個女子長得漂亮，就把她和她的父母都抓了起來。

那女子不肯受汙辱，大盜就捆綁她的父母，用燒紅的烙鐵烙他們。女子的父母都悲慘淒切地號叫，要女兒順從賊人。那女子要求先放父母離去，才肯順從。大盜知道她是在欺騙自己，堅持要她先受姦汙而後釋放她的父母。那女子就奮力撲上去打了大盜的耳光，同父母一起被大盜殺死，屍體拋棄在荒野裡。後來賊人同官兵格鬥，大盜騎的戰馬到了那個女子的屍體旁邊，驚恐退縮，不肯前進，於是陷入泥沼裡被捕獲。那個女子也算有靈了，可惜她的姓名已不可查考。人們議論這件事的，有的人說女子在家，要順從父母的命令。父母命令她依從賊人，她為了成就自己的名聲，眼看著父母遭受慘痛殘暴的酷刑，似乎過於殘忍。有的人說父母的命令有出自正常與動亂的不同情況，命令她依從賊人不可以同命令她嫁人相比。如果父母命令女兒做娼妓，女兒也要做娼妓嗎？那個女子似乎無罪。先父姚安公說：「這事同村婦郭六的事正好相反，她們都有理由可以依據的。然而我的內心終究不敢確信誰是誰非啊！不吃有毒的馬肝，不能說是不知道滋味。」

【研析】那個女子寧死不屈，以身抗暴，理應得到人們的尊敬。但其身後卻有這麼多的議論，讓她難以長眠。這些議論的理論基礎是封建禮教，即所謂的「三從四德」。而宋明理學強化了對婦女的約束和壓迫，遂使婦女的抗暴也成為可以討論是非的案例。好在紀昀的父親並非那麼泥古不化，他以不置一詞肯定了這名女子的行為。

劉羽沖泥古不化

劉羽沖，佚其名，滄州人。先高祖厚齋公多與唱和。性孤僻，好講古制，實迂闊不可行。嘗倩❶董天士❷作畫，倩厚齋公題。內〈秋林讀書〉一幅云：「兀坐秋樹根，塊然❸無與伍。不知讀何書，但見鬚眉古。只愁手所持，或是《井田譜》❹。」蓋規之也。偶得古兵書，伏讀經年，自謂可將十萬。會有土寇，自練鄉兵與之角，全隊潰覆，幾為所擒。又得古水利書，伏讀經年，自謂可使千里成沃壤。繪圖列說於州官。州官亦好事，使試於一村。溝洫甫成，水大至，順渠灌入，人幾為魚。由是抑鬱不自得，恆獨步庭階，搖首自語曰：「古人豈欺我哉！」如是日千百遍，惟此六字。不久，發病死。後風清月白之夕，每見其魂在墓前松柏下，搖首獨步。側耳聽之，所誦仍此六字也。或笑之，則欻隱❺。次日伺之，復然。泥古者愚，何愚乃至是歟！阿文勤公❻嘗教昀曰：「滿腹皆書能害事，腹中竟無一卷書，亦能害事。國弈❼不廢舊譜，而不執舊譜；國醫不泥古方，而不離古方。故曰：『神而明之，存乎其人❽。』又曰：『能與人規矩，不能使人巧。』」

【章旨】此章記述了一名書生泥古不化而誤己誤人的故事。

【注釋】❶倩　央求；請人為自己做事。❷董天士　清初畫家。❸塊然　孤獨的樣子。❹井田譜　書名。即宋人夏休所撰《周禮井田譜》。❺欻隱　忽然隱去。欻，忽然。❻阿文勤公　即阿克敦。姓章嘉氏，字仲和，清滿洲正白旗人。康熙進士，乾隆時官至太子太保、協辦大學士。卒諡文勤，故稱。❼國弈　下圍棋的國手。弈，圍棋。❽神而明之二句　出自《易經》。意思是如果其人聖則能神而明之；其人愚則不能神而明之，關鍵在於其人，不在易象。

【語譯】劉羽沖，不知道他的原名，滄州人。先高祖父厚齋公經常同他用詩詞互相唱和。他的性格孤僻，喜歡講古代的制度，其實迂腐不著邊際，不可能實行。他曾經請董天士畫了一幅畫，請厚齋公在畫上題詩。其中有一幅〈秋林讀書〉圖，上面的題詩說：「呆坐在秋天的樹根下，孤獨地無人作伴。不知道在讀什麼書，只見頭髮眉毛都已經白了。只愁手中所持的書，或許是《井田譜》。」這首詩便含有規勸他的意思。他偶然得到一本古代的兵書，伏案苦讀多年，自以為可以帶領十萬軍隊。恰巧當地有土匪作亂，他自己操練鄉兵去與土匪打仗，全隊潰敗覆亡，自己幾乎被土匪俘獲。他又得到一本古代的水利書，經過多年的伏案苦讀，自以為可以使千里原野成為沃土。他繪製地圖，陳述意見，請命於州官。州官也是個好事之徒，讓他在一個村子裡做試驗。田間水溝剛剛開挖成功，洪水來了，順著溝渠灌入村莊，人被淹得幾乎成為魚了。因此他感到抑鬱不得志，經常獨自在庭院前石階下散步，搖著頭自言自語地說：「古人怎麼會欺騙我呢！」就這樣，一天要念上千百遍，也還是這幾個字。不久，他因為生病而去世了。後來在風清月明的晚上，常見他的魂魄在墳墓前的松柏之下，搖著頭獨自漫步，側耳仔細傾聽，所念誦的仍舊是這幾個字。有人嘲笑他，他的魂魄就忽然消失。第二天等候在那裡觀察，他的魂魄仍然和過去一樣漫步念誦。泥古不化的人是愚蠢的，但為什麼愚蠢到了這種地步呵！阿文勤公曾經教誨我說：「滿肚子都是書能壞事，肚裡完全沒有一卷書也能壞事。下圍棋的國手不捨棄舊棋譜，然而不拘泥於舊棋譜；國醫不拘泥於古代的藥方，然而也不離開古代的藥方。所以《易經》說：『領會精神並能正確運用，關鍵在於這人是否真正掌握。』孟子又說：『能教給人規矩，不能使人變得靈巧聰明。』」

【研析】文中所說的書生泥古不化，只知照搬書中教條，不知根據實際情況變通，已經成為毫無用處的書呆子了。古人說：「盡信書不如無書。」岳飛在回答宋高宗勸其讀兵書時說兵法：「運用之妙，存乎一心。」講的就是要發揮自己學習的主動性，不盲目迷信書本。紀昀告訴我們這個故事，講的也是這個道理吧。

魏忠賢下落之謎

明魏忠賢❶之惡，史冊所未睹也。或言其知事必敗，陰蓄一騾，日行七百里，以備逋逃；陰蓄一貌類己者，以備代死。後在阜城❷尤家店，竟用是私遁去。余謂此無稽之談也。以天道論之，苟神理不誣，忠賢斷無倖免理。以人事論之，忠賢擅政七年，何人不識？使竄伏舊黨之家，小人之交，勢敗則離，有縛獻而已矣。使潛匿荒僻之地，則耕牧之中，突來閹宦❸，異言異貌，駭視驚聽，不三日必敗。使遠遁於封域❹之外，則嚴世蕃❺嘗通日本，仇鸞❻嘗交諳達❼，忠賢無是也。山海阻深，關津隔絕，去又將何往？昔建文❽行遁，後世方且傳疑。然建文失德無聞，人心未去，舊臣遺老，猶有故主之思。燕王❾稱戈篡位，屠戮忠良，又天下之所不與。遞相容隱，理或有之。忠賢虐焰熏天，毒流四海，人人欲得而甘心。是時距明亡尚十五年，此十五年中，安得深藏不露乎？故私遁之說，余斷不謂然。

文安❿王丘芳曰：「乾隆初，縣學⓫中忽雷霆擊格，旋繞文廟⓬，電光激射，如掣赤練，入殿門復返者十餘度。訓導⓭王著起曰：『是必有異。』冒雨入視，見大蜈蚣伏先師神位上。鉗出擲階前。霹靂一聲，蜈蚣死而天霽。驗其背上，有朱書「魏忠賢」字。」是說也，余則信之。

【章旨】此章辯駁了明代宦官魏忠賢死後的一些傳言。

【注釋】❶魏忠賢　明宦官。河間肅寧（今屬河北）人。萬曆時入宮。熹宗即位，任司禮秉筆太監，後又兼掌東廠。把持朝政，濫殺士大夫。崇禎帝即位，黜職，後畏罪自殺。❷阜城　縣名。在河北東南部。❸閹宦　宦官。即太監。❹封域　疆域；界域。❺嚴世蕃　明江西分宜（今屬江西）人，明代奸相嚴嵩的兒子，官至工部左侍郎。助嚴嵩為惡，賣官鬻爵，無惡不作。後被處死。❻仇鸞　字伯翔，明陝西鎮原（今屬甘肅）人。甘肅總兵，因貪虐革職。後勾結嚴嵩父子，乃得重用。官至大將軍。北方的俺答攻入內地，他一戰即潰，但冒功加官至太子太保。後被革職憂懼而死。❼諳達　蒙古語、滿語均有此名稱，意謂朋友。但此處當作俺答，指明代北方的游牧民族，時常進犯中原。❽建文　明惠帝，年號建文。即位後採取削藩政策，明燕王朱棣打著「清君側」的旗號起兵，攻陷南京。建文帝下落不明，民間傳說紛紛。❾燕王　朱元璋第四子，封燕王。後攻克南京，自己即位為帝，即明成祖，年號永樂。❿文安　縣名。在河北中部、大清河下游，鄰接天津。⓫縣學　一縣由官府設立的學校，學員經過考試錄取，稱為生員。⓬文廟　唐玄宗開元二十七年封孔子為文宣王，因稱孔廟為文宣王廟，明代以後稱為「文廟」，相對於「武廟」（關、岳廟）而言。⓭訓導　學官名。明清府、州、縣學皆置訓導，掌協助同級學官教育所屬生員。

【語譯】明朝魏忠賢的罪惡，是史書上從來沒有見到過的。有人說他知道自己幹的壞事必然敗露，偷偷養了一隻騾子，能夠日行七百里，用來準備逃亡；偷偷養了一個相貌像自己的人，用來準備代替自己去死。後來在阜城尤家店，竟然就是用這個辦法私下逃脫的。我認為這是無稽之談。以天道來理論，如果神靈聖明不是假的，那麼魏忠賢斷然沒有倖免逃脫的道理。以人事來理論，魏忠賢獨攬朝政大權七年，什麼人不認識他？如果他逃竄潛伏在舊日的同黨家裡，小人的交情，權勢敗亡就分離，只有把魏忠賢捆綁起來獻給官府的結果而已。如果他潛逃隱藏在荒僻的地方，那麼在耕種放牧的人之中，突然來了個太監，說的是與常人不同的口音，長著與常人不同的面貌，讓人看了聽了都感到吃驚害怕，不出三天，魏忠賢的行踪必然敗露。如果魏忠賢遠遠逃亡於國境之外，那麼嚴世蕃還曾私通日本，仇鸞還曾私通俺答，魏忠賢沒有這方面的關係。有高山海洋的阻隔，又有邊關渡口的隔絕，他想去又能往哪裡去呢？過去明代建文帝出逃，後世尚且流傳著疑問。然而沒有聽說過建文帝有失德的過錯，人心沒有散失，那些舊臣遺老還懷有對故主的思念。燕王朱棣用武力篡位，屠殺忠良之士，又是天下人所不能接受的。人們輪番包容隱諱建文帝，從情理上說或許是有這樣的事情。魏忠賢酷虐的氣焰熏天，流毒四海，人人都想殺死他才甘心快意。這時距離明代滅亡還有十五年，這十五年中魏忠賢怎麼能夠深藏不露呢？所以魏忠賢私下逃跑的說法，我絕對不以為然。文安人王岳芳說：「乾隆初年的時候，縣學中忽然遭雷霆轟擊，雷霆圍繞著文廟，閃電強光激射，就像掣動著一條條赤練，雷電擊入殿門又返回往來有十幾趟，訓導王著起說：『這肯定有異樣的情況。』冒雨進去察看，看見一條大蜈蚣趴在先師孔子的牌位上。他把蜈蚣鉗出來擲在石階前，霹靂一聲，蜈蚣被雷震死而天空轉晴。檢驗蜈蚣的背上，有用紅筆書寫的『魏忠賢』的字樣。」這個說法，我倒是相信的。

【研析】魏忠賢罪大惡極，人鬼共憤。對於民間流傳的關於魏忠賢逃亡的說法，紀昀作了義正詞嚴、合情合理的辨駁，指出所謂的魏忠賢逃亡，於理無據，完全不可信。紀昀的這種觀點，反映了當時士大夫的普遍看法，也代表了歷史正義。至於魏忠賢轉世變成蜈蚣的說法，只是民間情緒的一種宣洩，從中亦可略窺民心所向。

紅柳娃

烏魯木齊深山中，牧馬者恆見小人高尺許，男女老幼，一一皆備。遇紅柳吐花時，輒折柳盤為小圈，著頂上，作隊躍舞，音呦呦如度曲。或至行帳竊食，為人所掩，則跪而泣。縶之，則不食而死。縱之，初不敢遽行，行數尺輒回顧。或追叱之，仍跪泣。去人稍遠，度不能追，始驀澗❶越山去。然其巢穴棲止處，終不可得。此物非木魅❷，亦非山獸，蓋僬僥❸之屬。不知其名，以形似小兒，而喜戴紅柳，因呼曰紅柳娃。丘縣丞天錦，因巡視牧廠，曾得其一，臘以歸。細視其鬚眉毛髮，與人無二。知《山海經》❹所謂竫人❺，鑿然有之。有極小必有極大，《列子》❻所謂龍伯之國❼，亦必鑿然有之。

【章旨】 此章講述了一則烏魯木齊山中紅柳娃的奇聞。

【注釋】 ❶驀澗　跳躍過兩山間流水的溪流。驀，跳躍。❷木魅　樹的精怪。魅，鬼魅；精怪。❸僬僥　亦作「焦僥」。古代傳說中的矮人。《列子·湯問》：「從中州以東四十萬里，得僬僥國，人長一尺五寸。」❹山海經　古代地理著作。內容主要為民間傳說中的地理知識，包括山川、道里、民族、物產、藥物、祭祀、巫醫等，保存了不少遠古的神話傳說。對古代歷史、地理、文化、中外交通、民俗、神話等研究，均有參考價值。❺竫人　《山海經》中所說的小人。❻列子　書名。相傳為戰國時列禦寇撰，早佚。今本《列子》八篇，從思想內容和語言使用上看來，可能是晉人作品。內容多為民間故事、寓言和神話傳說。❼龍伯之國　《列子》中所說的大人之國。

【語譯】 在烏魯木齊的深山中，牧馬人經常看見小人，身高一尺左右，男女老幼全都有。遇到紅柳開花的時候，這些小人就折下柳枝盤成小圈，戴在頭上，列隊跳躍舞蹈，發出呦呦的聲音，就像按照曲譜歌唱。這些小人有時到軍隊的帳棚裡偷竊食物，被人逮住，就跪下哭泣。把他們囚禁起來，就絕食而死。放了他們，起初不敢立刻就走，走了幾尺就回頭看看，有時追上去喝叱他們，這些小人仍舊跪下來哭泣。離開人稍遠些，估計追不上了，這些小人才跨過山澗翻越山嶺而去。但是他們所居住的巢穴，始終找不到。這些小人不是樹木成精，也不是山中野獸，大概是傳說中的僬僥一類。不知道他們的名稱，因為他們形狀像小孩子而且喜歡戴紅柳，因此人們把他們叫作紅柳娃。縣丞丘天錦因為巡視牧場，曾經得到一個紅柳娃，把他醃製成臘乾帶了回來。仔細看他的鬍鬚眉毛頭髮，同人沒有兩樣。由此知道《山海經》裡所說的諍人，確實是有的。有極小的就必然有極大的，《列子》中所說的龍伯之國，也必定確實是有的了。

【研析】以世界之大，無奇不有，即使今天，自然界還有許多祕密不為人知。就中國大陸而言，青藏高原上的雪人、湖北神農架的野人，至今還是個謎，引得無數探索者為之追尋一生。紀昀此處所說的紅柳娃，究竟是什麼？如果是人，那麼就是一個新的人種；如果不是，那又是什麼動物？可惜紀昀記載過於簡單，又不見其他旁證，難以作出進一步的判斷。

雪蓮

塞外有雪蓮❶，生崇山積雪中，狀如今之洋菊，名以蓮耳。其生必雙，雄者差大，雌者小。然不並生，亦不同根，相去必一兩丈。見其一，再覓其一，無不得者。蓋如兔絲茯苓，一氣所化❷，氣相屬也。凡望見此花，默往探之則獲。如指以相告，則縮入雪中，杳無❸痕跡。即劚❹雪求之亦不獲。草木有知，理不可解。土人曰，山神惜之，其或然歟？此花生極寒之地，而性極熱。蓋二氣有偏勝，無偏絕，積陰外凝，則純陽內結。坎卦❺以一陽陷二陰之中，剝復❻二卦，以一陽居五陰之上下，是其象也。然浸酒為補劑，多血熱妄行。或用合媚藥❼，其禍尤烈。蓋天地之陰陽均調，萬物乃生。人身之陰陽均調，百脈乃和。故《素問》❽曰：「亢則害，承乃制。」自丹溪❾立陽常有餘陰常不足之說，醫家失其本旨，往往以苦寒伐生氣。張介賓❿輩矯枉過直，遂偏於補陽，而參蓍桂附⓫，流弊亦至於殺人。是未知易道扶陽，而乾之上九⓬，亦戒以「亢龍有悔⓭」也。嗜欲日盛，羸弱者多，溫補之劑易見小效，堅信者遂眾。故余謂偏伐陽者，韓非⓮刑名之學⓯；偏補陽者，商鞅⓰富強之術。初用皆有功，積重不返，其損傷根本，則一也。雪蓮之功不補患，亦此理矣。

【章旨】此章講述了雪蓮的藥性，並由此引申出治國的方略。

【注釋】❶雪蓮　菊科。多年生草本，形似蓮花，生於高山積雪岩縫中，故名。亦稱「雪蓮花」。❷兔絲茯苓二句　兔絲，即菟絲。菟絲、茯苓，都是植物名。此說見《抱朴子》，兔絲之草，下有茯苓之根（即伏苓），無此兔，則絲不得生於上。但據《本草綱目》考證，兔絲不與茯苓同類，作者所說「一氣所化」疑有誤。❸杳無　全無。杳，遠得不見蹤影。❹劚　掘。❺坎卦　八卦之一。見《易經》，卦象為「☵」。「⚊」為陽爻，「⚋」為陰爻。其「⚊」爻陷入兩個「⚋」爻之中，故紀昀說「一陽陷二陰之中」。❻剝復　《周易》二卦名。剝卦卦象為「䷖」，其陽爻「⚊」居五個陰爻「⚋」之上。復卦卦象為「䷗」，其陽爻「⚊」居五個陰爻「⚋」之下。從以上卦象說明陰陽二氣有偏勝，即陰多陽少。即紀昀所說：「一陽居五陰之上下」和「積陰外凝，純陽內結」。❼媚藥　即春藥。❽素問　中醫學書名。與

《靈樞》合稱《內經》，是我國醫藥的一部重要典籍，它彙集了各家的醫論，是著重基礎理論的中醫學著作，至今仍有指導臨床實踐的意義。❾丹溪　元代名醫朱震亨的別號，字彥修，金華（今屬浙江）人。他認為陽易動，陰易虧，因此主張滋陰降火，創立了「陽常有餘，陰常不足」的學說。❿張介賓　明代名醫，字會卿，號景岳，山陰（今浙江紹興）人。他主張以溫補為主，他認為人生之氣，以陽為主，難得而易失者唯陽，既得而難復者亦唯陽。⓫參著桂附　即人參、著草、肉桂、附子，均中藥名。⓬乾之上九　即乾卦最上的一爻，其爻辭說：「亢龍有悔。」⓭亢龍有悔　亢是過於上而不能下的意思。陽極於上，象龍之久在天而不下深淵。陽到了極點就要向對立面轉化。所以居至高之位，就會有敗亡之禍，這就是「亢龍有悔」的意思。⓮韓非　戰國末期思想家，法家的主要代表人物。韓國公子，荀卿學生，與李斯是同學，喜刑名之學。後入秦，為李斯所讒，死於獄中。著有《韓非子》。⓯刑名之學　刑名，亦作「形名」。原指形體（或實際）和名稱。先秦法家則把「刑名」和「法術」聯繫起來，把「名」引申為法令、名分、言論等，主張循名責實，慎賞明罰。因而以後有人稱他們的學說為「刑名」、「刑名之學」或「刑名法術之學」。⓰商鞅　衛人，原名衛鞅，戰國時政治家，好刑名之學。後相秦孝公，實行變法，使秦國國富兵強。封於商，號「商君」，也叫商鞅。孝公卒，被殺。

【語譯】塞外有雪蓮，生長在崇山峻嶺的積雪當中，形狀如同現在的洋菊，不過名字叫作蓮而已。雪蓮必定成雙生長，雄的花略大，雌的花小，但是不生長在一起，也不同根，相距必然有一兩丈遠。見到其中一株，再尋找另外一株，沒有找不到的。大概像菟絲、茯苓，是同一氣息所化生的，氣是互相通連的。凡是看見這種雪蓮花，不聲不響地前往採尋，就能獲得。如果指著它互相告知，雪蓮就會縮入雪中，消失不見蹤跡。即使掘開積雪尋求也得不到。草木有知覺，這是道理所不可理解的。當地人說是山神愛惜它，或許是這樣吧？這雪蓮花生長在極其寒冷的地方，而藥性極熱。大抵上陰陽二氣中一方勝過另一方的情況是有的，而一方滅絕另一方的情況是沒有的，陰氣積聚凝結於花外，那麼純陽就凝結於花內。八卦中的坎卦表示一陽陷於二陰之中，剝和復這二卦，表示一陽居於五陰的上方或下方，這三種卦象正好說明陰陽二氣經常會保持平衡或發生偏勝的道理。但是把雪蓮浸入酒中作為補藥，多半會導致血熱而狂妄胡行。或者用雪蓮來合成春藥，它的禍患尤為劇烈。因為天地的陰陽均勻調和，萬物才得以生長。人身的陰陽均勻調和，各種血脈才能和順。所以《素問》說：「陽氣過盛則有害，陰陽承和平衡才易順。」自從元代名醫朱震亨提出人體陽常有餘而陰常不足的說法，醫家不考慮他提出的這個觀點的本意，往往用藥性苦寒的藥物來壓制病人的生氣。明代張介賓這類的人糾正偏差過了頭，於是偏重於給病人補陽，而人參、蓍草、肉桂、附子都是大熱大補的藥物，用這些藥的流弊也能夠達到殺人的地步。這是他們不知道改變前人治病的方法而盲目扶助陽氣，然而乾卦的上九爻，也警告說「亢龍有悔」。人們的嗜好欲望日盛一日，身體虛弱的人多，溫和滋補的藥劑容易見到小的療效，堅信這種治療方法的人於是就多了。因此我說醫生用藥偏重於伐陽的，是韓非的刑名之學，偏重於補陽的，是商鞅的富強之術。剛開始用時都有功效，但如果其流弊積重不返，就會損傷根本，道理則是一樣的。雪蓮對於人體的滋補功能無法補償它對人體的損害，也是這個道理了。

【研析】天山上有雪蓮，高潔美麗。紀昀流放新疆，故而得以一睹雪蓮的芳容，並也了解了它的藥效。由此引發了紀昀的只有陰陽二氣達到平衡，人體才能康健的議論，並引申出治理國家也要剛柔相濟。其實，這與傳統儒家思想是一脈相承的。儒家講求中庸，反對偏激，因為只有中庸才能平和均衡，才能達到最理想的境界。

風穴

唐太宗❶〈三藏聖教序〉❷稱風災鬼難之域，似即今闢展❸土魯番❹地。其地沙磧中，獨行之人往往聞呼姓名，一應則隨去不復返。又有風穴在南山，其大如井，風不時從中出。每出，則數十里外先聞波濤聲，遲一二刻風乃至。所橫徑之路，闊不過三四里，可急行而避。避不及，則眾車以巨繩連綴為一，尚鼓動顛簸，如大江浪湧之舟。或一車獨遇，則人馬輜重皆輕若片葉，飄然莫知所往矣。風皆自南而北，越數日自北而南，如呼吸之往返也。余在烏魯木齊接闢展移文，云軍校雷庭，於某日人馬皆風吹過嶺北，無有蹤跡。又昌吉通判❺報，某日午刻，有一人自天而下，乃特納格爾遣犯徐吉，為風吹至。俄特納格爾縣丞報，徐吉是日逃。計其時刻，自巳正至午❻，已飛騰二百餘里。此在彼不為怪，在他處則異聞矣。徐吉云，被吹時如醉如夢，身旋轉如車輪，目不能開，耳如萬鼓之鳴，口鼻如有物擁蔽，氣不得出，努力良久，始能一呼吸耳。按：《莊子》❼稱：「大塊噫氣，其名為風。」氣無所不之，不應有穴。蓋氣所偶聚，因成斯異。猶火氣偶聚於巴蜀❽，遂為火井❾。水脈偶聚於于闐❿，遂為河源⓫云。

【章旨】此章記述了烏魯木齊至吐魯番之間一個風口颳大風時的情景，並探討了其形成的原因。

【注釋】❶唐太宗　即唐朝皇帝李世民，廟號太宗，故稱。❷三藏聖教序　全名〈大唐三藏聖教序〉，唐太宗應玄奘之請所作。敘述玄奘至印度求佛經及在中土翻譯傳播之事。❸闢展　城名。清雍正五年（一七二七年）建，城址在今新疆鄯善。❹土魯番　即吐魯番。烏魯木齊東吐魯番盆地中，氣候炎熱，盛產瓜果。❺通判　官名。宋初始於諸州府設置，即共同處理政務之意。地位略次於州府長官，但握有連署州府公事和監察官吏的實權，號稱「監州」。❻巳正至午指巳時中至午時，即上午十時至下午一時。巳時，上午九時至十一時。巳正，上午十時。午時，上午十一時至下午一時。❼莊子　書名。亦稱《南華經》，道家經典之一，莊子及其後學著。本文中引文出自《莊子・齊物論》。❽巴蜀　地區名。川東曰巴，川西曰蜀，泛指四川地區。今重慶市從四川省劃出，成為直轄市，巴地當指重慶。❾火井　四川盆地蘊藏著豐富的天然氣，從地下裂隙中冒出，自燃而不熄滅，當地人稱為火井。❿于闐　古西域國名。在今新疆和闐一帶。⓫河源　黃河發源地。古人地理知識不足，以為黃河發源於于闐。《漢書・西域傳》稱，黃河有二源，一出于闐，一出葱嶺。

【語譯】唐太宗在〈大唐三藏聖教序〉中所說的發生風災鬼難的地區，好像就是如今的闢展城吐魯番地方。這個地區在沙漠戈壁中，獨自行走的人往往能聽到有人呼叫他的姓名，一答應就隨聲而去不再回來。又有風穴在南山，它的大小像口井，風不時地從裡面吹出來。風每次吹出來，幾十里之外就能先聽到波濤般的聲音，過了一二刻的時間，風才颳過來。它所橫向吹過的途徑，寬度不過三四里，可以急速行進而避開它。如果來不及躲避，那麼眾多的車輛用大繩連接成一體，這些車輛尚且還會鼓動顛簸，就像大江波浪洶湧中的船隻。有時一輛車單獨碰到，那麼人馬行李都會輕得像片片樹葉，飄飄然不知道被風吹往哪裡去了。大風都是自南向北颳的，過了幾天，又自北向南颳，就像呼吸的一往一來。我在烏魯木齊接到闢展發來的公文，說軍校雷庭在某天連人帶馬被大風吹過嶺北，沒有了蹤跡。又，昌吉通判報告，某日午時有一個人從天而降，是特納格爾遣送的犯人徐吉，被大風吹來這裡的。不久特納格爾縣丞報告，徐吉在這天逃跑。計算他逃跑的時刻，從巳時中到午時，已經飛行了二百多里。這種事情在那裡並不為怪，在其他地區就是異聞了。徐吉說，他被大風吹起來的時候好像是喝醉了酒又好像是在做夢，身體旋轉如同車輪，眼睛不能睜開，耳朵裡像聽到萬鼓齊鳴的巨響，嘴巴和鼻子像有東西堵塞遮蔽，氣呼不出來，努力了好久，才能呼吸一次。按：《莊子》說：「大自然的呼吸，它的名稱叫風」。然而空氣無所不在，不應該有風穴儲存。大概是空氣的偶然聚集在一起，因而形成了這一奇異的現象。就像火氣的偶然結聚在巴蜀地區，就成為火井。地下流動的水脈偶然結聚在于闐地區，就成為黃河的源頭。

【研析】新疆吐魯番至烏魯木齊的必經之路上，有一風口，終日颳大風，有時甚至狂風。筆者曾坐車經過那裡，確實領略了狂風大作時坐在汽車裡的滋味。現在那裡已經修建了一座風力發電廠，充分利用風力資源，造福當地。紀昀記敘了這一風口颳大風時的情景，雖因科學知識的不足，無法對這一現象作出正確解釋，但也反映了其積極探索的科學精神。

狐仙讀經

何勵庵先生言：相傳明季有書生，獨行叢莽間，聞書聲琅琅。怪曠野那得有是，尋之，則一老翁坐墟墓間，旁有狐十餘，各捧書蹲坐。老翁見而起迎，諸狐皆捧書人立。書生念既解讀書，必不為禍，因與揖讓席地坐。問：「讀書何為？」老翁曰：「吾輩皆修仙者也。凡狐之求仙有二途：其一採精氣，拜星斗，漸至通靈變化，然後積修正果❶，是為由妖而求仙。然或入邪僻，則干天律❷。其途捷而危。其一先煉形為人，既得為人，然後講習內丹❸，是為由人而求仙。雖吐納❹導引❺，非旦夕之功，而久久堅持，自然圓滿。其途紆而安。顧形不自變，隨心而變，故先讀聖賢之書，明三綱❻五常❼之理，心化則形亦化矣。」書生借視其書，皆「五經」❽、《論語》❾、《孝經》❿、《孟子》⓫之類，但有經文而無注。問：「經不解釋，何由講貫？」老翁曰：「吾輩讀書，但求明理。聖賢言語，本不艱深，口相授受，疏通訓詁，即可知其義旨⑫，何以注為？」書生怪其持論乖僻，惘惘莫對，姑問其壽。曰：「我都不記。但記我受經之日，世尚未有印板書⑬。」又問：「閱歷數朝，世事有無同異？」曰：「大都不甚相遠。惟唐以前，但有儒者。北宋後，每聞某甲是聖賢，為小異耳。」書生莫測，一揖而別。後於途間遇此翁，欲與語，掉頭逕去。案：此殆先生之寓言。先生嘗曰：「以講經求科第，支離敷衍，其詞愈美而經愈荒。以講經立門戶，紛紜辯駁，其說愈詳而經亦愈荒。」語意若合符節。又嘗曰：「凡巧妙之術，中間必有不穩處。如步步踏實，即小有蹉失，終不至折肱傷足。」與所云修仙二途，亦同一意也。

【章旨】此章講述了一個藉著狐仙之口論述閱讀儒家經典要旨的寓言。

【注釋】❶正果　指學道修仙的人，精修得道叫正果。❷天律　上天的律條。❸內丹　同「外丹」相對。古代方士或神仙家以燒煉金石成丹為「外丹」，而以修煉自身的精、氣、神為「內丹」。❹吐納　中國古代的一種養生方法，即吐出惡蝕之氣，吸入清鮮空氣。後被道教承襲，聲稱這種吐納可以吸取「生氣」，吐出「死氣」，達到祛病延年而長生。❺導引　道家的一種養生方法，即呼吸俯仰，屈伸手足，使氣血充足，身體輕舉。後被道家神祕化為修仙的方法之一。❻三綱　指封建社會中三種主要的道德關係，即君為臣綱，父為子綱，夫為妻綱。綱是提綱的總繩。為綱，是居於主要和支配地位的意思。❼五常　指仁、義、禮、智、信。儒家用以配合「三綱」，作為維護封建等級制度的道德教條。❽五經　五部儒家經典。即《詩》、《書》、《禮》、《易》、《春秋》。❾論語　儒家經典之一。是孔子弟子及其再傳弟子關於孔子言行的記錄。❿孝經　儒家經典之一。十八章。作者各說不一，以孔門後學所作一說較為合理。論述封建孝道，宣傳宗法思想。⓫孟子　儒家經典之一。戰國時孟子及其弟子萬章等著。一說是孟子弟子及再傳弟子的記錄。⓬義旨　意義和宗旨。⓭印板書　即用雕板印刷的書籍。從實物和文獻記載來看，大多數學者認為發明於唐代。

【語譯】何勵庵先生說：相傳明代有個書生獨自在草木叢中行走，聽到琅琅的讀書聲，奇怪在空曠的野地裡哪能有這樣的讀書聲。循聲尋找，就看見一個老翁坐在墳墓中間，旁邊有十多隻狐狸，各自捧著書本蹲坐著。老翁看見書生起身迎接，那些狐狸都捧著書像人一樣地站立。書生心想這些狐狸既然懂得讀書，必定不會對人有禍害。因而同他們以禮相見，大家席地而坐。書生問：「為了什麼讀書？」老翁回答說：「我們都是修仙的。凡是狐狸求仙有兩條途徑：其一是採天地精氣，拜星斗，漸漸達到通靈變化的地步。然後積年修煉而成正果，這是由妖而求仙之路。但是有可能入了邪僻之途，就觸犯了天條。這條路迅捷而危險。另一條路是先修煉形成為人，既然得以成為人，然後講求修煉內丹，這是由人而求仙。雖然吞吐導引的修煉，不是一朝一夕的功夫，然而長久地堅持，自然能夠功德圓滿。這條路曲折而安全。但是形體不能自己變化，而是隨著內心的變化而變化。所以先讀聖賢的書，明白三綱五常的道理。內心變化形體也就變化了。」書生把他們讀的書拿來看，都是「五經」、《論語》、《孝經》、《孟子》之類的儒家經典，但只有經文而沒有注釋。書生問：「經書沒有解釋，怎麼能夠講解貫通？」老翁說：「我們讀書，只求明白道理。聖賢的言語，本來不艱深，口頭講授與接受，疏通解釋詞義，就可以知道它的義理要旨，要注釋做什麼？」書生奇怪他所持的議論乖僻，惘惘然不知如何回答，姑且問他有多大年歲了。老翁回答說：「我都記不得了。只記得我學習經書的日子，世上還沒有雕板印刷的書籍。」書生又問：「經歷了幾個朝代，世事有沒有相同和相異的地方？」老翁回答說：「大都相差不太遠。只是唐朝以前，只有儒家學者。北宋以後，常聽說某某是聖賢，這點小有差別罷了。」書生聽了覺得奇妙莫測，作揖而別。後來在途中遇見這個老翁，書生想要同他說話，老翁卻掉轉頭徑自走了。案：這大概是何勵庵先生說的寓言。何勵庵先生曾經說：「用講經文求取科第出身，用支離破碎的儒家經義來應付科舉考試，文章的言詞愈漂亮而儒家經義就愈荒疏。學者用講解儒家經文而自立門戶，眾說紛紜，互相辯論駁難，他們的講說愈詳細而儒家經義也就愈荒疏。」他說的話切中了要害。何勵庵先生又曾經說：「凡是巧妙的手段方法，其中必然有不穩妥的地方。如果步步踏實，即使有小的挫折失誤，終究不至於到了損傷肢體的程度。」這同老翁所說的修仙的兩條途徑，也是同一個意思。

【研析】藉老翁之口說出對歷代儒生妄解儒家經典的不滿。紀昀也明白這一道理，故把這個故事稱為寓言。其實，儒生解經，就是立說，即利用解釋儒家經典，建立自己的學說。自董仲舒以來，歷代解經之作層出不窮，而漢學、玄學、程朱理學、王陽明心學等等影響中國社會的思想學說也相繼出現，這種學說反映的是當時社會的思想認識，與先秦儒家思想有相承的一面，更有發展的一面。如果不認識這一點，就會把後代儒生的觀點誤認為是先秦聖賢之說了。

臥虎山人

有扶乩❶者，自江南來。其仙自稱臥虎山人，不言休咎❷，惟與人唱和詩詞，亦能作畫。畫不過蘭竹數筆，具體而已。其詩清淺而不俗，嘗面見下壇一絕云：「愛殺嫣紅映水開，小停白鶴一徘徊。花神怪我衣襟綠，才藉莓苔穩睡來。」又詠舟，限車字。詠車，限舟字。曰：「淺水潺潺二尺餘，輕舟來往興何如？回頭岸上春泥滑，愁殺疲牛薄笨車。」「小車轣轆駕烏牛，載酒聊為陌上❸遊。莫羨王孫金勒馬，雙輪徐轉穩如舟。」其餘大都類此。問其姓字，則曰：「世外之人，何必留名。必欲相迫，有杜撰應命而已。」甲與乙共學其符，召之亦至，然字多不可辨，扶乩者手不習也。一日，乙焚符，仙竟不降。越數日再召，仍不降。後乃降於甲家，甲叩乙召不降之故。仙判曰：「人生以孝弟為本，二者有慚，則不可以為人。此君近與兄析產，隱匿千金；又詭言父有宿逋❹，當兄弟共償，實掩兄所償為己有。吾雖方外❺閒身，不預人事，然義不與此等人作緣。煩轉道意，後毋相瀆。」又判示甲曰：「君近得新果，遍食兒女，而獨忘孤侄，使啜泣竟夕。雖是無心，要由於意有歧視。後若再爾，吾亦不來矣。」先姚安公曰：「吾見其詩詞，謂是靈鬼；觀此議論，似竟是仙。」

【章旨】此章講述了扶乩降仙的故事。

【注釋】❶扶乩　「扶」即「扶架子」，「乩」指「卜以問疑」。將木製的丁字架放於沙盤上，由兩人各扶一端，依法請神，木架下垂部分即在沙上畫成文字，作為神的啟示，或與人唱和，或示人吉凶等等。❷休咎　指人的吉凶禍福。❸陌上　田間的小路。❹宿逋　舊欠；積欠。古時一般指滯納的賦稅。❺方外　世外。謂超然於世俗禮教之外。語出《莊子．大宗師》：「彼遊方之外者也。」杜甫〈逼仄行贈畢曜〉：「街頭酒價常苦貴，方外酒徒稀醉眠。」後因稱僧道為方外。

【語譯】有一個扶乩的人從江南來，他所請來的仙人自稱是臥虎山人，不談人的吉凶禍福，只與人做些詩詞唱和，也能作畫。所作的畫不過是蘭竹數筆，大體具備而已。他的詩清淺而不俗。我曾經當面見到他寫的一首下壇絕句道：「極愛嫣紅的花朵映照著水面開放，暫時停留的白鶴在花間徘徊。花神怪我衣襟是綠色的，因為我才靠著青苔安穩地睡著。」又寫詠舟的詩，限車字韻；詠車的詩，限舟字韻。詩寫道：「淺淺的流水潺潺二尺多深，輕舟來來往往興致如何？回頭看見岸上春泥路滑，愁殺疲憊的老牛拉著笨重的車。」「小車轆轆駕著黑牛，載著酒且到田間遊玩。不要羨慕公子王孫拉車是用黃金絡頭的駿馬，雙輪徐徐轉動穩當如同小舟。」其餘詩大都與此類似。問他的姓名表字，就說：「世外之人，何必留下姓名。一定要相逼迫，只有杜撰一個姓名來遵命罷了。」甲同乙一起向他學習畫符，召他也來。但是扶乩寫的字多半不可辨認，是因為扶乩人的手勢不熟練。一天，乙焚燒了符，仙人竟然不降臨。過了幾天再召他，仙人仍舊不降臨。後來仙人就降臨在甲家，甲詢問乙召喚仙人為什麼不降臨的緣故，仙人下判語道：「人生以孝悌為根本，如果這二者有愧於心，就不可以作為人。乙這個人近來同他的哥哥分家，隱藏起千兩銀子。又謊說父親有舊債，應當兄弟共同償還，實際是想吞沒他哥哥所償還的那些財產據為己有。我雖然是世外閒散之人，不管人間的事，然而在道義上不同這等人打交道。煩請轉達我的這個意思，以後不要再來褻瀆我。」又下判語告訴甲說：「您近來得到新鮮果品，兒女們全都吃到了，而唯獨忘記了孤苦的侄子，使他哭泣了一夜。雖然是出於無心，總還是由於心中有所歧視。以後如果再如此，我也不來了。」先父姚安公說：「我見到他的詩詞，以為是靈鬼；觀看這番議論，似乎竟然是仙人。」

【研析】扶乩本是一種江湖術士用來騙人錢財的勾當，何來那麼多仙人陪你遊戲？其實就是扶乩之人一手操辦的。扶乩人創造的這個「臥虎山人」卻有雅興，寫的詩也清新脫俗。更重要的是富有正義同情之心，對於那些齷齪不平之事敢於正面批評，故而姚安公會認為他幾乎是仙人了。

孟夫人

廣西提督❶田公耕野，初娶孟夫人，早卒。公官涼州鎮❷時，月夜獨坐衙齋，恍惚夢夫人自樹杪翩然下，相勞苦如平生，曰：「吾本天女❸，宿命當為君婦，緣滿仍歸。今過此相遇，亦餘緣之未盡者也。」公問：「我當終何官？」曰：「官不止此，行去矣。」問：「我壽幾何？」曰：「此難言。公卒時不在鄉里，不在官署，不在道途館驛，亦不歿於戰陣，時至自知耳。」問：「歿後尚相見乎？」曰：「此在君矣。君努力生天，即可見，否即不能也。」公後征叛苗，師還，卒於戎幕❹之下。

【章旨】此章講述了一個妻子的鬼魂與丈夫相遇的故事。

【注釋】❶提督　清制設提督軍務總兵官，簡稱提督，一般為一省的高級武官，但仍受總督或巡撫節制。沿江沿海地區則專設水師提督。❷涼州鎮　今甘肅武威。清雍正二年（一七二四年）以涼州衛改置，一九一三年廢。❸天女　即天上的仙女。❹戎幕　指軍隊行軍作戰時住宿的軍帳。

【語譯】廣西提督田耕野先生，最初娶的是孟夫人，孟夫人早死，田先生鎮守涼州時，月夜下獨自坐在官衙裡，恍恍惚惚夢見孟夫人從樹梢上翩然而下，夫妻兩人互相慰勞問候如同平時。孟夫人說：「我本來是天上的仙女，命裡注定應當做您的妻子，緣分滿了仍然歸去。現在經過這裡與您相遇，也是餘下的緣分沒有盡的緣故。」田先生問：「我應當最終做什麼官？」孟夫人回答說：「官位不止於現職，您將要離任了。」田先生問：「我的壽命有多長？」孟夫人回答說：「這個難說。您死時不在鄉里，不在官衙，不在道路上的館舍驛站，也不死於戰場，時候到了自然知道。」田先生問：「死後還能相見嗎？」孟夫人回答說：「這個在您自己了，您生前努力修德，死後能夠升天，我們就可以相見，否則就不能相見了。」

田先生後來征伐叛亂的苗民，回師之時，在軍營中去世了。

【研析】這個故事講的還是宿命。古人相信命運生前注定，所謂的「生死有命，富貴在天」，但後天並非不可努力。如文中所講的妻子要丈夫生前努力修德，死後爭取升天，夫妻團圓，即含有勸人向善的意思。

狐戲魏藻

奴子魏藻，性佻蕩，好窺伺婦女。一日，村外遇少女，似相識而不知其姓名居址。挑與語，女不答而目成，徑西去。藻方注視，女回顧若招。即隨以往，漸逼近。女面赬，小語曰：「來往人眾，恐見疑。君可相隔小半里，俟到家，吾待君牆外車屋中，棗樹下繫一牛，旁有碌碡❶者是也。」既而漸行漸遠，薄暮將抵李家窪，去家三十里矣。宿雨初晴，泥將沒脛，足趾亦腫痛。遙見女已入車屋，方竊喜，趨而赴。女方背立，忽轉面乃作羅剎❷形，鋸牙鉤爪，面如靛，目睒睒❸如燈。駭而返走，羅剎急追之。狂奔二十餘里，至相國莊，已屆亥初❹。識其婦翁門，急叩不已。門甫啟，突然衝入，觸一少女仆地，亦隨之仆。諸婦怒譟，各持搗衣杵亂捶其股。氣結不能言，惟呼「我我」。俄一媼持燈出，方知是婿，共相驚笑。次日以牛車載歸，臥床幾兩月。當藻來去時，人但見其自往自還，未見有羅刹，亦未見有少女。豈非以邪召邪，狐鬼乘而侮之哉？先兄晴湖曰：「藻自是不敢復治遊❺，路遇婦女，必俯首。是雖謂之神明示懲，可也。」

【章旨】此章講述了一個輕薄少年遭狐仙懲治的故事。

【注釋】❶碌碡　也叫「磟碡」、「輥軸」。一種用於輾壓莊稼脫粒的畜力農具。一般由木框架和圓柱形的石磙子構成。北方農村都有。❷羅刹　傳說中的惡鬼。❸睒睒　光芒閃爍貌。❹亥初　二十一時至二十二時之間。亥，十二時辰之一，即二十一時至二十三時。❺治遊　出遊尋樂。

【語譯】奴僕魏藻，性格輕佻放蕩，喜歡偷看婦女。有一天，他在村外遇見一位少女，似曾相識，但不知道她的姓名住址。魏藻挑逗與她說話，女子不回答，卻眉目傳情，徑自朝西面走去。魏藻正注視著她看，那女子回頭看看魏藻，好像是在招呼他。魏藻就跟隨著那女子而去，漸漸逼近那女子，女子臉紅了，小聲說道：「來往人多，恐怕被人家疑心。您可以與我相隔不到半里的距離。等到了家，我在牆外車屋裡等您，棗樹下拴著一頭牛，旁邊有石碌碡的就是。」之後魏藻漸漸越走越遠，傍晚時分將要到達李家窪，離家有三十里路了。昨夜下雨剛晴，路上泥水將要淹沒小腿，魏藻的腳趾也腫痛起來。他遠遠看見女子已進入車屋，正在暗暗喜歡，急忙快步趕過去進入車屋。女子背對著他站立，忽然轉過臉來，竟然現出羅刹惡鬼的形狀，鋸齒般的利牙，鉤子般的爪子，面孔是靛藍色的，目光閃亮如燈。魏藻驚嚇得回頭就跑，羅刹鬼急步追上來。魏藻狂奔了二十多里，跑到相國莊時，已經到了亥初時分了。魏藻認識這是自己丈人家的門，急忙不停地敲門。門剛打開，魏藻就突然衝進去，撞得一位少女倒在地上，他也隨著向前跌倒。婦女們憤怒地叫罵，各自拿了搗衣棒亂打他的大腿。魏藻氣急之下不能說話，只是呼叫「我我」。一會兒，一個老婦拿了燈出來，才知道是女婿，大家都又吃驚又好笑。第二天，丈人家用牛車載魏藻回家，魏藻躺在床上幾乎有兩個月。當魏藻跟著少女前去和跑回來的時候，人們只見到他是自己去自己回來的，沒有看見有羅剎鬼，也沒有看見有少女，莫非是因為魏藻心生邪念而召來妖邪，狐鬼乘機而侮辱他嗎？先兄晴湖說：「魏藻從此以後不敢出去尋歡作樂，路上遇到婦女，必定低下頭來。把這件事稱之為神明顯示懲戒是可以的。」

【研析】調戲婦女，理應受到懲戒。這也是魏藻咎由自取，怨不得旁人。這個故事可為輕薄少年戒。在封建社會，婦女為了保護自己而採取非常手段，也是迫不得已，如本卷的〈茘姐智退狂徒〉則和此則有異曲同工之妙。

墮井不死

去余家十餘里，有瞽者❶姓衛。戊午❷除夕❸，遍詣常呼彈唱家辭歲，各與以食物，自負以歸。半途，失足墮枯井中。既在曠野僻徑，又家家守歲❹，路無行人，呼號嗌乾❺，無應者。幸井底氣溫，又有餅餌可食，渴甚則咀水果，竟數日不死。會屠者王以勝驅豕歸，距井猶半里許，忽繩斷豕逸，狂奔野田中，亦失足墮井。持鉤出豕，乃見瞽者，已氣息僅屬矣。井不當屠者所行路，殆若或使之也。先兄晴湖問以井中情狀。瞽者曰：「是時萬念皆空，心已如死，惟念老母臥病，待瞽子以養。今並瞽子亦不得，計此時恐已餓莩，覺酸徹肝脾，不可忍耳。」先兄曰：「非此一念，王以勝所驅豕必不斷繩。」

【章旨】此章講述了一位盲人失足跌落枯井幸而獲救的故事。

【注釋】❶瞽者　眼睛失明的人。即盲人。❷戊午　即清乾隆三年，西元一七三八年。❸除夕　一年最後一天的晚上。也指一年的最後一天。❹守歲　民間風俗，農曆除夕全家團聚，終夜不睡，以待天明，叫做「守歲」。❺嗌乾　指喊啞了嗓子。嗌，咽喉。

【語譯】離我家十多里路的地方，有一個盲人姓衛。乾隆三年的除夕那天，他到所有經常叫他去彈唱的人家辭歲，各家都給了他食物，他便自己背著這些東西回家。走在半路上，他失足掉到一口枯井裡。因為是在空曠的野地裡，路徑偏僻，又家家戶戶都在守歲，所以路上沒有行人。他大聲呼叫，喊得咽喉乾啞，也沒有人答應他。幸而井底氣溫暖和，又有糕餅可以吃，渴得厲害了就吃水果，這位盲人竟然幾天沒有死。碰巧屠夫王以勝趕著豬回家，離開枯井還有半里路光景的時候，那頭豬忽然掙斷了繩子逃跑，在荒野的田地裡狂奔，也失足掉到這口枯井裡。王以勝拿鉤子弄出了豬，才發現在枯井裡的這位盲人，盲人已經奄奄一息了。那口枯井不在屠夫王以勝回家的必經之路上，卻彷彿是有一種什麼力量使他走到這裡。先兄晴湖問起當時在枯井裡的情況，這位盲人說：「我當時萬念都空，心已經如同死去。只是想到老母親臥病，等待瞎眼的兒子來奉養。現在她連瞎眼的兒子也不能得了，料想這時候恐怕已經餓死了。於是覺得心酸痛苦，深入肝脾，不能夠忍受罷了。」先兄說：「不是這一個念頭，王以勝所趕的豬必定不會掙斷繩子。」

【研析】衛姓盲人得以不死，純屬巧合，並非冥冥之中真有神靈保佑。紀昀講述這個故事，其用意在於勸世，即古人提倡的心存善念，神鬼必知，以勸人向善。古代社會，維繫社會秩序，調整社會關係，不僅要靠強權的力量，更多的時候是靠道德的力量。這種道德力量來自多方面，如傳統、倫理、儒家思想、宗教，甚至民俗。不了解或不理解這些，就沒有真正懂得中國社會，懂得中國百姓。

劇盜齊大

齊大，獻縣❶劇盜❷也。嘗與眾行劫，一盜見其婦美，逼汙之。刃脅不從，反接其手，縛於橙，已褫下衣，呼兩盜左右挾其足矣。齊大方看莊（盜語謂屋上瞭望以防救者為看莊），聞婦呼號，自屋脊躍下，挺刃突入曰：「誰敢如是，吾不與俱生！」洶洶欲鬥，目光如餓虎。間不容髮之頃，竟賴以免。後群盜並就捕駢誅，惟齊大終不能弋獲❸。群盜云，官來捕時，齊大實伏馬槽下。兵役皆云，往來搜數過，惟見槽下朽竹一束，約十餘竿，積塵汙穢，似棄置多年者。

【章旨】此章講述了一個大盜因救一名婦女免遭強暴而逃脫懲罰的故事。

【注釋】❶獻縣　在河北中部偏南，縣城東有漢獻王陵。❷劇盜　大盜。❸弋獲　射得。《詩・大雅・桑柔》：「如彼飛蟲，時亦弋獲。」鄭玄箋：「猶鳥飛行自恣，東西南北，時亦為弋射者所得。」後亦稱緝獲盜賊為「弋獲」。

【語譯】齊大，是獻縣的大盜。曾經同強盜們一起搶劫。一個強盜看到這家的女人美貌，逼著要姦汙她。強盜用刀威脅而女子不服從，就反綁這個女子的手，縛在凳上，已經剝去她的下身衣服，叫兩個強盜在左右兩邊挾住她的腿了。齊大正在看莊（強盜的行話，稱在屋上望風以防止救助叫看莊），聽到女人的號叫，從屋脊上跳下，挺著刀衝進來說：「誰敢做這樣的事，我就不同他一起活在世上！」齊大氣勢洶洶地要打鬥，目光如同飢餓的老虎。就在這千鈞一髮的時刻，由於齊大的到來，那女人才得以免遭強暴。

後來這些強盜都被捕獲並被處死，只有齊大始終不能緝獲。強盜們說，官兵來追捕時，齊大其實就趴伏在馬槽下面。兵丁差役都說，來來往往搜了幾遍，只看見馬槽下有朽枯的竹子一捆，約有十多根，積滿了塵土，汙穢不堪，好像是棄置多年的東西。

【研析】古人說：「盜亦有道。」齊大因為劫財不劫色，故而逃脫一死。但劫財亦非善事。雖然劫財者往往打著劫富濟貧的旗號，但為了自己發財的居多。如魯迅筆下的阿Q，到魯鎮去了一趟，就發了筆小財回未莊，連平時根本不把阿Q放在眼裡的趙老太爺都想巴結他，得到些好處。農民式的劫富濟貧，如同阿Q的革命，從來就不值得肯定。

打包僧

張明經❶晴嵐言：一寺藏經閣❷上有狐居，諸僧多棲止閣下。一日，天酷暑，有打包僧❸厭其囂雜，徑移坐具住閣上。諸僧忽聞梁上狐語曰：「大眾且各歸房，我眷屬不少，將移住閣下。」僧問：「久居閣上，何忽又欲據此？」曰：「和尚在彼。」問：「汝避和尚耶？」曰：「和尚佛子，安敢不避？」又問：「我輩非和尚耶？」狐不答。固問之，曰：「汝輩自以為和尚，我復何言！」從兄懋園聞之曰：「此狐黑白太明，然亦可使三教❹中人，各發深省。」

【章旨】此章講述了狐仙區別對待真假僧人的故事。

【注釋】❶明經　唐代科舉制度中科目之一。與進士科並列，主要考試經義。清代用作貢生的別稱。❷藏經閣　佛教寺廟中保存佛經的建築物。❸打包僧　即雲遊僧。謂其所帶行李不多，僅打成一包而已。❹三教　指儒教、道教、佛教。

【語譯】貢生張晴嵐說：一所寺院的藏經閣上有狐仙居住，和尚們大多住宿在閣下。有一天，氣候酷熱，有一個雲遊和尚厭煩藏經閣下和尚們的嘈雜，直接搬了自己坐臥的用具住到了藏經閣樓上。和尚們忽然聽到屋樑上有狐仙說話道：「大家暫且各自回到房間去，我的家眷不少，將要搬到閣下來住。」和尚們問：「你們長久住在閣上，為什麼忽然又要占據這裡？」狐仙回答說：「和尚住在那裡了。」和尚們問：「你迴避和尚嗎？」狐仙回答說：「和尚是佛子，怎麼敢不迴避？」和尚們又問：「我們不是和尚嗎？」狐仙不回答。和尚們再三問他，狐仙才回答說：「你們自以為是和尚，我還有什麼好說的！」堂兄懋園聽到這個故事後說：「這個狐仙黑白太分明，但也可以使儒家、佛教、道教這三教中人各自深刻反省。」

【研析】並非受了戒、穿了僧衣就是和尚，那只是一種形式。而要成為真正的和尚，還在於真心向佛，胸無雜念。禪宗說人人心中有佛，只在一念之間。這講的是頓悟，講求心性的體悟，這與宋明理學就有了相通的途徑。故而懋園先生要求儒、佛、道三教之人都能深刻反省，道理也在這裡。

謀奪人妻

甲見乙婦而豔之，語於丙。丙曰：「其夫粗悍，可圖也。如不吝揮金，吾能為君了此事。」乃擇邑子❶冶蕩者，餌以金而屬之曰：「爾白晝潛匿乙家，而故使乙聞。待就執，則自承欲盜。白晝非盜時，爾容貌衣服無盜狀，必疑姦，勿承也。官再鞫而後承，罪不過枷杖❷。當設策使不竟其獄，無所苦也。」邑子如所教，獄果不競。然乙竟出其婦。丙慮其悔，教婦家訟乙，又陰賂證佐，使不勝。乃恚而別嫁其女。乙亦決絕，聽其嫁。甲重價買為妾。丙又教邑子反噬甲，發其陰謀，而教甲賂息❸。計前後乾沒❹千金矣。適聞家廟社會❺，力修供具賽神❻，將以祈福。先一夕，廟祝❼夢神曰：「某金自何來？乃盛儀以饗我。明日來，慎勿令入廟。非禮之祀，鬼神且不受，況非義之祀乎！」丙至，廟祝以神語拒之。怒弗信，甫至階，舁者顛蹶，供具悉毀，乃悚然返。後歲餘，甲死。邑子以同謀之故，時往來丙家，因誘其女逃去。丙亦氣結死，婦攜資改適。女至德州❽，人詰得姦狀，牒送回籍，杖而官賣。時丙姦已露，乙憾甚，乃鬻產贖得女，使薦枕❾三夕，而轉售於人。或曰，丙死時，乙尚未娶，丙婦因嫁焉。此故為快心之談，無是事也。邑子後為丐，女流落為娼，則實有之。

【章旨】此章講述了兩個惡人設圈套謀奪他人妻子，最後遭報應的故事。

【注釋】❶邑子　指鄉里的青年人。❷枷杖　上枷並受杖刑。❸賂息　行賄以求息事。❹乾沒　此處指侵吞他人財物。❺社會　指古時鄉村春、秋祀社之日或其他節日的集會。社，指土地神。❻賽神　還願；酬神。❼廟祝　神廟裡管理香火的人。❽德州　市名。在山東西北部，鄰接河北，為山東西北部交通中心之一。❾薦枕　指女子陪人睡覺。

【語譯】甲某看見乙某的妻子而豔羨她的美麗，對丙某說起，丙某說：「這個女人的丈夫粗魯凶悍，可以想辦法圖謀的。如果您不吝惜花費錢財，我能夠為您辦到這件事。」於是丙某選擇同里的一個浪蕩子，用金錢引誘並囑咐他說：「你在白天暗地裡隱藏在乙某家，而且要故意讓乙某知道。等到你被抓住，就自己承認想偷竊。白天不是偷竊的時候，你的容貌衣服沒有小偷的樣子，乙某必定懷疑你有姦情，你不要承認。官府審問時你再承認，罪不過是上枷、受杖刑，我會設法使這個案子不了了之，你不會吃什麼苦的。」這個浪蕩子如他所教的那樣做，案子果然不了了之。但是乙某竟然休了自己的妻子。丙某耽心乙某後悔，教唆乙某妻子的娘家訴訟乙某，又暗地裡賄賂作證的證人，使案子不能勝訴。於是乙某妻子的娘家憤怒而把女兒另嫁。乙某也與妻子決絕，聽任她再嫁。甲某就用重金把這個女子買來做小妾。丙某又教唆浪蕩子反咬甲某，揭發甲某的陰謀，而教甲某用賄賂浪蕩子來平息這件事。計算前後的收入，丙某在這件事上侵吞有一千兩銀子。這時丙某聽說家廟舉行賽會，就盡力準備賽神所用的祭祀用品，打算用以祈禱求福。在祭祀的前一天晚上，廟祝夢見神說：「某人的金錢從何而來？居然用豐盛的禮物來祭獻我。明天來，千萬不要讓他入廟。不合禮儀的祭祀，鬼神尚且不接受，何況是不義的祭祀呢！」丙某來到廟前，廟祝用神的話拒絕他人廟，丙某發怒而不相信，剛走到廟堂石階前，那些抬供品的人跌倒在地，準備的供品全都毀壞，於是丙某恐懼地回去了。之後過了一年多，甲某死了。浪蕩子因為同謀的緣故，經常來往於丙某的家裡，就誘拐他的女兒逃走。丙某也因為怒氣鬱結而死，他的妻子攜帶家財改嫁。丙某的女兒到了德州，被人查出私奔的情狀，一紙公文將她遣送回原籍，受杖刑後由官府發賣。這時丙某的奸謀已經敗露，乙某十分憤恨，於是變賣家產贖得丙某的女兒，讓她陪著自己睡了三個晚上，而後轉賣給他人。有人說，丙某死的時候，乙某還沒有娶妻子，丙某的妻子就嫁給了他。這是故意編造出來使人稱心快意的話，實際沒有這樣的事。浪蕩子後來成為乞丐，丙某的女兒流落成為娼妓，那倒是確有其事的。

【研析】設置圈套謀奪他人妻子，並藉機為自己謀財，甲某心存歹念，而丙某更是用心險惡，兩人都遭果報，正是紀昀想要告訴大家的因果報應的道理。這裡，乙某看上去在整個事件中似乎是無辜的，實際卻是甲某、丙某計謀成功的主要環節。如果沒有乙某的偏信和粗魯，甲某、丙某設下的圈套豈能成功？真正無辜的是乙某的妻子，但在這個故事裡，她只是情節發展的一個因素，並沒有引得紀昀的多少同情。

木客談詩

益都❶李詞畹言：秋谷先生❷南游日，借寓一家園亭中。一夕就枕後，欲製一詩。方沉思間，聞窗外人語曰：「公尚未睡耶？清詞麗句，已心醉十餘年。今幸下榻此室，竊聽緒論，雖已經月，終以不得質疑問難為恨。慮或倉卒別往，不罄所懷，便為平生之歉。故不辭唐突，願隔窗聽揮麈❸之談。先生能不拒絕乎？」秋谷問：「君為誰？」曰：「別館幽深，重門夜閉，自斷非人跡所到。先生神思夷曠，諒不恐怖，亦不必深求。」問：「何不入室相晤？」曰：「先生襟懷蕭散，僕亦倦於儀文，但得神交，何必定在形骸之內耶？」秋谷因日與酬對，於六義❹頗深。如是數夕，偶乘醉戲問曰：「聽君議論，非神非仙，亦非鬼非狐，毋乃山中木客解吟詩❺乎？」語訖寂然。穴隙窺之，缺月微明，有影蓬蓬然，掠水亭簷角而去。園中老樹參雲，疑其木魅矣。詞畹又云：秋谷與魅語時，有客竊聽。魅謂漁洋山人❻詩如名山勝水，奇樹幽花，而無寸土蓺五穀；如雕欄曲榭，池館宜人，而無寢室庇風雨；如彝鼎❼罍洗❽，斑斕滿几，而無釜甑供炊爨；如纂組錦繡，巧出仙機，而無裘葛御寒暑；如舞衣歌扇，十二金釵，而無主婦司中饋；如梁園❾金谷❿，雅客滿堂，而無良友進規諫。秋谷極為擊節。又謂明季詩庸音雜奏，故漁洋救之以清新；近人詩浮響日增，故先生救之以刻露。勢本相因，理無偏勝。竊意二家宗派，當調停相濟，合則雙美，離則兩傷。秋谷頗不平之云。

【章旨】此章藉「木客」之口論述了對清初王士禛、趙執信兩家不同詩風的一些看法。

【注釋】❶益都　縣名。在山東中部。❷秋谷先生　即趙執信。字仲符，號秋谷，清益都人。康熙進士。官右贊善。工詩。其詩學主張與王士禛不同，反對王士禛的神韻說。曾著《談龍錄》一卷，專攻王士禛。❸揮麈　晉人清談時，常揮動麈尾以為談助。後因稱談論為揮麈。麈，即我國特有的動物四不像。古時用牠的尾巴做拂塵，視為風雅之物。❹六義　《詩經》學名詞。《詩・大序》：「故詩有六義焉：一曰風，二曰賦，三曰比，四曰興，五曰雅，六曰頌。」❺山中木客解吟詩　宋大文豪蘇軾詩句。典故出自《水經注・漸江水》：「句踐使工人伐榮楯，欲以獻吳，久不得歸，工人憂思，作〈木客吟〉。」後將木客附會為山中的精怪。❻漁洋山人　即清朝詩人王士禛，號漁洋山人。山東新城（今桓台）人。順治進士。官至刑部尚書。論詩創神韻說，門生眾多，影響很大。著有《漁洋山人精華錄》。❼彝鼎　古代宗廟常用祭器。❽罍洗　古代青銅器具。罍，古代酒具。洗，古代盥洗用的青銅器皿，形似淺盆。❾梁園　園名。即兔園。漢代梁孝王劉武所造。故址在今河南商丘東。梁王好賓客，門下食客滿門。❿金谷　地名，也稱金谷澗。在河南洛陽西北。有水流經此，稱金谷水。晉太康中石崇築園於此，即世傳的金谷園。

【語譯】益都人李詞畹說：秋谷先生到南方遊歷時，借住在一戶人家花園的亭子裡。一天晚上，秋谷先生上床躺下後，想做一首詩。正在沉思之間，聽到窗外有人說道：「您還沒睡嗎？對您清麗的文詞詩句，我已心醉了十多年。現今先生幸而下榻在這個房間，暗中聽到您的高論，雖然已有一個月了，始終因為沒有機會向您請教探討疑難問題感到遺憾。耽心您或者會突然到別處去，不能夠盡情傾吐我的心裡話，這就會成為我一生的憾事了。所以不揣冒昧，希望隔窗聽您的談論，先生不會拒絕吧？」秋谷先生問：「您是誰？」回答說：「別墅幽深，道道大門夜間都關閉著，自然不是人跡所能到的。先生神思平和曠達，想來不會感到恐怖，也不必深究了。」秋谷先生問：「為什麼不進房間會晤呢？」回答說：「先生的胸懷瀟脫閒散，我也對禮儀形式感到厭倦。只要兩人能夠神交，何必非得彼此形體接觸呢？」秋谷先生於是每天同他應酬問答，對《詩經》的六義探討頗為深刻。就這樣繼續了幾個晚上。一天，秋谷先生偶爾乘著醉意戲問道：「聽您的議論，不是神不是仙，也不是鬼不是狐，莫非是蘇東坡詩中所說的『山中樹木的精怪懂得吟詩』嗎？」秋谷先生話剛說完窗外就頓時寂然無聲了。秋谷先生從窗的縫隙中偷偷朝外觀看，只見在殘月的微光中，有個模模糊糊的影子掠過水亭的簷角而去。花園裡古老的樹木高聳入雲，秋谷先生懷疑每天和自己談話的是樹木的精怪。李詞畹又說：秋谷先生同精怪談話時，有人暗中偷聽。精怪說漁洋山人的詩就像名山勝水，奇樹幽花，而沒有一寸土地種植五穀雜糧；如同雕刻的欄杆、曲折的臺榭，池苑館舍，景色宜人，而沒有寢室遮蔽風雨；如同彝鼎罍洗這類古玩器皿，色彩錯雜燦爛，堆滿几案，而沒有鍋甑這樣的炊具供燒火煮飯；如同彩帶錦繡，精巧得就像出自仙人的織機，而沒有皮袍布衣來抵禦寒暑；如同輕歌曼舞，姬妾眾多，而沒有主婦來主持家政料理飲食；如同梁孝王的兔園，石崇的金谷園，有滿堂風雅的客人，而沒有良友進規勸諫諍的話。秋谷極為讚賞。精怪又說明末的詩如平庸的音樂，雜亂鳴奏，所以漁洋山人用清新的詩風來挽救；近人的詩浮華的聲響日日增加，所以先生用深刻顯豁的詩風來挽救。其實，這兩派詩風本有相承關係，從情理上說不應一方勝過另一方。私下考慮兩家的宗派，應當調和互補，合則雙美，離則兩傷。秋谷先生對這番議論很不以為然。

【研析】漁洋山人提倡寫詩講求神韻，一反明代末年頹靡的詩風，使詩壇清新脫俗，令人耳目一新。但過分強調神韻，也就難免偏差。趙執信專攻其弊，故也留名後世。文中所評析的神韻說之不足、王、趙兩家主張之不同、兩家相承之關係，無不切中要害。只是作者不願正面表達，故假託「木客」之口。這也是古人常用的一種手法。

賣藥道士

烏魯木齊有道士賣藥於市。或曰，是有妖術，人見其夜宿旅舍中，臨睡必探佩囊，出一小壺盧❶，傾出黑物二丸，即有二少女與同寢，曉乃不見。問之，則云無有。余憶《輟耕錄》❷周月惜事，曰：「此乃所採生魂❸也，是法食馬肉則破。」適中營有馬死，遣吏密囑旅舍主人，問道士有馬肉可食否？道士掉頭曰：「馬肉豈可食？」余益疑，擬料理之。同事陳君題橋曰：「道士攜少女，公未親見。周月惜事，出陶九成❹小說，亦未知真否。所云馬肉破法，亦未知驗否。公信傳聞之詞，據無稽之說，遽興大獄，似非所宜。塞外不當留雜色人，飭所司驅之出境，足矣。」余乃止。後將軍溫公❺聞之曰：「欲窮治者太過。倘畏刑妄供別情，事關重大，又無確據，作何行止？驅出境者太不及。倘轉徙別地，或釀事端，云曾在烏魯木齊久住，誰職其咎？形跡可疑人，關隘例當盤詰搜檢，驗有實證，則當付所司；驗無實證，則具牒❻遞回原籍，使勿惑民，不亦善乎？」余二人皆服公之論。

【章旨】此章講述了作者當年在烏魯木齊時如何處置江湖道士的故事。

【注釋】❶壺盧　即葫蘆。❷輟耕錄　一名《南村輟耕錄》。元末明初陶宗儀所編撰的筆記。三十卷。於天文曆算、地理氣象、歷史文物、典章掌故、社會風俗等無所不載，有重要的研究價值。❸採生魂　古代傳說的一種能拘禁活人魂魄的邪術。❹陶九成　即陶宗儀。字九成，號南村，黃巖（今浙江黃巖）人。元末隱居松江鄉村，耕讀之餘，編撰了《輟耕錄》。❺溫公　即溫福。清滿洲鑲紅旗人。乾隆時征伐金川，戰功卓著，官至武英殿大學士。後在戰場上陣亡。❻具牒　指準備好公文。

【語譯】烏魯木齊有一個道士在集市上賣藥。有人說他是有妖術的，人們看到他夜裡住在旅店中，臨睡時必定掏摸自己所帶的口袋，拿出一個小葫蘆，倒出兩丸黑色的東西，就有兩個少女陪他一起睡覺，天亮時就不見了。人們問這個道士，他卻推說沒有這回事。我回憶起陶宗儀《南村輟耕錄》中所記載的周月惜的故事，說道：「這個就是道士所採來的活人的魂魄，這個法術吃馬肉就可以破解。」剛巧中營有匹馬死了，我派遣小吏祕密囑咐旅店主人，讓他問問道士剛巧有馬肉，想不想吃？道士聽了扭頭說：「馬肉怎麼可以吃？」我更加疑心，打算處理這個道士。同事陳題橋說：「道士攜帶少女，您沒有親眼看見；道士不吃馬肉，您也沒有親眼看見。周月惜的故事，出自陶九成的小說，不知道是否真實。書中所說的吃馬肉破解妖術的方法，也不知道能不能證實。您相信傳聞之言，根據沒有依據的說法，立即興起大案，似乎並不妥當。塞外不應當留這些雜七雜八的人，下令主管機構驅逐他出境，這就可以了。」我於是停止懲辦這個道士。後來將軍溫公聽到這件事後說：「打算窮究懲治這個道士太過分了些，倘若他害怕受刑胡亂供出別的情節，事情關係重大，又沒有確實的根據，這案子該如何收場呢？把道士驅逐出境也太輕率了些。倘若道士輾轉遷徙到別的地方去，或者釀成了什麼事端，說是曾經在烏魯木齊長期居住，誰來承擔這事的過錯？對那些形跡可疑的人，關津要隘各個關卡按照慣例應該盤問搜查，查驗有了確實的證據，就應當交給有關官府衙門處置；查驗沒有確實的證據，就出具公文將此人遞解回原籍，使他不再迷惑民眾，這樣處理不也很好嗎？」我們兩人都佩服溫公的處置。

【研析】身為地方官，就要維護一方平安。紀昀怕這個道士有妖術，會擾亂地方，這種擔心也屬正常，故而想懲治這個道士。但正如陳題橋說的「信傳聞之詞，據無稽之說」來處置一個人，太隨意輕率。但陳某人的主意卻是將其驅逐出境。這種辦法的好處是自己一方土地清淨了，但留下了難以預測的後患。溫福的主意最穩妥周全，既解決問題，又不留後患，反映了一個老官僚處理政務的老辣手段。一個故事寫活了三個人，讀來饒有趣味。

死生有命

莊學士❶本淳，少隨父書石先生泊舟江岸。夜失足落江中，舟人弗知也。漂蕩間，聞人語曰：「可救起福建學院❷，此有關係，勿草草。」不覺已還掛本舟舵尾上，呼救得免。後果督福建學政❸。赴任時，舉是事語余曰：「吾其不返乎？」余以立命之說勉之，竟卒於官。又其兄方耕少宗伯❹，雍正庚戌❺在京邸，遇地震，壓於小弄中。適兩牆對圮，相拄如人字帳形。坐其中一晝夜，乃得掘出。豈非死生有命乎？

【章旨】此章通過講述兩個人的生死情況來表達「死生有命」的觀點。

【注釋】❶學士　官名。魏晉六朝徵文學士主掌典禮、編纂、撰述諸事，通稱學士。唐開元時始置學士院，官員稱翰林學士，掌起草皇帝詔命。其後有承旨、侍讀、侍講、直學士、侍制等品秩之分。清內閣、翰林院都設置學士。莊本淳曾官至丙閣學士。❷福建學院　即福建學政。❸學政　清代提督學政的簡稱，也稱督學使者、學政使，俗稱大宗師、學臺。順治時只有順天、江南、浙江的教育行政官員稱學政，其餘稱學道。雍正四年廢學道，各省督學統稱提督學院，官名則稱為欽命提督某省學政。因兼考武生，故加提督銜。人選由翰林官及進士出身的部院官中選派，三年一任，掌管各省學校生員考課升降之事。❹少宗伯　官名。輔佐天子掌管宗室之事。春秋時魯國設置宗伯，掌管宗廟祭祀等禮儀。後世以大宗伯為禮部尚書的別稱，侍郎則稱少宗伯。❺雍正庚戌　即清雍正八年，西元一七三〇年。

【語譯】學士莊本淳少年時隨著父親書石先生坐船，船停在江邊，夜裡失足掉落江中，船夫不知道。莊本淳在水中漂盪的時候聽到有人說：「趕快救起福建學院，這有很大關係，不要馬虎了事。」莊本淳不知不覺中已經被鉤在自己坐的船的舵尾上，大聲呼救才得以倖免。後來他果然做了福建學政。赴任的時候，莊本淳舉出這件事對我說：「我恐怕回不來了吧？」我用修身養性以待天命的說法勉勵他，後來他果然死於福建學政任上。還有莊本淳的哥哥禮部侍郎莊方耕，雍正八年在京城的住宅裡，遇到地震，壓在小胡同裡。剛好兩堵牆對面倒塌，互相抵住形成人字形。他坐在裡面一晝夜，才被人們挖掘出來。這難道不是說明人的生死都是由命運決定的嗎？

【研析】紀昀相信宿命，這裡雖然只是列舉兩個實例，但已經將他的觀點充分反映。本書記載類似的故事甚多，不免使人相信世界之大，無奇不有。

魂隨骨返

何勵庵先生言：十三四時，隨父罷官還京師。人多舟狹，遂布席於巨箱上寢。夜分，覺有一掌捫之，其冷如冰，魘❶良久乃醒。後夜夜皆然，謂是神虛，服藥亦無效，至登陸乃已。後知箱乃其僕物。僕母卒於官署，厝❷郊外，臨行陰焚其柩，而以衣包骨匿箱中。當由人眠其上，魂不得安，故作是變怪也。然則旅魂隨骨返，信有之矣。

【章旨】此章講述了一個夢魘的故事。

【注釋】❶魘　夢魘。夢中遇可怕的事而呻吟、驚叫。❷厝　淺埋以待改葬，或停柩待葬。

【語譯】何勵庵先生說：他十三四歲時，跟隨罷官的父親返回京城。因為人多船又狹小，於是他在一只大箱子上鋪張席子睡覺。半夜時分，覺得有一隻手摸索他，手掌冷得像塊冰，夢魘了很久才醒來。後來天天夜裡都是這樣。大家認為他是神虛，吃藥也沒有效驗，到登上陸地後才好了。後來知道這個大箱子是他家僕人的東西。僕人的母親死在官衙裡，棺材暫時停在郊外。臨返回京城時，這個僕人暗中偷偷焚燒了棺材，而用衣服包裹著骨灰藏在箱子裡帶回京城。也許因為人睡在這個大箱子上，靈魂不得安寧，所以作這樣的變怪。由此可知客死在外的人的魂魄隨著他的遺骨返回家鄉的說法，確實是有的了。

【研析】人死魂魄不滅，這是一種說法；人死如燈滅，魂魄自然也就消失，這又是一種說法。且不管魂魄之事，是否有這樣的可能，即何勵庵在船上所遇之事與魂魄無涉，而是那個僕人不願有人睡在他母親的遺骨之上，故而在夜裡嚇唬十三四歲的孩子，使他不敢睡在箱子上。這種推測或許比「魂隨骨返」的說法更加可信。

縊鬼懺悔

勵庵先生又云：有友聶姓，往西山深處上墓返。天寒日短，翳然❶已暮。畏有虎患，竭蹶力行，望見破廟在山腹，急奔入。時已曛黑❷，聞牆隅人語曰：「此非人境，檀越❸可速去。」心知是僧，問師何在此闇坐❹？曰：「佛家無誑語。身實縊鬼，在此待替❺。」聶毛骨悚栗，既而曰：「與死於虎，無寧死於鬼。吾與師共宿矣。」鬼曰：「不去亦可。但幽明異路，君不勝陰氣之侵，我不勝陽氣之爍，均刺促不安耳。各占一隅，毋相近可也。」聶遙問待替之故。鬼曰：「上帝好生，不欲人自戕其命。如忠臣盡節，烈婦完貞，是雖橫夭，與正命無異，不必待替。其情迫勢窮，更無求生之路者，閔其事非得已，亦付轉輪❻，仍核計生平，依善惡受報，亦不必待替。倘有一線可生，或小忿不忍，或藉以累人，逞其戾氣，率爾投繯，則大拂天地生物之心，故必使待替以示罰。所以幽囚沉滯，動至百年也。」問：「不有誘人相替者乎？」鬼曰：「吾不忍也。凡人就縊，為節義死者，魂自頂上升，其死速。為忿嫉死者，魂自心下降，其死遲。未絕之頃，百脈倒湧，肌膚皆寸寸欲裂，痛如臠割❼；胸膈腸胃中如烈焰燔燒，不可忍受。如是十許刻，形神乃離。思是楚毒❽，見縊者方阻之速返，肯相誘乎？」聶曰：「師存是念，自必生天。」鬼曰：「是不敢望，惟一意念佛，冀懺悔耳。」俄天欲曙，問之不言，諦視亦無所見。後聶每上墓，必攜飲食紙錢祭之，輒有旋風繞左右。一歲，旋風不至，意其一念之善，已解脫鬼趣❾矣。

【章旨】此章講述了一個山中縊鬼懺悔的故事。

【注釋】❶翳然　隱沒；隱滅。❷曛黑　日暮天黑。❸檀越　佛教名詞。寺院僧人對施捨財物給僧團者的尊稱。❹闇坐　暗地裡坐著。闇，通「暗」。❺待替　古時以為凡橫死者，都要有人替代，才能轉世。❻轉輪　指輪迴。❼臠割　碎割；瓜分。❽楚毒　指如受酷刑般的痛苦。❾鬼趣　此處指鬼的世界。

【語譯】何勵庵先生又說：他有位姓聶的朋友，前往西山深處上墳回來，天寒日短，眼看天色已晚了。聶先生因為害怕有老虎為患，所以跌跌撞撞地盡力趕路，看見有座破廟在半山腰，急忙奔進廟裡。這時已經天黑，聶先生聽到牆角有人說話道：「這兒不是人待的地方，施主可以趕緊離去。」他以為是和尚，就問道：「師父為什麼在這暗處坐著？」回答說：「佛家不說謊話。我自身實際是縊死鬼，在這裡等待替身的。」聶先生聽了毛骨悚然，渾身發抖，過了一會兒說：「與其死於虎口，不如死於鬼手。我同師父一起在這裡住宿了。」鬼說：「您不走也可以。但是陰間和陽世不是同路，您承受不了陰氣的侵襲，我承受不了陽氣的炙烤，都會感到焦躁不安的。我們各自占據一個角落，不要互相靠近好了。」聶先生遠遠地詢問鬼等待替身的緣故。鬼說：「上帝好生，不希望人們自己傷害自己的性命。如忠臣的為國盡忠，烈婦的保全貞操，這雖然是意外的橫死，同壽終而死沒有什麼區別，不必等待替代。那些因情勢所逼迫而陷入窮途末路，再也沒有求生之路的人，上帝同情他們事情出於迫不得已，也把他們交付轉生輪迴，仍然要查核計算他們的生平，依照善惡接受報應，也不必等待替代。倘若有一線希望可以活命，或者因為小小的憤恨不能忍受，或者想藉此連累別人，放任他的暴戾之氣，輕率地上吊的，那麼大大地違背了天地降生萬物的用意，因而必定讓他等待替代以表示懲罰。所以就有鬼囚禁在陰間之後，沉淪滯留，動不動就達百年之久。」聶先生問道：「不是有鬼引誘人替代的嗎？」鬼說：「我不忍心。凡是人上吊自盡的時候，為忠義貞節而死的，魂魄從頭頂上升而去，人死得很迅速；為憤恨嫉妒而死的，魂魄從心口處下降，人死得很緩慢。沒死的時候，條條血脈倒湧上來，全身肌膚寸寸都像要裂開一樣，痛得如同零刀碎割，胸腹腸胃裡如同烈火焚燒，讓人無法忍受。這樣受苦要過十多刻鐘時間，形體與神魂才會分離。想想這樣殘酷的痛苦，我看見上吊的人就要阻止，讓他趕快回頭，肯去引誘他嗎？」聶先生說：「師父存有這樣的念頭，自然一定會升天。」鬼說：「這個不敢奢望。我只是一心一意地念佛，希望懺悔罷了。」不久，天將要亮了，聶先生問他不說話，仔細觀看，也沒有見到什麼。後來聶先生每次上墳，必定攜帶飲食紙錢祭奠他，祭奠時就有旋風圍繞左右。有一年，聶先生祭奠時，旋風不來。聶先生料想他因為一念之善，已經脫離鬼的世界了。

【研析】禪宗以為一念之善，就能成佛，故而有「放下屠刀，立地成佛」之說。這則故事中所說的鬼也是心存善念，才能脫離鬼境重入輪迴。不過，此鬼在破廟中的時間已經不短，這個善念也不是憑空突然產生的，上帝為何以前沒有知覺呢？看來上帝和鬼都並不存在，這只是作者的一念之善，藉鬼之口說出來罷了。

狐友說夢

王半仙嘗訪其狐友，狐迎笑曰：「君昨夜夢至范住家，歡娛乃爾。」范住者，邑之名妓也。王回憶實有是夢，問何以知。曰：「人秉陽氣以生，陽親上，氣恆發越於頂。睡則神聚於心，靈光與陽氣相映，如鏡取影。夢生於心，其影皆現於陽氣中，往來生滅，倏忽變形一二寸小人，如畫圖，如戲劇，如蟲之蠕動。即不可告人之事，亦百態畢露，鬼神皆得而見之，狐之通靈者亦得見之，但不聞其語耳。昨偶過君家，是以見君之夢。」又曰：「心之善惡，亦現於陽氣中。生一善念，則氣中一線如烈焰；生一惡心，則氣中一線如濃煙。濃煙冪首❶，尚有一線之光，是畜生道❷中人。並一線之光而無之，是泥犁獄❸中人矣。」王問：「惡人濃煙冪首，其夢影何由復見？」曰：「人心本善，惡念蔽之。睡時一念不生，則此心還其本體，陽氣仍自光明。即其初醒時，念尚未起，光明亦尚在。念漸起，則漸昏。念全起，則全昏矣。君不讀書，試向秀才問之，孟子所謂夜氣❹，即此是也。」王悚然曰：「鬼神鑒察，乃及於夢寐之中。」

【章旨】此章藉著狐仙之口勸說人不可心存邪念。

【注釋】❶冪首　此指頭部被遮蓋的意思。冪，覆蓋；遮掩。❷畜生道　佛教語。「六道」之一。佛教輪迴之說，謂人作惡，死後當變為禽獸、畜生等。❸泥犁獄　佛教語。意為地獄。❹夜氣　比喻純潔清明的心境。語出《孟子・告子上》：「夜氣不足以存，則其違禽獸不遠矣。」

【語譯】王半仙曾經訪問他的狐友，狐友迎著他笑說：「您昨夜做夢到了范住的家裡，與她歡聚得很快樂吧。」范住這人，是本城中的名妓。王半仙回憶確實有這個夢，就問他是怎麼知道的。狐友回答說：「人稟受陽氣而生，陽親附於上，氣常常發生而露出頭頂。睡覺時則精神聚於心靈，靈光同陽氣互相映照，如同鏡子的照見人影。夢發生於心靈，它的影都顯現於陽氣中，來來往往，或生或滅，忽而變形成為一二寸的小人，如同圖畫，如同戲劇，如同蟲的蠕動。就是不可告人的事情，也百態盡露，鬼神都能夠見到，狐狸中通靈的也能夠見到，只是聽不到他的話語罷了。昨天偶然經過您家，所以見到了您的夢。」狐友又說：「心的善惡，也顯現在陽氣中。生一個善念，那麼陽氣中有一條線如同熊熊燃燒的火焰；生一個惡念，那麼陽氣中有一條線如同濃煙。濃煙罩住頭，還有一線的光亮，是轉世投胎於畜生道中的人。連一線的光亮也沒有了，是沉陷於地獄中的人。」王半仙問道：「惡人濃煙罩住頭，他的夢中影像怎麼能夠再見到呢？」狐友回答說：「人心本來是善的，是惡念遮蔽了它。睡覺時一個惡念都不產生，那麼這心就回歸到它的本體，陽氣仍然自會光明。即使在他剛醒來時，惡念還沒有產生，陽氣的光明也還在。惡念漸漸產生，陽氣就逐漸昏暗；惡念全部產生，他的頭部上方的陽氣就全部昏暗了。您不讀書，不妨去問問秀才，孟子所說的夜氣，就是這個意思了。」王半仙惶恐地說：「鬼神鑑察，竟然到了人的睡夢之中。」

【研析】古代社會，勸人向善是維護社會穩定的一個重要方面。在道德引導的同時，還通過法律措施、宗教信仰、民間習俗等對社會心理施加影響，而道德引導也正是建立在此基礎上的。紀昀講述的這個故事就是上述幾種因素的綜合體。

雷擊李善人

雷出於地，向於福建白鶴嶺上見之。嶺高五十里，陰雨時俯視，濃雲僅及山半，有氣一縷，自雲中湧出，直激而上。氣之纖末，忽火光迸散，即砰然有聲，與火炮全相似。至於擊物之雷，則自天而下。戊午❶夏，余與從兄❷懋園、坦居讀書崔莊三層樓上。開窗四望，數里可睹。時方雷雨，遙見一人自南來，去莊約半里許，忽跪於地。倏雲氣下垂，冪之不見。俄雷震一聲，火光照眼如咫尺，雲已斂而上矣。少頃，喧言高川❸李善人為雷所殛。隨眾往視，遍身焦黑，仍拱手端跪，仰面望天。背有朱書，非篆非籀❹，非草非隸，點畫繳繞，不能辨幾字。其人持齋禮佛，無善跡，亦無惡跡，不知為夙業❺為隱慝也。其侄李士欽曰：「是日晨起，必欲赴崔莊，實無一事。竟冒雨而來，及於此難。」或曰：「是日崔莊大集（崔莊市人交易，以一、六日大集，三、八日小集），殆鬼神驅以來，與眾見之。」

【章旨】此章講述了李善人遭雷擊的故事。

【注釋】❶戊午　即清乾隆三年，西元一七三八年。❷從兄　堂兄。❸高川　鎮名。在河北交河東北，滹沱河邊。❹籀　漢字的一種字體。又名「大篆」。字體多重疊。春秋戰國間通行於秦國。❺夙業　指前世的罪業。

【語譯】雷產生於大地，我過去在福建的白鶴嶺上見到過。白鶴嶺高五十里，天陰下雨時我在山頂上低頭觀看，濃厚的烏雲只到白鶴嶺的半山腰，有一縷氣從烏雲中湧出來，筆直地向上激射，這縷氣纖細的末端忽然火光迸散，立即發出轟然巨響，同火炮發射完全一樣。至於轟毀物體的雷，則是從天而下的。乾隆三年夏天，我同堂兄懋園、坦居在崔莊的三層樓上讀書，開窗朝四面望去，距離幾里路的地方都可以看到。當時正在下雷陣雨，遠遠望見一個人從南邊來，走到距離崔莊大約半里路左右時，忽然跪在地上。隨即雲霧向下低垂，罩住他看不見了。忽而震雷一聲巨響，火光耀眼，如同近在咫尺之間，烏雲已經收斂上升了。過了一會兒，只聽見人聲嘈雜地說高川鎮的李善人被雷所殛死了。我隨著眾人前往觀看，看見李善人渾身焦黑，仍然拱著手端正地跪著，仰面朝著天空，背上有紅色的字，不是篆字也不是籀字，不是草書也不是隸書，點畫纏繞在一起，分辨不出幾個字。李善人吃齋敬佛，沒有幹過什麼善事，也沒有做過什麼壞事，不知道是為了前世的冤業還是為了不為人知的罪行，才有這個報應。他的侄子李士欽說：「這天早晨起來，他一定要到崔莊去，實際上沒有一點事情，竟然冒雨而來，碰上了這場災難。」有的人說：「這天崔莊是大集市（崔莊集市人們交易，以農曆的一、六日為大集、三、八日為小集），大概是鬼神驅趕他來給眾人看的。」

【研析】古人對雷電形成的原因不了解，因此往往將雷擊與遭雷擊之人的道德評介相聯繫，本文也不例外。但此處紀昀顯示了其驚人的觀察力，詳細記錄了雷電下擊時的情景和遭雷擊之人的慘狀。李善人背上紅色字樣的圖案，是人體遭雷擊時血管血液凝固所致。而這些，紀昀是無法理解的。

死不悛改

余官兵部❶時，有一吏嘗為狐所媚，尪瘦❷骨立。乞張真人符治之。忽聞簷際人語曰：「君為吏非理取財，當嬰刑戮。我夙生曾受君再生恩，故以豔色蠱惑，攝君精氣，欲君以瘵疾❸善終。今被驅遣，是君業重❹不可救也。宜努力積善，尚冀萬一挽回耳。」自是病瘉。然竟不悛改❺。後果以盜用印信，私收馬稅伏誅。堂吏❻有知其事者，後為余述之云。

【章旨】此章講述了一個貪吏死不悛改的故事。

【注釋】❶兵部　官署名。長官為兵部尚書。❷尪瘦　因瘠病而瘦弱。❸瘵疾　指癆病，即肺結核病。❹業重　佛教語。謂罪孽深重。❺悛改　悔改。❻堂吏　唐代宰相處理政事的地方叫政事堂，也叫中書堂，在其中辦事的吏員叫堂吏。宋以後在中央機構辦事的吏員都稱堂吏。

【語譯】我在兵部做官的時候，有一個吏員被狐狸精所媚惑，身體因瘠病而日漸衰弱，消瘦得只剩一把骨頭。他求張真人畫符驅除狐狸精以治好自己疾病，忽然聽到屋簷頭有人說話道：「您做吏員違背天理撈取錢財，應當遭受刑法處死。我前生曾經受到您再生的恩德，所以用美色來蠱惑您，攝取您的精氣，想要您因為癆病而得到善終。現今我被驅趕，是您的罪孽深重而不可挽救了。您應當努力積善修好，或許還有萬一的希望可以挽回。」從這以後此人的瘠病痊癒了，但是他仍然不知悔改。後來此人果然因為盜用衙門的官印，私下收取馬稅被處死。部裡辦事的吏員有知道這件事情的，後來講給了我聽。

【研析】貪婪之心至死不改，這是貪官汙吏的本性。俗話說：「江山易改，本性難移。」即使以死亡相警告，也無濟於事。如明太祖朱元璋為防止官員貪汙，特地在地方官衙旁設皮腸廟，用來活剝貪官，剝下來的人皮用草塞實，吊在後任該地官員的官案前，讓他時時記住貪官的下場。明太祖對貪官的懲治可謂嚴酷，手段可謂殘忍，雖能收效於一時，但不能防範於長遠。太祖死後，明代吏治便迅速敗壞。清代也是如此。乾隆時就有和珅這樣的大蠹蟲，家財之富，使得嘉慶查抄和珅家財時，有「和珅跌倒，嘉慶吃飽」這樣的民謠了。

幻覺

前母張太夫人，有婢曰繡鸞。嘗月夜坐堂階，呼之則東西廊皆有一繡鸞趨出，形狀衣服無少異，乃至右襟❶反摺其角，左袖半捲亦相同。大駭，幾仆。再視之，惟存其一。問之，乃從西廊來。又問：「見東廊人否？」云：「未見也。」此七月間事。至十一月即謝世❷。殆祿已將盡，故魅敢現形歟！

【章旨】此章講述了一位老人臨死時產生幻覺的故事。

【注釋】❶右襟　衣服的右邊一塊。❷謝世　去世。

【語譯】我的前母張太夫人，有個婢女叫繡鸞。張太夫人曾經在一個有月光的夜晚坐在堂前臺階上，呼喚繡鸞，這時從東西兩邊廊房都有一個繡鸞跑出來，形貌衣服沒有絲毫區別，甚至於右衣襟反摺一角，左袖捲起一半也相同。張太夫人驚嚇得幾乎跌倒。張太夫人再仔細一看，就只有一個繡鸞了。問她從哪邊來，回答說是從西廊來。張太夫人又問：「看見東廊的人嗎？」繡鸞回答說：「沒有看見。」這是七月間的事。到這年的十一月，張太夫人就去世了。大概是她的壽數將要結束，所以妖魅敢於在她面前現形吧！

【研析】老人體弱多病，產生幻覺也屬正常。只是紀昀卻偏要將此事與妖魅相聯繫，甚無謂也。

插花廟尼

滄州插花廟尼，姓董氏。遇大士❶誕辰，治供具將畢，忽覺微倦，倚几暫憩。恍惚夢大士語之曰：「爾不獻供，我亦不忍飢；爾即獻供，我亦不加飽。寺門外有流民四五輩，乞食不得，困餓將殆。爾輟供具以飯之，功德❷勝供我十倍也。」霍然驚醒，啟門出視，果不謬。自是每年供具獻畢，皆以施丐者，曰此菩薩意也。

【章旨】此章講述了一個尼姑假託觀音菩薩之名布施饑民的故事。

【注釋】❶大士　佛教稱佛和菩薩為大士，這裡指觀音菩薩。佛教稱農曆二月十九日為觀音菩薩聖誕。❷功德　佛教用語。指誦經念佛布施等。也指為敬神敬佛所出的捐款。

【語譯】滄州插花廟的尼姑，姓董氏，遇到觀音菩薩誕辰這天，置備供品器具將要完畢時，忽然覺得稍稍有些倦意，靠著几案暫時歇息。恍恍惚惚間，她夢見觀音菩薩對她說道：「你不獻供品，我也不會忍受飢餓；你就是獻了供品，我也不會吃得更飽。寺門外有四五個外地流亡來的饑民，要飯沒有討到，窮困飢餓快要支持不住了，你撤下供品給他們吃，這樣做的功德超過上供給我的功德十倍了。」董氏忽然驚醒過來，打開廟門出去一看，果然不錯。從此每年供品祭獻觀音菩薩結束後，董氏都拿來施捨給討飯的人，說這是觀音菩薩的意思。

【研析】尼姑董氏心地善良，憐憫窮困潦倒的饑民，用祭供觀音菩薩的供品施捨這些窮人。小廟供品也來自信徒供奉，為避免不必要的麻煩，董氏假託觀音菩薩的旨意。觀音菩薩救苦救難，董氏這樣做，自然無人可置一詞。從這個故事可以看出董氏憐憫眾生又明慧機巧的性格。

轎夫田某

先太夫人言：滄州有轎夫田某，母患臌❶將殆。聞景和鎮❷一醫有奇藥，相距百餘里。昧爽❸狂奔去，薄暮已狂奔歸，氣息僅屬。然是夕衛河❹暴漲，舟不敢渡。乃仰天大號，淚隨聲下。眾雖哀之，而無如何。忽一舟子解纜呼曰：「苟有神理，此人不溺。來來，吾渡爾。」奮然鼓楫，橫衝白浪而行。一彈指頃，已抵東岸。觀者皆合掌誦佛號。先姚安公曰：「此舟子信道之篤，過於儒者。」

【章旨】此章講述了一個轎夫孝心感動天地的故事。

【注釋】❶臌　臌脹病。中醫指由水、氣、瘀血、寄生蟲等引起的腹部臌脹之病。❷景和鎮　在河北河間東，與獻縣接壤。是河間通往滄州的往來要道。❸昧爽　猶黎明，天將亮未亮時。❹衛河　源出河北靈壽東北，南流入滹沱河。

【語譯】先母太夫人說：滄州有個姓田的轎夫，母親得了臌脹病，人快不行了。田某聽說景和鎮一個醫生有特效藥，但兩地相距一百多里路。田某那天黎明時狂奔去景和鎮，傍晚已經狂奔回來了，累得上氣不接下氣。但是這天傍晚衛河水暴漲，渡船不敢擺渡。於是田某仰天大聲呼號，眼淚隨聲而下。大家雖然都可憐他，但又無可奈何。忽然一個船夫解開船的纜繩叫道：「如果還有天理，這個人不會落水淹死。來來，我渡你過河。」這個船夫奮力搖船槳，橫衝過滔滔的白浪向前行進。彈指間的工夫，船已經抵達河東岸。觀看的人都合掌念誦佛號。先父姚安公說：「這個船夫相信天道的虔誠，超過了那些讀書人。」

【研析】田某一天中奔跑了二百多里，是一股孝母之心支撐著他完成了常人難以做到的事。就在最後一刻，卻被滔滔河水擋住了去路。還是田某的孝心，感動了那位無畏的船夫，他相信「天道無親，常與善人」；相信田某的孝心一定能夠得到上天的佑護，故而敢在滔滔波浪之中行船。儘管司馬遷曾經對「天道無親，常與善人」的說法提出責問，但我們還是相信好人終究有好報的常理。

卷四 灤陽消夏錄四

臥虎山人降乩

臥虎山人❶降乩於田白巖家，眾焚香拜禱。一狂生獨倚几斜坐，曰：「江湖遊士，練熟手法為戲耳。豈有真仙日日聽人呼喚？」乩即書下壇詩❷曰：「鶗鴃❸驚秋不住啼，章臺回首柳萋萋❹。花開有約腸空斷，雲散無蹤夢亦迷。小立偷彈金屈戍❺，半酣笑勸玉東西❻。琵琶還似當年否？為問潯陽估客妻❼。」狂生大駭，不覺屈膝。蓋其數日前密寄舊妓之作，未經存稿者也。仙又判曰：「此箋幸未達，達則又作步非煙❽矣。此婦既已從良❾，即是窺人閨閣。香山居士❿偶作寓言，君乃見諸實事耶？大凡風流佳話，多是地獄根苗。昨見冥官錄籍，故吾得記之。業海⓫洪波，回頭是岸。山人饒舌，實具苦心，先生勿訝多言也。」狂生鵠立⓬案旁，殆無人色。後歲餘，即下世。余所見扶乩者，惟此仙不談休咎⓭，而好規人過。

殆靈鬼之耿介者耶！先姚安公素惡淫祀，惟遇此仙必長揖曰：「如此方嚴⑭，即鬼亦當敬。」

【章旨】此章講述臥虎山人降乩斥責一名書生的故事。

【注釋】❶山人　古時從事卜卦、算命等職業的人。❷下壇詩　古時稱扶乩時召來的乩仙所寫的詩。❸鵑鴃　鳥名。即「子規」、「杜鵑」。或指杜鵑科的「鷹鵑」。❹章臺回首柳萋萋　《全唐詩話》載，韓翃給姬柳氏寄詩道：「章臺柳，章臺柳，昔日青青今在否。縱使長條似舊垂，也應攀折他人手。」章臺，即章臺宮，戰國時秦渭南離宮。❺金屈戌　窗門的掛鉤。❻玉東西　用玉製成的酒杯。❼琵琶還似當年否二句　這兩句用白居易〈琵琶行〉詩意。估客，商人。白居易〈琵琶行〉詩有：「忽聞水上琵琶聲，主人忘歸客不發」、「老大嫁作商人婦」等句。❽步非煙　人名。唐皇甫枚所著傳奇〈非煙傳〉中的主人公，因與鄰居少年幽會，被丈夫發現後打死。❾從良　指妓女脫離原來生活而嫁人。❿香山居士　即白居易。唐代詩人。字樂天，晚年號香山居士。所著〈長恨歌〉、〈琵琶行〉等詩皆膾炙人口。⓫業海　佛教語。因世間種種惡因如大海，故稱。⓬鵠立　像鵠一樣引頸而立。形容直立。⓭休咎　吉凶。⓮方嚴　方正嚴肅。

【語譯】乩仙臥虎山人在田白巖家降壇，眾人燒香跪拜祈禱。一個狂妄的書生獨自靠著小桌斜身坐著，說：「江湖上的遊士，練熟了手法做做遊戲罷了，哪裡有真仙天天聽人呼喚的？」乩仙就書寫了一首詩道：「杜鵑驚秋不住地啼叫，回首章臺宮只見楊柳萋萋。花朵開放有一定的時間，而我等人等得空斷腸，雲散沒有蹤影做夢也迷幻。暫立在窗戶邊偷彈金屈戌，酒到半酣時舉著玉杯歡笑相勸。彈奏的琵琶曲是否還似當年？為此詢問潯陽商人的妻子。」這個狂妄書生大為吃驚，不知不覺地屈膝下跪。原來這首詩是他幾天之前，祕密寄給舊日相好妓女的詩，沒有留存底稿。乩仙又下判語道：「這張信箋幸虧沒有寄到，寄到則又是一個步非煙了。這女人既然已經從良嫁人，你這樣做就是偷窺人家的閨閣女眷。香山居士偶然寫的寓言，您竟然要付之於實際行動嗎？大抵風流佳話，大多是下地獄的根源苗頭。我昨天看見陰間的官員把這件事記錄在簿冊上，所以我能夠記下這首詩來。孽海洪波，回頭是岸。山人嘮嘮叨叨，實在是抱著一片苦心，先生不要責怪我多說了幾句。」這個狂妄書生好像鵠似的伸長頭頸站立在几案旁，臉上幾乎沒有血色。過了一年多，他就去世了。我所見到的扶乩請來的乩仙，只有這個乩仙不談人的吉凶禍福，而喜歡規勸人的過失，大概是鬼神中的正直者吧！先父姚安公向來厭惡胡亂祭祀，唯獨碰到這個乩仙必定恭恭敬敬地作揖說：「像這樣的端方嚴正，就是鬼也應當受到敬重。」

【研析】扶乩本來就是江湖術士騙人之技，當不得真的。但此處乩仙引用狂生之詩、斥責狂生之言卻是有根有據，使紀昀深信不疑。其中機巧，大概是那個狂生與扶乩者互相勾結，以狂生來證實乩仙之靈。證實乩仙之靈，目的還是騙人錢財，這是可以確信不疑的。

論扶乩

姚安公未第時，遇扶乩者，問有無功名，判曰：「前程萬里。」又問登第當在何年，判曰：「登第卻須候一萬年。」意謂或當由別途進身。及癸巳❶萬壽恩科❷登第，方悟萬年之說。後官雲南姚安府❸知府，乞養歸，遂未再出，並「前程萬里」之說亦驗。大抵幻術多手法捷巧，惟扶乩一事，則確有所憑附，然皆靈鬼之能文者耳。所稱某神某仙，固屬假託；即自稱某代某人者，叩以本集中詩文，亦多云年遠忘記，不能答也。其扶乩之人，遇能書者則書工，遇能詩者即詩工，遇全不能詩能書者，則雖成篇而遲鈍。余稍能詩而不能書，從兄❹坦居能書而不能詩。余扶乩，則詩敏捷而書潦草；坦居扶乩，則書清整而詩淺率。余與坦居實皆未容心，蓋亦借人之精神始能運動。所謂鬼不自靈，待人而靈也。著龜❺本枯草朽甲，而能知吉凶，亦待人而靈耳。

【章旨】此章作者論述了對扶乩之事的看法。

【注釋】❶癸巳　即清康熙五十二年，西元一七一三年。❷萬壽恩科　清康熙五十二年，清聖祖六十大壽，在各省士子的要求下，特開萬壽恩科。❸姚安府　今雲南姚安。❹從兄　同祖伯叔之子年長於己者。即堂兄。❺著龜　著，指著草，古代用它的莖占卜。龜，指龜甲，古代用它來占卜。

【語譯】姚安公還沒登進士第的時候，遇到扶乩的人，問自己有沒有功名，乩仙下判語說：「前程萬里。」姚安公又問自己登進士第應當在哪一年，乩仙下判語說：「登進士第卻須等候一萬年。」姚安公以為是說或者應當從別的途徑進身做官。等到康熙五十二年皇上壽誕，開萬壽恩科，姚安公登進士第，方才領悟乩仙所謂萬年的說法。後來姚安公任雲南姚安府知府，請求回家奉養父母而返鄉，就沒有再出去做官，連乩仙所說的「前程萬里」的說法也應驗了。大抵幻術多半是靠手法迅捷靈巧，唯獨扶乩這件事，那是確實有所憑藉依附的，但都是鬼神當中能舞弄筆墨的罷了。扶乩者所說的某神某仙，固然屬於假託，就是自稱某人代替某人者的，問到其本人文集中的詩文，也多半說年代久遠已經忘記，無法回答了。那些扶乩的人，碰到善於書法的人所書寫的字就工整，碰到擅長詩詞的人所作的詩就工巧，碰到完全不善於作詩、不善長書法的人，那麼雖然下的判語能夠成篇卻很緩慢遲鈍。我稍稍能作詩而不擅長書法，堂兄坦居擅長書法而不能作詩。我扶乩時，乩仙所作的詩就敏捷而書寫潦草；坦居扶乩時，乩仙就書寫清整而詩意淺近粗率。我同坦居其實都沒有留心，乩仙大概也是借助人的精神才能夠運動。這就是所謂的鬼自己不能靈驗，而需依仗人才靈驗吧。用來占卜的蓍草龜甲本來是枯草和腐朽的烏龜殼，而能夠知道人的吉凶，也是依仗人而靈驗的吧。

【研析】清人十分相信扶乩，以為確實能請下乩仙，乩仙所言也多半可信。紀昀在文中所表達的觀點代表了清朝士大夫們的普遍看法。扶乩者扶乩時的手法很巧妙，都是經過多年練習，常人難以察覺其弊。從文中看，扶乩者有時也請旁觀者共同扶乩，這樣做，扶乩者的難度更高，但也更能得到旁觀者的信任。所謂「鬼不自靈，待人而靈」，已經說到問題的癥結，但紀昀卻沒有進一步地探尋，因此與真理失之交臂。

縊鬼求代

先外祖居衛河東岸，有樓臨水傍，曰「度帆」。其樓向西，而樓之下層門乃向東，別為院落，與樓不相通。先有僕人史錦捷之婦縊於是院，故久無人居，亦無扃鑰❶。有僮婢不知是事，夜半幽會於斯。聞門外窸窣似人行，懼為所見，伏不敢動。竊於門隙窺之，乃一縊鬼步階上，對月微歎。二人股栗，僵於門內，不敢出。門為二人所據，鬼亦不敢入，相持良久。有犬見鬼而吠，群犬聞聲亦聚吠。以為有盜，競明燭持械以往。鬼隱而僮僕之姦敗。婢愧不自容，迨夕，亦往是院縊。覺而救蘇，又潛往者再，還其父母乃已。因悟鬼非不敢入室也，將以敗二人之姦，使愧縊以求代也。先外祖母曰：「此婦生而陰狡，死尚爾哉，其沉淪也固宜。」先太夫人曰：「此婢不作此事，鬼亦何自而乘？其罪未可委之鬼。」

【章旨】此章講述了一個婢女偷情被人發現後要上吊自盡的故事。

【注釋】❶扃鑰　門戶鎖鑰。

【語譯】先外祖父居住在衛河東岸，有座樓房靠近水邊，名叫「度帆樓」。這座樓房朝西，而樓房底層的門則是朝東開，另外成為一個院落，同樓房不相通。先前有僕人史錦捷的妻子吊死在這個院子裡，所以長久沒有人居住，門戶也沒有上鎖。有個僮僕和婢女不知道這件事，半夜時分在這裡幽會。兩人聽到門外窸窸窣窣像有人行走，害怕被人看見，伏著不敢動。兩人偷偷從門縫中朝外看去，竟然是一個吊死鬼走在石階上，對著月亮微微歎息。兩人嚇得兩腿發抖，僵在房門內不敢出去。房門被兩人占據著，鬼也不敢進來，相持了很長時間。有條狗見到鬼而吠叫起來，群狗聽到狗吠聲也聚在一起吠叫。眾人以為有盜賊，競相點亮燈燭、手中拿著器械前往那個院子，女鬼悄然隱去而僮僕婢女的姦情就敗露了。婢女羞愧得無地自容，等到晚上，也到這個院子裡上吊。她被人們發現而救醒過來，又暗中一再到這個院子去上吊，直到把她交還給她的父母才算了結。人們因而省悟那個女鬼不是不敢進入房間，而是用敗露他們姦情，使那個婢女感到羞愧而上吊的方法來尋求替代。先外祖母說：「這個女人活著時陰險狡詐，死了還要這樣，她的沉淪也的確是應該的了。」先母太夫人說：「這個婢女不做這種事，鬼又哪裡會有機可乘？她的罪過不可以都推到鬼的身上。」

【研析】縊死鬼尋求替代，才能轉世投胎的傳說，流傳很廣，本書就記載了多個故事，如卷三的〈縊鬼懺悔〉，說的就是縊鬼如何看待尋求替身的故事。當然，縊鬼尋求替身根本是子虛烏有之事。文中所說的那個婢女因偷情被人發現，難以繼續在這戶人家待下去，如不採取極端的手段，她又如何能脫身。故屢屢以死相逼，使這戶人家將她放回家才算了事。這樣看待此事，或許更接近事情的真相。

老叟投牒

辛彤甫先生官宜陽❶知縣時，有老叟投牒❷曰：「昨宿東城門外，見縊鬼五六，自門隙而入，恐是求代。乞示諭百姓，僕妾勿凌虐，債負勿逼索，諸事互讓勿爭鬥，庶鬼無所施其技。」先生震怒，笞而逐之。老叟亦不怨悔，至階下拊膝❸曰：「惜哉，此五六命不可救矣！」越數日，城內報縊死者四。先生大駭，急呼老叟問之。老叟曰：「連日昏昏，都不記憶，今乃知曾投此牒。豈得罪鬼神，使我受笞耶？」是時此事喧傳，家家為備，縊而獲解者果二：一婦為姑所虐，姑痛自悔艾；一迫於逋欠❹，債主立為焚券，皆得不死。乃知數雖前定，苟能盡人力，亦必有一二之挽回。又知人命至重，鬼神雖前知其當死，苟一線可救，亦必轉借人力以救之。蓋氣運所至，如嚴冬風雪，天地亦不得不然。至披裘御雪，墐戶❺避風，則聽諸人事，不禁其自為。

【章旨】此章講述了一座縣城中的居民如何避免縊鬼求替身的故事。

【注釋】❶宜陽　縣名。在河南西部、洛河中游。❷投牒　呈遞訴狀。❸拊膝　拍打自己的膝蓋。拊，擊；拍。❹逋欠　拖欠；短少。❺墐戶　塗塞門窗孔隙。

【語譯】辛彤甫先生任宜陽知縣時，有個老頭向他投送呈文，說：「我昨天晚上住宿在東城門外，看見五六個吊死鬼，從城門的門縫裡進城來，恐怕是想尋求替身。請求您諭示老百姓，對僕役姬妾不要凌辱虐待，對欠債的人不要逼迫勒索，遇到事情都要互相謙讓不要爭鬥，這樣或許可以讓吊死鬼沒有地方施展他的伎倆。」辛先生聽了大怒，鞭打並驅逐了那個老頭。老頭也不怨恨後悔，到堂前臺階下拍著膝蓋說：「可惜啊，這五六條人命不可挽救了！」過了幾天，縣城裡報告說上吊而死的事情發生了四起。辛先生大吃一驚，急忙找來老頭詢問情況，老頭說：「連日昏昏沉沉，都不記得了，現在才知道曾經投送過這件呈文。難道是得罪了鬼神，使我遭受鞭打嗎？」當時這件事在城裡喧譁傳說，家家都作了準備，上吊而獲得解救的果然有兩個人：一個女人被婆婆所虐待，婆婆沉痛地改過自新；一個被拖欠債務所逼迫，債主立刻焚燒了債券，兩人都得以不死。人們這才知道命數雖然是前生定下的，如果能夠盡人力爭取，也必定能挽回十之一二。又可知人命非常重要，鬼神雖然預先知道某人該死，但如果有一線希望可以挽回，也必定轉而假借人力來挽救他。氣數命運到了，就像嚴冬的颳風下雪，天地也不得不如此。至於披上皮袍禦寒擋雪，用泥土塗塞窗戶避風，那就聽任人們自己的努力與爭取，並不禁止各人自己抵抗命運的作為。

【研析】儘管紀昀相信命由天定，但又承認通過努力是可以與命運抗爭的，這就具有相當的積極意義。承認人的主觀能動性，承認與命運抗爭的合理性，批評了在命運面前無所作為的消極態度，無疑是對人的一種肯定，也是對天命觀的一種衝擊。

史某捐金

獻縣史某，佚其名。為人不拘小節，而落落❶有直氣❷，視齷齪者蔑如❸也。偶從博場❹歸，見村民夫婦子母相抱泣。其鄰人曰：「為欠豪家債，鬻婦以償。夫婦故相得❺，子又未離乳，當棄之去，故悲耳。」史問：「所欠幾何？」曰：「三十金。」「所鬻幾何？」曰：「五十金，與人為妾。」問：「可贖乎？」曰：「券甫成，金尚未付，何不可贖！」即出博場所得七十金授之，曰：「三十金償債，四十金持以謀生，勿再鬻也。」夫婦德史甚，烹雞留飲。酒酣，夫抱兒出，以目示婦，意令薦枕❻以報。婦頷之，語稍狎。史正色曰：「史某半世為盜，半世為捕役，殺人曾不眨眼。若危急中汙人婦女，則實不能為！」飲啖訖，掉臂❼徑去，不更一言。半月後，所居村夜火。時秋穫方畢，家家屋上屋下，柴草皆滿，茅簷秫籬，斯須四面皆烈焰，度不能出，與妻子瞑坐待死。恍惚聞屋上遙呼曰：「東嶽有急牒，史某一家並除名。」剨然❽有聲，後壁半圮。乃左挈妻，右抱子，一躍而出，若有翼之者。火熄後，計一村之中，爇死者九。鄰里皆合掌曰：「昨尚竊笑汝癡，不意七十金乃贖三命。」余謂此事見佑於司命，捐金之功十之四，拒色之功十之六。

【章旨】此段記敘了一個救人急難而不圖報答的故事。

【注釋】❶落落　指性格豁達、開朗。❷直氣　正直精神。❸蔑如　蔑視；看不起。❹博場　賭場。❺故相得　指平時相處得很好。❻薦枕　即侍寢。指女子陪男人睡覺。❼掉臂　甩著臂膊走路，即不顧而走。❽劃然　形容物體破裂的聲音。

【語譯】獻縣人史某，不知道他叫什麼名字。此人性情豁達、開朗而正直有氣概，對那些行徑卑鄙齷齪的人很看不起。一天，他偶然從賭場回家，看見一對村民夫妻母子互相擁抱著哭泣。他們的鄰居說：「因為欠了富豪家的債，這個村民要賣掉妻子來償還債務。夫婦兩人平時感情很好，兒子又沒有斷奶，妻子就要捨棄這一切而去，所以悲傷流淚。」史某問那個丈夫說：「你欠富豪家多少錢？」這位丈夫回答說：「三十兩銀子。」史某又問道：「你把妻子賣掉能得多少錢？」這位丈夫回答道：「五十兩銀子，賣給人家做小妾。」史某又問道：「還可以贖還嗎？」這位丈夫回答說：「契約剛剛訂立，銀兩還沒有付，怎麼不可以贖呢！」史某立刻拿出從賭場裡贏來的七十兩銀子交給這位丈夫，說：「這三十兩銀子用來償還債務，四十兩銀子拿去謀生，不要再賣妻子了。」夫婦兩人非常感激史某的恩德，煮了一隻雞留他喝酒。酒喝得酣暢之時，那位丈夫抱著兒子出門去，向妻子使眼色，意思是讓她與史某同床來報答他的恩情。妻子點頭會意，說話時對史某稍顯親昵猥狎。史某正顏厲色地對婦人說：「我史某半輩子做強盜，半輩子在官衙當捕快，殺人不曾眨過眼。但要是讓我乘人之危姦汙別人婦女，我是絕對不會幹的！」吃喝完畢，史某手臂一甩徑自走了，不再說一句話。半個月之後，史某所居住的村子夜裡著火。這時剛剛秋收完畢，家家戶戶屋裡屋外都堆滿了柴草，茅草的屋簷，高粱稈的籬笆，一會兒四周都是烈火，史某心想無法逃出去，便和妻子兒子一起閉著眼睛坐著等死。這時恍恍惚惚間聽到屋上遠遠地呼叫道：「東嶽神有緊急公文，史某一家都豁免死亡。」劃然一聲，屋子的後牆一半倒塌了，史某於是左手攜著妻子，右手抱著兒子，從牆壁倒塌處一躍而出，好像有人在庇護著他。大火熄滅以後，計算一村之中，燒死的有九人。鄰里鄉親都合掌說：「我們昨天還偷偷地笑你癡，沒有想到七十兩銀子贖出了三條人命。」我說這件事受到了司命之神的保佑，捐助金錢的功德占十分之四，拒絕色欲的功德占十分之六。

【研析】史某能救人於危難之際，更可貴的是拒絕他人色相的報答。史某的古道熱腸、正直品德、俠義之心，值得敬佩。至於農村發生火災，一般都是因為火燭不小心，與司命之神無涉。而後牆倒塌，史某得以逃生，也純屬偶然，與東嶽大帝無關。百姓如此傳說，無非是想說明好人有好報，富有勸善之意。這種民間心理對維護社會安定，自有其積極意義。

健牛阻盜

姚安公官刑部日，德勝門外有七人同行劫，就捕者五矣，惟王五、金大牙二人未獲。王五逃至漷縣❶，路阻深溝，惟小橋可通一人。有健牛怒目當道臥，近輒奮觸。退覓別途，乃猝與邏者❷遇。金大牙逃到清河❸橋北，有牧童驅二牛擠仆泥中，怒而角鬥。清河去京近，有識之者，告里胥❹，縛送官。二人皆回民，皆業屠牛，而皆以牛敗。豈非宰割慘酷，雖畜獸亦含怨毒，厲氣❺所憑，借其同類以報哉！不然，遇牛觸仆，猶事事之常；無故而當橋，誰使之也？

【章旨】此章講述了一頭健牛阻攔盜賊使其被擒獲的故事。

【注釋】❶漷縣　今北京通縣東南。❷邏者　巡邏的人。❸清河　今河北清河。❹里胥　指里長。❺厲氣　邪惡之氣；瘟疫之氣。

【語譯】姚安公在刑部做官的時候，德勝門外有七個人一起搶劫，被逮捕的有五個人，只有王五、金大牙兩人還沒抓獲。王五逃到漷縣，路上被一條深溝所阻擋，溝上只有一座小橋，可以通過一個人。有一條健壯的牛怒瞪著眼睛臥在橋上擋住道路。王五靠近牠，牠就奮力用牛角撞來。王五只好退回去尋找別條道路，竟突然與巡邏的人相遇而被抓獲。金大牙逃到清河橋的北面，有個牧童趕著兩條牛過來把他擠倒在泥濘中。金大牙發怒而與牧童爭鬥起來。清河離京城近，有人認識金大牙的，告訴了里長，里長把金大牙捆綁起來送到官府。王五和金大牙二人都是回民，都以宰殺牛為職業，而都因為牛而敗露。這難道不是因為他們宰殺牛的凶狠殘酷，即使是畜生獸類也懷著怨恨仇視，憑依這股厲氣，借牠的同類來報復啊！要不然，碰到牛而被頂撞仆倒，還可說是事理中所常有的；牛無緣無故卻擋在橋上，誰使牠這樣做的呢？

【研析】這兩個盜賊都因為牛而被擒，事情巧則巧也，但也大快人心，說明了為惡總沒有好下場。不過把他們的被擒說成是牛的報復，似乎難以服人。因為他們以宰牛為生，故而也因牛而敗。如果冥冥之中的報應都是如此，那麼宰豬的要防豬的報復，殺羊的要防羊的報復，只能人人茹素，個個禁葷，才能避免動物的報復。但光吃草食菜，如果草木有靈，還要防備草木的報復，人活著難免太累。紀昀把盜賊的被擒與宰牛職業如此聯繫，未免太牽強了。

暫入輪迴

宋蒙泉言：孫峨山先生，嘗臥病高郵❶舟中。忽似散步到岸上，意殊爽適。俄有人導之行，恍惚忘所以，亦不問。隨去至一家，門徑甚華潔。漸入內室，見少婦方坐蓐❷。欲退避，其人背後拊一掌，已昏然無知。久而漸醒，則形已縮小，繃置錦襁❸中。知為轉生，已無可奈何。欲有言，則覺寒氣自顖門❹入，輒噤不能出。環視室中，几榻器玩及對聯書畫，皆了了。至三日，婢抱之浴，失手墜地，復昏然無知，醒則仍臥舟中。家人云，氣絕已三日，以四肢柔軟，心膈尚溫，不敢殮耳。先生急取片紙，疏所見聞，遣使由某路送至某門中，告以勿過撻婢，乃徐為家人備言。是日疾即愈，徑往是家，見婢媪皆如舊識。主人老無子，相對惋歎，稱異而已。近夢通政❺鑒溪亦有是事，亦記其道路門戶。訪之，果是日生兒即死。頃在直廬❻，圖閣學❼時泉言其狀甚悉，大抵與峨山先生所言相類。惟峨山先生記往不記返。鑒溪則往返俱分明，且途中遇其先亡夫人，到家入室時見夫人與女共坐，為小異耳。案輪迴❽之說，儒者所闢❾，而實則往往有之。前因後果，理自不誣。惟二公暫入輪迴，旋歸本體，無故現此泡影，則不可理推。「六合之外，聖人存而不論⑩」，闕所疑可矣。

【章旨】此章講述了兩人轉世投胎而又復歸原身的故事。

【注釋】❶高郵　今江蘇高郵。❷坐蓐　指婦女臨產及產後一月內的休息調養，民間俗稱「坐月子」。❸錦襁　用絲綢錦緞做的包裹嬰兒的襁褓。❹顖門　即「囟門」，連合胎兒或新生兒（包括哺乳類動物）顱頂各骨間的膜質部。在頭頂心，一般嬰兒出生一年半左右閉合。❺通政　官名。即通政使。明代始設通政使司，簡稱通政司，掌管朝廷內外章奏，封駁和臣民密封申訴等文件。其長官為通政使，佐官稱副使及參議。清代沿置。❻直廬　古時侍臣在皇宮值宿的地方。❼閣學　即明清的內閣學士。❽輪迴　佛教名詞。認為眾生各依所作善惡業因，一直在所謂六道（天、人、阿修羅、地獄、餓鬼、畜生）中生死相續，升沉不定，有如車輪的旋轉不停，故稱。❾闕　屏除；排除。❿六合之外二句　語出《莊子・齊物論》。意思是對於天地四方之外的疑問，聖人存疑而不追究。

【語譯】宋蒙泉說：孫峨山先生，曾經因病躺在停泊高郵的船上。忽然好像散步走到了岸上，感到十分爽快舒適。一會兒，有人引導他行走，恍恍惚惚間忘記為什麼會這樣，也不問要到哪裡去。他跟隨著那人來到了一戶人家，門戶道路很華麗整潔。他漸漸走入內室，看見一個少婦正要臨產。他想退避時，那人在他背後拍了一掌，就昏昏然失去知覺。過了很久，他漸漸醒來，那時身體已經縮小，包裹在錦繡的襁褓中。他知道這是轉生投胎，卻已是無可奈何了。孫先生想要說話，只覺得寒氣從頭頂囟門當中進入，就閉口而不能出聲。他環視房中，桌榻器物古玩及對聯書畫，都看得清清楚楚。到了第三天，婢女抱著他洗澡，失手把他掉落在地上，他又昏昏然失去知覺，醒來時則仍然躺在停泊高郵的船上。家裡人說，他已經斷氣三天，因為四肢柔軟，胸口腹部還有溫熱，所以不敢把他收殮埋葬。孫峨山先生連忙取來一張紙記錄了自己的所見所聞，派遣使者從某條路送到某家大門裡，告訴他們不要過分鞭打婢女，孫峨山先生才慢慢地為家裡人詳細敘說了事情的經過。當天，孫峨山先生的病就痊癒了。他直接到那一戶人家去，看見婢女老婦，都如同過去的舊相識。這家主人年老而沒有兒子，彼此都相對惋惜感歎，稱說奇異而已。近來通政使夢鑒溪也遇到了這樣的事，也記得那戶人家的道路門戶。前去尋訪，這戶人家果然在這一天生了個兒子，隨即死去。不久前在皇宮值宿的房舍裡，內閣學士圖時泉談起那情形十分清楚，大致同孫峨山先生所說的相類似。唯獨孫峨山先生記得去不記得返回。夢鑒溪則往返都記得清楚，而且在路途中遇到他先已亡故的夫人，到家進入內室時，見到夫人同女兒坐在一起，就這些細節小有不同。佛家輪迴的說法，為儒家學者所排斥，而實際上卻往往是有的。前因後果，這道理自然不差。只是孫、夢二公短暫地進入輪迴，隨即回歸本體，無緣無故地出現這一夢幻泡影，就不可用常理來推論了。天地四方之外，聖人存疑而不追究，把這問題暫時存疑好了。

【研析】這裡講了兩人短暫的生死輪迴，奇異而罕聞。是這兩人編造的故事，還是確有其事，也讓當時人難以判斷，故紀昀引莊子：「六合之外，聖人存而不論」，迴避了這一問題。佛教傳入中國後，始有輪迴之說，但遭到儒家的非議和排斥。傳統儒家恪守「子不語怪力亂神」的先師教誨，更關注今世的人事禍福。宋明以後，三教合流，佛教漸為儒家接受，而在普通百姓中，佛教的某些教義和思想卻早已浸入日常生活，成為民間習俗、民間心理的組成部分。但儒家的影響畢竟深廣，故中國百姓中純粹的佛教徒少，遇到急事，往往採取「臨時抱佛腳」的態度，燒香磕頭許願，這也是佛教傳入中國後的一大特點吧！

祈夢斷案

再從伯❶燦臣公言：曩有縣令，遇殺人獄不能決，蔓延日眾，乃祈夢❷城隍祠。夢神引一鬼，首戴磁盎❸，盎中種竹十餘竿，青翠可愛。覺而檢案中有姓祝者，祝竹同音，意必是也，窮治❹無跡。又檢案中有名節者，私念曰：「竹有節，必是也。」窮治亦無跡，然二人者九死一生矣。計無復之，乃以疑獄❺上，請別緝❻殺人者，卒亦不得。夫疑獄，虛心研鞫❼，或可得真情。禱神祈夢之說，不過懾伏愚民，紿❽之吐實耳。若以夢寐之恍惚，加以射覆❾之揣測，所為信讞❿，鮮不謬矣。古來祈夢斷獄之事，余謂皆事後之附會也。

【章旨】此段記敘了一個縣令靠祈夢而糊塗斷案的故事。

【注釋】❶再從伯　遠房伯父。❷祈夢　向神求禱夢示。❸磁盎　指口小腹大的磁罐。❹窮治　用盡酷刑審訊。❺疑獄　疑難案件。❻別緝　另外追捕。❼研鞫　調查研究審訊。❽紿　欺騙。❾射覆　古代的一種遊戲，猜測預先隱藏的東西。❿信讞　可靠而確實無疑的定案。

【語譯】遠房伯父燦臣公說：過去有一位縣令，碰到殺人案無法決斷，拖延了很多時日，於是他到城隍祠裡求夢。他夢見神引來一個鬼，頭頂磁盎，盎中種了十多枝竹子，青翠可愛。醒來後，縣令檢查案卷中有姓祝的，祝、竹音相同，想來一定是這個人了。縣令盡力窮究查辦，還是沒有線索。又檢查案卷中有名叫節的人。縣令私下念道：「竹有節，必定是的了。」盡力查辦，也沒有線索，但是這兩個人已經九死一生了。這個縣令心想不可能再審問明白，於是就把這個案子作為疑難案件上報，請求另外緝捕殺人者，結果也沒有捕獲兇手。碰到疑難的案件，就要虛心研究審理，或許可以得到真實情況。禱神求夢的方法，不過是用來懾伏愚蠢的百姓，騙其吐出實情而已。如果以睡夢當中的恍恍惚惚，再加上影射和猜測，就拿來作為判案的確鑿證據，很少不出錯誤的。自古以來求夢斷案的事情，我認為都是事後的附會而已。

【研析】官吏審案就是要仔細調查，認真推究，使有罪者伏法，不使無辜者蒙冤。文中所講的這位縣令斷案卻靠祈夢，遂使兩位無辜者九死一生。草菅人命到如此程度，可見清代吏治之弊端了。作者指出祈夢斷案之謬，並指出歷代所謂祈夢斷案之事，都是事後的附會，表現了作者超出常人的卓識。

明晟明察

雍正壬子❶六月，夜大雷雨，獻縣城西有村民為雷擊。縣令明公晟往驗，飭棺殮❷矣。越半月餘，忽拘一人訊之曰：「爾買火藥何為？」曰：「以取鳥。」詰曰：「以銃擊雀，少不過數錢，多至兩許，足一日用矣。爾買二三十斤何也？」曰：「備多日之用。」又詰曰：「爾買藥未滿一月，計取用不過一二斤，其餘今貯何處？」其人詞窮。刑鞫❸之，果得因姦謀殺狀，與婦並伏法。或問：「何以知為此人？」曰：「火藥非數十斤不能偽為雷。合藥必以硫磺。今方盛夏，非年節放爆竹時，買硫磺者可數。吾陰使人至市，察買硫磺者誰多，皆曰某匠。又陰察某匠賣藥於何人，皆曰某人，是以知之。」又問：「何以知雷為偽作？」曰：「雷擊人，自上而下，不裂地。其或毀屋，亦自上而下。今苫草❹屋樑皆飛起，土炕之面亦揭去，知火從下起矣。又此地去城五六里，雷電相同。是夜雷電雖迅烈，然皆盤繞雲中，無下擊之狀，是以知之。爾時❺其婦先歸寧❻，難以研問。故必先得是人，而後婦可鞫。」此令可謂明察矣。

【章旨】此段記敘了一位縣令通過仔細調查，破獲殺人案件的故事。

【注釋】❶雍正壬子　即清世宗雍正十年，西元一七三二年。❷飭棺殮　命令用棺材收殮屍體。❸刑鞫　用刑審問。❹苫草　指蓋在屋頂上的茅草。❺爾時　那時；當時。❻歸寧　指已經出嫁的婦女回娘家探親。

【語譯】清世宗雍正十年六月，一天夜裡下了一場大雷雨，獻縣城西有位村民被雷擊死。縣令明晟前往查驗死者屍體，下令用棺材把死者屍體收殮了。過了半個多月，縣令明晟忽然拘捕了一個人來審問他說：「你買火藥幹什麼用？」那人回答說：「用來打鳥。」明晟追問道：「用火槍打鳥，少者不過用幾錢火藥，多者到一兩左右，足夠一天用了。你買二三十斤火藥幹什麼用？」那人回答說：「預備著許多天的使用。」明晟又追問道：「你買火藥不滿一個月，估計所用不過一二斤，其餘的火藥現今藏在什麼地方？」那人無話可說。明晟對他用刑審訊，果然審得因姦情密謀殺人的情狀，那人同姘婦一起被判處死刑。有人問明晟：「您是怎麼知道殺人者是這個人？」明晟回答說：「火藥沒有幾十斤不能偽造成打雷的樣子。合成火藥必定要用硫磺。現在正當盛夏時節，不是逢年過節放爆竹的時候，買硫磺的人屈指可數。我暗地裡派人到集市上察看誰買硫磺最多，大家都說是某某工匠。我又暗地調查某某工匠賣火藥給什麼人，都說是某人，所以知道是這個犯人幹的。」有人又問：「您是怎麼知道雷是偽造的？」明晟回答說：「雷擊傷人，是自上而下的，不會炸裂地面。雷擊有時會毀壞房屋，也是自上而下的。現在茅草屋頂、房樑都被炸飛了起來，屋裡土炕的炕面也被揭去了，因此知道爆炸是從地面發生的。再者，案發地點離縣城五六里路，雷電是同時發生的。這天夜裡雷電雖然迅猛暴烈，但都在雲層中盤旋回繞，沒有往下擊打的情況，所以我知道這件案子的真實情況。當時死者的妻子先回娘家了，一時難以研求追問。因此一定要先找到這個人，而後可以審訊那婦人了。」這位縣令可說是明察秋毫了。

【研析】這位縣令判案不為假象所迷惑，能細緻觀察，按跡尋蹤，終使案情真相大白，殺人者被繩之以法。這位縣令與前文中所說的那位靠祈夢斷案、草菅人命的糊塗縣令形成鮮明對比。顯然，作者是十分讚許這位縣令的審案方法，不厭其煩地把他調查案情、觀察思考的過程全記錄下來，讀來饒有趣味。

雷劈逆子

戈太僕仙舟言：乾隆戊辰❶，河間❷西門外橋上雷震一人死，端跪不仆，手擎一紙裹，雷火弗爇❸。驗之皆砒霜❹，莫明其故。俄其妻聞信至，見之不哭，曰：「早知有此，恨其晚矣！是嘗詬誶❺老母，昨忽萌惡念，欲市砒霜毒母死。吾泣諫一夜，不從也。」

【章旨】此章講述了一個逆子想毒殺親生母親而遭雷劈的故事。

【注釋】❶乾隆戊辰　即清乾隆十三年，西元一七四八年。❷河間　今河北河間。❸爇　燒；焚燒。❹砒霜　一種無機化合物，白色或灰色固體，有劇毒。❺詬誶　辱罵。

【語譯】太僕寺卿戈仙舟說：乾隆十三年，河間縣城西門外的橋上，雷震死了一個人，這人死後仍端正地跪著不倒，手裡還拿著一個紙包，雷火沒有燒著這個紙包。人們查看發現紙包中都是砒霜，不知道是什麼緣故。一會兒，他的妻子聽到消息來了，見了屍體沒有哭泣，說：「早知道會有今天，只恨他死得晚了！這個人曾經辱罵自己的老母親，昨天忽然萌生罪惡的念頭，想買砒霜來毒死母親，我哭著勸諫了一夜，他也不肯聽從。」

【研析】這個逆子被雷劈死，連他的妻子都沒有悲傷，可見其遭人痛恨程度了。天下罪惡中，沒有比謀殺母親的罪孽更深重了。犯下如此罪孽，遭到雷劈，真是大快人心。當然，其遭到雷劈純屬偶然，並非冥冥中真有判定善惡的神靈執掌生殺大權。

二姑娘

再從兄[1]旭升言：村南舊有狐女，多媚少年，所謂二姑娘者是也。族人某，意擬生致之，未言也。一日，於廢圃見美女，疑其即是。戲歌豔曲，欣然流盼，折草花擲其前。方欲俯拾，忽卻立數步外，曰：「君有惡念。」逾破垣竟去。後有二生讀書東嶽廟僧房，一居南室，與之昵。一居北室，無睹也。南室生嘗怪其晏至，戲之曰：「左挹浮丘[2]袖，右拍洪崖[3]肩耶？」狐女曰：「君不以異類見薄，故為悅己者容。北室生心如木石，吾安敢近？」南室生曰：「何不登牆一窺？未必即三年不許[4]。如使改節，亦免作程伊川[5]面向人。」狐女曰：「磁石惟可引針，如氣類不同，即引之不動。無多事，徒取辱也。」時同侍姚安公側，姚安公曰：「向亦聞此，其事在順治[6]末年。居北室者，似是族祖雷陽公。雷陽一老副榜[7]，八比❽以外無寸長，只心地樸誠，即狐不敢近。知為妖魅所惑者，皆邪念先萌耳。」

【章旨】此章講述了一個內心不正，狐女才敢惑人的故事。

【注釋】❶再從兄　遠房堂兄。❷浮丘　即浮丘公。古代傳說中黃帝時的仙人。❸洪崖　傳說中的仙人名。即黃帝的臣子伶倫，帝堯時已三千歲，仙號洪崖。❹三年不許　此典故出自戰國楚宋玉〈登徒子好色賦〉。言登徒子好色，其妻醜陋，而登徒子悅之。有美女登牆偷看他三年，他也沒有動心。❺程伊川　即程頤。北宋哲學家。字正叔，學者稱伊川先生，洛陽（今屬河南）人。和他的兄長程顥同為北宋理學的奠基者，世稱「二程」。官至崇政殿說書。常板著臉與人相見。❻順治　清世祖愛新覺羅福臨的年號（一六四四－一六六一年）。❼副榜　科舉考試中的一種附加榜示，亦稱備榜。清代時，每正榜五名取中一名，名為副貢，不能與舉人同赴會試，但下科仍可應鄉試。❽八比　八股文的別稱。

【語譯】遠房堂兄旭升說：村子南面過去有個狐女，經常去誘惑少年，人稱二姑娘的就是。我們家族中有個人想要活捉這位狐女，沒有把這想法說出口。一天，他在廢棄的花園裡見到一個美女，懷疑她就是那個狐女。挑逗地唱起了情歌，只見她高興地用眉目送情，這個族人折下一束草花擲到她的面前。她正要俯身拾取，忽然後退幾步，站在那裡說：「您有壞念頭。」說完越過破敗的院牆竟然離去了。後來有兩個書生在東嶽廟僧房裡讀書，一個居住在南邊的房間，同這個狐女親暱。一個居住在北邊的房間，卻什麼都沒有見到。南邊房間的書生曾經責怪這個狐女來晚了，開玩笑地說：「你是左手牽著浮丘公的袖子，右手拍著洪崖的肩膀嗎？」狐女回答說：「您不因為我是異類而薄待我，所以我願意為喜歡自己的人修飾容貌。北邊房間書生的內心如同木頭石塊，我怎麼敢接近他？」南邊房間的書生說：「為什麼不登上牆頭暗中看一下呢？未必就像登徒子那樣三年都不許。如果能夠使他改變操守，也可以免得他擺著程伊川道學家的面孔對著人。」狐女說：「磁石只可以吸引針，如果氣質不是同類，就是吸引它也不會動。不要多事了，免得自討羞辱。」當時我與堂兄一起侍奉在姚安公身邊，姚安公說：「過去也聽到過這個故事，這件事發生在順治末年。居住在北邊房間的好像是族祖雷陽公。雷陽公是一位老副貢，八股文以外一無所長。只是心地樸實誠摯，狐女就不敢接近他。由此可知被妖魅所誘惑的，都是他自己先萌生了邪念的緣故。」

【研析】顯然這是一則編造的故事，只是為增強說服力而假託堂兄所言。或許就是紀昀堂兄所編造的，而紀昀深信不疑，錄而成文。但文中說明的道理卻是事實，即「為妖魅所惑者，皆邪念先萌」，真可謂「鬼不惑人人自惑」。如果自己心地純正，鬼魅豈敢惑人？

癡鬼情深

先太夫人外家曹氏，有媼能視鬼。外祖母歸寧❶時，與論冥事。媼曰：「昨於某家見一鬼，可謂癡絕❷；然情狀可憐，亦使人心脾淒動。鬼名某，住某村，家亦小康，死時年二十七八。初死百日後，婦邀我相伴，見其恆坐院中丁香樹下。或聞婦哭聲，或聞兒啼聲，或聞兄嫂與婦詬誶❸聲，雖陽氣逼爍，不能近，然必側耳窗外竊聽，淒慘之色可掬。後見媒妁至婦房，愕然驚起，張手左右顧。後聞議不成，稍有喜色。既而媒妁再至，來往兄嫂與婦處，則奔走隨之，皇皇❹如有失。送聘之日，坐樹下，目直視婦房，淚涔涔如雨。自是婦每出入，輒隨其後，眷戀之意更篤。嫁前一夕，婦整束奩具❺。復徘徊簷外，或倚柱泣，或俯首如有思；稍聞房內啾聲，輒從隙私窺，營營❻者徹夜。吾太息❼曰：『癡鬼何必如是！』若弗聞也。娶者入，秉火前行。避立牆隅，仍翹首望婦。吾偕婦出，回顧，見其遠遠隨至娶者家，為門尉❽所阻，稽顙❾哀乞，乃得入；入則匿牆隅，望婦行禮，凝立如醉狀。婦入房，稍稍近窗，其狀一如整束奩具時。至滅燭就寢，尚不去，為中霤神❿所驅，乃狼狽出。時吾以婦囑歸視兒，亦隨之返。見其直入婦室，凡婦所坐處眠處，一一視到。俄聞兒索母啼，趨出環繞兒四周，以兩手相握，作無可奈何狀。俄嫂出，撻兒一掌，便頓足拊心，遙作切齒狀。吾視之不忍，乃徑歸，不知其後何如也。後吾私為婦述，婦齧齒自悔。里有少寡議嫁者，聞是事，以死自誓曰：『吾不忍使亡者作是狀。』」嗟呼！君子義不負人，不以生死有異也。小人無在不負人，亦不以生死有異也。常人之情，則人在而情在，人亡而情亡耳。苟一念死者之情狀，未嘗不戚然⓫感也。儒者見諂瀆⓬之求福，妖妄之滋惑，遂斷斷⓭持無鬼之論，失先王神道設教之深心，徒使愚夫愚婦，悍然一無所顧忌。尚不如此里嫗之言，為動人生死之感也。

【章旨】此章講述了一個丈夫情深，至死不渝的故事。

【注釋】❶歸寧　指已嫁的女子回娘家探視父母。❷癡絕　非常癡心。❸訽誶　辱罵。❹皇皇　通「惶惶」。意即心緒不安。❺奩具　嫁妝。❻營營　往來不絕。❼太息　大聲歎息；深深地歎息。❽門尉　守門的官吏。此處指門神。❾稽顙　古時一種跪拜禮。屈膝下拜，以額觸地。❿中霤神　古代五祀（戶、灶、中霤、門、行）所祭對象之一。中霤，土神。⓫戚然　憂傷的樣子。⓬詬讟　阿諛在上的人和輕侮在下的人。⓭齗齗　爭辯的樣子。

【語譯】先母太夫人娘家曹氏，有個老婦人能夠看到鬼。外祖母回娘家時，同她談論陰間的事。老婦說：「昨天在某某家見到一個鬼，可以說是癡心到了極點；然而那情形樣子十分可憐，也使人內心感到淒慘悲痛。那個鬼名叫某某，住在某村，家境也是小康，死時年齡二十七八歲。他剛剛死了百天以後，他的妻子約我相伴，見到他經常坐在院子裡的丁香樹下。他有時聽到妻子的哭泣聲，有時聽到兒子的啼哭聲，有時聽到哥哥嫂嫂與妻子的詬罵聲，雖然因為陽氣逼迫炙烤，使他不能靠近，然而他必定側著耳朵在窗外偷聽，淒慘的神色看了令人同情。後來他看見媒人到他妻子的房裡，愕然驚訝地站起來，張開雙手左右張望。後來聽到議婚不成，他才稍稍有點高興的神色。不久媒人又來了，來往於兄嫂和妻子兩邊，他就奔走跟隨在媒人身後，惶惶然若有所失。迎娶者送聘禮來的這一天，他坐在樹下，眼睛直直地盯著妻子的房間，眼淚漣漣如雨流下。從此妻子每次出入，他就跟在她的後面，眷戀之情更加深厚。改嫁的前一天晚上，妻子收拾嫁妝，他又徘徊在屋簷外，有時靠著柱子哭泣，有時低頭若有所思。只要稍微聽到房內妻子的咳嗽聲，他就從縫隙裡偷偷張望，來來回回奔忙了一整夜。我歎息說：『癡心鬼何必如此！』他好像沒有聽見一樣。娶親的人進門來，舉著燈火往前走，他就躲避站立在牆角，仍然伸著脖子望著妻子。我同他妻子一起出門，回頭看看，見到他遠遠地跟隨著來到了娶他妻子的那戶人家，被門神所阻攔，叩頭哀求，才得以進入那戶人家門來。他進門後躲在牆角裡，望著自己妻子與別人舉行婚禮，呆呆地站立著如同喝醉了酒的樣子。妻子進了洞房，他稍稍靠近窗子，那樣子就同他的妻子收拾嫁妝時一模一樣。到了房中熄燈滅燭睡覺，他還是不肯離開，被中霤神驅趕，才狼狽出門。那時我因為受他妻子囑託回來看望他的兒子，那個鬼也跟著回家來。看到他直接走入妻子的房間，凡是妻子曾經坐過、睡過的地方，他都一一看到。一會兒聽到兒子尋找母親的啼哭聲，他跑出來環繞兒子四周，把兩手互相握在一起，做出無可奈何的樣子。一會兒嫂子出來，打了兒子一巴掌，他就頓著腳拍著胸口，遠遠地做出咬牙切齒的樣子。我看了不忍心，就直接回家了，不知道他以後怎樣了。後來我暗地裡講給他的妻子聽，他的妻子聽後，咬著牙齒非常後悔。鄉里有一個年輕寡婦準備改嫁，聽到這件事後，以死來發誓說：『我不忍心讓死去的丈夫做出這種樣子。』唉！君子講義氣不辜負他人，不因為生死有什麼區別；小人則事事辜負他人，也不因為生死有什麼區別。普通人的情感，則是人在而情義在，人死而情義也就沒有了。如果一想到死者的情狀，沒有不感到黯然悲傷的。儒生見到那些諛上侮下的人向鬼神求福，妖異怪誕之說的滋生惑眾，就振振有辭地主張沒有鬼的論說，失去了上古聖賢君王以神道設置教化的深切用心，這樣只會使得那些愚夫愚婦，蠻橫地根本無所顧忌。還不如這個鄉里老婦人的話，能夠觸動人們對生者死者的感情了。

【研析】這又是一則淒慘的愛情故事。死者對生者的眷戀，刻骨銘心，令人感歎。紀昀亦受這則故事的感動，不能自已，抒發了長篇議論，一是認為君子的情感天長地久，生死不移；二是認為鬼神之說有助於教化。紀昀雖身為大儒，在鬼神問題上卻與先聖孔子的教誨相異，從中不難看出自佛教傳入中國後，經過一千多年的與儒家學說的爭鬥後，兩者的走向融合。

借屍回生

王蘭泉少司寇❶言：胡中丞❷文伯之弟婦，死一日復蘇，與家人皆不相識，亦不容其夫近前。細詢其故，則陳氏女之魂，借屍回生。問所居，相去數十里。呼其親屬至，皆歷歷相認。女不肯留胡氏，胡氏持鏡使自照，見形容皆非，乃無奈而與胡為夫婦。此與《明史・五行志》❸司牡丹事❹相同。當時官為斷案，從形不從魂。蓋形為有據，魂則無憑。使從魂之所歸，必有詭託售奸者，故防其漸焉。

【章旨】此章講述了一個借屍還魂的故事。

【注釋】❶少司寇　西周始置司寇，掌管刑獄、糾察等事。春秋、戰國時沿用。後世以大司寇為刑部尚書的別稱，侍郎則稱少司寇。❷中丞　官名。漢代御史大夫的屬官有中丞，受公卿奏事，舉劾案章。後御史大夫轉為大司空，中丞即為御史臺之長。歷代多沿置，明初置都察院，其中副都御史職與御史中丞略同。清代以右副都御史為巡撫的兼銜，故用作對巡撫的稱呼。❸明史五行志　《明史》為二十四史之一，清張廷玉等撰。記載明代一朝史事。〈五行志〉為《明史》中記載明代發生的自然災害、某些神祕現象、事件的專篇。❹司牡丹事　《明史・五行志》「人痾」則：洪武二十四年八月，河南龍門婦司牡丹死三年，借袁馬頭之屍復生。

【語譯】刑部侍郎王蘭泉說：巡撫胡文伯的弟媳，死去一天後又重新蘇醒過來，和家裡人都不相識，也不允許她的丈夫靠近自己。大家仔細詢問她這樣做的原因，原來是陳姓人家女兒的魂魄借屍回生。問她所居住的地方，距離胡家只有幾十里路。人們呼喚她的親屬到來，這個女子個個都能清楚地辨認。陳姓女子不肯留在胡家，胡家拿出鏡子讓她自己照著看，她看到自己已是面目全非了，於是無可奈何地與胡文伯的弟弟成為夫婦。這同《明史・五行志》記載的司牡丹的事情相同。當時官府為這件案子宣判，依據人的形體而不依據人的魂魄。因為人的形體是有依據的，而人的魂魄則沒有憑證。如果依照魂魄來斷定這個人的歸屬，勢必會有借此耍陰謀以便實現自己詭計的事情發生，所以要防止這類事情的產生。

【研析】借屍還魂之事，古人雖然深信不疑，但處置頗為得當，即凡遇此類事情，「從形不從魂」，這就從根本上杜絕了「詭託售奸者」的陰謀。從這件事來看，古人處理民事糾紛的能力、措施均很得當，不可輕視。

江西術士

有山西商居京師信成客寓，衣服僕馬皆華麗，云且援例報捐❶。一日，有貧叟來訪，僕輩不為通。自候於門，乃得見。神意索漠❷，一茶後別寒溫。叟徐露求助意，怫然❸曰：「此時捐項❹且不足，豈復有餘力及君？」叟不平，因對眾具道西商昔窮困，待叟舉火❺者十餘年，復助百金使商販，漸為富人。今罷官流落，聞其來，喜若更生❻。亦無奢望，或得曩所助之數稍償負累❼，歸骨鄉井❽足矣。語訖絮泣，西商亦似不聞。忽同舍一江西人，自稱姓楊，揖西商而問曰：「此叟所言信否？」西商面赬❾曰：「是固有之，但力不能報為恨耳。」楊曰：「君且為官，不憂無借處。倘有人肯借君百金，一年內乃償，不取分毫利，君肯舉以報彼否？」西商強應曰：「甚願。」楊曰：「君但書券❿，百金在我。」西商迫於公論，不得已書券。楊收券，開敝篋⓫，出百金付西商。西商怏怏⓬持付叟。楊更治具，留叟及西商飲。叟歡甚，西商草草終觴⓭而已。叟謝去，楊數日亦移寓去，從此遂不相聞。後西商檢篋中少百金，鐍鎖封識⑭皆如故，無可致詰。又失一狐皮半臂⑮，而篋中得質票⑯一紙，題錢二千，約符楊置酒所用之數。乃知楊本術士，姑以戲之。同舍皆竊稱快。西商慚沮，亦移去，莫知所往。

【章旨】此段記敘了一位商人發跡後忘恩負義而遭術士戲弄的故事。

【注釋】❶報捐　明清制度，平民可以向朝廷捐錢而得到官職。根據捐錢的數額大小而得到不同品級的官職。❷索漠　指淡漠、冷淡。❸怫然　臉上勃然變色。❹捐項　指捐錢買官的款項。❺舉火　指生火做飯。❻更生　再生；重生。❼負累　指負債。❽鄉井　指家鄉。❾面頳　面孔紅了起來。頳，赤。❿書券　書寫借券。⓫敝篋　破舊的箱子。⓬怏怏　很不高興的樣子。⓭終觴　指酒宴終席。觴，盛酒器。⓮鐍鎖封識　鐍鎖，箱子上加鎖的鉸鈕鎖著。封識，密封的標誌。⓯半臂　即背心。⓰質票　當票。

【語譯】有個山西商人居住在京城的信成客店裡，他穿的衣服、僕從和馬匹都很華麗，說是準備按照章程捐款得個官做。一天，有個窮老頭來尋訪他，僕人們不替老頭通報。老頭自己等候在門口，才得以與那個商人相見。山西商人神情淡漠冷落，一杯茶之後，沒有別的問候冷暖的話。老頭慢慢露出求助的意思，這個商人很不高興地說：「這時我捐官的款項尚且不夠，哪裡再有餘力顧及到你呢？」老頭憤憤不平，於是對著眾人一一講述這個山西商人過去窮困時，十多年來一直靠了老頭才能有飯吃；老頭又曾資助他一百兩銀子，讓他經商做買賣，這個人才漸漸成為富人。老頭現在自己罷官流落他鄉，聽到這個商人到來，心裡高興得好像能夠重新開始生活。老頭也沒有什麼奢望，只是想得到過去資助這個商人的錢款數額，稍稍償還一點債務，自己這副老骨頭能返回家鄉就足夠了。說完還不停地哭泣，但這個山西商人好像不曾聽見。忽然同房的一個江西人，自稱姓楊，向山西商人作揖詢問道：「這個老頭所說的確實嗎？」山西商人紅著臉說：「這事確實是有的，但很遺憾我的力量還不能報答他。」楊某說：「您就要做官了，不用擔心沒有借錢的地方。倘使有人肯借給您一百兩銀子，一年內才償還，不取一分一毫的利息，您肯用這筆錢來報答他嗎？」山西商人勉強答應說：「很願意。」楊某說：「您只要寫個借據，一百兩銀子由我借給您。」山西商人迫於公眾的議論，不得已寫了個借據，楊某收了借據，打開一個破舊的箱子，從中拿出一百兩銀子交付給山西商人。山西商人悶悶不樂地接過銀子交給老頭。楊某又安排酒席，留老頭和山西商人喝酒。老頭十分高興，山西商人只是草草陪酒直到散席而已。老頭稱謝而去，楊某幾天後也搬往別處，從此就不通音訊。後來山西商人檢點箱子，發現少了一百兩銀子，箱子上的扣鎖封皮標識都像原樣，無處可以查問。又少了一件狐皮背心，而在箱子裡得到當票一張，寫著錢二千文，大約符合楊某置辦酒席所用的錢的數目。山西商人這才知道楊某本來是一個術士，姑且用來和他開一個玩笑。同房舍的人都暗暗稱快。山西商人慚愧沮喪，也搬走了，不知道去了哪裡。

【研析】世上忘恩負義之徒、見利忘義之輩總是有的，但公道自在人心，看這個忘恩負義的山西商人遭到眾人譴責，受到楊某戲弄而人人稱快，豈不也是一種報應。

詩讖

蔣編修❶菱溪，赤崖先生子也。喜吟詠，嘗作七夕❷詩曰：「一霎人間蕭鼓收，羊燈❸無焰三更碧。」又作中元❹詩曰：「兩岸紅沙多旋舞，驚風不定到三更。」赤崖先生見之，愀然❺曰：「何忽作鬼語？」果不久下世。故劉文定公作其遺稿序曰：「就河鼓❻以陳詞，三更焰碧；會盂蘭❼而說法，兩岸沙紅。詩讖先成，以君才過終軍❽之歲；誄詞❾安屬？顧我適當騎省之年❿。」

【章旨】此章講述了一位青年所寫之詩成為自己讖言的故事。

【注釋】❶編修　官名。宋代凡修國史、實錄、會要等均隨時置編修官，樞密院亦有編修官，負責編纂記述。明清之翰林院編修，以一甲二三名進士及庶吉士之留館者充任，無定員，亦無實際職務。❷七夕　節日名。農曆七月初七的晚上。古代神話，七夕時牛郎織女在天河相會。❸羊燈　用竹絲紮成外糊以紙的羊形燈，民間常在燈陣懸掛。❹中元　傳統習俗以農曆七月十五日為中元節。❺愀然　容色改變。❻河鼓　星官名。亦稱「天鼓」，俗稱「牛郎星」。❼盂蘭　即盂蘭盆會。佛教儀式。每逢農曆七月十五日，佛教徒為追薦祖先所舉行。盂蘭盆是梵文 Ullambana 的音譯，意譯「救倒懸」。❽終軍　字子雲，西漢濟南（今屬山東）人。十八歲被選為博士弟子，上書評論國事，武帝任為謁者給事中，遷諫大夫。曾自請願受長纓，縛南越王致之闕下。後奉命赴南越（今兩廣地區），被殺，死時年僅二十歲，時稱「終童」。❾誄詞　亦作「誄辭」。即誄文。指悼念死者的文章。❿騎省之年　典出晉潘岳〈秋興賦序〉：「余春秋三十有二，以太尉掾兼虎賁中郎將，寓直於散騎之省。」後遂指三十歲左右的青壯年。

【語譯】翰林院編修蔣菱溪，是赤崖先生的兒子。蔣先生喜歡吟詠詩詞，曾經寫了一首七夕詩道：「霎那間人間的蕭鼓聲都停止了，點燃的羊燈沒有火焰三更天碧藍。」又寫了一首中元節詩道：「兩岸紅色的沙礫許多在天空旋轉飛舞，驚風不停地吹到三更天。」赤崖先生見到了這些詩句，面容變色地說：「為什麼忽然說起鬼話來了？」蔣菱溪果然不久就去世了。所以劉文定公在給蔣菱溪的遺稿序中這樣寫道：「對著牽牛星來陳述詞賦，三更天的燈發出青綠顏色的火焰；遇到盂蘭盆會而演說佛法，兩岸沙礫通紅。詩中的預兆先已出現，以您的年齡才超過終軍的年歲；悼念您的誄詞囑託誰寫？而我也正當三十多歲的年齡。」

【研析】一位青年詩人夭折，總會引起許多思念。看文中所引的詩句，有一股寂寞悲涼之氣。或許這位詩人的心境太過淒涼，因而影響了他的健康。

陳四之母

農夫陳四，夏夜在團焦❶守瓜田，遙見老柳樹下，隱隱有數人影，疑盜瓜者，假寐聽之。中一人曰：「不知陳四已睡未？」又一人曰：「陳四不過數日，即來從我輩遊，何畏之有？昨上直土神祠❷，見城隍牒❸矣。」又一人曰：「君不知耶？陳四延壽矣。」眾問：「何故？」曰：「某家失錢二千文，其婢鞭捶數百未承。婢之父亦憤曰：『生女如是，不如無。倘果盜，吾必縊殺之。』婢曰：『是不承死，承亦死也。』呼天泣。陳四之母憐之，陰典衣得錢二千，捧還主人曰：『老婦昏憒，一時見利取此錢，意謂主人積錢多，未必遽算出。不料累此婢，心實惶愧。錢尚未用，謹冒死自首，免結來世冤。老婦亦無顏居此，請從此辭。』婢因得免。土神嘉其不辭自汙以救人，達城隍。城隍達東嶽❹。東嶽檢籍，此婦當老而喪子，凍餓死。以是功德，判陳四借來生之壽於今生，俾養其母。爾昨下直❺，未知也。」陳四方竊憤母以盜錢見逐，至是乃釋然。後九年母死，葬事畢，無疾而逝。

【章旨】此章講述了一位農村老婦為救他人而不惜自汙的故事。

【注釋】❶團焦　圓形草屋。也叫「團瓢」、「團標」。❷土神祠　即土地廟。供奉土地神的地方。❸城隍牒　城隍發的公文。城隍，道教所傳守護城池的神。唐代以來郡縣皆祭城隍。宋以後奉祀城隍的習俗更為普遍。明太祖洪武三年（一三七〇年）又正式規定各府州縣的城隍神並加以祭祀。❹東嶽　指東嶽大帝。道教所奉東嶽廟中的泰山神。謂其掌管人間生死，每年農曆三月二十八日舉行祭祀。❺下直　猶言下班。古時宮禁及中樞的官吏有值宿的制度，上班稱上直，下班稱下直。直，通「值」。

【語譯】農夫陳四，夏天夜晚在圓形的草屋裡看守瓜田，遠遠地看見老柳樹下隱隱約約有幾個人影，懷疑是來偷瓜的，就假裝睡著而留神傾聽。只聽其中一個人說：「不知道陳四已經睡著了沒有？」另一個人說：「陳四過不了幾天就和我們在一起了，有什麼好怕的？我昨天在土神祠值班，看到城隍的公文了。」又有一個人說：「您不知道嗎？陳四延長壽命了。」大家問：「什麼原因？」這人回答說：「某家丟失了兩千文錢，他家的婢女被鞭打了幾百下都沒有承認。婢女的父親也氣憤地說：『生個女兒像這樣，倒不如沒有女兒。倘若果真是她偷盜的話，我一定勒死她。』婢女說：『這是不承認得死，承認也得死了。』叫天喊地地痛哭。陳四的母親憐憫她，暗中典當自己的衣服得了兩千文錢，捧還給了主人說：『老婦人糊塗，一時貪利拿了這些錢財。原以為主人積存的錢多，未必立即算得出來。不料連累了這個婢女，心裡實在惶恐慚愧。錢還沒有用，我就冒死罪前來自首，免得結下來世的冤仇。老婦人也沒有臉面住在這裡，請求從現在起告辭。』婢女因而得到了寬免。土地神稱讚陳四母親不惜以汙辱自己的方法來救人，稟告到城隍。城隍稟告到東嶽大帝。東嶽大帝查點簿冊，這個女人原來應該年老喪子，自己受凍挨餓而死。因為這個救人的功德，判處陳四借用來世的壽命到今生，使他能奉養自己的母親。你昨天已經下班，所以不知道。」陳四正在暗暗地憤恨母親因為偷錢被驅逐，到這時才消除了疑慮。九年以後，陳四的母親死去，陳四辦完了喪事，也沒有什麼病就去世了。

【研析】陳四之母不惜自汙以救人，於是感動神靈，得以改變命運。故事十分感人，但不失勸人向善之意。有意思的是，這位俠肝義膽的人物卻是鄉村一位貧窮的村婦，遂使故事有了相當的深度。

義冢鬼戰瘟疫

外舅❶馬公周籙言：東光❷南鄉有廖氏募建義冢❸，村民相助成其事，越三十餘年矣。雍正❹初，東光大疫。廖氏夢百餘人立門外，一人前致詞曰：「疫鬼❺且至，從君乞焚紙旗❻十餘，銀箔❼糊木刀百餘。我等將與疫鬼戰，以報一村之惠。」廖故好事，姑製而焚之。數日後，夜聞四野喧呼格鬥聲，達旦乃止。闔村果無一人染疫者。

【章旨】此章講述了一個村子因建義冢，遂得到鬼魂相助，驅走瘟疫的故事。

【注釋】❶外舅　岳父。即妻子的父親。❷東光　縣名。在河北東南部、南運河東岸，鄰接山東。❸義冢　古時收埋無主屍骸的墓地。❹雍正　清世宗愛新覺羅胤禛的年號（一七二三—一七三五年）。❺疫鬼　散布瘟疫的鬼神。古人認為瘟疫有鬼神在主宰。❻紙旗　用紙糊的戰旗。❼銀箔　亦作「銀薄」。白銀捶成的薄片，常用以貼飾器物。

【語譯】岳父馬周籙說：東光縣南鄉有個姓廖的人募捐建造掩埋無主屍骨的義冢，村民相助完成了這件事，已經過了三十多年。雍正初年，東光縣發生大瘟疫。那位姓廖的人夢見一百多人站立在門外，其中一個上前致詞說：「疫鬼將要來了，向您乞求焚燒紙旗十多面，用銀箔糊的木刀一百多把，我等將同疫鬼戰鬥，以報答一村的恩惠。」廖某人本來就是一個好事的人，就按照囑託製作了紙旗木刀焚燒。幾天以後，夜裡聽到四周曠野裡嘈雜的呼叫和格鬥聲，直到清晨才停止。全村果然沒有一個人染上瘟疫的。

【研析】知恩圖報，即使鬼神亦不例外。因此，人們還是應該多積德行善，以求好報。這就是紀昀撰寫這個故事的用意。雖說迷信，但勸人向善之心可鑑。

尊官妒嫉

沙河橋❶張某商販京師，娶一婦歸，舉止有大家風。張故有千金產，經理亦甚有次第。一日，有尊官騎從甚盛，張杏黃蓋❷，坐八人肩輿❸，至其門前問曰：「此是張某家否？」鄰里應曰：「是。」尊官指揮左右曰：「張某無罪，可縛其婦來。」應聲反接❹是婦出。張某見勢焰赫奕❺，亦莫敢支吾❻。尊官命褫婦衣，決臀❼三十，昂然竟行。村人隨觀之，至林木蔭映處，轉瞬不見，惟旋風滾滾，向西南去。方婦受杖時，惟叩首稱死罪。後人問其故。婦泣曰：「吾本侍郎❽某公妾，公在日，意圖固寵，曾誓以不再嫁。今精魂❾晝見，無可復言也。」

【章旨】此章講述了一個尊官死後仍嫉妒自己小妾改嫁的故事。

【注釋】❶沙河橋　在河北河間東滹沱河上。當地人把滹沱河稱為沙河。❷杏黃蓋　杏黃色傘蓋。古代官員的儀仗之一。❸肩輿　轎子。❹反接　反綁兩手。❺赫奕　顯耀盛大氣勢。❻支吾　猶豫；躊躇。❼决臀　打屁股。决，通「決」。❽侍郎　官名。漢代郎官的一種，本為宮廷的近侍。東漢以後，尚書的屬官，初任稱郎中，滿一年稱尚書郎，三年稱侍郎。至明清遂遞升至正二品，與尚書同為各部的堂官。❾精魂　精神魂魄。

【語譯】沙河橋張某在京城裡經商販賣，娶了一個妻子回家來，這女子一舉一動都有名門大族人家的風度。張某原來有千兩銀子的家產，經營得也十分有條理。一天，一位達官貴人帶著眾多隨從，張著杏黃色的傘蓋，坐著八人抬的轎子，到了他的門前，問道：「這是張某家嗎？」鄰里鄉親回答說：「是的。」那位貴官指揮左右的人說：「張某沒有罪，可把他的妻子綁來。」隨從應聲反綁張某妻子的兩手出來。張某見到那官員顯赫的聲勢，也不敢隨便多說話。貴官命令剝去張某妻子的衣服，打了三十下屁股，昂首闊步地走了。村裡人跟隨在後面觀看，到那樹林遮蔽掩映的地方，轉瞬間那貴官的隊伍就不見了，只有旋風滾滾向西南方向而去。張某妻子被打的時候，只是叩頭稱死罪。後來人們問其中的緣故，張某妻子哭泣著說：「我本來是侍郎某公的小妾，某公在世的時候，我為了鞏固自己受寵的地位，曾經發誓不再改嫁他人。現在某公的魂魄在大白天出現，我沒有什麼話可以再說的了。」

【研析】某公實在太霸道，生前要霸占眾多女子，死後尚不許這些女子改嫁。一旦改嫁，就醋心發作，公然在大白天闖入百姓人家實施報復。如果陰間有知，怎麼能容得這樣的官員繼續占據高位。這個故事反映了封建社會的夫權思想，一笑而已。

無賴王禿子

王禿子幼失父母，迷其本姓。育於姑家，冒姓王。凶狡無賴，所至童稚皆走匿，雞犬亦為不寧。一日，與其徒自高川❶醉歸，夜經南橫子叢冢❷間，為群鬼所遮。其徒股栗伏地，禿子獨奮力與鬥，一鬼叱曰：「禿子不孝，吾爾父也，敢肆毆！」禿子固未識父，方疑惑間，又一鬼叱曰：「吾亦爾父也，敢不拜！」群鬼又齊呼曰：「王禿子不祭爾母，致飢餓流落於此，為吾眾人妻。吾等皆爾父也。」禿子憤怒，揮拳旋舞，所擊如中空囊。跳踉❸至雞鳴，無氣以動，乃自仆叢莽間。群鬼皆嬉笑曰：「王禿子英雄盡矣，今日乃為鄉黨❹吐氣。如不知悔，他日仍於此待爾。」禿子力已竭，竟不敢再語。天曉鬼散，其徒乃掖以歸。自是豪氣消沮，一夜攜妻子遁去，莫知所終。此事瑣屑不足道，然足見悍戾❺者必遇其敵，人所不能制者，鬼亦忌而共制之。

【章旨】此章講述了村民王禿子悍戾鄉里，而遭眾鬼懲罰的故事。

【注釋】❶高川　鎮名。在河北交河東北，滹沱河邊。清朝設把總在此鎮。❷叢冢　墳墓叢聚亂葬的地方。❸跳踉　騰躍跳動。❹鄉黨　周制以五百家為黨，一萬二千五百家為鄉，後因以泛指鄉里。❺悍戾　凶狠；蠻橫。

【語譯】王禿子自幼父母雙亡，失去了他的本姓。因為他由姑姑家養育成長，就冒姓了王。王禿子為人凶狠狡猾無賴，所到之處連孩童們都嚇得逃避，雞犬也為之不得安寧。一天，他和同伴從高川鎮喝得大醉而歸，夜裡經過南橫子的亂墳堆時，被一群鬼所阻攔。他的同伴嚇得兩腿發抖趴在地上，王禿子獨自一人奮力同他們搏鬥。一個鬼喝叱王禿子說：「禿子不孝，我是你的父親，膽敢肆意還手毆打！」王禿子本來不認識父親，正在疑惑之間，又一個鬼喝叱王禿子說：「我也是你的父親，膽敢不拜！」那些鬼又一齊呼喊道：「王禿子不祭奠你的母親，以致你的母親飢餓流落在這裡，做了我們眾人的妻子，因此，我們都是你的父親。」王禿子憤怒極了，揮舞拳頭旋轉亂打，但他擊中的如同打中了空袋子。他奔跳跑動直到雞叫，沒有力氣再動彈了，就自己躺倒在雜亂叢生的草木間。眾鬼都嬉笑著說：「王禿子這次英雄氣完了，今天才算為鄉親鄰里出了口氣。如果你不知道悔改，改天我們仍然在這裡等著你。」王禿子已經精疲力竭，竟然不敢再說話。天亮眾鬼散去，同伴才扶著王禿子回去。從此以後，王禿子豪氣全消。一天夜裡，他攜帶妻子兒子逃走了，不知道王禿子後來怎麼樣。這件事瑣碎得不值得一提，但是足以說明那些凶狠強橫的人，必然會遇到敵手。人所不能制伏的，鬼也會忌恨他而共同制伏他。

【研析】蠻橫無賴之徒魚肉鄉里，眾人敢怒不敢言，而要靠鬼魅來加以懲罰，雖然大快人心，但不免要問，當地的管事者究竟何在？對付這些無賴，難道人世間就找不到辦法？看來紀昀也無計可施，只能借託鬼神了。

巴蠟蟲

戊子❶夏，京師傳言，有飛蟲夜傷人。然實無受蟲傷者，亦未見蟲，徒以圖相示而已。其狀似蛾而大，有鉗距❷，好事者或指為射工❸。按：短蜮❹含沙射影，不云飛而螫人，其說尤謬。余至西域，乃知所畫，即闢展❺之巴蠟蟲❻。此蟲秉炎熾之氣而生，見人飛逐。以水噀之，則軟而伏。或噀不及，為所中，急嚼茜草❼根敷瘡則瘥❽，否則毒氣貫心死。烏魯木齊多茜草，山南闢展諸屯，每以官牒移取，為刈獲者備此蟲云。

【章旨】此章講述了一種害蟲的來歷和防治方法。

【注釋】❶戊子　即清乾隆三十三年，西元一七六八年。❷鉗距　節肢動物的螫。❸射工　傳說的毒蟲名。❹短蜮　即射工，一名短狐，一名蜮。❺闢展　城名。城址在今新疆鄯善。❻巴蠟蟲　一種昆蟲。❼茜草　亦稱「血茜草」、「血見愁」。茜草科。多年生攀援草本。❽痊　病癒；痊癒。

【語譯】乾隆三十三年夏天，京城裡傳說有飛蟲夜裡傷人。然而其實並沒有人受到這種飛蟲的傷害，也沒有人看見過這種飛蟲，只是用圖畫互相展示而已。牠的形狀像蠶蛾而大一些，有一對鉗形的螫，好事的人有的認為牠是射工。按：射工就是短狐，傳說能夠含沙射影傷人，但並沒有說牠能夠飛起來螫人，所以這種說法尤其荒謬。我到了西域，才知道所畫的飛蟲就是闢展的巴蠟蟲。這種蟲秉受炎烈熾熱之氣而生存，見了人就飛著追逐。用水噴牠，就會癱軟而掉在地下。如果水沒有噴著，被牠刺中，就應該趕快咀嚼茜草的根，敷在被牠刺中的傷口上，就會痊癒，否則就會毒氣攻心而死。烏魯木齊一帶生長著許多茜草，天山南麓闢展各處屯墾區，經常發來官府的公文調取茜草，給收割莊稼的人用來防備這種飛蟲。

【研析】對於民間謠傳，紀昀採取的是冷靜科學的態度。首先，推究京城地區有沒有這種飛蟲，發現京城裡的傳言完全沒有根據。其次，在新疆地區發現了這種飛蟲。紀昀就分析牠的特性和危害，記錄了當地的防治辦法。一篇短文平息了許多無謂的謠言和恐懼。世上許多事情都是這樣，只要弄清了真相，謠言和恐懼自然就沒有市場。

縊鬼魅人

烏魯木齊虎峰書院，舊有遣犯婦縊窗櫺上。山長❶前巴縣❷令陳執禮，一夜明燭觀書，聞窗內承塵❸上窸窣有聲。仰視，見女子兩纖足，自紙罅❹徐徐垂下，漸露膝，漸露股。陳先知是事，厲聲曰：「爾自以姦敗，憤恚死，將禍我耶？我非爾仇。將魅我耶？我一生不入花柳叢❺，爾亦不能惑。爾敢下，我且以夏楚❻扑爾。」乃徐徐斂足上，微聞歎息聲，俄從紙罅露面下窺，甚姣好。陳仰面唾曰：「死尚無恥耶？」遂退入。陳滅燭就寢，袖刃以待其來，竟不下。次日，仙遊❼陳題橋訪之，話及是事，承塵上有聲如裂帛，後不再見。然其僕寢於外室，夜恆囈語，久而漸病瘵❽。垂死時，陳以其相從二萬里外，哭甚悲。僕揮手曰：「有好婦，嘗私就我。今招我為婿，此去殊樂，勿悲也。」陳頓足曰：「吾自恃膽力，不移居，禍及汝矣。甚哉，客氣之害事也！」後同年❾六安❿楊君逢源，代掌書院，避居他室，曰：「孟子有言：『不立乎岩牆之下。』⓫」

【章旨】此章講述了一個縊鬼魅人的故事。

【注釋】❶山長　五代蔣維東隱居衡嶽講學，受業者稱蔣為山長。元代書院設山長，講學之外，並總領院務。清乾隆時改名院長，清末仍名山長。❷巴縣　縣名。在重慶市郊。❸承塵　天花板。❹紙罅　紙的縫隙。❺花柳叢　即花柳場。指妓院。❻夏楚　通「檟楚」。古代木製的刑具，用於笞打。❼仙遊　縣名。在福建東部，木蘭溪上游。❽病瘵　肺結核病。❾同年　科舉制度中稱同科考中的人。明清鄉試會試同榜登科者亦稱「同年」。❿六安　縣名。在安徽西部，大別山東北麓，淠河中游。⓫孟子有言二句　謂有見識的人不會久處於危險之中。

【語譯】烏魯木齊的虎峰書院，過去有充軍犯人的妻子吊死在窗格上面。書院的山長、前巴縣縣令陳執禮，一天夜裡在明亮的燭光下看書，聽到窗內天花板上有窸窸窣窣的聲音。抬頭一看，只見兩隻女子纖細的腳從紙縫裡慢慢地垂下來，漸漸露出膝蓋，漸漸露出大腿。陳執禮原先知道這件事，就厲聲說道：「你自己因為姦情敗露，憤恨而死，要來害我嗎？我不是你的仇人。要來誘惑我嗎？我一生不去花街柳巷尋花問柳，你也不能誘惑我。你敢下來，我就用棍棒打你。」於是，那女子的腳便慢慢縮了上去，還微微發出歎息聲音。一會兒，那女子從紙縫裡露面向下窺看，面貌很漂亮。陳執禮仰起面孔唾道：「你死了還沒有羞恥心嗎？」於是那女子退入天花板。陳執禮吹滅蠟燭上床睡覺，袖中藏著利刃等待她來，那女子還是沒有下來。第二天，仙遊人陳題橋來拜訪陳執禮，兩人談到這件事，天花板上有像撕裂綢布的聲音，後來也沒有再見到那女子。但是陳執禮的僕人睡在外房，夜裡經常說夢話，時間久了漸漸成了癆病。臨死時，陳執禮因為他跟著自己來到了兩萬里外的地方，哭得很悲哀。僕人揮揮手說：「有個美麗的女子曾經私下主動和我相好，如今招我為婿，這一去很快樂，你不要悲傷。」陳執禮跺著腳說：「我自己仗著膽力沒有搬遷住處，卻禍及你了。太不應該了！我與她講客氣卻真能壞事！」後來與陳執禮同榜取中的六安人楊逢源代替他主持書院，避開此屋住到了別的房間去，說：「孟子說過：『不要站立在岩牆的下面。』」

【研析】縊鬼豈能魅人，而是人自魅鬼。如陳執禮，鬼魅不能侵；如其僕人，見色則迷，遂為鬼魅而死。在大誘惑前，定力不夠者還是遠避為好。避開誘惑，就是避開危險。但有些誘惑是無從躲避的，這還是要靠自身定力。所謂「富貴不能淫，貧賤不能移，威武不能屈，是謂大丈夫」，信哉！

白晝見鬼

德郎中❶亨，夏日散步烏魯木齊城外，因至秀野亭納涼。坐稍久，忽聞大聲語曰：「君可歸，吾將宴客。」狼狽奔回，告余曰：「吾其將死乎？乃白晝見鬼。」余曰：「無故見鬼，自非佳事。若到鬼窟❷見鬼，猶到人家見人爾，何足怪焉？」蓋亭在城西深林，萬木參天，仰不見日。旅櫬❸之浮厝❹者，罪人之伏法者，皆在是地，往往能為變怪云。

【章旨】此章講述了一個白晝見鬼的故事。

【注釋】❶郎中　官名。始於戰國。漢代沿置，屬郎中令（後改光祿勳），管理車、騎、門戶，並內充侍衛，外從作戰。初分為車郎、戶郎、騎郎三類，長官設有車戶騎三將，其後類別逐漸泯除。自隋唐至清，各部皆沿置郎中，分掌各司事務，為尚書、侍郎、丞相以下之高級部員。❷鬼窟　鬼之洞穴。❸旅櫬　客死者的靈柩。❹浮厝　謂暫時把靈柩停放在地面上，周圍用磚石等砌起來掩蓋，或暫時淺埋，以待改葬。

【語譯】郎中德亨，夏季的某一天在烏魯木齊城外散步，因而來到秀野亭乘涼。坐的時間稍久，忽然聽到大聲說話道：「您可以回去了，我將要宴請客人。」德亨狼狽地奔跑回來，告訴我說：「我將要死了嗎？竟然大白天見鬼。」我說：「無緣無故見到鬼，自然不是好事。如果到了鬼的洞穴而見到鬼，如同到人家家裡見到人罷了，有什麼好奇怪的呢？」因為秀野亭在烏魯木齊城西面的密林深處，那裡樹木高聳入雲，抬頭看不見太陽。客死他鄉的人暫時停放的棺木，被依法處死的罪人的棺木，都在這個地方，所以往往會出現變怪。

【研析】紀昀對待鬼神的態度坦然而鎮靜，總是想以他所掌握的知識給出一個合理的解釋，本文亦是如此。當時人人信鬼神，只是在對待鬼神的態度上有所區別而已。心地坦蕩者，自然無所畏懼；膽小疑懼者，遇事膽怯；傷天害理者，或不顧天理繼續倒行逆施；或害怕報應，暫時斂手。在紀昀的這部筆記中，我們可以看到鬼神前的眾生相，此處就是一幅。

某公挨磚

武邑❶某公與戚友❷賞花佛寺經閣❸前。地最豁敞❹，而閣上時有變怪，入夜即不敢坐閣下。某公以道學❺自任，夷然弗信也。酒酣耳熱，盛談〈西銘〉❻萬物一體之理，滿座拱聽❼，不覺入夜。忽閣上厲聲叱曰：「時方饑疫，百姓頗有死亡。汝為鄉宦，既不思早倡義舉，施粥捨藥；即應趁此良夜，閉戶安眠，尚不失為自了漢❽。乃虛談高論，在此講民胞物與❾。不知講至天明，還可作飯餐、可作藥服否？且擊汝一磚，聽汝再講邪不勝正！」忽一城磚飛下，聲若霹靂，杯盤几案俱碎。某公倉皇出走，曰：「不信程朱之學，此妖之所以為妖歟！」徐步太息❿而去。

【章旨】此段記敘了一位道學先生虛談高論、不管百姓疾苦而遭鬼神譴責的故事。

【注釋】❶武邑　縣名。今河北武邑。❷戚友　指親戚朋友。❸經閣　即藏經閣。寺廟藏佛經之所。❹豁敞　開闊通敞。❺道學　亦稱理學，朱熹是其集大成者。認定「理」先天地而存在，把抽象的「理」（實際上是封建倫理道德準則）提高到永恆的、至高無上的地位。❻西銘　即北宋哲學家張載所著《正蒙》中的〈訂頑〉篇。張載曾將此篇與〈砭庸〉篇分錄在學堂的兩扇窗上。程頤據此分稱這兩文為〈西銘〉和〈東銘〉。該文把全宇宙看成一個大家族，宣揚樂天順命思想。❼拱聽　恭敬、專心地聆聽。❽自了漢　指只管一身而不顧大局的人。❾民胞物與　是張載的倫理學說，他從人類萬物都是天地所生出發，提出了「民吾同胞，物吾與也」的抽象命題，要求愛一切人，如愛自己的同胞手足一樣，並擴大到「視天下無一物非我」。❿太息　歎息。

【語譯】武邑縣某公，同親戚朋友一起在佛寺的藏經閣前面賞花。這地方最為開闊敞亮，但藏經閣上時常發生變怪，到了夜裡人們就不敢坐在藏經閣下了。某公以道學家自居，坦然而不相信鬼怪。他在喝酒盡興、耳根發熱的時候，暢談北宋張載〈西銘〉中萬物一體的道理，滿座專心地聆聽，不知不覺中已經到了夜裡。忽然聽到藏經閣上厲聲喝叱道：「現在正在鬧饑荒、發瘟疫，很多百姓死亡。你作為本地鄉宦，既不想早日倡議義舉，施粥捨藥；就應該乘此良夜，關門安睡，尚且還不失為一個只顧自己的自了漢。但你卻空談高論，在這裡講什麼民胞物與。不知道講到天亮，是可以當飯吃呢？還是可以當藥服？姑且打你一磚，聽你再講什麼邪不勝正！」忽然一塊城牆磚飛打下來，聲音就像霹靂雷震，把杯盤桌子都打碎了。某公慌張地跑出來說：「不相信程朱之學，這就是妖怪之所以為妖怪吧。」說完便歎息著慢慢離去了。

【研析】元明兩代，理學成為官學，科舉以程朱之學為標準，遂使天下讀書人崇尚空談而不務實際。明末清初，一些思想家鑑於明朝的滅亡，提倡經世致用之學，倡導漢學，抨擊宋學。至乾嘉時期，這一思潮已經成為影響中國以後二三百年的學術流派。紀曉嵐作為乾嘉學派的代表人物，對理學家空談性理的學風深惡痛絕，遂以這個故事來嘲諷當時的理學家。

仕女圖

滄州❶畫工伯魁，字起瞻（其姓是此伯字，自稱伯州犁❷之裔。友人或戲之曰：「君乃不稱二世祖太宰公？」近其子孫不識字，竟自稱白氏矣）。嘗畫一仕女圖，方鉤出輪郭，以他事未竟，鎖置書室中。越二日，欲補成之，則几上設色小碟，縱橫狼藉，畫筆亦濡染幾遍，圖已成矣。神采生動，有殊常格❸。魁大駭，以示先母舅張公夢徵，魁所從學畫者也。公曰：「此非爾所及，亦非吾所及，殆偶遇神仙遊戲耶？」時城守尉永公寧，頗好畫，以善價取之。永公後遷四川副都統❹，攜以往。將罷官前數日，畫上仕女忽不見，惟隱隱留人影，紙色如新，餘樹石則仍黯舊，蓋敗徵之先見也。然所以能化去之故，則終不可知。

【章旨】此章講述了一個畫工作仕女圖未成而畫面自成的故事。

【注釋】❶滄州　今河北滄州。❷伯州犁　春秋楚國宗子，康王時為太宰。❸常格　詩文、繪畫、書法等藝術習見或平常的格調。❹副都統　清在各省建置駐防八旗，設將軍或都統為長官。一般將軍與都統不並置，凡設將軍處，其下置副都統。

【語譯】滄州有個畫工姓伯名魁，字起瞻（他的姓就是這個伯字，自稱是春秋楚國人伯州犁的後代。朋友中有人同他開玩笑說：「你怎麼不稱說自己是二世祖太宰公？」近來他的子孫不識字，竟然自稱姓白了）。他曾經畫一幅仕女圖，剛剛鉤出人物的輪廓，因為有別的事情沒有畫完，便把那幅未完成的畫鎖在書房中。過了兩天，伯魁想要補畫完成這幅仕女圖，只見書房中的几案上調配顏色的小碟子縱橫散亂，一片狼藉，畫筆也差不多被顏料沾染遍了，而那幅仕女圖已經畫成。畫上的仕女神采生動，有別於自己平常畫仕女圖的風格。伯魁大為驚奇，拿來給我的先母舅張夢徵先生看，伯魁正是跟隨著他學畫的。張先生說：「這畫的水準不是你所及得上的，也不是我所及得上的，或許是偶然遇到神仙的遊戲之作吧？」當時守城的郡尉永寧先生很喜歡這幅畫，用好價錢買了下來。永寧先生後來升任四川副都統，攜帶了這幅畫上任。他將要罷官的前幾天，畫上的仕女忽然不見，只隱隱約約留下了人影，紙張顏色就像新的一樣，畫上的其餘樹木石塊等顏色則仍然黯淡陳舊，大概是永寧先生官運敗落的徵兆先行顯現。然而這幅畫的仕女之所以能夠消失的原因，則始終不得而知。

【研析】畫可以模仿，但畫風難以改變。神仙遊戲之作的說法自然亦是戲說。但究竟是何人所畫，是家中的書童婢女？還是另有他人，難以揣測。更離奇的是畫中的仕女竟然會褪色，其中原委也令人難以捉摸。

戲溺髑髏

佃戶張天錫，嘗於野田見髑髏，戲溺其口中。髑髏忽躍起作聲曰：「人鬼異路，奈何欺我？且我一婦人，汝男子，乃無禮辱我，是尤不可。」漸躍漸高，直觸其面。天錫惶駭奔歸，鬼乃隨至其家。夜輒在牆頭簷際，責詈不已。天錫遂大發寒熱，昏瞀❶不知人。闔家拜禱，怒似少解。或叩其生前姓氏里居，鬼具自道。眾叩首曰：「然則當是高祖母，何為禍於子孫？」鬼似淒咽，曰：「此故我家耶？幾時遷此？汝輩皆我何人？」眾陳始末。鬼不勝太息曰：「我本無意來此，眾鬼欲借此求食，慫恿我來耳。渠❷有數輩在病者房，數輩在門外。可具漿水❸一瓢，待我善遣之。大凡鬼恆苦飢，若無故作災，又恐神責。故遇事輒生釁，求祭賽❹。爾等後見此等，宜謹避，勿中其機械❺。」從如所教。鬼曰：「已散去矣。我口中穢氣不可忍，可至原處尋吾骨洗而埋之。」遂嗚咽數聲而寂。

【章旨】此章講述了一個農夫戲溺髑髏而遭報應的故事。

【注釋】❶昏瞀　迷惘困惑。指神志昏亂失常。❷渠　他；他們。❸漿水　水或其他食物湯汁。❹祭賽　祭祀酬神。❺機械　猶言巧詐。

【語譯】佃戶張天錫，曾經在田野裡看見一個骷髏頭，就開玩笑地把尿撒在骷髏頭的嘴裡。骷髏頭忽然跳起來發出聲音說：「人和鬼各走各的路，你為什麼這樣欺負我？況且我是一個女人，你是個男子，竟然這樣無禮地汙辱我，這更加不可以。」骷髏頭越跳越高，一直碰到張天錫的臉上。張天錫驚惶地奔逃回來，鬼竟然跟隨著來到他家。到了夜裡，鬼就在牆頭上屋簷間責罵不已。張天錫於是生起寒熱病來，神志昏亂，連人也認不出來。張天錫的全家跪拜禱告，女鬼的怒氣似乎稍稍緩解一些。有人詢問她生前的姓名住處，鬼都一一回答了。眾人叩頭說：「這樣說起來，您應當是我們的高祖母了，為什麼要禍害自己的子孫呢？」鬼似乎淒涼嗚咽地說：「這裡原來是我的家嗎？幾時搬遷到這裡來的？你們都是我的什麼人？」眾人講了事情的始末，鬼不勝歎息地說：「我本來無意來到這裡，眾鬼想藉這件事尋求食物，慫恿我來罷了。他們有幾個在病人的房間裡，有幾個在房門外。你們可以準備一瓢漿水，等我好好地打發他們離開。大凡是鬼經常苦於飢餓，如果無緣無故地興禍作災，又恐怕神的責罰。所以遇到事情就藉機鬧出事端，要求祭祀酬謝。你們以後見到這種情況，要謹慎迴避，不要中了他們的機關。」眾人照她說的做了。鬼說：「眾鬼已經散去了。我嘴裡的穢氣實在難以忍耐，可到原處尋找我的屍骨洗乾淨了埋葬掉。」於是鬼嗚咽了幾聲，就沉寂了。

【研析】對常人而言，人死為大。即使對死者不能表示尊敬，也應該表示尊重，不能無緣無故地侮辱死者，包括他的遺骨。這個農夫違背了做人的起碼準則，遭到鬼的報復也在情理之中。對那些遺臭萬年的人類渣滓而言，死後繼續遭到譴責，代表的是一種正義。如秦檜等人至今不是還跪在岳飛墳前，遭到萬人唾棄嗎？

鬼念

又佃戶何大金，夜守麥田。有一老翁來共坐。大金念村中無是人，意是行路者偶憩。老翁求飲，以罐中水與之。因問大金姓氏，並問其祖父。惻然❶曰：「汝勿怖，我即汝曾祖，不禍汝也。」細詢家事，忽喜忽悲。臨行，囑大金曰：「鬼自伺放焰口❷求食外，別無他事，惟子孫念念不能忘，愈久愈切。但苦幽明阻隔，不得音問。或偶聞子孫熾盛，輒躍然以喜者數日，群鬼皆來賀；偶聞子孫零替❸，亦悄然以悲者數日，群鬼皆來唁。較生人之望子孫，殆切十倍。今聞汝等尚溫飽，吾又歌舞數日矣。」回顧再四，丁寧❹勉勵而去。先姚安公曰：「何大金蠢然一物，必不能偽造斯言。聞之使人追遠之心，油然而生。」

【章旨】 此章講述了在陰曹地府的鬼顧念自己子孫的故事。

【注釋】 ❶惻然　哀憐；悲傷。❷焰口　佛教名詞。古印度傳說裡一種餓鬼的名稱。以身形焦枯，口內燃火，咽細如針而得名。佛教密宗有專對這種餓鬼施食的經咒和念誦儀軌，一般叫做「放焰口」。過去頗流行，作為對死者追薦的佛事之一。❸零替　陵替；衰敗。❹丁寧　亦作「叮嚀」。一再囑咐。

【語譯】 又，佃戶何大金，夜裡看守麥田，有一位老翁來和他坐在一起。何大金心想村子裡沒有這個人，料想是過路人偶然在此歇息。老翁要求喝水，何大金就拿罐中的水給他喝。老翁又問起何大金的姓名，並且問起他的祖父，聽了回答後悲傷地說：「你不要害怕，我就是你的曾祖父，不會害你的。」老翁仔細詢問何大金家裡的事，忽而喜悅，忽而悲哀。臨行時，老翁囑咐何大金說：「鬼除了等候人間放焰口乞求食物之外，沒有別的事情，唯獨對子孫念念不能忘記，時間越久越是迫切。只是苦於陰間和陽間的阻隔，所以得不到音訊。或偶然聽說子孫興隆繁盛，往往能高興好幾天，群鬼都來道賀；偶然聽說子孫凋零，也要悄然悲傷好幾天，群鬼也都來安慰。相較於人世間長輩的盼望子孫，幾乎要迫切十倍。現今聽說你們還算溫飽，我又要高興好幾天了。」老翁再三回頭叮囑勉勵何大金，然後才離去。先父姚安公說：「何大金這樣一個愚蠢笨拙的東西，必定不能偽造出這些話來。聽了這個故事，使人追念先人的心思，油然而產生了。」

【研析】 長輩對子孫的顧念沒有窮盡。古人強調孝道，要求子孫對父母長輩的孝順，但不肖子孫時有所聞；

父母對子孫的舐犢之情，卻從來沒有消滅過。子孫對於父母的養育之恩是無論如何也報答不盡的。故而唐人詩：「誰言寸草心，報得三春暉。」至今傳誦不已。

狐鬼驅浪子

乾隆丙子❶，有閩士赴公車❷。歲暮抵京，倉卒不得棲止，乃於先農壇❸北破寺中僦一老屋。越十餘日，夜半，窗外有人語曰：「某先生且醒，吾有一言。吾居此室久，初以公讀書人，數千里辛苦求名，是以奉讓。後見先生日外出，以新到京師，當尋親訪友，亦不相怪。近見先生多醉歸，稍稍疑之。頃聞與僧言，乃日在酒樓觀劇，是一浪子耳。吾避居佛座後，起居出入，皆不相適，實不能隱忍讓浪子。先生明日不遷，吾瓦石已備矣。」僧在對屋，亦聞此語，乃勸士他徙。自是不敢租是室。有來問者，輒舉此事以告云。

【章旨】此章講述了一個舉子赴京城趕考，寄居在一所破廟中，因行為浪蕩而遭狐鬼驅逐的故事。

【注釋】❶乾隆丙子　即清乾隆二十一年，西元一七五六年。❷公車　舉人進京參加會試的代稱。❸先農壇　在北京永定門內天壇之西，是明、清帝王祭農神之所。

【語譯】乾隆二十一年，有一個福建的舉人進京參加會試。這個舉人年底來到京城，倉促之間找不到住宿的地方，於是在先農壇北面的破廟裡租了一間老屋。舉人在這間屋子裡住了十幾天，一天半夜裡聽到窗外有人說話：「某先生，且醒醒，我有一句話要對您說。我居住在這間屋子已經很久了，起初因為您是讀書人，幾千里路來京城辛苦求取功名，所以把屋子奉讓給您居住。後來看見先生天天外出，以為是新到京城，應當尋親訪友，也沒有見怪。近來發現先生多半喝醉了酒回來，就稍稍有些懷疑。剛才聽到您與和尚的談話，才知道您是天天在酒樓裡看戲，是一個浪子罷了。我避住在佛像座位的後面，起居出入都不方便，我實在不能隱居忍讓一個浪子。先生如果明天不搬走，我的瓦片石塊已經準備好了。」和尚住在對面屋子裡也聽到了這些話，於是勸那個舉人搬往別處。和尚從此不敢再出租這間屋子，有來詢問租借屋子的人，就舉出這件事來告訴他。

【研析】這個舉人進京後不是讀書用功準備應試，而是天天醉酒，夜夜笙歌，完全是一個放蕩浪子。狐鬼尊敬讀書人，但不會顧忌浪子。驅逐浪子，恢復自己的本來生活，正當合理。如果神靈有知，也會支持狐鬼的。讀到此處，難免要生出疑問，這個浪子的舉人功名是從何得來的？以其在京城的舉止，恐怕走的不是正道。

姑虐婦死

申蒼嶺先生，名丹，謙居先生弟也。謙居先生性和易，先生性豪爽，而立身端介❶則如一。里有婦為姑虐而縊者，先生以兩家皆士族❷，勸婦父兄勿涉訟。是夜，聞有哭聲遠遠至，漸入門，漸至窗外，且哭且訴，詞甚悽楚，深怨先生之息訟。先生叱之曰：「姑虐婦死，律無抵法。即訟亦不能快汝意。且訟必檢驗，檢驗必裸露，不更辱兩家門戶乎？」鬼仍絮泣不已。先生曰：「君臣無獄，父子無獄。人憐汝枉死，責汝姑之暴戾則可。汝以婦而欲訟姑，此一念已干名犯義❸矣。任汝訴諸明神，亦決不直汝也。」鬼竟寂然去。謙居先生曰：「蒼嶺斯言，告天下之為婦者可，告天下之為姑者則不可。」先姚安公曰：「蒼嶺之言，子與子言孝。謙居之言，父與父言慈。」

【章旨】此章講述了一個村婦遭到婆婆迫害而死，而道學家卻還要庇護作惡婆婆的故事。

【注釋】❶端介　方正耿介。❷士族　此處指世代是讀書人的家族。與東漢以後所說的士族有所區別。❸干名犯義　干犯名教和道義。清代刑律中有「干名犯義律」。指卑幼告其尊長，奴婢告其主人，均為犯法之舉。

【語譯】申蒼嶺先生，名丹，是申謙居先生的弟弟。申謙居先生性情溫和平易，申蒼嶺先生性格豪爽，而為人處世方正耿介，兩人則是一樣的。鄉里有一個村婦被婆婆虐待而上吊自盡，申蒼嶺先生因為兩家都是世家大族，勸村婦的父親和哥哥不要提出訴訟。這天夜裡，申蒼嶺先生聽到一個女人的哭聲遠遠而來，漸漸進入大門，漸漸到了窗外，並且一邊哭泣一邊訴說，言詞極其慘痛，深深埋怨申蒼嶺先生勸說自己娘家平息訟事。申蒼嶺先生喝叱她說：「婆婆虐待媳婦導致死亡，法律上沒有抵罪的規定。就是提起訴訟也不能使你快意。而且提起訴訟必定要檢驗屍體，檢驗屍體必定要裸露你的身體，不是更加辱沒兩家的門戶嗎？」那個女鬼仍然哭泣個不停。申蒼嶺先生說：「君臣之間沒有訟案，父子之間沒有訟案。人們憐惜你的枉死，譴責你婆婆暴虐是可以的。你以媳婦的身分而想狀告婆婆，這一個念頭就已經干名犯義了。不論你告到什麼賢明的神那裡，也絕不會支持你的。」那個女鬼竟然就這樣寂靜無聲地離去了。申謙居先生說：「蒼嶺的這番話，告知天下做媳婦的可以，告知天下做婆婆的則不可以。」先父姚安公說：「蒼嶺的話，是兒子與兒子之間談論孝道。謙居的話，是父親與父親之間談論慈愛。」

【研析】村婦被逼自盡，還不許自訴申冤，這就是道學家所推崇的「三從四德」。封建禮教對婦女的殘酷壓迫，在這個故事中得到了充分的反映。紀昀對此並沒有直接表示異議，只是在文章結束時借引用其父親的話，委婉地表達了自己的觀點：父慈子孝，以共同維護封建禮教。這種表達自己觀點的方法，也就是清初大學者顧炎武在《日知錄》所說的：「於敘事中寓論斷。」

李慶子遭逐

董曲江遊京師時，與一友同寓，非其侶也，姑省宿食之資云爾。友徵逐富貴，多外宿。曲江獨睡齋中。夜或聞翻動書冊，摩弄器玩❶聲，知京師多狐，弗怪也。一夜，以未成詩稿置几上，乃似聞吟哦聲，問之弗答。比曉視之，稿上已圈點數句矣。然屢呼之，終不應。至友歸寓，則竟夕寂然。友頗自詫有祿相❷，故邪不敢干。偶日照❸李慶子借宿，酒闌以後，曲江與友皆就寢。李乘月散步空圃，見一翁攜童子立樹下。心知是狐，翳❹身竊睨其所為。童子曰：「寒甚，且歸房。」翁搖首曰：「董公同室固不礙。此君俗氣逼人，那可共處？寧且坐淒風冷月間耳。」李後洩其語於他友，遂漸為其人所聞，銜李次骨❺。竟為所排擠，狼狽負笈❻返。

【章旨】此章講述了一個讀書人之間因氣量狹小而互相嫉恨排擠的故事。

【注釋】❶器玩 可供玩賞的器物。一般指古玩。❷祿相 有官位俸祿的相貌。古時相術認為人的形體、氣色等與人的貴賤、貧富、夭壽等有關。❸日照 縣名。在山東東南部，東臨黃海，南鄰江蘇。❹翳 隱藏；隱沒。❺次骨 猶言入骨。形容程度極深。❻負笈 背著書箱。

【語譯】董曲江遊歷京城時，和一個朋友同住一個寓所。董曲江不是他的旅伴，只是為了節省住宿吃飯的費用而住在一起罷了。這個朋友追逐富貴，多半在外住宿。董曲江獨自睡在房間裡，夜裡有時聽到翻動書冊、摩弄器玩古物的聲音，他知道京城裡狐仙很多，也不感到奇怪。一天夜裡，他把沒有寫完的詩稿放在几案上，又好像聽到吟誦詩句的聲音。董曲江詢問卻沒有人回答。董曲江等到天亮看這份詩稿時，稿子上有幾句詩已經被圈點過了。然而董曲江屢屢呼喚，終究沒有得到回應。等到同住的朋友回寓所，房間裡就整夜寂靜無聲。朋友頗感驚奇，以為自己有做官的命相，所以妖邪不敢來侵犯。有一天，日照人李慶子來借宿，飲酒盡興以後，董曲江同朋友都已經睡覺。李慶子趁著月色在空無一人的花園裡散步，看見一個老頭帶著一個童子站立在樹下。李慶子心裡知道是狐仙，於是躲藏起來偷偷看他要做些什麼。童子說：「天氣太冷了，姑且回房間去。」老頭搖搖頭說：「與董先生同住一個房間固然沒有妨礙，但另外那個先生俗氣逼人，哪能和他同住在一個房間裡？我寧可坐在淒風冷月之中。」李慶子後來把這些話講給其他朋友聽，於是漸漸地傳到這人的耳中，這人因此對李慶子恨之入骨。李慶子竟被這人排擠，狼狽地背著書箱回去了。

【研析】狐仙是沒有的，自然評價他人俗氣逼人之事也是子虛烏有，當不得真的。這是三個書生互相間的妒嫉排斥，其中挑起事端最可懷疑的就是那位董曲江先生了。最先說有狐仙者是他，得到狐仙賞識者是他，最後得利者還是他。心計如此深刻，叫人不寒而慄。

夙孽

余長女適德州❶盧氏，所居曰紀家莊。嘗見一人臥溪畔，衣敗絮呻吟。視之，則一毛孔中有一虱，喙皆向內，後足皆勾於敗絮，不可解，解之則痛徹心髓。無可如何，竟坐視其死。此殆夙孽❷所報歟！

【章旨】此章講述了一個前世作孽、今生得到報應的故事。

【注釋】❶德州　市名。在山東西北部，鄰接河北，津浦和德石兩鐵路交會處，大運河流貫。為山東西北部交通中心之一。❷夙孽　前世的冤孽。

【語譯】我的大女兒嫁給德州盧家，所居住的地方叫紀家莊。曾經看見一個人躺在小溪邊，身穿破棉絮呻吟著。近前一看，他的每一個毛孔中都有一個蝨子，蝨子嘴都朝裡，後腿都鉤在破棉絮上，無法解開，一解就痛入心肝骨髓。人們無可奈何，只能眼看著他死去。這大概是這個人前世作的冤孽而遭到的報應吧！

【研析】宣揚因果報應是紀昀寫作此書的目的之一，故不厭其煩地再三講述因果報應的故事。因果報應思想，上古社會時就已經產生，而在佛教傳入中國後又與之結合，遂成為影響民族心理、民間習俗的巨大力量，至今不衰。

紅衣女

汪閣學❶曉園，僦居閻王廟街一宅。庭有棗樹，百年以外物也。每月明之夕，輒見斜柯❷上一紅衣女子垂足坐。翹首向月，殊不顧人。迫之則不見，退而望之，則仍在故處。嘗使二人一立樹下，一在室中，室中人見樹下人手及其足，樹下人固無所睹也。當望見時，俯視地上樹有影，而女子無影。投以瓦石，虛空無礙；擊以銃❸，應聲散滅，煙焰一過，旋復本形。主人云，自買是宅，即有是怪。然不為人害，故人亦相安。夫木魅花妖，事所恆有，大抵變幻者居多。茲獨不動不言，枯坐一枝之上，殊莫明其故。曉園慮其為患，移居避之。後主人伐樹，其怪乃絕。

【章旨】此章講述了在一個花園裡出現紅衣女子幻影的故事。

【注釋】❶閣學　即明清的內閣學士。❷斜柯　指傾斜生長的樹枝。❸銃　古時的一種火器。如火銃、鳥銃。

【語譯】內閣學士汪曉園，在閻王廟街租借了一所住宅居住。這所住宅的庭院裡有一株棗樹，是生長百年以上的老樹了。每到月光明亮的夜晚，就能看見樹的斜枝上有一個紅衣女子垂腳而坐，抬頭向著月亮，一點兒也不顧忌人。人們走近她就不見了，退後望去，則仍舊坐在原處。曾經派了兩個人，一個人站立在棗樹下，一個人在房間裡，房間裡的人看見樹下那人的手以及腳，站在樹下的人卻什麼都沒有看見。當人們望見那個紅衣女子時，低頭看地上，棗樹有樹影而那個紅衣女子沒有影子。人們用瓦片、石塊投擲過去，就同扔在虛空中那樣毫無阻礙。人們用火銃打去，紅衣女子應聲而散滅；煙火一過去，隨即恢復本來的形狀。這所住宅的主人說：自從買了這所住宅，就有這個怪物。然而不為害於人，所以人也和她相安無事。木魅花妖，這事情是經常有的，大概會變幻的居多數。而這位紅衣女子卻既不動也不說話，默默空坐在一條樹枝上，實在不知道是為了什麼。汪曉園擔心她為害，便搬到別處以避開她。後來這所住宅的主人砍掉了棗樹，這個怪物才絕跡。

【研析】月明之夜，紅衣女子枯坐枝頭，仰望明月，多美的一幅賞月圖。可惜，人們總是把詩情畫意看作是妖魅作亂，非要除去而甘心。於是，天下恢復常態，一切太平。

廖姥

廖姥，青縣❶人，母家姓朱，為先太夫人乳母。年未三十而寡，誓不再適，依先太夫人終其身，歿時年九十有六。性嚴正，遇所當言，必侃侃與先太夫人爭。先姚安公亦不以常媼遇之。余及弟妹皆隨之眠食，飢飽寒暑，無一不體察周至。然稍不循禮，即遭呵禁。約束僕婢，尤不少假借❷。故僕婢莫不陰憾之。顧司管鑰，理庖廚，不能得其毫髮私，亦竟無如何也。嘗攜一童子，自親串❸家通問歸，已薄暮矣。風雨驟至，趨避於廢圃破屋中。雨入夜未止，遙聞牆外人語曰：「我方投汝屋避雨，汝何以冒雨坐樹下？」又聞樹下人應曰：「汝毋多言，廖家節婦在屋內。」遂寂然。後童子偶述其事，諸僕婢皆曰：「人不近情，鬼亦惡而避之也。」嗟呼！鬼果惡而避之哉？

【章旨】此章講述了一位寡婦守寡六十餘年，忠心侍候主人家的故事。

【注釋】❶青縣　縣名。在河北東南部，鄰接天津。❷假借　寬假；寬容。❸親串　親戚。

【語譯】廖姥姥，青縣人，娘家姓朱，是先母太夫人的奶媽。年紀不到三十歲而守了寡，發誓不再嫁人，依靠先母太夫人終老一生，去世時年齡已經九十六歲。廖姥姥性情嚴肅方正，遇到應當說的話，必定從容不迫地同先母太夫人爭辯。先父姚安公也不以對待普通老婦人那樣對待她。我和弟妹們都跟隨她吃飯睡覺，飢飽寒暑，她沒有一樣不體貼照料周到。但如果我們稍有點不遵守禮節，就會遭到她的呵斥禁止。廖姥姥管束僕人婢女，尤其不稍加寬容，所以僕人婢女沒有不私下恨她的。她掌管全家的鑰匙，管理廚房，誰也不能找到她一絲一毫的私心，故而大家對她竟也無可奈何。廖姥姥曾經帶著一個童子從親戚家探望問候回來時，已經傍晚了。這時，風雨突然來到，廖姥姥趕緊躲進一座廢棄園子的破屋裡。雨到了夜裡還沒停止，遠遠聽到牆外有人說話道：「我正要投奔到你的屋子裡避避雨，你怎麼冒著雨坐在樹下？」又聽到樹下的人回答說：「你不要多話，廖家的節婦在屋子裡。」於是寂靜無聲。後來童子偶然講起這件事，僕人婢女們都說：「人不近情理，鬼也嫌惡而迴避她。」嗚呼！鬼果真是因為嫌惡而迴避她嗎？

【研析】這個故事栩栩如生地刻畫了一位青年守寡、放棄一生幸福而全心為東家操勞的老人廖姥姥。人們可以說她是封建禮教的犧牲品，因為她放棄了自己一生的幸福；人們也可以說她一生是幸福的，因為她養育了名聞古今的大師紀曉嵐。紀曉嵐在此處記載了她的一生事跡，她也因此成為不朽。

狐友論道

安氏表兄，忘其名字，與一狐為友，恆於場圃間對談。安見之，他人弗見也。狐自稱生於北宋初。安叩以宋代史事，曰：「皆不知也。凡學仙者，必遊方之外❶，使萬緣斷絕，一意精修。如於世有所聞見，於心必有所是非。有所是非，必有所愛憎。有所愛憎，則喜怒哀樂之情，必迭起循生，以消鑠其精氣，神耗而形亦敝矣，烏能至今尤在乎？迨道成以後，來往人間，視一切機械變詐，皆如戲劇；視一切得失勝敗，以至於治亂興亡，皆如泡影。當時既不留意，又焉能一一而記之？即與君相遇，是亦前緣。然數百年來，相遇如君者，不知凡幾，大都萍水偶逢，煙雲倏散，夙昔笑言，亦多不記憶。則身所未接者，從可知矣。」時八里莊三官❷廟，有雷擊蝎虎❸一事。安問以物久通靈，多攖雷斧，豈長生亦造物所忌乎？曰：「是有二端：夫內丹❹導引，外丹❺服餌，皆艱難辛苦以證道，猶力田以致富，理所宜然。若媚惑夢魘❻，盜採精氣，損人之壽，延己之年，事與劫盜無異，天律不容也。又或恣為妖幻，貽禍生靈，天律亦不容也。若其葆養元神❼，自全生命，與人無患，於世無爭，則老壽之物，正如老壽之人耳，何至犯造物之忌乎？」舅氏實齋先生聞之，曰：「此狐所言，皆老氏❽之粗淺者也。然用以自養，亦足矣。」

【章旨】此章通過狐仙之口，論說了修行得道的途徑和得失。

【注釋】❶方之外　即方外。世外，超然於世俗禮教之外。❷三官　亦稱「三元」。道教所奉的神，即天官、地官、水官。傳說天官賜福，地官赦罪，水官解厄。❸蝎虎　爬行綱，壁虎科。長十二釐米左右。體形與一般壁虎相似，唯尾極扁平，背面灰褐色，腹面黃白色或灰白色，尾腹略帶粉紅色。生活於住宅內或庭園中，捕食昆蟲。❹內丹　同「外丹」相對。古代方士或神仙家以燒煉金石成丹為「外丹」，而以修煉自身的精、氣、神為「內丹」。❺外丹　煉丹的一種。同「內丹」相對。即用爐火燒煉藥石（用鉛汞及其他藥物配製）而成的藥丹。分「點化」和「服食」兩種。初步煉成的叫「丹頭」，只作「點化」用；再進一步，便煉成「服食」的丹藥，叫「金丹」，即道教所謂仙丹。❻夢魘　睡眠中做一種感到壓抑而呼吸困難的夢，多由疲勞過度、消化不良或大腦皮層過度緊張引起。舊稱夢驚。❼元神　精力；精神。❽老氏　即老子。春秋時思想家，道家的創始人。

【語譯】我的一位表兄姓安，忘記了他的名字。他曾同一位狐仙是朋友，經常在場院或菜園裡見面交談。安某能看見狐仙，別人卻看不見。狐仙自稱出生於北宋初年，安某便向他請教宋代的歷史事件，狐仙回答說：「我都不知道。凡是學仙的，必定遊歷於世外，使得一切因緣斷絕，一心一意精心修煉。如果對世事有所見聞，在心裡就必然會有所是非，有所是非，必然就會有所愛憎。有所愛憎，那麼喜怒哀樂的情感必然會接連不斷地交替而生，這樣就會消鑠他的精氣，精神耗費了而他的形體也就衰敝了，哪能到今天還在呢？等到道行修成以後，來往於人世間，看到人們的一切機巧變詐都像是戲劇，看一切得失勝敗以至於治亂興亡，都如同虛幻的泡影。當時既然沒有留意，又怎麼能一一記得呢？就是與您相遇，這也是前世有緣。但是幾百年來，我所相遇像您一樣的人，不知道有多少，大都是像浮萍般隨水漂流偶然相逢，像煙雲般的忽而散去，以往的談笑也多半不能記憶。那麼，我從來沒有接觸過的事情，由此也就可以想見了。」當時八里莊三官廟發生了一樁雷擊蝎虎的事，安某問起物品時間長久了就會通靈，多半會遭到雷劈，難道長生也是造物主所禁忌的嗎？狐仙回答說：「這有兩個方面：如通過煉內丹導引元氣，或者服食金石煉製的外丹，都是經歷艱難辛苦才得以悟道，就像努力耕田得以致富，是理所當然的。如果通過誘惑夢魘，盜採他人精氣，減損別人壽數，延長自己的年齡，這同搶劫偷盜沒有什麼區別，天律是不允許的。又或者肆意興妖作幻，禍害天下生靈，天律也是不允許的。如果他努力保養自己元神，保全自己的生命，不給人帶來禍患，與世無爭，那麼，高壽的物品，正如同高壽的人罷了，怎麼會觸犯造物主的禁忌呢？」舅父實齋先生聽到這話後說：「這個狐仙所說的，都屬於老子道家學說中粗淺的道理。但是自己用來修煉養生，也足夠了。」

【研析】自給自足，與世無爭，是道家的基本學說，故而老子有言：「雞犬之聲相聞，老死不相往來。」作為道家學說的名言，至今仍不乏市場。而儒家是入世的學說，要求干涉社會，積極人生，故而「先天下之憂而憂，後天下之樂而樂」、「天下興亡，匹夫有責」，成為歷代仁人志士為國捐軀的精神支柱。就中華民族的發展歷史來看，儒家學說的積極意義也就凸顯出來了。

夢至都城隍廟

浙江有士人，夜夢至一官府，云都城隍廟[1]也。有冥吏語之曰：「今某公控其友負心，牽君為證，君試思嘗有是事不？」士人追憶之，良是。俄聞都城隍升座，冥吏白某控某負心事，證人已至，請勘斷。都城隍舉案示士人，士人以實對。

都城隍曰：「此輩結黨營私，朋求進取，以同異為愛惡，以愛惡為是非；勢孤則攀附以求援，力敵則排擠以互噬；翻雲覆雨，倏然萬端。本為小人之交，豈能責以君子之道。操戈入室，理所必然。根勘❷已明，可驅之去。」顧士人曰：「得無謂負心者有佚罰耶？夫種瓜得瓜，種豆得豆，因果之相償也；花既結子，子又開花，因果之相生也。彼負心者，又有負心躡其後，不待鬼神之料理矣。」士人霍然而醒。後閱數載，竟如神之所言。

【章旨】此章藉著冥官之口講述了因果報應的道理。

【注釋】❶都城隍廟　此指掌管某一行政區劃數個城隍廟的總城隍廟，一般是指府城或省城的城隍廟。❷根勘　徹底查究。

【語譯】浙江有個讀書人，夜裡做夢來到一處官衙，說是都城隍廟。有陰曹地府的官吏對他說：「現今某公控告他的朋友負心，舉出您來作證，您試想想是否曾經有這件事情？」讀書人追憶往事，確實有這事。一會兒聽到都城隍升堂登上公座。陰司官吏稟告某人控訴某人負心的事，證人已經來到，請求審問判決。都城隍向那位讀書人出示案卷，那位讀書人據實回答。都城隍說：「這夥人結黨營私，互相勾結以求進取，以與自己意見相同還是相異來決定自己的喜愛或厭惡，以自己的喜愛或厭惡作為是非的標準。勢力孤單的時候就互相攀附以尋求援助，勢均力敵的時候就排擠傾軋而互相吞噬。翻手為雲，覆手為雨，轉眼之間變化萬端。本來是小人之間的交往，怎麼能夠以君子之道來要求他們？拿著武器進入房間，互相攻擊爭鬥，這是理所當然的結果。根究查問已經分明，可以把他趕走了。」說罷，都城隍回過頭來對那位讀書人說：「你是否會認為我對負心人有失罰的地方呢？種瓜得瓜，種豆得豆，因與果是互相抵償的；花開既然能夠結子，種子又能開花，因與果是相依而生的。那個負心人，又有負心人緊跟在他後面，不用等待鬼神來懲罰他的了。」那位讀書人忽然醒來。後來過了幾年，事情果然如同神所說的那樣。

【研析】歐陽脩〈朋黨論〉說：朋黨有君子之朋，也有小人之朋。君子之朋以道義相親，小人之朋以私利相勾結。文中都城隍說的就是小人之朋。或互相勾結，或互相排擠，完全是以自己利益為分界，而根本不顧道義倫理。但也正如文中所說的因與果是相依相抵的。種下苦果，總有自己嚐的一天。

殺生之報應

閩中某夫人喜食貓。得貓則先貯石灰於罌，投貓於內，而灌以沸湯。貓為灰氣所蝕，毛盡脫落，不煩撏治❶。血盡歸於臟腑，肉白瑩如玉，云味勝雞雛十倍也。日日張網設機，所捕殺無算。後夫人病危，呦呦作貓聲，越十餘日乃死。盧觀察❷撝吉嘗與鄰居，撝吉子蔭文，余婿也，嘗為余言之。因言景州❸一宦家子，好取貓犬之類，拗折其足，捩之向後，觀其孑孑跳號以為戲，所殺亦多。後生子女，皆足踵反向前。又余家奴子王發，善鳥銃，所擊無不中，日恆殺鳥數十。惟一子，名濟寧州，其往濟寧州❹時所生也。年已十一二，忽遍體生瘡如火烙痕。每一瘡內有一鐵子，竟不知何由而入。百藥不痊，竟以絕嗣。殺業至重，信夫！

余嘗怪修善果者，皆按日持齋，如奉律令，而居恆則不能戒殺。夫佛氏之持齋❺，豈以茹蔬啖果為功德乎？正以茹蔬啖果即不殺生耳。今徒曰某日某日觀音齋期，某日某日準提❻齋期，是日持齋，佛大歡喜；非是日也，烹宰溢乎庖，肥甘羅乎俎，屠割慘酷，佛不問也。天下有是事理乎？且天子無故不殺牛，大夫無故不殺羊，士無故不殺犬豕，禮也。儒者遵聖賢之教，固萬萬無斷肉理。然自賓祭❼以外，特殺亦萬萬不宜。以一臠❽之故，遽戕一命；以一羹之故，遽戕數十命或數百命。以眾生無限怖苦、無限慘毒，供我一瞬之適口，與按日持齋之心，毋乃稍左乎？東坡先生❾向持此論，竊以為酌中之道。願與修善果❿者一質之。

【章旨】此章講述了無故殺生，殘害生靈，必遭報應的故事。

【注釋】❶撏治　謂拔毛整治。❷觀察　清代對道員的尊稱。❸景州　今河北景縣。❹濟寧州　今山東濟寧。❺持齋　遵行戒律不茹葷食。佛教原謂過午不食，後多指素食。❻準提　佛教的菩薩。為密宗六觀音之一。❼賓祭　招待貴賓和舉行大祭。❽臠　切成塊的肉。❾東坡先生　即蘇軾。東坡，地名。在湖北黃岡東部。北宋元豐年間蘇軾謫黃州時住此，自號東坡居士。❿善果　佛教語。謂依善業所生之善妙結果。

【語譯】福建某夫人喜歡吃貓肉。她逮住貓就先貯藏乾石灰在一個罈子裡，把活貓投進罈子裡，然後用滾水灌進去。貓被石灰氣所侵蝕，毛全部脫落，就不用拔毛處理了。貓血都回流到內臟裡，因此貓肉潔白晶瑩如玉，據說經過這樣調理的貓肉的味道勝過童子雞十倍。某夫人天天張網設置機關，所捕殺的貓無法計算。後來某夫人病危，發出呦呦的貓叫聲，過了十幾天才死。道員盧撝吉曾經同她相鄰而居，撝吉的兒子蔭文，是我的女婿，曾經對我說起過這件事。蔭文接著談到景州有一個官宦子弟，喜歡逮住貓狗之類的小動物，拗折牠們的腿，把斷腿旋轉向後，觀看牠們痛苦地爬行跳躍呼叫以為樂，所殘殺的小動物也很多。後來這個官宦子弟所生的子女，腳後跟都反轉朝前。還有一件事，我家奴僕有個兒子叫王發，擅長玩鳥銃，所擊沒有不中的，一天中經常擊死幾十隻鳥。王發只有一個兒子，名叫濟寧州，是他到濟寧州時所生的。濟寧州長到十一二歲時，忽然全身生瘡，膿瘡就像用火烙過的痕跡。每一個瘡口裡有一粒鐵彈子，人們卻不知道鐵彈子為什麼會在瘡口裡。這個孩子的膿瘡用遍藥物都無法醫治，王發竟然因此而絕了後代。殺戮生靈的冤業很重，確實是這樣的啊！我曾經奇怪那些修善果的人，都是按照一定的日期持齋素食，如同奉了法律命令，而平時總是不能戒除殺生。佛教的持齋，難道是以吃蔬菜果品就算功德了嗎？正因為吃蔬菜果品就是不殺生罷了。如今空說某日某日是觀音的齋期，某日某日是準提菩薩的齋期，這一天持齋，佛就大歡喜；不是這一天，廚房裡滿滿的都是宰殺的、烹煮的各種魚肉，砧板上羅列著肥美的肉食，屠殺宰割生靈的凶狠殘酷，佛是不過問的。天底下有這樣的事理嗎？而且天子無故不殺牛，大夫無故不殺羊，士人無故不殺狗和豬，這是禮法的規定。儒家學者遵照聖賢的教訓，固然絕對沒有不吃肉食的道理。但是除招待賓客和舉行祭祀以外，殺生也是絕對不適宜的。因為自己吃一塊肉的緣故，立刻殺死一條生命；因為自己喝一碗羹湯的緣故，立刻殺害幾十條或者幾百條生命。以眾多生命無限的恐懼痛苦、無窮的悲慘怨憤，供我短暫的可口滋味，和按照日期持齋的心，難道不會稍嫌不協調嗎？東坡先生向來持這一論調，我私下以為這是折中道理。我願意和修善果的人一起向他質詢。

【研析】儒家並不持齋，正如紀曉嵐所說的：「萬萬無斷肉理」；但儒家戒胡亂殺生，尤其反對那種為飽一己口福而想出種種殘害動物之法。如上文所說的種種虐殺動物之法，實在令人髮指。但紀昀筆鋒一轉，議論起讀書人對待肉食的態度。聖人曾經說：「君子遠庖廚。」（《禮記・玉藻》）這就是儒家對待肉食的態度：即肉要吃，而殺生之事是不能幹的。只要遠離庖廚，而肉卻不妨慢慢享用。紀曉嵐雖身為儒家，但深受佛家思想影響，認為「自賓祭以外，特殺亦萬萬不宜」，不能無緣無故地吃肉。而蘇東坡貶謫黃州時，以肉為美食，並創制「東坡肉」，流傳千年。故而紀曉嵐要與數百年前的東坡先生論論殺生食肉之理。

論宋儒臆斷

「六合之外，聖人存而不論。❶」然六合之中，實亦有不能論者。人之死也，如儒者之論，則魂升魄降已耳。即如佛氏之論，鬼亦收錄於冥司，不能再至人世也，而世有回煞❷之說。庸俗術士，又有一書，能先知其日辰時刻與所去之方向，此亦誕妄之至矣。然余嘗於隔院樓窗中，遙見其去，如白煙一道，出於灶突❸之中，冉冉向西南而沒，與所推時刻方向無一差也。又嘗兩次手自啟鑰，諦視布灰之處，手跡足跡，宛然與生時無二，所親皆能辨識之，是何說歟？禍福有命，死生有數，雖聖賢不能與造物爭。而世有蠱毒魘魅之術，明載於刑律。蠱毒余未見，魘魅則數見之。為是術者，不過瞽者巫者與土木之工。然是能禍福死生人，歷歷有驗。是天地鬼神之權，任其播弄無忌也，又何說歟？其中必有理焉，但人不能知耳。宋儒於理不可解者，皆臆斷以為無是事，毋乃膠柱鼓瑟❹乎？李又聃先生曰：「宋儒據理談天，自謂窮造化陰陽之本；於日月五星，言之鑿鑿，如指諸掌，然宋曆十變愈差。自郭守敬❺以後，驗以實測，證以交食❻，始知濂、洛、關、閩❼於此事全然未解。即康節❽最通數學，亦僅以奇偶方圓，揣摩影響，實非從推步❾而知。故持論彌高，彌不免郢書燕說❿。夫七政⓫運行，有形可據，尚不能臆斷以理，況乎太極⓬先天⓭，求諸無形之中者哉？先聖有言：『君子於不知，蓋闕如也。』」

【章旨】此章以方士推算有驗為證，批駁宋代理學家的種種觀點為臆斷。

【注釋】❶六合之外二句　語出《莊子》。意思是六合之外的事，聖人放在一邊不去談論。六合，指天地四方。❷回煞　陰陽家按人死時年月干支推算魂靈返舍的時間，且返回之日有凶煞出現，故稱回煞。也叫歸煞。❸灶突　灶上煙囪。❹膠柱鼓瑟　瑟上有柱張弦，用以調節聲音。柱被粘住，音調就不能變換。比喻拘泥不知變通。❺郭守敬　元代天文學家、水利學家和數學家。字若思。順德邢臺（今屬河北）人。曾任都水監，兼提調通惠河漕運事，修治過許多河渠。和王恂、許衡等人共同編制了比過去準確的《授時曆》，施行達三百六十年，為我國曆法史上施行最久的曆法。❻交食　指日月虧蝕。即日食、月食。❼濂洛關閩　宋代理學的四個學派。「濂」指濂溪的周敦頤；「洛」指洛陽二程（程顥、程頤）；「關」指關中張載；「閩」指講學於福建的朱熹。❽康節　邵康節。即邵雍，北宋理學家。字堯夫，諡號康節，故稱。他根據《易傳》關於八卦形成的解釋，參雜道教思想，虛構一宇宙構造圖式和學說體系，成為他的「象數之學」（也叫先天學）。❾推步　古稱推算曆法為「推步」，意謂日月轉運於天，猶如人的步行，可以推算而知。❿郢書燕說　典出《韓非子・外儲說左上》。郢人寫信給燕相，誤寫「舉燭」二字，燕相附會其意為舉賢，告訴燕王，舉賢任能，燕國遂大治。後因以比喻以訛傳訛。⓫七政　有多種說法，此處似指日、月、五星（水、火、木、金、土）。⓬太

極　中國哲學術語。《易・繫辭上》：「易有太極，是生兩儀，兩儀生四象，四象生八卦。」這裡的「太極」是派生萬物的本源。北宋邵雍則認為「心為太極」。⓭先天　哲學名詞。指與生俱來，先於實踐和經驗的。

【語譯】莊子說：「六合之外的事，聖人把它放在一邊不去談論。」但是天地四方這六合之中，實在也有不能議論的事。人的死亡，如果按照儒家學者的說法，就是魂升天而魄降地罷了。即便按照佛家的說法，鬼也收錄在陰曹地府衙門中，不能再到人世來了，但世上有回煞的說法。那些庸俗的術士又有一本書，能夠預先知道回煞的日期時刻和所去的方向，這也荒誕虛妄到極點了。但是我曾經在隔壁院子樓上的窗口中，遠遠地見到凶煞離去，就像一道白煙，出於煙囪之中，慢慢地向著西南方向消失，同術士所推算的時刻方向沒有一點差錯。我又曾經兩次親手開啟鎖鑰，仔細觀看撒過灰的地方，手印足跡清晰分明，宛然同活著的時候沒有什麼兩樣，死者所親近的人都能夠辨識出來，這又怎麼說呢？禍福是命運決定的，生死有定數，即使是聖賢也不能同造物主抗爭。但世上有用蠱毒害人和以魘魅來控制人的法術，明白地記載於刑法律令。蠱毒我沒有見過，魘魅則是見過幾次。施行這種法術的人，不過是瞎子、巫師和土木工匠。但是確實能影響人的禍福生死，常常有靈驗。這是天地鬼神的權力，聽任他們播弄而無所忌憚啊，這又怎麼說呢？其中必然有它的道理，只是人們不能知道罷了。宋代的儒家學者對於在道理上無法解釋的，都主觀臆斷認為沒有這樣的事，這不是過於拘泥而不知變通嗎？李又聃先生說：「宋代儒家學者根據理來談論天，自以為窮盡了天地造化陰陽的本源，對於日、月、五星，說得鑿鑿有據，就像指著自己的手掌般明白，但是宋代的曆法經過十次修訂而差誤愈來愈大。自從元代郭守敬以後，用實際測量天體運行來檢驗曆法，用日月虧蝕來查證曆法，才知道宋代濂、洛、關、閩各學派的道學家們對於這事完全不理解。即使是邵康節最精通數學，也僅僅以單雙數和方圓的運算來揣摩天體運行的軌跡，實在不是從推算天象曆法而知道的。因此，宋代儒家學者所持的論調愈高，愈不免郢書燕說般地穿鑿附會。日、月、五星的運行有形跡可據，尚且不能以理來加以臆斷，何況那原始混沌之氣的太極、先驗於本體的先天，只能求之於無形之中的呢？先聖說過這樣的話：『君子對於不知道的事，還是不說話的好。』」

【研析】本書中紀昀對宋儒的批評，無過於此章，於此亦可見紀昀對宋代理學的態度。紀昀批評宋儒臆斷，對自己不懂之事也妄加評判，中肯而切中要害。宋儒之弊，在於空談性命；而於實學，則有疏闊之處。紀昀注重實證，相信眼見為實。但文中所說的「回煞」，顯然亦是無稽之談，而紀昀卻深信不疑。人之所短，往往不能自知。

女巫郝媼

女巫❶郝媼，村婦之狡黠者也。余幼時，於滄州❷呂氏姑母家見之。自言狐神附體，言人休咎❸。凡人家細務，一一周知，故信之者甚眾。實則布散徒黨，結交婢媼，代為刺探隱事，以售其欺。嘗有孕婦，問所生男女。郝許以男，後乃生女。婦詰以神語無驗，郝瞋目曰：「汝本應生男，某月某日，汝母家饋餅二十，汝以其六供翁姑，匿其十四自食。冥司❹責汝不孝，轉男為女，汝尚不悟耶？」婦不知此事先為所偵，遂惶駭伏罪。其巧於緣飾❺皆類此。一日，方焚香召神，忽端坐朗言曰：「吾乃真狐神也。吾輩雖與人雜處，實各自服氣煉形❻，豈肯與鄉里老媼為緣，預人家瑣事？此媼陰謀百出，以妖妄斂財，乃託其名於吾輩。故今日真附其體，使共知其奸。」因縷數❼其隱惡，且並舉其徒黨姓名。語訖，郝霍然如夢醒，狼狽遁去。後莫知所終。

【章旨】此段記敘了一個鄉村女巫騙人錢財而最終被揭穿的故事。

【注釋】❶女巫　即巫婆。通過法術以降神而代神說話的人。❷滄州　今河北滄州。❸休咎　吉凶，喜慶與災禍。❹冥司　指陰間地府的官署衙門。❺緣飾　文飾。即以巧言來掩飾。❻服氣煉形　道教術語。指吐納天地精氣來修煉形體，以達到成仙的目的。❼縷數　一條一條地列舉。

【語譯】女巫婆郝姓老婦，是村婦當中最狡猾的人。我小時候在滄州呂氏姑母家裡見到過她。她自己說狐神附在她身上，能說出人的吉凶禍福。凡是別人家裡的細小事務，都能一一詳細知曉，所以相信她的人很多。實際上則是郝巫婆散布自己的徒黨，結交別人家的婢女老婦，代為郝巫婆刺探別人家的隱祕事情，以達到她欺詐的目的。曾經有一位孕婦問郝巫婆，自己是生男還是生女。郝巫婆告訴她說是生個男孩，後來這位孕婦卻生了一個女孩。這女人質問郝巫婆為什麼神的話不靈驗，郝巫婆瞪起眼睛說：「你本來應該生男孩，某月某日，你娘家送來二十只餅，你拿了六只餅供奉給公公婆婆吃，而藏起十四只餅自己吃。陰曹地府責怪你不孝，所以把你生的孩子由男孩轉成女孩，你還不省悟嗎？」這女人不知道送餅的事已被郝巫婆所探知，於是驚惶地伏罪。郝巫婆的巧於牽扯掩飾都像這樣。一天，郝巫婆正在燒香召神，忽然端坐起來大聲說道：「我是真的狐神。我輩雖然與人雜居相處，實際上卻各自吐納服氣修煉形體，怎麼肯和鄉里老婦人結緣，干預別人家的瑣事呢？這個老婦人陰謀百出，以妖邪虛妄撈取錢財，竟託名於我輩狐仙。所以今天我真的附在她身上，讓大家都知道她的奸惡。」狐仙於是一一歷數了郝巫婆隱微的醜惡行為，而且一併舉出她的徒黨的姓名。話說完，郝巫婆忽然像從夢中醒來，就狼狽地逃走了。後來不知道她的結果如何。

【研析】裝神弄鬼以騙人錢財，正是巫婆神漢的一貫手法，古今沒有多少區別。只是文中所說的郝巫婆這樣一個村婦，但騙人的心思卻如此細密，手段如此周到，實在出乎常人想像。要不是狐仙自己出來舉正，誰又能識得郝巫婆的真面目呢？然而，世上哪有什麼狐仙，因此寄希望於狐仙也是枉然。故而，揭穿世上的騙局，最終還要靠自己的明辨是非。

乞丐之妻

侍姬❶之母沈媼言：高川❷有丐者，與母妻居一破廟中。丐夏月拾麥斗餘，囑妻磨麵以供母。妻匿其好麵，以粗麵溲穢水，作餅與母食。是夕大雷雨，黑暗中妻忽嗷然一聲。丐起視之，則有巨蛇自口入，齧其心死矣。丐曳而埋之。沈媼親見蛇尾垂其胸臆間，長二尺餘云。

【章旨】此章講述了一個乞丐的妻子因虐待婆婆，而被巨蛇齧心而死的故事。

【注釋】❶侍姬　貼身侍女或姬妾。❷高川　鎮名。在河北交河東北，滹沱河邊。

【語譯】我家侍妾的母親沈老婦人說：高川鎮有一個乞丐，同母親妻子住在一所破廟裡。乞丐在夏天麥收時拾了一斗多麥子，囑咐妻子磨成白麵來供養母親。妻子藏起了磨成的好麵，把粗麵和著髒水做餅給乞丐的母親吃。這天晚上下起大雷雨，黑暗中妻子忽然嗷的叫了一聲。乞丐起身察看妻子，只見有一條大蛇從他妻子的嘴裡爬進去，咬了她的心臟，把她咬死了。乞丐便把妻子的屍體拖出去掩埋掉。沈老婦人親眼見到蛇尾拖在那個女人的胸腹之間，長度有兩尺多。

【研析】虐待老人，天理不容。那個乞丐的妻子被蛇咬死，雖屬巧合，卻也是報應。應了一句古話：「天網恢恢，疏而不漏。」

巧發奸謀

有兩塾師鄰村居，皆以道學自任。一日，相邀會講，生徒❶侍者十餘人。方辯論性天❷，剖析理欲❸，嚴詞正色，如對聖賢。忽微風颯然，吹片紙落階下，旋舞不止。生徒拾觀之，則二人謀奪一寡婦田，往來密商之札❹也。此或神惡其偽，故巧發其奸歟！然操此術者眾矣，固未嘗一一敗也。聞此札既露，其計不行，寡婦之田竟得保。當由煢嫠❺苦節❻，感動幽冥❼，故示是靈異，以陰為呵護❽云爾。

【章旨】此章講述兩位道學先生表面道貌岸然，而實際謀奪寡婦田地的故事。

【注釋】❶生徒　即學生、門徒。❷性天　理學家講求心性，認為性是天理的表現，要求恪守封建倫理。❸理欲　指天理、人欲。理學家認為人性中有「天理」和「人欲」的對立，二者不容並立，故提倡「存天理，滅人欲」。❹札　信札，即書信。❺煢嫠　指孤立無助的寡婦。❻苦節　指清苦而貞潔的節操。❼幽冥　指鬼神。❽呵護　庇護。

【語譯】有兩位私塾先生居住在相鄰的兩個村子裡，都以道學家自居。一天，兩人互相邀約會講，學生門徒在近旁陪坐的有十多人。兩人正在辯論人性和天命，剖析天理人欲，嚴正的語言態度，使人如同面對聖賢。這時忽然颳起一陣颯颯的微風，吹起一張紙片落在臺階下，旋轉飄舞個不停。學生們拾起一看，卻是這二位私塾先生合謀奪取一位寡婦田產，往來祕密商量的書信。這或許是神厭惡他們的虛偽，所以巧妙地揭露他們的奸計吧！但實施這種手段的人很多，本來也沒有一一敗露。聽說這封書信既然洩露，兩位私塾先生的陰謀不能得逞，寡婦的田產竟然得以保全。這應該是由於孤立無助的寡婦苦苦守節，感動了鬼神，故而顯示這樣的靈異，暗中來保護她吧。

【研析】道學家的虛偽，已是眾所周知的事情。紀曉嵐在本書中還是不厭其煩地反覆舉例來揭露這一事實，可以看出紀曉嵐對偽道學的厭惡和唾棄。世上本無鬼神，故也不會來揭露虛偽醜陋。看來這封書信的出現，當是痛恨這兩位私塾先生而主持正義之人所為。

耆儒

李孝廉存其言：蠡縣❶有凶宅❷，一耆儒❸與數客宿其中。夜聞窗外撥剌❹聲，耆儒叱曰：「邪不干❺正，妖不勝德。余講道學三十年，何畏於汝！」窗外似有女子語曰：「君講道學，聞之久矣。余雖異類，亦頗涉儒書❻。《大學》❼扼要在誠意❽，誠意扼要在慎獨❾。君一言一動，必循古禮，果為修己❿計乎？抑猶有幾微⓫近名者在乎？君作語錄，斷斷⓬與諸儒辯，果為明道⓭計乎？抑猶有幾微好勝者在乎？夫修己明道，天理也。近名好勝，則人欲之私也。私欲之不能克，所講何學乎？此事不以口舌爭，君捫心清夜，先自問其何如，則邪之敢干與否，妖之能勝與否，已了然自知矣，何必以聲色相加乎？」耆儒汗下如雨，瑟縮⓮不能對。徐聞窗外微哂曰：「君不敢答，猶能不欺其本心，姑讓君寢。」又撥剌一聲，掠屋簷而去。

【章旨】此段記敘了鬼神批評耆儒尚有近名好勝之心的故事。

【注釋】❶蠡縣　今河北蠡縣。❷凶宅　即死了人的宅第。❸耆儒　宿儒。指年長而飽讀詩書的儒生。❹撥剌　象聲詞。❺干　侵犯。❻儒書　指儒家經典。❼大學　儒家經典。本是《禮記》中的一篇，約為秦漢之間的儒家作品。朱熹將它與《中庸》《論語》、《孟子》列為「四書」。內容大致為格物、致知、誠意、正心、修身、齊家、治國、平天下等，南宋後成為理學家的基本典籍之一。❽誠意　理學的重要命題。指使心志真誠。❾慎獨　理學的重要命題。指一個人在獨處無人時，自己的行為也要謹慎不苟。❿修己　指修養自身。⓫幾微　一點點；微小。⓬斷斷　爭辯的樣子。⓭明道　闡明治道，闡明道理。⓮瑟縮　發抖的樣子。

【語譯】舉人李存其說：蠡縣有一處凶宅，有位年高望重的老儒同幾個客人住宿在裡面。夜間忽然聽到窗外發出撥剌撥剌的聲音，老儒喝叱道：「邪不犯正，妖不勝德。我講了三十年道學，有什麼好怕你的？」窗外好像有女子說話道：「您講道學，我聽了很久了。我雖然是個異類，但也頗涉獵儒家的典籍。《大學》的要義在於誠意，誠意的要義在於慎獨。您的一言一行，必定遵循古禮，果然是為了自身的修養考慮嗎？或許還有一點追求名聲的意圖在其中呢？您作語錄，滔滔不絕地同諸位儒生爭辯，果真是為了闡明道理來考慮嗎？或許還有一點好勝的心思在其中呢？修養自身以闡明大道，這就是天理。而追求名聲而有好勝之心，這就是人欲中的自私之心。如果自私的欲望都不能克制，所講的又是什麼學問呢？這事不是靠費口舌來爭辯的，您在清靜的夜晚摸摸心口，先問自己怎麼樣，那麼邪惡敢不敢來侵犯，妖孽能不能夠被戰勝，自己就已經可以清清楚楚地知道了，又何必這麼聲色俱厲地相加於我呢？」這位老儒聽後，汗下如雨，全身哆嗦著不能回答。慢慢地聽到窗外輕輕笑著說：「您不敢回答，還算能夠不欺騙自己的本心，姑且讓您睡覺吧。」又聽到撥剌的一聲，掠過屋簷而去了。

【研析】就道學本身而言，是中國思辨思想發展的一個高峰，博大精深。就後世道學家而言，則是打著道學的旗號來掩飾自己，以售其奸。道學家之所以遭人嘲諷唾棄，就在於他們的厚顏無恥、他們的虛偽。文中狐仙批評這位老儒，也是從此處而論的。但這位老儒尚存羞恥之心，故狐仙稱其「猶能不欺本心」。

天道無往不復

某公之卒也，所積古器❶，寡婦孤兒不知其值，乞其友估之。友故高其價，使久不售。俟其窘極，乃以賤價取之。越二載，此友亦卒。所積古器，寡婦孤兒亦不知其值，復有所契之友效其故智，取之去。或曰：「天道好還，無往不復。效其智者罪宜減。」余謂此快心❷之談，不可以立訓也。盜有罪矣，從而盜之，可曰罪減於盜乎？

【章旨】此章講述了某人欺騙朋友的孤兒寡婦，而自己死後家人亦遭他人欺騙的故事。

【注釋】❶古器 指古代鐘鼎等古董器物。❷快心 猶言稱心，感到滿足或暢快。

【語譯】某先生死後，家中所積存的古玩器物，孤兒寡婦不知道它們的價值，求某先生的朋友估價變賣。這位朋友故意高估它們的價格，使這些古玩長久不能出售。等到這家的孤兒寡婦窮困窘迫到了極點，然後用很低的價錢買到這批古玩。過了兩年，這個朋友也死了，所積蓄的古玩器物，他家中的寡婦孤兒也不知道它們的價值，又有他的好友仿效他原來的計謀，把這些古玩都弄到自己手中。有人說：「天道是因果循環，沒有往而不返的。仿效他計謀的人，罪過應該減輕。」我說這不過是使人聽了暢快的說法，不可以立為準則。偷盜是有罪的，從而又去偷盜那個盜賊，難道可以說罪行輕於盜賊嗎？

【研析】封建宗法社會以君臣、父子、夫婦、兄弟、朋友為五倫，是封建禮教的基石。朋友之間肝膽相照，對於亡友的妻兒多加照看，才符合朋友之義。而文中的那幾個朋友卻是互相算計，欺騙亡友的孤兒寡婦，真是喪盡天良。北宋大文豪歐陽脩所說的「小人之朋」，指的就是這類人。

屠者許方

屠者許方，即前所記夜逢醉鬼者也。其屠驢先鑿地為塹，置板其上，穴板四角為四孔，陷驢足其中。有買肉者，隨所買多少，以壺注沸湯沃驢身，使毛脫肉熟，乃刳❶而取之，云必如是始脆美。越一兩日，肉盡乃死。當未死時，箝❷其口不能作聲，目光怒突，炯炯如兩炬，慘不可視，而許恬然不介意。後患病，遍身潰爛無完膚，形狀一如所屠之驢。宛轉茵褥❸，求死不得，哀號四五十日，乃絕。病中痛自悔責，囑其子志學急改業。方死之後，志學乃改而屠豕。余幼時尚見之，今不聞其有子孫，意已殄絕❹久矣。

【章旨】此章講述了一個屠戶殘酷虐殺毛驢而獲報應的故事。

【注釋】❶刳　剖開而挖空。❷箝　通「鉗」。夾住。❸茵褥　亦作「茵蓐」。床墊子。❹殄絕　滅絕；絕盡。

【語譯】屠夫許方，就是前面記載夜裡碰到醉鬼的那個人。許方屠殺毛驢的時候，先在地上掘出一條壕溝，在壕溝上鋪放一塊木板，在木板的四個角上挖出四個洞，把驢腿插進洞裡。有來買驢肉的人，許方按照他所買肉的多少，用壺把滾水澆在驢身上，使得驢毛脫落、驢肉燙熟，然後把驢肉剜下來，說是一定要這樣驢肉才爽脆美味。過了一兩天，驢子身上的肉被割盡，驢子這才死去。驢子還沒有死時，許方箝住牠的口不讓叫出聲來，驢子眼珠暴突，目光怒射，炯炯地像兩支火把，情況慘不忍睹，但許方卻心中坦然毫不在意。後來許方得了病，全身潰爛得沒有一塊完好的皮膚，情況和他所屠宰的驢子一樣。許方在床褥上翻來覆去，痛得求死不得，哀聲號叫了四五十天才斷氣。他在病中痛切地悔恨自責，叮囑兒子志學趕緊改換職業。許方死了之後，志學於是改行殺豬。我小時候還見到過他，如今沒有聽說他有子孫，大概已經絕了子孫很久了。

【研析】如此虐殺毛驢，天理不容。驢肉不是不能吃，但卻不能如此殘忍地宰殺毛驢。對待動物如此殘忍之人，內心亦必然殘忍。而內心殘忍之人一旦失控，其對社會造成的危害將會極大。人們強調人道、人性，就是要化解這種暴戾殘忍心理。紀昀藉著這個故事宣揚因果報應，其目的也在於戒殘虐。

老儒入冥

邊隨園❶徵君❷言：有入冥者，見一老儒立廡❸下，意甚惶遽❹。一冥吏似是其故人，揖與寒溫❺畢，拱手對之笑曰：「先生平日持無鬼論，不知先生今日果是何物？」諸鬼皆粲然❻，老儒蝟縮❼而已。

【章旨】此章藉著一個老儒入冥的故事，以反駁無鬼論。

【注釋】❶邊隨園　即邊連寶。字趙珍，號隨園，清任丘（今河北任丘）人。雍正拔貢，乾隆初試鴻博不遇，後復舉經學，辭不赴。學術上推崇漢學，力學不已。❷徵君　稱曾經受朝廷徵聘而不肯受職的隱士。❸廡　指堂下周圍的走廊、廊屋。❹惶遽　驚懼慌張。❺寒溫　冷暖。❻粲然　盛笑；大笑。❼蝟縮　刺蝟遇敵則縮。比喻人畏縮不前。

【語譯】曾受到朝廷徵聘而沒有接受的邊隨園先生說：有個人到陰曹地府去，見一個年老的儒生站立在廊廡下，神色看上去很是恐懼慌張。有一個陰曹地府的官員好像是他的老朋友，向他作揖問候完了，拱手對著他笑道：「先生平日主張無鬼論，不知道先生今天該是什麼東西？」眾鬼們聽了都大笑起來，這位老儒畏縮在一邊，啞口無言。

【研析】紀昀持有鬼論，相信有陰曹地府，這與儒家傳統思想已經有了相當距離。孔子關注人事，不談鬼神，即所謂的「子不語怪力亂神」，對鬼神之說敬而遠之。但佛教傳入中國後，與儒家、道家思想互相滲透，互為影響，如宋代儒生人人談禪，這一風氣至清代更甚，而恪守孔子之說的人則成為笑柄，如文中的老儒就成為取笑的對象。從中亦可略見乾隆年間士大夫們思想的演化。

論三教同異

東光❶馬大還，嘗夏夜裸臥資勝寺藏經閣❷。覺有人曳其臂曰：「起起，勿褻佛經。」醒見一老人在旁，問：「汝為誰？」曰：「我守藏神❸也。」大還天性疏曠，亦不恐怖。時月明如晝，因呼坐對談，曰：「君何故守此藏？」曰：「天所命也。」問：「儒書汗牛充棟，不聞有神為之守，天其偏重佛經耶？」曰：「佛以神道設教，眾生或信或不信，故守之以神。儒以人道設教，凡人皆當敬守之，亦凡人皆知敬守之，故不煩神力。非偏重佛經也。」問：「然則天視三教如一乎？」曰：「儒以修己為體，以治人為用。道以靜為體，以柔為用。佛以定為體，以慈為用。其宗旨各別，不能一也。至教人為善，則無異。於物有濟，亦無異。其歸宿則略同，天固不能不並存也。然儒為生民立命，而操其本於身。釋道皆自為之學，而以餘力及於物。故以明人道者為主，明神道者則輔之，亦不能專以釋道治天下。此其不一而一，一而不一者也。蓋儒如五穀，一日不食則餓，數日則必死。釋道如藥餌，死生得失之關，喜怒哀樂之感，用以解釋冤愆、消除怫鬱，較儒家為最捷；其禍福因果之說，用以悚動下愚，亦較儒家為易入。特中病則止，不可專服常服，致偏勝為患耳。儒者或空談心性，與瞿曇[4]、老聃[5]混而為一；或排擊二氏，如禦寇仇，皆一隅之見也。」問：「黃冠[6]緇徒[7]，恣為妖妄，不力攻之，不貽患於世道乎？」曰：「此論其本原耳。若其末流，豈特釋道貽患，儒之貽患豈少哉？即公醉而裸眠，恐亦未必周公[8]、孔子之禮法也。」大還愧謝。因縱談至曉，乃別去。竟不知為何神，或曰狐也。

【章旨】此章藉著一位老人之口，論述了儒、釋、道三家的同異主次。

【注釋】❶東光　縣名。在河北東南部、南運河東岸，鄰接山東。❷藏經閣　寺廟中收藏佛教經典的建築物，在大雄寶殿後。❸守藏神　即看守佛教經藏的神靈。❹瞿曇　因釋迦牟尼姓瞿曇，故常以瞿曇代表釋迦牟尼。此指佛家。❺老聃　相傳即老子。春秋時思想家、道家的創始人。此指道家。❻黃冠　道士所戴束髮之冠。用金屬或木類製成，其色尚黃，故曰黃冠。❼緇徒　僧侶。因其所穿僧衣為黑色，故稱。❽周公　西周初年政治家。姓姬，名旦，周武王之弟。因采邑在周（今陝西岐山北），故稱周公。曾助武王滅商，武王死後，成王年幼，由他攝政。其兄弟管叔、蔡叔、霍叔等人不服，聯合武庚和東方夷族反叛。他出師東征，平定反叛，分封諸侯；並營建洛邑（今河南洛陽）作為東都。相傳他制禮作樂，建立典章制度，主張「明德慎罰」。其言論見於《尚書》的〈大誥〉、〈康誥〉、〈多士〉、〈無逸〉、〈立政〉等篇。

【語譯】東光人馬大還，曾經在夏天的夜裡光著身子睡在資勝寺的藏經閣裡，覺得有人拽他的手臂說：「起來起來，不要褻瀆了佛經。」馬大還醒來看見一位老人站在旁邊，問：「你是什麼人？」老人回答說：「我是守藏神。」馬大還天性粗曠豁達，也不感到恐懼害怕。當時月光明亮如同白晝，馬大還就叫老人面對面坐下交談，說：「您為什麼要看守這個經藏？」老人回答說：「是上天的命令。」馬大還問：「儒家的書籍多得汗牛充棟，沒有聽說有神靈為它守護，上天難道偏重佛經嗎？」老人回答說：「佛用神道來實施教化，百姓有的相信有的不相信，所以用神靈來守護佛經。儒家以人道來實施教化，一般人都應當敬謹守護它，一般人也都知道恭敬地守護它，所以不用煩勞神靈的力量。並不是上天偏重佛經。」馬大還問：「這樣說起來，那麼上天看待儒、佛、道三教都一樣嗎？」老人回答說：「儒家以自我修養為本體，以治理百姓為功用；道家以清靜無為為本體，以陰柔為功用；佛家以安定為本體，以慈悲為功用。它們的宗旨各不相同，不能一致。至於在教人為善上，則沒有差別；對世上萬物有益，也沒有什麼不同。三教的歸宿也大體相同，上天固然不能不讓三教同時並存。然而儒家為了百姓安身立命，而將本體體現於自身。佛家和道家都是自然而成的學問，而用餘力惠及於萬物，所以以闡明人道的儒家為主，闡明神道的佛家、道家來輔助它，而不能專用佛家、道家來治理天下。這就是三教不一致而一致，一致而不一致的地方。因為儒家像是五穀糧食，一天不吃就會感到飢餓，幾天不吃一定會餓死。佛、道兩家像是藥物，在生死得失的關頭、喜怒哀樂的情感難以化解之際，用來解釋冤仇罪過、消除憤恨鬱悶，較之儒家最為快捷；它的禍福因果的說法，用來震動無知的老百姓，也較之儒家為老百姓更容易接受。佛、道兩家這種藥物只是切中病情就可以了，不能夠專一、經常服用，導致偏於一方，留下禍患。儒家有的空談心性之學，把自己的主張與佛、道兩家混而為一；有的排斥打擊佛、道二家，如同抵禦仇敵，這都是片面的見解。」馬大還問：「道士僧侶恣意興妖作怪，不努力攻擊它，不是留下禍患於世道嗎？」老人回答說：「我們這裡談論的是儒、佛、道三教的本原。如果是三教的末流，豈只佛、道遺留禍患，儒家遺留的禍患難道還少嗎？就是您喝醉了酒光著身子睡，恐怕也未必是周公、孔子制定的禮法吧？」馬大還慚愧地向老人謝罪。兩人又暢談到天亮，老人才辭別而去。人們竟然不知道老人是什麼神靈，有人說是狐仙。

【研析】儒家為主，佛、道兩家相輔，這是三教經過長期鬥爭，至宋代合流以來形成的基本格局，也是儒家能夠容忍佛教的基本立場。宋代以前的皇帝，常有滅佛之舉，其最著名者無過於唐代的武宗，禁止佛教，拆毀佛寺，強令僧尼二十六萬餘人還俗，史稱會昌滅佛。佛教雖屢遭摧殘，在逆境中也不斷調整，以適應儒家文化影響下的中國社會。而宋代完成的三教合一，就是儒家文化與佛教、道教文化互相融合的結果。紀昀此言，表明了清代儒家如何看待儒、佛、道三教的觀點。

百工祀祖

百工❶技藝，各祠一神為祖。倡族❷祀管仲❸，以女閭三百❹也。伶人❺祀唐玄宗❻，以梨園子弟❼也，此皆最典。胥吏❽祀蕭何❾、曹參❿，木工祀魯班⓫，此猶有義。至靴工⓬祀孫臏⓭，鐵工祀老君⓮之類，則荒誕不可詰矣。長隨⓯所祀曰鍾三郎，閉門夜奠，諱之甚深，竟不知為何神。曲阜⓰顏介子曰：「必中山狼⓱之轉音也。」先姚安公曰：「是不必然，亦不必不然。郢書燕說⓲，固未為無益。」

【章旨】此章介紹了清初各行各業供奉本行業開山祖師的情況。

【注釋】❶百工　指各行各業。❷倡族　指妓女。倡，通「娼」。❸管仲　春秋時著名政治家。名夷吾，字仲，潁上（今安徽潁上）人。齊桓公以為國相，輔佐齊桓公富國強兵，九合諸侯，一匡天下，成為春秋五霸之首。❹女閭三百　語見《管子》：「齊管仲設三百女閭，以便行商。」原意是在宮中設市，使女子居之，以便行商。後來指女閭為娼妓居住的地方。❺伶人　古代樂人之稱。❻唐玄宗　即唐朝皇帝李隆基。他愛好聲色，善音樂，嘗教太常樂工子弟三百人，為絲竹之戲。號為皇帝弟子，又稱梨園弟子，曾製四十餘首新曲。❼梨園子弟　唐玄宗時，選坐部伎子弟三百人，教於梨園，號皇帝梨園子弟。後世稱戲劇藝人為梨園子弟。❽胥吏　指官府中辦理文書雜役的小吏。❾蕭何　沛縣（今江蘇沛縣）人。秦末為沛縣吏，隨劉邦起兵，佐定天下，為丞相。定律令制度，曾作《九章律》。❿曹參　沛縣（今江蘇沛縣）人。秦末為沛縣獄吏。隨劉邦起兵，佐定天下。蕭何死後，曹參繼為丞相。⓫魯班　姓公輸，名般，春秋時魯國人。據傳他創造攻城的雲梯和刨、鑽等土木作工具，是我國古代傑出的建築工匠。⓬靴工　製作長筒靴的工匠。靴，指高到踝骨上的長筒靴。⓭孫臏　春秋時著名軍事家。齊國阿鄄（今山東陽谷、河南范縣）間人。孫武的子孫。曾與龐涓同學兵法。後龐涓任魏將，妒忌孫臏才能，誆他到魏國，處以臏刑（即砍去膝蓋骨），故稱孫臏。後孫臏潛逃齊國，齊威王以其為將，以圍魏救趙之計，在馬陵大敗魏軍，龐涓陣亡。⓮老君　即李耳，春秋時思想家，道家創始人。楚國苦縣（今河南鹿邑）人。做過周朝守藏室之吏。著《老子》五千言。後道教亦奉為祖師。⓯長隨　隨從官吏幫辦文書雜役等事務的僕役。⓰曲阜　今山東曲阜。⓱中山狼　明代馬中錫曾著〈中山狼傳〉，文中描寫的中山狼凶險陰狠，忘恩負義。這裡用牠來比喻長隨。⑱郢書燕說　典出《韓非子・外儲說左上》：「郢人有遺燕相國書者，夜書，火不明，因謂持燭者曰：『舉燭。』云而過書『舉燭』。『舉燭』非書意也。燕相受書而說之，曰：『燭者，尚明也；尚明也者，舉賢而任之。』燕相白王，王大說，國以治。治則治矣，非書意也。今世舉學者多似此類。」後世以此成語比喻穿鑿附會，曲解原意。

【語譯】各行各業賣技賣藝之人，各自奉祀一位神靈作為行業的祖師爺。娼妓供奉管仲，是因為他設了三百女閭。戲曲藝人供奉唐玄宗，是因為他在梨園教習歌舞弟子，這都是最著名的典故。官府小吏供奉蕭何、曹參，木工供奉魯班，這還是有道理的。至於靴工供奉孫臏，鐵工供奉老君之類，就是荒誕不經而不可追問了。官吏的長隨供奉的叫鍾三郎，關起門在夜裡祭祀，很諱言祖師，人們竟然不知道是什麼神。曲阜人顏介子說：「一定是中山狼的轉音。」先父姚安公說：「這個的說法不一定對，也不一定不對。郢書燕說，穿鑿附會、以訛傳訛、曲解原意的現象常常會有，顏先生的說法本來就不是沒有益處。」

【研析】各行各業供奉祖師，這是一種民俗，也是一種文化。正如紀曉嵐所說的，有些行業供奉的祖師是有典可考，有些則有民間傳說為據；但有些行業供奉的祖師確實是牽強附會，故被紀曉嵐批評為荒誕不經。最有意思的是長隨供奉的祖師，一說竟是忘恩負義的中山狼，褒貶之意甚明，讀者不難理解。

婦撻夫

先叔儀庵公，有質庫❶在西城中，一小樓為狐所據，夜恆聞其語聲，然不為人害，久亦相安。一夜，樓上詬誶鞭笞聲甚厲，群往聽之。忽聞負痛疾呼曰：「樓下諸公，皆當明理，世有婦撻夫者耶？」適中一人方為婦撻，面上爪痕猶未愈，眾哄然一笑曰：「是固有之，不足為怪。」樓上群狐亦哄然一笑，其鬥遂解。聞者無不絕倒。儀庵公曰：「此狐以一笑霽❷威，猶可與為善。」

【章旨】此章講述了一個人們笑對丈夫遭妻子責打的故事。

【注釋】❶質庫　當鋪的舊稱。❷霽　比喻怒氣消釋，臉色轉和。

【語譯】先叔父儀庵公，有個當鋪在西城中。一座小樓被狐仙所占據，夜裡經常聽到他們的說話聲，然而不出來危害人，時間久了也就相安無事。一天夜裡，樓上傳出很大的責罵鞭打聲，大家都到樓下去傾聽。忽然聽到樓上有人忍著痛高聲呼喊道：「樓下諸位先生都應當明白事理，世上有妻子打丈夫的嗎？」恰巧樓下人群中有一人剛剛被妻子打了，臉上的抓傷還沒有痊癒，眾人哄然一笑說：「這本來就有的，不足為怪。」樓上這群狐仙也哄然一笑，他們的爭鬥才解開了。聽說這件事的人都笑得前仰後合。儀庵公說：「這位狐仙因為一笑而收斂威風怒火，我們還可以用善意來對待他。」

【研析】雖說有三從四德維護夫權，但百姓的家居生活卻往往超出禮教的束縛。如果妻子強悍，丈夫也難免要遭到皮肉之苦。一幅民俗風情畫躍然眼前。

農夫徐四

田村徐四，農夫也。父歿，繼母生一弟，極凶悖❶。家有田百餘畝，析產時，弟以贍母為詞，取其十之八，曲從之。弟又擇其膏腴者，亦曲從之。後弟所分蕩盡，復從兄需索，乃舉所分全付之，而自佃田以耕，意恬如也。一夜自鄰村醉歸，道經棗林，遇群鬼拋擲泥土，栗不敢行。群鬼啾啾，漸逼近，比及覿❷面，皆悚然❸辟易❹，曰：「乃是讓產徐四兄。」倏化黑煙四散。

【章旨】此章講述了一個兄長把家產讓給弟弟而毫無怨言的故事。

【注釋】❶凶悖　凶暴悖逆。❷覿　見；相見。❸悚然　惶恐不安。❹辟易　驚退。

【語譯】田村的徐四，是個農夫。父親去世後，繼母生的一個弟弟，極其凶狠悖逆。家裡有田地一百多畝，分家產時，弟弟以贍養母親作為藉口，取得其中的十分之八，徐四委曲地順從了他。弟弟又挑選那些肥沃的田地，他也委曲地順從了他。後來弟弟把所分得的產業揮霍光了，又來向徐四索要，於是徐四把自己原來分得的田地全部給了他，而自己去租田耕種，心裡坦然平靜。一天夜裡，徐四從鄰村喝醉了酒回來，路經棗樹林，碰到一群鬼向他拋擲泥土，嚇得發抖不敢往前走。群鬼發出啾啾的叫聲，向他漸漸逼近，等到見了面，都肅然吃驚地後退，說：「原來是讓家產的徐四兄。」一瞬間，群鬼都化成黑煙向四面散去。

【研析】兄弟之間，本應友愛相處。古人用手足來比喻兄弟，就是講兄弟的關係親密而不可分離。因此，古人鄙夷兄弟相爭、骨肉相殘。曹植的〈七步詩〉，引起後人的多少唏噓；袁熙、袁尚兄弟間的爭鬥，成為後人告誡子孫的前車之鑑。農夫徐四，雖沒有讀過多少書，但也懂得兄弟間應互敬互讓的道理，得到紀曉嵐的推許，也在情理之中。

五臺僧

白衣庵僧明玉言：昔五臺❶一僧，夜恆夢至地獄，見種種變相❷。有老宿❸教以精意誦經，其夢彌甚，遂漸至委頓❹。又一老宿曰：「是必汝未出家前，曾造惡業。出家後漸明因果，自知必墮地獄，生恐怖心；以恐怖心，造成諸相。故誦經彌篤，幻象彌增。夫佛法廣大，容人懺悔，一切惡業，應念皆消。放下屠刀，立地成佛。汝不聞之乎？」是僧聞言，即對佛發願，勇猛精進，自是宴然無夢矣。

【章旨】 此章以一個和尚幡然改過自新的故事，論述了禪宗的基本要義。

【注釋】 ❶五臺　五臺山。在山西東北部，長約百餘公里。五峰聳立，峰頂平緩。與普陀、九華、峨眉合稱我國佛教四大名山。因夏無炎暑，佛教又稱「清涼山」。❷變相　敷演佛經的內容而繪製成的具體圖相。一般繪製在石窟、寺院的牆壁上或紙帛上，多用幾幅連續的畫面表現故事的情節，是廣泛傳播教義的佛教通俗藝術。後道教等亦利用此一形式渲染、表述道經及其他內容。❸老宿　高僧。❹委頓　極度疲困。

【語譯】 白衣庵的和尚明玉說：過去五臺山有一個和尚，夜裡經常夢見自己下了地獄，看見種種如圖畫中見過的恐怖景象。有位年高有德的和尚教他集中精神專心誠意地念誦佛經，但是他的惡夢做得更加厲害，漸漸到了極度疲困的程度。又有一位年高有德的和尚說：「這一定是你沒有出家以前，曾經做下了罪業。出家以後，逐漸明白了因果報應，知道自己死後一定會下地獄，產生了恐怖心；因為恐怖心，造成種種可怕的景象。所以你念誦佛經愈是虔誠，產生的幻象愈是增多。但要知道佛法廣大，允許人們懺悔。一切罪孽，隨著惡念的改變，都可以消除。放下屠刀，立地成佛，你沒有聽說過這句話嗎？」這個和尚聽了這話，就對著佛發願，勇猛地銳意追求佛法，從此便安然無事不再做這種惡夢了。

【研析】強調頓悟，正是禪宗的家法。自宋以降，士大夫喜談禪，百姓亦尚禪，平時不須打坐苦修，不須念經誦佛，即使犯下天大罪惡，只要一朝頓悟，痛改前非，就能重新做人，立地成佛。如此捷徑，豈不是便宜。故而，臨時抱佛腳者大有人在，就是因為有如此方便之門。

不忘舊情

沈觀察夫婦並故，幼子寄食❶親戚家，貧窶❷無人狀。其妾嫁於史太常❸家，聞而心惻，時陰使婢媼，與以衣物。後太常知之，曰：「此尚在人情天理中。」亦勿禁也。錢塘❹季滄洲因言：有孀婦❺病臥，不能自炊，哀呼鄰媼代炊，亦不能時至。忽一少女排闥❻入，曰：「吾新來鄰家女也。聞姐困苦乏食，意恆不忍。今告於父母，願為姐具食，且侍疾。」自是日來其家，凡三四月。孀婦病愈，將詣門謝其父母。女泫然曰：「不敢欺，我實狐也。與郎君在日最相昵。今感念舊情，又憫姐之苦節，是以託名而來耳。」置白金數鋌於床，嗚咽而去。二事頗相類，然則琵琶別抱❼、掉首無情，非惟不及此妾，乃並不及此狐。

【章旨】此章講述了一個小妾、一個狐狸精分別在其相好的男人去世後，顧念舊情，照顧其兒子、寡婦的故事。

【注釋】❶寄食　依靠人家生活。❷貧窶　貧乏；貧窮。❸太常　官名。秦置奉常，漢景帝時改稱太常，為九卿之一。掌宗廟禮儀，兼掌選試博士。歷代沿置，則專為司祭祀禮樂之官。北魏稱太常卿，北齊稱太常寺卿，北周稱大宗伯，隋至清皆稱太常寺卿，清末廢。❹錢塘　東漢以錢唐縣改名，治所即今浙江杭州。❺孀婦　寡婦。❻排闥　推門。❼琵琶別抱　語出白居易〈琵琶行〉：「猶抱琵琶半遮面」。後以指婦女改嫁。

【語譯】沈觀察夫婦兩人都去世了，他們的小兒子寄養在親戚家裡，貧困得沒有個人樣子。沈觀察的小妾改嫁到史太常家，聽說以後心裡悽愴，經常暗中讓婢女老婦給他送些衣服物品去。後來史太常知道這件事，說：「這是人情天理之中的事。」也不加以禁止。錢塘人季滄洲因而說起：有一個寡婦生病躺著，不能自己做飯，哀求鄰居老婦人來幫助做飯，但老婦人也不能經常來。忽然一位少女推門進來說：「我是新來的鄰居家的女兒，聽說姐姐困苦吃不上飯，心裡常常感到不忍。如今我告知父母，願意替姐姐做飯並侍候疾病。」從此這位少女每天來到寡婦家，這樣有三四個月。寡婦病痊癒了，將要登門拜謝她的父母，那位少女流著眼淚說：「不敢欺騙你，我實際上是狐狸精，和你郎君活著的時候最親近。現今我感念過去的情誼，又同情姐姐苦苦守節，所以託名而來。」說罷，把幾錠銀子放在床上，嗚咽著離去。這兩件事情頗相似，那麼琵琶別抱改嫁他人、掉頭無情的，不但不及這個小妾，而且也不及這個狐狸精。

【研析】不忘舊情，這也是做人的基本道德。薄情寡義之人，不論什麼時候，都會遭到譴責。文中的兩個女子一是小妾、一是狐狸精，紀昀並不因此而菲薄她們，她們的行為贏得了紀昀的讚許。

兩妻爭座

吳侍讀❶頡雲言：癸丑❷一前輩❸，偶忘其姓，似是王言敷先生，憶不甚真也。嘗僦居海豐寺街，宅後屋三楹，云有鬼，不可居。然不出為祟，但偶聞音響而已。一夕，屋中有詬誶聲，伏牆隅聽之，乃兩妻爭坐位，一稱先來，一稱年長，嘵嘵❹然不止。前輩不覺太息曰：「死尚不休耶？」再聽之，遂寂。夫妻妾同居，隱忍相安者，十或一焉；歡然相得者，千百或一焉，以尚有名分❺相攝也。至於兩妻並立，則從來無一相得者，亦從來無一相安者。無名分以攝之，則兩不相下，固其所矣，又何怪於嚚爭哉！

【章旨】此章以兩個鬼妻爭座的故事，引發出紀昀關於家庭妻妾關係的一段議論。

【注釋】❶侍讀　官名。唐代有集賢殿侍讀學士，宋始置翰林侍讀學士。明清沿置翰林院侍讀學士、侍讀，與侍講學士、侍講均為較高級之翰林官。清制另於內閣置侍讀學士掌典校、侍讀掌勘對，與翰林官有別。❷癸丑　即清雍正十一年，西元一七三三年。❸前輩　指年長或資歷較高的一輩。❹嘵嘵　爭辯聲。❺名分　名位及其應守的職分。

【語譯】侍讀吳頡雲說：有位癸丑年進身的老前輩，已忘了他的姓氏，好像是王言敷先生，回憶不是很真切了。王言敷曾經租屋居住在海豐寺街，住宅後面有破屋三間，說是有鬼，不可以住人。但是鬼也不出來作祟，只是偶爾聽到屋裡發出聲響而已。一天晚上，破屋裡有責罵聲。王言敷伏在牆角傾聽，卻是兩個妻子在爭座位，一個說我先來，一個說我年長，爭辯個不停。王前輩不覺歎息說：「死了還爭論不休嗎？」再聽，就沉寂無聲了。妻妾共同居住在一起，能夠克制忍耐相安無事的，十家當中或許有一家；歡欣地互相投合的，千百家當中或許有一家，因為妻妾之間尚且還有大小尊卑名分管束著。至於兩個妻子並立，則從來沒有一家互相投合的，也從來沒有一家相安無事的。沒有大小尊卑名分的管束，那麼雙方不肯互相謙讓，這本來就是在情理之中了，又為什麼要責怪兩個鬼妻的吵鬧紛爭呢！

【研析】名分之爭，實際就是地位之爭，從來沒有人會拱手相讓，封建禮教也不允許任何人的破壞。如漢文帝遊幸上林苑，皇后及文帝寵愛的慎夫人隨從。袁盎將慎夫人的座席安排在皇后之後，引起慎夫人的不滿，文帝也為之發火。但袁盎認為「尊卑有序而上下和」，得到文帝的讚許，慎夫人也因此而自責（事見《史記・袁盎鼂錯列傳》）。紀昀以為要避免妻妾相爭，就應該先確定尊卑名分，儘管或許尚有暗鬥，但有名分管束，不至於鬧出大笑話。此處可見紀昀維護封建禮教的用心。

卷五 灤陽消夏錄五

木工鄭五

鄭五，不知何許人，攜母妻流寓河間，以木工自給。病將死，囑其妻曰：「我本無立錐地，汝又拙於女紅❶，度老母必以凍餒死。今與汝約：有能為我養母者，汝即嫁之，我死不恨也。」妻如所約，母藉以存活。或奉事稍怠，則室中有聲，如碎磁折竹。一歲，棉衣未成，母泣號寒，忽大聲如鐘鼓，殷動❷牆壁。如是者七八年。母死後，乃寂。

【章旨】此章講述了木工鄭五雖死仍孝養寡母的故事。

【注釋】❶女紅 也作「女工」。指婦女所作的紡織、刺繡、縫紉等事。❷殷動 震動。

【語譯】鄭五，不知道是什麼地方的人，帶著母親和妻子流落到河間縣居住，以做木工為生。鄭五得了重病，臨死前，囑咐他的妻子說：「我本來窮得沒有立錐之地，你又不會做針線活，我死後，料想老母親必然會因為凍餓而死。如今和你約定，有能夠替我奉養母親的，你就嫁給他，我死了也不會怨恨你的。」妻子如所約定的那樣嫁了人，鄭五的母親因此得以活了下來。妻子有時奉事稍稍有些懈怠，那麼房間裡就會發出聲響，像是打碎磁器、折斷竹竿的聲音。有一年冬天，棉衣沒有做好，母親哭著叫冷，屋裡忽然發出巨大的聲音像敲鐘打鼓似的，震動牆壁。像這樣過了七八年。鄭五的母親去世以後，家中才沒了怪聲音。

【研析】孝養母親，雖死不移。鄭五此舉，可與「二十四孝」比肩並美。

負心背德之獄

佃戶曹自立，粗識字，不能多也。偶患寒疾❶，昏憒中為一役引去。途遇一役，審為誤拘，互詬良久，俾送還。經過一處，以石為垣，周里許，其內濃煙坌湧，紫焰赫然。門額六字，巨如斗，不能盡識，但記其點畫而歸。據所記偏旁推之，似是「負心背德之獄」也。

【章旨】此章講述了一人誤入陰曹，看見「負心背德之獄」情景的故事。

【注釋】❶寒疾　指因感受寒邪所生的疾病。

【語譯】有個佃戶名叫曹自立，粗略地認識幾個字，但識的字不多。曹自立偶爾患了寒病，病中昏昏沉沉被一個差役從家裡帶走。路上遇到另一個差役，一看是抓錯了人。兩個差役互相對罵了很久，便把他送了回去。回家途中經過一個地方，用石頭築成的圍牆，周長有一里左右，牆裡濃煙聚集湧出，紫色的火焰熊熊燃燒。門額上有六個斗大的字，曹自立不能全部認識，只是記住了字的筆畫寫法而回家。人們根據曹自立所記下的字形偏旁推測，好像是「負心背德之獄」這六個字。

【研析】負心背德之徒，背信背義。信義不存，人何以立。故而負心背德之徒，歷來遭到人們的鄙夷，即使到了陰曹地府，仍有煉獄在等著他們。故此，人們不能做負心背德之事，以免成負心背德之徒。紀昀的這番告誡，可謂到家了。

債鬼

世稱殤子❶為債鬼，是固有之。盧南石言：朱元亭一子病瘵，綿惙❷時，呻吟自語曰：「是尚欠我十九金。」俄醫者投以人參，煎成未飲而逝，其價恰得十九金。此近日事也。或曰：「四海之中，一日之內，殤子不知其凡幾，前生逋負者，安得如許之眾？」夫死生轉轂❸，因果循環，如恆河之沙❹，積數不可以測算；如太空之雲，變態不可以思議，是誠難拘以一格。然計其大勢，則冤愆糾結，生於財貨者居多。老子曰：「天下攘攘，皆為利往；天下熙熙，皆為利來。」人之一生，蓋無不役志於是者。顧天地生財，只有此數，此得則彼失，此盈則彼虧。機械於是而生，恩仇於是而起。業緣❺報復，延及三生。觀謀利者之多，可以知索償者之不少矣。史遷❻有言：「怨毒之於人甚矣哉！」君子寧信其有，或可發人深省也。

【章旨】此章論述了人產生怨毒之心的危害。

【注釋】❶殤子　未成年而死者；短命的人。❷綿惙　病勢危殆。❸轉轂　飛轉的車輪。比喻行進迅速。❹恆河之沙　即恆河沙數。佛經中語。形容數量多到無法計算。恆河，南亞有名大河。《金剛經・無為福勝分第十一》：「但諸恆河尚多無數，何況其沙……以七寶滿爾所恆河沙數三千大千世界，用以布施。」❺業緣　佛教語。謂苦樂皆為業力而起，故稱。❻史遷　即司馬遷。西漢史學家、文學家和思想家。字子長，夏陽（今陝西韓城南）人，司馬談之子。早年遊蹤遍及南北，到處考察風俗，採集傳說。後因替投降匈奴的李陵辯解，得罪下獄，受腐刑。出獄後任中書令，發憤繼續完成所著史籍，人稱其書為《太史公書》，後稱《史記》。是我國最早的通史。

【語譯】世人稱夭折的兒子是討債鬼，這確實是有的。盧南石說：朱元亭的一個兒子生癆病，當病情危急時，呻吟著自言自語地說：「這還欠我十九兩銀子。」一會兒醫生開了藥方用人參煎藥，人參湯煎好，這個孩子還沒來得及服用就死了。所用人參的價錢正好值十九兩銀子。這是近日的事情。有人說：「四海之中，一日之內，夭折的孩子不知道有多少，前世欠債的人哪裡會有如此之多？」要知道死生如轉動的車輪，因果循環，就像恆河裡的沙子，堆積的數量無法測算；就像太空中的雲彩，形態變幻不可思議，確實難以拘泥於一種形式。但是計算它的大概情況，那麼冤仇罪錯糾結在一起，是由財物引起的居多。老子說：「天下的人熙熙攘攘，都是為了利而往；天下的人熙熙攘攘，都是為了利而來。」人的一生，沒有誰的意志不被利益所左右的。不過天地所生的財物，只有這個數目。這邊得到那邊就失去，這邊盈餘那邊就虧損。狡詐謀利的人因此而產生，恩仇怨恨因此而萌發。因果報應，要連累三生，看看謀利的人那麼多，就可以知道討債的人不會少了。司馬遷說過：「怨毒之心對於人來說，是極其有害的！」君子寧可相信討債鬼的事是有的，或許能夠發人深省呢。

【研析】利益所在，乃是天下紛爭之源，而紛爭之產生，還是在於私心。得之者欣喜若狂，失之者怨恨不已。不管是得之者還是失之者，都丟失了一顆淡泊名利的平常心。如能夠保持平常心，世間之事或許就會變得簡單許多。所謂的「債鬼」也就無從產生了。

鬼因人而興

里婦新寡，狂且❶賂鄰媼挑之。夜入其闥❷，闔扉將寢，忽燈光綠暗，縮小如豆。俄爆然一聲，紅焰四射，圓如二尺許，中現人面，乃其故夫也。男女並噭然仆榻下。家人驚視，其事遂敗。或疑嫠婦❸墮節者眾，何以此鬼獨有靈？余謂鬼有強弱，人有盛衰。此本強鬼，又值二人之衰，故能為厲耳。其他茹恨黃泉❹，冤纏數世者，不知凡幾，非竟神隨形滅也。或又疑妖物所憑，作此變怪，是或有之。然妖不自興，因人而興；亦幽魂怨毒之氣，陰相感召，邪魅乃乘而假借之。不然，陶嬰❺之室，何未聞黎丘之鬼❻哉？

【章旨】此章從寡婦與人私通而遭亡夫報復的故事，講述了鬼因人而興的道理。

【注釋】❶狂且　行動輕狂的人。此處指輕薄之人。❷闥　內房。❸嫠婦　寡婦。❹黃泉　指人死後埋葬的地穴。亦指陰間。❺陶嬰　春秋魯國陶門之女。少寡，撫養幼孤，紡織為生；魯人或聞其義，將求匹。嬰聞之，乃作〈黃鵠之歌〉以明志，魯人聞之，遂不敢復求。事見漢劉向《列女傳・魯寡陶嬰》。後以「陶嬰」為婦女貞節的典型。❻黎丘之

鬼　古代傳說中黎丘所出現的奇鬼，喜效人子侄昆弟之狀，以戲弄他人。

【語譯】村裡有個女人新近死了丈夫，一個輕薄之徒賄賂了寡婦的鄰居老婦人，讓她從中牽線搭橋。那個輕薄之徒夜裡進入寡婦的臥房內，兩人關上門將要睡覺時，忽然燈光發綠暗淡，火焰縮小如豆。接著就是一聲爆響，紅色的火焰四射，形成一個兩尺左右的光環，像一面大鏡子，中間出現一個人的面孔，竟然是那個寡婦已經去世的丈夫。這男女二人嚇得一起發出嗷的叫聲而仆倒在床榻下。家裡人吃驚地過來一看，他們私通的事情於是就敗露了。有人懷疑寡婦失節的事很多，為什麼唯獨這個鬼來顯靈呢？我認為鬼有強弱，人有盛衰。這寡婦的亡夫本來是個強鬼，又適好碰上兩人的運數衰敗，所以鬼就能夠作祟。其他那些飲恨於黃泉之下，冤魂糾纏幾世的，不知道有多少，並非全是魂魄隨著形體而消滅的。又有人懷疑妖物有所憑依，才會做出這個變怪之事，這種事或許是有的。但是妖魅不會自己無端作怪，而是因為人而作怪，這也是因為幽魂怨憤仇恨之氣，暗暗相感召，邪鬼妖魅才乘機而假借於人。不然的話，在魯國陶嬰的房間裡，為什麼沒聽說有黎丘的奇鬼呢？

【研析】寡婦改嫁，在宋以前是平常事。宋以後，道學家宣揚「餓死事小，失節事大」。寡婦改嫁遂成為不可寬恕之事，除非有特別的理由。至於寡婦與人私通，更是不為社會所寬恕。紀昀在本書中記錄了不少寡婦改嫁的故事，均是為了奉養公婆等事而改嫁。也就是說，為了奉養公婆而改嫁，社會尚且還能容忍；如僅僅是為了追求個人幸福之改嫁，就要受到社會的譴責。紀昀遂之所發的一段議論頗有趣味，認為「妖不自興，因人而興」。妖魅必須借助人而作亂。如果人人自持甚嚴，妖魅又何以能作亂？

解夙因

羅仰山通政❶在禮曹❷時，為同官所軋，動輒掣肘，步步如行荊棘中。性素迂滯，漸恚憤成疾。一日，鬱鬱枯坐，忽夢至一山，花放水流，風日清曠，覺神思開朗，壘塊[3]頓消。沿溪散步，得一茅舍。有老翁延入小坐，言論頗洽。老翁問何以有病容，羅具陳所苦。老翁太息曰：「此有夙因，君所未解。君七百年前為宋[4]黃筌[5]，某即南唐[6]徐熙[7]也。徐之畫品，本居黃上。黃恐奪供奉[8]之寵，巧詞排抑，使沉淪困頓，銜恨以終。其後輾轉輪迴[9]，未能相遇。今世業緣[10]湊合，乃得一快其宿仇。彼之加於君者，即君之曾加於彼者也，君又何憾焉？大抵無往不復者，天之道；有施必報者，人之情。既已種因，終當結果。其氣機[11]之感，如磁之引針：不近則已，近則吸而不解。其怨毒之結，如石之含火：不觸則已，觸則激而立生。其終不消釋，如疾病之隱伏，必有驟發之日。其終相遇合，如日月之旋轉，必有交會之躔。然則種種害人之術，適以自害而已矣。吾過去生中，與君有舊，因君未悟，故為述憂患之由。君與彼已結果矣，自今以往，慎勿造因[12]可也。」羅灑然有省，勝負之心頓盡；數日之內，宿疾全除。此余十許歲時，聞霍易書先生言。或曰：「是衛公延璞事，先生偶誤記也。」未知其審，並附識之。

【章旨】此章講述了一個將今生冤仇歸結於夙因，一旦解開夙因而煩惱盡消的故事。

【注釋】❶通政　即通政司官員。明清時設通政司，掌收受、檢查內外奏章和申訴文書的中央機構。其長官為通政使。❷禮曹　指禮部衙門。曹，古代分科辦事的官署或部門。❸壘塊　比喻胸中鬱積的不平之氣。❹宋　朝代名。西元九六〇年趙匡胤（宋太祖）代後周稱帝。國號宋，定都開封，史稱北宋。欽宗靖康元年（一一二六年）金兵主開封，北宋亡。次年趙構（宋高宗）在南京（今河南商丘）稱帝。後建都臨安（今浙江杭州），史稱南宋。兩宋共歷十八帝，統治三百二十年。❺黃筌　五代後蜀畫家。字要叔，成都（今屬四川）人。仕前蜀、後蜀；入宋，任太子左贊善大夫。早歲即以繪畫得名，擅花鳥，自成一派，所寫禽鳥，骨肉兼備，形象豐滿，畫花妙於賦色，勾勒巧細，幾乎不見筆跡，只似輕色染成，謂之「寫生」。與江南徐熙並稱「黃徐」，形成五代花鳥畫兩大主要流派。❻南唐　五代時十國之一。西元九三七年李昪代吳稱帝，建都金陵（今江蘇南京），國號唐，史稱南唐。❼徐熙　五代南唐畫家。江寧（府治今江蘇南京）人，一作鍾陵（今江西進賢西北）人。世仕南唐。所畫花木、蔬果、禽鳥、蟲魚，神氣生動，與後蜀黃筌並稱「黃徐」，形成五代花鳥畫的兩大主要流派。筌多繪宮中的異卉珍禽，熙多寫江湖間的汀花水鳥，故時有「黃家富貴，徐熙野逸」之諺。❽供奉　在皇帝左右供職者的稱呼。唐初有侍御史內供奉、殿中侍御史內供奉等名；唐玄宗時有翰林供奉，專備宮中應制。宋代東、西頭供奉官為武職階官，內東、西頭供奉官這內侍（宦官）階官，僅用來表示其品級，無實際職掌。清代稱南書房行走官員為內廷供奉，也用以稱進入宮廷的演員。❾輪迴　佛教名詞。原意是「流轉」。佛教沿用婆羅門教的說法而加以發揚，認為眾生各依所作善惡業因，一直在所謂六道（天、人、阿修羅、地獄、餓鬼、畜生）中生死相續，升沉不定，有如車輪的旋轉不停，故稱輪迴，亦稱六道輪迴。❿業緣　佛教語。謂苦樂皆為業力而起，故稱。⓫氣機　謂天地有規律運行的自然機能。⓬造因　製造因緣。佛教輪迴說認為種善因得善果，惡因得惡果。

【語譯】通政使羅仰山在禮部任屬官時，受到同僚的排擠傾軋，事事受到牽制，每走一步就像行走在荊棘之中。羅仰山本性迂闊內向，漸漸憤鬱成病。一天，羅仰山正鬱鬱不歡地呆坐著，忽然做夢來到一座山上，那裡花兒開放流水潺潺，風清日爽，感覺神思開朗，胸中鬱結的不平之氣頓時消失了。羅仰山沿著溪水散步，走到一座茅屋前。有位老翁請他進屋小坐，兩人談話頗為融洽。老翁問羅仰山為什麼面帶病容，羅仰山說出了自己心中的苦惱。老翁歎息著說：「這有前世的冤仇，是您不知道的。您七百年前是宋朝的黃筌，排擠您的某人就是南唐的徐熙。徐熙的畫品，本來居於黃筌之上。黃筌害怕徐熙奪去他侍奉帝王的寵倖，在皇帝面前花言巧語地排擠徐熙，使他埋沒困頓，含恨而亡。這之後徐、黃二人轉輾輪迴，沒有能夠相遇。今世兩人業緣湊巧遇合，他才得以因報復前世的仇敵而稱心。他所施加於您的，就是您曾經施加於他的，您又有什麼可以怨恨的呢？一般來說，沒有往而不回復的，這就是天之道；有施予必有報答，這就是人之情。既然已經種下了因，最終就該結出果。氣機的感應，就像磁石吸引鐵針：不靠近則已，一靠近就吸引住而不能解脫。那些怨憤仇恨的糾結，就像燧石含著火：不觸則已，一觸就激發而立刻產生火花。冤仇最終不可消除，就如同疾病的潛伏在人體中，必然有突然發作的日子。恩仇的最終相遇，就像日月的旋轉，必然有交會的時候。所以說種種害人的手段，恰恰是用來害自己而已。我在前世中，同您有交情，因為您不省悟，所以為您陳述憂患的由來。您與那位同僚已經結了果，從今以後，只要謹慎小心不要再造出惡因就可以了。」羅仰山駭然省悟過來，一切爭強好勝之心頓時消盡。幾天之內，羅仰山的舊病全都消除了。這是我十幾歲時聽霍易書先生說的。有人說：「這是衛延璞先生的事情，先生偶然記錯了。」不知道究竟是誰對誰錯，一併附記在這裡。

【研析】前世夙因，數世不解，這種冤仇也糾結得太牢固了。紀昀本想告誡世人寬厚待人，不要結下冤仇。但如果冤仇都是如此糾纏，世上豈不是都是糾結的仇恨，而沒有寬恕了嗎？還是應該學學孔子的待人之道：「己所不欲，勿施於人。」如果人人都能以這樣的心情待人，冤仇也就無處可生了。

鬼訟

田白巖言：康熙中，江南有徵漕❶之案，官吏伏法者數人。數年後，有一人降乩❷於其友人家，自言方在冥司訟某公。友人駭曰：「某公循吏❸，且其總督兩江❹，在此案前十餘年，何以無故訟之？」乩又書曰：「此案非一日之故矣。方其初萌❺，褫❻一官，竄流❼一二吏，即可消患於未萌。某公博❽忠厚之名，養癰❾不治，久而潰裂，吾輩遂遘其難。吾輩病民蠹國❿，不能仇現在之執法者也。追原禍本，不某公之訟而誰訟歟？」書訖，乩遂不動。迄不知九幽⓫之下，定讞⓬如何。〈金人銘〉⓭曰：「涓涓不壅，將為江河；毫末不札，將尋斧柯。」古聖人所見遠矣。此鬼所言，要不為無理也。

【章旨】此段記敘了一個論說凡事須在萌芽就及時處理的故事。

【注釋】❶徵漕　此處指漕運徵稅。漕，漕運。通過水道運糧。❷降乩　即扶乩。求神降示的一種方法，即由兩人扶一丁字木架在沙盤上，神靈降臨時能執木架畫字，能為人決疑治病，預示吉凶。❸循吏　古時稱遵理守法的好官。❹兩江　地區名。清初江南、江西兩省合稱兩江。康熙後，江南雖已分為江蘇、安徽兩省，但統轄江蘇、安徽、江西三省的總督仍稱為兩江總督。❺萌　指事態剛開始，處於萌芽狀態時。❻褫　革除。❼竄流　指驅逐流放。竄，放逐。❽博　博取。❾癰　癰疽，即毒瘡。❿病民蠹國　指禍國殃民。⓫九幽　九泉。此處指陰曹地府。⓬定讞　指案件的最後審定。⓭金人銘　見《孔子家語．觀周》：「孔子觀周，遂入太祖后稷之廟，廟堂右階之前，有金人焉，三緘其口而銘其背：『涓涓不壅，終為江河；……毫末不札，將尋斧柯。』」意為涓涓的流水不壅堵，將彙集成為江河；細微的枝條不加修剪，長大後就要尋找斧子砍伐。以此說明防患於未然。

【語譯】田白巖說：康熙年間，江南發生了漕運徵稅的案件，犯罪的官吏被依法判處死刑的有好幾個人。幾年以後，死者中有一人在扶乩時降臨於他的朋友家，自己說正在陰曹地府狀告某公。朋友吃驚地說：「某公是位守法循理的好官，而且他總督兩江漕運的時候，在這個案件發生前的十多年，為什麼無緣無故地要狀告他？」乩又書寫道：「這個案件不是一天就會引起的。當其剛剛露頭萌發時，只要罷免一個官員，驅逐流放一二個吏員，就可以把災禍消除於還沒發生的狀態。某公為了博取自己忠厚的名聲，養著毒瘡不治療，時間長久了而潰爛不治，我們這些人於是而遭了難。我們這些人危害百姓禍害國家，不能仇視現在的執法官。追溯災禍的根源，不狀告某公又該狀告誰呢？」寫完這段文字，乩就不動了。至今不知道九泉之下，是怎樣定案的。〈金人銘〉說：「涓涓的流水不壅堵，將彙集成為江河；細微的枝條不加修剪，長大後就要尋找斧子砍伐。」古代聖人的見識確實遠大。這個鬼所說的，大抵也不能說是毫無道理了。

【研析】防微杜漸，防患於未然，古人早有明訓，世人也明白這個道理，但往往囿於各種原因而不能做到。此處所說的當權者為博取忠厚之名，廢弛法紀，縱容貪賄，最終釀成大禍，誤國害民，當為後人戒鑑。

犬傷婦

里有姜某者，將死，囑其婦勿嫁，婦泣諾。後有豔婦之色者，以重價購為妾。婦方靚妝登車，所蓄犬忽人立怒號，兩爪抱持齧婦面，裂其鼻準，並盲其一目。婦容既毀，買者委之去，後亦更無覬覦❶者。此康熙甲午❷、乙未❸間事，故老尚有目睹者。皆曰：「義哉此犬，愛主人以德；智哉此犬，能攻病之本。」余謂犬斷不能見及此，此其亡夫厲鬼所憑也。

【章旨】此章講述了一個惡犬咬傷改嫁婦人容貌的故事。

西元一七一五年。

【注釋】❶覬覦 非分的希望或企圖。❷甲午 即清康熙五十三年，西元一七一四年。❸乙未 即清康熙五十四年，

【語譯】村里有一個姓姜的人，他臨死前，囑咐他的妻子不要改嫁，妻子流著淚答應了。後來有人羨慕這個婦人的容貌，用重金買她做小妾。這個婦人正濃妝豔抹地登車上路時，姜家養的一隻狗忽然像人一樣地立起身子怒吼著，兩隻前爪抱住婦人撕咬她的面孔，咬碎婦人的鼻子，並且咬瞎了婦人的一隻眼睛。婦人的容貌既然被毀壞了，買她做小妾的人也就放棄她而去，後來再也沒有覬覦這個婦人的人。這是康熙五十三、五十四年間的事，如今還健在的老人曾親眼見到這件事。他們都說：「這隻狗真有義氣，用維護德行來愛牠的主人；這狗真有智謀，能夠攻擊產生問題的根本。」我認為那條狗絕對不可能認識到這一點，這是那個婦人的亡夫變成的厲鬼依附在狗身上的緣故。

【研析】惡犬傷人，卻被看作是衛道之事，這條惡犬因此被尊為義犬，理學對婦女之迫害，於此可見。紀昀雖反對宋明理學，但反對的是宋明理學的治學思想、治學方法，並非一概反對宋明理學提出的道德標準和處事準則。相反的，紀昀對這種道德標準和處事準則還抱著讚許的態度。

鬼報恩

愛堂❶先生嘗飲酒夜歸，馬忽驚逸。草樹翳薈❷，溝塍❸凹凸，幾蹶者三四。俄有人自道左出，一手挽轡，一手掖之下，曰：「老母昔蒙拯濟，今救君斷骨之厄也。」問其姓名，轉瞬已失所在矣。先生自憶生平未有是事，不知鬼何以云然。佛經所謂無心布施，功德最大者歟？

【章旨】此章講述了一人夜行遇險得到鬼的救助的故事。

【注釋】❶愛堂　清人，生平事跡不詳。❷翳薈　草木茂盛，可為障蔽。❸溝塍　溝渠田埂。

【語譯】愛堂先生曾經喝酒到了夜晚才回來，他騎的馬忽然受驚狂奔起來。四周野草樹木茂密遮蔽，溝渠田埂凹凸不平，有三四次幾乎摔下馬來。忽然有個人從道路旁伸出一隻手挽住馬轡頭，另一隻手扶他下馬來，說：「老母親過去承蒙您的拯救接濟，如今救您以避免跌斷骨頭的厄運。」愛堂先生問他的姓名，此人轉眼之間已經消失了。愛堂先生回憶自己生平沒有做過救濟老婦人這樣的事，不知道這個鬼為什麼這樣說。這也許就是佛經所說的沒有功利心的布施，才是最大的功德吧？

【研析】今人做事，功利心太重，總希望能夠有所回報。如果世人真能泯滅功利心，那麼神鬼也會護佑。故而，有歌唱道：「好人一生平安。」這既是一種祝福，也是一種期盼。

張福匿冤

張福，杜林鎮人也，以負販❶為業。一日，與里豪爭路，豪揮僕推墮石橋下。時河冰方結，觚稜❷如鋒刃，顱骨破裂，僅奄奄❸存一息。里胥❹故嗛❺豪，遽聞於官。官利其財，獄頗急。福陰遣母謂豪曰：「君償我命，與我何益？能為我養老母幼子，則乘我未絕，我到官言失足墮橋下。」豪諾之。福粗知字義，尚能忍痛自書狀❻。生供鑿鑿❼，官吏無如何也。福死之後，豪竟負約。其母屢控於官，終以生供有據，不能直❽。豪後乘醉夜行，亦馬蹶❾墮橋死。皆曰：「是負福之報矣。」先姚安公曰：「甚哉，治獄之難也！而命案尤難：有頂凶者⑩，甘為人代死；有賄和者⑪，甘鬻其所親，斯已猝不易詰矣。至於被殺之人，手書供狀，云非是人之所殺。此雖皋陶⑫聽之，不能入其罪也。倘非負約不償，致遭鬼殛，則竟以財免矣。訟情萬變，何所不有，司刑者可據理率斷⑬哉？」

【章旨】此章記敘了一個為富不仁的土豪致人死命而遭報應的故事。

【注釋】❶負販 指長途販運。❷觚稜 指河水結冰形成的稜角。❸奄奄 即奄奄一息。氣息微弱的樣子。❹里胥 指里長。❺嗛 懷恨。❻狀 狀紙。❼鑿鑿 確確實實。❽直 伸理。❾蹶 顛仆。❿頂凶者 頂替凶手的人。⓫賄和者 以接受賄賂而講和的人。⓬皋陶 一作咎繇。傳說中東夷族的首領，姓偃。相傳曾被虞舜任為掌管刑法的官，後被大禹選為繼承人。因早死，未繼位。春秋時英、六等國是其後代。⓭率斷 輕率判決。

【語譯】張福是杜林鎮人，以長途販運為業。一天，同鄉里富豪爭路，富豪指揮僕人把他推下石橋。當時河水剛結冰，冰塊的稜角就像鋒利的刀刃，張富的頭顱骨摔得破裂，奄奄一息，僅存一絲呼吸了。里長原本就怨恨這個富豪，立刻報告了官府。官府垂涎富豪的錢財，官司辦得很急。張福暗中讓他的母親對富豪說：「讓您為我償命，對我有什麼好處？如果能夠替我供養老母幼子，那麼趁我還沒有斷氣，我到官府去說是自己失足掉到了橋下。」富豪答應了。張福粗識文字，這時還能夠忍痛自己書寫狀紙。張福生前寫的供詞確鑿無疑，衙門裡的官吏對富豪也無可奈何。張福死了之後，這個富豪竟然背棄與張福的約定。張福的母親多次到官府控告富豪，終究因為張福生前寫的供詞有憑有據，所以始終不能為張福伸冤。這個富豪後來喝醉酒在夜裡騎馬行路，也因馬顛仆而從橋上掉下來摔死了。人們都說：「這是對張福背信棄義的報應了。」先父姚安公說：「多麼難辦啊！審理案件是多麼困難啊！而審理人命案子尤其難：有頂替凶犯的人，甘心替人家去死；有接受賄賂而講和的人，甘心出賣自己的親友，像這樣的案子在倉促間已經不容易審理了。至於被殺害的人親手寫的供狀，說不是被這個凶手所殺，這樣的案子即使是讓皋陶那樣的聖賢來審理，也不能定他的罪。倘若這個富豪不是因為背棄約言不兌現，以致遭到神鬼的誅殺，那麼他肯定還會用金錢來免罪了。訴訟的案情變化萬端，無所不有，掌管司法的官員難道可以依據常理就輕率地判案嗎？」

【研析】富豪橫行鄉里，害人性命，而受害者迫於生計而含冤求全。但這富豪竟不思報答，反而食言而肥，終遭報應，也是大快人心之事。此案本也清楚，只因受害者想與凶手私了，遂使冤屈不能伸張。作者據此議論，以為案情萬變，無奇不有，審案者不可輕率斷案，可以說是諄諄之言了。

以財為命

姚安公言：有孫天球者，以財為命，徒手積累至千金；雖妻子凍餓，視如陌路❶，亦自忍凍餓，不輕用一錢。病革❷時，陳所積於枕前，一一手自撫摩，曰：「爾竟非我有乎？」嗚咽而歿。孫未歿以前，為狐所嬲❸，每攝其財貨去，使窘急欲死；乃於他所復得之，如是者不一。又有劉某者，亦以財為命，亦為狐所嬲。一歲除夕，凡劉親友之貧者，悉饋數金。訝❹不類其平日所為，旋聞劉床前私篋❺，為狐盜去二百餘金，而得謝柬❻數十紙。蓋孫財乃辛苦所得，狐怪其慳嗇❼，特戲之而已。劉財多由機巧剝削而來，故狐竟散之。其處置亦頗得宜也。

【章旨】此章講述了兩名吝嗇鬼遭狐仙戲弄的故事。

【注釋】❶陌路　路人；素不相識之人。❷病革　病勢危急。❸嬲　戲弄。❹訝　驚奇。❺私篋　私下藏起的箱子。❻謝柬　猶今感謝信。柬，書札。❼慳嗇　小氣；吝嗇。

【語譯】先父姚安公說：有個叫孫天球的人，把錢財當作性命，白手起家，家財積累到了千兩銀子。即使妻子兒女受凍挨餓，孫天球看在眼裡就像不認識的過路人一樣，自己也忍受寒冷飢餓，不輕易用一個錢。病危時，他把平時所積蓄的錢財擺在枕前，用手一一撫摩，說：「你竟然不屬於我所有了嗎？」嗚咽著死去了。孫天球還沒死之前，被狐仙所戲弄。狐仙經常把他的財物攝走，使他窘迫著急得想要尋死，然後再讓他在別的地方找到，像這樣的事情發生不止一次。又有一個劉某人，也把錢財當作性命，也被狐仙所戲弄。有一年的除夕，凡是劉某人親友中的貧窮者，都得到劉某人饋贈的幾兩銀子。眾人驚訝他一反平日的所作所為，隨即聽說劉某人床前私藏的箱子裡被狐仙偷去二百多兩銀子，而留下數十張感謝信。原來孫天球的錢財是自己辛苦所得，狐仙怪他吝嗇，只是戲弄他而已。劉某人的錢財大多是靠玩弄機巧剝削而得來的，所以狐仙就把這些不義之財散發掉了。狐仙的處置也是頗為得當的。

【研析】古今中外，吝嗇鬼總遭人嘲笑，如《儒林外史》中的嚴監生、〈吝嗇鬼〉中的阿巴貢、〈死魂靈〉中的波留希金等。紀曉嵐這裡所講的兩位吝嗇鬼也可博讀者一笑。不過，文中的兩位吝嗇鬼還是有區別的。前者錢財是靠自己辛勞所得，他的吝嗇只是一種生活態度和生活方式，故而狐仙也只是略加戲弄而沒有懲戒；但後者的財富卻是靠機巧剝削得來，故而狐仙將他斂聚的錢財散發給窮人，以示懲戒。其中區別，讀者自可體會。

古寺鬼語

余督學❶閩中時，幕友鍾忻湖言：其友昔在某公幕，因會勘❷宿古寺中，月色朦朧，見某公窗下有人影，徘徊良久，冉冉上鐘樓去。心知為鬼魅，然素有膽，竟躡往尋之。至則樓門鎖閉，樓上似有二人語，其一曰：「君何以空返？」其一曰：「此地罕有官吏至，今幸兩官共宿，將俟人靜訟吾冤。頃竊聽所言，非揣摩迎合之方，即消弭彌縫之術，是不足以辦吾事，故廢然返。」語畢，似有太息❸聲。再聽之，竟寂然矣。次日，陰告主人。果變色搖手，戒勿多事。迄不知其何冤也。余謂此君友有嗛❹於主人，故造斯言，形容其巧於趨避，為鬼揶揄耳。若就此一事而論，鬼非目睹，語未耳聞，恍惚杳冥，茫無實據者，雖閻羅❺包老❻，亦無可措手，顧乃責之於某公乎？

【章旨】此章講述了冤鬼想申冤而遭逢圓滑奸官的故事。

【注釋】❶督學　即提督學政，別稱督學使者。清中葉以後，派往各省，按期至所屬各府、廳考試童生及生員。此職均由侍郎、京堂、翰林、科道及部屬等官由進士出身者簡派，三年一任。不論本人官階大小，在擔任學政期間，與督撫平行。紀昀在乾隆二十八年升侍讀，提督福建學政。❷會勘　會同查勘。❸太息　大聲歎氣；深深地歎息。❹嗛懷恨在心。❺閻羅　梵文 Yamarāja 的簡譯，傳說是管理地獄之神，鐵面無私。古時比喻剛直、不畏權勢的官吏。❻包老　即包拯。字希仁，北宋廬州合肥（今屬安徽）人。天聖進士。仁宗時任監察御史，後任天章閣待制、龍圖閣直學士，官至樞密副使。知開封府時，以廉潔著稱，執法嚴峻，不畏權貴，當時稱為「關節不到，有閻羅包老」。

【語譯】我提督福建學政時，有位幕友名叫鍾忻湖，他說：他的朋友過去在某公的幕府做事，因為會同查勘住宿在一座古寺裡，月色朦朧中，看見某公的窗下有個人影徘徊了很久，慢慢地走上鐘樓而去。他心裡知道是個鬼魅，但他一向有膽量，於是暗暗地跟隨著他。到了鐘樓前，樓門已關閉鎖上，聽見樓上好像有兩個人在談話。其中一個人說：「您為什麼空手而回？」另一個人說：「這裡很少有官吏來，今天幸好有兩位官員一起住在這兒，我想等到夜深人靜以後去申訴我的冤情。剛才偷聽他們所說的話，不是揣摩如何迎合上司的方法，就是商量如何消除彌合分歧的手段，他們不足以辦理我的事，所以我失望地回來了。」說完，好像有深深歎息的聲音。再聽下去，就沉寂無聲了。第二天，這位幕友暗中告訴主人，主人果然變了臉色搖搖手，告誡他不要多事。至今不知道這個鬼魅到底是什麼冤情。我認為他的這位朋友可能對主人有所不滿，故而編造出這番話，形容他的巧於趨吉避禍，被鬼所侮弄罷了。如果就這一件事情而論，那麼沒有親眼目睹鬼，也沒有親耳聽到鬼說話，朦朧恍惚虛無縹緲，茫然沒有確實證據的事情，即使是閻羅王、包公，也無從下手處理，怎麼能夠去責備某公呢？

【研析】官場之弊病、做官之訣竅，兩鬼的對話已經將此揭露無遺：即「揣摩迎合之方，消弭彌縫之術」。用一句俗話來說，就是如何拍馬屁、如何和稀泥，而治國平天下之責任卻全部丟卻。清朝吏治之壞，於此已經發端。紀昀不願正眼承認這一事實，將其歸結於個人恩怨，即所謂的「此君友有嗛於主人」，從而削弱了這個故事的批判力度。

狐戲學究

平原❶董秋原言：海豐❷有僧寺，素多狐，時時擲石瓦嬲人。一學究❸借東廂三楹❹授徒，聞有是事，自詣佛殿呵責之。數夕寂然，學究有德色。一日，東翁過談，拱揖之頃，忽袖中一卷墮地，取視，乃祕戲圖❺也。東翁默然去，次日生徒❻不至矣。狐未犯人，人乃犯狐，竟反為狐所中。君子之於小人，謹備之而已；無故而觸其鋒，鮮不敗也。

【章旨】此章講述了一個狐仙戲弄假道學先生的故事。

【注釋】❶平原　縣名。今山東平原。在山東西北部。❷海豐　縣名。今廣東海豐。在廣東東部沿海。❸學究　本指讀書人，後專指迂腐淺陋的讀書人。❹楹　計算房屋的單位，一列為一楹。如：有屋三楹。❺祕戲圖　繪有男女性交的淫穢圖畫。祕戲，原指皇城後宮內祕密之戲劇。後亦泛指男女淫穢嬉戲。❻生徒　學生；門徒。

【語譯】平原人董秋原說，海豐縣有座佛寺，廟裡向來有很多狐仙，經常拋擲瓦片石塊戲弄人。一個學究先生借了這座寺廟的三間東廂房教授學生，聽說有這種事，自己跑到佛殿上呵斥狐仙。這以後幾個晚上寂靜無聲，學究先生顯露出得意的神色。有一天，東家的老翁過來閒談，學究先生拱手作揖的時候，忽然從袖子裡掉出一個卷子，拿起來一看，竟是男女淫褻的祕戲圖。東家老翁默默離去，第二天，學生們都不來了。狐仙沒有侵犯人，人卻去侵犯狐仙，竟然反被狐仙算計。君子對於小人，只能謹慎防備他們而已；若無緣無故去觸犯他們的鋒芒，很少有不失敗的。

【研析】學究先生暗藏祕戲圖，卻被狐仙抖落出來，聲名狼藉，學生自然不會再跟著這樣的先生讀書，所謂：「滿口的仁義道德，一肚子的男盜女娼。」罵的就是這種假道學。但紀昀卻引發出不要招惹小人，以免被小人算計的感歎。人們不禁要問：如果這個學究不私藏祕戲圖，狐仙又怎能算計到他呢？看來惹不惹小人不是主要原因，關鍵還是在於自身是否行得正。

說周倉

關帝祠❶中，皆塑周將軍❷，其名則不見於史傳。考元魯貞❸〈漢壽亭侯廟碑〉，已有「乘赤兔兮從周倉」語，則其來已久，其靈亦最著。里媼有劉破車者，言其夫嘗醉眠關帝香案前，夢周將軍蹴之起，左股青痕，越半月乃消。

【章旨】此章講述了民間關於關羽部將周倉的傳說故事。

【注釋】❶關帝祠　即關帝廟。供奉三國蜀關羽的廟宇。關帝即關羽。明萬曆二十二年進爵為帝，故稱。❷周將軍　傳說為三國蜀關羽的部將。《三國志》及注都無周倉名。元魯貞《桐山老農集》一〈武安王廟記〉：「乘赤兔兮從周倉，據金鞍兮騰驤。」元人關漢卿《關大王獨赴單刀會》劇中也有周倉。《三國演義》對周倉有比較詳細的勾畫。關帝廟中塑像，持大刀立於關羽後的即是周倉。❸魯貞　字起元，號桐山老農，元開化（今浙江開化）人。元統舉人，隱居不仕。邃於理學，躬行實踐。著作有《春秋按斷》、《桐山老農文集》等。

【語譯】關帝廟裡都塑有周倉將軍像，他的名字卻不見於史傳記載。查考元朝人魯貞〈漢壽亭侯廟碑〉，已經有「騎乘著赤兔馬啊周倉跟隨」的話，那麼關於周倉的傳說由來已久，他的顯靈也最為著名。鄉里有個老婦叫劉破車的，說她丈夫曾經因喝醉酒睡在關帝廟裡的香案前，夢見周倉將軍把他踢了起來，左大腿被踢的烏青痕跡，過了半個月時間才消去。

【研析】關於周倉的故事，民間傳說很多，這裡所說的就是一則，可以看出百姓對周倉的敬畏心理。

說輪迴

謂鬼無輪迴，則自古至今，鬼日日增，將大地不能容。謂鬼有輪迴，則此死彼生，旋即易形而去，又當世間無一鬼。販夫田婦，往往轉生，似無不輪迴者。荒阡廢冢，往往見鬼，又似有不輪迴者。表兄安天石，嘗臥疾，魂至冥府，以此問司籍❶之吏。吏曰：「有輪迴，有不輪迴。輪迴者三途：有福受報，有罪受報，有恩有怨者受報。不輪迴者亦三途：聖賢仙佛不入輪迴，無間地獄❷不得輪迴，無罪無福之人，聽其遊行於墟墓，餘氣未盡則存，餘氣漸消則滅。如露珠水泡，倏有倏無；如閒花野草，自榮自落，如是者無可輪迴。或有無依魂魄，附人感孕，謂之「偷生」；高行緇黃❸，轉世借形，謂之「奪舍」。是皆偶然變現，不在輪迴常理之中。至於神靈下降，輔佐明時；魔怪群生，縱橫殺劫，是又氣數所成，不以輪迴論矣。」天石固不信輪迴者，病痊以後，嘗舉以告人曰：「據其所言，乃鑿然成理。」

【章旨】此章以其表兄之口論述了輪迴與不輪迴的條件和準則。

【注釋】❶司籍　管理簿冊。此處指陰曹地府中管理人間生死輪迴的官吏。❷無間地獄　佛教語。即阿鼻地獄。據《俱舍論》卷十一稱，造「十不善業」的重罪者墮入之，「受苦無間」。是地獄的最底層。❸緇黃　僧道的代稱。和尚穿緇服，道士戴黃冠，故稱。

【語譯】說鬼沒有輪迴轉生，那麼從古至今，鬼天天增加，將使大地無法容納。說鬼有輪迴轉生，那麼這裡死亡那裡出生，隨即變換形體而去，世上又應當沒有一個鬼了。販運的小販和農家婦女，往往轉生，好像沒有不輪迴的人。荒涼的田野廢棄的墳冢，往往見到鬼，又好像有不輪迴的鬼。我的表哥安天石曾經因病臥床，魂魄到了陰曹地府，就向管理生死輪迴簿籍的官員詢問這個問題。官員說：「人死為鬼，有輪迴的，有不輪迴的。輪迴的有三種情況：有福的受報答，有罪的受報應，有恩有怨的受回報。不輪迴的也有三種情況：聖賢和仙佛不受輪迴，犯有重罪人無間地獄的不得輪迴，無罪無福的人聽任他遊走於荒廢的村落墳塋間，餘氣沒有耗盡的就存在，餘氣漸漸消散的就滅絕。如同草上的露珠、水中的氣泡，忽有忽無；如同閒花野草，自生自滅，像這樣的鬼無可輪迴。或者有無所依託的魂魄，附在人身上感應而懷孕，稱為「偷生」。德行高尚的和尚道士，借別人的形體轉世，稱為「奪舍」。這些都是偶然的變化顯現，不在輪迴的常理之中。至於神靈的下降人世，輔助聖明朝代；妖魔鬼怪成群降生，到處殺人搶劫，這又是由氣數所決定的，不能夠以輪迴來論說了。」安天石本來是不相信生死輪迴的，病痊癒以後，曾經舉出這件事告訴別人說：「據那個陰間官員所說的，乃是確實而有理的。」

【研析】六道輪迴本是佛家之說，用來勸人向善。此處分析入輪迴與不入輪迴的各三種情況，總括而言，還是不離因果報應思想。不過，文中說到無罪無福之人，魂魄無所歸依，只能自生自滅。無罪無福之人，卻是天下最廣泛的普通人。他們的魂魄竟然會因無所歸依而滅寂，難免會使相信生死輪迴說的普通人喪失信心。這又與紀昀想通過宣揚因果報應而使人人向善的用心相背離。

說仕宦

星士❶虞春潭，為人推算，多奇中。偶薄遊襄漢❷，與一士人同舟，論頗款洽。久而怪其不眠不食，疑為仙鬼。夜中密詰之，士人曰：「我非仙非鬼，文昌❸司祿❹之神也，有事詣南嶽❺，與君有緣，故得數日周旋耳。」虞因問之曰：「吾於命理❻，自謂頗深。嘗推某當大貴，而竟無驗。君司祿籍，當知其由。」士人曰：「是命本貴，以熱中，削減十之七矣。」虞曰：「仕宦熱中，是亦常情，何冥謫若是之重？」士人曰：「仕宦熱中，其強悍者必怙權，怙權者必狠而愎；其孱弱者必固位，固位者必險而深。且怙權固位，是必躁競，躁競相軋，是必排擠。至於排擠，則不問人之賢否，而問黨之異同；不計事之可否，而計己之勝負。流弊不可勝言矣。是其惡在貪酷上，壽且削減，何止於祿乎！」虞陰記其語，越兩歲餘，某果卒。

【章旨】此章藉著星士之口告誡人們不要熱中於功名利祿。

【注釋】❶星士　以星命術為人推算命運的術士。❷襄漢　指襄陽、漢口一帶地區。❸文昌　又名「文曲星」、「文星」。中國神話中主宰功名、祿位的神，多為讀書人所崇祀。元仁宗延祐三年（一三一六年）將梓潼帝君加封為「輔文開化文昌司祿宏仁帝君」後，稱「文昌帝君」，兩者遂合而為一。❹司祿　神名。掌司人間祿籍。❺南嶽　衡山的古稱。為「五嶽」之一。❻命理　算命之術。

【語譯】有個星命術士名叫虞春潭，他替人推算命運，大都很靈驗。他偶然到襄陽、漢口一帶遊歷，和一個讀書人同坐一條船，兩人談論頗為融洽。時間一長，虞春潭奇怪那個讀書人不睡覺不吃飯，懷疑他是仙人或是鬼魅。虞春潭到了夜晚祕密地詢問他，那個讀書人說：「我不是仙，也不是鬼，是文昌帝君屬下的司祿之神，有事到南嶽衡山去，同您有緣，所以能夠有幾天時間盤桓交往罷了。」虞春潭因而問他說：「我對於命相之理，自以為頗有造詣，曾經推算某某人應當大貴，然而卻沒有應驗。您主管天下功名利祿的簿籍，應該知道其中的原因。」那個讀書人說：「這個人的命運本來很尊貴，因為過於熱中功名，所以官運被減去了十分之七。」虞春潭說：「熱中於功名利祿，這也是人之常情，為什麼陰間的貶斥如此之重呢？」那個讀書人說：「熱中於功名利祿的人中，個性強橫凶暴的人必然依仗權勢，依仗權勢的人必然凶狠而剛愎自用；個性懦弱的人必然要保住自己的官位，想保住自己官位的人用心必然陰險而奸詐。而且依仗權勢之人與想保住官位之人在一起，勢必因急於進取而互相競爭。急於進取互相競爭必然導致互相傾軋，這樣必然會排擠別人。至於排擠別人，就不問人的賢能還是不賢能，而只問是不是自己的同黨；不去計較事情的可否施行，而只考慮自己在官場中的勝負。熱中功名利祿的流弊是無法說得完的。這種罪惡在貪婪殘酷之上，這種人的壽命尚且要削減，更不要說是官位俸祿呢！」虞春潭暗暗記住讀書人說的話。過了兩年多，某某人果然死了。

【研析】官場中人熱中功名利祿本是常情，而紀昀卻藉由星士之口把它說成是萬惡之源，所論說的理由也頗為中肯，值得天下那些熱中此道者深思。《官場現形記》中的眾生相，《紅樓夢》中的升官圖，抨擊的就是這種醜陋。根除這種醜陋的唯一方法就是推進民主，除此之外別無他法。

狐女為妾

張鉉耳先生之族，有以狐女為妾者，別營靜室居之。床帷器具，與人無異，但自有婢媼，不用張之奴隸❶耳。室無纖塵，惟坐久覺陰氣森然；亦時聞笑語，而不睹其形。張故巨族❷，每姻戚宴集，多請一見，皆不許。一日，張固強之。則曰：「某家某娘子猶可，他人斷不可也。」入室相晤，舉止嫻雅，貌似三十許人。詰以室中寒凜之故，曰：「娘子自心悸耳，室故無他也。」後張詰以獨見是人之故。曰：「人陽類，鬼陰類，狐介於人鬼之間，然亦陰類也。故出恆以夜，白晝盛陽之時，不敢輕與人接也。某娘子陽氣已衰，故吾得見。」張惕然❸曰：「汝日與吾寢處，吾其衰乎？」曰：「此別有故，凡狐之媚人有兩途：一曰蠱惑，一曰夙因❹。蠱惑者陽為陰蝕，則病，蝕盡則死；夙因則人本有緣，氣自相感，陰陽翕合❺，故可久而相安。然蠱惑者十之九，夙因者十之一。其蠱惑者亦必稱夙因，但以傷人不傷人知其真偽耳。」後見之人果不久下世。

【章旨】此章講述了狐仙媚人的兩種途徑，以論述人之盛衰。

【注釋】❶奴隸　本指喪失自由、被人奴役的男女。此處指奴僕。❷巨族　指世家大族。❸愓然　表示吃驚的樣子。❹夙因　指前世的因緣。❺翕合　互相感應契合。

【語譯】張鉉耳先生的家族中，有娶了狐女做小妾的人，另外營建僻靜的住所讓她居住。床榻帷帳日用器具，與普通人使用的沒有什麼兩樣，但狐女有自己的婢女僕婦，不用張某的奴僕罷了。狐女的居室內沒有一點灰塵，只是坐久了感覺陰氣森森；也時常聽到室內有說笑的聲音，而看不見說笑者的形體。張家本來就是世家大族，每當親戚聚集宴會，經常請求見她一面，但都沒有得到狐女允許。有一天，張某勉強她一定要與大家見面，狐女就說：「某某家的某娘子還可以見面，其他人絕對不可以。」某娘子進入狐女住的房間裡和她會晤，見她舉止嫻靜優雅，相貌好像三十來歲的人。問她居室中為什麼這樣寒冷的緣故，狐女回答說：「娘子自己心中害怕罷了，這間居室原本沒有什麼特別的地方。」後來張某問起狐女為什麼單獨見某娘子的緣故，狐女回答說：「人是陽類，鬼是陰類，狐仙介於人鬼之間，但也是陰類。所以狐仙出來經常是在夜間，白天陽氣興盛的時候，不敢輕易同人接觸。某娘子陽氣已經衰竭，所以我能夠與她見面。」張某吃驚地說：「你每天和我同寢共處，我恐怕陽氣也衰竭了吧？」狐女回答說：「這是另有原因。凡是狐仙誘惑人有兩種途徑：一種叫做蠱惑，一種叫做夙因。被蠱惑的人，陽氣被陰氣所侵蝕，就會得病，陽氣被侵蝕盡了就會死去；夙因則是狐仙與人本來有緣分，陰陽二氣自然互相感應，陰陽調合，所以可以長久相處而平安無事。但是蠱惑人的狐仙也必然自稱是夙因，但是可以用傷害人還是不傷害人的方法知道它的真假。」後來見到狐女的某娘子，果然不久就去世了。

【研析】這個狐女因為夙緣而媚人，無害人之心，與紀昀前文描述的狐仙有所差別，使人感到可愛，有人情味。狐仙是明清傳奇小說的主題之一，人們總是將狐仙描寫成喜歡捉弄、引誘、蠱惑凡人。凡人經不起誘惑，就會身敗名裂。狐仙給人的感覺是既不可親也不可愛。清初以來，人們還是把狐仙寫入小說，但描寫逐漸起了變化，不再將狐仙看作妖孽，而是把她們看作有血有肉、有情有義，讓人感到可親可愛，蒲松齡的《聊齋志異》就是其代表作。本書也記載了許多狐仙的故事，不難看出其中描述的變化。

改行從善

羅與賈比屋而居，羅富賈貧。羅欲併賈宅，而勒❶其值；以售他人，羅又陰撓之。久而益窘，不得已減值售羅。羅經營改造，土木一新。落成之日，盛筵祭神。紙錢甫燃，忽狂風捲起，著樑上，烈焰聚發，煙煤迸散如雨落。彈指間，寸椽不遺，並其舊廬爇❷焉。方火起時，眾手交救。羅拊膺止之，曰：「頃火光中，吾恍惚見賈之亡父。是其怨毒之所為，救無益也。吾悔無及矣。」急呼賈子至，以腴田❸二十畝書券贈之。自是改行從善，竟以壽考終。

【章旨】此章講述了一個惡人強買他人房屋而遭報應的故事。

【注釋】❶勒　勒索；強取。此處指故意壓低價格，與強取相同。❷爇　點燃；放火焚燒。❸腴田　肥沃的田地。

【語譯】姓羅的和姓賈的兩家房屋相鄰而居，羅家富有而賈家貧窮。羅家想吞併賈家的房子，而且極力壓低價格；賈家想把房子賣給別人，羅家又暗中加以阻撓。時間久了而賈家更加困窘，不得已只好降低房子的價格賣給了羅家。羅家把這房子經營改造，土木建築煥然一新。新房子落成這一天，羅家設盛筵祭祀神靈。紙錢剛剛點燃，忽然被一陣狂風捲起，飛附在新屋的屋樑上，於是烈焰驟起，濃煙煤火迸散如雨般落下。彈指間的功夫，新屋子連一寸椽子也沒有留下，連同羅家舊居的房子也燒掉了。大火剛剛燃起時，大家一齊動手救火，羅家主人捶著胸口制止他們，說：「剛才在火光中，我恍恍惚惚看到賈家已故世的父親，這場火是他怨憤仇恨所造成的，救也沒有用處，我後悔來不及了。」羅家主人連忙叫來賈家的兒子，寫下字據把肥沃的二十畝良田贈送給他。從此羅家主人改惡從善，後來竟得以高壽去世。

【研析】強買他人屋子，還要故意壓價，這完全是橫行鄉間、欺壓鄰里的霸道行徑，遭到報應也是活該。不過，紀昀還是給了羅家主人一條改過自新之路，從中不難看出佛教禪宗的影響，只要改惡從善，就不究前過，即所謂的「放下屠刀，立地成佛」。

河工某官

滄州❶樊氏扶乩，河工❷某官在焉。降乩者關帝也，忽大書曰：「某來前！汝具文懺悔，語多回護。對神尚爾，對人可知。夫誤傷人者，過也，回護則惡矣。天道宥過而殛惡，其聽汝巧辯乎？」其人伏地惕息❸，揮汗如雨。自是怏怏如有失，數月病卒。竟不知所懺悔者何事也。

【章旨】此章講述了一個河工官吏遭神譴責，懼怕而死的故事。

【注釋】❶滄州　今河北滄州。在河北東南部。❷河工　指管理治河工程的官員。❸惕息　恐懼貌。謂戰兢恐懼，不敢出聲息。

【語譯】滄州人樊某扶乩時，管理治河工程的某官在座。降臨乩壇的是關帝，忽然書寫大字道：「某人到前面來！你所寫的懺悔書，許多話都是千方百計為自己辯護，對神靈尚且如此，對平常人就可想而知了。

誤傷他人是過錯，千方百計為自己辯護就是罪惡了。天道寬恕過錯而嚴懲罪惡，難道會聽信你的巧言辯護嗎？」那位官員趴伏在地上戰戰兢兢恐懼，揮汗如雨。從此以後，那位官員鬱悶不樂若有所失，過了幾個月就病死了。始終不知道他所懺悔的是什麼事情。

【研析】犯下過錯或罪惡，只要能夠真心悔過，上天就會給予自新之路。如果已經犯下罪行，卻還要巧言為自己辯護，不知悔改，必然遭來神靈譴責，某官就是先例。

農婦代死

褚寺❶農家有婦姑❷同寢者，夜雨牆圮❸，泥土簌簌下。婦聞聲急起，以背負牆而疾呼姑醒。姑匍匐墮炕下，婦竟壓焉，其屍正當姑臥處。是真孝婦，以微賤無人聞於官，久而並佚其姓氏矣。相傳婦死之後，姑哭之慟。一日，鄰人告其姑曰：「夜夢汝婦冠帔❹來曰：『傳語我姑，無哭我。我以代死之故，今已為神矣。』」鄉之父老皆曰：「吾夜所夢亦如是。」或曰：「婦果為神，何不示夢於其姑？此鄉鄰欲緩其慟，造是言也。」余謂忠孝節義，歿必為神。天道昭昭，歷有證驗，此事可以信其有。即曰一人造言，眾人附和，「天視自我民視，天聽自我民聽❺。」人心以為神，天亦必以為神矣，何必又疑其妄焉？

【章旨】此章講述了一位農婦捨己救姑而得到人們崇敬的故事。

【注釋】❶褚寺　村名。❷姑　即丈夫的母親。❸圮　崩塌。❹冠帔　指古代朝廷命婦所穿戴的頭冠、服飾。此處意謂農婦已經成神。❺天視自我民視二句　語出《尚書・泰誓》，意為上帝把黎民百姓對事物的想法與看法作為衡量事物的標準。

【語譯】褚寺村有戶農家，媳婦和婆婆同睡在一間屋子裡，夜裡下雨牆要倒了，牆上泥土簌簌地落下來。媳婦聽到聲音急忙起身，用背抵著牆壁，一面大聲呼叫婆婆醒來。婆婆爬動時掉到了炕下，媳婦卻被牆壓倒，她的屍體正好在婆婆睡覺的地方。這是位真正的孝婦，因為身分微賤而沒有人把這件事報告給官府，時間一長連她的姓名也都沒有人知道了。相傳這位農婦死後，她的婆婆哭得很悲痛。一天，鄰居告訴她的婆婆說：「夜裡夢見你的媳婦穿戴著朝廷命婦的冠帔來說：『傳話給我的婆婆，不要哭我。我因為代婆婆而死的緣故，現在已成為神了。』」鄉里的父老都說：「我夜裡所夢見的也是如此。」有人說：「如果這位媳婦果然成為神，為什麼不顯示在她婆婆的夢中？這是鄉鄰們想要緩解婆婆的悲傷，編造出這樣的話。」我說做到忠孝節義的人，死了必定成為神。天道明明白白，歷來就有證驗，這事可以相信它是有的。即使說是一個人編造出來的話，而眾人附和，但《尚書・泰誓》說：「上帝把黎民百姓的看法當作自己的看法，上帝把黎民百姓聽到的當作自己聽到的。」人心認為這位農婦成神，上帝也必然以她為神了，何必又懷疑這件事是虛妄的呢？

【研析】這位農婦雖然史佚其名，但她的行為得到了人們的景仰，百姓以她成神來頌揚這種美德。人心就是天意，故而先哲說：「天視自我民視，天聽自我民聽。」

相交以心

長山❶聶松巖，以篆刻遊京師。嘗館❷余家，言其鄉有與狐友者，每賓朋宴集，招之同坐。飲食笑語，無異於人，惟聞聲而不睹其形耳。或強使相見，曰：「對面不睹，何以為相交？」狐曰：「相交者交心，非交以貌也。夫人心叵測❸，險於山川，機阱❹萬端，由斯隱伏。諸君不見其心，以貌相交，反以為密；於不見貌者，反以為疏，不亦悖乎？」田白巖曰：「此狐之閱世深矣！」

【章旨】此章講敘了交友貴在交心的道理。

【注釋】❶長山　地名。今山東鄒平東長山。❷館　指受人聘請，到人家裡教書。❸叵測　指城府深，不可測度。❹機阱　指機關陷阱。

【語譯】長山人聶松巖，以擅長篆刻而遊歷京城。曾經在我家坐館，說他的家鄉有同狐仙交朋友的人，每當賓客朋友聚集宴會，就招呼狐仙同坐，狐仙飲食談笑，與人沒有什麼兩樣，只是能聽到他的聲音卻看不見他的身形罷了。有人強要和他相見，說：「面對面而看不到，怎麼算是交朋友呢？」狐仙說：「朋友相交是以心相交，不是以外貌相交。要知道人心難以測度，險毒過於山川，機關陷阱萬種，就是從這裡隱藏埋伏的。諸位不了解一個人的真心，僅以外貌相交，反而以為親密；對於我這樣看不見外貌的，反而以為疏遠，不也很荒謬嗎？」田白巖說：「這個狐仙的閱歷世情很深啊！」

【研析】朋友相交，貴在知心。而世上知心難覓，故伯牙與鍾子期「高山流水」成為千古佳話。然而，待人還是應該以真誠。文中所說的那個狐仙，太精於世故。如果世上人人都以防人之心待人，這世界也未免太可悲了。

膽怯生鬼

肅寧❶老儒王德安，康熙丙戌❷進士也，先姚安公從受業❸焉。嘗夏日過友人家，愛其園亭軒爽❹，欲下榻於是，友人以夜有鬼物辭。王因舉所見一事曰：「江南岑生，嘗借宿滄州張蝶莊家。壁張鍾馗❺像，其高如人。前復陳一自鳴鐘。岑沉醉就寢，皆未及見。夜半酒醒，月明如晝，聞機輪格格，已詫甚；忽見畫像，以為奇鬼❻，取案上端硯仰擊之。大聲砰然，震動戶牖。僮僕排闥入視，則墨瀋❼淋漓，頭面俱黑；畫前鐘及玉瓶磁鼎，已碎裂矣。聞者無不絕倒。然則動云見鬼，皆人自膽怯耳，鬼究在何處耶？」語甫脫口，牆隅忽應聲曰：「鬼即在此，夜當拜謁，幸勿以硯見擊。」王默然竟出。後嘗舉以告門人曰：「鬼無白晝對語理，此必狐也。吾德恐不足勝妖，是以避之。」蓋終持無鬼之論也。

【章旨】此章講述了一個膽怯生鬼的故事。

【注釋】❶肅寧　縣名。今河北肅寧。❷康熙丙戌　即清康熙四十五年，西元一七〇六年。❸受業　從師學習。❹軒爽　高敞涼爽。❺鍾馗　古代傳說故事中的人物。相傳唐明皇病中夢見一大鬼捉一小鬼啖之。唐明皇問之，自稱名鍾馗，生前曾應武舉未中，死後決心消滅天下妖孽。唐明皇醒後，命吳道子繪成畫像。古俗多懸鍾馗像以驅妖辟邪。❻奇鬼　厲鬼；惡鬼。❼墨瀋　墨汁。

【語譯】肅寧縣有位老儒叫王德安，是康熙四十五年的進士，先父姚安公曾跟從他讀書學習。他曾經在夏天去友人家拜訪，愛朋友家花園裡的亭子軒敞涼爽，就想下榻在這裡，友人以夜裡有鬼怪推辭。王老先生因而舉出所見到的一件事情說：「江南有位姓岑的書生，曾經借宿在滄州張蝶莊的家裡。張家牆壁上掛著鍾馗的像，如真人一樣高，前面又陳設一臺自鳴鐘。岑生喝得大醉回屋就寢，這些擺設都沒有來得及看見。半夜時分，岑生酒醒，月光明亮如同白晝，聽到自鳴鐘的機器齒輪發出格格的聲音，已經很驚訝了；忽然看見鍾馗的畫像，認為是厲鬼，拿起書案上的端硯向上打去，發出砰然聲響，震動了門窗。僮僕推門進來一看，只見岑生身上墨汁淋漓，連腦袋面孔都被墨汁染黑了，畫像前面陳設的自鳴鐘以及玉瓶磁鼎，已經被擊得碎裂了。聽說此事的人無不笑得前仰後合。然而人們還是動不動就說見鬼，那都是人們自己膽怯罷了，鬼究竟在哪裡呢？」王老先生的話剛說出口，牆角處忽然回答說：「鬼就在這裡，今天夜裡當來拜見，希望不要用硯臺來砸我。」王老先生默不作聲地就走出來了。後來王老先生曾經把這個經歷告訴門徒說：「鬼沒有白天與人對話的道理，這個必然是狐仙。我恐怕自己的德行不足以戰勝妖孽，所以迴避他。」可見王老先生終究是堅持無鬼之論的。

【研析】世上本無鬼，膽怯生鬼，疑心生鬼，可見鬼都是從人的內心中生出的。如要無鬼，一是無私，一是膽大，如此，鬼魅不能上身，又豈能作惡？

說明器

明器❶，古之葬禮也，後世復造紙車紙馬。孟雲卿❷〈古挽歌〉曰：「冥冥何所須？盡我生人意。」蓋姑以緩慟云耳。然長兒汝佶病革時，其奴為焚一紙馬，汝佶絕而復蘇，曰：「吾魂出門，茫茫然不知所向。遇老僕王連升牽一馬來，送我歸。恨其足跛，頗顛簸不適。」焚馬之奴泫然❸曰：「是奴罪也。舉火時實誤折其足。」又六從❹舅母常氏彌留時，喃喃自語曰：「適往看新宅頗佳，但東壁損壞，可奈何？」侍疾者往視其棺，果左側朽穿一小孔，匠與督工者尚均未覺也。

【章旨】 此章講述了明器的由來和關於明器的兩個故事。

【注釋】 ❶明器　即冥器。一作「盟器」。即專為隨葬而製作的器物，一般用陶或木、石製成。從新石器時代開始歷代的墓中都有發現。❷孟雲卿　唐代詩人。平昌（今山東商河西北）人。天寶時試進士不第，官校書郎。與薛據友善。其詩反對聲病、藻繪，語言樸素。其〈傷時〉二首有「虎豹不相食，哀哉人食人」之句，頗能反映當時的社會現實。杜甫、元結等人都很推重他的作品。❸泫然　傷心流淚。❹從　指堂房親屬。如堂兄弟稱從兄弟，堂伯叔稱從伯叔。

【語譯】 明器，是古代喪葬用的禮器，後世又造紙車紙馬。唐代詩人孟雲卿〈古挽歌〉詩中說道：「在冥冥之中還需要什麼？以盡我活著人的心意。」大概是說姑且以此來緩解悲痛罷了。但是我的長子汝佶病危時，他的奴僕給他燒了一匹紙馬，汝佶斷氣以後又蘇醒過來說：「我的魂出了家門，茫茫然不知道朝哪個方向走。遇到老僕人王連升牽了一匹馬來，送我回家，遺憾的是馬的腿是瘸的，太顛簸了很不舒適。」焚燒紙馬的奴僕流著眼淚說：「這是奴才的罪過。點火燒紙馬時，的確不小心折斷了馬腿。」還有一件事。我的六堂舅母常氏病重彌留之際，喃喃自言自語說：「剛才去看新房很好，但是東牆損壞了，可怎麼辦呢？」侍奉疾病的人前去查看她的棺材，果然棺材的左側朽壞，爛穿了一個小洞，工匠和監工還都沒有發現。

【研析】古人講究侍死如生，把陰間生活看作是陽世生活的繼續，人死了就要有殉葬品，甚至以人為殉。故明器作為殉葬之物，由來已久。其規模之大、數量之多，可能要數秦始皇了。不信，可去陝西秦始皇陵目睹其盛。

窮達有命

李又聃先生言：昔有寒士下第者，焚其遺卷，牒訴於文昌❶祠。夜夢神語曰：「爾讀書半生，尚不知窮達有命耶？」嘗侍先姚安公，偶述是事。先姚安公咈然❷曰：「又聃應舉之士，傳此語則可。汝輩手掌文衡❸者，傳此語則不可。聚奎堂柱有熊孝感❹相國題聯曰：『赫赫科條，袖裡常存惟白簡❺；明明案牘，簾前何處有朱衣❻？』汝未之見乎？」

【章旨】此章講述了執掌權力者不能以命數推卸責任。

【注釋】❶文昌 又名「文曲星」、「文星」。中國神話中主宰功名、祿位的神，多為讀書人所崇祀。元仁宗延祐三年（一三一六年）將梓潼帝君加封為「輔文開化文昌司祿宏仁帝君」後，稱「文昌帝君」，兩者遂合而為一。❷咈然 不悅的樣子。❸文衡 古謂以文章試士的取捨權衡。掌文衡即做主考官。❹熊孝感 即熊賜履。字敬修，一字青嶽，清孝感（今湖北孝感）人，故稱。順治進士，官至武英殿大學士。❺白簡 古時官員奏章用白紙，並用印。唯御史不用印，稱白簡。❻朱衣 此處用「朱衣點頭」的典故。相傳宋歐陽脩主持貢院舉試，每閱試卷，常覺坐後有朱衣人時復點頭，凡朱衣人點頭的，都是合格的文章，因有「唯願朱衣一點頭」之句。後用為科舉中選的代稱。

【語譯】李又聃先生說：過去有位貧寒書生應科舉考試落了榜，就焚燒了試卷的底稿，寫狀紙投訴於文昌祠。這位書生夜裡夢見神對自己說：「你讀了半輩子書，還不知道窮困通達都是命中注定的嗎？」我曾經侍奉先父姚安公，偶然說起這件事，姚安公不高興地說：「李又聃是參加科舉考試的士人，傳傳這樣的話還沒有什麼。你們這些做主考官的人，傳播這樣的話就不可以。聚奎堂的柱子上有熊賜履相國題寫的一幅對聯，說：『赫赫醒目的法律條文，衣袖裡常常保存著御史進諫的白簡；明明白白的案牘試卷，屋簾前哪裡有頻頻點頭的朱衣人？』你沒有見到嗎？」

【研析】落第書生說「窮達有命」，有解脫痛苦、自我安慰的作用；主考官說「窮達有命」，則就有輕易其手、推卸責任的嫌疑。姚安公說的有理。

兩則寓言

海陽❶李玉典前輩言：有兩生讀書佛寺，夜方媟狎，忽壁上現大圓鏡，徑丈餘，光明如晝，毫髮畢睹。聞簷際語曰：「佛法廣大，固不汝嗔。但汝自視鏡中，是何形狀？」余謂幽期密約，必無人在旁，是誰見之？兩生斷無自言理，又何以聞之？然其事為理所宜有，固不必以子虛烏有視之。玉典又言：有老儒設帳廢圃中。一夜聞垣外吟哦聲，俄又聞辯論聲，又聞囂爭聲，又聞詬詈聲，久之遂聞毆擊聲。圃後曠無居人，心知為鬼。方戰栗間，已鬥到窗外。其一盛氣大呼曰：「渠評駁吾文，實為冤憤！今同就正於先生。」因朗吟數百言，句句手自擊節。其一且呻吟呼痛，且微哂之。老儒惕息❷不敢言。其一厲聲曰：「先生究以為如何？」老儒囁嚅❸久之，以額叩枕曰：「雞肋❹不足以當尊拳。」其一大笑去，其一往來窗外，氣咻咻然，至雞鳴乃寂。云聞之膠州❺法黃裳，余謂此亦黃裳寓言也。

【章旨】此章講述了兩個與神靈鬼魅世界有關的故事。

【注釋】❶海陽　縣名。即今山東海陽。❷惕息　恐懼貌。謂戰兢恐懼，不敢出聲息。❸囁嚅　要說話而又頓住的樣子。❹雞肋　比喻瘦弱的身體。《晉書・劉伶傳》：「嘗醉與俗人相忤，其人攘袂奮拳而往，伶徐曰：『雞肋不足以安尊拳。』」❺膠州　今山東膠縣。

【語譯】海陽人李玉典前輩說：有兩個書生在佛寺裡讀書，夜裡兩人正在輕薄地狎戲，忽然牆壁上出現了一面大圓鏡，直徑有一丈多，光亮照得屋子裡如同白天，連毛髮都能看得清清楚楚。聽到屋簷上有人說話道：「佛法廣大，固然不會責怪你們。但是你們自己朝鏡子裡看看，是什麼樣的形狀？」我認為幽會總是祕密約定的，旁邊肯定沒有別人，是誰見到的呢？兩個書生絕對沒有自己說出來的道理，又怎麼能聽到呢？但是這件事在情理上說是會有的，本來就不必把它當成是子虛烏有的事來看待。李玉典又說：有個老儒在一座廢棄的園子裡教授學生。一天夜裡，老儒聽到牆外有吟誦的聲音，一會兒又聽到辯論的聲音，又聽到喧鬧紛爭的聲音，又聽到謾罵的聲音，罵了很長時間後，就聽到毆打的聲音。園子後面空曠沒有人居住，老儒心裡知道是鬼。正當老儒嚇得發抖時，兩個鬼互相爭鬥已經來到了窗外。其中一個鬼氣呼呼地大聲叫道：「他批駁我的文章，我實在感到冤恨憤怒，現在一起到先生這裡來請求指正。」於是朗聲吟誦了數百字，句句自己用手打著節拍。另一個鬼一邊呻吟叫痛，一邊還在輕聲嘲笑他。老儒嚇得屏住呼吸不敢說話。其中一個鬼厲聲說：「先生究竟認為我的文章怎麼樣？」老儒吞吞吐吐了很久，用額頭叩著枕頭說：「我瘦弱得像塊雞肋，不足以抵擋您的拳頭。」一個鬼大笑著而去，另一個鬼在窗外來回走動，氣勢洶洶地噓著氣，到雞叫時才沉寂下來。這是李玉典從膠州人法黃裳那裡聽來的，我認為這也是法黃裳編的一個寓言。

【研析】冥冥之中，自有神鬼，人們必須自律自省，不能放任。這就是前一則寓言想告訴我們的道理。後一則寓言，卻將神鬼世界描述成與人世間沒有兩樣，鬼也有名利心，也有好勝心，為了一篇文章的虛名，不惜訴諸老拳，讀來令人發笑。

為鬼題詩

天津❶孟生文熺，有雋才❷，張石粼先生最愛之。一日，掃墓歸，遇孟於路旁酒肆。見其壁上新寫一詩，曰：「東風翦翦❸漾春衣，信步尋芳信步歸。紅映桃花❹人一笑，綠遮楊柳燕雙飛。徘徊曲徑憐香草，惆悵喬林掛落暉。記取今朝延佇處，酒樓西畔是柴扉。」詰其所以，諱不言。固詰之，始云適於道側見麗女，其容絕代，故坐此冀其再出。張問其處，孟手指之。張大駭曰：「是某家墳院，荒廢久矣，安得有是？」同往尋之，果馬鬣❺蓬科❻，杳無人跡。

【章旨】此章講述了一個生員遇見女鬼的故事。

【注釋】❶天津　今天津市。在海河平原東北部、海河五大支流匯流處，東臨渤海。❷雋才　傑出的才學。❸翦翦　形容風輕微而帶寒意。❹紅映桃花　典出唐崔護〈遊城南〉詩：「去年今日此門中，人面桃花相映紅。人面不知何處去，桃花依舊笑春風。」好事者因此詩演為崔護和少女的戀愛故事。後用於男女相識隨即分離，男子追念舊事，稱「人面桃花之感」。❺馬鬣　墳墓封土的一種形式。亦指墳墓。❻蓬科　猶蓬顆。長有蓬草的土塊。一般指墳上長草的土塊，亦指墳頭。

【語譯】天津有個書生叫孟文熺，有傑出的才學，張石粼先生最喜歡他。一天，張石粼掃墓回來，在路旁的酒店裡碰到孟文熺，看見他在牆壁上新寫的一首詩說：「略帶寒意的東風微微吹漾著春天的衣裳，信步去尋找芳草信步歸來。粉紅的桃花映著桃花般的面容一笑而去，楊柳的翠綠遮掩下燕子成雙成對飛翔。徘徊在曲折的小徑愛憐香草，惆悵在高大的喬木林中落日已經掛在樹梢。記住今天停留等待的地方，酒樓西畔有柴扉的那一家。」張石粼問他詩中所寫的是什麼意思，孟文熺隱諱而不肯說。張石粼堅持詢問他，才說剛剛在路旁見到一個漂亮女子，她的容貌冠絕當代，所以坐在這裡，希望她再來。張石粼問她的住處，孟文熺用手指點。張石粼大吃一驚地說：「這是某某家的墳地，荒廢很久了，怎麼會有美女呢？」兩人一起前往尋覓，果然墳頭上蓬草叢生，荒僻沒有人跡。

【研析】文人都喜歡有某種奇遇，浪漫而富有情調。這是因為文人喜歡幻想，沉湎其中而不知自拔的緣故。

這位孟姓書生受唐人崔護〈遊城南〉詩的影響，也希望有同崔護一樣的豔遇，卻不知道類似的愛情故事不會一而再地發生。

冥罰

余在烏魯木齊時，一日，報軍校❶王某差運伊犁❷軍械，其妻獨處。今日過午，門不啟，呼之不應，當有他故。因檄迪化❸同知❹木金泰往勘。破扉而入，則男女二人共枕臥，裸體相抱，皆剖裂其腹死。男子不知何自來，亦無識者。研問鄰里，茫無端緒，擬以疑獄結矣。是夕女屍忽呻吟，守者驚視，已復生。越日能言，自供與是人幼相愛，既嫁猶私會。後隨夫駐防西域，是人念之不釋，復尋訪而來；甫至門，即引入室，故鄰里皆未覺。慮暫會終離，遂相約同死。受刃時痛極昏迷，倏如夢覺，則魂已離體。急覓是人，不知何往，惟獨立沙磧中，白草黃雲，四無邊際。正彷徨間，為一鬼縛去。至一官府，甚見詰辱，云是雖無恥，命尚未終；叱杖一百，驅之返。杖乃鐵鑄，不勝楚毒❺，復暈絕。乃漸蘇，則回生矣。視其股，果杖痕重疊。駐防大臣巴公曰：「是已受冥罰，姦罪可勿重科矣。」余〈烏魯木齊雜詩〉有曰：「鴛鴦畢竟不雙飛，天上人間舊願違。白草蕭蕭埋旅櫬，一生腸斷〈華山畿〉❻。」即詠此事也。

【章旨】此章講述了一對男女同生共死的愛情故事。

【注釋】❶軍校　任輔助之職的軍官。❷伊犁　舊邊疆政區名。指清乾隆二十七年（一七六二年）以後伊犁將軍和參贊大臣的直轄區，相當於今巴爾喀什湖以南的伊犁河流域和拜卡達姆以東的塔拉斯河、吹河、伊塞克湖流域。❸迪化　舊市、縣名。在新疆維吾爾自治區中部。一九五三年分別改為烏魯木齊市和烏魯木齊縣。❹同知　遼代設同知府、同知州事。金元時每府或州設同知一員。明清定為知府、知州的佐官，分掌督糧、緝捕、海防、江防、水利等，分駐指定地點。同知與通判又可為地方政權廳一級的長官。❺楚毒　指極其痛苦。❻華山畿　古樂府吳聲歌曲名。相傳南朝宋少帝時，有南徐士子從華山畿往雲陽，見客舍有一位十八九歲的女子，十分喜歡她，因無法接近以至思念而死。到下葬時，喪車經過華山，到少女門前，車不前，牛不動。少女妝點沐浴而出，唱著歌：「華山畿，君既為儂死，獨活為誰施？歡若見憐時，棺木為儂開。」棺木應聲而開，少女於是入棺材，兩人合葬。見於《樂府詩集》。

【語譯】我在烏魯木齊時，一天，有人報告軍校王某被派往伊犁運輸軍械，他的妻子在家獨居。今天過了中午，房門不開，叫她也不答應，恐怕發生了意外情況。我因此行文派迪化同知木金泰前往查勘。木金泰破門而入，看見男女兩個人同床共枕睡在一起，裸體相擁，都是剖開腹部而死的。那男子不知道從什麼地方來的，也沒有認識他的人。向鄰里調查詢問，茫茫然沒有頭緒，於是打算作為一件疑案了結此事。這天晚上，那具女屍忽然呻吟起來，看守的人吃驚地查看，那個女人已經復活過來。過了一天，女人能夠說話，自己供稱同這個男人從小相愛，出嫁後還私下與他幽會。後來自己跟隨丈夫駐防西域，這個男人因為思念她無法忘懷，又尋訪而來；剛到門口，就把他引入室內，所以鄰里都沒有覺察。兩人擔心短暫的相會終須分離，於是相約一起自殺。刀刺入時疼痛極了而昏迷，忽然像做夢覺醒，魂已經離開身體。趕緊尋覓這個男人，不知道到哪裡去了。只見自己獨自站在沙漠裡，白色的荒草黃色的雲，四處張望沒有邊際，正在彷徨之間，被一個鬼捆綁而去。到了一個官府，被狠狠地盤問羞辱了一番。陰間官員說這女人雖然無恥，命還沒有終了；喝叱命令打了一百杖，被驅逐返回人世。杖是用鐵鑄成的，被打時十分痛楚，又暈死了過去。等到自己漸漸蘇醒，就已經起死回生了。察看她的大腿，果然有受到杖擊的重疊傷痕。駐防大臣巴公說：「這女人已經受到陰司的懲罰，通姦的罪行可以不必再判刑處罰了。」我的〈烏魯木齊雜詩〉有一首這樣寫道：「鴛鴦終究不能成雙飛去，天上人間過去的願望都不能實現。白草蕭蕭埋葬了外鄉客，一生相思腸斷〈華山畿〉。」就是詠歎這件事情的。

【研析】這對男女生不能相聚，寧願同死共穴，一曲淒慘的愛情挽歌。紀昀知曉後，也同情這對男女生死相隨的愛戀，寫詩詠歎。詩中引用〈華山畿〉的典故，表達了紀昀的同情態度。

鬼亦大佳

朱青雷言：嘗與高西園散步水次，時春冰初泮，淨綠瀛溶。高曰：「憶晚唐有『魚鱗可憐紫，鴨毛自然碧』句，無一字言春水，而晴波滑笏之狀，如在目前。惜不記其姓名矣。」朱沉思未對，聞老柳後有人語曰：「此初唐劉希夷❶詩，非晚唐也。」趨視無一人。朱悚然曰：「白日見鬼矣。」高微笑曰：「如此鬼，見亦大佳，但恐不肯相見耳。」對樹三揖而行。歸檢劉詩，果有此二語。余偶以告戴東原❷，東原因言：有兩生燭下對談，爭《春秋》周正夏正❸，往復甚苦。窗外忽太息言曰：「左氏❹周人，不容不知周正朔❺。二先生何必詞費也？」出視窗外，惟一小僮方酣睡。觀此二事，儒者日談考證，講「曰若稽古❻」，動至十四萬言。安知冥冥之中，無在旁揶揄❼者乎？

【章旨】此章講述了迂腐儒生遭鬼嘲笑的故事。

【注釋】❶劉希夷　唐朝汝州（今河南汝臨）人。善作從軍、閨情之詩，詞調哀苦，為時所重。志行不修，為奸人所殺。❷戴東原　即戴震。清朝思想家、學者。字東原，安徽休寧人。問學於婺源江永。乾隆間修《四庫全書》，特召為纂修官，在館五年，病死。博聞強記，對天文、數學、歷史、地理均有深刻研究，❸周正夏正　指周代曆法和夏代曆法正月的省稱。我國古代夏商周三代的曆法不同，夏曆以孟春之月（即冬至後二月，相當於現今農曆正月）為正；殷曆以季冬之月（即冬至後一月，相當於現今農曆十二月）為正；周曆以仲冬之月（即包括冬至的月份，相當於現今農曆十一月）為正（見《尚書大傳・略說》）。自漢武帝時的《太初曆》直至現今的農曆，都用夏正。❹左氏　即左丘明。春秋時史學家。魯國人。一說複姓左丘，名明；一說單姓左，名丘明。雙目失明，曾任魯太史。與孔子同時，或謂在其前。相傳曾著《左傳》，又傳《國語》亦出其手。❺正朔　一年第一天開始的時候。正，一年的開始；朔，一月的開始。夏曆正月為正，平旦（天明）為朔；殷曆以夏曆十二月為正，雞鳴為朔；周曆以夏曆十一月為正，夜半為朔。此處指曆法。❻曰若稽古　是《書・堯典》的首句，漢經學家解說這四個字，用了三萬言。《漢書・藝文志》顏師古注引《新論》說：「秦近君能說〈堯典〉，篇目兩字之說至十餘萬言，但說『曰若稽古』三萬言。」曰若，亦作「越若」、「粵若」。作語助，用於句首。宋蔡沈集傳：「曰、粵、越通，古文作粵。曰若者，發語辭。」❼揶揄　亦作「邪揄」、「揶揄」。戲弄；侮弄。

【語譯】朱青雷說：他曾經同高西園在水邊散步，這時早春的薄冰剛剛融化，潔淨的綠水碧波蕩漾。高西園說：「回憶晚唐時有『魚兒鱗片呈現令人可憐的紫色，鴨子羽毛卻是自然的一片碧綠』這樣兩句詩，沒有一個字說到春水，而晴天水波蕩漾不定的樣子，如同就在眼前。可惜不記得那位詩人的姓名了。」朱青雷正在沉思沒有回答之際，聽見老柳樹後面有人說話道：「這是初唐劉希夷的詩，並不是晚唐人所作。」兩人趕緊跑過去看，並無一人。朱青雷惶恐不安地說：「白天見鬼了。」高西園微笑著說：「像這樣的鬼，見見倒也非常好，只恐怕他不肯出來相見罷了。」說完，對著柳樹作了三個揖就離去了。回來翻檢劉希夷的詩，果然有這兩句詩。我偶然把這件事告訴了戴東原，戴東原因而說起，有兩個書生在燭光下對談，爭論《春秋》記事採用的曆法是周正還是夏正，你來我往，兩人爭論得相持不下。窗外忽然有聲音歎息說：「左氏是周朝時的人，不會不知道周代的曆法，兩位先生何必耗費這麼多言詞呢？」兩人到窗外察看，只有一個小僮正在酣睡。從這兩件事來看，儒家學者天天談考證，講《尚書・堯典》的「日若稽古」，動不動就寫到十四萬字，怎麼知道冥冥之中，沒有人在旁邊嘲笑的呢？

【研析】儒生喜歡爭辯，所爭辯的都是些微不足道的小事，而且樂此不疲。在明白人看來，這正是儒生的迂腐之處。如果才智都用在這種地方，又如何去做些經世致用的大事呢？故而歷代大儒對這種無謂的爭辯都持不屑態度。紀昀雖推崇漢學，但也不贊成漢儒的繁瑣考證，因此會說出「安知冥冥之中，無在旁揶揄者」的話來。

即墨于生

聶松巖言：即墨❶于生，騎一驢赴京師。中路憩息高岡上，繫驢於樹，而倚石假寐。忽見驢昂首四顧，浩然歎曰：「不至此地數十年，青山如故，村落已非舊徑矣。」于故好奇，聞之躍然起曰：「此宋處宗❷長鳴雞❸也，日日乘之共談，不患長途寂寞矣。」揖而與言，驢齧草不應。反覆開導，約與為忘形交❹，驢亦若勿聞。怒而痛鞭之，驢跳擲狂吼，終不能言。竟棰折一足，鬻於屠肆，徒步以歸。此事絕可笑，殆睡夢中誤聽耶？抑此驢夙生冤譴，有物憑之，以激于之怒殺耶？

【章旨】此章講述了一個儒生因夢見驢語而信以為真的故事。

【注釋】❶即墨　縣名。在山東青島東北部。❷宋處宗　六朝小說人物。劉宋劉義慶《幽明錄》載，晉兗州刺史宋處宗買了一隻長鳴雞，後來雞能說話，便和宋處宗談玄。❸長鳴雞　鳴聲悠長的雞。❹忘形交　不拘身分、形跡的知心朋友。

【語譯】聶松巖說：即墨人于姓書生騎著一匹毛驢到京城去，走到半路在一處高崗上歇息，把毛驢繫在樹上，自己倚靠著石頭打盹。于姓書生忽然看見毛驢抬頭四面張望，浩然長歎，說道：「已經有幾十年沒有到這裡來了，青山還是老樣子，但村落已經不是舊時的路徑了。」于姓書生本來就是個極好奇的人，聽到毛驢說話就立刻跳起身來說：「這是宋處宗的長鳴雞，天天騎著牠和牠一起談天，不怕長途行路的寂寞了。」于姓書生就對著毛驢作揖同牠說話，毛驢吃著草沒有回應。于姓書生反覆開導毛驢，與毛驢約定同牠做忘形之交，毛驢也好像沒有聽見。于姓書生發怒而狠狠地鞭打毛驢，毛驢蹦跳狂吼，始終不能說話。于姓書生最後竟打斷了一條驢腿，只好把毛驢賣到了屠宰市場，自己徒步回來。這件事極其可笑，大概是于姓書生睡夢中聽錯了吧？也可能是這匹毛驢前世的冤孽罪責，有什麼東西憑藉著牠，以激起于姓書生的怒火而殺了牠吧？

【研析】志怪小說中的人物故事，只能故妄聽之，不能當真。然而于姓書生卻深信不疑，將小說看作信史，把夢幻當成真實，故而做出了極其可笑之事。這個故事描述了一個書生的迂腐相，讀來令人噴飯。

畢四助狐

三叔父儀南公，有健僕畢四，善弋獵❶，能挽十石弓，恆捕鶉❷於野。凡捕鶉者必以夜，先以藁秸插地，如禾隴之狀，而布網於上；以牛角作曲管，肖鶉聲吹之。鶉既集，先微驚之，使漸次避入藁秸中；然後大聲驚之，使群飛突起，則悉觸網矣。吹管時，其聲淒咽，往往誤引鬼物至，故必築團焦❸自衛，而攜兵仗以備之。一夜，月明之下，見老叟來作禮曰：「我狐也，兒孫與北村狐搆釁，舉族械戰。彼陣擒我一女，每戰必反接驅出以辱我；我陣亦擒彼一妾，如所施報焉。由此仇益結，約今夜決戰於此。聞君義俠，乞助一臂之力，則沒齒感恩。持鐵尺者彼，持刀者我也。」畢故好事，忻然隨之往，翳叢薄❹間。兩陣既交，兩狐血戰不解，至相抱手搏。畢審視既的，控弦一發，射北村狐踣。不虞弓勁矢銛，貫腹而過，並老叟洞腹殪矣。兩陣各惶遽，奪屍棄俘囚而遁。畢解二狐之縛，且告之曰：「傳語爾族，兩家勝敗相當，可以解冤矣。」先是北村每夜聞戰聲，自此遂寂。此與李冰❺事相類，然冰戰江神為捍災禦患；此狐逞其私憤，兩鬥不已，卒至兩傷，是亦不可以已乎？

【章旨】此章講述了一個狐狸精爭鬥邀人相助而最終兩敗俱傷的故事。

【注釋】❶弋獵　射獵；狩獵。❷鶉　鵪鶉一類的鳥。❸團焦　圓形草屋。也叫「團瓢」、「團標」。❹叢薄　草木叢生的地方。❺李冰　戰國時水利家。約西元前二五六—前二五一年被秦昭王任為蜀郡守。他徵發民工在岷江流域興辦許多水利工程，以都江堰最著名，二千二百多年來在川西平原效益卓著。《成都記》載，李冰為蜀守，當地有蛟龍為害，李冰入水變作牛和蛟龍鬥，不勝，便選幾百勇士，告訴他們，我上次變作牛，蛟龍此次也必變作牛；我頭繫白練，你們就射沒有白練的牛。勇士照辦，終於射死了蛟龍。

【語譯】三叔父儀南公有個壯健的僕人畢四，善於捕獵，能夠拉開十石的弓，經常在野地裡捕捉鵪鶉。凡是捕捉鵪鶉的人一定在夜裡，先用秸稈插在地上，如同種植莊稼的田隴，而在秸稈的上面張上網；用牛角製成彎曲的號管，模仿鵪鶉的聲音吹響號管。鵪鶉聚集來以後，捕鳥人先稍稍驚動這些鵪鶉，使這些鵪鶉漸漸避入秸稈之中；然後大聲地驚嚇這些鵪鶉，使牠們成群地突然飛起來，那麼就全部觸到網上而被抓住了。吹號管的時候，發出的聲音淒慘嗚咽，往往誤引來鬼魅等怪物，所以一定要修築圓形茅屋自衛，而且攜帶兵器來防備怪物。一天夜裡，明月照映之下，畢四看見一個老翁來行禮說：「我是狐仙，兒孫們同北村的狐仙結怨，全族與他們械鬥。他們在陣地混戰時擒獲了我的一個女兒，每次交戰時必定將她反綁雙手驅趕出來以羞辱我；我也在陣地混戰時擒獲了他們頭領的一個小妾，像他們所做的那樣給予報復。因此兩家結仇更深，約定今夜在這裡決戰。聽說您仗義任俠，懇求你助我們一臂之力，那麼我們會一輩子感激您的恩德。拿鐵尺的是他們的頭領，拿刀的是我。」畢四原本是個好事之徒，就欣然跟隨他前往，隱藏在叢生的草木間。兩邊陣營既已交戰，兩隻狐狸精拚死血戰，殺得難分難解，甚至互相抱在一起用手搏鬥。畢四已經仔細觀察確實了，便拉開弓射出一箭，射倒了北村的狐狸精。不料弓強箭利，箭從北村狐狸精的腹部穿過，射穿了老翁的腋下而把他也射死了。兩邊陣營中的狐狸精各自驚恐慌張，奪了屍體棄去戰俘而逃走了。畢四解開捆綁兩個狐狸精的繩子並且告訴他們說：「傳話給你們的家族，兩家勝敗相當，可以解除冤仇了。」以前，北村每天夜裡聽到戰鬥的聲音，從此以後就沉寂了。這個故事同李冰的事相類似，但是李冰戰江神是為了防禦災禍、為民除害，這些狐狸精為了發洩私憤，雙方戰鬥不已，結果落得兩敗俱傷，這不也可以結束了嗎？

【研析】為家族恩怨而械鬥，最終落個兩敗俱傷，並不值得。紀昀此處說狐，其實也是說人。世人為私憤而爭鬥，也鮮有不兩敗俱傷的。紀昀將這個故事與李冰治水故事相比，一是為國家百姓而戰，一是為洩私憤而鬥，事情雖類似，而高下迥異。作者的傾向亦於此顯露。

異類淳良

姚安公在滇時，幕友❶言署中香櫞樹❷下，月夜有紅裳女子靚妝❸立，見人則冉冉沒土中。眾議發視之，姚安公攜卮酒澆樹下，自祝之曰：「汝見人則隱，是無意於為祟也；又何必屢現汝形，自取暴骨之禍？」自是不復出。又有書齋甚軒敞，久無人居。舅氏安公五章，時相從在滇，偶夏日裸寢其內。夢一人揖而言曰：「與君雖幽明異路，然眷屬居此，亦有男女之別，君奈何不以禮自處？」瞿然❹醒，遂不敢再住。姚安公嘗曰：「樹下之鬼可諭之以理，書齋之魅能以理諭人。」

此郡僻處萬山中，風俗質樸，渾沌未鑿❺，故異類亦淳良如是也。」

【章旨】此章講述了雲南風俗淳良，人鬼以禮相待的故事。

【注釋】❶幕友　原指將帥幕府中的參謀、書記等，後用為地方長官聘用的管理文書、刑名、錢穀等佐助人員的通稱。亦稱「幕僚」、「師爺」、「西賓」。❷香櫞樹　常綠小喬木或大灌木。有短刺，葉子卵圓形，總狀花序，花瓣裡面白色，外面淡紫色。果實長圓形，黃色，果皮粗而厚，供觀賞。果皮中醫入藥。亦指這種植物的果實。❸靚妝　指濃妝豔抹。❹瞿然　指忽然吃驚的樣子。❺渾沌未鑿　語出《莊子．應帝王》：「南海之帝為儵，北海之帝為忽，中央之帝為渾沌。儵與忽時相與遇於渾沌之地，渾沌待之甚善。儵與忽謀報渾沌之德，曰：『人皆有七竅，以視聽食息，此獨無有。』嘗試鑿之，一日鑿一竅，七日而渾沌死。」渾沌，古代神話傳說中的世界未生成以前的中央天帝，其七竅未開。

【語譯】姚安公在雲南時，有位幕友說衙署院中的一棵香櫞樹下，月夜裡有位身穿紅色衣裳的女子濃妝豔抹地站在那裡，見了人就漸漸隱入土中，眾人議論挖出來看看是什麼東西。姚安公拿來一盞酒澆在樹下，親自祝禱說：「你見了人就隱藏起來，是無意於興禍作祟了，又何必屢次現出你的形體，自取暴露屍骨之禍呢？」從此以後那位身穿紅衣的女子就不再出現了。衙署裡還有一個書齋很寬敞明亮，很久沒有人居住了。舅父安五章先生當時跟隨姚安公在雲南，夏天偶然赤裸著身子在書齋裡睡覺，夢見一人對自己作揖說道：「我們和您雖然有陰間陽世的不同，但是我們家屬居住在這裡，也有男女之別，您為什麼不能自己遵守禮節呢？」舅父忽然吃驚地醒來，於是不敢再去那個書齋。姚安公曾經說：「香櫞樹下的鬼，可以通過講道理來曉諭她；書齋中的精魅，能夠通過講道理來曉諭人。這個郡地處偏僻的萬山之中，風俗樸實而沒有開化，就像神話傳說中的渾沌七竅還沒有鑿開，所以異於人類的鬼魅也像這樣的淳樸善良。」

【研析】地處僻遠，沒有開化，故而風俗淳樸善良。難道這「開化」如同「混沌」，混沌七竅被鑿開而死亡；是否說民俗一旦開化，就會喪失淳樸善良。那麼，開化對於人類而言，是耶？非耶？

魂歸受祭

余二三歲時，嘗見四五小兒，彩衣金釧，隨余嬉戲，皆呼余為弟，意似甚相愛。稍長時，乃皆不見。後以告先姚安公。公沉思久之，爽然曰：「汝前母恨無子，每令尼媼❶以彩絲繫神廟泥孩歸，置於臥內，各命以乳名，日飼果餌，與哺子無異。歿後，吾命人瘞❷樓後空院中，必是物也。」恐後來為妖，擬掘出之，然歲久已迷其處矣。前母即張太夫人姐。一歲忌辰❸，家祭後，張太夫人晝寢，夢前母以手推之曰：「三妹太不經事，利刃豈可付兒戲？」愕然驚醒，則余方坐身旁，掣姚安公革帶❹佩刀出鞘矣。始知魂歸受祭，確有其事。古人所以事死如生也。

【章旨】此章講述了人去世成鬼後仍關心自己孩子的故事。

【注釋】❶尼媼　尼姑。❷瘞　埋；埋葬。❸忌辰　父母或祖先死亡的日子。古時每逢這一天，家人忌飲酒作樂，所以叫「忌日」，也叫「忌辰」。❹革帶　皮做的束衣帶。

【語譯】我二三歲的時候，曾經看見四五個小孩子，穿花衣裳、帶金手鐲，跟我一起玩耍嬉戲，都稱我為弟弟，看上去對我很親愛。我稍稍長大後，那些小孩子就都不見了。後來我把這事告訴了先父姚安公。

姚安公沉思了很久，恍然省悟地說：「你的前母怨恨自己沒有兒子，時常讓尼姑用彩色絲線拴了神廟裡的泥孩兒回來，放在臥室裡，每個泥孩兒都起一個乳名，每天用糖果餅餌來供給它們，同哺育兒子沒有兩樣。你的前母死後，我叫人把這些泥孩兒埋在樓後的空院子裡，你見到的必定就是這些物件了。」先父恐怕日後它們興妖作怪，打算把它們掘出來，但是年月久遠，已經找不到埋它們的地方了。前母就是張太夫人的姐姐。有一年前母的忌日，家裡祭祀以後，張太夫人白天睡覺，夢見前母用手推她說：「三妹太不懂事了，鋒利的刀怎麼可以給兒子玩耍？」她吃驚地醒來，發現我正坐在她身旁，已把姚安公皮帶上的佩刀扯出刀鞘了。這才知道靈魂歸家來接受祭奠，是確有其事的。所以古人說奉事死去的人如同侍奉活著的人一樣。

【研析】民間習俗信奉祖先崇拜，相信靈魂不滅，希望已經去世的祖先在冥冥之中能夠福佑活著的親人，因此事死如生。每逢祖宗忌日，家家戶戶都會祭祀祖宗，這是一種習俗，也是一種傳統，流傳數千年而不改變。

煞神

表叔王碧伯妻喪，術者言某日子刻❶回煞❷，全家皆避出。有盜偽為煞神，踰垣入，方開篋攫❸簪珥，適一盜又偽為煞神來，鬼聲嗚嗚漸近。前盜皇遽❹避出，相遇於庭，彼此以為真煞神，皆悸而失魂，對仆於地。黎明，家人哭入，突見之，大駭，諦視❺乃知為盜。以薑湯灌蘇，即以鬼裝縛送官。沿路聚觀，莫不絕倒。

據此一事，回煞之說當妄矣。然回煞形跡，余實屢目睹之。鬼神茫昧，究不知其如何也。

【章旨】此章講述了盜賊借人家喪葬之時想盜取錢財而反遭擒獲的故事。

【注釋】❶子刻　即子時，即半夜十一時至次日凌晨一時。❷回煞　舊時迷信，認為人死後若干天，他的魂魄會回到生前生活、居住的地方來，叫做「回煞」。如果活人不避走，就要發生不吉利的事。煞，即凶神。❸攫　取。❹皇遽　驚懼慌張。皇，通「惶」。❺諦視　仔細看。

【語譯】表叔王碧伯的妻子亡故後，術士說某一天的子刻要回煞。因此，那天全家人都迴避出去了。有一個盜賊偽裝成煞神，翻牆而入，剛打開箱子盜取簪環首飾時，恰巧另一個盜賊又偽裝成煞神而來，還嗚嗚地學著鬼叫，漸漸逼近。前面這個盜賊慌忙出屋逃避，兩個盜賊恰巧在庭院裡相遇，彼此以為對方是真煞神，都驚嚇得掉了魂，面對面地倒在地上。黎明時分，家裡人哭著回來進屋，突然見到兩人，大為驚怕，仔細一看才知道是盜賊。表叔家人用薑湯灌醒兩人，就讓他們穿著這身鬼裝捆綁起來送到官府去，沿路眾人聚集觀看，沒有不哈哈大笑而不能自持的。根據這一件事情，回煞的說法應該是虛妄的了。但是回煞的形跡，我實在是多次親眼看到過。鬼神的形跡迷離渺茫，終究不知道它到底是怎麼樣的。

【研析】盜賊利用喪家迷信「回煞」之說而盜取錢財，卻也因自己的恐懼煞神而遭擒獲。經此一事，回煞之說在當地是沒有人相信了。但舊俗又是頑固的，並不因一時一事就從社會生活中消亡。如紀曉嵐，雖以為回煞之說虛妄，但又說自己見過回煞，在事實與虛妄間難以抉捨，從這裡也可見移風易俗之難了。

妓書絕句

益都❶朱天門言：甲子❷夏，與數友夜集明湖側，召妓侑觴。飲方酣，妓素不識字，忽援筆書一絕句曰：「一夜瀟瀟雨，高樓怯曉寒；桃花零落否？呼婢捲簾看。」擲於一友之前。是人觀訖，遽變色仆地，妓亦仆地。頃之妓蘇，而是人不蘇矣。後遍問所親，迄不知其故。

【章旨】此章講述了一個不識字的妓女援筆書寫一首絕句的故事。

【注釋】❶益都　縣名。在山東中部。❷甲子　即清乾隆九年，西元一七四四年。

【語譯】益都人朱天門說：乾隆九年夏天，他和幾位友人夜裡在明湖畔聚會，召妓女來陪侍飲酒。大家飲酒正酣暢的時候，一個妓女向來不識字，忽然拿起筆來書寫一首絕句道：「下了一夜瀟瀟的雨，住在高樓擔心拂曉的寒冷；不曉得桃花被雨淋得零落了沒有？呼喚婢女捲起窗簾察看。」寫好後拋在一個友人面前，那人看完，立刻臉色大變仆倒在地上，妓女也仆倒在地上。過了一會兒，妓女蘇醒過來，而那人始終沒有蘇醒。後來遍問他所親近的人，始終不知道是什麼緣故。

【研析】故事不長，但內涵頗深：那個妓女為什麼會寫這首絕句？那個書生又做了什麼虧心事？是否隱含著一個女子的淒慘故事？如今都不得而知了，給人留下無限的想像空間。

扶乩作書畫

癸巳、甲午❶間，有扶乩者自正定❷來。不談休咎，惟作書畫，頗疑其偽託。然見其為曹慕堂作著色山水長卷及醉鍾馗像，筆墨皆不俗；又見贈董曲江一聯曰：「黃金結客心猶熱，白首還鄉夢更遊。」亦酷肖曲江之為人。

【章旨】 此章講述了一位扶乩者善作書畫的故事。

【注釋】 ❶癸巳甲午　即清乾隆三十八、三十九年，西元一七七三、一七七四年。❷正定　縣名。今河北正定。在河北西部、滹沱河流域。

【語譯】 乾隆三十八、三十九年間，有個扶乩的人從正定縣來京城。他不談吉凶禍福，只作書畫，人們很懷疑他假借作書畫另有所圖。但是看到他給曹慕堂所畫的著色山水長卷以及醉鍾馗像，筆墨都不俗；又看見他贈給董曲江的一副對聯說：「用黃金結交客人內心猶熱，白頭還鄉夢中還在遠遊。」也很像董曲江的為人。

【研析】 扶乩本是迷信，並無神奇之處。不過這位扶乩者竟然能夠扶乩作書畫，手法之純熟，不是一朝一夕的功夫，也可歎為觀止了。以此謀生，不能說是騙人錢財。

曹二妻

佃戶曹二婦悍甚，動輒訶詈❶風雨，詬誶❷鬼神；鄉鄰里閭，一語不合，即揎袖露臂，攜二擣衣杵，奮呼跳擲如虓虎❸。一日，乘陰雨出竊麥。忽風雷大作，巨雹如鵝卵，已中傷仆地。忽風捲一五斗栲栳❹墮其前，頂之得不死，豈天亦畏其橫歟？或曰：「是雖暴戾，而善事其姑。每與人鬥，姑叱之，輒弭伏；姑批其頰，亦跪而受。然則遇難不死，有由矣。」孔子曰：「夫孝，天之經也，地之義也❺。」豈不然乎？

【章旨】此章講述了一個悍婦的故事。

【注釋】❶訶詈　厲聲責罵。❷詬誶　辱罵。❸虓虎　亦作「哮虎」。咆哮怒吼的猛虎。❹五斗栲栳　即可盛放五斗糧食的栲栳。栲栳，用竹篾或柳條編成的盛物器具。❺孔子曰四句　指孝道是天經地義的事。此句不見「十三經」。《春秋左傳》昭公二十五年作：「夫禮，天之經也，地之義也，民之行也。」

【語譯】佃戶曹二的妻子十分凶暴蠻橫，動不動就厲聲訶斥謾罵風雨、辱罵鬼神。鄉里鄰居之間，一句話不合，曹二妻子就捲起袖子露出手臂，拿著兩根擣衣棒，奮力呼喊跳躍如同咆哮怒吼的老虎。一天，她乘著陰雨天出去偷竊麥子，忽然風雷大作，巨大的冰雹如同鵝蛋，不一會兒，她已經受傷仆倒在地。忽然間大風捲起一個可以盛五斗糧食的栲栳掉落在她面前，她就靠頂著它得以不被冰雹砸死，難道上天也怕她的蠻橫嗎？有人說：「她雖然凶狠暴戾，但奉事婆婆很孝順。每次同人爭鬥，婆婆喝叱她，就馴服收斂了；婆婆打她耳光，她也跪著忍受。可見她的遇難不死，是有原因的了。」孔子說：「孝道，是天經地義的事。」難道不是這樣的嗎？

【研析】曹二妻子雖然性格暴戾，但不失孝順之心，這樣的農婦在鄉村間常見。這種人本性淳良，只是缺少教養。如加以教化，不失為善良百姓。

天雨與龍雨

癸亥❶夏，高川❷之北墮一龍，里人多目睹之。姚安公命駕往視，則已乘風雨去。其蜿蜒攫拿之跡，蹂躪禾稼二畝許，尚分明可見。龍，神物也，何以致墮？或曰：「是行雨有誤，天所謫也。」按：世稱龍能致雨，而宋儒謂雨為天地之氣，不由於龍。余謂《禮》稱「天降時雨，山川出雲」，故《公羊傳》❸謂觸石而出，膚寸❹而合，不崇朝而雨天下者，惟泰山之雲。是宋儒之說所本也。《易．文言．傳》稱雲從龍，故董仲舒❺祈雨法召以土龍，此世俗之說所本也。大抵有天雨、有龍雨：油油而雲，瀟瀟而雨者，天雨也；疾風震雷，不久而過者，龍雨也。觀觸犯龍潭者，立致風雨，天地之氣能如是之速合乎？洗鮓答❻誦梵咒❼者，亦立致風雨，天地之氣能如是之刻期乎？故必兩義兼陳，其理始備。必規規然膠執一說，毋乃不通其變歟！

【章旨】此章論述了產生雷雨和細雨的兩種不同說法。

【注釋】❶癸亥　即清乾隆八年，西元一七四三年。❷高川　鎮名。在河北交河東北，滹沱河邊。❸公羊傳　亦稱《春秋公羊傳》或《公羊春秋》。儒家經典之一。專門闡釋《春秋》。舊題戰國時公羊高撰。初僅口說流傳，漢初始成書。❹膚寸　古代長度單位，一指為寸，一膚等於四寸。比喻極小的空間。膚寸而合，形容雲氣密布。❺董仲舒　西漢哲學家、今文經學大師。廣川（今河北棗強東人）人。專治《春秋公羊傳》。曾任博士、江都相和膠西王相。❻鮓答　古代蒙古族祈雨，取淨水一盆，浸石子數枚，大者如雞卵，小者不等，默持密咒，同時以手淘漉石子，認為這樣可以求得下雨。石子名鮓答，為走獸腹中所產，是牛黃狗寶之類的東西。❼梵咒　指蒙古族祈雨時默念的梵文密咒。

【語譯】乾隆八年夏天，高川鎮的北面墜落下一條龍，許多當地人親眼看到。姚安公馬上命人備車前往觀看，趕到那裡，龍已乘著風雨飛去了。龍在地上蜿蜒爬行、張牙舞爪的痕跡，被牠糟蹋的兩畝地左右的莊稼，都還分明可見。龍是神物，是什麼原因導致牠墜落的呢？有人說：「這是龍降雨出了差錯，遭到上天的懲罰。」按：世上稱龍能興雲降雨，而宋代儒者說雨是天地之氣，不是由龍而產生的。我認為《禮記》稱「天降下符合時令的雨水，山川產出雲」，所以《公羊傳》說雲是觸到山石而生，由分散纖小的雲彩匯合成烏雲，不用一個早晨便能把雨撒落天下，唯獨泰山的雲。這是宋代儒生理論所依據的。《周易・文言》傳稱雲隨從龍而產生，所以董仲舒的祈雨方法，是用土龍召雨，這是世俗理論所依據的。大概有天雨、有龍雨：雲彩油油然而生，雨瀟瀟然而下的，是天雨；狂風震雷，不久就雨過天晴的，是龍雨。考察凡是觸犯龍潭的，立刻招致風雨，天地之氣能夠像這樣迅速地匯合嗎？洗鮓答念誦梵咒的，也可以立刻招來風雨，天地之氣能夠像這樣的限定時刻嗎？所以必須將這兩種說法結合起來，它的道理才能夠說得完備。一定要循規蹈矩地堅持一種說法，難道不是不通達它的變化嗎？

【研析】雷雨與細雨確實是由兩種不同的氣象條件下產生的降水現象：雷雨的產生是由於局部氣候的劇烈變化；而細雨的產生則是由大氣環流所造成的。古人已觀察到這兩種降水現象的差別，但沒有能夠給予正確的解釋。紀昀以天雨、龍雨來區分：天雨關乎全局，龍雨則產生於局部地區；天雨舒緩綿長，龍雨則狂風驚雷、轉瞬即止，十分細緻地描述了兩種氣象條件下的降水特點。

王驢見鬼

里人王驢耕於野，倦而枕塊以臥。忽見肩輿❶從西來，僕馬甚眾，輿中坐者先叔父儀南公也。怪公方臥疾，何以出行？急近前起居。公與語良久，乃向東北去。歸而聞公已逝矣。計所見僕馬，正符所焚紙器❷之數。僕人沈崇貴之妻，親聞驢言之。後月餘，驢亦病卒。知白晝遇鬼，終為衰氣矣。

【章旨】此章講述了一個鄉人白天遇鬼的故事。

【注釋】❶肩輿　轎子。❷紙器　古代習俗用紙糊製各種紙人、紙馬等冥器，焚燒給死者在陰間使用。

【語譯】同鄉人王驢在田野裡耕作，疲倦了就枕著土塊睡覺。他忽然看見一頂轎子從西面來，僕從馬匹很多。轎子中坐著的是先叔父儀南公。王驢奇怪儀南公正臥病在床，為什麼出門？王驢急忙走上前問候請安。儀南公同他談了很久，才向東北方向而去。王驢回來才聽說儀南公已經去世了。計算王驢所見到的僕從馬匹，正符合所焚燒的紙製冥器的數目。僕人沈崇貴的妻子親耳聽到王驢說的。後來過了一個多月，王驢也病死了。因此可知白天遇見鬼魂，終究是因為陽氣衰竭了。

【研析】人們一般認為白晝見鬼是不可思議之事，紀昀此處說的這個故事就是白晝見鬼。不過紀昀所說也有疑問之處：鬼魂如何能夠忍受白晝陽氣的蒸騰？

第三女

余第三女，許婚戈仙舟太僕子。年十歲，以庚戌❶夏至❷卒。先一日，病已革。時余以執事在方澤❸，女忽自語曰：「今日初八，吾當明日辰刻❹去，猶及見吾父也。」問何以知之，瞑目不言。余初九日禮成歸邸，果及見其卒。卒時壁掛洋鐘恰琤然鳴八聲，是亦異矣。

【章旨】此章講述了作者第三個女兒去世時的情景。

【注釋】❶庚戌　即清乾隆五十五年，西元一七九〇年。❷夏至　二十四節氣之一。每年六月二十二日前後太陽到達黃經九十度（夏至點）時開始。❸方澤　即方丘。古代夏至祭地祇的方壇。因為壇設於澤中，故稱。❹辰刻　十二時辰之一，七時至九時。

【語譯】我的第三個女兒許婚給太僕寺卿戈仙舟的兒子。乾隆五十五年她十歲時，在夏至那天死了。去世前一天，女兒已經病危。當時我在地壇參與祭祀典禮，女兒忽然自言自語地說：「今天是初八，我將在明天辰時死去，還來得及見到我的父親。」問她怎麼知道的，女兒閉著眼睛不說話。我在初九日祭祀典禮完成後回到家，果然來得及在她死前見上一面。女兒去世時牆壁上掛的洋鐘恰巧琤琤的響了八聲，這件事也很奇怪。

【研析】對於死亡的研究，即使今天，也還有許多課題需要探索。人是否有特殊感知，尤其在面臨死亡時，對親人的思念是否能夠支撐生命的延續，類似的例子很多，卻沒有肯定的答案。

楊義與鬼之爭

膳夫❶楊義，粗知文字。隨姚安公在滇時，忽夢二鬼持朱票來拘，標名曰楊乂。義爭曰：「我名楊義，不名楊乂，爾定誤拘。」二鬼皆曰：「乂字上尚有一點，是省筆義字。」義又爭曰：「從未見義字如此寫，當仍是乂字誤滴一墨點。」二鬼不能強而去。同寢者聞其囈語❷，殊甚了了。俄姚安公終養❸歸，義隨至平彝❹，又夢二鬼持票來，乃明明楷書「楊義」字。義仍不服曰：「我已北歸，當屬直隸❺城隍。爾雲南城隍，何得拘我？」喧詬良久，同寢者呼之乃醒。自云二鬼甚憤，似必不相捨。次日，行至滇南勝境坊下，果馬蹶墮地卒。

【章旨】此章講述了一個人與鬼爭論字形的故事。

【注釋】❶膳夫　本為古官名。掌宮廷的飲食。此處借指廚師。❷囈語　夢話。常用來比喻荒謬糊塗的言論。❸終養　古人辭官奉養父母或祖父母，直到壽終正寢為止。❹平彝　舊縣名。在雲南東部，一九五四年改名富源。❺直隸　明永樂後建都順天府（今北京）為京師，俗稱京師所轄地區為直隸或北直隸，相當今北京天津兩市、河北大部和河南、山東部分地區。

【語譯】廚子楊義，粗略地知道文字，跟隨姚安公在雲南時，忽然夢見兩個鬼拿著朱筆寫的傳票來拘捕，傳票上寫的名字是「楊乂」。楊義爭辯說：「我的名字叫楊義，不叫楊乂，你們一定是抓錯人了。」兩個鬼都說：「乂字上還有一點，是簡筆的義字。」楊義又爭辯說：「從來沒有見到義字這樣寫法，應當仍是乂字上錯滴了一個墨點。」兩個鬼不能強迫他就離去了。同房睡的人聽到楊義說的夢話，聽得十分清楚。不久，姚安公辭官回家奉養父母，楊義跟隨著走到平彝縣，又夢見兩個鬼拿了傳票來，上面清清楚楚地用楷書寫著「楊義」兩字。楊義仍舊不服說：「我已經要回到北方，應當屬直隸城隍管轄。你們是雲南城隍所派來的，怎麼能拘捕我呢？」楊義與兩個鬼喧嚷辱罵了很久，同房睡覺的人呼喚他才醒過來。楊義說兩個鬼很氣憤，好像誓不罷休的樣子。第二天，走到滇南的勝境坊下，楊義果然因馬顛仆而墜落地上摔死了。

【研析】楊義敢據理而與拘命鬼爭辯，並且兩次讓拘命鬼空手而歸，勇氣可嘉。與命運抗爭，是需要這樣的勇氣。必須指出的是，省筆字宋元時期已經在民間流行，但當時看作俗體，正規場合、官府公文不能用省筆字。故此，楊義爭辯的合情合理，兩個拘命鬼不能得逞。

義犬四兒

余在烏魯木齊，畜數犬。辛卯❶賜環❷東歸，一黑犬曰四兒，戀戀隨行，揮之不去，竟同至京師。途中守行篋甚嚴，非余至前，雖僮僕不能取一物。稍近，輒人立怒齧。一日，過闢展七達坂（達坂譯言山嶺，凡七重，曲折陡峻，稱為天險），車四輛，半在嶺北，半在嶺南，日已曛黑❸，不能全度。犬乃獨臥嶺巔，左右望而護視之，見人影輒馳視。余為賦詩二首曰：「歸路無煩汝寄書，風餐露宿且隨予；夜深奴子酣眠後，為守東行數輛車。」「空山日日忍飢行，冰雪崎嶇百廿程。我已無官何所戀，可憐汝亦太癡生。」紀其實也。至京歲餘，一夕，中毒死。或曰：「奴輩病其司夜嚴，故以計殺之，而託詞於盜。」想當然矣。余收葬其骨，欲為起冢，題曰「義犬四兒墓」。而琢石象出塞四奴之形，跪其墓前，各鐫姓名於胸臆，曰趙長明，曰于祿，曰劉成功，曰齊來旺。或曰：「以此四奴置犬旁，恐犬不屑。」余乃止。僅題額諸奴所居室，曰「師犬堂」而已。初，翟孝廉❹贈余此犬時，先一夕夢故僕宋遇叩首曰：「念主人從軍萬里，今來服役。」次日得是犬，了然知為遇轉生也。然遇在時陰險狡黠，為諸僕魁，何以作犬反忠藎❺？豈自知以惡業❻墮落，悔而從善歟？亦可謂善補過矣。

【章旨】此章講述了作者養的一隻黑狗的故事。

【注釋】❶辛卯　即清乾隆三十六年，西元一七七一年。❷賜環　指放逐的臣子被赦召還。環，圓形玉器，古時作為還的象徵物。❸曛黑　猶黃昏。❹孝廉　明清時對舉人的稱呼。❺忠藎　即忠誠。❻惡業　冤業；罪孽。佛教謂出於身、口、意三者的壞事、壞話、壞心等。

【語譯】我在烏魯木齊時，養了幾條狗。乾隆三十六年我奉恩赦召還東歸，我養的一條黑狗叫四兒，戀戀不捨地跟著我，驅趕牠也不肯回去，竟然一起回到了京城。四兒在路途中看守行李很嚴，不是我到跟前，即使是僮僕也不能拿走一件東西。有誰稍稍靠近，牠就像人一樣地立起怒咬。一天，經過關展七達坂（達坂譯出來就是山嶺，有七重，曲折陡峻，稱為天險），我的行李有四輛車，一半在嶺北，一半在嶺南，已經日暮黃昏，車輛不能全部翻過山嶺。這條狗就獨自臥在山嶺峰頂，左右張望地看護著，看見人影就疾跑過去看。我為黑狗四兒寫了兩首詩道：「歸路上無須煩勞你傳遞書信，風餐露宿暫且跟隨著我；夜深奴僕酣睡後，你還在為了看守東行的幾輛車而忙碌。」「在空山中你天天忍著飢餓行路，冰雪崎嶇的山道走了一百廿程。我已沒有官職還有什麼可以依戀的，可憐你也太癡情。」就是記錄這一事實的。到了京城一年多，一天晚上，四兒中毒而死。有人說：「奴僕們厭惡牠守夜嚴厲，所以用計殺了牠，而藉口是盜賊幹的。」這是想當然了。我收葬了牠的屍體，打算替牠起一個墳冢，墓碑上寫「義犬四兒墓」，並雕刻石頭像隨我出塞的四個奴僕的形狀，跪在牠的墓前，在石人的胸部分別刻上姓名，叫趙長明、于祿、劉成功、齊來旺。有人說：「把這四個奴僕放在黑狗四兒的旁邊，恐怕黑狗四兒也還要嫌棄他們。」我才打消了這個主意。我只是在這些奴僕所住房舍的門楣題上「師犬堂」而已。當初，翟舉人贈送給我這條狗時，前一天晚上，我夢見過世的僕人宋遇叩頭說：「想到主人從軍於萬里之外，今天前來服役。」第二天，我得到了這條狗，清楚地知道這是宋遇轉生的。但是宋遇活著的時候陰險狡詐，是眾僕人的首領，為什麼做了狗反而忠誠了？難道自己知道因為罪孽深重而墮落成狗，悔過而向善嗎？這也可以說是善於彌補自己的過錯了。

【研析】狗是人類忠實的朋友，牠不會嫌棄主人，不管主人是落魄還是顯赫、貧窮還是富有。紀昀遭貶謫，身歷世態炎涼，雖然沒有直筆寫出，但從他對待四個僕人的態度，不難看出作者對這四個僕人的厭惡之情。作者被流放西域的日子裡有這麼一隻忠心的小狗陪伴，也是莫大的安慰。

狐仙幻化

神能化形，故狐之通靈者，可往來於一隙之中，然特自化其形耳。宋蒙泉言：其家一僕婦為狐所媚，夜輒褫衣無寸縷，自窗櫺舁出❶，置於廊下，共相戲狎。其夫露刃追之，則門鍵❷不可啟；或掩扉以待，亦自能堅閉，僅於窗內詈而已。一日，陰藏鳥銃❸，將隔窗擊之。臨期覓銃不可得。次日，乃見在錢櫃中。銃長近五尺，而櫃口僅尺餘，不知何以得入，是並能化他形矣。宋儒動言格物❹，如此之類，又豈可以理推乎？姚安公嘗言：「狐居墟墓，而幻化室廬；人視之如真，不知狐自視如何？狐具毛革，而幻化粉黛；人視之如真，不知狐自視又如何？不知此狐所幻化，彼狐視之更當如何？此真無從而推究也。」

【章旨】此章講述了狐仙幻化的幾個故事，從而抨擊宋儒的格物之說。

【注釋】❶舁出　抬出。❷門鍵　亦作「門楗」。猶門閂、門鎖。❸鳥銃　鳥槍。一種火槍。❹格物　推究事物之理。《禮記・大學》：「致知在格物，物格而後知至。」

【語譯】神仙能夠變化體形，所以狐仙當中通靈的，可以往來於縫隙當中，但不過是變化自己的形體罷了。宋蒙泉說：他家裡的一個僕婦被狐仙所媚惑，一到夜裡就脫去衣服一絲不掛，被狐仙從窗櫺裡抬出去放在走廊下，一起調笑嬉戲。她的丈夫拔刀追趕狐仙，但門被門住不能打開；她的丈夫有時虛掩著門等著，而房門也能自動牢牢關上，氣得他只能在窗內怒罵而已。一天，她的丈夫暗中藏著一把鳥銃，準備隔窗打狐仙，到時候尋找鳥銃卻沒有找到。第二天，她的丈夫才在錢櫃中找到。鳥銃將近五尺長，而錢櫃口只有一尺多，不知道鳥銃是怎麼放進去的。這是狐仙同時能變化其他事物的形體了。宋代儒家學者動不動就說窮究事物原理的格物，像這樣一類事，又怎麼可以用理來推究呢？姚安公曾經說：「狐仙居住在墳墓裡，而墳墓被幻化成屋宇房舍，人們看著像真的一樣，不知道狐仙自己看上去怎麼樣？狐仙身披毛皮，而幻化成粉面黛眉的美女，人看著像真的一樣，不知道狐仙自己看上去又怎麼樣？不知道這隻狐仙所幻化的，另外的狐仙看上去又是個什麼樣子？這真是不知道從哪裡去推究了。」

【研析】狐仙幻化，本是民間傳說，而紀昀卻以為真有其事，並以此來抨擊宋儒的格物致知，學術門派之爭演變成借助傳說故事以抨擊對手，不能不說是作者的門派成見太深的緣故。其實宋學、漢學都是中華民族傳統文化的重要組成部分，各自發出異彩，不必互爭高低。還須指出，紀昀的學術觀點受到其父親的影響甚大，從本章亦可略窺一斑。

第一奇事

烏魯木齊把總❶蔡良棟言：此地初定時，嘗巡瞭❷至南山深處（烏魯木齊在天山北，故呼曰南山）。日色薄暮，似見隔澗有人影，疑為瑪哈沁（額魯特❸語謂劫盜曰瑪哈沁，營伍中襲其故名），伏叢莽中密偵之。見一人戎裝坐磐石上，數卒侍立，貌皆猙獰；其語稍遠不可辨。惟見指揮一卒，自石洞中呼六女子出，並姣麗白皙；所衣皆繒彩，各反縛其手，觳觫❹俯首跪。以次引至坐者前，褫下裳伏地，鞭之流血，號呼淒慘，聲徹林谷。鞭訖，徑去。六女戰栗跪送，望不見影，乃嗚咽歸洞。其地一射可及，而澗深崖陡，無路可通。乃使弓力強者，攢射對崖一樹，有兩矢著樹上，用以為識。明日，迂迴數十里尋至其處，則洞口塵封；秉炬而入，曲折約深四丈許，絕無行跡。不知昨所遇者何神，其所鞭者又何物。生平所見奇事，此為第一。考《太平廣記》❺載老僧見天人追捕飛天野叉❻事，野叉正是一好女，蔡所見似亦其類歟！

【章旨】此章講述了作者在新疆時聽說的一則奇異故事。

【注釋】❶把總　官名。清代綠營軍制，營以下為汛，設把總分領，職位僅次於千總。京師的巡捕五營亦設有把總。又四川、雲南等省的土司官有土把總一職。❷巡瞭　巡邏瞭望。❸額魯特　清代對西部蒙古各部的總稱。或稱「額魯特」、「厄魯特」。初分布於葉尼塞河，從事狩獵生活，後歸附成吉思汗。分為四萬戶。元末，南遷至匝盆河流域和準噶爾盆地，經營牧業及部分農業。❹觳觫　恐懼顫抖貌。❺太平廣記　小說總集。北宋李昉等編輯。因書成於宋太宗太平興國年間，故名，五百卷。採錄自漢至宋初的小說、筆記、稗史等四百七十五種，保存了大量的古小說資料。❻飛天野叉　佛經中謂能在空中飛行的夜叉神。

【語譯】烏魯木齊把總蔡良棟說：這裡剛平定時，曾經巡邏瞭望到了南山深處（烏魯木齊在天山之北，所以把天山叫做南山）。當時日色已近傍晚，看見隔著溪澗好像有人影，懷疑是瑪哈沁（額魯特語叫盜賊為瑪哈沁，部隊裡襲用它原來的名稱），就伏在叢生的草木中祕密地偵察他們。看見一個人身穿軍裝坐在一塊大石頭上，幾個士兵在旁邊侍立，相貌都猙獰可怕。他們說的話因為隔得稍遠而無法分辨。只見坐著的軍官指揮一個士兵，從石洞中叫六個女子出來。她們都長得美麗白淨，所穿的衣服都是彩色絲綢做的，每個人都被反縛著手，恐懼顫抖地低頭跪下。這些女子依次被帶到坐著的軍官面前，扒下她們穿的裙褲，讓她們趴伏在地上，鞭打她們直到流血，女子呼號喊叫得十分淒慘，聲音響徹山林深谷。鞭打完了以後，軍官士兵徑直走了。六個女子顫抖著跪地送行，直到望不見人影，才嗚咽著回洞穴。那地方距離蔡良棟觀察處有一箭的距離，而澗深崖陡，無路可通。於是讓弓力強的士兵集中射對面山崖上的一棵樹，有兩枝箭射到了樹上，便用來作為標誌。第二天，蔡良棟迂迴幾十里尋到那地方，則洞口布滿了塵土。蔡良棟拿著火炬進去，山洞曲折大約有四丈多深，毫無人行走的痕跡。蔡良棟不知道昨天遇到的是什麼神，那個神所鞭打的又是什麼東西。我生平所見的奇事，這件要數第一。考證《太平廣記》中記載老僧見到天人追捕飛天野叉的故事，飛天野叉正是一個漂亮女子，蔡良棟所見到的似乎也是這一類吧！

【研析】作者曾被流放新疆，西域的奇異風光、奇聞軼事使他著迷。上文所述之事亦是作者在西域時聽說的，離奇的情節令人難以想像，給人留下諸多疑問：那個軍官是什麼人？那些女子又是些什麼人？這些女子是如何來到這個洞穴的？為什麼要忍受軍官的鞭打？洞穴為什麼尋找不到？或者說已經尋找到了卻為什麼沒有發現那些女子的痕跡等等，留待讀者自己去體會。

借魂報冤

六畜❶充庖，常理也；然殺之過當，則為惡業。非所應殺之人而殺之，亦能報冤。烏魯木齊把總茹大業言：吉木薩游擊❷遣奴入山尋雪蓮❸，迷不得歸。一夜夢奴浴血來曰：「在某山遇瑪哈沁為臠食❹，殘骸猶在橋南第幾松樹下，乞往跡之。」游擊遣軍校尋至樹下，果血汙狼藉，然視之皆羊骨。蓋圉卒❺共盜一官羊，殺於是也。猶疑奴或死他所。越兩日，奴得遇獵者引歸。始知羊假奴之魂，以發圉卒之罪耳。

【章旨】此章講述了一隻羊因被人偷吃而借人魂魄報冤的故事。

【注釋】❶六畜　指馬、牛、羊、豬、狗、雞六種家畜。❷游擊　官名。清代綠營兵設游擊，職位僅次於參將，分領營兵。❸雪蓮　亦稱雪蓮花。多年生草本植物。我國新疆天山特產。花紫蘭色，形似蓮花，因生於高山積雪岩縫中，故名。❹臠食　把肉切成塊食用。❺圉卒　畜養馬的兵卒。圉，原指養馬，亦泛指畜養。

【語譯】飼養六畜供作食用，這是常理；但是如果屠殺家畜超過了正當用途，就會成為罪孽。不該宰殺這些家畜的人來宰殺牠，這些家畜也能夠報冤。烏魯木齊把總茹大業說：吉木薩游擊派遣奴僕入山尋找雪蓮，奴僕迷了路無法回來。一天夜裡，這個游擊夢見奴僕滿身是血地來說：「在某山碰到瑪哈沁，被他們碎割吃掉了，殘骸還在橋南第幾棵松樹下，懇求前往追尋。」游擊派遣下屬軍官尋到樹下，果然血汙狼藉，但是看去都是羊的骨頭。原來是放牧的士兵共同偷盜了一隻官府飼養的羊，在這裡殺了。人們還懷疑奴僕或許死在別的地方。過了兩天，奴僕靠著獵人的指引而回來了。這才知道是那隻羊借奴僕的魂，來告發放牧士兵的罪過罷了。

【研析】如果說羊能借魂報冤，那麼天下有多少「冤死」的六畜，如果牠們都來報冤，又如何梳理得清楚。偷吃六畜，不是這些圉卒首創。如明洪武皇帝朱元璋還是小和尚時就曾偷吃過財主家的耕牛，罪孽遠遠大過這些圉卒，後來竟然還當上了明代的開國皇帝。可見，這種借魂報冤的故事只不過說說而已。

以牛為妖

李媼，青縣❶人。乾隆丁巳、戊午❷間，在余家司爨❸。言其鄉有農家，居鄰古墓。所畜二牛，時登墓蹂踐。夜夢有人呵責之，鄉愚粗戇，置弗省。俄而家中怪大作，夜見二物，其巨如牛，蹴踏跳擲，院中盎甕皆破碎，如是數夕。至移碌碡❹於房上，砰然滾落，火焰飛騰，擊搗衣砧為數段。農家恨甚，乃多借鳥銃，待其至，合手擊之，兩怪並應聲踣❺。農家大喜，急秉火出視，乃所畜二牛也。自是怪不復作，家亦漸落。憑其牛以為妖，俾自殺之，可謂巧於播弄矣；要亦乘其獷悍之氣，故得以假手也。

【章旨】此章講述了一戶農民家養的牛踐踏古墓而遭報應的故事。

【注釋】❶青縣　縣名。在河北東南部，鄰接天津。❷乾隆丁巳戊午　即清乾隆二、三年，西元一七三七、一七三八年。❸司爨　掌管炊事。即廚師。❹碌碡　也叫「轆軸」。一種用於碾壓莊稼脫粒的畜力農具。一般由木框架和圓柱形的石磙子構成。❺踣　跌倒。

【語譯】李老婆子，是青縣人。乾隆二、三年間，她在我家掌管廚房。李老婆子說她的鄉里有一戶農家，居所鄰近一座古墓。這戶農家所養的兩頭牛，時常登上古墓踐踏。農家夜裡夢見有人責罵他，鄉下百姓粗笨戇直，對這個夢一點也不放在心上。不久這戶農民家中怪異大作，夜裡看見兩個東西，其大如牛，到處踩踏跳躍，院子裡的瓦盆瓦罐都被打碎了，像這樣連續有幾個晚上。甚至於把石磙子搬到了房頂上，砰的一聲滾落下來，火星飛騰四濺，把搗衣石砸成了幾段。農家恨極了，於是借來許多鳥銃，等怪物來的時候，一同朝怪物射擊，兩個怪物一起應聲跌倒。農家大喜，急忙拿著燈火出來觀看，竟是自家所養的兩頭牛。從此怪異之事不再發生，但農家的家境也漸漸衰落。鬼魅憑藉農家的牛來興妖作怪，使農家自己殺了那兩頭牛，可以說是巧妙地戲弄了農家。然而，鬼魅也是利用了這戶農家的粗野強悍之氣，才能夠假手於他自己進行報復。

【研析】耕牛作怪，全是怪魅作祟。但其報復之所以得逞，也在於那戶農家的粗悍愚笨。其實世上許多事都是這樣，當事人如能靜下心來想一想，或許能避免類似事件的發生。

疑案

獻縣城東雙塔村，有二老僧共一庵。一夕，有二老道士叩門借宿。僧初不允，道士曰：「釋道雖兩教，出家則一，師何所見之不廣？」僧乃留之。次日至晚，門不啟，呼亦不應。鄰人越牆入視，則四人皆不見，而僧房一物不失，道士行囊中藏數十金，亦俱在。皆大駭，以聞於官。邑令粟公千鍾來驗，一牧童言村南十餘里外枯井中似有死人。馳往視之，則四屍重疊在焉，然皆無傷。粟公曰：「一物不失，則非盜；年皆衰老，則非姦；邂逅留宿，則非仇；身無寸傷，則非殺。

四人何以同死？四屍何以並移？門扃❶不啟，何以能出？距離窵遠❷，何以能至？事出情理之外。吾能鞫❸人，不能鞫鬼。人無可鞫，惟當以疑案結耳。」徑申上官。上官亦無可駁詰，竟從所議。應山❹明公晟，健令❺也。嘗曰：「吾至獻，即聞是案；思之數年，不能解。遇此等事，當以不解解之。一作聰明，則決裂百出矣。人言粟公憒憒❻，吾正服其憒憒也。」

【章旨】此章記載了清乾隆年間發生的一件疑案。

【注釋】❶門扃　門關鎖。扃，關鎖。❷窵遠　遠隔。❸鞫　審訊。❹應山　縣名。今湖北應山。在湖北北部、澴水上游，鄰接河南。❺健令　能幹的縣令。❻憒憒　昏憒糊塗。

【語譯】獻縣城東的雙塔村，有兩個老和尚共住在一座庵堂裡。一天晚上，有兩個老道士來叩門借宿。和尚起初不答應，道士說：「佛、道雖然是兩個教派，但都是一樣的出家人，師父的見識為什麼這樣狹隘呢？」和尚於是留下他們。第二天一直到晚上，庵門不開，喊叫也沒有回應。鄰居爬牆進去察看，發現四個人都不見了；而僧房裡一件東西都沒有丟失，道士的行囊裡有幾十兩銀子，也全在那裡。人們都大為吃驚，把這情況報告了官府。縣令粟千鍾先生來查驗，一個牧童說村子南面十多里外的枯井裡好像有死人。粟先生急忙趕去察看，只見枯井裡四具屍體重疊在那裡，但都沒有外傷。粟先生說：「一樣東西沒有丟失，就不是因為盜賊；這四個人年紀都已衰老，就不是因為姦情；偶然相逢留宿，就不是因為仇殺；身上沒有一點傷痕，就不是因為他殺。這四個人為什麼同時死亡？四具屍體為什麼能夠一起搬移？門鎖著沒有開，屍體為什麼能夠運出來？距離枯井很遠，屍體為什麼能夠到了井裡？這事情出乎情理之外。我能夠審訊常人，但不能審訊鬼。現在沒有人可以審訊，只能當成疑案結案了。」粟先生直接申報上級官府。上級官府也沒有理由可以駁回詰問這個案子，最後批准了粟先生的報告。應山人明晟先生，是一個精明強幹的縣令，曾經說：「我來到獻縣，就聽說了這個案件，思考了幾年，也不能解開。碰到這類事情，應當以不解開來解開它。一旦自作聰明，就破綻百出了。人們說粟公昏憒糊塗，我正佩服他的昏憒糊塗啊！」

【研析】案情蹊蹺複雜，難以偵破，遂不了了之。此處所謂的「遇此等事，當以不解解之」，也是為官多年的經驗之談。如強解疑案，官員又剛愎自用，就會造成舊案未解，新案甫生的局面。

吸毒石

《左傳》❶言：「深山大澤，實生龍蛇。」小奴玉保，烏魯木齊流人❷子也。初隸特納格爾❸軍屯。嘗入谷追亡羊，見大蛇巨如柱，盤於高崗之頂，向日曬鱗。周身五色爛然，如堆錦繡。頂一角，長尺許。有群雉飛過，張口吸之，相距四五丈，皆翩然而落，如矢投壺❹。心知羊為所吞矣，乘其未見，循澗逃歸，恐怖幾失魂魄。軍吏❺鄔圖麟因言此蛇至毒，而其角能解毒，即所謂吸毒石❻也。見此蛇者，攜雄黃數斤，於上風燒之，即委頓不能動。取其角，鋸為塊，癰疽初起時，以一塊著瘡頂，即如磁吸鐵，相粘不可脫。待毒氣吸出，乃自落。置人乳中，浸出其毒，仍可再用。毒輕者乳變綠，稍重者變青黯，極重者變黑紫。乳變黑紫者，吸四五次乃可盡，餘一二次愈矣。余記從兄❼懋園家有吸毒石，治癰疽頗驗。其質非木非石，至是乃知為蛇角矣。

【章旨】此章記敘了吸毒石的由來和功效。

【注釋】❶左傳　亦稱《春秋左氏傳》或《左氏春秋》。儒家經典之一。舊傳春秋時左丘明所撰。書中保存了大量古代史料，文字優美，記事詳明，是中國古代一部史學和文學名著。所引出自《左傳》襄公二十一年。❷流人　流亡在外的人。此指被判罪流放的人。❸特納格爾　地名。今新疆阜康。❹矢投壺　即投壺遊戲。即以箭矢投擲放在遠處的壺中，投中多者為勝。❺軍吏　指軍中的文職人員。❻吸毒石　又名骨咄犀，能消腫毒。據《廣東通志》稱，吸毒石，西洋島中毒蛇腦中石也。置患處，粘吸不動，毒盡自脫。用後放在乳中浸之，可用數次。❼從兄　堂兄。

【語譯】《左傳》上說：「深山大澤中，確實會產生龍蛇。」小奴僕玉保，是被流放到烏魯木齊的罪人的兒子。最初隸屬駐屯特納格爾的軍隊。他曾經進入山谷追尋丟失的羊兒，看見一條大蛇，蛇身粗大得像柱子，盤據在高崗的頂上，向著太陽曬鱗片。大蛇全身五彩斑斕，像用錦繡堆成。蛇頭頂上長著一隻角，長度有一尺左右。有一群雉雞飛過大蛇頭頂時，大蛇張口吸雉雞，相距四五丈，雉雞卻都翩然跌落到大蛇的嘴中，如同箭投入壺中那麼準。玉保心裡知道羊是被大蛇吞食了，趁大蛇沒有看見，沿著溪澗逃了回來，恐怖得幾乎失去魂魄。軍中佐吏鄔圖麟因而說起這條大蛇極毒，但牠的角能解毒，就是所謂的吸毒石了。見到這蛇的人，攜帶幾斤雄黃，在大蛇的上風處焚燒雄黃，大蛇就委靡困頓而不能動了。取下牠的角，把蛇角鋸成塊，在毒瘡剛起時，用一塊放在毒瘡的頂部，就像磁石能吸住鐵一樣，互相沾粘而不能脫開。等到毒氣吸出來，那蛇角塊才會自動脫落。把用過的蛇角塊放在人奶中，浸出它的毒，仍舊可以再用。瘡毒輕的，泡過吸毒石的人奶變綠色；毒稍重的變暗青色，極重的變黑紫色。人奶變黑紫色的毒瘡，用吸毒石吸四五次，毒才可以去盡，其餘的一二次就痊癒了。我記得堂兄懋園家裡有吸毒石，治療毒瘡頗為靈驗。它的質地既不像木頭又不像石頭，至此才知道是蛇角了。

【研析】吸毒石解毒，新奇有趣；邊疆異聞，聊備一說。不過，此處所說的吸毒石與《廣東通志》所說的吸毒石稍有不同。紀曉嵐此處稱吸毒石是大蛇蛇角，而《廣東通志》稱吸毒石是西洋島中毒蛇腦中石，兩者孰是，可待醫學家驗證。

語忘與敬遺

正乙真人❶，能作催生符，人家多有之。此非禱雨驅妖，何與真人事？殊不可解。或曰：「道書載有二鬼：一曰語忘，一曰敬遺，能使人難產。知其名而書之紙，則去。符或制此二鬼歟？」夫四海內外，登產蓐者，殆恆河沙數❷，其天下只此語忘、敬遺二鬼耶？抑一處各有二鬼，一家各有二鬼，其名皆曰語忘、敬遺也？如天下止此二鬼，將周遊奔走而為厲，鬼何其勞？如一處各有二鬼，一家各有二鬼，則生育之時少，不生育之時多，擾擾千百億萬，鬼無所事事，靜待人生育而為厲，鬼又何其冗閒無用乎？或曰：「難產之故多端，語忘、敬遺其一也。不能必其為語忘、敬遺，亦不能必其非語忘、敬遺，故召將試勘❸焉。」是亦一解矣。第以萬一或然之事，而日日召將試勘，將至而有鬼，將驅之矣；將至而非鬼，將且空返，不瀆神矣乎？即神不嫌瀆，而一符一將，是煉無數之將，使待幽王之烽火❹。上帝且以真人一符，增置一神。如諸符共一將，則此將雖千手千目，亦疲於奔命；上帝且以真人諸符，特設以無量化身❺之神，供捕風捉影之役矣。能乎不能？然趙鹿泉前輩有一符，傳自明代，曰高行真人精煉剛氣❻之所畫也。試之，其驗如響。鹿泉非妄語者，是則吾無以測之矣。

【章旨】此章對所謂造成婦女難產的鬼魅及道教召喚神靈護佑之說提出了質疑。

【注釋】❶真人　道家稱修真得道或成仙的人。❷恆河沙數　佛經中語。形容數量多到無法計算。恆河，南亞有名大河。❸試勘　查勘；核對；查問；推究。❹幽王之烽火　周幽王寵妃褒姒不笑，幽王舉烽火，褒姒見諸侯們匆匆而來匆匆而去，破顏一笑。參見《史記・周本紀》。❺無量化身　佛教語。指佛、菩薩為化度眾生，在世上現身說法時變化的無數種形象。無量，不可計算，沒有限度。化身，佛三身之一。隋慧遠《大乘義章》卷十九：「佛隨眾生現種種形，或人或天或龍或鬼，如是一切，同世色像不為佛形，名為化身。」❻剛氣　道教語。即罡氣。剛勁之氣。

【語譯】正乙真人能夠製作催生符，一般老百姓家裡大多有這種符。這不是求雨驅妖，與真人有什麼關係？這事情實在無法理解。有人說：「道書上記載有兩個鬼：一個叫語忘，一個叫敬遺，能夠使人難產。知道它的名字而寫在紙上，這兩個鬼就會離去。催生符或許是制服這兩個鬼的吧？」要說四海內外，登上產床的婦女，數量多得幾乎難以計算，難道天下只有這語忘、敬遺兩個鬼嗎？或者是一處各有兩個鬼，一家各有兩個鬼，它們的名字都叫語忘、敬遺呢？如果天下只有這兩個鬼，它們將要周遊天下奔走四方而作祟興禍，這兩個鬼是多麼的勞苦？如果一處各有兩個鬼，一家各有兩個鬼，那麼生育的時候少，不生育的時候多，擁擠的千百億萬個鬼，無所事事，靜靜地等待婦人生育時興禍作祟，這些鬼又是多麼閒散而沒有用武之地呢？有人說：「難產的原因是多方面的，語忘、敬遺是其中之一。不能肯定就是語忘、敬遺，也不能肯定就不是語忘、敬遺，所以要召喚神將來勘查。」這也是一種解釋了。只是以萬一有可能的事情，而天天召喚神將來勘查一番，神將來了而有鬼，神將就驅趕它；神將來了而不是鬼，神將就要徒勞往返，這不是褻瀆了神靈嗎？即使神靈不怪罪褻瀆，但一道符籙一員神將，就要召喚出無數的神將，使他們如等待周幽王不時發出的烽火似的召請。上帝將要因為真人的一道符籙，便增設一員神將。如果諸多的符籙只有一員神將，那麼這員神將即使有千手千眼，也會疲於奔命；上帝將要因為真人諸多的符籙，特地設置具有無數化身的神，去應付這捕風捉影的差事了。能不能這樣做呢？不過，趙鹿泉前輩有一道符籙，是從明代傳下來的，說是高行真人精煉剛氣所畫的。試了一下，真是立竿見影。趙鹿泉不是胡亂說話的人，這麼一來，我就無從推測了。

【研析】對於傳說，需要仔細鑑別，不可輕易相信。如所謂的難產之鬼和神靈護佑之說，在作者的嚴密質疑下，破綻百出。作者並沒有掌握先進的思想和理論，僅憑其大膽的質疑精神、嚴密的邏輯推理，就讓這種傳說顯露出荒謬。不過，因為高行真人畫符的「靈驗」，使作者還是陷入了迷茫。可見對於迷信的批駁，僅憑質疑精神和邏輯推理是遠遠不夠的。

役雷神

俗傳張真人❶廝役❷皆鬼神。嘗與客對談，司茶者雷神❸也。客不敬，歸而震霆隨之，幾不免，此齊東語❹也。憶一日與余同陪祀，將入而遺其朝珠❺，向余借。余戲曰：「雷部❻鬼律令行最疾，何不遣取？」真人為輾然❼。然余在福州使院❽

時，老僕魏成夜夜為祟擾。一夜乘醉怒叱曰：「吾主素與天師善，明日寄一札往，雷部立至矣。」應聲而寂，然則狐鬼亦習聞是語也。

【章旨】此章戲謔地嘲諷了張真人能役使雷神的傳說。

【注釋】❶張真人　漢張道陵後裔的封號。宋真宗賜其裔信州龍虎山道士張正隨號真靜先生。元至元間命其三十六代孫張宗演為輔漢天師。明洪武時改封其後裔張正常為「正一嗣教護國闡祖通誠崇道宏德大真人」，秩二品。清初沿明制，乾隆十七年革去封襲，部議改為正五品。❷廝役　執勞役供使喚的人。❸雷神　亦稱「雷公」、「雷師」。古代神話中的司雷之神。❹齊東語　指齊東野語。《孟子・萬章上》載孟子弟子問及舜為天子，堯率諸侯北面稱臣之說是否屬實，孟子答道：「此非君子之言，齊東野人之語也。」後以之比喻道聽塗說、不足為憑之言。❺朝珠　清代官服上佩帶的一種珠串。狀似念珠，共一百零八顆，懸於胸前。其材料有珊瑚、瑪瑙、水晶等多種。凡文官五品、武官四品以上者得佩帶，內廷行走人員或與典禮有關之執事人員在五品以下者，亦得佩帶。皇帝亦佩帶以東珠製成的朝珠。❻雷部　神話中主管打雷的部門，有時即指雷神。❼囅然　笑貌。❽使院　指朝廷官員奉命出使某地時，臨時辦公居住的衙署。

【語譯】民間傳說張真人供役使的奴僕都是鬼神。張真人曾經同客人談話，管茶水的就是雷神。客人對張真人無禮，回去時雷霆霹靂就跟隨著他，幾乎無法倖免於難，這是無稽之談。記得有一天，張真人和我一起陪同皇帝祭祀，將要入朝時而張真人忘了戴朝珠，便向我借朝珠。我開玩笑地說：「雷部的鬼律令跑得最快，為什麼不派他去取呢？」張真人聽了就笑起來。不過我在福州使院時，老僕魏成天天夜裡被狐鬼作祟所困擾，有一天夜裡乘著酒醉憤怒地喝叱說：「我的主人向來同張天師友好，明天寄一封信去，雷部立刻就到了。」一說完狐鬼就沉寂了，可見狐鬼也習慣聽到這句話的了。

【研析】作者對所謂的張真人役使鬼神之說，持嘲諷戲謔的態度，與「子不語怪力亂神」思想是一脈相承的。

木妖畏匠人

奴子王廷佐，夜自滄州乘馬歸。至常家磚河，馬忽辟易❶。黑暗中見大樹阻去路，素所未有也。勒馬旁過，此樹四面旋轉，當其前。盤繞數刻，馬漸疲，人亦漸迷。俄所識木工國姓、韓姓從東來，見廷佐癡立，怪之。廷佐指以告。時二人已醉，齊呼曰：「佛殿少一樑，正覓大樹。今幸而得此，不可失也。」各持斧鋸奔赴之，樹倏化旋風去。《陰符經》❷曰：「禽之制在氣。」木妖畏匠人，正如狐怪畏獵戶，積威所刼，其氣焰足以慴伏❸之，不必其力之相勝也。

【章旨】此章講述了一個木妖畏懼木匠的故事。

【注釋】❶辟易　驚退。❷陰符經　道家書名。舊題黃帝撰。一卷。有太公、范蠡、鬼谷子、張良、諸葛亮、李筌等六家注，一說是唐李筌所偽託。❸慴伏　即懾伏。亦作「懾服」。因畏懼而屈服。

【語譯】奴僕王廷佐一天夜裡從滄州騎馬回來，到常家磚河時，馬忽然驚恐後退。王廷佐在黑暗中看見一棵大樹攔住去路，路上從來就沒有過這棵樹。王廷佐勒馬從樹旁過去，這棵樹隨著馬走的方向四面旋轉阻擋在他的面前。這樣盤旋轉繞了幾刻時間，馬漸漸疲乏，人也漸漸迷亂。忽而王廷佐認識的木工姓國的、姓韓的從東面來，看見王廷佐癡癡地呆立，感到奇怪。王廷佐指著那棵樹告訴他們經過，當時這二人都已喝醉了，一起叫道：「佛殿少了一根屋樑，正在尋找大樹。今天幸運地找到它了，不可失去機會。」

兩人各自拿了斧頭、鋸子朝大樹奔跑過去，那棵樹突然化為旋風而去。《陰符經》說：「制服敵人的關鍵在於氣勢。」木妖怕匠人，正像狐精怕獵戶。在長期積累的威勢鎮懾下，他們的氣勢足以壓倒妖魅，不必一定要有超過妖魅的力量。

【研析】妖魅懼怕正氣。只要正氣凜然，其氣勢就足以壓倒魑魅魍魎。神鬼世界如此，人世間何嘗不是如此？

刈麥婦

寧津❶蘇子庚言：丁卯❷夏，張氏姑婦同刈麥。甫收拾成聚，有大旋風從西來，吹之四散。婦怒，以鐮擲之，灑血數滴漬地上。方共檢尋所失，婦倚樹忽似昏醉，魂為人縛至一神祠。神怒叱曰：「悍婦乃敢傷我吏！速受杖。」婦性素剛，抗聲曰：「貧家種麥數畝，資以活命。烈日中姑婦辛苦，刈甫畢，乃為怪風吹散。謂是邪祟，故以鐮擲之，不虞傷大王使者。且使者來往，自有官路；何以橫經民田，敗人麥？以此受杖，實所不甘。」神俯首曰：「其詞直，可遣去。」婦蘇而旋風復至，仍捲其麥為一處。說是事時，吳橋❸王仁趾曰：「此不知為何神？不曲庇❹其私呢，謂之正直可矣。先聽膚受之愬❺，使婦幾受刑，謂之聰明則未也。」景州❻戈荔田曰：「婦訴其冤，神即能鑑，是亦聰明矣。倘訴者哀哀❼，聽者憒憒❽，君更謂之何？」子庚曰：「仁趾責人無已時，荔田言是。」

【章旨】此章記敘了一位村婦與強權抗爭的故事。

【注釋】❶寧津　縣名。今山東寧津。❷丁卯　此處似指清乾隆十二年，西元一七四七年。❸吳橋　縣名。今河北吳橋。❹曲庇　枉法包庇。❺膚受之愬　見《論語．顏淵》，意為切身的誣告。愬，通「訴」。❻景州　今河北景縣。❼哀哀　悲傷不止的樣子。❽憒憒　昏憒糊塗。

【語譯】寧津人蘇子庾說：乾隆丁卯年的夏天，張氏婆媳兩人一起在割麥。兩人剛把割下的麥子收攏起來，就有一股大旋風從西方吹來，把割下的麥子吹得四處飄散。張氏媳婦發怒，把鐮刀擲向旋風，只見旋風過處灑了幾滴血沾染在地上。婆媳兩人正在一起尋找拾取被風吹散的麥子，媳婦忽然靠在樹上像昏昏酒醉一樣，覺得自己的魂魄被人縛到一個神祠裡。那位神靈憤怒地喝叱道：「潑婦！竟敢傷害我的小吏，快來接受板子責打。」張氏媳婦性格向來剛強，大聲抗議說：「窮人家種幾畝麥子，依靠它來活命。烈日下我們婆媳兩人辛辛苦苦割麥，剛剛割完收畢，卻被怪風吹散。我以為是作祟害人的妖魅，因此用鐮刀擲它，沒想到卻傷了大王的使者。而且使者來往，自有官路可走；為什麼橫著經過民田，糟蹋人家的麥子呢？如果我為了這個受板子責打，心裡實在不甘心。」神點點頭說：「這位村婦說的話言詞正直，可以把她遣送回去。」張氏媳婦蘇醒了，而又吹來了一陣旋風，把她家剛才被吹散的麥子又仍舊捲攏在一起。說到這件事的時候，吳橋人王仁趾說：「這位不知道是什麼神？不曲意庇護自己的屬下，稱這位神正直是可以的。不過，這位神先聽屬下浮泛不實的訴說，使村婦差一點受刑，說他聰明就未必了。」景州人戈荔田說：「村婦訴說她的冤情，這位神就能夠明鑑，這也算聰明了。倘若訴說的人悲傷地訴說，而聽者卻昏憒糊塗，您還要說他是什麼呢？」蘇子庾說：「王仁趾苛求別人沒有止境，戈荔田的話是對的。」

【研析】為了一家生計，烈日下村婦辛苦割麥。而怪風掠麥，豈能容忍？故而村婦奮起抗擊，實屬正當之舉，何罪之有？事情的是非曲直本來清楚，只是這位神靈輕信了屬下的不實之詞，因而要懲戒村婦。村婦的可貴之處在於不畏強權，據理力爭；而神靈在了解事情的真相後能從善如流，不掩飾自己的過錯，並及時改正，故留下一段佳話。其實，在現實生活中，也需要村婦這種不畏強權的精神。

鱉寶

四川藩司❶張公寶南，先祖母從弟也。其太夫人喜鱉臛❷。一日，庖人❸得巨鱉，甫斷其首，有小人長四五寸，自頸突出，繞鱉而走。庖人大駭仆地，眾救之蘇，小人已不知所往。及剖鱉，乃仍在鱉腹中，已死矣。先祖母曾取視之，先母時尚幼，亦在旁目睹。裝飾如《職貢圖》❹中回回❺狀，帽黃色，褶藍色，帶紅色，靴黑色，皆紋理分明如繪；面目手足，亦皆如刻畫。館師❻岑生識之，曰：「此名鱉寶，生得之，剖臂納肉中，則啖人血以生。人臂有此寶，則地中金銀珠玉之類，隔土皆可見。血盡而死，子孫又剖臂納之，可以世世富。」庖人聞之大懊悔，每一念及，輒自批其頰。外祖母曹太夫人曰：「據岑師所云，是以命博財也，人肯以命博財，則其計多矣，何必剖臂養鱉！」庖人終不悟，竟自恨而卒。

【章旨】此章講述了鱉寶及有關它的傳說故事。

【注釋】❶藩司 即「布政使」官名。明洪武九年（一三七六年）改行中書省為承宣布政使司。每司設立左、右布政使各一人，為一省最高行政長官。清代始正式定為督、撫屬官，專管一省的財賦和人事，與專管刑名的按察使並稱兩司。康熙六年（一六六七年）後，每省設布政使一員，不分左右。❷鱉臛 用鱉肉做的羹。❸庖人 廚師。❹職貢圖 書名。九卷，清乾隆年間傅恒等奉敕撰。繪外國及藩屬男女圖像，并附以說明。❺回回 在明清兩代文獻中，主要指「回族」，即「回回族」，如「回回人」（簡稱回人或回民）。有時指「伊斯蘭教」，如「回回教門」、「回回教」（簡稱回教）。❻館師 學館的教師。

【語譯】四川布政使張寶南先生，是先祖母的堂弟。他的母親喜歡吃鱉羹。一天，廚師得到一隻大鱉，剛剛砍斷牠的頭，有一個小人長四五寸，從鱉的頸部跳出來，繞著鱉而走。廚師大吃一驚，跌倒在地，眾人救他才蘇醒過來，小人已經不知道到哪裡去了。等到剖開鱉腹，那小人仍然在裡面，已經死了。先祖母曾經把小人拿來觀看，先母當時還幼小，也在旁邊親眼看到。這個小人的裝扮服飾像《職貢圖》中回族人的樣子，戴的帽子是黃色的，穿的夾衣是藍色的，衣帶是紅色的，靴子是黑色的，個個都紋理分明像畫出來似的；面目手足，也都像雕刻繪畫中的人物。學館老師岑某知道它，說：「這個東西名叫鱉寶，如果能活的得到，割開人的手臂放在肉中，它就靠喝人的血為生。人的手臂中有這個寶物，那麼埋在地下的金銀珠寶玉器之類，隔著泥土都可以看見。人的血被吸盡而死，子孫又割開自己手臂納入，這樣就可以代代富有。」廚師聽得這話極為懊悔，每次一想起此事，就自己打自己的耳光。外祖母曹太夫人說：「根據岑老師所說，這是用生命來博取財物了。一個人肯用自己生命來博取財物，那麼發財的計謀很多，何必割開手臂養鱉呢？」廚師始終沒有省悟，竟然悔恨而死。

【研析】鱉寶究竟有沒有，姑且不論。但以人的生命去博取錢財，是否值得，又當別論。且看那些貪官汙吏無一不是以命博取錢財，但到頭來，身家性命丟了，貪汙所得錢財還是無法保住。因此，得不到鱉寶，根本不必遺憾。

有人處誦經

孤樹上人，不知何許人，亦不知其名。明崇禎❶末，居景城❷破寺中，先高祖厚齋公嘗贈以詩。一夜燈下誦經，窗外窸窣有聲，似人來往。呵問為誰，朗應曰：「身是野狐，為聽經來此。」問：「某剎法筵❸最盛，何不往聽？」曰：「渠是有人處誦經，師是無人處誦經也。」後為厚齋公述之，厚齋公曰：「師以此語告我，亦是有人處誦經矣。」孤樹憮然❹者久之。

【章旨】此章講述了做人做事都須有無人處誦經的精神。

【注釋】❶崇禎　明思宗朱由檢的年號（一六二九－一六四四年）。❷景城　地名。今河北滄州西景城。❸法筵　佛教語。指講經說法者的座席。引申為講經說法的集會。❹憮然　悵然失意。

【語譯】孤樹上人，不知道是哪裡人，也不知道他的名字。明朝崇禎末年，居住在景城的一座破廟裡。我的先高祖厚齋公，曾經寫了詩贈給他。一天夜裡，孤樹上人在燈下念誦佛經，窗外有窸窸窣窣的聲音，好像是有人來往。他便責問是誰，聽見外面朗聲回答說：「我是野狐，為了聽經來到這裡。」孤樹上人問：「某佛寺講經說法的集會最為盛大，為什麼不去那裡聽？」那個野狐回答說：「他們是在有人處念經，師父是在無人處念經的。」孤樹上人後來對厚齋公講述了這件事，厚齋公說：「師父把這話告訴我，也是在有人處念經了。」孤樹上人悵然了很久。

【研析】人之本性，做善事都喜歡有人知道。至於做了善事而悄無聲息，就是聖賢之輩了。在「有人處誦經」還是在「無人處誦經」，自可看出品格之高下。

巨筆吐焰

李太白❶夢筆生花❷，特睡鄉幻景耳。福建陸路提督馬公負書，性耽翰墨❸，稍暇即臨池❹。一日，所用巨筆懸架上，忽吐焰，光長數尺，自毫端倒注於地，復逆捲而上，蓬蓬然逾刻乃斂。署中弁卒皆見之。馬公畫為小照，余嘗為題詩。然馬公竟卒於官，則亦妖而非瑞矣。

【章旨】此章講述了一個巨筆吐焰的故事。

【注釋】❶李太白　即李白，唐代大詩人。字太白，號青蓮居士。祖籍隴西成紀（今甘肅秦安）。詩風雄奇豪放，想像力豐富。與杜甫齊名，被尊為詩仙。❷夢筆生花　五代王仁裕《開元天寶遺事・夢筆頭生花》：「李太白少時，夢所用之筆，頭上生花，後天才贍逸，名聞天下。」後因以喻才情橫溢，文思豐富。❸翰墨　筆墨。指文辭。❹臨池　東漢張芝學書甚勤，「凡家中衣帛，必書而後練之；臨池學書，池水盡墨。」見晉衛恆《四體書勢》。後人稱學習書法為「臨池」。

【語譯】李太白夢見筆頭生花，只不過是睡夢中的幻景罷了。福建陸路提督馬負書先生，生性酷愛書法，稍有空閒就臨硯揮毫練習。一天，馬先生所用的大筆懸掛在筆架上，忽然吐出火焰。光芒有幾尺長，從筆端倒垂下照射到地面，又反捲而上，光芒蓬蓬地亮了一刻鐘時間才消失了。衙署裡的武官和兵丁都看到了這個情景。馬先生把當時情景畫了一幅小照，我曾經為這張畫題詩。但是馬先生竟然死在任上，可見他看到的是妖異而不是祥瑞了。

【研析】夢筆生花，巨筆吐焰，兩則故事，留給人的感受完全不同：前者是一種美好的期盼，遂成千古佳話；後者卻是妖魅作祟，怪異而無趣。

史抑堂暮年得子

史少司馬❶抑堂，相國文靖公❷次子也。家居時，忽無故眩瞀❸，覺魂出門外，有人掖之登肩輿❹，行數里矣。復有肩輿自後追至，疾呼且住。視之，則文靖公也。抑堂下輿叩謁，文靖公語之曰：「爾尚有子孫未出世，此時詎可前往？」揮舁者❺送歸，霍然而醒。時年七十四歲，次年舉一子，越兩年又舉一子，果如文靖公之言。此抑堂七十八歲時至京師，親為余言。

【章旨】此章講述了一個七十多歲的老官僚找藉口玩弄婦女的故事。

【注釋】❶少司馬　西周置司馬，掌管軍政和軍賦。漢武帝罷太尉置大司馬，後世用作兵部尚書的別稱，兵部侍郎即稱少司馬。❷文靖公　即史貽直，清溧陽（今江蘇溧陽）人。康熙進士。乾隆間累官文淵閣大學士，兼吏部尚書。前後居相位近二十年。卒諡文靖，故稱。❸眩瞀　昏憒；迷亂。❹肩輿　轎子。❺舁者　轎夫。

【語譯】兵部侍郎史抑堂，是相國文靖公的次子。他在家裡閒住時，忽然無緣無故地頭腦昏眩，感覺自己的靈魂出了家門，有人扶著他登上轎子，走出已有幾里路了。又有一頂轎子從後面追上來，大聲叫著讓他的轎子暫停下來。史抑堂一看後面追來的人，就是父親文靖公。史抑堂下轎拜見父親，文靖公對他說：「你還有子孫沒有出世，這時候怎麼可以前往呢？」揮手命轎夫送他回去，史抑堂猛然驚醒。當時他已經七十四歲，第二年，史抑堂生了一個兒子，過了兩年，又生了一個兒子，果然如文靖公所說的那樣。這是史抑堂七十八歲時來到京城，親口對我說的。

【研析】人之無恥，莫過於編造藉口掩飾自己的不要臉舉動。如文中的史抑堂，已經七十四歲了，為了繼續玩弄婦女，不惜借死去的父親為自己掩飾。他的父親如果有靈，在地下也會不得安寧的。

卷六　灤陽消夏錄六

烏什闊面巨人

烏什❶回部❷將叛時，城西有高阜，云其始祖墓也。每日將暮，輒見巨人立墓上，面闊逾一尺，翹首向東，若有所望。叛黨殄滅後，乃不復見。或曰：「是知劫運將臨，待收其子孫之魂也。」或曰：「東望者，示其子孫，有兵自東來，早為備也。」或曰：「回部為西域。向東者，面內也，示其子孫不可叛也。」是皆不可知。其為烏什將滅之妖孽，則無疑也。

【章旨】此章講述了清乾隆年間烏什地區發生叛亂時的一個傳說。

【注釋】❶烏什　地名。在今新疆地區。❷回部　烏什在清初為回族聚居地，故稱。清乾隆二十九年發生叛亂。

【語譯】烏什地區的回族部落將要發動叛亂時，城西有個高高的土丘，相傳那是他們祖先的墳墓。每天快要黃昏的時候，就能看見有個巨人站在墳墓上，他的臉有一尺多寬，仰頭東望，好像有所期望。叛亂被鎮壓之後，這個巨人也不見了。有人說：「這是回族的祖先知道子孫的厄運將臨，在等著收容他們的魂魄。」又有人說：「巨人翹首東望，是喻示他的子孫有軍隊從東方來，叫他們早加準備。」也有人說：「烏什回部地處西域，向著東方，就喻示面向內地，示意他的子孫不可發動叛亂。」這些說法是否正確都不得而知。但這個闊面巨人是烏什將要滅亡的妖孽，卻是確鑿無疑的。

【研析】發動叛亂，背叛祖國，對這樣的行徑，天人共憤，神鬼皆怒。文中對闊面巨人的種種猜測，反映了邊疆地區人民反對叛亂，維護國家統一的願望。

老僧入冥

宏恩寺僧明心言：上天竺❶有老僧，嘗入冥。見獰獰鬼卒，驅數千人在一大公廨❷外，皆褫衣反縛。有官南面坐，吏執簿唱名，一一選擇精粗，揣量肥瘠，若屠肆之鬻羊豕，意大怪之。見一吏去官稍遠，是舊檀越❸，因合掌問訊：「是悉何人？」吏曰：「諸天❹魔眾，皆以人為糧。如來❺運大神力，攝伏魔王，皈依五戒❻。而部族繁夥，叛服不常，皆曰：『自無始❼以來，魔眾食人，如人食穀。佛能斷人食穀，我即不食人。』如是嘵嘵❽，即彼魔王亦不能制。佛以孽海洪波，沉淪不返，無間地獄❾，已不能容。乃牒下閻羅❿，欲移此獄囚，充彼噉噬⓫；彼腹得果，可免荼毒生靈。十王⓬共議，以民命所關，無如守令，造福最易，造禍亦深。惟是種種冤愆，多非自作。冥司業鏡⑬，罪有攸歸。其最為民害者，一曰吏，一曰役，一曰官之親屬，一曰官之僕隸。是四種人，無官之責，有官之權。官或自顧考成⑭，彼則惟知牟利，依草附木，怙勢作威，足使人敲髓灑膏，吞聲泣血。四大洲⑮內，惟此四種惡業至多。是以清我泥犁⑯，供其湯鼎⑰。以白皙者、柔脆者、膏腴者充魔王食，以粗材充眾魔食。故先為差別，然後發遣。其間業稍輕者，一經臠割烹炮，即化為烏有。業重者，拋餘殘骨，吹以業風⑱，還其本形，再供刀俎，自二三度至千百度不一。業最重者，乃至一日化形數度，刲剔⑲燔炙⑳，無已時也。」僧額手曰：「誠不如削髮出塵，可無此慮。」吏曰：「不然，其權可以害人，其力即可以濟人。靈山㉑會上，原有宰官㉒；即此四種人，亦未嘗無逍遙蓮界㉓者也。」語訖忽寤。僧有侄在一縣令署，急馳書促歸，勸使改業。此事即僧告其侄，而明心在寺得聞之。雖語頗荒誕，似出寓言；然神道設教，使人知畏，亦警世之苦心，未可繩以妄語戒也。

【章旨】此章講述了一個和尚在陰間的所見所聞，旨在於警世勸善。

【注釋】❶上天竺　指上天竺寺。浙江杭州天竺山上有上、中、下三天竺寺。上天竺寺，後晉天福年間建造。❷公廨　官署。❸檀越　佛教名詞。梵文 Danapati 的音譯。意譯為施主。指以財物、飲食供養出家人或寺院的俗家信徒。❹諸

天　佛家語。佛書稱三十二天，總稱為諸天。三界，佛家謂欲界、色界、無色界。❺如來　佛教名詞。為釋迦牟尼的十種稱號之一。佛常用以自稱。❻五戒　為佛教中在家的男女教徒所應遵守的五條戒條：不殺生、不偷盜、不邪淫、不妄語、不飲酒吃肉。❼無始　指開天闢地。❽嘵嘵　爭辯聲。❾無間地獄　梵語作阿鼻地獄。佛教八熱地獄之一。阿鼻，梵語譯音，意為「無有間斷」。意譯即是無間，意思是身無間、苦無間。❿閻羅　傳說中主管地獄的神。亦稱「閻羅王」、「閻王」。⓫噉噬　食用。⓬十王　即十殿閻王。中國佛教所傳十個主管地獄的閻王。即秦廣王、初江王、宋帝王、伍官王、閻羅王、變成王、泰山王、平等王、都市王、五道轉輪王。諸王各居一殿，故稱十殿閻王。後道教也衍用此說。⓭業鏡　傳說中陰間裡能反映眾生一切善惡行為的鏡子。《酉陽雜俎》載，趙業被帶到陰府，與賈奕對證殺牛的事。有一巨鏡高懸，見裡面賈奕持刀，趙業有不忍之色。⓮考成　古時在一定期限內考核官吏的政事成績。⓯四大洲　佛經稱有四大洲：東勝身洲，南贍部洲，西牛貨洲，北俱盧洲。參見唐玄奘《大唐西域記》卷一。⓰泥犁　佛教語。意為地獄。在此界中，一切皆無，為十界中最惡劣的境界。⓱湯鼎　煮水烹食之器。⓲業風　佛教語。謂善惡之業如風一般能使人飄轉而輪迴三界。⓳刲剔　屠殺剖解。⓴燔炙　燒與烤。㉑靈山　即靈鷲山。在古印度摩揭陀國王舍城之東北，山中多鷲，故名。佛家稱此山為靈山。㉒宰官　縣令。㉓蓮界　謂佛國。《華嚴經》：「佛土生五色蓮花，一花一世界，一葉一如來。」

【語譯】宏恩寺的和尚明心說：杭州上天竺寺有位老和尚曾到過陰間。他看見面目猙獰的鬼卒，正把幾千個人驅趕到一個官衙的大廳外。這些人身上衣服都被剝去，並反綁著雙手。有位陰間官員面南而坐，衙吏手執名冊逐一點名，一一選擇這些人的精粗、衡量這些人的肥瘦，就像屠宰場上在販賣豬羊。老和尚心裡感到很奇怪。他見有位衙吏距離陰官較遠，在陽世間曾是寺廟的施主，便合掌施禮問道：「他們是些什麼人？」這個衙吏說：「天界眾魔們都是用人當糧食的。如來佛運用浩大的神力，攝伏了魔王，使他們皈依五戒。然而，部族繁多，反叛、歸順沒有定數。天魔們認為：『有史以來，天魔吃人，就和人吃五穀一樣。如果佛祖能不讓人吃五穀，我們天魔就不吃人。』就像這樣的吵吵鬧鬧，魔王本人也控制不了。佛祖看到孽海中大浪洪波，沉淪其中的鬼不能輪迴轉生，就是無間地獄，也已經容納不下這些鬼。

所以發文給閻羅，打算把這些地獄中的鬼囚送去，供天魔們吞食；他們肚子能夠吃飽，可以免得他們再去荼毒生靈、殘害無辜。十殿閻羅共同商議後，認為與百姓生命攸關的人，沒有比得上郡守縣令的了，他們造福百姓最容易，造禍也很深遠。只是這種種罪孽，大多不是自己所作。在冥司的業鏡面前，誰犯的罪惡必然歸責於誰。這些人中坑害百姓最深的，一是官吏，一是衙役，一是官員的親屬，一是官員的奴僕役夫。這四種人，沒有當官的責任，卻有當官的權力。官員有時還擔心考核政績對他的影響，而他們卻只知道以權勢謀取私利，依草附木，仗勢作威，足以達到敲骨汲髓、食人膏膚、使人吞聲泣血的地步。四大洲之內，只有這四種人罪孽最深重。所以要清理我們陰間的地獄，把這四種人清查出來供天魔們做湯做菜。他們當中那些皮肉白嫩柔脆、體態豐腴的供魔王食用，那些粗材供給眾魔吃。因此要先挑選一番，然後分別發遣。其中那些罪惡稍輕的，一經割碎烹煎，就化為烏有。那些罪孽深重的，還要拋灑他們的殘骸，吹以業風，讓他們恢復原形，再次供給宰割，從兩三次到千百次不等。罪孽最重的，甚至一天之內就讓他化形幾次，宰殺解剖，燒煮烹烤，沒有結束的時候。」上天竺寺的老和尚聽了以手加額說：「早知如此，這些人不如削髮為僧，可以免除這個顧慮。」陰間官吏說：「那也不盡然。這四種人既然能利用權勢害人，也可以利用他們的力量助人！在靈山大會上，原來就有官員；即使是這四種人，也不是沒有逍遙自在地生活在西方極樂的蓮花佛界的。」陰間官員說完這話，老和尚忽然醒了。老和尚有個侄兒在某縣衙裡供職，老和尚急忙寫一封信勸侄兒趕快辭職，改從其他行業。這件事就是老和尚講給他侄兒聽的時候，明心在寺廟中得以聽到的。這個故事雖然說得頗為荒誕，似乎是個寓言。不過以神道設立教化，使人知道而有所敬畏，也是警世的一片苦心，不可以用佛門禁止胡言亂語的戒律來加以約束。

【研析】以地獄的恐怖描寫來達到警世的目的，這是人們常用的手段。如城隍廟中就有閻王殿，泥塑了下油鍋、上刀山等種種殘酷場景，告誡世人多行善，勿作惡，以免身墮阿鼻地獄。但是，城隍廟到處都有，而惡人卻並不因此收斂。由此說來，陰間地獄的警世作用也是極其有限。

林某遇鬼

滄州瞽者❶劉君瑞，嘗以弦索❷來往余家。言其偶有林姓者，一日薄暮，有人登門來喚曰：「某官舟泊河干❸，聞汝善彈詞，邀往一試，當有厚賚。」即促抱琵琶，牽其竹杖導之往。約四五里，至舟畔。寒溫畢，聞主人指揮曰：「舟中炎熱，坐岸上奏技，吾倚窗聽之可也。」林利其賞，竭力彈唱。約略近三鼓，指痛喉乾，求滴水不可得。側耳聽之，四周男女雜坐，笑語喧囂，覺不似仕宦家，又覺不似在水次，輟弦欲起。眾怒曰：「何物盲賊，敢不聽使令！」眾手交捶，痛不可忍，乃哀乞再奏。久之，聞人聲漸散，猶不敢息。忽聞耳畔呼曰：「林先生何故日尚未出，坐亂冢間演技，取樹下早涼耶？」矍然❹驚問，乃其鄰人早起販鬻過此也。知為鬼弄，狼狽而歸。林姓素多心計，號曰「林鬼」。聞者咸笑曰：「今日鬼遇鬼矣。」

【章旨】此章講述了一個盲人遭鬼戲弄的故事。

【注釋】❶瞽者　眼睛失明的人。❷弦索　原指樂器上的弦，也常指這類樂器伴奏的戲曲或曲藝。❸河干　河邊；河岸。❹矍然　驚懼；驚視。

【語譯】滄州有位盲人劉君瑞，常常來我家說書唱曲。劉君瑞說他有一位姓林的夥伴，一天傍晚，有人登門來招喚這位姓林的盲人說：「有位官人停舟河畔，聽說你善於彈拉說唱，請你去表演一回，官人必有重賞！」並催促他抱上琵琶，那人牽著他的竹竿領著就走。約走了四、五里地，到了船邊。寒暄已畢，就聽主人命令說：「船中太熱了！你就坐在岸上演唱吧，我們坐在船窗邊聽你彈唱就可以了。」林某人貪圖賞賜，竭力彈唱。大約快到三更天時，林某人手指疼痛、嗓子乾渴，要求對方給口水喝也得不到。他側耳細聽，只覺得四周的男女混雜坐在一起，笑語喧囂，不像仕宦人家的規矩。他又覺著自己似乎也不是坐在河邊，他停止彈唱打算站起來。眾人發怒說：「好你個瞎賊，竟然敢不聽使喚！」眾人一齊沒頭沒腦地捶打林某人，他被打得疼痛難忍，於是哀求繼續為他們彈唱。林某人又彈唱了很長時間，聽到人聲漸漸散去，還是不敢停止彈唱。忽聽耳邊有人叫他：「林先生為什麼太陽還沒出來，就坐在這亂墳堆裡演奏技藝，是不是因為樹底下早晨涼快？」林某人頓然驚惶地詢問，原來是他的鄰居早起出去做買賣路過這裡。林某人明白是被鬼戲弄了一夜，這才狼狽地逃回家中。林某人平時心計多，外號叫「林鬼」。聽說這個故事的人都笑著說：「今天是鬼遇見鬼了！」

【研析】林某人遭遇雖可一笑，但此鬼亦非善類。即使林某人平素為人有種種不是，但此鬼耳聰目明，豈能以此戲弄失明之人。如此造孽，必然不得好報。

役鬼符

先姚安公曰：里有白以忠者，偶買得役鬼符咒❶一冊，冀借此演搬運法，或可謀生。乃依書置諸法物❷，月明之夜，作道士裝，至墟墓❸間試之。據案對書誦咒，果聞四面啾啾聲。俄暴風突起，捲其書落草間，為一鬼躍出攫去。眾鬼譁然並出，曰：「爾恃符咒拘遣我，今符咒已失，不畏爾矣。」聚而攢擊❹，以忠踉蹌奔逃，背後瓦礫如驟雨，僅得至家。是夜瘧疾大作，困臥月餘，疑亦鬼為祟也。一日訴於姚安公，且慚且憤。姚安公曰：「幸哉，爾術不成，不過成一笑柄耳。倘不幸術成，安知不以術賈禍❺？此爾福也，爾又何尤❻焉！」

【章旨】此章講述一個妄想役鬼謀取不義之財而自食惡果的故事。

【注釋】❶役鬼符咒　指能役使鬼怪的符和咒語。「符」指用朱筆或墨筆在紙上畫成的似字非字的圖形；「咒」是口中誦念的可解或不可解的語句。術士稱符咒可以驅使鬼神來實現人的願望。❷法物　指施法時所用的物品。❸墟墓　荒廢的墳墓。❹攢擊　圍攻。攢，聚集。❺賈禍　自己招來禍患。❻尤　埋怨。

【語譯】先父姚安公說：我們老家有個叫白以忠的人，他偶然買到一本記載能驅使鬼的符咒的書。他希望借這本書演弄搬運法，或許可以謀生。他按照書上的要求置辦了各種法物，在一個月光明亮的夜晚，他穿上道士的服裝，來到一片荒廢的亂墳堆中試驗法術。他靠著墳前的石桌對著那本書誦讀咒語，果然聽到四面發出啾啾的鬼聲。忽然颳起一陣暴風，捲起那本書颳落到了草叢裡，被一個鬼跳出來搶了去。眾鬼吵嚷著一起鑽了出來，說：「你想靠這符咒拘押派遣我們，現在你的符咒已經丟失，我們不怕你了！」眾鬼聚集在一起圍打他，白以忠踉踉蹌蹌地奔逃，背後磚頭瓦塊如同驟雨般打來，他僅僅勉強地跑回了家。當天夜裡，他突然患了瘧疾，困臥在床上有一個多月，他懷疑這病也是鬼在作祟。有一天，白以忠把這件事向先父姚安公訴說，他是既慚愧又憤恨。先父姚安公說：「幸運啊！你的法術沒有成功，不過是留下個笑柄罷了。倘若不幸你的法術成功了，怎麼知道會不會因為這法術而招來災禍？這是你的福氣呀，你還有什麼可埋怨的！」

【研析】做人當走正道，妄圖以邪門歪術謀取不義之財者，終必自食惡果，貽笑人間！

鬼爭

從侄虞惇所居宅，本村南舊圃也。未築宅時，四面無居人。一夕，灌圃❶者田大臥井旁小室，聞牆外詬爭聲，疑為村人，隔牆問曰：「爾等為誰？夜深無故來擾我。」其一呼曰：「一事求大哥公論：不知何處客鬼，強入我家調我婦，天下有是理耶？」其一呼曰：「我自攜錢赴聞家廟，此婦見我嬉笑，邀我入室；此人突入奪我錢，天下又有是理耶？」田知是鬼，噤不敢應聲。二鬼並曰：「此處不能了此事，當訴諸土地❷耳。」喧喧然向東北去。田次日至土地祠問廟祝❸，乃寂無所聞，皆疑田妄語。臨清❹李名儒曰：「是不足怪，想此婦和解之矣。」眾為粲然❺。

【章旨】此章講述了兩鬼爭辯求人公斷的故事。

【注釋】❶灌圃　澆灌園圃。❷土地　神名。指掌管、守護某個地方的神。❸廟祝　神廟裡管理香火的人。❹臨清　縣名。今山東臨清。在山東西北部，鄰接河北，衛河、南運河流貫。❺粲然　笑；大笑。

【語譯】堂侄虞惇所住的宅院，是建在本村南邊的舊菜園子上。還沒修建這所住宅時，這裡四處無人居住。一天夜裡，澆菜園子的田大睡在水井旁邊的一間小屋子裡，聽見牆外爭吵謾罵聲，田大以為是村裡人，就隔著牆問道：「你們是什麼人？深更半夜無緣無故地來打擾我！」其中一個說：「有件事求大哥秉公論理：不知是從哪裡來的這個鬼，強行闖入我家調戲我的妻子，天下有這樣的道理嗎？」另一個立刻呼喊說：「我自己帶著錢到聞家廟去，這個婦人看到我就嬉笑，邀請我進她的屋子裡。這人突然闖進來搶走了我的錢，天下又有這樣的道理嗎？」田大知道他們是鬼，便捂著嘴不敢出聲。兩個鬼一起說：「這裡不能了結這件事，應當告到土地神那裡去。」他們吵嚷喧鬧著往東北方向去了。第二天，田大到土地廟去問管香火的廟祝，竟然一夜寂然什麼也沒聽到，人們都懷疑是田大胡說瞎編。臨清人李名儒說：「這不足為怪，想來是這個婦人想辦法使兩鬼和解了。」眾人聽了大笑起來。

【研析】兩鬼爭論的焦點在於那個婦人。那個婦人是有意勾引，還是故設圈套，這樁公案即使到了土地神那裡，恐怕也難以判斷。

鬼神有無辯

乾隆己未❶，余與東光❷李雲舉、霍養仲同讀書生雲精舍❸。一夕偶論鬼神，雲舉以為有，養仲以為無。正辯詰間，雲舉之僕卒然曰：「世間原有奇事，儻奴不身經，雖奴亦不信也。嘗過城隍祠前叢冢間，失足踏破一棺。夜夢城隍拘去，云有人訴我毀其室。心知是破棺事，與之辯曰：『汝室自不合當路，非我侵汝。』

鬼又辯曰：『路自上我屋，非我屋故當路也。』城隍微笑顧我曰：『人人行此路，不能責汝；人人踏之不破，何汝踏破？亦不能竟釋汝，當償之以冥鏹❹。』既而曰：『鬼不能自葺棺。汝覆以片板，築土其上可也。』次日如神教，仍焚冥鏹，有旋風捲其灰去。一夜復過其地，聞有人呼我坐。心知為曩鬼，疾馳歸。其鬼大笑，音磔磔如梟鳥❺。迄今思之，尚毛髮悚立也！」養仲謂雲舉曰：「汝僕助汝，吾一口不勝兩口矣。然吾終不能以人所見為我所見。」雲舉曰：「使君鞫獄，將事事目睹而後信乎？抑以取證眾口乎？事事目睹無此理，取證眾口，不以人所見為我所見乎？君何以處焉？」相與一笑而罷。

【章旨】此章以一個夢境故事來批駁無鬼論。

【注釋】❶己未　即清乾隆四年，西元一七三九年。❷東光　縣名。在河北東南部、南運河東岸，鄰接山東。❸精舍　古時書齋、學舍，聚集生徒講學之所。❹冥鏹　指燒給死人用的紙錢。❺梟鳥　惡鳥。一指夜貓子。

【語譯】乾隆四年，我和東光人李雲舉、霍養仲一起在生雲精舍讀書。一天晚上偶然談論起鬼神，李雲舉認為是有的；霍養仲認為是沒有的。兩人正在爭辯詰問之際，李雲舉的一個僕人忽然插話說：「世界上原來就有很多奇事，倘若不是我親身經歷，就是我也不會相信的。我曾經路過城隍廟前的那片亂墳地，不慎失足踏破了一個棺材。那天夜裡夢見被城隍爺拘捕了去，說是有人告我毀了他的房子。我心裡知道是踩壞棺材的事，就與那人爭辯說：『你那房子原不該擋路，不是我侵害了你。』那鬼又爭辯說：『是那條路自己修到了我的屋項上，不是我的房子故意擋路！』城隍微笑著看了看我說：『大家都走這條路，不能怨你一個人；可是人人踩他的房子不破，為什麼你踩了人家的房子就破了呢？所以也不能輕易放了你，你應當用紙錢來賠償他。』之後又說：『鬼不能自己修補棺材。你用一塊木板覆蓋在破棺材上，在棺材上築實泥土。』第二天，我就按照城隍的教導去辦了，仍舊焚燒紙錢，有一陣旋風把紙錢灰捲走了。有一天晚上，我又路過那片亂墳地，聽見有人招呼我坐。我心中知道是過去的那個鬼，急忙地奔跑回去。那個鬼哈哈大笑，磔磔的聲音就像梟鳥叫一樣。今天想起來，還會害怕得毛髮都聳立起來呢！」霍仲養聽罷，對李雲舉說：「你的僕人幫助你，我一張嘴說不過你們兩張嘴。然而我終究不能以他人所見作為我自己親眼看到的。」李雲舉說：「假如您審理獄案，您要事事都親眼看到然後才相信呢？還是要聽取有關人員的證詞呢？事事親眼目睹當然沒有那個道理，聽取眾人的口供，不就是以他人所見當成自己所見了嗎？您要如何決斷呢？」於是大家互相哈哈一笑而結束了爭論。

【研析】一個夢境就使無鬼論者無言以對，這個無鬼論者亦太脆弱了；但以是否親眼所見為立論依據來批駁有鬼論，也是難以服人。

粵東僧

莆田❶林教授清標言：鄭成功❷據臺灣時，有粵東異僧泛海至，技擊絕倫，袒臂端坐，斫以刃，如中鐵石；又兼通壬遁風角❸。與論兵，亦娓娓有條理。成功方招延豪傑，甚敬禮之。稍久，漸驕蹇。成功不能堪，且疑為間諜，欲殺之而憚不克。其大將劉國軒❹曰：「必欲除之，事在我。」乃詣僧款洽，忽請曰：「師是佛地位人，但不知遇摩登伽❺還受攝否？」僧曰：「參寥和尚❻久心似沾泥絮矣。」劉因戲曰：「欲以劉王❼大體雙❽一驗道力，使眾彌信，心可乎？」乃選孌童倡女姣麗善淫者十許人，布茵施枕，恣為媟狎❾於其側，柔情曼態，極天下之妖惑。僧談笑自若，似無見聞，久忽閉目不視。國軒拔劍一揮，首已欻然❿落矣。國軒曰：「此術非有鬼神，特煉氣自固耳。心定則氣聚，心一動則氣散矣。此僧心初不動，故敢縱觀。至閉目不窺，知其功已動而強制，故刃一下而不能禦也。」所論頗入微。但不知椎埋⓫惡少，何以能見及此。其縱橫鯨窟⓬十餘年，蓋亦非偶矣。

【章旨】此章講述了劉國軒智殺一名有特異技能的粵東僧人的故事。

【注釋】❶莆田　市名。在福建東部沿海、木蘭溪下游。❷鄭成功　明清之際收復臺灣的名將。本名森，字大木，福建南安人。鄭芝龍子。收復臺灣五個月後病死，子鄭經嗣位。❸王遁風角　都是古代的占卜術數。王即六壬；遁即奇門遁甲；風角為古代占候法，以五音占風而定吉凶。❹劉國軒　明清之際福建汀洲（今長汀）人。初在漳州任清軍千總，南明永曆八年（一六五四年）歸鄭成功，升為大將，鄭經嗣位後，掌臺灣軍事，後降清為清天津總兵。❺摩登伽　指摩登加女。此指女人。❻參寥和尚　宋代和尚道潛，號參寥子，曾有詩：「禪心已作沾泥絮，不逐東風上下狂。」❼劉王　指五代時南漢國君劉鋹。後降宋，封為恩赦侯。❽大體雙　據載，劉鋹得一波斯女，名媚豬，好看男女性交。選惡少年，配以宮女，在後園裸體性交。劉鋹與波斯女巡行歡賞，稱之為「大體雙」。❾媟狎　相處過於親昵而近於放蕩。❿欻然　亦作「歘然」。忽然。⓫椎埋　用鐵椎殺人然後埋掉。⓬鯨窟　指大海。

【語譯】莆田人林清標教授說：鄭成功占據臺灣的時候，粵東有個怪異的僧人飄洋過海來到臺灣投奔他。這位和尚武藝超群，他袒露臂膀坐著，用刀砍他，就像砍在鋼鐵或石頭上一樣，他又兼通天文地理奇門遁甲之術。與他談論兵法，也娓娓動聽而有條理。當時，鄭成功正在招募豪傑，所以對他特別敬重。但日子長了，這個和尚逐漸傲慢驕橫起來。鄭成功無法忍受他的作為，並懷疑他是間諜，想殺掉他卻擔心無法成功。鄭成功手下的大將劉國軒說：「一定要除掉他，這事由我來辦吧。」於是劉國軒去拜訪和尚，兩人洽談言歡，劉國軒忽然問和尚說：「師父是像佛祖般境界的人，但不知遇見女人還會不會動心？」和尚說：「我和參寥和尚一樣久絕塵俗，心如沾泥的柳絮一般。」劉國軒因此開玩笑說：「我想用劉王大體雙的方法來考驗考驗師父的道力，也讓大家更加信奉您，您看可以嗎？」於是劉國軒招來十幾個漂亮善淫的孌童和妓女，在和尚面前鋪褥設枕，讓他們恣意戲弄相交，那種柔情昵態，極盡天下誘惑之能事。和尚談笑自如，似乎無所見聞；時間一久，他忽然閉目不看。劉國軒拔劍一揮，和尚的腦袋便被砍落到了地上。劉國軒說：「和尚的法術不是有鬼神的本領，只不過是煉就氣功以強化自身而已。心定則氣聚，心一動，氣就散了。這和尚一開始心不動，所以他敢隨意觀看。到他閉上眼不敢看了，我知道他的心已經動搖而在竭力抑制自己，所以刀砍下去而他是無法抵禦的！」劉國軒所講的道理很深入精微。但不知道他這種殺人搶劫的惡少年，何以能有這麼高深的見地。難怪他能縱橫大海十幾年，想來也不是偶然的了。

【研析】古人有言：「攻心為上。」劉國軒用的就是攻心術。攻其心神不定，趁虛而入，遂破了和尚的功夫。而和尚一旦受外界誘惑，內心動搖，自然滿盤皆輸。

崔寅談易

牛公悔庵❶，嘗與五公山人散步城南，因坐樹下談《易》。忽聞背後語曰：「二君所論，乃術家❷《易》，非儒家《易》也。」怪其適自何來。曰：「已先坐此，二君未見耳。」問其姓名。曰：「江南崔寅。今日宿城外旅舍，天尚未暮，偶散悶閒行。」山人愛其文雅，因與接膝❸，究術家儒家之說。崔曰：「聖人作《易》，言人事也，非言天道也；為眾人言也，非為聖人言也。聖人從心不逾矩，本無疑惑，何待於占？惟眾人昧於事幾，每兩歧罔決，故聖人以陰陽之消長，示人事之進退，俾知趨避而已。此儒家之本旨也。顧萬物萬事，不出陰陽。後人推而廣之，各明一義。楊簡❹、王宗傳❺闡發心學❻，此禪家❼之《易》，源出王弼❽者也。陳摶❾、邵康節❿推論先天，此道家之《易》，源出魏伯陽⓫者也。術家之《易》衍於管郭⓬，源於焦京⓭，即二君所言是矣。《易》道廣在，無所不包，見智見仁，理原一貫。後人忘其本始，反以旁義為正宗。是聖人作《易》，但為一二上智設，非千萬世垂教之書，千萬人共喻之理矣。經者常也，言常道也；經者徑也，言人所共由也。曾是『六經』⓮之首，而詭祕其說，使人不可解乎？」二人喜其詞致，談至月上未已。詰其行蹤，多世外⓯語。二人謝曰：「先生其儒而隱者乎？」崔微哂曰：「果為隱者，方韜光晦跡之不暇，安得知名？果為儒者，方反躬克己之不暇，安得講學？世所稱儒稱隱，皆膠膠擾擾者也。吾方惡此而逃之。先生休矣，毋汙吾耳。」剨然⓰長嘯，木葉亂飛，已失所在矣。方知所見非人也。

【章旨】此章以一個寓言故事論說了諸家《易》學的源流及總歸於一的道理。

【注釋】❶牛公悔庵　即牛悔庵，清人。生平事跡不詳。❷術家　指擅長天文曆算的學者。❸接膝　膝與膝相接。猶促膝。形容坐得很近。❹楊簡　宋代學者，字敬仲，學者稱慈湖先生。著《楊氏易傳》二十卷。❺王宗傳　宋代學者，字景孟，淳熙進士。官韶州教授。著《童溪易傳》三十卷。❻心學　即陸王學派。南宋陸九淵、明王守仁都把心看作是宇宙萬物的本源，因此稱之為「心學」。❼禪家　修持禪定者。亦泛指佛家。❽王弼　三國魏玄學家。字輔嗣，山陽（今河南焦作）人。好論儒道，注《易》及《老子》。❾陳摶　五代宋初道士。字圖南，自號扶搖子，亳州真源（河南鹿邑）人。生於唐末。後唐長興中，舉進士不第，隱居華山。宋太宗賜號希夷先生。著有《無極圖》（刻於華山石壁）和《先天圖》：認為萬物一體，只有超絕萬有的「一大理法」存在。其學說後經周敦頤、邵雍加以推演，成為宋代理學的組成部分。❿邵康節　即邵雍，北宋哲學家。字堯夫，諡康節，其先范陽人，幼隨父遷共城（今河南輝縣）。隱居蘇門山百源之上，後人稱他為百源先生。屢授官不赴。後居洛陽，與司馬光、呂公著等從遊甚密。將《易傳》關於八卦形成的解釋，參雜道教思想，虛構一宇宙構造圖式和學說體系，成為他的象數之學（也叫「先天學」）。⓫魏伯陽　東漢煉丹術家。一說名翱，自號雲牙子，會稽上虞（今屬浙江）人。他藉《周易》爻象以論作丹之意，著有《參同契》三卷，為後世道家所宗。⓬管郭　指三國魏學者管輅和晉學者郭璞。⓭焦京　指漢學者焦廷壽、京房。⓮六經　六部儒家經典。即在《詩》、《書》、《禮》、《易》、《春秋》五經之外，另加《樂經》。⓯世外　塵世之外；世俗之外。⓰剨然象聲詞。

【語譯】牛悔庵先生曾與五公山人在城南散步，他們坐在大樹下談論《易經》。忽然聽到背後有人說：「兩位先生所持的見解，是術家談《易》的觀點，而不是儒家的觀點。」兩人奇怪這人是從哪裡來的，那人說：「我早就坐在這裡，只是二位沒看見罷了。」兩人詢問他的姓名。那人回答說：「江南人崔寅。今天住在城外的旅舍。趁著天還沒黑，偶然出來散散心。」五公山人欣賞崔寅溫文爾雅的風度，便和他坐下促膝而談，探討術家、儒家的學說。崔寅說：「聖人作《易》，是論述人間的事，而不是說天道；是為眾人立言，而不是為聖賢立言。聖賢處事隨心所欲而不超越規矩，沒有什麼疑惑可言，何必依賴占卜？只有百姓大眾對事物認識不明瞭，在不同的見解面前猶豫不決。所以聖人便用陰陽消長的道理，來體示人事的進退，使他們知道趨避的道理而已。這是儒家論《易》的本旨。縱觀世上萬物萬事，都超不出陰陽的範疇。後人把這種理論推而廣之，各自說明一番道理。宋代的楊簡、王宗傳以陰陽來闡發『心學』，這就是禪家談《易》，它的淵源出於三國時期的王弼。陳摶、邵雍推論『先天』之學，這是道家對《易》的解釋，它的根源出自東漢的魏伯陽。而數術家論《易》的理論，則是由三國時期的管輅、東晉郭璞的陰陽卜筮之術衍化而來，它的淵源，出自漢代焦延壽、京房的理論。剛才二位先生所談的觀點就屬於這一派。《易》所闡明的道理廣大博深，無所不包容。其中見仁見智，道理原是一貫的。後人忘記了《易》的根本原始，反而以旁生的歧義作為正宗。所以說，聖人作《易》，只是為少數有上智的人而設，不是垂教萬世之書，講千百萬人都能明瞭的道理。經就是常，是講通常的道理；經就是路徑，是說人們所共同走的道路。《易》曾經列為『六經』之首，難道可以把它說得神祕莫測，使人不可理解嗎？」牛悔庵和五公山人欣賞他言談的意趣，一直談到月亮上來還沒有結束。牛、五兩位詢問他的行蹤，崔寅說的都是些世外人的話。牛、五二位笑著問：「先生是位儒家而隱居的吧？」崔寅微笑說：「如果我果真是個隱士，掩藏聲名隱晦蹤跡還嫌來不及，怎能讓你們知道我的名字？如果我果真是個儒者，反過來要求自己、克制自己私欲都還忙不過來，哪有功夫與你們談論學問？世上所說的儒者、所說的隱士，都是些吵吵嚷嚷爭逐名利的人，我正因為厭惡他們而逃避的。先生別問這些了，不要汙染我的耳朵！」他突然長嘯一聲，頓時樹葉亂飛，已經消失不見了。牛悔庵和五公山人這才意識到他們所見到的崔寅不是人。

【研析】文中藉著崔寅之口評點了宋人幾家重要《易》學流派，指出這幾家流派均非儒家正宗，其主旨還是批評宋學，認為要回歸儒家經典本義，必須精讀儒家經典，反映了作者對宋學的態度。

許南金戲鬼

南皮❶許南金先生，最有膽。在僧寺讀書，與一友共榻。夜半，見北壁燃雙炬❷。諦視，乃一人面出壁中，大如箕，雙炬其目光也。友股栗欲死，先生披衣徐起曰：「正欲讀書，苦燭盡，君來甚善。」乃攜一冊背之坐，誦聲琅琅。未數頁，目光漸隱；拊壁呼之，不出矣。又一夕如廁，一小童持燭隨。此面突自地湧出，對之面笑。童擲燭仆地，先生即拾置怪頂，曰：「燭正無臺，君來又甚善。」怪仰視不動。先生曰：「君何處不可往，乃在此間？海上有逐臭之夫❸，君其是乎？不可辜君來意。」即以穢紙拭其口。怪大嘔吐，狂吼數聲，滅燭而沒，自是不復見。先生嘗曰：「鬼魅皆真有之，亦時或見之；惟檢點生平，無不可對鬼魅者，則此心自不動耳。」

【章旨】此段記敘一位書生戲弄鬼魅的故事。

【注釋】❶南皮　縣名。在河北東南部，南運河東岸，鄰接山東。❷雙炬　此處指一對燭光。炬，蠟炬。❸海上有逐臭之夫　典出《呂氏春秋．遇合》：「人有大臭者，其親戚兄弟妻妾知識無能與居者，自苦而居海上。海上人有悅其臭者，晝夜隨之而弗能去。」意指此鬼怪像逐臭之夫那樣嗜臭成癖。

【語譯】南皮人許南金先生，最有膽量。他在一座佛寺裡讀書，同一位友人共睡一張床榻。半夜時分，看見北面牆壁上燃起了兩支蠟燭。仔細一看，竟是一個人的面孔從牆壁裡冒出來，大得像畚箕，兩支蠟燭原來是他眼睛的光芒。友人兩腿發抖，怕得要死，許南金先生披上衣服慢慢地起身說：「我正想要讀書，卻苦於蠟燭點完了，您來得很好。」於是許南金拿起一本書背朝著他坐下來，發出琅琅的讀書聲。許南金讀沒幾頁，那牆上的目光漸漸隱去；許南金拍著牆壁叫他，他也不出來了。又一天夜裡，許南金上廁所，一個小童拿著蠟燭跟隨著。這個面孔突然從地裡湧出，對著許南金而發笑。小童丟掉蠟燭仆倒在地，許南金先生隨即拾起蠟燭放在怪物的頭頂上，說：「蠟燭正沒有燭臺可放，您又來得很好。」怪物仰面看著許南金不動。許南金先生說：「您哪裡不能去，卻在這裡？海上有追逐臭味的人，您難道就是嗎？不可辜負您的來意。」就拿已經用過的汙穢手紙擦拭他的嘴，怪物大口地嘔吐，狂吼了幾聲，蠟燭熄滅而怪物也隱沒了，從此以後不再見到這個怪物。許南金先生曾經說：「鬼魅都是真有的，也不時會見到他；只要檢點自己生平，沒有做過不可以面對鬼魅的事，那麼這顆心自然不會被驚動了。」

【研析】鬼魅以嚇人為術，膽小者則使鬼魅伎倆得逞；遇到膽大者，則鬼魅就無術可施了。如許南金以鬼魅之眼如炬而借光讀書，以鬼魅的頭頂為燭臺，甚而以穢紙拭鬼魅之嘴，如此戲弄，鬼魅也無可奈何，最後只能狼狽而去。可見，鬼魅並不可怕，如何能夠大膽，關鍵還是在於自身。如許南金所言：「檢點生平，無不可對鬼魅者，則此心自不動。」做人無愧，面對鬼魅就能坦然自信，鬼魅自然不能為害。

鬼隱

戴東原❶言：明季有宋某者，卜葬地，至歙縣❷深山中。日薄暮，風雨欲來，見岩下有洞，投之暫避。聞洞內人語曰：「此中有鬼，君勿入。」問：「汝何以入？」曰：「身即鬼也。」宋請一見。曰：「與君相見，則陰陽氣戰，君必寒熱小不安。不如君爇火自衛，遙作隔座談也。」宋問：「君必有墓，何以居此？」曰：「吾神宗❸時為縣令，惡仕宦者貨利相攘，進取相軋，乃棄職歸田。歿而祈於閻羅，勿輪迴人世。遂以來生祿秩，改注陰官。不虞幽冥之中，相攘相軋，亦復如此，又棄職歸墓。墓居群鬼之間，往來囂雜，不勝其煩，不得已避居於此。雖淒風苦雨，蕭索難堪，較諸宦海風波，世途機阱，則如生忉利天❹矣。寂歷空山，都忘甲子❺。與鬼相隔者，不知幾年；與人相隔者，更不知幾年。自喜解脫萬緣，冥心造化，不意又通人跡，明朝當即移居。武陵漁人，勿再訪桃花源❻也。」語訖不復酬對。問其姓名，亦不答。宋攜有筆硯，因濡墨大書「鬼隱」兩字於洞口而歸。

【章旨】此章講述了一個由人到鬼都為躲避仕宦汙濁而隱居的故事。

【注釋】❶戴東原　即戴震。清思想家、學者。字東原，休寧（今安徽休寧）人。乾隆間修《四庫全書》，特召為纂修官，在館五年，病死。博聞強記，對天文、數學、歷史、地理均有深刻研究。❷歙縣　今安徽歙縣。在新安江上游，鄰接浙江。縣境西北為黃山風景區。❸神宗　明萬曆皇帝朱翊鈞的廟號。❹忉利天　佛經稱欲界六天中之第二天。忉利，梵語或云怛唎耶怛利奢。怛唎耶為三，怛利奢為卅，即三十三天。在須彌山頂，四方各有大城，當中有一大城，帝釋所居，總數有三十三處，故從處立名。❺甲子　古代以天干和地支遞次相配，統稱甲子。這裡指年歲、年齡。甲，天干的首位；子，地支的首位。❻武陵漁人二句　晉陶淵明〈桃花源記〉載：武陵的打漁人無意間尋到世外桃源，回來後再去找，怎麼也找不到了。

【語譯】戴東原說：明朝末年有個宋某人，為了勘察墓地，來到了歙縣的深山裡。當時日色已是傍晚，風雨即將到來，宋某人看見山岩下有個洞穴，便跑過去暫避風雨。宋某人聽到洞內有人說話道：「這裡面有鬼，您不要進去。」宋某人問：「你怎麼能進去呢？」洞裡回答說：「我就是鬼。」宋某人請求見見面，洞內那個鬼回答說：「和您相見，那麼陰陽二氣相鬥，您必定會發寒熱而稍不舒服，不如您點著火自衛，遠遠地隔著座位談天。」宋某人問：「您必定有墳墓，為什麼住在這裡呢？」那鬼回答說：「我在神宗時做縣令，厭惡做官的為了財物貨利互相爭奪，為了晉升官職互相傾軋，就棄官回家。死後向閻羅請求，不要輪迴轉生人世。於是用來世的祿位，改注我做陰司的官員。沒有想到幽暗的冥府之中，互相爭奪互相傾軋，也和人間一樣，我又棄官回歸墳墓。墳墓處於群鬼之間，群鬼往來嘈雜，我不勝其煩，不得已避居在這裡。這裡雖然是淒風苦雨，蕭條冷落難以承受，但比較宦海裡的風波險惡、世途上的機關陷阱，就如同生活在忉利天之中了。我在寂靜清冷的空山中，都忘記了歲月，同鬼相隔絕，不知道有多少年；同人相隔絕，更不知道有多少年了。我欣喜解脫了萬種塵緣，潛心於自然，不料又與人跡相通。明天當立即搬遷居處，武陵漁人，不要再尋訪桃花源了。」說完，他就不再答對。問他的姓名，也不回答了。宋某人帶有毛筆硯臺，於是用筆蘸潤墨汁在洞口大書「鬼隱」兩個字而回去了。

【研析】那個鬼想躲避人世間的汙濁，即使到了陰曹地府也無法擺脫，只能躲到人跡不至的深山之中，與淒風冷雨作伴，而不屑與人為伍。憤世嫉俗之心，於此可見。但這只是戴震所說的一個故事，並不代表作者的生活態度。作者紀曉嵐在滾滾紅塵中，悠然自得，全無此種心情，讀者自會體會。

諧謔巧對

陽曲❶王近光言：冀寧道❷趙公孫英有兩幕友，一姓喬，一姓車，合雇一騾轎回籍❸。趙公戲以其姓作對曰：「喬、車二幕友，各乘半轎而行。」恰皆「轎」之半字也。時署中召仙，即舉以請對。乩判曰：「此是實人實事，非可強湊而成。」越半載，又召仙，乩忽判曰：「前對吾已得之矣：盧、馬兩書生，共引一驢而走。」又判曰：「四日後，辰巳之間❹，往南門外候之。」至期遣役偵視，果有盧、馬兩生，以一驢負新科墨卷❺，赴會城❻出售。趙公笑曰：「巧則誠巧，然兩生之受侮深矣。」此所謂箭在弦上，不得不發，雖仙人亦忍俊不禁❼也。

【章旨】此章講述了一個諧謔巧對對聯的故事。

【注釋】❶陽曲　今山西陽曲。❷冀寧道　清太原、汾州、潞安、澤州四府及遼、沁、平定三州地，置冀寧分巡道管轄。治所在陽曲。道，明清時在省、府之間設置的監察區。有分巡、分守等道之別。長官稱為道員。❸回籍　回原籍。即回家鄉。❹辰巳之間　指七時至十一時。辰時是七至九時，巳時是九至十一時。❺新科墨卷　此處指本科新中舉子或進士的墨卷，刻印出來以供模仿。墨卷，科舉制度中試卷名目之一。明、清兩代，鄉試和會試場內試卷，應試人用墨筆繕寫，稱為墨卷。❻會城 即省城。❼忍俊不禁 忍不住的笑。

【語譯】陽曲人王近光說：冀寧道道員趙孫英先生有兩位幕友，一位姓喬，一位姓車。喬、車兩人合雇了一輛騾子拉的轎車回原籍。趙先生開玩笑地用他們的姓作對聯道：「喬、車二幕友，各乘半轎而行。」「喬」和「車」恰巧都是「轎」的半個字。當時官署裡扶乩召請仙人，就舉這個上聯請對下聯，乩仙下判語說：「這是真人真事，不是可以強湊而成的。」過了半年，官署中又召請乩仙，乩仙忽然下判語說：「前次的對聯我已經得到了：『盧、馬兩書生，共引一驢而走。』」又下判語說：「四天後，在辰時至巳時之間，前往南門外等候他們。」四天後，趙先生派遣差役去察看，果然有盧、馬兩位書生，用一匹驢子馱著刻印的新科墨卷，到省城裡去出售。趙先生笑著說：「巧倒確實是巧，然而兩位書生受的侮辱夠深了。」這就是所謂的箭在弦上，不得不發，雖然是仙人也忍不住要開個玩笑了。

【研析】此對聯為戲謔之作，本可一笑而已，但紀曉嵐卻在文中暗寓譏諷。盧、馬兩位書生，不好好讀書，卻要去販售新科墨卷。科舉考試是皇帝選拔人才的方法，到了這些俗儒眼裡，卻是謀取錢財的一條途徑；而這些墨卷到了士子手裡，又成為模仿他人之作以求金榜題名的捷徑。一舉幾得，何樂不為？只是與朝廷想通過科舉選拔人才之初衷全然不符。此是盧、馬兩書生之好利呢？還是科舉制度之弊病？讀者自會體悟。

狐戲報佃戶

先祖有莊，曰廠裡，今分屬從弟東白家。聞未析箸❶時，場中一柴垛，有年矣，云狐居其中，人不敢犯。偶佃戶某醉臥其側，同輩戒勿觸仙家怒，某不聽，反肆詈❷。忽聞人語曰：「汝醉，吾不較，且歸家睡可也。」次日，詣園守瓜。其婦擔飯來餘❸，遙望團焦❹中，一紅衫女子與夫坐，見婦驚起，倉卒逾垣去。婦故妒悍，以為夫有外遇也；憤不可忍，遽以擔痛擊。某百口不能自明，大受捶楚❺。婦手倦稍息，猶喃喃毒詈。忽聞樹杪大笑聲，方知狐戲報之也。

【章旨】此章講述了一個狐仙遭佃戶謾罵而戲弄報復佃戶的故事。

【注釋】❶析箸　指分家。箸，筷子。❷詈　謾罵。❸餘　給在耕田的人送飯。❹團焦　圓形草屋。也叫「團瓢」、「團標」。❺捶楚　也作「棰楚」。杖刑。此處指被扁擔痛擊。

【語譯】先祖父有個農莊叫廠裡，如今分屬於堂弟東白家。聽說還沒分家時，場院裡有一個柴禾垛，已經放了好些年頭了，人們說有狐仙居住在其中，大家不敢冒犯。有個佃戶某人偶然喝醉酒躺在柴禾垛旁，其他佃戶告誡他不要觸怒了狐仙，某人不聽，反而肆意地辱罵狐仙。忽然聽到有人說話道：「你喝醉了，我不計較，姑且回家去睡好了。」第二天，那佃戶到瓜園裡看瓜，他的妻子挑著擔子給他送飯，遠遠望見瓜棚中有一個紅衣女子同丈夫坐在一起，看見婦人吃驚地起身，倉促地跳過矮牆逃走了。那個婦人本來就妒忌凶悍，以為丈夫有了外遇；氣憤不可忍耐，立即用扁擔痛打丈夫。那佃戶有一百張嘴也不能為自己辯白，挨了一頓痛打。那個婦人打得手倦了而稍稍休息，口裡還喃喃地毒罵。忽然聽到樹梢頭的大笑聲，這才知道是狐仙在戲弄報復他。

【研析】無緣無故遭到佃夫辱罵而不怒，小小的戲弄懲罰卻不可免，這個狐仙可謂大度而有趣。

夙世冤愆

吳惠叔言：其鄉有巨室❶，惟一子，嬰疾甚劇。葉天士❷診之，曰：「脈現鬼證，非藥石所能療也。」乃請上方山❸道士建醮❹。至半夜，陰風颯然，壇上燭光俱暗碧。道士橫劍瞑目，若有所睹。既而拂衣竟出，曰：「妖魅為厲，吾法能祛。至夙世冤愆❺，雖有解釋之法，其肯否解釋，仍在本人。若倫紀❻所關，事干天律，雖綠章❼拜奏，亦不能上達神霄。此祟乃汝父遺一幼弟，汝兄遺二孤侄，汝蠶食鯨吞，幾無餘瀝。又煢煢❽孩稚，視若路人，至飢飽寒溫，無可告語；疾痛痾癢，任其呼號。汝父茹痛九泉❾，訴於地府。冥官給牒，俾取汝子以償冤。吾雖有術，只能為人驅鬼，不能為子驅父也。」果其子不久即逝。後終無子，竟以侄為嗣。

【章旨】此章講述了一個虧待自己親族而終遭報應的故事。

【注釋】❶巨室　古指世家大族。後亦用以指富家。❷葉天士　清醫學家。名桂，字香岩，江蘇吳縣人。世業醫。❸上方山　在北京西南房山。山勢陡峭，風景幽美，有七十二庵、九洞十二峰之勝。兜率寺（上方寺）殿宇巍峨，為北京遠郊著名古跡。❹建醮　指僧道設壇為亡魂祈禱。❺冤愆　冤仇罪過。❻倫紀　倫常綱紀。❼綠章　即青詞。古時道士祭天時所寫的奏章表文，用硃筆寫在青藤紙上，故名。❽煢煢　孤獨無依。❾九泉　猶黃泉。指人死後的葬處。此處指地下。

【語譯】吳惠叔說：他的家鄉有戶世家大族，只有一個兒子，病生得很重。名醫葉天士給他診斷後說：「脈象顯現鬼的證候，不是藥物所能治療的了。」於是這戶人家請上方山道士建壇祈禱。到了半夜，陰風颯颯，壇上的燭光都變成了暗綠色。道士橫劍閉目，好像看到了什麼，這之後抖抖衣服就出來了，說：「要是妖魅作祟，我的法術能夠去除他。至於前世的冤仇罪過，雖然有解脫的辦法，但肯不肯解脫，還是在於他本人。如果事情關係到人倫綱紀，觸犯了天條，即使我寫青詞拜奏，也不能夠到達天廷。這個禍祟乃是你父親去世時留下你的一個年幼的弟弟，你的哥哥去世時留下兩個孤苦的侄兒，你像蠶食桑葉、鯨吞食物那樣把他們的財物都吞併了，幾乎沒有剩下隻磚片瓦。你又把這孤苦無依的孩童，看得如同陌路人。以至於他們的飢飽寒熱，沒有人可以訴說；他們的疾病痛癢，你聽憑他們呼喊號叫。你的父親含痛積恨於九泉之下，訴之於陰間官府。陰司的官員頒發公文，讓拿你的兒子來償還冤仇。我雖然有法術，只能夠替人驅趕鬼物，不能夠替兒子驅趕父親。」果然他的兒子不久就死了。後來這戶人家終究沒有兒子，竟然以他的侄子立為後嗣。

【研析】紀昀撰寫此書的主旨之一就是勸人向善，要求人們善待自己的親友、善待他人，否則就會遭到報應。他的用心良苦，在當時或許還能起到勸世之效，今人看來，未免迷信而迂腐。世風不古，豈是幾則因果報應故事所能夠挽救的？

二牛鬥盜

護持寺在河間❶東四十里，有農夫于某，家小康。一夕，于外出。劫盜數人從屋簷躍下，揮巨斧破扉，聲丁丁然。家惟婦女弱小，伏枕戰栗，聽所為而已。

忽所畜二牛，怒吼躍入，奮角與盜鬥。挺刃交下，鬥愈力。盜竟受傷，狼狽去。蓋乾隆癸亥❷，河間大饑，畜牛者不能芻秣❸，多鬻於屠市。是二牛至屠者門，哀鳴伏地，不肯前。于見而心惻，解衣質錢贖之，忍凍而歸。牛之效死固宜，惟盜在室內，牛在外廄，牛何以知有警？且牛非矯捷之物，外扉堅閉，何以能一躍逾牆？此必有使之者矣，非鬼神之為而誰為之？此乙丑❹冬在河間歲試❺，劉東堂為余言。東堂即護持寺人，云親見二牛，各身被數刃也。

【章旨】此章講述了農家飼養的兩頭牛勇鬥強盜的故事。

【注釋】❶河間　縣名。在河北中部偏南，冀中運河流貫。❷乾隆癸亥　即清乾隆八年，西元一七四三年。❸芻秣　飼養牛馬的草料。❹乙丑　即清乾隆十年，西元一七四五年。❺歲試　清代各省學政巡迴所屬舉行的考試，也稱歲考。

【語譯】護持寺在河間縣東面四十里，有個農夫于某，家境小康。一天夜裡，于某外出。有幾個強盜從于某家的屋簷跳下來，揮動大斧砍破屋門，發出丁丁的聲音。于某家裡只有婦女孩童，嚇得趴在枕頭上發抖，聽憑強盜所為而已。忽然于某家所養的兩頭牛，憤怒地吼叫著跳進屋來，奮力用角和強盜打鬥。強盜舉刀一齊砍下來，那兩頭牛鬥得更加猛烈。最後強盜竟然受了傷，狼狽地逃跑了。原來在乾隆八年，河間縣鬧大饑荒，養牛的人家無力飼養，大多把牛賣到屠宰場。當時這兩頭牛到了屠夫家的門前，哀叫著趴在地上，不肯朝前走。于某見了而心裡憐憫，脫下自己的衣服當了錢把牛贖了出來，受寒忍凍回家。牛的以死報答于某固然是應當的，只是強盜在裡屋，牛在外面的牲口棚裡，牛怎麼知道有警報呢？況且牛不是矯健輕捷的動物，外屋的門牢牢關閉著，為什麼能夠一跳越過牆頭？這裡必然有人指使牠這樣做的了，不是鬼神的作為又能是誰的作為呢？這是乾隆十年冬天，我在河間縣歲考時，劉東堂對我說的。劉東堂就是護持寺的人，他說他親眼見到過這兩頭牛，牛身上各有幾處刀傷。

【研析】牛是人類最早馴化的動物之一，也是人類最忠實的動物朋友。人們常用最美好的文字讚頌牛的忠誠、牛的品格；而牛也以牠的忠誠和品格報答人類。本章就講述了一個人與牛之間的動人故事。只是紀曉嵐將此附會於神鬼，削弱了故事的感人程度。

瑞草不瑞

芝稱瑞草，然亦不必定為瑞。靜海❶元中丞在甘肅時，署中生九芝，因以自號，然不久即罷官。舅氏安公五占，停柩在室，忽柩上生一芝，自是子孫式微❷，今已無齠齔❸。蓋禍福將萌，氣機❹先動；非常之兆，理不虛來。第為休為咎，則不能預測耳。先兄晴湖則曰：「人知兆發於鬼神，而人事應之。不知實兆發於人事，而鬼神應之，亦未始不可預測也。」

【章旨】此章舉例說明瑞草並不預示著瑞兆的道理。

【注釋】❶靜海　縣名。在天津西南部，鄰接河北。❷式微　衰微；衰落。❸齠齔　也作「髫齔」。指童年。亦指兒童。❹氣機　指植物的生機。亦指人體內氣的正常運行，包括經絡、臟腑的功能活動。

【語譯】芝草稱為祥瑞之草，但也不一定就是祥瑞。靜海人元中丞在甘肅時，衙署中生出九莖的芝草，於是用來作為自己的號。但是不久元中丞就被罷了官。我的舅舅安五占先生，他的靈柩停放在屋內，忽然靈柩上生出一棵芝草，從此以後他的子孫衰微，現今已經沒有一個孩童了。大概禍福將要萌生時，氣機先行發動；不尋常的預兆，按道理講並不會憑空而來。只不過這兆頭是吉是凶，就無法預測而已。先兄晴湖就說過：「人們知道預兆發端於鬼神，而人事加以應驗。不知道事實上預兆發端於人事，而鬼神應驗它，而預兆也不見得是不可以預測到的。」

【研析】瑞草並不預示瑞兆，這是常理，但人們不悟，一見瑞草，便以為是瑞兆，遂忘乎所以，而失望乃至悲哀接踵而至。文中所引晴湖先生說得好：「兆發於人事，而鬼神應之。」先修人事，自然會有吉兆應驗。

梵字大悲咒

大學士❶伍公彌泰❷言：向在西藏，見懸崖無路處，石上有天生梵字〈大悲咒〉❸，字字分明，非人力所能，亦非人跡所到。當時曾舉其山名，梵音難記，今忘之矣。公一生無妄語，知確非虛構。天地之大，無所不有。宋儒每於理所無者，即斷其必無。不知無所不有，即理也。

【章旨】此章從崖上刻經引發出對人們知識局限的感歎。

【注釋】❶大學士　官名。明代以殿閣大學士為宰輔之官，然官階僅五品，其職務是替皇帝批奏章、承理政務。清設內閣大學士四人，為正一品；協辦大學士二人，為從一品，成為文臣最高的官位，稱為「中堂」。❷伍公彌泰　清蒙古正黃旗人。姓伍彌，官至東閣大學士。卒諡文端。❸大悲咒　佛教的觀世音菩薩經咒之一。即〈千手千眼觀世音菩薩無礙大悲心陀羅尼〉的簡稱。佛家認為念咒可使死者在陰間消災。

【語譯】大學士伍彌泰先生說：過去在西藏，看見懸崖上沒有路的地方，岩石上有天生的梵文〈大悲咒〉，字字分明，不是人力所能辦到的，也不是人跡所能到達的地方。當時伍彌先生曾經說出那座山的山名，但梵文的字音難以記住，我現在已忘記了。伍彌先生一生沒有說過虛妄的話，知道這件事確實不是虛構出來的。天地的廣大，無所不有。宋代儒生常常以道理所沒有的，就斷定它必然沒有。他們不知道無所不有，就是道理。

【研析】藏民信仰佛教，往往有超乎常人想像的虔誠之舉。在山崖上刻有梵文經咒，也是尋常之事。以天下之大，無所不有。作者說得好：「無所不有，即理也。」以此見解看天下，就會明智而通達。

黃教和紅教

喇嘛❶有二種：一曰黃教❷，一曰紅教❸，各以其衣別之也。黃教講道德，明因果，與禪家派別而源同。紅教則惟工幻術。理藩院❹尚書留公保住，言駐西藏時，曾忤一紅教喇嘛，或言登山時必相報。公使肩輿❺鳴騶❻先行，而陰乘馬隨其後。至半山，果一馬躍起壓肩輿上，碎為齏粉❼，此留公自言之。曩從軍烏魯木齊時，有失馬者，一紅教喇嘛取小木櫈咒良久，櫈忽反覆折轉，如翻桔槔❽。使失馬者隨行，至一山谷，其馬在焉，此余親睹之。考西域吞刀吞火之幻人，自前漢已有。此蓋其相傳遺術，非佛氏本法也，故黃教謂紅教曰魔。或曰：「是即波羅門❾，佛經所謂邪師外道者也。」似為近之。

【章旨】此章講述了藏傳佛教中黃教與紅教的區別。

【注釋】❶喇嘛　藏語的音譯，意為「上師」。這裡指喇嘛教，即藏傳佛教。❷黃教　喇嘛教「格魯派」的俗稱。藏傳佛教派別之一。格魯，藏語意為善規，謂該派倡導僧人應嚴守戒律。因該派僧人戴黃色僧帽，俗稱「黃教」。❸紅教　喇嘛教「寧瑪派」的俗稱。藏傳佛教派別之一。寧瑪，藏語意為古舊，以其尊奉前弘期舊密咒，故稱。因該派僧人戴紅色僧帽，俗稱「紅教」。❹理藩院　清官署名。掌管蒙古、西藏、新疆各地少數民族事務的機關。❺肩輿　人抬的轎子。❻鳴騶　古代隨從顯貴出行並傳呼喝道的騎卒。❼齏粉　細粉；碎屑。常用以比喻粉身碎骨。❽桔槔　亦作「桔皋」。井上汲水的工具。在井旁架上設一槓桿，一端繫汲水器，一端懸綁石塊等重物。用不大的力量即可將灌滿水的汲器提起。❾波羅門　印度舊教名。

【語譯】喇嘛教有兩種，一種叫黃教，一種叫紅教，各自以他們的衣服來區別。黃教講究道德，闡明因果，和佛教禪宗派別不同而源流相同。紅教就只擅長於幻術。理藩院尚書留保住先生說自己駐紮在西藏時，曾經得罪了一個紅教喇嘛，有人說他登山時，那個紅教喇嘛一定會來報復。留先生讓轎子和隨從先行，自己暗地裡騎馬跟隨在轎子的後面。到了半山，果然有一匹馬跳起來壓在轎子上，轎子被壓碎成了粉末，這是留先生自己說的。過去我從軍在烏魯木齊時，有人丟失了一匹馬，一個紅教喇嘛拿張小木凳，念了很久的咒語，小木凳忽然反覆折轉，就好像翻動打水的桔槔。那個喇嘛讓丟失馬匹的人跟著木凳走，到了一個山谷，他的馬就在那裡，這是我親眼目睹的。考證西域吞刀吞火變幻術的人，從西漢時已經有了。這個大概是他們相傳遺留下來的法術，不是佛家的正宗法術，所以黃教說紅教是魔教。有人說：「紅教就是波羅門，佛經所謂的邪師外道。」這一說法大概是接近事實的。

【章旨】紅教與黃教是藏傳佛教的兩個派別，紅教信奉密咒，而黃教則與紅教有別。作者對藏傳佛教的這兩個教派並無多少了解，僅憑道聽塗說就對這兩個教派發了議論，自然難以符合事實。

狐不為祟

巴里坤❶、闢展❷、烏魯木齊諸山，皆多狐，然未聞有祟人者。惟根克忒❸有小兒夜捕狐，為一黑影所撲，墮崖傷足，皆曰狐為妖。此或膽怯目眩，非狐為妖也。大抵自突厥❹、回鶻❺以來，即以弋獵為事。今日則投荒者、屯戍者、開墾者、出塞覓食者搜岩剔穴，採捕尤多，狐恆見傷夷，不能老壽，故不能久而為魅歟！抑僻在荒徼❻，人已不知導引煉形術❼，故狐亦不知歟！此可見風俗必有所開，不開則不習；人情沿於所習，不習則不能。道家化性起偽❽之說，要不為無見。姚安公謂滇南僻郡，鬼亦淳良❾，即此理也。

【章旨】此章講述了因沒有開化所造成西域之狐與中原之狐的區別。

【注釋】❶巴里坤　即新疆鎮西縣治。本名巴里庫勒，亦作巴爾庫爾。❷闢展　城名。城址在今新疆鄯善。清光緒二十九年（一九〇三年）改置鄯善縣。❸根克忒　新疆某地名，不詳。❹突厥　中國古族名。廣義包括突厥、鐵勒各部落，狹義專指突厥。西元六世紀時遊牧於金山（今阿爾泰山）一帶。❺回鶻　即回紇。維吾爾族的古稱。唐貞元四年（七八八年），回紇可汗請唐改稱回紇為回鶻，取「回旋輕捷如鶻」之義。元明時稱畏兀兒。❻荒徼　荒遠的邊域。❼導

引煉形術　道教指修真養性煉化形體之術。❽化性起偽　謂變化先天的本性，興起後天的人為。❾淳良　敦厚善良。

【語譯】巴里坤、闢展、烏魯木齊各處山裡都有很多狐狸，但是沒聽說有作祟於人的。只有根克忠有個小孩在夜裡捕捉狐狸，被一個黑影所仆倒，墜落山崖傷了腳，人們都說是狐狸作的妖法。其實這或許是那個小孩膽怯眼花，而不是狐狸作的妖法。大概自從突厥、回鶻以來，這裡的居民就以射獵為職業。今天則有流放到荒遠地方者、屯兵駐防者、開墾荒地者、出塞尋求食物者，他們搜山岩挖窟穴，狐狸被捕捉得更多。狐狸經常受到傷害，不能活到年老而壽終正寢，所以不能夠長久修煉而成為精魅吧！也或許是西域僻處在荒涼的邊境，人們已經不知道導引煉形之術，所以狐狸也不知道吧！由此可見風俗必須要有所開化，不開化就不能通曉；人情遵循所學習的，不學習就不能通曉。道家化性起偽的說法，並不能說沒有見地。姚安公說雲南南部偏僻的州郡，鬼也淳樸善良，就是這個道理了。

【研析】作者由狐及人，以為地處偏僻，交通不便，不僅狐狸不知作祟，且當地民風也淳樸敦良。先聖孔子也說過「禮失求諸於野」這樣的話，看來古今同理。

託名求食

副都統❶劉公鑒言：曩在伊犁❷，有善扶乩者，其神自稱唐燕國公張說❸。與人唱和詩文，錄之成帙。性嗜飲，每降壇，必焚紙錢而奠以大白。不知龍沙蔥雪❹之間，燕公何故而至是？劉公誦其數章，詞皆淺陋。殆打油❺、釘鉸❻之流，客死冰天，遊魂不返，託名以求食歟！

【章旨】此章講述了客死西域的遊魂假託古人乞求供食的故事。

【注釋】❶副都統　清代八旗組織中每旗的副長官。八旗制度：每旗置「固山額真」一人，左、右「梅勒額真」(後改為「梅勒章京」)各一人。順治十七年(一六六〇年)定「固山額真」漢名為「都統」，定「梅勒章京」漢名為「副都統」，職掌一旗的戶口、生產、教養和訓練等。❷伊犁　指伊犁河北，今新疆伊寧市及伊寧、霍城等地區。❸張說　唐大臣。字道濟，一字說之，洛陽(今屬河南)人。官至中書令，封燕國公。❹龍沙蔥雪　龍沙，指塞外沙漠之地。蔥雪，指蔥嶺、雪山，舊對帕米爾高原和崑崙山、喀喇崑崙山脈西部諸山的總稱。❺打油　指打油詩。據宋錢易《南部新書》載：「有胡釘鉸、張打油二人皆能為詩。」張打油〈雪詩〉云：「江上一籠統，井上黑窟窿。黃狗身上白，白狗身上腫。」(見《升庵外集》)所用都是俚語，且故作詼諧，有時暗含譏嘲，後人稱這類詩歌為「打油詩」。❻釘鉸　原指洗鏡、補鍋、鋦碗等。此指品味低下，不入流。

【語譯】副都統劉鑒先生說：過去在伊犁，有位善於扶乩的人，請下來的神自稱是唐代的燕國公張說。這位乩仙與人唱和的詩文，記錄下來裝訂成冊。這位乩仙生性嗜好飲酒，每次降臨乩壇，必須給他焚燒紙錢，而且要用大杯酒祭奠。不知道這塞外沙漠戈壁之處、蔥嶺雪山荒僻之地，燕國公張說為什麼會來此地？劉先生誦讀了這位乩仙的幾篇詩文，詞語都淺近鄙陋。我認為大概是張打油、胡釘鉸一流的人物，客死於冰天雪地的異鄉，遊魂不能返回家鄉，託名張說來乞求酒食的吧！

【研析】客死於西域荒漠之地而不能返鄉的遊魂，託名討杯酒喝也不能說是大過。凡是有惻隱之心的人，這杯酒總是要供上的。但扶乩之事本屬虛妄，託名之說更屬無稽之談了。如果說此詩格調低下，那也是扶乩者的格調低下，與遊魂無關。

禿項馬

里人張某，深險詭譎，雖至親骨肉，不能得其一實語。而口舌巧捷，多為所欺，人號曰「禿項馬」。馬禿項為無鬃，鬃蹤同音，言其恍惚閃爍，無蹤可覓也。一日，與其父夜行迷路，隔隴❶見數人團坐，呼問當何向，數人皆應曰：「向北。」因陷深淖❷中。又遙呼問之，皆應曰：「轉東。」乃幾至滅頂，蹩躠❸泥塗，因不能出。聞數人拊掌笑曰：「禿項馬，爾今知妄語之誤人否？」近在耳畔，而不睹其形，方知為鬼所紿❹也。

【章旨】此章講述了里人張某險詐而遭鬼戲弄的故事。

【注釋】❶隴　通「壟」。田埂。亦指高丘。❷淖　泥；泥沼。❸蹩躠　蹣跚而行。❹紿　欺騙；謊言。

【語譯】鄉里有位張某，陰險詭詐，即使是至親的骨肉，也不能得到他的一句實話。而且他伶牙俐齒能說善辯，人們大多被他所欺騙，就給他起個外號叫「禿項馬」。馬禿了頸項就是沒有鬃毛，鬃和蹤同音，是說他的恍恍惚惚、閃爍不定，沒有蹤跡可以尋覓。有一天，他和父親走夜路迷了路，隔著田隴看到幾個人團團圍坐，就大聲詢問應當朝哪個方向走，幾個人都回答說：「向北。」張某因而陷在深深的泥沼裡。張某又遠遠地大聲問那幾個人往哪兒走，那幾個人都回答說：「轉向東面。」張某竟然幾乎淹死，父子二人在泥沼中跌跌撞撞，被困住不能走出來。這時，聽到那幾個人拍掌笑道：「禿項馬，你今天知道虛妄的話誤人了嗎？」話聲彷佛近在耳邊，卻看不見說話人的身形，張某才知道被鬼所欺騙了。

【研析】張某因為奸詐而遭致鬼魅戲弄，薄施小懲，無傷大雅，卻可聊洩人間不平之氣。這裡描寫的鬼魅亦屬有情而有趣。

妖由人興

妖由人興，往往有焉。李雲舉言：一人膽至怯，一人欲戲之。其奴手黑如墨，使藏於室中，密約曰：「我與某坐月下，我驚呼有鬼，爾即從窗隙伸一手。」屆期呼之，突一手探出，其大如箕❶，五指挺然如舂杵❷。賓主俱驚，僕眾譁曰：「奴其真鬼耶？」秉炬持杖入，則奴昏臥於壁角。救之蘇，言：「暗中似有物以氣噓我，我即迷悶。」族叔粢庵言：二人同讀書佛寺，一人燈下作縊鬼狀，立於前；見是人驚怖欲絕，急呼：「是我，爾勿畏。」是人曰：「固知是爾，爾背後何物也？」回顧乃一真縊鬼。蓋機械❸一萌，鬼遂以機械之心從而應之，斯亦可為螳螂黃雀之喻❹矣。

【章旨】此章列舉事例來說明妖由人興的道理。

【注釋】❶箕　畚箕，揚米去糠的器具。❷舂杵　此指搗去穀物皮殼的木棒。杵，搗物的棒槌。❸機械　巧詐；機巧。

❹螳螂黃雀之喻　《說苑・正諫》：「園中有樹，其上有蟬，蟬高居悲鳴飲露，不知螳螂在其後也；螳螂委身曲附欲取蟬，而不知黃雀在其傍也。」後因以比喻只見眼前利益而不顧後患。

【語譯】妖魅因人而興起，往往有這種事。李雲舉說：有一個人膽子極小，另一個人想嚇唬他。這個人的奴僕手黑得像墨，這人讓奴僕藏在房間裡，祕密約定說：「我同某人坐在月光下，我驚叫有鬼，你就從窗縫裡伸出一隻手。」到約定的時候這人驚叫起來，突然一隻手從窗戶裡伸了出來，它的大小像畚箕，五個手指直挺著像舂米的棒槌。客人和主人一齊感到吃驚，僕人們都喧譁叫嚷說：「他是真的鬼嗎？」人們拿著火把手持棍棒進入房間，只見那個奴僕昏迷躺在屋角。把他救醒後，這個奴僕說：「黑暗中似乎有東西用氣噓我，我就昏迷過去了。」我的族叔楘庵說：有兩個人一起在佛寺裡讀書。一個人在燈下裝作吊死鬼的樣子，站立在另一個人的面前，看到另一個人驚嚇得幾乎昏厥過去。這人急忙叫道：「是我，你不要怕。」另一個人說：「我當然知道是你，但你背後是什麼東西？」裝鬼的人回頭一看竟是一個真的吊死鬼。大概機詐之心一旦萌生，鬼就用機詐之心從而跟著回應。這也可以作為螳螂捕蟬，黃雀在後的比喻了。

【研析】妖以人興，亦因人滅。如果人們少一些機巧之心，多一點真誠樸實之意，世上興妖作怪之人不興，興妖作怪之事就不會起，世界也就會變得太平許多，這正是紀昀所希望的。

環環相報

余八九歲時，在從舅❶實齋安公家，聞蘇文東皋言：交河❷某令，蝕官帑❸數千，使其奴賫還。奴半途以黃河覆舟報，而陰遣其重臺❹攜歸。重臺又竊以北上，行至兗州❺，為盜所劫殺。從舅咋舌曰：「可畏哉！此非人之所為，而鬼神之所為也。夫鬼神豈必白晝現形，左懸業鏡❻，右持冥籍，指揮眾生，輪迴六道❼，而後見善惡之報哉？此足當森羅❽鐵榜❾矣。」蘇丈曰：「今不竊資，何至為奴乾沒？奴不乾沒，何至為重臺效尤，重臺不效尤，何至為盜屠掠？此乃人之所為，非鬼神之所為也。如公所言，是令當受報，故遣奴竊資。奴當受報，故遣重臺效尤。重臺當受報，故遣盜屠掠。鬼神既遣之報，人又從而報之，不已顛乎？」從舅曰：「此公無礙之辯才，非正理也。然存公之說，亦足於相隨波靡之中，勸人以自立。」

【章旨】此章舉例講述了凡做虧心之事終將獲得報應的故事。

【注釋】❶從舅　堂舅。❷交河　縣名。在河北中部偏南、南運河和滏陽河之間。❸官帑　國庫。此處指國庫裡的錢財。❹重臺　奴婢所役使的奴婢。❺兗州　今山東兗州。在山東中部偏南。❻業鏡　指陰間能照見人世罪業的鏡子。《酉陽雜俎》載，趙業被帶到陰府，與賈奕對證殺牛的事。有一巨鏡高懸，見裡面賈奕持刀，趙業有不忍之色。此即業鏡。❼六道　指天道、人道、阿修羅道、餓鬼道、畜生道、地獄道。佛教稱人以其修行在這六道中輪迴。❽森羅　即森羅殿或森羅寶殿。傳說陰間閻羅王所居之殿。❾鐵榜　《太平廣記》載崔紹夢入陰府，見一樓滿壁都是金銀榜，列著人間貴人姓名，還有長鐵榜，列著府州縣官僚姓名。

【語譯】我八九歲時，在堂舅安實齋先生的家裡，聽得蘇東皋老先生說：交河縣某縣令，侵吞國庫的幾千兩錢財，派自己的奴僕把這些錢財送回家。這名奴僕半路上以黃河上翻了船報告縣令，而偷偷地派自己的奴僕帶著這些錢財送回家。這名奴僕的奴僕又竊取這些錢財北上，走到兗州時，被強盜劫財殺害了。

堂舅吃驚地咋舌說：「可怕啊！這不是人所做的事，而是鬼神所做的事。鬼神難道一定要在白天現形，左邊懸掛著照攝眾生善惡的業鏡，右邊執著陰間的簿冊，指揮芸芸眾生，在六道中輪迴，然後才體現出善惡的報應嗎？這個足以當得森羅殿上鐵製的榜牌了。」蘇老先生說：「如果縣令不竊取錢財，何至於被奴僕侵吞？奴僕不侵吞這些錢財，何至於被奴僕的奴僕效仿？奴僕的奴僕不效仿，何至於被強盜屠殺劫掠？這仍然是人所做的事，不是鬼神所做的事了。如先生所說，那麼是縣令應當受到報應，所以使奴僕竊取錢財；奴僕應當受到報應，所以使奴僕的奴僕學樣；奴僕的奴僕應當受到報應，所以使強盜屠殺劫掠。鬼神既然派遣他去報復，人又從而去報復他，不也顛倒錯亂了嗎？」堂舅說：「這是您通達無礙的雄辯之才，卻不是正理。但是保存您的說法，也足以在隨波逐流的風氣之中，用來告勸人們自立。」

【研析】蘇老先生所說甚是，鬼神報應不如說是人們自己報應了自己。因此常言道：「自作孽，不可活。」就是告誡人們待人處世都要規矩謹慎，不可怠慢大意。

強項驅鬼

劉乙齋廷尉❶為御史時，嘗租西河沿一宅。每夜有數人擊柝❷，聲琅琅徹曉；其轉更攢點，一一與譙鼓❸相應，視之則無形，聒耳至不得片刻睡。乙齋故強項❹，乃自撰一文，指陳其罪，大書粘壁以驅之，是夕遂寂。乙齋自詫不減昌黎之驅鱷❺也，余謂：「君文章道德似尚未敵昌黎，然性剛氣盛，平生尚不作曖昧事，故敢悍然不畏鬼。又拮据遷此宅，力竭不能再徙，計無復之，惟有與鬼以死相持。此在君為困獸猶鬥，在鬼為窮寇勿追耳。君不記《太平廣記》❻載周書記與鬼爭宅，鬼憚其木強❼而去乎？」乙齋笑擊余背曰：「魏收❽輕薄哉！然君知我者。」

【章旨】此章講述了一個鬼魅擾人，而遭剛強之人驅逐的故事。

【注釋】❶廷尉　官名。掌刑獄，為九卿之一。從北齊至明清皆稱大理寺卿。❷擊柝　敲梆子巡夜。❸譙鼓　譙樓更鼓。❹強項　倔強；不肯低頭。比喻剛直不屈。❺昌黎之驅鱷　唐代韓愈貶任潮州刺史，到任問民疾苦，皆曰鱷魚害人。韓愈寫文章祭之，鱷魚就遷走了。昌黎是韓愈的郡望，此處代指韓愈。❻太平廣記　小說總集。北宋李昉等編輯。因書成於宋太宗太平興國年間，故名。五百卷，另目錄十卷。❼木強　性格質直剛強。❽魏收　北齊人，字伯起，小字佛助。官至中書令。曾奉命修魏史，以自己好惡評判人物，故所修魏史有「穢史」之稱。《北齊書・魏收傳》載魏收在京洛時，輕薄尤甚，人稱其為驚蛺蝶。

【語譯】大理寺卿劉乙齋任御史時，曾經租賃西河沿的一所住宅。每天夜裡有幾個人敲擊木梆，琅琅的聲音一直響到天亮；轉更時敲的梆子點同譙樓上的鼓聲一一相呼應，出門去看則沒有蹤影，吵鬧的聲音到了使人不得片刻安睡的地步。劉乙齋本來就很剛直，於是自己撰寫了一篇文章，指責陳說它的罪狀，用大字書寫貼在牆上來驅趕它，這天晚上住宅裡就安靜沉寂了。劉乙齋感到驚奇，自認為這一舉動不亞於韓愈寫文章驅趕鱷魚。我說：「您的文章、道德似乎還比不上韓愈，但是您性格剛強、稟氣旺盛，平生還沒有做過曖昧的事情，所以敢於強悍地不怕鬼。您又因為經濟窘迫遷居這所住宅，已經無力而不能再搬遷他處了，沒有辦法可想，只有同鬼拚死相鬥。這對您來說是困獸猶鬥，對鬼來說是窮寇勿追罷了。您難道不記得《太平廣記》中載有周書記同鬼爭奪住宅，鬼畏懼他的質直剛強而逃走的故事嗎？」劉乙齋笑著拍著我的背說：「真像魏收一樣的輕薄呵！不過您是了解我的。」

【研析】邪不壓正，正能驅邪。剛強正直，鬼魅都要避讓。神鬼世界如此，人世間也是如此。

驅除山魈

余督學福建時，署中有筆捧樓，以左右挾兩浮圖❶也。使者居下層，其上層則複壁曲折，非正午不甚睹物。舊為山魈❷所據，雖不睹獨足反踵❸之狀，而夜每聞聲。偶憶杜工部❹「山精白日藏」句，悟鬼魅皆避明而就晦，當由曲房幽隱，故此輩潛蹤。因盡撤牆垣，使四面明窗洞啟，三山翠靄❺，宛在目前。題額曰「浮青閣」，題聯曰：「地迥不遮雙眼闊，窗虛只許萬峰窺。」自此山魈遷於署東南隅會經堂。堂故久廢，既於人無害，亦聽其匿跡，不為已甚矣。

【章旨】此章講述了作者在福建任職時驅除盤據在府衙中山魈的故事。

【注釋】❶浮圖　亦作「浮屠」。佛教名詞。梵文Buddha的舊譯。因此有稱佛教徒為浮屠氏、佛經為浮屠經的，但也有把佛塔的音譯「窣堵波」誤譯作「浮屠」，因稱佛塔為「浮屠」的，如「七級浮屠」。此處指佛塔。❷山魈　動物名。此處所說的當指中國古代傳說中的山中怪物。❸獨足反踵　指山魈的外形。晉葛洪《抱朴子》載，山魈形如小孩，獨足向後。❹杜工部　即唐代大詩人杜甫。因其曾任檢校工部員外郎，故稱。❺三山翠靄　指三山青翠如同霧靄。三山，福州城中東面有九仙山，西面有閩山，北面有越王山，合稱三山。

【語譯】我提督福建學政時，衙署中有棟筆捧樓，因為它左右夾著兩座佛塔而得名。學政使者住在這棟樓的下層，這棟樓的上層則是夾牆曲折，不是正午的時候不很看得清楚東西。舊時這裡被山魈所占據，雖然沒有見到山魈獨腿和腳跟反向前的形狀，而夜裡往往聽到山魈發出的聲音。我偶然回憶起杜工部「山精在白天躲藏」的詩句，悟出鬼怪妖魅都是躲避光明而喜歡黑暗，應該是由於這棟樓的房間幽暗隱密，所以這類東西在這裡潛藏。於是我下令把牆壁全部拆除，使得四面明窗洞開，福州三山青色的煙雲，宛如就在眼前。我題寫匾額叫「浮青閣」，題寫對聯道：「地方迥異不遮雙眼遠望的遼闊，窗戶洞開只許萬峰偷偷地窺看。」從此以後山魈搬遷到了衙署東南角的會經堂。會經堂原本荒廢很久了，山魈盤據在那裡既然對人沒有危害，也就聽憑他藏匿蹤跡，不做得太過分了。

【研析】 山魈原產西非，此處所說的山魈當指傳說中的山間怪物。晉人葛洪《抱朴子》說山魈獨足向前，但世上並無此種怪物，當亦是古人想像而已。占據福建提學衙門的或許是獼猴之類山間動物。作者雖深信占據筆捧樓的是古人所說的山魈，卻並不害怕畏縮。能夠從鬼怪妖魅都躲避光明喜歡黑暗著手，驅趕怪物而一舉成功。

山鬼為祟

徐公景熹官福建鹽道❶時，署中篋笥❷每火自內發，而扃鑰❸如故。又一夕，竊剪其侍姬髮，為祟殊甚。既而徐公罷歸，未及行而卒。山鬼能知一歲事❹，故乘其將去肆侮也。徐公盛時，銷聲匿跡；衰氣一至，無故侵陵。此邪魅所以為邪魅歟！

【章旨】 此章講述了一個官吏罷官時山鬼為祟的故事。

【注釋】❶鹽道　即「鹽法道」。官名。掌管一省鹽政。❷篋笥　藏物的竹器。❸扃鑰　關閉；鎖閉。❹山鬼能知一歲事　典出《史記・秦始皇本紀》。秦始皇三十六年，有人持璧遮使者，因言曰：「今年祖龍死。」使者告秦始皇，秦始皇說：「山鬼固不過知一歲事也。」

【語譯】徐景熹先生任官福建鹽道時，衙署中的箱籠往往有火從裡面燃燒起來，而鎖頭卻照樣鎖著。又有一天夜裡，他的一位侍妾的頭髮被偷偷剪去，妖魅為禍作祟得很厲害。不久之後，徐先生罷官返回故鄉，沒有來得及動身就死了。山鬼能夠知道一年中的事情，所以趁徐先生將要離去時肆意地侮辱。徐先生官運亨通時，山鬼銷聲匿跡；一開始走下坡路，就無緣無故地被侵害凌辱。這就是妖邪鬼魅之所以為妖邪鬼魅吧！

【研析】人的一生總有一帆風順或是身處逆境之時，然而不管順逆，心態都要平和，真正做到寵辱不驚，才能頤養天年。文中所說的徐先生之死，語焉不詳。但從字裡行間看來，徐先生罷官後似乎心情不暢，或許這就是導致其早卒的原因。

青苗神

余鄉青苗被野時，每夜田隴間有物，不辨頭足，倒擲而行，築地❶登登如杵聲。農家習見不怪，謂之「青苗神」。云常為田家驅鬼，此神出，則諸鬼各歸其所，不敢散遊於野矣。此神不載於古書，然確非邪魅。從兄懋園嘗於李家窪見之，月下諦視❷，形如一布囊，每一翻折，則一頭著地，行頗遲重云。

【章旨】此章講述了一個農民稱作「青苗神」的怪物。

【注釋】❶築地 指像用杵撞地一樣。❷諦視 仔細察看。

【語譯】我的家鄉當青苗遍布田野時，每天夜裡田隴之間有一種動物，無法辨別他的頭和腳，只見他倒折過來走路，撞在地上發出登登的如同用杵搗衣的聲音。農家經常看見所以不感到奇怪，把他叫做「青苗神」。農民說他常常為農家驅趕鬼魅，這個神一出來，那麼各個鬼魅便都回到各自的地方，不敢分散遊逛在田野裡了。這個神在古書上沒有記載，然而確實不是妖魅。堂兄懋園曾經在李家窪見到過他，在月光下仔細觀察，形狀像一只布袋，每一次翻折，就一頭著地，行走頗為遲緩。

【研析】文中所說之物既能驅除妖魅，保護農家，又不求回報。不知何神，竟有如此靈驗。農民形象地把此物稱作「青苗神」。青苗關乎民生，這個名稱起得貼切與傳神。

陳太夫人

先祖寵予公，原配陳太夫人，早卒。繼配張太夫人，于歸日，獨坐室中，見少婦揭簾入，徑坐床畔，著玄帔❶黃衫，淡綠裙，舉止有大家風。新婦不便通寒溫，意謂是群從娣姒❷或姑姐妹耳。其人絮絮言家務得失、婢媼善惡，皆委曲周至。久之，僕婦捧茶入，乃徑出。後閱數日，怪家中無是人；細詰其衣飾，即陳太夫人斂時服也。死生相妒，見於載籍❸者多矣。陳太夫人已掩黃壚❹，猶慮新人未諳料理，現身指示，無間幽明❺，此何等居心乎！今子孫登科第、歷仕宦者，皆陳太夫人所出也。

【章旨】此章講述了一位婦人死後仍關心家庭子女的故事。

【注釋】❶玄帔　黑色的披肩。❷娣姒　妯娌。兄妻為姒，弟妻為娣。❸載籍　書籍。❹黃壚　極深的地下。猶言黃泉。❺幽明　指生與死；陰間與陽間。

【語譯】我的先祖父寵予公，原配陳太夫人，很早就去世了。續配張太夫人在出嫁到我家的那天，獨自坐在房間裡，看見一個少婦揭起門簾進來，逕自坐到床邊，穿著黑色的披肩、黃色的衣衫、淡綠的裙子，舉止有大家閨秀的風度。張太夫人作為新娘不便與她寒暄，心想是堂房妯娌或是姑表姐妹罷了。那人不厭其煩地細說家務事的得失、婢女僕婦的善惡，說得完整而又詳盡。談了很長時間，僕婦捧茶進來，那位婦人就直接出去了。後來過了幾天，張太夫人奇怪家裡沒有這個人；人們仔細向張太夫人詢問此人的衣裳服飾，就是陳太夫人大殮時穿的衣服。死者和生者互相妒忌，見於書上記載的很多了。陳太夫人已經掩埋於黃泉之下，還擔心新人不熟悉料理家務，現身指點明示，不因為陰間陽世而阻隔，這是何等的居心啊！現今我家子孫得登科第、歷任官職的，都是陳太夫人所生的子女一脈。

【研析】關心家庭子女，是為人妻為人母的一片癡心，雖死而不移。這個故事或許並無神奇之處，但其中顯露的對家庭的關愛之心、對子女的愛戀之情足以感動讀者。

文儀班

伯高祖愛堂公，明季有聲黌序❶間。刻意鄭、孔之學❷，無間冬夏，讀書恆至夜半。一夕，夢到一公廨❸，榜額曰「文儀」。班內十許人治案牘❹，一一恍惚如舊識。見公皆訝曰：「君尚遲七年乃當歸，今猶早也。」霍然驚悟，自知不永，乃日與方外❺遊。偶遇道士，論頗洽，留與共飲。道士別後，途遇奴子胡門德，曰：「頃一書忘付汝主，汝可攜歸。」公視之，皆驅神役鬼符咒❻也。閉戶肄習，盡通其術，時時用為戲劇，以消遣歲月。越七年，至崇禎丁丑❼，果病卒。卒半日復蘇，曰：「我以褻用五雷法❽，獲陰遣。冥司追還此書，可急焚之。」焚訖復卒。半日又蘇曰：「冥司查檢，闕三頁，飭歸取。」視灰中，果三頁未燼；重焚之，乃卒。此事姚安公附載家譜中。公聞之先曾祖，曾祖聞之先高祖，高祖即手焚是書者也。孰謂竟無鬼神乎？

【章旨】此章講述了一個學習方術而遭致鬼譴的故事。

【注釋】❶黌序　古代學校的名稱。❷鄭孔之學　鄭指東漢學者鄭玄；孔指唐代學者孔穎達。此處指鄭玄、孔穎達傳授的儒家學說。❸公廨　官署。❹案牘　指官府的文書。❺方外　世外，謂超然於世俗禮數之外。❻符咒　符和咒語的合稱。「符」指用朱筆或墨筆在紙上畫成的似字非字的圖形；「咒」是口中誦念的可解或不可解的語句。❼崇禎丁丑　即明崇禎十年，西元一六三七年。❽五雷法　道教方術。謂得雷公墨篆，依法行之，可致雷雨，祛疾苦，立功救人。因雷公有兄弟五人，故以五雷稱之。

【語譯】我的高伯祖愛堂公，明代末年在學校間享有聲譽。他專心於鄭玄、孔安國傳授的儒家學說，不管冬夏季節，讀書經常到半夜。一天晚上，愛堂公夢見他來到一個官署，堂口匾額上題著「文儀」；班內有十幾個人在處理案卷，一個個恍惚好像是舊相識。他們看見愛堂公都驚訝地說：「您還要再過七年才應當歸此地，現在還早呢。」愛堂公忽然驚醒過來，自己知道活不長久了，於是天天同僧人道士交往。愛堂公偶然遇見一位道士，交談頗為融洽，挽留那位道士一起飲酒。那位道士告別離去後，路上碰到愛堂公的奴僕胡門德，說：「剛才一本書忘記交給你的主人，你可以帶回去。」愛堂公翻看這本書，都是驅神役鬼的符咒。愛堂公關門練習，通曉了這本書記載的法術，時常用來戲耍，以此消遣歲月。過了七年，到崇禎十年，愛堂公果然因病去世。愛堂公死了半天又蘇醒過來說：「我因為褻瀆使用了五雷法，受到陰間的懲罰，陰司追還這本書，你們可要趕緊焚燒它。」把這本書焚燒後，愛堂公又死了。過了半天，愛堂公又蘇醒過來說：「陰司檢查，這本書缺了三頁，命令我回來索取。」人們看剛才焚書的紙灰中，果然有三頁沒有燒掉。把這三頁重新焚燒掉，愛堂公才終於死了。姚安公把這件事附載在家譜裡。姚安公從先曾祖父那裡聽來的，曾祖父從高祖父那裡聽來的，高祖父就是親手焚燒這本書的。誰說竟然沒有鬼神呢？

【研析】鬼神之說本屬無稽之談，而紀昀卻深信不疑，舉出許多例證來論說鬼神存在於天地之間，荒謬而可笑。此處所舉的例證，就是其祖上愛堂公死後兩次復蘇，要求把那本符咒之書焚毀。紀昀以為這就是確鑿證據，不容辯駁。死後復蘇之事即使有，也不足以證明鬼神之說。況且其祖愛堂公所謂的死去兩次或許僅僅是兩次昏迷復蘇而已。古人不解，以為人死豈能復蘇，遂附會於鬼神，今人不可不察。

故城現形

余族所居，曰景城，宋故縣也。城址尚依稀可辨。或偶於昧爽❶時遙望煙霧中，現一城影，樓堞宛然，類乎蜃氣❷。此事他書多載之，然莫明其理。余謂凡有形者，必有精氣。土之厚處，即地之精氣所聚處，如人之有魂魄也。此城周回數里，其形巨矣。自漢至宋千餘年，為精氣所聚已久，如人之取多用宏，其魂魄獨強矣。故其形雖化，而精氣之盤結者非一日之所蓄，即非一日所能散。偶然現像，仍作城形，正如人死鬼存，鬼仍作人形耳。然古城郭不盡現形，現形者又不常見，其故何歟？人之死也，或有鬼，或無鬼；鬼之存也，或見，或不見，亦如是而已矣。

【章旨】此章記述了一座故城出現海市蜃樓的情景。

【注釋】❶昧爽　猶黎明，天將亮未亮時。❷蜃氣　一種大氣光學現象。光線經過不同密度的空氣層後發生顯著折射，使遠處景物顯現在半空中或地面上的奇異幻象，常發生在海上或沙漠地區。古人誤以為蜃吐氣而成，故稱。

【語譯】我們紀氏一族居住的地方叫景城，是宋朝的舊縣城，故城的舊址還稍微可以辨識。有時偶然在天剛亮時遙望晨霧炊煙中出現一座城市的影子，城樓女牆看上去很真切，類似於海市蜃樓。這種事情別的書上多有記載，然而不明白它的道理。我說凡是有形的東西，必然有精氣。土地的厚實之處，就是大地的精氣所聚集的地方，如同人之有魂魄一樣。出現的這座城市影子四周有幾里路長，它的形狀可以算是巨大了。從漢代到宋代一千多年，成為精氣的聚集地已經很久了，就像人的獲取多、用途廣，他的魂魄就特別強大。所以它的形狀雖然已經化去，而精氣所盤集的不是一天所累積，就不是一天所能散盡的。偶然現出形像，仍然作城市的形狀，正像人死後鬼留存，鬼仍舊作人的形狀一樣。但是古代的城郭不能都現形，現形的城市又不常見，那是什麼緣故呢？人的死，或者有鬼，或者沒有鬼；鬼的存在，或能看見，或者看不見；也是像這樣罷了。

【研析】海市蜃樓的出現，是因為光線在大氣中的折射把遠處景物顯示在空中或地面的奇異幻影。作為一種自然現象，北宋沈括的《夢溪筆談》已經說明。紀昀不明此理，而又要強作解說，遂以所謂的大地精氣為解，並以人的鬼魂比附。比之沈括，大為不如。

讀書應知禮

南宮❶鮑敬之先生言：其鄉有陳生，讀書神祠，夏夜袒裼❷睡廡下，夢神召至座前，訶責甚厲。陳辯曰：「殿上先有販夫數人睡，某避於廡下，何反獲愆？」神曰：「販夫則可，汝則不可。彼蠢蠢如鹿豕❸，何足與較？汝讀書而不知禮乎？」蓋《春秋》❹責備賢者，理如是矣。故君子之於世也，可隨俗者隨，不必苟異；不可隨俗者不隨，亦不苟同。世於違禮之事，動曰某某曾為之。夫不論事之是非，但論事之有無，自古以來，何事不曾有人為之，可一一據以藉口乎？

【章旨】此章藉著神靈之口責備書生，提出讀書應該知禮。

【注釋】❶南宮　縣名。今河北南宮。在河北南部。❷袒裼　脫衣露體。❸鹿豕　指山野無知之物。後亦用以比喻愚蠢的人。❹春秋　儒家經典之一。編年體春秋史。相傳孔子依據魯國史官所編《春秋》加以整理修訂而成。是後代編年史的濫觴。

【語譯】南宮縣的鮑敬之先生說：他的家鄉有個陳姓書生，在神祠裡讀書。一個夏天的夜晚，陳姓書生坦身露體地睡在神祠的廊屋下，夢見神靈把他召到神座前，喝叱責備得很嚴厲。陳姓書生辯白說：「神殿上先有幾個販賣貨物的小販睡在那裡，我迴避在廊屋下，為什麼反而獲罪？」神靈說：「小販就可以，你就不可以。他們蠢笨得如同動物，有什麼值得同他們計較？你讀書而不知道禮儀嗎？」《春秋》對賢者求全責備，道理就在於此。所以君子對於世道，可以隨俗的就順隨，不必苟且求異；不可以隨俗的就不順隨，也不必苟且求同。世上對於違反禮儀的事情，動不動就說某某曾經做過這樣的事。且不論事情的是非，只論事情的有無，自古以來，什麼事情不曾有人做過，難道可以一一拿來作為藉口嗎？

【研析】讀書應該知禮，這個命題本身並無歧義。如果把「禮」字換成「理」字，改成「讀書應該知理」，那麼文中表述的意思就更加清楚了。即讀書人對自己的要求應該超過一般人，紀昀所說的這個道理對今人都有借鑑意義。

著書當存風化

漁洋山人❶記張巡妾轉世索命事❷，余不謂然。其言曰：「君為忠臣，我則何罪，而殺以饗士？」夫孤城將破，巡已決志捐生。巡當殉國，妾不當殉主乎？古來忠臣仗節，覆宗族糜妻子者，不知凡幾。使人人索命，天地間無綱常❸矣。使容其索命，天地間亦無神理矣。王經❹之母含笑受刃，彼何人乎！此或妖鬼為祟，託一古事求祭饗，未可知也。或明季諸臣，顧惜身家，偷生視息，造作是言以自解，亦未可知也。儒者著書，當存風化，雖齊諧志怪❺，亦不當收悖理之言。

【章旨】此章據理批駁了清初王士禎記述的唐代張巡妾轉世索命之事，認為是悖理之言。

【注釋】❶漁洋山人　清代詩人王士禎的號。王士禎死後因避雍正（胤禛）諱，改稱士正，官至刑部尚書。諡文簡。❷張巡妾轉世索命事　張巡，唐代人。安史之亂時，安祿山軍攻睢陽，他與太守許遠守城數月不屈，城中糧盡，他把自己小妾殺死給將士吃。城破，張巡被叛軍所殺。❸綱常　三綱五常的簡稱。南宋朱熹認為「綱常萬年，磨滅不得」。❹王經　魏帝曹髦的心腹大臣，因謀討司馬昭，全家被殺。❺齊諧志怪　語出《莊子・逍遙遊》：「齊諧者，志怪也。」後世志怪之書多用「齊諧」為書名。此處指志怪小說。

【語譯】漁洋山人王士禎記載唐代張巡的小妾轉世索命的事情，我不以為然。她的話這樣說：「您成為忠臣，我則有什麼罪，而要被您殺了給將士們吃？」當時張巡堅守的孤城將被攻破，張巡已經決意捐獻生命。張巡應當殉國，他的小妾不應當殉主嗎？從古以來忠臣堅守節操，傾覆宗族、毀滅妻子兒女的人不知道有多少。假使人人都來索命，天地之間就沒有三綱五常了。如果容許她索命，天地之間也沒有神理了。王經的母親含笑被殺，她是什麼樣的人呢！這個來索命的小妾或許是妖怪鬼魅作祟，依託一件古代的事情來求祭饗，也未可知。或許是明末的那些大臣，顧惜自己的身家，偷生怕死苟全性命，編造出這樣的話來為自己解脫，也未可知。儒家學者著書，應當保存風俗教化，即使是齊諧志怪小說，也不應該收錄違背正理的話。

【研析】張巡與許遠堅守睢陽，城破被殺，成為忠義之士的典範而歷代受人景仰。王士禎編造的所謂張巡小妾索命的故事遭到紀昀的嚴詞批駁，讀來痛快淋漓。同時，紀昀指出王士禎編造這類故事，是為了替那些貪生怕死投降清廷的明季諸臣解脫，也是一針見血。紀昀撰寫此書時清皇朝已歷經百年，宣揚儒家的忠孝仁義，反對明末大臣變節投降成為當時的共識。康熙時刊行的《明史》，把帶領清軍入關的洪承疇列入〈貳臣傳〉就可說明清朝統治者的思想轉變。

石馬為妖

族叔楘庵言：景城之南，恆於日欲出時見一物，御旋風東馳。不見其身，惟昂首高丈餘，長鬣鬖鬖，不知何怪。或曰：「馮道❶墓前石馬，歲久為妖也。」考道所居，今日相國莊。其妻家，今日夫人莊。皆與景城相近。故先高祖詩曰：「青史空留字數行，書生終是讓侯王。劉光伯❷墓無尋處，相國夫人各有莊。」其墓則縣志❸已不能確指。北村之南，有地曰石人窪。殘缺翁仲❹，猶有存者。土人指為道墓，意或有所傳歟！董空如嘗乘醉夜行，便旋其側。倏陰風橫捲，沙礫亂飛，似隱隱有怒聲。空如叱曰：「長樂老頑鈍無恥！七八百年後豈尚有神靈？此定邪鬼依託耳。敢再披猖，且日日來溺汝。」語訖而風止。

【章旨】此章講述了馮道墓前石馬為妖的故事。

【注釋】❶馮道　字可道，自號長樂老，五代時瀛州景城（今河北交河東北）人。在後唐、後晉、契丹、後漢、後周歷任顯官。後世因他歷事五姓，每加非議。❷劉光伯　隋經學家。名炫，字光伯，河間景城（今河北獻縣東北）人。劉獻之的三傳弟子。官至太學博士。死於隋末，門人諡為「宣德先生」。❸縣志　此處或指《獻縣志》。清萬廷蘭修，二十卷，乾隆二十六年（一七六一年）刻本。❹翁仲　傳說秦始皇時阮翁仲身長一丈三尺，異於常人，始皇命他出征匈奴，死後鑄銅像立於咸陽宮司馬門外。後就稱銅像、石像為翁仲。

【語譯】族叔楘庵說：在景城鎮的南邊，經常在太陽將要出來時看見一個怪物，駕著旋風向東飛馳。人們看不見它的身子，只見它昂起的頭有一丈多高，長長的鬣毛下垂著，不知道是什麼怪物。有人說：「這是馮道墓前的石馬，年歲久了成為妖怪。」考證馮道的住所，如今叫相國莊。他妻子的家，現在叫夫人莊，都離景城鎮很近。所以我的先高祖父有詩道：「史書上空留下文字數行，書生終究是要讓與侯王。劉光伯的墓已經無處尋覓，相國和夫人各自都有村莊。」馮道墓的所在《獻縣志》已不能明確指出。北村的南面，有個地方叫石人窪，殘缺的石像，還有存留的。當地人指說這就是馮道的墳墓，想來這種說法或許有所傳承吧。董空如曾經乘著酒醉夜裡趕路，在馮道墓的旁邊小便。忽然陰風橫捲過來，黃沙碎石亂飛，好像隱隱地有憤怒的聲音。董空如喝叱道：「長樂老愚頑無恥，死了七八百年後難道還有神靈嗎？這一定是妖邪鬼魅依託罷了。你敢再猖狂，我將天天用小便來澆你！」話說完而風就停止了。

【研析】古人重氣節，立身處世，以氣節為先。馮道雖自號長樂老，但其歷事五朝而不知廉恥，遭到後人鄙視，也就不難理解了。石馬不能為妖，此是自然之理，無須辨析。

董天士

南村董天士，不知其名。明末諸生❶，先高祖老友也。《花王閣剩稿》❷中，有〈哭天士〉詩四首，曰：「事事知心自古難，平生二老對相看。飛來遺札驚投箸，哭到荒村欲蓋棺。殘稿未收新畫冊（原注：天士以畫自給），餘貲惟賣破儒冠。

布衾兩幅無妨斂，在日黔婁❸不畏寒。」「五嶽填胸氣不平❹，談鋒一觸便縱橫。不逢黃祖❺真天幸，曾怪嵇康❻太世情。開牖有時邀月入，杖藜到處避人行。料應塵海無堪語，且試驂鸞❼向紫清❽。」「百結懸鶉❾兩鬢霜，自餐冰雪潤空腸。一生惟得秋冬氣，到死不知羅綺❿香（原注：天士不娶）。寒貰村醪才破戒，老棲僧舍是還鄉。只今一瞑無餘事，未要青蠅作弔忙⓫。」「廿年相約謝風塵，天地無情殞此人。亂世逃禪聊解脫，衰年哭友倍酸辛。關河泱漭連兵氣，齒髮滄浪寄病身。泉下有靈應念我，白楊孤冢亦傷神。」天士之生平，可以想見。縣志不為立傳，蓋未見先高祖詩也。相傳天士歿後，有人見其騎驢上泰山，呼之不應。俄為老樹所遮，遂不見。意或尸解⓬登仙歟！抑貌偶似歟！跡其孤僻之性，似於仙為近也。

【章旨】此章記述了作者先高祖哭其老友的四首詩作。

【注釋】❶諸生　明清兩代稱已入學的生員。❷花王閣剩稿　明代紀坤的詩集，紀坤即作者高祖。❸黔婁　《高士傳》載，黔婁死，用布被蓋屍，蓋頭則露腳，蓋腳則露頭。曾子說斜著蓋就都蓋上了。黔婁之妻說，斜蓋有餘，不如正蓋不足。❹五嶽填胸氣不平　詩出唐李白〈懷禰衡〉詩：「五嶽起方寸，隱然豈可平。」❺黃祖　東漢末年為江夏太守，劉表部將。劉表將禰衡送至其處，因禰衡言語冒犯，黃祖遂將禰衡殺死。後為其部下所殺。❻嵇康　三國魏文學家、思想家、音樂家。字叔夜，譙郡銍（今安徽宿縣西南）人，官至中散大夫。因對當時掌握政權的司馬氏集團不滿而被殺。❼驂鸞　謂仙人駕馭鸞鳥雲遊。❽紫清　此處指仙人所居的仙府。❾懸鶉　形容衣服破爛補綻百結，像鶉鳥尾禿。❿羅綺　羅和綺。多指絲綢衣裳。此處代指女子。⓫未要青蠅作弔忙　此用三國吳人虞翻的典故。虞翻歷事孫策、孫權，因進諫被放逐交州。虞翻曾自恨「犯上獲罪，當長沒海隅，生無可與語，死以青蠅為弔客。」⑫尸解　道教稱道徒遺留其形骸，成仙而去。

【語譯】南村人董天士，不知道他的名字。他是明朝末年的秀才，也是先高祖厚齋公的老朋友。厚齋公在他的詩集《花王閣剩稿》中，有〈哭天士〉詩四首，詩道：「事事知心自古以來就很難，平生你我二老對面相看。飛送來你的遺書讓我吃驚地丟下筷子，哭泣著來到荒村人們正要蓋上你的棺材。你的殘稿沒有收錄進新的畫冊（原注：董天士以賣畫自給），剩餘的資產只有賣掉破爛的儒生冠。布被兩幅無妨給你殯斂，你在世時像黔婁一樣不畏懼貧寒。」「五嶽填塞胸中豪氣不平，他的談鋒一接觸就縱橫無涯。沒有碰上黃祖真是他的天幸，還曾經責怪嵇康太不知人情世故。有時打開窗戶邀請明月入室，拄著拐杖避開眾人到處閒遊。料想塵世間沒有可以說的，姑且試著騎駿馬乘鸞鳥前往仙府。」「破爛的衣衫兩鬢雪白，自己餐冰吃雪來潤滑空空的肚腸。一生只感受到秋冬肅殺的寒冷氣息，到死都不知道女子的體香（原注：董天士沒有娶妻）。天寒借錢去買鄉人釀的酒這才破戒，年老棲身僧舍就是還鄉。只是如今一閉眼沒有別的事，不要青蠅來作弔客而奔忙。」「二十年前相約辭謝塵世，天地無情讓此人先去世了。他在亂世中逃入禪的世界聊以解脫，已是風燭殘年的我哭弔亡友倍覺辛酸。關隘大河浩蕩與戰亂相連，牙齒頭髮都已衰老而寄託在有病的身軀。你泉下有靈應該想念我，白楊樹下孤零零的墳冢也使人神傷。」董天士的生平事跡，可以從這四首詩中想見。縣志裡沒有為董天士立傳，大概是修志者沒有見到先高祖的悼亡詩。相傳董天士死後，有人看見他騎著毛驢上了泰山，人們叫他而沒有回答。不一會兒，他的身影被老樹遮去，於是就不見了。想他或許尸解而登仙去了吧！也或許人們看見的那人相貌偶然與董天士相似而已！但根據他的孤僻性格，似乎說他死後成仙比較接近情理。

【研析】作者的先高祖用四首詩哭弔自己的友人，一位身處衰世而不得志、窮困潦倒而亡的讀書人。悲切同情，感人至深。

快哉行

先高祖集有〈快哉行〉一篇，曰：「一笑天地驚，此樂古未有。平生不解飲，滿引亦一斗。老革❶昔媚璫，正士皆碎首。寧知時勢移，人事反覆手。當年金谷❷花，今日章臺柳❸。巧哉造物心，此罰勝枷杻❹。酒酣談舊事，因果信非偶。淋漓揮醉墨，神鬼運吾肘。姓名諱不書，聊以存忠厚。時皇帝十載，太歲❺在丁丑❻。恢臺仲夏月，其日二十九。同觀者六人，題者河間叟。」蓋為許顯純❼諸姬流落青樓❽作也。初，諸姬隸樂籍時，有以死自誓者。夜夢顯純浴血來曰：「我死不蔽辜，故天以汝等示身後之罰。汝若不從，吾罪益重。」諸姬每舉以告客，故有「因果信非偶」句云。

【章旨】此章以〈快哉行〉一詩記述了為魏忠賢作倀的許顯純死後遭報應的故事。

【注釋】❶老革　老兵。多用來罵人。❷金谷　古地名。在今河南洛陽東北。晉代石崇築園於此，世稱金谷園。❸章臺柳　《全唐詩話》載，韓翃給寵姬柳氏寄詩道：「章臺柳，章臺柳，昔日青青今在否？縱使長條似舊垂，也應攀折他人手。」❹枷杻　木枷與手械。帶於囚犯頸項、手腕的刑具。❺太歲　農曆紀年所用值歲干支的別名。如逢甲子年，甲子就是太歲。❻丁丑　即明崇禎十年，西元一六三七年。❼許顯純　明代宦官魏忠賢專權時，許為虎作倀，殘酷地屢興大獄，楊漣、左光斗等十餘人都死在他的手中。❽青樓　指妓院。

【語譯】先高祖的詩集中有〈快哉行〉詩一首，寫道：「一笑而天地吃驚，這種快樂自古以來沒有。平生不善於飲酒，斟滿酒杯喝下也有一斗。老革當年取媚太監，正人君子都被砍頭。誰知時勢推移，人世間的事情就像手掌反覆。當年金谷園裡的鮮花，今日章臺街上的妓女。巧妙啊造物主的心思，這種懲罰勝過穿枷戴杻。酒酣時談論舊事，相信因果報應不是偶然。淋漓痛快地在酒醉中揮灑筆墨，如同神鬼在運動我的手肘。姓名隱諱不書寫，聊以保存忠厚之心。當時皇帝登基十年，太歲正在丁丑歲。恢宏的仲夏之月，這天是二十九日。一同觀看的有六人，題詩者是河間老叟。」這首詩是感慨許顯純的眾多姬妾流落妓院而作。當初，那些姬妾隸屬妓女院的名冊時，有人發誓寧死不從。夜裡，她們夢見許顯純渾身是血地來說：「我死有餘辜，因此上天在你們身上顯示對我身後的懲罰。你們如果不答應，我的罪過就更大了。」那些姬妾往往舉出這事告訴客人，所以詩中才有「相信因果報應不是偶然」的句子。

【研析】明季魏忠賢弄權，正人君子橫遭塗炭。許顯純等人為虎作倀，亦被世人唾棄。至於許顯純的諸多姬妾流落青樓，本是尋常之事。人們附會上這麼一段故事，反映的就是當時的民心所向。

果報之速

先四叔父栗甫公，一日往河城[1]探友。見一騎飛馳向東北，突掛柳枝而墮。眾趨視之，氣絕矣。食頃，一婦號泣來，曰：「姑病無藥餌，步行一晝夜，向母家借得衣飾數事，不料為騎馬賊所奪。」眾引視墮馬者，時已復蘇。婦呼曰：「正是人也。」其袱擲於道旁，問袱中衣飾之數，墮馬者不能答；婦所言，啟視一一合，墮馬者乃認罪。眾以白晝劫奪，罪當繯首❷，將執送官。墮馬者叩首乞命，願以懷中數十金，予婦自贖。婦以姑病危急，亦不願涉訟庭❸，乃取其金而縱之去。叔父曰：「果報❹之速，無速於此事者矣。每一念及，覺在在處處有鬼神。」

【章旨】此章講述了一個騎馬賊搶奪錢財而即刻墜馬被擒的故事。

【注釋】❶河城　即今河北獻縣河城鎮。在獻縣東南，亭子河經其南。❷繯首　絞刑，用繩勒死。❸訟庭　即訟堂。舊時官府審理訴訟案件的場所。此處指官府。❹果報　佛家語。因果報應。即所謂夙世種善因，今生得善果；為惡則得惡報。

【語譯】先四叔父栗甫先生，有一天到河城鎮探望朋友。他看見一個人騎著馬向東北方向飛奔，突然被柳樹枝掛住而墜落馬下。眾人跑過去一看，那個從馬上墮落的人已經昏厥過去了。過了一頓飯的功夫，有位婦女號哭著走來，說道：「我婆婆病了沒有錢買藥，我步行了一天一夜，到娘家借到幾件衣服首飾，不料被一個騎馬的強盜搶去了。」眾人帶領這位婦女去看那個從馬上摔下來的人，此人這時已經蘇醒。那婦女一見就呼叫說：「就是這個人！」那個包袱扔在路邊，人們問包袱裡衣服首飾的數目，那個從馬上摔下來的人回答不上來；那婦女所說的，打開包袱查驗都一一相合。那個從馬上摔下來的人於是就低頭伏罪。眾人認為他大白天搶劫，犯的罪應當絞死，要把他扭送官府。那個從馬上摔下來的人磕頭請求饒命，願意用自己懷裡的幾十兩銀子給那婦女來贖自己的罪過。那婦女因為婆婆病情危急，也不願意到官府衙門去，就收下了銀子而將他放走了。四叔父說：「報應之迅速，沒有快過這件事的。我每想起這件事，就覺得時時處處都有鬼神存在啊！」

【研析】盜賊搶了孝婦財物，在人們為孝婦擔心時，盜賊卻在逃跑途中墜馬被擒，遂使孝婦得以有錢給婆婆治病。故事曲折，關鍵時刻峰迴路轉。本來故事可以就此結束，但作者卻要附會因果報應，使故事流入俗套。

劇盜齊舜庭

齊舜庭，前所記劇盜齊大之族也。最剽悍，能以繩繫刀柄，擲傷人於兩三丈外。其黨號之曰「飛刀」。其鄰曰張七，舜庭故奴視之，強售其屋廣馬廄；且使其黨恐之曰：「不速遷，禍立至矣。」張不得已，攜妻女倉惶出，莫知所適，乃詣神祠禱曰：「小人不幸為劇盜逼，窮迫無路。敬植杖神前，視所向而往。」杖仆向東北。乃迤邐行乞至天津，以女嫁灶丁❶，助之曬鹽，粗能自給。三四載後，舜庭劫餉事發，官兵圍捕，黑夜乘風雨脫免。念其黨有在商船者，將投之泛海去。晝伏夜行，竊瓜果為糧，幸無覺者。一夕，飢渴交迫，遙望一燈熒然，試叩門。一少婦凝視久之，忽呼曰：「齊舜庭在此。」蓋追緝之牒，已急遞❷至天津，立賞格❸募捕矣。眾丁聞聲畢集。舜庭手無寸刃，乃弭首❹就擒。少婦即張七之女也。使不迫逐七至是，則舜庭已變服，人無識者；地距海口僅數里，竟揚帆去矣。

【章旨】此章講述了劇盜齊舜庭欺掠鄉里而遭報應的故事。

【注釋】❶灶丁　亦名「鹽丁」、「煎丁」、「場丁」。灶戶中承擔鹽役繳鹽的丁壯。灶戶，中國古時設灶煎鹽的鹽戶。名稱始見於五代，後亦作各種鹽戶的總稱。❷急遞　古時的快速驛遞。用於傳送緊急文書。❸賞格　懸賞所定的報酬數目。❹弭首　俯首；降服。

【語譯】齊舜庭，是前面所記述的獻縣大盜齊大的同族。此人最剽悍，能用繩子繫在刀柄上，擲出去殺傷兩三丈之外的人，他的黨羽號稱其為「飛刀」。齊舜庭的鄰居叫張七，齊舜庭把他當作奴僕看待。他強迫張七把相鄰的房子賣給他來擴展自己的馬棚；而且指使他的黨羽恐嚇張七說：「不趕快搬走，大禍立刻會落到你的頭上！」張七迫不得已，帶著妻子女兒倉惶出走。他不知道去向何方，於是來到神廟祈禱說：「小人不幸被強盜逼迫，窮困無路。我恭敬地把一根木棍立在神像前，看木棍倒下的方向而去。」木棍倒向東北方。張七於是帶領妻女輾轉乞討來到天津。張七把女兒嫁給一名灶丁，自己幫助他曬鹽，勉強能夠維持生活。過了三四年，齊舜庭搶劫官餉的事情暴露，官兵圍捕他，齊舜庭在一個黑夜趁著風雨逃脫了追捕。齊舜庭想自己的黨羽有人在商船上，打算投奔他們渡海逃亡。他白日潛藏，夜裡趕路，一路上偷竊瓜果充當食糧，幸好沒有人發覺他。這天晚上，齊舜庭又飢又渴，遠遠望見有一家點著熒熒的燈光，試著敲敲門。一個少婦出來對他凝視很久，忽然大聲呼喊道：「齊舜庭在這裡！」當時緝拿齊舜庭的公文已經緊急遞送到了天津，天津立下賞金招募人搜捕他。灶丁們聞聲四面圍來，齊舜庭手無寸鐵，只能俯首就擒了。這個少婦就是張七的女兒。如果齊舜庭不逼迫驅逐張七逃到這裡，那麼齊舜庭已經改變服裝，人們沒有認識他的；這裡距離出海口僅有幾里路，他就可以登船揚帆出海了。

【研析】作惡多端，總要遭到報應。齊舜庭雖然武藝高強，但在窮途末路之際，一個少婦的呼喊就能將他擒獲。作者記述這個故事，其用意也是為了勸世。讀者自然能夠體會他的拳拳之心。

王蘭洲

王蘭洲嘗於舟次買一童，年十三四，甚秀雅，亦粗知字義。云父歿，家中落，與母兄投親不遇，附舟南還，行李典賣盡，故鬻身為道路費。與之語，羞澀如新婦，固已怪之。比就寢，竟弛服橫陳❶。王本買供使令，無他念；然宛轉相就，亦竟不自持。已而童伏枕暗泣。問：「汝不願乎？」曰：「不願。」問：「不願何以先就我？」曰：「吾父在時，所畜小奴數人，無不薦枕席。有初來愧拒者，輒加鞭笞曰：『思買汝何為？憒憒乃爾！』知奴事主人，分當如是；不如是則當捶楚❷，故不敢不自獻也。」王蹶然❸推枕曰：「可畏哉！」急呼舟人鼓檝，一夜追及其母兄，以童還之，且贈以五十金。意不自安，復於憫忠寺禮佛懺悔。夢伽藍❹語曰：「汝作過改過在頃刻間，冥司尚未注籍，可無庸瀆世尊❺也。」

【章旨】此章講述了一個主人購買童僕，將其姦淫後悔恨自責的故事。

【注釋】❶橫陳　橫臥；橫躺。❷捶楚　也作「棰楚」。杖刑。❸蹶然　亦作「蹷然」。疾起。❹伽藍　梵文 Samghârāma 的音譯。僧伽藍摩的略稱，意譯「眾園」或「僧院」。佛教寺院的通稱。此處指伽藍神，佛教寺院守護神的通稱。❺世尊　佛教名詞。佛教徒對釋迦的尊稱。佛經說釋迦足具眾多功德，能利益世間，於世獨尊，故名。

【語譯】王蘭洲曾經在乘船途中買了一個男童，年紀大約有十三、四歲，相貌長得很秀雅，也還粗略地認識幾個字。這名男童說父親去世後，家境中落，與母親、哥哥去投靠親戚沒有遇見，坐船回歸南方，行李衣物已經典當變賣完了，因此只能把他賣掉來充當路費。王蘭洲和他說話，他那羞澀的樣子像個新媳婦，王蘭洲本來就有些奇怪。等到上床睡覺時，那個男童竟然脫掉衣服裸體躺在那兒了。王蘭洲本來買這個男童只是為了侍候驅使，沒有其他打算。然而他溫順地主動親近，自己也就有些情不自禁了。事後，那個男童俯在枕頭上暗暗哭泣。王蘭洲問：「你不情願嗎？」那個男童回答說：「不情願。」王蘭洲又問：「你不願意為什麼先主動親近我呢？」那個男童說：「我父親在世時，養了幾個小奴，沒有一個不陪我父親睡覺的。有的剛來時羞愧拒絕，父親就加以鞭打說：『想想買你們來幹什麼用？糊塗成這樣！』我因此知道小奴侍奉主人，就該當這樣。不這樣就要遭到鞭打，所以不敢不主動獻身。」王蘭洲聽罷急忙推枕而起說：「太可怕了！」王蘭洲趕快命船夫奮力搖櫓，一夜就追上了那個男童的母親和兄長，把男童交還給他們，並且贈送他們五十兩銀子。王蘭洲心裡還是覺得不安，又到憫忠寺敬神懺悔。王蘭洲夢見伽藍神對自己說：「你做了錯事頃刻之間就能改過。陰間還沒有記錄在冊，你可以不必擔心褻瀆佛祖了。」

【研析】清人喜歡孌童之風盛行。這種喜歡孌童並不是現代意義的同性戀，而是追求一種畸形的性行為、性刺激，由此可見清代社會的腐敗沒落風氣。作者反對姦淫孩童，並認為會損害陰德，以此來勸誡世人拋棄陋習。

慘綠袍

戈東長前輩官翰林時，其太翁❶傅齋先生市上買一慘綠袍。一日鐍戶❷出，歸失其鑰。恐誤遺於床上，隔窗視之，乃見此袍挺然如人立，聞驚呼聲乃仆。眾議焚之。劉嘯谷前輩時同寓，曰：「此必亡人衣，魂附之耳。鬼為陰氣，見陽光則散。」置烈日中反覆曝數日，再置室中，密覘❸之，不復為祟矣。又東長頭早童，恆以假髮續辮。將罷官時，假髮忽舒展蜿蜒，如蛇掉尾，不久即歸田。是亦亡人之髮，感衰氣而變幻也。

【章旨】此章講述了死人的陰氣附於衣服而作祟的故事。

【注釋】❶太翁　祖父。❷鐍戶　鎖上門戶。❸覘　觀察；窺看。

【語譯】戈東長前輩在翰林院任職的時候，他的祖父傅齋先生從集市上買來一件暗綠色的長袍。有一天，傅齋先生鎖門外出，回來時發現丟了鑰匙。他想或許把鑰匙遺忘在床上，隔著窗戶往裡看，只見那件暗綠色的長袍挺立著像人一樣，聽到人們的驚叫聲才仆倒在床上。眾人議論把這件長袍燒掉。當時，劉嘯谷前輩和傅齋先生同住一屋，劉先生說：「這必定是死人穿過的衣服，死者的靈魂附著在衣服上。鬼是陰氣，見到陽光就會散去。」人們把這件長袍放在烈日下反覆曝曬了好幾天，再放回屋裡，偷偷地觀察，這件長袍便不再作怪了。還有一件事。戈東長先生頭髮早就掉光了，總是用假髮續辮子。他將要被罷官之前，那假髮辮子忽然自己舒展蜿蜒開來，像蛇尾巴一樣擺動自如，不久，他就罷官回了家鄉。這假髮也是死人的頭髮，感受到人的衰敗之氣而有所變幻。

【研析】人死魂滅，此是常理。作者卻相信人死而魂不滅，會附著在其生前的物品上作祟，事屬怪異，而無實據，都是道聽塗說之言，齊諧志怪之事，讀者自可一笑置之。

夜讀少年

德清❶徐編修❷開厚，亦壬戌❸前輩。初入館時，每夜讀書，則宅後空屋中有讀書聲，與琅琅相答。細聽所誦，亦館閣❹律賦也。一夕，躡足屏息窺之，見一少年，著青半臂、藍綾衫，攜一卷背月坐，搖首吟哦，若有餘味，殊不似為祟者，後亦無休咎。唐小說載天狐超異科，策❺二道，皆四言韻語，文頗古奧，或此狐亦應舉者歟！此戈東長前輩說。戈，徐同年進士也。

【章旨】此章講述了一個少年深夜苦讀，卻被作者以為是狐仙的故事。

【注釋】❶德清　今浙江德清。在浙江北部、東苕溪流域。❷編修　官名。明清之翰林院編修，以一甲二三名進士及庶吉士之留館者充任，無定員，亦無實際職務。❸壬戌　即清乾隆七年，西元一七四二年。❹館閣　北宋有昭文館、史館、集賢院三館和祕閣、龍圖閣等閣，分掌圖書經籍和編修國史等事務，通稱「館閣」。明代將其職掌移歸翰林院，故翰林院亦稱「館閣」。清代沿之。❺策　即策問。文體名。提出有關經義或政事等問題，以簡策難問，徵求對答，謂之「策問」。對答者因其意圖而闡發議論者曰「射策」，針對問題而陳述政事者曰「對策」。起源於漢代，如鼂錯有〈賢良對策〉。後世科舉考試也多採用。

【語譯】德清人翰林院編修徐開厚，也是乾隆壬戌科的前輩。他剛入翰林院供職時，每天夜裡讀書，住宅後面的空屋中就有讀書聲，同他的琅琅讀書聲相呼應。仔細聽所誦讀的內容，也是翰林院中應用的律賦，開門卻沒有看到什麼。一天晚上，徐開厚放輕腳步、屏住呼吸偷偷看去，見一個少年，穿青色的短袖上衣，藍綾的長衫，拿著一卷書背向著月亮而坐，搖頭吟誦，好像很有興味，根本不像是作祟的，後來也沒有發生什麼吉凶的跡象。唐代小說記載天狐參加超異科的考試，有二道策問，都是四個字的韻語，文字頗為古雅深奧，或許這個狐仙也是應科舉考試的吧！這是戈東長前輩說的。戈東長前輩和徐開厚是同年取中的進士。

【研析】少年深夜月下苦讀，就被誤以為是狐仙。少年此舉並不出乎常理，卻招來許多狐疑。如果月下苦讀竟然是異常之舉，那麼古人的「鑿壁偷光」、「囊螢映雪」也會被認為是異舉而招來猜疑。

七千錢

烏魯木齊八蠟祠道士，年八十餘。一夕，以錢七千布薦❶下，臥其上而死。眾議以是錢營葬。夜見夢於工房吏❷鄔玉麟曰：「我守官廟，棺應官給。錢我辛苦所積，乞納棺中，俟來生我自取。」玉麟憫而從之。葬訖，太息曰：「以錢貯棺，埋於曠野，是以璠璵❸斂也，必暴骨。」余曰：「以錢買棺，尚能見夢；發棺攘奪，其為厲必矣。誰能為七千錢以性命與鬼爭？必無恙。」眾皆輾然❹。然玉麟正論也。

【章旨】此章講述了一位老道士死後，託夢要求將其生前積蓄的七千錢陪葬的故事。

【注釋】❶薦　指墊席、褥子。❷工房吏　清代州縣仿中央官制六部之職而設六房的官職。工房為「六房」之一，掌管營造修葺工程和經辦軍需等事。工房吏即工房的辦事吏員。❸璠璵　也作「璵璠」。兩種美玉。❹囅然　笑；大笑。

【語譯】烏魯木齊八蠟祠有位道士，年紀八十多歲了。一天夜裡，他把七千銅錢鋪在褥子下，睡在上面而死了。眾人議論用這個錢來為他辦理喪事。夜裡道士託夢給工房吏鄔玉麟說：「我看守官廟，棺材應該由官府供給，錢是我辛辛苦苦所積蓄的，懇請把這些錢放在棺材裡，等到來世我自己來取用。」鄔玉麟憐憫他而依從了這個要求。把這個道士下葬後，鄔玉麟歎息說：「把錢貯藏在棺材中，埋在空曠的野地裡，這等於用美玉隨葬，一定會招致被人盜墓而暴露屍骨的。」我說：「用這些錢來買棺材，道士還能來託夢；打開他的棺材搶奪錢財，他為禍作祟是必然的了。誰肯為了七千錢用性命和鬼爭奪？肯定不用擔心的。」眾人都笑了起來。但是鄔玉麟說的是正理。

【研析】老道士活了八十多歲才積蓄了七千錢，臨死時睡在錢上已經表明了把這些錢隨葬的願望。託夢之事極有可能是那位工房吏編造出來的故事，是為了能夠順順當當地把這些錢與那位道士一起下葬。紀昀或許已經明白工房吏的意圖，遂以惡鬼為厲來嚇唬知情者，以防止盜墓。個中苦心，讀者當能體會。

埋骼得路

辛卯❶春，余自烏魯木齊歸。至巴里坤，老僕咸寧據鞍睡，大霧中與眾相失。誤循野馬蹄跡，入亂山中，迷不得出，自分必死。偶見崖下伏屍，蓋流人❷逃竄凍死者；背束布囊，有餱糧❸。寧藉以療飢，因拜祝曰：「我埋君骨，君有靈，其導我馬行。」乃移屍岩竇❹中，運亂石堅窒。惘惘然信馬行。越十餘日，忽得路，出山，則哈密❺境矣。哈密游擊❻徐君，在烏魯木齊舊相識，因投其署以待余。余遲兩日始至，相見如隔世。此不知鬼果有靈，導之以出；或神以一念之善，佑之使出；抑偶然僥倖而得出。徐君曰：「吾寧歸功於鬼神，為掩胔埋骼❼者勸也。」

【章旨】此章講述了作者的一個僕人在新疆迷路時的一段經歷。

【注釋】❶辛卯　即清乾隆三十六年，西元一七七一年。❷流人　流亡在外的人。此處指流放到新疆的犯人。❸餱糧　乾糧；糧食。❹岩竇　即岩穴。岩石中的洞穴。❺哈密　縣名。在新疆維吾爾自治區東部，鄰接甘肅。❻游擊　清代綠營兵設游擊，職位僅次於參將，分領營兵。此外四川、雲南等省的土司又有土游擊一職。❼掩胔埋骼　收葬暴露於野的屍骨。為古代的恤民之政。

【語譯】乾隆三十六年春天，我從烏魯木齊回歸中原，走到巴里坤，老僕咸寧趴在馬鞍上睡著了，在大霧中與眾人走失，錯誤地沿著野馬的蹄印進入亂山中，迷路不得出來，咸寧自己料想必定要死了。咸寧偶然看見山崖下面俯伏著的屍體，大概是流人逃竄而被凍死的。屍體背上縛著布袋，裝有乾糧。咸寧拿這些乾糧充飢，並向屍體跪拜祝告說：「我埋葬您的屍骨，您要是有靈驗，就引導我的馬行走。」於是咸寧把屍體搬移到岩洞裡，搬來亂石塊牢牢地堵住洞口。然後他迷迷糊糊地由著馬行走。過了十多天，忽然尋到了路，出山就是哈密境內了。哈密游擊徐君，是在烏魯木齊時的老相識，於是他投奔徐君的衙署等待我。我遲了兩天才到，相見如同隔世。這不知道是鬼果然有靈，引導他出來；或是神因為咸寧的一個行善念頭，保佑他出山來；還是偶然僥倖而得以出山來。徐君說：「我寧可歸功於鬼神，以作為對那些掩埋遺骨的人的鼓勵。」

【研析】咸寧能夠走出大山，應證了「老馬識途」的典故。但那位游擊徐君的主張也不無積極意義。冥冥之中的善心善舉，鬼神自會知曉，以鼓勵人們的積德行善。

鬼亦好名

董曲江前輩言：顧俠君❶刻《元詩選》成，家有五六歲童子，忽舉手外指曰：「有衣冠者數百人，望門跪拜。」嗟呼，鬼尚好名哉！余謂剔抉幽沉，蒐羅放佚，以表章之力，發冥漠之光，其銜感九泉，固理所宜有。至於交通聲氣，號召生徒，禍棗災梨❷，遞相神聖，不但有明末造，標榜多誣；即月泉吟社❸諸人，亦病未離乎客氣。蓋植黨者多私，爭名者相軋。即蓋棺以後，論定猶難；況乎文酒流連，唱予和汝之日哉！《昭明文選》❹以何遜❺見存，遂不登一字，古人之所見遠矣。

【章旨】此章以顧俠君刻印《元詩選》引發了作者的一段議論。

【注釋】❶顧俠君　即顧嗣立，字俠君。清康熙進士，選庶吉士。因病歸鄉。博學有才名。曾輯《元詩選》。❷禍棗災梨　古時印書多用棗木、梨木雕版，所以稱濫刻無用的書為「禍棗災梨」。❸月泉吟社　宋末元初吳渭所創。該社在浙東浙西徵詩，品評後，中選詩以《月泉吟社詩》刊行於世。❹昭明文選　即《文選》。總集名。南朝梁昭明太子（蕭統）編，故名。❺何遜　南朝梁詩人。字仲言，東海郯（今山東郯城）人。青年時即以文學著稱。其詩長於鍊字寫景，為杜甫所推許。

【語譯】董曲江前輩說：顧俠君刻印《元詩選》成書，顧家有個五六歲的兒童，忽然舉手向門外指著說：「有穿戴士紳衣冠的幾百個人，對著大門跪拜。」嗚呼，成了鬼還喜好名聲啊！我認為蒐索埋沒的文字，蒐集散失的篇章，用表彰的力量，使死者的作品發出光輝，死者在九泉之下感恩，固然是情理上所應該有的。至於互相聯絡，號召門生，胡刻濫印，互相吹捧為神聖，不但明代末期，所標榜的大多名實不符，就是南宋末年月泉吟社那些人，也擺脫不了客套的毛病。大概結黨的多有私心，爭名的互相傾軋。即使蓋棺以後，論定還是很困難；何況是一起在文字美酒中盤桓，彼此吟詩唱和的時候呢！《昭明文選》因為何遜而得以流傳下來，然而他自己的作品一個字都沒有收錄其中，古人的見地可謂深遠了。

【研析】文人好名，至死不改。文人間或互相吹捧，或彼此貶低，其根源都是一個「名」字。紀昀對文人間的這種習氣持批評態度，以為文人之名不是靠互相吹捧出來的。如果實實在在地為天下蒼生做了好事，其大名自然會流傳青史，又何必互相吹捧呢？

怪物啖人

余次女適長山❶袁氏，所居曰焦家橋。今歲歸寧❷，言距所居二三里許，有農家女歸寧，其父送之還夫家。中途入墓林便旋❸，良久乃出。父怪其形神稍異，聽其語音亦不同，心竊有疑，然無以發也。至家後，其夫私告父母曰：「新婦相安久矣，今見之心悸，何也？」父母斥其妄，強使歸寢。所居與父母隔一牆，夜忽聞顛扑膈膊聲，驚起竊聽，乃聞子大號呼，家眾破扉入，則一物如黑驢衝人出，火光爆射，一躍而逝。視其子，惟餘殘血。天曙，往覓其婦，竟不可得，疑亦為所啖矣。此與《太平廣記》所載羅剎鬼❹事全相似，殆亦是鬼歟！觀此知佛典不全誣，小說稗官❺，亦不全出虛構。

【章旨】此章講述了一個農家女被不明怪物吞噬的故事。

【注釋】❶長山　舊縣名。在今山東鄒平東長山。❷歸寧　指已嫁的女子回娘家探視父母。❸便旋　小便。❹羅剎鬼　相傳原為古代南亞次大陸土著的名稱。自雅利安人征服印度後，凡遇惡人惡事，皆以羅剎名之，羅剎遂成為惡鬼名。❺稗官　小官。後亦用於小說或小說家的代稱。

【語譯】我的二女兒嫁給長山的袁家，所住的地方叫焦家橋。女兒今年回娘家，說離她家所住的地方二三里路左右，有個農家女回娘家探親，她的父親送她回丈夫家去。半路上那個農家女走進路邊墳地的樹叢裡小便，過了很久才出來。她的父親奇怪她的模樣神色有些不對，聽她的說話聲音也和以前不同，心中暗暗有些疑惑，然而無從說起。到了丈夫家後，她的丈夫私下告訴自己父母說：「我和新娘相安無事已經很久了，今天見了她就心裡驚恐害怕，不知道什麼緣故？」他的父母斥責他胡說，強要他回屋睡覺。兒子所住的房間同父母房間隔著一堵牆，夜裡忽然聽到翻跌仆倒和腷腷膊膊的聲音。父母驚起偷聽，就聽到他們的兒子大聲呼號，家裡眾人破門而入，只見有個東西像頭黑驢衝開人群出來，火光迸射，一跳就消失了。再看他們的兒子，只留下一點殘餘的血跡。天明後前去尋找那個新娘，竟然沒有找到，人們懷疑也被那個怪物吃掉了。這同《太平廣記》所記載的羅剎鬼的事完全相似，恐怕也是鬼吧？從這件事看，知道佛家經典不完全是欺誑，小說中寫的也不完全都是虛構的。

【研析】羅剎鬼吃人是唐代志怪小說中常見的情節，清人小說中也時有描述，如蒲松齡《聊齋》中就有類似故事。羅剎鬼帶給人的是恐怖，是神鬼世界惡的表徵。

醜婦

河間一婦，性佚蕩。然貌至陋，日靚妝❶倚門，人無顧者。後其夫隨高葉飛官天長❷，甚見委任；豪奪巧取，歲以多金寄婦。婦藉其財，以招誘少年，門遂如市。迨葉飛獲譴，其夫遁歸，則囊篋全空，器物斥賣亦略盡，惟存一醜婦，淫瘡❸遍體而已。人謂其不擁厚資，此婦萬無墮節理。豈非天道哉？

【章旨】此章講述了一個醜婦因有錢而淫蕩的故事。

【注釋】❶靚妝　脂粉的妝飾。❷天長　今安徽天長。在安徽東部、高郵湖西岸，鄰接江蘇。❸淫瘡　因淫亂而生的毒瘡，一般指梅毒。

【語譯】河間縣有個女人，性情淫蕩，但是相貌極其醜陋。她天天濃妝豔抹地倚在門前賣笑，但人們沒有看她一眼的。後來她的丈夫隨高葉飛到天長縣做官而去了那裡，很被信任委用；她的丈夫巧取豪奪，每年寄給她很多銀兩。這個婦人憑藉這些錢財，用來招引誘惑少年，她家的門庭就像市場一樣熱鬧。等到高葉飛獲罪罷官，她的丈夫逃回家鄉，但家中錢財都空了，連器具物品也快變賣光了，只留下一個醜婦，渾身都長滿了梅毒瘡而已。人們說如果他不是擁有很多錢財，這個女人萬萬沒有失節的道理。這難道不是天意嗎？

【研析】丈夫在外盡力搜刮民財，而醜婦在家用這些錢財盡情淫蕩，到頭來人財兩空，這就是上天對其丈夫巧取豪奪的報應，作者想告訴讀者的也正是這個道理。

魘術

伯祖湛元公、從伯君章公、從兄旭升，三世皆以心悸不寐卒。旭升子汝允，亦患是疾，一日治宅，匠睨樓角而笑曰：「此中有物。」破之則甃磚❶如小龕，一故燈檠❷在焉。云此物能使人不寐，當時圬者❸之魘術❹也。汝允自是遂愈。丁未❺春，從侄汝倫為余言之。此何理哉？然觀此一物藏壁中，即能操主人之生死，則宅有吉凶，其說當信矣。

【章旨】此章講述了古代建造房屋時的一種迷信習俗。

【注釋】❶甃磚　指用磚砌成的井壁。❷燈檠　燈架；燈臺。❸圬者　指泥瓦匠。❹魘術　暗中害人的一種巫術。❺丁未　即清乾隆五十二年，西元一七八七年。

【語譯】我的伯祖父湛元公、堂伯君章公、堂兄旭升，三代人都因為心悸失眠而死。旭升的兒子汝允，也患上這種疾病。一天修繕住宅，工匠斜視著樓角而笑著說：「這裡面有東西。」把樓角拆開來發現裡面用磚砌成一個小龕，一個舊燈架放在裡面。人們說這個東西能使人不能入睡，是當時泥瓦匠的一種魘術。汝允從此以後失眠病就好了。乾隆五十二年春天，堂侄汝倫給我說了這件事。這是什麼道理呢？然而看到這樣一件東西藏在牆壁中，就能夠操縱主人的生死，那麼說住宅有吉凶，這種說法應當是可信的。

【研析】魘術作為一種民間巫術，流傳頗廣，如《紅樓夢》、《三俠五義》等小說均有描述，也無人指斥其愚妄不經。這是人們掌握的科學知識不夠，無法解釋某些現象時的一種無奈，與風水術無關，只是一種迷信而已。

夢仕途

戴戶曹❶臨，以工書供奉內廷❷。嘗夢至冥司，遇一吏，故友也，留與談。偶揭其簿，正見己名，名下朱筆草書，似一犀字。吏奪而掩之，意似薄怒，問之亦不答。忽惶遽而醒，莫測其故。偶告裘文達公❸，文達沉思曰：「此殆陰曹簡便之籍，如部院之略節。戶中二字，連寫頗似犀字。君其終於戶部郎中❹乎？」後竟如文達之言。

【章旨】此章講述了一個官員夢入冥司而得知自己仕途的故事。

【注釋】❶戶曹　掌管民戶、祠祀、農桑等的官署。清代戶部司員亦稱戶曹。❷內廷　內朝。對外廷而言。清代內廷指乾清門內，皇帝召見臣下、處理政務之所。軍機處、南書房等重要機構均設於此。❸裘文達公　即裘曰修。字叔度，一字漫士，清新建（今江西南昌）人。乾隆進士，歷官禮、刑、工三部尚書。卒謚文達，故稱。❹戶部郎中　為戶部尚書、侍郎、丞以下的高級部員，分掌各司事務。戶部，官署名。掌管全國土地、戶籍、賦稅、財政收支等事務。

【語譯】戶部官員戴臨，因工於書法而侍奉於內廷。他曾經做夢來到陰間衙門，遇到一個吏員，是過去的老朋友，挽留他一起閒談。戴臨偶然翻開他的簿冊，正好看見自己的名字，名字下面有紅筆的草書，好像是一個犀字。那個吏員把簿冊奪過去蓋上，表情似乎有些惱怒，戴臨問他也不回答。戴臨忽然感到惶惑而突然醒來，不知做這夢是什麼緣故。戴臨偶然把這事告訴了裘文達公，裘文達公沉思說：「這大概是陰司裡簡便的簿籍，如同各部院的摘要文件。戶中這兩個字，連寫頗像是扉字，您大概最終將會做到戶部郎中的官職吧？」後來竟然如同裘文達公所說的。

【研析】這個故事無非告訴人們官祿都是前生注定，強求不得。與古人所說的「生死由命，富貴在天」並無二致。

詩讖

東光❶霍易書先生，雍正甲辰❷舉於鄉。留滯京師，未有所就。祈夢呂仙祠❸中，夢神示以詩曰：「六瓣梅花插滿頭，誰人肯向死前休？君看矯矯雲中鶴，飛上三台閱九秋。」至雍正五年❹，初定帽頂之制，其銅盤六瓣如梅花，始悟首句之意。竊謂仙鶴❺為一品服，三台為宰相位，此句既驗，末二句亦必驗矣。後由中書舍人❻官至奉天府尹❼，坐謫軍臺，其地曰葵蘇圖，實第三臺也。官牒省筆，皆書「臺」為「台」，適符詩語，果九載乃歸。在塞外日，自署別號曰「雲中鶴」，用詩中語也。後為姚安公述之，姚安公曰：「霍字上為雲字頭，下為鶴字之半，正隱君姓，亦非泛語。」先生喟然曰：「此但是哉！早年氣盛，銳於進取，自謂卿相可立致，卒致顛蹶，職是之由。第二句神戒我矣，惜是時未思也！」

【章旨】此章講述了一個官吏夢詩成讖的故事。

【注釋】❶東光　縣名。在河北東南部、南運河東岸，鄰接山東。❷雍正甲辰　即清雍正二年，西元一七二四年。❸呂仙祠　供奉呂洞賓的神祠。呂洞賓，俗傳八仙之一，號重陽子，相傳唐京兆人。一說河中府人。舉進士不第，浪遊江湖，得道成仙。民間關於他的神話傳說很多，道教全真道尊為北五祖之一。❹雍正五年　即西元一七二七年。❺仙鶴　指丹頂鶴。❻中書舍人　清代內閣中掌撰擬、記載、翻譯、繕寫的官員。官階為從七品。❼奉天府尹　清順治十四年（一六五七年）自遼陽（今遼寧遼陽）移遼陽府於盛京（今瀋陽），改為奉天府。設府尹，為地方長官。

【語譯】東光人霍易書先生，雍正二年鄉試中了舉人。他滯留在京城裡，沒有找到就職的地方，於是到呂仙祠中求夢，夢見神示以一首詩道：「六瓣的梅花插滿了頭，哪個人肯在死前罷休。君看矯矯翱翔在雲中的仙鶴，飛上三台經歷了九度春秋。」到了雍正五年，開始制定官帽帽頂的形制，官帽頂上的銅盤有六個花瓣像朵梅花，霍易書先生才悟出了首句的意思。霍易書先生私下認為仙鶴是一品官的服飾，三台是宰相的位子，這一句既然應驗，末兩句也必然會應驗的了。霍易書先生後來由中書舍人的官位一直做到奉天府尹，因犯有過錯貶降到軍臺，這地方叫葵蘇圖，實際就是第三臺。官府公文省筆，都把「臺」字寫成「台」，恰巧符合詩中所說的，霍易書先生果然過了九年才回來。在塞外的日子裡，霍易書先生自取別號為「雲中鶴」，用的就是那首詩中的語句。後來霍易書先生對姚安公說起這件事，姚安公說：「霍字的上面是雲字頭，下面是鶴字的一半，正好隱含了您的姓，也不是泛泛而談的話。」霍易書先生歎息著說：「豈只是這點呢！我早年氣盛，決意努力進取，自以為卿相的官位可以立刻到手，結果遭到了顛仆挫折，就是由此而來。第二句詩是神在告誡我了，可惜我當時沒有想到啊！」

【研析】古人常講居安思危，就是告誡人們處於順境時不可志滿意得，忘乎所以；還是要事事謹慎，以防不測。這個道理年輕時不易理解，總要到歷盡坎坷後才能領悟。文章中所說的霍易書先生如此，我們何嘗不是如此？

籤示試題

古以龜卜❶，孔子繫《易》，極言蓍德，而龜漸廢。《火珠林》❷始以錢代蓍，然猶煩六擲。《靈棋經》❸始一擲成卦，然猶煩排列。至神祠之籤，則一掣而得，更簡易矣。神祠率有籤，而莫靈於關帝❹；關帝之籤，莫靈於正陽門❺側之祠。蓋一歲中，自元旦至除夕，一日中，自昧爽至黃昏，搖筒者恆琅琅然。一筒不給，置數筒焉。雜遝紛紜，倏忽萬狀，非惟無暇於檢核，亦並不容於思議。雖千手千目，亦不能遍應也。然所得之籤，皆驗如面語，是何故歟？其最奇者，乾隆壬申❻鄉試，一南士❼於三月朔日❽齋沐以禱，乞示試題。得一籤曰：「陰裡相看怪爾曹，舟中敵國笑中刀。藩籬剖破渾無事，一種天生惜羽毛。」是科《孟子》題為「曹交❾問曰『人皆可以為堯舜』」至「湯九尺」，應首句也。《論語》題為「夫子莞爾而笑曰『割雞焉用牛刀』」，應第二句也。《中庸》❿題為「故天之生物，必因其材而篤焉」，應第四句也，是真不可測矣。

【章旨】此章講述了一位趕考的士子希望神靈告知考題而求籤的故事。

【注釋】❶龜卜　灼龜甲卜吉凶。❷火珠林　書名，題麻衣道者撰。不知時代。今存一卷。有清吳芝雲校正本。❸靈棋經　書名，漢朝東方朔著。二卷。有《四庫全書》本。❹關帝　即三國時蜀漢大將關羽，後世尊之為關帝。❺正陽門　今北京前門。明正統年間改稱正陽門，為北京內城之正南門。❻乾隆壬申　即清乾隆十七年，西元一七五二年。❼南士　南方出生的士人。❽朔日　農曆每月初一日。❾曹交　《孟子》中所說到的人物。曹國國君之弟。❿中庸　儒家經典之一。原是《禮記》中的一篇。相傳是戰國時子思作。內容肯定「中庸」是道德行為的最高標準。宋代程頤、朱熹把它和《大學》、《論語》、《孟子》並列為「四書」。

【語譯】古代用龜甲來占卜，孔子為《易經》作繫辭，竭力提倡蓍草的功用，而用龜甲占卜漸漸就被廢棄。《火珠林》一書中最早記載用銅錢代替蓍草占卦，但還需要擲六次。《靈棋經》一書中最早記載擲一次就能成卦，但還需要排列銅錢。到神祠裡去求籤，就一抽取而得籤，更加簡便容易了。神祠裡都有籤，而沒有比關帝廟的籤更靈驗的了；關帝廟的籤，沒有比正陽門旁邊的那座關帝神祠裡的更靈驗的了。一年之中從元旦到除夕，一天之中從天剛亮到黃昏，搖籤筒的人一直把籤筒搖得發出琅琅的響聲。一只籤筒不夠，要放置幾只籤筒。雜亂紛紜，頃刻之間就有萬種情狀，不但沒有時間去檢查核對，而且也容不得去思索議論。即使有千手千目，也不能夠一一應付過來。但是所求得的籤，都靈驗得如同當面說的話，這是什麼緣故呢？其中最奇怪的一籤是乾隆十七年鄉試，一個南方的士子在三月初一日齋戒沐浴前來禱告，懇求神靈示知試題。他求得一籤說：「暗中盯著看奇怪你這樣的人，坐在一條船上笑中藏刀。藩籬分剖破敗完全沒有事情，這樣一種天生愛惜自己羽毛。」這一科《孟子》的考題是「曹交發問說『人人都可以成為堯舜』」至「湯九尺」那段，應驗的是籤文的首句。《論語》的考題是「夫子莞爾而笑說『殺雞哪裡用得上牛刀』」，應驗的是第二句。《中庸》的考題是「因此上天的養育萬物，必然因其材而誠篤啊」，應驗的是第四句，這事真是不可理解了。

【研析】占卜之事，殷商時期極盛，安陽殷墟出土的數萬片甲骨可以證明。周文王演《易》，也是見於史書記載的。但後世帝王迷信占卜算卦者不多，這與儒家學說成為封建社會主導思想有關。儒家雖聽天命，但更強調盡人事。要求人們首先在主觀上做出最大努力，以一種積極的態度待人對事，而不是消極被動地聽憑命運擺布。文章中所說的那位士子不努力讀書，而是寄希望於神靈把考題洩漏，如此取巧，神靈也不會庇佑的。

某公

孫虛船先生言：其友嘗患寒疾，昏憒中覺魂氣飛越，隨風飄蕩。至一官署，諦視門內皆鬼神，知為冥府。見有人自側門入，試隨之行，無呵禁者。又隨眾坐廡❶下，亦無詰問者。竊睨❷堂上，訟者如織。冥王❸左檢籍❹，右執筆，有一兩言決者，有數十言數百言乃決者，與人世刑曹❺無少異。琅璫❻引下，皆帖伏❼無後言。忽見前輩某公盛服入，冥王延坐，問訟何事。則訴門生故吏之辜恩，所舉凡數十人，意頗恨恨。冥王顏色似不謂然❽，俟其語竟，拱手曰：「此輩奔競排擠，機械❾萬端，天道昭昭，終罹冥謫。然神殛之則可，公責之則不可。種桃李者得其實，種蒺藜者得其刺，公不聞乎？公所賞鑑，大抵附勢之流；勢去之後，乃責之以道義，是鑿冰而求火也。公則左❿矣，何暇尤人？」某公憮然久之，逡巡⓫竟退。友故與相識，欲近前問訊。忽聞背後叱吒聲，一回顧間，悚然⓬已醒。

【章旨】此段講述了一個種蒺藜者得其刺的故事。

【注釋】❶廡　堂周的廊屋。❷睨　斜視。❸冥王　指陰曹地府的閻羅王。❹檢籍　此處指查看記錄人善惡的簿籍。❺刑曹　指分管刑事的官署或屬官。❻琅璫　指披枷戴鎖。❼帖伏　指心悅誠服。❽不謂然　不以為這樣。❾機械　猶言巧詐。❿左　不順；差錯。⓫逡巡　遲疑不決的樣子。⓬悚然　恐懼的樣子。

【語譯】孫虛船先生說：他有位朋友曾經患了寒症，昏昏沉沉中覺得魂魄神氣飛翔騰越，隨風飄蕩。他到了一個官署，仔細觀看，門裡都是鬼神，知道是陰曹地府。他看見有人從旁邊的門進去，試著跟隨走進，沒有人喝叱禁止他。又隨眾人坐在廊屋下面，也沒有人來詢問他。他偷看大堂上，告狀的人紛繁交織。冥王左手翻檢簿冊，右手執筆，有一兩句話就判決的，有數十句、數百句話才判決的，同人世間管理刑事的衙署沒有一點區別。被判處的罪犯披枷戴鎖被引導下殿，都服服帖帖沒有背後不滿的話。他忽然見到前輩某公服飾齊整地進來，冥王請他坐下，問為什麼事訴訟。某公就訴說自己門生和舊時屬吏的忘恩負義，所列舉的共有幾十人，表現出非常憤怒的樣子。冥王的神情好像不以為然，等他說完，拱拱手說：「這些人奔走競鬥、互相排擠，機詐萬種，天道昭彰，終究會遭到陰曹地府的懲罰。但是神誅殺他們是可以的，您責備他們就不可以。種桃樹李樹的人得到這些果樹的果實，種蒺藜的人得到的是它的刺，您沒有聽說過嗎？您所賞識的人，大都是趨炎附勢之流；您失去權勢之後，卻用道義來責求他們，這就像是鑿冰而去求火。您做錯了，還有什麼工夫去埋怨人呢？」某公悵然失意了好久，遲疑地退了出來。友人原本和他相識，想走近前去詢問，忽然聽到背後斥喝的聲音，一回頭之間，已經在惶恐不安中醒了過來。

【研析】冥王所言「種桃李者得其實，種蒺藜者得其刺」，與民間俗語「種瓜得瓜，種豆得豆」意思完全一樣。佛家也講種種因果，都是自己種下。這幾種說法，無非是推究事物的一種因果關係。確實，權勢在握，前呼後擁，風光一時；一旦失勢，門庭冷落，無人問津。這種強烈的對比，使得習慣於前者之人淪落到後者境地時往往滿腔怨言。其實，今日之苦果正是昨日自己種下。種下的苦果自己吃，這又有什麼可怨恨的呢？

負債必還

董文恪公❶老僕王某，性謙謹，善應門，數十年未忤一人，所謂「王和尚」者是也。言嘗隨文恪公宿博將軍廢園，月夜據石納涼。遙見一人倉皇隱避，一人邀遮而止之，捉其臂共坐樹下，曰：「以為汝生天久矣，乃在此相遇耶？」因先述相交之契厚，次責任事之負心，曰：「某事乘我急需，故難其詞以勒我，中飽幾何。其事欺我不諳，虛張其數以紿我，乾沒❷又幾何。」如是數十事，每一事一批其頰，怒氣分湧，似欲相吞噬，俄一老叟自草間出，曰：「渠今已墮餓鬼道❸，君何必相凌？且負債必還，又何必太遽？」其一人彌怒曰：「既已餓鬼，何從還債？」老叟曰：「業有滿時，則債有還日。冥司定律，凡稱貸子母之錢❹，來生有祿則償，無祿則免，為其限於力也。若脅取誘取之財，雖歷萬劫，亦須填補。其或無祿可抵，則為六畜❺以償；或一世不足抵，則分數世以償。今夕董公所食之豚，非其幹僕某之十一世身耶？」其一人怒似略平，乃釋手各散。老叟意其土神也。所言幹僕❻，王某猶及見之，果最有心計云。

【章旨】此章講述了一個負債必要償還的故事。

【注釋】❶董文恪公　即董邦達。字孚存，號東山，清富陽（今浙江富陽）人。雍正進士。授編修。官至工部尚書。卒諡文恪，故稱。❷乾沒　侵吞公家或他人財物。❸餓鬼道　佛教名詞。六道之一。是處於經常飢餓，不能得食的鬼道。佛經謂人生前做了壞事，死後要墮入餓鬼道，不得飲食，常苦飢渴。❹子母之錢　指放債取息。❺六畜　指馬、牛、羊、豬、狗、雞六種家畜。❻幹僕　指能幹的奴僕。

【語譯】董文恪公的老僕王某，性格謙和謹慎，善於照應門戶，數十年沒有冒犯過一個人，就是被人們稱為「王和尚」的那個人。王某說曾經跟隨董文恪公住宿在博將軍廢棄的花園裡，月夜坐在石頭上乘涼，遠遠看見一個人慌張地隱身躲避，另一個人攔住並制止他，抓著他的手臂一起坐在樹下，說：「以為你升天很久了，想不到竟然會在這裡相遇啊？」於是那人先講了兩人交往的密切，接著責備對方做事的負心，說：「某件事你趁我急需，故意說得很難來勒索我，從中侵吞了多少。某件事你欺負我不熟悉，虛報誇大它的數目來欺騙我，從中又私吞了多少。」像這樣的事有幾十件，每說一件事，那人就打對方一下耳光，怒氣沖沖，好像要把對方吞吃下去。一會兒一個老人從草叢中走出來，說：「他現在已經墮落到餓鬼道裡了，您何必再凌辱他呢？而且欠債必定要償還的，又何必太急迫呢？」那個人更加生氣地說：「既然已經是餓鬼了，又怎麼還債呢？」老人說：「惡業有滿的時候，欠債就有還的日子。陰間制定的法律，凡是借貸的高利貸，來世有祿位的就償還，沒有祿位的就免去，這是限於他的能力。如果是透過脅迫、誘騙取得的錢財，即使歷經千年萬代也必須要填補償還。其中有人沒有祿位可以抵償的，就變成六畜來償還；有人一生不足以抵償的，就分為幾世來償還。今天晚上董公所吃的那頭豬，不就是他的那個能幹奴僕某人的第十一世身子嗎？」其中一人的怒氣好像略略平息，才放了手各自散去。我料想這位老人是土地神。他所說的那個能幹的僕人，王某還曾經見到過，果然是最有心計的。

【研析】欠債者東躲西藏，逼債者多方尋覓，兩人相遇之際，就是紛爭爆發之時。然而，欠債必須償還，本來就是天經地義之事。欠債者自知理虧，故而低頭不語；索債者自恃得理，氣勢咄咄逼人。其實，欠債者應該明白，欠債總須償還，躲避不是辦法；索債者也應該懂得，得讓人處且讓人，不必苦苦相逼。

小兒救眾人

福建曹藩司❶繩柱言：一歲司道❷會議臬署❸，上食未畢。一僕攜小兒過堂下，小兒驚怖不前，曰：「有無數奇鬼，皆身長丈餘，肩承樑柱。」眾聞號叫，方出問，則承塵❹上落土簌簌，聲如撒豆；急躍而出，已棟摧仆地矣。咸額手謂鬼神護持也。湖廣❺定制府長❻，時為巡撫❼，聞話是事，喟然曰：「既在在處處有鬼神護持，自必在在處處有鬼神鑑察。」

【章旨】此章講述了一個小兒在屋塌之時挽救眾人的故事。

【注釋】❶藩司　即布政使。明洪武九年（一三七六年）改行中書省為承宣布政司，設布政使。清代始正式定為督、撫屬官，專管一省的財賦和人事，與專管刑名的按察使並稱兩司。❷司道　指總督、巡撫下屬的布政使、按察使、道臺等官員。❸臬署　即按察使衙署。❹承塵　天花板。❺湖廣　指湖南、湖北兩省。清設湖廣總督，統轄兩省。❻定制府長　即制府定長。制府，即總督的別稱。定長，曾任福建巡撫、湖廣總督。❼巡撫　官名。古代偶有派官員至各地巡撫之舉，但非專設之官。清代正式以巡撫為省級地方政府的長官，總攬一省的軍事、吏治、刑獄等，地位略次於總督，仍屬平行。別稱撫臺、撫軍。又以例兼都察院右副都御史銜，也叫撫院。

【語譯】福建布政使曹繩柱說：有一年司道官員在按察使衙署裡集會議事，宴會的食物還沒有上齊，一個僕人帶著一個小孩子經過堂下，小孩子驚慌恐怖地不肯向前走，說：「有無數個奇形怪狀的鬼，都身高一丈多，用肩膀扛著屋樑柱子。」眾人聽到小孩呼叫的聲音，剛出來詢問，那時天花板上泥土簌簌而下，聲音好像是在拋撒豆子。眾人急忙一躍而出，轉眼間大堂已經棟樑折斷倒塌在地了。眾人都慶幸說是鬼神的護佑。湖廣總督定長，當時任巡撫，聽到人家在說這件事，歎息著說：「既然處處有鬼神護佑，那麼必然處處有鬼神鑑察。」

【研析】房倒屋塌之際，幸虧小孩呼喊，才避免了一場慘禍。眾人不感謝那個小孩，卻感謝鬼神護佑。虛幻莫如鬼神，捨棄實在的小孩而感恩虛幻的鬼神，殊不明道理。

卷七 如是我聞一

曩撰《灤陽消夏錄》，屬草❶未定，遽❷為書肆所竊刊，非所願也。然博雅君子，或不以為紕繆，且有以新事續告者。因補綴❸舊聞，又成四卷。歐陽公❹曰：「物嘗聚於所好。」豈不信哉！緣是知一有偏嗜，必有浸淫❺而不自已者，天下事往往如斯，亦可以深長思也。辛亥❻七月二十一日題。

【章旨】此段介紹了續寫《閱微草堂筆記・如是我聞》四卷的經過。

【注釋】❶屬草　起草文稿。此處指作者撰寫尚未定稿。❷遽　立即；馬上。❸補綴　補寫。❹歐陽公　即歐陽脩。北宋文學家、史學家。字永叔，號醉翁、六一居士，吉水（今屬江西）人。天聖進士。官至樞密副使、參知政事。為北宋古文運動的領袖，被列為唐宋八大家。與宋祁合修《新唐書》、獨撰《新五代史》。❺浸淫　亦作「寖淫」、「侵淫」。積漸而擴及；漸進。❻辛亥　即清乾隆五十六年，西元一七九一年。

【語譯】我從前撰寫《灤陽消夏錄》，尚未定稿，就被書坊偷偷刊印了，這並不是我的願望。然而有些博學端雅之士，不認為我的這部書稿有錯誤缺漏，而且有人繼續把新故事告訴我。因此我根據舊聞補寫，又寫成四卷。歐陽脩先生說：「事物往往都聚集在所愛好的人那裡。」不是很有道理嗎？由此可以知道人一旦有所偏好，必將漸漸沉溺其中而不能自己控制。天下的事情往往如此，這也可以讓人深入地長久思考的。乾隆五十六年七月二十一日題。

【研析】作者年老無事，寫了〈灤陽消夏錄〉六卷，意猶未盡，遂又寫了〈如是我聞〉四卷。雖說是收拾舊聞，但也蘊含作者勸世之意。

孫白谷降壇詩

太原折生遇蘭言：其鄉有扶乩者，降壇大書一詩曰：「一代英雄付逝波，壯懷空握魯陽戈❶。廟堂❷有策軍書急，天地無情戰骨多。故壘春滋新草木，遊魂夜覽舊山河。陳濤十郡良家子，杜老❸酸吟意若何？」署名曰「柿園❹敗將」。皆悚然知為白谷孫公❺也。柿園之役，敗於中旨❻之促戰，罪不在公。詩乃以房琯❼車戰自比，引為己過。正人君子之用心，視王化貞❽輩僨轅誤國，猶百計卸責於人者，真三光之於九泉矣。大同❾杜生宜滋，亦錄有此詩，「空握」作「辜負」，「春滋」作「春添」，「意若何」作「竟若何」，凡四字不同。蓋傳寫偶異，大旨則無殊也。

【章旨】此章記敘了一首降壇詩並引發了作者的一番議論。

【注釋】❶魯陽戈　《淮南子・覽冥訓》：「魯陽公與韓構難，戰酣日暮，援戈而撝之，日為之反三舍。」後以「魯陽戈」謂力挽危局的手段或力量。❷廟堂　太廟的明堂。古代帝王祭祀、議事的地方。亦指朝廷。❸杜老　即杜甫，唐代大詩人。字子美，詩中嘗自稱少陵野老，故稱。❹柿園　明崇禎十五年，孫傳庭率軍與李自成軍戰，在郟縣大敗，史稱柿園之敗。❺白谷孫公　即孫傳庭。字伯雅，一字白谷，明振武衛人。萬曆進士。崇禎十五年起為兵部侍郎，總督陝西。加尚書，督師出關，與李自成軍戰，陣亡。❻中旨　皇宮中傳來的旨意。指君王的意旨。❼房琯　字次律，唐人。自幼好學。官至刑部尚書。唐肅宗至德元年，房琯任招討節度使，與賊將安守忠戰於陳濤，大敗。此詩即詠此事。❽王化貞　字肖乾，明諸城（今山東諸城）人。明萬曆進士。天啟年間任廣寧巡撫，與清軍作戰，輕視大敵，和熊廷弼主張不合，遂失廣寧。以罪論死。❾大同　即今山西大同。在山西北部、桑乾河上游、外長城內側。

【語譯】太原書生折遇蘭說：他的家鄉有扶乩的，乩仙降臨乩壇大書一首詩說：「一代英雄都付於逝波，胸懷壯志空握魯陽之戈。朝廷有策書而戰報緊急，天地無情戰死的枯骨很多。故壘春天滋長新生的草木，遊魂夜晚觀覽過去的山河。陳濤十郡的良家子弟，杜甫的酸吟意若如何？」署名叫「柿園敗將」。乩壇中的人都肅然起敬，知道是孫白谷先生。柿園這場戰役，敗在君王的催促作戰，罪過不在孫公。詩中以唐代房琯的車戰用來自比，引為自己的過錯。看看正人君子的坦蕩用心，再看王化貞之流的覆敗誤國，還千方百計推卸責任給別人，真如日月之光和九泉之比了。大同書生杜宜滋也抄錄有這首詩，詩中「空握」作「辜負」，「春滋」作「春添」，「意若何」作「竟若何」，共有四個字不同。大概傳寫中偶有差異，大旨則沒有什麼區別。

【研析】乩仙降詩之事本屬虛妄，不足以評述。此詩當是讀書人的詠史之作，借託乩仙而已。王化貞之敗固有其剛愎的一面，但崇禎年間民不聊生更是其敗亡的主要原因。失民心者失天下。大廈將傾，獨木難支。崇禎已失天下民心，又豈是一二個臣子所能挽回的？

烈婦鳴冤

許南金先生言：康熙乙未❶，過阜城❷之漫河。夏雨泥濘，馬疲不進；息路旁樹下，坐而假寐。恍惚見女子拜言曰：「妾黃保寧妻湯氏也，在此為強暴所逼，以死捍拒，卒被數刃以死。官雖捕賊駢誅，然以妾已被汙，竟不旌表。冥官哀其貞烈，俾居此地，為橫死諸魂長，今四十餘年矣。夫異鄉丐婦，踽踽獨行，猝遇三健男子，執縛於樹，肆其淫毒；除罵賊求死，別無他術。其齧齒受玷，由力不敵，非節之不固也。司讞❸者苛責無已，不亦冤乎？公狀貌似儒者，當必明理，乞為白之。」夢中欲詢其里居，霍然已醒。後問阜城士大夫，無知其事者；問諸老吏，亦不得其案牘❹。蓋當時不以為烈婦，湮沒久矣。

【章旨】此章講述了一位婦女雖因抗暴而死，卻因生前曾遭玷汙而得不到旌表的故事。

【注釋】❶康熙乙未　即清康熙五十四年，西元一七一五年。❷阜城　縣名。在河北東南部。❸司讞　掌管案件審判的人。讞，議罪；判定。❹案牘　指官府的文書。

【語譯】許南金先生說：康熙五十四年，他路經阜城的漫河。夏天下雨，道路泥濘，所騎之馬疲憊得不肯向前走了，他就在路邊樹下休息，坐著打盹。在恍恍惚惚間看見有位女子下拜說道：「我是黃保寧的妻子湯氏，在這裡遭強賊暴力逼迫，我以死來抗拒，結果被砍了數刀而死。官府雖然捕獲了強賊一併誅殺，但因為我已經被汙辱，竟然不予表彰。冥府官員哀憐我的貞節壯烈，讓我居住在這裡，作為意外死亡的鬼魂們的頭領，到現在已經四十多年了。一個到他鄉討飯的女人，孤獨地一個人行走，突然碰到三個壯健的男子，抓住縛在樹上，肆意地姦淫殘害，除了罵賊求死，別無其他辦法。當時咬牙受了玷汙，是因為力量抵敵不過，不是貞操不堅定。主持審判的人苛責不止，不是太冤枉了嗎？您的相貌打扮像是一個儒生，當然必定明白事理，請求您為我伸冤。」許先生夢中想要詢問她的鄉里住處，突然間醒了過來。後來他問阜城縣的士大夫，沒有人知道這件事；問了縣衙的幾位老吏，也找不到有關這件事的案卷。大概當時不認為那位婦女是烈婦，故而這件事湮沒很久了。

【研析】這名婦女抗暴不屈而死，卻得不到官方承認。作者以充滿同情的筆觸來敘述這個故事，是對官方態度的質疑，批判矛頭直指明清之際走向末路的理學。做人強調節操，但並不僅僅是指外在形式，更重要的是內心堅守。

狐嘲

京師某觀❶，故有狐，道士建醮❷，醵❸多金。蕆事❹後，與其徒在神座燈前，會計出入。尚闕數金，師謂徒乾沒❺，徒謂師誤算，盤珠格格，至三鼓未休。忽梁上語曰：「新秋涼爽，我倦欲眠，汝何必在此相聒？此數金，非汝欲買媚藥❻，置懷中過後巷劉二姐家，二姐索金指環，汝乘醉探付彼耶？何竟忘也？」徒轉面掩口。道士乃默然斂簿出。剃工❼魏福，時寓觀內，親聞之。言其聲咿咿呦呦，如小兒女云。

【章旨】此段講述了一個道士貪財遭狐仙嘲弄的故事。

【注釋】❶觀　道教的廟宇。❷醮　原是一種禱神的祭禮，後專指僧道為禳除災祟而設的道場。❸醵　湊集。❹蕆事　事情（指道場）已經辦好。❺乾沒　侵吞；吞沒。❻媚藥　指春藥。❼剃工　剃頭的工匠，今稱理髮師。

【語譯】京城裡某座道觀，一直有狐仙。道士建壇打醮，聚斂了很多銀兩。法事辦完以後，道士同他的徒弟在神座的燈前，計算進出帳目，發現還缺少幾兩銀子。師父說是徒弟吞沒了，徒弟說是師父錯算了，算盤珠子撥得格格響，到三更天還沒有算完。忽然屋樑上有說話聲道：「初秋涼爽，我困倦了想睡覺，你們何必在這裡喧擾？這幾兩銀子，不是你想要買春藥，放在懷中，經過後巷劉二姐家時，劉二姐向你索要金戒指，你趁著醉意掏出銀子給了她嗎？為什麼竟然忘了呢？」徒弟轉過臉去掩口而笑，道士這才默默無言地收起帳簿出去。剃頭匠魏福當時居住在道觀裡，親耳聽到狐仙的這段話。魏福說狐仙的聲音咿咿呦呦，就像個小孩在說話。

【研析】道觀供奉神仙，本是莊嚴肅穆之地，卻有這麼些不知廉恥的道士玷汙神靈。他們不僅以做法事道場來廣斂錢財，而且尋花問柳，幹些無恥之事。在人們傳統思想裡，狐仙不是正經的神仙，卻揭穿了那些無恥道士的嘴臉，豈不令人感到可笑？

旱魃

旱魃❶為虐，見〈雲漢〉❷之詩，是事出經典矣。《山海經》❸實以女魃，似因詩語而附會。然據其所言，特一妖神耳。近世所云旱魃，則皆僵屍。掘而焚之，亦往往致雨。夫雨為天地之訢合，一僵屍之氣焰，竟能彌塞乾坤，使隔絕不通乎？雨亦有龍所作者，一僵屍之技倆，竟能驅逐神物，使畏避不前乎？是何說以解之？又狐避雷劫，自宋以來，見於雜說者不一。夫狐無罪歟，雷霆克期而擊之，是淫刑也，天道不如是也。狐有罪歟，何時不可以誅，而必限以某日某刻，使先知早避？即一時暫免，又何時不可以誅，乃過此一時，竟不復追理？是佚罰也，天道亦不如是也。是又何說以解之？偶閱近人《夜談叢錄》，見所載焚旱魃一事、狐避劫二事，因記所疑，俟格物窮理者詳之。

【章旨】此章作者從事理上質疑前人焚旱魃、狐避劫的有關記載。

【注釋】❶旱魃　古代傳說中能造成旱災的怪物。❷雲漢　《詩・大雅》篇名。〈詩序〉說是仍叔（周大夫）所作，讚美周宣王「遇災而懼，側身修行，欲銷去之」。詩中為周宣王遭旱呼籲之辭，故一說為周宣王所作。❸山海經　古代地理著作。十八篇。作者不詳，各篇著作時代亦無定論，近代學者多數認為不出於一時一人之手。《山海經・大荒北經》有「黃帝女魃」的說法。

【語譯】旱魃為虐，見於《詩經・大雅・雲漢》這首詩，可以說是事出經典了。《山海經》以為實際是女魃，似乎是因為詩中的言語而附會的。但是根據《山海經》所說的，不過是一個妖神罷了。近代所說的旱魃，則都是僵屍。把僵屍從地下發掘出來焚燒掉，也往往能夠導致下雨。雨是天地受感動、和樂融洽所產生的，一個僵屍的氣焰，竟然能夠充塞乾坤，使其隔絕不通嗎？雨也有因龍而興的，一個僵屍的伎倆，竟然能夠驅逐神物，使其畏懼躲避不前嗎？用什麼樣的說法來解釋它呢？又，狐仙躲避雷擊，從宋朝以來，散見於小說雜記中的不一而足。狐仙如果無罪，雷霆按期擊殺他們，是濫施刑罰，天道不會如此。狐仙如果有罪，什麼時候不可以誅殺，而一定要限定某一日某一刻，使狐仙事先知道早早避開？就算一時暫且避免，又什麼時候不可以誅殺，竟然過了這一時刻，就不再追究處理？這是失於懲罰了，天道也是不會這樣的。這又用什麼樣的說法來解釋它呢？我偶然閱讀近人的《夜談叢錄》，見到所記載的一件焚燒旱魃的事、兩件狐仙躲避劫難的事，因而記下疑惑之處，等待能夠窮究事物道理的人來詳細解釋。

【研析】焚旱魃、狐避劫本是無稽之事，卻有人深信不疑。作者雖不能作出科學解釋，但從事理上批判了這種傳言，從中可以看出作者的明辨和睿智。

井水之疑

虎坊橋西一宅，南皮張公子畏故居也，今劉雲房副憲❶居之。中有一井，子午❷二時汲則甘，餘時則否，其理莫明。或曰：「陰起午中，陽生子半，與地氣應也。」然元氣昆侖❸，充滿天地，何他井並不與地氣應，此井獨應乎？西土最講格物學，《職方外紀》❹載其地有水一日十二潮，與晷漏❺不差秒忽。有欲窮其理者，構廬水側，晝夜測之，迄不能喻，至恚而自沉。此井抑亦是類耳！

【章旨】此章記敘了京城虎坊橋附近一口井的水質會隨時辰而變化的事情。

【注釋】❶副憲　清代都察院副長官左副都御史的別稱。❷子午　子時和午時。子時，即夜十一時到次晨一時。午時，上午十一時至下午一時。❸昆侖　廣大無垠貌。❹職方外紀　書名。五卷。明代西洋人艾儒略撰。書成於明天啟三年（一六二三年），分五大洲敘述各國的風土、民情、氣候、名勝以及哥倫布等遠航新大陸事，並附有《萬國全圖》和各洲分圖，為明末介紹地理學新知識的著作。❺晷漏　晷與漏。古代測時的儀器。

【語譯】虎坊橋西面一所住宅，是南皮人張子畏先生的故居，現在是都察院左副都御史劉雲房住著。宅院裡有一口井，每天子、午二個時辰的井水是甘甜的，其餘的時辰就不是這樣，其中的道理難以明白。有人說：「陰氣生於午時之中，陽氣生於子時之半，同地氣相應。」但是元氣廣大無垠，充滿於天地之間，為什麼其他地方的井不與地氣相應，而這口井獨獨相應呢？西洋人最講究格物學，《職方外紀》中記載某地的水，一天之中有十二次漲潮，同測時的儀器晷和漏不差分毫。有人想要探究其中的道理，在水邊建造房子，日夜測量它，始終不能明白，以至於氣憤而投水自盡。這口井或許也屬於這一類吧！

【研析】井水水質隨時辰變化，這應該從地質學上去尋求答案。作者沒有將這一問題神祕化，而是以存疑的辦法將其擱置，這就比強作解說更為合理了。

煞神

張讀《宣室志》曰：俗傳人死數日，當有禽自柩中出，曰「煞」。太和❶中，有鄭生者，網得一巨鳥，色蒼，高五尺餘，忽無所見。訪里中民訊之，有對者曰：「里中有人死，且數日，卜者言，今日煞當去。其家伺而視之，有巨鳥色蒼，自柩中出。君所獲果是乎？」此即今所謂「煞神」也。徐鉉❷《稽神錄》❸曰：彭虎子少壯，有膂力，嘗謂無鬼神。母死，俗巫誡之曰：「某日殃煞當還，重有所殺，宜出避之。」合家細弱，悉出逃隱，虎子獨留不去。夜中有人推門入，虎子皇遽無計，先有一甕，便入其中，以板蓋頭。覺母在板上，有人問：「板下無人耶？」母曰：「無。」此即今所謂「回煞」也。俗云殤子未生齒者，死無煞；有齒者即有煞。巫覡❹能預剋其期。家奴孫文舉、宋文皆通是術。余嘗索視其書，特以年月日時干支❺推算，別無奇奧。其某日逢凶煞，當用某符禳解，則詭詞取財而已。或有室廬逼仄，無地避煞者，又有壓制之法，使伏而不出，謂之「斬殃」，尤為荒誕。然家奴宋遇婦死，遇召巫斬殃；迄今所居室中，夜恆作響，小兒女亦多見其形，似又不盡誣矣。天地之大，何所不有；幽明之理，莫得而窮。不必曲為之詞，亦不必力攻其說。

【章旨】此章講述了民間關於煞神的傳說故事並作了批駁。

【注釋】❶太和　三國魏明帝的年號（二二七—二三三年）。❷徐鉉　五代宋初文學家。字鼎臣，揚州廣陵（今江蘇揚州）人。官至散騎常侍。❸稽神錄　書名。宋徐鉉撰。六卷。記敘唐末五代異聞，如鬼神靈異、怪物變化等等。其中故事，大都收入《太平廣記》。❹巫覡　古代稱女巫為巫，男巫為覡，合稱「巫覡」。❺干支　天干和地支的合稱。以十干同十二支循環相配，可成甲子、乙丑、丙寅……等六十組，常叫做「六十花甲子」。古代用來表示年、月、日和時的次序，周而復始，循環使用。現今農曆的年和日仍用干支。

【語譯】張讀《宣室志》說：民間傳說人死後幾天之後，應該有飛禽從棺材中出來，叫做「煞」。三國魏太和年間，有一個姓鄭的書生，用網捉住一隻大鳥，羽毛青黑色，高五尺多，忽然不見了。他尋訪里中的百姓詢問，有人回答說：「里中有人去世，死了已有幾天，占卜的人說今天煞應當出去，他家裡的人等候觀察它，有一隻青黑色的大鳥，從棺材中出來，您所捕獲的果然是它吧？」這就是如今人們所謂的「煞神」。徐鉉在《稽神錄》中記載說：彭虎子年少強壯有力，曾經說沒有鬼神。母親去世，民間巫師告誡他說：「某天禍煞應當回來，將有很大的殺戮，應該出去躲避煞神為宜。」全家妻小都出去逃避隱匿，彭虎子單獨留下不走。夜裡有人推門而入，彭虎子慌張焦急沒有辦法，原先屋裡有一只大甕，便鑽了進去，用板蓋在頭上。彭虎子感覺母親在板上，有人問：「板下有人嗎？」母親說：「沒有。」這就是如今所謂的「回煞」。據民間傳說夭折的孩子還沒有長牙齒的，死了以後沒有煞；有牙齒的就有煞。巫師能夠預先算出回煞的日期。我的家奴孫文舉、宋文都通曉這個法術。我曾經將他們的書取來觀看，不過是按照年月日時天干地支推算，沒有什麼別的神奇深奧。那麼某一天逢某凶煞，應當用某符祈求消災，則是用欺詐的言詞來騙取錢財而已。或者有屋室狹窄，沒有地方避煞的，又有壓制的方法，使它們折伏而不能出來，叫做「斬殃」，這尤其荒誕。但是家奴宋遇的妻子死去，宋遇召喚巫師來斬殃；至今她所居住的房間裡，夜裡經常發出響聲，年幼的男女兒童也大都見到過她的樣子，這似乎又不全是胡說了。天地之大，無所不有；陰間和陽間之理，沒有辦法來加以徹底探究。不必曲意為之解釋，也不必極力批駁這種說法。

【研析】有些民間傳說十分荒誕，所謂的「回煞」就是其中之一。作者雖然不信「回煞」之說，並揭露了所謂的禳解「煞神」或「斬殃」是騙取錢財的手法。但由於作者相信鬼神世界的存在，就無法對所謂的「煞神」之說給予堅決的批判。

徼外之鬼當有

人死者，魂隸冥籍矣。然地球圓九萬里，徑三萬里，國土不可以數計，其人當百倍中土❶，鬼亦當百倍中土。何遊冥司者，所見皆中土之鬼，無一徼外❷之鬼耶？其在在各有閻羅王耶？顧郎中❸德懋，攝陰官者也。嘗以問之，弗能答。人不死者，名列仙籍矣。然赤松❹、廣成❺，聞於上古；何後代所遇之仙，皆出近世？劉向❻以下之所記，悉無聞耶？豈終歸於盡，如朱子❼之論魏伯陽❽耶？婁真人近垣，領道教者也。嘗以問之，亦弗能答。

【章旨】此章以人分中外為由提出亦應當有徼外之鬼。

【注釋】❶中土　指中國。❷徼外　塞外；邊外。此處指外國。❸郎中　官名。自隋唐至明清，朝廷六部都置郎中，分掌各司事務，為各部的高級部員。❹赤松　即赤松子。相傳為上古時神仙。❺廣成　即廣成子。古代傳說中的仙人。❻劉向　西漢經學家、目錄學家、文學家。本名更生，字子政，沛（今江蘇沛縣）人。官至中壘校尉。❼朱子　即朱熹。南宋哲學家、教育家。字元晦，一字仲晦，號晦庵，別稱紫陽，徽州婺源（今屬江西）人，僑寓建陽（今屬福建）。是程朱理學的代表人物。❽魏伯陽　東漢煉丹術家。一說名翱，自號雲牙子，會稽上虞（今屬浙江）人。他藉《周易》

爻象以論作丹之意，著有《參同契》三卷，為後世道家所宗。朱熹著有《周易參同契考異》。

【語譯】人死之後，他的靈魂隸屬陰間的名冊。但是地球圓周九萬里，直徑三萬里，地球上的國家多得無法統計，那些國家的人口應當是中國人口的百倍，鬼也應當是中國的百倍。為什麼遊歷陰曹地府的人，所見到的都是中國的鬼，沒有一個是國境之外的鬼呢？其所在的地方各有閻羅王嗎？顧德懋郎中，是兼任陰間的官吏。我曾經就這個問題問過他，他不能回答。人能長生不死的，名字列於仙人名冊。但是赤松子、廣成子，他們都名傳於上古時代；為什麼後代所遇到的仙人，都出於近世？西漢劉向以後記載的，都沒沒無聞了嗎？難道終歸於消失，像朱熹論說魏伯陽嗎？婁近垣真人，是道教的領袖。我曾經以這個問題請教過他，他也不能解答。

【研析】明清之際，隨著西方科學思想的傳入，猛烈地衝擊著中華傳統文化，也給人的思想觀念帶來了新的活力。作者正是以西方的地理知識質疑為什麼沒有外國鬼，從而質疑仙人是否能夠長生不老，表露出可貴的探索精神。

鬼神默佐

里人閻勳，疑其妻與表弟通，遂攜銃擊殺其表弟。復歸而殺妻，剚刃❶於胸，格格然如中鐵石❷，迄不能傷。或曰：「是鬼神愍其枉死，陰相之也。」然枉死者多，鬼神何不盡陰相歟？當由別有善行，故默邀護佑耳。

【章旨】此章講述了丈夫因猜疑而殺妻卻沒有得逞的故事。

【注釋】❶剸刃 亦作「傳刃」。用刀刺入人體。❷鐵石 此處指鐵板石塊。

【語譯】鄉里有個叫閻勳的人，懷疑自己妻子和表弟私通，於是攜帶火銃射殺了自己的表弟，又回來殺妻子，用刀刺中妻子的胸部，發出格格地響聲好像刺中鐵板石塊，始終不能傷害妻子。有人說：「這是鬼神憐憫他妻子冤枉而死，暗中在幫助她。」但是世上枉死的人很多，鬼神為什麼不都暗中幫助他們呢？一定是他的妻子另外有善行，所以神靈暗中保佑她罷了。

【研析】僅憑猜疑就胡亂殺人，這個丈夫應該受到譴責。不過，他的妻子能夠得到鬼神保佑倖免於難，說來令人難以相信。或許其丈夫根本不想殺死自己妻子，故意編造出鬼神護佑的謊話來矇騙眾人罷了。

施捨之爭

景州❶申君學坤，謙居先生子也。純厚樸拙，不墜家風，信道學甚篤。嘗謂從兄懋園曰：「曩在某寺，見僧以福田❷誘財物，供酒肉資。因著一論，戒勿施捨。夜夢一神，似彼教所謂伽藍❸者，與余侃侃爭曰：『君勿爾也。以佛法論，廣大慈悲，萬物平等，彼僧尼非萬物之一耶？施食及於鳥鳶，愛惜及於蟲鼠，欲其生也。此輩藉施捨以生，君必使之飢而死，曾視之不若鳥鳶蟲鼠耶？其間破壞戒律，自墮泥犁❹者，誠比比皆是。然因有梟鳥❺，而盡戕羽族；因有破鏡❻，而盡戕獸類，有是理耶？以世法論，田不足授，不能不使百姓自謀食。彼僧尼亦百姓之一種，募化亦謀食之一道耳。必以其不耕不織為蠹國耗民，彼不耕不織而蠹國耗民者，獨僧尼耶？君何不一一著論禁之也？且天下之大，此輩豈止數十萬。一旦絕其衣食之源，羸弱者轉乎溝壑，姑勿具論；桀黠者鋌而走險，君何以善其後耶？昌黎❼闢佛❽，尚曰鰥寡孤獨廢疾者有養。君無策以養，而徒朘其生，豈但非佛意，恐亦非孔孟意也。駟不及舌，君其圖之。』余夢中欲與辯，倏然已覺。其語歷歷可憶。公以所論為何如？」懋園沉思良久曰：「君所持者正，彼所見者大。然人情所向，『匪今斯今❾』，豈君一論所能遏？此神刺刺不休，殊多此一爭耳。」

【章旨】此章藉夢境論辯施捨僧尼的合理性。

【注釋】❶景州　今河北景縣。❷福田　佛教語。佛教以為供養布施，行善修德，能受福報，猶如播種田畝，有秋收之利，故稱。❸伽藍　即伽藍神，佛教寺院中的護法神。❹泥犁　亦作「泥犂」。佛教語，意為地獄。在此界中，一切皆無，為十界中最惡劣的境界。❺梟鳥　比喻惡人或逆子。❻破鏡　傳說中的惡獸名，長大則食其父母。❼昌黎　指韓愈。唐朝時，昌黎（今河北昌黎）的韓氏為一時著姓，文學家韓愈雖系出潁川，著籍河南，亦每以昌黎自稱，故後世稱之為韓昌黎。❽闢佛　指批判佛教。❾匪今斯今　語出《詩經・周頌・載芟》，意思是並非始於現在。

【語譯】景州人中學坤先生，是謙居先生的兒子。他為人純良厚道，質樸率真，不失家傳的風尚。他十分虔誠地相信道學，曾經對堂兄懋園說：「過去在某寺院，看見和尚用種福田來誘騙財物，成為供他們買酒肉吃的費用。我因此寫了一篇議論文章，勸誡人們不要施捨。夜裡夢見一位神，好像是佛教所謂的伽藍神，與我侃侃而談地爭辯說：『您不要如此。以佛法而論，廣大慈悲，萬物平等，那些和尚尼姑不是萬物之一嗎？施捨食物給飛鳥老鷹，愛惜生靈遍及爬蟲老鼠，是想讓牠們能生存下去。這類人依靠施捨而生存，您一定要使他們飢餓而死，不是把他們看得比飛鳥老鷹爬蟲老鼠還不如嗎？僧尼之中破壞戒律，自己墮落地獄的，誠然比比皆是。但是因為有梟鳥這樣的惡禽，而全部殺掉鳥類；因為有破鏡這樣的惡獸，而全部殺掉獸類，有這樣的道理嗎？以世法而論，田地不足以分給每個人，不能不使百姓自謀生路。他們和尚尼姑也是百姓的一種，募捐化緣也是謀生的一條路而已。如果一定要把他們不耕種不紡織視為蠹蝕國家消耗民財之類，那不耕種不紡織而蠹蝕國家消耗民財的，只有和尚尼姑嗎？您何不一一立論禁止施捨供奉他們呢？而且天下之大，這類人何止數十萬，一旦斷絕了他們衣食的來源，瘦弱的死在山谷溝渠，姑且不詳細討論；凶悍狡黠的鋌而走險，您怎樣妥善處理他們以後的事情呢？韓昌黎批判佛教，尚且說鰥寡孤獨廢疾者可以供養起來。您沒有辦法來養活他們，卻只是斷絕他們的生路，不但不符合佛的教義，恐怕也不是孔子孟子的意思吧。一言既出，駟馬追之不及，請您考慮這個道理。』我夢中想同他辯論，忽然就醒過來了。他的話可以清楚地回憶。您認為他的這番議論怎麼樣？」懋園深思了很久，說：「您所持的是正理，而他的見解博大。但是世道人情所嚮往的，正如《詩經》中所說的『並非開始於現在』，豈是您的一番議論所能阻止的？這個神喋喋不休地說著，實在是多此一番爭辯罷了。」

【研析】僧尼靠施捨以生，由來已久。歷史上的幾次滅佛，其經濟原因就是佛教寺廟與封建政權爭奪人力財力。但既然存在，自有其存在的道理。靠強權無法解決，而空言論辯更無濟於事。

善妒

同年金門高，吳縣❶人。嘗夜泊淮揚之間，見岸上二叟相遇，就坐水次草亭上。一叟曰：「君近何事？」一叟曰：「主人避暑園林，吾日日入其水閣，觀活祕戲圖❷；百媚橫生，亦殊可玩。其第五姬尤妖豔。見其與主人剪髮為誓，約他年燕子樓中作關盼盼❸；又約似玉簫再世，重侍韋皐❹。主人為之感泣。然偶聞其與母竊議，則謂主人已老，宜早儲金帛，為琵琶別抱❺計也。君謂此輩可信乎？」相與太息久之。一叟又曰：「聞其嫡甚賢，信乎？」一叟掉頭曰：「天下之善妒人也，何賢之云！夫妒而嚚爭，是為淵驅魚者也。此婦於妾媵之來，弱者撫之以恩，縱其出入冶遊，不復防制，使流於淫佚，其夫自愧而去之。強者待之以禮，陽尊之與己匹，而陰導之與夫抗，使養成驕悍，其夫不堪而去之。有二術所不能餌者，則密相煽構❻，務使參商❼兩敗者，又多有之。幸不即敗，而一門之內，詬誶時聞，使其夫入妾之室則怨語愁顏，入妻之室乃柔聲怡色。其去就不問而知矣。此天下之善妒人也，何賢之云！」門高竊聽所言，服其中理；而不解其日入水閣語。方凝思間，有官舫鳴鉦❽來，收帆欲泊。二叟轉瞬已不見，乃悟其非人也。

【章旨】此章講述了一富豪家妻妾間的種種鉤心鬥角。

【注釋】❶吳縣　今江蘇蘇州。❷祕戲圖　繪有男女性交的淫穢圖畫。❸關盼盼　唐代徐州妓女關盼盼。貞元中，張建封納為妾。建封死後，樓居十五年不嫁。後因白居易贈詩中有「歌舞教成心力盡，一朝身死不相隨」之句，遂感憤不食而死。❹韋皋　字城武，唐京兆萬年（今陝西長安）人。官至西川節度使。❺琵琶別抱　語出白居易〈琵琶行〉「猶抱琵琶半遮面」。後指婦女改嫁。❻煽構　煽動捏造。❼參商　參、商二星此出則彼沒，兩不相見，因以比喻人分離不得相見。也比喻不和睦。如「兄弟參商」。❽鳴鉦　敲擊鉦、鐃或鑼。古代常用作起程的信號。

【語譯】和我同榜取中的金門高，是吳縣人。他曾經乘船夜裡停泊在淮揚之間，看見岸上兩個老人相遇，就在水邊的草亭裡坐下。一位老人說：「您近來做什麼事？」另一位老人說：「主人來到花園裡避暑，我天天到他的水閣中，觀賞活的祕戲圖，真是百媚橫生，也很可以玩賞。他的第五個姬妾，尤其妖豔。我看到她與主人剪下頭髮立誓，約定來生要當燕子樓中的關盼盼；又約定要像玉簫轉世，重新侍奉韋皋。主人為此而感動下淚。但偶然聽到她同母親私下商議，卻說主人已經年老了，應當及早積儲錢物，為另嫁他人的打算。您說這些人可以相信嗎？」兩人相對歎息了很久。一位老人又說：「聽說他的嫡妻很賢慧，是這樣嗎？」另一位老人掉過頭去說：「是個天下善於妒忌的人，有什麼賢慧可說！因妒忌而喧鬧爭吵，這是為淵驅魚的人幹的。這個女人對於姬妾的到來，軟弱的用恩惠來安撫，放縱她隨便出入家門遊玩，不再加以防範制止，使她流於淫蕩，她的丈夫自然感到羞愧而拋棄這個小妾。剛強的待之以禮，表面上尊重她使兩人地位相同，而暗地裡引導她與丈夫對抗，使她養成驕傲凶悍的性格，丈夫不堪忍受便拋棄她。有這兩種方法所不能誘騙的，就祕密煽動捏造，務必使她們像參星和商星彼此對立，最終兩敗俱傷，又是常有的事。如果幸運而沒有立即敗露，而一門之內，辱罵聲時時聽到。使她的丈夫進入姬妾房間就碰上的是怨恨的話語、憂愁的容顏；進入妻子的房間，遇到的則是溫柔的聲音、和悅的神色。他的離去還是進屋來不問而可以知道的了。他的嫡妻是個天下善於妒忌的人，有什麼賢慧可說？」金門高偷聽他們的話，佩服所說的切中事理；然而不理解那位老人天天進入水閣的話。正在凝神思索之間，有官船敲著銅鉦而來，收起船帆想停泊。兩位老人轉眼已經不見了，金門高這才明白他們不是人類。

【研析】如文中所說，老年男子娶了年輕的姬妾，卻不許姬妾作些將來的打算；男子姬妾成群，卻不許妻子發出一點怨言，否則就是不忠，就是善妒。封建社會中，如果婦女妒嫉，則被認為是惡行，男子隨時可以將妻子趕出家門，婦女地位可想而知。

狐遺方

先兄晴湖曰：「飲鹵汁❶者，血凝而死，無藥可醫。里有婦人飲此者，方張皇莫措。忽一媼排闥❷入，曰：『可急取隔壁賣腐家所磨豆漿灌之。』鹵得豆漿，則凝漿為腐而不凝血。我是前村老狐，曾聞仙人言此方也。』語訖不見。試之果得蘇。劉涓子❸有『鬼遺方』，此可稱『狐遺方』也。」

【章旨】此章講述了一個老狐送藥方救人的故事。

【注釋】❶鹵汁　鹽汁；鹽鹵。❷排闥　推門。❸劉涓子　南朝宋人，少時於丹陽郊外射獵，至一處，得癰疽方一帙，藥一臼。後從武帝北征，有被金瘡者，以藥塗患處，隨手而愈。取其方演為十卷，號稱「鬼遺方」。遺，贈送。

【語譯】先兄晴湖說：「喝了鹽鹵的人，血液就會凝固而死，沒有藥可以醫治。鄉裡有個婦人喝了鹽鹵，家人正在慌張失措，突然有一個老婦人推門進屋，說：『可以趕快去取隔壁賣豆腐家所磨的豆漿灌下去，鹽鹵遇到豆漿就凝漿成豆腐而不會凝結血液了。我是前村的老狐，曾經聽到仙人說過這個方子。』說完就不見了。人們用她所說的方法試了一下，那個喝了鹽鹵的婦人果然活了過來。劉涓子號稱有『鬼遺方』，這個方子可以稱為『狐遺方』了。」

【研析】鹵水如同毒藥，喝了就會送命，這是常人皆知的。但用豆漿來化解鹵水對人體的傷害，卻是沒有聽說過的土方。仔細想想，不無道理。過去人們做豆腐，是在豆漿中點了少量的鹵水而成，故俗話有：「鹵水點豆腐，一物降一物」。喝了鹵水，立刻喝下大量的豆漿。豆漿與鹵水在胃裡中和，就不會對人體造成傷害。這個老狐送來土方，救了村婦。由此看來，這個老狐非但可親，更是可敬了。

義鬼救人

客作❶秦爾嚴，嘗御車自李家窪往淮鎮❷。遇持銃擊鵲者，馬皆驚逸。爾嚴倉皇墮車下，橫臥轍中，自分無生理，而馬忽不行。抵暮歸家，沽酒自慶，燈下與儕輩❸話其異，聞窗外人語曰：「爾謂馬自不行耶？是我二人掣其轡也。」開戶出視，寂無人跡。明日，因齎酒脯，至墮處祭之。先姚安公聞之，曰：「鬼如此求食，亦何惡於鬼！」

【章旨】此章講述了一人因馬驚遇險而得到鬼的援救的故事。

【注釋】❶客作　雇工；傭保。❷淮鎮　在河北獻縣東，滹沱河邊，當東西要道。本名槐家鎮，當地人稱為淮鎮。❸儕輩　同輩；朋輩。

【語譯】雇工秦爾嚴，曾經趕著馬車從李家窪前往淮鎮，途中遇到有人拿火銃打鳥鵲，拉車的馬都受驚奔跑。秦爾嚴驚駭慌張中墜落車下，橫躺在車轍中，自己料想沒有活的道理，但受驚的馬卻忽然不跑了。秦爾嚴到晚上回家，買了酒自己慶賀，燈下和同伴談起這件事的奇異時，聽到窗外有人說話道：「你以為那馬是自己不跑的嗎？是我兩人拉住牠的轡頭呵。」秦爾嚴開門出去察看，寂然沒有人跡。第二天，秦爾嚴於是帶著酒肉，到自己從馬車上墜落的地方祭祀。先父姚安公聽了這件事後說：「鬼用這種辦法求食，對鬼也就沒有什麼可憎惡的了！」

【研析】救人於危難之際，本是一種仁義之舉。但鬼救人，卻被說成是求食，難免貶低了這種義舉。難道人一旦死後成鬼，做了善事就會有所企求？如果真有鬼魅，人們對其也應是善惡分明的。

狐教子

里人王五賢（幼時聞呼其字是此二音，不知即此二字否也？）老塾師❶也。嘗夜過古墓，聞鞭扑聲，並聞責數曰：「爾不讀書識字，不能明理，將來何事不可為？至上干天律❷時，爾悔遲矣。」謂深更曠野，誰人在此教子弟？諦聽乃出狐窟中。五賢喟然曰：「不圖此語聞之此間。」

【章旨】此章講述了一個狐仙教育子弟的故事。

【注釋】❶塾師　古時私塾的教師。❷天律　天界的律令。

【語譯】我家鄉人王五賢（幼年時聽到叫他的字是這兩個音，不知道是否就是這兩個字？）是個老塾師。他曾經夜裡路過古墓，聽到有鞭打聲音，並且聽到責備數落說：「你不讀書識字，不能夠明白事理，將來什麼事幹不出來？等到上犯天條的時候，你後悔就晚了！」王五賢認為深更半夜在空曠的野地裡，有什麼人會在這裡教訓子弟呢？他仔細聽去，才聽出聲音發自狐仙居住的洞穴中。王五賢歎息說：「沒有想到這樣的話竟然在這裡聽到。」

【研析】《三字經》稱：「玉不琢，不成器；人不學，不知義。」故而教子讀書明理，是天下父母的責任。作者講述這個故事，無疑是對那些官宦人家放縱子弟的一種批判。

狐戲人

先叔儀南公，有質庫❶在西城。客作陳忠，主買菜蔬。儕輩皆謂其近多餘潤❷，宜饗眾。忠諱無有。次日，篋鑰❸不啟，而所蓄錢數千，惟存九百。樓上故有狐，恆隔窗與人語，疑所為。試往叩之，果朗然應曰：「九百錢是汝雇值，分所應得，吾不敢取。其餘皆日日所乾沒❹，原非汝物。今日端陽❺，已為汝買粽若干，買酒若干，買肉若干，買雞魚及瓜菜果實各若干，並泛酒雄黃❻，亦為買得，皆在樓下空屋中。汝宜早烹炮，遲則天暑恐腐敗。」啟戶視之，累累具在。無可消納，竟與眾共餐。此狐可謂惡作劇，然亦頗快人意也。

【章旨】此章講述了一個狐仙戲弄乾沒主人錢財的僕人的故事。

【注釋】❶質庫　古時指當鋪。❷餘潤　指額外的經濟收益。❸篋鑰　小箱子的鎖鑰。篋，小箱子。❹乾沒　侵吞公家或別人的財物。❺端陽　即端午。農曆五月初五，本名「端五」。亦名「重五」、「重午」。民間有吃粽子，賽龍舟，門上插菖蒲艾草、身上佩香袋、喝雄黃酒以避邪氣毒蟲等種種習俗，至今猶存。❻泛酒雄黃　指加了雄黃的酒，稱雄黃酒。民間習俗，端午喝雄黃酒可以驅避邪氣毒蟲。古戲曲《白蛇傳》中的白娘子就因為在端午節喝了雄黃酒而顯出原形。

【語譯】我的先叔儀南公，有座當鋪在西城。雇工陳忠，主管購買菜蔬。同伴們都說他近來多有額外的利潤，應當宴請大家。陳忠否認說沒有。第二天，陳忠錢箱子的鎖鑰沒有打開，而他所積蓄的幾千銅錢，只剩下了九百。當鋪樓上本來就有狐仙，經常隔著窗子同人講話，陳忠懷疑是他幹的，試著前去詢問，那個狐仙果然高聲回答說：「九百錢是你做雇工的傭金，分內應該得到的，我不敢拿。其餘都是你天天侵吞主人錢財得來的，原來就不是你的東西。今天端午節，我已經替你買了粽子若干，買了酒若干，買了肉若干，買了雞魚及瓜菜果品各若干，連同加了雄黃的酒，也代你買來了，都放在樓下的空屋裡。你最好早些去燒煮烹調，遲了恐怕會因天氣炎熱而腐敗。」陳忠開門查看，狐仙買來的酒菜食物都堆在那裡。陳忠一人無法吃完，只好同大家共同吃了。這個狐仙可以說是惡作劇了，然而也頗為使人快意。

【研析】雇工趁替主人辦事之際弄點好處自然不該，狐仙小小戲弄也算是懲罰了，可博一笑。此章所描寫的狐仙可親可近，與常人並無區別。

拆字

亥有二首六身，是拆字之權輿❶矣。漢代圖讖❷，多離合點畫。至宋謝石❸輩，始以是術專門，然亦往往有奇驗。乾隆甲戌❹，余殿試❺後，尚未傳臚❻，在董文恪公家，偶遇一浙士，能拆字。余書一「墨」字。浙士曰：「龍頭竟不屬君矣。里字拆之為二甲，下用四點，其二甲第四乎？然必入翰林❼。四點庶字腳，土吉字頭，是庶吉士❽矣。」後果然。又戊子❾秋，余以漏言獲譴❿，獄頗急，日以一軍官伴守。一董姓軍官云能拆字。余書「董」字使拆。董曰：「公遠戍矣。是千里萬里也。」余又書「名」字。董曰：「下為口字，上為外字偏旁，是口外矣。日在西為夕，其西域乎？」問：「將來得歸否？」曰：「字形類君，亦類召，必賜環⓫也。」問：「在何年？」曰：「口為四字之外圍，而中缺兩筆，其不足四年乎？今年戊子，至四年為辛卯⓬，夕字卯之偏旁，亦相合也。」果從軍烏魯木齊，以辛卯六月還京。蓋精神所動，鬼神通之；氣機所萌，形象兆之。與揲蓍⓭灼龜⓮事同一理，似神異而非神異也。

【章旨】此章講述了作者親歷的兩個請人拆字的故事。

【注釋】❶權輿　草木萌芽的狀態。引申為起始、初時。❷圖讖　即讖書。是巫師或方士製作的一種隱語或預言，作為吉凶的符驗或徵兆。東漢時盛行。❸謝石　兩宋時蜀人，字潤夫。以方術得名。善於相字。使人書一字，即知其人用意，以卜吉凶，甚靈驗。北宋宣和間至東京開封，名動公卿。徽宗密使人書一朝字示之。謝石說：「此非人臣也。上以十月十日生，朝字十月十日也。」徽宗悅，召見賜金帶。高宗時以相春字謂秦頭太重壓日無光，忤秦檜，死於戍所。❹乾隆甲戌　即乾隆十九年，西元一七五四年。❺殿試　科舉制度中，皇帝對會試錄取的貢士在殿廷上親發策問的考試。也叫廷試。❻傳臚　科舉制度中，在殿試後由皇帝宣布登第進士名次的典禮。古代以上傳語告下為臚，即唱名之意。❼翰林　即翰林院。清制翰林院以大學士為掌院學士，其下設侍讀學士、侍講學士、侍讀、侍講、修撰、編修、檢討等官。殿試朝考後，新進士之授翰林院庶吉士者，稱為「點翰林」。❽庶吉士　清代翰林院設庶常館，選新進士之優於文學書法者，入館學習，稱為翰林院庶吉士。❾戊子　即乾隆三十三年，西元一七六八年。❿漏言獲譴　乾隆三十三年七月，前任兩淮鹽運使盧見曾因在任期間大飽私囊，被人告發。紀昀供職內廷，事先得到消息，遂設法把將要受查抄的消息洩漏給了盧家，致使盧家事先將貴重家財迅速轉移隱藏。此後，紀昀洩密之事被人告發，被發往烏魯木齊軍中效力。漏言，洩漏密言或情況。⑪賜環　亦作「賜圜」。古時放逐之臣，遇赦召還謂「賜環」。⑫辛卯　即乾隆三十六年，西元一七七一年。⑬揲蓍　亦稱「揲蓍草」。數蓍草，古代問卜的一種方式。⑭灼龜　古代用火燒炙龜甲，視其裂紋以測吉凶。

【語譯】「亥」字以「二」為字首，以「六」為字身，這是拆字的初始。漢代預言吉凶的圖讖，多是分離或合併字的點畫。到了宋朝的謝石等人，才把這個方術作為專門之學，但也往往有神奇的效驗。乾隆十九年，我參加殿試後，朝廷還沒有宣布登第名次，在董文恪公家裡，偶然間碰到一個浙江士人，他會拆字。我寫了一個「墨」字。這個浙江士人說：「龍頭終究不屬於您了。里字拆開為二甲，下面作四點，那是二甲第四名吧？但是必然進翰林院。四點是庶字的腳，土是吉字的頭，這是庶吉士了。」後來果然如此。又乾隆三十三年秋天，我因為洩露祕密而獲罪，案情頗為嚴重，每天有一個軍官相伴看守我。一個姓董的軍官說會拆字。我寫了一個「董」字讓他拆。董姓軍官說：「您要遠遠戍守邊疆了，是千里萬里的遙遠。」我又寫了一個「名」字。董姓軍官說：「名字下面是口字，上面是外字的偏旁，這是發配往口外了。日在西邊為夕，莫非是西域吧？」我問：「將來能否回來呢？」董姓軍官回答說：「字形類似君字，也類似召字，肯定會被召回去的。」我問：「是在哪一年呢？」董姓軍官回答說：「口字是四字的外圍，而中間缺兩筆，那是不滿四年吧？今年是戊子年，到第四年是辛卯年；夕字是卯字的偏旁，也是相合的。」我後來果然從軍於烏魯木齊，在辛卯年六月召回京城。大概精神所發動，鬼神能夠相通；人的氣機有所萌發運行，形象先有預兆。這同分蓍草、灼龜殼定吉凶是一樣的道理，似乎神祕奇異而並不神祕奇異。

【研析】以拆字來判定人的禍福吉凶，本是騙人之術、無稽之談，而作者卻深信不疑，還以為「似神異而非神異」，未免貽笑後人。

胡宮山怕鬼

醫者胡宮山，不知何許人。或曰：「本姓金，實吳三桂❶之間諜。三桂敗，乃變易姓名。」事無左證❷，莫之詳也。余六七歲時及見之，年八十餘矣，輕捷如猿猱，技擊絕倫。嘗舟行，夜遇盜，手無寸刃，惟倒持一煙筒，揮霍如風，七八人並刺中鼻孔仆。然最畏鬼，一生不敢獨睡。言少年嘗遇一僵屍，揮拳擊之，如中木石，幾為所摶，幸躍上高樹之頂。屍繞樹踴距，至曉乃抱木不動。有鈴馱群過，始敢下視。白毛遍體，目赤如丹砂❸，指如曲鉤，齒露唇外如利刃。怖幾失魂。又嘗宿山店，夜覺被中蠕蠕動，疑為蛇鼠；俄枝梧撐拄，漸長漸巨，突出並枕，乃一裸婦人。雙臂抱持，如巨絙❹束縛，接吻噓氣，血腥貫鼻，不覺暈絕。次日得灌救，乃蘇。自是膽裂，黃昏以後，遇風聲月影，即惴惴卻步云。

【章旨】此章講述了一個人武藝高強卻處處怕鬼的故事。

【注釋】❶吳三桂　字長白，明末高郵人，遼東（今遼寧遼陽）籍。武舉出身，以父蔭襲軍官，鎮守山海關。後降清，引清兵入關。奉清廷命鎮守雲南，手握重兵，形成割據勢力。康熙十二年舉兵叛亂，自稱周王。十七年在衡州（今湖南衡陽）稱帝，不久病死。孫世璠繼位，旋為清所滅。❷左證　證據；證實。❸丹砂　亦作「丹沙」。即朱砂。礦物名。

色深紅，古代道教徒用以化汞煉丹，中醫作藥用，也可製作顏料。❹巨絙　粗大的繩索。絙，粗索。

【語譯】行醫的胡宮山，不知是什麼樣的人。有人說：「他本來姓金，實際上是吳三桂的間諜。吳三桂失敗，才改變姓名。」事情沒有旁證，無法了解清楚。我六七歲時還見到過他，他年紀八十多歲了，輕巧敏捷如同猿猴，搏擊的技藝無與倫比。他曾經在乘船途中，夜裡遇到強盜，手裡沒有任何武器，只倒拿一支煙筒，揮動如風，七八個人都被他刺中了鼻孔而仆倒在地。但是他最怕鬼，一生不敢獨自一個人睡覺。他說少年時曾經碰到一個僵屍，揮拳打去，就像打中木頭石塊，幾乎被僵屍抓住，幸而跳上高高的樹梢。僵屍繞著大樹跳躍，到天亮才抱住樹木不動。直到有繫著鈴鐺的一支馱隊經過，他才敢朝下觀看。只見那僵屍滿身的白毛，眼睛紅得像朱砂，手指像彎曲的鉤子，牙齒露在嘴唇外面像鋒利的刀刃，他害怕得幾乎掉了魂。他又曾經住宿在山間的旅店裡，夜裡覺得被子中蠕蠕而動，懷疑是蛇鼠之類的動物。一會兒這東西像樹枝那樣支撐伸展，漸長漸大，突出被子和他睡在同一個枕頭上，原來是一個裸體婦人。那個婦人雙臂抱住他，就像粗繩捆縛，接吻噓氣，血腥味直衝鼻子。他不知不覺地昏暈過去。第二天，他被人灌了藥搶救，才蘇醒過來。從此以後，他嚇破了膽，黃昏以後，碰到風聲月影，就恐懼地往後退。

【研析】凡人中十有八九是怕鬼的。且不說鬼的無影無蹤，就是它施展的伎倆也讓人難以對付。然而世界上並無鬼，人們的怕鬼純屬心理與意志上的問題。不做虧心之事，善養浩然之氣，鬼魅魍魎又能奈我何？

居鋐命窮

南皮令居公鋐，在州縣幕❶二十年，練習案牘，聘幣❷無虛歲。擁貲既厚，乃援例得官，以為駕輕車就熟路也。比莅任，乃憒憒❸如木雞；兩造爭辯，輒面赬語澀，不能出一字；見上官，進退應對，無不顛倒。越歲餘，遂以才力不及劾。解組❹之日，夢蓬首垢面人長揖曰：「君已罷官，吾從此別矣。」霍然驚醒，覺心境頓開。貧無歸計，復理舊業，則精明果決，又判斷如流矣。所見者其夙冤耶？抑即昌黎所送之窮鬼❺耶？

【章旨】此章講述了一個買官得官卻不會做官的故事。

【注釋】❶幕　指官衙幕府聘用的僚屬。後亦指以充當幕友為職業。❷聘幣　古時聘人所備的禮物。幣，本意為繒帛。古以束帛為贈送賓客及享聘之禮。❸憒憒　糊塗。❹解組　解下印綬，謂辭去官職。組，印綬。❺昌黎所送之窮鬼　韓愈曾撰〈送窮文〉，以為窮鬼之名有五種：智窮、學窮、命窮、文窮、交窮。當三揖而送。昌黎，指唐代大文豪韓愈。

【語譯】南皮縣令居鋐，曾在州縣衙門裡做幕僚二十多年，熟習官府文書案牘，官府聘幣沒有一年落空。他擁有的錢財既然豐厚，於是按例捐得了官，自以為是駕輕車就熟路。等到他一上任，竟然昏聵得如同木雞，訴訟雙方爭辯，他總是面紅語塞，不能講出一個字；見上司，進退應對，沒有不顛三倒四的。過了一年，他就以才力不及受到彈劾。他解任的這天，夢見一個蓬頭垢面的人向他作個大揖說：「您已經罷官，我從此別去了。」居鋐忽然驚醒，覺得心境頓時開朗。他因貧窮沒有辦法回家鄉，只好重操舊業，卻精明果斷，判決斷案又如同流水那麼順暢了。他所見到的人是前世的冤業嗎？或者就是韓昌黎三揖而送的窮鬼呢？

【研析】常人所謂做官得有做官的命，強求不得。其實這不過是說說而已。正因為常人少有做官的機會，才將做官看成是天命所授，聊以自慰而已。文章中所說的居鋐在幕後精明強幹，一旦到幕前就呆若木雞。這樣的人只能從其心理上找原因，而不能歸結於窮命。

鬼求代

裘文達公言：官詹事❶時，遇值日❷，五鼓赴圓明園❸。中途見路旁高柳下，燈火圍繞，似有他故。至則一護軍❹縊於樹，眾解而救之。良久得蘇，自言過此暫憩，見路旁小室中有燈光，一少婦坐圓窗中招我。逾窗入，甫一俯首，項已被掛矣。蓋縊鬼變形求代也。此事所在多有，此鬼乃能幻屋宇，設繩索，為可異耳。

又先農壇❺西北文昌閣❻之南（文昌閣俗曰高廟），匯有積水，亦往往有溺鬼誘人。余十三四時，見一人無故入水，已沒半身。眾噪而挽之，始強回；癡坐良久，漸有醒意。問何所苦而自沉，曰：「實無所苦，但渴甚。見一茶肆，趨往求飲，猶記其門懸匾額，粉板青字，曰『對瀛館』也。」命名頗有文義，誰題之、誰書之乎？此鬼更奇矣。

【章旨】此章分別講述了縊鬼、溺鬼變形求代的故事。

【注釋】❶詹事　官名。秦始置，職掌皇后、太子家事。明清皆設詹事府，設詹事及少詹事，為三、四品官，事實上只用備翰林官的升遷，並無實職。清末廢。❷值日　在當值的那一天承應差事或擔任某項工作。❸圓明園　我國清代名園之一。遺址在北京西郊海淀附近。始建於康熙四十八年（一七〇九年），為環繞福海的圓明、萬春、長春三園的總稱。被譽為「萬園之園」。咸豐十年（一八六〇年）英法聯軍劫掠園中珍物，並縱火焚毀。今僅存殘跡，建有遺址公園。❹護軍　清代以守衛宮城的八旗兵為護軍，設護軍統領以下各職。❺先農壇　在北京永定門內天壇之西。是明、清帝王祭農神之所。由先農壇、太歲壇、山川壇三個壇組成。明嘉靖中建，清乾隆十九年（一七五四年）重修。❻文昌閣　供奉文昌星的宮閣。文昌，斗魁上六星的總稱。

【語譯】裘文達公說：他在詹事府擔任詹事的時候，輪到值日，五更天時去圓明園。途中他看見路旁高高的柳樹下，燈火圍繞，似乎有異常情況。到了那裡，只見是一名護軍在樹上自縊，眾人把他解救下來。過了好久，那名護軍蘇醒過來，自己說經過這裡暫時歇息，看見路旁小屋中有燈光，一個少婦坐在圓窗裡招呼我，我就越窗而入，剛一低頭，頸項已經被掛住了。這是吊死鬼變了形找人替代。這樣的事到處都有，只是這個吊死鬼卻能夠幻化變出屋子，設置繩索，確實是值得奇異的了。又先農壇西北文昌閣的南面（文昌閣俗稱高廟），有積水匯聚，也往往有溺死鬼引誘人替代。我十三四歲時，看見一個人無緣無故走入水中，已經淹沒半個身子，眾人呼叫著拉他，才勉強走回來；他癡癡地坐了好久，漸漸有點蘇醒的樣子。問他因為什麼苦惱而投水自盡？這個人回答說：「我實在沒有什麼苦惱，但當時我口渴得厲害，看見一個茶館，趕緊跑過去請求喝水，還記得茶館的門上懸掛著匾額，粉白的底板青色的字，叫『對瀛館』。」茶館的名字起得很文雅，誰題的名、誰書寫的呢？這個鬼更奇異了。

【研析】民間迷信流傳說凡吊死鬼、溺死鬼都要找人替代，才能入輪迴轉世做人。筆記小說中類似故事甚多。這種以他人受難來換取自己的解脫，是與儒家學說相背離的。儒家認為人不能無謂而死，生老病死由上天注定，人是無能為力的，而無謂之死卻是違背天理人情。同時，儒家又主張「己所不欲，勿施於人」。由此看來，儒家是反對所謂的鬼找替代之說的。其實，鬼找替代本來就是迷信之說，純屬無稽之談。

劉鬼谷夢鬼

山東劉君善謨，余丁卯❶同年也。以其黠巧❷，皆戲呼曰「劉鬼谷」。劉故詼諧，亦時以自稱。於是鬼谷名大著，而其字若別號，人轉不知。乾隆辛未❸，僦校尉營一小宅。田白巖偶過閒話，四顧慨然曰：「此鳳眼張三舊居也，門庭如故，埋香黃土已二十餘年矣。」劉駭然曰：「自卜此居，吾數夢豔婦來往堂廡間，其若人乎？」白巖問其狀，良是。劉沉思久之，拊几曰：「何物淫鬼，敢魅劉鬼谷！果現形，必痛抶之。」白巖曰：「此婦在時，真鬼谷子❹，捭闔❺百變，為所顛倒者多矣。假鬼谷子何足云！京師大矣，何必定與鬼同住？」力勸之別徙。余亦嘗訪劉於此，憶斜對戈芥舟宅約六七家。今不能指其處矣。

【章旨】此章講述了一個讀書人賃屋居住夢鬼的故事。

【注釋】❶丁卯　即乾隆十二年，西元一七四七年。❷黠巧　黠慧靈巧。❸乾隆辛未　即乾隆十六年，西元一七五一年。❹鬼谷子　相傳戰國時楚人。姓名傳說不一。隱於鬼谷，因以自號。長於養性持身和縱橫捭闔之術。❺捭闔　猶言開合，戰國時策士遊說的一種方法。

【語譯】山東人劉善謨先生，是乾隆丁卯年與我同榜取中的。因為他黠慧靈巧，人們都戲稱他為「劉鬼谷」。

劉先生本來生性詼諧，也時常用「鬼谷」來自稱。於是「劉鬼谷」的名字大為著稱，而他的字就像別號，人們反而不知道了。乾隆十六年，他租住校尉營的一所小宅院。田白巖偶然經過他家閒談，四面環顧感慨地說：「這是鳳眼張三的舊居，門庭還如同原樣，埋香骨於黃土已經二十多年了。」劉先生驚駭地說：「自從選擇這所宅院居住後，我幾次夢見一位豔麗的婦人來往於廳堂廊屋之間，就是這個人嗎？」田白巖詢問這個婦人的形態，果然就是她。劉先生沉思了很久，拍著几案說：「這個淫鬼是什麼東西，敢來誘惑劉鬼谷！果真現形，我必定痛打她。」田白巖說：「這個婦人在世時，是個真鬼谷子，縱橫捭闔，手段百變，被她迷惑而神智顛倒的人可多了。你這個假鬼谷子又有什麼好說的！京城地方大得很，何必一定要和鬼同住呢？」竭力勸他搬往別處居住。我也曾經到這裡拜訪過劉先生，記憶中這所宅院斜對著戈芥舟的住宅大約有六七家。如今不能指出它的確切位置了。

【研析】此章明寫的是劉鬼谷，而暗寫的卻是鳳眼張三。她的豔麗、聰慧、機智都在劉、田兩人的對話中凸現，給人無限想像。

盜呼

史太常❶松濤言：初官戶部❷主事❸時，居安南營，與一孀婦鄰。一夕盜入孀婦家，穴壁已穿矣。忽大呼曰：「有鬼！」狼狽越牆去。迄不知其何所見也。豈神或哀其煢獨❹，陰相之歟？又戈東長前輩一日飯罷，坐階下看菊。忽聞大呼曰：「有賊！」其聲喑嗚，如牛鳴盎中。舉家駭異。俄連呼不已，諦聽乃在廡下爐坑內。急邀邏者❺來，啟視，則儽然❻一餓夫，昂首長跪。自言前兩夕乘暗闌入，伏匿此炕，冀夜深出竊。不虞二更微雨，夫人命移醃虀❼兩甕置坑板上，遂不能出。尚冀雨霽移下，乃兩日不移。飢不可忍，自思出而被執，罪不過杖；不出則終為餓鬼。故反作聲自呼耳。其事極奇，而實為情理所必至。錄之亦足資一粲也。

【章旨】此章分別講述了兩個盜賊入室行竊而反遭驚嚇及束手就擒的故事。

【注釋】❶太常　官名。秦置奉常，漢景帝時改稱太常。為九卿之一，掌宗廟禮儀，兼掌選試博士。歷代沿置，則專為司祭祀禮樂之官。隋至清稱太常寺卿，清末廢。❷戶部　官署名。掌管全國土地、戶籍、賦稅、財政收支等事務，長官為戶部尚書。❸主事　官名。北魏置尚書主事令史，意即令史中的首領。隋以後但稱主事。本為雇員性質，不在正規職官之內。清代相沿，進士分部，須先補主事，遞升員外郎、郎中。官階為六品。❹煢獨　謂孤獨，沒有依靠；亦指孤獨無靠的人。煢，無兄弟；獨，無子。❺邏者　巡邏的人；巡察的人。❻儽然　頹喪；疲困。❼醃虀　醃菜。虀，切碎的醃菜或醬菜。

【語譯】太常寺卿史松濤說：他起初擔任戶部主事時，住在安南營，同一個寡婦相鄰。一天晚上，一個盜賊進入寡婦家，牆壁已經被鑿穿了，忽然大聲呼叫道：「有鬼！」那個盜賊狼狽地跳過牆頭而去。至今不知道他見到了什麼。難道神靈也哀憐那個寡婦的孤獨無依，暗中佑助她嗎？又，戈東長前輩有一天吃完飯，坐在臺階下賞看菊花。忽然聽到大聲呼叫道：「有賊！」那呼喊聲低沉，就像牛在甕中鳴叫。戈東長全家人異常驚駭。一會兒，呼喊聲接連不停，仔細一聽，這呼聲是在廊屋下的爐坑裡發出來的。戈東長趕緊叫巡邏的人來，打開一看，原來是一個頹喪疲困的餓漢子，抬著頭長跪在爐坑裡。這個餓漢說自己前兩天乘天黑私自闖入，藏在這個爐坑裡，打算夜深的時候出來偷竊。沒有想到二更天下起小雨，夫人讓人搬來兩甕醃菜放在坑板上，於是就出不來了。盜賊還希望雨停天晴後人們會把兩個醃菜甕搬下去，然而竟兩天沒有把醃菜甕搬開。盜賊餓得無法忍耐，心想出來被抓住，罪行不過被打板子；不出來最後就會成為餓死鬼了。因此盜賊反而出聲自己呼叫有賊罷了。這事情非常離奇，但從情理上講確實應該如此。記錄下來，也足以供人們一笑。

【研析】盜賊入室行竊，自然心虛膽寒。前則故事中盜賊入寡婦家而受驚嚇，肯定是寡婦用智慧嚇退盜賊，而非神靈庇佑。後則故事中的盜賊束手就擒，是種種巧合造成的。常言說「無巧不成書」，此也是一例。

疑案難斷

河間府吏劉啟新，粗知文義。一日問人曰：「梟鳥、破鏡是何物？」或對曰：「梟鳥食母，破鏡食父，均不孝之物也。」劉拊掌❶曰：「是矣。吾患寒疾，昏憒中魂到冥司，見二官連几坐。一吏持牘請曰：『某處狐為其孫齧殺，禽獸無知，難責以人理。今惟議抵，不科不孝之罪。』左一官曰：『狐與他獸有別。已煉形❷成人者，宜斷以人律❸；未煉形成人者，自宜仍斷以獸律。』右一官曰：『不然。禽獸他事與人殊，至親屬天性，則與人一理。先王誅梟鳥、破鏡，不以禽獸而貸也。宜仍科不孝，付地獄。』左一官首肯曰：『公言是。』俄吏抱牘下，以掌摑吾，悸而蘇。所言歷歷皆記，惟不解梟鳥、破鏡語。竊疑為不孝之鳥獸，今果然也。」案：此事新奇，故陰府亦煩商酌。知獄情萬變，難執一端。據余所見，事出律例之外者：一人外出，訛傳已死。其父母因鬻婦為人妾。夫歸，迫於父母，弗能訟也。潛至娶者家，伺隙一見，竟攜以逃。越歲緝獲，以為非姦，則已別嫁；以為姦，則本其故夫。官無律可引也。又劫盜之中，別有一類，曰「趕蛋」。不為盜，而為盜之盜。每伺盜外出，或襲其巢，或要諸路，奪所劫之財。一日互相格鬥，並執至官。以為非盜，則實強掠；以為盜，則所掠乃盜贓。官亦無律可引也。又有姦而懷孕者，決罰後，官依律判生子還姦夫。後生子，本夫恨而殺之。姦夫控故殺其子。雖有律可引，而終覺姦夫所訴，有理無情；本夫所為，有情無理，無以持其平也。不知彼地下冥官，遇此等事，又作何判斷耳？

【章旨】此章講述了幾個依據大清律難以判決的案例。

【注釋】❶拊掌　拍手；鼓掌。表示氣憤或喜悅。❷煉形　指修煉形體。❸人律　指人間的法律。

【語譯】河間府小吏劉啟新，粗略地知曉文義。一天，他問人說：「梟鳥、破鏡是什麼東西？」有人回答說：「梟鳥吃母親，破鏡吃父親，都是不孝的東西。」劉啟新拍著手說：「對了。我得了傷寒，昏迷中魂魄到了陰間衙門，看見兩位官員並排而坐。一個小吏拿著案牘請示說：『某地的狐狸被牠的孫子咬死，禽獸無知，難以用人的道理來要求牠。如今只是商議讓牠抵罪，不判處不孝的罪名。』左邊一個官員說：『狐狸同其他的禽獸有區別，已經修煉形體成為人的，應當以人間的律條來判決；沒有修煉形體成為人的，自然就應當仍舊以禽獸的律條來判決。』右邊一個官員說：『不能這樣。禽獸在其他事情上與人不同，唯有至親之間的情愛屬於天性，與人是同一個道理。上古的賢明君王誅殺梟鳥、破鏡，不因為牠們是禽獸而寬免。應當仍判決為不孝，交付地獄。』左邊一個官員點頭表示同意，說：『您說的是。』一會兒，小吏抱著案牘下來，用巴掌打我耳光，我因此驚悸而醒。他們所說的我都一一清楚地記得，只是不理解梟鳥、破鏡是什麼意思，我懷疑是指不孝的鳥獸，如今果然不錯。」案：這件事情很新奇，所以陰間官府也頗費商議斟酌。由此知道案情千變萬化，斷案時很難偏執一理。根據我所見事情出於法律條例之外的：一個人外出，訛傳他已經死了，他的父母因而把媳婦賣給別人做妾。丈夫歸來，迫於這件事是父母所做的，不能訴訟。只好暗中到娶他妻子的人家去，等待機會和妻子見了一面，竟然攜帶她逃走了。過了一年，夫妻雙雙被捕獲。如果認為他們兩人不是姦情，但他的妻子卻已經另嫁；如果認為他們兩人是姦情，男人卻原本就是她的丈夫。官府沒有法律條令可以引用來判決這個案子。又，專幹搶劫的盜賊中，另有一類人，稱為「趕蛋」。趕蛋不做盜竊百姓的事，而做盜賊的盜賊。他們每每等候盜賊外出，或者偷襲盜賊的巢穴，或者在路上攔截，奪取盜賊所劫掠的財物。一天，趕蛋與盜賊互相格鬥，一起被抓到了官府。官府如果認為趕蛋不是盜賊，那麼事實上是強搶；如果認為他們是盜賊，那麼他們所劫掠的卻是盜賊的贓物。這也是沒有法律條令可以引用來判決這個案子的。又，有婦人因通姦而懷孕的，判決責罰以後，官府依照法律條令判婦人生了兒子還給姦夫。後來婦人生了兒子，她的丈夫因憤恨而把嬰兒殺了。姦夫控告那個婦人的丈夫故意殺他的兒子。雖然有法律條令可以引用，然而終究覺得姦夫所控告的有理而無情；那個婦人的丈夫所做的事有情而無理。沒有辦法把這個案子加以公平判決。不知道那些地下陰間衙門的官員，遇到這類事情，又該作怎樣的判斷呢？

【研析】人們常說法律不是萬能的，古今同理。即使再完備的法律，也有疏漏空白之處。因為以人制定的法律來約束、規範千變萬化的大千世界，肯定力不從心。現代法學家康特爾所言：「法治的威力……在勸人相信，那由法律的意象和分類構築的世界乃是能夠擁有的惟一合理的生活世界」，怕是過於理想化了。法律在對待某些案例時也是無能為力的。

風氏園古松

豐宜門❶外風氏園古松，前輩多有題詠。錢香樹❷先生尚見之，今已薪矣。何華峰云：相傳松未枯時，每風靜月明，或聞絲竹❸。一巨公偶遊其地，偕賓友夜往聽之。二鼓後，有琵琶聲，似出樹腹，似在樹杪。久之，小聲緩唱曰：「人道冬夜寒，我道冬夜好。繡被暖如春，不愁天不曉。」巨公叱曰：「何物老魅❹，敢對我作此淫詞！」戛然而止。俄登登復作，又唱曰：「郎似桃李花，妾似松柏樹；桃李花易殘，松柏常如故。」巨公點首曰：「此乃差近風雅。」餘音搖曳之際，微聞樹外悄語曰：「此老殊易與❺，但作此等語言，便生歡喜。」撥剌一響，有如弦斷。再聽之，寂然矣。

【章旨】此章講述了一棵古松的奇異，嘲諷了權貴的假道學。

【注釋】❶豐宜門　今北京右安門。❷錢香樹　即錢陳群。字主敬，號香樹，又號柘南居士，清嘉興（今浙江嘉興）人。康熙末第進士，雍正、乾隆時久直南書房。官至刑部左侍郎。擅作詩，與沈德潛並稱為東南二老。卒諡文端。❸絲竹　我國對絃樂器（如琵琶、二胡等）與竹簫管樂器（如簫、笛等）的總稱。亦泛指音樂。❹老魅　老妖精。魅，鬼魅；精怪。❺易與　容易對付，含有藐視的意思。

【語譯】京師豐宜門外風家花園的一棵古松，前輩們對此大都有過詩歌題詠。錢香樹先生還見到過這棵古松，如今已經成為燒火的柴禾了。何華峰說：相傳松樹沒有枯死時，每當風靜月明，有時能夠聽到絲竹之聲。一位豪門貴族偶然來遊覽這個地方，偕同賓客友人夜裡前往傾聽。二更天以後，有琵琶的彈撥聲，好像出於松樹的樹幹之中，又好像是在樹梢。很久之後，聽到輕聲緩緩地唱道：「人們都說冬夜寒冷，我卻說冬夜好。繡花被子溫暖如春，不必憂愁漫漫長夜而天不拂曉。」這位豪門貴族喝叱說：「是什麼老妖精，竟然敢對我唱這樣的淫穢詞曲！」歌唱聲突然間停止了。過了一會兒，琴弦又登登地重新響了起來，那個聲音又唱道：「郎君好似桃李花，妾身好似松柏樹。桃李花容易殘敗，松柏卻恆常如故。」這位豪門貴族點點頭說：「這個曲子還較為接近風雅。」歌曲的餘音飄蕩之際，微微聽到古樹外有人悄悄地說：「這位老人很容易對付，只是講這樣的語言，他就會歡喜。」撥剌的一聲響，如同琴弦斷了。再聽下去，就寂然無聲了。

【研析】清初，鑑於明代士大夫們的奢靡亡國，清人恥言風花雪月，以為涉及淫蕩，君子不為。士大夫們互相標榜道學，滿口的聖賢之言。然而，身體力行者渺渺，紙醉金迷者皆是。道學成為虛偽的代稱，道學家成為譏諷的對象。作者紀昀雖然信奉先哲之言，但對假道學深惡痛絕，時時加以嘲諷。此文便是一例。

繼妻受杖

佃戶卞晉寶，息耕隴畔，枕塊暫眠。朦朧中聞人語曰：「昨官中有何事？」一人答曰：「昨勘某人繼妻，予鐵杖百。雖是病容，尚眉目如畫，肌肉如凝脂❶。

每受一杖，哀呼宛轉，如風引洞簫，使人心碎。吾手顫不得下，幾反受鞭。」問者太息曰：「惟其如是之妖媚，故蠱惑其夫，荼毒前妻兒女，造種種惡業也。」晉寶私念：是何官府，乃用鐵杖？欲起問之。欠伸拭目，乃荒煙蔓草，四顧闃然❷。

【章旨】此章講述了一個後母因虐待前妻子女在陰間遭到懲罰的故事。

【注釋】❶凝脂　凝凍的脂肪，比喻皮膚潔白柔滑。❷闃然　寂靜。

【語譯】佃戶卞晉寶，耕作完在田隴邊歇息，頭枕土塊暫時小睡一會兒，朦朧當中聽到有人說話道：「昨天官府中有什麼事？」一個人回答說：「昨天審查某人續娶的妻子，判罰她鐵杖一百下。她雖然滿臉病容，還是眉目如畫，肌膚雪白如同凝脂。她每挨一杖，就哀聲呼叫，聲音宛轉，如同輕風吹來的洞簫聲，使人聽了心碎。我手發顫打不下去，幾乎反而遭受鞭打。」詢問的人歎息說：「正因為像她這樣的豔麗嫵媚，所以能夠迷惑她的丈夫，殘害前妻的兒女，犯下了種種罪孽。」卞晉寶心中暗暗思索：這是什麼官府，而用鐵杖行刑？打算起身詢問那人。他打呵欠伸伸懶腰，擦擦眼睛，竟然是荒煙野草，四處觀望，一片寂靜。

【研析】作者講述這個故事，無非要表達這麼一個道理：生前作惡，死後必遭報應。為免遭死後報應，生前就應多做善事。勸人向善之心昭然。

知養不知教

故城❶賈漢恆言：張二酉、張三辰，兄弟也。二酉先卒，三辰撫姪如己出，理田產，謀婚娶，皆殫竭心力。侄病瘵❷，經營醫藥，殆廢寢食。侄歿後，恆忽忽如有失，人皆稱其友愛。越數歲，病革，昏瞀❸中自語曰：「咄咄怪事！頃到冥司，二兄訴我殺其子，斬其祀，豈不冤哉？」自是口中時喃喃，不甚可辯。一日稍蘇，曰：「吾之過矣。兄對閻羅數我曰：『此子非不可化誨者，汝為叔父，去父一間耳。乃知養而不知教，縱所欲為，恐拂其意。使恣情花柳❹，得惡疾以終。非汝殺之而誰乎？』吾茫然無以應也。吾悔晚矣。」反手自椎而歿。三辰所為，亦末俗之所難。坐以殺侄，《春秋》責備賢者耳；然要不得謂二酉苛也。平定❺王執信，余己卯❻所取士也。乞余誌其繼母墓，稱母生一弟，曰執蒲；庶出一弟，曰執璧。平時飲食衣服，三子無所異；遇有過，責詈捶楚，亦三子無所異也。賢哉，數語盡之矣。

【章旨】此章講述了一個養子嬌寵放縱而不知教誨，終釀後患的故事。

【注釋】❶故城　縣名。在河北南部、南運河西岸，鄰接山東。❷病瘵　古代指肺結核病。❸昏瞀　迷惘困惑。此處指昏迷。❹花柳　指繁華遊樂之地。亦指妓院或娼妓。❺平定　縣名。在山西東部、太行山西側，鄰接河北。❻己卯　即乾隆二十四年，西元一七五九年。

【語譯】故城人賈漢恆說：張二酉、張三辰，是兄弟倆。張二酉先死，張三辰撫育侄兒如同自己親生孩子。他為侄子管理田產，謀畫婚娶，都是盡心竭力。侄兒生了癆病，他料理醫藥，幾乎廢寢忘食。侄兒死後，張三辰經常精神恍恍惚惚若有所失，人們都稱讚他的友愛之情。過了幾年，張三辰病情危重，昏迷中自言自語地說：「真是咄咄怪事！剛才到陰間官府，二哥控告我殺了他的兒子，斷絕了他的後代，我豈不冤枉！」張三辰從此口中經常喃喃自語，不大能夠分辨清楚。一天，張三辰稍稍清醒，說：「這是我的過錯了。兄長對閻羅王數落我說：『這個孩子不是不可以感化教誨的。你做叔父，和父親只差著一點兒罷了。你卻只知道養育而不知道教誨，放縱他為所欲為，總怕違背他的心意，使得他恣意任情地尋花問柳，染上無法醫治的惡病而死，不是你殺了他而又是誰呢？』我聽了茫茫然無以回答。我後悔也晚了！」張三辰反手捶打自己而死。張三辰的所作所為，在不良的世風中也算難能可貴了。判處他以殺死侄子的罪名，這也屬於《春秋》責備賢者的意思罷了，然而終究不能說是張二酉的苛刻。平定人王執信，是我於乾隆二十四年取中的士子。他懇求我為他的繼母寫墓誌。他說繼母生的一個弟弟叫執蒲；庶出的一個弟弟叫執璧。平時吃飯穿衣，三個兒子沒有什麼差別；遇到犯有過錯，責罵鞭打三個兒子也沒有什麼差別。這個繼母真賢慧啊！這幾句話就已經把她的賢德說盡了。

【研析】《三字經》中有這樣的話：「養不教，父之過。」教育孩子，是父母的責任。任何嬌寵放縱，不是愛護孩子，而是害了孩子。作者就是主張不能嬌寵孩子，對孩子應該一視同仁，嚴格要求，才能使孩子健康成長。這個道理，至今仍有現實意義。

身後名與物

錢遵王❶《讀書敏求記》❷載：趙清常❸歿，子孫鬻其遺書，武康❹山中，白晝鬼哭。聚必有散，何所見之不達耶？明壽寧侯❺故第在興濟❻，斥賣略盡，惟廳事僅存。後鬻其木於先祖。拆卸之日，匠者亦聞柱中有泣聲。千古癡鬼，殆同一轍。余嘗與董曲江言：「大地山河，佛氏尚以為泡影，區區者復何足云。我百年後，儻圖書器玩，散落人間，使賞鑑家指點摩挲曰：『此紀曉嵐故物。』是亦佳話，何所恨哉！」曲江曰：「君作是言，名心尚在。余則謂消閒遣日，不能不借此自娛。至我已弗存，其他何有？任其飽蠹鼠，委泥沙耳。故我書無印記，硯無銘識，正如好花朗月，勝水名山，偶與我逢，便為我有，迨雲煙過眼，不復問為誰家物矣。何能鐫號題名，為後人作計哉！」所見尤灑脫也。

【章旨】此章中作者表示了自己對死後聲名的態度。

【注釋】❶錢遵王　錢曾，字遵王，常熟（今江蘇常熟）人。家富藏書，是清代著名藏書家。著有《讀書敏求記》。❷讀書敏求記　清錢曾撰，分經、史、子、集四卷。是書皆記載其所藏的最佳本，大多論述書本之繕寫，刊刻之工拙，於考證不甚留意。❸趙清常　即趙琦美。字元度，號清常道人，明代藏書家。以蔭官刑部郎中。好聚書，嘗假借繕寫，網羅而校勘之。錢謙益稱為近古所未有。著有《脈望館書目》。❹武康　舊縣名。在浙江北部。一九五八年撤消，併入德清縣。❺壽寧侯　即明代人張巒。明孝宗敬皇后父親。弘治間封壽寧伯，立皇太子，進封為侯，故稱。❻興濟　縣名。治所在今河北滄州北興濟。清順治六年（一六四九年）廢。

【語譯】錢遵王在其所著《讀書敏求記》中記載：明代藏書家趙清常死後，他的子孫賣掉他的全部藏書。武康山中，白天有鬼的哭聲。有聚必定有散，為什麼見識如此不通達呢？明朝壽寧侯張巒的舊宅在興濟，他的子孫把宅院拆賣得差不多了，只有廳堂還保存著。後來把這個廳堂的木料賣給我的先祖父。拆卸廳堂的這一天，工匠也聽到柱子裡有哭泣的聲音。千年以來的癡魂，幾乎同出一轍。我曾經對董曲江說：「大地高山河流，佛家還以為是水泡幻影，我們這些區區之人又有什麼好說的。我百年以後，如果我的圖書器物古玩，散落在人間，使得鑑賞家指點撫摩說：『這是紀曉嵐的舊物。』這樣也是一段佳話，有什麼可遺憾的呢！」董曲江說：「您說這樣的話，說明喜好名聲之心還存在。我則認為消閒打發日子，不能不借這些東西娛樂自己。等到我不存在了，其他還有什麼意義呢？任憑它們讓蠹蟲老鼠飽食、丟棄於泥沙之中罷了。所以我的書沒有印記，硯臺沒有銘文題識，恰如好看的鮮花、皎潔的朗月，勝水名山，偶爾同我相逢，便為我所有，等到雲煙在眼前經過，就不再問是誰家的東西了。怎麼能鐫刻字號、題寫姓名，作讓後人知名的打算呢！」他的見識更加超俗灑脫。

【研析】此段可以認為是作者對身後事的一種態度。追求青史留名，聲名不朽，是中國傳統士大夫們的終身目標，故俗話有：「人過留名，雁過留聲」之說。而此處作者所表達的對身後事的通達態度中，不難看出佛教思想的影響及老莊思想的投影。自宋代以後，儒釋道三教合流，士大夫們由儒入釋者比比皆是，歷史上儒釋對抗的現象不再重現。了解中國士大夫，這也是一個重要方面。

陰譴

職官❶姦僕婦，罪止奪俸❷，以家庭暱近，幽曖難明，律意深微，防誣衊反噬❸之漸也。然橫幹強迫，陰譴實嚴。戴遂堂先生言：康熙末，有世家子挾汙僕婦。僕氣結成噎膈❹。時婦已孕，僕臨歿，以手摩腹曰：「男耶？女耶？能為我復仇耶？」後生一女，稍長，極慧豔。世家子又納為妾，生一子。文園❺消渴❻，俄夭天年。女帷薄不修❼，竟公庭涉訟，大損家聲。十許年中，婦縞袂扶棺，女青衫對簿，先生皆目見之，如相距數日耳。豈非怨毒所鍾，生此尤物❽以報哉！

【章旨】此章講述了因姦汙僕人妻子而遭報應的故事。

【注釋】❶職官　古時文武官員的通稱。❷奪俸　古代官吏因過失而被罰扣其俸祿。❸反噬　反咬一口。比喻受人之恩而反加害其人，或犯罪者誣指檢舉者為同謀。❹噎膈　中醫學病名。「噎」為咽下梗塞，水飲可下，食物難入；「膈」為食管窄隘，食下抵拒作痛或格拒難下。二者合稱「噎膈」。❺文園　孝文園，即漢文帝陵園。司馬相如曾為孝文園令，後人因稱之為文園。❻消渴　古代稱糖尿病為消渴症。西漢司馬相如曾患消渴症。❼帷薄不修　指閨門不整肅，門風不好。帷，幔也；薄，簾也。兩者都是用來障隔內外的。❽尤物　特出的人物。多指美貌的女子。

【語譯】官員強姦僕婦，處罰不過是罰扣俸祿，因為主僕生活在一個家庭中，關係親近，情況曖昧難以明察，法律用意深刻細微，防止開了誣衊反咬的壞風氣。但是主人橫暴強姦僕婦，冥冥之中受到的責罰其實是很嚴厲的。戴遂堂先生說：康熙末年，有個世家子弟挾持姦汙僕人妻子。僕人氣憤鬱結，得了食物不能下咽的病。當時僕人妻子已經懷孕，僕人臨死時，用手撫摩著她的腹部說：「是生個男孩呢？還是生個女孩呢？能夠為我報仇嗎？」後來他的妻子生了一個女兒，慢慢長大後，極其聰慧美麗。這個世家子弟又娶來做小妾，生了一個兒子。這個世家子弟得了糖尿病，不久就夭折了。這個女子卻淫亂不已，竟然因為牽涉訴訟到了公堂之上，大大有損這個家族的聲譽。十來年裡，這個世家子弟的夫人身披素服扶棺送葬，他的小妾身穿青衫對簿公堂，先生都是親眼見到的，就像只相隔了幾天。豈不是那個僕人的怨氣仇恨所積聚，生出這樣的一個尤物來報復嗎！

【研析】強暴婦女，卻僅處以罰俸，封建社會的不平等，於此可見。這個僕婦的女兒正是因為被主人霸占，才會做出敗壞家風之事。作者在此告誡世人，修身是何等的重要。

縊後顯影

遂堂先生又言：有調❶其僕婦者，婦不答。主人怒曰：「敢再拒，棰汝死。」泣告其夫，方沉醉，又怒曰：「敢失志，且剚刃❷汝胸。」婦憤曰：「從不從皆死，無寧先死矣。」竟自縊。官來勘驗❸，屍無傷，語無證，又死於夫側，無所歸咎，弗能究也。然自是所縊之室，雖天氣晴明，亦陰陰如薄霧；夜輒有聲如裂帛❹。燈前月下，每見黑氣，搖漾似人影，即之則無。如是十餘年，主人歿，乃已。未歿以前，晝夜使人環病榻，疑其有所見矣。

【章旨】此章講述了一個僕人妻子遭主人調戲而自縊身亡後顯影報復的故事。

【注釋】❶調　戲弄；挑逗。❷剚刃　亦作「傳刃」。用刀刺入人體。❸勘驗　調查檢驗。❹裂帛　形容聲音的清厲。

【語譯】戴遂堂先生又說：有個人調戲自己僕人的妻子，僕人之妻不答理。主人發怒說：「你再敢抗拒，就打死你。」她哭泣著告訴丈夫，丈夫正在酒醉之中，又發怒說：「你要是敢喪失志節，我就用刀刺進你的胸膛。」僕人之妻憤怒地說：「我順從不順從都是死，還不如自己先死了好。」這個僕人之妻竟然上吊自殺。官府來查驗，屍體沒有外傷，僕人之妻說的話沒有證據，又死在她丈夫的旁邊，無法歸咎他人，也就不能追究了。但從此以後，那僕人之妻上吊的屋子裡，即使天氣晴朗，也陰沉沉地像罩上了一層薄霧，夜裡就有聲音如同撕裂繒帛一樣。燈前月下，人們每每見到黑氣搖動蕩漾，就像人的影子，靠近它就沒有了。像這樣的情況持續了十多年，主人死了才停止。主人沒有死之前，白天黑夜讓人環繞著病榻，人們懷疑他是看到了什麼。

【研析】這個僕人之妻性情剛烈，在強暴的惡勢力前以死抗爭，值得敬佩。世間並沒有鬼，也不可能來報復。但公道在人心。這家主人做了如此虧心事，心虛膽寒，年老體弱時產生幻覺也屬正常。作者講述這個故事本意還是勸人向善，少做惡事。

怨鬼求衣

烏魯木齊軍吏鄔圖麟言：其表兄某，嘗詣涇縣❶訪友。遇雨，夜投一廢寺。頹垣荒草，四無居人，惟山門❷尚可棲止，姑留待霽❸。時雲黑如墨，暗中聞女子聲曰：「怨鬼叩頭，求賜紙衣一襲，白骨銜恩。」某怖不能動，然度無可避，強起問之。鬼泣曰：「妾本村女，偶獨經此寺，為僧所遮留。妾哭詈不從，怒而見殺。時衣已盡褫，遂被裸埋，今百餘年矣。雖在冥途，情有廉恥，身無寸縷❹，愧見神明。故寧抱沉冤，潛形不出。今幸逢君子，儻取數番彩楮❺，剪作裙襦❻，焚之寺門，使幽魂蔽體，便可訴諸地府，再入轉輪❼。惟君哀而垂拯焉。」某戰栗諾之，泣聲遂寂。後不能再至其地，竟不果焚。嘗自謂負此一諾，使此鬼茹恨黃泉，恆耿耿不自安也。

【章旨】此章講述了一個被惡人所殺的女子乞求紙衣蔽體的故事。

【注釋】❶涇縣　在安徽東南部，青弋江流域。❷山門　佛寺的大門。因佛寺多在山間，故稱。❸霽　本指雨止，引申為風雪停，雲霧散，天氣放晴。❹寸縷　謂極少的布料。❺彩楮　彩色的紙。楮，一種木名。皮可製桑皮紙，因以「楮」為紙的代稱。❻裙襦　裙子與短襖。❼轉輪　指輪迴。

【語譯】烏魯木齊軍吏鄔圖麟說：他的表兄某人，曾經到涇縣尋訪朋友。遇到下雨，他在夜裡跑到一座廢棄的寺院。寺院牆垣破敗，荒草遍地，四面沒有居民，只有山門還可以歇息，他就暫且停留等待雨停天晴。當時烏雲黑壓壓如同墨色，他在黑暗中聽到一個女子的聲音說：「怨鬼叩頭，懇求賜給紙衣一套，地下的白骨會感念你的恩情。」某人害怕得不能動彈，但料想無可迴避，只好勉強起身詢問她的情況。那個女鬼哭泣著說：「我本來是個村女，偶然獨自經過這座寺院，被和尚所攔阻挽留。我哭罵不從，激怒了和尚因而被殺。當時我的衣服已經被全部剝光，於是裸著身體被掩埋了，到現在有一百多年了。雖然我在陰曹地府，還是有廉恥之心，身上沒有寸布遮掩，愧於見到神明。所以我寧願抱著久未昭雪的冤屈，潛藏形跡不出來。今天有幸遇到君子，假如能夠取來幾張彩紙，剪成衣裙，焚燒在寺院的門口，使幽魂得以遮蔽身體，就可以到冥府去訴冤，重新入輪迴轉世。希望您能哀憐我而予以拯救。」某人戰戰兢兢地答應了她，於是哭泣聲就停止了。某人後來不能夠再到那個地方，最終沒能去焚燒紙衣。他曾經說自己背棄這一諾言，使這個女鬼含恨黃泉，因而常常耿耿於懷而不能自安。

【研析】弱女子以死抗拒強暴，死後還要遭到羞辱。某人已經答應援救冤魂，卻以不能再至而食言。雖有愧於心，卻不設法挽救。如此愧疚，於事無補。

心鏡

于道光言：有士人夜過嶽廟❶，朱扉嚴閉，而有人自廟中出。知是神靈，膜拜❷呼上聖。其人引手掖之曰：「我非貴神，右臺司鏡之吏，齎文簿到此也。」問：「司鏡何義？其業鏡也耶？」曰：「近之，而又一事也。業鏡所照，行事之善惡耳。至方寸微曖，情偽萬端，起滅無恆，包藏不測，幽深邃密，無跡可窺，往往外貌麟鸞，中韜鬼蜮❸，隱慝未形，業鏡不能照也。南北宋後，此術滋工，塗飾彌縫，或終身不敗。故諸天合議，移業鏡於左台，照真小人；增心鏡於右臺，照偽君子。圓光對映，靈府❹洞然：有拗捩者，有偏倚者，有黑如漆者，有曲如鉤者，有拉雜如糞壤者，有混濁如泥滓者，有城府險阻千重萬掩者，有脈絡屈盤左穿右貫者，有如荊棘者，有如刀劍者，有如蜂蠆❺者，有如狼虎者，有現冠蓋影者，有現金銀氣者。甚有隱隱躍躍，現祕戲圖者；而回顧其形，則皆岸然道貌也。其圓瑩如明珠，清澈如水晶者，千百之一二耳。如是者，吾立鏡側，籍而記之，三月一達於嶽帝❻，定罪福焉。大抵名愈高則責愈嚴，術愈巧則罰愈重。春秋二百四十年，癉惡❼不一，惟震夷伯❽之廟，天特示遺於展氏❾，隱慝故也。子其識之。」士人拜受教，歸而乞道光書額，名其室曰「觀心」。

【章旨】此章以講述陰曹增設心鏡照偽君子的故事來抨擊兩宋以後流行於世的宋明理學。

【注釋】❶嶽廟　指東嶽廟，供奉東嶽大帝。古時各地多有東嶽廟，農曆三月二十八日為祭祀日。❷膜拜　舉手加額，長跪而拜，為表示極端恭敬或畏服的行禮式。也專指禮拜神佛。❸鬼蜮　比喻用心險惡、暗中傷人的人。❹靈府　指心（思維器官）。❺蜂蠆　蜂和蠆都是有毒刺的螫蟲。此比喻狠毒凶殘。❻嶽帝　東嶽泰山之神，東嶽大帝的簡稱。道教所奉的山神。古代封建皇帝多祭祀泰山，傳說泰山掌管人間生死。泰山神於唐玄宗時被封為「天齊王」。元世祖至元二十八年（一二九一年）尊為「東嶽天齊大生仁皇帝」，簡稱「東嶽天齊大帝」或「東嶽大帝」。❼癉惡　憎恨壞人壞事。❽夷伯　魯國大夫展氏之祖。❾展氏　指展禽，即柳下惠。春秋時魯國大夫。展氏，名獲，字禽。食邑在柳下。諡惠。任士師（掌管刑獄的官）。魯僖公二十六年（西元前六三四年），齊攻魯，他派人到齊勸說退兵。以善於講究貴族禮節著稱。

【語譯】于道光說：有個讀書人夜裡經過東嶽廟，朱漆的大門緊緊地關閉著，卻有人從廟裡出來，知道是神靈，就頂禮膜拜稱呼上聖。那人伸手扶住他說：「我不是高貴的神靈，是右臺司鏡的小吏，帶著文書簿冊到這裡來。」讀書人問：「司鏡是什麼意思？是業鏡嗎？」那人回答說：「近似業鏡，但卻又是另一件事。業鏡所照的，是人們做事的善惡罷了。至於內心細微的曖昧隱曲，真誠與虛偽的萬種頭緒，生生滅滅沒有一定的規則，包藏著難以估量的用心，幽深細密，沒有蹤跡可以窺看，往往外貌像麒麟鸞鳳，心中掩藏著鬼蜮伎倆，隱瞞罪惡沒有露出形跡，業鏡就不能照見。南北宋以後，這種手段更加工巧，塗飾彌補縫隙，有人竟然終身不敗露。所以上天諸神合議，移置業鏡於左臺，照見真小人；增設心鏡於右臺，照見偽君子。兩鏡圓光相對映照，心靈通明：有內心固執的，有心思偏頗不正的，有心黑如漆的，有心地曲折如鉤的，有心胸骯髒拉雜如糞土的，有心思混濁如泥汙的，有城府深險心機千重萬掩的，有百般鑽營多方結納左右逢源的，有像荊棘不易接近的，有像刀劍那般鋒利的，有像蜂蠍毒蟲的，有像虎狼凶殘的，有現出官帽車蓋影像的，有現出金銀財氣的，甚至有隱隱約約現出男女祕戲圖的；但回顧他們的外形，則都是道貌岸然的樣子。那些心地圓潤光亮像明珠，清澈像水晶的，千百個人中的一二個罷了。像這樣的人，我站立在心鏡的旁邊，登載而記錄下來，三個月一次送達給東嶽大帝，由祂來決定降罪或賜福。大概名聲愈高則責備愈嚴，心術愈巧則懲罰愈重。《春秋》記載魯國二百四十年的歷史，其中可憎惡的壞人壞事不少，上天卻只雷擊夷伯的廟，這是上天特意表示對展氏的譴責，就是因為他隱匿了他真正用心的緣故。你要記住這件事。」讀書人下拜接受教誨，回來後懇求于道光書寫了一塊匾額，把他的居室命名為「觀心」。

【研析】此章中作者藉著他人之口，猛烈抨擊了道學家的偽善：表面上的道貌岸然，掩飾著內心的骯髒黑暗。明末清初思想家從多個角度對道學進行了清算，而作者以故事的形式，以設置心鏡的方法來揭露道學的虛偽，卻是獨闢蹊徑。當然，對道學在中國社會發展所起的作用應該得到充分評介，如作者的憤懣，未免偏激。

盜句

有歌童扇上畫以雞冠❶，於筵上求李露園題。露園戲書絕句曰：「紫紫紅紅勝晚霞，臨風亦自弄夭斜。枉教蝴蝶飛千遍，此種原來不是花。」皆歎其運意雙關之巧。露園赴任湖南後，有扶乩者，或以雞冠請題，即大書此詩。余駭曰：「此非李露園作耶？」乩忽不動，扶乩者狼狽去。顏介子歎曰：「仙亦盜句。」或曰：

「是扶乩者本偽託，已屢以盜句敗矣。」

【章旨】此章揭露了扶乩者的作偽。

【注釋】❶雞冠　指雞冠花。一年生草本。夏秋開花，穗狀花序由於帶化現象而呈雞冠狀，顏色不一。民間栽培甚多。

【語譯】有一個歌童的扇子上畫著雞冠花，在筵席上請求李露園題詩。李露園戲寫了一首絕句道：「紫紫紅紅的顏色勝過晚霞，臨風也自會弄出些歪歪斜斜的樣子。枉然教蝴蝶飛來千遍，此種原來不是真正的鮮花。」大家都讚歎他運意雙關的巧妙。李露園到湖南赴任去後，有個扶乩的人來，有人用雞冠為題請求題寫一詩，扶乩者就大書這首雞冠花詩。我吃驚地說：「這不是李露園撰寫的詩嗎？」乩駕忽然不動，扶乩的人狼狽而去。顏介子為之歎息說：「仙人也偷盜他人詩句。」有的人說：「這個扶乩的人本來就是假冒他人，已經多次因為偷盜他人詩句而敗露了。」

【研析】清代扶乩盛行，士大夫們或問吉凶，或為消遣取樂，不能一概而論。此處請乩仙降詩，就是士大夫們的遊戲。然而，扶乩者往往出身低微，沒有多少文學修養，要求其即刻寫出一首詩來，也是勉為其難的。背些詩詞以備不時之需，這是扶乩者謀生的手段。誰知會落在紀曉嵐手中，出醜丟人也就在所難免了。

狐仙報德慮遠

從兄坦居言：昔聞劉馨亭談二事。其一，有農家子為狐媚，延術士劾治。狐就擒，將烹諸油釜。農家子叩額乞免，乃縱去。後思之成疾，醫不能療。狐一日復來，相見悲喜。狐意殊落落，謂農家子曰：「君苦相憶，止為悅我色耳，不知是我幻相也。見我本形，則駭避不遑矣。」欻然❶撲地，蒼毛修尾，鼻息咻咻，目睒睒❷如炬，跳擲上屋，長嗥數聲而去。農家子自是病痊。此狐可謂能報德。其一亦農家子為狐媚，延術士劾治。法不驗，符籙皆為狐所裂，將上壇毆擊。一老媼似是狐母，止之曰：「物惜其群，人庇其黨。此術士道雖淺，創之過甚，恐他術士來報復。不如且就爾婿眠，聽其逃避。」此狐可謂能慮遠。

【章旨】此章講述了兩個狐仙報德慮遠的故事。

【注釋】❶欻然　亦作「歘然」。忽然。❷睒睒　光芒閃爍。

【語譯】堂兄坦居說：過去聽劉馨亭說過兩件事。其中一件是，有個農家子被狐仙迷惑，延請術士降伏整治狐仙。狐仙被抓獲，將要被放到油鍋裡烹炸，這個農家子叩頭請求赦免，於是術士就放了狐仙讓她逃走了。後來這個農家子思念狐仙成病，醫治卻沒有效果。有一天狐仙再來，相見時悲喜交集。狐仙的樣子看上去很冷淡，對農家子說：「您苦苦思念我，只是因為喜歡我的容貌罷了，不知道這是我幻變的相貌。你見到我本來的形狀，您就驚慌躲避都來不及了。」狐仙說完話就忽然撲倒在地，蒼灰色的毛，長長的尾巴，鼻息咻咻作響，目光閃爍如同蠟燭，跳躍上了屋頂，長長地嗥叫幾聲而去。農家子從此病就好了。這個狐仙可說是能夠以德報德的。又有一件事，也是農家子被狐仙所迷惑，延請術士降伏整治。法術不靈驗，符籙都被狐仙所撕裂了，狐仙還要跳上神壇毆打術士。一個老婦好像是狐仙的母親，制止狐仙說：「動物都知道愛護自己的同類，人也會庇護他的同黨。這個術士道術雖然淺薄，傷害他太過份了，恐怕其他的術士會來報復。不如且隨你的夫婿去睡覺，聽任他逃避。」這個老狐可說是能夠考慮長遠了。

【研析】此處描寫的狐仙通人性：前一個故事講狐仙的知恩圖報；後一個故事講狐仙的適可而止，窮寇勿追。這樣的狐仙與常人無異，不會令人恐懼。當然，紀昀描寫的狐仙雖有突破，但還是落入狐仙惑人的俗套，比之蒲松齡筆下的狐仙，遜色不少。

瑞杏軒

康熙癸巳❶，先姚安公讀書於廠裏（前明土貢❷澄漿磚，此地磚廠故址也），偶折杏花插水中。後花落，結二杏如豆，漸長漸巨，至於紅熟，與在樹無異。是年逢萬壽恩科❸，遂舉於鄉。王德安先生時同住，為題額曰「瑞杏軒」。此莊後分屬從弟東白。乾隆甲申❹，余自福建歸，問此匾，已不存矣。擬倩劉石庵補書，而代葺此屋，作記刻石龕於壁，以存先世之跡，因循未果，不識何日償此願也。

【章旨】此章講述了作者父親折杏樹枝插水中而結出杏的故事。

【注釋】❶康熙癸巳　即康熙五十二年，西元一七一三年。❷土貢　中國歷史上臣屬或藩屬向君主進獻的土產、珍寶和財物。❸恩科　科舉制度每三年舉行鄉試及會試，稱為正科。若遇皇帝即位及皇室慶典加科，稱為恩科。❹乾隆甲申　即乾隆二十九年，西元一七六四年。

【語譯】康熙五十二年，先父姚安公讀書於廠裏（前朝明代土貢澄漿磚，這裡是磚廠的舊址），偶然攀折杏花插在水中。後來花落，結了兩枚像黃豆那樣大小的杏子，漸漸越長越大，直到這兩枚杏子紅熟，與長在樹上沒有什麼區別。這一年碰到皇帝祝賀萬壽節開設恩科，先父鄉試考中了舉人。王德安先生當時同住在一起，為此題寫了一塊匾額叫「瑞杏軒」。這座莊園後來分給了堂弟東白。乾隆二十九年，我從福建回來，問起這塊匾，已經不存在了。我打算請劉石庵先生補寫，並代為修繕這所房屋，寫一篇記刻在石上嵌於牆壁中，用來保存先世的遺跡。後來拖延沒有辦成，不知道哪一天能夠實現這個願望。

【研析】文章貴在以情動人。此章讀來，作者雖然筆法平實，然而深深的思念、濃濃的親情撲面而來。

劉某滑稽

先姚安公言：雍正初，李家窪佃戶董某父死，遺一牛，老且跛，將鬻於屠肆❶。牛逸，至其父墓前，伏地僵臥，牽挽鞭捶皆不起，惟掉尾長鳴。村人聞是事，絡繹來視。忽鄰叟劉某憤然至，以杖擊牛曰：「渠❷父墮河，何預於汝？使隨波漂沒，充魚鱉食，豈不大善？汝無故多事，引之使出，多活十餘年。致渠生奉養，病醫藥，死棺斂，且留一墳，歲需祭掃，為董氏子孫無窮累。汝罪大矣，就死汝分，牟牟者何為？」蓋其父嘗墮深水中，牛隨之躍入，牽其尾得出也。董初不知此事，聞之大慚，自批其頰曰：「我乃非人！」急引歸。數月後，病死，泣而埋之。此叟殊有滑稽風，與東方朔❸救漢武帝乳母事❹竟暗合也。

【章旨】此章講述了一位老農智救一頭老牛的故事。

【注釋】❶屠肆　屠宰場；肉市。❷渠　他。❸東方朔　字曼倩，平原厭次（今山東惠民）人。西漢文學家。武帝時，為太中大夫。性詼諧滑稽，關於他的傳說很多。❹救漢武帝乳母事　漢武帝乳母因觸犯法令，將要被治罪。幸而得到東方朔救助，才得以免罪。事見晉人葛洪《西京雜記》。

【語譯】先父姚安公說：雍正初年，李家窪佃戶董某的父親去世了，給兒子留下一頭牛。這頭牛老了而且瘸腿，董某打算把這頭牛賣給屠宰場。這頭牛逃了，跑到董某父親墳墓前，趴伏地上僵臥在那裡，不管是牽拉韁繩還是鞭打牠都不起來，只是搖著尾巴長聲哀叫。村裡人聽說這件事，絡繹不絕地前來觀看。忽然董某鄰居一位老頭劉某氣憤地來到，用棍子打這頭老牛說：「他的父親掉在河裡，同你有什麼相干？讓他隨著波浪漂流淹沒，充當魚鱉的食物，豈不是非常好？你無緣無故地多事，牽引他爬上岸來，讓他多活了十幾年，致使他的兒子在父親活著時要奉養，生病了要求醫問藥，死後還要用棺木收殮埋葬，而且留下這麼一座墳墓，每年需要來祭祀掃墓，成為董氏子孫無窮的累贅。你的罪過可大了！去死這是你的本分，牟牟地叫是為了什麼啊？」原來董某的父親曾經落入深水中，這頭牛跟著跳入水中，董某父親拉著牛的尾巴才得以從水中爬出來。董某起初不知道這件事，聽說以後極為慚愧，自己打自己耳光說：「我真不是人！」他趕緊拉著老牛回了家。幾個月後，這頭老牛病死，董某哭泣著把牠埋了。這個劉姓老頭很有些滑稽的風格，同西漢東方朔救助漢武帝乳母的事竟然暗暗相合。

【研析】古人說：「受人滴水之恩，自當湧泉相報。」這是中華禮儀之邦人與人交往的準則，也是做人的底線。受人恩惠而不知回報，那麼比禽獸都不如。待人如此，待物也應如此。這頭老牛最終得以安享天年，正說明了董某心中尚有仁愛羞恥之心。

衰氣所召

姨丈王公紫府，文安❶舊族❷也。家未落時，屠肆架上一豕首，忽脫鉤落地，跳擲而行。市人譟而逐之，直入其門而止。自是日見衰謝，至饘粥❸不供。今子孫無孑遺❹矣。此王氏姨母自言之。又姚安公言：親表某氏家（歲久忘其姓氏），惟記姚安公言此事時，稱曰汝表伯）清曉啟戶，有一兔緩步而入，絕不畏人，直至內寢床上臥，因烹食之。數年中死亡略盡，宅亦拆為平地矣。是皆衰氣所召也。

【章旨】此章講述了一個家境敗落而先有衰敗之氣的故事。

【注釋】❶文安　縣名。在河北中部、大清河下游，鄰接天津。❷舊族　指古時曾有一定社會、政治地位的家族。❸饘粥　亦作「饘鬻」。稀飯。❹孑遺　遺留；餘剩。

【語譯】我的姨父王紫府先生，是文安縣舊時的一個大家族。家境沒有衰落時，集市屠宰鋪肉架上的一個豬頭，忽然脫鉤落地，跳躍著往前走，街上的人喧鬧著追逐牠，豬頭一直跳進他家的大門而停止。從此他家一天天地衰敗了，甚至於到了連粥都吃不上的地步。如今他家子孫已經沒有遺存的了。這是王家姨母自己說的。又，先父姚安公說：表親某某家（年歲長久忘記了他的姓氏，只記得先父姚安公說這件事時，稱呼說你的表伯）一天清晨開門，有一隻兔子慢慢走進門來，毫不怕人，一直走到裡面寢室的床上躺臥著，於是家人把牠煮吃了。幾年之中，他家裡的人差不多死光了，住宅也拆為平地了。這都是衰敗之氣所招來的。

【研析】此文說家境衰敗必有先兆，將家庭的興衰與某些徵兆結合在一起。看來紀昀是相信這種說法的。當人們無法把握自己與家庭命運時，某些偶發事件就會成為人們猜疑的對象。這就是所謂的徵兆。

說鬼即鬼

王菊莊言：有書生夜泊鄱陽湖❶，步月納涼。至一酒肆，遇數人，各道姓名，云皆鄉里。因沽酒小飲，笑言既洽，相與說鬼。搜異抽新，多出意表。一人曰：「是固皆奇，然莫奇於吾所見矣。曩在京師，避囂寓豐臺❷花匠家，邂逅一士共談。吾言此地花事殊勝，惟墟墓間多鬼可憎。士曰：『鬼亦有雅俗，未可概棄。吾曩遊西山，遇一人論詩，殊多精詣，自誦所作，有曰：深山遲見日，古寺早生秋。又曰：鐘聲散墟落，燈火見人家。又曰：猿聲臨水斷，人語入煙深。又曰：林梢明遠水，樓角掛斜陽。又曰：苔痕侵病榻，雨氣入昏燈。又曰：鵂鶹❸歲久能人語，魍魎山深每晝行。又曰：空江照影芙蓉淚，廢苑尋春蛺蝶魂。皆楚楚有致。方擬問其居停，忽有鈴馱琅琅，欻然滅跡。此鬼寧復可憎耶？』吾愛其脫灑，欲留共飲。其人振衣起曰：『得免君憎，已為大幸，寧敢再入郇廚❹？』一笑而隱。方知說鬼者即鬼也。」書生因戲曰：「此稱奇絕，古所未聞。然陽羨鵝籠，幻中出幻❺，乃輾轉相生，安知說此鬼者，不又即鬼耶？」數人一時色變，微風颯起，燈光黯然，並化為薄霧輕煙，蒙蒙四散。

【章旨】此章講述了一個讀書人遇鬼論詩的故事。

【注釋】❶鄱陽湖　古稱「彭蠡」、「彭澤」、「彭湖」。在江西北部，為贛江、修水、鄱江、信江等河的總匯。為我國最大的淡水湖。❷豐臺　地名。在北京南部，為北京轄區之一。❸鵂鶹　亦作「鵂留」。鴟鴞的一種。羽棕褐色，有橫斑，尾黑褐色，腿部白色。外形和鴟鴞相似，但頭部沒有角狀的羽毛。在古書中常被視為不祥之鳥。❹郇廚　唐代韋陟襲封郇國公，精治飲食，時稱「郇廚」。❺陽羨鵝籠二句　梁吳均《續齊諧記》載陽羨許彥負鵝籠行路，遇見一位書生以腳痛求寄籠中，與雙鵝並坐。至一棵樹下，書生出，從口中吐出器具肴饌，與許彥共飲，並吐一女子共坐。書生醉臥，女子吐一男子。書生欲覺，女子又吐錦帳遮掩書生，即入內共眠。男子另吐一女子酌戲。後次第各吞所吐，書生贈給許彥一個銅盤而去。情節乃據《舊雜比喻經》改頭換面而成。後人遂用為幻中生幻，變化無常的典故。陽羨，今江蘇宜興。

【語譯】王菊莊說：有位書生坐船夜裡停泊在鄱陽湖，在月光下散步納涼。他走到一家酒店，碰到幾個人，各人通報了姓名，說都是同鄉人。於是買酒小飲，談笑頗為融洽，一起說鬼故事。各自搜羅怪異新奇的故事，大多出乎人的意料之外。一個人說：「這些怪異之事固然都很新奇，但是沒有比我所見的更奇異了。過去我在京城裡，為躲避都市喧鬧，寄居在豐臺一個花匠的家裡，偶然遇見一個讀書人一起談論。我說這裡的鮮花栽培地很茂盛，只是討厭墓地裡有許多鬼魂。這個讀書人說：『鬼也有文雅粗俗之分，不可以一概厭棄。我過去遊西山，遇到一個人談論詩，有很精深的造詣，他吟誦自己所作的詩，有句詩說：深山中遲遲見到太陽，古寺裡早早生出秋意。又說：鐘聲飄散在墟落，燈火照見著人家。又說：猿聲臨近水邊而音斷，人語進入煙霧而深邃。又說：林梢映著明亮的天空如同遙遠的水際，樓角掛著斜照的太陽。又說：苔蘚的痕跡侵入病榻，雨天潮濕的空氣掩映著昏黃的燈光。又說：鵂鶹年歲久了能講人語，魍魎怪物在大山深處每每白天行路。又說：空闊的江面上照影著芙蓉的淚水，廢棄的苑囿中找尋著春天蛺蝶的魂魄。這些詩句都清雅富有情致。這個讀書人正打算問他寄居的地方，忽然有馱隊鈴鐺聲琅琅作響，他就忽然消滅了形跡。這個鬼難道還可憎嗎？』我喜愛他的超脫，打算留他一起飲酒。那人抖抖衣服起身說：『得以免除您的憎恨，已是十分幸運，怎麼敢再麻煩您的廚房呢？』一笑就隱身而去了。我這才知道說鬼的人就是鬼呵！」書生於是開玩笑說：「這個故事算得上奇絕，自古以來所沒有聽說過。但是陽羨鵝籠的故事，幻化中生出幻化，竟然輾轉而生生不已，怎能知道說這個鬼的人，不又就是鬼呢？」那幾個人一時變了臉色，微風颯然而起，燈光昏暗，都化成輕煙薄霧，濛濛地向四面散去。

【研析】說鬼即鬼，故事轉折之奇出人意料。文中所引的幾句詩雅致脫俗，只是稍有悲涼之氣、落寂之情，與故事情節相符。

為死時計

庚午❶四月，先太夫人病革❷時，語子孫曰：「舊聞地下眷屬，臨終時一一相見，今日果然。幸我平生尚無愧色。汝等在世，家庭骨肉，當處處留將來相見地也。」姚安公曰：「聰明絕特之士，事事皆能知，而獨不知人有死；經綸❸開濟之才，事事皆能計，而獨不能為死時計。使知人有死，一切作為，必有索然自返者；使能為死時計，一切作為，必有悚然自止者。惜求諸六合❹之外，失諸眉睫之前也。」

【章旨】此章記載了作者父親藉其母親遺言評說世俗的一番議論。

【注釋】❶庚午　即清乾隆十五年，西元一七五〇年。❷病革　病勢危急；將死。❸經綸　指治理國家的抱負和才能。❹六合　指天地東南西北為六合。亦泛指天下。

【語譯】乾隆十五年四月，先母太夫人病情危急時，對子孫說：「以前聽說已經去世的家族親戚，人在臨終的時候都要與他們一一相見，今天果然如此。所幸我平生還沒有因愧對他人而有羞愧的臉色。你們活著的時候，家庭骨肉之間，應當處處留下將來相見的餘地。」先父姚安公說：「聰明卓絕的人士，事事都能知道，而惟獨不知道人有死的時候；滿腹經綸創業濟世的人才，事事都能夠籌畫，而惟獨不能夠為死的時候籌畫。倘若使人知道有死的時候，一切作為必定有意興索然而自己回頭的；倘若使人能夠為死的時候籌畫，一切作為必定有所戒懼而自己中止的。可惜人們往往追求天地四方之外，而失之於眼前。」

【研析】為人做事都要留有餘地，不僅僅是對他人，也是為自己。這是處世之理，也是為人之道。

竊玉璜

一南士❶以文章遊公卿間，偶得一漢玉璜❷，質理瑩白，而血斑❸徹骨，嘗用以鎮紙。一日，借寓某公家。方燈下構一文，聞窗隙有聲，忽一手探入，疑為盜，取鐵如意❹欲擊；見其纖削如春蔥，瑟縮而止。穴紙竊窺，乃一青面羅剎鬼❺，怖而仆地。比蘇，則此璜已失矣。疑為狐魅幻形，不復追詰。後於市上偶見，詢所從來。輾轉經數主，竟不能得其端緒。久乃知為某公家奴偽作鬼裝所取。董曲江戲曰：「渠知君是惜花御史，故敢露此柔荑❻。使遇我輩粗材，斷不敢自取斷腕。」余謂此奴偽作鬼裝，一以使不敢攬執，一以使不復追求。又燈下一掌破窗，恐遭捶擊，故偽作女手，使知非盜；且引之窺見惡狀，使知非人，其運意亦殊周密。蓋此輩為主人執役，即其鈍如椎；至作奸犯科，則奇計環生，如鬼如蜮。大抵皆然，不獨此一人一事也。

【章旨】此章講述了一個家奴偽裝惡鬼竊取他人寶物的故事。

【注釋】❶南士　指南方的讀書人。❷玉璜　古玉石器名。形狀像璧的一半。古代貴族朝聘、祭祀、喪葬時所用的禮器，也作裝飾用。❸血斑　血的斑點。玉器隨葬，經多年沁潤，屍液沁入玉器形成血斑，遂成為文人把玩的上品。❹鐵如意　器物名。鐵製的如意。如意，頭作靈芝或雲葉形，柄微曲。供指畫或賞玩之用。❺羅剎鬼　相傳原為古代南亞次大陸土著的名稱。自雅利安人征服印度後，凡遇惡人惡事，皆以羅剎名之，羅剎遂成為惡鬼名。❻柔荑　比喻女子手的纖細白嫩。荑，初生的茅草。

【語譯】一個南方的讀書人因文章做得好而與公卿大臣交往。他偶然得到一塊漢代的玉璜，玉質晶瑩潔白，而血色的斑痕透入玉裡，他曾用來當鎮紙。一天，他借宿在某公的家裡，正在燈下構思一篇文章，聽得窗縫裡有聲音，忽然一隻手伸了進來。他懷疑是盜賊，拿起鐵如意想要打去，只見那隻手纖細瘦削如同春蔥，瑟縮抖動著而停了下來。他把窗紙捅一個小洞偷偷看去，卻看見一個青面的羅剎鬼，驚嚇得仆倒在地上。等到他蘇醒過來時，那塊玉璜已經不見了。他懷疑是狐狸精幻變的形相，不再追問下去。他後來在市上偶然見到這塊玉璜，詢問從哪裡得來的，這塊玉璜已經輾轉經過幾個主人，竟然不能夠查到這塊玉璜的頭緒。過了很久，他才知道是某公的家奴假扮成鬼的樣子竊取去的。董曲江開玩笑說：「他知道您是惜花的御史，所以敢露出這柔軟嫩白的手。假使碰到我們這類粗魯的人，就斷然不敢自取被砍斷手腕的後果。」我說這個家奴假扮作鬼裝，一是為了使人不敢捕捉他，二是為了使人不再追究他。而且，如果在燈下一隻手掌破窗而入，恐怕會遭到屋裡人的捶打，所以偽裝成女子的手，讓人知道他不是盜賊；並且引誘人偷看他那凶惡的形狀，讓人知道他不是人。他的用心謀畫也很周密。這類人替主人服役，即使他愚鈍笨拙得像木槌，到了為非作歹作奸犯科時，就奇計一個接一個地產生，如同鬼蜮。他們這類人大概都是這樣，不僅僅表現在這一個人一件事上。

【研析】為了竊取一塊玉璜，計謀竟然如此周密，這個盜賊也可算是一個人物了。只是這個盜賊竊物是為了私利，與唐人傳奇中描寫的義盜全然不同。作者以此事引申開去所發議論，難免以偏概全。而且作者是站在東家的立場上，其觀點的偏頗就更不待辯駁了。

自取其侮

朱竹坪御史嘗小集閻梨村尚書家，酒次，竹坪慨然曰：「清介❶是君子分內事。若恃其清介以凌物，則殊嫌客氣不除。昔某公為御史時，居此宅，坐間或言及狐魅，某公痛詈之。數日後，月下見一盜逾垣入。內外搜捕，皆無跡，擾攘徹夜。比曉，忽見廳事上臥一老人，欠伸而起曰：『長夏溽暑（長夏字出黃帝❷《素問》❸，謂六月也。王太僕❹注：「讀上聲。」杜工部❺「長夏江村事事幽」句，皆讀平聲，蓋注家偶未考也），偶投此納涼，致主人竟夕不安，殊深慚愧。』一笑而逝。蓋無故侵狐，狐以是戲之也。豈非自取侮哉！」

【章旨】此章講述了一個官員恃其清介凌物遂遭狐仙戲弄的故事。

【注釋】❶清介　清正耿直。❷黃帝　古帝名。傳說是中原各族的共同祖先。❸素問　中醫學書名。與《靈樞》合稱《內經》。它彙集了各家的醫論，是著重論述基礎理論的中醫學著作。❹王太僕　即王冰。唐代醫學家。自號啟元子，唐肅宗寶應年間為太僕令，故稱。曾注《素問問答》八十一篇。❺杜工部　即杜甫。唐代大詩人。字子美。詩中嘗自稱少陵野老。一度在劍南節度使嚴武幕中任參謀，武表為檢校工部員外郎，故世稱杜工部。

【語譯】朱竹坪御史，曾經在閻梨村尚書家裡參加一個小聚會。酒宴中，朱竹坪感慨地說：「清廉耿介是君子的分內事。倘若以清廉耿介自恃而欺凌他人，就太嫌虛妄驕橫之氣不能除去了。以前某公做御史的時候，居住在這所宅子裡，座上有人談到狐狸精，某公把狐狸精痛罵了一番。幾天之後，某公月下見到一個盜賊翻過牆垣進入宅院。內外搜捕，都沒有發現盜賊的蹤跡，忙亂了整整一夜。等到天亮，某公忽然看見廳堂上躺臥著一位老人，打呵欠伸懶腰而起身說：『最盛的夏天潮濕暑熱（長夏一詞出於黃帝《素問》，是說六月份。唐代王冰太僕注：「讀上聲。」杜工部「長夏江村事事幽」這句詩都讀平聲，大概注釋家偶爾沒有考證清楚），偶然投奔這裡納涼，以致主人整夜不安，實在深深地感到慚愧。』一笑而就消失了。這是因為某公無緣無故地侵犯狐狸精，狐狸精用這個方法來戲弄他。豈不是他自取其辱嗎？」

【研析】不管是恃才傲物，還是清介凌人都不是待人之道。這兩種情形似乎比以錢財、以權勢欺人容易被人諒解。但從根本上講，二者並無區別，都是以一種高人一等的心態待人接物，遭到有識之士的批評也就不足為奇了。以平等寬厚的心態對事待人，就是最好的處世之道。

虐謔

朱天門家扶乩，好事者多往觀看。一狂士自負書畫，意氣傲睨，旁若無人，至對客脫襪搔足垢，向乩哂曰：「且請示下壇詩。」乩即題曰：「回頭歲月去駸駸❶，幾度滄桑又到今。會見會稽❷王內史❸，親攜賓客到山陰❹。」眾曰：「然則仙及見右軍❺耶？」乩書曰：「豈但右軍，並見虎頭❻。」狂生聞之，起立曰：「二老風流，既曾親睹；此時群賢畢至，古今人相去幾何？」又書曰：「二公雖絕藝入神，然意存沖挹❼，雅人深致，使見者意消；與罵座灌夫❽，自別是一流人物。離之雙美，何必合之兩傷？」眾知有所指，相顧目笑。回視狂生，已著襪欲遁矣。此不識是何靈鬼，作此虐謔。惠安❾陳舍人雲亭，嘗題此生〈寒山老木圖〉曰：「憔悴人間老畫師，平生有恨似徐熙❿。無端自寫荒寒景，皴⓫出秋山鬢已絲。」「使酒淋漓禮數疏，誰知俠氣屬狂奴。他年儻續《宣和譜⓬》，畫史如今有灌夫。」乩所云罵座灌夫，當即指此。又不識此鬼何以知此詩也。

【章旨】此章講述了狂妄書生遭到扶乩者戲弄的故事。

【注釋】❶駸駸　馬快速行駛。引申為疾速。❷會稽　舊縣名。今浙江紹興。❸王內史　即王羲之。字逸少，晉代著名書法家。曾官會稽內史，故稱。善書法，曾臨池學書，池水盡黑。草隸為古今冠。最著名的作品為〈蘭亭序〉。曾帶領親屬定居山陰。❹山陰　舊縣名。秦置。因在會稽山之陰（北）而得名。今浙江紹興。❺右軍　即王羲之。因其曾任右軍將軍，故世稱王右軍。❻虎頭　即顧愷之。字長康，東晉著名畫家。博學有才氣。善丹青，圖畫精妙。世稱其有三絕：才絕、畫絕、癡絕。因其曾任虎頭將軍，人們號稱其為顧虎頭。❼沖挹　謙虛自抑。❽灌夫　字仲孺，西漢潁陰（今河南許昌）人。吳楚七國之亂時，與父俱從軍，以功任中郎將。據《史記》載，灌夫因使酒罵座，辱丞相田蚡，被劾為不敬，族誅。❾惠安　縣名。在福建東部沿海。縣西南境有洛陽橋（萬安橋），為著名古跡。❿徐熙　五代南唐畫家。江寧（府治今江蘇南京）人，一作鍾陵（今江西進賢西北）人。世仕南唐。一生鬱鬱不得志。工花木、蔬果、禽鳥、蟲魚。與後蜀黃筌並稱「黃徐」，形成五代花鳥畫的兩大主要流派。⓫皴　即皴法。中國畫技法名。用以表現山石、峰巒和樹身表皮的各種脈絡紋理。⓬宣和譜　即《宣和畫譜》。中國畫著錄書。無著者姓名。二十卷。分道、釋、人物、宮室、番族、龍魚、山水、畜獸、花鳥、墨竹、蔬果十門，記錄宋徽宗宮廷所藏歷代畫家二百三十餘人的作品，共六千三百餘件。

【語譯】朱天門家裡扶乩，好事的人大多前往觀看。一個狂傲的書生以善於書法畫畫自負，意氣傲慢，旁若無人，甚至於對著客人脫去襪子搔抓腳上的汙垢，向著乩壇嘲笑說：「暫且請顯示下壇詩吧。」乩仙當即題詩道：「回頭一看歲月飛馳而去，轉眼幾年又到如今。曾會見會稽王內史，見他親自帶領賓客來到山陰。」大家說：「這樣說來，那麼仙人還見到了王右軍嗎？」乩仙寫道：「豈只是見到王右軍，還一併見到了顧虎頭。」那個狂傲書生聽了這幾句詩後，起身站著說：「這二位老先生風流當時，既然乩仙曾經親眼見過；這時候眾多賢人都來到這裡，您看古今賢人相差多少？」乩仙又寫道：「兩位先生雖然卓絕的技藝出神入化，然而意存謙退，雅人高深的情致，使見到他們的人意氣收斂；與使酒罵座的灌夫相比，當然是完全不同類的人物。彼此離開對雙方都好，何必拉扯在一起比較弄得兩敗俱傷呢？」眾人都知道乩仙這番話有所指，相互看看暗暗好笑，回頭看那位狂傲的書生，已經穿上襪子想要逃跑了。

這不知道是什麼樣的靈鬼，做出這樣使人難堪的戲謔。惠安人陳雲亭舍人曾經為這個狂傲書生的〈寒山老木圖〉題詩，寫道：「憔悴的人間老畫師，平生有遺恨似徐熙。無緣無故地自己畫了荒寒的景色，皴出秋山而鬢髮已經成絲。」「使酒耍性子痛快淋漓而禮數疏忽，誰知道俠氣屬於狂妄的奴才。他年倘若續修《宣和畫譜》，繪畫史如今就要有灌夫的名字。」乩仙所說的罵座灌夫，應當就是指的這個。又不知道這個靈鬼是怎麼知道這首詩的。

【研析】藉詩嘲弄狂妄書生，以壓其傲氣，也屬戲謔玩笑，當不得真。但作者想以此告誡天下狂妄之徒，天外有天，人外有人，做人還是平和謙退為好，不必事事鋒芒畢露。

某太學遇鬼

舅氏張公夢徵言：兒時聞滄州有太學生❶，居河干❷。一夜，有吏持名刺❸叩門，言新太守過此，聞為此地巨室，邀至舟相見。適主人以會葬宿姻家，相距十餘里。閽者❹持刺奔告，亟命駕返，則舟已行。乃飭車馬，具贄幣❺，沿岸急追。晝夜馳二百餘里，已至山東德州❻界。逢人詢問，非惟無此官，並無此舟。乃狼狽而歸，惘惘如夢者數日。或疑其家多資，劫盜欲誘而執之，以他出倖免。又疑其視貧親友如仇，而不惜多金結權貴，近村故有狐魅，特惡而戲之。皆無左證。然鄉黨喧傳，咸曰：「某太學遇鬼。」先外祖雪峰公曰：「是非狐非鬼亦非盜，即貧親友所為也。」斯言近之矣。

【章旨】此章講述了一個勢利的太學生遭人戲弄的故事。

【注釋】❶太學生　在太學裡讀書的學生。太學，國學。我國古代設於京城的最高學府。❷河干　河邊；河岸。❸名刺　即名帖；名片。❹閽者　守門人。❺贄幣　泛指各種禮物。❻德州　市名。在山東西北部，鄰接河北，為山東西北部交通中心之一。

【語譯】舅舅張夢徵先生說：小時候聽說滄州有個太學生，居住在河邊。一天夜裡，有個小吏拿著名片敲這個太學生家的門，說新任太守經過這裡，聽說這家主人是此地的世家大族，邀請這家主人到船上相見。剛巧主人因為參加葬禮住宿在親戚家，相距有十多里。看門人拿著名片奔往相告，主人當即命備馬車返回，那時太守的船已經開走。這個太學生就整頓車馬，置備了禮品，沿著河岸急速追趕，日夜奔馳了二百多里，已經到了山東德州界內。這個太學生碰到人就詢問，不但沒有找到這個官員，也沒有找到這條船。這個太學生只好狼狽而回，迷迷惘惘像做夢似的有好幾天。有人懷疑是因為他家財產很多，強盜想把他引誘出來而抓住他，恰巧因為他外出而得以倖免。又有人懷疑是因為他對待貧窮的親友如同仇人，卻不惜用很多錢財去結交權貴，附近村子原來就有狐狸精，不過是因為厭惡他的作為而戲弄他。這些說法都沒有旁證。然而鄉親們喧喧嚷嚷傳言，都說：「某個太學生遇到鬼了。」先外祖父雪峰公說：「這不是狐不是鬼也不是強盜，就是他的那些貧窮親友們幹的。」這種說法比較接近事實了。

【研析】對於勢利小人，人人可以鄙視；至於如此戲弄，則出乎常人意料。當然，也是這個勢利之徒的咎由自取，怨不得別人。

點穴

俗傳鵲蛇鬥處為吉壤，就鬥處點穴❶，當大富貴，謂之「龍鳳地」。余十一二歲時，淮鎮孔氏田中，嘗有是事，舅氏安公實齋親見之。孔用以為墳，亦無他驗。余謂鵲以蟲蟻為食，或見小蛇啄取；蛇蜿蜒拒爭，有似乎鬥。此亦物態之常。必當日曾有地師❷為人卜葬，指鵲蛇鬥處是穴，如陶侃葬母❸，仙人指牛眠處是穴耳。後人見其有驗，遂傳聞失實，謂鵲蛇鬥處必吉。然則因陶侃事，謂凡牛眠處必吉乎？

【章旨】此章以具體事例評說了鵲蛇鬥處為吉壤而點穴的荒謬。

【注釋】❶點穴　選擇墓地，請堪輿家尋求所謂龍脈結穴之處，以求後代子孫興旺發達。❷地師　即堪輿家，俗稱風水先生。❸陶侃葬母　陶侃，字士行（或作士衡），東晉廬江潯陽（今江西九江）人。官至荊、江二州刺史，都督八州諸軍事。他勤慎吏職，四十年如一日，為人所稱。據傳陶侃母去世下葬，有仙人給他指點了牛睡臥的地方。後來陶侃果然發達，做了大官。

【語譯】俗傳喜鵲與蛇爭鬥的地方是吉祥的墳地，在喜鵲與蛇爭鬥的地方選定墓穴，子孫就會大富大貴，稱之為「龍鳳地」。我十一二歲時，淮鎮孔家的田地中曾經有過喜鵲與蛇爭鬥這樣的事，舅舅安實齋先生親眼見到過。孔家用這塊地為墳地，也沒有什麼效驗。我認為喜鵲以小蟲螞蟻為食物，有時見到小蛇就去啄取，蛇蜿蜒遊動相抗爭，似乎有點像爭鬥，這也是動物間經常會發生的平常事。必定當時曾經有風水先生為人家占卜選擇墳地，指出喜鵲與蛇爭鬥的地方是壙穴，就像陶侃埋葬母親時，有仙人指出牛睡眠的地方是壙穴罷了。後人只見到它的靈驗之處，就傳聞失實，說凡是喜鵲與蛇爭鬥的地方必定是吉祥的墳地。這樣說起來，那麼因為陶侃的事情，就可以說凡是牛睡眠的地方都必然是吉祥的嗎？

【研析】古人相信堪輿學，以為選擇一塊吉祥之地安葬先人，就會給子孫帶來福分。姑且不論堪輿學的是非，但因此卻衍生出許多離奇的傳說或荒謬的主張，如上述所謂「鵲蛇鬥處為吉壤」的說法，就是一例。作者指出這種傳說的荒謬不經之處，並據自然界的常理分析了這種現象出現的原因，讀來令人信服。

繩還繩

慶雲❶、鹽山❷間，有夜過墟墓者，為群狐所遮。裸體反接，倒懸樹杪。天曉人始見之，掇梯解下，視背上大書三字，曰「繩還繩」，莫喻其意。久乃悟二十年前，曾捕一狐倒懸之，今修怨也。胡厚庵先生仿西涯❸新樂府❹，中有〈繩還繩〉一篇曰：「斜柯❺三丈不可登，誰躡其杪如猱升？諦而視之兒倒繃，背題字曰『繩還繩』。問何以故心懵騰，恍然忽省蹶然興，束縛阿紫❻當年曾。舊事過眼如風燈，誰期狹路遭其朋。吁嗟乎！人妖異路炭與冰，爾胡肆暴先侵陵？使銜怨毒伺隙乘。吁嗟呼！無為禍首茲可懲。」即此事也。

【章旨】此章講述了一個狐仙因二十年前曾被人捆綁而報復捉弄仇人的故事。

【注釋】❶慶雲　縣名。在山東西北部、馬頰河下游，鄰接河北。❷鹽山　縣名。在河北東南部，宣惠河流貫，鄰接山東。❸西涯　明代詩人李東陽的號。李東陽，字賓之，湖廣茶陵（今屬湖南）人。天順進士，官至吏部尚書。❹樂府　本指古代音樂官署。「樂府」一名始於秦。秦及西漢惠帝時均設有「樂府令」，掌管朝會宴饗、道路遊行時所用的音樂，兼採民間詩歌和樂曲。此處指詩歌的體裁。❺斜柯　斜的樹枝。❻阿紫　狐狸的別稱。

【語譯】慶雲縣、鹽山縣之間，有個人夜裡經過墓地，被一群狐仙所阻攔。狐仙把他裸體反綁雙手，倒掛在樹梢上。到天亮人們才看見他，拿了梯子把他解下來，看到他背上書寫著三個大字，是「繩還繩」，人們不明白它的意思。這個人過了很久才想起二十年前曾經捕獲一隻狐狸把牠倒掛起來，如今狐仙是來報宿怨了。胡厚庵先生模仿李西涯的新樂府詩，其中有〈繩還繩〉一篇，說：「斜斜的樹枝三丈高而不可登攀，誰能夠爬到它的樹梢如同猱猴的登攀？仔細觀看發現是個人被反綁著，背上題字叫做『繩還繩』。問他為什麼緣故而他心中懵懵騰騰，忽而恍然省悟蹶然興起，他當年曾經捆綁過阿紫。舊事經過眼前如同風中的燈火，誰料想會狹路相逢遭遇牠的朋友。吁嗟乎！人與妖不一條路如同炭火與冰雪，你為什麼肆意施暴先行侵陵牠？使牠懷著怨毒伺隙乘機報復。吁嗟呼！不要做會引起災禍的事情可作為以後的懲戒。」說的就是這件事。

【研析】常言道「君子報仇，十年不晚」，而這個狐仙的報復竟然等待了二十年。只是這個狐仙氣量未免太小了點。當年只不過是被倒懸，如今就要如此報復，用《史記・范雎蔡澤列傳》中的一句話來概括，就是「睚眥之怨必報」。

塾師勸狐

劉香畹言：滄州近海處，有牧童年十四五，雖農家子，頗白皙。一日，陂畔午睡醒，覺背上似負一物。然視之無形，捫之無質，問之亦無聲。怖而返，以告父母，無如之何。數日後，漸似擁抱，漸似撫摩，既而漸似夢魘❶，遂為所汙。自是媟狎無時。而無形無質無聲，則仍如故。時或得錢物果餌，亦不甚多。鄰塾師語其父曰：「此恐是狐，宜藏獵犬，俟聞媚聲時排闥嗾攫之。」父如所教。狐噭然❷破窗出，在屋上跳擲，罵童負心。塾師呼與語曰：「君幻化通靈，定知世事。夫男女相悅，感以情也。然朝盟同穴，夕過別船者，尚不知其幾。至若孌童，本非女質，抱衾薦枕，不過以色為市耳。當其傅粉熏香，含嬌流盼，纏頭❸萬錦，買笑千金，非不似碧玉多情，回身就抱。迨富者資盡，貴者權移，或掉臂長辭，或倒戈反噬，翻雲覆雨，自古皆然。蕭韶❹之於庾信❺，慕容沖❻之於苻堅❼，載在史冊，其尤著者也。其所施者如彼，其所報者尚如此。然則與此輩論交，如摶沙作飯矣。況君所贈，曾不及五陵❽豪貴之萬一，而欲此童心堅金石，不亦顛乎？」

語訖寂然。良久，忽聞頓足曰：「先生休矣。吾今乃始知吾癡。」浩歎數聲而去。

【章旨】此章講述了一個牧童遭狐仙侵犯而塾師勸說狐仙不要再糾纏牧童的故事。

【注釋】❶夢魘　睡眠中做一種感到壓抑而呼吸困難的惡夢，多由疲勞過度、消化不良或大腦皮層過度緊張引起。❷噭然　呼叫聲。❸纏頭　古時歌舞的人把錦帛纏在頭上作妝飾，叫「纏頭」。也指贈送給歌舞者的錦帛或財物。❹蕭韶　南朝梁蕭猷的兒子。字德茂。太清初為舍人。蕭韶幼時曾得庾信寵愛，官至郢州刺史，後待庾信很冷淡。❺庾信　字子山，小字蘭成。南朝仕梁為右衛將軍，武康縣侯。文藻豔麗，與徐陵齊名，時稱徐庾體。元帝使聘於周，被留不遣。累官至驃騎大將軍，開府儀同三司。世稱庾開府。❻慕容沖　西燕慕容暐弟。小字鳳凰。苻堅滅燕，沖姐清河公主，年十四，苻堅納為妃子。慕容沖當時年十二，長相美好，得到苻堅寵愛。苻堅淝水之戰敗後，他就起兵反對苻堅。❼苻堅　十六國時期前秦皇帝。西元三五七—三八五年在位。字永固，一名文玉，略陽臨渭（今甘肅秦安東南）人。氐族。初為東海王，後殺苻生自立。攻打東晉，因淝水之戰大敗，遂被姚萇所殺。❽五陵　西漢元帝以前，每築一個皇帝陵墓，就要在陵側置一個縣，令縣民供奉園陵，叫做陵縣。其中高帝長陵、惠帝安陵、景帝陽陵、武帝茂陵、昭帝平陵五縣，都在渭水北岸，今咸陽附近，合稱五陵。因地近都城長安，且屢次遷來很多富豪，風俗奢縱，故杜甫〈秋興〉詩有「五陵裘馬自輕肥」句。

【語譯】劉香畹說：滄州靠近海邊的地方，有個牧童，年紀十四五歲，雖然是農家子弟，但長得很白淨。有一天，他在土坡上午睡醒來，覺得背上好像背著一樣東西，但是看上去沒有形體，摸上去沒有質地，問它也沒有聲音。他十分驚嚇就跑回家，告訴父母，他們也不知道是什麼事情。幾天以後，那個牧童背上的東西越來越像是擁抱，越來越像是撫摩，接著越來越像是夢魘，於是牧童被它玷汙了。從此以後，牧童隨時被它淫戲狎昵，但那個東西仍然沒有形體沒有質地沒有聲音，仍舊像原來那樣。牧童有時能從它那兒得到錢物水果食品，也不很多。相鄰的塾師對牧童的父親說：「這恐怕是狐狸精，應當在家裡藏一頭獵犬，等聽到他們發出媚惑的聲音時，推開門嗾使獵犬去抓住它。」牧童的父親如那位塾師所教施行，狐狸精噭的一聲破窗而出，在屋頂上蹦跳著，罵牧童負心。塾師大聲對它說道：「您幻化通靈，必定知道世上的事。男女互相喜愛，是以情來感動的。但是早晨發誓死後葬在同一墓穴，晚上就到別人船上去的，這種人還不知道有多少。至於變童，本來不是女子之身，抱著被子侍寢，不過是出賣色相罷了。當他撲粉熏香，含著嬌羞，眉目送情，得到萬端錦帛作賞賜，玩弄者用千金來買笑，莫不像碧玉那樣多情，回過身來投入懷抱；等到富有的人錢財用盡了，位高的人權力失去了，這種人或者揮動手臂永遠離開，或者掉轉槍頭反咬一口，翻雲覆雨，從古以來都是如此。蕭韶的對於庾信，慕容沖的對於苻堅，都記載在史書上，是其中最顯著的。所施予的那樣多，所報答的尚且這樣，那麼同這些人論交情，就像搏沙泥作飯了。況且您所贈予的，還不及京都豪貴的萬分之一，而要想這個牧童心堅如金石，不也荒唐嗎？」塾師說完，屋頂上就寂然無聲了。好久，忽然聽到那個狐狸精頓著腳說：「先生算了吧。我今天才知道我的癡呆。」接著長歎了幾聲而離去了。

【研析】喜歡變童，本來就不是一種正常的心理；而要變童與自己永結同心，豈不是癡人說夢，荒謬之極。紀昀此處描寫的狐狸精尚沒有蒲松齡筆下的可愛，但也已經知道事理，懂得聽人規勸。這個狐狸精已經有了近乎常人的心態，使人不禁要問：紀昀是說狐呢，還是說人？

桐柏山神

姜白巖言：有士人行桐柏山❶中，遇鹵簿❷前導，衣冠形狀，似是鬼神，暫避林內。輿中貴官已見之，呼出與語，意殊親洽。因拜問封秩❸。曰：「吾即此山之神。」又拜問：「神生何代？冀傳諸人世，以廣見聞。」曰：「子所問者人鬼，吾則地祇❹也。夫玄黃❺剖判，融結萬形。形成聚氣，氣聚藏精，精凝孕質，質立含靈。故神祇與天地並生，惟聖人通造化之原，故燔柴❻、瘞玉❼，載在『六經』。自稗官❽瑣記，創造鄙詞，曰劉、曰張，謂天帝有廢興；曰呂、曰馮，謂河伯❾有夫婦。儒者病焉。紫陽❿崛起，乃以理詰天，並〈皇矣〉⓫之下臨，亦斥為烏有。而鬼神之德，遂歸諸二氣之屈伸矣。夫木石之精，尚生夔罔⓬；雨土之精，尚生羵羊⓭。豈有乾坤斡運，元氣鴻洞，反不能聚而上升，成至尊之主宰哉！覩子衣冠，當為文士。試傳吾語，使儒者知聖人饗報之由。」士人拜而退。然每以告人，輒疑以為妄。余謂此言推鬼之本始，植義甚精。然自白巖寓言，託諸神語耳。赫赫靈祇，豈屑與講學家⓮爭是非哉？

【章旨】此章借山神之口論說了鬼神的本始，抨擊了道學家的觀點。

【注釋】❶桐柏山　在河南、湖北兩省邊境。❷鹵簿　古代帝王出外時在其前後的儀仗隊。❸封秩　封官授祿。亦泛指官爵。❹地祇　古代稱土地社稷的神。❺玄黃　《易・坤・文言》：「夫玄黃者，天地之雜也，天玄而地黃。」後用為天地的代稱。❻燔柴　古代祭祀儀式之一，把玉帛、犧牲同置於積柴之上，焚之以祭天。❼瘞玉　古代祭山禮儀。治禮畢埋玉於坑。❽稗官　小官。《漢書・藝文志》：「小說家者流，蓋出於稗官，街談巷語，道聽塗說者之所造也。」後因用為小說或小說家的代稱。❾河伯　古代神話中的黃河水神。又叫馮夷。因渡河淹死，天帝封為水神，曾化為白龍，游於水上，被后羿射瞎了左眼。又曾授給夏禹以治水的地圖。古代記載河伯故事的很多，最早當推《莊子》和屈原的〈九歌〉、〈天問〉。❿紫陽　宋代朱熹父親朱松讀書於紫陽山（安徽歙縣城南），後朱熹在福建崇安居住，將聽事堂稱紫陽書堂。後世遂以紫陽名朱子之學。此處代指朱熹本人。⓫皇矣　《詩經》篇名。原文是：「皇矣上帝，臨下有赫。」⓬夔罔　即夔魍。指夔和魍魎。皆為傳說中的山林精怪。亦用以泛指精怪。⓭羵羊　古代傳說謂土中所生的精怪。⓮講學家　清代指道學家。

【語譯】姜白巖說：有個讀書人在桐柏山中行走，遇見儀仗隊在前面引導，人們穿戴的衣冠形狀像是鬼神的一隊人，就暫時躲避在樹林裡。車中的貴官已經看見他，叫他出來談話，態度很是親切融洽。於是他拜問那貴官的官爵，回答說：「我就是這座山的山神。」讀書人又拜問：「山神生於哪一個朝代？我希望能夠了解清楚以傳播人世，用來擴大人們的見聞。」山神回答說：「您所問的是人和鬼的事，我則是地神。自從天地混沌之氣剖分，融結成萬種形體，形成聚氣，氣聚集而隱藏精，精氣凝聚而孕育體質，體質具備了就蘊含神靈。所以神靈同天地並生，只有聖人通曉造化的本原，所以祭天時的燔柴、祭山時的瘞玉，記載在『六經』裡。自從稗官野史小說雜記，創造鄙俚之詞，說天帝劉姓，說天帝張姓，認為天帝也有廢黜興替；說河伯姓呂，說河伯姓馮，認為河伯也有夫有婦。儒家學者對這種說法很不滿。到了宋代朱熹崛起後，於是理學家用『理』來闡釋天，就連《詩經．皇矣》中說上帝的下臨也斥責為烏有。於是把鬼神的存在，歸之於陰陽二氣的屈伸了。樹木石塊的精氣，還生出夔和罔這兩樣山林中的精怪；雨水與泥土的精氣，還生出羵羊這樣土地中的精怪。豈有乾坤運轉，元氣瀰漫無際，反而不能聚而上升，成為至高無上的主宰嗎！看您的穿戴衣冠，應當是讀書人。請把我的話傳播出去，使儒家學者知道聖人為報答上天功德而祭饗的緣由。」這個讀書人下拜而退。但是他每次把這些話告訴別人，對方往往懷疑他是虛妄。我認為這番話推論鬼神的始末本原，立意很精闢。但這自然是姜白巖的寓言，借託於山神罷了。赫赫神靈，哪裡有功夫同講學家爭論是非呢？

【研析】這個故事只是寓言，反映了說者的觀點。而作者紀昀是贊成文中觀點的，故在文章末尾說「赫赫靈祇，豈屑與講學家爭是非」。然而，文中所謂的「氣生萬物」的觀點，是繼承了北宋張載的思想。張載提出「太虛即氣」的學說，肯定「氣」是充塞宇宙的實體，由於「氣」的聚散變化，形成各種事物現象。張載對明末清初大思想家王夫之有很大影響，並為其所繼承和發展。而紀昀受王夫之的影響，於此亦可窺見一二。

舉人丟醜

裘編修❶超然言：豐宜門❷內玉皇廟街，有破屋數間，鎖閉已久，云中有狐魅。適江西一孝廉與數友過夏（唐舉子下第後，讀書待再試，謂之過夏），取其地幽僻，僦舍於旁。一日，見幼婦立簷下，態殊嫵媚，心知為狐。少年豪宕❸，意殊不懼。黃昏後，詣門作禮，祝以媟詞❹。夜中聞床前窸窣有聲，心知狐至，暗中舉手引之。縱體入懷，遽相狎昵，冶蕩萬狀，奔命殆疲。比月上窗明，諦視乃一白髮媼，黑陋可憎。驚問：「汝誰？」殊不愧赧，自云：「本城樓上老狐，娘子怪我饕餮而慵作，斥居此屋，寂寞已數載。感君垂愛，故冒恥自獻耳。」孝廉怒，搏其頰，欲縛捶之。撐拄擺拔間，同舍聞聲，皆來助捉。忽一脫手，已琤然破窗遁。次夕，自坐屋簷，作軟語相喚。孝廉詬詈，忽為飛瓦所擊。又一夕，揭帷欲寢，乃裸臥床上，笑而招手。抽刃向擊，始泣罵去。懼其復至，移寓避之。登車頃，突見前幼婦自內走出。密遣小奴訪問，始知居停主人❺之甥女，昨偶到街買花粉也。

【章旨】此章講述了一個舉人欲淫戲狐狸精卻反遭老狐戲耍的故事。

【注釋】❶編修　官名。宋代凡修國史、實錄、會要等均隨時置編修官，樞密院亦有編修官，均負責編纂記述。明清之翰林院編修，以一甲二三名進士及庶吉士之留館者充任，無定員，無實際職務。❷豐宜門　今北京右安門。❸豪宕　亦作「豪蕩」。為意氣洋溢，器量闊大。❹媟詞　輕薄或淫穢的言詞。❺居停主人　寄居之家或寓所的主人。

【語譯】翰林院編修裘超然說：京師豐宜門內玉皇廟街有幾間破屋，鎖閉已經很久了，說是屋裡有狐狸精。剛巧江西有個舉人同幾個朋友過夏（唐代參加科舉考試的士子沒有考中以後，讀書等待再次考試，叫做過夏），看中這個地方幽雅僻靜，在旁邊租了房屋居住。有一天，他看見一個少婦站立在屋簷下，神態很是嫵媚，心裡知道是狐狸精。這個舉人少年豪爽放蕩，心中一點兒都不懼怕。黃昏以後，他走到門前行禮，用輕薄挑逗的話來問候那位少婦。當天夜裡，他聽到床前有窸窸窣窣的聲音，心裡知道狐狸精到了，暗中伸出手拉她上床來。她就縱身投入那個舉人懷抱，兩人立即互相親昵狎戲，淫蕩萬狀，那個舉人忙於應付，弄得疲困不堪。等到月亮上來照在窗櫺上很明亮，舉人仔細一看竟是一個白髮老婦，又黑又醜面目可憎，吃驚地問：「你是誰？」她並不羞愧，自己說：「本是城樓上的老狐，娘子怪我貪吃懶做，斥逐居住在這所房屋，寂寞已經數年了。感念您的垂愛，所以不顧羞恥自來獻身罷了。」舉人惱怒，打她的耳光，打算把她捆起來再打。正在拉扯撐持掙扎之間，同屋的人聽到聲音，都來幫助捕捉。舉人忽然一脫手，那個老狐已經琤的一聲破窗逃走了。第二天晚上，那個老狐自己坐在屋簷頭，用溫柔的言語相呼喚，舉人斥責辱罵她，忽然被飛來的瓦片所擊中。又一天晚上，舉人揭開帳子想要睡覺，她竟然裸體躺在床上，笑著對舉人招手。舉人抽出刀向老狐砍去，那老狐才哭泣著謾罵而去。舉人害怕她再來，只好搬往他處居住來躲避她。舉人上馬車的時候，突然看見以前看到的那個少婦從裡面走出來，祕密地派遣小奴打聽，才知道是寓所主人的外甥女，前幾天偶然到街上買花粉的。

【研析】舉人讀聖賢書而不知羞恥，調戲引誘良家婦女，卻招來老狐，這是自取其辱，怨不得他人。如果這個舉人沒有淫蕩之心，老狐豈敢不請自來？佛家講，邪心一起，妖魔百生。修身當從端正心志始，古今同理。

選人獵豔

琴工錢生（以鼓琴客裘文達公家，滑稽善諧戲。因面有瘢風❶，皆呼曰「錢花臉」。來往數年，竟不能舉其里居名字也）言：一選人❷居會館❸，於館後牆缺見一婦，甚有姿首，衣裳故敝，而修飾甚整潔，意頗悅之。館人有母年五十餘，故大家婢女，進退語言，均尚有矩度，每代其子應門。料其有幹才，賂以金，祈謀一晤。對曰：「向未見此，似是新來。姑試偵探，作萬一想耳。」越十許日，始報曰：「已得之矣。渠本良家，以貧故，忍恥出此。然畏人知，俟夜深月黑，乃可來。乞勿秉燭，勿言勿笑，勿使僮僕及同館聞聲息，聞鐘聲即勿留。每夕贈以二金足矣。」選人如所約，已往來月餘。一夜，鄰弗戒於火。選人惶遽起。僮僕皆入室救囊篋；一人急搴帳曳茵褥，訇然有聲，一裸婦墮榻下，乃館人母也。

莫不絕倒。蓋京師媒妁最奸黠，遇選人納媵，多以好女引視，而臨期陰易以下材，覺而涉訟者有之。幕首❹入門，背燈障扇，俟定情後始覺，委曲遷就者亦有之。此媼狃於鄉風，竟以身代也。然事後訪問四鄰，牆缺外實無此婦。或曰：「魅也。」裘文達公曰：「是此媼引致一妓，炫誘選人耳。」

【章旨】此章講述了清初人家私通良家婦女或納妾，常有調包的故事。

【注釋】❶癜風　皮膚病的一種。皮膚上出現白色或紫色的斑點。如紫癜、白癜風。❷選人　唐代以後稱候補、候選的官員。❸會館　古時同省、同府、同縣或同業的人在京城、省城或國內外大商埠設立的機構，主要以館址的房屋供同鄉、同業聚會或寄寓。❹幕首　蒙著頭。幕，覆蓋；隱蔽。

【語譯】琴工錢生（因為能彈琴而客居裘文達公的家裡，為人滑稽善於詼諧戲謔。因為面部有患癜風引起的斑點，人們都稱呼他「錢花臉」。我與他來往了幾年，竟然不知道他的鄉里住處和名字）說：有一個候選的官員住在會館裡，在會館後面牆壁的缺口處，看見一個婦女，很有姿色，衣裳破舊，但修飾得很整潔，心中很喜歡她。看守館舍的人有個母親，年紀五十多歲，原是富貴人家的婢女，進退應答說話，都還有大戶人家的規矩風度，經常代她的兒子看門。這個候選官員料想她有才幹，用金錢賄賂，希望想辦法能讓他與那個女子會晤一次。那個看守館舍人的母親回答說：「我從來沒有看過這個女人，好像是新來的，姑且試著打探一下，你不要抱有太大希望。」過了十幾天，她才來答覆說：「已經找到了。她本來是良家女子，因為貧窮的緣故，忍著羞恥這樣做。但是怕別人知道，等到夜深月黑，她才可以來。她要求你不要點燈燭，不要說話不要笑，不要使僮僕以及同館舍的人聽到聲息，聽見鐘聲就不要挽留。每天晚上贈給她二兩銀子就足夠了。」那個候選官員按照所約定的行事，兩人已經來往了一個多月。有一天夜裡，鄰居不慎失火。那個候選官員驚惶起身，僮僕都進入室內搶救行李箱籠。一個人掀帳子拉褥墊，訇的發出聲音，一個裸體女人掉在床榻下，竟然是看守館舍人的母親，大家沒有不大笑而能自持的。原來京城裡的媒人最奸刁狡猾，碰到候選官員娶姬妾，多用美女引去給他們觀看，到時候偷偷地換成下等姿色的女子，有發覺受騙上當而打官司的。女子蒙著頭入門，背著燈用扇子遮面，定情以後才發覺，委屈遷就的也有。這個老婦習慣於當地的風氣，竟然用自身來替代。後來訪問四鄰，牆壁缺口外面其實沒有那個少婦。有的說：「這是妖精。」裘文達公說：「是這個老婦招引的一個妓女，炫耀引誘那個候選官員罷了。」

【研析】這個選人與上文的舉人都是因為貪色而丟人出醜，抨擊的對象應該是這兩個人，而不是上文的老狐及本文的老婦。老狐因寂寞，老婦為錢財，做些見不得人的勾當，本不足為奇。但舉人與選人都是經朝廷選拔的人才，竟然也幹出如此苟且之事，清代乾隆間風氣之壞，可見一斑。

兔鬼報冤

安氏從舅善烏銃❶，郊原逐兔，信手而發，無得脫者，所殺殆以千百計。一日，遇一兔，人立而拱，目炯炯如怒。舉銃欲發，忽炸而傷指，兔已無跡。心知為兔鬼報冤，遂輟其事。又嘗從禽晚歸，漸已昏黑。見小旋風裹一物，火光熒熒，旋轉如輪。舉銃中之，乃禿筆一枝，管上微有血漬。明人小說載牛天錫供狀❷事，言凡物以庚申日❸得人血，皆能成魅。是或然歟！

【章旨】此章講述了殺生過多而遭致報復的故事。

【注釋】❶鳥銃　即鳥槍。古時打鳥的一種火器。❷供狀　指招供的字據。❸庚申日　古代用干支來表達年、月、日和時辰的次序，周而復始，循環使用。庚是天干的第七位，申是地支的第九位。如果以干支記日，那麼天干的庚與地支的申相合就是庚申日。

【語譯】堂舅安氏擅長打鳥銃，到郊外原野中追逐野兔，常常隨手射擊，野兔沒有能夠逃脫的，所射殺的野兔大概可以用成百上千來計算。一天，堂舅安氏碰到一隻野兔，像人一樣地站立而拱起身體，眼睛炯炯發光像是憤怒的樣子。他舉起鳥銃想射擊，忽然槍膛爆炸而傷了手指，那隻野兔已經沒有了蹤跡。安氏堂舅心裡知道是兔鬼來報復冤仇，於是就不再打野兔。又，安氏堂舅曾經帶著鷹去打獵，晚上回家天已經漸漸昏黑，看見颳起的一股小旋風中裹夾著一個物件，火光熒熒，旋轉著如同車輪。他舉起鳥銃打中了那個東西，只見落下來的竟然是一枝禿筆，筆管上微微有血漬。明朝人小說中記載牛天錫供狀的事情，說凡是物品在庚申這一天沾上人血，都能夠成為妖魅。這支筆也許就是吧！

【研析】殺生不祥，破壞了人與自然的和諧相處；過多殺生更是罪孽，必然招致自然界的報復。且看當今世界上的許多疾病，就是人類觸犯了大自然而招致的懲罰。這個世界上，只有人與萬物的和諧相處，才能達到天人合一的境界。至於作者所說的第二個故事，自然是迷信，不足評說。

敝帚成魅

奴子王廷佑之母言：青縣❶一民家，歲除日❷，有賣通草花❸者，叩門呼曰：「佇立久矣，何花錢尚不送出耶？」詰問家中，實無人買花。而賣花者堅執一垂髫❹女子持入。正紛擾間，聞一媼急呼曰：「真大怪事，廁中敝帚柄上，竟插花數朵也。」取驗，果適所持入。乃銼而焚之，呦呦有聲，血出如縷。此魅既解化形，即應潛養靈氣，何乃作此變異，使人知而殲除，豈非自取其敗耶？天下未有所成，先自炫耀；甫有所得，不自韜晦❺者，類此帚也夫！

【章旨】此章講述了一把敝帚成魅而不知韜晦遂遭毀滅的故事。

【注釋】❶青縣　縣名。在河北東南部，鄰接天津。❷除日　農曆十二月最後一天。即除夕日。❸通草花　用通草（通脫木）製作的花。通脫木，常綠灌木或小喬木。樹幹直，葉大，掌狀分裂，通常集中生在莖頂部，花小，白色，果實近球形。莖的中心有白色紙質的髓，可製通草花或其他裝飾品。❹垂髫　古時童子未冠者頭髮下垂，因以「垂髫」指童年或兒童。❺韜晦　即收斂鋒芒，隱藏才能行跡。韜，韜光。晦，晦跡。

【語譯】僮僕王廷佑的母親說：青縣的一戶百姓，除夕那天，有個賣通草花的，叩門呼喊道：「我已經在門口站立很久了，為什麼花錢還不送出來啊？」這家主人查問家中人，確實沒有人買過花。而賣通草花的人堅持說有個女孩子拿了花進去。正在紛亂吵鬧間，聽到一個老婦急聲叫道：「真是大怪事，廁所中破掃帚柄上，竟然插了幾朵花。」把花拿來驗看，果然是剛才那個小女孩所拿進去的。這家人於是就用銼刀銼斷那把掃帚而且把它燒掉，那把掃帚發出呦呦的聲音，還有血跡一縷縷的流出。這個妖魅既然能夠解化成為人的形體，就應該潛心修養靈氣，為什麼要作出這樣的變異，使人發覺而被消滅掉了，豈不是自取滅亡嗎？天下那些還沒有什麼成就而先行自己炫耀；剛有所得而不能自己韜光養晦的，類似於這把掃帚啊！

【研析】且不論那把掃帚是否成魅，而作者紀昀就此事所發的幾句議論值得深思。世人往往不知韜光養晦，甫有所得，先自炫耀，遂招致種種意想不到的阻力和困難，最終導致失敗。作者藉此告誡世人，做人做事，都應謙和低調，不事張揚。

黑狐說因果

外祖雪峰張公家奴子王玉善射。嘗自新河❶攜鹽租返，遇三盜，三矢仆之，各唾面縱去。一日，攜弓矢夜行，見黑狐人立向月拜。引滿一發，應弦飲羽。歸而寒熱大作。是夕，繞屋有哭聲曰：「我自拜月煉形，何害於汝？汝無故見殺，必相報恨。汝未衰，當訴諸司命❷耳。」數日後，窗棱上鏗然有聲，愕眙❸驚問。聞窗外語曰：「王玉我告汝：我昨日訴汝於地府❹，冥官檢籍，乃知汝過去生中，負冤訟辯，我為刑官，陰庇私黨，使汝理直不得申，抑鬱憤恚，自刺而死。我墮身為狐，此一矢所以報也。因果分明，我不怨汝。惟當日違心枉拷，尚負汝笞掠百餘。汝肯發願免償，則陰曹銷籍，來生拜賜多矣。」語乞，似聞叩額聲。王叱曰：「今生債尚不了了，誰能索前生債耶？妖鬼速去，無擾我眠。」遂寂然。世見作惡無報，動疑神理之無據。烏知冥冥之中，有如是之委曲哉！

【章旨】此章講述了一名青年與一隻黑狐的前生今世的因果報應。

【注釋】❶新河　縣名。在河北南部、滏陽河流域。❷司命　本指星宿名。此處指掌管凡人之命的神靈。❸愕眙　亦作「愕怡」。驚視。❹地府　中國傳統觀念認為，人世之外，另有世界，設有百官，專管鬼魂死人的，稱為地府。又稱陰間。

【語譯】外祖父張雪峰先生家有個年輕僕人王玉擅長射箭。他曾經從新河帶著鹽租返回，遇到三個強盜，連發三箭把他們全部射倒，然後往每人臉上吐了口唾沫放他們走了。有一天，他帶著弓箭夜裡趕路，看見一隻黑狐狸像人一樣站立向著月亮而拜，就拉滿弓一箭射去，那隻黑狐狸應著弦聲中了箭。回到家後，王玉生了一場忽冷忽熱的大病。這天晚上，繞著王玉的房屋有哭泣的聲音說：「我自己拜月修煉形體，對你有什麼妨害？你無緣無故地殺害了我，我一定要報這個怨仇。可恨你還沒有衰敗，我要向司命之神申訴罷了。」幾天以後，窗格上發出鏗鏗的聲音，王玉驚愕地察看詢問，聽得窗外說話道：「王玉，我告訴你，我昨天到陰曹地府去告你，陰間官員檢查簿冊，才知道你前生中，含著冤屈訴訟，我擔任掌管刑獄的官員，暗中庇護私黨，使你理由正當卻得不到伸雪，抑鬱憤恨，自殺而死。我被懲罰墮落此身成為狐狸，你的這一箭就是我的報應，因果分明，我不怨恨你。只是我當時違背良心使你受冤枉被拷打，還欠你鞭打一百多下。你肯發願免予我償還，那麼陰間衙門就可以在簿冊上注銷，來生拜受你的恩賜多多了。」說完，王玉好像聽到叩頭的聲音。王玉喝叱說：「今生的債還沒有了結，誰能夠索討前生的債呢？妖鬼快快離去，不要打擾我的睡眠。」於是窗外寂然無聲。世人看見作惡的沒有得到報應，動輒就懷疑神理的沒有根據，哪裡知道在冥冥之中，有如此這樣的曲折呢！

【研析】因果報應是作者極力宣揚的主題。因果報應思想深深植根於中華民族的民族心理中，綿延數千年，至今不衰。但也有人對此提出質疑。早在西漢武帝時期，司馬遷就曾因自身遭遇，在《史記・伯夷列傳》中強烈抨擊了「天道無親，常與善人」的說法。然而，並沒有因此動搖因果報應思想在民族心理中的地位。因果報應思想雖然有其迷信的成分，但其在民族心理形成過程中的積極作用還是應該得到充分肯定的。

多疑生妖

雍正甲寅❶，余初隨姚安公至京師。聞御史某公性多疑，初典永光寺一宅，其地空曠。慮有盜，夜遣家奴數人，更番司鈴柝❷；猶防其懈，雖嚴寒溽暑，必秉燭自巡視。不勝其勞，別典西河沿一宅，其地市廛❸櫛比。又慮有火，每屋儲水甕。至夜鈴柝巡視，如在永光寺時，不勝其勞。更典虎坊橋東一宅，與余邸隔數家。見屋宇幽邃，又疑有魅。先延僧誦經，放焰口❹，鈸鼓琤琤者數日，云以度鬼；復延道士設壇召將，懸符持咒，鈸鼓琤琤者又數日，云以驅狐。宅本無他，自是以後，魅乃大作，拋擲磚瓦，攘竊器物，夜夜無寧居。婢媼僕隸，因緣為奸，所損失無算。論者皆謂妖由人興。居未一載，又典繩匠胡同一宅。去後不通聞問，不知其作何設施矣。姚安公嘗曰：『天下本無事，庸人自擾之。』其此公之謂乎！」

【章旨】此章講述了一個御史性格多疑的故事。

【注釋】❶雍正甲寅　即清雍正十二年，西元一七三四年。❷鈴柝　巡邏、報警用的銅鈴、木梆等響器。❸市廛　猶市曹。商肆集中之處。❹放焰口　佛教謂為地獄中餓鬼舉行超度佛事稱「放焰口」。焰口，餓鬼名。

【語譯】雍正十二年，我第一次跟隨父親姚安公來到京城。聽說御史某公生性多疑，他最初租借永光寺附近的一所住宅，這地方空曠，他顧慮有盜賊，每天夜裡派遣幾個家奴輪流負責搖鈴擊柝；還為了防止他們的鬆懈怠惰，即使是嚴寒的冬天和濕熱的盛夏，他也一定拿著燭火親自巡視。因為不勝其勞，他另外租借西河沿的一所住宅，這個地方店鋪林立。他又擔心會有火災，每間屋子裡都儲備水缸，到夜裡搖鈴擊柝到處巡視，就像居住在永光寺的時候一樣，還是不勝其勞。他再租借了虎坊橋東面的一所住宅，同我家的宅邸只相隔幾戶人家。他看見這處住宅房屋幽深，又懷疑有怪魅，先延請和尚念經，放焰口，鐃鈸鼓聲琤琤地敲打了有好幾天，說是用來為鬼超度；又延請道士設壇召神將，懸掛符籙，念誦咒語，鐃鈸鼓聲琤琤地又敲打了好幾天，說是用來驅除狐狸精。這所住宅本來沒有什麼，從此以後，怪魅於是大發作，拋擲磚頭瓦片，盜竊器物，使得這個御史夜夜不能安居。婢女老婦僕人役夫趁機勾結為奸，這個御史所損失的無法計算。議論的人都說妖怪是因為人而興起。住了不到一年，他又租借了繩匠胡同的一所住宅。搬去以後不通音訊，不知道他作了什麼樣的設施。父親姚安公曾經說：『天下本來沒有什麼事情，庸人自己擾亂而生出事情來』。大概說的就是這種人吧！」

【研析】多疑是一種性格缺陷，但是要糾正這種性格缺陷又非易事。歷史上，有權勢者如曹操性格多疑，遂以濫殺無辜來消除自己疑慮；無權勢者，則給自己憑空增添諸多煩惱。對人對事，心地坦蕩，或許是消除多疑心態的一劑良藥。

夢中夢

錢塘❶陳乾緯言：昔與數友，泛舟至西湖深處，秋雨初晴，登寺樓遠眺。一友偶吟「舉世盡從忙裡老，誰人肯向死前休」句，相與慨歎。寺僧微哂曰：「據所聞見，蓋死尚不休也。數年前，秋月澄明，坐此樓上。聞橋畔有詬爭聲，良久愈厲。此地無人居，心知為鬼。諦聽其語，急遽攙奪，不甚可辯，似是爭墓田地界。俄聞一人呼曰：『二君勿喧，聽老僧一言可乎。夫人在世途，膠膠擾擾，緣不知此生如夢耳。今二君夢已醒矣，經營百計，以求富貴，富貴今安在乎？機械❷萬端，以酬恩怨，恩怨今又安在乎？青山未改，白骨已枯，孑然惟剩一魂。彼幻化黃粱❸，尚能省悟；何身親閱歷，反不知萬事皆空？且真仙真佛以外，自古無不死之人；大聖大賢以外，自古亦無不消之鬼。並此孑然一魂，久亦不免於澌滅。顧乃於電光石火之內，更興蠻觸❹之兵戈，不夢中夢乎？』語訖，聞嗚嗚飲泣聲，又聞浩歎聲曰：『哀樂未忘，宜乎其未齊得喪。如斯挂礙，老僧亦不能解脫矣。』遂不聞再語，疑其難未已也。」乾緯曰：「此自師粲花❺之舌耳。然默驗人情，實亦為理之所有。」

【章旨】此章講述了兩個鬼魂尚為墓田地界爭論不休，被老僧猛喝而省悟的故事。

【注釋】❶錢塘　舊縣名。在今杭州西靈隱山林麓。即今浙江杭州。❷機械　巧詐；機巧。❸黃粱　指黃粱夢。唐人沈既濟〈枕中記〉載：盧生在邯鄲客店遇道士呂翁，生自歎窮困，翁探囊中枕授之曰：枕此當令子榮適如意。時主人正蒸黃粱，生夢入枕中，享盡富貴榮華。及醒，黃粱尚未熟，怪曰：「豈其夢寐耶？」翁笑曰：「人世之事亦猶是矣。」後因以「黃粱夢」喻虛幻的事和不能實現的欲望。❹蠻觸　語出《莊子・則陽》：「有國於蝸之左角者，曰觸氏；有國於蝸之右角者，曰蠻氏。時相與爭地而戰，伏屍數萬，逐北，旬有五日而後反。」後世稱因細故而引起爭端為蠻觸之爭。❺粲花 稱讚言論的典雅雋妙。

【語譯】錢塘人陳乾緯說：過去他曾同幾個朋友，坐船遊玩到了西湖深處，秋雨初晴，登上寺院樓上遠眺。一個朋友偶然吟誦「舉世都在繁忙裡老去，誰人肯在死亡前罷手」的句子，大家互相感慨歎息。寺院裡的和尚微笑著說：「根據我的所見所聞，有死了還不肯罷休的。幾年前，秋天的月色清澈明淨，我坐在這座寺樓上，聽到橋邊有爭吵謾罵的聲音，過了好久愈吵愈厲害。這地方沒有人居住，我心裡知道是鬼。一會兒聽一個人呼喊道：『兩位不要吵了，聽老僧一句話可以嗎？人在世上，忙忙碌碌，紛亂不寧，是因為不知道這一生如一場夢罷了。現在二位夢已醒了，千方百計地經營，以求富貴，富貴如今在哪裡呢？機巧之心萬種，用來酬恩報怨，恩怨現今又在哪裡呢？青山沒有改變，白骨已經枯爛，孤獨地只剩下一個魂靈。那個書生對著黃粱一夢所幻化出來的，還能夠省悟；為什麼你們親身經歷過的，反而不知道萬事皆空的道理呢？而且真仙真佛以外，從古以來沒有不死的人；大聖大賢以外，從古以來也沒有不消失的鬼。即便是這孤獨的一個魂靈，長久以後也不免於消亡。你們為什麼在這電光石火般的瞬息之間，卻又興起像蝸牛角上的蠻氏、觸氏兩國之間兵戎相見的爭鬥，豈不是做著夢中之夢嗎？』說完，聽到嗚嗚啜泣的聲音，又聽到長歎一聲說：『悲哀和歡樂之情沒有忘卻，這就難怪不能把得到和喪失看得一樣。像這樣的牽掛，老僧也不能夠替你們解脫了。』於是不再聽見說話聲，我懷疑他們的磨難還沒有完。」陳乾緯說：「這自然是師父的粲花之舌所編造出來的故事罷了。然而用這番道理默默檢驗人情，確實也是情理中所存在的。」

【研析】世人難以擺脫名利，故《史記・貨殖列傳》有「天下熙熙，皆為利來；天下壤壤，皆為利往」的說法。（這裡「壤」通「攘」。）但謙恭退讓者也是有的。清代安徽桐城郊外有張姓、葉姓兩戶人家，兒子均在京城為官。葉姓人家想擴展自家院子，遂把圍牆向張姓人家的宅基移了三尺。張姓人家向京城兒子告狀。張姓兒子修書一封，信中寫道：「千里家書只為牆，讓他三尺又何妨。萬里長城今猶在，不見當年秦始皇。」張姓人家把院牆退後三尺，葉姓人家知悉後，羞愧難當，也將自家院牆退後三尺，遂留下一條六尺巷。這條六尺巷伴隨著一首詩一段佳話流芳千古。

狐哀女奴

陳竹吟嘗館❶一富室。有小女奴，聞其母行乞於道，餓垂斃，陰盜錢三千與之。為儕輩❷所發，鞭捶甚苦。富室一樓，有狐借居，數十年未嘗為祟。是日女奴受鞭時，忽樓上哭聲鼎沸❸。怪而仰問，同聲應曰：「吾輩雖異類❹，亦具人心。悲此女年未十歲，而為母受捶，不覺失聲，非敢相擾也。」主人投鞭於地，面無人色者數日。

【章旨】此段講述了小女奴救母受鞭捶而得到狐仙同情的故事。

【注釋】❶嘗館　曾經設館教書。❷儕輩　同輩；同類之人。❸鼎沸　沸騰。此處指喧鬧異常。❹異類　指禽獸狐鬼之屬。

【語譯】陳竹吟曾經在一個富戶家坐館教書。這個富戶家有個小女奴，聽說她母親在路上乞討，餓得快要死了，暗地裡偷了三千錢給母親，被奴僕們所揭發，這家主人將小女奴狠狠鞭打。富戶家的一間樓房，有狐仙借住，幾十年來從來沒有為禍作祟。這一天，小女奴受鞭打時，樓上忽然哭聲大作。主人感到奇怪而抬頭詢問，狐仙們齊聲回答說：「我輩雖然異於人類，但也具有人心。悲傷這個女孩年紀還不到十歲，而為母親遭受鞭打，不覺失聲哭泣，不是故意前來打擾。」主人把鞭子扔在地上，好幾天面無人色。

【研析】小女奴為救母而遭鞭打，這份孝心使狐仙為之悲傷痛哭，卻不能使富戶主人感動。狐仙雖是異類，尚有人心；而富戶主人卻只有冷酷之心、殘忍之心，唯獨缺少的是人心。這雖是一個寓言故事，但抨擊的為富不仁現象卻是普遍存在的。

丐者識偽

竹吟與朱青雷遊長椿寺，於鬻書畫處，見一卷擘窠❶書曰：「梅子流酸濺齒牙，芭蕉分綠上窗紗。日長睡起無情思，閒看兒童捉柳花。」款題「山谷道人❷」。方擬議真偽，一丐者在旁睨視，微笑曰：「黃魯直❸乃書楊誠齋❹詩，大是異聞。」掉臂竟去。青雷訝曰：「能作此語，安得乞食？」竹吟太息曰：「能作此語，又安得不乞食！」余謂此竹吟憤激之談，所謂名士習氣也。聰明穎雋之士，或恃才兀傲，久而悖謬❺乖張❻，使人不敢向邇者，其勢可以乞食。或有文無行，久而穢跡惡聲，使人不屑齒錄❼者，其勢亦可以乞食。是豈可賦〈感士不遇〉❽哉！

【章旨】此章講述了一個書生借乞丐辨識書畫真偽，以抒發自己懷才不遇的激憤之情的故事，紀昀借此談了自己的感觸。

【注釋】❶擘窠　古人寫碑為求勻整，有以橫直界線劃成方格者，叫「擘窠」。後泛指大字為擘窠書。❷山谷道人　北宋詩人黃庭堅的號。黃庭堅，字魯直，分寧（今江西修水）人。治平進士。善詩，與蘇軾齊名，世稱「蘇黃」，開創江西詩派。善書法，為宋代蘇、黃、米、蔡四大家之一。❸黃魯直　即黃庭堅。❹楊誠齋　南宋詩人楊萬里的號。楊萬里，字廷秀，吉水（今屬江西）人。紹興進士，曾任祕書監。主張抗金。詩與尤袤、范成大、陸游齊名，稱南宋四家。❺悖謬　言行荒謬，不合事理。❻乖張　執拗；違反常情。❼齒錄　收錄；錄用。❽感士不遇　晉陶潛有〈感士不遇賦〉，感歎懷才不遇。

【語譯】陳竹吟與朱青雷遊覽長椿寺，在寺院賣書畫的地方，見到一個卷軸用擘窠大字書寫道：「梅子流出酸水濺到牙齒，芭蕉分攤綠蔭映上窗紗。白天漫長睡醒起身沒有情思，悠閒地看著兒童捕捉柳花。」落款題「山谷道人」。兩人正準備議論這幅字的真假，一個乞丐在旁邊斜視著，微笑道：「黃魯直竟然能夠書寫楊誠齋的詩，的確是奇聞。」說完，那個乞丐甩著手臂竟然就走了。朱青雷驚奇地說：「能說出這樣的話，怎麼會討飯？」陳竹吟歎息說：「能說出這樣的話，又怎麼能不討飯！」我認為這是陳竹吟憤激的話，是所謂的名士習氣罷了。聰明靈秀的士人，或者依仗才華而傲慢不能隨俗，長久而後言行荒謬、性格怪僻執拗，使人不敢同他接近，發展下去可能會去乞討；或者有文才無品行，長久而後汙穢的行跡、醜惡的名聲，使人不屑於談論，發展下去也可能會去乞討。這樣的人怎麼能夠寫成像陶淵明那樣的〈感士不遇賦〉呢！

【研析】有才華而自以為沒有得到應得地位的人，都會有懷才不遇的感受，古今皆然。作者在此勸說那些懷才不遇者腳踏實地，萬不可有不切實際的幻想。

事由自取

一宦家子，資巨萬。諸無賴偽相親昵，誘之冶遊，飲博歌舞。不數載，炊煙竟絕，顑頷❶以終。病革時，語其妻曰：「吾為人蠱惑以至此，必訟諸地下。」越半載，見夢於妻曰：「訟不勝也。冥官謂妖童倡女，本捐棄廉恥，借聲色以養生；其媚人取財，如虎豹之食人，鯨鯢之吞舟也。然人不入山，虎豹烏能食？舟不航海，鯨鯢烏能吞？汝自就彼，彼何尤焉？惟淫朋狎客，如設阱以待獸，不入不止；懸餌以釣魚，不得不休。是宜陽有明刑，陰有業報耳。」又聞有書生昵一狐女，病瘵❷死。家人清明上冢，見少婦奠酒焚楮錢❸，伏哭甚哀。其妻識是狐女，遙罵曰：「死魅害人，雷行且誅汝！尚假慈悲耶？」狐女斂衽❹徐對曰：「凡我輩女求男者，是為採補；殺人過多，天律不容也。男求女者，是為情感；耽玩過度，用致傷生。正如夫婦相悅，成疾夭折，事由自取，鬼神不追理其衽席也。姊何責耶？」此二事足相發明也。

【章旨】此章講述了一個宦家子受誘惑而敗家，另一個書生因情而病亡，並被責為事由自取的故事。

【注釋】❶顑頷　面貌憔悴。❷病瘵　肺結核病。❸楮錢　祭祀時焚化的紙錢。❹斂衽　猶斂袂，整一整衣袖。

【語譯】一個官宦人家的子弟，家財萬貫。很多無賴假裝同他親近，引誘他出來遊玩，飲酒賭博，出入歌舞聲色場所。沒有幾年，家裡竟然斷了糧，他面容憔悴而死。病情危急時，他對妻子說：「我被人迷惑以至於此，我一定到陰間去告狀。」過了半年，他託夢給妻子說：「我不能勝訴了。冥官說那些妖豔的童子和娼妓，本來就是拋棄廉恥，依靠聲色來謀生的。他們誘惑人以取得財物，就像虎豹吃人，鯨鯢吞船一樣。但是人不進入山中，虎豹怎能吃到人呢？船不去航海，鯨鯢怎能吞到船呢？你自己去親近她們，她們有什麼過錯呢？只有淫邪的狐朋狗友，他們害人如同設置陷阱來等待野獸，野獸不進入陷阱不會停止；如同懸著香餌來釣魚，魚不上鉤不會罷休。這就應該是陽間有明確的刑律，陰間有作孽的報應了。」又聽說有個書生親昵一個狐女，生癆病而死。家裡人清明時上墳，看見有個少婦灑酒祭奠、焚燒紙錢，俯伏著哭泣得很悲哀。書生的妻子認得是狐女，遠遠地罵道：「死妖精害人，雷霆早晚會打死你，還要假裝慈悲嗎？」狐女整整衣服緩緩地回答說：「凡是我輩狐女追求男子，是為了採補陽氣；如果殺人過多，為上天的律條所不容。男人追求狐女，是為了情感；沉溺性欲而過度了，因此導致傷害生命。正像夫婦的互相愛悅，釀成疾病而夭亡，事情都是由於自己造成的，鬼神也不會追究他們男女情欲之事，姐姐有什麼可以責備我的呢？」這兩件事足以相互闡明印證。

【研析】此篇兩個故事講因果關係。有因必有果，無果沒有因。果雖相同，而因各有異。分析因的異同，也就是分析當事人承擔的責任大小。事實上世間許多事都是當事人自己釀成的，自己釀的苦酒自己喝。因此狐女說「事由自取」，也就在情理之中了。

走無常

干寶❶《搜神記》❷載馬勢妻蔣氏事，即今所謂「走無常」❸也。武清❹王慶垞曹氏，有傭媼充此役。先太夫人嘗問以冥司追攝，豈乏鬼卒，何故須汝輩。曰：「病榻必有人環守，陽光熾盛，鬼卒難近也。又或有真貴人，其氣旺；有真君子，其氣剛，尤不敢近。又或兵刑之官，有肅殺之氣；強悍之徒，有凶戾之氣，亦不能近。惟生魂體陰而氣陽，無慮此數事，故必攜之以為備。」語頗近理，似非村媼所能臆撰也。

【章旨】此章講述了民間以為走無常的由來。

【注釋】❶干寶　東晉史學家、文學家。字令升，新蔡（今屬河南）人。勤學博覽，並好陰陽術數。元帝時以佐著作郎領修國史，著《晉紀》，時稱良史。今已佚。又著《搜神記》，原著已佚。❷搜神記　志怪小說集。東晉干寶撰。二十卷。今本已非原書，由後人從《法苑珠林》、《太平御覽》等書輯錄而成。❸走無常　指活人到陰間當差，事訖放還。❹武清　縣名。在天津西郊，鄰接北京和河北，北運河、永定河經過境內。

【語譯】晉朝人干寶的《搜神記》記載馬勢的妻子蔣氏的事情，就是如今所謂的「走無常」。武清縣王慶垞村曹家，有個僕婦老媽子充任這個差使。先母太夫人曾經向她問起陰司追捕，哪裡會缺乏鬼卒，為什麼需要你們這樣的人。那個老媽子回答說：「病人的床榻邊必定有人四面守護，陽氣熾烈旺盛，鬼卒難以接近。又或者是真正的貴人，他的氣旺盛；有真正的君子，他的氣剛烈，鬼卒尤其不敢靠近。又或者是帶兵主刑的官員，有肅殺之氣；強悍凶狠的人，有凶殘暴戾之氣，鬼卒也不能接近。只有活人的魂魄身體屬陰而生脈氣血卻是屬陽，不用顧慮這些事，所以一定要攜帶他們以備不時之需。」這話說得頗近情理，似乎不是鄉村老婦所能夠杜撰出來的。

【研析】「走無常」之說由來已久，明清兩代尤為盛行。事屬迷信，本不待辯駁。只是作者紀昀身為大學者，卻也深信不疑，可見此說在清代的深入人心。

烏鳴可惜

河間一舊家❶，宅上忽有烏十餘，哀鳴旋繞，其音甚悲，若曰：「可惜！可惜！」知非佳兆，而莫測兆何事。數日後，乃知其子鬻宅償博❷負。烏啼之時，即書券❸之時也。豈其祖父之靈所憑歟？為人子孫者，聞此宜愴然❹思矣。

【章旨】此章講述了一個敗家子因賭博而葬送祖業，連禽鳥都為之哀歎的故事。

【注釋】❶舊家　猶世家，指祖先有勳勞和社會地位的家族。❷博　賭博。❸書券　書寫契約。❹愴然　悲傷。

【語譯】河間縣有戶世家，住宅上忽然有十幾隻烏鴉哀鳴盤旋，鳴叫聲很悲哀，好像是說：「可惜！可惜！」人們知道這不是好兆頭，但是無法猜測烏的鳴叫預兆著什麼事情。幾天後，人們才知道是他家的兒子出賣住宅償還賭債。烏哀鳴啼叫的時候，就是寫賣房契約的時候。難道是他祖父的亡靈憑藉烏而發出內心的哀鳴嗎？那些為人子孫的人，聽了這件事應當警惕深思啊。

【研析】古人言：「君子之澤，五世而斬。」為人子孫者，自當戰戰兢兢，謹守祖業。然而，世家子弟往往忘記祖訓，敗壞家業，成為不肖子孫。明末清初，滿族入關時何等英雄，但僅僅過了一百多年，「八旗子弟」就成為紈袴子弟的代名詞。如此蛻變，豈不發人深思？

遊士排場

有遊士❶借居萬柳堂，夏日，湘簾❷棐几❸，列古硯七八，古玉器、銅器、磁器十許，古書冊畫卷又十許，筆床、水注❹、酒琖❺、茶甌、紙扇、棕拂之類，皆極精緻。壁上所粘，亦皆名士筆跡。焚香宴坐，琴聲鏗然，人望之若神仙。非高軒駟馬，不能登其堂也。一日，有道士二人，相攜遊覽，偶過所居，且行且言曰：「前輩有及見杜工部❻者，形狀殆如村翁。吾曩在汴京❼，見山谷❽、東坡❾，亦都似措大❿風味。不及近日名流，有許多家事。」朱導江時偶同行，聞之怪訝，竊隨其後。至車馬叢雜處，紅塵漲合，倏已不見，竟不知是鬼是仙。

【章旨】此章藉道士之口，抨擊了文人奢靡鋪張的習氣。

【注釋】❶遊士　泛指雲遊四方以謀生的文人。❷湘簾　用湘妃竹（斑竹）做的簾子。❸棐几　用棐木做的几桌。亦泛指几桌。❹水注　文具名。專供注水於硯的盛水器。以玉石或陶瓷製成。❺酒琖　亦作「酒盞」、「酒醆」。小酒杯。❻杜工部　唐代大詩人杜甫。❼汴京　地名。五代梁、晉、漢、周與北宋定都於唐的汴州時，人稱為汴京。正式稱號是東京（梁稱東都）開封府。今河南開封市。❽山谷　宋代詩人黃庭堅，號山谷。❾東坡　蘇東坡。即蘇軾。蘇軾謫居黃州（今湖北黃岡）時，築室於東坡，因自稱東坡居士。❿措大　古稱貧寒的讀書人，含有輕慢之意。

【語譯】有個雲遊四方以謀生的文人，借住在萬柳堂。夏天的時候，堂內掛著用湘妃竹做的簾子，擺著香楠木做的几桌，陳列古硯七八方，古玉器、銅器、磁器十來件，古代書冊、畫卷又有十來件，放置毛筆的筆床、為硯臺注水的水注、酒盞、茶甌、紙扇、用棕製成的拂塵之類，都極其精緻。牆壁上所粘貼的，也都是名士的筆跡。他每日焚香安坐，琴聲鏗然作響，人們望他如同神仙。不是乘坐高頭大馬拉的馬車來的達官顯貴，不能夠登上他的廳堂。一天，有兩個道士，互相結伴遊覽，偶然經過這位士人所居住的地方，邊走邊說道：「前輩中有趕上見到杜工部的，杜工部那形狀差不多如同鄉村老翁。我過去在汴京開封府，見到黃山谷、蘇東坡，也都像是貧寒失意的讀書人的窮酸模樣，不及近日的名流，有這麼許多家當。」朱導江當時偶然與他們同行，聽到這些話感到奇怪驚訝，就悄悄地跟隨在他們後面，到了車馬混雜的地方，紅塵瀰漫四合，兩個道士忽然已經不見，終究不知道他們是鬼還是仙。

【研析】文人本應憑胸中的真才實學處世立身，而不是靠外在的奢靡排場來虛張聲勢。作者藉兩個道士之口，辛辣地譏諷了那種浮華不實且胸無點墨的所謂文人。

遊鬼索命

烏魯木齊遣犯劉剛，驍健絕倫。不耐耕作，伺隙潛逃。至根克忒❶，將出境矣。夜遇一叟，曰：「汝逋亡者耶？前有卡倫（卡倫者，戍守瞭望之地也），恐不得過。不如暫匿我屋中，俟黎明耕者畢出，可雜其中以脫也。」剛從之。比稍辨色，覺恍如夢醒，身坐老樹腹中。再視叟，亦非昨貌；諦審之，乃夙所手刃棄屍深澗者也。錯愕欲起，邏騎❷已至，乃弭首❸就擒。軍屯法：遣犯私逃，二十日內自歸者，尚可貸死。剛就擒在二十日將曙，介在兩歧，屯官欲遷就活之。剛自述所見，知必不免，願早伏法。乃送轅行刑。殺人於七八年前，久無覺者；而遊鬼為厲，終索命於二萬里外，其可畏也哉！

【章旨】此章講述了一個冤鬼索命的故事。

【注釋】❶根克忒　新疆地名，地靠邊境。❷邏騎　巡邏的騎兵。❸弭首　俯首；降服。

【語譯】被遣送到烏魯木齊的犯人劉剛，驍勇雄健，無與倫比，他不耐煩耕作田地的勞苦，等候機會潛逃。他逃到根克忒，將要出境了。夜裡碰到一個老頭，說：「你是逃亡的犯人嗎？前面有卡倫（卡倫，是軍隊戍守瞭望的地方），恐怕不能逃過去。不如暫且躲藏在我的屋子裡，等到黎明耕種的人都出來了，可以混雜在他們當中脫身。」劉剛聽從了他的話，等到天剛亮的時候，劉剛覺得恍恍惚惚像從夢中醒了過來，自己坐在老樹空心的樹幹裡。再看那個老頭，也不是昨天的相貌；仔細審視，竟是過去親手殺掉並把屍體扔到深澗中去的那個人。劉剛感到驚愕正要起身時，巡邏的騎兵已經到來，於是俯首就擒。軍屯法規定：凡是流放的犯人私自逃跑，二十日之內自動歸來的，還可以免於死罪。劉剛被捕時在第二十日的黎明，介乎兩者之間，掌管屯田事務的官員想從寬讓他活命。劉剛自己敘述了夜裡所見，自己知道必然免不了一死，願意早日被依法處決。於是他被送往官署執行死刑。劉剛在七八年之前殺人，時間很久了沒有被發覺，而遊魂為祟作怪，終究索命於二萬里之外，真是可怕啊！

【研析】「殺人償命，欠債還錢」這是百姓中亙古不變的信條，也是因果報應思想在民族心理中的體現。如文中劉剛雖然殺人於七八年之前，流放二萬里路之外，卻還是被冤魂纏繞，不得逃脫。當然，作者講述的這個故事或是出於編造，或是道聽塗說、以訛傳訛，不可能存在於現實世界中。

選人舉債

日南坊❶守柵兵王十，姚安公舊僕夫也。言乾隆辛酉❷，夏夜坐高廟納涼，暗中見二人坐閣下，疑為盜，靜伺所往。時紹興會館❸西商❹放債者演劇賽神❺，金鼓聲未息。一人曰：「此輩殊快樂；但巧算剝削，恐造業亦深。」一人曰：「其間亦有差等。昔聞判司論此事，凡選人❻或需次多年，旅食匱乏；或赴官遠地，資斧❼艱難，此不得已而舉債。其中苦況，不可殫陳。如或乘其急迫，抑勒多端，使進退觸藩，茹酸書券，此其罪與劫盜等，陽律不過笞杖，陰律則當墮泥犁❽。至於冶蕩性成，驕奢習慣，預期到官之日，可取諸百姓以償補。遂指以稱貸，肆意繁華。已經負債如山，尚復揮金似土，致漸形竭蹶，日見追呼。銓授❾有官，逋逃無路，不得不吞聲飲恨，為几上之肉，任若輩之宰割。積數既多，取償難必，故先求重息，以冀得失之相當。在彼為勢所必然，在此為事由自取。陽官科斷，雖有明條，鬼神固不甚責之也。」王聞是語，疑不類生人。俄歌吹已停，二人並起，不待啟鑰，已過柵門。旋聞道路喧傳，酒闌客散，有一人中暑暴卒。乃知二人為追攝之鬼也。

【章旨】此章揭露了高利貸商人放債的種種罪惡及某些選人舉債過著奢靡無度的生活，一旦得官，盤剝百姓的情況。

【注釋】❶日南坊　京城內街坊名。❷乾隆辛酉　即清乾隆六年，西元一七四一年。❸會館　古時同省、同府、同縣或同業的人在京城、省城或國內外大商埠設立的機構，主要以館址的房屋供同鄉、同業聚會或寄寓。❹西商　指山西商人。❺賽神　謂設祭酬神。❻選人　唐代以後稱候補、候選的官員。❼資斧　旅費；盤纏。❽泥犁　佛教語。意為地獄。在此界中，一切皆無，為十界中最惡劣的境界。❾銓授　朝廷選拔任命官吏。

【語譯】京城日南坊看守柵欄的士兵王十，是先父姚安公過去的僕人。他說乾隆六年，夏天夜裡坐在高廟乘涼，暗中看見兩個人坐在樓閣下面，懷疑是盜賊，悄悄地伺察看他們往哪裡去。當時有山西放高利貸的商人在紹興會館演戲賽神，鑼鼓聲沒有停息。一個人說：「這班人很是快樂，但巧於算計剝削，恐怕造孽也很深了。」另一個人說：「這中間也有差別。過去聽到判官談論這種事，凡是候選官員或者等候補缺多年，客居生活匱乏，或者赴任做官到很遠的地方去，旅費艱難，這是不得已而舉債。其中苦處，不可盡說。如果有人趁他急迫危難，多方要挾勒索，使他們進退兩難，忍痛寫立借據，這樣的罪行同搶劫的盜賊相等。陽間的法律條令規定不過是鞭打杖責，陰間的法律條令規定這種人就應當墮入地獄。至於那些放蕩成性、驕橫奢侈成了習慣的人，預期做官到任的時候，可以榨取百姓錢財來償還彌補欠債。於是他們就依賴借貸，肆意地揮霍享受。他們已經負債如山，仍然還要揮金如土，以致資財漸漸枯竭，天天受到債主追呼催逼。他們經朝廷選授有了官職，逃亡卻沒有路，不得不含恨忍氣吞聲，成為几桌上的肉，任憑這班人的宰割。累積欠人的錢財數額既然很多，必定難以償還，所以先從百姓那裡搜刮求取高利貸的利息以償還債主，以希望得失的相當。在他們看來這樣做是勢所必然，在我們看來這些事都是自己造成的。陽間對這樣官員的論處雖然有明確的法律條文，陰間鬼神卻是不怎麼責備他們的。」王十聽了這番話，懷疑他們不像是活人。一會兒，歌唱吹奏已經停止了，只見兩人一齊起身，不等開鎖，已越過了柵欄門。隨即聽到道路上喧譁傳說，說酒宴結束客人散去時，有一個人中暑突然死去。王十才知道這兩個人是追攝活人魂魄的鬼。

【研析】高利貸者歷來是人們嘲諷抨擊的對象，中外皆然。如莎翁《威尼斯商人》中的夏洛克，成為西方高利貸者的典型。而本文中對高利貸者的揭露，是在候選官員層面。高利貸者對候選官員的盤剝，促使這些候選官員一旦得到實際官職，就會以百倍的瘋狂在百姓頭上搜刮。即使表面看上去清廉的官員，也難以潔身自好。故封建社會流傳這樣一句話：「三年清知縣，十萬雪花銀。」

罷官縣令遇盜

莆田❶林生霈言：閩一縣令，罷官居館舍。夜有群盜破扉入。一媼驚呼，刃中腦仆地，僮僕莫敢出。巷有邏者，素弗善所為，亦坐視。盜遂肆意搜掠。其幼子年十四五，以錦衾蒙首臥。盜掣取衾，見姣麗如好女，嘻笑撫摩，似欲為無禮。中刃媼突然躍起，奪取盜刀，徑負是子奪門出。追者皆被傷，乃僅捆載❷所劫去。

縣令怪媼已六旬，素不聞其能技擊❸，何勇鷙乃爾。急往尋視，則媼挺立大言曰：「我某都某甲也。曾蒙公再生恩。歿後執役土神祠，聞公被劫，特來視。官資是公刑求所得，冥判飽盜囊，我不敢救。至侵及公子，則盜罪當誅。故附此媼與之戰。公努力為善。我去矣。」遂昏昏如醉臥。救蘇問之，懵然❹不憶。蓋此令遇貧人與貧人訟，剖斷亦頗公明，故卒食其報云。

【章旨】此章講述了一個罷官縣令遇盜賊搶劫的故事。

【注釋】❶莆田　市名。在福建東部沿海、木蘭溪下游。❷捆載　捆紮裝載。❸技擊　戰國時齊國經過考選和訓練的步兵。後世稱搏擊敵人的武藝為技擊。❹懵然　不明白。

【語譯】莆田縣有個讀書人叫林霈，他說：福建有個縣令，罷官以後住在客舍裡。夜裡有一群強盜破門而入。一個老婦吃驚呼叫，被強盜一刀砍中腦袋倒在地上，僮僕沒有敢出來的。巷子裡有巡邏的人，一向不滿意這個縣令的所作所為，也袖手旁觀。於是強盜肆意地搜索劫掠。這個縣令的小兒子年紀十四五歲，用錦被蒙了頭躺著。強盜扯取被子，看見他長得美麗如同漂亮女子，嬉笑撫摩，似乎想要做非禮之事。被砍中一刀的老婦突然躍起，奪取強盜的刀，徑直背著這個孩子奪門而出。追趕的強盜都被她打傷，於是僅捆紮裝載所搶劫的財物離去。這個縣令奇怪老婦已經六十歲，向來沒有聽說她有搏鬥的技能，為什麼能夠這樣勇猛？急忙前往尋找看望，就見老婦挺身站立，大聲說道：「我是某都某甲的人，曾經蒙受您的再生之恩。死後在土神祠當差，聽說您被搶劫，特地來看看。做官所得的錢財，是您用刑罰逼索得來的，陰司判處應飽強盜的私囊，我不敢救助。至於侵犯到了公子，那麼強盜的罪應當誅殺，所以附在這個老婦身上同他們戰鬥。您努力做善事吧，我去了。」於是老婦昏昏然就像醉酒似的臥倒了。人們把她救醒過來詢問，她懵懵然不記得了。原來這個縣令碰到窮人和窮人訴訟，分析判案也很公正明白，所以最終得到了善報。

【研析】作者筆下的這個官員以刑訊索賄，不得人心，所以遭強盜搶劫時無人相助。作者說其審訊窮人案子時尚能秉公處理，是否是在告訴讀者，其審訊富人案子時就徇私舞弊、索賄納賂呢？窮人無錢財，秉公辦案尚能夠得到好名聲；富人有錢，則勒索敲詐所獲多多。這個罷官縣令的為官之道，也可說是偽善與狡猾了。

長隨

州縣官長隨❶，姓名籍貫皆無一定，蓋預防奸贓敗露，使無可蹤跡追捕也。姚安公嘗見房師❷石窗陳公一長隨，自稱山東朱文；後再見於高淳❸令梁公潤堂家，則自稱河南李定。梁公頗倚任之。臨啟程時，此人忽得異疾，乃託姚安公暫留於家，約痊時續往。其疾自兩足趾寸寸潰腐，以漸而上，至胸膈❹穿漏而死。死後檢其囊篋❺，有小冊作蠅頭字，記所閱❻凡十七官。每官皆疏其陰事，詳載某時某地，某人與聞，某人旁睹，以及往來書札、讞斷案牘❼，無一不備錄。其同類有知之者，曰：「是嘗挾制數官矣。」其妻亦某官之侍婢，盜之竊逃，留一函於几上，官竟弗敢追也。今得是疾，豈非天道哉？」霍丈易書曰：「此輩依人門戶，本為舞弊而來。譬彼養鷹，斷不能責以食穀，在主人善駕馭耳。如喜其便捷，委以耳目腹心，未有不倒持干戈❽，授人以柄者。此人不足責，吾責彼十七官也。」姚安公曰：「此言猶未揣其本。使十七官者絕無陰事之可書，雖此人日日橐筆❾，亦何能為哉？」

【章旨】此章講述了一個長隨與其長官間互相利用、互相挾制的故事。

【注釋】❶長隨　隨從官吏幫辦文書等事務的僕役。❷房師　科舉制度中，舉人、貢士對舉薦本人試卷的同考官尊稱為房師。因為鄉試、會試的同考官各占一房，試卷必須經過某房的同考官選薦，方能錄取，故稱。❸高淳　縣名。今江蘇高淳。❹胸膈　指胸腔膈膜。❺囊篋　袋子與箱子。❻閱　經歷。❼讞斷案牘　審判定案的卷宗文件。案牘，官府文書。❽干戈　干和戈是古代作戰的常用武器，故用作為兵器的總稱。干，盾；戈，平頭戟。❾橐筆　指筆墨生活。

【語譯】州、縣長官雇傭的長隨僕役，姓名籍貫都沒有一定，大概是他們防備自己的奸贓行為一旦敗露，使官府無法追捕他們的行蹤。先父姚安公曾經見到房師陳石窗先生的一個長隨，自稱是山東人名叫朱文；後來在高淳縣令梁潤堂家裡再次見到此人，卻自稱是河南人名叫李定。梁潤堂先生非常倚重信任他。臨啟程時，這個人忽然得了怪病，於是梁潤堂先生託先父姚安公暫時收留他在家，約定痊癒時再前往梁先生處。這個人的病狀是從兩隻腳趾處開始潰爛，一寸寸地向上蔓延，到了胸膈處爛穿出膿而死。死後檢查他的箱籠行李，發現有本小冊子寫的是蠅頭小字，記載他所跟隨過的十七名官員。每位官員名下開列著該官員的陰私事，詳細記載某時某地，某人參預，某人在旁見到，以及往來的書信、審理案件的卷宗文件，無一不詳備地記錄。他的同行有知道內情的人，說：「此人曾經挾制過幾個官員了。他的妻子也是某位官員的侍婢，後來她盜竊了財物偷偷地逃跑了，還留了一封信在几案上，這位官員竟然不敢追究。

現今此人得了這種疾病，難道不是天道嗎？」霍易書老先生說：「這班人依仗別人的門戶，本來就是為了營私舞弊而來。譬如人們養鷹，絕對不能要求鷹吃穀子，而在於主人的善於駕馭罷了。如果喜歡他的伶俐便捷，把他當作耳目心腹加以重用，沒有不遭到反戈一擊的，這等於把自己的權柄授給別人。這個人不足以責備，我倒要責備那十七個官員。」先父姚安公說：「這番話還是沒有說到根本要害。假如那十七個官員毫無陰私事可以記錄下來，即使這個人天天準備著紙和筆，又能有什麼作為呢？」

【研析】天下只要有貪官汙吏，就必然會有如文中所說的長隨一類人物。貪官汙吏依靠這些爪牙營私舞弊、貪贓枉法；而這些長隨也依仗官員的權勢謀取私利，中飽私囊。兩者互相依存，互為利用。但他們所幹的都是些見不得人的骯髒之事，怕有一天敗露在光天化日之下，故又暗中把這些蠅營狗苟之事記錄在冊，以備一日之需，從中不難看出官場之腐朽和黑暗。

獻縣二事

理所必無者，事或竟有；然究亦理之所有也，執理者自太固耳。獻縣近歲有二事：一為韓守立妻俞氏，事祖姑至孝。乾隆庚辰❶，祖姑失明，百計醫禱，皆無驗。有黠者紿以刲❷肉燃燈，祈神佑，則可速愈。婦不知其紿也，竟刲肉燃之。越十餘日，祖姑目竟復明。夫受紿亦愚矣，然惟愚故誠，惟誠故鬼神為之格。此無理而有至理也。一為丐者王希聖，足雙攣，以股代足，以肘撐之行。一日，於路得遺金二百，移槖❸匿草間，坐守以待覓者。俄商家主人張際飛倉皇尋至，叩之，語相符，舉以還之。際飛請分取，不受。延至家，議養贍終其身。希聖曰：「吾形殘廢，天所罰也。違天坐食，將必有大咎。」毅然竟去。後困臥裴聖公祠下（裴聖公不知何時人，志乘亦不能詳。土人云，祈雨時有驗），忽有醉人曳其足，痛不可忍。醉人去後，足已伸矣。由是遂能行，至乾隆己卯❹乃卒。際飛故先祖門客，余猶及見，自述此事甚詳。蓋希聖為善宜受報，而以命自安，不受人報，故神代報焉。非似無理而亦有至理乎？戈芥舟前輩嘗載此二事於縣誌，講學家頗病其語怪。余謂芥舟此志，惟乩仙聯句及王生殤子二條，偶不割愛耳，全書皆體例謹嚴，具有史法。其載此二事，正以見匹夫匹婦，足感神明，用以激發善心，砥礪薄俗，非以小說家言濫登輿記也。漢建安❺中，河間太守劉照妻葳蕤鎖❻事，載《錄異傳》；晉武帝❼時，河間女子剖棺再活事，載《搜神記》。皆獻邑故實，何嘗不刪薙❽其文哉！

【章旨】此章講述了發生在獻縣的兩件行善得善報的故事。

【注釋】❶乾隆庚辰　即清乾隆二十五年，西元一七六〇年。❷刲　割取。❸橐　袋子。❹乾隆己卯　即清乾隆二十四年，西元一七五九年。❺建安　東漢獻帝的年號（一九六—二二〇年）。❻葳蕤鎖　據《太平廣記》卷三一六引《錄異傳・劉照》載：建安中河間太守劉照婦亡，後太守夢見一婦人，往就之，又遺一雙鎖，太守不能名，婦曰：「此葳蕤鎖也。以金縷相連，屈伸在人，實珍物。吾方當去，故以相別，慎無告人！」後因以「葳蕤」借指鎖。❼晉武帝即司馬炎。晉朝的建立者。西元二六五—二九〇年在位。字安世，河內溫縣（今河南溫縣西南）人。司馬昭之子。❽刪薙　刪除。

【語譯】情理中所肯定沒有的，事情或許是有的；然而推究這件事也是情理中所有的；只是執著於情理的人太固執成見罷了。獻縣近年來有兩件事：一件是韓守立的妻子俞氏，侍奉祖婆婆十分孝順。乾隆二十五年，祖婆婆眼睛失明，她千方百計為祖婆婆醫治祈禱，都沒有效驗。有狡詐的人欺騙她說，割肉熬油點燈，祈求神的保佑，就可以很快痊癒。俞氏不知道這是欺騙，就割下自己身上的肉熬油點燈。過了十幾天，祖婆婆的眼睛竟然復明。這個婦人受欺騙也太愚笨了，然而惟有愚笨所以心誠，惟有心誠所以鬼神被她所感動。這是無理之中卻有最精深的道理。另一件事是乞丐王希聖，他的雙腳捲曲，用大腿代替腳，用手肘支撐著行走。一天，他在路上拾得別人遺失的二百兩銀子，就搬動裝銀子的口袋藏在草叢間，坐守著以等待尋找丟失銀子的人。一會兒，商鋪主人張際飛慌慌張張地尋找到這裡，王希聖問他，張際飛說的與他拾到的銀子相符，王希聖就拿出銀子歸還給他。張際飛請王希聖分取銀兩以示酬謝，王希聖不肯接受。張際飛把王希聖請到了家裡，商量供養他一輩子。王希聖說：「我的形體殘廢，是上天所給予我的懲罰；違背天意不工作而白吃，將必有大災禍。」他堅決離開了張家。後來王希聖困倦地躺在裴聖公的神祠前（裴聖公不知道是什麼時候的人，查檢地方志書也不能知道。本地人說，求雨的時候有靈驗），忽然有喝醉酒的人拉扯他的腳，痛得不可忍耐。那個喝醉酒的人走了以後，王希聖的腳已經伸直了。王希聖從此就能夠行走了，他活到乾隆二十四年才去世。張際飛本是我的已故祖父的門客，我還見過他。他自己很詳細地講述這件事。大概王希聖做善事應該受到答報；而他安於自己的命運，不受他人的報答，所以神代為報答了。這不是似乎沒有道理而也有著精深的道理嗎？戈芥舟前輩曾經把這兩件事情記載在獻縣縣志裡，講學家很責怪他記載怪異的事情。我認為戈芥舟前輩編纂的這本地方志，除了記載的乩仙聯句以及王生夭折的兒子這兩條，偶爾不肯割捨罷了，全書都是體例嚴謹，具有史家的法則。他記載這兩件事，正可以看到普通百姓足以感動神明，用來激發人們的行善之心，砥礪輕薄的世風習俗，而不是將小說家編造的話濫登在地方志書上。東漢獻帝建安年間，河間太守劉照的妻子「葳蕤鎖」的故事，記載在《錄異傳》；晉武帝時，河間女子開棺再生的故事，記載在《搜神記》，都是獻縣的典故，地方誌並沒有不刪除這樣的文章吧！

【研析】行善積德，終獲報答，這是作者始終宣揚的主題。作者認為將這類事載入地方志，可以起到教化百姓、砥礪風俗的作用，並非是小說家所說的怪力亂神的故事。仔細分析上述兩件事：割肉點燈，事屬愚昧，與其祖婆婆目明並無關係；而拾金不昧，不圖報答，正是文中人物品格正直善良的表現。如此善舉載入方志，是獻縣人的榮耀，那些假道學的虛偽，可以休矣。

老猴學書

外叔祖張公紫衡，家有小圃，中築假山，有洞曰「洩雲」。洞前為藝菊地，山後養數鶴。有王昊廬先生集歐陽永叔❶、唐彥謙❷句題聯曰：「秋花不比春花落，塵夢那如鶴夢長。」頗為工切。一日，洞中筆硯移動，滿壁皆摹仿此十四字，拗捩欹斜，不成點畫；用筆或自下而上，自右而左，或應連者斷，應斷者連，似不識字人所書。疑為童稚遊戲，重堊❸而錮其戶。越數日，啟視復然，乃知為魅。一夕聞格格磨墨聲，持刃突入掩之。一老猴躍起衝人去，自是不復見矣。不知其學書何意也。余嘗謂小說載異物能文翰者，惟鬼與狐差可信，鬼本人，狐近於人也。其他草木鳥獸，何自知聲病❹？至於渾家門客❺並蒼蠅草帚亦俱能詩，即屬寓言，亦不應荒誕至此。此猴歲久通靈，學人塗抹，正其頑劣之本色，固不必有所取義耳。

【章旨】此章講述了一個老猴子自學書法的故事。

【注釋】❶歐陽永叔　即歐陽脩。北宋文學家、史學家。字永叔，號醉翁、六一居士，吉水（今屬江西）人。官至參知政事。諡文忠。❷唐彥謙　唐代詩人。字茂業，號鹿門先生。多通技藝，尤工為詩。唐僖宗乾符末年，王重榮辟為河中從事。官終閬、壁二州刺史。❸堊　粉刷。❹聲病　指詩文聲律上的毛病。做詩講求韻律，探討聲病，始自南朝梁沈約等，至唐乃有此稱。❺渾家門客　《幽怪錄》中載大麻蠅變作人，自稱是渾家門客。

【語譯】外叔祖父張紫衡先生，家中有個小花園，園中築有假山，假山上有個洞叫「洩雲」。山洞前是種菊的地方，假山後養著幾隻鶴。有位王昊廬先生集歐陽脩、唐彥謙的句子題寫一副對聯道：「秋花不比春花落，塵夢那如鶴夢長。」很是工整貼切。一天，山洞中的筆墨被移動過，滿洞壁都是摹仿的這十四個字，但筆勢扭曲歪斜，不成點畫；用筆或者從下而上，從右而左，或者應該連續的卻斷了，應該斷的卻連續著，好像是不識字的人所書寫的。人們懷疑是兒童的遊戲，就重新粉刷洞壁而鎖上了山洞門。過了幾天，打開山洞門觀看仍然如此，人們才知道是妖魅幹的。一天晚上，人們聽到格格的磨墨聲，拿著刀突然進洞去捕捉，一隻老猴子跳起來衝開人逃走，從此不再見到了。不知道那隻老猴子學習書法是什麼意思。我曾經說小說記載怪異之物能夠懂得文墨的，只有鬼與狐狸精稍稍可以相信。鬼本來是人，狐狸精接近於人。其他草木鳥獸，怎麼能自己知道詩文聲律上的毛病？至於渾家門客乃至蒼蠅、掃帚也都能寫詩，就算屬於寓言，也不應該荒誕到這種地步。這隻老猴子年歲長久通了靈性，學著人的樣子塗塗抹抹，正是牠頑劣的本色，確實不必探求有什麼意義。

【研析】老猴學書，作者認為是猴子頑劣本性所為，不必深究。但作者並沒有交代這隻猴子從何而來，又是如何進入山洞裡的？如此疑竇，使得作者文章末尾的推論顯得說服力不強。其實此篇也屬小說寓言，當不得真。強要解說，未免破綻連連。

卷八 如是我聞二

王某解冤

先叔儀南公言：有王某、曾某，素相善。王豔曾之婦，乘曾為盜所誣引，陰賄吏斃於獄。方營求媒妁，意忽自悔，遂輟其謀。擬為作功德❶解冤，既而念佛法有無未可知，乃迎曾父母妻子於家，奉養備至。如是者數年，耗其家資之半。曾父母意不自安，欲以婦歸王。王固辭，奉養益謹。又數年，曾母病。王侍湯藥，衣不解帶。曾母臨歿，曰：「久荷厚恩，來世何以為報乎？」王乃叩首流血，具陳其實，乞冥府見曾為解釋。母慨諾。曾父亦手作一札，納曾母袖中曰：「死果見兒，以此付之。如再修怨，黃泉下無相見也。」後王為曾母營葬，督工勞倦，假寐壙❷側，忽聞耳畔大聲曰：「冤則解矣。爾有一女，忘之乎？」惕然❸而寤，遂以女許嫁其子，後竟得善終。以必不可解之冤，而感以不能不解之情，真狡黠人哉！然如是之冤猶可解，知無不可解之冤矣。亦足為悔罪者勸也。

【章旨】此章講述了一個以真情化解冤仇的故事。

【注釋】❶功德　佛教用語。指誦經念佛布施等。也指為敬神敬佛所出的捐款。❷壙　墓穴，亦指墳墓。❸惕然　警覺省悟。

【語譯】先叔父儀南公說：有王某、曾某兩人，一向是好朋友。王某豔羨曾某的妻子，趁著曾某被強盜所誣陷而牽連進訟案的機會，暗中賄賂獄吏把他弄死在獄中。王某正在謀求媒人說合，內心忽然感到後悔，便打消了當初的念頭。王某打算作功德來化解冤仇，既而想佛法有無還不可確知，於是他把曾某父母妻子請到家裡，奉養十分周到。像這樣過了好幾年，耗費了王某的一半家財。曾某父母自己覺得不能安心，打算把兒媳婦嫁給王某。王某竭力推辭，奉養曾某父母更加恭謹小心。又過了幾年，曾某的母親病了，王某侍奉湯藥，衣不解帶。曾某的母親臨終時，說：「長久蒙受你的厚恩，來世怎麼樣來報答呢？」王某於是叩頭流血，把實情全部講了出來，懇求她到陰間見到曾某的時候代為解釋。曾某的母親慷慨地答應了。曾某的父親也親自寫了一封信，放入曾母的衣袖裡說：「死後果然見了兒子，把這封信交給他。如果他再要結怨，黃泉之下就不要相見了。」後來王某替曾母安排喪葬，督工辛勞困倦，在墓穴旁打瞌睡。王某忽然聽到耳邊大聲說：「你我的冤仇就這樣化解了。你有一個女兒，忘記了嗎？」王某立刻驚醒過來，於是就把女兒許嫁給了曾某的兒子。後來王某竟然得到善終。以必然不能化解的冤仇，而感動以不能不化解的情意，真是一個狡詐的人啊！但是像這樣的冤仇都還可以化解，可以知道世上沒有不可以化解的冤仇了。這個故事也足以勸勉那些懺悔自己罪過的人了。

【研析】以真情化解冤仇，用行動表示悔過，這是王某得到曾某寬恕的根本原因。作者既然贊成王某的做法，但又評論其為「真狡黠人」。「狡黠」二字豈能概括王某的作為？

丐婦孝姑

從兄旭升言：有丐婦甚孝其姑，嘗飢踣❶於路，而手一盂飯不肯釋，曰：「姑未食也。」自云初亦僅隨姑乞食，聽指揮而已。一日，同棲古廟，夜聞殿上厲聲叱責曰：「爾何不避孝婦，使受陰氣發寒熱？」一人稱手捧急檄，倉卒未及睹。又聞叱責曰：「忠臣孝子，頂上神光照數尺，爾豈盲耶？」俄聞鞭捶呼號聲，久之乃寂。次日至村中，果聞一婦饁田❷，為旋風所扑，患頭痛。問其行事，果以孝稱。自是感動，事姑恆恐不至云。

【章旨】此章講述了一個丐婦孝敬婆婆的故事。

【注釋】❶踣　仆倒；倒斃。❷饁田　送飯到田頭。

【語譯】堂兄旭升說：有一個要飯的婦人很孝敬她的婆婆，曾經因為飢餓倒在路上，而手上的一缽盂飯不肯放下，說：「婆婆還沒有吃呢。」她說自己起初也只是跟隨婆婆要飯，聽從婆婆吩咐罷了。一天，她和婆婆同住在一座古廟裡，夜裡聽到殿上厲聲問道：「你為什麼不迴避孝婦，使得她受了陰氣發寒熱？」一個人回答說手裡捧著緊急公文，倉促間沒來得及看到。又聽到喝叱責備道：「忠臣孝子，頭頂上神光照耀有幾尺高，你難道眼瞎了嗎？」一會兒聽到鞭打呼號的聲音，很久才靜寂下去。她第二天到村子裡，果然聽說一個女人送飯到田間，被旋風颳倒，患了頭痛病。問起那婦人的日常事跡，果然以孝敬著稱。

這個要飯的女人從此受到感動，侍奉婆婆經常擔心不周到。

【研析】孝敬長輩是中華民族的傳統美德，由來已久。如漢代以孝立國，帝王帶頭宣揚孝道。朝廷選拔人才，也有「孝廉」一類。然而，這時的「孝道」往往成為帝王掩飾自己的外衣，鑽營者往上爬的手段。故而漢代有「舉孝廉，父別居」的說法。自佛教傳入中國，其教義是與儒家主張的孝道相背離的，故而佛教徒也被儒家稱為無君無父之人。但經過數百年與儒家的調整磨合，佛教已經中國化。佛教宣揚的教義中揉合進儒家的思想，儒家宣揚的孝道往往帶有佛教色彩，兩者不再互相排斥。社會上層的士大夫們如此，生活在社會底層的老百姓更是如此。如上文的丐婦孝敬公婆，就是因為聽到鬼神之說，心存畏懼而孝敬公婆的。

罪與福

旭升又言：縣吏李懋華，嘗以事詣張家口❶。於居庸關❷外，夜失道，暫憩山畔神祠。俄燈火晃耀，遙見車騎雜遝❸，將至祠門。意是神靈，伏匿廡下。見數貴官併入祠坐，左側似是城隍，中四五座則不識何神。數吏抱簿陳案上，一一檢視。竊聽其語，則勘驗一郡善惡也。一神曰：「某婦事親無失禮，然文至而情不至。某婦亦能得姑舅歡，然退與其夫有怨言。」一神曰：「風俗日偷，神道亦與人為善。陰律孝婦延一紀❹。此二婦減半可也。」僉曰：「善。」俄一神又曰：

「某婦至孝而至淫，何以處之？」一神曰：「陽律犯淫罪止杖，而不孝則當誅。是不孝之罪，重於淫也。不孝之罪重，則能孝者福亦重。輕罪不可削重福，宜捨淫而論其孝。」一神曰：「服勞奉養，孝之小者；虧行辱親，不孝之大者。小孝難贖大不孝，宜捨孝而科其淫。」一神曰：「孝，大德也，非他惡所能掩。淫，大罰也，非他善所能贖。宜罪福各受其報。」側坐者磬折❺請曰：「罪福相抵可乎？」神掉首❻曰：「以淫而削孝之福，是使人疑孝無福也；以孝而免淫之罪，是使人疑淫無罪也。相抵恐不可。」一神隔坐言曰：「以孝之故，雖至淫而不加罪，不使人愈知孝乎？以淫之故，雖至孝而不獲福，不使人愈戒淫乎？相抵是。」一神沉思良久曰：「此事出入頗重大，請命於天曹❼可矣。」語訖俱起，各命駕而散。李故老吏，嫻案牘，陰記其語；反覆思之，不能決。不知天曹作何判斷也。

【章旨】此章講述了陰曹地府議論如何獎勵婦人孝行、責罰婦人淫蕩的故事。

【注釋】❶張家口　市名。在河北西北部。❷居庸關　舊稱軍都關、薊門關。在北京昌平區西北部。長城要口之一，控軍都山隘道（軍都陘）中樞。❸雜遝　同「雜沓」。眾多雜亂。❹紀　紀年的單位，若干年數循環一次為一紀。古代十二年為一紀。❺磬折　彎腰如磬，表示恭敬。磬，古代樂器。用石或玉雕成。❻掉首　轉過頭；不理睬。❼天曹　道家所稱天上的官署。

【語譯】堂兄旭升又說：一個叫李懋華的縣吏，曾經因為辦事到張家口去。他在居庸關外，夜裡迷失了道路，暫時在山邊的神祠裡休息。一會兒燈火晃動照耀，他遠遠看見車馬嘈雜，將要來到祠門。他心想大概是神靈，就伏下身藏在廊屋下。他看見幾個貴官一起進入祠中坐下，坐在左邊的像是城隍，中間四五個座位上則不認識是什麼神。幾個小吏抱著簿冊陳列在桌上，一一檢點查看。李懋華偷聽他們的談話，那是查驗一郡百姓的善惡。一個神說：「某婦人侍奉公婆沒有失禮之處，但只是表面禮數到了而真情沒有到。某婦人也能夠得到公婆的歡心，但是背地裡在她的丈夫面前有怨言。」一個神說：「風俗日益浮薄，神道也要與人為善。陰間法律條令規定孝婦延長壽命十二年，這兩個婦人減半好了。」大家說：「好。」過了一會兒，一個神又說：「某婦人十分孝順而又十分淫蕩，怎樣處置她？」一個神說：「陽間法律犯了淫罪只是受杖刑，而不孝就當誅殺。這是說明不孝的罪重於淫蕩的罪了。不孝之人罪過重，那麼能夠做到孝順的人福分也重。輕罪不可以削減重福，理應捨棄她的淫蕩之罪而討論她的孝的福分。」一個神說：「辛勞服侍奉養公婆，是孝的小的方面；行為有虧而使尊親蒙受恥辱，是不孝的大的方面。小的孝難以贖免大的不孝，理應捨棄她的小孝而懲處她的淫蕩之罪。」一個神說：「孝是大德，不是其他的惡行所能遮掩的；淫是大罪，不是其他的善行所能贖免的。應該罪與福各自受到報應。」旁邊坐著的人彎腰行禮請示說：「罪與福互相抵銷可以嗎？」一個神轉過頭來說：「因為淫蕩而削減孝的福分，這會使人懷疑躬行孝道沒有福分；因為孝道而免除淫蕩的罪過，這會使人懷疑淫蕩沒有罪過。互相抵銷恐怕不可以。」一個神隔著座位說道：「因為孝的緣故，雖然極其淫蕩而不加罪罰，不是使人更加知道孝道嗎？因為淫蕩的緣故，雖然極其孝順而得不到福分，不是使人更加警戒淫蕩之罪嗎？互相抵銷是對的。」一個神沉思了很久說：「這件事的判決差異很大，到天上的官署請求裁決好了。」說完眾神都起身，各自命令備車馬而散去。李懋華原來是一個老吏，熟習官府文書，暗中記下他們的話，反覆思考，不能決斷。不知道天上的官署作出什麼樣的判斷。

【研析】 將淫蕩與孝順對立，連神靈都無法判斷孰大孰小。看是神靈難下判決，實際是作者疑惑猶豫。

雷震惡人

董曲江言：陵縣❶一嫠婦❷，夏夜為盜撬窗入，乘其睡汙之。醒而驚呼，則逸矣。憤恚病卒，竟不得賊之主名。越四載餘，忽村民李十雷震死。一嫗合掌誦佛曰：「某婦之冤雪矣。當其呼救之時，吾親見李十逾牆出，畏其悍而不敢言也。」

【章旨】此章講述了一個惡人姦汙寡婦遭雷震死的故事。

【注釋】❶陵縣　在山東西北部，馬頰河中游。漢置安德縣，明改陵縣。❷嫠婦　寡婦。

【語譯】董曲江說：陵縣有一個寡婦，在一個夏天的夜裡被賊人撬窗入內，乘她睡覺時姦汙了她。到她醒來驚呼喊叫，賊人已經逃跑了。這個寡婦憤恨病死，最終也沒有知道那個賊人的姓名。過了四年多，忽然村民李十被雷擊死。一個老婦人合掌念誦佛號說：「某婦人的冤仇伸雪了。當她呼救的時候，我親眼看見李十越過牆頭出來，但我因為怕他的強悍而不敢說啊！」

【研析】在中國傳統道德觀中，欺負孤兒寡母，是缺德行為。但對這種行為，社會又沒有多少制約的辦法。訴諸天地鬼神，宣揚因果報應，或許對這種行為有所制約。筆者以為作者不厭其煩地宣傳因果報應，其目的也在於此吧。

雅狐康默

西城將軍教場❶一宅，周蘭坡❷學士嘗居之。夜或聞樓上吟哦聲，知為狐，弗訝也。及蘭坡移家，狐亦他徙。後田白巖僦居，數月狐乃復歸。白巖祭以酒脯，並陳祝詞於几曰：「聞此蝸廬❸，曾停鶴馭❹。復聞飄然遠引，似桑下浮圖❺。鄙人匏繫一官，萍飄十載，拮据稱貸，卜此一廛。數夕來咳笑微聞，似仙輿復返。豈鄙人德薄，故爾見侵？抑夙有因緣，來茲聚處歟？既承惠顧，敢拒嘉賓！惟冀各守門庭，使幽明異路，庶均歸寧謐，異苔不害於同岑。敬布腹心，伏惟鑒燭。」次日樓前飄墮一帖云：「僕雖異類，頗悅詩書，雅不欲與俗客伍。此宅數十年來皆詞人❻棲息，愜所素好，故挈族安居。自蘭坡先生恝然捨我，後來居者，目不勝駔儈❼之容，耳不勝歌吹之音，鼻不勝酒肉之氣。迫於無奈，竄跡山林。今聞先生山薑之季子，文章必有淵源，故望影來歸，非期相擾。自今以往，或檢書獺祭❽，偶動芸籤❾；借筆鴉塗，暫磨鸜眼❿。此外如一毫陵犯，任先生訴諸明神。願廓清襟，勿相疑貳。」末題「康默頓首頓首」。從此聲息不聞矣。白巖嘗以此帖示客，斜行淡墨，似匆匆所書。或曰：「白巖託跡微官，滑稽玩世，故作此以寄詼嘲。寓言十九，是或然歟！」然此與李慶子遇狐叟事⓫大旨相類，不應俗人雅魅，疊見一時，又同出於山左。或李因田事而附會，或田因李事而推演，均未可知。傳聞異詞，姑存其砭世之意而已。

【章旨】此章講述了一個書生詼嘲世風的寓言故事。

【注釋】❶教場　古時操練和檢閱軍隊的場地。❷周蘭坡　清康熙進士。曾官侍讀學士。❸蝸廬　猶「蝸舍」。狹小如蝸殼的屋子。❹鶴馭　猶鶴駕。謂仙人的車駕。❺桑下浮圖　典出《後漢書・襄楷傳》：「佛圖不三宿桑下，不欲人生恩愛。」佛圖，同「浮圖」，指僧人。❻詞人　擅長文辭的人。此泛指文人。❼駔儈　牙商的古稱。說合牲畜交易的人。❽獺祭　《禮記・月令》：「(孟春之月)魚上冰，獺祭魚。」按獺貪食，常捕魚陳列水邊，如陳物而祭，稱為獺祭。後因謂多用典故、堆砌成文為「獺祭」。❾芸籤　書籤。借指圖書。❿鸜眼　端石上有圓形斑點，其大如五銖錢，小如芥子，形如八哥之眼，稱鸜眼。後借指硯臺。⓫李慶子遇狐叟事　參見本書卷四〈李慶子遭逐〉則。

【語譯】西城將軍教場的一處住宅，周蘭坡學士曾經居住過。夜間他有時聽到樓上吟誦詩文的聲音，知道是狐仙，也不感到驚訝。等到周蘭坡搬家後，那個狐仙也搬往別處。後來田白巖租下這處住宅，幾個月之後，狐仙也重新回來了。田白巖用酒和乾肉祭祀，並且在几桌上陳列祝詞說：「聽說這簡陋狹小的廬舍，曾經停留過仙人的車駕。又聽說仙人飄然遠去，好像是沙門佛子不在一處久留。鄙人如同匏瓜般繫著微末的一個官職，像浮萍飄泊到現在已經十年，拮据得向人借貸，選擇了這處住宅。幾個晚上以來，咳嗽和笑聲我能夠稍微聽到，似乎仙人的車駕重新返回。難道是鄙人的德行淺薄，所以受到侵擾？或者是過去有緣分，來這裡相聚？既然承蒙惠顧，怎敢拒絕嘉賓！只是希望各守門庭，使得陽世與陰間各行其路，或許都能夠歸於寧靜，就像不同的苔蘚互相不妨礙地同在一山。我恭敬地陳述心腹之言，希望鑑照明察。」第二天，樓前飄落下來一張帖子說：「我雖然是異類，但很喜歡詩書，很不願意同俗客為伍。這所宅子幾十年來都是文人雅士寄居之所，投合我向來所愛好的，所以攜帶家族安居這裡。自從周蘭坡先生捨棄我而去，以後來這處住宅居住的人，我實在看不慣他們那市儈的面貌，聽不慣他們歌唱吹奏的聲音，聞不慣他們酒肉的氣息，迫於無奈，我逃竄隱跡到了山林。如今聽說先生是山薑先生的小兒子，文章必定有家學淵源，所以就隨著你的後影歸來，不是有意相擾。從今以後，可能有時要翻檢書冊如同獺祭魚，偶爾動動書籤；或者借用毛筆胡亂塗鴉，暫借你的硯臺磨墨。除此之外，如果有一絲一毫的侵犯，任憑先生訴之於神明。我的心願已經表達清楚，請不要猜忌疑慮。」篇末署名「康默頓首頓首」。從此聲音不再聽到了。田白巖曾經把這張帖子給客人看，字行傾斜，墨色疏淡，似乎是匆匆中寫成的。有的人說：「田白巖寄身於小小的官職，語言滑稽，玩世不恭，故意編造這個故事用來寄託自己的詼諧嘲諷。十有九成是篇寓言，或者就是這樣吧？」然而這同李慶子遇見老狐仙的故事大體相類似，不應該平庸的俗人與風雅的精怪，都見於同時，又同出於山東人之口。或者是李慶子因為田白巖的事情而附會而成，或者田白巖因為李慶子的事情而推演而成，都不得而知了。傳聞中不同的說法，姑且保存它針砭時世的意思罷了。

【研析】憤世嫉俗，是懷才不遇的讀書人的普遍心態。如上文的田白巖藉狐仙之口，表達寧願與異類同處，不屑與俗人為伍，就是這種心態的表露。作者委婉地表達了對他們的同情。

償冤

一故家子，以奢縱攖❶法網。歿後數年，親串❷中有召仙者，忽附乩自道姓名，且陳愧悔；既而復書曰：「僕家法本嚴。僕之罹禍，以太夫人過於溺愛，養成驕恣之性，故蹈陷阱而不知耳。雖然，僕不怨太夫人。僕於過去生中，負太夫人命，故今以愛之者殺之，隱償其冤。因果牽纏，非偶然也。」觀者皆為太息。夫償冤而為逆子，古有之矣。償冤而為慈母，載籍❸之所未睹也。然據其所言，乃鑿然中理。

【章旨】此章講述了一個浪子因溺愛導致殺身，死後悔悟的故事。

【注釋】❶攖　觸犯。❷親串　親近的人；親戚。❸載籍　書籍。此處指史籍。

【語譯】一個世家子弟，因為奢侈驕縱觸犯了法網。死了幾年後，親戚中有人設乩臺召仙人降臨，他忽然依附乩仙道出自己姓名，並且陳述慚愧和懊悔的心情；既而又寫道：「我家的家法本來很嚴格，我之所以遭受災禍，是因為太夫人的過於溺愛，養成我驕奢任性的性格，所以踏上陷阱而不知道罷了。即便如此，我也不怨恨太夫人。因為我在前生中，欠了太夫人的一條命，所以太夫人現在用溺愛的方式把我殺死，隱祕償還她的冤仇。因果牽連纏繞，並不是偶然的。」在旁邊觀看的人都為此歎息。因為報冤仇而做忤逆不孝之子，古代就有的。因為報冤仇而做慈母，這是史書記載上所沒有看到過的。然而根據他所說的話，竟是確實而合乎情理的。

【研析】這個故事不合情理。對於母親而言，沒有比喪子之痛更為悲哀的了。如果說母親溺愛兒子是為了殺死兒子，那麼殺死兒子的悲痛更甚於報復成功的快樂。如此報復，意義何在？乩仙糊塗，紀昀更糊塗，竟然說是「鑿然中理」。

孤松庵

宛平❶何華峰，官寶慶❷同知❸時，山行疲困，望水際一草庵，投之暫憩。榜曰：「孤松庵」，門聯曰：「白鳥多情留我住，青山無語看人忙。」有老僧應門，延入具茗，頗香潔；而落落無賓主意。室三楹，亦甚樸雅。中懸畫佛一軸，有八分書❹題曰：「半夜鐘磬寂，滿庭風露清。琉璃青黯黯，靜對古先生。」不署姓名，印章亦模糊不辨。旁一聯曰：「花幽防引蝶，雲懶怯隨風。」亦不題款。指問：「此師自題耶？」漠然不應，以手指耳而已。歸途再過其地，則波光嵐影，四顧蕭然，不見向庵所在。從人記遺煙筒一枝，尋之，尚在老柏下。竟不知是佛祖是鬼魅也。華峰畫有〈佛光示現卷〉，並自記始末甚悉。華峰歿後，想已雲煙過眼矣。

【章旨】此章講述了一位讀書人途經一座清靜樸雅的寺院，歸來時不見寺院蹤跡的故事。

【注釋】❶宛平　舊縣名。治所在今北京西南；屬豐臺區。❷寶慶　府、路名。轄境相當今湖南邵陽、新邵、邵東、新化等縣。一九一三年廢。❸同知　官名。明清定為知府、知州的佐官，分掌督糧、緝捕、海防、江防、水利等，分駐指定的地點。❹八分書　漢字書體名。字體似隸而體勢多波磔。相傳為秦時上穀人王次仲所造。關於八分的命名，歷來說法不一。或以為二分似隸，八分似篆，故稱八分。

【語譯】宛平人何華峰，擔任寶慶府同知時，在山道上趕路疲乏困頓，望見水邊有一間草庵，就到那裡暫時歇息。這間草庵門上匾額寫著「孤松庵」，門聯寫道：「白鳥多情留我住下，青山無語看人忙碌。」有個老和尚看門，請何華峰進入庵內端上茶水招待，茶水很清香潔淨；而那位老和尚態度冷淡沒有主人待賓客的意思。草庵有三間房，也很樸素雅致。中間懸掛著一軸繪畫的佛像，有用八分書的字體題寫道：「半夜鐘磬之聲靜寂，滿庭輕風白露清謐。琉璃瓦色青黯黯，靜靜面對古先生。」不署姓名，印章也模糊分辨不清。旁邊一副對聯寫道：「鮮花幽香謹防引來蝴蝶，白雲懶惰害怕隨風飛舞。」也不題寫落款。何華峰指著畫和對聯詢問道：「這是師父自己題寫的嗎？」老和尚淡漠地並不回答，用手指指自己耳朵而已。何華峰回來的途中，再經過這個地方，只見水面波光漣漣山中霧氣蒸騰，四面環顧寂靜無聲，不見以前那間庵堂的所在。隨從的人記得曾在此遺失一支煙筒，尋找那支煙筒，發現還在老柏樹下。終究不知道遇見的是佛祖還是鬼怪。何華峰畫有〈佛光示現卷〉，並且記載事情的經過很詳細。何華峰死後，想來那篇文章已經如雲煙經過眼前一樣佚失了吧。

【研析】此文有禪意，山中清風，草上白露，靜謐而幽遠，讀後有飄然出世之感。

魔障

族兄次辰言：其同年❶康熙甲午❷孝廉某，嘗遊嵩山❸，見女子汲溪水。試求飲，欣然與一瓢；試問路，亦欣然指示。因共坐樹下語，似頗涉翰墨❹，不類田家婦。疑為狐魅，愛其娟秀，且相款洽❺。女子忽振衣起曰：「危乎哉！吾幾敗。」

怪而詰之。赧然❻曰：「吾從師學道百餘年，自謂此心如止水❼。師曰：『汝能不起妄念耳，妄念故在也。不見可欲故不亂，見則亂矣。平沙萬頃中，留一粒草子，見雨即芽。汝魔障❽將至，明日試之，當自知。』今果遇君，問答留連，已微動一念；再片刻則不自持矣。危乎哉！吾幾敗。」踴身一躍，直上木杪❾，瞥如飛鳥而去。

【章旨】此章講述了一位女子與書生相見時克制內心欲望的故事。

【注釋】❶同年　科舉制度中指同科考中的人。唐代以同舉進士為同年。明清鄉試、會試同榜登科者皆稱同年。❷康熙甲午　即康熙五十三年，西元一七一四年。❸嵩山　在今河南登封北，五嶽之一，稱中嶽。❹翰墨　即筆墨。指文辭。❺款洽　親密。❻赧然　難為情的樣子。❼止水　靜止不流動的水。意指沒有一點邪念。❽魔障　佛教名詞。佛教認為魔能擾亂身心、破壞好事、障礙善法，故名。❾木杪　樹梢。

【語譯】同族兄長紀次辰說：有一位與他同在康熙五十三年考中舉人的某某人，曾經到嵩山遊覽，看見一個女子在溪澗裡汲水。他試著請求那女子給點水喝，那女子爽快地給了他一瓢水；又試著問路，那女子也很爽快地給他指點路徑。於是兩人一起坐在樹下談話，那女子似乎頗懂得一點文墨，不像是農家婦女。這位舉人懷疑她是狐狸精，但因為愛她的娟秀風雅，就暫且和她親密地相處。那女子忽然抖抖衣服站起身來說：「太危險了！我幾乎前功盡棄了。」舉人奇怪地問她，那女子羞愧地紅著臉說：「我跟隨師父學道已有一百多年，自以為心如死水。師父說：『你能夠不起邪念罷了，邪念原來就存在你的內心。只是看不到想要的東西，所以心不亂，等你見到心就亂了。這好像在平坦的萬頃沙漠中，留下一粒草子，有雨水就會發芽。你的魔障將要到了，明天試過，你自己就會明白了。』今天果然碰到您，我在與您的問答間留戀不捨，已經微微動了一點念頭；再過片刻，恐怕就不能自己把持得住了。太危險了！我幾乎壞了大事。」那女子縱身一躍，直上樹梢，轉眼間就像飛鳥般地遠去了。

【研析】人人都有欲望，有時自覺，有時不自覺罷了。在各種誘惑前，能否控制得住自己內心的欲望，這全在於各人自身的修養。聖人說：「吾日三省吾身。」聖人尚且如此，何況常人？

孟達遭誣

次辰又言：族祖徵君公諱炅，康熙己未❶舉博學鴻詞❷。以天性疏放，恐妨遊覽，稱疾不預試。嘗至登州❸觀海市❹，過一村塾小憩。見案上一舊端硯❺，背刻狂草❻十六字，曰：「萬木蕭森，路古山深；我坐其間，寫〈上堵吟〉。」側書「惜哉此叟」四字，蓋其號也。問所自來。塾師云：「村南林中有厲鬼，夜行者遇之輒病。一日，眾伺其出，持兵杖擊之，追至一墓而滅。因共發掘，於墓中得此硯。吾以粟一斗易之也。」案：〈上堵吟〉乃孟達❼作。是必勝國舊臣，降而復叛，敗竄入山以死者。生既進退無據，歿又不自潛藏，取暴骨之禍。真頑梗不靈之鬼哉！

【章旨】此章講述一個頑梗不靈之鬼自找暴骨之禍的故事。

【注釋】❶康熙己未　即清康熙十八年，西元一六七九年。❷博學鴻詞　即「博學宏詞」。科舉名目的一種。清康熙、乾隆年間重設，因避乾隆諱而改為博學鴻詞。❸登州　州、府名。位於山東半島東端，為對遼東及朝鮮半島海道交通起點。今山東登州。❹海市　即海市蜃樓。亦稱「蜃景」。光線經不同密度的空氣層，發生顯著折射（有時伴有全反射）時，把遠處景物顯示在空中或地面的奇異幻景。常發生在海邊和沙漠地區。山東半島蓬萊一帶經常發生。❺端硯　中國傳統的實用工藝品之一。產於廣東端州（今肇慶），故名。始於唐代。石質堅實、細潤，發墨不損毫，書寫流利生輝，且雕琢精美。為名硯中的精品。❻狂草　草書的一種。❼孟達　字子度，一字子敬，三國魏人。初事劉璋，後以不發兵救關羽，懼罪，率眾降魏。加拜散騎常侍，領新城太守。諸葛亮伐魏，欲誘孟達為援，數書招之，孟達也修書回答。魏人懷疑，孟達恐懼遂投蜀漢，未幾被司馬懿消滅。

【語譯】同族兄長紀次辰又說：族祖徵君公名諱叫炅，康熙十八年舉薦參加博學鴻詞考試。因為他天性放縱不受拘束，恐怕妨礙遊覽，便稱病不去參加考試。他曾經到登州觀看海市蜃樓，途中經過一個鄉村私塾稍事休息。他看見書案上有一方舊的端硯，背面刻有用狂草書寫的十六個字道：「萬木蕭森，路古山深；我坐其間，寫〈上堵吟〉。」旁邊書寫「惜哉此叟」四個字，大概是他的別號了。族祖問這方硯臺是從哪裡得來的，塾師回答說：「村子南面樹林中有惡鬼，夜裡行路人碰到他就要生病。有一天，眾人等候惡鬼出來，拿了兵器攻擊他，追到一座墳墓邊那個惡鬼就消失了。於是眾人一起發掘那座墳墓，在墓中得到這方硯臺。我用一斗小米換來的。」按：〈上堵吟〉是三國時孟達所作。這個身為必定亡國的舊臣，投降魏國後又重新叛變，失敗逃竄入山林而死。他活著的時候進退就沒有什麼依據，死後又不潛藏自己的蹤跡，招致暴露骸骨的災禍。真是一個頑固不聰明的鬼啊！

【研析】古硯雅玩，卻是盜挖古墳得來。為掩蓋真相，編造一段故事，厚誣古人，用心深刻。當然，孟達生前並非賢人；但其死後數百年，也不應遭此誣陷。作者不辨真偽，輕信傳言，也是不應該的。

海夜叉

海之有夜叉，猶山之有山魈，非鬼非魅，乃自一種類，介乎人物之間者也。劉石庵參知言：諸城❶濱海處，有結寮❷捕魚者。一日，眾皆棹舟出，有夜叉入其寮中，盜飲其酒，盡一罌，醉而臥。為眾所執，束縛捶擊，毫無靈異，竟困踣而死。

【章旨】此章講述了人們捕獲一種名叫海夜叉的動物的經過。

【注釋】❶諸城　縣名。在山東東南部、濰河上游。❷結寮　搭建小屋。結，搭建。寮，小屋。

【語譯】大海裡有夜叉，如同大山中有山魈，不是鬼不是精魅，而是自成一個種類，介於人和動物之間。劉石庵參政說，諸城縣靠大海的地方，有捕魚的人搭建的一座小屋。一天，眾人都駕船出海了，有個夜叉進入他們的小屋裡，偷喝他們的酒，喝光了一罈，酒醉而睡倒了。結果那個夜叉被眾人抓獲，捆起來捶打，毫無靈性和異常之處，最後竟然因為被打得困頓而倒地而死了。

【研析】對於夜叉，人們總是心存恐懼，認為夜叉是惡鬼，無法對付。但渤海邊的漁民卻不怕所謂的海夜叉，一頓捶打，將其打死。人們這才知道海夜叉並不可怕，只是「介乎人物之間」的一種動物。凡事都能如此探究，虛妄之說豈有市場。

鳥銃擊魅

族侄貽孫言：昔在潼關❶，宿一驛。月色滿窗，見兩人影在窗上，疑為盜；諦視，則腰肢纖弱，鬟髻❷宛然，似一女子將一婢。穴紙潛覷，乃不睹其形。知為妖魅，以佩刀隔櫺斫之。有黑煙兩道，聲如鳴鏑❸，越屋脊而去。慮其次夜復來，戒僕借鳥銃以俟。夜半果復見影，乃二虎對蹲。與僕發銃並擊，應聲而滅。自是不復至。疑本遊魂，故無形質；陽光震爍，消散不能聚矣。

【章旨】此章講述了作者族侄潼關遇鬼，用鳥銃擊滅的故事。

【注釋】❶潼關　縣名。在陝西、渭河下游，鄰接河南、山西兩省。為中原赴關中地區的要道。❷鬟髻　古代婦女環形髮髻。❸鳴鏑　響箭。

【語譯】我的族侄紀貽孫說：過去在潼關，住宿在一個驛站裡。夜裡月光灑滿了窗戶，紀貽孫看見有兩個人影映在窗子上，懷疑是盜賊；仔細看去，卻見腰肢纖細柔弱，頭上髮髻依稀可見，似乎是一個女子帶著一個婢女。他在窗戶紙上捅個洞暗中向外偷看，卻不見她們的形體。知道是妖精鬼魅，便用佩刀隔著窗格砍去，只見有兩道黑煙，聲音像響箭，越過屋脊而去了。紀貽孫擔心她們第二天夜裡再來，吩咐僕人借來打鳥的火銃守候。夜半時候果然又見到影子，竟然是兩隻老虎相對蹲伏著。他和僕人一起擊發鳥銃打過去，那兩隻老虎的影子應聲消失，從此以後不再來了。可能這兩個影子本來是遊蕩的魂魄，因此本來就無形無質，又被這鳥銃的陽氣之光所震爍，就消散不能再聚合了。

【研析】妖魅尚未成形害人，卻不知隱藏蹤跡，反而招惹事端，被鳥銃轟擊而滅。世上惡人都是如此。羽翼未滿，就到處惹事生非。如果此時能夠給他們致命一擊，不知可以消除多少後患。

王生之子

獻縣王生相御，生一子，有抱之者，輒空中擲與數十錢。知縣楊某自往視，乃擲下白金五星❶。此子旋夭亡，亦無他異。或曰：「王生倩❷作戲術者搬運之，將託以箕斂❸。」或曰：「狐所為也。」是皆不可知。然居官者遇此等事，即確有鬼憑，亦當禁治，使勿熒民聽，正不必論其真妄也。

【章旨】此章講述一個書生以子斂錢，孩子不幸夭亡的故事。

【注釋】❶白金五星　白銀五錢。白金，古指銀子。亦指銀合金的貨幣。星，量詞。在此一星為一錢。❷倩　請求。❸箕斂　以箕收取。謂苛斂財物。

【語譯】獻縣有個書生叫王相御，生了一個兒子，有人抱起他的兒子的，空中就會擲下幾十文錢。知縣楊某親自前往觀看，竟擲下了白銀五錢。這個孩子不久就夭折了，也沒有別的怪異之處。有的人說：「這是王生請求變戲法的術士玩弄的搬運術，是要用這種手段苛斂財物。」有的人說：「這是狐狸精所做的。」這些說法都不能驗證。但是當官的碰到這類事情，即使確實有鬼依憑，也應當整治禁止，使它不能夠迷惑老百姓，根本不必判斷它是真實的還是虛妄的。

【研析】作者紀昀為官數十年，富有治政安民的經驗。文章最後幾句話，表現了他的老辣，為官者不可不讀。

凶煞現身

李又聃先生言：雍正末年，東光❶城內忽一夜家家犬吠，聲若潮湧，皆相驚出視。月下見一人披髮至腰，衰衣麻帶，手執巨袋，袋內有千百鵝鴨聲，挺立人家屋脊上，良久又移過別家。次日，凡所立之處，均有鵝鴨二三隻，自簷擲下。或烹而食，與常畜者味無異，莫知何怪。後凡得鵝鴨之家，皆有死喪，乃知為凶煞❷偶現也。先外舅❸馬公周籙家，是夜亦得二鴨。是歲，其弟靖逆❹同知庚長公卒。信又聃先生語不謬。顧自古及今，遭喪者恆河沙數，何以獨示兆於是夜？是夜之中，何以獨示兆於是地？是地之中，何以獨示兆於數家？其示兆皆擲以鵝鴨，又義何所取？鬼神之故，有可知有不可知，存而不論可矣。

【章旨】此章講述了雍正末年東光縣出現煞神的故事。

【注釋】❶東光　縣名。在河北東南部、南運河東岸，鄰接山東。❷凶煞　凶惡的煞神。即西方所謂的死神。❸外舅　岳父。❹靖逆　靖逆衛。在甘肅玉門市西北一百二十里。清置，後廢。

【語譯】李又聃先生說：雍正末年，東光城裡有一天夜裡忽然每戶人家的狗都狂叫，狗叫聲像潮水般洶湧。人們都相繼驚訝地出來探視，月光下看見一個人頭髮披散到腰間，穿著喪服，繫著麻帶，手裡拿著一只大口袋，口袋裡有千百隻鵝鴨的叫聲傳出來，挺身站立在一戶人家的屋脊上，過了好久又移到另一家的屋頂上。第二天，凡是昨夜那個怪人站立過的地方，都有鵝或鴨子兩三隻，從屋簷上擲下。有的人把這些鵝和鴨子煮來吃了，同平常畜養的家禽的味道沒有什麼兩樣，不知道這是什麼怪物。後來凡是得到鵝和鴨子的人家，都有人死亡，人們這才知道是凶惡的煞神偶爾出現了。先岳父馬周籙先生家，這天夜裡也得到兩隻鴨子。這一年，岳父的弟弟靖逆衛同知庚長公去世了。相信李又聃先生說的話不是荒謬的。回顧從古至今，遭逢喪事的人家如同恆河裡的沙子那麼多，為什麼唯獨在這天夜裡顯示徵兆？在這個黑夜之中，為什麼唯獨顯示徵兆在東光這個地方？在東光這個地方之中，為什麼唯獨顯示徵兆在這幾戶人家？它顯示徵兆都擲給鵝和鴨子，取的又是什麼意義呢？鬼神行事的緣由，有的可以知道，有的不可以知道，姑且放在一邊而不加以討論好了。

【研析】此文講述的是雍正末年東光縣發生的一場瘟疫。百姓無知，把瘟疫看作是煞神出現作怪所致。這不足為奇。在無法解釋的現象前，當時的人們只能將此歸之於鬼神。就是在西方，當時也有瘟疫流行，人們同樣束手無策。所謂瘟疫，就是急性傳染病。只有近代科學的發展，人們才對瘟疫有了較清楚的認識，才能以科學的方法去戰勝瘟疫。

獨耽鬼趣

道士王昆霞言：昔遊嘉禾❶，新秋爽朗，散步湖濱。去人稍遠，偶遇宦家廢圃，叢篁❷老木，寂無人蹤，徙倚其間，不覺晝寢。夢古衣冠人長揖曰：「岑寂荒林，罕逢嘉客；既見君子，實慰素心。幸勿以異物見擯。」心知是鬼，姑詰所從來。曰：「僕耒陽❸張湜，元季流寓此邦，歿而旅葬。愛其風土，無復歸思。園林凡易十餘主，棲遲未能去也。」問：「人皆畏死而樂生，何獨耽鬼趣？」曰：「死生雖殊，性靈不改，境界亦不改。山川風月，人見之，鬼亦見之；登臨吟詠，人有之，鬼亦有之。鬼何不如人？且幽深險阻之勝，人所不至，鬼得以魂遊；蕭寥清絕之景，人所不睹，鬼得以夜賞。人且有時不如鬼。彼夫畏死而樂生者，由嗜欲攖心，妻孥結戀，一旦捨之入冥漠，如高官解組❹，息跡林泉，勢不能不戚戚。不知本住林泉者，耕田鑿井，恬熙相安，原無所戚戚於中也。」問：「六道輪迴，事有主者，何以竟得自由？」曰：「求生者如求官，惟人所命。不求生者如逃名，惟己所為。苟不求生，神不強也。」又問：「寄懷既遠，吟詠必多。」曰：「興之所至，或得一聯一句，率不成篇。境過即忘，亦不復追索。偶然記憶，可質高賢者，才三五章耳。」因朗吟曰：「殘照下空山，暝色蒼然合。」昆霞擊節。又吟曰：「黃葉……」甫得二字，忽聞噪叫聲，霍然而寤，則漁艇打槳相呼也。再倚柱瞑坐，不復成夢矣。

【章旨】此章講述了一個鬼魂論說鬼趣，不願為人的故事。

【注釋】❶嘉禾　或今浙江嘉興。❷叢篁　叢生的竹子。❸耒陽　縣名。在湖南東南部，湘江支流耒水縱貫。❹解組　解下印綬，謂辭去或被免去官職。組，印綬。

【語譯】道士王昆霞說：過去遊覽嘉禾，新秋的氣候爽朗宜人，便在湖濱散步。他離開人群稍遠，偶爾看到一處官宦人家廢棄的花園，只見叢生的竹子，老樹古木，荒寂而渺無人跡。王昆霞在花園裡徘徊留戀，不知不覺就在大白天裡睡著了。王昆霞夢見一人穿著古代衣冠，對著自己作了一個長揖，說：「寂寥的荒林中，很少遇見嘉賓；既然見到君子，實在寬慰了我的心願。希望不要因為我是異類而加以擯棄。」王昆霞心裡知道是鬼。姑且問他從哪裡來。那人回答說：「我是耒陽的張湜，元朝末年流落到這裡居住，死後便葬在這裡。我愛好此地的風土，不再有回家鄉的念頭。這個園林已經換了十幾個主人，可我仍舊留在這裡遲遲不忍離去。」王昆霞問：「人都是怕死而喜歡活著，你為什麼獨獨沉湎於作鬼的樂趣呢？」那人回答說：「死和生雖然不同，但是性情不會改變，境界也不會改變。山川風月，人能夠看到它，鬼也能夠看到它；登山臨水吟誦詠歎，人有這些情趣，鬼也有這些情趣。鬼有什麼不如人呢？而且那些幽深險阻的勝景，人所無法到達的，鬼得以用魂魄去漫遊；蕭瑟寂寞、清靜絕人的景色，人所無法見到的，鬼得以在夜間賞玩。人尚且有的時候還不如鬼。那些怕死而喜歡活著的人，由於嗜好和欲望擾亂心神，又眷戀妻子兒女，一旦捨棄這些進入冥冥之中，就像高官解下印綬辭免官職，隱退於山林泉石之間，不能不感到淒然憂傷。他們不知道本來住在山林泉石間的人，耕田鑿井，恬淡和熙相安，原本就沒有什麼淒然憂傷在心中。」王昆霞問：「陰間六道輪迴，事情應當有主管的，你為什麼竟然得以自由？」那人回答說：「求生如同求官，只能聽從他人的命令；不求生的如同逃避名聲，聽憑自己所為。如果我不求生，神也不勉強的。」王昆霞又問：「你寄託情懷既然深遠，吟詠必然也多。」那人回答說：「興之所到，有時得到一聯一句，大都沒有成篇，時過境遷就忘記了，也不再追尋求索。偶然還記得，可以向高明的賢士求教的，才三五章罷了。」於是他朗聲吟誦道：「殘陽映照下了空山，暝暝夜色蒼然合攏。」

王昆霞打著節拍稱賞。那人又吟誦道：「黃葉……」剛吟誦了這兩個字，忽然聽到吵鬧呼喊聲，王昆霞猛然從夢中驚醒，那是漁船上的漁夫划著船槳在相互招呼。王昆霞重新靠著柱子閉目而坐，卻再也不能入夢了。

【研析】說鬼即說人，鬼趣即人趣。人活在世上，受種種拖累，有種種欲望，少了許多情趣，添了許多煩惱；而鬼活在陰間，無欲無求，自然隨心所欲、瀟灑自在。如果人也能夠做到無欲無求，那麼，此處所說的鬼趣即人趣。而世上凡人，又有幾個能夠做到無欲無求的呢？

六壬術

昆霞又言：其師精曉六壬❶，而不為人占。一日早起，以小札付之，曰：「持此往某家借書。定以申刻❷至，先期後期皆汝。」相去七八十里，竭蹶僅至，則某家兄弟方鬩牆❸。啟視其札，惟小字一行曰：「借《晉書·王祥傳》❹一閱。」兄弟相顧默然，鬥遂解。蓋其弟正繼母所生云。

【章旨】此章講述了一個道士精曉六壬，化解兄弟冤仇的故事。

【注釋】❶六壬　術數的一種。五行（水、火、木、金、土）以水為首，十天干中，壬、癸皆屬水，壬為陽水，癸為陰水，捨陰取陽，故名壬。六十甲子中，壬有六個（壬申、壬午、壬辰、壬寅、壬子、壬戌），故名「六壬」。六壬共有七百二十課，一般總括為六十四種課體，相信者用以占吉凶禍福。❷申刻　十二時辰之一，十五時至十七時。❸鬩牆　《詩·小雅·常棣》：「兄弟鬩於牆，外禦其務（侮）。」謂兄弟相爭於內。引申指內部相爭。❹晉書王祥傳　〈王祥傳〉中記敘後母虐待王祥，甚至要用藥毒死他。後母所生的兒子百般護持王祥，後母才打消了致他於死地的念頭。

【語譯】道士王昆霞又說：他的師傅精通六壬術，然而不替人家占卜。王昆霞還是少年的時候，一天早起，師傅把一封短信交給他，說：「拿了這封信去某家借書。規定你在申刻到，早到了晚到了我都要打你。」兩地相距有七八十里路，王昆霞竭盡全力才剛好在指定時刻趕到，那時某家兄弟正在爭鬥吵架。兄弟倆打開那封信看，只有小字一行道：「借《晉書・王祥傳》一閱。」兄弟兩人互相看著默默無語，爭鬥於是平息了。原來他家的弟弟正是繼母所生的。

【研析】古代方術不勝枚舉，六壬術是其中的一種，也是後世影響較大的一種方術。對方術要作具體分析，不能一概而論。秦始皇、漢武帝時的術士以方術騙人斂財，連同秦皇、漢武都貽笑後世。道教興起，包容術士方術，遂泥沙俱下，不辨真偽。民間對所謂的占卜之術，都抱著姑妄聽之的態度；而士大夫們則更加理性，這或許就是術士方術難以風行天下的理由。

地水風火

嘉峪關❶外有戈壁，徑一百二十里，皆積沙無寸土。惟居中一巨阜，名「天生墩」，戍卒守之。冬積冰，夏儲水，以供驛使之往來。初，威信公岳公鍾琪❷西征時，疑此墩本一土山，為飛沙所沒，僅露其頂。既有山，必有水。發卒鑿之，穿至數十丈，忽持鍤者皆墮下。在穴上者俯聽之，聞風聲如雷吼，乃輟役。穴今已圮，余出塞時，彷彿尚見其遺跡。案：佛氏有地水風火之說。余聞陝西有遷葬者，啟穴時，棺已半焦，茹千總❸大業親見之，蓋地火所灼。又獻縣劉氏，母卒合葬，啟穴不得其父棺。跡之，乃在七八步外，倒植土中，先姚安公親見之。彭芸楣參知亦云，其鄉有遷葬者，棺中之骨攢聚於一角，如積薪然，蓋地風所吹也。是知大氣斡運❹於地中，陰氣化水，陽氣則化風化火。水土同為陰類，一氣相生，故無處不有。陽氣則包於陰中，其微者，爍動之性為陰所解；其稍壯者，聚而成硫黃、丹砂、礜石❺之屬；其最盛者，鬱而為風為火。故恆聚於一所，不處處皆見耳。

【章旨】此章講述了嘉峪關外因鑿井而發生的地質現象。

【注釋】❶嘉峪關　在甘肅嘉峪關西、嘉峪山東南麓，長城終點。為古代通往西域的重要關隘。❷岳公鍾琪　即岳鍾琪，清大將。字東美，號容齋，四川成都人。官至川陝總督，任寧遠大將軍。❸千總　官名。清代綠營軍制，守備以下有營千總。又漕運總督轄下各衛和守禦所分設千總，稱為衛千總、守禦所千總。又四川、雲南等省的土司官有土千總一職。❹斡運　旋轉運行。❺礜石　一種熱性含毒的礦石，即硫砒鐵礦。也叫毒砂。為製砷及亞砷酸的原料，可入藥，亦可殺鼠。

【語譯】嘉峪關外有戈壁灘，方圓一百二十里，都是堆積的沙子而沒有一寸泥土。唯有戈壁灘當中有一座大山丘，名叫「天生墩」，戍邊的士兵駐守在此。這些士兵冬天儲積冰塊，夏天儲存水，以供給往來傳遞公文的驛使。起初，威信公岳鍾琪先生西征時，懷疑這座土墩本來是一座土山，被飛沙所掩沒，只露出它的山頂。既然有山，必然有水。岳鍾琪先生就派士兵開鑿這座土墩打井，開鑿到幾十丈深時，拿鐵鍬的士兵忽然都墜落下去。在洞口上的人俯身傾聽，聽到井下風聲如同雷鳴，於是停止了開鑿。那個洞現在已經坍塌，我出塞的時候，還能看見它的遺跡。案：佛家有地水風火的說法。我聽說陝西有個遷葬的人，打開墓穴時，棺材已經半焦，這是千總茹大業親眼看見的，大概是地火所燒灼的。又，獻縣有戶姓劉的人家，母親死了，合葬時打開墓穴，找不到他父親的棺材。沿著痕跡追尋過去，發現棺材竟在七八步外，倒栽在土中，這是先父姚安公親眼見到的。參政彭芸楣也說，他家鄉有個遷葬的人，發現棺材裡的骸骨聚攏在一角，如同堆積的柴火似的，大概是地風所吹的。由此可知大氣旋轉運行於地下，陰氣化成水，陽氣則化成風、化成火。水和土同屬於陰類，一氣相生，所以無處不有。陽氣則包藏於陰氣之中，那微小的陽氣，閃爍跳動的氣性被陰氣所化解；那稍壯的陽氣凝聚而成硫黃、朱砂、毒砂之類；那最盛的陽氣鬱結而成為風、成為火。所以地風、地火經常集聚在同一個地方，不是處處能夠見到的。

【研析】作者列舉了諸種現象，說明陰陽二氣在地下運行，造成地風、地火等現象，形成硫黃、朱砂等礦產。儘管作者的這種解釋還很淺薄甚至錯誤，但其努力用物質的東西來說明物質世界，這就比那種把尚未了解的自然現象歸結於神或天帝的旨意來得科學和進步。新疆、甘肅等西部地區的地下有儲量驚人的天然氣，地下水也很豐富，在天生墩鑿井所遇到的情況是否與此有關，就不得而知了。至於棺木下葬後發生的種種現象，這就有待科學家給出科學的解釋了。

鑿井築城

伊犁❶城中無井，皆出汲於河。一佐領❷曰：「戈壁皆積沙無水，故草木不生。今城中多老樹，苟其下無水，樹安得活？」乃拔木就根下鑿井，果皆得泉，特汲須修綆❸耳。知古稱雍州❹土厚水深，灼然❺不謬。徐舍人❻蒸遠曾預斯役，嘗為余言：「此佐領可云格物❼。」蒸遠能舉其名，惜忘之矣。後烏魯木齊築城時，鑑伊犁之無水，乃卜地通津以就流水。余作是地雜詩，有曰：「半城高阜半城低，城內清泉盡向西。金井銀床❽無用處，隨心引取到花畦❾。」紀其實也。然或雪消水漲，則南門為之不開。又北山支麓❿，逼近譙樓⓫，登岡頂關帝祠戲樓⓬，則城中纖微皆見。故余詩又曰：「山圍芳草翠煙平，迢遞新城接舊城。行到叢祠⓭歌舞處，綠氍毹⓮上看棋枰⓯。」巴公彥弼鎮守時，參將⓰海起雲請於山麓堅築小堡，為犄角⓱之勢。巴公曰：「汝但能野戰，殊不知兵。北山雖俯瞰城中，然敵或結柵，可築炮臺仰擊。火性炎上，勢便而利；地勢逼近，取準亦不難。彼決不能屯聚也。如築小堡於上，兵多則地狹不能容，兵少則力弱不能守，為敵所據，反資以保障矣。」諸將莫不歎服。因記伊犁鑿井事，並附錄之。

【章旨】此章記敘了作者遠戍新疆時在當地所見的鑿井、築城等情況。

【注釋】❶伊犁　指伊犁河北，今新疆伊寧市及伊寧、霍城等地區。❷佐領　即牛錄額真，官名。早期滿族出兵或狩獵時，按家族村寨組織隊伍，每十人選一人為首領，稱為「牛錄額真」。努爾哈赤定三百人為一牛錄，作為基本的戶口和軍事編制單位，設牛錄額真一人管理，始正式成為官名。清太宗天聰八年（一六三四年）改名「牛錄章京」，漢譯「佐領」。❸修綆　指長繩。❹雍州　古代九州之一。《尚書・禹貢》：「黑水、西河惟雍州。」指我國陝西、甘肅等西北地區。❺灼然　明明白白。❻舍人　官名，清代內閣中設中書舍人，職責為繕寫文書。宋元以後俗稱貴顯子弟亦為舍人。❼格物　推究事物的原理。❽金井銀床　此處似指井欄雕飾美麗而言。金井，典出《荊州記》：益陽縣有金井數百，故老傳有金人以杖量地，輒便成井，謂之金井。銀床，指井欄，或轆轤架。❾花畦　長方形的花圃。❿支麓　山脈分支的山腳。⓫譙樓　古代建築在城門上用以瞭望的樓。⓬戲樓　指祠廟中為唱戲搭建的樓臺。⓭叢祠　建在叢林中的神廟。⓮氍毹　毛織的地毯。這裡的綠氍毹，指綠草坪。⓯棋枰　棋盤。⓰參將　官名。清代綠營的統兵官，位次於副將，正三品武官，統理本營軍務。⓱犄角　獸角。此指軍隊分設兩處，可以互相呼應支援。

【語譯】伊犁城裡沒有水井，人們都要出城到河裡去汲水。有一位佐領說：「戈壁都是砂子堆積而成沒有水，所以草木不生。現在城裡有許多老樹，如果樹下面沒有水，樹怎麼能活？」於是把樹木拔除，就在樹的根部底下鑿井，果然都挖到泉水，只是汲水時需要用長長的繩索罷了。因此知道古代稱雍州土厚水深，是確鑿無疑的。舍人徐蒸遠曾經參與這件事，曾對我說：「這位佐領可以說是能推究事物的原理。」徐蒸遠能說出他的姓名，可惜我已經忘記了。後來烏魯木齊修築城池時，鑑於伊犁城沒有水的教訓，於是選擇了通向河流的地方建城以接近流水。我作了描寫這個地方的雜詩，有首詩寫道：「半個城高崗半個城低窪，城內的清泉盡向西流淌。金井銀床沒有用處，隨從心願引水到花畦。」記錄的是它的實際情況。然而有時雪消水漲，那麼城南門就不能開。又，北山支脈的山腳逼近城門的譙樓，登上山岡頂上的關帝祠戲樓，那麼城裡的一切細微之處都看得清清楚楚。所以我在詩中又說：「群山圍繞芳草如同翠綠的煙霞那麼平坦，綿長的新城連接舊城。行到叢祠人們歌舞之處，在綠氍毹上閒看棋枰。」巴彥弼先生鎮守烏魯木齊時，參將海起雲請求在山腳下修築一個小的堅固堡壘，形成與城池互相支援的犄角之勢。巴公說：「你只擅長在野外作戰打仗，實在不了解兵法。北山雖然可以俯瞰城中，然而敵人如果在山上結柵欄，我們可以築炮臺仰擊。火勢是向上燃燒的，形勢對我們方便有利；而且地勢逼近，要瞄準也不難，他們絕不能在山上屯結聚集。如果修築一個小堡壘在山上，守衛的士兵多了，那麼山上地方狹小不能容納；守衛的士兵少了，那麼力量薄弱而不能防守。如果堡壘被敵人所占據，反而幫助他們用來作屏障了。」各位將領無不感歎佩服。因為我記敘伊犁鑿井的事情，一併附帶記錄在這裡。

【研析】沙漠戈壁，有水就有生命。絲綢古道上有許多古城遺址，大都因為缺水而被迫放棄，如高昌、交河、樓蘭等。伊犁築城時也沒有考慮城中用水，留下一個致命的缺憾。後因有經驗的軍官設法補救，才得以解決。烏魯木齊築城時就充分考慮城中用水問題，在城市建設方面是一大進步。同時，紀曉嵐又記載了烏魯木齊布防的經驗。一般說來，居高臨下總占優勢。但也不能一概而論。如文中所說關於烏魯木齊北山的布防，就很有意思。總之，一切須從實際出發，才能收到實效。

虞美人花

烏魯木齊泉甘土沃，雖花草亦皆繁盛。江西蠟❶五色畢備，朵若巨杯，瓣葳蕤❷如洋菊。虞美人花❸大如芍藥❹。大學士溫公❺以倉場侍郎❻出鎮時，階前虞美人一叢，忽變異色，瓣深紅如丹砂，心則濃綠如鸚鵡，映日灼灼有光；似金星隱耀，雖畫工設色不能及。公旋擢福建巡撫❼去。余以彩線繫花梗，秋收其子，次歲種之，仍常花耳。乃知此花為瑞兆，如揚州芍藥偶開金帶圍❽也。

【章旨】此章記敘了烏魯木齊花草繁盛的情況。

【注釋】❶江西蠟　蠟梅。❷葳蕤　草木茂盛而枝葉下垂的樣子。❸虞美人花　又名麗春花，罌粟科，一年生草本。莖高八十公分，葉如罌粟而小，夏季開花，花四瓣，顏色鮮豔。❹芍藥　植物名，多年生草本，初夏開花，與牡丹相似，可供觀賞。❺大學士溫公　大學士，清代正一品官。明代不設宰相，以內閣大學士為首輔，即宰相。清代繼承明代制度，亦不設宰相，以內閣大學士輔佐皇帝處理朝政。後權漸移軍機處，大學士成為朝廷高官的加銜。溫公，即溫福，清滿洲鑲紅旗人，姓費莫氏。乾隆間征金川，戰功卓著。官至武英殿大學士。❻倉場侍郎　官名。清制設總督倉場侍郎，駐通州（今北京通州），掌漕糧收儲。其所屬有坐糧廳及各倉監督。❼巡撫　官名，清代正式以巡撫為省級地方最高長官，總攬一省的軍事、吏治、刑獄等，地位略差於總督。❽金帶圍　芍藥中的珍貴品種。其花紅瓣黃腰，號金帶圍，產揚州。若開此花，即為瑞兆。

【語譯】烏魯木齊的泉水甘甜土地肥沃，即便是花草也都生長得繁茂興盛。江西蠟花開五種顏色都具備，花朵大如杯口，花瓣豐碩飽滿像洋菊。虞美人花大如芍藥。大學士溫福以戶部侍郎的官階出鎮烏魯木齊時，府衙臺階前的一叢虞美人花忽然變成異樣的顏色，花瓣深紅像朱砂，花心則濃綠像鸚鵡，映著日色灼灼有光，像金星隱約閃耀，即使是畫工著色也不能及。溫公隨即升任福建巡撫而去。我用彩線繫在這株花的花梗上，秋天收下它的種子。第二年種下去，開的卻仍是平常的花卉罷了。我才知道這花是祥瑞的兆頭，就像揚州的芍藥花偶爾開出幾朵金帶圍一樣。

【研析】紀曉嵐雖曾被流放烏魯木齊，遠離中原，此文卻盛讚烏魯木齊的水甜土沃，花草的繁茂豔麗，不難看出作者對烏魯木齊懷有深厚的感情。儘管如此，故土畢竟還是難忘。從溫福內遷之時，作者細心收集那叢開了祥瑞之兆的虞美人的花籽，祈求來年自己亦能有此瑞兆，思鄉之情溢然而出。

青騾

辛彤甫❶先生〈記異〉詩曰：「六道❷誰言事杳冥，人羊轉轂迅無停。三弦❸彈出邊關調，親見青騾側耳聽。」康熙辛丑❹，館余家日作也。初，里人某貨郎，逋先祖多金不償，且出負心語。先祖性豁達，一笑而已。一日午睡起，謂姚安公曰：「某貨郎死已久，頃忽夢之，何也？」俄圉人❺報馬生一青騾，咸曰：「某貨郎償夙逋❻也。」先祖曰：「負我償者多矣，何獨某貨郎來償？某貨郎負人亦多矣，何獨來償我？事有偶合，勿神其說，使人子孫蒙恥也。」然圉人每戲呼某貨郎，輒昂首作怒狀。平生好彈三弦，唱邊關調。或對之作此曲，輒聳耳以聽云。

【章旨】 此章講述了一個貨郎死後轉世為騾身償債的故事。

【注釋】 ❶辛彤甫　清康熙時人。曾在作者家坐館教書。❷六道　佛教名詞。佛教把眾生世界分為：天道、人道、阿修羅道、餓鬼道、畜生道、地獄道，因各自所作善惡業因不同，於此六道中升沉不定，輪迴相續。❸三弦　又稱「弦子」。撥絃樂器。近世常用者筒為木製，兩面蒙蛇皮，上置長柄，有三根弦，故名。❹康熙辛丑　即清康熙六十年，西元一七二一年。❺圉人　《周禮》官名。掌管養馬放牧等事。亦泛稱養馬的人。❻夙逋　舊時的拖欠。夙，舊；平常。逋，拖欠。

【語譯】 辛彤甫先生〈記異〉詩道：「六道輪迴誰言事情杳冥，人羊轉化迅疾沒有停息。三弦琴彈出邊關曲調，親眼看見青騾側耳傾聽。」這是他康熙六十年在我家設館的日子裡所作的詩。起初，鄉里人某貨郎欠先祖父很多銀兩不還，而且還說出違背良心的話。先祖父性格豁達，一笑也就罷了。一天，先祖父午睡起來，對父親姚安公說：「某貨郎死了已經很久了，剛才忽然夢見他，這是為什麼？」一會兒養馬人來報告，馬生了一頭青騾，大家都說：「某貨郎來償還舊債了。」先祖父說：「欠我債應該償還的人多了，為什麼獨獨某貨郎來償還？某貨郎欠人的債也多了，為什麼獨獨來償還我？事情有偶然相合的地方，不要把它說得神乎其神，使人家的子孫蒙受羞恥。」然而養馬人每次戲叫某貨郎，那頭青騾就昂起頭作出憤怒的樣子。某貨郎平生喜歡彈三弦，唱邊關調。有人對青騾彈唱這支曲子，它就聳起耳朵傾聽。

【研析】百姓們常說：今世欠債，來生當作牛作馬償還。這是民族心理中「六道輪迴」、「因果報應」思想的反映。然而，還是作者先祖父說得好：「事有偶合，勿神其說。」立身處世，就應該有這樣的一顆平常心。

古今話刀筆

古書字以竹簡，誤則以刀削改之，故曰「刀筆」。黃山谷❶名其尺牘❷曰「刀筆」，已非本義。今寫訟牘❸者稱刀筆，則謂筆如刀耳，又一義矣。余督學閩中時，一生以導人誣告戍邊。聞其將敗前，方為人構詞❹，手中筆爆然一聲，中裂如劈；恬不知警，卒及禍。又文安❺王岳芳言：其鄉有構陷善類者，方具草，訝字皆赤色。視之，乃血自毫端出。投筆而起，遂輟是業，竟是令終。余亦見一善訟者，為人畫策，誣富民誘藏其妻。富民幾破家，案尚未結，而善訟者之妻，真為人所誘逃。不得主名，竟無所用其訟。

【章旨】此章講述了「刀筆」一詞詞義的演變和引申，並斥責了以惡訟牟利的卑劣小人。

【注釋】❶黃山谷　即黃庭堅。北宋大文學家、詩人、書法家。字魯直，號山谷道人，故稱。❷尺牘　書信。❸訟牘　訴訟狀。❹構詞　指構思寫訴訟狀。❺文安　縣名。在河北中部、大清河下游，鄰接天津。

【語譯】古代寫字用竹簡，寫錯了就用刀削去改正，所以叫「刀筆」。北宋黃庭堅把自己的書信集取名為「刀筆」，已經不是本義。如今寫訴訟狀的人被稱為刀筆，那是說他們手中的筆像刀而已，又是另一個意義了。我擔任福建提督學政時，一個書生因為引導他人誣告而被充軍邊疆。聽說他將要敗露時，正在替人構思寫訴訟狀，手中的毛筆「爆」的一聲，筆桿中間裂開像刀劈一樣；但他安然而不知道警惕，終於遭受災禍。又，文安縣的王岳芳說，他的家鄉有個捏造罪名陷害好人的人，正在起草訴狀，驚訝地發現寫的字都是紅色的。他一看，發現那血竟然從筆端流出來。他丟下筆站起身來，於是從此再也不幹這種事，竟然得到了善終。我也看見一個善寫訴訟狀的人，替人出謀畫策，誣告一個富人引誘藏匿他的妻子。那個富人為此幾乎破產，案子還沒有了結；而那個善寫訴訟狀的人的妻子，真的被人所引誘而逃跑了。他不知道那個誘拐他妻子的人的姓名，竟然無法使用他善寫訴訟狀的本領。

【研析】「刀筆」本來是一種書寫工具，無所謂褒貶。但後世「刀筆」一詞成為訟師的代稱，「刀筆吏」成為衙門裡舞文弄墨、草菅人命的小吏的代名詞，「刀筆」遂成為貶義詞。文章對於刀筆吏並沒有展開論說，而抨擊的矛頭直指顛倒黑白、翻雲覆雨的惡訟師，讀來有大快人心之感。

緩應

天道乘除❶，不能盡測。善惡之報，有時應，有時不應，有時即應，有時緩應，亦有時示以巧應。余在烏魯木齊時，吉木薩❷報遣犯劉允成，為逋負過多，迫而自縊。余飭吏銷除其名籍，見原案注語云：「為重利盤剝，逼死人命事。」

【章旨】此章論述了因果報應的遲速緩急。

【注釋】❶乘除　比喻人或事物的消長盛衰。❷吉木薩　地名，不詳。今新疆有吉木乃縣，在伊犁哈薩克自治州西北部。

【語譯】天道運行，人們不能完全測知。善惡的報應，有時應驗，有時不應驗，有時立即應驗，有時慢慢應驗，也有時顯示出巧妙的應驗。我在烏魯木齊時，吉木薩報告發遣來的犯人劉允成因為欠債過多，被逼迫而上吊自殺。我命令吏員在犯人名冊中銷除他的姓名，看見原來案卷中有注語道：「因為重利盤剝，逼死人命事。」

【研析】作孽必遭報應，是作者不厭其煩宣揚的主題。本文也是如此。

夜遇無頭鬼

烏魯木齊巡檢❶所駐，曰「呼圖壁」。呼圖譯言鬼，呼圖壁譯言有鬼也。嘗有商人夜行，暗中見樹下有人影，疑為鬼，呼問之。曰：「吾日暮抵此，畏鬼不敢前，待結伴耳。」因相趁共行，漸相款洽❷。其人問：「有何急事，冒凍夜行？」商人曰：「吾夙負一友錢四千，聞其夫婦俱病，飲食藥餌恐不給，故往送還。」是人卻立樹背，曰：「本欲祟公，求小祭祀。今聞公言，乃真長者。吾不敢犯公，願為公前導可乎？」不得已，姑隨之。凡道路險阻，皆預告。俄缺月微升，稍能辨物。諦視，乃一無首人，栗然❸卻立，鬼亦奄然而滅。

【章旨】此章講述了一個商人夜行送還借款得到鬼的敬重的故事。

【注釋】❶巡檢　官名。始於宋代。始設於關隘要地，或兼管數州數縣，或管一州一縣，以維持地方治安為專責。以武臣擔任，屬州縣指揮。明、清州縣均有巡檢，多設於距城稍遠之處。❷款洽　親密；親切。❸栗然　恐懼；瑟縮。

【語譯】烏魯木齊巡檢所駐紮的地方，叫「呼圖壁」。呼圖譯文為鬼，呼圖壁譯文為有鬼。曾經有商人夜裡趕路，黑暗中看見一棵樹下有人影，懷疑是鬼，就呼喝詢問他。那人回答說：「我是在今天傍晚時抵達這裡的，怕鬼不敢朝前走，等待有人來結伴同行。」於是兩人相伴一起行走，漸漸互相親近起來。那人問：「你有什麼急事，冒著寒冷夜裡行走？」商人回答說：「我過去欠了一個朋友四千錢，聽說他們夫婦都病了，飲食、藥物恐怕供給不上，所以前去送還借款。」那人退立在樹背後說：「我本來想作祟禍害您，以求得一點小小的祭祀，如今聽到您說的話，您是一個真正的忠厚長者。我不敢冒犯您，願意為您作嚮導在前面領路，可以嗎？」商人迫不得已，只好跟隨著他。凡是道路上有險阻的地方，鬼都預先告知。一會兒，殘月慢慢升起，能夠稍稍分辨物體形狀。商人仔細一看，竟然是一個沒有頭顱的人，他驚慌地後退站立，那個鬼也突然消失了。

【研析】夜行趕路送還借款，此人品行高尚，值得鬼的敬重。作者講述這個故事，也是想倡導這種忠厚敦良的風氣，以改變江河日下的世風習俗。如此用心，讀者當能體會。

老翁論養生

馮巨源官赤城❶教諭❷時，言赤城山中一老翁，相傳元代人也。巨源往見之，呼為仙人。曰：「我非仙，但吐納導引❸，得不死耳。」叩其術。曰：「不離乎

《丹經》❹而非《丹經》所能盡，其分刌節度，妙極微芒。苟無口訣真傳，但依法運用，如檢譜對弈，弈必敗；如拘方治病，病必殆。緩急先後，稍一失調，或結為癰疽❺，或滯為拘攣❻；甚或精氣瞀亂，神不歸舍，竟至於顛癇。是非徒無益已也。」問：「容成❼、彭祖❽之術，可延年乎？」曰：「此邪道也，不得法者，禍不旋踵；真得法者，亦僅使人壯盛。壯盛之極，必有決裂橫潰之患。譬如悖理聚財，非不聚富，而斷無終享之理。公毋為所惑也。」又問：「服食延年，其法如何？」曰：「藥所以攻伐疾病，調補氣血，而非所以養生。方士所餌，不過草木金石。草木不能不朽腐，金石不能不消化。彼且不能自存，而謂借其餘氣，反長存乎？」又問：「得仙者，果不死歟？」曰：「神仙可不死，而亦時時可死。夫生必有死，物理之常。煉氣存神，皆逆而制之者也。逆制之力不懈，則氣聚而神亦聚；逆制之力或疏，則氣消而神亦消，消則死矣。如多財之家，勤儉則常富，不勤不儉則漸貧；再加以奢蕩，則貧立至。彼神仙者，固亦兢兢然恐不自保，非內丹❾一成，即萬劫不壞也。」巨源請執弟子禮。曰：「公於此道無緣，何必徒荒其本業？不如其已。」巨源悵然而返。景州❿戈魯齋為余述之，稱其言皆篤實，不類方士之炫惑云。

【章旨】此章記述了一位老人講述的養生煉氣得以長壽的故事。

【注釋】❶赤城　原浙江台州府的別稱。因南朝梁曾在此置赤城郡（以赤城山為名）而得名。今浙江臨海。❷教諭　學官名。宋代在京師設立的小學和武學中始置教諭。元、明、清三朝縣學皆置教諭，掌文廟祭祀、教育所屬生員。❸吐納導引　中國古代的一種養生方法。即把肺中的濁氣盡量從口中呼出，再由鼻孔緩慢地吸進清新的空氣，使之充滿肺部。古人叫做「吐故納新」。❹丹經　講述煉丹的專書。❺癰疽　中醫學病名。由於風火、濕熱、痰凝、血淤等邪毒所引起的局部化膿性疾病。❻拘攣　因筋肉收縮，而手足拘牽，不能伸展自如。❼容成　相傳為黃帝大臣，發明曆法。後來道教將其附會為仙人。❽彭祖　傳說故事人物。姓籛名鏗，顓頊玄孫，生於夏代，至殷末時已有七百六十七歲（一說八百餘歲）。古時因以彭祖為長壽的象徵。❾內丹　同「外丹」相對。古代方士或神仙家以燒煉金石成丹為「外丹」，而以修煉自身的精、氣、神為「內丹」。❿景州　今河北景縣。

【語譯】馮巨源擔任赤城教諭時，說赤城山中有一位老人，相傳是元代出生的人。馮巨源前去看望他，稱呼他為仙人。那位老人回答說：「我不是神仙，只是能夠吐納導引，得以不死罷了。」馮巨源詢問他的方法，老人回答說：「這離不開《丹經》，卻又不是《丹經》所能夠完全包括的，其中的分寸節制，極為微妙。如果沒有口訣真傳，只是依法運用，如同看著棋譜與人對弈，下棋必然要失敗；如同拘泥於藥方治病，病人的病情必然危險了。其中緩急先後，稍一失去調節，或者固結而成為毒瘡，或者凝滯而變成痙攣；甚至精氣昏亂，神不守舍，竟至於成為癲癇病。那就不僅僅是無益的問題了。」馮巨源問：「容城、彭祖的方術，可以延年益壽嗎？」老人回答說：「那是邪道，不得其法修煉的人，災禍立即就會降臨；真正得其法修煉的人，也僅僅使人強壯旺盛。一個人強壯旺盛到了極點，必然會有決裂崩潰的禍患。譬如違背情理聚斂財富，並非不能很快富裕，卻絕對沒有終身安享的道理。您不要為此所迷惑。」馮巨源又問：「服用丹藥來延年益壽，這種方法怎麼樣？」老人回答說：「藥物是用來治療疾病，調補氣血，而不是用來養生的。方士所服食的，不過是草木金石，草木不能不衰朽腐爛，金石不能不消鎔化解。它們尚且不能使自己長存，方士卻說是借它們的餘氣，反而能夠長存嗎？」馮巨源又問：「得以成仙的人，果真能夠不死嗎？」老人回答說：「神仙可以不死，而也時時可以死。有生必然有死，這是萬物的常理。修煉元氣保存精神，都是與常理逆向而來制止它。逆向制止的力量不鬆懈，那麼元氣凝聚而精神也凝聚；逆向制止的力量鬆懈了，就元氣消亡而精神也消亡了，消亡就是死亡了。如同富有錢財的人家，持家勤儉就長久富裕，持家不勤儉就漸漸貧窮；再加上奢侈放蕩，那麼貧窮立刻來到。那些神仙們，確實也要兢兢業業恐怕不能夠自保，並非一旦修煉自身精、氣、神的內丹成功，就可以經歷萬種劫難而不壞了。」馮巨源請求做這位老人的弟子。老人回答說：「您與此道無緣，何必白白荒廢自己的本業？不如算了吧。」馮巨源惆悵地回去了。景州人戈魯齋給我講述了這件事，稱說他的話都很實在，不像是方士的迷亂惑人。

【研析】吐納導引、養生煉氣得以延年益壽，老人說得很實在，並無虛妄不實。就是現代人的養生之法，也與其所說的方法相距不遠。尤其文章中提出「生必有死，物理之常」，更是表現了一種對死亡的坦然，充滿了睿智和科學精神。

乩仙論醫

先姚安公言：有扶乩治病者，仙自稱蘆中人[1]。問：「豈伍相國[2]耶？」曰：「彼自隱語，吾真以此為號也。」其方時效時不效，曰：「吾能治病，不能治命。」一日，降牛文希英（姚安公稱牛文字作此二字音，未知是此二字否。牛文諱瑛，娶前母安太夫人之從妹）家，有乞虛損方者。仙判曰：「君病非藥所能治，但遏除嗜欲，遠勝於草根樹皮。」又有乞種子方者。仙判曰：「種子有方，並能神效。

然有方與無方同，神效亦與不效同。夫精血化生，中含欲火，尚毒發為痘❸，十中必損其一二。況助以熱藥，摶結成胎，其蘊毒必加數倍。故每逢生痘，百不一全。人徒於夭折之時，惜其不壽；而不知未生之日，已先伏必死之機。生如不生，亦何貴乎種耶？此理甚明，而昔賢未悟。山人❹志存濟物，不忍以此術欺人也。」其說中理，皆醫家所不肯言，或真有靈鬼憑之歟？又聞劉季箴❺先生嘗與論醫，乩仙曰：「公補虛好用參。夫虛證種種不同，而參之性則專有所主，不通治各證。以藏府❻而論，參惟至上焦、中焦，而下焦❼不至焉。以榮衛❽而論，參惟至氣分，而血分不至焉。腎肝虛與陰虛，而補以參，庸有濟乎？豈但無濟，亢陽不更煎鑠乎？且古方有生參熟參之分，今採參者得即蒸之，何處得有生參乎？古者參出於上黨❾，秉中央土氣，故其性溫厚，先入中宮❿。今上黨氣竭，惟用遼參，秉東方春氣，故其性發生，先升上部。即以藥論，亦各有運用之權。願公審之。」季箴極不以為然。余不知醫，並附錄之，待精此事者論定焉。

【章旨】此章講述了一位乩仙與名醫論說醫道的故事。

【注釋】❶蘆中人　漢趙曄《吳越春秋・王僚使公子光傳》：「楚之亡臣伍子胥奔吳，至江，漁夫渡之。見子胥有饑飢色，曰：『為子取餉。』漁夫去後，子胥疑之，乃潛身於深葦之中。有頃，漁夫來，呼之曰：『蘆中人，蘆中人，豈非窮士乎？』」後因以指伍子胥。❷伍相國　即伍子胥。春秋時吳國大夫。名員，字子胥。❸痘　病名。俗稱天花，也稱痘瘡或天瘡。❹山人　古時從事占卦、算命等職業的人。也有江湖術士用以自稱。❺劉季箴　清代名醫。❻藏府　中醫學名詞。同「臟腑」。人體內臟器官組織的總稱。❼上焦中焦下焦　中醫學名詞。以胸膈部、上腹部及臍腹部的臟器組織分三焦。《難經・三十一難》唐楊玄操注：「自膈以上，名曰上焦」，「自齊（臍）以上，名曰中焦」，「自齊以下，名曰下焦」。❽榮衛　中醫學名詞。榮指血的循環，衛指氣的周流。❾上黨　古縣名。在今山西長治。❿中宮　指中焦。

【語譯】先父姚安公說：有個扶乩降仙替人治病的人，所請的乩仙自稱叫蘆中人。人們問：「難道仙人是伍子胥相國嗎？」乩仙回答說：「這是他自己的暗語，我是真的以這個作為名號。」乩仙開的藥方有時見效有時不見效，他說：「我能夠治病，不能夠治命。」一天，乩仙降壇來到牛希英姨丈（先父姚安公稱牛丈的字是這兩個字的讀音，不知道是不是這兩個字。牛丈名諱叫瑍，娶我的前母安太夫人的堂妹為妻）家，有人乞求乩仙開治療虛虧症狀的藥方，乩仙下判語說：「您的病不是藥物所能醫治的，只要抑制嗜好欲望，遠遠勝過於草根樹皮。」又有人乞求乩仙開養兒子的藥方，乩仙下判語說：「養兒子有方子，並且能夠有神奇的效驗。但是有方子和沒有方子相同，有神效也和無效相同。胎兒本是人的精血化育生長，其中包含著欲火，倘若毒發生痘，十人中必然要夭折一二個人。何況用熱藥輔助，集聚凝結而成胚胎，其中所蘊含的熱毒必然要增加幾倍。所以每次碰到生痘的人，一百個人中難得有一個人能夠活命。人們只是在幼兒夭亡的時候，痛惜他的短壽；而不知道孩子沒有出生的時候，已經先伏下必死的條件。生如同不生，那麼養兒子又有什麼可以寶貴的呢？這個道理是很顯然的，而過去的賢人沒有悟出這一點。山人的志向在於濟世助人，不忍心用這個方術來欺騙人。」他的說法切中事理，都是醫家所不肯說的，或許真的是有靈鬼依附在他身上吧？又聽說劉季箴先生曾經同他談論醫道，乩仙說：「您補虛症喜歡用人參。虛症有種種不同的症候，而人參的藥性則有專門主治的方面，不能夠通治各種病症。拿人的臟腑來說，人參的藥力只能到上焦、中焦，而下焦就達不到。拿血的循環和氣的周流來說，人參的藥力只能到氣分，而血分就不能到達。腎肝虛和陰虛的症候，而用人參來補，哪能有用處呢？不但沒有用處，陽氣偏盛的症候不是更加灼熱熾盛了嗎？而且古方有生參、熟參的分別，如今採參人得到人參就立即把它蒸熟，哪裡會有生參呢？古代人參出產於上黨，秉受中央的土氣，因此它的藥性溫厚，先入中焦。如今上黨的地氣衰竭，醫家只用遼東產的人參，遼東產的人參秉受東方的春氣，所以它的藥性萌發，先升到上部。即便以藥而論，也各有運用時的變通之處，希望您能慎重使用。」劉季箴很不以為然。我不懂醫道，一併記錄附載於此，等待精通此道的人來論定。

【研析】這個乩仙精通醫道，所論頗合醫理。此文雖說是乩仙論醫，不如說是扶乩之人論醫，而且扶乩之人對醫道的理解遠在那位劉姓名醫之上。只是所論發痘症多有訛誤。發痘症是天花病毒感染，並非熱毒攻心。而且一旦發痘，無藥可治，只能等待自身免疫力的發揮作用，故而一旦發痘症，死亡率極高。民間有種傳說，說順治皇帝就是發天花而死。好在發明了天花病毒疫苗，只要接種疫苗，就能防止感染天花。如今天花病毒在自然界已經絕跡，這是人類的一大勝利。

解砒毒方

歙❶人蔣紫垣，流寓獻縣程家莊，以醫為業。有解砒❷毒方，用之十全。然必邀取重資，不滿所欲，則坐視其死。一日暴卒，見❸夢於居停主人曰：「吾以耽利之故，誤人九命矣。死者訴於冥司，冥司判我九世服砒死。今將赴轉輪，賂鬼卒得來見君，以此方奉授。君能持以活一人，則我少受一世業報也。」言訖，泣涕而去曰：「吾悔晚矣！」其方以防風❹一兩研❺為末，水調服之而已，無他祕藥也。又聞諸沈丈豐功曰：「冷水調石青❻，解砒毒如神。」沈丈平生不妄語，其方當亦驗。

【章旨】此章講述了一個醫生因有解砒毒方而救人索要高價，死後得到報應的故事。

【注釋】❶歙　歙縣。在安徽東南部、新安江上游，鄰接浙江。❷砒　砒霜，白色固體，劇毒。「三氧化二砷」（不純物）的俗稱。❸見　現。❹防風　傘形科，多年生草本。中醫學上以根入藥，性微溫，味辛甘，功能發表、祛風、祛濕。❺研　碾壓。❻石青　即「藍銅礦」。礦物名。是煉銅的次要原料，質純者可製藍色顏料。

【語譯】歙縣人蔣紫垣，客居在獻縣程家莊，以行醫作為職業。他有解砒霜中毒的祕方，用這個祕方，可以十分有把握地把中毒者救活。但是他救人必然要索取高價，不能滿足他所提出的要求的，他就眼看著中毒的人死去。一天，蔣紫垣突然死亡，託夢給寓所的主人說：「我因為貪財的緣故，耽誤九條人命了。死去的人訴訟於陰間衙門，陰間衙門判處我九輩子服砒霜而死。現在我將要轉入輪迴去投生，我賄賂了鬼卒，得以來見您，把這個解砒毒的祕方奉送給您。您能夠用這祕方救活一個人，那麼我就少受一世冤業的報應。」說完，他哭泣著而去說：「我後悔晚了！」那個祕方是用防風一兩研為細末，用水調服而已，沒有其他祕密的藥物。又聽沈豐功老先生說：「用冷水調石青，解砒霜中毒可以有神效。」沈老先生平生不說虛妄的話，他的方子應當也是有效驗的。

【研析】古代鄉村服毒自盡、或中毒身亡者，往往是因為砒霜中毒。這個醫生有解毒祕方，當以救人為先；他卻違背醫道，趁人之危索取高價，雖說他沒有殺人，然而人是因為他而死，故而得此報應也是合乎天理人情。作者講述這個故事，目的正在於此。需要提醒讀者的是，文章中所說的解砒霜祕方，沒有經過驗證。作者姑妄言之，讀者姑妄聽之而已。

獵者助鬼

老儒劉挺生言：東城有獵者，夜半睡醒，聞窗紙淅淅作響，俄又聞窗下窸窣聲，披衣叱問，忽答曰：「我鬼也。有事求君，君勿怖。」問其何事。曰：「狐與鬼自古不並居，狐所窟穴之墓，皆無鬼之墓也。我墓在村北三里許，狐乘我他往，聚族據之，反驅我不得入。欲與鬥，則我本文士，必不勝。欲訟諸土神❶，即幸而得申，彼終亦報復，又必不勝。惟得君等行獵時，或繞道半里，數過其地，則彼必恐怖而他徙矣。然儻有所遇，勿遽殪獲❷，恐事機❸或洩，彼又修怨於我也。」獵者如其言，後夢其來謝。夫鵲巢鳩據，事理本直，然力不足以勝之，則避而不爭；力足以勝之，又長慮深思而不盡其力。不求幸勝，不求過勝，此其所以終勝歟！孱弱者遇強暴，如此鬼可矣。

【章旨】此章講述了一個鬼狐爭執，鬼尋求獵人幫助的故事。

【注釋】❶土神　土地神。❷殪獲　捕殺。殪，殺死；絕滅。❸事機　事情的機密處。

【語譯】老儒劉挺生說：東城有個獵人，半夜睡醒過來，聽到窗戶紙發出淅淅的響聲，一會兒，又聽到窗戶下有窸窸窣窣的聲音，他披上衣服喝叱詢問，忽然聽見回答說：「我是鬼，有事求您，您不用害怕。」

獵人問他什麼事情。那鬼回答說：「狐狸精同鬼自古以來不居住在一起，狐狸精居住的洞窟所占的墳墓，都是沒有鬼的墳墓。我的墳墓在村北三里多地外，狐狸精趁我到別的地方去，聚集家族占據了我的墓穴，反而驅逐我讓我不得進入墓穴。我要想同那些狐狸精爭鬥，可我本來是個讀書人，肯定不能取勝。打算到土地神那裡去控告，即使僥倖打贏了官司，那些狐狸精終究也要來報復我的，我也肯定不能取勝。我想只有等到你們打獵時，或許能夠繞道半里路，幾次經過那個地方，那麼他們必定感到恐怖而搬到別處去了。但如果您遇見那些狐狸精的話，不要立即捕獲殺戮，恐怕事情的機密或許會洩漏出去，那些狐狸精又要同我結怨了。」獵人按照那個鬼所說的做了，後來夢見鬼來道謝。發生了這種鵲巢鳩據的事情，鬼要回自己的墓穴理由本來是正當的，然而，他估計自己的力量不足以戰勝對方，就迴避而不與之爭鬥；力量足以戰勝對方時，又深謀遠慮而不用盡自己的力量。不求僥倖的勝利，不求過度的勝利，這就是那個鬼最終得到勝利的原因吧！弱者遇到強暴時，像這個鬼一樣做就可以了。

【研析】雖說文章是講的鬼與狐，實際說的是人與人。作者告誡弱者，在與強暴抗爭時，必須採取有理、有利、有節的策略，才能保護自己，贏得最終勝利。

生魂

舅氏張公健亭言：滄州牧❶王某，有愛女攖疾沉困。家人夜入書齋，忽見其對月獨立花陰下，悚然❷而返。疑為狐魅託形，嗾犬撲之，倏然滅跡。俄室中病者語曰：「頃夢至書齋看月，意殊爽適。不虞有猛虎突至，幾不得免。至今猶悸汗。」知所見乃其生魂也。醫者聞之，曰：「是形神已離，雖盧扁❸莫措矣。」

不久果卒。

【注釋】❶滄州牧　滄州的長官。牧，古時治民之官。漢末一州的軍政長官稱「州牧」。後世遂襲用。滄州，今河北滄州。❷悚然　惶恐不安。❸盧扁　指扁鵲。戰國時醫學家。姓秦，名越人，渤海郡鄚（今河北任丘）人。因家於盧，故稱。為古代良醫的代表。

【語譯】舅父張健亭說：滄州長官王某，有個心愛的女兒患病十分沉重。家人夜裡進入書齋，忽然看見她對著月亮獨自站在花陰下，家人驚恐地返回，懷疑是狐狸精幻化成她的形狀，便唆使狗去撲咬她，她忽然消失了形跡。一會兒房中的病人說話道：「剛才做夢到書齋那兒去看月亮，心裡感到很爽快適意，沒想到有猛虎突然到來，差一點無法倖免，到現在我還嚇得心慌流汗。」家人這才知道所看見的是小姐活人的靈魂。醫生聽說這件事後說：「這是形和神已經分離，即使是扁鵲來也束手無策了。」不久小姐果然死了。

【研析】古人相信人是有魂魄的。人死之後，肉身不存，魂魄不滅。而活人的魂魄與肉身相分離的故事，常見於明清小說。上述故事情節，並無新奇引人之處。

黃金印

閩❶有方竹，燕山❷之柿形微方，此各一種也。山東益都❸有方柏，蓋一株偶見，他柏樹則皆不方。余八九歲時，見外祖家介祉堂中有菊四盎❹，開花皆正方，瓣瓣整齊如裁剪。云得之天津查氏，名「黃金印」。先姚安公乞其根歸，次歲花漸圓，再一歲則全圓矣。或曰：「花原常菊，特種者別有法。如靛❺浸蓮子，則花青；墨揉玉簪❻之根，則花黑也。」是或一說歟！

【章旨】此章記載了數種或莖、或幹、或花、或果為方形的植物。

【注釋】❶閩　福建的簡稱。❷燕山　即燕山山脈，在今河北平原北側，由潮白河河谷直到山海關，大致成東西走向。❸益都　縣名。在山東中部。❹盎　一種腹大口小的容器。唐顏師古注《急就篇》稱：「缶、盆、盎，一類耳。缶即盎也，大腹而斂口。」❺靛　青藍色顏料。❻玉簪　百合科，多年生草本。叢生，有光澤。總狀花序，秋季開花，花白色，芳香。原產我國及日本。

【語譯】福建生長有方形的竹子，燕山地區產的柿子形狀稍微帶方形，這各是一個品種。山東益都生長有樹幹方形的柏樹，大概是偶然見到的一株，其他的柏樹樹幹就都不是方形的。我八九歲時，在外祖父家的介祉堂中見到有四盆菊花，開的花都是正方形，瓣瓣整齊如同裁剪的一樣。據說這花是得之於天津姓查的人家，花名叫「黃金印」。先父姚安公求取它的根回家來種，第二年開的花稍稍變圓了，再過一年開的花就全圓了。有人說：「這花本是平常的菊花，只是種花的人另有辦法。如同用靛藍浸泡蓮子，那麼開的花顏色是靛青色；用墨揉搓玉簪花的根，那麼開出的花顏色是黑色的。」這或許也是一種說法吧！

【研析】奇花異卉，有的是天然長成，有些是人工多年培育的結果。如文中所說的方竹，今浙江省安吉縣萬竹園即有種植，此園中尚有佛肚竹、紫竹等名貴品種。可見紀曉嵐所說是有依據的。至於通過人工栽培，使菊花開出方形花朵，是否真有此種養花技術，當存疑惑。

篤信程朱

家奴宋遇病革❶時，忽張目曰：「汝兄弟輩來耶？限在何日？」既而自語曰：「十八日亦可。」時一講學者❷館余家，聞之哂曰：「譫語也。」屆期果死。又哂曰：「偶然耳。」申鐵蟾方與共食，投箸太息曰：「公可謂篤信程朱❸矣！」

【章旨】 此章講述了一個篤信程朱理學的書生不信陰間的故事。

【注釋】 ❶病革　病危。❷講學者　此指信奉程朱理學的書生。❸程朱　此指北宋程頤、程顥及南宋朱熹為代表的理學。程頤，學者稱伊川先生；程顥，學者稱明道先生。兩人均為北宋哲學家、教育家。同學於周敦頤，並同為北宋理學的奠基者，世稱二程。朱熹，南宋哲學家、教育家。繼承並發展了二程理學，並集兩宋理學之大成。世稱程朱理學。

【語譯】 我家奴僕宋遇病危時，忽然張開眼睛說：「你的兄弟們來了嗎？我的大限（死期）在哪一天？」既而自言自語說：「十八日也可以。」當時一個信奉程朱理學的讀書人在我家裡坐館教書，聽到後譏笑說：「這是說胡話。」到那天宋遇果然死了。那位讀書人又譏笑說：「偶然巧合罷了。」申鐵蟾正和他一起吃飯，扔下筷子歎息說：「您可以說是忠實地信奉程朱理學的了。」

【研析】 陰曹地府之說本來就是虛幻之言，程朱理學信奉者譏諷反對，正是儒家理性思想的反映，無可指責。此處並不涉及對理學的整體評價。作者由於對程朱理學的偏見，文中藉他人之口，對此表示了不滿，而此也正反映了作者思想上的某些不足。

烈女節婦

奇節異烈，湮沒無傳者，可勝道哉！姚安公聞諸雲臺公❶曰：「明季避亂時，見夫婦同逃者，其夫似有腰纏，一賊露刃追之急。婦忽回身屹立，待賊至，突抱其腰。賊以刃擊之，血流如注，堅不釋手。比氣絕而仆，則其夫脫去久矣。惜不得其名姓。」又聞諸鎮番公❷曰：「明季，河北五省皆大饑，至屠人鬻肉，官弗能禁。有客在德州❸、景州❹間，入逆旅❺午餐，見少婦裸體伏俎❻上，綳其手足，方汲水洗滌。恐怖戰悚之狀，不可忍視。客心憫惻，倍價贖之；釋其縛，助之著衣，手觸其乳。少婦艴然❼曰：『荷君再生，終身賤役無所悔。然為婢媼則可，為妾媵❽則必不可。吾惟不肯事二夫，故鬻諸此也。君何遽相輕薄耶？』解衣擲地，仍裸體伏俎上，瞑目受屠。屠者恨之，生割其股肉一臠❾。哀號而已，終無悔意。惜亦不得其姓名。」

【章旨】此章分別講述了一位以死抗暴、一位誓死護節的兩位婦女的故事。

【注釋】❶雲臺公　即耿仲民。字雲臺，故稱。先世山東人，徙居蓋州衛（今遼寧蓋縣）。仕明為登州參將。後降清，隨清軍入關，以功封靖南王。❷鎮番公　即劉武元。遼東人，字鎮番，故稱。明末任游擊。降清，隨清軍入關。官至太子太保、兵部尚書。❸德州　在山東西北部，鄰接河北，大運河流貫。為山東西北部交通中心之一。❹景州　今河北景縣。❺逆旅　客舍。迎止賓客之處，猶後來的旅館。逆，迎。❻俎　古代割肉所用的砧板。多木製，也有青銅鑄的，長方形，兩端有足。❼艴然　惱怒。亦作「怫然」。❽妾媵　古時諸侯之女出嫁，從嫁的妹妹和侄女，稱為「妾媵」。後泛指妾。❾臠　切成塊的肉。

【語譯】異常貞節剛烈，卻埋沒了姓名沒有流傳世間的人，哪能說得完啊！先父姚安公從雲臺公那裡聽說一件事：「明末避亂的時候，見到一對夫婦同時逃難，那個丈夫像是腰裡帶有錢財，一個盜賊拔刀出來緊緊追趕他。那個婦人忽然轉過身來屹立在那裡，等到盜賊跑到她身邊時，突然抱住盜賊的腰。盜賊用刀砍她，那個婦人血流如注，卻絕不肯放手。等到那個婦人氣絕仆倒在地時，她的丈夫已經脫身逃去很久了。可惜不知道她的姓名。」又從鎮番公那裡聽說一件事：「明末，河北五省都鬧了大饑荒，甚至到了殺人賣人肉，連官府都不能禁止的地步。有個客人在德州、景州之間，進入旅店吃午餐，看見一個少婦裸體伏在砧板上，手腳被捆住，正在汲水洗滌。恐怖戰慄的情狀，使人不忍心觀看。客人心裡憐憫同情，用加倍的價錢把她贖出來；解去她的捆縛，幫助她穿上衣服，手碰到了她的乳房。那個少婦惱怒地說：『承蒙您使我得到再生，我終身做低賤的差役也毫不悔恨。但是做婢女僕婦可以，要我做侍妾就絕對不可以。我因為不肯嫁第二個丈夫，所以被賣到這裡的。您為什麼突然輕薄我呢？』那個少婦說完就脫去衣服扔到地上，仍然裸體伏在砧板上，閉上眼睛接受宰殺。屠夫恨她，活生生地割下她大腿上的一塊肉。她只是哀號呼叫而已，始終沒有後悔的意思。可惜也不知道她的姓名。」

【研析】兩位婦女的事跡感人至深：前一位婦女為救丈夫脫險而不惜犧牲生命，後一位婦女為了維護自己的節操而視死如歸，都值得讚許。只是那位丈夫只顧自己逃命而不顧妻子死活；那位客人救人卻是為了一己私欲，兩人都應該受到譴責。可笑的是，這兩個故事都出自降清的明代臣子之口，未免有諷刺之意。當然，明末的黑暗和民不聊生，又難以言盡。

某醫生

肅寧❶王太夫人，姚安公姨母也。言其鄉有嫠婦，與老姑撫孤子，七八歲矣。婦故有色，媒妁屢至，不肯嫁。會子患痘❷甚危，延某醫診視。某醫遣鄰媪密語曰：「是症吾能治。然非婦薦枕❸，決不往。」婦與姑皆怒誶❹。既而病將殆，婦姑皆牽於溺愛，私議者徹夜，竟飲泣曲從。不意施治已遲，迄不能救，婦悔恨投繯殞。人但以為痛子之故，不疑有他。姑亦深諱其事，不敢顯言。俄而某醫死，俄而其子亦死，室弗戒於火，不遺寸縷。其婦流落青樓❺，乃偶以告所歡云。

【章旨】此章講述了一個醫痞乘人之危姦汙病人母親而遭報應的故事。

【注釋】❶肅寧　縣名。在河北中部偏南、瀦龍與滹沱兩河間。❷痘　人、畜共患的一種接觸性傳染病。病源為病毒。通稱「天花」。❸薦枕　亦作「薦枕席」、「薦枕蓆」。進獻枕席。借指侍寢。❹誶　責罵。❺青樓　指妓院。

【語譯】肅寧縣的王太夫人，是先父姚安公的姨母。說她的家鄉有個寡婦，同年老的婆婆撫養著唯一的兒子，有七八歲了。這個婦人原來就有姿色，媒人多次前來說媒，她堅決不肯嫁人。正在這時她的兒子出天花病情很危急，便請了某醫生來看病。某醫生派鄰居老婦人祕密來說：「這個病症我能夠醫治，然而沒有這個婦人陪我睡覺，我絕不會去治病。」那個婦人同婆婆都憤怒責罵。不久兒子病情危急將要死了，那個婦人和婆婆都因為牽纏於溺愛孩子，私下商議了一個通宵，最終忍辱吞聲曲意順從了。沒有想到給孩子醫治時已經太晚了，到最後還是沒有能救活孩子，婦人悔恨自縊而死。人們只以為她是哀痛兒子的緣故，不懷疑有別的原因。婆婆也深深隱諱這件事，不敢明白地說出來。不久某醫生死了，又不久他的兒子也死了，家裡不小心失了火，沒有留下一絲一縷的家產。某醫生的妻子流落到了妓院，於是偶然把這件事告訴了她的相好的。

【研析】人們常說庸醫害人，比庸醫更可恨的是醫痞。庸醫限於醫術不精，耽誤病人病情而害人；醫痞卻是利用醫術，乘人之危，或榨取錢財（見本卷〈解砒毒方〉則），或姦汙婦女（本則）。醫痞之害人，甚於庸醫；醫痞所獲果報，也甚於庸醫。作者的道德取向，於此可見。

蕭客嗜古

余布衣蕭客言：有士人宿會稽山中，夜聞隔澗有講誦聲。側耳諦聽，似皆古訓詁。次日越澗尋訪，杳無蹤跡。徘徊數日，冀有所逢。忽聞木杪❶人語曰：「君嗜古乃爾，請此相見。」回顧之頃，石室洞開，室中列坐數十人，皆掩卷振衣，出相揖讓。士人視其案上，皆諸經注疏。居首坐者拱手曰：「昔尼山❷奧旨，傳在經師。雖舊本猶存，斯文未喪；而新說疊出，嗜古者稀。先聖恐久而漸絕，乃搜羅鬼籙❸，徵召幽靈。凡歷代通儒，精魂尚在者，集於此地，考證遺文；以次轉輪，生於人世。冀遞修古學，延杏壇❹一線之傳。子其記所見聞，告諸同志，知孔、孟所式憑❺，在此不在彼也。」士人欲有所叩，倏似夢醒，乃倚坐老松之下。蕭客聞之，裹糧而往。攀蘿捫葛，一月有餘，無所睹而返。此與朱子穎所述經香閣事，大旨相類。或曰：「蕭客喜談古義，嘗撰《古經解鉤沉》，故士人投其所好以戲之。」是未可知。或曰：「蕭客造作此言，以自託降生之一。」亦未可知也。

【章旨】此章講述了一個書生夜宿深山，遇見先世聖人整理儒家經典以防誤傳的故事。

【注釋】❶木杪　樹梢。❷尼山　指孔子。相傳叔梁紇與顏氏女於尼山野合而生孔子，後因以尼山為孔子的別稱。見《史記・孔子世家》。尼山，山名。又名尼丘。在山東曲阜東南。❸鬼籙　即所謂陰間死人的名簿。❹杏壇　相傳為孔子講學的地方。引申為儒學。❺式憑　依靠；依附。

【語譯】平民余蕭客說：有個讀書人住宿在會稽山中，夜裡聽到隔著溪澗有講論誦讀的聲音，側著耳朵仔細傾聽，誦讀的似乎都是古代的訓詁。第二天，他越過溪澗尋找訪求，卻杳無蹤跡。他來來回回找了好幾天，希望能遇見些什麼，忽然聽到樹梢有人說話道：「您嗜好古學到如此地步，請在這裡相見。」讀書人回頭看的時候，石室洞然開啟，石室中排列坐著幾十個人，都掩上書卷整理衣服，從石室中出來與讀書人互相作揖謙讓。讀書人看見他們的書桌上，都是幾部儒家經書的注疏。坐在首位的人拱拱手說：「過去孔子深奧的意旨，都有經師加以傳述。雖然舊注本還在，禮樂典章制度沒有喪失；而新的觀點層出不窮，喜愛古訓的人稀少。先世聖人恐怕長久下去會漸漸絕滅，於是搜羅鬼籙，徵召幽靈。凡是歷代通曉古今學術的儒家學者，精魂還存在的，聚集到這裡，考證遺文；依次序轉入輪迴，降生到人世。希望他們能夠相沿進修古學，延續孔子學說綿延一線的傳統。您應當記住今日的所見所聞，告知您的同道，知道先聖孔子、孟子所依憑的學脈，存在於舊經而不寓於新學。」那個讀書人要想有所詢問，忽然像是夢中醒來，仍舊倚靠坐在老松樹之下。余蕭客聽說這件事後，帶著乾糧前往那裡。他攀藤緣木，尋找了一個多月，什麼都沒看到就返回了。這件事同朱子穎講述的經香閣的事情（參見本書卷一〈漢學與宋學〉）大概意思相類似。有的人說：「余蕭客喜歡談論古義，曾經撰寫《古經解鉤沉》，所以那個讀書人投其所好，編了故事來戲弄他。」這就不得而知了。有的人說：「余蕭客編造出這些話，是想以此證明他自己是降生的先世賢儒中的一個。」這也不得而知了。

【研析】作者身為乾嘉學派之代表，學術上繼承漢學，反對宋學，其觀點在本書卷一〈漢學與宋學〉則中已經表述，不待贅言。本則藉書生之口，認為儒家學脈「在此（漢儒對儒家經典的訓釋，即漢學）不在彼（程朱理學的訓釋，即宋學）」，觀點鮮明。本篇末用了兩個「未可知」，貌似不偏不倚，實際是為了掩人耳目。掩耳小技，不足為憑。

獄官宜自儆

姚安公官刑部日，同官王公守坤曰：「吾夜夢人浴血立，而不識其人，胡為乎來耶？」陳公作梅曰：「此君恆恐誤殺人，惴惴然如有所歉，故緣心造象❶耳。本無是鬼，何由識其為誰？且七八人同定一讞牘❷，何獨見夢於君？君勿自疑。」佛公倫曰：「不然。同事則一體，見夢於一人，即見夢於人人也。我輩治天下之獄，而不能慮天下之囚。據紙上之供詞，以斷生死，何自識其人哉？君宜自儆，我輩皆宜自儆。」姚安公曰：「吾以佛公之論為然。」

【章旨】此章記述了幾個獄官談論因夢見囚犯而提出自儆的故事。

【注釋】❶造象　此指心中生出幻象。❷讞牘　判案的案卷。

【語譯】先父姚安公在刑部做官時，同僚王守坤先生說：「我夜裡夢見一個人渾身是血站立著，而我並不認識他，他為了什麼來我這裡呢？」陳作梅先生說：「這是您經常害怕誤殺了人，心裡惴惴不安地像是有所愧疚，所以由心中造出幻象罷了。本來就沒有這個鬼，您又怎能認識他是誰呢？況且七八個人共同審定一件案子，為什麼唯獨託夢給您呢？您不要自己多疑。」佛倫先生說：「這個說法不對。大家同事就是同一個整體，託夢給一個人，就是託夢給我們每一個人。我們這些人審理天下的獄訟，而不能審察訊問天下所有的囚犯。我們只是根據紙上的供詞，以決斷犯人的生死，又怎能認識那個人呢？您應該自己警戒，我們這些人都應該自己警戒。」姚安公說：「我認為佛先生的議論是正確的。」

【研析】西漢張釋之擔任廷尉（全國最高司法長官）時，曾說：「廷尉，天下之平也，一傾而天下用法皆為輕重，民安所措其手足？」（《史記・張釋之列傳》）就是說司法官必須秉公審案，不能有所偏向。司法公正關係到千萬百姓，司法官怎能不小心謹慎呢？此文說明了同一個道理。

新婚對縊

呂太常含輝言：京師有富室娶婦者，男女並韶秀❶，親串皆望若神仙。窺其意態，夫婦亦甚相悅。次日天曉，門不啟。呼之不應，穴窗窺之，則左右相對縊。

視其衾，已合歡矣。婢媼皆曰：「是昨夕已卸妝，何又著盛服而死耶？」異哉！此獄雖皋陶❷不能聽矣。

【章旨】此章講述了一對新婚夫婦在新婚之夜雙雙自縊身亡的疑案。

【注釋】❶韶秀　美好秀麗。❷皋陶　傳說中上古虞舜時的司法官。

【語譯】太常寺卿呂含輝說：京城裡有個富有人家娶親，新郎新娘都很美好秀麗，親戚們都看他們像神仙般人物。看他們的表情神態，夫妻彼此也很恩愛歡喜。第二天天亮，新房房門沒有打開，呼喊他們也不答應。眾人在窗紙上捅一個洞向裡探看，只見夫婦兩人左右相對上吊自盡了。看他們的被子，已經同過床了。婢女僕婦們都說：「昨天晚上已經卸了妝，為什麼又穿著齊整的服飾而死呢？」奇怪啊！這個案件即便是皋陶也不能審理清楚的。

【研析】一對青年在新婚之夜雙雙自縊身亡的案子古今罕聞，最有可能的是出於情感。如果這一點得以排除，或許是夫婦一方有生理問題，難於啟齒而自縊身亡；另一個則無顏再見親友，也隨即自縊。如此推測，也僅僅是說說而已。

少年報冤

里胥❶宋某，所謂東鄉太歲者也。愛鄰童秀麗，百計誘與狎。為童父所覺，迫童自縊。其事隱密，竟無人知。一夕，夢被拘至冥府，云為童所訴。宋辯曰：

「本出相憐，無相害意。死由爾父，實出不虞。」童言：「爾不相誘，我何緣受淫？我不受淫，何緣得死？推原禍本，非爾其誰？」宋又辯曰：「誘雖由我，從則由爾。回眸一笑，縱體相就者誰乎？本未強干，理難歸過。」冥官怒叱曰：「稚子無知，陷爾機阱❷。餌魚充饌，乃反罪魚耶？」拍案一呼，栗然驚寤。後官以賄敗，宋名麗❸案中，禍且不測。自知業報，因以夢備告所親。逮及獄成，乃僅擬城旦❹，竊謂夢境無憑也。比三載釋歸，則鄰叟恨子之被汙，乘其婦獨居，餌以重幣，已「見金夫，不有躬❺」矣。宋畏人多言，竟慚而自縊。然則前之倖免，豈非留以有待，示所作所受，如影隨形哉！

【章旨】此章講述了一個鄉間惡霸誘姦少年，導致少年自縊而死，因此遭到報應的故事。

【注釋】❶里胥　指里長。里，古代地方行政組織。自周始，後代多因之，其制不一。從二十五家為一里至一百一十家為一里都有。❷機阱　設有機關的捕獸陷阱。比喻坑害人的圈套。❸麗　附著。❹城旦　秦漢時的一種苦役刑罰，刑期四年。❺見金夫不有躬　語出《周易・蒙卦》。指多金男子用金賄賂女子而挑逗之，女子不能自保其身。

【語譯】里長宋某，就是所謂的東鄉太歲的那個人。他愛鄰居家一個少年的秀麗，千方百計引誘同他狎玩。後來被那個少年的父親所覺察，父親逼迫兒子自己上吊自殺了。這件事情隱祕，竟然沒有人知道。一天晚上，宋某睡夢裡被拘捕到了陰間衙門，說是被那個少年所告發。宋某申辯說：「我本來出於憐愛，沒有害你的意思。你的死是因為你父親的逼迫，實在出乎我的意料之外。」那個少年說：「你不引誘我，我怎麼會受到你的淫汙？我沒有受到你的淫汙，又怎麼會死呢？追究災禍的根本，不是你又是誰呢？」宋某又申辯說：「引誘雖然因為我，順從則是聽憑你。回眸一笑，縱身相就的是誰呢？本來沒有強求，情理上難以歸罪於我。」冥官憤怒地喝叱說：「少年年幼無知，陷入你的圈套裡。釣上魚來充作菜肴，難道卻歸罪於魚嗎？」拍著桌子大呼一聲，宋某戰慄地驚醒過來。後來當地官員因為受賄被罷官治罪，宋某的名字也附在案子裡，他將要受到難以預測的禍患。宋某自己知道是冤業的報應，於是就把夢中情景詳細告訴了自己的親人。等到案件判決，宋某竟只被判了四年徒刑，私自以為夢境不足為憑。等到過了三年，宋某被釋放回家。那鄰居老頭痛恨兒子的被淫汙，趁宋某妻子獨居的時候，用重金作誘餌，讓宋某的妻子已經做出「看見有財富男子的挑逗，不免對丈夫有所不恭」的舉動了。宋某畏懼人們的議論，竟因為羞慚而上吊自殺。如此說來，宋某以前的倖免，豈不是留著等待將來的報應，表示宋某的自作自受，如同影子跟隨形體那樣嗎？

【研析】惡霸能夠橫行鄉里，就是因為有官府為其撐腰。一旦為其庇護的貪官汙吏倒臺，惡霸自然不得善終。但是惡霸陽世所遭到的報應卻緣自陰間。那個少年的父親在陽世無法訴冤，全靠兒子在陰間雪仇，使得惡霸在陽世遭到報應。此篇雖說是個故事，但對當時吏治的批判卻是深刻而尖銳的。

牙像為祟

舊僕鄒明言：昔在丹陽❶縣署，夜半如廁。過一空屋，聞中有男女媟狎❷聲，以為內衙❸僮婢，幽會於斯。懼為累，潛蹤而返。後月夜復聞之，從窗隙竊窺，則內衙無此人；又時方冱凍，乃裸無寸縷。疑為妖魅，於窗外輕嗽，倏然滅跡。

偶與同伴話及，一火夫❹曰：「此前官幕友某所居。幕友有雕牙祕戲像一盒，腹有機輪，自能運動。恆置枕函中，時出以戲玩。一日失去，疑為同事者所藏，後終無跡。豈此物為祟耶？」遍索室中，迄不可得。以不為人害，亦不復追求。殆常在茵席❺之間，得人精氣，久而幻化歟！

【章旨】此章講述了一個空屋有人幽會，被懷疑是牙像為祟的故事。

【注釋】❶丹陽　縣名。今江蘇丹陽。在江蘇西南部，東北濱長江。❷媟狎　相處過於親暱而近於放蕩。❸內衙　指衙門內官員家眷居住的內府。❹火夫　廚房中挑水煮飯的人。❺茵席　亦作「茵蓆」。褥墊；草席。

【語譯】我原來有個僕人叫鄒明，他說：過去在丹陽縣縣衙裡，半夜去上廁所，經過一間空屋子，聽到其中有男女淫戲的聲音，以為是內衙的僮僕婢女在這裡幽會。他害怕受到牽累，就悄悄地回到自己房間。後來在一個月夜，他又聽到了這種聲音。他從窗子的縫隙裡偷看，發現內衙沒有這樣的人；當時又正值天寒地凍，屋裡的人竟然赤裸身體不著一絲一縷。他懷疑是妖魅，在窗外輕聲咳嗽，屋裡人忽然就不見了形跡。鄒明偶然和同伴們談到這件事，一個火夫說：「這是前任縣官的幕友某人所居住的房間。幕友有一盒象牙雕刻的男女祕戲像，這個牙像腹中有機器輪盤，自己能夠運轉，他經常放在枕頭匣子裡，時常拿出來戲弄玩耍。有一天丟失了這盒牙像，他懷疑被同事們所藏起來，後來始終沒有找到。難道是這個東西在作祟嗎？」眾人在房中到處搜索，始終沒有找到。因為對人沒有什麼禍害，大家也就不再追尋求索了。大概這盒牙像經常在人的枕席之間，得到了人的精氣，久而久之而幻化成精的吧！

【研析】童僕婢女私通是官衙內府常有的事，《紅樓夢》中就有這樣的描寫，本不足為奇。那個僕人說妖魅為祟，火夫說是牙像為祟，都不願實指有其人，而都說是妖魅精怪作祟，如此心態，值得玩味。

此狐不俗

外祖雪峰張公家，牡丹盛開。家奴李桂，夜見二女憑闌立。其一曰：「月色殊佳。」其一曰：「此間絕少此花，惟佟氏園與此數株耳。」桂知是狐，擲片瓦擊之，忽不見。俄而磚石亂飛，窗櫺皆損。雪峰公自往視之，拱手曰：「賞花韻事❶，步月❷雅人，奈何與小人較量，致殺風景？」語訖寂然。公歎曰：「此狐不俗。」

【章旨】此章講述兩個狐仙月下賞花被人打擾而施以報復的故事。

【注釋】❶韻事　風雅之事。❷步月　指月下漫步。

【語譯】我的外祖父張雪峰先生家裡，牡丹花盛開。家奴李桂夜裡看見兩個女子靠著欄杆站立。其中一個說：「月色很是美好。」另一個說：「這個地方非常少有這種花，只有佟家的花園和這裡有幾株罷了。」李桂知道是狐狸精，拿起一片瓦朝她們擲打過去，那兩個女子忽然不見了。過了一會兒，院子裡磚頭石塊亂飛，窗櫺都被砸壞了。雪峰公親自前往查看，拱手施禮說：「賞花是風雅的事情，在月下散步是風雅的人。為什麼要同小人計較，以致大殺風景？」說完，院子裡就寂靜無聲了。雪峰公歎息說：「這兩位狐仙不俗。」

【研析】作者此處描寫的狐仙沒有違背常理之舉，使人感到親切，與蒲松齡筆下的那些可愛的狐仙相近似。

故事雖小，讀來卻賞心悅目。

騃稚縱狐

佃戶張九寶言：嘗夏日鋤禾畢，天已欲暝，與眾同坐田塍上。見火光一道如赤練❶，自西南飛來。突墮於地，乃一狐，蒼白色，被創流血，臥而喘息。急舉鋤擊之。復努力躍起，化火光投東北去。後牽車販鬻至棗強❷，聞人言某家婦為狐所媚，延道士劾治，已捕得封罌❸中。兒童輩私揭其符，欲視狐何狀。竟破罌飛去。問其月日，正見狐墮之時也。此道士咒術可云有驗，然無奈騃稚❹之竊窺。古來竭力垂成，而敗於無知者之手，類如斯也夫。

【章旨】此章講述了一個因孩童無知，讓妖狐逃走的故事。

【注釋】❶赤練　指赤練蛇。農村常見。或指紅色的綢帶。❷棗強　縣名。在河北東南部。❸罌　盛酒器，口小腹大，比缶大。❹騃稚　幼稚無知。騃，「呆」的異體字。

【語譯】佃戶張九寶說：夏季的一天，他給禾苗鬆土鋤草完畢，天色已經將要黃昏，同眾人一起坐在田塍上，看見火光一道，像赤練一樣從西南方向飛來，突然墜落地上，是一隻狐狸，皮毛蒼白色，身體上被打傷的創口流著血，躺臥在地上喘息。眾人急忙舉起鋤頭打去，只見那個狐狸精再次努力躍起，化成火光朝東北方而去。後來張九寶拉車販賣來到棗強縣，聽人說某家的婦人被狐狸精所誘惑，延請道士驅逐捕治，那個狐狸精已經被捕獲，封在一個罈子裡。兒童們私下揭去道士的符籙，想看看狐狸精是什麼模樣，竟然被他打破罈子飛去。張九寶詢問事情發生在哪一月哪一日，正是眾人見到狐狸精墜落的時候。這個道士符咒的法術可以說有效驗的，但是對幼稚無知兒童的偷看卻是無可奈何。自古以來，竭盡全力眼看將要成功的事，卻敗於無知者之手，就同這個故事相類似吧。

【研析】功敗垂成，往往由於無知者的過錯。作者如此感歎，或許有所指。只是相隔數百年，無法揣知了。

多事鬼

老僕劉琪言：其婦弟某，嘗獨臥一室，榻在北牖❶。夜半覺有手捫搎❷，疑為盜，驚起諦視，其臂乃從南牖探入，長殆丈許。某故有膽，遽捉執之。忽一臂又破櫺而入，徑批其頰，痛不可忍。方回手支拒，所捉臂已掣去矣。聞窗外大聲曰：「爾今畏否？」方憶昨夕林下納涼，與同輩自稱不畏鬼也。鬼何必欲人畏？能使人畏，鬼亦復何榮？以一語之故，尋釁求勝，此鬼可謂多事矣。裘文達公嘗曰：「使人畏我，不如使人敬我。敬發乎人之本心，不可強求。」惜此鬼不聞此語也。

【章旨】此章講述了一個多事鬼爭強好勝的故事。

【注釋】❶北牖　在北牆上開窗戶。亦指朝北的窗。南牖同。❷捫搎　摸索。

【語譯】老僕人劉琪說：他妻子的弟弟曾經獨自睡在一個房間裡，床榻在北窗下。半夜裡，覺得有手在摸索自己，他懷疑是盜賊，吃驚地起身仔細觀看，那條手臂竟是從南窗探入，長度大概有一丈多。他原本就有膽量，立即抓住那條手臂。忽然一條手臂又破窗而入，直接打他的耳光，他痛得不可忍受。他剛要回手抵抗，被他所抓住的那條手臂已經抽回去了。聽見窗外大聲說：「你現在害怕了嗎？」他這才回想起昨天晚上在樹林下乘涼，向同伴們自稱不怕鬼。鬼何必要讓人害怕呢？能夠讓人害怕，鬼又有什麼榮耀呢？因為一句話的緣故，就來尋隙挑釁以求勝，這個鬼可以說是多事了。裘文達公曾經說：「讓人家畏懼我，不如讓人家尊敬我。尊敬發自人的本心，是不可強求的。」可惜這個鬼沒有聽到這些話。

【研析】世人往往都有爭強好勝之心，究其原委，當是名利作祟。人一死，本當萬念俱空，然而文中此鬼，爭強好勝之心仍存，不肯以一言落人之後。說這個鬼多事，並沒有冤枉他。

狐女

宗室❶瑤華道人言：蒙古某額駙❷嘗射得一狐，其後兩足著紅鞋，弓彎與女子無異。又沈少宰❸雲椒言：李太僕敬堂，少與一狐女往來。其太翁疑為鄰女，布灰於所經之路。院中足印作獸跡，至書室門外，則足印作纖纖樣矣。某額駙所射之狐，了無他異。敬堂所眷之狐，居數歲別去。敬堂問：「何時當再晤？」曰：「君官至三品，當來迎。」此語人多知之，後來果驗。

【章旨】此章分別講述了兩個狐女或被人擒獲、或與人交往的故事。

【注釋】❶宗室　指皇族成員。❷額駙　官名。清代制度，固倫公主（皇后的女兒）的丈夫稱為固倫額駙；和碩公主（妃嬪的女兒）的丈夫稱為和碩額駙。❸少宰　官名。一般對吏部侍郎的別稱。

【語譯】皇族瑤華道人說：蒙古某駙馬曾經射到一隻狐狸，牠的兩隻後腳上穿著紅鞋，鞋弓彎曲與女子所穿的鞋子沒有什麼差別。又聽吏部侍郎沈雲椒說：太僕寺卿李敬堂少年時同一個狐女來往，他的父親懷疑是鄰家的女子，在她所經過的路上撒灰。那個狐女走在院子裡的腳印是野獸的足跡，到了書齋門外腳印就成了女子纖細蓮足的樣子了。某駙馬所射得的狐狸，沒有其他異常情況。李敬堂所眷戀的狐女，居住了幾年後告別而去。李敬堂問狐女：「什麼時候能夠再相見呢？」狐女回答說：「您的官升到三品，我一定會來相迎。」這話許多人都知道，後來果真應驗了。

【研析】狐女與人交往，沒有害人之舉；而人見了狐，卻有防狐之心。兩相對照，就能發現人沒有狐的大度。

說劇盜

外叔祖張公雪堂言：十七八歲時，與數友月夜小集。時霜蟹初肥，新篘❶亦熟，酣洽之際，忽一人立席前，著草笠，衣石藍衫，躡鑲雲履，拱手曰：「僕雖鄙陋，然頗愛把酒持螯。請附末坐可乎？」眾錯愕不測，姑揖之坐。問姓名，笑不答。但痛飲大嚼，都無一語。醉飽後，蹶然起曰：「今朝相遇，亦是前緣。後會茫茫，不知何日得酬高誼。」語訖，聳身一躍，屋瓦無聲，已莫知所在。視椅上有物粲然❷，乃白金❸一餅，約略敵是日之所費。或曰：「仙也。」或曰：「術士也。」或曰：「劇盜也。」余謂劇盜之說為近之。小時見李金梁輩，其技可以至此。又聞竇二東之黨（二東，獻縣劇盜。其兄曰大東，皆逸其名，而以乳名傳。他書記載，或作竇爾敦，音之轉耳），每能夜入人家，伺婦女就寢，脅以刃，禁勿語，並衾褥捲之，挾以越屋數十重。曉鐘將動，仍捲之送還。被盜者惘惘如夢。一夕，失婦家伏人於室，俟其送還，突出搏擊。乃一手揮刀格鬥，一手擲婦於床上，如風旋雹掣，倏已無蹤。殆唐代劍客❹之支流乎！

【章旨】此章講述了作者耳聞目睹的獻縣地區大盜們的所作所為。

【注釋】❶新篘　新漉取的酒。❷粲然　明白；明亮。❸白金　古代指銀子。❹劍客　指武藝高超、精於劍術的人。

【語譯】我的外叔公張雪堂先生說：十七八歲時，同幾位朋友在月夜下小聚。當時經霜的螃蟹剛剛肥壯，新釀的酒也熟了，大家正在酒興酣暢的時候，忽然有一個人站立在酒席前，戴著草笠，穿著石藍衫，腳上穿著鞋頭鑲有雲形圖案的鞋子，拱手行禮說：「我雖然粗鄙淺陋，但是很愛飲酒吃蟹。請求讓我坐在下首末座可以嗎？」大家感到驚愕，不知道他的情況，就姑且拱手為禮請他落座。問起他的姓名，他笑而不答，只是痛飲大嚼，始終沒有說一句話。酒醉飯飽之後，他突然站起身來說：「今日能夠相遇，也是以前的緣分。今後相會茫茫無期，不知道哪一天得以報答各位的深厚情誼。」說完，縱身一躍，屋上瓦片沒有發出聲音，已經不知道他到哪裡去了。看見他坐的的椅子上有個東西發亮，原來是一錠白銀，大概相當於這一夜的費用。有的人說：「他是仙人。」有的人說：「他是術士。」有的人說：「他是大盜。」我認為大盜的說法較為接近。我小時候見到李金梁這類人，他們的武功可以達到這個程度。又聽說竇二東的黨羽（竇二東，是獻縣的大盜。他的哥哥叫大東。兄弟的名字都已佚失，而以乳名傳世。其他書上記載，或者作竇爾敦，一音之轉罷了），往往能在夜裡進入人家住宅，窺伺婦女上床睡覺後，用刀脅迫她們，不許她們說話，連同被褥一起捲起來，挾著翻越房屋幾十進而去。等到清晨鐘聲將要敲響時，仍舊把婦女用被子捲著送回，被盜的婦女迷迷糊糊如同在夢中。一天晚上，丟失女人的這戶人家讓人埋伏在房間裡，等盜賊送還婦女時，突然出來與盜賊搏鬥。那個大盜於是一手揮舞著刀格鬥，一手把女人擲在床上，如同風馳電掣般轉眼間已經沒有了蹤影。他們大概是唐代劍客的支流吧！

【研析】既然稱為劇盜，自然有其出於一般盜賊之處：前文說的那個劇盜，彬彬有禮，附庸風雅，可稱為雅盜；後文說的那個劇盜，私闖民宅，姦人婦女，可稱為淫盜。但是不管雅盜還是淫盜，都是禍害百姓的大盜。韓非子說：「儒以文亂法，俠以武犯禁。」俠客之末流，幾近盜賊，與紀昀所說相似。

奇門法

奇門遁甲❶之書，所在多有，然皆非真傳。真傳不過口訣數語，不著諸紙墨也。德州宋清遠先生言：曾訪一友（清遠曾舉其姓名，歲久忘之。清遠稱雨後泥濘，借某人一驢騎往，則所居不遠矣），友留之宿，曰：「良夜月明，觀一戲劇可乎？」因取凳十餘，縱橫布院中，與清遠明燭飲堂上。二鼓後，見一人逾垣入，環轉階前，每遇一凳，輒蹣跚，努力良久乃跨過。始而順行，曲踊❷一二百度；轉而逆行，又曲踊一二百度。疲極踣臥❸，天已向曙矣。友引至堂上，詰問何來。

叩首曰：「吾實偷兒，入宅以後，惟見屋屋皆短垣，愈越愈不能盡；窘而退出，又愈越愈不能盡，故困頓見擒。死生惟命。」友笑謂之。謂清遠曰：「昨卜有此偷兒來，故戲以小術。」問：「此何術？」曰：「奇門法也。他人得之恐召禍，君真端謹，如願學，當授君。」清遠謝不願。友太息曰：「願學者不可傳，可傳者不願學，此術其終絕矣乎！」意若有失，悵悵送之返。

【章旨】此章講述了一個關於奇門遁甲法的神妙故事。

【注釋】❶奇門遁甲　簡稱「遁甲」、「奇門」。術數的一種。以「乙、丙、丁」為「三奇」，以八卦的變相「休、生、傷、杜、景、死、驚、開」為「八門」，故名「奇門」；十干中「甲」最尊貴而不顯露，「六甲」常隱藏於「戊、己、庚、辛、壬、癸」所謂「六儀」之內，三奇、六儀分布九宮，而「甲」不獨占一宮，故名「遁甲」。迷信者認為根據奇門遁甲，可推算吉凶禍福。❷曲踊　跳躍。❸踣臥　跌倒在地。

【語譯】有關奇門遁甲這類書，到處都有，但都不是真傳。真傳不過是幾句口訣，是不寫在紙上的。德州人宋清遠先生說，他曾經尋訪一個朋友（宋清遠曾舉出他的姓名，年歲長久我忘記了。宋清遠說雨後泥濘，借了某人的一頭驢子騎著前往，那麼那位朋友所住的地方離宋清遠家不遠了），朋友留他住宿，說：「美好的夜晚月光明亮，看一齣戲劇好嗎？」於是他搬來十幾個凳子，縱橫排放在院子裡，同宋清遠點著蠟燭在堂上飲酒。二更以後，看見一個人越過圍牆進來，在臺階前四面打轉，每碰到一個凳子，就搖晃跌撞，努力了好久，才跨過去。開始順著行走，跳躍一二百次；轉而倒著行走，又跳躍一二百次，疲勞極了倒臥在地，這時天已經快亮了。友人把他帶到堂前，詢問他是從哪裡來的。那人叩著頭說：「我其實是個小偷，進入宅子以後，只看見層層都是矮牆，愈跨越愈跨不完；窘迫不堪而想退出去，又愈跨越愈跨不完，所以疲乏困頓而被您擒獲。是死是活聽憑您發落。」友人笑著放走了他。友人對宋清遠說：「昨天占卜有這個小偷來，所以用小法術同他開個玩笑。」宋清遠問：「這是什麼法術？」友人回答說：「是奇門法。別人得到了這個法術恐怕會招來禍患，您正直而謹慎，如果您願意學，我可以傳授給您。」宋清遠辭謝不願學。友人歎息說：「願意學的不可以傳授，可以傳授的不願意學，這套法術最終將斷絕了吧！」他的樣子好像若有所失，惆悵地送宋清遠回家了。

【研析】奇門遁甲之術是江湖術士用來騙人斂財的把戲，當不得真。宋清遠不願學習這套法術，既是他的清醒，也是他的造化。不難設想他朋友表演的那齣戲是事先安排好的，布置了圈套讓宋清遠鑽。只要宋清遠一旦答應，後面的花樣就會層出不窮，丟人丟財就在所難免。因此，孔子所謂「敬鬼神而遠之」的教誨，是對付這類人的良方。

平心治家

有故家❶子，日者❷推其命大貴，相者亦云大貴，然垂老官僅至六品，一日扶乩，問仕路崎嶇之故。仙判曰：「日者不謬，相者亦不謬。以太夫人偏愛之故，削減官祿到此耳。」拜問：「偏愛誠不免，然何至削減官祿？」仙又判曰：「《禮》云繼母如母，則視前妻之子當如子；庶子為嫡母服三年，則視庶子亦當如子。而人情險惡，自設町畦❸，所生與非所生，釐然如水火不相入。私心一起，機械萬端。小而飲食起居，大而貨財田宅，無一不所生居於厚，非所生者居於薄，斯已干造物之忌矣。甚或離間讒構，密運陰謀，詬誶嚚陵❹，罔循禮法，使罹毒者吞聲，旁觀者切齒，猶嘵嘵❺稱所生者之受抑。鬼神怒視，祖考怨恫，不禍譴其子，何以見天道之公哉？且人之受享，只有此數，此贏彼縮，理之自然。既於家庭之內，強有所增；自於仕宦之途，陰有所減。子獲利於兄弟多矣，物不兩大，亦何憾於坎坷乎？」其人悚然而退。後親串中一婦聞之，曰：「悖哉此仙！前妻之子，恃其年長，無不吞噬其弟者；庶出之子，恃其母寵，無不凌轢其兄者。非有母為之撐拄，不盡為魚肉乎？」姚安公曰：「是雖妒口，然不可謂無此事也。世情萬變，治家者平心處之可矣。」

【章旨】此章藉乩仙之口論說了治家當平心處之的道理。

【注釋】❶故家　世家大族。也泛指古時做官的人家。❷日者　古時候占候卜筮的人。❸町畦　田塍，即田間的界路。比喻界限、規矩、約束。❹嚚陵　嚚張欺淩。❺嘵嘵　爭辯聲。

【語譯】有一個世家大族的子弟，占卜的人推算他的命應當大貴，相面的人也說他應當大貴，但是他已近老年，官職僅到六品。有一天，扶乩請仙，他問自己仕途崎嶇不平的緣故，仙人下判語說：「占卜的人沒有錯，相面的人也沒有錯，是因為太夫人偏愛你的緣故，削減了官職祿位到這一步罷了。」他又拜問：「母親偏愛兒子的確難免，但是怎麼會到削減官職祿位的地步？」仙人又下判語說：「《周禮》說，繼母如同母親，那麼繼母看待前妻的兒子，應當像自己的兒子；妾生的兒子為嫡母守孝三年，那麼嫡母看待妾生的兒子也應當像自己的兒子。然而人情險惡，自己設立界限，親生的兒子和不是親生的兒子，畫分得就像水火的不相容。私心一旦泛起，就會生出萬種機巧詐偽，小到飲食起居，大到財貨田宅，沒有一樣不是親生的兒子得到優厚的，不是親生的兒子得到菲薄的，這已經觸犯造物主的忌諱了。甚至還有離間進讒陷害，暗設陰謀，責罵誣衊、囂張欺凌，不遵循禮法，使遭受毒害的人忍氣吞聲，旁觀者切齒痛恨，卻還喋喋不休地說親生的兒子受到壓抑。鬼神憤怒地看著，祖先的英靈怨怒而驚恐，不降禍責罰她的兒子，怎麼能夠見到天道的公正呢？而且人的享受，只有這個數目，這裡增多，那裡就縮減，這是自然的道理。既然你在家庭之內，恃強得到的利益有所增加；自然在做官的路途上，暗中有所減損。你從兄弟那裡獲利多了，事物不能夠兩面都大，又還有什麼遺憾怨恨於仕途的坎坷不平呢？」這個人聽了便惶恐地退了下去。後來他的親戚中有個女人聽到了，說：「這個仙人真是荒謬！前妻的兒子，依仗他年長，沒有不想一口吞掉他的弟弟的；妾生的兒子，依仗他母親的受寵愛，沒有不想欺凌壓倒他的兄長的。沒有母親為他撐腰支持，不就全被人欺凌踐踏了嗎？」先父姚安公說：「這雖然是妒忌的話，但不可以說就沒有這種事情。世態人情千變萬化，治家的人只要公平處事就可以了。」

【研析】由仕途講到治家，乩仙操心的事也太多了。俗話說「清官難斷家務事」，家務事瑣細複雜，糾纏不清，外人要理清這團亂麻，確實不易。解鈴還須繫鈴人，要理清家務事，在於治家者如何以公正、公平之心對待家庭的每個成員，這是家庭和睦、減少糾紛的關鍵。由小及大，天下事莫不如此。故而古人云：「修身齊家治國平天下。」

某甲與某乙

族祖黃圖公言：順治康熙間，天下初定，人心未一。某甲陰為吳三桂諜，以某乙驍健有心計，引與同謀。既而梟獍❶伏誅，鯨鯢❷就築，亦既洗心悔禍，無復逆萌。而來往祕札，多在乙處。書中故無乙名，乙脅以訐發，罪且族滅，不得已以女歸乙，贅於家。乙得志益驕，無復人理，迫淫其婦女殆遍，乃至女之母不免，女之幼弟才十三四，亦不免。皆飲泣受汙，惴惴然恐失其意。甲抑鬱不自聊，恆避於外。一日，散步田間，遇老父對語，怪附近村落無此人。老父曰：「不相欺，我天狐也。君固有罪，然乙逼君亦太甚，吾竊不平。今盜君祕札奉還。彼無所挾，不驅自去矣。」因出十餘紙付甲。甲驗之良是，即毀裂吞之，歸而以實告乙。乙防甲女竊取，密以鐵瓶瘞他處。潛往檢視，果已無存，乃踉蹌引女去。女日與詬誶，旋亦仳離❸。後其事漸露，兩家皆不齒於鄉黨，各攜家遠遁。夫明季之亂極矣，聖朝蕩滌洪爐❹，拯民水火。甲食毛踐土已三十餘年，當吳三桂拒命之時，彼已手戮桂王❺，斷不得稱楚之三戶❻。則甲陰通三桂，亦不能稱殷之頑民。即闔門駢戮，亦不為冤。乙從而汙其閨幃❼，較諸荼毒善良，其罪似應末減❽。然乙初本同謀，罪原相埒；又操戈挾制，肆厥凶淫，罪實當加甲一等。雖後來食報，無可證明，天道昭昭，諒必無倖免之理也。

【章旨】此章講述了甲與乙二人謀反未遂，乙挾持甲，肆意欺凌的故事。

【注釋】❶梟獍　亦作「梟鏡」。相傳梟是食母的惡鳥。獍，一名破鏡，是食父的惡獸。比喻忘恩負義的惡人。❷鯨鯢　即「鯨」。比喻凶惡的人。❸仳離　猶言別離。古時指婦女被遺棄而離家去。❹洪爐　大爐子。比喻烈火焚燒。❺桂王　即朱由榔。南明時襲封桂王，即位為南明永曆帝，後被吳三桂所殺。❻楚之三戶　《史記・項羽本紀》：「自懷王入秦不反，楚人憐之至今，故楚南公曰：『楚雖三戶，亡秦必楚。』」後因以「楚三戶」指決心復仇報國者。❼閨幃　內室。指家中女眷。❽未減　定罪後減等處刑。

【語譯】我的族祖黃圖公說：順治、康熙年間，天下剛剛安定，人心還沒有一致歸屬朝廷。某甲私下做了吳三桂的間諜，因為某乙驍勇壯健有心計，便招引他來同謀。後來元凶伏法，惡徒受到打擊，某甲也就洗心改過，後悔捲入禍亂，不再萌生叛逆念頭。但是過去來往的密信，多在某乙的手裡。密信中原來就沒有某乙的名字，於是某乙威脅要拿去告發，罪將至於滅族。某甲不得已把女兒嫁給某乙，讓某乙入贅到某甲家。某乙得志更加驕橫，再也不講人倫道德，用逼迫的手段幾乎姦淫遍了某甲家裡的婦女，甚至於某甲女兒的母親都不能倖免，某甲女兒的幼弟才十三四歲，也不能倖免。他們都流著眼淚遭受某乙的姦淫，心裡惴惴不安地唯恐不合他的心意。某甲心中抑鬱，而又無法排解，經常躲避在外面。一天，某甲在田間散步，遇見一位老人和他說話，某甲奇怪附近村落沒有這個人。老人說：「實不相瞞，我是天狐。您確實有罪，但是某乙欺凌您也到了讓人無法忍受的地步，我暗暗感到不平。如今我從他那兒把您的密信盜取來了奉還給您。他沒有什麼可以要挾您的，您不驅趕，他自己也會離去的。」老人於是拿出十幾張紙交付給某甲，某甲驗看了確實不錯，立即撕毀吞了下去，回來把實情告訴了某乙。某乙原先防備某甲的女兒竊取，祕密用鐵瓶裝了這些密信埋在其他地方。聽了某甲說的話，某乙偷偷前往檢點察看，那些密信果然已經不存在了，於是他跌跌撞撞地拉著某甲女兒離去。某甲女兒每天同他吵鬧辱罵，不久就離開了他。後來這件事情漸漸洩露，兩戶人家都受到鄉鄰的鄙視，只好各自攜帶家眷遠遠地搬遷走了。

明末動亂到了極點，本朝蕩滌災禍，拯救百姓於水火之中。某甲享受本朝的恩澤已經三十多年了。當吳三桂抗拒王命造反的時候，他已經親手殺了南明桂王，絕對不能稱為決心復仇報國者了。那麼某甲暗地裡勾結吳三桂，也不能稱是殷代不順服的遺民了。某甲即使全家被殺掉，也不能算冤枉。某乙趁勢挾持而姦淫他的閨門內眷，相較於荼毒善良百姓的罪行來說，他的罪似乎應該減輕。然而某乙起初本是同謀，罪行原來和某甲相當。他又用罪證挾制某甲，肆行凶暴淫亂，罪過實在應當比某甲加一等。雖然後來他的報應無可證明，天道昭昭，想必沒有倖免的道理。

【研析】歐陽脩所說的「小人之朋」，就是指某甲與某乙這種人。有利時互相勾結，無利時互相逼迫陷害，手段無所不用其極。某甲已遭報應，某乙也必遭報應，正如紀曉嵐所說的：「天道昭昭，諒必無倖免之理。」文章指出吳三桂叛亂不能說是復仇報國之舉，某甲、某乙追隨吳三桂，自然也不是什麼忠義之舉，所作辨析入情入理，讀來並沒有以勢強加於人的感覺。

罔兩

姚安公讀書舅氏陳公德音家。一日早起，聞人語喧闐，曰客作❶張珉，昨夜村外守瓜田，今早已失魂不語矣。灌救百端，至夕乃蘇。曰：「二更以後，遙見林外有火光，漸移漸近。比至瓜田，乃一巨人，高十餘丈，手執燭籠，大如一間屋，立團焦❷前，俯視良久。吾駭極暈絕，不知其何時去也。」或曰：「罔兩❸。」或曰：「當是主夜神❹。」案：《博物志》❺載主夜神咒曰「婆珊婆演底」，誦之可以辟惡夢，止恐怖。不應反現異狀，使人恐怖。疑罔兩為近之。

【章旨】此章講述了一個傭工夜間在瓜田守夜遇見魍魎的故事。

【注釋】❶客作　古時對傭工的稱呼。❷團焦　圓形草屋。也叫「團瓢」、「團標」。搭建在田間，用以守夜。❸罔兩　也作「魍魎」、「蝄蜽」、「方良」、「罔閬」。古代傳說中的精怪名。❹主夜神　傳說中夜間巡行的神。❺博物志　筆記。西晉張華撰。十卷。多取材於古書，分類記載異境奇物及古代瑣聞雜事，也宣揚神仙方術。原書已佚，今本由後人蒐集而成。

【語譯】先父姚安公在舅舅陳德音先生家裡讀書。一天早起，聽到人聲喧鬧，說是有個雇工張珉，昨天夜裡在村外看守瓜田，今天早晨已經失魂不能說話了。人們千方百計灌藥救治，到了晚上他才蘇醒過來。他說：「昨天晚上二更以後，我遠遠地看見樹林外有火光，漸漸移動靠近。等到了瓜田旁邊，我才發現是個巨人，高十多丈，手裡拿著燈籠，大得像一間屋子。他站立在瓜棚前，低頭看了很久。我驚恐萬分就暈死了過去，不知道他什麼時候離去的。」有的人說：「那是魍魎。」有的人說：「應該是主夜神。」案：《博物志》記載主夜神的咒語叫「婆珊婆演底」，念誦它可以辟除惡夢，止住恐怖。不應該反而現出怪異的形狀，使人恐怖。所以，我懷疑是魍魎的說法較為接近事實。

【研析】那個雇工所遇見的是什麼東西，無法知道。不過，鄉間青年夜間無聊，為了弄個瓜吃，往往會裝神弄鬼，嚇唬看瓜人，而這種小伎倆也往往能夠得手。作者卻引經據典，未免酸腐。

鼓妖

姚安公又言：一夕，與親友數人，同宿舅氏齋❶中。已滅燭就寢矣，忽大聲如巨炮，發於床前，屋瓦皆震。滿堂戰栗，噤不能語，有耳聾數日者。時冬十月，不應有雷霆；又無焰光衝擊，亦不似雷霆。公同年❷高丈爾招曰：「此為鼓妖，非吉徵也。主人宜修德以禳❸之。」德音公亦終日栗栗，無一事不謹慎。是歲家有縊死者，別無他故，殆戒懼之力歟！

【章旨】此章講述了鼓妖作怪的故事。

【注釋】❶齋　指書房。❷同年　科舉制度中指同科考中的人。❸禳　祭禱消災。

【語譯】先父姚安公又說：一天夜裡，和幾個友人一起住宿在舅舅家的書齋裡。已經吹滅蠟燭就寢了，忽然聽到巨響，如同大炮在床前發射，屋上的瓦片都震動了。滿屋子的人都嚇得發抖，說不出話來，有的人耳聾了好幾天的。當時是冬天十月，不應該有雷霆；又沒有火光衝擊，也不像雷霆。姚安公的同年高爾招老先生說：「這是鼓妖，不是吉祥的兆頭。主人應當修養德行用來禳解。」舅舅德音公也終日戰戰兢兢，沒有一件事情不謹慎的。這一年他家裡有人上吊自殺，除此之外，沒有其他的變故，大概是戒慎恐懼的效力吧！

【研析】鼓妖之說，自然是妄言。冬天打雷，雖說罕見，但也不是沒有。尤其有一種球形閃電，會從窗戶縫隙進入房間炸響，北宋沈括《夢溪筆談》已有記載。只是為什麼沒有見到火光，頗難解釋，存疑為是。

姜三莽捉鬼

姚安公聞先曾祖潤生公言：景城有姜三莽者，勇而戇❶。一日，聞人說宋定伯賣鬼得錢事❷，大喜曰：「吾今乃知鬼可縛。如每夜縛一鬼，唾使變羊，曉而牽賣於屠市，足供一日酒肉資矣。」於是夜夜荷梃❸執繩，潛行墟墓間，如獵者之伺狐兔，竟不能遇。即素稱有鬼之處，佯醉寢以誘致之，亦寂然無睹。一夕，隔林見數磷火，踴躍奔赴；未至間，已星散去。懊恨而返。如是月餘，無所得，乃止。蓋鬼之侮人，恆❹乘人之畏。三莽確信鬼可縛，意中已視鬼蔑如❺矣，其氣焰足以懾鬼，故鬼反避之也。

【章旨】此章講述了一位村夫捉鬼而無所獲的故事。

【注釋】❶戇　剛直。❷宋定伯賣鬼得錢事　見《列異傳》：「宋定伯夜行，逢一鬼。鬼問為誰，定伯欺之曰：『我亦鬼也。』遂同行去宛市，鬼因步行疲乏，提議相擔而行。定伯擔鬼時問：『鬼何畏？』曰：『唯不喜人唾。』定伯便擔鬼直至宛市，鬼化為羊，定伯怕其變，遂唾之，賣得錢千五百。」❸荷梃　掮著棍棒。❹恆　常。❺蔑如　輕視。

【語譯】先父姚安公聽先曾祖父潤生公說：景城有個叫姜三莽的人，勇敢而戇直。有一天，他聽人說了宋定伯賣鬼得錢的故事，非常高興地說：「我現在才知道鬼是可以被捆綁住的。如果我每天夜裡捆一個鬼，吐唾沫使它變成羊，清早牽著賣給屠宰市場，就足夠供給我一天喝酒吃肉的費用了。」於是姜三莽夜夜扛著木棒拿著繩子，暗地裡行走在荒廢的墓地間，如同獵人在等候狐狸、兔子的出現一樣，卻始終沒有遇見鬼。即使是向來稱有鬼的地方，姜三莽假裝喝醉酒睡覺來引誘鬼出來，也是一片寂靜什麼也看不到。一天夜裡，姜三莽隔著樹林看見幾點磷火，馬上連蹦帶跳地奔跑過去。他還沒有走到那裡，磷火已經散去，只好懊惱憤恨地回來。像這樣有一個多月，姜三莽一無所得，於是也就罷手不幹了。大概鬼的欺侮人，總是乘著人的畏懼害怕。姜三莽確實相信鬼是可以被捆縛的，心中已經把鬼看得很輕蔑了，他的氣焰足以懾服鬼，所以鬼反而要避開他了。

【研析】世上本無鬼，人們的疑神疑鬼，正是各種世態的反映。對虛無縹緲的東西，如鬼神，一般說來，人們總是敬而遠之，唯恐避之不及。而文中所說的那個莽漢，卻敢於向鬼挑戰，非但不怕鬼，而且還要捉鬼換錢。我想，如果真有鬼魅，也是不敢與這位莽漢較量的。

杏花之精

益都❶朱天門言：有書生僦住京師雲居寺，見小童年十四五，時來往寺中。書生故蕩子，誘與狎，因留共宿。天曉，有客排闥❷入。書生窘愧，而客若無睹。俄僧送茶入，亦若無睹。書生疑有異，客去，擁而固問之。童曰：「公勿怖，我實杏花之精也。」書生駭曰：「子其魅我乎？」童曰：「精與魅不同：山魈厲鬼，依草附木而為祟，是之謂魅；老樹千年，英華內聚，積久而成形，如道家之結聖胎，是之謂精。魅為人害，精則不為人害也。」問：「花妖多女子，子何獨男？」

曰：「杏有雌雄，吾故雄杏也。」又問：「何為而雌伏？」曰：「前緣也。」又問：「人與草木安有緣？」慚沮❸良久，曰：「非借人精氣，不能煉形❹故也。」書生曰：「然則子仍魅我耳。」推枕遽起，童亦艴然❺去。此書生懸崖勒馬，可謂大智慧矣。其人蓋天門弟子，天門不肯舉其名云。

【章旨】此章講述了一個杏精與人交往的故事。

【注釋】❶益都　縣名。在山東中部。❷排闥　推門。❸慚沮　因慚愧而沮喪。❹煉形　修煉形體。❺艴然　惱怒。

【語譯】益都人朱天門說：有個書生租住在京都雲居寺，看見有個十四五歲的少年，時常來往寺中。那個書生原來就是一個浪蕩子，引誘少年同自己狎戲，並因此留下少年同自己睡在一起。天拂曉，有客人推門進來，書生窘困慚愧，而客人好像是什麼都沒有看到。一會兒和尚送茶進來，也好像沒有看見什麼。書生懷疑有什麼怪異，等客人離去，抱著那個少年定要問個明白。少年說：「您不要害怕，我其實是杏花精。」書生驚駭地說：「你是來魅惑我嗎？」少年說：「精怪同妖魅不同：山魈惡鬼，依附草木而作祟害人，這叫做魅；老樹生長千年，精華內聚，積蓄長久而成人形，就像道家的結為聖胎，這叫做精。魅為害於人，精則不為害於人。」書生問道：「花妖多是女子，為什麼唯獨你是男子呢？」少年回答說：「杏花有雌雄，我原本是雄杏花。」書生又問：「為什麼像女子一樣受人狎弄呢？」少年回答說：「這是前世緣分。」書生又問：「人同草木怎能有緣分？」少年羞慚沮喪了很久，說：「因為我不借助人的精氣，就不能夠修煉形體。」書生說：「這樣說你仍然是魅惑我了。」於是推開枕頭立刻起身，少年也惱怒地離去。這個書生能夠懸崖勒馬，可以說是很明智的人了。那人是朱天門的弟子，朱天門不肯說出他的名字。

【研析】書生放蕩形骸，與杏花之精化成的孌童狎戲。書生並不因為他是雄花之精而拒絕與其往來；而是知曉其魅人才斷絕與其往來。文中並沒有對書生玩弄孌童提出批評，卻誇獎其能懸崖勒馬。由此可知，清人玩弄孌童風氣之盛及社會對此醜惡現象的寬容。

申鐵蟾

申鐵蟾，名兆定，陽曲❶人。以庚辰❷舉人官知縣，主余家最久。庚戌❸秋，在陝西試用，忽寄一札與余訣。其詞恍惚迷離，抑鬱幽咽，都不省為何語。而鐵蟾固非不得志者，疑不能明也。未幾，訃音果至。既而見邵二雲贊善❹，始知鐵蟾在西安，病數月。病癒後，入山射獵，歸而目前見二圓物如毬，旋轉如風輪，雖瞑目亦見之。如是數日，忽爆然裂，二小婢從中出，稱仙女奉邀，魂不覺隨之往。至則瓊樓貝闕❺，一女子色絕代，通詞自媒。鐵蟾固謝，託以不慣居此宅。女子薄怒，揮之出，霍然而醒。越月餘，目中見二圓物如前，爆出二小婢亦如前，仍邀之往。已別構一宅，幽折窈窕，頗可愛。問：「此何地？」曰：「佛桑。」請題堂額。因為八分書❻「佛桑香界」字。女子再申前議。意不自持，遂定情。自是恆夢遊。久而女子亦晝至，禁鐵蟾勿與所親通，遂漸病。病劇時，方士李某以赤丸餌之，嘔逆而卒。其事甚怪，始知前札乃得心疾時作也。鐵蟾聰明絕特，善詩歌，又工八分，馳騁名場❼，倏然❽以風流自命。與人交，意氣如雲，郵筒❾走天下。中年忽慕神仙，遂生是魔障❿，迷罔以終。妖以人興，象由心造。才高意廣，翻以好異隕生，其可惜也夫。

【章旨】此章講述了一個因看見異物而不能自拔，最終導致亡身的故事。

【注釋】❶陽曲　縣名。在山西太原北部。❷庚辰　即清乾隆二十五年，西元一七六〇年。❸庚戌　即清乾隆五十五年，西元一七九〇年。❹邵二雲贊善　邵二雲，即邵晉涵。字與桐，又字二雲，號南江，餘姚（今浙江餘姚）人。清乾隆進士，入四庫全書館，官至侍讀學士。為清代著名史學家、經學家。贊善，官名。唐置贊善大夫，掌侍從翊贊。❺瓊樓貝闕　形容瑰麗的建築物。古人常指所謂仙界的樓宇。❻八分書　漢字書體名。字體似隸而體勢多波磔。❼名場　古代讀書人求功名的場所，指科舉考試。❽倏然　無拘無束、自由自在的樣子。❾郵筒　指書信。❿魔障　佛教名詞。指能奪人生命，障礙善事的惡鬼神。

【語譯】申鐵蟾名叫兆定，陽曲人，以乾隆二十五年中舉人做了知縣，在我家門下主事最久。乾隆五十五年秋天，他在陝西試用期間，忽然寄了一封信與我訣別。信中的言詞恍惚模糊，抑鬱悲戚，我完全不懂是什麼意思。而申鐵蟾本來就不是不得志的人，更讓我疑惑而不能明白了。沒有多久，他的死訊果然到了。不久後見到邵二雲贊善，才知道申鐵蟾在西安病了幾個月，病癒以後，他進山打獵，回來後眼前看見兩個圓圓像球的東西，旋轉如同風輪，即使閉上眼睛也能見到它。像這樣過了幾天，圓球忽然爆裂開，兩個小婢從圓球中走出來，稱是仙女奉邀，申鐵蟾的靈魂不知不覺地跟隨她們前往。來到用美玉紫貝裝飾的樓閣，有一個女子容貌絕代，傳話為自己做媒，說要嫁給申鐵蟾。申鐵蟾堅決辭謝，推託不習慣居住在這所宅邸裡。那個女子微微惱怒，揮手叫他出去，他就霍然醒了過來。過了一個多月，申鐵蟾眼前又見到兩個像以前一樣圓圓的東西，也爆出兩個像以前一樣的小婢，仍然邀請他前往。申鐵蟾這次到的是另外一所已造好的宅邸，曲折幽謐，十分可愛。申鐵蟾問：「這裡是什麼地方？」那女子回答說：「佛桑。」那女子請求申鐵蟾題寫堂前的匾額，申鐵蟾就用八分書體書寫了「佛桑香界」四個字。那女子再次提出以前的建議，申鐵蟾心中不能把持，於是兩人定了情。申鐵蟾從此經常夢遊。時間一長，那女子白天也前來，禁止申鐵蟾與自己所親近的人通音訊，申鐵蟾就這樣漸漸得了病。申鐵蟾病重時，方士李某用紅色藥丸給他服食，他因呼吸逆轉嘔吐而死。這件事情很奇怪，我才知道以前的那封信是申鐵蟾得心病時所寫的。申鐵蟾聰明絕頂，善於作詩歌，又精通八分書書法，馳騁在求取功名的場所，無拘無束地以風流自負。他與人交往，意氣如行雲，書信遍天下。他到中年忽然傾慕神仙，於是生出這個魔障，迷迷惘惘而死了。妖魅因為人而發生，幻象由於內心而造成。才情高意氣廣，反而因為喜奇好異而送了命，真是可惜啊！

【研析】此篇故事頗似唐人傳奇，但頗消沉。如果用現代科學知識分析申鐵蟾的病情，可能是因為長期的神經衰落導致產生幻覺，最終神經錯亂，身體衰竭而死。作者一句「妖以人興，象由心造」點出了問題的實質。如果一個人身體健康、心智健全，妖魅就不敢近身作祟。人世鬼界，都是如此，概莫能外。

崔莊舊宅

崔莊舊宅廳事❶西有南北屋各三楹，花竹翳如❷，頗為幽僻。先祖在時，奴子張雲會夜往取茶具，見垂鬟❸女子，潛匿樹下，背立向牆隅。意為宅中小婢於此幽期，遽捉其臂，欲有所挾。女子突轉其面，白如傅粉❹，而無耳目口鼻。絕叫仆地。眾持燭至，則無睹矣。或曰：「舊有此怪。」或曰：「張雲會一時目眩。」或曰：「實一黠婢，猝為人阻，弗能遁，以素巾幕面，偽為鬼狀以自脫也。」均未知其審，然自此群疑不釋，宿是院者恆凜凜，夜中亦往往有聲。蓋人避弗居，斯狐鬼入之耳。又宅東一樓，明隆慶❺初所建。右側一小屋，亦云有魅。雖不為害，然婢媼或見之。姚安公一日檢視廢書，於簏❻下捉得二貛。僉曰：「是魅矣。」姚安公曰：「貛弭首為童子縛，必不能為魅。然室無人跡，至使野獸為巢穴，則有魅也亦宜。斯皆『空穴來風』之義也。」後西廳析屬從兄坦居，今歸從侄汝侗。樓析屬先兄晴湖，今歸侄汝份。子姓日繁，家無隙地，魅皆不驅自去矣。

【章旨】此章講述了作者祖宅所謂有魅的種種情況，並作了實事求是的分析。

【注釋】❶廳事　也作「聽事」。廳堂。❷翳如　茂密。❸垂鬟　環形髮髻下垂。指少女。❹傅粉　搽粉；抹粉。❺隆慶　明穆宗朱載垕的年號（一五六七—一五七二年）。❻簏　用竹子、柳條或藤條編成的圓形盛器。

【語譯】崔莊舊宅的廳堂西面有南北屋各三間，花草修竹茂盛，頗為幽深僻靜。我的先祖在世時，奴僕張雲會夜裡前往那裡取茶具，看見一個梳著垂鬟的少女躲藏在樹下，背向外站在牆角。張雲會以為是本宅中的小婢女在這裡幽會，立即抓住她的手臂，想要對她有所挾制。那個女子突然轉過臉來，面孔白得像塗了粉，而且沒有耳目口鼻等五官。張雲會尖聲呼叫摔倒在地。眾人拿著蠟燭趕到這裡來，什麼也沒有看見。有的人說：「原來就有這個妖怪。」有的人說：「是張雲會一時眼花。」有的人說：「實際上是一個狡黠的婢女，突然被人攔阻，不能逃脫，用白色頭巾蓋住面孔，假裝成鬼的模樣來使自己脫身。」大家都不知道哪一種說法是對的，但是從此眾人的疑惑便無法解開，住宿在這個院子裡的人經常感到驚恐畏懼，夜裡也往往聽到聲音。大概人們遠避不住在這裡，於是狐鬼就趁虛而入到這個院子裡來了。又，這所宅子東面一棟樓房，是明朝隆慶初年建造的。樓房右側一間小屋，也傳說有精怪。雖然沒有成為禍害，但是婢女僕婦有時會見到。先父姚安公有一天翻看廢舊的書籍，在竹筐下面捉到兩隻貛，大家都說：「這是精怪了。」姚安公說：「這兩隻貛老老實實被少年所捆縛，肯定不能作怪了。然而這個房間沒有人跡，使得野獸據為巢穴，那麼有精怪也是理所當然的。這都是『空穴來風』的意思了。」後來這座住宅的西廳分給了堂兄坦居，如今歸屬堂侄汝侗。樓房分給了已故兄長晴湖，如今歸屬侄子汝份。我家子孫日益繁衍增多，家裡沒有空閒之地，精怪都不用驅趕就自己離去了。

【研析】文章所說都是過去大戶人家常有的事。宅院大，空閒房子多了，自然就有野獸來此作為巢穴，如作者先父姚安公就在所謂有精怪的空房中捉到兩隻貛。這兩隻貛捉去，精怪自然沒有了。姚安公說是「空穴來風」，真是十分貼切。世上事都是如此。故而有「世上本無事，庸人自擾之」一說。

自貽伊戚

甲與乙相善，甲延❶乙理家政。及官撫軍❷，並使佐官政，惟其言是從。久而資財皆為所乾沒❸，始悟其奸，稍稍譙責❹之。乙挾甲陰事，遽反噬❺，甲不勝憤，乃投牒訴城隍❻。夜夢城隍語之曰：「乙險惡如是，公何以信任不疑？」甲曰：

「為其事事如我意也。」神喟然曰：「人能事事如我意，可畏甚矣。公不畏之而反喜之，不公之紿而紿誰耶？渠惡貫將盈，終必食報。若公則自貽伊戚❼，可無庸訴也。」此甲親告姚安公者。事在雍正❽末年。甲滇❾人，乙越❿人也。

【章旨】 此章講述了一名官吏重用小人反遭挾制的故事。

【注釋】 ❶延　請。❷撫軍　巡撫之別稱，清時為省級地方政府的長官，總攬一省的軍事、刑獄、鹽漕等事。❸乾沒　侵吞公家及他人財物。❹譙責　譴責。❺反噬　反咬一口。❻投牒訴城隍　投公文向城隍控訴。❼自貽伊戚　見《詩・小雅・小明》：「心之憂矣，自貽伊戚」。意為自己招致災禍。❽雍正　清世宗的年號（一七二三年—一七三五年）。❾滇　雲南的簡稱。❿越　浙江的簡稱。

【語譯】 甲同乙互相友好，甲請乙為自己主管家政。等到甲做了巡撫，也讓乙輔助處理官署的政事，甲對乙惟言是從。久而久之，甲的財產都被乙所吞沒了，這才覺悟到乙的奸詐，就稍微譴責了乙。乙卻用甲的陰私事情來要挾甲，立即反咬一口。甲不勝憤怒，於是拿著公文投訴到城隍那裡。夜裡，甲夢見城隍對他說：「乙險惡到這樣，您為什麼對他信任不疑？」甲說：「因為他事事都稱我的心意。」城隍歎息說：「人能夠事事稱我的心意，就可怕得很了。您不怕他反而喜歡他。他不欺騙您又去欺騙誰呢？他惡貫將盈，終究要受到報應。像您這樣就是自招災禍，可以不必來投訴了。」這是甲親自告訴先父姚安公的，事情在雍正末年。甲是雲南人，乙是浙江人。

【研析】 此段與本書卷七〈長隨〉則相類似。〈長隨〉講的是官員選用長隨作為親信，而長隨因此掌握了該官員的諸多陰私事，以此挾制官員。此處所說的甲與乙兩人是朋友，甲信任乙，託以心腹；而乙卻因此侵吞甲之家產，並在甲發現時以甲之陰私為要挾。此類小人幹壞事的手段並不新鮮，但還是有官員上當。關鍵就在於官員自身。信任小人，委以重任；且又不能做到清正廉潔，遂使像乙這樣的小人屢屢得逞。故而城隍會說：「若公則自貽伊戚，可無庸訴也。」

香玉

《杜陽雜編》❶記李輔國❷香玉辟邪事，殊怪異，多疑為小說荒唐。然世間實有香玉。先外祖母有一蒼玉扇墜，云是曹化淳❸故物，自明內府❹竊出。製作樸略，隨其形為雙螭❺糾結狀。有血斑數點，色如熔蠟。以手摩熱，嗅之作沉香氣；如不摩熱，則不香。疑李輔國玉亦不過如是，記事者點綴其詞耳。先太夫人嘗乞之，外祖母曰：「我死則傳汝。」後外祖母歿，舅氏疑在太夫人處，太夫人又疑在舅氏處。衛氏姨母曰：「母在時佩此不去身，殆攜歸黃壤矣。」侍疾諸婢皆言殮時未見，因此又疑在衛氏姨母處。今姨母久亡，衛氏式微❻已甚，家藏玩好，典賣略盡，終未見此物出鬻，竟不知其何往也。

【章旨】此章講述了作者外祖母一塊香玉的故事。

【注釋】❶杜陽雜編　筆記。唐蘇鶚撰。鶚字德祥，居於武功（今屬陝西）之杜陽。三卷。此書主要記載唐代宗至懿宗十朝的邊地及外國的奇技異物，其中頗多傳聞、虛構的故事。❷李輔國　唐代宦官。本名靜忠。安史叛亂時，擁立肅宗即位，遂把持朝政。後又擁立代宗，氣勢更加跋扈。後被代宗派人刺死。《杜陽雜編》記載唐肅宗曾賜給李輔國兩塊香玉避邪。❸曹化淳　明末宦官。❹內府　皇家的倉庫。❺螭　古代傳說中一種動物，蛟龍之屬。❻式微　衰微；衰落。

【語譯】《杜陽雜編》記載唐肅宗賜給李輔國香玉辟邪的事情，十分怪異，人們大多懷疑是小說的荒唐敘述。但是世間確實有香玉。先外祖母有一塊青玉的扇墜，說是明末宦官曹化淳的舊物，從明朝皇室的倉庫裡偷出來的。做工樸拙簡略，順著那塊玉原來的形狀做成兩條螭龍互相纏結的樣子。玉上有幾點血斑，顏色像熔化的蠟。用手將這塊玉撫摩到發熱，聞聞它有一股沉香的氣味；如果不撫摩到發熱，就沒有香氣。猜想李輔國的香玉也不過如此，只是記事的人有意渲染香玉的神奇罷了。先母曾經私下向外祖母討取，外祖母說：「我死後就傳給你。」後來外祖母去世，舅父懷疑在先母這裡，先母又懷疑在舅父那裡。衛家姨母說：「母親在世時佩戴這塊玉不離身，大概帶著它同赴黃泉了。」在外祖母生病時服侍的婢女們都說入殮時沒有見到那塊玉，因此人們又懷疑在衛家姨母那裡。現今姨母亡故已久，衛家衰敗得很厲害，家裡的古玩珍寶，差不多典當出賣盡了，始終沒有看見這塊玉出賣，最終不知道它流落到哪裡去了。

【研析】作者從唐代李輔國的香玉，想到自己外祖家的香玉。香玉神奇，可惜失傳。一塊香玉，僅是玩物，卻也反映出作者母親家兄弟姐妹間的猜忌、懷疑和不信任。事隔數十年，作者仍然念念不忘，由此可見香玉之魅力了。

柴窯片磁

有客攜柴窯❶片磁，索數百金，云嵌於冑❷，臨陣可以辟火器。然無由知確否。

余曰：「何不繩懸此物，以銃❸發鉛丸擊之。如果辟火，必不碎，價數百金不為多；如碎，則辟火之說不確，理不能索價數百金也。」鬻者不肯，曰：「公於賞鑑非當行❹，殊殺風景❺。」急懷之去。後聞鬻於貴家，竟得百金。夫君子可欺以其方❻，難罔以非其道❼。炮火橫衝，如雷霆下擊，豈區區片瓦所能禦？且雨過天青，不過泑色❽精妙耳，究由人造，非出神功，何斷裂之餘，尚有靈如是耶？余作〈舊瓦硯歌〉有云：「銅雀臺❾址頹無遺，何乃剩瓦多如斯？文士例有好奇癖，心知其妄姑自欺。」柴片亦此類而已矣。

【章旨】此章講述了一個古董商騙人的故事。

【注釋】❶柴窯　古代著名瓷窯之一。傳為五代周世宗（柴榮）時所燒造。據文獻記載，柴窯所燒瓷器有「青如天，明如鏡，薄如紙，聲如磬」的特點。窯址在今河南鄭州一帶，迄今尚無發現。遺物也無可肯定為柴窯者。相傳造此窯時，所司請用何色，周世宗批曰：「雨過天青破雲處，者般顏色作將來。」所以柴窯磁器為青色。周世宗姓柴，故謂柴窯。見明代曹昭《格古要論》。❷冑　頭盔。❸銃　古時的一種火器。❹非當行　不在行。❺殺風景　指敗人興致。❻君子可欺以其方　語見《論語・雍也》，意為有修養的人可以用較近情理的方法去欺騙他。❼難罔以非其道　很難被認為不合情理的事情所蒙蔽。罔，欺騙。非其道，指毫無道理的方法。❽泑色　或指釉色。❾銅雀臺　東漢獻帝建安十五年（二一〇年）曹操所建，在今河北臨漳西南。現臺基大部分被漳水沖毀。

【語譯】有個客人攜帶一片五代時柴窯的磁器碎片出售，索價要幾百兩銀子，說是把這碎磁片嵌在頭盔裡，可以避開火器。然而無從知道這種說法是否確實。我說：「為什麼不用繩子把這塊磁片懸掛起來，用火銃發射鉛丸射擊它。如果這磁片能辟火，必定不會碎，價值幾百兩銀子不算多；如果碎了，那麼辟火的說法就不確實，理所當然不能要價幾百兩銀子。」賣磁片的人不肯，說：「您對於鑑賞不在行，說的話實在殺風景。」急忙把磁片收藏起來走了。後來我聽說這磁片賣給了一戶富貴人家，竟然得了一百兩銀子。君子可能被他們所認為正當的道理所欺騙，卻很難被認為不合情理的事情所蒙蔽。炮火橫飛，如同霹靂打將下來，豈是這麼塊區區瓦片能夠抵禦的呢？而且柴窯瓷器的雨過天青色，不過是釉的顏色精妙罷了，究竟是由人所造，並非出於神功，為什麼斷裂的破磁碎片，還有這樣的靈驗呢？我作〈舊瓦硯歌〉說過：「銅雀臺址頹敗無有遺存，為什麼還有這麼多的殘磚剩瓦？文人中總是有好奇癖的人，心裡明知這是虛妄之說卻仍舊自欺。」柴窯磁器碎片也不過是這一類而已。

【研析】柴窯為中國古代名窯，至今尚未見到確係此窯燒製的瓷器，故而即使柴窯的片磁亦很珍貴。這僅僅是從瓷器本身而言。然而文中所說的古董商以柴窯片磁的罕見，聲稱柴窯片磁能辟火器，這完全是為了詐人錢財。紀曉嵐提出的試驗方法，簡單而科學，卻不為該古董商所接受。因為古董商明白，一旦試驗，謊言就會被揭穿，而靠此片磁謀取錢財之計謀也就不能得逞。

漢唐兩碑

嘉峪關❶外有闊石圖嶺，為哈密❷巴爾庫爾界。闊石圖，譯言碑也。有唐太宗時侯君集❸〈平高昌碑〉，在山脊。守將砌以磚石，不使人讀，云讀之則風雪立至，屢試皆不爽。蓋山有神，木石有精，示怪異以要血食，理固有之。巴爾庫爾又有漢順帝❹時裴岑❺〈破呼衍王碑〉，在城西十里海子❻上，則隨人拓摹，了無他異。惟云海子為冷龍所居，城中不得鳴夜炮，鳴夜炮則冷龍震動，天必奇寒。是則不可以理推矣。

【章旨】此章講述了在新疆巴爾庫爾地區的一塊漢碑、一塊唐碑的故事。

【注釋】❶嘉峪關　在甘肅嘉峪關西、嘉峪山東麓，為長城終點。❷哈密　縣名。在新疆維吾爾自治區東部，鄰接甘肅。❸侯君集　唐三水（今陝西旬邑）人。以才雄稱。唐太宗時任交河道行軍大總管，討平高昌。❹漢順帝　東漢皇帝劉保。西元一二六－一四四年在位。❺裴岑　東漢雲中（今內蒙古托克托）人。永和年間為敦煌太守。時北匈奴呼衍王勢力日張，裴岑率郡兵三千人，誅滅呼衍王等，克敵全師，紀功勒石而還。❻海子　方言。即湖泊。

【語譯】嘉峪關外有一座闊石圖嶺，是哈密和巴爾庫爾的分界嶺。闊石圖，漢譯是碑的意思。有唐太宗時大將侯君集平定高昌後立的〈平高昌碑〉在山脊上。當地的駐軍將領用磚石把這塊碑砌起來，不讓人讀碑文，說是讀了碑文就會立刻有風雪到來，多次試驗都很靈驗。大概因為山有山神，木石有精怪，顯示怪異以求得祭祀，從道理上說應該是有的。巴爾庫爾又有東漢順帝時裴岑擊破北匈奴呼衍王後所立的〈破呼衍王碑〉，在城西十里的湖泊邊，那裡則隨便人們拓取摹印，完全沒有其他異常現象發生。只有說這個湖泊是冷龍所居住的，城中不可以在夜裡放炮，夜裡放炮就會使冷龍震動，天氣必定會出奇的寒冷，這就不可以用常理來推求了。

【研析】這是作者遠赴烏魯木齊，途經哈密的所見所聞，頗具史料價值。漢、唐兩朝經營西域，厥功偉業，彪炳千秋。清乾隆年間漢唐碑刻尚存，實屬不易。不知如今闊石圖嶺上、巴爾庫爾城外，漢碑唐刻尚存否？

李老人

李老人，不知何許人，自稱年已數百歲，無可考也。其言支離荒杳，殆前明

「醒神❶」之流。曩客先師錢文敏公家，余曾見之。符藥治病，亦時有小驗。文敏次子寓京師水月庵，夜飲醉歸，見數十厲鬼遮路，因發狂自劙❷其腹。余偕陳裕齋、倪餘疆往視，血肉淋漓，僅存一息，似萬萬無生理。李忽自來舁❸去，療半月而創合，人頗以為異。然文敏公誤信祝由❹，割指上疣贅❺，創發病卒，李療之竟無驗。蓋符籙燒煉之術，有時而效，有時而不效也。先師劉文正公曰：「神仙必有，然必非今之賣藥道士；佛菩薩必有，然必非今之說法禪僧。」斯真千古持平之論矣。

【章旨】此章講述了一位老人為人療傷治病的故事。

【注釋】❶醒神　明代筆記小說中描寫的人物。❷劙　割；劈。❸舁　抬。❹祝由　古代用祝禱治病的名稱。❺疣贅　指生長於體表的一種贅生物，多發於手指、手背或頭面部。

【語譯】李老人，不知道是什麼樣的人，自稱年紀已經幾百歲，但沒辦法考證了。他說的話支離虛妄、不著邊際，大概是前明筆記小說中描寫的「醒神」一類的人物。他過去客居在先師錢文敏公的家裡，我曾經見過他。他用符咒藥物給人治病，也時常有點效驗。錢文敏公的二兒子寓居在京城水月庵，夜裡喝醉了酒回來，看見幾十個惡鬼攔路，因而發狂割自己的腹部。我同陳裕齋、倪餘疆前往探看，他的傷口血肉淋漓，只存一口氣，似乎完全沒有活下去的道理。李老人忽然自己前來把他抬了去，治療半個月創口就癒合了。人們感到很奇怪驚異。但是錢文敏公誤信了用符咒治病的方術，割去手指上的疣贅，創口發作而病死了，李老人為他治療始終沒有效驗。大概是符咒燒煉之類的方術，有時有效，有時無效。先師劉文正公說：「神仙肯定是有的，但必定不是如今的賣藥道士；佛菩薩肯定是有的，但必定不是今天的說法禪僧。」這真是千古不偏不倚的評論了。

【研析】中醫博大精深，民間龍虎潛伏，很難說那個李老人在醫術上就沒有過人之處。如他將一位大家都認為無可救治的割腹病人醫治到創口癒合，在現代醫學尚未傳入的年代，實屬不易。

主事楊護

楊主事❶護，余甲辰❷典試❸所取士也。相法及推算八字五星❹，皆有驗。官刑部時，與阮吾山共事。忽語人曰：「以我法論，吾山半月內當為刑部郎。然今刑部侍郎不缺員，是何故耶？」次日堂參後，私語同官曰：「杜公缺也。」既而杜凝臺果有伊犁之役。一日，倉皇乞假歸，來辭余。問：「何匆遽乃爾？」曰：「家惟一子侍老父，今推子某月當死，恐老父過哀，故急歸耳。」是時尚未至死期。後詢其鄉人，果如所說，尤可異也。余嘗問以子平家❺謂命有定，堪輿家❻謂命可移，究誰為是。對曰：「能得吉地即是命，誤葬凶地亦是命，其理一也。」斯言可謂得其通矣。

【章旨】此章講述了一位精通相法推算的官員的故事。

【注釋】❶主事　官名。北魏置尚書主事令史，意即令史中的首領。清代相沿，進士分部，須先補主事，遞升員外郎、郎中。官階為正六品。其他官署如內務府、理藩院亦設有主事。❷甲辰　即清乾隆四十九年，西元一七八四年。❸典試　主持考試之事。❹八字五星　八字，中國傳統習俗認為一個人出生的年、月、日、時，各有天干地支相配，每項用兩個字代替，四項就有八個字。根據這八個字，即可推算一個人的命運。五星，指水、木、金、火、土五大行星。古代星命術士以人的生辰所值五星之位來推算祿命，因以指命運。❺子平家　指星命家。傳說宋有徐子平，精於星命之學，故後世術士宗之。一說，子平，名居易，五季人，嘗與麻衣道者陳圖南同隱華山。因即以「子平」指星命之學。是一種根據星象或人的生辰八字推算人的命運的方法。❻堪輿家　即風水家。指能夠看住宅基地或墳地風水形勢的人。「堪」為高處，「輿」為下處。

【語譯】主事楊頀，是我乾隆四十九年主持考試時所取中的士子，他的相法以及推算八字五星都有靈驗。他在刑部任職時，同阮吾山共事。有一天，他忽然對人說：「以我的法術推論，阮吾山半個月之內應當任刑部侍郎。但是如今刑部侍郎沒有缺員，這是什麼緣故呢？」第二天在公堂上參謁上司以後，他私下對同僚說：「杜公的位置要空出來了。」不久杜凝臺果然有謫戍伊犁的事。有一天，他倉促地要請假回去，向我告辭。我問他：「你為什麼如此匆忙呢？」他回答說：「家裡只有一個兒子侍奉老父，如今我推算兒子當在某月去世，擔心老父過於哀痛，所以我要急忙趕回去了。」這時候還沒有到他兒子的死期。後來詢問他家鄉的人，果然如他所說的，這特別令人驚異。我曾經問他，子平家說命有定數，而堪輿家說命可以改變，究竟是誰說的對。他回答說：「能夠得到吉祥的地方就是命，誤葬在凶險的地方也是命，它的道理是一樣的。」這話可以說是精通陰陽之道了。

【研析】命相占星之術，信者，奉如神明；不信者，不屑一顧。作者似乎介於信與不信之間。讀者可自己體味。

彭杞女

昌吉❶遣犯彭杞，一女年十七，與其妻皆病瘵❷。妻先歿，女亦垂盡。彭有官田耕作，不能顧女，乃棄置林中，聽其生死。呻吟悽楚，見者心惻。同遣者楊熺語彭曰：「君大殘忍，世寧有是事！我願舁歸療治，死則我葬，生則為我妻。」彭曰：「大善。」即書券付之。越半載，竟不起。臨歿，語楊曰：「蒙君高義，感沁心脾。緣伉儷之盟，老親慨諾，故飲食寢處，不畏嫌疑；搔抑撫摩，都無避忌。然病骸憔悴，迄未能一薦枕衾，實多愧負。若歿而無鬼，夫復何言；若魂魄有知，當必有以奉報。」嗚咽而終。楊涕泣葬之。葬後，夜夜夢女來，狎昵戲好，一若生人；醒則無所睹。夜中呼之，終不出；才一交睫，即弛服橫陳矣。往來既久，夢中亦知是夢，詰以不肯現形之由。曰：「吾聞諸鬼矣：人陽而鬼陰，以陰侵陽，必為人害。惟睡則斂陽而入陰，可以與鬼相見，神雖遇而形不接，乃無害也。」此丁亥❸春事，至辛卯❹春四年矣。余歸之後，不知其究竟如何。夫盧充金碗❺，於古嘗聞；宋玉❻瑤姬❼，偶然一見。至於日日相覿，皆在夢中，則載籍之所希（ㄒㄧ）睹（ㄉㄨˇ）也（ㄧㄝˇ）。

【章旨】此章講述了謫戍新疆的一位少女與其救命恩人的一段生死戀情。

【注釋】❶昌吉　縣名。今新疆維吾爾自治區昌吉回族自治州。位於天山北麓、準噶爾盆地南部。❷病瘵　指肺結核病。亦稱「癆病」。❸丁亥　即清乾隆三十二年，西元一七六七年。❹辛卯　即清乾隆三十六年，西元一七七一年。❺盧充金碗　見於《搜神記》。也屬男女愛情故事。盧充與崔少府女幽婚。別後四年，盧充於水旁見崔氏女與三歲男共載。女抱兒還充，又與金碗。❻宋玉　戰國楚辭賦家。晚於屈原，或稱是屈原弟子，曾事楚頃襄王。❼瑤姬　女神名。相傳為天帝的小女，即巫山神女。也稱高唐神女。宋玉有〈高唐賦〉，說楚懷王遊高唐，與巫山神女相會。

【語譯】昌吉縣有個發遣來的犯人叫彭杞，他有個女兒十七歲，和他的妻子都生了癆病。妻子先死，女兒也快要死去。彭杞有官府分派的田地需要耕作，不能夠照顧女兒，於是就把她拋棄在樹林裡，任由她自生自滅。女兒的呻吟聲淒慘痛楚，看見的人都心懷憐憫。一起被發遣到這裡的犯人楊熺對彭杞說：「您太殘忍了，世上哪有這種事！我願意把她抬回去治療，死了就由我來埋葬，活了就做我的妻子。」彭杞說：「太好了。」就寫了字據交給他。過了半年，彭女的病情嚴重而死。臨死前，她對楊熺說：「承蒙您高尚的義氣，我非常地感激。因為夫妻的盟誓，已由老父慷慨地答應，所以我的飲食睡覺，不怕嫌疑；接觸撫摩，都沒有迴避忌諱。但是我病體憔悴，至今不能在床榻上侍寢，實在對您感到很慚愧內疚。如果死了而沒有鬼魂，我還有什麼話可說呢；如果魂魄果真存在，我一定要好好報答您。」她說完就低聲悲泣地去世了。楊熺流著眼淚埋葬了她。把彭女埋葬後，楊熺夜夜夢見她來，親昵歡好，就像是活人；醒來就什麼都看不到。楊熺夜裡呼喊她，她始終不出來；楊熺才一合眼，就見她脫去衣服躺著了。兩人來往既已很久，楊熺夢中也知道是夢，就追問她不肯現形的緣由。她回答說：「我從眾鬼那裡聽說：人屬陽而鬼屬陰，用陰來侵陽，必然成為人的禍害。人只有睡覺時才收斂陽而進入陰，可以同鬼相見。神雖然相遇而形體不相接觸，就沒有害處了。」這是乾隆三十二年春天的事情，到乾隆三十六年春天已經四年了。我回到京城之後，不知道他們怎麼樣了。盧充得贈金碗，在古代有所傳聞；宋玉所寫瑤姬，也就偶然與楚懷王見到一次。至於天天相見，都在夢中，則是書籍記載中所極少見到的了。

【研析】遣犯的不幸，少女的淒慘，讓人讀了頓生同情憐憫之心。不過更令人感動的是少女與楊熺的愛情。雖然生死兩界，但夫妻情深，仍然相依相隨。故事淒美而動人，宋玉筆下的楚懷王與高唐神女的偶然相遇豈能與之並提？

託形聯好

有孟氏媪清明上冢歸，渴就人家求飲。見女子立樹下，態殊婉孌❶。取水飲媪畢，仍邀共坐，意甚款洽。媪問其父母兄弟，對答具有條理。因戲問：「已許嫁未？我為汝媒。」女面頳避入，呼之不出。時已日暮，乃不別而行。越半載，有為媪子議婚者，詢知即前女，大喜過望，急促成之。于歸後，媪撫其肩曰：「數月不見，汝更長成矣。」女錯愕不知所對。細詢始末，乃知女十歲失母，鞠於外氏❷五六年，納幣❸後始迎歸。媪上冢時，原未嘗至家也。女家故小姓，又頗窘乏，非媪親見其明慧，姻未必成。不知是何鬼魅，託形以聯其好；又不知鬼魅何所取義，必託形以聯其好。事有不可理推者，此類是矣。

【章旨】此章講述了一位少女因冥冥中有假託其形者，遂結百年之好的故事。

【注釋】❶婉孌　年少而美好的樣子。❷外氏　外祖父母家。❸納幣　古代婚禮「六禮」之一。也稱「納徵」。男女兩方締婚之後，男家把聘禮送給女家。

【語譯】有個姓孟的老婦人，清明節上墳回來，口渴了就到附近的一戶人家討口茶喝。她看見一個女子站在樹下，姿態很柔媚美好。那個女子取水來讓老婦人喝完，還邀請她一起坐坐，態度很親切熱情。老婦人問她的父母兄弟，她回答得都有條有理。老婦人因而開玩笑地詢問：「已經許配了沒有？我為你做媒吧。」女子紅著臉躲進屋中，叫她也不肯出來。這時天色已晚，於是老婦人沒有告別便回去了。過了半年，有人來為老婦人的兒子提親，老婦人詢問後知道就是前次所遇見的那個女子，大喜過望，立即促成這門婚事。那個女子嫁過來之後，老婦人撫摩著她的肩膀說：「幾個月不見，你更加長大成人了。」女子倉促間感到驚愕，不知道怎麼回答。仔細詢問事情的始末，才知道那個女子十歲就失去母親，在外祖父母家撫養了五六年，下聘禮後才迎接回來。老婦人上墳時，她原本就還沒回到家。這個女子本來是小戶人家，家境又很窘困貧乏，若不是老婦人親自見到她的聰慧，這門婚姻未必成功。不知道是什麼鬼怪精魅，假託那個女子的模樣使他們聯姻；又不知道鬼怪精魅這樣做是出於什麼意思，一定要假託那個女子的模樣以促成他們的好事。有些事不可以用情理來推求的，像這類事就是了。

【研析】作者筆下描寫的狐仙與鬼，大致有這麼幾類：有知書達禮通人性的；有成人之美、與人為善的；有忠於愛情、生死相依的；有泥古不化、哀歎世道的；有生性凶惡、作祟害人的等等。寫狐鬼如寫人。狐鬼世界是人世間的倒影，人世間的一切，在狐鬼世界都有跡可尋。用惡的筆法去寫，狐鬼必然是凶惡而令人討厭的；用善的筆法去寫，狐鬼就是讓人能夠親近而令人喜歡的。此篇描寫的暗中助人而成人之美的狐鬼，就讓人賞心悅目而不覺討厭。

論因果

交河❶蘇斗南，雍正癸丑❷會試歸。至白溝河，與一友遇於酒肆中。友方罷官，飲酣後，牢騷抑鬱，恨善惡之無報。適一人褶褲急裝❸，繫馬於樹，亦就對坐。側聽良久，揖其友而言曰：「君疑因果有爽耶？夫好色者必病，嗜博者必貧，勢也；劫財者必誅，殺人者必抵，理也。同好色而稟有強弱，同嗜博而技有工拙，則勢不能齊；同劫財而有首有從，同殺人而有誤有故，則理宜別論。此中之消息微矣。其間功過互償，或以無報為報；罪福未盡，或有報而不即報。毫釐比較，益微乎微矣。君執目前所見，而疑天道之難明，不亦顛乎？且君亦何可怨天道，君命本當以流外❹出身，官至七品。以君機械多端，伺察多術，工於趨避，而深於擠排，遂削減為八品。君遷八品之時，自謂以心計巧密，由九品而升，不知正以心計巧密，由七品而降也。」因附耳密語，語訖，大聲曰：「君忘之乎？」友駭汗浹背，問何以能知。微笑曰：「豈獨我知，三界❺孰不知？」掉頭上馬，惟見黃塵滾滾然，斯須滅跡。

【章旨】此章講述了一個騎士論說因果報應的故事。

【注釋】❶交河　縣名。在河北中部偏南、南運河和滏陽河之間。❷雍正癸丑　即清雍正十一年，西元一七三三年。❸褶褲急裝　紮縛緊湊的騎服裝束。❹流外　不入九品的職官。❺三界　佛教名詞。係採用古印度傳統之說，將眾生所住的世界分為高下三個層次，即欲界、色界、無色界，合稱三界。

【語譯】交河縣的蘇斗南，雍正十一年會試回來，到了白溝河，同一位友人在酒店裡相遇。友人剛被罷官，酒酣之後，訴說牢騷抑鬱，抱怨行善作惡的得不到報應。剛巧一個穿著騎服裝束的人來到酒店，把馬繫在樹上，也在對面就坐。他在旁聽了很久，向蘇斗南的友人拱手行禮而說道：「您懷疑因果報應有差失嗎？好色的人必然會生病，嗜好賭博的人必然會貧窮，這是勢所必然；搶劫錢財的人必然被誅殺，殺人的人必然要抵命，這是理所當然。同樣是好色而稟性有強弱之分，同樣是嗜好賭博而賭技有工巧拙劣，那麼勢必不能相同；同樣搶劫財物而有為首的與脅從的，同樣殺人而有誤殺的有故意殺人的，那麼按理應該另當別論。其中的差別變化十分細微。其間有功和過互相抵償，或許就以沒有報應為報應的；罪或福沒有受盡，或許有報應而不立即報應的。毫釐之間的比較，更加微乎其微了。您拿眼前所見到的，而懷疑天道的難以明察，不也荒謬嗎？而且您又有什麼可以埋怨天道的，您的命運本來應當是從九品官以下出身，做到七品官。因為您機詐而詭計多端，察言觀色的辦法又多，善於趨吉避凶，而且善於排擠他人，於是削減為八品官。您升八品官的時候，自以為心計靈巧細密，由九品而升至八品，不知道正是因為您的心計靈巧細密，由七品官而降為八品官的。」於是那人附著他的耳朵祕密地說了一陣，說完後，大聲說：「您忘掉了嗎？」友人驚駭得汗流浹背，問他怎麼會知道的。那人微笑著回答說：「這哪裡只是我知道，三界之中誰不知道？」說完轉頭上了馬，只見黃塵滾滾，一轉眼就消失了形跡。

【研析】宣揚因果報應，是本書的主題之一。封建社會後期，因果報應思想成為維繫社會穩定的一種重要力量。其目的在於讓人安於今世現狀，寄希望於來世報應。因此，因果報應思想有其勸人向善的好的一面；也有其要求人們逆來順受、安於現狀的惡的一面。作者舉起這把雙刃劍，不經意間起到了雙重作用。

熟慮其後

乾隆壬戌、癸亥❶間，村落男婦往往得奇疾。男子則尻骨❷生尾，如鹿角，如珊瑚枝。女子則患陰挺，如葡萄，如芝菌。有能醫之者，一割立愈。不醫則死。喧言有妖人投藥於井，使人飲水成此病，因以取利。內閣學士❸永公，時為河間守，或請捕醫者治之，公曰：「是事誠可疑，然無實據。一村不過三兩井，嚴守視之，自無所施其術。儻一逮問，則無人復敢醫此證，恐死者多矣。凡事宜熟慮其後，勿過急也。」固不許，患亦尋息。郡人或以為鎮定，或以為縱奸。後余在烏魯木齊，因牛少價昂，農頗病。遂嚴禁屠者，價果減。然販牛者聞牛賤，皆不肯來。次歲牛價乃倍貴。弛其禁，始漸平。又深山中盜採金者，殆數百人。捕之恐激變，聽之又恐養癰。因設策斷其糧道，果飢而散出。然散出之後，皆窮而為盜。巡防察緝，竟日紛紜。經理半載，始得靖。乃知天下事但知其一，不知其二，多有收目前之效而貽後日之憂者。始服永公「熟慮其後」一言，真「瞻言百里❹」也。

【章旨】此章以河北河間府發生的一場疫病講述了凡事「熟慮其後」的重要。

【注釋】❶乾隆壬戌癸亥　即清乾隆七、八年，西元一七四二、一七四三年。❷尻骨　脊骨的尾端，尾骨。❸內閣學士　官名。至明中葉以大學士為內閣長官，為文臣最高的官位。清沿襲明制。❹瞻言百里　語出《詩・大雅・桑柔》：「維此聖人，瞻言百里。」意思是有遠見的言論。

【語譯】乾隆七、八年間，村子裡的男人和婦女往往得了一種奇怪的疾病。就是男子的尾骨部分長出尾巴，如同鹿角，如同珊瑚枝。女子就是陰部長出挺起的東西，如同葡萄，如同靈芝菌。有能醫治這種病的人，把長出來的東西一割掉病人就立刻痊癒。如果病人不醫治就會死亡。有傳聞喧譁說有妖人投放了藥在水井裡，使人飲用了井中的水而得到這種病，以此來謀取暴利。內閣學士永公當時任河間太守，有人請求捕捉治療這種病的醫生加以懲治。永公說：「這件事確實可疑，然而沒有確實的證據。一個村子不過兩三口井，如果嚴密看守水井，壞人自然無從實施他的計謀。如果一旦將治病的醫生逮捕審問，那麼就沒有人再敢醫治這個病症，恐怕死的人就多了。凡事應該深思熟慮它帶來的後果，不要操之過急。」堅決不允許。這種怪病不久也就平息了。河間府的人有的認為永公處事鎮定，有的認為他放縱了奸惡的人。後來我在烏魯木齊，當地因為牛少而價格昂貴，農民很擔憂。官府於是嚴禁屠夫宰殺牛，牛的價格果然降下來。但是販牛的聽說牛的價格低，都不肯來了。第二年牛的價格就加倍的昂貴。解除了禁止屠宰的命令後，牛的價格才漸漸平復。又有一件事。有人在深山中偷偷盜採金礦，大概有幾百人。官府捕捉他們恐怕激起變亂，聽任他們又恐怕養成後患。於是設計斷絕他們的糧道，果然採金者因為飢餓而散出山來。但是散出之後，這些人都因為貧窮而成為盜賊。官府巡防搜查緝捕，整天紛亂不堪。治理了半年，才得以安定。由此可知，天下事只知道其一，不知道其二，有很多只顧收到眼前的效益而遺留下日後憂患的人。我這才佩服永公的「深思熟慮它會產生的後果」這句話，真是「高瞻遠矚之論」啊！

【研析】遇事三思，熟慮其後，這種話十分平實普通，人們耳熟能詳。但是真正能夠做到的又有幾人？這句話用在治世，是十分老辣的政治經驗；用在做人，是穩重謹慎的為人之道；也是戒除浮躁的一劑良方。針砭時弊，挽救世風，古人與今人的心是相通的。

卷九　如是我聞三

二　犬

王徵君❶載揚言：嘗宿友人蔬圃中，聞窗外人語曰：「風雪寒甚，可暫避入空屋。」又聞一人語曰：「後垣平圮，偷兒闌入，將奈何？食人之食，不可不事人之事。」意謂僮僕之守夜者。天曉啟戶，地無人跡，惟二犬偃臥牆缺下，雪沒腹矣。嘉祥❷曾映華曰：「此載揚寓言，以愧僮僕之負心者也。」余謂犬之為物，不煩驅策而警夜不失職，寧忍寒餓而戀主不他往，天下僮僕者，實萬萬不能及。其足使人愧，正不在能語不能語耳。

【章旨】此章以寓言形式敘述兩隻犬的忠於職守，以譏刺僮僕的不能盡心。

【注釋】❶徵君　指曾由朝廷徵聘而不肯受職的隱士。❷嘉祥　縣名。在山東西南部、大運河西岸。

【語譯】隱士王載揚說：他曾住宿在友人的菜園裡，聽到窗外有人說道：「風雪交加，太寒冷了，我們可以暫時到空屋裡避避。」又聽到另一人說：「後牆一半已坍塌了，要是小偷溜進來怎麼辦？我們吃人家的飯，不能不為人家做事。」王載揚心想說話的人大概是守夜的僕人。天亮後打開房門，他一看雪地上沒有人的足跡，只有兩隻狗躺臥在圍牆的缺口下，積雪已埋到牠們的腹部了。嘉祥人曾映華說：「這是王載揚說的寓言，用來辱罵那些負心的僕人，使他們感到羞愧的。」我覺得狗這種動物，不需要驅使鞭策而守夜報警從不失職，寧願忍飢挨凍也依戀主人不肯離開，天下當僮僕的人，實在萬萬比不上牠們。這個故事足以使人感到羞愧，而不在於能說話還是不能說話。

【研析】狗是人類忠實的朋友。牠忠於職守，依戀主人；牠不會因為你的坎坷而離你而去，也不會因為你的失意而棄你不顧。因此，在人類馴化的動物中，唯有狗，能與人朝夕相處，形影不離；唯有狗，得到了人類毫無保留的讚美。故事中將人比狗，認為人不如狗。話雖偏激，但卻是有感而發，歷盡滄桑之言。

鍾馗小像

從孫翰清言：南皮❶趙氏子為狐所媚，附於其身，恆在襟袂間與人語。偶懸鍾馗❷小像於壁，夜間室中跳擲聲，謂驅之去矣。次日，語如故，詰以曾睹鍾馗否，曰：「鍾馗甚可怖，幸其軀幹僅尺餘，其劍僅數寸。彼上床則我下床，彼下床則我上床，終不能擊及我耳。」然則畫像果有靈歟？畫像之靈，果軀幹皆如所畫歟？設畫為徑寸之像，亦執針鋒之劍，蠕蠕然而斬邪歟？是真不可解矣！

【章旨】此章講述了狐仙不畏鍾馗小像的故事。

【注釋】❶南皮　縣名。在河北東南部、南運河東岸，鄰接山東。❷鍾馗　中國古代傳說人物。相傳唐明皇於病時夢見一大鬼捉一小鬼啖之。上問之，自稱名鍾馗，生前曾應武舉未中，死後決心消滅天下妖孽。明皇醒後，命畫工吳道子繪成圖像。傳統習俗端午節多懸鍾馗之像（五代時懸於除夕），謂能打鬼和驅邪祟。

【語譯】侄孫紀翰清說：南皮縣趙家的兒子被狐狸精所媚惑，狐狸精附在他身上，常隔著衣服和人說話。有一次，趙家人偶然在兒子房間的牆壁上掛了鍾馗的一幅小畫像，夜裡聽到房間裡蹦跳投擲的聲音，便認為那個狐狸精被驅走了。第二天，還是聽到狐狸精同過去一樣和人說話，趙家人就問那個狐狸精是否看到了鍾馗，狐狸精回答道：「鍾馗很可怕，幸虧他身材才一尺多高，他的劍只有幾寸長。他上床我就下床，他下床我就上床，終究還是打不到我。」這樣看來鍾馗的畫像果真有靈嗎？畫像的顯靈，其身材真的都和畫的一樣嗎？如果畫的鍾馗是寸把大的像，也能拿著針尖大小的劍，像蠕動著的小蟲一樣斬殺妖怪嗎？這真是讓人難以理解啊！

【研析】鍾馗小像也能顯靈，斬殺狐狸精。無奈由於畫像顯靈的神軀體太小，如同小人國中的武士與巨人作戰，總是有點滑稽。看來，作者也感到此事的可笑。如他將令人敬畏的鍾馗比做「蠕蠕然」的小蟲，令人噴飯。

城磚傷人

乾隆戊午❶夏，獻縣修城。役夫❷數百，拆故堞❸破磚擲城下。城下役夫數百，運以荊筐，炊熟則鳴柝❹聚食。方聚食間，役夫辛五告人曰：「頃運磚時，忽聞耳畔大聲曰：『殺人償命，欠債還錢，汝知之乎？』回顧無所睹，殊可怪也。」

俄而眾手合作，磚落如雹，一磚適中辛五，腦裂死。驚呼擾攘，竟不得擊者主名。官司莫能詰，僅斷令役夫之長出錢十千，棺斂而已。乃知辛五夙生負擊者命，役夫長夙生負辛五錢，因果牽纏，終相填補。微鬼神先告，幾何不以為偶然耶！

【章旨】此章講述了一個役夫前世負人性命，今世獲報應的故事。

【注釋】❶乾隆戊午　即清乾隆三年，西元一七三八年。❷役夫　指服徭役的民工。❸堞　城上的矮牆。也稱女牆。❹鳴柝　敲擊梆子使發聲。常用以巡夜和聚眾。

【語譯】乾隆三年夏天，獻縣修理城牆。幾百名民工拆下城上矮牆的破磚扔到城牆下。城下有幾百名民工用荊條筐搬運走，飯燒好了就敲木梆子聚攏民工一起吃飯。正在吃飯時，民工辛五告訴別人說：「剛才運磚時，我忽然聽到耳邊有人大聲說：『殺人償命，欠債還錢，你知道嗎？』回頭卻什麼也沒看到，真是奇怪！」飯後大家立刻在一起幹活，拆下的破磚就像冰雹一樣從城上扔下來，一塊磚正好砸中辛五，他的腦殼迸裂而死。大家驚叫騷動，竟然找不到扔磚的人。官府無法審理，只得責令工頭拿出一萬錢，將辛五殮葬了事。人們這才知道辛五前生欠了扔磚人的命，而工頭前生欠了辛五的錢，因果牽連糾纏，終究相互替補報應。假如沒有鬼神事先告知，那麼誰不以為這是一個偶發事故呢！

【研析】作者眼裡，鬼神明察，因果報應無處不在，即使偶發事故，也是前世報應。鬼神有知，要應付人世間前世今生的這麼多的恩恩怨怨，豈不累死？

雅人深致

諸桐嶼言：其鄉舊家有書樓，恆鐍鑰❶。每啟視，必見凝塵之上有女子足跡，纖削僅二寸有奇，知為鬼魅。然數十年寂無形聲，不知何怪也。里人劉生，性輕脫，妄冀有王軒之遇❷。祈於主人，獨宿樓上，具茗果酒肴，焚香切祝，明燭就寢，屏息以伺。亦無所見聞，惟漸覺陰森之氣砭入肌骨，目能視，耳能聽，而口不能言，四肢不能動。久而寒沁肺腑，如臥層冰積雪中，苦不可忍。至天曉，乃能出語，猶若凍僵。至是無敢復下榻者。此怪行蹤可云隱秀，即其料理❸劉生，不動聲色，亦有雅人深致也。

【章旨】此章講述了一個輕薄鄉人遭鬼魅薄懲的故事。

【注釋】❶鐍鑰　鎖和鑰匙。比喻關鎖。❷王軒之遇　唐人范攄《雲溪友議》載：王軒泊舟苧羅，題詩西施石，見一女子來謝，遂有一段豔遇故事。❸料理　煎熬；折磨。

【語譯】諸桐嶼說：他的家鄉某大戶人家有一座藏書樓，經常鎖著門。每次打開門察看，都會看到積塵上有女子的足跡，纖細瘦削才二寸多長，知道是鬼怪留下來的。然而幾十年來從來沒有出過聲顯過形，大家不知道是什麼鬼怪。村裡人有個劉生，為人輕佻，妄想有唐人王軒那樣的際遇。他向主人請求，獨自住在藏書樓上，又備好香茶美酒、果品菜肴，焚香懇切地禱告，沒有熄滅燈燭就睡下，屏息靜氣地等待著。他也沒有看到、聽到什麼，只是漸漸覺得有陰森之氣直刺肌骨，眼睛能看，耳朵能聽，但是口不能說話，四肢不能動。時間一長，他覺得寒氣沁入肺腑，就像躺在冰層積雪之中，痛苦得難以忍受。直到天亮，他才能說話，但是仍像凍僵了似的。從此就再沒有人敢在這座藏書樓裡睡覺了。這個怪物的行蹤可以稱得上是幽雅含蓄，即使她折磨劉生，也不動聲色，還真有高雅之人的韻致啊！

【研析】不露聲色，薄懲輕薄書生，既使其知錯而退，也不須大動干戈；同時還告誡旁人，不要輕舉妄動。如此雅舉，作者的四字評語「雅人深致」，可謂切當。

轉生

顧非熊再生事❶，見段成式❷《酉陽雜俎》❸，又見孫光憲❹《北夢瑣言》❺；其父顧況❻集中，亦載是詩，當非誣造。近沈雲椒少宰❼撰其母陸太夫人誌，稱太夫人于歸，甫匝歲❽，贈公❾即卒，遺腹生子恒，週三歲亦殤。太夫人哭之慟，曰：「吾之為未亡人也，以有汝在；今已矣，吾不忍吾家之宗祀，自此而絕也。」於其斂，以朱誌其臂，祝曰：「天不絕吾家，若再生以此為驗。」時雍正己酉❿十二月也。是月族人有比鄰而居者，生一子，臂朱灼然。太夫人遂撫之以為後，即少宰也。余官禮部尚書⓫時，與少宰同事。少宰為余口述尤詳。蓋釋氏書中，誕妄者原有；其徒張皇罪福，誘人施捨，詐偽者尤多。惟輪迴之說，則鑿然有證。

司命者每因一人一事，偶示端倪，彰神道之教。少宰此事，即借轉生之驗，以昭苦節之感者也。儒者盛言無鬼，又烏乎知之？

【章旨】此章講述了一個轉世再生的故事，並以此質疑儒者無鬼之說。

【注釋】❶顧非熊再生事　唐著作郎顧況晚年居茅山，有一子，即顧非熊前身。一日暴亡。顧況追悼哀切。非熊在陰間聞之，遂以情告冥官，再生於顧況家。故事載《酉陽雜俎》、《北夢瑣言》。❷段成式　唐代文學家。字軻古，臨淄（今屬山東淄博）人，家於荊州。官至太常少卿。❸酉陽雜俎　筆記。唐段成式撰。分類記載異事雜聞，體制略似西晉張華《博物志》。❹孫光憲　北宋詞人。字孟文，自號葆光子，貴平（今四川仁壽東北）人。北宋初官黃州刺史。❺北夢瑣言　筆記。北宋孫光憲撰。記載唐五代政治遺聞、士大夫言行和社會風俗，其中頗多詩人軼事。❻顧況　唐代詩人。字逋翁，蘇州海鹽（今浙江海鹽）人。官至著作郎。❼少宰　官名。一般對吏部侍郎的別稱。❽匝歲　滿一年。❾贈公　稱已過世的父親。❿雍正己酉　即清雍正七年，西元一七二九年。⓫禮部尚書　禮部的長官。掌禮儀、祭祀、貢舉等職。

【語譯】顧非熊轉世再生的故事，已載於段成式《酉陽雜俎》，又載於孫光憲的《北夢瑣言》；他父親顧況的文集裡，也有記載這件事的詩，應該不是虛構捏造的。近來吏部侍郎沈雲椒撰寫其母陸太夫人的墓誌，說太夫人出嫁才一年，丈夫就去世了。生下遺腹子沈恒，剛滿三週歲也夭折了。太夫人哭得非常悲痛，說：「我所以一個人寡居活下來，是因為有你在；如今都完了！我不忍心看到我們沈家的香火，就此而斷絕了啊！」在兒子殮葬時，她在亡兒的手臂上用紅色作了一個記號，祈禱道：「如果老天不絕我家的香火，你再生就以此為證。」當時是雍正七年十二月。這個月，族人中和他家是鄰居的一家，生下一子，手臂上有一塊顯眼的紅色標記。陸太夫人於是把他當作自己的兒子撫養，就是沈雲椒侍郎。我做尚書時，和沈侍郎是同事，他很詳細地向我講述過這件事。在佛經中，原本有一些怪誕虛妄的事；而佛教徒們誇大禍福報應之說，誘騙人施捨，虛假偽詐的內容就更多了。只有生死輪迴之說，卻是確鑿有據的。掌管人們命運的神常常通過一人一事，偶爾顯露一些跡象，以達到彰明神道教化的目的。沈侍郎的這件事，就是通過轉生的靈驗，來彰明堅守節操能感動神靈。儒家學者極力說沒有鬼，又怎麼能解釋這樣的事呢？

【研析】此事合理的解釋有二：族人所生兒子手臂上有紅色標記確實偶然；或是族人的有意造假。如是前者，說成轉世再生，並據此批評孔子以來儒家不言怪力亂神的傳統，可見作者受佛教思想的影響之深。如屬後者，那麼此族人心機之深、手段之周密過於常人。因為如此，族人所生子就能輕易繼承陸太夫人家全部家產。究竟真相如何，難以推究。

伶人方俊官

伶人[1]方俊官，幼以色藝擅場，為士大夫所賞。老而販鬻古器，時來往京師。嘗覽鏡自歎曰：「方俊官乃作此狀！誰信曾舞衫歌扇，傾倒一時耶！」倪餘疆〈感舊〉詩曰：「落拓江湖鬢欲絲，紅牙[2]按曲記當時。莊生蝴蝶[3]歸何處？惆悵殘花剩一枝。」即為俊官作也。俊官自言本儒家子，年十三四時，在鄉塾讀書。忽夢為笙歌花燭擁入閨闥，自顧則繡裙錦帔，珠翠滿頭；俯視雙足，亦纖纖作弓彎樣，儼然一新婦矣。驚疑錯愕，莫知所為。然為人手挾持，不能自主，竟被扶入幃中，與一男子並肩坐；且駭且愧，悸汗而寤。後為狂且❹所誘，竟失身歌舞之場，乃悟事皆前定也。餘疆曰：「衛洗馬問樂令夢❺，樂云是想。汝殆積有是想，乃有是夢。既有是想是夢，乃有是墮落。果自因生，因由心造，安可委諸夙命耶？」余謂此輩沉淪賤穢，當亦前身業報，受在今生，未可謂全無冥數。餘疆所言，特正本清源之論耳。後蘇杏村聞之，曰：「曉嵐以『三生』論因果，惕以未來。餘疆以『一念』論因果，戒以現在。雖各明一義，吾終以餘疆之論，可使人不放其心。」

【章旨】此章講述了一個伶人因夢而失身的故事。

【注釋】❶伶人　古代樂人之稱，亦指演戲的人。❷紅牙　指調節樂曲板眼的拍板或牙板。以檀木製成，色紅，故名。❸莊生蝴蝶　指莊周夢中化為蝴蝶。典出《莊子・齊物論》。莊生，即莊子，名周。道家學派開創者之一。❹狂且　行動輕狂的人。❺衛洗馬問樂令夢　《世說新語》載衛司馬（晉人衛玠）向樂尚書令（晉人樂廣）問夢，樂廣說：「作夢心中想。」

【語譯】藝人方俊官，年輕時因色藝俱佳而名重一時，為士大夫所欣賞。年老後以販賣古玩器物為業，時常來往於京城。他曾經照著鏡子自己歎息說：「我方俊官現在變成了這個樣子！誰會相信我曾經身穿舞衫、手執歌扇，傾倒一時啊！」倪餘疆有一首〈感舊〉詩說：「落拓江湖鬢髮都快成絲，紅色牙板按曲回憶當時。莊生夢中化為蝴蝶歸於何處？惆悵殘花惟獨只剩一枝。」就是寫方俊官身世的。方俊官自稱本是讀書人家的孩子，十三四歲時，在鄉塾讀書。一次忽然夢見自己在吹吹打打中被擁入點著花燭的洞房裡，看自己身穿繡花裙、錦緞披肩，滿頭的珠寶首飾；低頭看自己雙腳，也是纖纖細巧的弓彎樣子，儼然成了一個新娘子。他驚疑錯愕，不知是怎麼回事。但他被許多人挾持著，不由自主，竟然被扶入帳幃之中，和一個男子並肩而坐；他又怕又羞，嚇出一身汗，就醒了過來。後來他被輕狂之徒引誘，終於失身在歌舞場，才悟到這都是命中注定的。倪餘疆說：「衛洗馬問樂令什麼是夢，樂令說夢就是心中所想。你大概向來有這樣的想法，於是才有這樣的夢。既有這樣的想法和這樣的夢，才會有這樣的墮落。結果是由原因而產生的，原因是由心而產生的，怎麼可以推到命中注定上去呢？」我認為這些人淪落到做下賤職業的地步，應該也是前世作孽，而在今生報應，不可以說完全沒有命中注定。倪餘疆所說的，只是正本清源的議論罷了。後來蘇杏村聽說後，他說：「紀曉嵐以前生、今生、來生這『三生』論因果報應，主要是為警戒將來；倪餘疆以『一念』論因果報應，主要是為警戒現在。雖然各自表明了一個道理，我還是認為倪餘疆的觀點，可以使人不放任自己的心思。」

【研析】無論是論三生還是說現在，目的只有一個，即告誡人們不可放任自己，以免遭到報應。作者雖說是在講故事，但時時不忘的是教化百姓，敦厚風俗。這也是儒家學者自認為的責任。

某童子

族祖黃圖公言：嘗訪友至北峰，夏夜散步村外，不覺稍遠。聞秫田❶中有呻吟聲，尋聲往視，乃一童子裸體臥。詢其所苦，言薄暮過此，遇垂髫❷豔女。招與語，悅其韶秀❸，就與調謔。女言父母皆外出，邀到家小坐。引至秫葉深處，有屋三楹，闃無一人。女闔其戶，出瓜果共食。笑言既洽，弛衣登榻。比擁之就枕，則女忽變形為男子，狀貌猙獰，橫施強暴。怖不敢拒，竟受其汙。蹂躪楚毒，至於暈絕，久而漸蘇，則身臥荒煙蔓草間，並室廬失所在矣。蓋魅悅此童之色，幻女形以誘之也。見利而趨，反為利餌，其自及也宜矣。

【章旨】此章講述了一個少年想勾引少女，卻反遭蹂躪的故事。

【注釋】❶秫田　即種植高粱的田地。❷垂髫　指尚未成年的少女。❸韶秀　美好秀麗。

【語譯】我的族祖父黃圖公說：他曾經因訪友到北峰，夏夜到村外散步，不知不覺走得稍遠了。聽到高粱地裡傳出呻吟聲，他循著聲音走過去一看，見一個少年裸體躺在地上。問他為什麼會這樣，他說是傍晚時路過此地，遇到一個美豔的少女，主動向他招手說話。少年見她年輕貌美，就與她調笑戲謔。少女說父母都外出了，邀請他到家中坐一會兒。她把少年引到高粱生長茂密的地方，有三間屋子，靜悄悄的沒有一個人。少女關好門，拿出瓜果和他一起吃。兩人說笑一陣之後，就脫衣上床。當他擁抱她躺下時，那個少女忽然變成了男子，相貌猙獰，對他橫施強暴。少年嚇得不敢抵抗，就這樣被姦汙了。少年慘遭蹂躪淫毒，以至昏死過去，少年過了很久才漸漸蘇醒過來，發現自己躺在荒僻的雜草叢中，剛才的房屋都不見了。大概那個妖怪喜歡這個少年的姿色，就變成少女來引誘他。他見有利可圖就趕過去，反而被利所引誘而中了圈套，這少年自討苦吃也是理所當然的。

【研析】「咎由自取」、「自作自受」等成語嘲諷的就是如文中所說的少年這類人，這種人並不值得同情。故紀昀也說：「見利而趨，反為利餌，其自及也宜矣。」

狐之鬼

先師趙橫山❶先生，少年讀書於西湖，以寺樓幽靜，設榻其上。夜聞室中窸窣聲，似有人行，叱問：「是鬼是狐？何故擾我？」徐聞囁嚅而對曰：「我亦狐亦鬼。」又問：「鬼則鬼，狐則狐耳。何亦鬼亦狐也？」良久，復對曰：「我本數百歲狐，內丹❷已成，不幸為同類所搤殺，盜我丹去。幽魂沉滯，今為狐之鬼也。」問：「何不訴諸地下？」曰：「凡丹由吐納導引而成者，如血氣附形，融合為一，不自外來，人弗能盜也。其由採補而成者，如劫奪之財，本非己物，故人可殺而吸取之。吾媚人取精，所傷害多矣。殺人者死，死當其罪，雖訴神，神不理也。故寧鬱鬱居此耳。」問：「汝據此樓，作何究竟？」曰：「本匿影韜聲，修太陰煉形之法❸。以公陽光熏爍❹，陰魂不寧，故出而乞哀，求幽明各適。」言訖，惟聞搏顙❺聲，問之不復再答。先生次日即移出。嘗舉以告門人曰：「取非所有者，終不能有，且適以自戕也。可畏哉！」

【章旨】此章講述了一個狐仙被同類所殺而成狐鬼的故事。

【注釋】❶趙橫山　即趙大鯨。字橫山，清代仁和（今浙江杭州）人。雍正進士。官至左副都御史。❷內丹　同「外丹」相對。古代方士或神仙家以燒煉金石成丹為「外丹」，而以修煉自身的精、氣、神為「內丹」。❸太陰煉形之法　道教謂使死者煉形於地下，爪髮潛長，屍體如生，久之成道的法術。❹熏爍　薰蒸照射。❺搏顙　叩頭。

【語譯】先師趙橫山先生，少年時在西湖畔讀書。因為那裡的寺院樓上幽靜，就在樓上設置了床鋪睡覺。夜裡聽到室內有窸窸窣窣的聲音，像是有人走動，他就喝問道：「是鬼還是狐？為什麼來騷擾我？」緩緩地聽到吞吞吐吐的回答：「我既是狐，又是鬼。」趙先生又問道：「鬼就是鬼，狐就是狐，怎麼會又是鬼又是狐呢？」過了好久，才又回答說：「我原本是已有幾百歲的老狐，內丹已經煉成，不幸被我的同類扼死，盜走了我的內丹。我的靈魂滯留在這裡，如今就成了狐之鬼了。」趙先生又問道：「為什麼不在陰間告狀呢？」回答說：「凡是通過吐納導引而煉成的內丹，如同血、氣附著於人體一樣，融合為一，不是外來之物，別人是盜不走的。那些通過採補之術煉成的內丹，就像搶劫來的財物，本來不是自己的東西，所以別人可以殺死你而把內丹吸走。我媚惑人而取其精氣，被我傷害的人很多。殺人者應當死，我的死是罪有應得，即使向神明告狀，神明也不會審理的。因此我寧可鬱悶地住在這裡。」趙先生又問道：「你占據這座樓，有什麼打算？」回答道：「我本打算銷聲匿跡，修煉太陰煉形之法。因為您的陽氣熏烤，使我的陰魂不得安寧，所以出來向您哀求，以求幽明各得其所吧。」說完，只聽到磕頭的聲音，問他也不再回答了。趙先生第二天就搬了出來。他曾舉這件事為例告誡學生說：「奪取不該屬於你的東西，最終是得不到的，而且正好是害了自己。真是可怕啊！」

【研析】此篇純屬虛構，寓言小說一類而已。其主旨還是在於告誡警世：不是自己的東西不要伸手，以免遭來殺身之禍。然而世人總是企盼非分之福、非分之財，異想與妄為結合，帶來的不是幸運，而是災禍。歷史上此類事甚多，作者在此的告誡也不屬多餘。

驢之報復

從兄萬周言：交河❶有農家婦，每歸寧❷，輒騎一驢往。驢甚健而馴，不待人控引即知路。或其夫無暇，即自騎以行，未嘗有失。一日，歸稍晚，天陰月黑，不辨東西。驢忽橫逸，載婦徑入秫田中；密葉深叢，迷不得返。半夜，乃抵一破寺，惟二丐者棲廡❸下。進退無計，不得已，留與共宿。次日，丐者送之還。其夫愧焉，將鬻驢於屠肆。夜夢人語曰：「此驢前世盜汝錢，汝捕之急，逃而免。汝囑捕役縶其婦，羈留一夜。今為驢者，盜錢報；載汝婦入破寺者，縶婦報也。汝何必又結來世冤耶？」惕然而寤，痛自懺悔。驢是夕忽自斃。

【章旨】此章講述了一頭驢子因前世恩怨報復主人的故事。

【注釋】❶交河　縣名。在河北中部偏南、南運河和滏陽河之間。❷歸寧　指已嫁的女子回娘家探視父母。❸廡　堂周的廊屋。

【語譯】堂兄紀萬周說：交河縣有一個農婦，每次回娘家，都是騎一頭驢子前去。這頭驢子健壯而又馴服，不用人牽著引領就認得路。有時這個婦人的丈夫沒有空暇，她就自己騎著驢子來回，從來沒有出過什麼事。一天，這個婦人回來時稍稍晚了些，天色陰沉沒有月光，看不清方向。那頭驢子忽然亂跑起來，載著這個婦人直接跑進高粱地裡。高粱長得密密麻麻，婦人迷路回不了家。到了半夜，這個婦人才來到一座破寺前，只有兩個乞丐在廊屋下棲身。這個農婦是走還是留下都沒有辦法，不得已，只好留下來與他們一起過夜。第二天，乞丐把她送回家。她丈夫對這件事覺得很羞恥，就要把這頭驢子賣到屠宰場。夜裡夢見有人對他說：「這頭驢子前世偷了你的錢，你追捕他很緊，但還是讓他逃掉了。你囑咐衙門的差役抓了他妻子，關了一夜。他現在變成驢子，是偷你錢的報應；載了你妻子跑到破寺去，是你關押他妻子的報應。你何必又結來世的冤仇呢？」農夫忽然驚醒過來，自己深痛懺悔。這頭驢子也在當天晚上忽然死了。

【研析】驢子因天黑而亂跑迷路，本是平常事，但在紀昀筆下，又與前世恩怨、今世報應相聯繫，似乎因果報應無處不在。如此說教，也讓人心煩。

任玉

奴子任玉病革❶時，守視者夜聞窗外牛吼聲，玉駭然而歿。次日，共話其異。其婦泣曰：「是少年嘗盜殺數牛，人不知也。」

【章旨】此章講述了一個盜牛賊聽到牛吼聲而死的故事。

【注釋】❶病革　指病勢危急，即將死亡。

【語譯】家奴任玉病重時，守護的人夜裡聽到窗外有牛的吼叫聲，任玉驚嚇而死。第二天，大家一起談論這件怪事。他的妻子哭著說：「他少年時曾經偷殺過幾頭牛，這事沒有人知道。」

【研析】偷牛賊聞牛吼，驚嚇而死，也是一種報應。印證了一句俗話：「為人不做虧心事，半夜敲門不心驚。」

余某

余某者，老於幕府❶，司刑名❷四十餘年。後臥病瀕危，燈前月下，恍惚似有鬼為厲者。余某慨然曰：「吾存心忠厚，誓不敢妄殺一人，此鬼胡為乎來耶？」夜夢數人浴血立，曰：「君知刻酷❸之積怨，不知忠厚亦能積怨也。夫煢煢❹孱弱，慘被人戕，就死之時，楚毒❺萬狀；孤魂飲泣，銜恨九泉，惟望強暴就誅，一申積憤。而君但見生者之可憫，不見死者之可悲，刀筆舞文，曲相開脫。遂使凶殘漏網，白骨沉冤。君試設身處地：如君無罪無辜，受人屠割，魂魄有知，旁觀讞是獄者改重傷為輕，改多傷為少，改理曲為理直，改有心為無心，使君切齒之仇，縱容脫械，仍縱橫於人世，君感乎怨乎？不是之思，而詡詡以縱惡為陰功。彼枉死者，不仇君而仇誰乎？」余某惶怖而寤，以所夢備告其子，回手自撾曰：「吾所見左矣！吾所見左矣！」就枕未安而歿。

【章旨】此章藉一個故事講述了縱惡之害。

【注釋】❶幕府　軍隊出征，施用帳幕，所以古代將軍的府署稱「幕府」。後世地方軍政大吏的府署，如明清的督撫衙門，也稱「幕府」。❷刑名　清代官署中主辦刑事判牘的幕僚稱為刑名師爺，也叫「刑席」。❸刻酷　苛刻；嚴酷。❹煢

煢　孤獨無依靠。❺楚毒　痛苦。

【語譯】有個姓余的人，長年在衙門做幕僚，主辦刑事判牘達四十多年。余某後來生病臥床，病危時，在燈燭前月光下，恍惚覺得似乎有鬼作祟。余某感慨地說：「我為人存心忠厚，絕不敢亂殺一人，這厲鬼為什麼來呢？」余某夜裡夢見幾個人渾身是血站在面前，說道：「您只知道嚴酷會積下怨仇，不知道忠厚也能積下怨仇。那些孤獨無助的弱者，悽慘地被人殺害，死的時候，痛苦萬狀；他們的孤魂悲泣，含恨九泉，只希望強暴行凶之人被正法，以抒發自己的積憤。而您只看到活人的可憐，卻沒有看到死者的可悲，舞文弄墨，歪曲事實為其開脫。於是使凶手僥倖逃過法律的制裁，死者的冤仇難雪。您試著設身處地想一想：如果您沒有罪沒有過錯，被人宰割而死，您的魂魄有知，看到審理此案的人改重傷為輕傷，改多傷為少傷，改無理為有理，改故意為無心，使您切齒痛恨的仇人，被輕易放縱而擺脫法律的制裁，仍然橫行於人世，您是感激呢？還是怨恨呢？不想想這點，還心安理得地把放縱惡人當成是陰功。那些枉死的人，不仇恨您還仇恨誰呢？」余某惶恐地醒了過來，把夢見的一切都告訴自己的兒子，回過手打著自己耳光說：「我的想法錯了！我的想法錯了！」躺下來沒有睡穩當就死了。

【研析】這個故事說明了一個道理：縱惡就是行凶。執法者體現的是天下的公平，必須不偏不倚，才能實現法律的公正。當然，古代司法實踐中徇私舞弊者比比皆是，並無公正可言。故而千百年來，人們懷念北宋的包拯。

劉太史

滄州❶劉太史❷果實，襟懷夷曠，有晉人風。與飴山老人❸、蓮洋山人❹皆友善，而意趣各殊。晚歲家居，以授徒自給。然必孤貧之士，乃容執贄❺。脩脯❻皆無幾，簞瓢❼屢空，晏如也。嘗買米斗餘，貯罌❽中，食月餘不盡，意甚怪之。忽聞簷際語曰：「僕是天狐，慕公雅操，日日私益之耳，勿訝也。」劉詰曰：「君意誠善。然君必不能耕，此粟何來？吾不能飲盜泉❾也，後勿復爾。」狐歎息而去。

【章旨】此章講述了一位老人潔身自好，謝絕狐仙贈送糧食的故事。

【注釋】❶滄州　今河北滄州。❷太史　官名。西周、春秋時太史掌管起草文書，策命諸侯卿大夫，記載史事，編寫史書，兼管國家典籍、天文曆法、祭祀等，為朝廷大臣。明清兩代修史之事則歸之翰林院，故對翰林亦有「太史」之稱。❸飴山老人　清代詩人趙執信的號。字伸符，號秋谷，益都（今山東益都）人。康熙進士，官右贊善。因在國喪期間觀演《長生殿》被革職。❹蓮洋山人　清代詩人吳雯的號。吳雯字天章，蒲州（今山西永濟西南蒲州鎮）人。康熙間以諸生召試鴻博不遇。❺執贄　猶執摯。指收為門生弟子。❻脩脯　亦作「脯脩」。乾肉。此處指教學的酬金。❼簞瓢　盛飯食的簞和盛飲料的瓢。亦借指飲食。簞，古代用來盛飯食的盛器。以竹或葦編成。❽罌　古代盛酒或水的瓦器，小口大腹，較缶為大。亦有木製者。或泛指口小腹大的瓶。❾盜泉　古泉名。故址在今山東泗水東北。《淮南子・說山訓》：「曾子之廉，不飲盜泉。」過去常以「盜泉之水」比喻以不正當手段得來的東西。

【語譯】滄州人劉果實太史，胸懷曠達，有晉朝人的風度。他和飴山老人、蓮洋山人都是好朋友，但性格興趣卻各不相同。他晚年居住在家裡，靠教授學生養活自己。然而一定是孤苦貧窮的人，他才肯收為學生。學生交的學費都不多，家裡經常斷糧，但他卻安然處之。他曾經買了一斗多米，貯藏在罈子裡，吃了一個多月也沒有吃完，覺得非常奇怪。他忽然聽到屋簷上有聲音說道：「我是天狐，仰慕您的高尚情操，天天偷偷地加一些米在罈子裡，您不必驚訝。」劉太史詰問說：「你的心意確實是善良的。但是你肯定不能夠去耕作，這米是從哪裡來的呢？我不能飲盜泉之水，以後不要再這樣做了。」天狐歎息著離去了。

【研析】孔子讚許弟子顏回說：「一簞食，一瓢飲，在陋巷，人不堪其憂，回也不改其樂。」二程教誨弟子「尋孔顏樂處」。古人讚賞讀書人的甘願清貧，遂有「君子固窮」的說法。讀書人的清貧，是他們不願為五斗米折腰，不願在濁世同流合汙，他們要保持自己的人格尊嚴，要挺起做人的脊梁，這就是中華民族的骨氣，也是中華文明長存的力量所在。劉太史雖口糧不繼，但仍能保持一個讀書人的氣節，令人敬重。

一 詩成讖

亡侄汝備，字理含。嘗夢人對之誦詩，醒而記其一聯曰：「草草鶯花春似夢，沉沉風雨夜如年。」以告余，余訝其非佳讖，果以戊辰❶閏七月夭逝。後其妻武強❷張氏，撫弟之子為嗣，苦節終身。凡三十餘年，未嘗一夕解衣睡，至今婢媼能言之。乃悟二語為孀閨獨宿之兆也。

【章旨】此章講述了作者侄媳守節的故事。

【注釋】❶戊辰　即清乾隆十三年，西元一七四八年。❷武強　縣名。在河北中部偏南、滏陽河下游。

【語譯】亡侄汝備，字理含。曾夢見有人對著他誦讀一首詩，醒來記得其中一聯說：「草草鶯花春似夢，沉沉風雨夜如年。」他告訴了我，我驚訝這首詩不是什麼好的兆頭。他果然在乾隆十三年閏七月早逝了。後來他的妻子武強人張氏，撫養他弟弟的兒子作為自己的養子，苦苦守節終身。三十多年裡，沒有一個夜晚是脫衣睡覺的，至今婢女老婦們都還能說起這件事。我才悟到那兩句詩正是侄兒遺孀閨房獨宿的預兆。

【研析】明清以來，受理學影響，婦女改嫁被視為不貞；守節終身成為朝廷大力提倡的榜樣。較之唐宋以前對婦女改嫁的寬鬆態度，明清時期婦女所受的壓迫極其深重。作者雖然反對理學，但並不反對理學對女子的壓迫。相反，對這種壓迫還抱有一份讚賞。從本文中可以看到這一點。

連貴

雍正丙午、丁未❶間，有流民乞食過崔莊，夫婦並病疫。將死，持券哀乞於市，願以幼女賣為婢，而以賣價買二棺。先祖母張太夫人為葬其夫婦，而收養其女，名之曰連貴。其券署父張立、母黃氏，而不著籍貫，問之已不能語矣。連貴自云：家在山東，門臨驛路，時有大官車馬往來，距此約行一月餘，而不能舉其縣名。又云：去年曾受對門胡家聘，胡家亦乞食外出，不知所往。越十餘年，杳無親戚來尋訪，乃以配圉人❷劉登。登自云：山東新泰❸人，本胡姓。父母俱歿，有劉氏收養之，因從其姓。小時聞父母為聘一女，但不知其姓氏。登既胡姓，新泰又驛路所經，流民乞食，計程亦可以月餘，與連貴言皆符。頗疑其樂昌之鏡❹，離而復合，但無顯證耳。先叔栗甫公曰：「此事稍為點綴，竟可入傳奇。惜此女蠢若鹿豕，惟知飽食酣眠，不稱點綴，可恨也。」邊隨園徵君❺曰：「『秦人不死，信符生之受誣；蜀老猶存，知葛亮多枉。』（四語乃劉知幾❻《史通》❼之文。符生事見《洛陽伽藍記》❽，葛亮事見《魏書・毛修之傳》❾。浦二田注《史通》以為未詳，蓋偶失考。）史傳不免於緣飾，況傳奇乎？《西樓記》❿稱穆素暉豔若神仙，吳林塘言其祖幼時及見之，短小而豐肌，一尋常女子耳。然則傳奇中所謂佳人，半出虛說。此婢雖粗，儻好事者按譜填詞，登場度曲，他日紅氍毹⓫上，何嘗不鶯嬌花媚耶？先生所論，猶未免於盡信書也。」

【章旨】此章講述了一對飢民夫婦臨死時將女兒出賣換取喪葬費用，而女兒後來卻與幼年時的訂親之人相遇結婚的故事。

【注釋】❶雍正丙午丁未　即清雍正四、五年，西元一七二六、一七二七年。❷圉人　養馬的人。❸新泰　縣名。在山東中部偏南、大汶河上游。❹樂昌之鏡　即樂昌公主破鏡重圓的故事。❺邊隨園徵君　邊隨園，即邊連寶。字趙珍，號隨園，清任丘（今山東任丘）人。雍正拔貢。徵君，指曾受朝廷徵聘而不肯受職的隱士。❻劉知幾　唐代史學家。字子玄，彭城（今江蘇徐州）人。永隆進士。官至左散騎常侍。❼史通　書名。唐劉知幾撰。二十卷，四十九篇。書成於唐中宗景龍四年（七一〇年）。❽洛陽伽藍記　書名。北魏楊衒之（一作羊衒之）撰。分城內及四門之外共五篇，追敘北魏盛時洛陽城內外伽藍（梵語音譯，指佛寺）的興隆景象，兼敘爾朱榮亂事及有關的古跡、藝文等。❾魏書毛修之傳　《魏書・毛修之傳》稱《三國志》作者陳壽曾為諸葛亮門下書佐，被打百下。故其論諸葛亮有「應變將略，非其所長」之語。毛修之，字敬文，後魏陽武人。累遷至特進撫軍大將軍。❿西樓記　傳奇名。清袁于令撰。記于叔夜與妓女穆素薇離合事。穆素薇，紀昀偶誤記作「穆素暉」。今改正。袁于令，字令昭，號籜庵，清初吳縣（今江蘇蘇州）人。諸生。所撰傳記頗多，如《金鎖記》、《長生樂》等。⓫紅氍毹　紅色的毛織地毯。此指舞臺。

【語譯】雍正四、五年間，有流民討飯經過崔莊，一對夫妻同時都得了疫病。夫婦臨死之前，他們拿著賣身契在集市上哀呼，願意把幼女賣給人家做婢女，而用賣女兒的錢買兩口棺材安葬自己。先祖母張太夫人安葬了這對夫婦，而收養了他們的女兒，取名叫連貴。賣身契上寫著父親叫張立，母親為黃氏，而沒有記載籍貫，問他們時已病得說不出話來了。連貴說她家在山東，門前是驛路，經常有大官的車馬往來，距離崔莊大約要走一個多月，但不能說出是什麼縣。又說：去年曾接受對門姓胡的人家的聘禮，胡家也外出要飯了，不知去了哪裡。過了十來年，也沒有親戚來尋訪她，就把她嫁給了家裡的馬夫劉登。劉登自稱是山東新泰人，原本姓胡。父母都已死了，由劉氏收養，就改姓劉。小時候聽父母說為自己聘了一個女子，但不知道那個女子的姓名。劉登既然姓胡，新泰又是驛路所經過的地方，流民討飯步行，計算路程也需要一個多月的時間，和連貴所說的都相符。人們懷疑很可能是像樂昌公主破鏡重圓的故事，分離而又復合，只是沒有明確的證據罷了。先叔粟甫公說：「這事稍加潤色，就可以成為傳奇故事。可惜這個女子蠢的像頭豬，只知道吃飽睡足，無法加以潤色，太遺憾了。」邊隨園徵君說：「『秦人不死，相信符生的受到誣陷；蜀中老人還存在，知道諸葛亮有多冤枉。』（這四句話出於唐人劉知幾《史通》。符生的事見《洛陽伽藍記》，諸葛亮的事見《魏書．毛修之傳》。浦二田注《史通》而沒有注出，只說未詳，大概是偶然失考。）史傳也難免虛構潤色，何況傳奇呢？《西樓記》稱妓女穆素薇豔麗得像仙人一般，吳林塘說他祖父年幼時見過她，身材短小而豐滿，不過是一個普普通通的女子罷了。所以傳奇中所謂的佳人，多半出於虛構。這個婢女雖然粗俗，但假設有好事之徒按譜填詞，然後登場演唱，他日在舞臺上，何嘗不是一個鶯嬌花媚的佳人呢？先生所說的，還是未免太相信書本了。」

【研析】清初山東饑荒，流民大批逃亡，因病死亡者不計其數，如文中的這對夫婦，倒斃在乞討途中，令人淒慘。好在其女兒被人收養，並許配給可能是幼年訂親之人，如此巧合，真是一篇傳奇的好素材。文學作品不是實錄，本身就需要虛構潤色。邊隨園所說無疑是對的。

書生鬼

聶松巖言：膠州❶一寺，經樓❷之後有蔬圃。僧一夕開牖納涼，月明如晝，見一人徙倚老樹下。疑竊蔬者，呼問為誰。磬折❸而對曰：「師勿訝，我鬼也。」問：「鬼何不歸爾墓？」曰：「鬼有徒黨，各從其類。我本書生，不幸葬叢冢間，不能與馬醫❹夏畦❺伍。此輩亦厭我非其族。落落難合，故寧避囂於此耳。」言訖，冉冉沒。後往往遙見之，然呼之不應矣。

【章旨】此章講述了一個書生成鬼後寂寞孤單的故事。

【注釋】❶膠州　今山東膠縣。❷經樓　即寺院中的藏經樓。❸磬折　彎腰如磬，表示恭敬。❹馬醫　專治馬病的獸醫，此處泛指獸醫。❺夏畦　指農夫。

【語譯】聶松巖說：膠州一所寺院，藏經樓後面有個菜園子。有位僧人一天晚上開窗納涼，月光亮得像白天一樣，看見一個人在老樹下徘徊。僧人懷疑他是來偷菜的，就大聲問他是誰。那人彎腰行禮回答說：「師父不要驚訝，我是個鬼。」僧人問道：「是鬼為什麼不回到自己墓裡去？」鬼回答說：「鬼有團體，各以類聚。我原來是書生，不幸被葬在亂墳堆中，我不願意和獸醫農夫在一起，他們也因為我不是他們的同類而嫌棄我。我孤傲而不合群，因此寧願躲避喧囂到這裡來。」說完，他就慢慢地消失了。僧人後來時常遠遠地看見他，然而叫他他卻不回答了。

【研析】文章刻畫了一個清高而孤獨的鬼魂，難以與俗流合群，寧可過著孤寂而靜謐的生活。人世間，此類人不也是常有的嗎？

陽與陰

福州學使署，本前明稅璫署❶也。奄人❷暴橫，多潛殺不辜，故至今猶往往見變怪。余督閩學時，奴輩每夜驚。甲申❸夏，先姚安公至署，聞某室有鬼，輒移榻其中，竟夕晏然。昀嘗乘間微諫，請勿以千金之軀與鬼角。因誨昀曰：「儒者謂無鬼，迂論也，亦強詞也。然鬼必畏人，陰不勝陽也；其或侵人，必陽不足以勝陰也。夫陽之盛也，豈恃血氣之壯與性情之悍哉？人之一心，慈祥者為陽，慘毒者為陰；坦白者為陽，深險者為陰；公直者為陽，私曲者為陰。故易象❹以陽為君子，陰為小人。苟立心正大，則其氣純乎陽剛，雖有邪魅，如幽室之中鼓洪爐而熾烈焰，冱凍自消。汝讀書亦頗多，曾見史傳中有端人碩士為鬼所擊者耶？」昀再拜受教。至今每憶庭訓，輒悚然如侍左右也。

【章旨】此章記述了作者父親論說陰陽的議論。

【注釋】❶稅璫署　掌管稅收的宦官的官署。璫，借指宦官。❷奄人　指太監。❸甲申　即清乾隆二十九年，西元一七六四年。❹易象　亦稱「易卦」，《易》的卦象。

【語譯】福州學使官署，原來是明朝掌管稅收的太監的官署。太監殘暴專橫，暗中殺害了許多無辜者，所以這裡到現在還常常出現怪異現象。我擔任福建學使時，僕人們常在夜裡受到驚嚇。乾隆二十九年夏天，先父姚安公來到官署，聽說某個房間有鬼，就把床搬到那個房間去睡，整夜安然無事。我曾找機會勸告他，請他不要拿寶貴的生命去和鬼較量。先父藉這個機會教誨我說：「儒家說沒有鬼，那是迂闊的論調，也是強詞奪理。但是鬼必定怕人，因為陰不能勝陽；有的鬼能害人，是因為那人陽氣不足以戰勝陰氣。陽氣之盛，難道是靠身體的壯實和性格的強悍嗎？人的心地，慈祥的為陽，慘毒的為陰；坦誠的為陽，陰險的為陰；公正剛直的為陽，自私卑鄙的為陰。所以《易經》卦象的解釋以陽為君子，陰為小人。只要為人心地光明正大，那麼他的氣就是純粹陽剛之氣，雖然有鬼魅，也好像在暗冷的屋子裡生起大火爐而燃起烈火，冰凍陰冷之氣自然消失。你讀的書也很多了，可曾看到史書列傳中有品行端正偉大的人卻被鬼所害嗎？」我恭敬地領受教誨。至今每回憶起先父的教訓，就肅然一震，好像我在他老人家身旁侍奉一樣。

【研析】天地有正氣。一個人只要有這股至陽至剛的正氣，就不會畏懼任何妖魔鬼怪。文章強調了做人需要有股正氣，這是程朱理學的一個重要觀點，也是作者對程朱理學思想的繼承。

狐女

東州❶邵氏子，性佻蕩。聞淮鎮❷古墓有狐女甚麗，時往伺之。一日，見其坐田塍❸上，方欲就通款曲。狐女正色曰：「吾服氣煉形，已二百餘歲，誓不媚一人，汝勿生妄念。且彼媚人之輩，豈果相悅哉，特攝其精耳。精竭則人亡，遇之未有能免者。汝何必自投陷阱也！」舉袖一揮，淒風颯然，飛塵眯目，已失所在矣。先姚安公聞之，曰：「此狐乃能作此語，吾斷其後必生天。」

【章旨】此章講述了一個浪蕩子企圖調戲狐女，反被狐女教訓的故事。

【注釋】❶東州　舊縣名。治所在今河北大成西南。❷淮鎮　鎮名。在河北獻縣東。本名槐家鎮，當地人叫淮鎮。❸田塍　田畦；田間的界路。

【語譯】東州邵家的兒子，性格輕佻放蕩。他聽說淮鎮古墓裡有個狐女很美麗，就經常去等她。一天，他看到狐女坐在田埂上，正要上前搭話，狐女正顏厲色地說：「我服氣煉形，已有二百多年，發誓不媚惑一人，你不要產生妄想。況且那些媚人的狐精，哪裡是真的出於相愛，不過是為了攝取人的精氣罷了。精氣枯竭人就得死，碰上這樣的狐精沒有人能夠倖免的。你又何必自投陷阱呢！」狐女舉起袖子一揮，頓時冷風瑟瑟，飛塵讓眼睛無法睜開，狐女已不知去向。先父姚安公聽說這件事後說：「這狐女竟能說出這樣的話，我斷定她以後一定能升天。」

【研析】古人總是責怪狐狸精，認為是她們媚人，才使得男子失足。但從本文來看，浪蕩子的無恥，狐女的義正詞嚴，形成了鮮明的對照。這是本書中為數不多的為狐仙正名的故事之一。

盜亦有道

獻縣李金梁、李金桂兄弟，皆劇盜也。一夕，金梁夢其父語曰：「夫盜有敗有不敗，汝知之耶？貪官墨吏❶，刑求威脅之財；神奸巨蠹，豪奪巧取之財；父子兄弟，隱匿偏得之財；朋友親戚，強求詐誘之財；黠奴幹役，侵漁乾沒之財；巨商富室，重息剝削之財；以及一切刻薄計較、損人利己之財，是取之無害。罪惡重者，雖至殺人亦無害。其人本天道之所惡也。若夫人本善良，財由義取，是天道之所福也；如干犯之，是為悖天。悖天者終必敗。汝兄弟前劫一節婦❷，使母子冤號，鬼神怒視。如不悛改，禍不遠矣。」後歲餘，果並伏法。金梁就獄時，自知不免，為刑房吏史真儒述之。真儒余里人也，嘗舉以告姚安公，謂盜亦有道。又述劇盜李志鴻之言曰：「吾鳴骹❸躍馬三十年，所劫奪多矣，見人劫奪亦多矣，蓋敗者十之二三，不敗者十之七八。若一汙人婦女，屈指計之，從無一人不敗者。」故恆以是戒其徒。蓋天道禍淫，理固不爽云。

【章旨】此章講述了盜賊之父教訓兒子搶劫殺人要遵循的原則，否則必遭殺身之禍的故事。

【注釋】❶墨吏　貪汙的官吏。❷節婦　指有節操的婦女。或指夫死守節不再嫁的婦女。❸鳴骹　射箭。骹，通「髇」，響箭。

【語譯】獻縣人李金梁、李金柱兄弟倆，都是大盜。一天夜裡，李金梁夢見他的父親說：「盜賊有失敗的有不失敗的，你知道嗎？凡是貪官汙吏，通過刑求威脅得來的財物；凡是大奸大惡的人，豪奪巧取得來的財物；凡是父子兄弟之間，用隱瞞偏私的方法得來的財物；凡是親戚朋友之間，強求詐騙得來的財物；凡是狡猾的僕人和精明的差役，侵吞私藏得來的財物；凡是巨商富戶，高利貸剝削得來的財物；以及一切刻意算計、損人利己得來的財物，把它取來是沒有危害的。那些罪惡深重的人，就是把他殺了也沒有害處。這種人本來就是天道所厭惡的。如果這個人本來是善良的，他的財物是正當取得，就是天道所保佑的；如果侵犯他們，就是違背天理。違背天理的人最終必然要失敗。你們兄弟以前搶劫了一個節婦，使她母子痛哭叫冤，鬼神震怒。如果不悔改，那麼災禍就不遠了。」過了一年多，兄弟倆果然都被抓獲處死。李金梁入獄時，自己知道不免於死刑，就對刑房吏史真儒講了這件事。史真儒是我的同鄉，曾把這件事告訴了姚安公，認為強盜也有規矩。又轉述大盜李志鴻的話說：「我騎馬射箭三十年，被我搶劫的人很多，看到別人搶劫的也很多，大概最終敗露的有十分之二三，不敗露的有十分之七八。如果一旦姦汙人家的婦女，屈指算來，從來沒有一個人不失敗的。」所以他經常以此告誡他的徒黨。老天懲罰淫亂，按理說是確實無疑的。

【研析】梁山泊好漢打的旗號是「替天行道」，占山為王的強人們常說的是「殺富濟貧」，儘管他們幹的是打家劫舍、攔路搶劫的勾當，但內心認為所做的一切是正當的，這就是所謂的「盜亦有道」。數千年來，這種觀念不僅在盜賊中，也在普通百姓中有著深厚的基礎，因此就有「俠盜」之說。當社會財富分配不均，而朝廷又不能加以調整時，社會底層百姓往往會寄希望於這種強力。當權者應當小心。

凶宅

辛卯❶夏，余自烏魯木齊從軍歸，僦居珠巢街路東一宅，與龍臬司❷承祖鄰。第二重室五楹，最南一室，簾恆飆起尺餘，若有風鼓之者；餘四室之簾則否。莫喻其故。小兒女入室，輒驚啼，云床上坐一肥僧，向之嬉笑。緇徒❸厲鬼，何以據人家宅舍？尤不可解也。又三鼓以後，往往聞龍氏宅中有女子哭聲；龍氏宅中亦聞之，乃云聲在此宅。疑不能明，然知其鑿然非善地，遂遷居柘南先生雙樹齋。後居是二宅者，皆不吉。白環九司寇❹，無疾暴卒，即在龍氏宅也。「凶宅」之說，信非虛語矣。先師陳白崖先生曰：「居吉宅者未必吉，居凶宅者則無不凶。如和風溫煦，未必能使人祛病；而嚴寒沴厲，一觸之則疾生。良藥滋補，未必能使人驟健；而峻劑攻伐，一飲之則洞洩。」此亦確有其理，未可執定命與之爭。孟子有言：「是故知命者，不立乎岩牆之下❺。」

【章旨】此章講述了作者自新疆回京後賃居的一所住宅的種種怪異。

【注釋】❶辛卯　即清乾隆三十六年，西元一七七一年。❷臬司　即按察使。❸緇徒　僧侶。❹司寇　官名。西周始置，春秋、戰國時沿用。掌管刑獄、糾察等事。後世以大司寇為刑部尚書的別稱，侍郎則稱少司寇。❺是故知命者二

句 語出《孟子・盡心上》。意思是知道命運的人，不站在有傾倒危險的岩牆之下。即要遠避風險。

【語譯】乾隆三十六年夏天，我從烏魯木齊軍隊中回來，在京城的珠巢街路東租了一所住宅，與按察使龍承祖是鄰居。這所住宅的第二進有五間房，最南的一間，門簾常常飄起一尺多高，像是有風吹起來似的，而其他四間房子的簾子就沒有飄起來，不知是什麼緣故。小孩子到了這間房裡，就會驚哭，說是床上坐著個胖和尚，朝他嬉笑。和尚變的厲鬼，為什麼要占據人家的房屋？尤其難以理解。又，三更之後，常常聽到龍家宅院裡有女子的哭聲；龍家宅院中也聽到哭聲，卻說哭聲是在這所宅院裡。這些疑惑難以解釋，但是知道這所宅院確實不是好地方，於是我就把家搬到了柘南先生的雙樹齋。後來住這兩座房子的人，都不吉利。刑部尚書白環九，沒有病而突然死去，就是在龍家的宅院裡。所謂「凶宅」的說法，我相信不是虛妄的話。先師陳白崖先生說：「居吉宅的人未必就吉利，但居凶宅的人就肯定會有禍。這就如同和風溫暖，未必能使人除去疾病；然而嚴寒侵襲，人一碰上就會生病。良藥的滋補，未必能使人立刻健壯；然而用藥性強烈的藥治療疾病，人一喝下去就會元氣大洩。」這些話也確實有它的道理，所以不能拿著命由天定來與之爭辯。孟子說過這樣的話：「所以知道命運的人，不站在有傾倒危險的岩牆之下。」

【研析】堪輿家講風水，尤其對住宅的吉凶有很深的研究，至今信眾不少。且不論其是非，作者引用孟子「是故知命者，不立乎岩牆之下」的論斷，還是值得常人借鑑的。

寡媳呼天

洛陽郭石洲言：其鄰縣有翁姑受富室二百金，鬻寡媳為妾者。至期，強被以彩衣，掖之登車。婦不肯行，則以紅巾反接其手，媒媼擁之坐車上。觀者多太息不平。然婦母族無一人，不能先發也。僕夫振轡❶之頃，婦舉聲一號，旋風暴作，三馬皆驚逸不可止。不趨其家而趨縣城，飛渡泥淖，如履康莊，雖仄徑危橋，亦不傾覆。至縣衙，乃屹然立。其事遂敗。用知「庶女呼天，雷霆下擊❷」，非典籍之虛詞。

【章旨】此章講述了一個寡媳被公婆鬻為人妾而無法反抗，卻得到鬼神相助的故事。

【注釋】❶振轡　指抖轡繩驅馬上路。❷庶女呼天二句　指春秋時齊國一民女負冤莫申，仰天呼號的事。《淮南子・覽冥訓》：「庶女叫天，雷電下擊，景公臺隕，支體傷折，海水大出。」

【語譯】洛陽人郭石洲說：他的鄰縣有一戶人家的公公、婆婆收了有錢人家的二百兩銀子，把守寡的兒媳賣給這戶人家作小妾。到了約定的日期，強給兒媳披上彩衣，挾持兒媳登上馬車。兒媳不肯去，就用紅布把她的手反綁起來，讓媒婆擁抱著坐在車上。旁觀的人大多歎息而感到不平。但兒媳婦娘家已經沒有一個人了，不能事先去衙門告發。當馬夫抖動轡繩要出發時，兒媳婦高聲哭叫，旋風突然颳起，拉車的三匹馬都受驚狂奔無法制止。馬車不跑向那戶有錢人家，而是直接朝縣城跑去。馬車飛奔過泥濘的低窪地，如同跑在康莊大道上一般，即使通過窄路險橋，也都沒有翻車。馬車一直跑到縣衙門，才昂然停了下來。於是，這件事就敗露了。由此可知「平民之女呼天喊冤，雷電下擊」，並不是典籍中的虛構之詞。

【研析】公婆強賣兒媳作人妾，傷天害理。馬車竟然會自己跑到縣衙去，此事甚奇。或許是馬車夫暗中做了手腳，也未可知。但是人們還是願意看到這樣的結局的。

厲鬼還冤

從舅安公介然曰：「厲鬼還冤，見於典記者不一，得於傳聞者亦不一。癸未❶五月，自鹽山❷耿家庵還崔莊，乃親見之。其人年約五十餘，戴草笠，著苧衫，以一驢馱襆被，繫河干柳樹下，倚樹而坐。余亦繫馬小憩。忽其人蹶然而起，以手作撐拒狀，曰：『害汝命，償汝命耳，何必若是相毆也！』支拄❸良久，語漸模糊不可辨；忽踴身一躍，已汩沒於波浪中矣。同見者十餘人，咸合掌誦佛。雖不知所報何冤，然害命償命，則其人所自道也。」

【章旨】此章講述了一個厲鬼還冤索命的故事。

【注釋】❶癸未　即清乾隆二十八年，西元一七六三年。❷鹽山　縣名。在河北東南部。宣惠河流貫，鄰接山東。❸支拄　猶支撐。撐起；撐住。

【語譯】堂舅安介然公說：「厲鬼報冤索命的事，見於典籍記載的不一而足，從傳聞中聽到的也很多。乾隆二十八年五月，我從鹽山縣耿家庵回崔莊，親眼目睹了這種事。有一個人大約五十多歲，頭戴草帽，身穿麻衫，用一頭驢子馱著被褥，拴在河岸的柳樹下，靠著樹坐著。我也拴好馬稍事休息。忽然那人猛地跳起來，用手做出抵擋的樣子，說道：「害了你的命，就償還你的命吧！何必這樣毆打我呀！」他支撐抵擋了很長時間，說話漸漸模糊不可分辨；忽然縱身一躍，就已沉沒在波浪中了。當時一起看到的十幾個人，都合掌念佛。雖然不知道報的是什麼冤仇，但是害命償命，卻是那人自己說的。」

【研析】雖說是厲鬼還冤，其實講的還是因果報應。害命索命，天經地義，這是當時社會的普遍心理。這個故事就是這種社會心理的反映。

冥鏹

戊子❶夏，小婢玉兒病瘵死。俄復蘇曰：「冥役遣我歸索錢。」市冥鏹❷焚之，乃死。俄又復蘇曰：「銀色不足，冥役弗受也。」更市金銀箔折錠焚之，則死不復蘇矣。因憶雍正壬子❸，亡弟映谷瀕危時，亦復類是。然則冥鏹果有用耶？冥役需索如是，冥官又所司何事耶？

【章旨】此章講述了一個婢女臨死遭冥役索錢的故事。

【注釋】❶戊子　即清乾隆三十三年，西元一七六八年。❷冥鏹　指燒給死人用的紙錢。❸雍正壬子　即清雍正十年，西元一七三二年。

【語譯】乾隆三十三年夏天，小婢女玉兒得肺結核病死亡。不久，她蘇醒過來說：「陰司的差役派我回來要錢。」人們買了紙錢燒掉，玉兒才死去。不久，她又蘇醒過來說：「銀子成色不足，陰司差役不要。」人們再去買了金銀箔紙折成紙錠燒掉，她就死去不再蘇醒過來了。我因此想起雍正十年，亡弟映谷臨死時，也類似這種情形。然而紙錢果真有用嗎？陰司的差役像這樣索要錢財，那陰司的官吏又管的什麼事呢？

【研析】陰司差役索要死人錢財，成色不足還拒收，如此敲詐勒索，連作者都極為憤怒，責問陰司官吏「所司何事」？其實，差役索要錢財，在其背後撐腰的是官吏，上下一氣，左右其手，才能財源滾滾，中飽私囊。陰世之事正是陽世現實的折射。作者的責問，當可看作是對陽世現實的一種譴責。

六道輪迴

胡牧亭侍御言：其鄉有生為冥官者，述冥司事甚悉。不能盡憶，大略與傳記所載同，惟言六道輪迴❶，不煩遣送，皆各隨平生之善惡，如水之流濕，火之就燥，氣類相感，自得本途。語殊有理，從來論鬼神者未道也。

【章旨】此章記述了某人論說六道輪迴。

【注釋】❶六道輪迴　佛教名詞。佛教沿用婆羅門教的說法，認為眾生各依所作善惡業因，一直在所謂六道（天、人、阿修羅、地獄、餓鬼、畜生）中生死相續，升沉不定，有如車輪的旋轉不停，故稱輪迴。亦稱六道輪迴。

【語譯】侍御史胡牧亭說：他家鄉有個活著而做陰司官員的人，講述陰司的事情很詳細，雖然無法全部回憶起來，但大致和書本的記載相同。只是講到六道輪迴，不需要鬼卒的遣送，都是根據各人平生的善惡，如同水流向濕處，火燒向乾燥處一樣，同類氣息相感應，自然會到他該去的地方。這話很有道理，是過去論鬼神的人所沒有說過的。

【研析】同類相應，同氣相求，陽世如此，陰世也如此。陽世與陰世，只是一紙之隔。

狐精漁色

狐之媚人，為採補❶計耳，非漁色也；然漁色者亦偶有之。表兄安濬北言：有人夜宿深林中，聞草間人語曰：「君愛某家小童，事已諧否？此事亢陽❷熏爍，消蝕真陰，極能敗道。君何忽動此念耶？」又聞一人答曰：「勞君規戒。實緣愛其美秀，遂不能忘情。然此童貌雖豔冶，心無邪念，吾於夢中幻諸淫態誘之，漠然不動。竟無如之何，已絕是想矣。」其人覺有異，潛往窺視，有二狐跳踉去。

【章旨】此章講述了狐狸精貪圖美色的故事。

【注釋】❶採補　指狐狸精為修煉而採陽補陰。❷亢陽　陽極盛的意思。

【語譯】狐狸精媚人，是為了採陽補陰，而不是貪色；但是貪色的狐狸精偶爾也是有的。表兄安濬北說：有人夜裡住宿在密林深處，聽到草叢中有人說道：「您愛某家的男孩，事情成功了嗎？這種事陽氣太盛，會消蝕陰氣，極能夠敗壞道行。您怎麼突然動起這種念頭來了？」又聽到一人回答說：「感謝您的規勸告誡。我實在是因為愛他容貌秀美，於是無法忘情。然而這個男孩容貌雖然豔麗漂亮，但心中沒有邪念，我在他夢中變出各種妖冶淫蕩的姿態誘惑他，他竟然毫不動心。我最終也沒有什麼辦法，已經斷了這個念頭了。」那人覺得奇怪，就悄悄走過去偷看，只見兩隻狐狸竄跳著跑了。

【研析】狐狸精是否能夠媚人，還是在於被媚之人能否把握自己。如文中所說男童，對狐狸精的妖冶淫蕩之狀毫不動心，狐狸精也無計可施。可見，心如磐石是抗拒一切誘惑的最好武器。

任子田

泰州❶任子田，名大椿，記誦博洽，尤長於「三禮」❷注疏，六書❸訓詁。乾隆己丑❹登二甲一名進士，浮沉郎署。晚年始得授御史，未上而卒。自開國以來，二甲一名進士，不入詞館❺者僅三人，子田實居其一。自言十五六時，偶為從父侍姬以宮詞書扇。從父疑之，致侍姬自經死。其魂訟於地下，子田奄奄臥疾，魂亦為追去考問。閱四五年，冥官庭鞫七八度，始辨明出於無心，然卒坐以過失殺人，減削官祿，故仕途偃蹇❻如斯。賈鈍夫舍人曰：「治是獄者即顧郎中德懋。二人先不相知；一日相見，彼此如舊識。時同在座親見其追話冥司事，子田對之，猶栗栗然也。」

【章旨】此章講述了一位二甲一名進士仕途坎坷，究其原因乃是業報的故事。

【注釋】❶泰州　縣名。今江蘇泰州。❷三禮　指《儀禮》、《周禮》、《禮記》三書的合稱。是儒家經典之一。❸六書　古人分析漢字的造字方法而歸納出來的六種條例，即象形、指事、會意、形聲、轉注、假借。此處指文字學。❹乾隆己丑　即清乾隆三十四年，西元一七六九年。❺詞館　指翰林院。❻偃蹇　艱澀；艱難。

【語譯】泰州人任子田，名大椿，他博學強記，學問淵博，尤其在「三禮」注疏、六書訓詁上有很深的造詣。他於乾隆三十四年榮登二甲第一名進士，但以後他的官職就沉浮於郎署之中。直到晚年才被授為御史，還沒上任就去世了。從大清開國以來，二甲第一名進士而沒有入翰林院的只有三人，任子田就是其中一個。他自己說十五、六歲時，偶然為堂叔的侍妾寫一首宮詞在扇子上，堂叔猜疑那個侍妾，導致那個侍妾上吊自殺。侍妾的鬼魂到陰司告狀，任子田生重病躺在床上，魂也被追到陰司接受審問。經過四、五年時間，陰司官員開庭審理了七八次，才辨明任子田是出於無心，但最終以過失殺人定罪，被削減官祿。因此他的仕途才這般坎坷。賈鈍夫舍人說：「審理這個案子的就是顧德懋郎中。兩人原先不認識；有一天相遇，彼此卻好像老朋友一樣。當時在場的人親眼看到他們追憶陰司的事，任子田回答時，也還是心驚膽戰的樣子。」

【研析】十五六歲的少年為堂叔侍妾寫了一把扇子，就要受到猜疑，導致那個侍妾被迫自殺。少年何罪？侍妾何罪？要追究的是那個少年的堂叔和吃人的禮教。此文雖說是講因果，但客觀上揭露了封建禮教的黑暗。

隔世之報

即墨❶楊槐亭前輩言：濟寧❷一童子為狐昵，夜必同衾枕，至年二十餘，猶無虛夕。或教之留鬚，鬚稍長，輒睡中為狐剃去，更為傅脂粉。屢以符籙驅遣，皆不能制。後正乙真人舟過濟寧，投詞乞劾治。真人牒於城隍，狐乃詣真人自訴。不睹其形，然旁人皆聞其語。自言：「過去生中為女子，此童為僧。夜過寺門，被劫閉窟室中，隱忍受汙者十七載，鬱鬱而終。訴於地下主者，判是僧地獄受罪畢，仍來生償債。會我以他罪墮狐身，竄伏山林百餘年，未能相遇。今煉形成道，適逢僧後身為此童，因得相報，十七年滿自當去，不煩驅遣也。」真人竟無如之何。後不知期滿果去否。然據其所言，足知人有所負，雖隔數世猶償也。

【章旨】此章講述了一個狐狸精相隔數世仍報復冤仇的故事。

【注釋】❶即墨　縣名。在山東青島東北部，東臨嶗山灣。❷濟寧　縣名。在山東西南部，大運河縱貫。

【語譯】即墨縣的楊槐亭前輩說：濟寧縣有個少年被狐狸精所迷惑，狐狸精每天夜裡都和他同床共枕。這個少年到了二十多歲，狐狸精還是沒有一夜肯放過他。有人教他留起鬍鬚，鬍鬚稍稍長一點，就在睡著時被狐狸精剃去，還給他塗上脂粉。他曾多次用符籙來驅趕狐狸精，但都不能制服她。後來正乙真人乘船路過濟寧，他就寫訴詞請真人來驅逐整治這個狐狸精。真人給城隍下了公文，這個狐狸精於是來見真人，自己陳述事情原委。人們看不到這個狐狸精的模樣，然而旁邊的人都能聽到她說的話，她自稱：「過去活著時是個女子，這少年是個和尚。我晚上路過寺門時，被和尚劫去關在地窖裡，在那裡隱祕地忍受他的汙辱達十七年，鬱鬱而死。我告到陰司，陰司判和尚在地獄受罪以後，還要在來生償還這個孽債。這時我因為犯了其他罪而墮落成為狐狸，潛伏在山林一百多年，沒有能夠與他相遇。如今我已修煉成形得道，恰好遇上和尚再次投生為這個少年，因此得以報冤，十七年滿後我自己會離去，不勞他人來驅趕。」真人竟然也無可奈何。後來不知道期滿後那個狐狸精是否真的離去了。但是根據她所說的話，足以知道人做了虧心事，即使隔了幾世還是要償還的。

【研析】欠下孽債，總要償還。這個狐狸精復仇的願望如此強烈，並不因為時隔一百多年而消滅。佛家以為一切事物的現象都有它各自的因和緣，外力干涉不得。從這篇故事中，可見佛教思想的影響。

某翰林拒饋

同年❶項君廷模言：昔嘗館翰林某公家，相見輒講學❷。一日，其同鄉為外吏❸者，有所饋贈。某公自陳平生儉素，雅不需此。見其崖岸高峻❹，遂逡巡攜歸。某公送賓之後，徘徊廳事❺前，悵悵惘惘，若有所失，如是者數刻。家人請進內午餐，大遭詬怒。忽聞有數人吃吃竊笑，視之無跡，尋之聲在承塵❻上。蓋狐魅云。

【章旨】此章記敘了一位翰林假裝清正廉潔又醜態畢露的故事。

【注釋】❶同年　科舉制度中稱同科考中的人。明清鄉試會試同榜登科者皆稱「同年」。❷講學　指講論道學。❸外吏　在外省做官。❹崖岸高峻　原意高峻的山崖、堤岸，這裡喻人高傲、不隨和。❺廳事　廳堂。❻承塵　天花板。

【語譯】與我同一年考中進士的項廷模先生說：過去曾在某位翰林家坐館教書。這位翰林和他一見面就大談道學。一天，翰林的一位在外地做官的同鄉，送來一些禮物。某翰林說自己平生節儉樸素，根本不需要這些東西。同鄉見這位翰林清高嚴峻，便很尷尬地把禮物拿回去了。翰林送走客人之後，在廳堂裡走來走去，悵悵然滿臉失意的樣子，好像丟了什麼東西似的。就這樣過了好幾刻鐘。家裡人請他進去吃午飯，被他狠狠地怒罵了一頓。翰林這時忽然聽到有幾個人在吃吃地偷笑，環視四周沒有見人，聽那聲音是在天花板上，大概是狐狸精吧。

【研析】清高翰林，平時滿口的禮義廉恥，卻在一些饋贈前露出馬腳。作者如此嘲諷道學家，可謂入木三分。

假鬼與真魅

陳少廷尉❶耕巖，官翰林時，為魅所擾。避而遷居，魅輒隨往。多擲小帖道其陰事，皆外人不及知者。益悚懼，恆虔祀之。一日擲帖，責其待侄之薄，且曰：「不厚資助，禍且至。」眾緣是竊疑其侄，密約伺察。夜聞擊損器物聲，突出掩執，果其侄也。耕巖天性長厚，尤篤於骨肉，但曰：「爾需錢可告我，何必乃爾？」笑遣之歸寢，由是遂安。後吳編修❷樸園突遭回祿❸，莫知火之自來。凡再徙居而再焚，余意亦當如耕巖事。樸園曰：「固亦疑之。」然第三次遷泉州會館❹時，適與客坐廳事中，忽烈焰赫然，自承塵下射。是非人所能上，亦非人所能入也，殆真魅所為矣。

【章旨】此章講述了為謀私利而裝鬼及無故失火而懷疑是真魅所為的故事。

【注釋】❶少廷尉　即大理寺少卿。廷尉，官名。秦始置。掌刑獄，為九卿之一。東漢以後或稱廷尉、大理和廷尉卿。從北齊至明清皆稱大理寺卿。❷編修　官名。宋代凡修國史、實錄、會要等均隨時置編修官，樞密院亦有編修官，均負責編纂記述。明清之翰林院編修，以一甲二三名進士及庶吉士之留館者充任，無定員，亦無實際職務。❸回祿　傳說中的火神。❹會館　古時同省、同府、同縣或同業的人在京城、省城或國內外大商埠設立的機構，主要以館址的房屋供同鄉、同業聚會或寄寓。

【語譯】大理寺少卿陳耕巖任翰林時，被鬼魅所騷擾。他為躲避鬼魅而搬了家，但鬼魅還是跟著他。鬼魅還經常扔出一些小帖子揭露他的隱私事，都是外人不知道的。陳耕巖更加驚恐，經常虔誠地祭祀祈禱。有一天，鬼魅扔出帖子，責備他對待侄兒不好，而且說：「不多拿些錢資助他，災禍就要臨頭了。」眾人因此暗中懷疑是他侄兒搗鬼，祕密相約伺候監察。夜裡聽到打壞器物的聲音，眾人衝出來將那人捉住，一看果然是他侄兒。陳耕巖生性寬厚，尤其注重骨肉之情，只是說道：「你需要錢可以告訴我，何必這樣呢？」笑著打發他回去睡覺。從此以後家裡就安寧了。後來翰林院編修吳樸園家裡突然發生火災，不知道這火災發生的原因。後來吳樸園搬了兩次家，而又兩次發生火災。我認為這事也應該和陳耕巖家的事一樣。吳樸園說：「我原來也這樣懷疑。」然而他第三次把家搬到泉州會館時，剛好和客人坐在廳堂中，忽然火焰通紅，從天花板往下竄。這不是人能上得去的，也不是人能進得去的，大概真是鬼魅所幹的了。

【研析】鬼搗鬼並不可怕，可怕的是人搗鬼。因為鬼本來就是虛無縹緲之事，鬼搗鬼就更加虛無了，世人自可不必理會。人搗鬼卻是世人經常遇到的，人間禍事常因人搗鬼引起。奇怪的是，世人不怕實在的人搗鬼，卻怕虛無的鬼搗鬼。殊不知鬼搗鬼常常就是人搗鬼。

天佑

程也園舍人居曹竹虛舊宅中。一夕，弗戒於火，書畫古器，多遭焚毀。中褚河南❶臨〈蘭亭〉❷一卷，乃五百金所質，方慮來贖時轇轕❸，忽於灰燼中揀得，匣及袱並爇，而書卷無一字之損。表弟張桂岩館也園家，親見之。白香山❹所謂「在在處處有神物護持」者耶？抑成毀各有定數，此卷不在此火劫中耶？然事則奇矣，亦將來賞鑑家一佳話也。

【章旨】此章講述了褚遂良摹本〈蘭亭集序〉帖遭火災卻沒有焚毀的故事。

【注釋】❶褚河南　即唐代褚遂良。唐代大書法家。字登善，錢塘（今浙江杭州）人，一作陽翟（今河南禹縣）人。官至中書令。高宗即位，封河南郡公，世稱「褚河南」。❷蘭亭　指〈蘭亭帖〉。又稱〈禊帖〉、〈蘭亭集序帖〉。著名的行書法帖。東晉王羲之書。❸轇轕　糾葛。❹白香山　即白居易。唐代大詩人。字樂天，晚年號香山居士。其先太原（今屬山西）人，後遷居下邽（今陝西渭南東北）。官至刑部尚書。

【語譯】程也園舍人居住在曹竹虛的舊宅子裡。一天晚上，因為不小心而引發火災，家中的書畫古董大多遭到焚毀，其中有褚遂良臨摹的〈蘭亭集序〉一卷，這是人家借去五百兩銀子用來作抵押品的。程也園正在擔心人家來贖還時要發生糾葛，忽然在火災的灰燼中揀到了，匣子和包袱都被燒毀了，但書卷卻一個字也沒有損壞。表弟張桂岩當時在程也園家坐館教書，親眼目睹了這件事。這難道是應驗了白居易所說的「到處都有神明保護」的話嗎？還是因為成和毀各有定數，這個書卷不該毀在這場火災中呢？然而這事確實很奇怪，將來也可以作為鑑賞家們的一段佳話。

【研析】一場大火，沒有焚毀這本珍貴的法帖，真是書法之幸運，也是藝術之幸運。這是天地佑護神物，不使遭到無妄之災。

鴨鳴蛇身

同年柯禺峰，官御史時，嘗借宿內城友人家。書室三楹，東一室隔以紗廚❶，扃不啟。置榻外室南牖下，睡至夜半，聞東室有聲如鴨鳴，怪而諦視。時明月滿窗，見黑煙一道，從東室門隙出，著地而行，長可丈餘，蜿蜒如巨蟒；其首乃一女子，鬟髻儼然，昂而仰視，盤旋地上，作鴨鳴不止。禺峰素有膽，拊榻叱之。徐徐卻行，仍從門隙斂而入。天曉，以告主人。主人曰：「舊有此怪，或數年一出，不為害，亦無他休咎❷。」或曰：「未買是宅前，舊主有侍姬幽死此室。」未知其審也。

【章旨】此章講述了一條鴨鳴蛇身的怪物的故事。

【注釋】❶紗廚　亦作「紗櫥」。室內張施用以隔層或避蚊的紗帳。❷休咎　吉凶。休為吉，咎為凶。

【語譯】同年柯禺峰，擔任御史時，曾寄住在內城的朋友家裡。那戶人家有三間書房，東面一間用紗帳隔開，鎖著門。他就在外間的南窗下設置床鋪。睡到半夜時，他聽到東間有鴨叫一樣的聲音，覺得奇怪，就仔細觀察，當時明亮的月光照著窗戶，只見有一道黑煙從東間門縫中鑽出來，貼著地面爬行，大約有一丈多長，蜿蜒著像一條巨蟒。黑煙的頭部卻是一個女子，梳著女子的髮髻清晰可見，昂著頭仰視，身子盤旋在地上，不停地發出鴨叫的聲音。柯禺峰向來膽大，就拍著床鋪大聲呵斥那個怪物。那股黑煙慢慢地退後，仍然從門縫中縮了進去。天亮後，柯禺峰把這件事告訴了這座住宅的主人。主人說：「過去是有這個怪物，有時幾年出現一次，不危害人，也沒有其他吉凶的事情發生。」有人說：「沒有買下這座住宅前，原來的房主有個侍妾在這個房間裡被幽禁而死。」這個說法不知是否真實。

【研析】女子幽死化為鴨嘴蛇身的怪物，給人留下許多想像的空間：這個女子因何被幽死？是為情耶？還是為財耶？為情者被幽死，淒美愛憐；為財者被幽死，是非曲直，誰來分辯？種種疑團，留給讀者慢慢想像體悟。

前愚後智

胥魁❶有善博者，取人財猶探物於囊，猶不持兵而劫奪也。其徒黨密相羽翼，意喻色授，機械百出，猶臂指之相使，猶呼吸之相通也。騃豎❷多財者，則猶魚吞餌，猶雉遇媒❸耳。如是近十年，囊金巨萬，俾其子賈於長蘆❹，規什一之利。子亦狡黠，然冶蕩好漁色。有墮其術而破家者，銜之次骨，乃乞與偕往，而陰導之為北里❺遊。舞衫歌扇，耽玩忘歸，耗其貲十之九。胥魁微有所聞，自往檢校，已不可收拾矣。論者謂是雖人謀，亦有天道：仇者之動此念，殆神啟其心歟？不然，何前愚而後智也？

【章旨】此章講述一個善於賭博者卻在妓院中喪失財產的故事。

【注釋】❶胥魁　差役的頭目。❷騃豎　指呆子。❸雉媒　即雉媒。獵人馴養的雉，用以招引野雉，而把牠捕獲。❹長蘆　古縣名。治所在今河北滄州西。❺北里　唐代長安平康里，因在城北，故稱。其地為妓院所在，因用為妓院的代稱。

【語譯】有個官府差役的頭目善於賭博，贏別人的錢就好像探囊取物，如同不拿凶器而搶劫掠奪。他的黨羽暗地裡做他的幫手，做表情使眼色，詭計多端，他們互相配合的默契，就像手臂與手指相連動，就像呼吸相通。那些蠢笨而有錢的人，就像魚兒吞食誘餌，就像野雞遇上獵人用來引誘的雉媒。像這樣過了近十年，這個差役頭目積累了巨萬家財，讓自己的兒子到長蘆經商，估計能夠賺取本錢十分之一的利錢。他的兒子也很狡黠，但是生性淫蕩，喜歡尋花問柳。有個中了差役頭目圈套而傾家蕩產的人，對他恨之入骨，於是請求和差役頭目的兒子一起去做買賣，卻偷偷地帶他的兒子去逛妓院。差役頭目的兒子沉溺於妓院的歌舞聲色中，沉湎於玩妓女而忘記回家，耗費了自己十分之九的資財。這個差役頭目略微聽到一些消息，親自去查看核對，但事情已經不可收拾了。人們議論說，這事雖然是人為謀畫的，但也有天意：報仇的人動這個念頭，大概是神靈啟發了他的心思吧？不然的話，為什麼先前愚笨而後來聰明了呢？

【研析】賭博之害，正如作者所說的「不持兵而劫奪」；而玩妓之害，也略相當。因此，正人君子遠離賭博嫖娼。作者說這個故事的用意，也在於此。

狐女生子

故城❶刁飛萬言：其鄉有與狐女生子者，其父母怒詬❷之。狐女泣涕曰：「舅姑見逐，義難抗拒。但子未離乳，當且攜去耳。」越兩歲餘，忽抱子詣其夫曰：

「兒已長，今還汝。」其夫遵父母戒，掉首不與語。狐女太息❸抱之去。此狐殊有人理，但抱去之兒，不知作何究竟。將人所生者仍為人，廬居火食，混跡閭閻❹歟？抑妖所生者即為妖，幻化通靈，潛蹤墟墓歟？或雖為妖而猶承父姓，長育子孫，在非妖非人之界歟？雖為人而猶依母黨，往來窟穴，在亦人亦妖之間歟？惜見首不見尾，竟莫得而質之。

【章旨】此章講述了一個狐女與人相愛生子卻不被婆家及丈夫接受的故事。

【注釋】❶故城　縣名。在河北南部、南運河西岸，鄰接山東。❷怒誶　憤怒的責罵。❸太息　大聲歎氣；深深地歎息。❹閭閻　里巷的門。此處指百姓間。

【語譯】故城人刁飛萬說：他的家鄉有個人和狐女生了一個兒子，他的父母怒罵狐女。狐女哭著說：「公公婆婆要趕我走，從道義上講難以抗拒。但是孩子還沒有斷奶，我應該暫時把他帶走。」過了兩年多，狐女忽然抱著兒子來見丈夫說：「兒子已經長大了，現在還給你吧。」她的丈夫遵從父母的訓誡，轉過臉不和她說話。狐女深深歎息著把孩子抱走了。這狐女很有人情，但是抱去的那個孩子，不知最終會怎麼樣。或許狐女與人所生的仍然是人，住在房屋中，吃著用火燒煮的熟食，混跡於市井人群之間呢？也許妖所生的就成了妖，變幻通靈，潛伏蹤跡在廢墟墳墓之中呢？或許雖然成為妖但還是繼承父姓，長大後生兒育女，介於非妖非人之間呢？或許雖然是人但仍然依附於母親族黨，往來於洞穴，介於又是人又是妖之間呢？可惜這故事只知開頭不知結尾，終究沒有辦法向他們問個清楚。

【研析】公婆嫌棄兒媳之事常有，最早描寫這類故事的文學作品應當是〈孔雀東南飛〉了。那個惡婆婆活生生地把一對恩愛夫妻拆散。此處所說的那家公婆也是把一對夫妻拆散。丈夫迫於父母之命，連與妻子說句話的勇氣都沒有。讀到此處，我們除了與狐女那樣深深歎息外，別無他言。

腹負將軍

同年蔣心餘❶編修言：其鄉有故家廢宅，往往見豔女靚妝，登牆外視。武生❷王某，粗豪有膽，徑攜被獨宿其中，冀有所遇。至夜半寂然，乃拊枕自語曰：「人言此宅有狐女，今何往耶？」窗外小聲應曰：「六娘子知君今日來，避往溪頭看月矣。」問：「汝為誰？」曰：「六娘子之婢。」又問：「何故獨避我？」曰：「不知何故，但云畏見此腹負將軍❸。」亦不解為何語也。王後每舉以問人曰：「腹負將軍是武職幾品？」莫不粲然。後問其鄉人，曰：「實有其人，亦實有其事；然僅旁皇❹竟夜，一無所見耳。其語則心餘所點綴也。」心餘性好詼諧，理或然歟！

【章旨】此章講述了一個自視甚高的武生被狐仙嘲諷的故事。

【注釋】❶蔣心餘　即蔣士銓。字心餘，一字苕生，號清容，清鉛山（今江西鉛山）人。其先為錢氏。自長興遷鉛山。始姓蔣。乾隆進士。官至翰林院編修。❷武生　武秀才的簡稱。❸腹負將軍　指腹中空空，只能吃飯不會成事的人。❹旁皇　也作「彷徨」。徘徊；游移不定。

【語譯】同年蔣心餘編修說：他家鄉有座大戶人家廢棄的宅院，常常見到美貌女子濃妝豔抹，登上牆頭向外張望。有個姓王的武秀才，性格粗野豪放有膽量，徑直帶著被子獨自一人到宅院裡過夜，希望能有豔遇。等到半夜還是寂然沒有動靜，他拍著枕頭自言自語說：「人家說這座宅院裡有狐女，現在到哪兒去了呢？」窗外有人小聲回答道：「六娘子知道您今天來，避到溪頭看月亮去了。」王某問道：「你是誰？」又聽到回答說：「我是六娘子的丫環。」王某又問：「為什麼單單避我？」回答說：「我不知道什麼原因，只聽說是怕見這位腹負將軍。」王某也不懂這話是什麼意思。王某後來經常用這句話問人家說：「腹負將軍是幾品武官？」被問到的人沒有不笑的。有人後來問他的同鄉，回答說：「確實有這個人，也確實有這件事；然而王某只是徘徊了一整夜，什麼也沒看到。那些話是蔣心餘所虛構點綴的。」蔣心餘生性喜歡詼諧，或許真是這麼回事！

【研析】曾經有人用一句話來形容竹筍：「嘴尖皮厚腹中空。」這位王武生除了說話沒有伶牙俐齒外，另兩項「皮厚」與「腹中空」是相符的。此類人世上常有，當不罕見。

虎神

先母張太夫人，嘗雇一張媼司炊，房山❶人也，居西山深處。言其鄉有貧極棄家覓食者，素未外出，行半日即迷路。石徑崎嶇，雲陰晦暗，莫知所適，姑枯坐樹下，俟天晴辨南北。忽一人自林中出，三四人隨之，並猙獰偉岸❷，有異常人。心知非山靈即妖魅，度不能隱避，乃投身叩拜，泣訴所苦。其人惻然曰：「爾勿怖，不汝害也。我是虎神，今為諸虎配食料。待虎食人，爾收其衣物，足自活矣。」因引至一處，噭然長嘯，眾虎坌集❸。其人舉手指揮，語啁哳❹不可辨。俄俱散去，惟一虎留伏叢莽間。俄有荷擔度嶺者，虎躍起欲搏，忽辟易而退。少頃，一婦人至，乃搏食之。撿其衣帶，得數金，取以付之，且告曰：「虎不食人，惟食禽獸。其食人者，人而禽獸者耳。大抵人天良未泯者，其頂上必有靈光，虎視之即避。其天良澌滅者，靈光全息，與禽獸無異，虎乃得而食之。頃前一男子，凶暴無人理；然攘奪所得，猶恤其寡嫂孤侄，使不飢寒。以是一念，靈光煜煜如彈丸，故虎不敢食。後一婦人，棄其夫而私嫁，又虐其前妻之子，身無完膚；更盜後夫之金，以貽前夫之女，即懷中所攜是也。以是諸惡，靈光消盡，虎視之，非復人身，故為所啖。爾今得遇我，亦以善事繼母，輟妻子之食以養，頂上靈光高尺許，故我得而佑之，非以爾叩拜求哀也。勉修善業，當尚有後福。」因指示歸路，越一日夜得至家。張媼之父與是人為親串，故得其詳。時家奴之婦，有虐使其七歲孤侄者，聞張媼言，為之少戢。聖人以神道設教，信有以夫。

【章旨】此章講述了虎神專吃不忠不孝、不善待親友的惡人的故事。

【注釋】❶房山　縣名。在北京西南部，鄰接河北。今北京房山區。❷偉岸　魁梧；壯碩。❸坌集　聚集。❹啁哳　形容聲音繁雜而細碎。

【語譯】先母張太夫人，曾經雇用一位姓張的老婦人做飯。這位老婦人是房山縣人，家住在西山深處。她說她家鄉有個極其貧窮的人，拋棄家庭出門尋覓食物。這人從來沒有外出過，走了半天就迷路了。山路崎嶇，雲層陰沉晦暗，他不知道往哪裡去，就暫時枯坐在樹下，想等到天晴了再分辨方向找路。忽然從樹林中走出一個人，三、四個人跟隨著他，都是相貌猙獰，身材高大，和普通人不一樣。他心想不是山神就是妖怪，料想自己無法隱藏躲避，於是跪下叩拜，哭著訴說自己的苦難。那人同情地說：「你別怕，我不會害你的。我是虎神，今天要給老虎們分配食物。等老虎吃了人，你把那人的衣物收拾起來，足夠你生活了。」於是虎神把他帶到一個地方，高聲長嘯，很多老虎聚集過來。那人舉手指揮，語言嘈雜無法分辨。一會兒老虎都散去，只有一隻老虎留下伏在亂樹叢中。不久，有個挑著擔翻山越嶺的人，老虎跳起要撲向他，忽然又避開退了回來。過了一會兒，一個婦人走到這裡，老虎才把她撲倒吃掉。虎神撿起這個婦人的衣服，搜出幾兩銀子，拿出來交給他，並且告訴他說：「老虎不吃人，只吃禽獸。那些被老虎吃掉的人，是人類中的禽獸。大抵人的天良沒有泯滅的，他頭頂上必然有靈光，老虎見了就退避。人的天良喪盡的，頭頂上靈光完全熄滅，和禽獸沒有差別，老虎才能把他抓住吃掉。剛才前面那個男子，凶暴沒有做人的道理；但是他搶奪所得來的財物，還能用來照料寡居的嫂子和孤侄，使他們不受飢寒。因為有這一念之善，他頭頂上的靈光熠熠發亮如同彈丸般大，因此老虎不敢吃他。後面那個婦人，遺棄丈夫而私自改嫁，又虐待她丈夫前妻的兒子，打得他體無完膚。又偷了後夫的銀子送給前夫的女兒，就是她懷中所攜帶的那些銀子。因為這些罪惡，她頭頂上的靈光全部消失了，老虎看見的這個婦人，不再是人的身體，所以她被老虎吃了。你今天遇見我，也是因為你能善待繼母，省下妻子兒女的口糧來供養她，你頭頂上的靈光高一尺多，所以我能夠保護你，不是因為你叩拜哀求的緣故。希望你多做善事，應當還會有後福的。」於是便指點他回家的路。他走了一天一夜才回到家中。張姓老婦人的父親和這人是親戚，所以知道得很詳細。當時一個家奴的老婆，虐待役使她七歲的孤侄，聽了張姓老婦人的話，行為就有所收斂。聖人通過神道來教化百姓，我相信是有其道理的。

【研析】惡人遭惡報，不是橫死，就是喪於虎口，報應不可謂不爽。作者的用意還是在於勸人向善。

說鬼火

磷為鬼火，《博物志》❶謂戰血所成，非也，安得處處有戰血哉！蓋鬼者，人之餘氣也。鬼屬陰，而餘氣則屬陽。陽為陰鬱，則聚而成光，如雨氣至陰而螢火化，海氣至陰而陰火然❷也。多見於秋冬，而隱於春夏；秋冬氣凝，春夏氣散故也。其或見於春夏者，非幽房廢宅，必深岩幽谷，皆陰氣常聚故也。多在平原曠野，藪澤❸沮洳❹，陽寄於陰，地陰類，水亦陰類，從其本類故也。先兄晴湖，嘗同沈豐功年丈❺夜行，見磷火在高樹巔，青熒如炬，為從來所未聞。李長吉❻詩曰：「多年老鴞成木魅，笑聲碧火巢中起。」疑亦曾睹斯異，故有斯詠。先兄所見，或木魅所為歟！

【章旨】此章論說了鬼火的起因，批駁了晉人張華《博物志》中提出的觀點。

【注釋】❶博物志　筆記。西晉張華撰。十卷。多取材於古書，分類記載異境奇物及古代瑣聞雜事，也宣揚神仙方術。❷然　通「燃」。燃燒。❸藪澤　指水草茂密的沼澤湖泊地帶。❹沮洳　低濕之地。❺年丈　猶年伯。科舉時代為對父親同年登科者的尊稱，後用以泛指父輩。❻李長吉　即李賀。唐詩人。字長吉，福昌（今河南宜陽）人。唐皇室遠支。著有《昌谷集》。

【語譯】磷的發光稱為鬼火，《博物志》中說是由戰場上的血化成的，這種說法不對，怎麼可能處處都有戰場上的血呢！鬼，是人的餘氣，鬼屬陰，而人的餘氣則屬陽。陽氣被陰所鬱積，就會集聚而發光，就像雨氣極陰而會化生螢火，海氣極陰而陰火就會燃燒。鬼火經常出現在秋冬時節，而在春夏時節就隱匿不見；這是因為秋冬時節陰氣凝聚，春夏時節陰氣渙散的緣故。或許偶爾在春夏時節看到的鬼火，不是在幽僻的房屋、廢棄的庭院，就是在深山幽谷之中，因為陰氣經常聚集在那裡的緣故罷了。鬼火還多見於平原曠野、沼澤窪地，這是因為陽氣寄居於陰氣之中，而大地是陰類，水也是陰類，物聚於同類的緣故罷了。先兄晴湖，曾經和沈豐功老伯一起夜裡行路，看見磷火在高高的樹頂，青熒熒的光芒如同火炬，這是從來沒有聽說過的。唐代詩人李長吉在詩中寫道：「多年老鴞成為樹木的妖魅，笑聲和碧火從鳥巢中升起。」我猜想他也曾見過這種奇異的景象，所以才寫下這樣的詩句。先兄所看到的，也許就是木魅在作怪吧！

【研析】晉人張華在《博物志》中，已經指出鬼火與戰場死人有關，接近鬼火形成的真相。而晚了一千幾百年的作者，儘管正確指出了鬼火經常出現的地方和季節，卻把鬼火說成是陰陽二氣作用的結果，其認識水準大大不如張華。如果要說今不如昔，紀昀這種認識上的倒退可算一例。

巨硯

賈人持巨硯求售，色正碧而斑點點如血沁。試之，乃滑不受墨。背鐫長歌一首，曰：「祖龍❶奮怒鞭頑石，石上血痕胭脂赤。滄桑變幻幾度經，水舂沙蝕存盈尺。飛花點點粘落紅，芳草茸茸挼嫩碧。海人漉得出銀濤，鮫客❷咨嗟龍女惜。云何強遣充硯材，如以嬙施❸司洴澼❹。凝脂原不任研磨，鎮肉翻成遭棄擲。（原注：客問鎮肉事，判曰：『出《夢溪筆談》❺。』）音難見賞古所悲，用弗量才誰之責。案頭米老❻玉蟾蜍，為汝傷心應淚滴。」後題：「康熙己未❼重九❽，餐花道人降乩，偶以頑硯請題，立揮長句。因鐫諸硯背以記異。」款署「奕燽」二字，不著其姓，不知為誰，餐花道人亦無考。其詞感慨抑鬱，不類仙語，疑亦落拓之才鬼也。索價十金，酬以四金不肯售。後再問之，云四川一縣令買去矣。

【章旨】此章講述了一方巨硯的故事。

【注釋】❶祖龍　指秦始皇。❷鮫客　神話傳說中的人魚。❸嬙施　嬙，指王嬙，即王昭君。名嬙，字昭君，西漢南郡秭歸（今屬湖北）人。匈奴呼韓邪單于入朝求和親，她自請嫁匈奴。施，指西施，春秋末年越國苧羅（今浙江諸暨南）人。由越王句踐獻給吳王夫差，成為夫差最寵愛的妃子。❹洴澼　漂洗（棉絮）。❺夢溪筆談　筆記。北宋沈括撰。

二十六卷。又《補筆談》三卷，《續筆談》一卷。因寫於潤州（州治今江蘇鎮江）夢溪園而得名。❻米老　即米芾。北宋書畫家。初名黻，字元章，號襄陽漫士、海嶽外史等。世居太原（今屬山西），遷襄陽（今屬湖北），後定居潤州（今江蘇鎮江）。徽宗召為書畫學博士，曾官禮部員外郎，人稱「米南宮」。書法為北宋四大家之一。❼康熙己未　即清康熙十八年，西元一六七九年。❽重九　節令名。農曆九月初九稱「重九」，也稱「重陽」。

【語譯】有位商人拿著一方巨硯出售，這方硯臺色澤碧綠，而且硯石上有斑斑紅點像是血沁進去的。我試著用這方硯臺磨墨，卻滑滑地不發墨。硯臺背面刻有長詩一首，詩寫道：「祖龍奮怒鞭打頑石，石上血痕如同胭脂赤色。滄桑變幻幾度經過，水舂沙蝕僅存盈尺。飛花點點粘落紅斑，芳草茸茸挼下嫩碧。海人漉得出於銀濤之中，鮫客咨嗟龍女惋惜。說為什麼強行遣送充當硯材，如同讓王嬙西施主管漂洗。凝脂原來不任研磨，鎮肉翻成遭到棄擲。（原注：有人問鎮肉事，乩仙下判語寫道：『典故出於《夢溪筆談》。』）知音難見賞識古來所悲哀，使用時沒有量才是誰的責任。案頭放著米老的玉蟾蜍，為你傷心應該滴淚。」後有題詞：「康熙十八年重陽節，餐花道人降乩，偶然拿這方石硯請他題寫，立刻寫下這首長詩。因此把詩鐫刻在硯臺背面以記念這樁異事。」落款署名「奕燾」二字，沒有寫他的姓，不知是什麼人，餐花道人也無從考證。這首詩感慨抑鬱，不像是仙人之語，我懷疑也是不得志的有才之士成鬼後作的吧。商人要價十兩銀子，我還價四兩銀子，他不肯賣。我後來再問起這方硯臺的下落，說是被四川的一位縣令買走了。

【研析】硯之名貴，在於硯材。中國四大名硯，均因硯材之名貴而得名。硯材之名貴，一在於硯材之難得；二在於容易發墨而不傷筆。硯的製作工藝尚在其次。從文中所說之硯來看，似乎硯材頗奇，製作也精細，但其缺點是不發墨。硯用來磨墨寫字，如不發墨，則其主要功能就喪失了。作者故而與此硯失之交臂也不惋惜。

紀昌

奴子紀昌，本姓魏，用黃犢子❶故事，從主姓。少喜讀書，頗嫻文藝，作字亦工楷。最有心計，平生無一事失便宜。晚得奇疾：目不能視，耳不能聽，口不能言，四肢不能動，周身並痿痹❷，不知痛癢；仰置榻上，塊然如木石，惟鼻息不絕。知其未死，按時以飲食置口中，尚能咀嚥而已。診之乃六脈平和，毫無病狀，名醫亦無所措手。如是數年，乃死。老僧果成曰：「此病身死而心生，為自古醫經所不載，其業報歟？」然此奴亦無大惡，不過務求自利，算無遺策耳。巧者造物之所忌，諒哉！

【章旨】此章講述了奴子紀昌得了一種怪病的故事。

【注釋】❶黃犢子　隋代韋袞的奴僕。韋袞，隋開皇中以武功官至左衛中郎，有奴僕叫桃符，每戰必從韋袞殺敵，有膽力。韋袞以其久從驅使，放從良。桃符獻家畜黃犢，乞改姓韋。後稱為黃犢子韋。❷痿痹　亦作「痿痺」。肢體不能動作或喪失感覺。

【語譯】我家奴僕紀昌，本來姓魏，用黃犢子的典故，便改隨主人姓紀。他從小就喜歡讀書，很嫻熟文藝，寫字也寫得一手工整的楷書。他最有心計，平生沒有一件事不占便宜。他晚年時得了一種怪病：眼睛不能看，耳朵不能聽，嘴不能講話，四肢不能動彈，全身麻木喪失感覺，不知痛癢；仰面躺在床上，就像一塊木頭石頭，只有呼吸沒有停止。家人知道他沒有死，就按時把食物餵到他嘴裡，他還能咀嚼下嚥。診斷時發現脈搏平和，毫無病症，名醫也束手無策。像這樣過了幾年，他才死去。老和尚果成說：「這種病是身死而心還活著，是從古到今的醫書裡不曾記載過的，這是作孽的報應嗎？」但是這個家奴也沒有什麼惡行，只不過事事總為自己撈好處，算計沒有絲毫遺漏罷了。過分機巧的人是造物主所忌諱的，確實如此啊！

【研析】作者將一切無法解釋的事情都說成是報應，未免太寬泛而缺少公信力。從現代醫學看，這個紀昌很可能得的是重症肌無力。得了這種病，就是今天也束手無策，何況三百年前的乾隆時期呢？

李福之婦

奴子李福之婦，悍戾絕倫，日忤其姑舅，面詈背詛，無所不至。或微諷以不孝有冥謫❶，輒掉頭哂曰：「我持觀音齋，誦觀音咒，菩薩以甚深法力，消滅罪愆，閻羅王其奈我何？」後嬰❷惡疾，楚毒萬端，猶曰：「此我誦咒未漱口，焚香用灶火，故得此報，非有他也。」愚哉！

【章旨】此章講述一個生性悍戾的農婦遭到報應的故事。

【注釋】❶冥謫　謂陰間的責罰。❷嬰　患。

【語譯】我的家奴李福的老婆，非常蠻橫暴戾，每天頂撞公婆，當面辱罵背後詛咒，什麼事都做得出來。有人委婉地勸告她說不孝會遭到陰間的懲罰。她就轉過頭去冷笑道：「我吃觀音齋，誦讀觀音經，觀音菩薩以祂很深的法力，消災去禍，閻羅王能拿我怎樣？」後來她得了惡病，痛苦不堪，但她還說：「這是我念經時沒有漱口，燒香時用灶火，所以得到這樣的報應，不是因為其他的原因。」真是愚昧啊！

【研析】惡婦人以為自己持齋念經，就能隨心縱惡。豈知菩薩保佑的是真心向善之人，而不是為非作惡之徒。惡婦人遭到報應，也是應該的了。

論懺悔

蔡太守必昌，嘗判冥事❶。朱石君中丞問以佛法懺悔，有無利益。蔡曰：「尋常冤譴，佛能置訟者於善處。彼得所欲，其怨自解，如人世之有和息也。至重業深仇，非人世所可和息者，即非佛所能懺悔，釋迦牟尼亦無如之何。」斯言平易而近理。儒者謂佛法為必無，佛者謂種種罪惡皆可消滅，蓋兩失之。

【章旨】此章比較了儒家與佛法對人懺悔的兩種態度。

【注釋】❶判冥事　指人在陰曹地府任職判案，與走無常相類似。《西遊記》載魏徵曾到陰間斬殺涇河老龍。

【語譯】太守蔡必昌，曾經審判過陰司的案子。中丞朱石君問他以佛法懺悔有沒有用處。蔡必昌說：「一般的冤仇怨恨，佛能把提出訴訟的人放在有利的地位。他的要求得到了滿足，冤仇就自然化解了，如同人世間的調解平息一樣。至於重大的罪孽、深刻的冤仇，不是人世間能和解的事，也就不是佛所能懺悔的，就是釋迦牟尼也無可奈何。」這話平易而有道理。儒家認為佛法肯定沒有，佛教徒認為任何罪惡都可以消除，這兩種觀點都有所偏失。

【研析】任何罪惡都可以懺悔，得到赦免，這是禪宗的說法。禪宗對這一原則的最通俗的解釋就是所謂的「放下屠刀，立地成佛」。儒家的傳統是不說鬼神。佛教作為一種外來宗教，自然遭到儒家的排斥。歷史上幾次滅佛運動，都得到了儒家的支持。到宋以後儒家與佛教的鬥爭得以緩解和融合，作者的觀點就體現了這種融合。

燒海

余家距海僅百里，故河間❶古謂之瀛州❷。地勢趨東，以漸而高，故海岸絕陡，潮不能出，水亦不能入。九河❸皆在河間，而大禹❹導河，不直使入海，引之北行數百里，自碣石❺仍入，職❻是故也。海中每數歲或數十歲，遙見水雲澒洞❼中，紅光燭天，謂之「燒海」，輒有斷椽折棟，隨潮而上。人取以為薪。越數日，必互言某匠某匠，為神召去營龍宮。然無親睹其人，話鮫室❽貝闕❾之狀者，第傳聞而已。余謂是殆重洋巨舶，弗戒於火，水光映射，空無障翳❿，故千里外皆可見；樑柱之類，舶上皆有，亦不必定屬殿材也。

【章旨】此章按實際情況推測並解釋了「燒海」現象。

【注釋】❶河間　此指河間府。北宋大觀二年以瀛州升為河間府。今河北河間。❷瀛州　北魏太和十一年分定、冀二州置瀛州。隋大業初改為河間郡。唐武德四年復為瀛州，天寶元年又改為河間郡，乾元元年再復為瀛州。北宋大觀二年升為河間府。❸九河　據《尚書・禹貢》記載，當時黃河流至河北平原中部後，又北播為九河。即分為九條支流。❹大禹　傳說中古代部族聯盟領袖。鯀之子。受舜之命治理洪水。因治水有功，被舜選為繼承人。❺碣石　即碣石山，在今河北昌黎縣北十里。❻職　就是。❼澒洞　形容水勢瀰漫天際。❽鮫室　即神話中的鮫人室。據任昉《述異記》記載，南海中有鮫人室，水居如魚，不廢機織，其眼能泣，泣則成珠。❾貝闕　以紫貝作闕，叫貝闕。與鮫室均代指水中宮闕。❿障翳　遮蔽。

【語譯】我家距離大海只有百里地，所以河間府這地方在古代稱作瀛州。這裡的地勢向東逐漸增高，因此海岸陡峭，潮水湧不上來，河水也流不進大海裡。古代黃河就在河間府，大禹治水時，不直接讓黃河流入大海，而是導引河水向北流了幾百里，從碣石山入海，就是因為這個原因。大海中每幾年或幾十年，便會望見遙遠的水天相接的地方，紅光照映天空，人們把這種現象叫做「燒海」。不久就會有折斷的椽子和屋樑，隨著潮水沖上來，人們拿它當柴燒。過了幾天，必然會有人相互傳言，說是某某工匠被神召去修建龍宮了。然而誰也沒有親眼見過被召去的工匠，描述龍宮建築形狀的人，所說的也是聽到的傳聞罷了。我認為所謂「燒海」大概是航行遠洋的大船，不小心失了火，水面與火光互相映射，水天空闊又毫無遮蔽，所以千百里外都可以看得見。樑柱之類的東西，大船上都有，也不一定是龍宮大殿的建築材料。

【研析】海邊常見「燒海」現象，因原因不明，故傳說紛紛，甚至以訛傳訛，荒誕無稽。紀曉嵐能根據實際情況，作出合理的推斷和解釋。或許還有其他不同的觀點，但紀曉嵐這種實事求是的科學態度還是值得讚許的。

一善之報

獻縣捕役某，嘗奉差捕劇盜，就縶矣。盜婦有色，盜乞以婦侍寢而縱之逃，某弗許。後以積蠹❶多贓坐斬。行刑前二日，獄舍牆圮，壓而死。獄吏葉某，坐不早葺治❷，得重杖。先是葉某夢身立堂下，聞堂上官吏論捕役事。官指揮曰：「一善不能掩千惡，千惡亦不能掩一善。免則不可，減則可。」既而吏抱牘出，殊不相識，諦視其官，亦不識，方悟所到非縣署。醒而陰賀捕役，謂且減死；不知神以得保首領❸為減也。人計捕役生平，只此一善，而竟得免刑。天道昭昭，何嘗不許人晚蓋❹哉！

【章旨】此章講述了一個捕快因一個善舉得到好報的故事。

【注釋】❶積蠹 積惡。指長期受賄枉法。❷葺治 整治；修建。❸首領 指首級；腦袋。❹晚蓋 蓋，掩也。指以後善掩蓋前惡。即改過自新。

【語譯】獻縣捕快某人，曾奉命抓捕到一名大盜，把他綁了起來。大盜的妻子頗有姿色，大盜請求讓妻子陪捕快睡覺而放他逃走，捕快不同意。後來捕快因長期受賄枉法，貪汙數額大而被處斬。行刑前兩天，牢房的牆倒塌，把這個捕快壓死了。獄吏葉某，因為沒有及時修葺牢房牆壁，被重重杖責了一頓。在此之前，葉某夢見自己站在大堂下，聽到堂上官吏討論捕快的事。那官員指示說：「一個善舉不能掩蓋千種惡事，千種惡事也不能掩蓋一個善舉。免於刑罰是不行的，減刑就可以了。」然後小吏抱著卷宗出來，葉某一看根本不認識，再仔細看那個官員，也不認識，這才明白自己所到的地方不是縣衙。醒來後暗中祝賀捕快，說是能免於一死；他不知道神是以那個捕快得以保全首級作為減刑的。人們估算捕快平生，就只有做這一件善事，卻居然能夠得到免於殺頭。天理昭昭，何曾不允許人改過自新啊！

【研析】不管犯有何種罪惡的惡人，只要能夠做善事，總是對社會有利。作者寫這篇故事，就是對惡人做善事的鼓勵。

說神仙感遇

吳江❶吳林塘言：其親表有與狐女遇者，雖無疾病，而惘惘恆若神不足。父母憂之，聞有遊僧能劾治，試往祈請。僧曰：「此魅與郎君夙緣，無相害意。郎君自耽玩過度耳。然恐魅不害郎君，郎君不免自害。當善遣之。」乃夜詣其家，趺坐誦梵咒❷。家人遙見燭光下似繡衫女子，冉冉再拜。僧舉拂子❸曰：「留未盡緣作來世歡，不亦可乎？」欻然而隱，自是遂絕。林塘知其異人，因問以神仙感遇之事。僧曰：「古來傳記所載，有寓言者，有託名者，有借抒恩怨者，有喜談詼詭以詫異聞者，有點綴風流以為佳話，有本無所取而寄情綺語，如詩人之擬豔詞者。大都偽者十八九，真者十一二。此一二真者，又大都皆才鬼靈狐，花妖木魅，而無一神仙。其稱神仙必詭詞。夫神正直而聰明，仙沖虛而清靜，豈有名列丹臺❹，身依紫府❺，復有蕩姬佚女，參雜其間，動入桑中之會哉？」林塘歎其精識，為古所未聞。說是事時，林塘未舉其名字。後以問林塘子鍾僑，鍾僑曰：「見此僧時，才五六歲，當時未聞呼名字，今無可問矣。惟記其語音，似杭州人也。」

【章旨】此章記述了一個和尚論說神仙感遇的故事。

【注釋】❶吳江　縣名。在江蘇最南部，西濱太湖。今江蘇吳江。❷梵咒　亦作「梵呪」。指陀羅尼中的「咒陀羅尼」，義為總持。即佛菩薩從禪定所發之祕密言辭，有不測之神驗。❸拂子　即拂塵。用塵尾或馬尾做成的拂除塵埃的器具。❹丹臺　道教指神仙的居處。❺紫府　道教稱仙人所居。

【語譯】吳江人吳林塘說：他的表親中有個和狐女相好的，這個表親雖然沒有疾病，但是恍恍惚惚，好像總是精神不振。他的父母很擔憂，聽說有位遊方和尚能夠劾治狐女，就試著請他相助。和尚說：「這個怪物和你兒子有前生緣分，沒有要害他的意思，是你們的兒子自己沉湎其中玩樂過度了。但是恐怕狐女沒有害你們的兒子，而你們的兒子不免害了自己，應當好好地讓她走。」於是和尚在晚上到他家，打坐念梵咒。家裡人遠遠看見燭光下好像有個穿著繡衫的女子，對著和尚徐徐下拜。和尚舉起拂塵說：「留著未盡的緣份到來世再歡聚，不也是可以的嗎？」那女子忽地一下就隱去了，從此再也沒有出現過。吳林塘知道這個和尚是個異人，便向他請教神仙感應相遇之事，和尚說：「自古以來傳記裡所記載的，有的是寓言，有的是藉以揚名，有的是藉以抒發個人恩怨，有的是喜歡談論詼諧詭異而聳人聽聞，有的是將這點綴風流作為佳話，有的是本來沒有什麼目的而是為了寫漂亮文章，就像詩人寫豔詞一樣。大概說來，虛假的十分之八、九，真實的十分之一、二。這一、二真實的，又大多是有才氣的鬼和聰慧的狐仙、花木變成的妖魅，而沒有一個神仙。自稱神仙的肯定都是假話。因為神正直而聰明，仙淡泊而清靜，哪裡會有列名在丹臺，身體寄託在紫府的神仙，還會有放蕩的女人混雜其間，輕易地和人幽會呢？」吳林塘歎服和尚精深的見解，是自古以來沒有聽說過的。吳林塘說這件事時沒有講出那個和尚的名字。我後來問吳林塘的兒子鍾僑，鍾僑說：「見到這個和尚時，我才五、六歲，當時沒聽見叫他的名字。如今已無從打聽了。只是記得他的口音，好像是杭州人。」

【研析】唐宋傳奇、明清小說中談論神仙狐怪的不在少數，不少是奇遇、豔遇，留給後代讀書人許多想像的空間。文中這位和尚說才鬼靈狐、花妖木魅風流多情，有常人一般的情感；而神仙卻是生性淡泊、沒有感情。兩相對照，人們更喜歡的是有情感的才鬼靈狐、花妖木魅，而不是那冰冷無情的神仙。這也是蒲松齡筆下的狐鬼能夠得到人們喜歡的原因。

丹方

李芍亭家扶乩，其仙自稱邱長春❶。懸筆而書，疾於風雨，字如顛、素❷之狂草。客或拜求丹方❸，乩判曰：「神仙有丹訣，無丹方，丹方是燒煉金石之術也。《參同契》❹爐鼎鉛汞，皆是寓名，非言燒煉。方士轉相附會，遂貽害無窮。夫金石燥烈，益以火力，亢陽鼓蕩，血脈僨張，故筋力似倍加強壯；而消鑠真氣，伏禍亦深。觀蓺花者，培以硫黃，則冒寒吐蕊，然盛開之後，其樹必枯。蓋鬱熱蒸於下，則精華湧於上，湧盡則立槁耳。何必縱數年之欲，擲千金之軀乎？」其人悚然而起。後芍亭以告田白巖，白巖曰：「乩仙大抵皆託名。此仙能作此語，或真是邱長春歟！」

【章旨】此章講述了一位乩仙下判語，論說道家丹丸之害。

【注釋】❶邱長春　即邱處機。道教全真道北七真之一。字通密，號長春子，元登州棲霞（今屬山東）人。成吉思汗曾尊其為神仙。❷顛素　指唐代書法家張旭、懷素。張旭，字伯高，吳（今江蘇蘇州）人。工書法，草書最為知名。相傳他往往在大醉後呼喊狂走，然後落筆，故稱張顛。懷素，僧人。長沙（今屬湖南）人。以善狂草著名。前人評論其狂草繼承張旭，而有所發展，並稱「顛張醉素」。❸丹方　煉丹的方術。❹參同契　道家書名。全名《周易參同契》。東漢魏伯陽撰。借用坎、離、水、火、龍、虎、鉛、汞等法象，以明煉丹修仙之術。大旨是參同「大易」、「黃老」、「爐火」三家理法而會歸於一，能「妙契大道」，故名。

【語譯】李芍亭家扶乩降仙，那乩仙自稱是長春真人邱處機。乩仙懸筆寫字，比風雨還快，字體像張旭、懷素的狂草。有人拜求丹方，乩仙下判詞說：「神仙有丹訣，沒有丹方。丹方是燒煉金石的手段。《周易參同契》裡提到爐鼎鉛汞，都是託名，並不是講燒煉。方士們加以附會歪曲，於是便貽害無窮了。因為金石本身燥烈，加上火力，使人的陽氣激蕩，血脈膨脹，所以筋骨氣力似乎倍加強壯；然而這是消耗元氣，留下的禍根也深。看那些養花的人，用硫黃施肥在樹的根部，就能在嚴寒時使花蕾吐蕊開花，但盛開之後，那樹肯定枯死。因為熱量蒸騰於下，精華就從上面湧出，精華湧盡就立即枯槁了。你何必為放縱數年的欲望，而拋棄尊貴的身體呢？」那人省悟趕緊起身。後來李芍亭把這件事告訴田白巖，田白巖說：「乩仙大都是託名。這位仙人能說出這樣的話，或許真的是長春真人邱處機吧！」

【研析】此處所講的煉丹術是道家燒煉外丹之術。道家不僅講煉製外丹，更重視修煉內丹。而世人往往以為煉製金丹服用後就能長生不老，故而自秦皇、漢武以來，尋求仙方者有之，妄服丹藥者亦有之。如文中剖析的服食金丹之害，對世人不啻是一劑清醒劑。

西遊記

吳雲巖家扶乩，其仙亦云邱長春。一客問曰：「《西遊記》❶果仙師所作，以演金丹奧旨乎？」批曰：「然。」又問：「仙師書作於元初，其中祭賽國❷之錦衣衛，朱紫國之司禮監，滅法國之東城兵馬司，唐太宗之大學士、翰林院中書科，皆同明制，何也？」乩忽不動。再問之，不復答。知已詞窮而遁矣。然則《西遊記》為明人依託無疑也。

【章旨】此章指出《西遊記》是明人依託之作。

【注釋】❶西遊記　元代以來，稱《西遊記》的主要有以下幾種著作：(1)雜劇劇本。元末明初楊訥（原名暹）作。寫民間傳說的唐僧取經的故事，六本二十四折。(2)《永樂大典》中有話本《西遊記》，為元末明初人所撰。(3)明人吳承恩在話本基礎上撰成長篇小說《西遊記》。另，邱處機曾遠赴西域，邱處機的弟子李志常撰《長春真人西遊記》記載此事。此處所說似乎將二者混淆。❷祭賽國　吳承恩《西遊記》中提到的國家。以下朱紫國、滅法國等同此。

【語譯】吳雲巖家扶乩，請下來的乩仙也說是長春真人邱處機。有位客人問道：「《西遊記》果真是仙師所作，用來闡明道教妙旨的嗎？」乩仙批道：「是的。」這個客人又問：「仙師的書寫於元朝初年，書中祭賽國的錦衣衛，朱紫國的司禮監，滅法國的東城兵馬司，唐太宗時的大學士、翰林院中書科，都和明朝官制相同，這是怎麼回事？」那乩忽然不動了。客人再問他，不再回答了。人們知道是乩仙已經回答不上來而逃遁了。由此可見，《西遊記》是明朝人冒名寫的，這是確定無疑的。

【研析】需要特別說明的，長篇小說《西遊記》與邱處機《長春真人西遊記》是完全不同的兩本書。客人無知，提問時將兩書混淆；而乩仙也無知，回答時將《長春真人西遊記》以為是長篇小說《西遊記》，故而漏洞百出。但是作者紀昀卻不應該將此二書混淆。

嗜雞獲報

文安❶王氏姨母，先太夫人第五妹也。言未嫁時，坐度帆樓中，遙見河畔一船，有宦家中年婦，伏窗而哭，觀者如堵。乳媼啟後戶❷往視，言是某知府夫人，晝寢船中，夢其亡女為人執縛宰割，呼號慘切。悸而寤，聲猶在耳，似出鄰船。遣婢尋視，則方屠一豚子，瀉血於盎❸，未竟也。夢中見女縛足以繩，縛手以紅帶。覆視其前足，信然，益悲愴欲絕，乃倍價贖而瘞之。其僮僕私言：此女十六而歿。存日極柔婉，惟嗜食雞，每飯必具；或不具，則不舉箸，每歲恆割雞七八百。蓋殺業云。

【章旨】此章講述了一個嗜食雞的少女死後投胎成豬遭人宰殺的故事。

【注釋】❶文安　縣名。在河北中部、大清河下游，鄰接天津。❷後戶　後門。❸盎　一種腹大口小的盛器。

【語譯】文安縣的王氏姨媽，是先母的第五個妹妹。她說她還沒出嫁時，有一次坐在度帆樓中，遠遠看見河邊有艘船，船上有一個官宦人家的中年婦人，伏在船窗哭泣，圍觀的人很多。奶媽開了後門前往探視，回來說是某知府的夫人，白天在船中睡覺，夢見她死去的女兒被人捆綁宰割，呼喊號哭聲音悽慘。她驚嚇得醒了過來，但女兒的哭喊聲還在耳邊，聲音似乎是從鄰船傳出的。知府夫人派婢女去鄰船尋找，看到鄰船上正在殺一隻小豬，向罈中放血，血還沒有放完。知府夫人曾在夢中看到女兒的雙腳被繩子綁住，雙手被紅帶子綁住，再看那小豬的前腳，果然綁著紅帶子，因此更加悲痛欲絕，於是就用加倍的價錢買下那隻小豬而掩埋掉。知府家的僕人私下對人說：這個女孩子十六歲時死去。生前十分溫柔婉約，只是酷愛吃雞，每頓飯都要有雞吃；如果沒有準備雞，她就不動筷子，因此知府家每年總要殺雞七八百隻。這大概是殺雞過多的業報吧。

【研析】食雞過多就要遭到報應。據此推之，嗜好吃魚、吃鴨等等也應該受到報應了。要免受報應，唯一的辦法是茹素食草。如此論說果報，豈不荒謬。其實這位失去女兒的母親，日夜思念女兒，思女心切，才會有此聯想。真是可憐天下父母心。

餓鬼伺隙

交河有書生，日暮獨步田野間。遙見似有女子，避入秫田❶，疑蕩婦之赴幽期❷者。逼往視之，寂無所睹，疑其竄伏深叢，不復追跡。歸而大發寒熱，且作譫語曰：「我餓鬼也，以君有祿相❸，不敢觸忤，故潛匿草間。不虞忽相顧盼，枉步相尋。既爾有情，便當從君索食，乞惠薄奠，即從此辭。」其家為具紙錢肴酒，霍然而愈。蘇進士語年曰：「此君本無邪心，以偶爾多事，遂為此鬼所乘。

小人之於君子，恆伺隙而中之也。言動可不慎哉！」

【章旨】此章講述了一個書生因好奇追蹤女鬼而得病的故事。

【注釋】❶秫田　種植高粱之田。❷幽期　指男女幽會之期。❸祿相　有祿的相貌。古時相術認為人的形體、氣色等與人的的貴賤、貧富、夭壽等有關。

【語譯】交河縣有個書生，一天傍晚時獨自在田野間散步，遠遠看見好像有個女子，躲進了高粱地裡。書生懷疑是前往幽會的蕩婦，就追過去察看，但是靜悄悄的什麼也看不到。書生懷疑那個女子跑到茂密的高粱叢中躲藏起來，就不再追尋她的蹤跡了。回到家中，書生忽然得了寒熱病，並且口說胡話道：「我是餓鬼，因為您有做官之相，不敢衝撞冒犯，所以暗暗藏匿在草叢中。沒有想到您忽然過來探看，還勞您尋找。既然您有情意，我就應該向您索取食物。請惠賜一些菲薄的祭品，我就從此告別。」書生的家人給餓鬼準備了紙錢酒菜，書生的病一下子就好了。蘇語年進士說：「此人本來沒有邪念，只是因為偶然多事，於是被這餓鬼趁機利用。小人對於君子，經常伺機而加以傷害。所以人們的言行能不謹慎嗎！」

【研析】小人對於君子，時時都在窺伺中傷的機會；而君子對於小人，時時提防未免太累，而且也是防不勝防的。古人有言：「君子坦蕩蕩。」以君子之坦蕩正直，何懼小人之魑魅魍魎。

睹鬼

炎涼轉瞬，即鬼魅亦然。程魚門編修❶曰：「王文莊公遇陪祀北郊❷，必借宿安定門外一墳園。園故有祟，文莊弗睹也。一歲，燈下有所睹，越半載而文莊卒矣。所謂『山鬼能知一歲事』❸耶！」

【章旨】此章講述了睹鬼而不祥的故事。

【注釋】❶程魚門編修　程魚門，即程晉芳，字魚門，故稱。清代歙（今安徽歙縣）人。乾隆進士，官吏部主事。為《四庫全書》纂修官，改任編修。編修，官名。❷北郊　指封建朝廷逢夏至日在京城北郊祭地。❸山鬼能知一歲事　《史記・秦始皇本紀》載，秦始皇三十六年，有人攔秦始皇使者，稱：「今年祖龍死。」使者告訴秦始皇後，秦始皇說：「山鬼固不過知一歲事也。」山鬼，山神。

【語譯】夏熱秋涼的轉換在瞬間就會發生變化，就是鬼怪也是如此。程魚門編修說：「王文莊公每次遇到陪皇帝到北郊祭祀，必定借宿在安定門外的一座墳園中。這座墳園裡本來有鬼，但是王文莊公沒有看到過。有一年，王文莊公在燈下看到了鬼，過了半年，王文莊公就死了。就像人們所謂的『山鬼能預知一年的事情』啊！」

【研析】燈下見鬼，王文莊公見鬼而薨，此鬼當是索命之鬼了。如此之鬼，甚無趣味。

鬼詩

太原❶申鐵蟾言：昔自蘇州北上，以舵牙❷觸損，泊舟興濟❸之南。荒陂野岸，寂無一人，而夜聞草際有哦詩聲。心知是鬼，與其友諦聽之。所誦凡數十篇，幽咽斷續，不甚可辨。鐵蟾惟聽得一句，曰「寒星炯炯生芒角」，其友聽得二句，曰

「夜深翁仲❹語，月黑鬼車來」。

【章旨】此章講述了一個鬼魅吟詩的故事。

【注釋】❶太原　舊縣名。在今山西太原西南。❷舵牙　船舵上的一個組成部分。❸興濟　縣名。治所在今河北滄州北興濟。❹翁仲　傳說秦代阮翁仲身長一丈三尺，異於常人，秦始皇命他出征匈奴，死後鑄銅像立於咸陽宮司馬門外。後就稱銅像、石像為「翁仲」。

【語譯】太原人申鐵蟾說：他曾經從蘇州北上，因為船舵撞壞了，就停船在興濟縣的南邊。周圍是荒郊野岸，靜悄悄沒有人跡，然而夜間聽到荒草叢中有吟詩聲。申鐵蟾心知是鬼，和友人仔細傾聽。所吟誦的詩共數十篇，聲音輕幽嗚咽、斷斷續續，不太聽得清楚。申鐵蟾只聽清楚一句詩，是「寒星炯炯發光如生芒角」；他的朋友聽清楚二句詩，是「夜深翁仲說話，月黑鬼車到來」。

【研析】這幾句詩有寒夜幽深之氣，頗似申鐵蟾寒夜泊舟荒郊野外的感受，或許就是申鐵蟾所作，而假託鬼詩。

紅柬

張完質舍人，僦居一宅，或言有狐。移入之次日，書室筆硯皆開動，又失紅柬❶一方❷。紛紜詢問間，忽一錢錚然落几上，若償紅柬之值也。俄喧言所失紅柬，粘宅後空屋。完質往視，則楷書「內室止步」四字，亦頗端正。完質曰：「此狐狡獪。」恐其將來惡作劇，乃遷去。聞此宅在保安寺街，疑即翁覃溪❸宅也。

【章旨】此章講述一個狐仙預告世人互不相擾的故事。

【注釋】❶紅柬　指紅色的信箋。❷方　量詞。指一張紙。❸翁覃溪　即翁方綱。字正三，號覃溪，晚號蘇齋，直隸大興（今北京）人。清書法家。官至內閣學士。

【語譯】張完質舍人租了一座住宅居住，有人說這座住宅中有狐仙。他搬入的第二天，書房中的毛筆硯臺都被打開使用過，還丟失了一張紅色信柬。張完質正在紛亂喧鬧地詢問時，忽然一枚銅錢砰地落在几案上，好像是償還那張紅色信柬的錢。一會兒，有人喧譁說丟失的那張紅色信柬粘貼在宅院後面的空屋外。張完質前去一看，那張信柬上用楷書寫著「內室止步」四字，字跡也很端正。張完質說：「這個狐仙狡獪。」他擔心狐仙將來會惡作劇，於是就搬了家。聽說這座住宅在保安寺街，我懷疑就是翁覃溪的住宅。

【研析】狐仙有理，張完質無趣，一段故事就此沒有下文。

某氏狐

李又聃先生言：東光❶某氏宅有狐，一日，忽擲磚瓦，傷盆盎。某氏詈之。夜聞人叩窗語曰：「君睡否？我有一言：鄰里鄉黨，比戶而居，小兒女或相觸犯，事理之常，可恕則恕之，必不可恕，告其父兄，自當處置。遽加以惡聲，於理毋乃不可。且我輩出入無形，往來不測，皆君聞見所不及，堤防❷所不到。而君攘臂與為難，庸有幸乎？於勢亦必不敵，幸孰計之。」某氏披衣起謝，自是遂相安。會親串❸中有以僮僕微釁，釀為爭鬥，幾成大獄者，又聃先生歎曰：「殊令人憶某氏狐。」

【章旨】此章講述了狐仙所說的鄰里相處的道理。

【注釋】❶東光　縣名。在河北東南部、南運河東岸，鄰接山東。❷堤防　即提防。❸親串　親戚。

【語譯】李又聃先生說：東光縣某戶人家的宅院裡有狐仙。一天，忽然扔磚拋瓦，打破了盆罈等器具，某人怒罵狐仙。夜裡，某人聽到有人敲著窗戶說：「您睡了嗎？我有一言相告：鄰里鄉親，比鄰而居，小孩子如果有所冒犯，也是平常的事，能夠原諒就原諒，實在不能原諒，就告訴他的父兄，自然會處置的。你卻馬上加以惡聲叱責，於情於理都是不對的。何況我輩出入都沒有形蹤，來來往往無法預測，都是您看不到聽不到的，也是無法提防的。而您卻要伸出胳臂和我們作對，有什麼好處呢？從形勢上看您也必然不是我們的敵手，請認真考慮一下。」某人披衣起床道歉，從此就相安無事了。碰巧李又聃親戚中有人因為僕人的小小不和，釀成爭鬥，幾乎鬧出大案，李又聃先生感歎道：「真令人懷念某人家的狐仙。」

【研析】鄰里鄉親，以和為貴。狐仙所說甚是，不要為小事傷了和氣。這是為人之道，也是處世之理。

蝙蝠

北河❶總督署，有樓五楹，為蝙蝠所據多年矣。大小不知凡幾萬，一白者巨如車輪，乃其魁也，能為變怪。歷任總督，皆扃鑰弗居。福建李公清時，延正一真人劾治，果皆徙去。不久，李公卒，蝙蝠復歸。自是無敢問之者。余謂湯文正公❷驅五通神❸，除民害也。蝙蝠自處一樓，與人無患，李公此舉，誠為可已而不已。至於猝捐館舍，則適值其時，不得謂蝙蝠為祟。修短❹有數，豈妖魅能操其權乎！

【章旨】此章講述了一戶住宅中蝙蝠聚集數萬的故事。

【注釋】❶北河　清雍正八年置直隸河道總督，駐天津，掌防治直隸境內的南北運河、永定、大清、子牙等河，時稱總督為北河總督，所管諸河為北河。乾隆十四年後北河總督例由直隸總督兼理。❷湯文正公　即湯斌。字孔伯，清睢州（今河南睢縣）人。順治進士。官至工部尚書。卒諡文正，故稱。❸五通神　古時江南民間供奉的邪神。傳說為兄弟五人。也叫五聖、五顯靈公、五郎神。自唐宋即有此名。❹修短　指人的壽命。

【語譯】北河總督官署中，有五間樓房，被蝙蝠盤據已有多年了。大大小小的蝙蝠不知有幾萬隻，一隻白色的蝙蝠有車輪那麼大，是那群蝙蝠的頭領，能成精作怪。因此歷任北河總督，都把這座樓房鎖住不住。後來福建人李清時先生，請了正一真人來作法整治，蝙蝠果然都飛走了。不久，李先生去世，蝙蝠又回來了。從此沒有人敢過問蝙蝠的事了。我認為湯文正公驅除五通神，是為民除害。蝙蝠自居一樓，對人沒有危害，李先生這個舉動，實在是可以不做而卻做了。至於他猝死在官署中，那純屬巧合，不能認為是蝙蝠作祟。一個人的壽命長短都是有定數的，妖魅怎麼能掌握這種權力呢！

【研析】北方多蝙蝠，空房無人居住，時間久了就會引來蝙蝠安居，這是自然現象，不足為奇。人氣一旺，蝙蝠就會飛走。許多尋常事，在作者筆下就有了玄機。

恃膽

余七八歲時，見奴子趙平自負其膽，老僕施祥搖手曰：「爾勿恃膽，吾已以恃膽敗矣。吾少年氣最盛，聞某家凶宅無人敢居，徑攜襆被臥其內。夜將半，剨然❶有聲，承塵中裂，忽墮下一人臂，跳擲不已；俄又墮一臂，又墮兩足，又墮其身，最後乃墮其首，並滿屋迸躍如猿猱。吾錯愕不知所為，俄已合為一人，刀痕杖跡，腥血淋漓，舉手直來搦❷吾頸。幸夏夜納涼，掛窗未闔，急自窗躍出，狂奔而免。自是心膽並碎，至今猶不敢獨宿也。汝恃膽不已，無乃不免如我乎！」平意不謂然，曰：「丈原大誤，何不先捉其一段，使不能湊合成形？」後夜飲醉歸，果為群鬼所遮，掖入糞坑中，幾於滅頂。

【章旨】此章講述了一個人年輕氣盛不畏鬼而被鬼捉弄的故事。

【注釋】❶剨然　象聲形容詞。❷搦　捏；握持。

【語譯】我七、八歲時，看到家中奴僕趙平以有膽量自負，老僕人施祥對他搖著手說：「你不要自恃有膽量，我已經因為自恃有膽量而吃了虧。我少年時血氣最旺盛，聽說某家凶宅無人敢住，就逕自抱了被褥睡在屋子裡。將近半夜時，轟地一聲響，天花板從中間裂開，忽然掉下一條人的手臂，蹦跳不止；過了一會兒又掉下一條人臂，又掉下雙條人腿，又掉下人的身軀，最後掉下了人頭，全都像猴子一樣滿屋跳躍。我驚嚇得不知該怎麼辦。一會兒這些肢體合成一個人，身上都是刀痕杖傷，腥血淋漓，舉手直接來掐我脖子。幸虧夏夜納涼，掛窗沒有關上，我急忙從窗口跳出，狂逃而得以倖免。從此以後我被嚇得心膽都碎了，直至今天還不敢獨宿。你還要自恃有膽量，只怕不免和我一樣啊！」趙平很不以為然地說：「老人家當時就大錯了，為什麼不先捉住他的一段肢體，使他不能湊合成形呢？」後來趙平夜裡喝醉酒回家，果然被一群鬼攔住，被按到糞坑裡，幾乎喪命。

【研析】年輕氣盛，並非壞事。而老年人常因經歷坎坷，對自己年輕時的作為有悔恨之感。這是在人生不同年齡階段的不同感觸，無法替代，也無法超越。老年人不必為年輕人的氣盛而擔心，年輕人則要多聽老年人的勸告。至於文中趙平所遭遇之事完全是因為其醉酒迷路，與鬼無涉。作者此說，未免牽強。

神不憒憒

同年鍾上庭言：官寧德❶日，有幕友病亟。方服藥，恍惚見二鬼曰：「冥司有某獄，待君往質，藥可勿服也。」幕友言：「此獄已五十餘年，今何尚未了？」鬼曰：「冥司法至嚴，而用法至慎。但涉疑似，雖明知其事，證人不具，終不為獄成。故恆待至數十年。」問：「如是不稽延拖累乎？」曰：「此亦千萬之一，不恆有也。」是夕果卒。然則果報❷有時不驗，或緣此歟？又小說所載，多有生魂赴鞫者，或宜遲宜速，各因其輕重緩急歟？要之早晚雖殊，神理終不憒憒，則鑿然可信也。

【章旨】此章講述了陰司一個案子稽延五十餘年，待人去世再審的故事。

【注釋】❶寧德 縣名。在福建東北沿海，濱臨三沙灣。❷果報 佛家語。因果報應。即所謂夙世種善因，今生得善果；為惡則得惡報。

【語譯】和我同科取中的鍾上庭說：他在寧德縣做官時，有個幕僚病得很重。那幕僚正在服藥時，恍恍惚惚看見兩個鬼對他說：「陰司有某個案子，等你去對證，藥就不要吃了。」幕僚說：「這案子已經五十多年了，為什麼到現在還沒審結？」鬼說：「陰曹地府的法律非常嚴格，而使用法律則很謹慎。只要稍有疑問，雖然明明知道這件事，證人不在，終究不能結案。所以常常要等待幾十年。」幕僚問道：「這樣的話，案子不是遷延拖累了嗎？」鬼回答說：「這樣的事也是千萬分之一，不是常有的。」這天夜裡，幕僚果然去世。由此看來，因果報應有時不靈驗，或許是這個原因吧？又小說中記載，有許多活人的靈魂到陰司受審的事，或許是應當慢些還是應當快些，都要根據各個案子的輕重緩急而定的吧？總之案子審結雖然早晚不同，神明總不會昏庸糊塗，這是確鑿可信的。

【研析】一個案子拖延數十年還沒有審結，即使明察，也太遲緩了。這個故事是讚許陰司的明察呢？還是譏諷陰司審案的遲緩呢？讀者自能體悟。

假名斂財

田氏媼詭言❶其家事狐神，婦女多焚香問休咎，頗獲利。俄而群狐大集，需索酒食，罄❷所獲不足供。乃被擊破甕盎❸，燒損衣物。哀乞不能遣，怖而他投。瀕行時，聞屋上大笑曰：「爾還敢假名斂財否？」自是遂寂，亦遂不徙。然並其先有之資，耗大半矣。此余幼時聞先太夫人說。又有道士稱奉王靈官❹，擲錢卜事，時時有驗，祈禱亦盛。偶惡少數輩，挾妓入廟，為所阻。乃陰從伶人❺假靈官鬼卒衣冠，乘其夜醮，突自屋脊躍下，據坐訶責其惑眾，命鬼卒縛之，持鐵蒺藜❻將拷問。道士惶怖伏罪，具陳虛誑❼取錢狀。乃哄堂一笑，脫衣冠高唱而出。次日，覓道士，則已竄矣。此雍正甲寅❽七月事。余隨先姚安公宿沙河橋❾，聞逆旅❿主人說。

【章旨】此章記敘了巫婆與道士假名斂財遭揭露的故事。

【注釋】❶詭言　假言。❷罄　盡。❸甕盎　指罈罈罐罐。❹王靈官　亦稱「玉樞火府天將」。道教所尊奉的神。相傳姓王名善，宋徽宗時人。死後被玉皇大帝封為「先天主將」，司天上、人間糾察之職。道觀內多塑王靈官像，赤面，三目，武裝執鞭，作為鎮守山門之神。❺伶人　指演戲的人。❻鐵蒺藜　指帶有尖刺的鐵棒。❼虛誑　弄虛詐騙。❽雍正甲寅　即清雍正十二年，西元一七三四年。❾沙河橋　地名。在河北河間東滹沱河上。當地百姓稱滹沱河為沙河。此處指沙河橋旁的小鎮。❿逆旅　旅館。

【語譯】有個姓田的老婦謊稱她家中供奉著一位狐神。許多婦女聽說後都去燒香問凶吉，田氏因此獲利頗多。不久有很多狐狸精聚在她家中，向田氏索要酒食，田氏老婦拿出全部所獲之利仍不夠供給這些狐狸精的吃喝。於是田氏家中的罈罈罐罐被狐狸精打破，衣物被狐狸精燒壞。田氏老婦苦苦哀求也不能使這些狐狸離去，害怕得只能準備投奔他處。就要動身時，聽到屋上大笑說：「你還敢借我們的名義聚斂財物嗎？」從這以後田氏家中就安靜了，田氏也就不搬家了。但連同她原來所有的財產，已花去一大半了。這是我小時候聽先母張太夫人說的。又有個道士自稱供奉神仙王靈官，用拋擲錢幣來占卜事情，常常靈驗，來祈禱的人很多。一次，幾個惡少帶著妓女到廟中來，被這個道士攔住。這些惡少於是暗中向唱戲的藝人借了扮演王靈官鬼卒的服飾，趁道士晚上設道場時，突然從屋頂上跳下，據神壇而坐，訶責道士欺騙迷惑眾人，命令鬼卒將他綁起，拿起鐵蒺藜要拷問他。道士惶恐地認罪，徹底坦白裝神弄鬼來騙取錢財的情況。於是這些惡少哄堂而笑，脫去衣帽高聲歡呼著出廟而去了。第二天，人們去找道士，那道士就已經逃走了。這是發生在雍正十二年七月的事情。我隨先父姚安公住宿沙河橋時，聽旅店主人說的。

【研析】巫婆、道士裝神弄鬼，以騙取他人錢財。誰知反遭戲弄，落得人財兩空。就這兩個故事而言，道士遭人戲弄之事更為可信。因所謂的田氏巫婆遭狐仙戲弄，而狐仙本身就是虛幻的；道士遭惡少戲弄，卻是現實生活中的活生生的事例。但兩個故事均有警世作用：凡想靠騙術謀取他人錢財者當引以為戒。

減食祿

安邑❶宋半塘，嘗官鄞縣❷。言鄞有一生，頗工文，而偃蹇❸不第。病中夢至大官署，察其形狀，知為冥司。遇一吏，乃其故人，因叩以此病得死否。曰：「君壽未盡而祿盡，恐不久來此。」生言：「平生以館穀❹糊口，無過分之暴殄，祿何以先盡？」吏太息曰：「正為受人館穀而疏於訓課，冥司謂無功竊食，即屬虛糜。銷除其應得之祿，補所探支，故壽未盡而祿盡也。蓋『在三』❺之義，名分本尊。利人脩脯❻，誤人子弟，譴責亦最重。有官祿者減官祿，無官祿者則減食祿，一錙一銖，計較不爽。世徒見才士通儒，或貧或夭，動言天道之難明。烏知自誤生平，罪多坐此哉！」生悵然而寤，病果不起。臨歿，舉以戒所親，故人得知其事云。

【章旨】此章講述了一個坐館先生誤人子弟而遭到陰譴的故事。

【注釋】❶安邑　舊縣名。治所在今山西運城東北安邑城。❷鄞縣　縣名。在浙江東部沿海，甬江上源奉化江流貫。今浙江寧波鄞州區。❸偃蹇　困頓。❹館穀　古時給幕友或塾師的酬金。❺在三　《國語・晉語一》：「『民生於三，事之如一。』父生之，師教之，君食之。非父不生，非食不長，非教不知，生之族也，故壹事之，唯其所在，則致死焉。」韋昭注：「三，君、父、師也。」後以「在三」為禮敬君、父、師的典故。❻脩脯　亦作「脯脩」。乾肉。古時指給塾師的酬金。

【語譯】安邑人宋半塘，曾在鄞縣做官。說鄞縣有一位書生，很擅長寫文章，卻困頓沒有考上功名。書生得了一場大病，病中夢見來到一座大官署，看那形狀，知道是陰曹地府。他遇見一個小吏，是他的老朋友，他於是探問得了這病會不會死。小吏回答說：「您的壽命未盡而食祿已盡，恐怕不久就要到這兒來了。」書生說：「我平生以教書謀生，從來沒有過分地揮霍浪費，為什麼食祿會先盡了呢？」小吏歎息說：「正是因為您收了別人的學費又不好好教書，陰司認為沒有功勞而竊取食物，就是屬於浪費。現在扣除您應得的食祿，以彌補被您所支取的，所以您的壽命未盡而食祿先盡了。為人之師，名分在『父、師、君』三尊之列。收了人家的學費，而誤人子弟，受到陰司的譴責也最重。有官祿的減去官祿，沒有官祿的減去食祿，一絲一毫，計較得清清楚楚。世人只看到一些才子大儒，或貧窮或短命，動不動就說是天理不明。他們又怎麼知道這些人耽誤了自己一生，罪過大多是這個原因呢！」書生惆悵醒來，病情果然不見起色。臨終時，書生講了這事以告誡親人，因此人們才得以知道這件事。

【研析】古人敬重師長，將其列為「在三」，如此尊崇，是為師者的驕傲，也是為師者的責任。為人之師就要恪盡師道，否則必遭天譴。本文用意在於此，值得天下為人師者警戒。

道士龐斗樞

道士龐斗樞，雄縣❶人。嘗客獻縣高鴻臚❷家。先姚安公幼時，見其手撮棋子布几上，中間橫斜縈帶，不甚可辨；外為八門，則井然可數。投一小鼠，從生門入，則曲折尋隙而出；從死門入，則盤旋終日不得出。以此信魚腹陣圖❸，定非虛語。然斗樞謂此特戲劇耳。至國之興亡，繫乎天命；兵之勝敗，在乎人謀。一切術數，皆無所用，從古及今，有以王遁星禽❹成事者耶？即如符咒厭劾，世多是術，亦頗有驗時。然數千年來，戰爭割據之世，是時豈竟無傳？亦未聞某帝某王某將某相死於敵國之魘魅❺也，其他可類推矣。姚安公曰：「此語非術士所能言，此理亦非術士所能知。」

【章旨】此章記述了一個道士論說一切術數皆為無用的故事。

【注釋】❶雄縣　在河北中部、大清河下游、白洋淀以北。❷鴻臚　官署名。主要職掌為朝祭禮儀之贊導。長官為鴻臚寺卿。此指該官署官員。❸魚腹陣圖　即八陣圖。三國時，諸葛亮的一種陣法。相傳諸葛亮曾在四川奉節縣東南三里的魚腹浦聚石布成八陣圖形。❹王遁星禽　泛指方術。王遁，「六王」與「遁甲」的並稱，占吉凶禍福的方術。星禽，即星禽術。以二十八宿與各禽相配占吉凶禍福的方術。❺魘魅　猶魘昧。用法術使人受禍或使之神智迷糊。

【語譯】道士龐斗樞，是雄縣人。曾經客居獻縣高鴻臚家，先父姚安公年幼時，看到他手撮棋子布在几案上，中間橫斜縈繞，不很容易分辨；外圍有八個門，卻井然可數。他抓了一隻小老鼠，從生門放進去，小老鼠能曲曲折折地找到縫隙鑽出來；把小老鼠從死門放進去，老鼠就在裡面轉了一整天也出不來。由此相信魚腹浦的八陣圖，絕不是虛構出來的。但龐斗樞說這只不過是遊戲罷了。至於國家的興亡，是由天命決定的；戰鬥的勝敗，在於人的謀略。一切方術，都沒有什麼作用。從古到今，有靠星相方術而成就事業的人嗎？就是像符咒厭勝之術，世上這類方術很多，也頗有應驗的時候。然而數千年來，戰爭割據的時代，那時方術難道就失傳了嗎？也沒有聽說過某個皇帝、某個大王、某個將軍、某個丞相死於敵國的魘魅之術，其他就可以類推而知了。姚安公說：「這些話不是方士所能說得出的，這些道理也不是方士所能理解的。」

【研析】方術本屬奇門，不入正派人士法眼。此處龐道士所言，正是正派人士質疑方術的關鍵，豈能不得正派人士之歡心。但龐道士也沒有完全排斥奇門方術的作用，認為打仗的成敗，在於人的謀略。而人的謀略中，採用奇門方術也是一種。龐道士所言，只是把奇門方術擺到其實際位置上罷了。

倉屋之狐

從舅安公介然言：佃戶劉子明，家粗裕。有狐居其倉屋中，數十年一無所擾，惟歲時祭以酒五琖，雞子數枚而已。或遇火盜，輒叩門窗作聲，使主人知之。相安已久，一日，忽聞吃吃笑不止。問之不答，笑彌甚。怒而訶之。忽應曰：「吾自笑厚結盟之兄弟，而疾其親兄弟者也。吾自笑厚其妻前夫之子，而疾其前妻之子者也。何預於君，而見怒如是？」劉大慚，無以應。俄聞屋上朗誦《論語》❶曰：「法語之言，能無從乎？改之為貴。巽語之言，能無說乎？繹之為貴。」太息數聲而寂。劉自是稍改其所為。後余以告邵闇谷，闇谷曰：「此至親密友所難言，而狐能言之；此正言莊論所難入，而狐以詼諧悟之。東方曼倩❷何加焉！予儻到劉氏倉屋，當向門三揖之。」

【章旨】此章講述了一個狐仙諷勸常人善待自己兄弟、前妻之子的故事。

【注釋】❶論語　儒家經典之一。是孔子弟子及其再傳弟子編纂關於孔子言行的記錄。內容有孔子談話、答弟子問及弟子間相與談論。為研究孔子思想的主要資料。此處所引出於《論語・子罕》。❷東方曼倩　即東方朔。西漢文學家。字曼倩，平原厭次（今山東惠民）人。武帝時為太中大夫。生性詼諧滑稽。

【語譯】堂舅安介然先生說：佃戶劉子明，家境還算富裕。有個狐仙住在他家的倉屋中，幾十年來從來沒有騷擾過，劉子明也只是逢年過節用五盞酒、幾個雞蛋祭一祭而已。如果遇到有火警或盜賊，狐仙就敲門窗發出聲音，使主人知道。相安無事已很久了，一天，劉子明忽然聽到狐仙吃吃地笑個不停，問他也不回答，而且笑得更加厲害。劉子明就怒沖沖地斥罵他。狐仙忽然回答說：「我自己是在笑那些厚待結拜兄弟，卻厭惡親兄弟的人。我是在笑那些厚待妻子前夫所生的孩子，卻痛恨自己前妻所生的孩子的人。和你有什麼關係，你卻要如此發怒？」劉子明聽後，十分羞愧，無言以對。過了一會兒，聽到屋上朗誦《論語》道：「嚴肅而合乎情理的話，能夠不接受嗎？改正了錯誤才可貴。聽到順從己意的話，能夠不高興嗎？分析一下才可貴。」隨後長歎幾聲就寂然無聲了。劉子明從此以後稍稍改正了自己的行為。後來我將這件事告訴邵闇谷，邵闇谷說：「這是至親好友也難以開口說的話，而狐仙卻能說出來；這是嚴肅莊重的言論難以入耳，而狐仙卻以詼諧之語使人省悟。東方朔也未必能夠超過啊！我如果到劉家倉屋去，一定朝著門作三個揖。」

【研析】狐仙以詼諧之語諷勸主人，不是一般人所能夠做到的。狐仙不失為諍友，而劉子明能夠聽從規勸，也不失為聰明人。

遺犯之婦

瑪納斯有遺犯之婦，入山樵采，突為瑪哈沁所執。瑪哈沁者，額魯特❶之流民，無君長，無部族，或數十人為隊，或數人為隊，出沒深山中，遇禽食禽，遇獸食獸，遇人即食人。婦為所得，已褫衣縛樹上，熾火於旁，甫割左股一臠❷。

倏聞火器一震，人語喧闐，馬蹄聲殷動林谷。以為官軍掩至，棄而遁。蓋營卒牧馬，偶以鳥槍擊雉子，誤中馬尾。一馬跳擲，群馬皆驚，相隨逸入萬山中，共譟而追之。使少遲須臾，則此婦血肉狼藉矣，豈非若或使之哉？婦自此遂持長齋❸，嘗謂人曰：「吾非佞佛求福也。天下之痛苦，無過於臠割者；天下之恐怖，亦無過於束縛以待臠割者。吾每見屠宰，輒憶自受楚毒時。思彼眾生，其痛苦恐怖，亦必如我。故不能下嚥耳。」此言亦可告世之饕餮者也。

【章旨】此章講述了一個婦人被盜賊宰割而幸運獲救的故事。

【注釋】❶額魯特　清代對西部蒙古各部的總稱。❷臠　切成塊的肉。❸長齋　指常年持齋，不食葷菜。

【語譯】瑪納斯有位流放犯的妻子，進山砍柴，突然被瑪哈沁捉住。瑪哈沁，是額魯特的流民。他們沒有君長，沒有部族，有時幾十個人為一隊，有時幾個人為一隊，出沒深山中，遇到禽鳥就吃禽鳥，遇到野獸就吃野獸，遇到人就吃人。婦人被他們捉住後，已經被剝去衣服綁在樹上，旁邊燃起火堆，瑪哈沁剛從她左腿上割下一塊肉，忽然聽到火槍一聲震響，人聲喧雜，馬蹄聲隆隆震響在樹林山谷。瑪哈沁以為是官軍襲來，便丟下婦人而逃走了。其實那是軍營兵士牧馬，偶然間用鳥槍打野雞，誤中了馬尾巴。這匹馬跳躍，群馬都受驚，相隨奔入群山中，軍卒們共同呼喊著來追趕馬匹。如果官軍來得稍稍遲緩片刻功夫，那麼這個婦人就會血肉模糊、狼藉不堪了。這難道不是似乎有人指使的嗎？這個婦人從此就常年吃齋。她曾對人說：「我並不是盲目信佛以求福。天下最痛苦的事，沒有超過被人割肉的；天下最可怕的事，也沒有超過被綁住等著被人宰割的。我每當看到屠宰，就想起自己受痛苦折磨的時候。想想那些生靈，牠們的痛苦恐怖，也肯定和我一樣，所以就難以下嚥了。」這些話也可以用來告誡世間那些貪吃的人。

【研析】這個婦人的遭遇駭人聽聞。經此遭遇，人是會大徹大悟的。人總是把自己看作萬物之靈，對自然界隨意妄為。然而，人遭到自然界的報復還少麼？

牛與犬

奴子劉琪，畜一牛一犬。牛見犬輒觸，犬見牛輒噬，每鬥至血流不止。然牛惟觸此犬，見他犬則否；犬亦惟噬此牛，見他牛則否。後繫置兩處，牛或聞犬聲，犬或聞牛聲，皆昂首瞋視。後先姚安公官戶部，余隨至京師，不知二物究竟如何也。或曰：「禽獸不能言者，皆能記前生。此牛此犬殆佛經所謂夙冤❶，今尚相識歟？」余謂夙冤之說，鑿然無疑。謂能記前生，則似乎未必。親串中有姑嫂相惡者，嫂與諸小姑皆睦，惟此小姑則如仇；小姑與諸嫂皆睦，惟此嫂則如仇。是豈能記前生乎？蓋怨毒之念，根於性識，一朝相遇，如相反之藥❷，雖枯根朽草，本自無知，其氣味自能激鬥耳。因果牽纏，無施不報。三生❸一瞬，可快意於睚眥哉！

【章旨】此章講述了作者家奴所畜養的牛與犬相鬥的故事。

【注釋】❶夙冤 即「夙世冤家」。前世的仇人。形容積怨極深。❷相反之藥 中醫把藥物按其藥性分類，藥性相反的藥不能混用。❸三生 即「三世」。本佛教用語。指前生、今生、來生。亦指過去世、現在世、未來世。

【語譯】家奴劉琪養了一頭牛和一條狗，牛一見狗就用角牴，狗一見牛就用嘴咬，每次都鬥到血流不止。但是這頭牛只牴這條狗，見到其他狗就不會這樣；這條狗也只咬這頭牛，見到其他牛就不會這樣。後來劉琪把牛和狗分別繫在兩處，牛如果聽到狗叫聲，狗如果聽到牛叫聲，都抬起頭怒視。後來先父姚安公到戶部做官，我跟隨來到京城，不知那頭牛和那條狗最後怎樣了。有人說：「禽獸不能說話，卻都能記著前生。這牛和狗大概就是佛經上所說的夙冤，而到現在還相互記得吧？」我認為夙冤的說法，是確鑿無疑的。但說是能記得前生，則似乎未必。我的親戚中有姑嫂二人互相厭惡對方，嫂子和其他小姑都很和睦，唯獨對這個小姑如同仇人；小姑與其他嫂子都和睦，唯獨對這個嫂子如同仇人。這怎麼能夠記得前生呢？大概怨恨之念頭，根源在於各自的性情，一旦相遇，就像藥效相反的兩種草藥，雖然是枯根朽草，本來沒有意識，彼此的氣味卻自然能激發相鬥。因果牽連糾纏，沒有什麼行為是沒有報應的，三生輪迴也不過是轉瞬之間，怎麼可以圖一時之快而與人為小事而爭鬥呢！

【研析】人的一生，如白駒過隙，轉瞬即過。珍惜眼前、珍惜當世，不要為無謂的爭鬥浪費光陰。古人說得好：「和為貴。」還有什麼比人與人之間的和睦相處更可貴的呢？

戒訟

從伯君章公言：前明青縣❶張公，十世祖贊祁公之外舅❷也。嘗與邑人約，連名訟縣吏。乘馬而往，經祖墓前，有旋風撲馬首，驚而墮，從者舁❸以歸。寒熱陡作，忽迷忽醒，恍惚中似睹鬼物。將延巫禳解，忽坐起，作其亡父語曰：「爾勿祈禱，撲爾馬者我也。凡訟無益：使理曲，何可訟？使理直，公論具在，人人為扼腕，是即勝矣，何必訟？且訟役訟吏，為患尤大：訟不勝，患在目前；幸而勝，官有來去，此輩長子孫必相報復，患在後日。吾是以阻爾行也。」言訖，仍就枕，汗出如雨。比睡醒，則霍然矣。既而連名者皆敗，始信非譫語❹也。此公聞於伯祖湛元公者。湛元公一生未與人涉訟，蓋守此戒云。

【章旨】此章講述了一個作者先祖告誡子孫不要訴訟的故事。

【注釋】❶青縣　縣名。在河北東南部，鄰接天津。❷外舅　岳父。❸舁　抬。❹譫語　中醫學名詞。一作「儼語」。指病人神志不清時妄言亂語。多見於急性熱病。

【語譯】堂伯君章公說：明朝青縣的張公，是十世祖贊祁公的岳父。他曾和鄉人相約，連名控告縣衙裡的小吏。張公騎馬前往，經過祖墳前，一陣旋風徑直撲向馬首，馬受驚而他被摔在地上，隨他前去的人把他抬回家來。他突然發起寒熱病來，忽而昏迷忽而清醒，恍恍惚惚中好像見到了鬼。家人正要去請巫師來禳解，張公忽然坐起來，以他已死去的父親的聲音說：「你不用祈禱，撲你馬的就是我。凡是訴訟都沒有益處：如果沒有道理，有什麼可訴訟的呢？如果有道理，公論都在，人人同情你，這就是勝利，何必要訴訟呢？況且告衙役告縣吏，造成的禍患尤其大：訴訟不勝，禍患在眼前；僥倖而勝訴，做官的有來有去，這些衙役縣吏的子孫肯定要報復，禍患將在日後。因此我阻止你前去。」說完，張公又躺在枕頭上，汗出如雨。等到睡醒過來，病就忽然痊癒了。後來連名上訴的人都遭了殃，人們才相信張公說的不是胡話。此事是君章公從伯祖湛元公那裡聽來的。湛元公一生沒和人打官司，大概就是嚴守這條訓誡吧。

【研析】法治社會，以法辦事，人們喜好訴訟。人治社會，看人辦案。凡是訴訟，就要看審理這個案子的主審官是否清廉正直，是否明察事理。而在古代社會，清廉官員少而貪贓糊塗官員多。否則，二千多年來，為什麼我們只記得個包拯和海瑞呢？

圓光術

世有圓光術❶：張素紙於壁，焚符召神，使五六歲童子視之。童子必見紙上突現大圓鏡，鏡中人物，歷歷示未來之事，猶卦影也。但卦影隱示其象，此則明著其形耳。龐斗樞能此術，某生素與斗樞狎，嘗覬覦一婦，密祈斗樞圓光，觀諧否。斗樞駭曰：「此事豈可瀆鬼神！」固強之。不得已勉力焚符，童子注視良久曰：「見一亭子，中設一榻，三娘子與一少年坐其上。」三娘子者，某生之亡妾也。方詬責童子妄語，斗樞大笑曰：「吾亦見之。亭中尚有一匾，童子不識字耳。」怒問：「何字？」曰：「『己所不欲』四字也。」某生默然，拂衣去。或曰：「斗樞所焚實非符，先以餅餌誘童子，教作是語。」是殆近之。雖曰惡謔，要未失朋友規過之義也。

【章旨】此章講述了一個書生妄想以圓光術偷窺婦人而遭到戲弄的故事。

【注釋】❶圓光術　舊時江湖術士利用迷信心理騙人財物的一種方法。用鏡或白紙施以咒語，令兒童看視，稱其能看到諸象，可知失物所在，或預測吉凶禍福。

【語譯】世上有種圓光術：把一張白紙貼在牆壁上，焚燒符籙召來神仙，讓五六歲的男童看著白紙。小孩肯定能看見紙上突然現出一面大圓鏡，鏡子中的人物，一一展示將來的事，就像卦影一樣。但是卦影隱晦地顯示徵象，這卻是明確地顯示出人的形狀。道士龐斗樞會這種圓光術。有個書生一向和龐斗樞親昵，他曾覬覦一婦人，暗中請求龐斗樞施圓光術，看看他和那個婦人能否成就好事。龐斗樞吃驚地說：「做這種事，豈不褻瀆了鬼神！」書生固執地強要他施行法術，龐斗樞不得已，只好勉強為他焚燒符籙，小孩注視很長時間後說：「看見一個亭子，中間放了一張床，三娘子和一個少年坐在床上。」三娘子正是書生已經去世的小妾。書生正在責罵孩子胡說，龐斗樞大笑著說：「我也看到了。亭子中還有一塊匾額，孩子不識字罷了。」書生怒聲問道：「什麼字？」龐斗樞回答說：「『己所不欲』四個字。」書生聽後默不作聲，拂袖而去。有人說：「龐斗樞焚燒的其實不是符籙。他事先拿餅子哄小孩，教他說這些話的。」這大概是真的。雖然說這是個惡作劇，但沒有失去規勸朋友的道義。

【研析】人都有窺私欲，不僅想知道自己的將來，還想窺測別人的私事。這個書生為滿足私欲，要道士施行法術，卻被道士大大地戲弄了一番。先哲有言：「己所不欲，勿施於人。」若欲施之於人，身必先之。這個書生就是如此。

銀船

先太夫人言：外祖家恆夜見一物，舞蹈於樓前，見人則竄避。月下循窗隙窺之，衣慘綠❶衫，形蠢蠢如巨鱉，見其手足而不見其首，不知何怪。外叔祖紫衡公遣健僕數人，持刀杖繩索伏門外，伺其出，突掩之。踉蹌逃入樓梯下。秉火照視，則牆隅綠錦袱包一銀船，左右有四輪；蓋外祖家全盛時兒童戲劇之物。乃悟綠衫其袱，手足其四輪也。熔之得三十餘金。一老媼曰：「吾為婢時，房中失此物，同輩皆大遭棰楚。不知何人竊置此間，成此魅也。」《搜神記》❷載孔子之言曰：「夫六畜之物、龜蛇魚鱉草木之屬，神皆能為妖怪，故謂之五酉❸。五行❹之方，皆有其物。酉者老也。故物老則為怪矣。殺之則已，夫何患焉！」然則物久而幻形，固事理之常耳。

【章旨】此章講述了一個銀船為怪的故事。

【注釋】❶慘綠　暗綠色。❷搜神記　志怪小說集。東晉干寶撰。二十卷。❸五酉　古代傳說中指龜、蛇、魚、鱉、草木等老而成妖怪者。❹五行　指木、火、土、金、水五種物質。戰國時出現「五行相生相勝」的原理。「相生」意味著互相促進；「相勝」即「相克」，意味著互相排斥。五行說在後世影響很大。

【語譯】先太夫人說：外祖父家常在夜裡看到一個怪物，在樓前跳舞，見人就逃避。人們在月光下從窗縫中偷看，見這怪物身穿暗綠色的衣衫，形狀蠢笨如同一隻大鱉，能看見他的手腳而看不見頭，不知是什麼怪物。外叔祖紫衡公派了幾個健壯的僕人，拿著刀棒繩索埋伏在門外，等他出來，突然圍上去。那怪物踉踉蹌蹌逃到了樓梯下。人們拿火一照，見牆角有用綠錦包裹的一隻銀船，左右有四個輪子，是外祖家全盛時兒童用來玩耍的東西。人們這才明白怪物身穿的綠衣衫是包袱布，怪物的手腳是四個輪子。把銀船熔化了，得到了三十多兩銀子。一位老婦人說：「我做婢女時，房中丟失了這個東西，奴婢們都被痛打了一頓。不知是誰偷了放在這裡，變成了妖精。」《搜神記》記載孔子的話說：「馬、牛、羊、豬、狗、雞這六種畜類，和龜、蛇、魚、鱉、草木之類，他們的神靈都能變成妖怪，所以稱之為五酉。五行所存在的地方，都有這類東西。酉就是老的意思，所以物老了就能成怪。把他殺掉就完了，沒有什麼可顧慮的！」所以說器物長久了會幻化變形，自然是尋常之理了。

【研析】物久成精，卻不知韜晦，遂招來殺身之禍，這是此怪物的無知和不幸。其實人也一樣，稍有所得，卻不知謙和克制，遂招來不滿和嫉恨。這是人的弱點和不幸。世間這類事還少麼？

兩世夫婦

兩世夫婦，如韋臯❶、玉簫者，蓋有之矣。景州李西崖言：乙丑❷會試，見貴州一孝廉，述其鄉民家生一子，甫能言，即云我前生某氏之女，某氏之妻，夫名某字某；吾卒時夫年若干，今年當若干；所居之地，距民家四五日程耳。此語漸聞。至十四五歲時，其故夫知有是說，徑來尋問。相見涕泗，述前生事悉相符。是夕竟抱被同寢。其母不能禁，疑而竊聽，滅燭以後，已妮妮兒女語矣。母怒，逐其故夫去。此子憤悒不食，其故夫亦棲遲❸旅舍不肯行。一日防範偶疏，竟相偕遁去，莫知所終。異哉此事！古所未聞也。此謂發乎情而不止乎禮矣。

【章旨】此章講述了一對前世夫妻今世再逢的故事。

【注釋】❶韋皋　字城武，唐京兆萬年（今陝西長安）人。官至節度使。❷乙丑　即清乾隆十年，西元一七四五年。❸棲遲　滯留。

【語譯】兩世結為夫婦，像唐朝的韋皋和玉簫，大概是有的。景州人李西崖說：乾隆十年他去參加會試，遇見一位貴州來的舉人，講述他家鄉有戶人家生了一個男孩子，剛能說話，就說我前生是某人的女兒，某人的妻子，丈夫名某某，字某某；我死時丈夫年齡是多少歲，今年應該多少歲。夫家所住的地方，距離這戶人家不過四五天的路程。這件事漸漸傳了出去。到了這個孩子十四五歲時，他前世的丈夫知道有這種說法，就徑直尋來詢問。兩人相見流淚痛哭，講起前生的事都相符合。當天晚上，兩人竟然抱著被子睡在一起。男孩的母親不能阻攔，但心中懷疑就去偷聽。滅了蠟燭後，兩人已經說起男女間的親熱話了。男孩的母親發怒，就把那前世的丈夫趕走了。這個孩子氣憤絕食，他的前世丈夫也滯留在旅店中不肯離去。一天，男孩家裡偶然疏於防範，兩人竟然結伴逃走，不知道去了哪裡。此事真是奇怪！是自古以來沒有聽說過的。這可以說是出於感情而不能止步於禮制規範了。

【研析】此事虛妄，而且無聊。清代連貴州一帶都有玩弄男童之陋習，可見世風之壞。

虐婢受報

東光❶霍從占言：一富室女，五六歲時，因夜出觀劇，為人所掠賣。越五六年，掠賣者事敗，供曾以藥迷此女。移檄來問，始得歸。歸時視其肌膚，鞭痕、杖痕、剪痕、錐痕、烙痕、燙痕、爪痕、齒痕遍體如刻畫，其母抱之泣數日，每言及，輒沾襟。先是女自言主母酷暴無人理，幼時不知所為，戰栗待死而已。年漸長，不勝其楚，思自裁。夜夢老人曰：「爾勿短見，再烙兩次，鞭一百，業報滿矣。」果一日縛樹受鞭，甫及百而縣吏持符到。蓋其母御婢極殘忍，凡觳觫❷而侍立者，鮮不帶血痕；回眸一視，則左右無人色，故神示報於其女也。然竟不悛改，後疽發於項死。子孫今亦式微❸。從占又云：一宦家婦，遇婢女有過，不加鞭捶，但褫下衣，使露體伏地。自云如蒲鞭❹之示辱也。後患顛癇，每防守稍疏，輒裸而舞蹈云。

【章旨】此章講述了虐待婢女而遭果報的故事。

【注釋】❶東光　縣名。在河北東南部、南運河東岸，鄰接山東。❷觳觫　恐懼顫抖貌。❸式微　衰微；衰落。❹蒲鞭　蒲草做的鞭子。

【語譯】東光人霍從占說：有個富戶人家的女孩，五六歲時，因晚上外出看戲，被人掠走拐賣。過了五六年，掠走拐賣她的人被捉住，招供出曾用藥麻醉了這個女孩。官府發公文來查問，女孩才得以回家。回來時只見她遍體鱗傷，鞭打的傷痕、杖打的傷痕、剪子刺的傷痕、錐子刺的傷痕、火烙的傷痕、燙傷的傷痕、指甲掐的傷痕、牙齒咬的傷痕布滿全身，就像用刀刻上去的一樣。女孩母親抱著她哭了幾天，每當說起這件事，就淚流滿襟。起先，女孩自己說女主人殘酷凶暴，毫無人性，自己年幼不知所措，膽戰心驚地等死而已。年齡漸漸大了，實在受不了毒打，就想自殺。她夜裡夢見一位老人對她說：「你不要自尋短見，再被烙兩次，打一百鞭，業報就滿了。」果然有一天，她被綁在樹上受鞭打，剛打到一百鞭，縣吏就拿著公文到了。原來這女孩的母親對婢女極其殘忍，那些戰戰兢兢侍立身邊的丫頭，很少有身上不帶血痕的；只要她回頭一看，在她身邊侍候的人就嚇得面無人色，所以神在她女兒身上顯示報應。但她竟然不思悔改，後來脖子上生了毒瘡而死。她的子孫現在也衰落了。霍從占又說：有一位官宦人家的女主人，遇到婢女有過失，不加鞭打，只是脫去那個婢女的褲子，讓她裸體趴伏在地上，自稱這和用蒲鞭打人表示羞辱一樣。她後來得了癲癇病，每當防守稍有疏忽，她就脫去衣服裸著身體跳舞。

【研析】這個女孩值得同情。她的苦難在於她是婢女，一旦她恢復了富家女子的身分，苦難就離她而去。而那些永遠得不到解救的婢女們，她們的苦難沒有盡頭。作者在深刻揭露虐婢現象的同時，以因果報應來告誡那些虐婢者，還是有其積極作用的。

鬼護醉漢

及孺愛先生言：其僕自鄰村飲酒歸，醉臥於路。醒則草露沾衣，月向午矣。欠伸之頃，見一人瑟縮立樹後，呼問：「為誰？」曰：「君勿怖，身乃鬼也。此間群鬼嬉嬲醉人，來為君防守耳。」問：「素昧平生，何以見護？」曰：「君忘之耶？我歿之後，有人為我婦造蜚語，君不平而白其誣，故九泉❶銜感也。」言訖而滅，竟不及問其為誰，亦不自記有此事。蓋無心一語，黃壤❷已聞；然則有意造言者，冥冥之中寧免握拳齧齒耶？

【章旨】此章講述了鬼為報恩看護醉漢的故事。

【注釋】❶九泉　指地下。猶言「黃泉」。❷黃壤　地中；地底下。

【語譯】及孺愛先生說：他的僕人從鄰村喝酒回來，醉倒躺在路上，醒來時發現露水打濕了衣服，月亮已上中天。他哈氣伸懶腰時，看見一個人縮著身子站在樹後，就大聲問道：「是誰？」那人回答說：「你不要害怕，我是鬼。這裡的眾鬼喜歡捉弄喝醉酒的人，我是來守護你的。」僕人問道：「素昧生平，你為什麼要保護我呢？」鬼回答說：「你忘了嗎？我死了之後，有人捏造我妻子的流言蜚語，你打抱不平而為她辯白，所以我在九泉之下很是感激。」鬼說完就消失了，僕人竟然來不及問這鬼生前是誰，也不記得自己有做過這樣的事。大概是出於無心的一句話，而黃土之下的鬼已聽到了；那麼故意造謠的人，冥冥之中，鬼難道會不咬牙切齒地怨恨他嗎？

【研析】為寡婦辯白，在常人看來或許是不足掛齒的小事，但對寡婦而言，或許是關乎生死的大事。古人說：「勿以善小而不為。」多行善而少積惡，於人於己都有利。

河間獻王墓

河間獻王❶墓在獻縣城東八里。墓前有祠，祠前二柏樹，傳為漢物，未知其審，疑後人所補種。左右陪葬二墓，縣志稱左毛萇❷，右貫長卿❸；然任丘❹又有毛萇墓，亦莫能詳也。或曰：「萇，宋代追封樂壽伯，獻縣正古樂壽地。任丘毛公墓，乃毛亨❺也。」理或然歟！從舅安公五占言：康熙中，有群盜覬覦玉魚❻之藏，乃種瓜墓旁，陰於團焦中穿地道。將近墓，探以長錐，有白氣隨錐射出，聲若雷霆，衝諸盜皆仆，乃不敢掘。論者謂王墓封閉二千載，地氣久鬱，故遇隙湧出，非有神靈。余謂王功在「六經」❼，自當有鬼神呵護。穿古冢者多矣，何他處地氣不久鬱而湧乎？

【章旨】此章講述了乾隆年間漢河間獻王墓及陪葬墓的大致情況。

【注釋】❶河間獻王　即西漢劉德。漢景帝第三子，立為河間王。卒謚獻，故稱。❷毛萇　萇，一作「長」。相傳是古文《詩》學「毛詩學」的傳授者，西漢趙（郡治今河北邯鄲西南）人。據稱其《詩》學傳自毛亨，曾任河間獻王博士，稱為「小毛公」。❸貫長卿　西漢貫公子。為蕩陰令。受《詩》於毛公。❹任丘　縣名。在河北中部、白洋淀東南，冀中運河流貫。❺毛亨　相傳是古文《詩》學「毛詩學」的創始者。一說西漢魯（郡治今山東曲阜一帶）人；一說河間（郡治今河北獻縣東南）人。據稱其《詩》學傳自子夏，曾作《毛詩故訓傳》，以授毛萇。世稱毛亨為「大毛公」。❻玉魚　傳說西漢吳楚七國叛亂時，楚王太子朝京師，死於長安，景帝用玉魚一雙殉葬。後來就以玉魚指殉葬品。❼六經　六部儒家經典。始見於《莊子・天運》篇。即《詩》、《書》、《禮》、《樂》、《易》、《春秋》。

【語譯】西漢河間獻王的墓在獻縣城東八里。墓前有座祠堂，祠堂前有兩株柏樹，相傳是漢代種植的，不知是否真實，我懷疑是後人所補種的。左右是兩座陪葬墓，獻縣縣志上說左面葬的是毛萇，右面葬的是貫長卿；然而任丘縣又有毛萇墓，也弄不清楚是怎麼回事。有人說：「毛萇在宋代被追封為樂壽伯，獻縣正是古代樂壽郡的所在地。任丘縣的毛公墓，葬的是毛亨。」從道理上講或許是這樣的。堂舅安五占公說：康熙年間，有一夥盜賊覬覦墓中的殉葬品，就在墓邊種瓜，暗地在看瓜的草棚裡挖地道。快挖到墓時，用長鐵錐刺探進去，有一股白氣隨著鐵錐噴射出來，聲音如同雷霆，把盜賊們都衝倒在地，於是盜賊就不敢再挖掘了。有人認為獻王墓封閉兩千年，地氣長久鬱積，因此遇到縫隙就湧了出來，不是有神靈護佑。我認為獻王有功於儒家「六經」，當然應該有鬼神呵護。盜古墓的人很多，為什麼別處的地氣不是長久鬱積而噴湧出來呢？

【研析】河間獻王墓歷二千年風雨，未被盜挖，實屬不易。紀昀寫下這段文字距今又有三百年了，河間獻王墓還無恙否？

腹中語

鬼魅在人腹中語，余所聞見，凡三事：一為雲南李編修衣山，因扶乩與狐女唱和。狐女姐妹數輩，併入居其腹中，時時與語。正一真人劾治弗能遣，竟顛癇終身。余在翰林目睹之。一為宛平❶張丈鶴友，官南汝光❷道時，與史姓幕友宿驛舍。有客投刺謁史，對語徹夜。比曉，客及其僕皆不見，忽聞語出史腹中。後拜斗❸祛之去。俄仍歸腹中，至史死乃已。疑其夙冤也。聞金聽濤少宰言之。一為平湖❹一尼，有鬼在腹中，談休咎多驗，檀施❺鱗集。鬼自云夙生負此尼錢，以此為償，如《北夢瑣言》❻所記田布❼事。人側耳尼腋下，亦聞其語，疑為樟柳神也。

聞沈雲椒少宰言之。

【章旨】此章講述了三則鬼魅在人腹中說話的故事。

【注釋】❶宛平　舊縣名。治所在今北京西南，屬豐臺區。❷南汝光　指南陽、汝南、光州三地。今均屬河南。❸拜斗　禮拜北斗星。道教祈禱的一種。❹平湖　縣名。今浙江平湖。❺檀施　施主。❻北夢瑣言　筆記。北宋孫光憲撰。原三十卷。今本二十卷。已有殘缺。❼田布　唐人。字敦禮。以戰功拜節度使。《北夢瑣言》載，其鬼魂被一個巫婆所利用，是為了償還前世欠巫婆的八十萬錢。

【語譯】鬼怪在人腹中說話，我所聽到或看到的，有三件事：一是雲南人李衣山編修，因為他在扶乩的時候與狐女唱和詩詞，狐女姐妹幾個，都進入並居住在他的腹中，時常和他說話。正一真人作法劾治，也沒有能將她們趕走，他竟然因此終身得了癲癇病。這是我在翰林院時親眼目睹的。一是宛平人張鶴友老先生。他任南汝光道臺時，和一位姓史的幕僚住在驛站客舍，有位客人投上名帖拜訪史某，兩人交談了一夜。到了天亮，那位客人和他的隨從都不見了，忽然聽到說話聲出自史某的腹中。後來用拜北斗星的法術將他祛除，但不久他又回到史某的腹中，直到史某去世才罷休。人們懷疑這是史某的前生冤孽。這是聽吏部侍郎金聽濤說的。一是平湖縣的一位尼姑，有鬼在她腹中，談禍福吉凶多有靈驗，施主們像魚鱗般聚集而來。這鬼自稱前生欠了尼姑的錢，所以用這個方式作為補償，就像《北夢瑣言》中記載的田布的故事。有人將耳朵附在尼姑的腋下，也能聽到鬼說話，人們懷疑這鬼可能是個樟柳神。這是聽吏部侍郎沈雲椒說的。

【研析】雖然作者言之鑿鑿，但均是虛妄故事，姑妄聽之。或許作者有所指，惜今無從考證。

死者復生

晉殺秦諜❶，六日而蘇，或由縊殺杖殺，故能復活。但不識未蘇以前，作何情狀。詁經❷有體，不能如小說瑣記也。佃戶張天錫，嘗死七日，其母聞棺中擊觸聲，開視，已復生。問其死後何所見，曰：「無所見，亦不知經七日，但倏如睡去，倏如夢覺耳。」時有老儒館余家，聞之，拊髀❸雀躍曰：「程朱聖人哉！鬼神之事，孔孟猶未敢斷其無，惟二先生敢斷之。今死者復生，果如所論，非聖人能之哉！」余謂天錫自以氣結屍厥，瞀❹不知人，其家誤以為死耳，非真死也。虢太子事，載於《史記》❺，此翁未見耶？

【章旨】此章講述了一個佃戶死而復生的故事，並批駁了講學家的陳腐之見。

【注釋】❶晉殺秦諜　魯宣公八年，晉國抓住一名秦國間諜，在絳市將他殺死。過了六天，該間諜又復活了。事見《左傳》宣公八年。❷詁經　指注解儒家經典。❸拊髀　亦作「拊脾」。用手拍大腿，表示內心激動。❹瞀　悶；暈厥。❺虢太子事二句　《史記·扁鵲列傳》載，虢國太子死，經扁鵲及其弟子醫治，使其復蘇。

【語譯】《左傳》宣公八年記載著晉國殺死了秦國的一名間諜，六天後，這名間諜又蘇醒了過來。或許這名間諜是被縊死或用棍打死的，故而能夠復活。但不知道沒有蘇醒之前，這名間諜是什麼情況。注解儒家經典有一定的體例，不能像寫小說雜記一樣。佃戶張天錫，曾經死了七天，他母親聽到棺材中有敲擊聲，打開棺材一看，他已經復活了。問他死後看到了什麼，他說：「沒有看到什麼，也不知道已過了七天，只是覺得像忽然睡著了，又忽然睡醒了過來。」當時有個老儒在我家教書，聽說這事，拍著大腿跳起來說：「二程、朱熹真是聖人啊！鬼神之事，連孔子、孟子尚且不敢斷定沒有，唯獨二位先生卻敢斷定沒有鬼神。現在死者復生，果然和他們所論述的一樣，不是聖人怎麼能做得到呢！」我認為張天錫是因為氣息鬱結而昏厥，昏迷不省人事，他的家人誤認為是死了，其實不是真的死了。虢太子死而復蘇的故事，記載在《史記》裡，這位老先生沒看到嗎？

【研析】古人沒有先進的儀器監測，病人一時昏厥，呼吸暫停，就被認為已經死了。停屍數日，常有死後復生的。這是古代醫術不高、醫療手段有限所致，與鬼神無涉。作者認為張天錫是氣息鬱結昏厥，不是真死，很有道理。其實作者的觀點與那位老儒相差無幾，只是作者反對道學，故而對老儒處處引用程朱之說略加譏刺。

辨血盆經

帝王以刑賞勸人善，聖人以褒貶勸人善。刑賞有所不及，褒貶有所弗恤者，則佛以因果勸人善。其事殊，其意同也。緇徒❶執罪福之說，誘脅愚民，不以人品邪正分善惡，而以布施有無分善惡。「福田」之說興，瞿曇❷氏之本旨晦矣。聞有走無常❸者，以《血盆經》懺有無利益問冥吏。冥吏曰：「無是事也。夫男女構精，萬物化生，是天地自然之氣，陰陽不息之機也。化生必產育，產育必穢汙，雖淑媛賢母，亦不得不然，非自作之罪也。如以為罪，則飲食不能不便溺，口鼻不能不涕唾，是亦穢汙，是亦當有罪乎？為是說者，蓋以最易惑者惟婦女，而婦女所必不免者惟產育，以是為有罪，以是罪為非懺不可；閨閣之財，無不充功德之費矣。爾出入冥司，宜有聞見，血池果在何處？墮血池者果有何人？乃猶疑而問之歟！」走無常後以告人，人訖無信其言者。積重不返，此之謂矣。

【章旨】此章以冥吏之口抨擊了藉《血盆經》斂取錢財的卑劣行徑。

【注釋】❶緇徒　僧侶。❷瞿曇　梵文Gautama的音譯（又譯為「喬答摩」）。古時因釋迦牟尼姓瞿曇，故常以瞿曇代表釋迦牟尼。❸走無常　參見本書卷二〈妻妾易位〉則注釋❸。

【語譯】帝王用獎賞刑罰的制度來勸人向善，聖人用褒揚貶斥的方式勸人向善。獎賞刑罰有所不及，褒揚貶斥有所不周的，佛家就用因果報應來勸人向善。他們的方法不同，目的則是相同的。和尚們拿因果禍福的說法，誘騙脅迫愚民，不是以人品的正邪來區分善惡，而是以布施的有無來區分善惡。自從「福田」之說興起，佛祖的本旨就被掩蓋了。聽說有個走無常的人，問冥吏誦《血盆經》有無好處。冥吏說：「沒有這樣的事。世間男女媾合，萬物化生，都是天地間的自然之理，是陰陽運動不息的機因。要化生繁衍就要有產育，要產育就必然有汙穢，就是淑女賢母，也不得不如此，這並不是自己作的罪孽。如果把這當作罪孽，那麼人飲食了就不能不大小便，口鼻不能不流口水鼻涕，這也是汙穢之物，難道也應該認為是有罪嗎？宣揚這種說法的人，是因為最容易被蠱惑的只有婦女，而婦女必定免不了的是都要生育，把這些認定為有罪，把這種罪說成是非要懺悔不可的；於是婦女閨閣裡的錢財，全都充當做功德的費用了。你出入陰曹地府，應該有所見聞，血池究竟在哪裡？墮入血池的究竟有些什麼人？還有什麼要疑惑詢問的！」走無常的人後來把這些話告訴他人，沒有人相信他的話。積重不返，就是這個意思吧。

【研析】層層剖析，入情入理，對妄言斂財是一次嚴厲的抨擊。然而正如作者自己所說的，積重難返。凡是邪說一旦形成惡俗，再想清除，談何容易。

自敗

釋明玉言：西山有僧，見遊女踏青，偶動一念。方徙倚凝想間，有少婦忽與目成，漸相軟語，云：「家去此不遠，夫久外出。今夕當以一燈在林外相引。」叮嚀而別。僧如期往，果熒熒一燈，相距不半里，穿林渡澗，隨之以行，終不能追及。既而或隱或見❶，倏左倏右，奔馳輾轉，道路遂迷，困不能行，踣臥老樹之下。天曉諦觀，仍在故處。再視林中，則蒼蘚綠莎，履痕重疊，乃悟徹夜繞此樹旁，如牛旋磨也。自知心動生魔，急投本師懺悔，後亦無他。又言：山東一僧，恆見經閣❷上有豔女下窺，心知是魅，然私念魅亦良得，徑往就之，則一無所睹，呼之亦不出。如是者凡百餘度，遂惘惘得心疾，以至於死。臨死乃自言之。此或夙世冤愆❸，借以索命歟？然二僧究皆自敗，非魔與魅敗之也。

【章旨】此章講述了兩個僧人因凡心一動而生魔障的故事。

【注釋】❶見　通「現」。出現。❷經閣　指寺院中的藏經樓。❸寃愆　寃仇。

【語譯】僧人明玉說：西山有個和尚，看到遊春踏青的婦女，偶然動了凡心。和尚正在那裡徘徊癡想，有個少婦忽然向他眉目傳情，兩人漸漸互相輕聲說話。那個少婦說：「我家離這裡不遠，丈夫長期外出，今天晚上我用一盞燈在樹林外引路。」那個少婦叮嚀之後就告別了。和尚如約前往，果然有一盞熒熒的燈光，相距不到半里地。和尚穿越樹林渡過溪澗，跟著燈光走，始終不能追上那盞燈。之後那燈光忽隱忽現，忽左忽右，和尚輾轉奔跑，於是就迷了路，困倦得走不動，跌倒在一棵老樹下躺著。天亮後，和尚仔細一看，卻仍在原來的地方。再看樹林中，在遍地的青苔綠草上，布滿了重重疊疊的腳印。和尚這才省悟自己整夜繞著這棵樹周圍奔走，就像牛拉磨似的。和尚知道自己因為心動而產生魔障，急忙到自己師父那裡懺悔，後來也沒有什麼事。明玉又說：山東有一個和尚，常常看到藏經樓上有個美豔的女子向下窺看，心裡明白是怪魅；但是暗想這樣的怪魅也是難得，就直接去找她，卻什麼也看不到，呼喚她也不出來。像這樣的情形總共有一百多次，於是和尚神思恍惚得了心病，最後就病死了。和尚臨死時才把這事說了出來。這或許是和尚前世欠下的寃孽，借此來索命的吧？然而這兩個和尚到底是自取其禍，而不是妖魔或鬼魅害他們的。

【研析】魔障就在心中，心動生魔，以至於身心俱困。前一個和尚尚且知道自拔，而後一個和尚卻不能懸崖勒馬，以致葬送了性命。面對誘惑，常人能否守住良知，不也是一道魔障嗎？

固執一理

吳惠叔言：醫者某生，素謹厚。一夜有老媼持金釧一雙，就買墮胎藥。醫者大駭，峻拒之。次夕，又添持珠花兩枝來。醫者益駭，力揮去。越半載餘，忽夢為冥司所拘，言有訴其殺人者。至則一披髮女子，項勒紅巾，泣陳乞藥不與狀。醫者曰：「藥以活人，豈敢殺人以漁利！汝自以姦敗，於我何尤？」女子曰：「我乞藥時，孕未成形，儻得墮之，我可不死。是破一無知之血塊，而全一待盡之命也。既不得藥，不能不產，以致子遭扼殺，受諸痛苦，我亦見逼而就縊。是汝欲全一命，反戕❶兩命矣。罪不歸汝，反歸誰乎？」冥官喟然曰：「汝之所言，酌乎事勢；彼所執者，則理也。宋以來，固執一理而不揆事勢之利害者，獨此人也哉？汝且休矣！」拊几有聲，醫者悚然❷而寤。

【章旨】此章講述了一位醫生固執一理不賣墮胎藥，導致母子俱死的故事。

【注釋】❶戕　殺害；殘害。❷悚然　驚恐；惶恐。

【語譯】吳惠叔說：有位醫生，為人向來謹慎忠厚。一天夜裡，有個老婦人拿著一對金釧，到他這裡買墮胎藥。醫生大驚，嚴詞拒絕了。第二天夜裡，這個老婦人又添加了兩枝珠花來，醫生更加害怕，極力將她趕走了。過了半年多，醫生忽然夢見自己被陰間衙門所拘捕，說是有人告他殺了人。到了陰間衙門後，看見一個頭髮披散的女子，脖子上勒著一條紅綢巾，流著眼淚訴說向醫生買墮胎藥而醫生不給的經過。醫生說：「藥是用來救人性命的，怎麼敢用來殺人以漁利！你自己因為姦情敗露而遭禍，與我有什麼關係？」那個女子說：「我求藥時，所孕胎兒還沒有成形。如果能夠墮胎，我可以不死。這等於是破壞了一個無知覺的血塊，而保全了一條將死的性命。既然沒有得到藥，我不得不把孩子生下來，以致孩子遭到扼殺，遭受種種痛苦，我也被逼而上吊。這是你想要保全一條命，反而殘害了兩條命。罪過不是由你承擔，那麼應該歸罪於誰呢？」陰間衙門的官員歎息說：「你所說的，是根據實際的情況；他所堅持的，則是道理。從宋朝以來，固執於一個道理而不去考慮事情發展的利害關係的，難道就只有他嗎？你就算了吧！」陰間衙門官員拍拍桌子發出聲響，醫生就驚嚇而醒了。

【研析】作者提出了一個兩難的問題：提供墮胎藥，違背了做醫生的道德準則，況且醫生還不了解對方的情況；不提供墮胎藥，卻出現了文章中所說的結果。究竟何種處理為好，陰司官員也沒有辦法。其實作者用意不在於此。宋元以來，理學成為社會的主流思潮，而理學的局限和不足也日漸顯露。加之一些打著理學名義，卻沒有悟出理學真諦的道學家，遇事固執一理而不知變通，遂使道學家成為社會嘲諷的對象。此文用意也在於此吧。

陰陽富貴

惠叔又言：有疫死還魂者，在冥司遇其故人，襤褸荷校❶。相見悲喜，不覺握手太息曰：「君一生富貴，竟不能帶至此耶？」其人蹙然❷曰：「富貴皆可帶至此，但人不肯帶耳。生前有功德者，至此何嘗不富貴耶？寄語世人，早作帶來計可也。」李南澗曰：「善哉斯言，勝於謂富貴皆空也。」

【章旨】此章講述了一個勸人陽世行善，才能陰間富貴的故事。

【注釋】❶荷校 以肩荷枷。即頸上帶枷。校，枷。❷蹙然 局促不安。

【語譯】吳惠叔又說：有個人得了瘟疫死後還魂復生的人，他在陰曹地府遇見老朋友，穿著破爛衣服，披枷帶鎖。兩人相見又悲又喜，他不覺握著老朋友的手深深歎息說：「你一生富貴，竟然不能帶到這裡來嗎？」老友局促不安地說：「富貴都可以帶到這裡來，只是人們不肯帶來罷了。生前有功德的人，到了這裡何嘗不富貴呢？帶句話給世上的人，早早作好帶富貴來的打算就行了。」李南澗說：「這話說得好，勝過說富貴都是虛空的說法。」

【研析】生前追名逐利，死後一無所得，這類人世上比比皆是，不值一提。作者在此諄諄告誡，生前多行善才是正道。

卷十　如是我聞四

狐之為狐

長山❶聶松巖言：安丘❷張卯君先生家，有書樓為狐所據，每與人對語。媼婢童僕，凡有隱慝，必對眾暴之。一家畏若神明，惕惕然不敢作過。斯亦能語之繩規❸，無形之監史❹矣。然奸黠者或敬事之，則諱其所短，不肯質言。蓋聰明有餘，正直則不足也。斯狐之所以為狐歟！

【章旨】此章講述了一個狐仙聰明有餘，正直不足的故事。

【注釋】❶長山　舊縣名。在山東中部偏北。今山東鄒平。❷安丘　縣名。在山東中部偏東，濰坊東南。❸繩規　猶法規。❹監史　監察御史。負責監察彈劾百官。

【語譯】長山人聶松巖說：安丘縣張卯君先生家，有座書樓被狐仙所占據，這位狐仙經常和人對話。僕婦婢女童僕，凡是有隱瞞欺騙的行為，狐仙必定會當眾揭露出來。一家人敬畏他如同敬畏神明，都謹慎小心不敢有過錯。這也稱得上是能說話的法規、無形的監察御史了。然而狡黠的人如果恭敬地奉承他，他就會諱言這個人的過失，不肯直言了。看來這位狐仙聰明有餘，但正直不足。這也就是狐仙之所以為狐仙的緣故吧！

【研析】狐仙如此，人世間何嘗不也是如此。天下喜歡聽奉承話而諱言人短的聰明人居多，而直言他人之過的正直之人少而又少。這也就是人世間之所以為人世間的緣故了。

鬼告

滄州插花廟老尼董氏言：嘗夜半睡醒，聞佛殿磬聲鏗然，如有人禮拜者。次日，告其徒。曰：「師耳鳴也。」至夜復然，乃潛起躡足窺之。佛火青熒❶，依稀辨物，見擊磬者乃其亡師，一少婦對佛長跪，喁喁絮祝。回面向內，不識為誰。細聽所祝，則為夫病祈福也。恐怖失措，觸朱槅❷有聲。陰氣冥蒙，燈光黝暗。再明，則已無睹矣。先外祖雪峰張公曰：「此少婦已入黃泉，猶憂夫病，聞之使人增伉儷之情。」董尼又言：近一賣花媼，夜經某氏墓，突見某夫人魂立樹下，以手招之。無路可避，因戰栗拜謁。某夫人曰：「吾夜夜在此，待一相識人寄信，望眼幾穿，今乃見爾。歸告我女我婿：一切陰謀，鬼神皆已全知，無更枉拋心力。吾在冥府，大受鞭笞；地下先亡，更人人唾詈。無地自容，日惟避此樹邊，苦雨淒風，酸辛萬狀。尚不知沉淪幾載，得付轉輪❸。似聞須所奪小郎❹資財耗散都盡，始冀有生路也。又婿有密札數紙，病中置螺甸❺小篋中。囑其檢出毀滅，免為他日口實。」叮嚀❻再三，嗚咽而滅。媼潛告其女，女怒曰：「為小郎遊說耶！」迨於篋中見前札，乃始悚然。後女家日漸消敗，親串中知其事者，皆合掌曰：「某夫人生路近矣。」

【章旨】此章講述了兩戶人家的夫人去世成鬼後仍關心家人的故事。

【注釋】❶青熒　青光閃映。❷槅　窗上的格子。指窗戶。❸轉輪　輪迴。亦指轉世。❹小郎　稱丈夫之弟。❺螺甸　即螺鈿。指用貝殼裝飾。❻叮嚀　也作「丁寧」。一再囑咐。

【語譯】滄州插花廟的老尼董氏說：她曾經半夜睡醒，聽到佛殿裡敲磬聲鏗鏘作響，好像是有人在拜佛。第二天，她把這事告訴徒弟，徒弟卻說：「是師父耳鳴了。」但到了夜裡，依然又是如此，她就悄悄起床，躡手躡腳走過去偷看。佛殿上發出微弱的青光，能隱約看清東西，見敲磬的是自己已去世的師傅，一位少婦對著佛像長跪，嘴裡輕聲絮絮祝禱。因為她面朝佛殿裡，認不出是誰。仔細聽她祝告的話，原來是為丈夫的病而祈福。董氏驚恐失措，碰到紅色的窗格而發出聲響。佛殿上陰氣瀰漫，燈光突然暗了。等到燈再亮起來時，就什麼也看不到了。我的先外祖父張雪峰先生說：「這位少婦已命歸黃泉，還擔憂著丈夫的病情，聽了這個故事後，使人增加夫妻感情。」董氏又說：近來有一個賣花的老婦人，夜裡路過某家墓地，突然看見某夫人的鬼魂站在樹下，向她招手。這個老婦人無路可躲，只得戰戰兢兢地過去拜見。某夫人說：「我夜夜在這裡，想等到一個熟識的人帶個口信，望眼欲穿，現在總算見到你了。回去告訴我女兒女婿：一切陰謀詭計，鬼神都已全部知道了，再也不要枉費心機了。我在陰曹地府，大受鞭笞；地下的先祖們，更是個個唾罵我。我無地自容，只好天天躲在這棵樹邊，忍受著淒風苦雨，無比辛酸。還不知道要沉淪多少年，我才得以轉世為人。我好像聽說要等到從小兒弟那裡侵奪來的財產全部耗散盡了，我才有希望轉生。還有，女婿有幾封密信，我生病時放在螺鈿小匣子中。囑咐他找出來銷毀，免得以後成為他日的證據。」再三叮嚀之後，某夫人嗚咽著消失了。老婦人悄悄告訴某夫人的女兒，她女兒生氣地說：「你是為小兒弟遊說吧！」等到她從小匣子裡找到以前的密信，這才驚恐起來。後來某夫人女兒家一天天敗落下去，親戚中知道這事的人，都合掌說：「某夫人轉生的日子不遠了。」

【研析】為人妻為人母，死後仍關心家人，這份情誼難以言表。只是前一個故事中，妻子關心丈夫完全無私；後一個故事中，母親關心女兒尚有私心。當然，兩個故事都是虛幻的，不妨當作世風民情看待。

冥司籍記戰歿者

烏魯木齊提督❶巴公彥弼言：昔從征烏什❷時，夢至一處山麓，有六七行幄❸，而不見兵衛；有數十人出入往來，亦多似文吏。試往窺視，遇故護軍統領❹某公（某名凡五字，公以滾舌音急呼之，今不能記），握手相勞苦，問：「公久逝，今何事到此？」曰：「吾以平生拙直，得受冥官。今隨軍籍記戰歿者也。」見其几上諸冊，有黃色、紅色、紫色、黑色數種。問：「此以旗分耶？」微哂曰：「安有紫旗、黑旗（按：舊制本有黑旗，以黑色夜中難辨，乃改為藍旗。此公蓋偶未知也)?此別甲乙之次第耳。」問:「次第安在?」曰:「赤心為國,奮不顧身者,登黃冊。恪遵軍令,寧死不撓者,登紅冊。隨眾驅馳,轉戰而殞者,登紫冊。倉皇奔潰,無路求生,蹂踐裂屍,追殲斷脰❺者,登黑冊。」問:「同時授命,血濺屍橫,豈能一一區分,毫無舛誤?」曰:「此惟冥官能辨矣。大抵人亡魂在,精氣如生。應登黃冊者,其精氣如烈火熾騰,蓬蓬勃勃。應登紅冊者,其精氣如烽煙直上,風不能搖。應登紫冊者,其精氣如雲漏電光,往來閃爍。此三等中,最上者為明神,最下者亦歸善道。至應登黑冊者,其精氣瑟縮摧頹,如死灰無焰。在朝廷褒崇忠義,自一例哀榮;陰曹則以常鬼視之,不復齒數❻矣。」巴公側耳敬聽,悚然心折。方欲自問將來,忽炮聲驚覺。後常以告麾下曰:「吾臨陣每憶斯語,便覺捐身鋒鏑❼,輕若鴻毛。」

【章旨】此章講述了冥司根據不同情況籍記戰歿者的故事。

【注釋】❶提督　官名。清制設提督軍務總兵官,簡稱提督,一般為一省的高級武官,但仍受總督或巡撫節制。❷烏什　縣名。在新疆維吾爾自治區西部、阿克蘇河支流托什干河中游。漢為溫宿地,清設烏什直隸廳,一九一三年改為烏什縣。❸行幄　此處指軍隊營帳。❹統領　官名。清制,八旗兵的前鋒營、護軍營分設前鋒統領、護軍統領。又步軍營設提督九門步軍巡撫五營統領。❺脰　頸項。❻齒數　稱說。❼鋒鏑　泛指兵器。鋒,刀口。鏑,箭頭。

【語譯】烏魯木齊提督巴彥弼先生說:他當年隨軍征討烏什時,夢見來到一處山麓,那裡有六七座軍帳,卻沒有看見兵衛;有幾十人進出往來,也大多像是文職官吏。他試著前去偷看,遇到了已去世的護軍統領某公(這個人的名字共五個字,巴公用滾舌音急速說出來,現在已記不得了)。兩人互相握手問候,巴公問道:「您去世已很久了,如今為什麼事到這裡來?」某公回答說:「我因為平生耿直,得以被任命為冥官。現在隨軍記錄陣亡者。」巴公看見他桌上幾個簿冊,有黃色、紅色、紫色、黑色幾種,問道:「這是按照八旗旗籍來區分嗎?」某公微笑著說:「八旗中哪來的紫旗、黑旗(按:舊制度八旗本來是有黑旗的,因黑色在夜裡難以辨別,於是改為藍旗。此公大概碰巧不知道)?這是用來區別等級次序的。」巴公問道:「戰死者的等級次序是怎樣確定的?」某公回答說:「赤心為國,奮不顧身的人,登錄在黃冊;恪守軍令,寧死不撓的人,登錄在紅冊;隨軍馳騁征戰,轉戰而死的人,登錄在紫冊;倉皇奔逃潰敗,無路求生,被踐踏而死,被追敵殲滅砍頭的人,登錄在黑冊。」某公又問道:「同時接受軍命,鮮血飛濺橫屍戰場,怎麼能一一區分開來而毫無差錯呢?」某公回答說:「這只有陰曹地府的官員能夠分辨了。大凡人死而魂魄在,他的精氣和生前一樣。應該登錄在黃冊上的人,他的精氣像烈火燃燒升騰,蓬蓬勃勃;應該登錄在紅冊上的人,他的精氣像烽煙直上,風不能搖動;應該登錄在紫冊上的人,他的精氣像穿過雲層的電光,來回閃爍。這三等人中,最上者成為神明,最下者也能歸入善道之中。至於應該登錄在黑冊的人,他的精氣萎縮頹靡,如同死灰沒有火焰。對朝廷來說,褒揚崇尚忠義,對這些人自然是一樣的加以哀悼和表彰;而陰曹地府卻將他們當成是尋常之鬼看待,不再會被讚許。」巴公側耳恭聽,大受震動而衷心佩服。正打算詢問自己的將來,忽然被炮聲驚醒。後來他經常以此告誡部下說:「我在戰場上兩軍對陣時每每想起這些話,便覺得捐軀戰場,輕如鴻毛,算不得什麼。」

【研析】說這個故事的用意在於勉勵將士奮勇作戰。在冷兵器時代,戰爭的勝負往往取決於將士的勇猛和不怕犧牲。如《史記・項羽本紀》載,秦朝末年,秦軍包圍邯鄲,項羽率軍救趙,破釜沉舟,一舉擊敗秦軍數十萬。當時戰鬥的激烈,嚇得諸侯們股慄而不敢仰視。為了增加將士的勇氣,歷代軍事家都使出不同招數：如韓信的背水一戰、狄青的神廟求籤等等。這位巴彥弼將軍則以陰司報應來勉勵將士，也可說是別具一格了。

王二

《夜燈叢錄》❶載謝梅莊❷戇子事，而不知戇子姓盧名志仁，蓋未見梅莊自作〈戇子傳〉，僅據傳聞也。霍京兆易書，戍葵蘇圖❸時，轎夫王二，與戇子事相類。後歿於塞外，京兆哭之慟。一夕，忽聞帳外語曰：「羊被盜矣，可急向西北追。」出視果然。聽其語音，灼然王二之魂也。京兆有一僕，方辭歸，是日睹此異，遂解裝不行，謂其曹曰：「恐冥冥中王二笑人。」

【章旨】此章講述了一個對主人忠心耿耿的僕人的故事。

【注釋】❶夜燈叢錄　清代筆記。疑即《夜雨秋燈錄》。清人宣鼎撰。今存。❷謝梅莊　即謝濟世。字石霖，號梅莊，清全州（今廣西全州）人。康熙進士。雍正時官御史，正直敢言。❸葵蘇圖　在今新疆地區。

【語譯】《夜燈叢錄》記載了謝梅莊愚笨而戇直的兒子的故事，而不知道這個戇直兒子姓盧名志仁，這是因為沒有看過謝梅莊自己寫的〈戇子傳〉，而僅僅根據傳聞寫的。京兆尹霍易書，戍守葵蘇圖時，有個轎夫王二，和戇子的故事相似。後來王二死在塞外，霍易書哭得很傷心。一天夜裡，霍易書忽然聽得帳外有人說：「羊被偷走了，可趕快向西北方向追。」出帳來一看，果然如此。霍易書聽剛才說話的聲音，顯然是王二的亡魂發出的。霍易書有一個僕人，正要辭別他回家，這天目睹了這件怪事，於是解開行裝不走了，他對自己同伴說：「恐怕冥冥之中的王二取笑我。」

【研析】身在塞外，最思念的是親人，最可貴的是身邊一同患難之人。明代王守仁有〈瘞旅文〉，講述了自己遠離中原的感受。這裡紀昀雖說是講霍易書主僕間的故事，何嘗不勾起自己謫戍新疆的回憶。

蒲姓狐

滄州瞽者[1]蔡某，每過南山樓下，即有一叟邀之彈唱，且對飲。漸相狎，亦時到蔡家共酌。自云姓蒲，江西人，因販磁到此。久而覺其為狐，然契分甚深，狐不諱，蔡亦不畏也。會有以閨閫蜚語涉訟者，眾議不一。偶與狐言及，曰：「君既通靈，必知其審。」狐艴然[2]曰：「我輩修道人，豈干預人家瑣事？夫房幃[3]祕地，男女幽期，曖昧難明，嫌疑易起。一犬吠影，每至於百犬吠聲。即使果真，何關外人之事？乃快一時之口，為人子孫數世之羞，斯已傷天地之和，召鬼神之忌矣。況杯弓蛇影，恍惚無憑，而點綴鋪張，宛如目睹。使人忍之不可，辯之不能，往往致抑鬱難言，含冤畢命。其怨毒之氣，尤歷劫難消。苟有幽靈，豈無業報[4]？恐刀山劍樹之上，不能不為是人設一座也。汝素樸誠，聞此事自當掩耳，乃考求真偽，意欲何為？豈以失明不足，尚欲犁舌[5]乎？」投杯徑去，從此遂絕。

蔡愧悔，自批其頰，恆述以戒人，不自隱慝也。

【章旨】此章講述了一個狐仙避嫌疑、遠是非的處世之道。

【注釋】❶瞽者　眼睛失明的人。❷艴然　惱怒。❸房幃　亦作「房闈」。寢室；閨房。亦指夫妻間情愛。❹業報　佛教語。業因與果報。謂一切行為都有果報，善有善報，惡有惡報。❺犁舌　亦作「犂舌」。謂人地獄中的犁舌獄割去舌頭。

【語譯】滄州有個盲人蔡某，每次經過南山樓下，就有一位老人邀請他彈唱，並且一同喝酒。兩人關係漸漸親密起來，那老人也經常到蔡家對酌。老人自稱姓蒲，江西人，因為販賣磁器來到這裡。相處久了，蔡某察覺出他是狐仙，但兩人交情已經很深，狐仙不隱諱，蔡某也不懼怕。當時有人因為家庭流言蜚語而打官司，眾人議論不一。蔡某偶然與狐仙談及這件事，說：「你既然能通靈，肯定知道這件事的實情。」狐仙不高興地說：「我輩是修道的人，怎麼能干預別人的家庭瑣事？況且內室祕地，男女幽會之事，本來就是曖昧難明，容易引起嫌疑的。就像一狗吠影，每每導致百犬吠聲。即使真有其事，和外人又有什麼相干？只圖自己一時嘴上痛快而說出來，卻使人家子孫幾代蒙羞，這已經有傷天地之間的和氣，召來鬼神的忌恨了。何況杯弓蛇影，恍惚而沒有憑據，卻添枝加葉，鋪張敘說，好像是親眼目睹一樣。這使當事人既無法忍受，又不能辯解，往往導致抑鬱難以言說，含冤喪命。這怨恨之氣，更是長期難以消除。如果有幽靈，難道會沒有業報？恐怕陰間的刀山劍樹之上，不能不為這種人設置一個位置啊。你向來質樸誠實，聽到這種事應該掩耳不聽，卻還要查問真偽，你想要幹什麼？難道你認為失明了還不夠，還想被割舌頭嗎？」狐仙扔下杯子徑直離去，從此便與蔡某斷絕往來，蔡某十分慚愧悔恨，自己打自己的耳光，還經常講述這件事以告誡別人，而不會隱匿它。

【研析】喜歡窺測他人陰私，是人性的弱點；喜歡議論家長里短，是我們這個民族的習俗。人性的弱點無法靠人的力量加以改變，而習俗可以通過引導加以揚棄。此狐所說甚有道理，即使對於常人也不失為良藥。

義犬

舅氏張公夢徵言：所居吳家莊西，一丐者死於路，所畜犬守之不去。夜有狼來啖其屍，犬奮齧不使前；俄諸狼大集，犬力盡踣❶，遂並為所啖。惟存其首，尚雙目怒張，眥如欲裂。有佃戶守瓜田者親見之。又程易門在烏魯木齊，一夕，有盜入室，已逾垣將出。所畜犬追齧其足。盜抽刃斫之，至死齧終不釋，因就擒。時易門有僕，曰龔起龍，方負心反噬。皆曰程太守家有二異：一人面獸心，一獸面人心。

【章旨】此章講述了兩條義犬忠心護主的故事。

【注釋】❶踣　仆倒；倒斃。

【語譯】舅舅張夢徵先生說：他居住的吳家莊西面，有一個乞丐死在路上，乞丐所養的狗守著他的屍體不肯離開。夜裡有狼來吞吃乞丐的屍體，那條狗奮力撲咬，不讓狼靠近；一會兒，群狼聚集而至，那條狗力盡倒下，於是和主人的屍體一起被狼吃掉，只剩下一個頭，仍然雙眼怒睜，眼角好像要裂開似的。有個看守瓜田的佃戶親眼看到了這個場面。又，程易門在烏魯木齊時，一天夜裡，有盜賊入室偷竊，已爬上圍牆要逃走，家中所養的狗追上去咬住盜賊的腳。那盜賊拔出刀來砍那條狗，那條狗至死也咬住不放，因此盜賊就被捉住了。程易門有個僕人叫龔起龍，當時正忘恩負義反咬誣害主人。人們都說程太守家有兩椿奇異之事：一個是人面獸心，一個是獸面人心。

【研析】忠犬護主的故事在古籍中常見，今天也時有所聞。因此人們有這樣的話：狗是人類最好的朋友。牠忠實、守信、永不背叛。在狗類面前，程太守的那位僕人也要感到汗顏了。

烏啼

余在烏魯木齊日，驍騎校❶薩音綽克圖言：曩守紅山口卡倫❷，一日將曙，有烏啞啞對戶啼。惡其不吉，引骹矢❸射之。噭❹然有聲，掠乳牛背上過。牛駭而奔，呼數卒急追。入一山坳，遇耕者二人，觸一人仆。扶視無大傷，惟足跛難行。問其家不遠，共舁送歸。入室坐未定，聞小兒連呼有賊。同出助捕，則私逃遣犯韓雲，方踰垣盜食其瓜，因共執焉。使烏不對戶啼，則薩音綽克圖不射；薩音綽克圖不射，則牛不驚逸；牛不驚逸，則不觸人仆；不觸人仆，則數卒不至其家；徒一小兒見人盜瓜，其勢必不能執縛：乃輾轉相引，終使受縶伏誅。此烏之來，豈非有物憑之哉！蓋雲本劇寇，所劫殺者多矣。爾時雖無所睹，實與劉剛遇鬼❺因果相同也。

【章旨】此章講述了因烏啼引起的一連串巧合，最終抓住了一個潛逃大盜的故事。

【注釋】❶驍騎校　即「撥什庫」。清官名。滿語為「催促人」的意思。漢名「領催」。管理佐領內的文書、餉糈庶務。又有「分得撥什庫」，漢名「驍騎校」。❷卡倫　清代在東北、蒙古、新疆等邊地要隘處設官兵瞭望戍守，並兼管稅收等事的地方。❸骹矢　亦作「髇矢」。響箭。❹嗷　形容聲音響亮、激越。❺劉剛遇鬼　參見本書卷七〈遊鬼索命〉則。

【語譯】我在烏魯木齊時，聽驍騎校薩音綽克圖說，他以前駐守紅山口卡倫，一天天快亮的時候，有隻烏鴉啞啞地對著門啼叫。他厭惡烏鴉叫聲不吉利，就發響箭射牠。響箭發出呼嘯聲，擦著乳牛背飛過去。乳牛受驚嚇而奔跑，他就叫了幾個士兵急忙追趕。乳牛逃進一個山坳，遇到兩個耕地的農夫，乳牛把其中一人撞倒了。士兵把農夫扶起來一看，沒有受重傷，只是腳跛了，不能走路。士兵問清他家住得不遠，就一起把他抬回家去。進屋還沒坐定，就聽到農夫的小孩連聲呼叫有賊。士兵們一起擁出幫助捉拿賊人，原來那個賊人是私下逃跑的流放犯韓雲，他剛翻牆來偷吃那戶人家種的瓜，因此一起動手把他捉住了。如果烏鴉不啼叫，那麼薩音綽克圖不會射出響箭；薩音綽克圖不射出響箭，那麼乳牛不會驚跑；乳牛不驚跑，就不會把那個農夫撞倒；不把那個農夫撞倒，那麼幾個士兵不會去他家；如果只有一個小孩看到有人偷瓜，那麼按照情勢來看肯定不能將賊人抓獲：這件事就是這樣輾轉互相牽引，終於使韓雲被捕受到懲罰。這烏鴉的到來，難道不是受到什麼東西的憑藉嗎？韓雲原本就是一個大盜，被他劫殺的人太多了。當時雖然什麼也沒看到，其實和劉剛遇鬼的因果報應是相同的。

【研析】輾轉牽引，大盜伏誅，真是無巧不成書。世上的巧事、奇事甚多，豈能都是因果報應。作者為了勸人向善，無時不作如此說教，未免使人生厭。

鬼魂求葬

又佐領❶額爾赫圖言：曩守吉木薩卡倫，夜聞團焦❷外嗚嗚有聲，人出逐，則漸退；人止則止，人返則復來。如是數夕，一戍卒有膽，竟操刃隨之，尋聲迤邐入山中，至一僵屍前而寂。視之有野獸齧食痕，已久枯矣。卒還以告，心知其求瘞也。具棺葬之，遂不復至。夫神識已離，形骸何有？此鬼沾沾於遺蛻❸，殊未免作繭自纏。然螻蟻魚鱉之談，自莊生❹之曠見；豈能使含生之屬，均如太上忘情？觀於茲事，知棺衾必慎，孝子之心；胔骼❺必藏，仁人之政。聖人通鬼神之情狀，何嘗謂魂升魄降，遂冥漠無知哉！

【章旨】此章講述了一個鬼魂求葬自己肉身的故事。

【注釋】❶佐領　官名。早期滿族出兵或狩獵時，按家族村寨組織隊伍，每十人選一人為首領，稱為「牛錄額真」（箭主之意）。明萬曆二十九年（一六〇一年）努爾哈赤定三百人為一牛錄，作為基本的戶口和軍事編制單位，設牛錄額真一人管理，始正式成為官名。清太宗天聰八年（一六三四年）改名「牛錄章京」，漢譯「佐領」。掌管所屬的戶口、田宅、兵籍、訴訟等。❷團焦　圓形草屋。也叫「團瓢」、「團標」。❸遺蛻　僧、道認為死是遺其形骸而神化去，故稱屍體為「遺蛻」。❹莊生　即「莊子」。戰國時哲學家。名周，宋國蒙（今河南商丘東北）人。做過蒙地方的漆園吏。❺胔骼　骸骨；屍體。

【語譯】又，佐領額爾赫圖說：他從前駐守吉木薩卡倫時，夜裡聽到草屋外有嗚嗚的聲音。人出屋驅逐，那聲音就漸漸退去；人停止驅逐那聲音也停下來；人返回屋子那聲音又回來。這種情況連續了幾個晚上。一個戍守的士兵有膽量，竟然持刀隨著聲音追蹤而去，蜿蜒曲折進入山中，到一具僵屍前聲音就消失了。士兵觀察那具屍體有野獸咬過的齒痕，早已乾枯了。士兵回來報告情況，額爾赫圖心裡明白是鬼魂請求埋葬屍體。他準備了棺材把屍體埋葬了，那聲音就不再來了。神靈和意識已經離開形骸，形骸還有什麼用呢？這個鬼如此留戀自己的遺體，未免太作繭自縛了。雖然死後在土中餵螻蟻、在水中成為魚鱉食物的理論，只是莊子曠達的見解；怎麼能使有生命者都像哲人那樣灑脫忘情呢？從這件事看來，可知棺殮必須鄭重，以體現孝子的心意；屍骸必須埋藏，以體現仁者的政策。聖人通曉鬼神的情感心境等情況，何曾說過人死後魂上升魄下降，冥冥之中就漠然無知了呢！

【研析】掩埋遺骨屍骸，是仁政德舉，生者擁護，死者感激。莊子雖然灑脫，然而時至今日，莊子墓仍修而又修，既是體現生者的緬懷，也是對死者的恭敬。

奢儉之罰

獻縣令某，臨歿前，有門役❶夜聞書齋人語曰：「渠數年享用奢華，祿已耗盡。其父訴於冥司，探支❷來生祿一年，治未了事，未知許否也？」俄而令暴卒。董文恪公❸嘗曰：「天道凡事忌太甚。故過奢過儉，皆足致不祥。然歷歷驗之，過奢之罰，富者輕而貴者重；過儉之罰，貴者輕而富者重。蓋富而過奢，耗己財而已；貴而過奢，其勢必至於貪婪。權力重，則取求易也。貴而過儉，守己財而已；富而過儉，其勢必至於刻薄，計較明則機械❹多也。士大夫時時深念，知益己者必損人。凡事留其有餘，則召福之道矣。」

【章旨】此章記述了董邦達論說富貴之人奢儉不同，遭受的懲罰也不同的故事。

【注釋】❶門役　看門的人。❷探支　預支。❸董文恪公　即董邦達。參見本書卷二〈知命〉則注釋❶。❹機械　巧詐；機巧。

【語譯】獻縣有個縣令，臨死前，他家的守門人夜裡聽到書房中有人說：「他幾年來享用奢華生活，食祿已揮耗盡了。他父親在陰間請求讓他預支下輩子一年的祿運，處理還沒了結的事情，不知允許了沒有？」不久縣令突然死去。董文恪公曾說：「天道主張凡事忌諱做得太過分。所以過於奢侈或過於節儉，都足以招致不幸。然而據歷來多次的驗證，過於奢侈導致的懲罰，富有者輕而有權勢者重；過於節儉導致的懲罰，有權勢者輕而富有者重。這是因為富有者過於奢侈，揮霍的只是自己的錢財而已；有權勢者過於奢侈，那就勢必導致貪婪。權力大，那麼獲取錢財就容易。有權勢者過於節儉，只是守住自己的錢財而已；富有者過於節儉，那麼勢必導致刻薄，精於盤算就多狡詐機謀。士大夫要時時深思，明白利己必然損人的道理。凡事留有餘地，就是召來福分的方法。」

【研析】此處分析頗有道理。從營養學來講，過於奢華，就會導致營養過剩；過於節儉，也會造成營養不良。兩者都可能危害身體健康。當然，作者講述這個故事的用意並不在此。文章強調的是「凡事忌太過」，主張「凡事留其有餘」，認為這樣就是「召福之道」。雖說是董文恪公所言，我們也可看作是作者的自白。

貪牛罷禍

小奴玉保言：特納格爾農家，忽一牛入其牧群，甚肥健。久而無追尋者，詢訪亦無失牛者，乃留畜之。其女年十三四，偶跨此牛往親串❶家。牛至半途，不循蹊徑❷，負女度嶺驀❸澗，直入亂山。崖陡谷深，墮必糜碎，惟抱牛頸呼號。樵牧者聞聲追視，已在萬峰之頂，漸滅沒於煙靄間。其或飼虎狼，或委溪壑，均不可知矣。皆咎其父貪攘此牛，致罹大害。余謂此牛與此女，合是夙冤，即驅逐不留，亦必別有以相報也。

【章旨】此章講述了一戶農家貪圖自行走來的一頭牛，卻遭致災禍的故事。

【注釋】❶親串　親戚；親近的人。❷蹊徑　亦作「徯徑」。小路；山路。❸驀　跳躍；跨過。

【語譯】我家的小奴玉保說：特納格爾有一戶農家，忽然有一頭牛闖入他家放牧的牛群中。這頭牛膘肥體健，過了很久也沒人來追尋，農家詢問訪求也沒有找到丟了牛的人，就把牠留下來餵養。這戶農家的女兒十三四歲，偶然騎著這頭牛到親戚家去。這頭牛走到半路，不再循著道路走，卻馱著女孩越嶺涉溪，徑直進入亂山之中。山崖陡峭山谷深邃，掉下去肯定粉身碎骨，那個女孩只能抱著牛頸呼喊哭叫。砍柴放牧的人聽到哭聲追過去看，只見那頭牛馱著女孩已在萬峰之頂，漸漸消失在雲煙霧靄之中。那個女孩或許是餵了虎狼，或許是葬身溪谷，都無從知曉了。大家都責怪她父親貪心留下這頭牛，結果招致大禍。我認為這頭牛和這個女孩，應該是前世冤家，即使把牛趕走不留，牠肯定也會用別的方式來報復的。

【研析】貪圖小便宜，往往要吃大虧。世上如此之事不勝枚舉。且不說這條牛如何，事情的起因還是那戶農家主人貪圖便宜所致。作者卻非要言及因果，未免牽強。

塾師遭譏

故城❶刁飛萬言：一村有二塾師❷，雨後同步至土神祠，踞砌對談，移時未去。祠前地淨如掌，忽見坌起似字跡。共起視之，則泥上杖畫十六字曰：「不趁涼爽，自課生徒❸；溷入❹書館，不亦愧乎？」蓋祠無居人，狐據其中，怪二人久聒也。時程試❺方增律詩❻，飛萬戲曰：「隨手成文，即四言叶韻。我愧此狐。」

【章旨】此章講述了一個狐仙嘲諷塾師的故事。

【注釋】❶故城　縣名。在河北南部、南運河西岸，鄰接山東。❷塾師　古代私塾的教師。❸生徒　學生；門徒。❹溷入　混入。❺程試　按規定的程式考試。後多指科舉銓敘考試。❻律詩　詩體名。近體詩的一種。格律嚴密，故稱。

【語譯】故城人刁飛萬說：某村有兩位塾師，一天雨後，兩人一起散步到土地祠，蹲在臺階上交談，過了一個時辰還沒離去。土地祠前的地面原來乾淨平整如同人的手掌，忽然看見地面隆起好像是字跡。兩人一齊起身觀看，就見泥地上用棒畫出十六個字：「不趁涼爽，自課生徒；溷入書館，不也愧乎？」這個土地祠沒人居住，狐仙占據其中，討厭這兩個塾師在此喧鬧許久吧。當時科舉考試剛增加考律詩，刁飛萬開玩笑說：「隨手一畫寫成文章，就是四字押韻。我自愧不如這個狐仙。」

【研析】塾師聒噪，引來狐仙譏諷。雖說塾師煩人，但狐仙如此譏諷也嫌太過。

懺悔須及未死時

飛萬又言：一書生最有膽，每求見鬼不可得。一夕，雨霽月明，命小奴攜罌酒❶詣叢冢❷間，四顧呼曰：「良夜獨遊，殊為寂寞。泉下諸友，有肯來共酌者乎？」俄見磷火熒熒，出沒草際。再呼之，嗚嗚環集，相距丈許，皆止不進。數其影約十餘，以巨杯挹酒灑之，皆俯嗅其氣。有一鬼稱酒絕佳，請再賜。因且灑且問曰：「公等何故不輪迴？」曰：「善根在者轉生矣，惡貫盈者墮獄矣。我輩十三人，罪限未滿，待輪迴者四；業報沉淪，不得輪迴者九也。」問：「何不懺悔求解脫？」曰：「懺悔須及未死時，死後無著力處矣。」酒灑既盡，舉罌示之，各踉蹌去。中一鬼回首叮嚀曰：「餓鬼得沃❸壺觴，無以報德。謹以一語奉贈：懺悔須及未死時也。」

【章旨】此章講述了群鬼告誡人「懺悔須及未死時」的故事。

【注釋】❶罌酒　罈裝的酒。❷叢冢　墳墓叢聚亂葬的地方。❸沃　飲；喝。

【語譯】刁飛萬又說：有一個書生最有膽量，每每尋求見鬼的機會卻不能如願。一天夜裡，雨後月明，書生命家僮帶著一罈酒到一片亂墳堆中，書生環顧四周呼喊道：「美好的夜色獨自遊賞，實在太寂寞。地下的各位朋友，有肯來和我共飲的嗎？」一會兒，只見磷火閃動，出沒在草叢間。書生再呼喊他們，群鬼發出嗚嗚的響聲圍上來，相距書生一丈左右，都停止不進了。書生數數鬼影，大約有十幾個，書生用大杯盛酒向他們灑去，群鬼都俯身去聞酒的氣味。有一個鬼稱讚酒極好，請書生再賜給一些。書生就一面灑酒一面問道：「各位為什麼不輪迴轉生呢？」群鬼回答說：「善心未泯的人轉生了，惡貫滿盈的人墮落地獄了。我們十三個人，受罪的期限沒有滿，等待輪迴的有四個；罪孽深重，不得輪迴的有九個。」書生又問：「為什麼不懺悔以求解脫呢？」鬼回答說：「懺悔必須在沒有死的時候，死後便無處努力了。」書生把酒灑完了，舉起酒罈給鬼看，群鬼各自踉踉蹌蹌地走了。其中一個鬼回頭叮嚀說：「我們這些餓鬼得到酒喝，沒什麼可以報答，謹以一句話奉贈：懺悔必須在沒有死的時候。」

【研析】一個人不免犯錯，但要及時懺悔，盡力彌補，以免後悔。東西方在這個問題上驚人相似，看來是人類的共識，無關乎東西方的不同。

戰死復生

翰林院筆帖式❶伊實從征伊犁時，血戰突圍，身中七矛死。越兩晝夜，復蘇；疾馳一晝夜，猶追及大兵。余與博晰齋同在翰林時，見有傷痕，細詢顛末❷。自言被創時，絕無痛楚，但忽如沉睡。既而漸有知覺，則魂已離體，四顧皆風沙澒洞❸，不辨東西，了然自知為已死。倏念及子幼家貧，酸徹心骨，便覺身如一葉，隨風漾漾欲飛。倏念及虛死不甘，誓為厲鬼殺賊，即覺身如鐵柱，風不能搖。徘徊佇立間，方欲直上山巔，望敵兵所在，俄如夢醒，已僵臥戰血中矣。晰齋太息❹曰：「聞斯情狀，使人覺戰死無可畏。然則忠臣烈士，正復易為，人何憚而不為也？」

【章旨】此章講述了一位在戰場上死而復生的官員的故事。

【注釋】❶筆帖式　官名。清代在各衙署中設置的低級官員。掌理翻譯滿、漢章奏文書，以滿洲、蒙古和漢軍旗人擔任。筆帖式為滿語士人之義（一說為漢語「博士」的音譯）。❷顛末　猶「始末」、「本末」。❸澒洞　亦作「洚洞」、「洪洞」、「鴻洞」。瀰漫無際。❹太息　大聲歎息；深深地歎息。

【語譯】翰林院筆帖式伊實，隨軍征戰伊犁時，血戰突圍，身中七矛而死。過了兩晝夜，他又蘇醒過來；騎馬奔馳一晝夜，還追上了大軍。我和博晰齋同在翰林院時，見他身上有傷痕，細細詢問事情的始末。他說被刺傷時，毫無痛感，只是好像忽然沉睡過去。隨後漸漸有了知覺，則靈魂已離開了軀體，環顧四周風沙瀰漫，辨不清方向，就清醒地意識到自己已經死了。忽然想起孩子年幼家境貧寒，內心非常酸楚，覺得身子像一片樹葉，隨風飄蕩快要飛起來。忽然又想到自己就這樣白白死去不甘心，發誓化作厲鬼殺賊，就覺得身體如同鐵柱，風吹不能搖動。他徘徊站立之際，正要直接登上山頂，觀察敵兵在哪裡時，頃刻間好像從睡夢中醒來，發現自己已僵臥在戰場的血泊之中了。博晰齋感歎地說：「聽了你陳述的情形，使人覺得戰死無可畏懼。那麼忠臣烈士，也正是容易做到的，人們為什麼懼怕而不做呢？」

【研析】這個官員講述自己瀕死時的心理活動細膩而真實，而奮勇追上大軍，又令人敬佩不已。不過，死亡畢竟是可怕的，故而忠臣烈士終究少有。

牛戒

里有古氏，業屠牛，所殺不可縷數。後古叟目雙瞽。古嫗臨歿時，肌膚潰烈，痛苦萬狀，自言：「冥司仿屠牛之法宰割我！」呼號月餘乃終。侍姬之母沈媼，親睹其事。殺業至重；牛有功於稼穡，殺之業尤重。《冥祥記》❶載晉庾紹之事，已有「宜勤精進，不可殺生；若不能都斷，可勿宰牛」之語，此牛戒之最古者。今《宣室志》❷載夜叉與人雜居則疫生，惟避不食牛人。《酉陽雜俎》❸亦載之。不食牛人，遇疫實不傳染，小說固非盡無據也。

【章旨】此章講述了戒殺耕牛的道理。

【注釋】❶冥祥記　古代筆記小說。南齊王琰撰。今存一卷。❷宣室志　唐張讀撰。十卷。補遺一卷。內容多記神怪故事。漢文帝曾在宣室召見賈誼，問鬼神事。書名本此。❸酉陽雜俎　唐段成式撰。二十卷，續集十卷。分門輯事。所記自仙佛鬼怪、人事以至動物、植物、酒食、寺廟等等，包羅甚廣。多可供考證、資談助。

【語譯】我的家鄉有個姓古的人家，以殺牛為職業，被他殺掉的牛不可勝數。後來古老漢雙目失明。他的妻子臨終時，全身肌膚潰爛，痛苦萬狀，自己說：「陰司仿照殺牛的辦法在宰割我！」她叫喊哭泣了一個多月才死去。侍妾的母親沈老婦人，親眼看見了這件事。殺生的罪業最重；牛有功於農田耕種，所以殺牛的罪業尤其重。南齊王琰《冥祥記》記載晉朝庾紹之的故事，已有「應該勤勉精誠上進，不可以殺生；如果不能都戒除，應該不宰殺牛」的話，這是告誡不要殺牛的最古老的記載。《宣室志》記載夜叉和人雜居就會發生瘟疫，唯獨避開不吃牛肉的人。《酉陽雜俎》也記載這樣的事。如今不吃牛肉的人，遇到瘟疫確實不會被傳染，可見小說確實不全都是無根之談。

【研析】農耕社會，耕牛的重要性不言而喻。故而在古代，盜牛、殺牛是重罪，都要受到嚴厲懲治。作者為了勸誡殺牛，把殺牛與報應相聯繫，此中苦心，讀者當能體會。

曠達是牢騷

海寧❶陳文勤公❷言：昔在人家遇扶乩，降壇者安溪❸李文貞公❹也。公拜問涉世之道，文貞判曰：「得意時毋太快意，失意時毋太快口，則永保終吉。」公終身誦之。嘗誨門人曰：「得意時毋太快意，稍知利害者能之；失意時毋太快口，則賢者或未能。夫快口豈特怨尤哉！夷然不屑，故作曠達之語，其招禍甚於怨尤也。」余因憶先高祖《花王閣剩稿》中載宋盛陽先生（諱大壯，河間諸生，先高祖之外舅也）贈詩曰：「狂奴猶故態，曠達是牢騷。」與公所論，殆似重規疊矩矣。

【章旨】此章講述了處世不可快意快口的道理。

【注釋】❶海寧　縣名。在浙江北部，南臨杭州灣。❷陳文勤公　即陳世倌。字秉之，號蓮宇，清海寧人。康熙進士。

乾隆間官至工部尚書、文淵閣大學士。卒諡文勤，故稱。❸安溪　縣名。在福建東南部。五代南唐置清溪縣，宋改名安溪縣。❹李文貞公　即李光地。字晉卿，號厚庵，清福建安溪人。官至文淵閣大學士。卒諡文貞。

【語譯】海寧人陳文勤公說：他過去在別人家遇到扶乩，降臨乩壇的乩仙是安溪人李文貞公。陳先生拜問為人處世之道，李文貞公的判詞說：「得意時不要太高興，失意時不要太圖嘴上痛快，就可以永保吉祥。」陳先生終身記誦這句話。他曾教導門生說：「得意時不要太高興，這是稍知利害關係的人就能做到的；失意時不要太圖嘴上痛快，就是賢者也未必能做到。嘴上痛快豈只是指口出怨言而已！裝出傲慢不屑一顧的樣子，故意說些曠達的話，這樣招來的禍害比口出怨言發牢騷更大。」我由此想起先高祖父《花王閣剩稿》中載有宋盛陽先生（名大壯，河間縣秀才，是高祖父的岳父）贈詩說：「狂妄的奴才還是原來的姿態，曠達的樣子就是在發牢騷。」與陳公所論說的，真可以說是如出一轍了。

【研析】為人處世，是一門學問。這裡所說的「得意時毋太快意，失意時毋太快口」，與古人所說的「勝不驕，敗不餒」有相通之處，而更強調了失意時的心態平和，今人不妨借鑑。

額魯特女

有額魯特❶女，為烏魯木齊民間婦，數年而寡。婦故有姿首，媒妁日叩其門。婦謝曰：「嫁則必嫁。然夫死無子，翁已老，我去將誰依？請待養翁事畢，然後議。」有欲入贅其家代養其翁者，婦又謝曰：「男子性情不可必，萬一與翁不相安，悔且無及。亦不可。」乃苦身操作，翁溫飽安樂，竟勝於有子時。越六七年，翁以壽終。營葬畢，始痛哭別墓，易彩服❷升車去。論者惜其不貞，而不能不謂之孝。內閣學士永公時鎮其地，聞之歎曰：「此所謂質美而未學。」

【章旨】此章講述了一位額魯特婦女孝養公公，公公死後改嫁他人的故事。

【注釋】❶額魯特　或稱「衛拉特」，清代對西部蒙古各部的總稱。❷彩服　此指顏色鮮豔的衣服。

【語譯】有位額魯特族婦女，是烏魯木齊的民婦，婚後幾年就守寡了。這位婦人本來就頗有姿色，因此天天有媒人上門作媒。這位婦人謝絕說：「我改嫁是一定要改嫁的。然而丈夫死了，我又沒有兒子，公公已經年老，我離開了他依靠誰呢？請等到我完成侍奉公公的事，然後再商議。」有人想要入贅她家為她贍養公公，這位婦人又謝絕說：「男人的性情是沒有一定的，萬一和公公相處不和睦，後悔也來不及。這也是不行的。」這位婦人辛苦操勞，讓她的公公過著溫飽安樂的生活，竟勝過兒子還活著的時候。過了六七年，公公壽終天年。安葬完畢，這位婦人才痛哭著拜別墳墓，換上鮮豔的衣服登車而去。議論者惋惜她不貞節，但不能不說她是個孝婦。內閣學士永公當時鎮守烏魯木齊，聽說這件事後感歎道：「這就是所謂品質美好卻沒有得到教化。」

【研析】這位額魯特婦女身上有著中華民族的敬老美德，也勇於追求自己的幸福。她如此處理贍養公公和改嫁之事，兩全其美。作者雖說反對理學的陳腐說教，但理學倡導的女子貞節觀還是成為其評判婦女行為的一條準則，不免也帶上了理學的陳腐氣息。

俠盜

新城❶王符九言：其友人某，選貴州一令。貸於西商，抑勒剝削，機械百出。某迫於程限，委曲遷就，而西商枝節益多。爭論至夜分，始茹痛❷書券。計券上百金，實得不及三十金耳。西商去後，持金貯篋❸。方獨坐太息，忽聞簷上人語曰：「世間無此不平事！公太柔懦，使人憤填胸臆。吾本意來盜公，今且一懲西商，為天下窮官吐氣也。」某悸不敢答。俄屋角窸窣有聲，已越垣徑去。次日，聞西商被盜，並篋中新舊借券，皆席捲去矣。此盜殊多俠氣，然亦西商所為太甚，干造物❹之忌，故鬼神巧使相值也。

【章旨】此章講述了一個盜賊為受高利貸盤剝的官員抱打不平的故事。

【注釋】❶新城　縣名。在河北中部、拒馬河流域。❷茹痛　忍受痛苦。❸篋　小箱子。如書篋、行篋。❹造物　古時以為萬物是天造的，故稱天為「造物」。

【語譯】新城人王符九說：他的一個朋友某人，被任命為貴州某縣的縣令。這位朋友向山西商人借錢，山西商人勒索盤剝，手段百出。某人迫於期限，只得委曲遷就，但山西商人花招更多了。爭論到半夜時分，某人才忍痛寫下借據。借據上寫的是一百兩銀子，某人實際拿到的還不足三十兩。山西商人走後，某人把銀子放入箱子裡。他正獨自坐著歎息，忽然聽到屋簷上有人說道：「世上沒有這樣不公平的事！您太柔弱怯懦了，使人義憤填膺。我本來打算來偷您的財物，現在要懲罰一下那個山西商人，為天下窮官出口氣。」某人因害怕不敢答話。隨即屋角發出窸窸窣窣的聲音，那個盜賊已經翻牆而去了。第二天，聽說那個山西商人被盜，連同箱子裡的新舊債券，都被席捲而去。這個盜賊非常有俠義氣概，然而也是因為那個山西商人做得太過分了，冒犯了上天的忌諱，所以鬼神巧妙地讓他付出相應的代價。

【研析】高利貸盤剝，使人不堪重負。本文所說的盜賊懲治山西商人，替人出了一口惡氣，大快人心。與莎翁筆下的懲治高利貸商人夏洛克有異曲同工之妙。

冥冥中不可墮行

許文木言：其親串有新得官者，盛具牲醴❶享祖考。有巫能視鬼，竊語人曰：「某家先靈受祭時，皆顏色慘沮❷，如欲下淚。而後巷某甲之鬼，乃坐對門屋脊上，翹足❸而笑。是何故也？」後其人到官未久，即伏法。始悟其祖考悲泣之由。而某甲之喜，則終不解。久而有知其陰事者曰：「某甲女有色，是嘗遣某嫗誘以金珠，同宿數夕。人不知而鬼知也，誰謂冥冥中可墮行哉！」

【章旨】此章講述了一位官員因暗中有虧品行而遭到陰譴的故事。

【注釋】❶牲禮　祭祀時的用牲之禮。視等級不同而有差異。❷慘沮　沮喪失色。❸翹足　舉足；抬起腳來。表示得意的樣子。

【語譯】許文木說：他有個親戚新得到一個官職，準備了豐盛的供品祭祀祖先。有個巫師能看到鬼，悄悄地告訴別人說：「他家祖先接受祭祀時，都表情愁慘沮喪，好像要流下淚來。而後巷某甲的鬼魂，卻坐在對門的屋頂上翹著腳在笑。這是什麼原因呢？」後來那人上任不久，就因犯法而被處死。人們這才明白他的祖先悲泣的原因。但後巷某甲的喜悅，卻還是不可理解。時間久了，有知道這個官員陰私的人說：「某甲的女兒有姿色，這個官員曾讓一個老婦人用黃金珍珠誘惑她，和她同居了幾夜，人不知道而鬼卻知道。誰說冥冥之中就可以做有虧品行的事呢？」

【研析】這個官員用財物誘姦良家女子，品行卑劣。這樣一個人，為官肯定也是巧取豪奪、貪贓枉法，其被誅殺也就在情理之中了。作者以此告誡後人，為人品行不能有虧。

不足畏與大可畏

王梅序孝廉❶言：交河城西有古墓，林木叢雜，云藏妖魅，犯之者多患寒熱，樵牧弗敢近。一老儒耿直負氣❷，由所居至縣城，其地適中，過必憩息，偃蹇❸傲睨，竟無所見聞。如是數年。一日，又坐墓側，袒裼❹納涼。歸而發狂，譫語曰：「曩以汝為古君子，故任汝放誕，未敢侮汝。汝近乃作負心事，知從前規言矩步，皆貌是心非，今不復畏汝矣。」其家再三拜禱，昏憒數日始痊。自是索然氣餒，每經其地，輒俯首疾趨。觀此知魅不足畏，心苟無邪，雖凌之而不敢校；亦觀此而知魅大可畏，行苟有玷❺，雖祕之而皆能窺。

【章旨】此章講述了一個老儒因品行有汙而遭到鬼魅嘲弄的故事。

【注釋】❶孝廉　明清時對舉人的稱呼。❷負氣　恃其意氣，不肯屈居人下。後亦稱跟人賭氣為「負氣」。❸偃蹇　驕傲；傲慢。❹祖裼　脫衣露體。❺玷　玉上的斑點。也比喻人的缺點、過失。

【語譯】王梅序舉人說：交河縣城西面有座古墓，樹木雜亂叢生，傳說裡面藏有妖魅，冒犯他的人大多會患寒熱病，樵夫牧童都不敢靠近那座古墓。有一位老儒生性耿直而意氣用事，從他家到縣城，這座古墓剛好在中途，他每次經過古墓都要在此休息，傲然睥睨，竟什麼也看不到。這樣過了好幾年。一天，他又坐在墓邊，解開衣服乘涼，回到家就發了狂症，說胡話道：「以前以為你是個古君子，所以任憑你放誕，不敢冒犯你。你近來做了虧心事，才知道之前你循規蹈矩的行為，都是貌是心非裝出來的，所以現在不再怕你了。」這個老儒的家人拜求祈禱，老儒昏迷了幾天才痊癒。從此以後，這個老儒變得怯弱氣餒，每次經過那地方，就低著頭急步走過。由此看來，妖魅並不可怕，只要心中沒有邪念，即使冒犯他，他也不敢和你計較；由此也可以看到，妖魅非常可怕，人的行為如果有玷汙缺失，即使非常詭祕，他也都能看到。

【研析】品行無虧，不懼鬼魅；品行有虧，鬼魅可畏。作者講述這個道理，用意還是在勸人向善。

汪輝祖言六則

門人蕭山❶汪生輝祖，字煥曾，乾隆乙未❷進士，今為湖南寧遠縣❸知縣。未

第時，久於幕府❹，撰《佐治藥言》二卷，中載近事數條，頗足以資法戒。

其一曰：孫景溪先生，諱爾周。令吳橋❺時，幕客葉某一夕方飲酒，偃仆於地，歷二時而蘇。次日閉戶書黃紙疏，赴城隍廟拜燬，莫喻其故。越六日，又偃仆如前，良久復起，則請遷居於署外。自言：八年前在山東館陶❻幕，有士人告惡少調其婦。本擬請主人專懲惡少，不必婦對質。而同事謝某，欲窺婦姿色，慫恿傳訊。致婦投繯❼，惡少亦抵法。今惡少控於冥府，謂婦不死，則渠無死法；而婦死由內幕之傳訊。館陶城隍神移牒來拘，昨具疏申辯，謂婦本應對質，且造意者為謝某。頃又移牒，謂：「傳訊之意，在窺其色，非理其冤；念雖起於謝，筆實操於葉。謝已攝至，葉不容寬。」余必不免矣。越夕而殞。

其一曰：浙江臬司❽同公言：乾隆乙亥❾秋審時，偶一夜潛出，察諸吏治事狀。皆已酣寢，惟一室燈燭明。穴窗竊窺，見一吏方理案牘，几前立一老翁、一少婦。心甚駭異，姑視之。見吏初草一簽，旋毀稿更書，少婦斂衽退。又抽一卷，沉思良久，書一簽，老翁亦揖而退。傳詰此吏，則先理者為台州因姦致死一案：初擬緩決，旋以身列青衿❿，敗檢釀命，改情實。後抽之卷為寧波疊毆致死一案：初擬情實，旋以索逋理直，死由還毆，改緩決。知少婦為捐生之烈魄，老翁為累因之先靈矣。

其一曰：秀水[11]縣署有愛日樓，板梯久毀，陰雨輒聞鬼泣聲。一老吏言：康熙中，令之母喜誦佛號，因建此樓。雍正初，有令挈幕友胡姓來，盛夏不欲見人，獨處樓中，案牘飲食，皆縋而上下。一日，聞樓上慘號聲。從者急梯而上，則胡裸體浴血，自刺其腹，並碎劙[12]周身如刻畫。自云曩在湖南某縣幕，有姦夫殺本夫者，姦婦首於官。吾恐主人有失察咎，以訪拿報，婦遂坐磔[13]。頃見一神引婦來，剚刃於吾腹，他不知也。號呼越夕而死。

其一曰：吳興[14]某，以善治錢穀有聲。偶為當事者所慢，因密許其侵盜陰事於上官，竟成大獄。後自齧其舌而死。又無錫張某，在歸安[15]令裘魯青幕，有姦夫殺本夫者，裘以婦不同謀，欲出之。張大言曰：「趙盾不討賊為弒君[16]，許止不嘗藥為弒父[17]，《春秋》有誅意之法。是不可縱也。」婦竟論死。後張夢一女子，被髮持劍，搏膺而至曰：「我無死法，汝何助之急也。」以刃刺之。覺而刺處痛甚。自是夜夜為厲，以至於死。

其一曰：蕭山韓其相先生，少工刀筆[18]，久困場屋[19]，且無子，已絕意進取矣。雍正癸卯[20]，在公安縣[21]幕，夢神人語曰：「汝因筆孽多，盡削祿嗣。今治獄仁恕，賞汝科名及子，其速歸。」未以為信，次夕夢復然。時已七月初旬，答以試期不及。神曰：「吾能送汝也。」寤而急理歸裝，江行風利，八月初二日竟抵杭州，以遺才入闈中式。次年，果舉一子。煥曾篤實有古風，其所言當不妄。

又所記〈因關絕祀〉一條曰：「平湖㉒楊研耕在虞鄉縣㉓幕時，主人兼署臨晉㉔，在疑獄，久未決。後鞫實為弟毆兄死，夜擬讞牘㉕畢，未及滅燭而寢。忽聞床上鉤鳴，帳微啟，以為風也。少頃復鳴，則帳懸鉤上，有白鬚老人跪床前叩頭，叱之不見，而几上紙翻動有聲。急起視，則所擬讞牘也。反覆詳審，罪實無枉。惟其家四世單傳，至其父始生二子，一死非命，一又伏辜，則五世之祀斬矣。因毀稿存疑如故，蓋以存疑為是也。余謂以王法論，滅倫者必誅；以人情論，絕祀者亦可憫。生與殺皆礙，仁與義竟兩妨矣。如必委曲以求通，則謂殺人者抵，以申死者之冤也。申己之冤以絕祖父祀，其兄有知，必不願；使其竟願，是無人心矣。雖不抵不為枉，是一說也。或又謂情者一人之事，法者天下之事也。使凡僅兄弟二人者，弟殺其兄，哀其絕祀，皆不抵，則奪產殺兄者多矣，何法以正倫紀乎？是又未嘗非一說也。不有皋陶㉖，此獄實為難斷，存以待明理者之論定可矣。」

【章旨】此章摘錄了門生汪輝祖記述的六個審案故事。

【注釋】❶蕭山　縣名。在浙江杭州東部、錢塘江下游。今浙江蕭山。❷乾隆乙未　即清乾隆四十年，西元一七七五年。❸寧遠縣　縣名。在湖南南部、湘江支流瀟水上游。❹幕府　本指將帥在外的營帳。後亦指軍政大吏的府署。如明清的督撫衙門，也稱「幕府」。❺吳橋　縣名。在河北東南部、南運河東岸，鄰接山東。❻館陶　縣名。在河北南部、衛河西岸，鄰接山東。❼投繯　上吊；自縊。❽臬司　即「按察使」。清代按察使隸屬於各省總督、巡撫，為正三品官。簡稱臬司。主管刑法。❾乾隆乙亥　即清乾隆二十年，西元一七五五年。❿青衿　亦作「青襟」。指讀書人。明清科舉時代專指秀才。⓫秀水　舊縣名。明清與嘉興縣同為嘉興府治所。⓬碎劙　細割。劙，割；劈。⓭磔　車裂。古代的一種酷刑，即分屍。⓮吳興　縣名。在浙江北部、苕溪下游，瀕臨太湖，鄰接江蘇。今浙江湖州。⓯歸安　舊縣名。今浙江湖州。⓰趙盾不討賊為弒君　趙盾，即趙宣子。春秋時晉國執政。晉靈公十四年（西元前六〇七年），避靈公殺害出走，未出境，其族人趙穿殺死靈公。他回來擁立晉成公，繼續執政，沒有追究趙穿殺死國君之罪，被史官認為放縱罪人就是弒君。事見《左傳》宣公二年。⓱許止不嘗藥為弒父　許止，許悼公世子。許悼公病，許止進藥而藥殺悼公。孔子認為其弒父。事見《春秋》昭公十九年。⓲刀筆　此指訴訟案牘。⓳場屋　特指科舉時代考試士子的地方，也稱「科場」。⓴雍正癸卯　即清雍正元年，西元一七二三年。㉑公安縣　在湖北南部、長江南岸，鄰接湖南。㉒平湖　縣名。在浙江北部，鄰接上海，濱臨杭州灣。㉓虞鄉縣　舊縣名。在山西西南部。今山西永濟。㉔臨晉　舊縣名。在山西西南部。今山西臨猗。㉕讞牘　判案的案卷。㉖皋陶　亦作「皐陶」、「皋繇」。傳說中虞舜時的司法官。

【語譯】我的學生蕭山人汪輝祖，字煥曾，乾隆四十年進士，現任湖南寧遠縣知縣。他沒有及第時，長期作幕僚，撰寫《佐治藥言》二卷，書中記載了最近的幾件案例，很足以供執法者參考借鑑。

其中一條說：孫景溪先生，名爾周。在擔任吳橋縣令時，幕僚葉某一天夜裡正喝著酒，突然昏倒在地上，過了兩個時辰才蘇醒過來。第二天關起門來在黃紙上寫疏文，跑到城隍廟跪拜焚燒，沒人知道其中緣故。過了六天，葉某又像上次一樣昏倒在地，很久才起來，於是請求搬到官署外去居住。他說：八年前在山東館陶縣做幕僚時，有個讀書人控告惡少調戲他的妻子。本打算請縣令只懲罰惡少，不必讓那個婦人來公堂對證。然而同事謝某想看看婦人的姿色，就慫恿他傳訊那個婦人，導致那個婦人懸樑自盡，惡少也被依法處死。如今惡少在陰曹地府提出控告，說如果那個婦人不死，那麼他也沒有死罪；而婦人自殺是由於衙門內幕僚的傳訊。館陶縣城隍神發了公文來拘拿他，他上次已寫了疏文申辯，認為婦人本應該上公堂對證，況且出主意的是謝某。城隍神不久又發來公文，說：「傳訊那個婦人的用意，在於偷看她的姿色，而不是為了審理她的冤情；這個主意雖是謝某出的，但筆卻是操在葉某手裡。謝某已經被拘拿至此，葉某也不能寬恕。」我肯定難免一死了。過了一夜，葉某果然就死了。

其中一條說：浙江按察使同公說：乾隆二十年秋季會審時，他偶然在一夜悄悄出房，察看屬吏們辦案的情況。這時大家都已入睡，只有一個房間裡的燈光亮著。他在窗戶紙上挖了一個洞偷看，見一個屬吏正在處理案卷，桌前站著一個老翁、一個少婦。同公心裡很驚異害怕，姑且繼續看著。他見那個屬吏先起草了一張簽條，隨即撕掉那張簽條又重新書寫，那個少婦恭敬地行禮退下。那個屬吏又抽出一個案卷，沉思了很長時間，寫了一張簽條，老翁也作揖而退。他把這位屬吏叫來詢問，原來先審理的那個案子是台州的一樁因姦致死案：原打算判處暫緩處決，隨即認為犯罪者身為秀才，卻道德敗壞，釀成人命，改判為死刑。後面抽出的卷宗是寧波鬥毆致死案：原來考慮判處死刑，隨即認為索要欠債是有道理的，鬧出人命是因為債主還擊對方的毆打，改判為緩期處決。同公這才知道看見的那個少婦是捐棄生命的節烈冤魂，那個老翁是在押死囚犯先父的靈魂。

其中一條說：秀水縣衙門裡有座愛日樓，樓梯早已毀壞，一到陰雨天就能聽到鬼的哭泣聲。一個老年吏員說：康熙年間，縣令的母親喜好誦念佛經，因此建造了這座樓。雍正初年，有個縣令帶幕僚胡某來上任。胡某盛夏時不想見人，獨自住在這座樓上，案卷和食物，都用繩子吊上吊下。一天，聽到樓上有慘叫聲。手下人急忙搭梯子上樓，看到胡某赤裸著身體渾身流血，用刀刺進自己的腹部，而且全身刀傷如同刻畫。他自己說從前在湖南某縣做幕僚，有個姦夫殺死親夫，姦婦到官府投案自首。我擔心縣令追究我失察的責任，就把姦婦以偵破捕拿的名義上報，姦婦於是被凌遲處死。剛才看到一個神帶著那個婦人來，用刀刺入我的腹中，其他就不知道了。胡某呼號了一夜後就死了。

其中一條說：吳興縣某人，以善於管理賦稅錢糧而聞名，偶爾因為被縣令怠慢，就祕密向上級官員告發縣令侵盜公款的事，竟釀成大獄。後來這個幕僚自己咬自己的舌頭而死。又，無錫縣張某，在歸安縣令裘魯青處做幕僚，有個姦夫殺死親夫，裘魯青認為姦婦不是同謀，想將她釋放。張某大聲爭辯說：「趙盾沒有討伐賊人被稱為弒君，許止沒有嘗藥被稱為弒父，《春秋》有推究其用心以論定罪狀的筆法。這個婦人不能赦免。」結果姦婦被處死。後來張某夢見一個女子披頭散髮，拿著劍捶胸而來到自己面前說：「我沒有死罪的道理，你為什麼急著要判我死刑呢？」用劍刺張某。張某醒來覺得被刺的地方非常疼痛。那個婦人從此天天夜裡來作祟，一直到張某死去。

其中一條說：蕭山人韓其相先生，年輕時善於寫訟狀，一直科舉不中，而且沒有兒子，已經斷了中舉做官的念頭。雍正元年，韓先生在公安縣做幕僚，夢見神人對自己說：「你因為寫訴狀，筆下的罪孽多，所以官祿和子嗣都被剝奪了。如今因你辦案仁慈寬恕，獎賞你功名和子嗣，你趕緊回家吧。」韓先生沒有相信這事，第二天晚上又做了同樣的夢。當時已是七月上旬，韓先生回答說考試的日期已趕不上。神說：「我能送你。」韓先生醒來後急忙整理回家的行李，船行江中一路順風，八月初二日竟然抵達杭州，以遺漏秀才的資格參加鄉試，考中舉人。第二年，韓先生果然得了一個兒子。汪輝祖樸實敦厚，有古人之風，他所講的事應該不會是妄言胡說。

還有汪輝祖寫的〈囚關絕祀〉一條說：「平湖縣楊研耕在虞鄉縣做幕僚時，該縣的縣令還兼管臨晉縣，有樁疑難案件，很久沒有判決。楊研耕後來審明是弟弟毆打哥哥致死，夜裡草擬完判詞，沒有熄滅蠟燭就上床睡了。忽然聽到床上帳鉤發出聲音，帳子微微拉開，楊研耕以為是風吹的。過了一會兒帳鉤又發出聲音，帳子就已掛在帳鉤上了，有個白鬍子老人跪在床前叩頭，他喝叱一聲就不見了，而放在几案上的紙發出翻動的聲音。楊研耕急忙起身來看，原來是擬好的判詞。他反覆仔細審閱，罪行確實沒有冤枉。只是他們家四代單傳，到他父親才生下兩個兒子，一個死於非命，一個又要伏法，那麼他家五代血統就要被斬斷了。楊研耕於是毀掉草擬好的判詞，仍然像過去那樣作為存疑的案子，因為這個案子作存疑處理是最好的辦法。我認為從王法而論，滅絕人倫的人必須要殺；從人情而言，斷子絕孫的人也是可憐的。生和殺都有違礙，仁和義竟相矛盾了。如果一定要委曲人情以求通達王法，那麼說殺人者償命，是為死者伸冤。為自己伸冤而斷絕祖宗的血統，他哥哥如果地下有知，肯定不願意；假如他竟然願意，那就是沒有人心了。因此雖然不抵命也不能算是枉法，這是一種說法。也有人說人情是一人之事，而王法是天下之事。假如凡是只有弟兄二人，弟弟殺死自己兄長，卻因同情殺人者家裡要斷子絕孫，都不必償命，那麼為謀奪家產而殺害哥哥的人就會很多了，法律怎麼來規範人倫綱紀呢？這又未嘗不是一種說法。沒有皋陶那樣明斷的法官，這件案子確實難以判決，留著等待明理之人來論定的做法是可取的。」

【研析】這幾件案子所說的無非是公與私、情與法的矛盾。作者不厭其煩地記述這幾個案例，是想提醒審案者判案時必須出於公心，不可有私情私心；筆下留人，能夠寬恕處且寬恕。這樣方可無愧天地、鬼神、良心。

雨皆漚麻水

姚安公言：昔在舅氏陳公德音家，遇驟雨，自巳❶至午❷乃息，所雨皆漚麻水也。時西席❸一老儒方講學，眾因叩曰：「此雨究竟是何理？」老儒掉頭面壁曰：

「子不語怪❹。」

【章旨】此章講述了一個老儒因無法解釋自然現象，以子不語怪搪塞學生提問的故事。

【注釋】❶巳　十二時辰之一，九時至十一時。❷午　十二時辰之一，十一時至十三時。❸西席　《稱謂錄》卷八：「漢明帝尊桓榮以師禮，上幸太常府，令榮坐東面，設几。故師曰西席。」東面，謂面向東坐。後因稱家塾的教師或幕友為「西席」。❹子不語怪　《論語・述而》：「子不語怪力亂神。」「子不語怪」指孔子不談論怪異的事物。

【語譯】先父姚安公說：從前在舅舅陳德音先生家，遇到暴雨，從巳時一直到午時才停住，所下的雨水都是浸麻的髒水。當時家塾裡一位老儒正在講學，大家因此去請教他：「這場雨究竟是怎麼回事？」老儒轉過頭面朝牆壁說：「孔子不談論怪異的事。」

【研析】春夏季節，平原地區多旋風。旋風會把池塘水吸到天上，到別處落下。作者舅公住在河北平原地區，而且北方農村常在村邊池塘裡漚麻，因此旋風把池塘的漚麻水吸到天上在作者舅公居住的村子落下，造成了這場怪雨。當時那位老儒是無法懂得這個道理的，但他又不願意胡說是妖魅作怪，就以孔子之言聊作搪塞，也就可以理解了。

狐戲老儒

劉香畹言：曩客山西時，聞有老儒經古冢，同行者言中有狐。老儒詈之，亦無他異。老儒故善治生❶，冬不裘，夏不絺❷，食不肴，飲不荈❸，妻子不宿飽。銖積錙累，得四十金，熔為四鋌，祕緘之，而對人自訴無擔石。自詈狐後，所儲金或忽置屋顛樹杪，使梯而取。或忽在淤泥淺水，使濡而求。甚或忽投圊溷❹，使探而濯。或移易其地，大索乃得。或失去數日，從空自墮。或與客對坐，忽納於帽簷。或對人拱揖，忽鏗然脫袖。千變萬化，不可思議。一日，忽四鋌躍擲空中，如蛺蝶飛翔，彈丸擊觸，漸高漸遠，勢將飛去。不得已，焚香拜祝，始自投於杯。自是不復相嬲，而講學之氣焰已索然盡矣。說是事時，一友曰：「吾聞以德勝妖，不聞以詈勝妖也。其及也固宜。」一友曰：「使周、張、程、朱❺詈，妖必不興。惜其古貌不古心也。」一友曰：「周、張、程、朱必不輕詈。惟其不足於中，故悻悻於外耳。」香畹首肯曰：「斯言洞見癥結矣。」

【章旨】此章講述了一個滿口道學的老儒遭狐仙戲弄的故事。

【注釋】❶治生　經營家業；謀生計。❷絺　細葛布。❸荈　一名茗。晚採的茶。❹圊溷　廁所。❺周張程朱　指宋代理學家周敦頤、張載、程頤、程顥、朱熹等人。

【語譯】劉香畹說：從前他客居山西時，聽說有個老儒經過古墓，同行的人說裡面有狐仙，老儒便大罵狐仙，也沒有什麼怪異出現。老儒向來善於謀生計，冬天不穿裘衣，夏天不穿細葛布衫，吃飯不吃葷菜，喝水不喝茶葉，妻兒餓著肚子過夜。他一釐一毫地日積月累，攢下四十兩銀子，熔為四錠，祕密藏著，而對別人就訴說自己沒有擔石之糧。自從他罵了狐仙後，藏著的銀子有時忽然放在屋頂樹梢上，要他架梯子去取。有時忽然在淤泥淺水裡，要他弄濕衣服才能拿到。有時甚至忽然投在廁所裡，要他探取出來洗乾淨。有時所藏的銀子被挪了地方，老儒費力搜尋才找到。有時這四錠銀子失去好幾天了，然後自己從空中掉了下來。有時老儒和客人對坐說話時，銀子忽然收在他帽簷上。有時老儒對別人拱手作揖時，銀子忽然鏗然一聲從衣袖裡掉出來。狐仙捉弄老儒的法子千變萬化，不可思議。一天，四錠銀子忽然躍到空中，像蝴蝶一樣飛翔起來，彈弓射出的彈丸能射到它，卻飛得越高越遠，眼看就要飛走了。老儒不得已，只好焚香拜禱，那銀子這才自己掉到他的懷中。從此以後狐仙就不再戲弄他，但這位老儒的道學氣焰已消失殆盡了。說起這件事的時候，一位友人說：「我聽說能以德行戰勝妖魔，沒聽說過能以叱罵戰勝妖魔的。他的遭遇是理所當然的。」另一位友人說：「假如是周敦頤、張載、程氏兄弟、朱熹叱罵，妖魔必定不敢作祟。可惜此人相貌古樸而內心不古。」又一位友人說：「周敦頤、張載、程氏兄弟、朱熹肯定不會輕易謾罵妖怪。正是因為此人內心修養不夠，所以外在表現才會乖戾。」劉香畹點頭稱是，說：「這話是一針見血，切中要害的。」

【研析】老儒遭到狐仙戲弄，也是咎由自取：如果他不先謾罵狐仙，狐仙不會找上門來戲弄他；如果他能夠潔身自好，狐仙也拿他沒有辦法。然而這位老儒挑釁狐仙在先，而又不能自愛，才會被狐仙如此捉弄。此章委婉批評了道學家內外不一的虛假作為。

三 快笑孝廉

香畹又言：一孝廉頗善儲蓄，而性嗇。其妹家至貧，時逼除夕，炊煙不舉。冒風雪徒步數十里，乞貸三五金，期明春以其夫館穀❶償。堅以窘辭。其母泣涕助請，辭如故。母脫簪珥❷付之去，孝廉如弗聞也。是夕，有盜穴壁入，罄所有去。迫於公論，弗敢告官捕。越半載，盜在他縣敗，供曾竊孝廉家，其物猶存十之七。移牒❸來問，又迫於公論，弗敢認。其婦惜財不能忍，陰遣子往認焉。孝廉內愧，避弗見客者半載。夫母子天性，兄妹至情；以嗇之故，漠如陌路，此真聞之扼腕矣。乃盜遽乘之，使人一快；失而弗敢言，得而弗敢取，又使人再快。至於椎心茹痛，自匿其瑕，復敗於其婦，瑕終莫匿，更使人不勝其快。顛倒播弄，如是之巧，謂非若或使之哉！然能愧不見客，吾猶取其足為善。充此一愧，雖以孝友聞可也。

【章旨】此章講述了某孝廉生性吝嗇，不肯借貸其妹，卻被盜賊偷走財物的故事。

【注釋】❶館穀　古時給幕友或塾師的酬金。❷簪珥　髮簪和耳飾。古代多為婦女的首飾。❸移牒　指官府以正式公文通知平行機關或個人。

【語譯】劉香畹又說：有個舉人很善於攢錢，然而生性吝嗇。他的妹妹家很貧窮，當時將近除夕，家中無米下鍋。妹妹冒著風雪走了幾十里路，來向某舉人借三五兩銀子，說好到明年春天用她丈夫做塾師的收入來償還。但是某舉人堅持以家境困窘為藉口拒絕了。某舉人的母親流著淚為他妹妹求情，舉人還是拒絕了。舉人母親取下髮簪首飾交給女兒讓她走，舉人好像沒有聽到一樣。這天夜裡，有賊挖牆洞進入舉人家，將他所有錢財席捲而去。他迫於公眾輿論，不敢向官府報案追捕。過了半年，那盜賊在其他縣作案落網，供出曾偷盜某舉人家的財物，偷去的錢財還剩十分之七。官府發公文來查詢，某舉人又因害怕公眾輿論，不敢去認領。他妻子心疼這些財物，實在忍不住，就暗地派兒子去認領了。某舉人內心羞愧，迴避不見客人有半年時間。母子的感情是天性，兄妹的感情是骨肉至情，因為吝嗇的原因，竟冷漠得如同陌路人，這件事真讓人扼腕感歎。那個盜賊此時偷盜了舉人的財物，令人拍手稱快；舉人丟失了財物而不敢聲張，財物追回來而又不敢去領取，再次令人拍手稱快；至於那個舉人忍著刺心之痛，企圖掩蓋自己的醜行，又因自己妻子認領財物的舉動而敗露，醜行最終還是沒能夠隱瞞，更令人痛快得不得了。事情顛來倒去，如此的巧合，能說不是好像有人指使的嗎！但是某舉人能因羞愧而不見客人，我還是認為他這樣做足以為善。就從這一羞愧之心擴大開來，即使將來這個舉人以孝友聞名也是可能的。

【研析】這個舉人不顧母子天性、兄妹至情的舉動遭到揭露，就是上天對他的懲罰。作者在拍手稱快之餘，並沒有對這個舉人喪失信心，還是寄望他能夠改過自新，表現了作者寬厚待人的仁恕之心。

死不忘親

盧霽漁編修❶患寒疾❷，誤延讀《景岳全書》❸者投人參，立卒。太夫人悔焉，哭極慟。然每一發聲，輒聞板壁格格作響；夜或繞床呼阿母，灼然辨為霽漁聲。蓋不欲高年之過哀也。悲哉！死而猶不忘親乎！

【章旨】此章講述了一位孝子去世後也不忘關心母親的故事。

【注釋】❶編修　官名。明清時，翰林院設編修，以一甲二三名進士及庶吉士之留館者充任，無定員，也沒有實際職務。❷寒疾　指因感受寒邪所致的疾病。也指傷寒。傷寒桿菌引起的急性傳染病，多見於夏秋二季。❸景岳全書　中醫學書名。明張景岳著。六十四卷。書成於天啟四年（一六二四年）。首先論述醫學理論，次對傷寒、雜病、外、婦、兒科各種疾病的診治，引證古籍，綜合各家、結合自己經驗體會加以敘述。是明代著名醫書。

【語譯】盧霽漁編修得了寒症，誤請了一位讀《景岳全書》的人來治病，在藥方中下了人參，盧霽漁服下藥立刻就死了。他母親後悔極了，哭得非常傷心。然而盧霽漁母親每哭一聲，就聽到板壁格格作響；晚上聽見有人繞著床呼叫阿母，很清楚地辨別出是盧霽漁的聲音。這是盧霽漁不願讓年邁的老母親過分哀傷。悲哀啊！死後還不忘母親！

【研析】此章所說的是母子天性。母親思念兒子，兒子掛念母親。母子情深，令人感慨不已。

亡母戀子

海陽❶鞠前輩庭和言：一宦家婦臨卒，左手挽幼兒，右手挽幼女，嗚咽而終，力擘❷之乃釋，目炯炯尚不瞑也。後燈前月下，往往遙見其形，然呼之不應，問之不言，招之不來，即之不見。或數夕不出，或一夕數出，或望之在某人前，而某人反無睹；或此處方睹，而彼處又睹。大抵如泡影空花，電光石火，一轉瞬而即滅，一彈指而倏生。雖不為害，而人人意中有一先亡夫人在。故後妻視其子女，不敢生分別心；婢媼僮僕視其子女，亦不敢生凌侮心。至男婚女嫁，乃漸不睹。然越數歲或一見，故一家恆惴惴栗栗，如時在其旁。或疑為狐魅所託，是亦一說。惟是狐魅擾人，而此不近人。且狐魅又何所取義，而辛苦十餘年，為時時作此幻影耶？殆結戀之極，精靈不散耳。為人子女者，知父母之心，歿而彌切如是也。其亦可以愴然感乎？

【章旨】此章講述了一位母親雖死仍眷戀子女的故事。

【注釋】❶海陽　縣名。在山東中部，南臨黃海。❷擘　剖；分開。

【語譯】海陽縣的鞠庭和前輩說：一位官宦人家的太太臨終時，左手挽著幼兒，右手挽著幼女，嗚咽著死去。家人用力才將她的手掰開，她卻仍目光炯炯不肯瞑目。後來在燈前月下，人們常常遠遠看到她的身形，但是呼叫她不答應，詢問她不回答，招喚她不過來，人們走近她就不見了。這位太太的鬼魂有時幾個晚上不出現，有時一晚上出現幾次；有時看見她在某人面前，而某人反而看不見她；有時在這裡剛看見，而在其他地方又看見了。她的身形大都像空花泡影，像電光石火，轉瞬間就消失，彈指之間忽而又出現了。她雖然不害人，然而人人心中都覺得有一位已去世的夫人存在。所以後妻對她的子女，不敢有歧視怠慢之處；僕婦傭人對她的子女，也不敢產生欺淩之心。一直到兒子結婚、女兒出嫁，這位太太的身形才漸漸看不見了。但過幾年就間或出現一次，所以一家人總是戰戰兢兢，好像她還在身邊。有人懷疑這位太太的身形是狐仙所假託幻化的，這也是一種說法。只是狐仙騷擾人，而這個幻形卻不接近人。況且狐仙又出於什麼動機要這樣做，而辛辛苦苦十多年，常常要變化出這個幻形呢？大概是這位太太對子女愛戀至深，所以靈魂不散去吧？為人子女者，要知道父母的愛心。這種愛心，死了以後甚至更為深切，就像這位官宦人家的太太一樣。因此，為人子女者也應該愴然而有所感觸吧？

【研析】愛子情深，愛子情切，才會演繹出這樣一段感人至深的故事。天下父母愛子之心是相通的，而為人子女者是否也有如此心腸呢？紀曉嵐以「其亦可以愴然感乎」，表達了自己的深切感受。

善全骨肉

庭和又言：有兄死而吞噬其孤侄者，迫脅侵蝕，殆無以自存。一夕，夫婦方酣眠，忽夢兄倉皇呼曰：「起起，火已至。」醒而煙焰迷漫，無路可脫，僅破窗得出。喘息未定，室已崩摧。緩須臾，則灰燼矣。次日，急召其侄，盡還所奪。人怪其數朝之內，忽跖❶忽夷❷。其人流涕自責，始知其故。此鬼善全骨肉，勝於為厲多多矣。

【章旨】此章講述了弟弟欺負侄兒，亡兄以德報怨感化弟弟的故事。

【注釋】❶跖　名跖，一作蹠，春秋戰國之際不容於官府的反叛者。舊時稱為盜跖。❷夷　即伯夷，商末孤竹君長子。初孤竹君以次子叔齊為繼承人，孤竹君死後，叔齊讓位，他不受，故以謙讓著稱。

【語譯】鞠庭和又說：有個弟弟在兄長死後侵吞孤侄的財產，用逼迫、威脅、蠶食的方法，使得侄兒幾乎無法生存。一天夜裡，弟弟夫妻倆正在酣睡，忽然夢見哥哥急急地呼喊說：「快起來！快起來！火已經燒過來了！」夫婦倆從睡夢中驚醒時屋裡已經濃煙烈焰迷漫，無路可逃，只得破窗逃出。兩人喘息未定，房子已經崩塌，如果稍遲片刻，夫婦倆就成為灰燼了。第二天，他急忙叫來侄兒，把侵吞的財產全部退還給侄兒。人們奇怪他在幾天之內，忽而壞得像盜跖忽而好得像伯夷。這個人流淚自責，人們才知道其中原因。這位哥哥的鬼魂善於保全兄弟骨肉之情，這樣做勝於變為厲鬼作祟要好得多了。

【研析】血濃於水，兄弟骨肉之情是任何財物無法替代的。作者記述這個故事，就是要彰顯骨肉親情，反對因錢財而割裂這種親情。

克己

高淳❶令梁公欽官戶部額外主事時，與姚安公同在四川司。是時六部❷規制嚴，凡有故不能入署者，必遣人告掌印，掌印移牒司務，司務每日彙呈堂，謂之「出付」，不能無故不至也。一日，梁公不入署，而又不「出付」，眾疑焉。姚安公與福建李公根侯，寓皆相近，放衙後同往視之，則梁公昨夕睡後，忽聞砰訇撞觸聲，如怒馬騰踏。呼問無應者，悸而起視，乃二僕一御者裸體相搏，捶擊甚苦，然皆緘口無一言。時四鄰已睡，寓中別無一人，無可如何，坐視其鬥，至鐘鳴乃並仆，迨曉而蘇，傷痕鱗疊，面目皆敗。問之都不自知，惟憶是晚同坐後門納涼，遙見破屋址上有數犬跳踉，戲以磚擲之，嗥而逃。就寢後遂有是變。意犬本是狐，月下視之未審歟！梁公泰和❸人，與正一真人❹為鄉里，將往陳訴。姚安公曰：「狐自遊戲，何預於人？無故擊之，曲不在彼。袒曲而攻直，於理不順。」李公亦曰：「凡僕隸與人爭，宜先克己，理直尚不可縱，使有恃而安行，況理曲乎？」梁公乃止。

【章旨】此章講述了下人因冒犯狐仙遭到懲治，而官員不袒護下人的故事。

【注釋】❶高淳　縣名。在江蘇西南部，鄰近安徽。❷六部　指中央行政機構禮、吏、戶、兵、刑、工等六部。❸泰和　縣名。在江西中部偏南，贛江縱貫。❹正一真人　漢張陵創「正一盟威之道」，奉《正一經》。「正一」即真一，正道、真道之意。即「天師道」。亦稱「正一派」。宋以後道教的符籙各派統稱正一道。主要奉持《正一經》，崇拜鬼神，畫符念咒、驅鬼降妖、祈福禳災等。此處指信奉正一道的道士。

【語譯】高淳縣令梁欽擔任戶部額外主事時，和先父姚安公同在四川司。當時六部規章制度很嚴格，凡是因故不能入衙署辦公的官員，必須派人報告掌印官，掌印官寫公文轉給司務官，司務官每天彙總呈報正堂，這叫作「出付」。官員不能無故不到衙署來。一天，梁公沒有來衙署辦公，而又沒有「出付」，眾人感到疑惑。姚安公和福建人李根侯先生的寓所都和梁公家相近，放衙後就一同去探望他。原來，梁公昨夜睡後，忽然聽到砰砰的撞擊聲，像怒馬奔踏。呼喊詢問而無人應聲，他驚恐地起來一看，原來是兩個僕人和一個馬夫赤身裸體互相搏擊，捶打得難解難分，但他們都閉口不說一句話。當時四鄰都已睡覺，寓所裡沒有其他人，梁公沒有辦法，只得坐著看他們打。他們一直打到晨鐘敲響時才一齊倒在地上，到天亮醒來，三人都是遍體鱗傷，鼻青眼腫。梁公問他們，都說自己不知道，只記得那天晚上一起坐在後門納涼，遠遠望見破屋的廢址上有幾隻狗在跳來跳去，開玩笑地拿磚塊扔過去，那幾隻狗嗥叫著逃走了。三人回來睡覺後就發生了這個變故。推想那幾隻狗本是狐仙，月光下看不清楚吧！梁公是泰和人，和正一真人是同鄉，打算去正一真人那裡陳訴。姚安公說：「狐仙自己在遊戲，與人有什麼相干？無故打他們，錯不在他們。袒護錯的而攻擊有理的，道理上講不通。」李公也說：「凡是自己的奴僕與別人發生爭執，應該先責備自己的奴僕；即使有理尚且不能放任他們有恃無恐而胡作非為，何況又沒有理呢？」梁公於是作罷。

【研析】世間廣大，難免不發生糾紛。先責己，不護短，推己及人，是處理糾紛的最佳辦法。這個故事雖說講的是人與狐仙的糾紛，人與人之間不也應當如此嗎？

偽為狐狀

乾隆己未❶會試前，一舉人過永光寺西街，見好女立門外，意頗悅之，託媒關說❷，以三百金納為妾。因就寓其家，亦甚相得。迨出闈❸返舍，則破窗塵壁，闃無一人，汙穢堆積，似廢壞多年者。訪問鄰家，曰：「是宅久空，是家來住僅月餘，一夕自去，莫知所往矣。」或曰：「狐也，小說中蓋嘗有是事。」或曰：「是以女為餌，竊資遠遁，偽為狐狀也。」夫狐而偽人，斯亦黠矣；人而偽狐，不更黠乎哉！余居京師五六十年，見類此者不勝數，此其一耳。

【章旨】此章講述了一個舉人納妾而受騙的故事。

【注釋】❶乾隆己未　即清乾隆四年，西元一七三九年。❷關說　通關節；說人情。❸出闈　古時指科舉考試結束後考生離開試院。

【語譯】乾隆四年己未科會試前，有一位舉人路過永光寺西街，看到有個美貌女子站在門前，心中很喜歡她，託媒人說合，花了三百兩銀子將她納為小妾。於是舉人就住進了她家，兩人感情也很融洽。等到舉人考試結束後回家，只見破爛的窗戶和積滿灰塵的牆壁，靜無一人，汙穢垃圾堆積，好像廢棄多年的樣子。舉人詢問鄰居，鄰居說：「這座宅院空了很久，這家來住才一個多月，有天晚上自己搬走了，不知到哪裡去了。」有人說：「這是狐仙，小說中曾記載了這樣的事。」有人說：「這是以女色為誘餌，騙了錢財就遠遠逃走了，偽裝成狐仙的樣子。」狐仙偽裝成人，這也算是夠狡猾的了；而人偽裝成狐仙，不是更加狡猾嗎！我居住在京城已經五六十年，見過類似的事數不勝數，這是其中的一件罷了。

【研析】以女色為誘餌騙人錢財，是騙子常用的手段，用今人說法，叫做「放白鴿」。古往今來，受騙者不計其數。究其原因，在於一個「貪」字。大凡騙子能夠得手，都是利用人們的「貪心」。不管是貪財，還是貪色，到頭來總要付出代價。因此，為人處世，應當力戒「貪」字。

布商韓某

汪御史香泉言：布商韓某，昵❶一狐女，日漸尪羸❷。其侶求符籙劾禁，暫去仍來。一夕，與韓共寢，忽披衣起坐曰：「君有異念耶？何忽覺剛氣砭人，刺促不寧也？」韓曰：「吾無他念。惟鄰人吳某，迫於債負，鬻其子為歌童。吾不忍其衣冠❸之後淪下賤，措四十金欲贖之，故輾轉未眠耳。」狐女蹷然推枕曰：「君作是念，即是善人。害善人者有大罰，吾自此逝矣。」以吻相接，噓氣良久，乃揮手而去。韓自是壯健如初。

【章旨】此章講述了布商韓某因心存善念，蠱惑他的狐女就畏罪補過的故事。

【注釋】❶昵　親近；親昵。❷尪羸　瘦弱；瘠病。❸衣冠　古代士以上戴冠，衣冠連稱，是古代士以上的服裝。後引申指世族、士紳。

【語譯】御史汪香泉說：布商韓某與一個狐女親昵相好，身體日漸羸弱。他的夥伴求來符咒劾除禁止，狐女暫時離去，過後仍回來。一天夜裡，狐女和韓某同睡時，忽然披衣坐起來說：「你有異常的念頭嗎？我為什麼忽然覺得剛氣逼人，刺得我不能安寧？」韓某說：「我沒其他想法。只是鄰居吳某，迫於負債，把兒子賣去做歌童。我不忍心看著讀書人家的後人淪落下賤，籌措了四十兩銀子打算去贖他回來，因此輾轉難以入睡。」狐女急忙推開枕頭說：「你有這樣的念頭，就是善人。害善人的會遭到大懲罰，我從此就走了。」說罷，狐女和韓某接吻，給韓某噓了很長時間的氣，才向韓某揮手離去了。韓某自此健壯如初。

【研析】此狐女識大體，能懸崖勒馬；韓某善心未泯，遂得以脫離危難。作者講述這個故事的用意，還是在於勸人向善。

遊僧

戴遂堂先生曰：嘗見一巨公，四月八日❶在佛寺禮懺放生。偶散步花下，遇一遊僧，合掌曰：「公至此何事？」曰：「作好事也。」又問：「何為今日作好事？」曰：「佛誕日也。」又問：「佛誕日乃作好事，餘三百五十九日皆不當作好事乎？公今日放生，是眼見功德；不知歲歲庖廚之所殺，足當此數否乎？」巨公猝不能對。知客僧❷代叱曰：「貴人護法，三寶❸增光。窮和尚何敢妄語！」遊僧且行且笑曰：「紫衣和尚❹不語，故窮和尚不得不語也。」掉臂徑出，不知所往。一老僧竊歎曰：「此闍黎❺大不曉事。然在我法中，自是突聞獅子吼❻矣。」昔日五臺❼僧明玉嘗曰：「心心念佛，則惡意不生，非日念數聲即為功德也。日日持齋，則殺業永除，非持數日即為功德也。燔炙肥甘，晨昏饜飫，而月限某日某日不食肉，謂之善人。然則苞苴公行，簠簋不飾❽，而月限某日某日不受錢，謂之廉吏乎？」與此遊僧之言，若相印合。李杏浦❾總憲❿則曰：「此為彼教言之耳。士大夫終身茹素，勢必不行。得數日持月齋，則此數日可減殺；得數人持月齋，則此數人可減殺。不愈於全不持乎？」是亦見智見仁，各明一義。第不知明玉儻在，尚有所辯難否耳。

【章旨】此章講述了一個遊方僧譏嘲權貴的故事。

【注釋】❶四月八日　釋迦牟尼的誕生日。❷知客僧　佛教名詞。寺院裡專司接待賓客的僧人。又叫「典客」、「典賓」。❸三寶　佛教稱佛、法、僧為「三寶」。佛，指創教者釋迦牟尼（也泛指一切佛）；法，即佛教教義；僧，指繼承、宣揚佛教教義的僧眾。❹紫衣和尚　指知客僧。因知客僧穿紫袍。❺闍黎　亦作「闍梨」。梵語「阿闍梨」的省稱。意謂高僧。亦泛指僧。❻獅子吼　謂佛家說法音聲震動世界，如獅子作吼，群獸懾伏，故云獅子吼。❼五臺　即五臺山。我國佛教四大名山之一。在山西五臺縣東北。五峰聳峙，峰頂如壘土之臺，故稱五臺。❽簠簋不飾　《漢書・賈誼傳》：「古者大臣有坐不廉而廢者，不謂不廉，曰『簠簋不飾』。」簠、簋，都是古代食器，也用以放祭品。不飾，不整飭。這本是一種婉詞，後世彈劾貪吏，常用此語。❾李杏浦　即李綬。字佩廷，號杏浦，清宛平（今北京）人。乾隆進士。

官至左都御史。❿總憲　明清都察院左都御史的別稱。左副都御史則稱副憲。御史臺古稱憲臺，故有此稱。

【語譯】戴遂堂先生說：曾經見到一位大官，四月八日在佛寺拜佛放生。這個大官偶然在花下散步時，遇到一位遊方和尚。遊方和尚合掌問道：「您到這裡來有什麼事？」大官回答說：「做好事。」遊方和尚又問：「為什麼今天做好事？」大官回答說：「今天是佛祖誕辰。」遊方和尚又問：「佛祖誕辰的日子才做好事，餘下的三百五十九天都不應當做好事嗎？您今天放生，是看得見的功德；不知年年您廚房裡廚師所殺的生命，足以抵得上你今天放生的數目嗎？」大官猛然間不能回答。知客僧替大官喝叱道：「貴人護法，三寶增光。窮和尚怎敢胡說八道！」遊方和尚邊走邊笑道：「紫衣和尚不說，所以窮和尚不得不說了。」擺著手臂逕自出去，不知到哪裡去了。一個老和尚暗地感歎說：「這位師父太不懂世事。但對我們佛教中人來說，就好像是突然聽到獅子吼。」從前五臺山高僧明玉曾說過：「一心一意念佛，那麼惡意不會產生，不是每天念幾聲佛就算是功德了。日日持齋吃素，就可以永遠消除殺生的罪孽，不是每月吃幾天齋就算是功德了。烹炙肥腴甘美的食物，早晚食葷，而每月規定哪天哪天不吃肉，這樣就稱為善人。那麼賄賂公行，官員貪贓受賄，而每月規定哪天哪天不接受賄賂，就能稱之為廉潔的官吏嗎？」明玉與這位遊方和尚所說的話，好像是很吻合的。都察院左都御史李杏浦卻說：「這只是他們佛教的說法罷了。士大夫終身吃素，勢必做不到。能夠幾天持月齋，那麼這幾天可以減少殺生；能夠有幾人持月齋，那麼這幾人可以減少殺生。不是比完全不持齋要好嗎？」這也是見仁見智，各自說明一個道理。只是不知道明玉如果還在，還會有辯駁的話嗎？

【研析】遊方和尚提出的問題深刻而尖銳，使人難以回答；李杏浦的回答則過於現實，有得過且過，暫顧眼前的意思。作者對此也難辨高下，故而說「見智見仁，各明一義」，而不作評判。

鬼索錢

恆王府長史❶東鄂洛（據《八旗氏族譜》，當為董鄂，然自書為東鄂。案牘冊籍亦書為東鄂。《公羊傳》❷所謂「名從主人」也），謫居瑪納斯，烏魯木齊之支屬也。一日，詣烏魯木齊。因避暑夜行，息馬樹下。遇一人半跪問起居，云是戍卒劉青。與語良久，上馬欲行。青曰：「有瑣事，乞公寄一語：印房官奴喜兒，欠青錢三百。青今貧甚，宜見還也。」次日，見喜兒，告以青語。喜兒駭汗如雨，面色如死灰。怪詰其故，始知青久病死，初死時，陳竹山閔其勤慎，以三百錢付喜兒市酒脯楮錢❸奠之。喜兒以青無親屬，遂盡乾沒❹。事無知者，不虞鬼之見索也。竹山素不信因果，至是悚然曰：「此事不誣，此語當非依託也。吾以為人生作惡，特畏人知；人不及知之處，即可為所欲為耳。今乃知無鬼之論，竟不足恃。然則負隱慝者，其可慮也夫！」

【章旨】此章講述了一個鬼索要被人侵吞的三百錢的故事。

【注釋】❶長史　官名。南朝王府設長史，而諸王多年幼出藩，因以長史行州府事，北朝之制略同。歷代王府亦均沿設長史，總管府內事務。❷公羊傳　亦稱《春秋公羊傳》或《公羊春秋》。儒家經典之一。專門闡釋《春秋》，為九經之一。❸楮錢　祭祀時焚化的紙錢。❹乾沒　侵吞公家或別人的錢財。

【語譯】恆王府長史東鄂洛（據《八旗氏族譜》，應當作董鄂，但他自己寫為東鄂。案牘冊籍也寫為東鄂。這是《公羊傳》所說的「名從主人」的道理），被貶謫居住在瑪納斯，是烏魯木齊的屬地。一天，他前往烏魯木齊。東鄂洛為了避暑而夜裡趕路，在樹下停馬休息時，遇見一個人半跪著向他問安，自稱是戍守邊疆的士兵劉青。他和這個守兵談了很久的話，上馬要走時，劉青說：「有點瑣事，請您傳一句話：印房的官奴喜兒，欠我三百錢。我現在非常窮，應該還給我了。」第二天，他見到喜兒，就把劉青的話轉告了。喜兒嚇得汗如雨下，面色如死灰。他奇怪地問是怎麼回事，才知道劉青很久前就病死了。劉青剛死時，陳竹山憐憫他生前勤快謹慎，拿三百錢交給喜兒，讓他買酒肉紙錢祭奠劉青。喜兒因為見劉青沒有親屬，就把這些錢全部侵吞了，這件事沒有人知道，想不到鬼來討錢了。陳竹山向來不相信因果報應，到這時也驚懼地說：「這事不會是假的，這話應該不是假託的。我以為人活著時作惡，只怕別人知道；而別人不知道的地方，就可以為所欲為。我現在才知道沒有鬼的說法，終究不足憑恃。那麼私下幹了虧心事的人，他們可要憂慮小心啊！」

【研析】君子坦蕩蕩。要做到坦蕩，就必須表裡如一。尤其在無人知曉的情況下，也能夠始終如一。說來簡單，但真要達到這一境界又談何容易。

某參將

昌吉平定❶後，以軍俘逆黨子女分賞諸將。烏魯木齊參將❷某，實司其事。自取最麗者四人，教以歌舞，脂香粉澤，彩服明璫，儀態萬方，宛然嬌女，見者莫不傾倒。後遷金塔寺副將❸，戒期啟行，諸童檢點衣裝，忽篋中繡履四雙，翩然躍出，滿堂翔舞，如蛺蝶群飛。以杖擊之乃墮地，尚蠕蠕欲動，呦呦有聲，識者訝其不祥。行至闢展，以鞭撻臺員為鎮守大臣所劾，論戍伊犁，竟卒於謫所。

【章旨】此章講述了一個參將弄權貪色終遭懲治的故事。

【注釋】❶昌吉平定　清乾隆三十二年，昌吉地區戍卒叛亂，後被清軍鎮壓。❷參將　清代綠營的統兵官，位次於副將，掌理本營軍務。❸副將　官名。清代的副將，隸於總兵，統理一協軍務，又稱為協鎮。

【語譯】昌吉叛亂平定後，把俘獲的叛黨子女分別賞給各位將領。烏魯木齊某參將，實際主管此事。他自己挑選了最漂亮的四個人，教以歌舞，塗脂抹粉，穿彩衣，戴珠飾，打扮得儀態萬方，宛然嬌好的女子，看見這四人的人無不傾倒。後來某參將升遷為金塔寺副將，按規定日期啟程時，童僕們檢點收拾衣裝，忽然有四雙繡花鞋從箱子裡跳出，滿屋飛舞，如同蝴蝶成群飛動。用棒撲打，這些繡花鞋才掉到地上，但仍在蠕蠕欲動，發出呦呦的聲音。有見識的人認為是不祥之兆。某參將走到闢展時，因為鞭打臺員而被鎮守大臣彈劾，被貶謫戍守伊犁，最終死在貶所。

【研析】作者對某參將弄權貪色的行為非常不滿，雖沒有直接加以抨擊，但記述其可悲下場就反映了作者的態度。行事不可違背天道人情，否則必遭報應，這就是作者想說明的道理。

某媼劫女

至危至急之地，或忽出奇焉；無理無情之事，或別有故焉。破格而為之，不能膠柱而斷之也。吾鄉一媼，無故率媼嫗數十人，突至鄰村一家，排闥❶強劫其女去。以為尋釁，則素不往來；以為奪婚，則媼又無子。鄉黨駭異，莫解其由。女家訟於官，官出牒拘攝，媼已攜女先逃，不能蹤跡。同行婢嫗，亦四散逋亡。累絏多人，輾轉推鞫，始有一人吐實，曰：「媼一子，病瘵垂歿，媼撫之慟曰：『汝死自命，惜哉不留一孫，使祖父竟為餒鬼也。』子呻吟曰：『孫不可必得，然有望焉。吾與某氏女私昵，孕八月矣，但恐產必見殺耳。』子歿後，媼咄咄獨語十餘日，突有此舉，殆劫女以全其胎耶？」官憮然曰：「然則是不必緝，過兩三月自返耳。」居期果抱孫自首，官無如之何，僅斷以不應重律，擬杖納贖而已。此事如兔起鶻落，少縱即逝。此媼亦捷疾若神矣。安靜涵言：其攜女宵遁時，以三車載婢嫗，與己分四路行，故莫測所在。又不遵官路，橫斜曲折，歧復有歧，故莫知所向。且曉行夜宿，不淹留一日，俟分娩乃稅宅，故莫跡所居停。其心計尤周密也。女歸，為父母所棄，遂偕媼撫孤，竟不再嫁。以其初涉溱洧❷，故旌典❸不及，今亦不著其氏族焉。

【章旨】 此章講述了一位老婦人為保子嗣而強劫民女的故事。

【注釋】❶排闥　推門；撞開門。❷溱洧　《詩·鄭風》篇名。溱、洧水名。鄭國風俗，每年三月上巳（初三），在此兩水邊「招魂續魄」，袚除不祥。在此為諷刺淫奔。❸旌典　表彰貞婦烈女的匾額。

【語譯】在極其危險極其緊迫的境地，有時突然會出現奇跡；大家認為無情無理的事情，或許是別有原因。打破常規來處理這類事情，不能墨守陳規來判斷這類事情。我的家鄉有一位老婦人，無故率領幾十個婦人，突然到鄰村一戶人家，撞開門硬是把他家女兒劫了去。人們以為是尋釁鬧事，那麼兩家素不往來；以為是奪婚，老婦人又沒有兒子。鄉鄰們很驚異，不知道老婦人這樣做是什麼原因。女家告到官府，官府發了文書拘拿，但老婦人已帶著那女子先逃走了，不能找到她的蹤跡。和她一起去劫人的婦人，也已四處分散逃亡。此事牽連了許多人，經過多方追查審問，才有一個人說出實情，說：「老婦人有一個兒子，得肺癆快要死了。老婦人撫摸著兒子痛哭說：『你死是你命中注定的，可惜沒留下一個孫兒，使祖宗們都要成為餓鬼了。』兒子呻吟著說：『孫子不能肯定會有，但是有希望。我和某家的女兒私通，懷孕已有八個月，但怕孩子生下之後被殺掉。』兒子死後，老婦人自言自語了十來天，突然有了這個舉動，大概是劫女子以保全其胎兒吧？」縣官感慨地說：「既然如此，就不必緝拿了。過兩三個月，她自己會回來的。」屆時，那老婦人果然抱著孫子來自首了。縣官也無可奈何，僅僅判決不定為重罪，處以杖責，命令她交納贖金來贖罪而已。這件事好像兔起鶻落，時機稍縱即逝，這位老婦人也敏捷如同神靈。安靜涵說：那位老婦人帶著女子夜裡逃跑時，用三輛車載著婢女婦人，和自己分四路走，所以不知她到底在哪裡。她又不順著大路走，專走橫斜曲折的小路，岔路中又有岔路，所以不知她到底朝哪個方向走了。而且老婦人白天趕路夜間住宿，沒有停留一天，等到那女子分娩時才租屋住下，所以找不到她停留居住的地方。她的心計尤其周密啊。女兒回來後，遭到父母唾棄，於是就和老婦人一起撫養孤兒，竟不再嫁人。因為她當初是和人私通，所以官府表彰節婦烈女就沒有她的名字，如今我也不寫出她的姓氏來。

【研析】這個故事雖是實事，卻像傳奇，事態發展既在意料之外，卻又不失情理之中。老婦人機智善謀，布置周密；那女兒不露聲色，配合默契；尤其那個縣官能不墨守陳規，成人之美，遂使這個故事有個圓滿的結局。

鼠鑑

李慶子言：嘗宿友人齋中，天欲曉，忽二鼠騰擲相逐，滿室如飇輪❶旋轉，彈丸迸躍，瓶彝❷罍❸洗❹，擊觸皆翻，砰鏗碎裂之聲，使人心駭。久之，一鼠踊起數尺，復墮於地，再踊再仆，乃僵。視之七竅皆血流，莫測其故。急呼其家僮收檢器物，見柈中所晾媚藥❺數十丸，齧殘過半。乃悟鼠誤吞此藥，狂淫無度，牝不勝嬲而竄避，牡無所發洩，蘊熱內燔以斃也。友人出視，且駭且笑；既而悚然曰：「乃至是哉，吾知懼矣！」盡覆所蓄藥於水。夫燥烈之藥，加以鍛煉，其力既猛，其毒亦深，吾見敗事者多矣。蓋退之❻硫磺，賢者不免。慶子此友，殆數不應盡，故鑑於鼠而忽悟歟！

【章旨】此章講述了一人因看到鼠吃媚藥倒斃而忽然省悟的故事。

【注釋】❶飇輪　亦作「飆輪」。指御風而行的神車。❷彝　即「彝器」。也稱「尊彝」。古代青銅器中禮器的通稱。❸罍　古代器名。青銅製，也有陶製的。圓形或方形。小口、廣肩、深腹、圈足，有蓋，肩部有兩環耳，腹下又有一鼻。用以盛酒和水。❹洗　古代盥洗用的青銅器皿，形似淺盆。❺媚藥　春藥。❻退之　即韓愈。唐文學家、哲學家。字退之，河南河陽（今河南孟縣南）人，自謂郡望昌黎，世稱韓昌黎。曾任國子博士、刑部侍郎等職。後官至吏部侍郎。卒謚文。韓愈晚年曾服用過多含有大量硫磺的藥物，造成對身體的傷害。

【語譯】李慶子說：他曾經夜宿友人的書齋中，天快亮時，忽然有兩隻老鼠翻騰奔跳互相追逐，滿房間地像風輪般旋轉，像彈丸般跳躍，瓶、彝、罍、洗等器皿，全被老鼠觸擊撞翻，砰鏗碎裂的聲音，使人心驚。過了很長時間，一隻老鼠跳起有幾尺高，又墜落到地上，再跳起再墜下，於是才僵臥不動了。李慶子看那老鼠七竅都在流血，不知是怎麼回事。李慶子急忙叫友人家的僮僕收拾器物，見盤中晾著的幾十粒媚藥，大半被啃食過了。這才明白老鼠誤吞了媚藥，狂淫無度，雌鼠忍受不了雄鼠的淫欲而逃竄躲避，雄鼠無處發洩，體內燥熱燒灼而死。友人出來一看，又驚駭又好笑；繼而恐懼地說：「居然會這樣啊，我知道害怕了！」他把藏著的媚藥全都倒在水裡。藥性燥烈的藥物，加以提煉，其藥力很猛烈，而毒性也很大，我見過因為服用藥物而出事的人太多了。韓愈晚年時服用硫磺，就是賢者也不免於此。李慶子的這位朋友，大概是命不該絕，所以能從老鼠處得到鑑戒而忽然悔悟吧！

【研析】做錯事難免，要在能夠通過借鑑，及時悔悟，才不失為君子。作者的諄諄告誡，也可說是用心良苦了。

死有其地

張鷟❶《朝野僉載》❷曰：唐青州刺史劉仁軌，以海運失船過多，除名為民，遂遼東效力。遇病，臥平壤❸城下，褰幕看兵士攻城。有一兵直來前頭背坐，叱之不去。須臾城頭放箭，正中心而死。微此兵，仁軌幾為流矢所中。大學士溫公❹

征烏什時，為領隊大臣。方督兵攻城，渴甚，歸帳飲。適一侍衛亦來求飲，因讓茵❺與坐。甫拈碗，賊突發巨炮，一鉛丸洞其胸死。使此人緩來頃刻，則必不免矣。此公自為余言，與劉仁軌事絕相似。後公征大金川❻，卒戰歿於木果木❼。知人之生死，各有其地，雖命當陣殞者，苟非其地，亦遇險而得全。然則畏縮求免者，不徒多一趨避乎哉！

【章旨】此章講述了唐代及作者親聞的兩件巧合，論說了生死各有其地的觀點。

【注釋】❶張鷟　唐文學家。字文成，自號浮休子，深州陸澤（今河北深縣）人，撰有筆記《朝野僉載》，小說〈遊仙窟〉等。❷朝野僉載　筆記。唐張鷟撰。六卷。記隋唐兩代朝野遺聞，對武則天時期的朝政頗多譏評。❸平壤　舊名西京。現為朝鮮民主主義人民共和國首都。❹溫公　即溫福。清滿洲鑲紅旗人。姓費莫氏。雍正間補兵部筆帖式，乾隆間征金川，戰功甚著。官至武英殿大學士。駐軍木果木，被敵軍偷襲，中槍陣亡。❺茵　墊子、褥子、毯子的通稱。❻大金川　在今四川西部，為大渡河上游。大金川本氐羌部落，清康熙六十一年歸誠，雍正元年授為安撫司。乾隆時其子郎卡承襲，自稱大金川，侵擾邊徼，詔討之。勢窮乞降，其子索諾木復侵殺土司，乾隆四十一年討平之。❼木果木　山名，在四川懋功西北，夢筆山之南。山勢險峻，三時飛雪，迄夏不銷。清乾隆時征金川。溫福駐軍木果木，被敵軍偷襲而兵潰，溫福亦在此陣亡，官吏士兵死者三千餘人。

【語譯】張鷟在《朝野僉載》中說：唐朝青州刺史劉仁軌，因為主持海運時船隻失事過多，被除名為老百姓，就來到遼東效力。他患了疾病，躺在平壤城下，拉開帳篷看兵士攻城。有一個士兵徑直過來背朝著他坐下，叱罵他也不走開。一會兒，城頭上放來一箭，正好射中這個士兵的胸口，這士兵就死了。假如沒有這個士兵，劉仁軌幾乎被流箭射中。大學士溫公征討烏什時，是領隊大臣。他正督兵攻城，口渴得很，就回到軍帳裡喝水。恰好這時有一個侍衛也來找水喝，溫公就讓出坐墊給他坐。那個侍衛剛捧起碗，賊人突然發射大炮，一顆鉛彈洞穿他的胸口立刻就死了。假如此人晚來片刻，那麼溫公必定不免一死。這是溫公親口對我說的，與劉仁軌的事非常相似。後來溫公征討大金川，最後戰死在木果木。可知人的生死，各有自己的地方，即使命中注定要陣亡的人，如果不是他該陣亡的地方，也可以遇險而得到保全。既然這樣的話，那些畏懼退縮以求免於死亡的人，不是徒勞不必要的逃避嗎！

【研析】世界之大，無奇不有，巧合就是一種難以解釋的客觀存在，人們常把它歸於命運的安排。如果沒有巧合，世界就會少了許多偶然；如果沒有巧合，世界就會少了許多精彩；如果沒有巧合，世界就會索然無味。因此說，巧合是必然中的偶然，是平淡中的高潮，是一瀉千里時的峰迴路轉。作者講述了兩個巧合故事，但仍不忘其教化百姓的本能，未免使人乏味。

詢狐

人物異類，狐則在人物之間；幽明異路，狐則在幽明之間；仙妖異途，狐則在仙妖之間。故謂遇狐為怪可，謂遇狐為常亦可。三代以上無可考，《史記・陳涉世家》稱篝火作狐鳴曰：「大楚興，陳勝王！」必當時已有是怪，是以託之。吳均❶《西京雜記》❷稱廣川王發欒書❸冢，擊傷冢中狐，後夢見老翁報冤。是幻化人形，見於漢代。張鷟《朝野僉載》稱唐初以來，百姓多事狐神，當時諺曰：「無狐魅，不成村。」是至唐代乃最多。《太平廣記》❹載狐事十二卷，唐代居十之九，是可以證矣。諸書記載不一，其源流始末，則劉師退先生所述為詳。蓋舊滄州❺南一學究與狐友，師退因介學究與相見。軀幹短小，貌如五六十人，衣冠不古不今，乃類道士，拜揖亦安詳謙謹。寒溫畢，問枉顧❻意。師退曰：「世與貴族相接者，傳聞異詞，其間頗有所未明。聞君豁達不自諱，故請祛所惑。」狐笑曰：「天生萬品，各命以名。狐名狐，正如人名人耳。呼狐為狐，正如呼人為人耳，何諱之有？至我輩之中，好醜不一，亦如人類之內，良莠不齊。人不諱人之惡，狐何必諱狐之惡乎？第言無隱。」師退問：「狐有別乎？」曰：「凡狐皆可以修道，而最靈者曰狴狐。此如農家讀書者少，儒家讀書者多也。」問：「狴狐生而皆靈乎？」曰：「此係乎其種類。未成道者所生，則為常狐；已成道者所生，則自能變化也。」問：「既成道矣，自必駐顏。而小說載狐亦有翁媼，何也？」曰：「所謂成道，成人道也。其飲食男女，生老病死，亦與人同。若夫飛升霞舉，又自一事。此如千百人中，有一二人求仕宦。其煉形服氣者，如積學以成名；其媚惑採補者，如捷徑以求售。然遊仙島、登天曹者，必煉形服氣乃能；其媚惑採補，傷害或多，往往干天律也。」問：「禁令賞罰，孰司之乎？」曰：「小賞罰統於其長，大賞罰則地界鬼神鑑察之。苟無禁令，則來往無形，出入無跡，何事不可為乎！」問：「媚惑採補，既非正道，何不列諸禁令，必俟傷人乃治乎？」曰：「此譬諸巧誘人財，使人喜助，王法無禁也。至奪財殺人，斯論抵耳。《列仙傳》❼載酒家嫗，何嘗干冥誅乎？」問：「聞狐為人生子，不聞人為狐生子，何也？」微哂曰：「此不足論。蓋有所取無所與耳。」問：「支機別贈，不憚牽牛妒乎❽？」又哂曰：「公太放言，殊未知其審，凡女則如季姬鄫子❾之故事，可自擇配。婦則既有定偶，弗敢逾防。若夫贈芍采蘭❿，偶然越禮，人情物理，大抵不殊，固可比例而知耳。」問：「或居人家，或居曠野，何也？」曰：「未成道者未離乎獸，利於遠人，非山林弗便也。已成道者事事與人同，利於近人，非城市弗便也。其道行高者，則城市山林皆可居。如大富大貴家，其力百物皆可致，住荒村僻壤與通都大邑一也。」師退與縱談，其大旨惟勸人學道，曰：「吾曹辛苦一二百年，始化人身。公等現是人身，功夫已抵大半，而悠悠忽忽，與草木同朽，殊可惜也。」師退腹笥三藏⓫，引與談禪，則謝曰：「佛家地位絕高，然或修持未到，一入輪迴，便迷卻本來面目。不如且求不死，為有把握。吾亦屢逢善知識，不敢見異而遷也。」師退臨別曰：「今日相逢，亦是天幸。君有一言贈我乎？」躊躇良久，曰：「三代以下恐不好名，此為下等人言。自古聖賢，卻是心平氣和，無一毫做作。洛、閩諸儒⑫，撐眉努目，便生出如許葛藤。先生其念之。」師退憮然自失。蓋師退崖岸太峻，時或過當云。

【章旨】此章以人與狐仙問答的形式，講述了狐仙一說的由來及其生活修煉等種種傳說。

【注釋】❶吳均　南朝梁文學家。字叔庠，吳興故鄣（今浙江安吉）人。官奉朝請。著有小說《續齊諧記》。❷西京雜記　古小說集，舊題西漢劉歆撰，經考證作者實為西晉葛洪。而紀昀以為是吳均。參見《四庫全書總目》卷一四〇子部小說家類《西京雜記》條。原二卷。後分為六卷。全書所記都是西漢的遺聞佚事，夾雜一些怪談的傳說。❸欒書　春秋時晉國大將。曾率軍打敗齊軍。❹太平廣記　小說總集，宋代李昉等撰。因成書於宋太宗太平興國年間，故名。五百卷。另目錄十卷。全書採錄自漢至宋初的小說、筆記、稗史等五百餘種。所載狐事自四四七—四五五卷，共九卷。此處言十二卷疑誤。❺滄州　舊州名。今河北滄州。❻枉顧　屈尊下顧。常用作稱人過訪的敬辭。❼列仙傳　漢劉向撰，二卷。記傳說的仙人七十一人。❽支機別贈二句　見《集林》：「有人尋河源，見婦人浣紗。問之，曰：『此天河也。』乃與一石而歸。問嚴君平，君平曰：『此織女支機石也。』」喻分情於別人。❾季姬鄫子　見《春秋・魯僖公十四年》：「夏六月，季姬與鄫子遇於防，使鄫子來朝。」《公羊傳》認為：鄫子來朝魯僖公，是為了求僖公的愛女季姬為夫人。這故事是說季姬與鄫子的結合是自由擇配的。❿贈芍采蘭　《詩・鄭風・溱洧》：「維士與女，伊其相謔，贈之以勺藥。」後因以「贈芍」表示男女別離之情。⓫三藏　佛教經典的總稱。經藏、律藏、論藏謂之三藏。另對通曉三藏的僧人，尊稱為三藏法師，或簡稱三藏。⓬洛閩諸儒　洛指洛學，其代表是洛陽人程顥、程頤兄弟；閩指閩學，其代表是定居福建的朱熹。

【語譯】人和動物是不同的兩類，狐仙卻處在人和動物之間；陰間和陽世是不同的兩條路，而狐仙卻處在陰間和陽世之間；仙和妖是不同的兩條途徑，而狐仙卻處在仙和妖之間。所以遇見狐仙可以說是怪異之事，也可以說是平常之事。夏、商、周三代以前的事無從考察，《史記・陳涉世家》記載吳廣燃起火裝作狐仙叫道：「大楚興起，陳勝稱王！」說明當時肯定已有狐仙了，因此才這樣假託。吳均《西京雜記》

記載廣川王發掘欒書的墳墓，打傷墓中的狐仙，後來夢見一個老翁來報仇。這是狐仙幻化為人形，最早見於漢代。張鷟的《朝野僉載》說唐朝初年以來，百姓大多敬拜狐神，當時民諺說：「沒有狐魅，不成村落。」可見到了唐代狐仙的傳說最多。《太平廣記》記載狐仙故事有十二卷，唐代占了十分之九，這是可以作為證據的。各書記載不一樣，狐仙的源流始末，那麼以劉師退先生所講述的最為詳盡。因為舊時滄州南面有一位學究和狐仙為友，劉師退通過學究的介紹而與狐仙相見。這位狐仙身材短小，相貌像五六十歲的人，所穿戴的衣服帽子不古不今，與道士類似，作揖施禮也顯得安祥謙和恭敬。寒暄之後，狐仙問為什麼要來相見。劉師退說：「世上和你們族類接觸的人，傳聞各有不同，其中很有些我不太明白的說法。聽說您生性豁達，不會自我隱諱，所以來請您消除我的困惑。」狐仙笑著說：「天生萬物，各有各的名字。狐稱為狐，正好像人稱為人罷了。把狐叫做狐，正好像把人叫做人罷了，有什麼可忌諱的呢？至於我們一類中，好壞不一樣，也好像人類中間，良莠不齊。人不忌諱說人的惡行缺點，狐又何必忌諱說狐的惡行缺點呢？只管說不要隱瞞。」劉師退問：「狐之間有區別嗎？」狐仙回答說：「凡是狐都可以修道，而最有靈性的叫做狌狐，這就好像農家讀書的人少，儒家讀書的人多。」劉師退問：「狌狐生下來就都有靈性嗎？」狐仙回答說：「這和牠的種類有關。沒有成道的狐所生的，就是尋常之狐；已成道的狐所生的，就自己能夠通靈變化了。」劉師退問：「既然已經成道，自然能夠永保青春。而小說中記載的狐仙也有老翁老婦，這是為什麼？」狐仙回答說：「所謂成道，也就是成人道。牠們的飲食男女、生老病死，也和人相同。至於飛升成仙，那是另一回事。這就好像千百個人當中，有一二個人能夠求得步入仕途做官。那些靠修煉形體服氣的狐仙，就好像積累學問而成名；那些靠媚惑採補他人的狐仙，就好像走捷徑以求成功。然而能遊仙島、登上天庭的狐仙，必然是自身修煉的狐仙才有可能；那些媚惑採補他人的狐仙，傷害的人多了，往往觸犯天律。」劉師退又問：「禁令賞罰，是由誰掌管的？」狐仙回答說：「小賞罰由牠們的頭領掌管，大賞罰則由陰間的鬼神監察掌管。如果沒有禁令，那麼狐仙來往無形、出入無跡，什麼事不可以做呢？」劉師退問：「媚惑採補，既然不是正道，為什麼不列入禁令，一定要等到傷害了人才處治呢？」狐仙回答說：「這就像用各種巧妙的騙術誘騙別人的錢財，使別人樂於相助，王法也無法禁止。至於劫奪財物殺人，那就要抵命了。《列仙傳》中記載的酒店老婦人，何曾觸犯了陰間的刑律呢？」劉師退問：「聽說狐仙為人生子，沒聽說過人為狐仙生子，這是為什麼？」狐仙微帶譏笑地說：「這不足以論說。大概是狐仙有所取得而無所給與罷了。」劉師退問：「狐女分情與人，不怕丈夫妒忌嗎？」狐仙又笑道：「您說話太放肆了，完全不知道其中詳情。凡是少女，就和季姬鄫子的故事一樣，可以自行擇偶。婦人則是已有固定的配偶，不敢逾越男女間的防範。至於有贈芍采蘭之事，偶然越出禮制的規定，無論是從人情還是物理來說，和人的感情大致沒什麼區別，你只要以人為例就可理解了。」劉師退問：「有的狐仙居住在人的家裡，有的狐仙居住在曠野，這是為什麼？」狐仙回答說：「沒有成道的狐仙沒有脫離獸性，以遠離人為好，不在山林中就不方便。已成道的狐仙事事和人相同，與人接近為好，不在城市就不方便了。那些道行高的狐仙，則城市山林都可以居住。就像大富大貴的人家，各種東西都有能力得到，住在荒村僻壤和通都大邑都是一樣的。」劉師退與狐仙暢談，狐仙所談的要旨只是勸人學道，說：「我輩辛苦一二百年，才變化成人身。你等現在就是人身，功夫已抵過我輩大半，卻仍然悠悠忽忽和草木一樣腐朽，實在太可惜了！」劉師退很精通佛學，把話題引到談論禪學，狐仙婉拒說：「佛家地位很高，但如果修持不到家，一入輪迴，就會迷失本來面目。不如姑且先求不死，比較有把握。我也多次遇到善知善識的高僧，但不敢見異思遷。」劉師退臨別時說：「今天相逢，也是天幸。您有一句話贈予我嗎？」狐仙躊躇良久，說：「夏、商、周三代以來的人恐怕沒有不追求名聲的，這是對下等人說的。自古以來的聖賢之人，卻是心平氣和，沒有一點做作。宋代洛學、閩學的各位儒生，橫眉怒目，便生出許多糾纏不清的瓜葛來。先生好好思考一下吧。」劉師退悵然自悟，若有所失。大概是劉師退太高傲嚴峻，言行時常過分吧。

【研析】狐仙之說本出自民間，先秦典籍沒有載錄。作者梳理了自秦漢以來有關狐仙的記載，使讀者清晰地看到狐仙傳說的發展脈絡。狐仙之說雖在秦末就被人利用，但以其為主題創作的小說傳奇卻興起在唐代。宋明兩代理學思潮流行，描寫狐仙一類的小說傳奇沒有發展的空間。清代的理學禁錮稍懈，描寫狐仙的小說傳奇又有新的發展，出現了許多描寫狐仙的名篇佳作。本章雖說沒有多少情節，但通過與狐仙的問答，作者把自己對狐仙的認識一一道來，讀來頗有趣味。

兩鬼論史

裘文達公言：嘗聞諸石東村曰：有驍騎校，頗讀書，喜談文義。一夜寓直宣武門城上，乘涼散步。至麗譙❶之東，見二人倚堞相對語，心知為狐鬼，屏息伺之。其一舉手北指曰：「此故明首善書院，今為西洋天主堂矣。其推步星象，製作器物，實巧不可階。其教則變換佛經，而附會以儒理。吾曩往竊聽，每談至無歸宿處，輒以天主解結，故迄不能行。然觀其作事，心計亦殊黠。」其一曰：「君謂其黠，我則怪其太癡。彼奉其國王之命，航海而來，不過欲化中國為彼教。揆度事勢，寧有是理！而自利瑪竇❷以後，源源續至，不償其所願終不止，不亦顛歟？」其一又曰：「豈但此輩癡，即彼建首善書院者亦復大癡。奸璫柄國，方陰伺君子之隙，肆其詆排。而群聚清談，反予以鉤黨❸之題目，一網打盡，亦復何尤！且三千弟子，惟孔子則可，孟子揣不及孔子，所與講肆者公孫丑❹、萬章❺等數人而已。洛閩諸儒，無孔子之道德，而亦招聚生徒，盈千累百，梟鸞並集，門戶交爭，遂釀為朋黨，而國隨以亡。東林❻諸儒，不鑑覆轍，又鶩虛名而受實禍。今憑弔遺蹤，能無責備於賢者哉？」方相對歎息，忽回顧見人，翳然而滅。東村曰：「天下趨之若鶩，而世外之狐鬼，乃竊竊不滿也。人誤耶？狐鬼誤耶？」

【章旨】此章講述了兩個鬼魂議論天主教傳入中國和儒家學統的故事。

【注釋】❶麗譙　高樓。後亦以稱譙樓，即更鼓樓。❷利瑪竇　明末來中國的天主教耶穌會傳教士。義大利人。曾任在華耶穌會士的領袖。❸鉤黨　指相牽連的同黨。❹公孫丑　戰國時齊國人。孟子弟子。❺萬章　戰國時齊國人。孟子弟子。❻東林　指明代東林黨。晚明以江南士大夫為主的政治集團。萬曆二十二年（一五一九年）無錫人顧憲成革職還鄉，與高攀龍、錢一本等在東林書院講學，議論朝政，得到部分士大夫的支持，被稱為「東林黨」。

【語譯】裘文達公說：曾聽石東村說：有個驍騎校，讀過不少書，喜歡談論文義。一天晚上，他在宣武門城牆上值班，乘涼散步。走到城樓的東面，他看見有兩人靠著女兒牆面對面談話，心裡知道是狐鬼，便屏住呼吸觀察他們。其中一人舉手指著北面說：「這裡原先是明朝的首善書院，如今成了西洋天主教堂。他們觀測星象，推算月曆，製造器物，確實靈巧美妙，非他人所能及。他們的教義則是變換佛經，而以儒家學說加以附會。我以往曾去偷聽，每當談到沒法解釋歸結的地方，就用天主來排解，所以至今不能流行。然而觀察他們做事，心計是很狡黠的。」另一個人說：「你說他們狡黠，我卻覺得他們太癡愚。他們奉其國王之命，航海而來，不過是想使中國歸化他們的宗教。但從利瑪竇以後，傳教士源源不斷地接續而來，不實現他們的願望終究不肯罷休，這不也太癡顛了嗎？」其中一個人又說：「哪只是這些人癡愚，即便是建造首善書院的那些人也是太癡愚了。奸惡的宦官執掌朝政，正在暗中窺伺正人君子的疏漏，大肆詆毀排擠。而正人君子群聚在一起清談，反而給了宦官朋黨勾結的把柄，而被一網打盡，這又去埋怨誰呢！況且三千弟子，只有孔子才可以，孟子自認為不及孔子，聽他講學的不過公孫丑、萬章等幾人而已。宋代洛學、閩學的各位儒家學者，沒有孔子的道德品行，卻也招聚門生徒弟，成千上百，使好的壞的群聚在一起，以至於各立門戶，交相爭鬥，於是釀成朋黨幫派，而國家也隨之滅亡。明朝東林黨的各位儒家學者，不顧覆轍之鑑，又追求虛假的名聲而遭受實在的災禍。如今憑弔遺跡，能不責備這些賢者嗎？」兩人正在相對歎息，忽然回頭看見有人，突然間就消失了。石東村說：「天下人趨之若鶩的事，而世外的狐鬼卻竊竊私語表示不滿。是人錯了呢，還是狐鬼錯了呢？」

【研析】西方傳教士來華，帶來了先進的科學技術，但他們「欲化中國為彼教」的用心，當時人看得很清楚。然而，中國政府採取的是寬容大度的政策，因此沒有爆發其他國家常有的宗教戰爭，這應歸功於儒學的包容。由孔孟到程朱，文章逐一評說。作者一貫反對理學，進而批評程朱諸人和東林黨人，指責他們空談誤國，「鶩虛名而受實禍」，雖然尖銳，但也不無道理。

馮大邦

王西園先生守河間❶時，人言獻縣八里莊河夜行者多遇鬼，惟縣役馮大邦過，則鬼不敢出。有遇鬼者，或詐稱馮姓名，鬼亦卻避。先生聞之曰：「一縣役能使鬼畏，此必有故矣。」密訪將懲之，或為解曰：「本無是事，百姓造言耳。」先生曰：「縣役非一，而獨為馮大邦造言，此亦必有故矣。」仍檄拘之。大邦懼而亡去。此庚午、辛未❷間事，先生去郡後數載，大邦尚未歸。今不知如何也。

【章旨】此章講述了一個衙役因被鬼畏懼，就要遭到縣官懲治的故事。

【注釋】❶河間　府、路名。治所在河間（今河北河間）。❷庚午辛未　即清乾隆十五、十六年，西元一七五〇、一七五一年。

【語譯】王西園先生擔任河間太守時，有人說在獻縣八里莊河趕夜路的人大多會遇到鬼，只有縣衙的差役馮大邦經過時，鬼才不敢出現。有人遇見鬼，謊稱自己是馮大邦，鬼也會退避。王西園先生聽說後說：「一個縣役能使鬼畏懼，其中必定有緣故。」暗中察訪打算懲治他。有人為馮大邦辯解說：「原本沒有這回事，是老百姓編造的傳說。」王西園先生說：「縣役並非只有他一人，卻唯獨為馮大邦編造謠傳，這也肯定有原因。」仍舊發公文拘捕馮大邦。馮大邦畏懼而逃走了。這是乾隆十五、六年間的事情。王西園先生離開河間幾年後，馮大邦還沒有回來。如今不知怎麼樣了。

【研析】能使鬼魅畏懼者，大概有這麼兩類人：君子以其凜然正氣使鬼魅退避；小人以其邪惡凶狠使鬼魅畏縮。文中所說的馮大邦不會是君子，卻像是個小人。他不敢面對太守的察訪，先行逃跑，未免顯得底氣不足。

崔某

里有崔某者，與豪強訟，理直而弗能伸也；不勝其憤，殆欲自戕。夜夢其父語曰：「人可欺，神則難欺。人有黨，神則無黨。人間之屈彌甚，則地下之神彌暢。今日之縱橫如志者，皆十年外業鏡❶臺前觳觫❷對簿者也。吾為冥府司茶吏，見判司注籍矣，汝何恚焉！」崔自是怨尤都泯，更不復一言。

【章旨】此章講述了崔某遭遇不公事，其父要他在陽世忍耐，將來在陰間伸冤的故事。

【注釋】❶業鏡　佛教語。謂諸天與地獄中照攝眾生善惡業的鏡子。❷觳觫　恐懼顫抖貌。

【語譯】我家鄉有個姓崔的人，和豪強打官司，有理而不能勝訴；不勝悲憤，幾乎想要自殺。崔某夜裡夢見父親對自己說：「人可以被欺辱，神就難以被欺辱。人有朋黨，神就沒有朋黨。人間受到的冤屈越深，那麼地下伸冤就越酣暢。今天的驕橫得意之人，都是十年後在業鏡臺前恐懼顫抖著受審的人。我在冥府任司茶吏，看到判官把這事登記在冊了，你有什麼可憤恨的呢！」崔某從此怨恨全都消除了，再也不說一句話。

【研析】陽世間受到的冤屈，要到陰曹地府才能得以伸張。百姓抗拒強暴，竟要如此委屈，這既是作者看到的陽世間的無奈，也是消弭百姓奮起反抗的麻醉劑。

造物更巧

有善訟者，一日為人書訟牒❶，將羅織多人。端緒繳繞❷，猝不得分明，欲靜坐構思。乃戒毋通客，並妻亦避居別室。妻先與鄰子目成，家無隙所，窺伺歲餘，無由一近也，至是乃得間焉。後每構思，妻輒嘈雜以亂之，必叱使避出，襲為例；

鄰子乘間而來，亦襲為例，終其身不敗。歿後歲餘，妻以私孕為怨家所訐。官鞫外遇之由，乃具吐實。官拊几喟然曰：「此生刀筆巧矣，烏知造物更巧乎！」

【章旨】此章講述了一個訟師善於羅織他人之罪，而其妻卻與人私通的故事。

【注釋】❶訟牒　訴狀。❷繳繞　頭緒紛繁，糾纏不清。

【語譯】有個善於訴訟的人，有一天為人寫訴訟狀，打算羅織罪名以陷害多人。因為頭緒紛繁複雜，一時梳理不清楚，便想靜坐構思。於是告誡家人不要通報有客人來，連妻子也避居其他房間。妻子原先和鄰居的兒子眉目傳情，只是家裡無隙可乘，窺伺等候了一年多，沒有能找到一次機會親近，到這時才得以乘機行事。以後每當那個訟師構思訴狀時，妻子就弄出嘈雜之聲來擾亂他，他必定喝叱要她迴避出去，沿襲成為慣例；鄰居的兒子乘這個機會而來，也沿襲而成為慣例，直到這個訟師去世也沒有敗露。訟師死後一年多，妻子因私通懷孕而被仇家告發。縣官審問外遇的緣由，她才詳細說出了實情。縣官拍著几案喟然長歎說：「這人的訟狀寫得很巧妙，哪知道造物更加巧妙啊！」

【研析】訟師羅織罪名陷害他人，卻不知自己妻子暗中與人私通，作者以為這就是上天對這個訟師的報應，勸人向善之意昭然。

刑官難斷之獄

必不能斷之獄，不必在情理外也；愈在情理中，乃愈不能明。門人吳生冠賢，為安定❶令時，余自西域從軍還，宿其署中。聞有幼女幼男皆十六七歲，並呼冤於輿前。幼男曰：「此我童養之婦。父母亡，欲棄我別嫁。」幼女曰：「我故其胞妹。父母亡，欲占我為妻。」問其姓，猶能記。問其鄉里，則父母皆流丐，朝朝轉徙，已不記為何處人矣。問同丐者，則曰：「是到此甫數日，即父母並亡，未知其始末。但聞其以兄妹稱。」然小家童養媳，與夫亦例稱兄妹，無以別也。有老吏請曰：「是事如捉影捕風，杳無實證；又不可以刑求。斷合斷離，皆難保不誤。然斷離而誤，不過誤破婚姻，其失小；斷合而誤，則誤亂人倫，其失大矣。盍斷離乎！」推研再四，無可處分，竟從老吏之言。因憶姚安公官刑部時，織造❷海保方籍沒，官以三步軍守其宅。宅凡數百間，夜深風雪，三人堅扃外戶，同就暖於邃密寢室中，篝燈共飲。沉醉以後，偶剔燈滅，三人暗中相觸擊，因而互毆。毆至半夜，各困踣臥。至曙，則一人死焉。其二人一曰戴符，一曰七十五，傷亦深重，幸不死耳。鞫訊時，並云共毆致死，論抵無怨。至是夜昏黑之中，覺有扭者即相扭，覺有毆者即還毆，不知誰扭我誰毆我，亦不知我所扭為誰所毆為誰；其傷之重輕，與某傷為某毆，非惟二人不能知，即起死者問之，亦斷不能知也。既一命不必二抵，任官隨意指一人，無不可者。如必研訊為某人，即三木❸嚴求，亦不過妄供耳。竟無如之何。相持月餘，會戴符病死，藉以結案。姚安公嘗曰：

「此事坐罪起釁者，亦可以成獄；然核其情詞，起釁者實不知誰。鍛煉而求，更不如隨意指也。迄今反覆追思，究不得一推鞫法。刑官豈易為哉？」

【章旨】此章講述了兩例刑官難以判斷的疑案，發出刑官難為的感歎。

【注釋】❶安定　舊縣名。明洪武初降安定州為縣。治所在今甘肅定西。❷織造　官名。明清兩代於南京、杭州、蘇州各地設立專局，掌管織造各項絲織品，供皇室之用。明於三處各置督織造太監一人。清沿用此制，但不用宦官，改用內務府人員，稱織造。❸三木　古時枷鎖在罪犯頸項和手足上的刑具。

【語譯】實在難以審理的案件，不一定是在情理之外；越是在情理之中，卻越是不能審理明白。門人吳冠賢，擔任安定縣令時，我從西域從軍回來，住在他的衙署中。聽說有兩名少男、少女，都是十六七歲，一起到他轎子前喊冤。少年說：「她是我的童養媳。父母去世了，她想拋棄我而另嫁他人。」少女說：「我本是他的同胞妹妹。父母去世了，他想霸占我為妻。」吳冠賢問他們姓什麼，他們還能記得。問他們的家鄉，卻因為父母都是流浪的乞丐，天天轉移遷徙，已不記得是什麼地方的人了。詢問與他們一起要飯的乞丐，就說：「他們來到這裡才幾天，就父母雙亡，不知道他們的來歷。只聽到他們以兄妹相稱。」但是小戶人家的童養媳，和丈夫照例也是以兄妹相稱的，無法辨別。有個老吏建議說：「這事好像捕風捉影，完全沒有確實的證據；又不能用刑逼供，判處兩人結合還是判處兩人分離，都難保不發生錯誤。但是判處兩人分離而發生錯誤，不過是錯誤地拆散了一樁婚姻，這樣的過失較小；判處兩人結合而發生錯誤，就是錯誤地亂了人倫，這樣的過失就大了。何不判處兩人分離呢！」吳冠賢斟酌再四，沒有更好的處理辦法，最終還是採納了老吏的建議。我由此想起先父姚安公在刑部做官時，織造海保剛被抄家，官府派了三個步軍士兵看守他家的住宅，宅院有幾百間房子，夜深風雪很大，三個人鎖好外面的門，一同在裡面的臥房裡取暖，點著燈一起喝酒。大醉之後，不小心弄滅了燈，三人在黑暗中互相觸擊碰撞，因而互相毆鬥起來。毆鬥到半夜，三人各自累得跌倒在地上。到天亮時，三人中有一人死了。另外二人一個叫戴符，一個叫七十五，傷得也很重，幸而沒有死。審訊時，兩人都說一起毆打那人致死，判處抵命也沒有怨言。至於那天夜色黑暗之中，覺得有人扭自己就還扭對方，覺得有人毆打自己就還手毆打對方，不知道是誰扭我誰打我，也不知道我所扭的是誰所毆打的是誰；至於受傷的輕重，以及某處傷是某人打的，不但這兩個人無法知道，就讓死者活過來問他，也肯定不能知道。既然一條人命不必用兩條人命相抵，那麼任憑當官的任意判定其中一人有罪，沒有什麼不可以的。如果一定要審訊查清是某人所為，即使用刑具嚴厲拷問，得到的也不過是胡編亂造的供詞。審案官竟然無可奈何。這個案子拖了一個多月，恰巧戴符病死了，這才借這個機會來結案。姚安公曾經說：「這件事追究挑釁者的責任，也可以結案；然而審核當時的情況和他們的供詞，實在不知道挑釁者是誰。如果用嚴刑來逼供，還不如隨意指定一個。至今反覆追想思考，還是沒有想出一個審理的辦法。刑官難道是容易當的嗎？」

【研析】古人沒有今天的科學檢測手段，對於疑難案件往往以常理推之，雖說難保不出差錯，但兩害取其輕，也算是一種處理辦法。當然，這是負責任的官員的無奈之舉。而那些貪贓枉法、草菅人命的官員卻是以權勢錢財來判定是非，本書中此類案子記載不多，反映了作者的局限和不足。

鬼病

文安❶王岳芳言：其鄉有女巫，能視鬼。嘗至一宦家，私語其僕婦曰：「某娘子床前，一女鬼著慘綠衫，血漬胸臆，頸垂斷而不殊，反折其首，倒懸於背後，狀甚可怖。殆將病乎？」俄而寒熱大作。僕婦以女巫言告。具楮錢酒食送之，頃刻而痊。余嘗謂風寒暑暍❷，皆可作疾，何必定有鬼為祟。一女巫曰：「風寒暑暍之疾，其起也以漸而作，其愈也以漸而減。鬼病則陡然而起，急然而止。以此為別，歷歷不失也。」此言似亦近理。

【章旨】此章講述了女巫所謂的人因鬼而病，鬼去病癒的故事。

【注釋】❶文安　縣名。在河北中部、大清河下游，鄰接天津。❷暍　中暑；受暴熱。

【語譯】文安縣的王岳芳說：他家鄉有個女巫，能看見鬼。女巫曾來到一戶官宦人家，偷偷地對他家的女僕說：「某娘子床前，有一個女鬼穿著慘綠色衣衫，胸口沾滿了血，脖子將斷未斷，腦袋翻轉倒掛在背後，模樣很可怕。她大概要得病了吧？」不久，某娘子突然寒熱病發作。女僕將女巫的話告訴主人。主人命人備下紙錢酒食送鬼，某娘子的病頃刻間就好了。我曾說過風寒暑熱，都可以致病，何必一定是有鬼作祟呢。一個女巫說：「風寒暑熱的疾病，得病時是漸漸發作，病癒時也是漸漸減退。鬼作祟引起的疾病卻是突然發作，突然而止的。以這種現象來區別，往往不會錯的。」這話似乎也有道理。

【研析】人生在世，難免要得病。只是古代醫學對某些疾病的發病原因尚不能作出科學解釋時，就給巫師留下行騙詐錢的空間。文中所說的女巫就是其中的高手，一句「鬼病」就使得作者將信將疑，不敢斷言女巫之偽。

慎交友

陳石閭言：有舊家子❶偕數客觀劇九如樓。飲方酣，忽一客中惡仆地。方扶掖灌救，突起坐張目直視，先拊膺痛哭，責其子之冶遊；次齧齒握拳，數諸客之誘引。詞色俱厲，勢若欲相搏噬。其子識是父語聲，蒲伏❷戰栗，殆無人色。諸客皆瑟縮潛遁，有踉蹌失足破額者。四坐莫不太息。此雍正甲寅❸事，石闇曾目擊之，但不肯道其姓名耳。先師阿文勤公❹曰：「人家不通賓客，則子弟不親士大夫，所見惟嫗婢僮奴，有何好樣？人家賓客太廣，必有淫朋匪友參雜其間，狎昵濡染，貽子弟無窮之害。」數十年來，歷歷驗所見聞，知公言真藥石也。

【章旨】此章以一人藉酒醉歷數朋友之惡的故事，講述了交友必須謹慎的道理。

【注釋】❶舊家子　世家子弟。❷蒲伏　通「匍匐」。此指伏在地上。❸雍正甲寅　即清雍正十二年，西元一七三四年。❹阿文勤公　即阿克敦。清滿洲正白旗人，姓章嘉氏，字沖和，一字立恆。康熙進士。乾隆間官至太子太保，協辦大學士。

【語譯】陳石闇說：有個大戶人家子弟和幾個朋友在九如樓看戲。酒正喝得酣暢時，忽然有一個朋友中邪仆倒在地。人們正將他攙扶起來灌水搶救時，這位朋友突然坐起身，張開眼睛直視，先是捶胸痛哭，責罵自己兒子的放蕩遊樂；然後咬牙切齒，握緊拳頭，責備各位朋友引誘他兒子。聲色俱厲，模樣好像是要和人打架。那大戶人家子弟聽出是他父親的聲音，嚇得趴在地上發抖，面無人色。客人們都躲避潛逃，有的還踉蹌跌倒，摔破了額頭。周圍的人看了沒有不歎息的。這是雍正十二年的事，陳石闇曾親眼目睹這件事，但是他不肯說出那人的姓名罷了。先師阿文勤公說：「如果一戶人家不交往賓客，那麼他家的子弟就不親近士大夫，所見到的只有婢女家奴，有什麼好榜樣呢？但一戶人家賓客太多，也肯定會有好色之徒或惡人參雜在其間，和他們親近，受他們影響，會給孩子帶來無窮之害。」幾十年來，我每每用這些話來驗證所見所聞，知道阿公的話真是金石良言。

【研析】無論古今，子女的教育，都是父母操心之事。慎擇交友，也是子女教育中的一個重要方面。此處所說，至今可驗。

怨毒之甚

五軍塞王生言：有田父夜守棗林，見林外似有人影。疑為盜，密伺之。俄一人自東來，問：「汝立此何事？」其人曰：「吾就木❶時，某在旁竊有幸詞，銜之二十餘年矣。今渠亦被攝，吾在此待其縲絏❷過也。」怨毒之於人甚矣哉！

【章旨】此章講述了一個人氣量狹窄，怨毒之甚，死後不改的故事。

【注釋】❶就木　猶言入棺、死亡。❷縲絏　亦作「累絏」。拘繫犯人的繩索，引申為囚禁。

【語譯】五軍塞的王生說：有個老農夜間看守棗林，看見棗樹林外似乎有個人影，懷疑是盜賊，便暗中觀察。一會兒，有一人從東面來，問道：「你站在這裡有什麼事？」那人說：「我死的時候，某人在旁邊偷偷地說了些幸災樂禍的話，我懷恨在心已經二十多年了。現在他也被攝來，我在這裡等著看他被捆綁著從我面前走過。」怨恨之心對於人來說，真是太厲害了！

【研析】儒家強調一個「恕」字，看來還是從人的本性而言的。寬恕待人，不僅是一種修養，更是一種美德。但要真正做到寬恕待人，又談何容易。

甲與乙

甲與乙有隙，甲婦弗知也。甲死，婦議嫁，乙厚幣娶焉。三朝後，共往謁兄嫂，歸而迂道至甲墓，對諸耕者饁者❶拍婦肩呼曰：「某甲，識汝婦否耶？」婦恚，欲觸樹。眾方牽挽，忽旋飆❷颯然，塵沙眯目，則夫婦已並似失魂矣。扶回後，倏迷倏醒，竟終身不瘥❸。外祖家老僕張才，其至戚也，親目睹之。夫以直報怨，聖人弗禁，然已甚則聖人所不為。《素問》❹曰：「亢則害。」《家語》❺曰：「滿則覆。」乙亢極滿極矣，其及也固宜。

【章旨】此章講述了某人娶了仇人之妻，並在仇人墳前侮辱之，遂遭報應的故事。

【注釋】❶饁者　指給在田地裡耕作者送飯之人。❷旋飆　旋轉著的暴風。飆，疾風；暴風。❸瘥　病癒。❹素問　中醫學書名。與《靈樞》合稱《內經》。它彙集了各家的醫論，是著重論述基礎理論的中醫學著作。其書闡述陰陽、藏象、經絡、病因、診法、治則等豐富的醫學原理，其中不少論述，至今仍廣泛指導著臨床實踐。❺家語　即《孔子家語》，久佚。今本十卷，係三國魏王肅蒐集和偽造。

【語譯】某甲和某乙兩人有怨仇，某甲的妻子並不知道。某甲死後，妻子要改嫁，某乙用重金把她娶來。三天之後，兩人一起去拜見兄嫂，回來時繞道到某甲的墓前，某乙對著那些耕田的、送飯的人，拍著妻子的肩膀叫道：「某甲，認得你妻子嗎？」妻子氣憤極了，想要撞樹自殺。正當大家在拉扯勸阻時，忽然旋風大作，塵沙迷眼，夫妻兩個已經都像丟了魂似的。扶回家後，夫婦兩人一會兒迷亂一會兒清醒，竟終身沒有痊癒。我外祖父家的老僕人張才，是他們的近親，親眼目睹了這件事。以正直有理報復自己怨恨的人，聖人不禁止；但是做得太過分，那麼聖人也是不贊成的。《素問》說：「過分就會有害。」《孔子家語》說：「過滿就要傾覆。」某乙就是過分、過滿到了極點，所以他的遭遇也是理所當然的。

【研析】以寬恕之心待人，凡事留有餘地，不可過分，是此篇的主旨，也是作者的苦心。

焰口經

僧所誦《焰口經》❶，詞頗俚，然聞其召魂施食諸梵咒，則實佛所傳。余在烏魯木齊，偶與同人論是事，或然或否。印房官奴白六，故劇盜遣戍者也，卒然曰：「是不誣也。曩遇一大家放焰口，欲伺其匆擾取事，乃無隙可乘。伏臥高樓簷角上，俯視搖鈴誦咒時，有黑影無數，高可二三尺，或踰垣入，或由竇❷入，往來搖漾，凡無人處皆滿。迨撒米時，倏聚倏散，倏前倏後，如環繞攘奪，並仰接俯拾之態，亦彷彿依稀。其色如輕煙，其狀略似人形，但不辨五官四體耳。然則鬼猶求食，不信有之乎？」

【章旨】此章記述了作者所聽說的和尚誦念《焰口經》時的情景。

【注釋】❶焰口經　佛教經卷名。又稱《焰口餓鬼經》。焰口，古印度傳說裡一種餓鬼的名稱。據《焰口餓鬼經》，其形枯瘦，咽細如針，口吐火焰。據稱阿難夜見餓鬼，名焰口。為免使自己墮為餓鬼，並使諸餓鬼解除痛苦，求佛幫助，佛遂為其說誦經咒。佛教密宗有專對這種餓鬼施食的經咒的念誦儀軌，稱「放焰口」。或省稱「焰口」。❷竇　孔穴。

【語譯】和尚所誦念的《焰口經》，文詞很通俗，但聽說他們誦念的召魂施食的梵咒，確實是佛祖所傳。我在烏魯木齊時，偶然和同人談論此事，有人認為可信，有人認為不可信。印房的官奴白六，原來是大盜而被遣送到這裡戍邊的，突然說：「這不是假的。以前遇到一大戶人家放焰口，我想趁他們匆忙紛亂時行竊，但無機可乘。我趴在高樓簷角上，俯看和尚搖鈴誦咒時，有無數黑影，高約二三尺，有的翻牆而入，有的鑽洞而入，來往飄忽，只要是無人的地方都站滿了。到和尚撒米時，這些黑影忽聚忽散，忽前忽後，好像圍著爭搶，甚至連仰頭接米俯身揀拾的樣子，也依稀能看清。他們的顏色如同輕煙，他們的形狀大致像人形，但看不清五官四肢。由此可見鬼也是求食的，能不相信真有其事的嗎？」

【研析】放焰口是佛教的一種儀軌。常人請和尚做佛事，放焰口，是一種寄託，也是一份思念和祈望。其實不必尋求實證，也不可能尋求到實證，但有這份心思，就可以告慰死者了。

真偽顛倒

後漢❶敦煌❷太守裴岑❸〈破呼衍王碑〉，在巴里坤海子❹上關帝祠中，屯軍耕墾，得之土中也。其事不見《後漢書》❺，然文句古奧，字劃渾樸，斷非後人所依託。以僻在西域，無人摹拓，石刻鋒棱猶完整。乾隆庚寅❻，游擊❼劉存存（此是其字，其名偶忘之。武進❽人也）摹刻一木本，灑火藥於上，燒為斑駁，絕似古碑。二本並傳於世，賞鑑家率以舊石本為新，新木本為舊。與之辯，傲然弗信也。以同時之物，有目睹之人，而真偽顛倒尚如此，況於千百年外哉！《易》之象數❾，《詩》之小序❿，《春秋》之三傳⓫，或親見聖人，或去古未遠，經師授受，端緒分明。宋儒曰：「漢以前人皆不知，吾以理知之也。」其類此夫。

【章旨】此章講述了清人摹刻與拓本後漢〈破呼衍王碑〉真偽難辨的故事。

【注釋】❶後漢　朝代名。又叫東漢。從建武元年（二十五年）劉秀（即漢光武帝）稱帝起，到延康元年（二二〇年）曹丕代漢止，共歷十二帝，統治一百九十六年。因國都洛陽在西漢國都長安（今陝西西安）的東面，一般稱為東漢。❷敦煌　縣名。在甘肅西部、黨河流域，鄰接新疆維吾爾自治區。❸裴岑　東漢雲中（今內蒙古托克托）人。永和年間為敦煌太守。時北匈奴呼衍王勢力日張，裴岑率郡兵三千人，誅殺呼衍王等，克敵全師，紀功勒石而還。❹巴里坤海子　即巴爾庫勒泊，在新疆鎮西西北，即古代的蒲類海。海子，方言，湖泊之意。❺後漢書　書名。二十四史之一。南朝宋范曄撰。今本一百二十篇，分一百三十卷。紀傳體東漢史。原書只有紀傳，北宋時把晉司馬彪《續漢書》八志，與之相配，成為今本。❻乾隆庚寅　即清乾隆三十五年，西元一七七〇年。❼游擊　清代綠營兵設游擊，職位次於參將，分領營兵。此外四川、雲南等省的土司又有土游擊一職。❽武進　縣名。在江蘇南部，長江、太湖和滆湖之間。今江蘇無錫。❾象數　《左傳》僖公十五年：「龜，象也；筮，數也。物生而後有象，象而後有滋，滋而後有數。」杜預注：「言龜以象示，筮以數告，象數相因而生，然後有占，占所以知吉凶。」《周易》以言天日山澤之類為象，言初上九六之類為數。象數並稱，即指龜筮。❿小序　指《毛詩》中冠於各篇之首解釋主題的簡短序言。《毛詩》有大序、小序，合稱「毛詩序」。⓫三傳　即「春秋三傳」。解釋《春秋》的《左傳》、《公羊傳》、《穀梁傳》的合稱。

【語譯】東漢敦煌太守裴岑的〈破呼衍王碑〉，在巴里坤湖旁的關帝祠中，是屯軍墾荒時，從泥土中挖到的。這件事沒有見於《後漢書》的記載，但碑文語句古奧，書法渾樸，肯定不是後人所假託的。因為這塊碑是在偏僻的西域出土的，沒有人摹拓，石刻的字跡筆鋒還完整無損。乾隆三十五年，游擊劉存存（這是他的字，他的名偶然忘記了。他是武進人。）摹刻了一個木本，把火藥灑在板面上，燒成斑斑駁駁，極像古碑。兩個本子一起流傳於世，鑑賞家大都認為舊刻的石本為新本，認為新刻的木本為舊本。與他們爭辯，卻傲然不相信。本是同一個時代的東西，又有親眼目睹的人，卻還會如此的真偽顛倒，更何況千百年之外的事呢！《周易》的象數，《詩經》的小序，《春秋》的三傳，作者有的是親眼見到過聖人，有的是離古時不遠，由經師授受，頭緒很清楚。宋代的理學家卻說：「漢代以前的人都不知道，我憑藉著義理弄清楚了。」就類似這種事。

【研析】作者從清初出土的〈破呼衍王碑〉說起，指出石碑木刻俱在，先後之序分明，但鑑賞家卻還固執己見，因此顛倒真偽。並藉此批評宋代理學家的大言不慚，指出了他們的可笑之處。

西洋貢獅

康熙十四年❶，西洋貢獅，館閣前輩多有賦詠。相傳不久即逸去，其行如風，巳刻絕鎖，午刻即出嘉峪關❷。此齊東語❸也。聖祖❹南巡，由衛河❺回鑾，尚以船載此獅。先外祖母曹太夫人，曾於度帆樓窗罅窺之，其身如黃犬，尾如虎而稍長，面圓如人，不似他獸之狹削。繫船頭將軍柱上，縛一豕飼之。豕在岸猶號叫，近船即噤不出聲。及置獅前，獅俯首一嗅，已怖而死。臨解纜時，忽一震吼，聲如無數銅鉦❻陡然合擊。外祖家廄馬十餘，隔垣聞之，皆戰栗伏櫪下；船去移時，尚不敢動。信其為百獸王矣。獅初至，時吏部侍郎阿公禮稗，畫為當代顧、陸❼，曾橐筆❽對寫一圖，筆意精妙。舊藏博晰齋前輩家，阿公手贈其祖者也。後售於余，嘗乞一賞鑑家題簽。阿公原未署名，以元代曾有獻獅事，遂題曰〈元人獅子真形圖〉。晰齋曰：「少宰丹青，原不在元人下。此賞鑑未為謬也。」

【章旨】此章講述了民間有關獅子的傳說及繪畫流傳的故事。

【注釋】❶康熙十四年　即西元一六七五年。❷嘉峪關　在今甘肅嘉峪關市西、嘉峪山東南麓，依山而築，居高憑險，號稱「天下第一雄關」，是萬里長城的西端。❸齊東語　即齊東野語。見《孟子・萬章上》：「此非君子之言，齊東野人之語也。」後以「齊東野語」比喻道聽塗說、不足為憑之言。❹聖祖　清康熙皇帝的廟號。❺衛河　海河水系五大河之一。在河北南部和河南北部。上源出山西太行山，南流經河南新鄉，再東北流經山東（臨清以下稱南運河）、河北兩省，到天津入海河。長約九百餘公里。❻銅鉦　古代樂器。又名「丁寧」。形似鐘而狹長，有長柄可執，口向上以物擊之而鳴。是行軍樂器。❼顧陸　指晉代畫家顧愷之、陸探微。顧愷之，小字虎頭，晉陵無錫（今屬江蘇）人。曾為桓溫及殷仲堪參軍，義熙初任通直散騎常侍。陸探微，吳（郡治今江蘇蘇州）人。明帝時常在侍從。工人物畫，學東晉顧愷之，與顧愷之並稱「顧陸」。❽橐筆　持橐簪筆。後指文士的筆墨生活。

【語譯】康熙十四年，西洋進貢來一頭獅子，前輩館閣大臣多有詩詞賦詠。相傳這頭獅子不久就逃走了，奔跑迅疾得像風一樣快，巳時撞斷鎖，兩個小時後的午時已出了嘉峪關。這是道聽塗說的話。聖祖康熙皇帝南巡時，從衛河回京，還用船載了這頭獅子。先外祖母曹太夫人，曾在度帆樓的窗縫中窺看過牠。獅子的身體像黃狗，尾巴像老虎而稍長，臉圓圓的像人，不像其他野獸那樣狹而長。人們把牠繫在船頭的將軍柱上，縛了一頭豬餵牠。豬在岸上還在號叫，靠近船時便嚇得不敢出聲了，等到放在獅子面前時，獅子低頭一嗅，那獅子忽然一聲震吼，聲音就像無數銅鉦突然一齊敲響。外祖父家馬房裡有十幾匹馬，隔著牆聽到獅子的吼聲，都顫抖著趴在馬槽下；船開走了一個多時辰，還不敢動。人們相信獅子不愧是百獸之王啊。這隻獅子剛來時，當時的吏部侍郎阿禮稗先生，是當代像顧愷之、陸探微一類的畫家，他曾對著獅子畫了一幅圖，筆意精妙。過去藏在博晰齋前輩家，是阿禮稗親自送給他祖父的。這幅畫後來賣給了我，曾請了一位鑑賞家題簽。阿禮稗先生原來沒有署名，因為元代曾有獻獅的事，鑑賞家就題為〈元人獅子真形圖〉。博晰齋說：「吏部侍郎的畫技，本來就不在元人之下。這鑑賞不能算錯。」

【研析】文字簡練明暢，先敘逸獅的傳說，接著描寫獅子的威風，最後敘說〈元人獅子真形圖〉的精妙，層層推進，使人有過目難忘之感。

乩仙詩

乾隆庚辰❶，戈芥舟前輩扶乩，其仙自稱唐人張紫鸞，將訪劉長卿❷於瀛洲島❸，偕遊天姥❹。或叩以事，書一詩曰：「身從異域來，時見瀛洲島。日落晚風涼，一雁入雲杳。」隱示以鴻冥❺物外，不預人世之是非也。芥舟與論詩，即欣然酬答以所遊名勝〈破石崖〉、〈天姥峰〉、〈廬山聯句〉三篇而去。芥舟時修《獻縣志》，因附錄志末。其〈破石崖〉一篇，前為五言律詩八韻，對偶聲病俱諧；第九韻以下，忽作鮑參軍❻〈行路難〉、李太白❼〈蜀道難〉體。唐三百年詩人無此體裁，殊不入格。其以東、冬、庚、青四韻通押，仿昌黎❽〈此日足可惜〉詩；以穿鼻聲七韻為一部例，又似稍讀古書者。蓋略涉文翰之鬼，偽託唐人也。

【章旨】此章講述了一位乩仙寫下幾首降壇詩，聲韻詩體頗有不諧的故事。

【注釋】❶乾隆庚辰　即清乾隆二十五年，西元一七六〇年。❷劉長卿　唐代詩人。字文房，河間（今屬河北）人。官至隨州刺史。❸瀛洲島　傳說中的仙山。《史記・秦始皇本紀》：「海中有三神山，名曰蓬萊、方丈、瀛洲，仙人居之。」❹天姥　山名。在浙江嵊縣與新昌之間。❺鴻冥　亦稱作「鴻飛冥冥」。鴻雁飛向又高又遠的天際。比喻隱者遠走高飛，全身避害。亦比喻隱者的高遠蹤跡。❻鮑參軍　即鮑照。南朝宋文學家。字明遠，東海（郡治今山東蒼山南）人。出身寒微。曾任秣陵令、中書舍人等職。後為臨海王劉子頊前軍參軍，故稱。❼李太白　即李白。唐代大詩人。字太白，號青蓮居士。人稱詩仙。❽昌黎　指韓愈。唐朝時系出昌黎的韓氏為一時著姓，文學家韓愈雖系出潁川，著籍河南，亦每以昌黎自稱，故後世稱之為韓昌黎。

【語譯】乾隆二十五年，戈芥舟前輩扶乩降神，乩仙自稱是唐朝人張紫鸞，準備去瀛洲島拜訪劉長卿，一起遊天姥山。有人向他叩問世事，乩仙寫了一首詩答道：「自身從異域而來，時時得見瀛洲島。日落晚風涼爽，一雁飛入雲杳。」暗示他超然物外，不管人世間的是非。戈芥舟與他論詩，他就欣然應答，寫下他所遊覽的名勝〈破石崖〉、〈天姥峰〉、〈廬山聯句〉三篇而去。戈芥舟當時在編修《獻縣志》，就把這幾首詩附錄在縣志後面。其中〈破石崖〉一首，前面是押八韻的五言律詩，對偶聲韻全都和諧；而第九韻以下，忽然用鮑照〈行路難〉、李太白〈蜀道難〉體裁。唐代三百年間，沒有一位詩人用這種體裁，很不符合格律。詩以東、冬、庚、青四韻通押，模仿韓愈〈此日足可惜〉一詩；以穿鼻聲七韻為一部的例，由此看來，這個乩仙又好像是稍稍讀過古書的。這大概是個粗通文墨的鬼，而假冒唐代人吧。

【研析】扶乩降仙，聊作遊戲，但要較真就大可不必。紀昀看來也明白個中道理，所以說請下的乩仙是個粗通文墨的鬼，並不認為是仙。類似的故事本書尚有不少，一笑而已。

古鏡

河城（在縣東十五里，隋樂壽縣❶故城也。）西村民，掘地得一鏡。廣丈餘，已觸碎其半。見者人持一片去，置室中，每夕吐光。凡數家皆然。是亦王度神鏡❷，應月盈虧之類。但殘破之餘，尚能如是，更異耳。或疑鏡何以如此之大，余謂此必河間王宮殿中物。陸機❸〈與弟雲❹書〉曰：「仁壽殿中有大方鏡，廣丈餘，過之輒寫人影。」是晉代猶沿此制也。

【章旨】此章講述了河城發現古鏡，足以印證古書的故事。

【注釋】❶樂壽縣　隋仁壽元年（六〇一年）改廣城縣置，治所在今河北獻縣西南。大業十三年（六一七年）移治今獻縣。明洪武初廢。❷王度神鏡　唐佚名撰筆記《異聞錄》記載，王度有一面神鏡，能與月亮盈虧相應。❸陸機　西晉文學家。字士衡，吳郡吳（今上海松江）人。祖遜、父抗，皆三國吳名將。少時任吳牙門將。曾官平原內史、河北大都督。後兵敗，因讒被殺。❹雲　即陸雲，西晉文學家。字士龍，陸機弟。曾任清河內史等職。後與陸機同時被殺。

【語譯】河城（在獻縣東面十五里，是隋朝樂壽縣的舊城。）西的村民，掘地時挖到一面鏡子，大約有一丈多寬，這面鏡子已經碰碎了的一半。看見的人都拿了一片回去，放在房間裡，這碎片每天夜裡能發出光亮，凡是拿了鏡子破片的幾家都是如此。這也就像王度的神鏡，能相應月亮的盈虧而有變化。但殘破的碎片，還能如此，就更加奇異了。有人疑惑鏡子怎麼能夠這麼大，我說這肯定是河間獻王宮殿裡的東西。晉人陸機在〈與弟雲書〉裡說：「仁壽殿中有大方鏡，寬一丈多，人經過時就能夠照出人影。」就是說晉代還在沿用這種制度。

【研析】如此巨鏡，實在罕聞。就其工藝來說，要鑄造出如此巨大的青銅鏡絕非易事，但也絕不能低估我們古人的智慧，四川三星堆出土的青銅器、陝西秦始皇陵兵馬俑坑出土的銅車馬等等，無不顯示了我們先人的智慧和技藝。作者以其豐富的文獻知識，考定此鏡當是西漢遺物，言之鑿鑿，可看作一家之說。

戒偏頗

乾隆己卯、庚辰❶間，獻縣掘得唐張君平墓誌。大中七年❷明經❸劉伸撰，字畫尚可觀，文殊鄙俚。余拓示李廉衣前輩，曰：「公謂古人事事勝今人，此非唐文耶？天下率以名相耀耳。如核其實，善筆札者必稱晉，其時亦必有極拙之字。善吟詠者必稱唐，其時亦必有極惡之詩。非晉之廝役皆羲、獻❹，唐之屠沽皆李、杜❺也。西子、東家實為一姓，盜跖❻、柳下❼乃是同胞，豈能美則俱美，賢則俱賢耶？賞鑑家得一宋硯，雖滑不受墨，亦寶若球圖❽；得一漢印，雖謬不成文，亦珍逾珠璧。問何所取，曰取其古耳。東坡詩❾曰：『嗜好與俗殊酸鹹。』斯之謂歟！」

【章旨】此章由發現的一塊唐人墓誌說起，論述了前人不必一切都佳的觀點。

【注釋】❶乾隆己卯庚辰　即清乾隆二十四、二十五年，西元一七五九、一七六〇年。❷大中七年　即唐宣宗七年，西元八五三年。❸明經　唐代取士科目之一。與進士科並列，主要考試經義。❹羲獻　指我國晉代的大書法家王羲之和王獻之，世稱二王。❺李杜　指我國唐代大詩人李白和杜甫，一稱「詩仙」，一稱「詩聖」。❻盜跖　指春秋時期的柳下跖，一說姓展，與柳下惠為兄弟。被統治者稱為盜跖。❼柳下　即柳下惠。春秋時魯國的大夫。姓展，名獲，字禽，諡惠。以善於講究貴族禮節著稱。❽球圖　指天球與河圖。皆古代天子之寶器。天球，指玉磬，是帝王所傳寶器。河圖，相傳伏羲王天下時，龍馬背文在黃河裡出現，後根據其文以畫八卦，謂之河圖。意謂都是很寶貴的。❾東坡詩　此詩出自唐人韓愈，故「東坡詩」當作「韓愈詩」。

【語譯】乾隆二十四、五年間，獻縣挖出了唐代張君平的墓誌，墓誌是唐宣宗大中七年明經劉伸所撰，書法還可以，文章卻很鄙俗。我拓了一本給李廉衣前輩看，說：「先生說古人事事勝今人，這不是唐人的文章嗎？天下人大都是以名氣相互炫耀罷了，如果考核其實際，善書法的人言必稱晉代，其實當時也肯定有寫得極拙劣的字；善吟詩的人言必稱唐代，其實當時也肯定有寫得極卑劣的詩。並非晉代的差役走卒都是王羲之、王獻之，唐代的屠夫和酒販都是李白、杜甫。西施、東施其實是同一個姓，盜跖、柳下惠乃是同胞，豈能夠說美就都是美的，說賢就都是賢的呢？鑑賞家得到一方宋硯，雖然光滑不受墨，也珍視得像天球河圖那樣寶貴；得到一方漢印，雖然錯得不成字形，也珍視得比珠寶玉璧還寶貴。問他看中了什麼，說是看中它的古老。東坡詩說：『嗜好與習俗如同各人喫酸鹹很不一致。』說的就是這種現象吧！」

【研析】唐人墓誌，出土甚多，文字書法並非每篇都是佳作。如作者所見的唐人墓誌就是文字卑劣，不值一說。作者由此指出晉人未必人人是書法家，唐人未必人人是詩人，盲目迷信古人不足取，古人未必事事勝今人。

交河老儒

交河❶老儒劉君琢，名璞，素謹厚，以長者稱。在余家設帳二十餘年，從兄懋園（坦居）、從弟東白（羲軒），皆其弟子也。嘗自河間歲試❷歸，中途遇雨，借宿民家。主人曰：「家惟有屋兩楹，尚可棲止；然素有魅，不知狐與鬼也。君能不畏，則請解裝。」不得已宿焉。滅燭以後，承塵上轟轟震響，如怒馬奔騰。君琢起著衣冠，長揖仰祝曰：「偃蹇❸寒儒，偶然宿此，欲禍我耶？我非君仇；欲戲我耶？與君素不狎昵；欲逐我耶？今夜必不能行，明朝亦必不能住，何必多此擾攘耶？」俄聞承塵上似老媼語曰：「客言殊有理，爾輩勿太造次。」聞足音槖槖然，向西北隅去，頃刻寂然矣。君琢嘗以告門人曰：「遇意外之橫逆，平心靜氣，或有解時。當時如怒詈之，未必不拋磚擲瓦。」又劉景南嘗僦一寓，遷入之夕，大為狐擾。景南訶之曰：「我自出錢租宅，汝何得鳩占鵲巢？」狐厲聲答曰：「使君先居此，我續來爭，則曲在我。我居此宅五六十年，誰不知者。君何處不可租宅，而必來共住？是恃氣相凌也，我安肯讓君？」景南次日遂移去。何勵庵先生曰：「君琢所遇之狐，能為理屈；景南所遇之狐，能以理屈人。」先兄晴湖曰：「屈狐易，能屈於狐難。」

【章旨】此章講述了儒生與狐仙論理，狐仙無理則曲，有理則辯的故事。

【注釋】❶交河　縣名。在河北中部偏南、南運河和滏陽河之間。❷歲試　清代各省學政巡迴所屬舉行的考試。亦稱「歲考」。凡府、州、縣的生員、增生、廩生皆須應歲考。❸偃蹇　困頓。

【語譯】交河縣的老儒劉君琢，名璞，一向謹慎寬厚，以忠厚長者著稱。他在我家做塾師二十多年，我的堂兄懋園（坦居）、堂弟東白（羲軒）都是他的弟子。他曾從河間府參加歲試回來，中途遇到下雨，便到民家借宿。主人說：「家裡只有兩間房子，還可以住人；不過一直有妖怪，不知是狐仙還是鬼。你如果不害怕，就請住下吧。」劉君琢不得已而住了下來。熄滅蠟燭後，劉君琢聽到屋頂上轟轟震響，好像怒馬奔騰。劉君琢起床穿好衣服，作了一個長揖，仰面祝告說：「我是一個困頓的窮書生，偶然在這裡借宿，你們想要害我呢？我不是你們的仇人；想要戲弄我呢？我和你們又不熟識；想要趕我走呢？我今夜是肯定走不了的，明天也肯定不會再住，何必多此一舉來騷擾呢？」一會兒，聽到屋頂上好像有個老婦說道：「客人的話很有道理，你們不要太莽撞了。」接著聽到橐橐的腳步聲，向西北角走去，頃刻間就安靜了。劉君琢曾以此告誡學生說：「遇到意外的強橫暴逆，只要平心靜氣，有時或許能解脫。當時如果我怒罵他們，他們未必不會拋磚擲瓦打我。」又，劉景南曾經租賃一所住宅，搬進去的當天晚上，就受到狐仙的大肆騷擾。劉景南斥罵狐仙說：「我自己出錢租了這所住宅，你怎麼可以鳩占鵲巢，占據我的房子呢？」狐仙厲聲回答說：「如果先生先住在這裡，我跟著來爭，那是我的不對。我住在這所住宅五六十年了，有誰不知道。你哪裡不好去租借住宅，卻一定要來和我共住？你這是恃氣故意欺負我，我怎麼肯讓你？」劉景南第二天就搬走了。何勵庵先生說：「劉君琢遇到的狐仙，能夠被道理折服；劉景南遇到的狐仙，能夠以道理折服人。」先兄晴湖說：「折服狐仙容易，能被狐仙折服難。」

【研析】此處描寫的狐仙並非蠻橫不講理，既能接受客人的解釋，也能以理服人。人與狐仙相處，並不可怕。以狐比人，人與人如果都能如此相處，世間將減少許多紛爭和煩惱。我想這也是作者的用心所在。

僵屍

道家❶有太陰煉形法，葬數百年，期滿則復生。此但有是說，未睹斯事。古以水銀斂者，屍不朽，則鑿然有之。董曲江曰：「凡罪應戮屍者，雖葬多年，屍不朽。呂留良❷焚骨時，開其棺，貌如生，刃之尚有微血。蓋鬼神留使伏誅也。某人（是曲江之親族，當時舉其字，今忘之矣。）時官浙江，奉檄涖其事，親目擊之。然此類皆不為祟。其為祟者曰僵屍。僵屍有二：其一新死未斂者，忽躍起搏人；其一久葬不腐者，變形如魑魅，夜或出遊，逢人即攫。或曰：『旱魃即此。』莫能詳也。夫人死則形神離矣，謂神不附形，安能有知覺運動？謂神仍附形，是復生矣，何又不為人而為妖？且新死屍厥者，並其父母子女或抱持不釋，十指抉入肌骨。使無知，何以能踴躍？使有知，何以一息才絕，即不識其所親？是殆別有邪物憑之，戾氣感之，而非遊魂之為變歟！袁子才❸前輩《新齊諧》❹載南昌士人行屍夜見其友事，始而祈請，繼而感激，繼而淒戀，繼而忽變形搏噬。謂人之魂善而魄惡，人之魂靈而魄愚，其始來也，一靈不泯，魄附魂以行；其既去也，心事既畢，魂一散而魄滯。魂在則為人也，魂去則非其人也。世之移屍走影，皆魄為之。惟有道之人，為能制魄。」語亦鑿鑿有精理。然管窺之見，終疑其別有故也。

【章旨】此章講述了當時人們認為僵屍的兩種情況，並評說了其中的荒謬之處。

【注釋】❶道家　指道教。中國漢民族固有的宗教。淵源於古代的巫術。❷呂留良　明清之際思想家。初名光輪，字用晦，號晚村，崇德（在今浙江桐鄉）人。與黃宗羲、高斗魁等結識。明亡，散家財結客，圖謀復興，備嘗艱苦。事敗，家居授徒。❸袁子才　即袁枚。清詩人。字子才，號簡齋、隨園老人，浙江錢塘（今杭州）人。曾任江寧等地知縣。❹新齊諧　即《子不語》。筆記小說集。清袁枚作。二十四卷。續編十卷。所記皆怪異之事。《論語・述而》：「子不語怪力亂神。」書名本此。後發現元人說部有與之同名者，遂改稱《新齊諧》。

【語譯】道教有太陰煉形法，人死埋葬幾百年後，到了期限就能復生。但這只是傳說，沒有見過這樣的事。古代用水銀殮葬的死人，屍體不腐爛，那確實是有的。董曲江說：「凡是犯下大罪應當戮屍的人，雖然埋葬多年，屍體也不腐爛。呂留良的屍骨要被焚燒時，打開他的棺材，他的容貌還栩栩如生，用刀砍去還有微微的血跡。大概是鬼神留著他的屍體讓他伏罪的吧。某人（此人是董曲江的親戚，當時說了他的名字，如今已經忘記了。）當時在浙江做官，奉命處理這件事，親眼目睹了這個情形。但這類屍體都不會作祟。那些作祟的屍體叫僵屍。僵屍有兩種：一種是剛死不久還沒有入斂的，他會忽然跳起來與人搏鬥；一種是久葬而不腐爛的，他會變形成為魑魅的模樣，有時夜裡出來漫遊，遇見人就抓。有人說『旱魅』就是這種，不知道這種說法是否對。人死後則形和神就分離了，如果說神不附形，怎麼能夠有知覺和運動？如果說神附於形，那是復生了，為什麼又不成為人而成為妖？而且新死的人如果炸了屍，屍體跳起來，連對他的父母子女有時也緊抱不放，手指都摳進被抱人的肌膚骨骼。假如說屍體沒有知覺，怎麼能跳起來呢？假如說屍體有知覺，為什麼呼吸才斷絕，就不認識他的親人了呢？這大概是另有邪物驅使、惡氣感染，而不是遊魂變成怪魅吧！袁子才前輩的《新齊諧》中，記載南昌一位書生死後屍體夜裡行走見自己朋友的故事：他開始時祈求懇請，繼而表示感謝，繼而淒慘依戀，繼而突然變形搏打噬咬朋友。有人認為人的魂善良而魄凶惡，人的魂靈巧而魄愚蠢。這個書生剛來時，魂還沒有泯滅，魄依附魂而行；他將離去時，心事已經了卻，魂一散而魄卻滯留了下來。魂在時就是人，魂去時就不是那個人了。世上的行屍走影，都是魄造成的。只有得道之人，才能制服魄。」這些話也確實有精闢的道理。不過據我淺薄的見識，總是懷疑其中另有原因。

【研析】這裡所說的兩種僵屍，一種說的是炸屍，即去世的人忽然自己又站了起來，按照今人的說法，其實這個人是假死，並沒有真正死亡，所以會站起來。另一種說的是屍體變成木乃伊或是臘屍。這種情形在考古挖掘中常有發現，不足為奇。古人（包括作者）還沒有明白其中的道理，故有如此種種解說。

合窆

任子田言：其鄉有人夜行，月下見墓道松柏間，有兩人並坐：一男子年約十六七，韶秀可愛；一婦人白髮垂項，佝僂攜杖，似七八十以上人。倚肩笑語，意若甚相悅。竊訝何物淫嫗，乃與少年兒狎昵。行稍近，冉冉而滅。次日，詢是誰家家，始知某早年夭折，其婦孀守五十餘年，歿而合窆❶於是也。《詩》曰：「穀則異室，死則同穴❷。」情之至也。《禮》曰：「殷人之祔❸也離❹之，周人之祔也合之。善夫！」聖人通幽明之禮，故能以人情知鬼神之情也。不近人情，又烏知《禮》意哉！

【章旨】 此章講述了一對夫婦陰陽相隔數十年，合葬後仍情誼深重的故事。

【注釋】 ❶合窆　猶合葬。❷穀則異室二句　見《詩・王風・大車》。意為生則分室而居，死則同穴而葬。❸殷人之祔　語出《禮記・檀弓下》。祔，合葬。❹離　指兩棺之間分隔開。

【語譯】 任子田說：他家鄉有人走夜路，月光下看到墳墓墓道旁的松柏之間，有兩個人並肩而坐：一個男子年齡大約十六七歲，清秀可愛；一個婦人白髮垂到頸部，佝僂著腰拄著拐杖，像是七八十歲以上的人了。兩人倚偎在一起談笑，看上去兩人很親密。他暗暗驚訝不知哪個老淫婦，竟然和少年郎親熱。他走得稍稍靠近些，兩人就慢慢消失了。第二天，他詢問是誰家的墳墓，才知道某人早年夭折，他的妻子守寡五十多年，死後合葬在這裡。《詩經》說：「活著時各住各的房，死後同埋一個壙。」這是很深的感情。《禮記》說：「殷人夫婦合葬，兩棺之間有東西隔開，周人夫婦合葬，兩棺之間不隔開。善哉！」聖人通曉陰間陽世的禮儀，所以能以人的感情知曉鬼神的感情。不近人情，又怎能理解《禮記》的意思呢！

【研析】 夫妻情深，無論生死。雖然丈夫仍是清秀少年，妻子已是白髮老婦，但兩人情意沒有因歲月而有絲毫改變。作者讚許這種夫妻情意，但其主旨卻是抨擊理學的不近人情，不知聖人禮教的本意。

崇真懲偽

族任肇先言：有書生讀書僧寺，遇放焰口。見其威儀整肅，指揮號令，若可驅役鬼神。喟然曰：「冥司之敬彼教，乃過於儒。」燈影朦朧間，一叟在旁語曰：「經綸宇宙，惟賴聖賢，彼仙佛特以神道補所不及耳。故冥司之重聖賢，在仙佛上；然所重者真聖賢。若偽聖偽賢，則陰干天怒，罪亦在偽仙偽佛上。古風淳樸，此類差稀。四五百年以來，累因日眾，已別增一獄矣。蓋釋道之徒，不過巧陳罪福，誘人施捨。自妖黨聚徒謀為不軌外，其偽稱我仙我佛者，千萬中無一。儒則自命聖賢者，比比皆是。民聽可惑，神理難誣。是以生擁皋比❶，歿沉阿鼻❷，以其貽害人心，為聖賢所惡故也。」書生駭愕，問：「此地府事，公何由知？」一彈指間，已無所睹矣。

【章旨】此章講述了陰間尊重真聖賢，懲罰偽聖賢的故事。

【注釋】❶皋比　《左傳》莊公十年：「蒙皋比而先犯之。」杜預注：「皋比，虎皮。」《宋史・張載傳》：「嘗坐以講《易》，京師聽者甚眾。」後因稱任教為「坐擁皋比」。❷阿鼻　梵語 Avicinaraka 的譯音。意為「無間」，即痛苦無有間斷之意。為佛教傳說中八大地獄中最下、最苦之處。

【語譯】族侄肇先說：有個書生在一座佛寺裡讀書，正巧碰上寺院裡放焰口。他看見整個儀式威嚴整肅，和尚們指揮號令，好像可以驅使鬼神，書生感歎地說：「陰間敬重佛教，竟要勝過儒家了。」燈影朦朧中，有一位老人在旁邊說道：「治理天下，惟有依靠聖賢，那些仙佛只是以神道來補充聖賢所沒有觸及的地方罷了。所以陰間敬重聖賢，在仙佛之上；但是他們所敬重的是真正的聖賢。如果是偽聖人偽賢人，那麼就會觸犯天怒，這樣的罪過也在偽仙偽佛之上。古代風俗淳樸，這類事很少。近四五百年以來，拘押的犯人一天比一天多，已另外增設一所地獄了。因為和尚道士之流，不過是花言巧語地宣揚禍福，誘騙人們施捨。除了妖黨聚眾圖謀不軌外，那些人中間偽稱我是仙我是佛的人，千萬個人中沒有一個。儒生中自命是聖賢的人，比比皆是。老百姓可能被蠱惑，神理卻難以被欺騙。因此這些人活著時在講壇上當先生，死後就要墮入阿鼻地獄，都是因為他貽害人心，被聖賢所厭惡的緣故。」這個書生很驚愕，問：「這地府的事，您怎麼會知道？」剎那間，已什麼都看不見了。

【研析】理學在北宋崛起，南宋形成主流學派，直至清初，數百年來一直成為社會思想、學術的主流。然而作者高舉漢學大旗，對理學進行評判清算，即使在本書這樣的筆記小說中也不忘對理學的抨擊，指斥數百年來的理學家為偽聖賢，雖詞語尖刻，但嫌說理不夠。

巧使反間計

甲乙有夙怨，乙日夜謀傾甲。甲知之，乃陰使其黨某以他途入乙家，凡為乙謀，皆算無遺策；凡乙有所為，皆以甲財密助其費，費省而功倍。越一兩歲，大見信，素所倚任者皆退聽。乃乘間說乙曰：「甲昔陰調我婦，諱弗敢言，然銜之實次骨。以力弗敵，弗敢攖。聞君亦有仇於甲，故效犬馬於門下。所以盡心於君者，固以報知遇，亦為是謀也。今有隙可抵，盍圖之。」乙大喜過望，出多金使謀甲。某乃以乙金為甲行賂，無所不曲到。阱既成，偽造甲惡跡及證佐姓名以報乙，使具牒。比庭鞫，則事皆子虛烏有，證佐亦莫不倒戈，遂一敗塗地，坐誣論戍。憤恚甚，以昵某久，平生陰事皆在其手，不敢再舉，竟氣結死。死時誓訴於地下，然越數十年卒無報。論者謂難端發自乙，甲勢不兩立，乃鋌而走險，不過自救之兵，其罪不在甲。某本為甲反間，各忠其所事，於乙不為負心，亦不能甚加以罪，故鬼神弗理也。此事在康熙末年。《越絕書》❶載子貢謂越王曰：「夫有謀人之心，而使人知之者，危也。」豈不信哉！

【章旨】此章講述了某乙想陷害某甲，卻反中了某甲圈套的故事。

【注釋】❶越絕書　一稱《越絕紀》。書名。東漢袁康撰。原書二十五卷。現存十五卷。記吳越二國史地及伍子胥、子貢、范蠡、文種等人的活動。多採傳聞異說，與《吳越春秋》所記相出入。

【語譯】某甲與某乙原來就有冤仇，某乙日夜圖謀整垮某甲。某甲知道後，就暗地讓自己的黨羽某人通過其他途徑進入某乙家，凡是他為某乙謀畫的事，都算計得沒有疏漏之處；凡是某乙所要做的事，都用某甲的錢財暗中給予資助，費用省而功效倍增。過了一兩年，某人深受某乙的信任，而某乙原來所倚重任用的人都被疏遠冷落。於是，某人乘機對某乙說：「某甲以前暗地調戲我的妻子，我忌諱他而不敢聲張，但心裡對他真是恨之入骨。因為力量不敵，不敢觸犯他。聽說你也和某甲有仇，所以投到你門下效犬馬之勞。我之所以為你盡心盡力，固然是要報知遇之恩，但也是為了要向某甲報仇。現在有機會可以搞垮他，我們一起對付他吧。」某乙大喜過望，拿出許多錢讓某人算計某甲。某人於是用某乙的錢為某甲行賄，各個關節都打通了。陷阱既然已經布置好，某人偽造某甲的惡劣罪行以及證人姓名報告了某乙，讓某乙寫訴狀告某甲。到了公堂審問時，訴狀所指控的事情卻都屬子虛烏有，證人也都倒過來攻擊某乙，某乙於是一敗塗地，以誣告罪被判處發配戍邊。某乙憤恨至極，因長期以來和某人很親密，平生的隱私都掌握在他手中，不敢再告發，竟然氣憤而死。某乙臨死時發誓要到陰間控告二人，但過了幾十年始終沒有報應。議論這事的人認為首先發難的是某乙，某甲因與某乙勢不兩立，於是鋌而走險，這不過是自救的行為，罪過不在某甲。某人本來就是為某甲行使反間計，各自忠於自己的主人，對某乙不能算是負心，也不能把罪名加於他，所以鬼神也不管這件事。這事發生在康熙末年。《越絕書》中記載子貢對越王說：「有謀害別人的心思，而讓別人知道的人，就危險了。」難道不讓人信服嗎！

【研析】某乙之禍在於想謀害他人。俗話說：「害人之心不可有，防人之心不可無。」而某乙既有害人之心，又無防人之心，他的下場也就是在意料之中的了。

范鴻禧

里人范鴻禧，與一狐友昵。狐善飲，范亦善飲，約為兄弟，恆相對醉眠。忽久不至，一日遇於秫田❶中，問：「何忽見棄？」狐掉頭曰：「親兄弟尚相殘，何有於義兄弟耶？」不顧而去。蓋范方與弟訟也。楊鐵厓❷〈白頭吟〉曰：「買妾千黃金，許身不許心；使君自有婦，夜夜〈白頭吟〉。」與此狐所見正同。

【章旨】此章講述了一個狐仙責備兄弟骨肉相殘的故事。

【注釋】❶秫田　種植高粱的田地。❷楊鐵厓　即楊維禎，元文學家、書法家。字廉夫，號鐵厓、東維子，諸暨（今屬浙江）人。泰定進士，官至建德路總管府推官。

【語譯】我的家鄉有個人叫范鴻禧，和一位狐仙朋友很要好。狐仙愛飲酒，范鴻禧也喜歡飲酒，兩個結為兄弟，經常喝醉酒相對而睡。這位狐仙朋友忽然長時間不來了，范鴻禧一天在高粱地裡遇見狐仙，問：「為什麼忽然棄我而去？」狐仙轉過頭去說：「親兄弟尚且互相殘害，何況是結拜兄弟呢？」便頭也不回地走了。這是因為當時范鴻禧正在和弟弟打官司。楊鐵厓〈白頭吟〉詩說：「買妾花了千兩黃金，我答應把身體給你而不答應把心給你；使君自己已有妻子，夜夜吟誦〈白頭吟〉。」與這位狐仙的見解恰好相同。

【研析】《孟子・滕文公下》：「於此有人焉，入則孝，出則悌。」前人注為：「入則事親孝，出則敬長悌。」意思是在家奉事父母要孝順；離開家，兄弟敬重兄長，互相間要和睦友愛。這是儒家對家庭倫理關係的基本要求，也是維繫家庭社會的道德準則。本文就是藉狐仙之口，對社會中骨肉相殘的現象提出嚴正的批評。

樊長

獻縣捕役樊長，與其侶捕一劇盜。盜跳免，縶其婦於官店（捕役拷盜之所，謂之官店，實其私居也）。其侶擁之調謔，婦畏棰楚，噤不敢動，惟俯首飲泣。已緩結矣，長突見之，怒曰：「誰無婦女？誰能保婦女不遭患難落入人手？汝敢如是，吾此刻即鳴官❶。」其侶懾❷而止。時雍正四年❸七月十七日戌刻❹也。長女嫁為農家婦，是夜為盜所劫，已褫衣反縛，垂欲受汙，亦為一盜呵而止。實在子刻❺，中間僅隔一亥刻❻耳。次日，長聞報，仰面視天，舌撟不能下也。

【章旨】此章講述了一個捕役因制止同伴姦汙犯人之妻而獲得好報的故事。

【注釋】❶鳴官　告官，向官府控告。❷懾　恐懼；害怕。❸雍正四年　即西元一七二六年。❹戌刻　十二時辰之一，十九時至二十一時。❺子刻　十二時辰之一，二十三時至次日凌晨一時。❻亥刻　十二時辰之一，二十一時至二十三時。

【語譯】獻縣有個捕役叫樊長，和同伴去抓捕一名大盜。大盜跳牆逃跑了，就綁了他妻子到官店（是捕役拷打盜賊的地方，名叫官店，其實是他們的私宅）。他的同伴抱著盜賊的妻子調戲，這個婦人害怕被拷打，嚇得不敢動，只是低著頭哭泣。這個婦人的衣帶已解開了，樊長突然看見這情景，怒喝說：「誰沒有妻子女兒？誰能保證妻子女兒不遭患難落入他人之手？你敢這樣做，我現在就去報告官府。」他的同伴因害怕而罷手。當時是雍正四年七月十七日的戌時。樊長的女兒嫁到農家，這一夜遭到盜賊搶劫，已被剝去衣服反綁起來，眼看就要受到汙辱，也被一個盜賊呵罵而制止了。事情發生在子時，中間僅僅隔了一個亥時。第二天，樊長聽到了這個消息，仰面看天，驚訝得舌頭都縮不回嘴裡了。

【研析】人生在世，多行善，勿作惡，善心必有善報。這就是作者通過故事想要表達的主旨。

琴師錢生

裘文達公賜第，在宣武門內石虎胡同。文達之前，為右翼宗學❶。宗學之前，為吳額駙❷府。吳額駙之前，為前明大學士周延儒❸第。閱年既久，又窈窕閎深，故不免時有變怪，然不為人害也。廳事西小屋兩楹，曰「好春軒」，為文達燕見賓客地。北壁一門，又橫通小屋兩楹。僮僕夜宿其中，睡後多為魅舁出，不知是鬼是狐，故無敢下榻其中者。琴師錢生獨不畏，亦竟無他異。錢面有瘢風❹，狀極老醜。蔣春農戲曰：「是尊容更勝於鬼，鬼怖而逃耳。」一日，鍵戶❺外出，歸而几上得一雨纓帽❻，製作絕佳，新如未試。互相傳視，莫不駭笑。由此知是狐非鬼，然無敢取者，錢生曰：「老病龍鍾，多逢厭賤。自司空❼以外（文達公時為工部尚書），憐念者曾不數人。我冠誠敝，此狐哀我貧也。」欣然取著，狐亦不復攝去。其果贈錢生耶？贈錢生者又何意耶？斯真不可解矣。

【章旨】此章講述了一位長相醜陋的琴師不怕狐仙鬼魅的故事。

【注釋】❶宗學　中國古代皇族子弟學校。❷吳額駙　即吳應熊。清人，吳三桂的長子，娶順治皇帝女兒為妻。後因吳三桂起兵造反，被康熙皇帝所殺。額駙，官名。清代制度，固倫公主（皇后的女兒）的丈夫稱為固倫額駙；和碩公主（妃嬪的女兒）的丈夫稱為和碩額駙。❸周延儒　字玉繩，明宜興（今江蘇宜興）人。萬曆進士。崇禎初拜大學士。❹癜風　皮膚病的一種。皮膚上出現白色或紫色的斑點。如紫癜、白癜風。❺鍵戶　閉門；鎖門。❻雨纓帽　清時的一種便禮帽。官員祈雨時或暑月戴用。因帽後亦拖帽纓，故稱。❼司空　官名。西周始置，金文都作「司工」。春秋、戰國時沿置。掌管工程。後世用作工部尚書的別稱。

【語譯】皇上賜給裘文達公的宅第，在宣武門內的石虎胡同。在裘文達公之前，這處宅第是右翼宗學。右翼宗學之前，是吳應熊額駙的府第。吳應熊額駙之前，是明朝大學士周延儒的府第。因為年代久遠，又宏麗幽深，因此不免時常有變怪發生，但是不會害人。廳堂西側有兩間小屋，名為「好春軒」，是裘文達公會見賓客的地方。北牆有一道門，又橫著通往另外兩間小屋。僮僕夜裡睡在這屋裡，睡著後都會被怪魅抬出來，不知是鬼還是狐仙。因此，沒有人敢在這間屋子裡睡覺。只有琴師錢生不害怕，而且也從來沒遇到過什麼怪異的事。錢生臉上生有白癜風，樣子極其蒼老醜陋。蔣春農開玩笑說：「這是因為您的尊容更勝於鬼，鬼感到害怕而逃跑了。」一天，錢生鎖了房門外出，回來後發現在几案上有一頂雨纓帽，製作極精美，新的好像沒有人戴過。大家互相傳看，無不驚笑。由此知道是狐仙而不是鬼，但是沒人敢拿這頂帽子。錢生說：「我老病龍鍾，經常遭到嫌棄鄙視。除司空以外（裘文達公當時任工部尚書），可憐同情我的沒有幾個人。我的帽子確實太破舊了，這狐仙是同情我貧窮。」於是他高高興興地把帽子取來戴上，狐仙也不再拿回去。這頂帽子真的是送給錢生的嗎？贈給錢生又是什麼用意呢？這真是讓人不可理解。

【研析】琴師錢生心地坦蕩，見怪不怪，狐鬼自然遠避。文章層層展開，懸念迭出，讀來頗有趣味。

朱五嫂

嘗與杜少司寇凝臺❶同宿南石槽，聞兩家轎夫相語曰：「昨日怪事：我表兄朱某在海淀❷為人守墓，因入城未返，其妻獨宿。聞園中樹下有鬥聲，破窗紙竊窺，見二人攘臂奮擊，一老翁舉杖隔之，不能止。俄相搏仆地，並現形為狐，跳踉擺撥，觸老翁亦仆。老翁蹶起，一手按一狐呼曰：『逆子不孝！朱五嫂可助我。』朱伏不敢出，老翁頓足曰：『當訴諸土神。』恨恨而散。次夜，聞滿園鋃鐺聲，似有所搜捕。覺几上瓦瓶似微動，怪而視之，瓶中小語曰：『乞勿言，當報恩。』朱怒曰：『父母恩且不肯報，何有於我！』與瓶擲門外碑趺❸上，訇然❹而碎。即聞噭噭有聲，意其就執矣。」一轎夫曰：「鬥觸父母倒是何大事，乃至為土神捕捉？殊可怖也。」凝臺顧余笑曰：「非轎夫不能作此言。」

【章旨】此章講述了狐仙一家爭鬥，逆子遭到土神搜捕的故事。

【注釋】❶杜少司寇凝臺　即刑部侍郎杜凝臺。杜凝臺，即杜玉林。字凝臺，一字曲江，清金匱（今江蘇無錫）人。乾隆進士，累官刑部右侍郎。少司寇，官名。西周始置，掌管刑獄、糾察等事。後世以大司寇為刑部尚書的別稱。侍郎則稱少司寇。❷海淀　亦作「海甸」。地名。在北京城西北。附近有頤和園，以及圓明園、暢春園遺址。❸碑趺　碑座。❹訇然　象聲詞。形容大聲。

【語譯】我曾經和刑部侍郎杜凝臺一起住宿在南石槽，聽到兩家的轎夫交談說：「昨天有件怪事：我的表兄朱某在海淀為人守墓，因為進城沒有回來，他的妻子一個人住在家裡。她聽到園子裡樹下有爭鬥的聲音，捅破窗戶紙偷偷一看，見兩人揮臂奮力廝打，一個老頭舉著拐杖隔開他們，但無法制止。一會兒，兩人扯打著跌倒在地上，都現出狐狸的原形，跳來跳去地打鬥，把老頭也撞倒了。老頭爬起身來，一手按住一隻狐狸叫道：『逆子不孝！朱五嫂快來幫我！』朱某的妻子趴著不敢出去，老頭頓著腳說：『我要到土地神那裡告狀。』便恨恨地散去了。第二天夜裡，朱某妻子聽到滿園的鋃鐺聲，好像有人在搜捕。朱某妻子還覺得几案上的瓦瓶好像微微在動。朱某妻子感到奇怪而去察看，只聽瓶中小聲說道：『請不要聲張，我會報恩的。』朱某妻子生氣地說：『父母之恩尚且沒有報答，哪裡還會有我的份！』連瓶子一起扔到門外墓碑的石座上，砰然而碎。隨即就聽到有噭噭的叫聲，想來那隻狐狸是被捉住了。」一個轎夫說：「打架把父母碰倒算什麼大事，以至於被土地神捕捉？真夠可怕的。」杜凝臺回頭朝我笑著說：「不是轎夫不會說出這樣的話。」

【研析】兄弟打鬥，不聽父母勸解，反而傷及父母，在封建社會，這是何等的忤逆不孝之事，只要父母一報官，逆子肯定要受到官府的嚴厲懲處。這裡以狐比人。狐仙不孝，自然也要遭到土地神的懲處。然而轎夫卻還在那裡疑惑不解，對於作者來說，教化百姓，不是一日之工。

張媼

里有張媼，自云嘗為走無常❶，今告免矣。昔到陰府，曾問冥吏：「事佛有益否？」吏曰：「佛只是勸人為善，為善自受福，非佛降福也。若供養❷求佛降福，則廉吏尚不受賂，曾佛受賂乎？」又問：「懺悔有益否？」吏曰：「懺悔須勇猛精進，力補前愆。今人懺悔，只是自首求免罪，又安有益耶？」此語非巫者所肯言，似有所受之。

【章旨】此章講述了一個老婦人走無常，聽到冥吏論佛的故事。

【注釋】❶走無常　參見本書卷二〈妻妾易位〉則注釋❸。❷供養　佛教稱以香花、燈明、飲食等資養三寶為「供養」，並分財供養、法供養兩種。香花、飲食等叫財供養；修行、利益眾生叫法供養。

【語譯】我家鄉有個姓張的老婦，自稱曾經做過走無常，如今辭去不做了。她過去到陰曹地府，曾經問冥吏：「敬佛有好處嗎？」冥吏說：「佛只是勸人做善事，做善事的人自然有福，並不是佛降福給他。如果說供養求佛降福，那麼廉潔的官吏尚且不受賄賂，難道佛會接受賄賂嗎？」老婦又問：「懺悔有好處嗎？」冥吏說：「懺悔必須勇於上進，努力彌補以前的過錯。如今的人懺悔，只是自首以求免罪，這又怎麼能有好處呢？」這席話不是巫婆所肯說的，似乎是有人教她的。

【研析】求神拜佛，不如行善；積德行善，自有福報。這就是作者想要告訴讀者的主旨。

卷十一　槐西雜志一

余再掌烏臺❶，每有法司會讞事，故寓直西苑❷之日多。借得袁氏婿數楹，榜曰「槐西老屋」。公餘退食，輒憩息其間。距城數十里，自僚屬白事外，賓客殊稀。晝長多暇，晏坐而已。舊有〈灤陽銷夏錄〉、〈如是我聞〉二書，為書肆所刊刻。緣是友朋聚集，多以異聞相告。因置一冊於是地，遇輪直❸則憶而雜書之，非輪直之日則已，其不能盡憶則亦已。歲月駸尋❹，不覺又得四卷，孫樹馨錄為一帙，題曰〈槐西雜志〉；其體例則猶之前二書耳。自今以往，或竟懶而輟筆歟，則以為《揮麈》❺之三錄可也；或老不能閒，又有所綴歟，則以為《夷堅》❻之丙志亦可也。壬子❼六月，觀弈道人❽識。

【章旨】此章講述了續寫〈槐西雜志〉的緣由。

【注釋】❶烏臺　即御史臺，此指都察院，是清代的中央監察機構。❷西苑　即北京的三海（北海、中海、南海）。以在紫禁城西，故名。金元時建離宮，明清時為御苑。❸輪直　即「輪值」。輪流值班。❹駸尋　比喻時間迅速消逝。❺揮麈　即《揮麈錄》。筆記。南宋王明清撰。係有關宋代政事、制度等的札記。❻夷堅　即《夷堅志》。筆記小說集。南宋洪邁撰。取《列子・湯問》：「夷堅聞（怪異）而志之」語以名書。原有四百二十卷，已殘闕。今傳本以涵芬樓排印的二百零六卷蒐集較備。初志甲乙丙丁，支志甲乙丙丁戊庚癸，三志己辛壬，及蒐補之二十六卷，內容多為神怪故事和異聞雜錄，也記載了一些當時的市民生活。❼壬子 即清乾隆五十七年，西元一七九二年。❽觀弈道人 即作者紀昀本人。紀昀號觀弈道人。

【語譯】我再次執掌御史臺，經常有司法機關會審的事情，因此住在西苑值班的日子很多。我借了袁家女婿的幾間屋子，題了匾額叫「槐西老屋」。處理公事之餘，休息吃飯，就在這幾間屋子裡歇息。這裡距離城市有幾十里路，除了官員屬吏來報告公事外，賓客十分稀少。白天時間長，有很多餘暇時間，只是安坐在那裡而已。我過去曾經寫過〈灤陽消夏錄〉、〈如是我聞〉兩書，由書鋪所刊刻流行。因此朋友相聚時，告訴我的大多是奇聞異事。因此我放了一本簿冊在這裡，遇到輪流值班時就回憶朋友講的這些故事記錄下來，不是輪流值班的日子就作罷，其中有些故事不能全部回憶起來也作罷。歲月迅速流逝，不知不覺中又有了四卷，孫樹馨抄錄為一部，題名叫〈槐西雜志〉；這本書的體例則還是依照前兩本書。從今往後，或許我終究因為懶惰而擱下筆不寫了，這本書就可以認為是《揮麈錄》的三錄；或許我年老了還不能閒下筆來，又有所續寫，那麼就認為是《夷堅志》的丙志也是可以的。乾隆五十七年六月，觀弈道人書。

某少婦

《隋書》載蘭陵公主❶死殉後夫，登於〈列女傳〉之首。頗乖史法（祖君彥❷〈檄隋文〉稱蘭陵公主逼幸告終。蓋欲甚煬帝❸之惡，當以史文為正）。滄州醫者張作霖言：其鄉有少婦，夫死未周歲輒嫁。越兩歲，後夫又死，乃誓不再適，竟守志終身。嘗問一鄰婦病，鄰婦忽瞋目作其前夫語曰：「爾甘為某守，不為我守何也？」少婦毅然對曰：「爾不以結髮視我，三年曾無一肝鬲❹語，我安得為爾守！彼不以再醮❺輕我，兩載之中，恩深義重，我安得不為彼守！爾不自反，乃敢咎人耶？」鬼竟語塞而退。此與蘭陵公主事相類。蓋亦豫讓❻「眾人遇我，眾人報之；國士遇我，國士報之」之意也。然五倫❼之中，惟朋友以義合：不計較報施，厚道也；即計較報施，猶直道也。兄弟天屬，已不可言報施，況君臣父子夫婦，義屬三綱❽哉！漁洋山人❾作〈豫讓橋〉詩曰：「國士橋邊水，千年恨不窮；如聞柱厲叔❿，死報莒敖公⓫。」自謂可以敦薄，斯言允矣。然柱厲叔以不見知而放逐，乃挺身死難，以愧人君不知其臣者（事見劉向《說苑》⓬），是猶怨懟之意；特與君較是非，非為君捍社稷也。其事可風，其言則未協乎義。或記載者之失乎？

【章旨】此章以一個婦人改嫁為例論說了計較報施是為直道的意思。

【注釋】❶蘭陵公主　隋文帝楊堅第五個女兒，字阿五。初嫁王奉孝。王奉孝去世後，改嫁柳述。柳述與晉王楊廣交惡。楊廣即位稱帝，將柳述流放嶺南，逼迫公主改嫁。但公主誓死不從，遂憂憤而卒。她的傳記列為《隋書・列女傳》首篇。❷祖君彥　隋朝人。世稱祖宿城。李密起兵，為李密起草討隋煬帝檄文。後被王世充所殺。❸煬帝　即隋煬帝楊廣，西元六〇四－六一八年在位。是歷史上有名的荒淫君主。❹肝鬲　亦作「肝膈」。猶肺腑。比喻內心。❺再醮改嫁。❻豫讓　春秋戰國間晉國人。初為晉卿智瑤的家臣。趙、韓、魏共滅智氏，他改姓換名，躲在廁所，又用漆塗身，吞炭使喉嚨變啞，暗伏橋下，一再謀刺趙襄子，始終沒有成功。被捕後，求得趙襄子的衣服，拔劍擊衣後自殺。❼五倫　也稱「五常」。封建宗法社會以君臣、父子、夫婦、兄弟、朋友為五倫。❽三綱　封建社會中三種主要的道德關係。即「君為臣綱，父為子綱，夫為妻綱」。綱是提網的總繩。為綱，是居於主要或支配地位的意思。❾漁洋山人　清朝詩人王士禎，字子真，一字貽上，號阮亭，又號漁洋山人，山東新城（今桓臺）人。順治進士，官至刑部尚書，諡文簡。❿杜厲叔　春秋時仕莒敖公，自認為不為莒敖公所知而去。敖公有難，遂去殉死。其友曾勸阻他說：「子自以為不知，故去。今往死之何耶？」厲叔回答說：「自以為不知，故去。今死而不往，是果知我也。吾將死之，以愧後世人主不知其臣者。」⓫莒敖公　春秋時莒國國君。⓬說苑　書名。西漢劉向撰。原二十卷，後僅存五卷，經宋曾鞏蒐集，復為二十卷。分君道、臣術、建本、立節等二十門，分類纂輯先秦至漢代史事，雜以議論，藉以闡明儒家政治思想和倫理觀念。

【語譯】《隋書》記載蘭陵公主以死為後夫殉節，《隋書》把她放在〈列女傳〉的首篇。這與傳統的史書撰修方法很不一樣（祖君彥〈檄隋文〉說，蘭陵公主被隋煬帝強暴致死，這是想更加深煬帝的罪惡，應當以史書記載為準）。滄州醫生張作霖說：他家鄉有個少婦，丈夫死後不到一年就改嫁了。過了兩年，後夫又死了，於是這少婦發誓不再嫁人，終於終身堅持自己的志向而不改。有一次，少婦去探望生病的鄰居婦人，鄰居婦人忽然瞪起眼睛用少婦前夫的聲音說：「你甘心為後夫守節，為什麼不為我守節呢？」少婦語氣堅定地回答說：「你不把我當做結髮妻子看待，三年來從來沒有講過一句貼心話，我怎能為你守節呢！他不因為我再嫁而輕視我，結婚兩年來的夫妻生活，恩深義重，我怎能不為他守節呢！你自己不反省，還敢指責別人嗎？」前夫的鬼魂無話可話而悄悄溜走了。這件事和蘭陵公主的事相類似。這也是春秋時豫讓所說的「以對待眾人的方式來對待我，我就像對待眾人一樣對待他；以對待國家傑出人士的方式對待我，我就如國家傑出人士一樣對待他」的意思。然而五倫之中，惟有朋友是以道義相合的：不計較回報施與，這是厚道；即使計較回報施與，也還是直道。兄弟關係是天然形成的，已經不可以說回報施與，何況君臣、父子、夫婦，義在三綱之內呢！漁洋山人作〈豫讓橋〉詩說：「國士如同橋邊的流水，流淌千年怨恨沒有窮盡；如同聽說柱厲叔，以死報答莒敖公。」他自認為可以敦厚淺薄的風俗，這話是對的。然而柱厲叔因為不被賞識而流亡，後來卻挺身赴難而死，用來使那些不了解臣子的君主感到羞愧（這件事見於劉向所著的《說苑》），就含有怨憤不滿的意思了；專門和君主分辨是非，不是為君主捍衛國家。柱厲叔的事情可以被稱讚，他的言論就未必符合道義了。或許是記載這件事的人的失誤吧？

【研析】「士為知己者死」，春秋時的士大夫豫讓實踐了這一誓言；文中所說的鄉間少婦，卻是夫妻情深，至死不渝。雖然這兩人都違背了理學家所講的「三綱」之禮，但得到了作者的讚許。從中也可以看到作者與宋明理學之差別。還須指出，那個裝出少婦前夫說話的婦人如此做，是出於對少婦的不滿，並非是少婦前夫的顯靈。而少婦義正詞嚴的反駁，使得那個婦人無話可說，只能閉口不言。

廢宅詩

江寧❶王金英，字菊莊，余壬午❷分校所取士也。喜為詩，才力稍弱，然秀削不俗，頗近宋末四靈❸。嘗畫藝菊小照，余戲仿其體格題之，有「以菊為名字，隨花入畫圖」句，菊莊大喜，則所尚可知矣。撰有詩話數卷，尚未成書，霜雕❹夏綠，其稿不知流落何所。猶記其中一條云：江寧一廢宅，壁上微有字跡。拂塵諦視，乃絕句五首。其一曰：「新綠漸長殘紅稀，美人清淚沾羅衣。蝴蝶不管春歸否，只趁菜花黃處飛。」其二曰：「六朝燕子年年來，朱雀橋圮花不開。未須惆悵問王謝❺，劉郎一去何曾回。」其三曰：「荒池廢館芳草多，踏青年少時行歌。譙樓鼓動人去後，回風嫋嫋吹女蘿。」其四曰：「土花漠漠圍頹垣，中有桃葉桃根魂。夜深踏遍階下月，可憐羅襪終無痕。」其五曰：「清明處處啼黃鸝，春風不上枯柳枝。惟應夾阤❻雙石獸，記汝曾掛黃金絲。」字極怪偉，不著姓名，不知為人語鬼語。余謂此福王❼破滅以後，前明故老之詞也。

【章旨】此章記述了江寧一處廢宅牆壁上的五首絕句。

【注釋】❶江寧　縣名。今江蘇南京。❷壬午　即清乾隆二十七年，西元一七六二年。❸四靈　南宋永嘉詩人徐照、徐璣、翁卷、趙師秀的合稱。徐照字靈暉；徐璣號靈淵；翁卷字靈舒；趙師秀號靈秀。字號中均有「靈」字，故稱「四靈」。❹雕　通「凋」。凋零。❺王謝　指兩晉南北朝時江南王姓、謝姓，都是當時著名的世家大族。❻阤　階旁所砌的斜石。❼福王　明藩王。明神宗之子朱常洵，萬曆二十九年（一六〇一年）受封，四十二年到洛陽就國，得莊田二萬頃。崇禎年間河南旱蝗成災，餓死大量人民，他廣蓄家產，淫樂無度。崇禎十四年（一六四一年）李自成攻破洛陽，把他殺死，以平民憤。其子由崧逃出，繼承王位，後在南京建立南明政權，即弘光帝。

【語譯】江寧人王金英，別字菊莊，是乾隆二十七年我任同考官時分閱試卷所錄取的士子。他喜歡作詩，但才力稍弱。不過他的詩雋秀不俗，非常近似南宋末年的永嘉四靈。他曾畫過一幅種菊花的畫像，我有意模仿他的詩風題辭在畫上，其中有「以菊花為名字，隨花朵入畫圖」的句子，菊莊非常高興，他的崇尚由此而知。他撰有詩話若干卷，還沒有成書。霜凋夏綠，歲月流逝，他的書稿不知流落到何方去了。我還記得其中有一條說：江寧有一處廢棄的住宅，牆壁上隱約有字跡。掃去灰塵，仔細辨認，原來是五首絕句。第一首說：「新綠漸長殘紅稀零，美人清淚沾濕羅衣。蝴蝶不管春天是否歸來，只管趁著菜花黃處飛去。」第二首說：「六朝燕子年年飛來，朱雀橋圮鮮花不開。未須惆悵詢問王謝，劉郎一去何曾回來。」第三首說：「荒池廢館芳草多，踏青年少時行歌。譙樓夜鼓響起人去後，回風婀婀吹動女子蘿裙。」第四首說：「土花漠漠包圍頹敗的牆垣，中間有桃葉桃根的靈魂。夜深踏遍階下的月色，可憐羅襪終究沒有留下痕跡。」第五首說：「清明處處黃鸝啼叫，春風不上枯萎的柳枝。惟有回應的是夾阡的一對石獸，記得汝曾掛過黃金絲。」字跡雄健怪異，沒有寫上作者姓名，不知道是人話還是鬼語。我認為這是福王破滅之後，明朝的故老們所寫的詩。

【研析】作者雖以學術名世，但也喜好詩詞創作。本章載錄的五首詩，惆悵憂怨，詩味濃鬱，雖已過了數十年，而作者猶記憶不忘。

饗祀無論貧富

董秋原言：昔為鉅野❶學官時，有門役典守節孝祠，即攜家居祠側。一日秋祀，門役夜起灑掃，其妻猶寢。夢中見婦女數十輩，聯袂入祠。心知神降，亦不恐怖。忽見所識二貧媼亦在其中，再三審視，真不謬。怪問其未邀旌表，何亦同來？一媼答曰：「人世旌表，豈能遍及窮鄉蔀屋❷？湮沒不彰者，在在有之。鬼神愍其茶苦，雖祠不設位，亦招之來饗。或藏瑕匿垢，冒濫馨香，雖位設祠中，反不容入。故我二人得至此也。」此事頗創聞，然揆以神理，似當如是。又獻縣禮房吏魏某，臨終喃喃自語曰：「吾處閒曹，自謂未嘗作惡業；不虞貧婦請旌，索其常例，冥謫如是其重也。」二事足相發明。信忠孝節義，感天地動鬼神矣！

【章旨】此章講述了神靈饗祀不論貧富的故事。

【注釋】❶鉅野 即「巨野」。縣名。在山東西南部、萬福河北岸。❷蔀屋 民家。

【語譯】董秋原告訴我：他過去擔任鉅野縣學官時，有一個看門的差役奉命看守節孝祠，於是便帶了家人住在節孝祠隔壁。有一天，正是秋季祭祀的日子，這個差役半夜起來灑水掃地，他的妻子還在睡覺。妻子夢中看見有幾十個婦女，一起走入節孝祠內。他妻子想這是神靈降臨，也不覺得恐怖。忽然，她看到自己認識的兩個窮苦的老婦人也在其中，再三辨認，果真沒有認錯。她感到奇怪，問她們生前沒有受到官府表彰，怎麼也一起來了？一個老婦人回答說：「人世間官府的表彰，豈能遍及窮鄉僻壤呢？被埋沒而沒有受到表彰的人，到處都有。鬼神同情這些人的辛勞艱苦，雖然節孝祠中沒有設立她們的牌位，也邀請她們一起來共享祭祀。有些人隱瞞自己的缺失和汙點，冒充騙取美好的名聲，雖然有牌位設在祠中，反而不准許她們進去享受祭祀。因此我們兩人得以到這裡來。」這件事真是從來沒有聽說過的，但按照神靈的道理，似乎理應如此。又，獻縣禮房吏魏某，臨死時喃喃自語說：「我當個空閒差使，自問沒有作過惡。想不到窮苦婦人請求表彰，我按照慣例索取好處，陰間的罪罰竟然會這樣嚴重呀！」這兩件事足以相互印證彰顯。我相信忠孝節義，確實可以感天地動鬼神的啊！

【研析】此文不外是勸人向善。即一個人即使生前沒有受到官府表彰，但只要自己行為正直，在陰間也能得到褒獎。使那些在人世間看不到一點希望的貧民，對虛無的陰間褒獎還能抱有一絲幻想。

偽鬼驚踣

族叔行止言：有農家婦，與小姑並端麗。月夜納涼，共睡簷下。突見赤髮青面鬼，自牛欄後出，旋舞跳擲，若將搏噬。時男子皆外出守場圃，姑嫂悸不敢語，鬼一一攫搦強汙之。方躍上短牆，忽嗷然失聲，倒投於地。見其久不動，乃敢呼人。鄰里趨視，則牆內一鬼，乃里中惡少某，已昏仆不知人；牆外一鬼屹然立，則社公❶祠中土偶也。父老謂社公有靈，議至曉報賽。一少年啞然曰：「某甲恆五鼓出擔糞，吾戲抱神祠鬼卒置路側，使駭走，以博一笑；不虞遇此偽鬼，誤為真鬼驚踣也。社公何靈哉？」中一叟曰：「某甲日日擔糞，爾何他日不戲之而此日戲之也？戲之術亦多矣，爾何忽抱此土偶也？土偶何地不可置，爾何獨置此家牆外也？此其間神實憑之，爾自不知耳。」乃共醵金❷以祀。其惡少為父母舁去，困臥數日，竟不復蘇。

【章旨】此章講述了一個惡少趁夜姦汙良家婦女，因而遭到報應的故事。

【注釋】❶社公　社神，即土地神，民間傳說中管理一個小地方的神。❷醵金　湊錢；集資。

【語譯】我的一位本家叔叔行止先生說：有個農家婦女和小姑二人都長得端莊漂亮。一天晚上在月光下納涼，姑嫂二人同睡在屋簷下。她們忽然看見一個紅髮青面的鬼，從牛欄後面出來，旋轉蹦跳，做出要搏殺吃人的樣子。當時，家裡的男人都外出去看守田地，姑嫂二人驚嚇得不敢說話。鬼把姑嫂兩人一一強姦了。當鬼正跳上院子的矮牆，忽然失聲大叫，仰面跌倒在地上。姑嫂見鬼很久沒有動靜，才敢呼叫人來。鄰居們聞聲趕來一看，原來矮牆內的鬼，是村中的惡少某人，已經昏迷倒地不省人事；矮牆外還有一個鬼直直地站著，原來是土地廟中的泥偶。父老鄉親們都說，土地神顯靈了，商議到天亮要去祭祀。一個青年啞然失笑說：「某甲經常五更天就出去挑糞，我開玩笑把土地廟裡的鬼卒泥偶抱來放在路旁，讓某甲嚇走，以此來讓大家笑笑；想不到碰到這個假鬼，誤以為是真鬼而被嚇倒了。土地神有什麼靈驗呢？」父老中有一個老頭說：「某甲天天都去挑糞，你為什麼其他日子沒有作弄他而偏偏今天作弄他呢？作弄人的辦法也很多，你為什麼忽然抱了這個泥人來呢？泥人哪兒不可以放，你為什麼偏偏放在這家的矮牆外面呢？這當中確實有神靈作主，你自己不清楚罷了。」於是，大家集資去祭祀土地神。那個惡少由他的父母抬回去，昏迷了幾天，竟然再也沒有蘇醒過來。

【研析】惡少裝鬼做惡事時，內心也是害怕的，故而一見泥偶就會驚嚇跌倒。作者以此來告誡世人：冥冥之中自有報應，為人不可行惡。

狐突神祠

山西太谷縣❶西南十五里白城村，有糊塗神祠，土人奉事之甚嚴。云稍不敬，輒致風雹。然不知神何代人，亦不知何以得此號。後檢《通志》❷，乃知為狐突❸

祠，元中統三年❹敕建，本名利應狐突神廟。「狐」「糊」同音，北人讀入聲皆似平，故「突」轉為「塗」也。是又一杜十姨❺矣。

【章旨】此章考定山西太谷縣「糊塗神祠」應是「狐突神祠」。

【注釋】❶太谷縣　今山西太谷，在山西太原盆地東南部。❷通志　指《山西通志》。記載山西一省歷史、地理、人物等各方面內容的地方志。❸狐突　春秋晉國大夫，公子重耳之外祖。晉獻公時驪姬用事，害死太子申生，逼走公子重耳。狐突的兩個兒子隨從重耳出亡。晉懷公命狐突召之，狐突不同意，遂被殺。事見《左傳》僖公二十三年。❹中統三年　即西元一二六二年。中統，元世祖忽必烈的年號。❺杜十姨　唐代大詩人杜甫，曾官左拾遺，故世稱杜拾遺。舊村學究戲作杜十姨。宋俞琰《席上腐談》卷上：「溫州有土地杜拾姨無夫，五撮鬚相公無婦。州人迎杜拾姨配五撮鬚，合為一廟。杜十姨為誰？乃杜拾遺也。五撮鬚為誰？乃伍子胥也。」

【語譯】山西太谷縣西南十五里的白城村，有座糊塗神祠，當地人奉事的極嚴謹。據說如果稍有不敬的地方，就會招來大風冰雹。但是不知道這位神仙是哪個朝代的人，也不知道為什麼得到這麼個名號。我後來翻閱《山西通志》，才知道應為狐突祠，元朝中統三年奉旨建造，本來叫利應狐突神廟。「狐」與「糊」同音，北方人讀入聲都像平聲，所以「突」也就轉為「塗」了。這又是一個杜十姨式的笑話了。

【研析】作者由對「糊塗神祠」一名的疑惑，經考定後知應為「狐突神祠」。方言讀音之不同，竟會造成如此訛傳，可知人云亦云也會鬧出笑話來的。

石中物象

石中物象，往往有之。姜紹書❶《韻石軒筆記》言見一石子，作太極圖❷。是猶紋理旋螺，偶分黑白也。顏介子嘗見一英德❸硯山❹，上有白脈，作「山高月小」四字，炳然分明。其脈直透石背，尚依稀似字之反面，但模糊散漫，不具點畫波磔耳。諦視，非嵌非雕，亦非漬染，真天成也。不更異哉！夫山與地俱有，石與山俱有，豈開闢以來，即預知有程邈❺隸書歟？即預知有東坡❻〈赤壁賦〉❼歟？即曰山孕此石，在宋以後，又誰使仿此字，誰使題此語歟？然則天工之巧，無所不有，精華蟠結，自成文章，非常理所可測矣。世傳河圖洛書❽，出於北宋，唐以前所未見也。河圖作黑白圈五十五，洛書作黑白圈四十五。考孔安國❾《論語注》，稱河圖即八卦（孔安國《論語注》今已不傳，此條乃何晏《論語集解》所引）。是孔氏之門，本無此五十五點之圖矣，陳摶❿何自而得之？至洛書既謂之書，當有文字，乃亦四十五圈，與河圖相同，是宜稱洛圖不得稱書。《繫辭》又何以別之曰書乎？劉向、劉歆⓫、班固⓬並稱洛書有文，孔穎達《尚書正義》並詳載其字數

〈洪範〉「初一曰五行」一章疏曰：〈五行志〉全載此一章，云此六十五字皆洛書本文。計天言簡要，必無次第之數。「初一曰」等二十七字，是禹加之也；其「敬用」「農用」等一十八字，大劉及顧氏以為龜背先有總三十八字，小劉以為「敬用」等皆禹所敘第，其龜文惟有二十字云云。雖所說字數不同，而足見由漢至唐，洛書無黑白點之偽圖也）。觀此硯山，知石紋成字，鑿然不誣，未可執盧辨⑬晚出之說（明堂九室法龜文，始見北齊盧辨《大戴禮注》。朱子⑭以為鄭康成⑮說，偶誤記也），遂以太乙九宮真為神禹所受也。（今術家所用洛書，乃太乙行九宮法，出於《易緯・乾鑿度》，即《漢書・藝文志》所謂太乙家，當時原不稱為洛書也。）

【章旨】此章作者從石中物像考定宋人所稱河圖洛書之偽。

【注釋】❶姜紹書　字二酉，號晏如居士，清丹陽（今江蘇丹陽）人。明時曾為南京工部郎。❷太極圖　古時用以說明宇宙現象的圖。❸英德　縣名。在廣東北部、北江中游及其支流連江及滃江下游。❹硯山　指石硯。❺程邈　字元岑，秦下杜（今陝西西安南）人。程邈把民間的書寫體加以蒐集和整理，成為隸書。後世遂有程邈創造隸書的傳說。❻東坡　指蘇東坡，即蘇軾。字子瞻，號東坡居士，眉山（今屬四川）人。北宋大文學家、詞人、書畫家。❼赤壁賦　賦篇名。北宋蘇軾作。有前後兩篇。❽河圖洛書　古代儒家關於《周易》卦形來源及《尚書・洪範》「九疇」創作過程的傳說。《易・繫辭上》：「河出圖，洛出書，聖人則之。」河，黃河。洛，洛水。傳說伏羲氏時，有龍馬出於黃河，背負「河圖」；有神龜從洛水出現，背負「洛書」。伏羲根據這種「圖」、「書」畫成八卦，就是後來《周易》的來源。一說禹治洪水時，上帝賜給他《洪範九疇》（《尚書・洪範》）。劉歆認為〈洪範〉即洛書。❾孔安國　西漢經學家。孔子後裔。武帝時任諫大夫。❿陳摶　五代宋初道士。字圖南，自號扶搖子，亳州真源（今河南鹿邑縣）人。生於唐末，舉進士不第，隱居華山。⓫劉歆　字子駿，後改名秀，字穎叔，沛（今江蘇沛縣）人。劉向之子。西漢末年古文經學派的開創者、目錄學家、天文學家。⓬班固　字孟堅，扶風安陵（今陝西咸陽東北）人。東漢史學家、文學家。奉詔完成其父所著書，歷二十餘年，修成《漢書》，繼司馬遷之後，整齊了紀傳體史書的形式，並開創了「包舉一代」的斷代史體例。書未成而卒。⓭盧辨　字景宣，西魏北周范陽涿縣（今屬河北）人。從魏孝武帝到關中，西魏太子、諸王都從他學習。宇文泰為相，使他依《周禮》改訂官制。北周世宗時死，官至大將軍。⓮朱子　即朱熹，南宋理學家。⓯鄭康成　即鄭玄。字康成，北海高密（今山東高密）人。東漢經學家。是漢代經學集大成者。

【語譯】石頭中有物體的圖像，這種情況經常會有的。姜紹書《韻石軒筆記》中說，見過一塊石頭，上面有太極圖像。這還是石頭紋理呈螺旋形，偶然分為黑白兩色而已。顏介子曾經見過一塊英德產的石硯，上面有白色的紋理，形成「山高月小」四個字，筆畫分明。這白色紋理一直透入石硯的背後，隱隱約約似乎還像字的反面，但是模糊不清，點折撇捺不很分明而已。仔細察看，這幾個字不是嵌鑲不是雕刻，也不是漬染上去的，真是天然生成，這不是更奇異嗎！山峰和大地同生，山石與峰巒並存，難道開天闢地以來，就預先知道有程邈的隸書嗎？就預先知道有蘇東坡的〈赤壁賦〉嗎？若是說山峰孕育這塊石硯是在宋以後，那麼又是誰模仿了程邈的隸書？又是誰題了蘇東坡〈赤壁賦〉中的字句呢？然而，可見天工的巧妙，真是無所不有！精華彙集，自成文章，不是常理所能理解的。世間流傳的河圖洛書，出現在北宋，唐以前沒有見過。河圖上有黑白圓圈五十五個，洛書上有黑白圓圈四十五個。查考孔安國《論語注》，他稱說河圖就是八卦（孔安國《論語注》已經失傳，這條是何晏《論語集解》中所引用的材料。）這是說孔子的學說中，本來沒有這種五十五點的河圖，陳摶又從什麼地方得到的呢？至於洛書既然叫做書，應當有文字，卻也是四十五個圈，和河圖相同，這應該稱為洛圖而不能稱為洛書。《周易・繫辭》又為什麼別稱為書呢？劉向、劉歆、班固等人都說洛書有文字，孔穎達《尚書正義》還詳細地記載了洛書的字數（〈洪範〉「初一日五行」一章的注疏說：〈五行志〉全文記載了這一章，說這六十五字都是洛書的本文，估計上天的言語簡單扼要，必定沒有次序的數目。「初一曰」等二十七字，是大禹加上去的；其「敬用」「農用」等十八字，大劉和顧氏認為龜背先有，共三十八字，小劉認為「敬用」等話都是大禹所解釋的，那龜文只有二十字等等。雖然所說的字數不同，然而足以看出從漢代至唐代，洛書沒有黑白點的偽造圖形）。看到這個石硯，知道石頭紋理形成文字，確實不是偽造的，不能偏信盧辨晚出的說法（明堂九室法龜文，首先出於北齊盧辨的《大戴禮注》。朱熹認為是鄭康成的說法，是偶然記錯了）。就以為太乙九宮真是大禹神所傳授的。（現在的術士所用的洛書，是太乙行九宮法，出於《易緯・乾鑿度》，也就是《漢書・藝文志》所說的太乙家，當時本來就不稱為洛書。）

【研析】石頭中的紋理形成天然的文字圖案，今天稱之為奇石，時有見到，是大自然的傑作。作者由此考定北宋所出的河圖洛書均出於偽造，言之鑿鑿，無可辯駁。

示譴

表兄劉香畹言：昔官閩中❶，聞有少婦素幽靜，歿葬山麓。每月明之夕，輒遙見其魂，反接縛樹上，漸近則無睹，莫喻其故也。余曰：「此有所示也：人莫喻其受譴之故，而必使人見其受譴，示人所不知，鬼神知之也。」

【章旨】此章講述了一個少婦死後，其鬼魂被譴責的故事。

【注釋】❶閩中　福建。

【語譯】我的表兄劉香畹說：他從前在福建做官的時候，聽說有個少婦平常幽深恬靜，死後葬在山麓。每當月光明亮的晚上，就遠遠看見少婦的鬼魂，被反綁在樹上，走近去看就看不見了。不知是什麼緣故。我說：「這是有所表示的：人們不知道她受責罰的緣故，卻一定使人們看到她受責罰，表示人們不知道的事情，鬼神是知道的。」

【研析】因果報應是作者反覆渲染的主題，用意在於勸善。

城隍控馬卒

陳太常楓厓言：一童子年十四五，每睡輒作呻吟聲，疑其病也。問之，云無有。既而時作囈語，呼之不醒。其語頗了了，諦聽皆媟狎❶之詞，其呻吟亦受淫聲也。然問之終不言，知為魅，牒於社公。夜夢社公曰：「魅誠有之，非吾力所能制也。」乃牒於城隍。越一宿，城隍祠中泥塑控馬卒無故首自隕，始悟社公所謂力不能制也。然一騶❷耳，未必城隍之所愛；即城隍之所愛，神正直而聰明，亦必不以所愛之故，曲法庇一騶。牒一陳而伏冥誅，城隍之心昭然矣。彼社公者乃揣摩顧畏，隱忍而不敢言，其視城隍何如也！城隍之視此社公，又何如也！

【章旨】此章講述城隍控馬卒姦汙少年，被城隍嚴厲懲治的故事。

【注釋】❶媟狎　相處過於親昵而近於放蕩。❷騶　掌馬駕車的人。

【語譯】太常寺卿陳楓厓說：有一個十四五歲的少年，每當他睡著時，常發出呻吟的聲音，大家懷疑他生病了。問他，卻又說沒病。不久，他睡覺時常說夢話，喊他也不醒。他說的夢話相當清楚，仔細一聽，都是淫蕩調情的話，他的呻吟也是受到姦淫的聲音。但是問他時卻始終不說。家人知道是鬼魅作祟，就寫了文書向土地神告狀。晚上，家人夢見土地神說：「鬼魅確實是有的，但不是我的能力所能夠制服的。」家人就到城隍那裡告狀。過了一個晚上，城隍祠中泥塑控馬卒的腦袋無緣無故就破碎了，這時大家才省悟土地神所說力量不能夠制服這鬼魅的話。不過，一個馬夫，未必是城隍喜愛之人；即使是城隍喜愛之人，神正直而聰明，也必定不會因為自己喜愛的緣故，違法地包庇一個馬夫。狀紙一呈上去而馬夫就受到陰間的懲處，城隍的心地夠光明磊落的了。那個土地神專門窺察上司的臉色，畏首畏尾，吞吞吐吐不敢講明，祂把城隍爺看成什麼樣了！城隍看這個土地神，又是什麼樣呢！

【研析】這是一個尋常故事，但作者卻有感而發：土地神在事實面前還要揣摩城隍臉色，而城隍正直無私，不枉法庇護部下。官場之中，不也常有如此情況嗎？

草下蟲

趙太守書三言：有夜遇狐女者，近前挑之，忽不見。俄飛瓦擊落其帽。次日睡起，見窗紙細書一詩，曰：「深院滿枝花，只應蝴蝶採；喓喓❶草下蟲，爾有蓬蒿❷在。」語殊輕薄，然風致楚楚，宜其不愛紈袴兒。

【章旨】此章講述一個紈袴子挑逗狐女，反遭狐女嘲諷的故事。

【注釋】❶嘤嘤　蟲叫的聲音。❷蓬蒿　亦稱「茼蒿」。菊科。一、二年生草本植物。此處泛指野草。

【語譯】太守趙書三說：有個人夜間遇見狐女，他便上前去挑逗她，狐女忽然就不見了。一會兒，飛來一塊瓦片把這個人的帽子打落在地。這個人第二天起床時，看見窗戶紙上有用小字寫的一首詩，寫道：「深深院落滿枝花朵，只應蝴蝶前來採花；嚶嚶鳴叫的草下之蟲，等待你的有蓬蒿亂草。」這首詩的詩句很輕浮，不過風致楚楚動人，她應該不會喜歡紈袴子弟的。

【研析】這首詩風情萬種，不像良家女子所寫，卻似青樓女子的筆法。作者在說教之餘，偶爾來此一筆，也頗能調劑讀者情緒。

真山民

田白巖言：嘗與諸友扶乩，其仙自稱真山民❶，宋末隱君子❷也。（按：山民有詩集，今著錄《四庫全書》中。）倡和方洽，外報某客某客來，乩忽不動。他日復降，眾叩昨遽去之故。乩判曰：「此二君者，其一世故太深，酬酢❸太熟，相見必有諛詞數百句。雲水散人，拙於應對，不如避之為佳。其一心思太密，禮數太明，其與人語恆字字推敲，責備無已。閒雲野鶴，豈能耐此苛求？故逋逃尤恐不速耳！」後先姚安公聞之，曰：「此仙究狷介❹之士，器量未宏。」

【章旨】此章講述了乩仙怕見世故太深、心思縝密之人的故事。

【注釋】❶真山民　據紀昀《四庫全書總目》說：山民始末不可考，竄跡隱淪，以所至好題詠，因傳於世。或自呼山民，因以稱之。或云李生喬嘗歎其不愧乃祖文忠西山，以是疑其姓真。或說本名桂芳，括蒼人，宋末曾登進士。因為是亡國遺民，本不求知於世，世亦無從而知之，姓名里籍疑為好事者以意為之，未必準確。❷隱君子　即隱士。隱居不仕的人。❸酬酢　原指飲酒時主客互相敬酒。主敬客曰「酬」，客還敬曰「酢」。後稱朋友酒食往來為「酬酢」。此亦指應酬、應對。❹狷介　潔身自好，不肯同流合汙。

【語譯】田白巖說：曾經和朋友們一起扶乩，請來的乩仙自稱叫真山民，是宋代末年的隱士。（按：山民有詩集，現今著錄在《四庫全書》中。）乩仙和大家吟詩唱和正酣暢的時候，僕人從外面進來報告說有某客、某客來了，乩筆忽然就不動了。他日扶乩時，這位乩仙又降臨了，大家請問他那天突然離去是為什麼，乩仙下判語說：「那兩個人，一個世故太深，應酬太熟練，相見時必定有幾百句阿諛逢迎的話。我是浮雲流水般閒散的人，不善於應酬，不如避開他為好。另一個人心思太密，禮數太周到，他和別人說話，常常一字一句地推敲，責備別人起來沒完沒了。我像閒雲野鶴，怎能忍受這種苛求呢？所以還怕逃跑得不夠迅速呢！」後來，先父姚安公聽說這件事，說：「這位仙人畢竟是潔身自好的讀書人，器度胸襟不夠宏闊。」

【研析】真山民以「雲水散人」和「閒雲野鶴」自比，厭棄士大夫間的應對酬酢和道學家的求全責備。作者藉此針砭「世故太深」和「心思太密」者。

杏花

從兄懋園言：乾隆丙辰❶鄉試，坐秋字號中。續一人入號，號軍問姓名籍貫，拱手致賀曰：「昨夢女子持杏花一枝插號舍❷上，告我曰：『明日某縣某人至，為言杏花在此也。』君名姓籍貫適符，豈非佳兆哉！」其人愕然失色，竟不解考具❸，稱疾而出。鄉人有知其事者曰：「此生有小婢名杏花，逼亂之而終棄之，竟流落不知所終，意其齎恨❹以歿矣。」

【章旨】此章講述了一個書生對一女子始亂終棄，而遭該女子報復的故事。

【注釋】❶乾隆丙辰　即清乾隆元年，西元一七三六年。❷號舍　即號子。科舉考場中生員答卷和食宿之所。人各一小間，每間有編號。❸考具　考試的用具。❹齎恨　抱憾；抱恨。

【語譯】我的堂兄懋園說：乾隆元年他參加鄉試，坐在秋字號號舍中。有一個人跟著入場，守考場的軍士問這人的姓名籍貫之後，拱手祝賀說：「昨天晚上，我夢見一個姑娘手拿一枝杏花，插在您的號舍上，還告訴我說：『明天某縣某人來的時候，告訴他杏花在這裡。』您的姓名籍貫恰好相符，這不是好兆頭嗎！」這個人聽了這話大驚失色，竟然連考試用具也不放下，說是生病而急忙走出去了。他的同鄉中有知道這件事的人說：「這個秀才有個小婢女叫杏花，被他逼迫姦汙之後，又被他遺棄了，最後流落在外不知去了那裡，這個小婢女大概已經含恨而死了。」

【研析】始亂終棄，是紈袴子弟玩弄女性的慣用手法，而被其遺棄的女子往往含冤終身。然而這個杏花姑娘卻能奮起反抗惡行，使造孽者落荒而逃，也為天下被迫害受冤屈的女子出了一口鳥氣。

滴血驗親

從孫樹森言：晉人有以資產託其弟而行商於外者，客中納婦，生一子。越十餘年，婦病卒，乃攜子歸。弟恐其索還資產也，誣其子抱養異姓，不得承父業。糾紛不決，竟鳴於官。官故憒憒，不牒其商所問真贗，而依古法滴血❶試；幸血相合，乃笞逐其弟。弟殊不信滴血事，自有一子，刺血驗之，果不合。遂執以上訴，謂縣令所斷不足據。鄉人惡其貪媢❷無人理，僉曰：「其婦夙與某私昵，子非其子，血宜不合。」眾口分明，具有徵驗，卒證實姦狀。拘婦所歡鞫之，亦俯首引伏。弟愧不自容，竟出婦逐子，竄身逃去，資產反盡歸其兄。聞者快之。按：陳業滴血❸，見《汝南先賢傳》❹，則自漢已有此說。然余聞諸老吏曰：「骨肉滴血必相合，論其常也。或冬月以器置冰雪上，凍使極冷；或夏月以鹽醋拭器，使有酸鹹之味，則所滴之血，入器即凝，雖至親亦不合。故滴血不足成信讞❺。」然此令不刺血，則商之弟不上訴，商之弟不上訴，則其婦之野合生子亦無從而敗。此殆若或使之，未可全咎此令之泥古矣。

【章旨】 此章講述了一個兄弟為霸占兄長財產而誣陷兄長，卻反而害了自己的故事。

【注釋】 ❶滴血　古時用血辨別親屬真偽之法。據說至親之血，共滴水中則相凝合，驗屍時，以生者之血滴死者骨上則滲入。❷貪媢　指貪利嫉妒。❸陳業滴血　見《汝南先賢傳》。陳業兄渡海時船傾覆而喪命，和其兄死一起的有五六十人，骨肉消爛，無法辨別。陳業仰天發誓說，聞親戚者必有異常，因割臂流血，滴在骨上，血滲入骨，其餘都流去。由此認為滲血者為其兄長的遺骨。❹汝南先賢傳　晉周斐撰。記敘汝南地區先賢事跡的傳記。❺信讞　證據確鑿的判決。

【語譯】我的侄孫紀樹森說：有個山西人把家產託付給弟弟，自己外出經商。他客居在外娶了妻子，生了一個兒子。過了十多年，妻子病死了，他便帶了兒子回鄉。他的弟弟擔心哥哥討回家產，便誣陷說他的兒子是抱養他人的孩子，不能繼承父親的產業。兄弟爭吵無法決斷，就告到官府去。縣官本來就昏憒糊塗，不去調查那個商人所說的真假，而依照古時滴血驗親的方法來試驗；幸好父子滴血相合，就杖責了那個弟弟，並把他趕出公堂。弟弟根本不相信滴血驗親的事，他自己有一個兒子，便刺血試驗，血滴果然不相合。於是，弟弟以此作為理由上訴，說縣令判案的證據不足。鄉里人厭惡弟弟貪婪沒有人性，都說：「這個人的老婆和某某人有私情，兒子不是他自己的兒子，血滴當然不會相合了。」大家所說分明，又具有證據，終於證實了他妻子的姦情。官府把他妻子的情人抓來審問，那個姦夫也低頭承認了。弟弟羞愧得無地自容，就休了老婆趕出兒子，自己也棄家逃跑了，所有資產反而全部歸到他哥哥名下。聽說這件事的人都感到快慰。按：陳業滴血尋親的事，見於《汝南先賢傳》，那麼從漢代就有這個說法了。然而我聽幾個老吏說：「骨肉之親的血滴一定相互融合，這是說它的常理。但如果在冬天，把盛血的器皿放在冰雪上，冰凍使這器皿極冷；或者在夏天，用鹽、醋擦盛血的器皿，使器皿有酸鹹的味道時，那麼所滴出的血，落到器皿裡就凝固了，即使是至親，他們的血滴也不會融合的。所以，滴血驗親不足以成為斷案的確實依據。」不過，如果這個縣令不做刺血試驗的話，那麼商人的弟弟不會上訴；商人的弟弟不上訴的話，他老婆與外人生孩子的事也不會敗露。這當中或許冥冥之中有所指使的，不能完全責備這個縣令的食古不化了。

【研析】害人反害己，真是應驗了《紅樓夢》中的一句話：「機關算盡太聰明，反誤了卿卿性命。」這是奸惡之徒的應有下場，也是作者對奸惡之徒的一種譏刺嘲諷。

都察院蟒

都察院蟒，余載於〈灤陽消夏錄〉中，嘗兩見其蟠跡，非烏有子虛也。吏役畏之，無敢至庫深處者。壬子❶二月，奉旨修院署。余啟庫檢視，乃一無所睹。知帝命所臨，百靈懾伏矣。院長舒穆嚕公❷因言內閣學士札公❸祖墓亦有巨蟒，恆遙見其出入曝鱗，墓前兩槐樹，相距數丈，首尾各掛於一樹，其身如彩虹橫亙也。後葬母卜壙，適當其地，祭而祝之，果率其族類千百蜿蜒去。葬畢，乃歸。去時其行如風，然漸行漸縮，乃至長僅數尺。蓋能大能小，已具神龍之技矣。乃悟都察院蟒，其圍如柱，而能出入窗櫺中，隙才寸許，亦猶是也。是月，與汪蕉雪副憲同在山西馬觀察❹家，遇內務府❺一官，言西十庫貯硫磺處亦有二蟒，皆首矗一角，鱗甲作金色。將啟鑰，必先鳴鉦。其最異者，每一啟鑰，必見硫磺堆戶內，磊磊如假山，足供取用，取盡復然。意其不欲人入庫，人亦莫敢入也。或曰即守庫之神，理或然歟！《山海經》❻載諸山之神，蛇身鳥首，種種異狀，不必定作人形也。

【章旨】此章講述了都察院和內務府庫內蟒蛇的異常情況。

【注釋】❶王子　即清乾隆五十七年，西元一七九二年。❷舒穆嚕公　即舒赫德，清滿洲正白旗人。舒穆魯氏，字伯容。雍正時由筆帖式授內閣中書。乾隆時歷任御史、兵部尚書等職，官至武英殿大學士兼軍機大臣加太保。❸札公　即札巴爾火，官至內閣學士。❹觀察　清代對道員的尊稱。唐代於不設節度使的區域設觀察，為州以上的長官。後人因為分守、分巡道員也管轄府、州，就借用以稱一般道員。❺內務府　官署名。清代特設為專管皇室事務的機構。其長官稱內務府總管大臣，以滿族王、公或滿族大臣兼充，無定員。❻山海經　古代地理著作。作者不詳，各篇著作時代亦無定論，近代學者認為不出於一時一人之手，內容主要為民間傳說中的地理知識，對古代歷史、地理、文化、中外交通、民俗、神話等研究，均有參考價值。

【語譯】都察院蟒蛇的故事，我記載在〈灤陽消夏錄〉中，我曾經兩次見到牠蟠踞的痕跡，並非憑空虛構的。衙署中的差役害怕蟒蛇，沒有一個人敢走到庫房深處去。乾隆五十七年二月，奉旨維修都察院房屋，我打開倉庫檢查察看，卻什麼都沒有看到。大概是皇帝命令所到的地方，百種生靈都懾伏躲開了。院長舒穆嚕公說，內閣學士札先生的祖墳墓地也有巨蟒，經常遠遠看到牠出入曬太陽。墓前有兩棵槐樹，相距幾丈遠，蟒蛇的頭尾各掛在一棵樹上，蛇身像彩虹一般橫掛空中。札先生後來埋葬母親選擇墓地，剛好在這個地方，祭祀祈禱，果然見蟒蛇帶著牠的族類千百條蛇蜿蜒離去。葬禮結束，蟒蛇才回來。蟒蛇離去時行動快得像風一樣，然而漸漸離去漸漸縮小，乃至於縮小到只有幾尺長。這條蟒蛇能大能小，已經有神龍的技能了。我於是省悟到都察院的蟒蛇，粗得像柱子一樣，卻能在窗櫺中進出，窗戶縫隙才一寸多，那也是神龍的技能啊。這個月，我和副都御史汪蕉雪一起住在山西人馬觀察家裡，遇到內務府的一位官員。據這位官員說，內務府西十庫中儲存硫磺的地方也有兩條蟒蛇，頭上都矗立著一隻角，蟒蛇身上的鱗片是金色的。人們要打開倉庫門時，必定先敲響銅鉦。最奇怪的是，每次打開倉庫，必然看見硫磺堆積在門內，高高堆積得像假山，足夠供應取用的；這些硫磺取用完了又堆得滿滿的。人們料想蟒蛇不想要人進入庫房，人也不敢進去。有人說這就是守庫之神，從道理上說或者是的。《山海經》中記載各山的神靈，有蛇的身體鳥的腦袋，各種怪異的形狀，不必一定像人的模樣。

【研析】北方有蛇，如大連附近就有一座蛇島，島上毒蛇何止萬千條。但北方有蟒蛇卻聞所未聞，作者此處所說的蟒蛇，或可補記聞之缺。

孝子至情

先兄晴湖言：有王震升者，暮年喪愛子，痛不欲生。一夜偶過其墓，徘徊淒戀，不能去。忽見其子獨坐隴頭❶，急趨就之。鬼亦不避。然欲握其手，輒引退。與之語，神意索漠，似不欲聞。怪問其故，鬼哂曰：「父子宿緣也，緣盡，則爾為爾我為我矣，何必更相問訊哉！」掉頭竟去。震升自此痛念頓消。客或曰：「使西河❷能知此義，當不喪明。」先兄曰：「此孝子至情，作此變幻，以絕其父之悲思，如郗超❸密札之意耳，非正理也。使人存此見，父子兄弟夫婦，均視如萍水之相逢，不日趨於薄哉！」

【章旨】此章講述了一個父親喪子哀痛不已，而他兒子卻在陰間神意索漠，父子遂感情破裂的故事。

【注釋】❶隴頭　田畦；田頭。❷西河　即子夏，孔子弟子。春秋末晉國溫（今河南溫縣西南）人。孔子死後到魏國西河講學。其子死，因慟哭而雙目失明。西河，古地區名。在今河南安陽一帶。❸郗超　字景興（或作敬輿），一字嘉賓，東晉高平金鄉（今屬山東）人。任桓溫參軍，深獲信任。桓溫專制晉政，他任中書侍郎等職，參預廢立密謀。死後，他的父親悲痛欲絕，郗超弟子按照其遺囑呈上一箱書信，都是郗超參與謀反的密信，他的父親遂痛恨不已，不再悲痛。

【語譯】先兄晴湖說：有個叫王震升的人，老年時喪失愛子，簡直是痛不欲生。一天夜裡，他偶然經過兒子的墳墓，就在墓地徘徊淒戀，久久不能離開。忽然，他看見兒子獨自坐在田頭，就急忙走過去。這鬼魂也不躲避。王震升想握住兒子鬼魂的手，鬼魂就後退。他和鬼魂說話，鬼魂神情淡漠，好像不願意聽的樣子。王震升感到奇怪，就問是什麼緣故。鬼魂譏笑說：「父子關係是過去的緣分，緣分盡了，那麼你就是你，我就是我，又何必再互相問候呢！」鬼魂說罷掉轉頭就走了。從此，王震升悲痛的思念頓時消散了。有的賓客說：「如果讓子夏能明白這個道理，就不會雙目失明了。」我的兄長晴湖說：「這是孝子的最深的感情，作出這樣的變化幻形，以斷絕父親的悲痛哀思，這如同郗超讓人呈密信給父親的意思，但這不是正常的情理。假如人人都存有這種見解，父子、兄弟、夫婦之間，都看作萍水相逢一樣，人情不是越來越淡薄了嗎！」

【研析】慈父思子，不能自已；孝子愛親，不惜自毀形象。這真是天底下至深至切的親情，令人感動再三。

私祭

某公納一姬，姿采秀豔，言笑亦婉媚，善得人意。然獨坐則凝然若有思，習見亦不訝也。一日，稱有疾，鍵戶❶晝臥。某公穴窗紙窺之，則塗脂傅粉，釵釧衫裙，一一整飭，然後陳設酒果，若有所祀者。排闥入問，姬蹙然❷斂衽跪曰：「妾故某翰林之寵婢也。翰林將歿，度夫人必不相容，慮或鬻入青樓❸，乃先遣出。臨別，切切私囑曰：『汝嫁我不恨，嫁而得所我更慰。惟逢我忌日❹，汝必於密室靚妝私祭我；我魂若來，以香煙繞汝為驗也。』」某公曰：「徐鉉❺不負李後主❻，宋主弗罪也。吾何妨聽汝。」姬再拜炷香，淚落入俎❼。煙果裊裊然三繞其頰，漸蜿蜒至足。溫庭筠❽〈達摩支曲〉曰：「擣麝成塵香不滅，拗蓮作寸絲難絕。」此之謂歟！雖琵琶別抱，已負舊恩，然身去而心留，不猶愈於同床各夢哉？

【章旨】此章講述了一個女子思念前夫的故事。

【注釋】❶鍵戶　閉門；鎖門。❷蹙然　局促不安。❸青樓　指妓院。❹忌日　指家中先人去世的日子。古時每逢這一天家人忌飲酒作樂，所以叫「忌日」，也叫「忌辰」。❺徐鉉　五代宋初文學家。字鼎臣，揚州廣陵（今江蘇揚州）人。初仕南唐，後歸宋，官至散騎常侍。❻李後主　即李煜。五代時南唐國主。字重光，初名從嘉，號鍾隱，世稱李後主。宋兵攻破金陵，出降，後被毒死。❼俎　古代祭祀時用以載牲的禮器。青銅製，也有木製漆飾的。❽溫庭筠　唐代詩人、詞人。原名岐，字飛卿，太原（今屬山西）人。文思敏捷，精於音律。仕途不得意，官止國子助教。

【語譯】某公娶了一個姬妾，風度嫻雅，姿色豔麗，談笑也嫵媚動人，又善解人意。不過，她獨自一人坐著時，常常凝神若有所思，人們見慣了也不覺得驚訝。有一天，她說有病，鎖了房門白天休息。某公在窗戶紙上挖個小洞偷偷朝裡張望，只見她塗脂抹粉，穿好衣服，戴上首飾，打扮得整整齊齊，然後陳設酒水果品，好像要祭祀什麼人。某公推門進去詢問，這個姬妾局促不安地整理衣衫跪下說：「我原來是某翰林寵愛的婢女，翰林將要去世時，估計夫人一定容不下我，怕我或許會被賣到妓院去，就先把我遣送出來了。臨別之時，翰林私下切切叮囑我說：『你嫁人我不怨恨，能嫁到一個好人家我更加感到寬慰。只是到了我的忌日，你一定要在密室裡打扮得漂漂亮亮地私下祭祀我；我的鬼魂如果來，以焚香的煙霧繞著你作為驗證。』」某公說：「徐鉉不背叛李後主，宋朝君主也不怪罪他。我何妨就聽任你吧！」姬妾再次跪拜點香，淚水都滴落在祭祀的禮器上。那股煙果然繞著姬妾的臉頰轉了三圈，漸漸蜿蜒繞到她的腳下。唐朝詩人溫庭筠的〈達摩支曲〉中說：「搗爛麝香成塵土而香氣不滅，拗斷蓮藕作一寸長而藕絲難絕。」就是說這種情況！雖然這女子再嫁了人，已經辜負了舊主人的恩情，然而身體離去而感情存留，這不比同床異夢的夫妻強得多嗎？

【研析】這個姬妾與某翰林情深意重，雖然陰陽相隔，但此情此意無法分離。某公也能解風情，寬容了這個姬妾的違反禮法之舉，才會有這個感人的故事。

皎然不自欺

交河一節婦[1]建坊，親串畢集。有表姐妹自幼相謔者，戲問曰：「汝今白首完貞矣，不知此四十餘年中，花朝月夕，曾一動心否乎？」節婦曰：「人非草木，豈得無情。但覺禮不可逾，義不可負，能自制不行耳。」一日，清明祭掃完畢，忽似昏眩，喃喃作囈語。扶掖歸，至夜乃蘇，顧其子曰：「頃恍惚見汝父，言不久相迎，且勞慰甚至，言人世所為，鬼神無不知也。幸我平生無瑕玷，否則黃泉會晤，以何面目相對哉！」越半載，果卒。此王孝廉梅序所言，梅序論之曰：「佛戒意惡，是剷除根本工夫，非上流人不能也。常人膠膠擾擾❷，何念不生？但有所畏而不敢為，抑亦賢矣。此婦子孫，頗諱此語，余亦不敢舉其氏族。然其言光明磊落，如白日青天，所謂皎然不自欺也，又何必諱之！」

【章旨】此章記述了一個節婦守節數十年的真實感受。

【注釋】❶節婦　指夫死守貞不再嫁的婦女。❷膠膠擾擾　紛亂不寧。

【語譯】交河縣為一個節婦建造牌坊，親友們都聚集而來。有個表姐妹從小就和這個節婦在一起互相戲謔的，開玩笑地問這個節婦：「你如今年老而保持了貞潔，不知道這四十幾年中，花前月下的時候，有沒有動過心呢？」這個節婦說：「人不是草木，怎會沒有感情呢？但是，我自己覺得禮制是不能逾越的，道義是不能背叛的，就能夠自制而不做越規之事。」一天，清明節祭祀掃墓結束，節婦忽然覺得頭昏目眩，口裡喃喃地說起胡話。大家把她扶送回家，到夜裡這個節婦才清醒過來，對自己的兒子說：「剛才恍恍惚惚好像看到你的父親，他說不久就要接我去了，而且很懇切地慰勞我一番；說人在世上的所作所為，鬼神沒有不知道的！幸虧我一生沒有汙點，否則到了地下會晤時，有什麼面目相對呢！」過了半年，這個節婦果然去世了。這是王梅序舉人所講的故事。王梅序議論這件事說：「佛教要人戒除意念中的惡，這是剷除惡的根本工夫，不是上流人物不能做到。平常百姓紛亂纏繞，什麼想法不會產生呢？但是，只要有所畏懼而不敢胡來，也算是有品德的人了。這個節婦的子孫，很忌諱節婦的言論，我也不敢指出他們的姓名家族。然而她的話光明磊落，如同青天白日，正所謂純潔高尚而不自我欺騙，又何必隱諱呢！」

【研析】節婦所言，並沒有如道學家那樣口是心非，喬裝偽飾；而是光明磊落，把自己的內心毫無隱瞞地袒露在眾人面前，這就是真實，也就是坦蕩，更值得人們尊敬。雖然筆者並不贊成強迫婦女從一而終的封建禮教。

鼠穴壁下

姚安公監督南新倉❶時，一厫❷後壁無故圮。掘之，得死鼠近一石，其巨者形幾如貓。蓋鼠穴壁下，滋生日眾，其穴亦日廓，至壁下全空，力不任而覆壓也。公同事福公海曰：「方其壞人之屋，以廣己之宅，殆忘其宅之託於屋也耶？」余謂李林甫❸、楊國忠❹輩尚不明此理，於鼠乎何尤！

【章旨】此章以倉鼠毀牆擴穴，卻被牆壓死的故事，譏刺權奸誤國即誤己。

【注釋】❶南新倉　清時京師糧倉之一，在北京朝陽門外。❷厫　通「廒」。本作「敖」。倉房。秦漢魏時在敖山（今河南滎陽北）上置穀倉，名敖倉。後世因沿稱倉為「敖」。❸李林甫　唐玄宗時著名奸相，小字哥奴。為人面柔心毒，口蜜腹劍，他為了鞏固地位，重用蕃將，導致安史之亂。❹楊國忠　楊貴妃的堂兄。本名釗，唐蒲州永樂（今山西永濟）人。他繼李林甫為相，身兼十五職，權傾內外，結黨營私，賄賂公行。安祿山以討楊國忠為名發動叛亂。他隨玄宗逃至馬嵬驛，被士兵殺死。

【語譯】先父姚安公監督南新倉的時候，一座糧倉的後牆無緣無故倒塌了。在挖掘牆基時，挖出死老鼠將近有一石，其中大老鼠的體型幾乎像貓那樣大。原來老鼠洞在牆壁下面，繁殖越來越多，老鼠洞也日益擴大，擴大到這面牆壁下面全被掏空了，地面承受不了牆壁的重壓而倒塌。先父的同事福海先生說：「當牠們破壞別人的房屋，用來擴大自己洞穴的時候，大概忘記牠們的洞穴正是依賴別人的屋子才會存在的吧？」我認為唐代奸相李林甫、楊國忠之流尚且不明白這個道理，對於老鼠有什麼可以苛求的呢！

【研析】家國天下。有家即有國，有國才有家。誤國即誤己，這個道理古人是很明白的，所以明末清初的大思想家顧炎武才會說：「天下興亡，匹夫有責。」道理雖然淺顯，但還是有不少人並不明白。與作者同時的權奸和珅，就是挖國家牆角的一個蛀蟲。本文或許就是為諷刺和珅而作。

劫數人為

先曾祖潤生公，嘗於襄陽見一僧，本惠登相之幕客也，述流寇事❶頗悉，相與歎劫數❷難移。僧曰：「以我言之，劫數人所為，非天所為也。明之末年，殺戮淫掠之慘，黃巢❸流血三千里，不足道矣。由其中葉以後，官吏率貪虐，紳士率暴橫，民俗亦率奸盜詐偽，無所不至。是以下伏怨毒，上干神怒，積百年冤憤之氣，而發之一朝。以我所見聞，其受禍最酷者，皆其稔惡❹最甚者也。是可曰天數耶？昔在賊中，見其縛一世家子，跪於帳前，而擁其妻妾飲酒，問：『敢怒乎？』曰：『不敢。』問：『願受役乎？』曰：『願。』則釋縛使行酒於側。觀者或太息不忍。一老翁陷賊者曰：『吾今乃始知因果。』是其祖嘗調僕婦，僕有違言，捶而縛之槐，使旁觀與婦臥也。即是一端，可類推矣。」座有豪者曰：「巨魚吞細魚，鷙鳥❺搏群鳥，神弗怒也，何獨於人而怒之？」僧掉頭曰：「彼魚鳥耳，人魚鳥也耶？」豪者拂衣起；明日，邀客遊所寓寺，欲挫辱之。已打包❻去，壁上大書二十字曰：「爾亦不必言，我亦不必說。樓下寂無人，樓上有明月。」疑刺豪者之陰事也。後豪者卒覆其宗。

【章旨】此章藉僧人之口，論說了劫數人所為的道理。

【注釋】❶流寇事　指明末李自成、張獻忠等人領導的農民軍。❷劫數　原為「劫」，梵文Kalpa音譯「劫波」之略。意譯「長時」。後來引申為劫數，成為厄運的意思。❸黃巢　唐末農民軍領袖。曹州冤句（今山東菏澤）人。私鹽販出身。曾率農民軍轉戰數千里，直到廣州。❹稔惡　醜惡；罪惡深重。❺鷙鳥　凶猛的鳥，如鷹、鸇之類。❻打包　此特指僧人行腳雲遊。謂其所帶行李不多，僅打成一包而已。

【語譯】先曾祖父潤生公，曾經在襄陽遇見一位僧人，此人本來是惠登相的幕僚，講述流寇的事情很詳細，大家都感歎劫數難逃。這位僧人說：「依我的看法，劫數是人們自己造成的，不是上天所造成的。明朝末年，殺戮、姦淫、搶掠的殘酷，連唐朝末年黃巢農民軍所謂殺人流血三千里，都不能相比擬。原因是明朝中葉以後，官吏都貪婪暴虐，紳士都殘暴橫行，社會風氣也都是奸詐、偷竊、詐騙成風，無所不至。所以在社會下層百姓中蘊積著怨毒憤恨，而在上面觸犯神靈的憤怒，積累了一百多年的冤憤之氣，而爆發於一時之間。以我的所見所聞來說，那些受到災禍最殘酷的人，都是那些作惡最狠的人。這能說是天命嗎？那時我在賊軍中，看到他們綁住一個官宦子弟，讓他跪在軍營帳篷前面，賊軍們卻抱著他的妻子姬妾飲酒，還問這個官宦子弟說：『你敢發怒嗎？』這個官宦子弟說：『不敢。』又問：『你願意聽從使喚嗎？』這人回答說：『願意。』賊軍於是給這個官宦子弟鬆綁，叫他在旁邊斟酒侍候。旁觀者中有人感歎，覺得於心不忍。有一位被困在賊軍中的老人說：『我今天才明白因果報應了。』原來這個官宦子弟的祖父曾經調戲僕人妻子，僕人有不滿的話，被主人打了一頓，綁在槐樹上，讓他在旁邊看著主人和自己妻子睡覺。就從這一件事，可以類推其他了。」在座的有一位富豪說：「大魚吞食小魚，鷙鳥搏擊群鳥，神靈不會發怒，為什麼唯獨對於人就要發怒呢？」僧人轉過頭去說：「牠們是魚和鳥罷了，難道人也是魚和鳥嗎？」富豪生氣地站起身來走了；第二天，這個富豪邀請了一批人到僧人寄住的寺院，想要羞辱僧人。那個僧人已經打包離去了，牆上寫著二十個大字說：「你也不必言，我也不必說，樓下寂無人，樓上有明月。」大家懷疑這是諷刺那個富豪所做的不可告人的壞事。後來，這個富豪終究覆滅了他的宗族。

【研析】某富豪的話可能代表了某些人的想法，他們以為只要有權有勢，就能為所欲為。但他們忘了這樣一條道理：作惡多端必自斃。就人而言如此，就社會而言也是如此。明代末年社會的崩潰，作威作福者的沉淪，都印證了這個道理。因此，作者一再告誡世人要行善積德，以免遭到報應。

水性上暗下明

有郎官覆舟於衛河，一姬溺焉。求得其屍，兩掌各握粟一匊❶，咸以為怪。河干❷一叟曰：「是不足怪也。凡沉於水者，上視暗而下視明，驚惶瞀亂❸，必反從明處求出，手皆掊土。故檢驗溺人，以十指甲有泥無泥別生投死棄也。此先運粟之舟沉於水底，粟尚未腐，故掊之盈手耳。」此論可謂入微，惟上暗下明之故，則不能言其所以然。按：張衡❹《靈憲》❺曰：「日譬猶火，月譬猶水。火則外光，水則含景。」又劉邵❻《人物志》❼曰：「火日外照，不能內見；金水內映，不能外光。」然則上暗下明，固水之本性矣。

【章旨】此章講述了溺水者觀水上暗下明的道理。

【注釋】❶匊　通「掬」。手掌盛物。指一掌所容的數量，即一把。❷河干　河邊；河岸。❸瞀亂　昏亂。❹張衡　東漢科學家、文學家。字平子，河南南陽西鄂（今河南南召縣南）人。製作了渾天儀、候風地動儀。❺靈憲　張衡的天文著作，總結了當時的天文學知識，得出許多獨到的見解，奠定了渾天說。❻劉邵　三國魏哲學家。字孔才，廣平邯鄲（今河北邯鄲）人。❼人物志　書名。三國魏劉邵著。共三卷。內容適應漢末魏初地方察舉用人和品鑑人才的需要，對於人的本性、才具以及志業等，分別加以闡析，立論方法類似名家。

【語譯】有位郎官所乘坐的船在衛河上傾覆，他的一位姬妾被淹死了。他求人把死屍打撈出來，發現她雙手各握著一把穀子，大家都覺得奇怪。河邊一個老人說：「這不足為奇。凡是沉沒在水裡的人，往上看是黑暗的，而向下看是明亮的，驚慌昏亂之中，必定反而從明亮的地方尋求出路，手都抓住泥土。所以檢查淹死的人，以死者雙手十指指甲有泥土還是沒有泥土，來區別是活著投水自盡，還是死後被拋到水裡的。這裡先前有艘運穀子的糧船沉在水底，穀子還沒有完全腐爛，所以這個姬妾抓得滿手都是穀子。」這個議論可以說是細緻入微，只是所說的水中上面黑暗下面明亮的緣故，就沒有說出其所以然。按：張衡在《靈憲》中說道：「太陽好像火，月亮好像水。火就向外發光，水就內蘊外來之景。」又，劉邵的《人物志》說：「火焰、太陽向外照耀，不能見到內部；金屬和水向內映照事物，不能向外發光。」那麼，上面黑暗而下面明亮，就是水的本性了。

【研析】河邊老叟所說確實，是光線在水中折射而造成這種現象。作者不明其中的科學道理，卻從古人那裡去尋求答案，不免使人產生緣木求魚的感歎。

鈍鬼

程念倫，名思孝，乾隆癸酉❶甲戌❷間，來遊京師，弈稱國手。如皋❸冒祥珠曰：「是與我皆第二手，時無第一手，遽自雄耳。」一日，門人吳惠叔等扶乩，問：「仙善弈否？」判曰：「能。」問：「肯與凡人對局否？」判曰：「可。」時念倫寓余家，因使共弈（凡弈譜，以子紀數。象戲❹譜，以路記數。與乩仙弈，則以象戲法行之。如縱第九路橫第三路下子，則判曰「九三」。餘皆仿此）。初下數子，念倫茫然不解，以為仙機莫測也。深恐敗名，凝思冥索，至背汗手顫，始敢應一子，意猶惴惴。稍久，似覺無他異，乃放手攻擊。乩仙竟全局覆沒，滿室譁然。乩忽大書曰：「吾本幽魂，暫來遊戲，託名張三丰❺耳。因粗解弈，故爾率答。不虞此君之見困，吾今逝矣。」惠叔慨然曰：「長安道上，鬼亦誑人。」余戲曰：「一敗即吐實，猶是長安道上鈍鬼也。」

【章旨】此章講述了一個請來乩仙下圍棋，乩仙卻是鬼魂冒充的故事。

【注釋】❶乾隆癸酉　即清乾隆十八年，西元一七五三年。❷甲戌　即清乾隆十九年，西元一七五四年。❸如皋　縣名。在江蘇東部、長江北岸，通揚運河縱貫。❹象戲　即中國象棋。❺張三丰　明道士。名全一，一名君寶，號元元子，以其不修邊幅，又號張邋遢。遼東懿州（今遼寧彰武西南）人。

【語譯】程念倫，名思孝，在乾隆十八、十九年間，到京城遊歷，下圍棋堪稱國手。如皋人冒祥珠說：「他和我都是二流棋手，因為當時沒有一流棋手，所以就自我稱雄一時罷了。」有一天，我的門生吳惠叔等人扶乩，問乩仙道：「仙人善於下棋嗎？」乩仙回答說：「會的。」又問：「肯不肯和凡人下棋呢？」乩仙回答說：「可以。」當時程念倫正好住在我家，因而請他與仙人對弈（凡是圍棋棋譜，都以子來記數。象棋的棋譜，是以路來記數。和乩仙下圍棋，就以象棋記數的方法進行。例如在縱第九路橫第三路下子，乩仙就下判語說「九三」。其餘都仿效這種方法）。一開始下幾子時，程念倫茫然不理解乩仙下棋的思路，認為仙機無法揣測，十分擔心輸了棋會敗壞自己的聲譽，集中精力冥思苦想，直到背上冒汗、兩手顫抖，才敢對應下一子，心中還惴惴不安。對弈的時間稍稍一長，程念倫似乎覺得仙人棋藝沒有什麼特別高明的地方，於是就放手進攻。乩仙竟然全局覆沒，滿屋子的人都哄笑起來。乩仙忽然大筆寫道：「我本來是個幽魂，暫且來遊戲一番，假冒張三丰的名字而已。因為粗粗懂點下圍棋的皮毛，因此輕率地答應和你們下棋。沒有想到這位先生殺敗了我，我現在告辭了！」吳惠叔感慨地說：「京城裡面，鬼也會騙人！」我開玩笑地說：「棋一下輸就說老實話，還是京城裡的鈍鬼呀！」

【研析】乩仙棋藝的高下，在於扶乩之人。看來這個扶乩之人棋藝平平，故而被弈中高手殺得片甲不留。作者對扶乩之事並不明白，總以為扶乩真能夠請來仙人，或者至少是鬼魂。殊不知扶乩降仙本來就屬虛妄，請來的就是扶乩之人。

申謙居

景州❶申謙居先生，諱詡，姚安公癸巳❷同年也。天性和易，平生未嘗有忤色，而孤高特立，一介不取，有古狷者❸風。衣必縕袍❹，食必粗糲。偶門人饋祭肉，持至市中易豆腐，曰：「非好苟異，實食之不慣也。」嘗從河間歲試❺歸，使童子控一驢；童子行倦，則使騎而自控之。薄暮遇雨，投宿破神祠中。祠止一楹，中無一物，而地下蕪穢不可坐，乃摘板扉一扇，橫臥戶前。夜半睡醒，聞祠中小聲曰：「欲出避公，公當戶不得出。」先生曰：「爾自在戶內，我自在戶外，兩不相害，何必避？」久之，又小聲曰：「男女有別，公宜放我出。」先生曰：「戶內戶外即是別，出反無別。」轉身酣睡。至曉，有村民見之，駭曰：「此中有狐，嘗出媚少年人，入祠輒被瓦礫擊。公何晏然也？」後偶與姚安公語及，掀髯笑曰：「乃有狐欲媚申謙居，亦大異事！」姚安公戲曰：「狐雖媚盡天下人，亦斷不到君。當是詭狀奇形，狐所未睹，不知是何怪物，故驚怖欲逃耳。」可想見先生之為人矣。

【章旨】此章描述了一位狷介自好的書生形象。

【注釋】❶景州　今河北景縣。❷癸巳　即清康熙五十二年，西元一七一三年。❸狷者　潔身自好不隨俗的人。❹縕袍　以亂麻為絮做成的袍子。❺歲試　亦稱歲考。清代各省學政巡迴所屬地區舉行的考試。

【語譯】景州人申謙居先生，名詡，是先父姚安公癸巳年同榜取中的舉人。他的性格和藹平易，平生從來沒有發怒的神情，而且清高特立，一絲一毫的便宜也不占，有如古代潔身自好不隨俗的人的風度。他穿的衣服是以亂麻為絮做成的袍子，吃的食物必定是粗糙的。偶爾學生送來祭祀後分得的肉，他就拿到市場上換成豆腐，說：「並非我的喜好特別，實在是吃不慣而已。」他曾經到河間府參加歲試回家，叫書僮拉著一匹毛驢趕路；書童走累了，他就叫書童騎上毛驢，自己拉著走。黃昏時分遇到下雨，他們投宿在一間破落的神廟中。神廟只有一間屋子，屋子當中空無一物，而地下汙穢骯髒不能坐人。申先生於是摘下一塊門板，橫放在神廟門前睡下。半夜睡醒時，申先生聽到廟裡有小聲說道：「我想出去躲避先生，先生擋住門口，我出不去。」申先生說：「你自己在門內，我自己在門外，大家相互不妨害，何必躲避我呢？」過了很久，又聽到小聲說：「男女是有區別的，先生應該放我出去。」申先生說：「門內門外就是區別，你出了門就反而沒有區別了。」申先生轉身酣睡。到天亮時，有村民看到申先生睡在那裡，吃驚地說：「這神廟裡有狐仙，經常出來勾引少年人，人進神廟去就會被狐仙用瓦礫擲擊，您為什麼能安然入睡呢？」後來，申先生偶然和姚安公說起這件事，摸著鬍子笑說：「竟然有狐仙想勾引申謙居，也是大奇事呀！」姚安公開玩笑地說：「狐仙就是勾引遍天下的人，也斷然不會輪到您的。肯定是您奇形怪狀的樣子，狐仙從來沒有看見過，不知道是什麼怪物，所以驚嚇害怕得想逃走而已。」由此可以想像申先生的為人了。

【研析】申謙居狷介自好，有古君子風。作者用簡練的文筆，把申謙居的性格刻畫得鮮明生動。

入土為安

董曲江前輩言：乾隆丁卯[1]鄉試，寓濟南一僧寺。夢至一處，見老樹下破屋一間，欹斜欲圮。一女子靚妝坐戶內，紅愁綠慘，摧抑可憐。疑誤入人內室，止不敢進。女子忽向之遙拜，淚涔涔沾衣袂，然終無一言。心悸而悟。越數夕，夢復然，女子顏色益戚，叩額至百餘。欲逼問之，倏又醒。疑不能明，以告同寓，亦莫解。一日，散步寺園，見廡下有故柩，已將朽。忽仰視其樹，則宛然夢中所見也。詢之寺僧，云是某官愛妾，寄停於是，約來迎取。至今數十年，寂無音問。又不敢移瘞❷，旁皇❸無計者久矣。曲江豁然心悟。故與歷城❹令相善，乃醵❺金市地半畝，告於官而遷葬焉。用知亡人以入土為安，停擱非幽靈所願也。

【章旨】此章講述一個女子亡魂託夢求入土安葬的故事。

【注釋】❶乾隆丁卯　即清乾隆十二年，西元一七四七年。❷瘞　埋；埋葬。❸旁皇　也作「彷徨」。徘徊；游移不定。❹歷城　縣名。在山東濟南市郊、黃河沿岸。❺醵　湊錢；集資。

【語譯】前輩董曲江說：他參加乾隆十二年鄉試，住在濟南一所佛教寺院裡。他夢見走到一個地方，看到一棵老樹下有間破敗的屋子，歪歪斜斜快要倒塌的樣子。一個女子盛妝打扮坐在屋子裡，表情卻悽慘愁苦，十分可憐。董先生懷疑自己誤入人家的內室，就止住腳步不敢進去。那個女子忽然向董先生遠遠地行禮，眼淚不停地流下滴濕了衣襟，但始終沒有說一句話。董先生心中害怕就醒了。過了幾夜，董先生又做同樣的夢，那女子的神色更加悲傷，朝著董先生叩頭一百多下。董先生想走近去問她，又突然夢醒了。董先生心中的這個疑團一直不能解開，把這件事告訴同住的朋友，也都無法解釋。有一天，董先生在寺院中散步，看見廊屋下停放著一具舊棺材，已經快要爛掉了。董先生忽然抬頭看那棵大樹，好像就是夢中所見的一般。董先生向寺院僧人詢問，僧人說這是某官員的小妾，死後寄放在這裡，約定以後來迎取。到現在已經幾十年了，那個官員毫無音訊。寺院又不敢把這棺木遷移安葬，想來想去沒有辦法已經很久了。董曲江豁然明白過來。他本來和歷城縣縣令是好朋友，於是就湊銀子買了半畝墳地，稟告過縣官而把棺材遷葬了。從這件事知道，死人以入土為安，棺材長期停擱不是幽靈的願望呀！

【研析】那女子悽苦哀憐，董先生古道熱腸。作者寥寥數筆，就把兩個人物描繪得生動傳神。

司馬相如玉印

朱青雷言：高西園❶嘗夢一客來謁，名刺為司馬相如❷。驚怪而寤，莫悟何祥。越數日，無意得司馬相如一玉印，古澤斑駁，篆法精妙，真昆吾刀❸刻也。恆佩之不去身，非至親昵者不能一見。官鹽場時，德州盧丈雅雨❹為兩淮運使❺，聞有是印，燕見時偶索觀之。西園離席半跪，正色啟曰：「鳳翰一生結客，所有皆可與朋友共。其不可共者惟二物：此印及山妻❻也。」盧丈笑遣之曰：「誰奪爾物者，何癡乃爾耶！」西園畫品絕高，晚得末疾❼，右臂偏枯，乃以左臂揮毫。雖生硬倔強，乃彌有別趣。詩格亦脫灑。雖託跡微官，蹉跎以歿，在近時士大夫間，猶能追前輩風流也。

【章旨】此章講述了一個官員偶得一枚玉印，遂遭上司索取，被其堅決拒絕的故事。

【注釋】❶高西園　即高鳳翰。字西園，晚號南阜山人，曾自稱老阜。因患風痺，右臂麻痹，以左手作畫，故又號尚左生、歸雲老人。清濟寧（今山東濟寧）人。一作膠州人。博學精藝術。❷司馬相如　西漢辭賦家。字長卿，蜀郡成都（今屬四川）人。工辭賦。所作〈子虛賦〉為漢武帝賞識。曾奉使西南，後為孝文園令。❸昆吾刀　用昆吾石冶煉製作的刀。《山海經．中山經》：「昆吾之山，其上多赤銅。」郭璞傳：「此山出名銅，色如火，以之作刃，切玉如割泥也。」❹盧丈雅雨　即盧見曾。字抱孫，號雅雨，清德州（今山東德州）人。康熙進士，官兩淮鹽運使。是作者紀昀的姻親。❺兩淮運使　即兩淮鹽運使。兩淮，鹽政區域名。元初始置鹽運司於揚州，產區包括今江蘇長江以北淮南、淮北各鹽場。在清末以前，兩淮鹽產量的豐富，行銷地的廣大，在全國各鹽區中皆居首位。運使，「都轉鹽運使司鹽運使」的簡稱。為主要產鹽區主管鹽務之官。❻山妻　古時隱士自稱其妻為「山妻」。也用為自稱其妻的謙詞。❼末疾　四肢癱瘓的病。

【語譯】朱青雷說：高西園曾經夢見一位客人來拜訪，名片上寫的是司馬相如。他正在驚訝奇怪之時而夢醒了，不知道這是什麼預兆。過了幾天，他無意中得到一枚司馬相如的玉印，這枚玉印色澤古舊，斑駁陸離，篆書刀法精妙，真是用昆吾刀所刻出來的。高西園一直把它帶著不離身，不是非常親密的朋友是不能看到的。他在鹽場當官時，德州人盧雅雨先生擔任兩淮鹽運使，聽說高西園有這麼一枚玉印，舉行宴會時偶然向高西園索取觀賞。高西園離開酒席半跪行禮，嚴肅地說：「我高鳳翰一生交朋友，所有東西都可以和朋友共享。其中不能和朋友共享的只有兩件：這枚玉印和我的老婆！」盧雅雨笑著命他回去，說：「誰要奪你的東西，怎麼癡呆到這個樣子呢！」高西園的畫品極高，他晚年得了肢體癱瘓的疾病，右臂偏癱萎縮了，就用左手揮毫作畫，雖然生硬倔強，卻別有趣味。他的詩風格也灑脫大方。雖然他只做過小官，終生坎坷直到去世，但在如今的士大夫中，他還算是追得上前輩文人的風流倜儻。

【研析】一枚古印引來多少垂涎之人，包括作者的姻親。作者無所忌諱，直書不隱，揭露了其貪婪的嘴臉；而高西園愛物如命之舉，也得到了作者的稱讚。

鞋杯

楊鐵厓❶詞章奇麗，雖被文妖之目，不損其名。惟鞋杯❷一事，猥褻淫穢，可謂不韻之極，而見諸賦詠，傳為佳話。後來狂誕少年，竟相依仿，以為名士風流，殊不可解。聞一巨室，中元❸家祭，方舉酒置案上，忽一杯聲如爆竹，劃然❹中裂，莫解何故。久而知數日前其子邀妓，以此杯效鐵厓故事也。

【章旨】此章批評楊鐵厓鞋杯行酒之舉給後生少年帶來的不良影響。

【注釋】❶楊鐵厓　即楊維禎，元文學家、書法家。字廉夫，號鐵厓、東維子，諸暨（今屬浙江）人。泰定進士，官至建德路總管府推官。❷鞋杯　亦作「鞋盃」。指置杯於女鞋中以行酒。❸中元　傳統習俗以農曆七月十五日為「中元節」。也稱鬼節、盂蘭盆節。為追薦祖先而舉行。❹劃然　狀聲詞。形容物體破裂的聲音。

【語譯】楊鐵厓的詩詞文章奇妙絢麗，雖然蒙受文妖的名目，但不會損害他的名聲。唯有他放酒杯於女鞋中行酒這件事，猥褻淫穢，可以說是沒有韻味到了極點，然而卻被一些人吟詩賦詞，傳為佳話。後來那些狂妄荒誕的少年，爭著去模仿，認為這是名士的風流逸事，真是不可理解。聽說有個大戶人家，中元節舉行家祭，剛剛把斟滿酒的杯子放在香案上，一只酒杯忽然發出爆竹似的響聲，從中間裂成兩半，大家不知道是什麼原因。後來才知道幾天前這家主人的兒子邀請妓女，曾經用這只酒杯仿效楊鐵厓鞋杯行酒之事。

【研析】文人無行，就是說文人會不顧禮儀習俗，做出些荒誕離奇之事，楊鐵厓鞋杯行酒就是一例。作者並不贊成文人這種放浪形骸之舉，故而在文中提出了嚴肅的批評。

禮部壽草

太常寺仙蝶、國子監瑞柏，仰邀聖藻❶，人盡知之。翰林院金槐，數人合抱，癭❷磊砢如假山，人亦或知之。禮部壽草，則人不盡知也。此草春開紅花，綴如火齊❸，秋結實如珠。《群芳譜》❹、《野菜譜》❺皆未之載，不知其名。或曰：「即田塍公道老。」（此草種兩家田塍上，用識界限。犁不及則一莖不旁生，犁稍侵之，即蔓延不止，反過所侵之數，故得此名）。余諦審之，葉作鋸齒，略相似，花則不似，其說非也。在穿堂❻之北，治事處階前甬道之西。相傳生自國初，歲久漸成藤本。今則分為二歧，枝格杈丫，挺然老木矣。曹地山❼先生名之曰「長春草」。余官禮部尚書時，作木欄護之。門人陳太守渼，時官員外，使為之圖。蓋醲化湛深，和氣涵育，雖一草一蟲，亦各遂其生若此也。禮部又有連理槐，在齋戒處南榮❽下。鄒小山❾先生官侍郎，嘗繪圖題詩，今尚貯庫中。然特大小二槐相並而生，枝幹互相纏抱耳，非真連理也。

【章旨】此章描述了禮部院子中的壽草、連理槐的生長情況和奇異之處。

【注釋】❶聖藻　帝王的文辭。❷癭　原指囊狀腫瘤。此指樹木外部隆起如瘤者。❸火齊　寶石名。❹群芳譜　書名。明王象晉撰。王象晉，山東新城（今山東桓臺）人。萬曆進士。喜種植各種植物，以自己種植植物的經驗及文獻記載、訪問諮詢所得，撰成此書。❺野菜譜　書名。明王磐撰。記載各種蔬菜。今存。❻穿堂　供人穿行之廳室。❼曹地山　即曹秀先。字冰持，號地山，清新建（今江西南昌）人。乾隆進士，官至禮部尚書。❽南榮　屋子的南簷。簷兩頭高起的叫榮。❾鄒小山　即鄒一桂。字原褒，號小山，清無錫（今江蘇無錫）人。雍正進士，乾隆時累遷內閣學士，兼禮部侍郎。

【語譯】太常寺衙門裡的仙蝶、國子監的瑞柏，它們有幸得到皇上的題詠，這是人盡皆知的。翰林院裡的一棵金槐樹，要幾個人才能合抱，樹幹上有樹瘤凸出像假山一般，人們也或許知道。但是禮部衙門裡的壽草，就不是人人都知道的了。這種草春天開紅花，像串結在一起的紅寶石一般，秋天結果像珠子一樣。《群芳譜》、《野菜譜》裡都沒有記載，不知道它的名字。有人說：「這就是叫田塍公道老的草。」（這種草種在兩戶人家的田界處，用來識別界限。犁田時不碰它就一根草莖也不會旁生出來，犁稍稍侵占而碰到這種草，這種草就會蔓延生長不止，反而超過所侵占的田界，所以得到這個名稱）。我仔細觀察這種草，它的葉片像鋸齒，有點像公道老草，花卻不像，所以說這種草就是公道老草是不正確的。壽草生長在禮部穿堂北面，治事處臺階前面的甬道西邊。相傳生長在開國初年，日子長久漸漸長成了藤本植物。如今分成兩叉，枝杈叢生繁茂，挺拔得像老樹。曹地山先生命名它為「長春草」。我擔任禮部尚書時，做了木欄保護它。我的學生陳渼太守，當時任員外郎，我吩咐他為這棵壽草繪成圖畫。這是因為天子教化深厚，祥和的氣氛滋潤養育，即使是一草一蟲，也會各自按照它們的習性順利生長發育成這個樣子。禮部衙門裡又有連理槐，在齋戒處南邊屋簷下。鄒小山先生任禮部侍郎時，曾經畫圖題詩，現在這畫和詩還保存在倉庫中。然而這連理槐只是大小兩株槐樹相鄰生長，樹幹相互交叉纏繞，並不是真正的連理樹。

【研析】作者觀察細緻，指出公道老草與壽草並非一種植物。通過作者的描述，我們大致可以了解乾隆年間北京城裡的這幾種奇花異木，也看到了作者愛花惜草之心。不知今天這幾種奇花異木尚存否？

人立而舞

道家言祈禳，佛家言懺悔，儒家則言修德以勝妖：二氏治其末，儒者治其本也。族祖雷陽公畜數羊，一羊忽人立而舞。眾以為不祥，將殺羊。雷陽公曰：「羊何能舞，有憑之者也。石言於晉❶，《左傳》之義明矣。禍已成歟，殺羊何益？禍未成而鬼神以是警余也，修德而已，豈在殺羊？」自是一言一動，如對聖賢。後以順治乙酉❷拔貢❸，戊子❹中副榜❺，終於通判，訖無纖芥之禍。

【章旨】此章講述了作者族祖對待不祥之兆的態度。

【注釋】❶石言於晉　語出《左傳》昭公八年：「石言於晉魏榆。」晉侯問師曠說：「石頭為什麼說話？」師曠回答說：「石頭不能說話，或許有所憑恃。」❷順治乙酉　即清順治二年，西元一六四五年。❸拔貢　科舉制度中貢入國子監的生員之一種。清制，初定六年一次，乾隆中改為十二年一次，每府學二名，州、縣學各一名，由各省學政從生員中考選，保送入京，作為拔貢。❹戊子　即清順治五年，西元一六四八年。❺副榜　科舉考試中的一種附加榜示。亦稱備榜。即於錄取正卷外，另取若干名之意。

【語譯】道家主張以祈禱消災，佛家主張以懺悔贖罪，儒家則主張修養德行來戰勝妖邪。道、佛兩家的主張是治標，儒家的主張才是治本。我的族祖雷陽公養了幾隻羊，有一隻羊忽然像人一樣兩腳站立而蹦跳舞蹈。大家認為是不祥之兆，主張把這隻羊殺了。雷陽公說：「羊怎麼會蹦跳舞蹈呢，一定是有依憑牠的東西。晉國魏榆地方的石頭會講話，《左傳》解釋得很明白。如果禍患已經形成，殺羊有什麼好處呢？如果禍患還沒有形成而鬼神用這方法來警告我，我只有認真修養德行而已，怎麼會是殺掉這隻羊呢？」從此以後，雷陽公的一言一行，如同面對著聖賢。後來雷陽公在順治二年成為拔貢生，順治五年會試中了副榜，最終做到通判，一直沒有發生過任何細小的災禍。

【研析】 作者認為儒家主張修德是治本，而釋、道兩家的主張卻是治末，作者推崇儒家的用意昭然。數千年來，任何外來宗教都無法動搖儒家的地位，與士大夫這種根深蒂固的思想有關。

偶感異氣

三從兄曉東言：雍正丁未❶會試歸，見一丐婦，口生於項上，飲啜如常人。其人妖也耶？余曰：「此偶感異氣耳，非妖也。駢拇枝指❷，亦異於眾，可曰妖乎哉？余所見有豕兩身一首者，有牛背生一足者。又於聞家廟社會❸見一人，右手掌大如箕，指大如椎，而左手掌則如常，日以右手操筆鬻字畫。使談讖緯❹者見之，必曰此豕禍，此牛禍，此人痾❺也，是將兆某患；或曰，是為某事之應。然余所見諸異，訖毫無徵驗也。故余於漢儒之學，最不信《春秋》陰陽❻、《洪範五行傳》❼；於宋儒之學，最不信河圖洛書、《皇極經世》❽。」

【章旨】此章列舉了種種異常現象，指出僅僅是「偶感異氣」罷了。

【注釋】❶雍正丁未 即清雍正五年，西元一七二七年。❷駢拇枝指 指手腳指生長的異常。駢拇，指腳大拇指與第二指相連合為一指。枝指，指手大拇指旁枝生一指成六指。❸社會 古時鄉村學塾逢春、秋祀社日或其他節日所舉行的集會。❹讖緯 漢代流行的宗教迷信。「讖」是巫師或方士製作的一種隱語或預言，作為吉凶的符驗或徵兆。「緯」對「經」而言，是方士化的儒生編集起來附會儒家經典的各種著作。其起源是古代河圖洛書的神話傳說。❺疴 病。❻春秋陰陽 指《春秋》陰陽學說。漢董仲舒治《春秋公羊傳》，始推陰陽，講天人感應，以某異為某事之徵，其說近於術數機祥，即為《春秋》陰陽學說。❼洪範五行傳 見《尚書．洪範》篇。即以五行配庶徵，以陰陽災異，附合其文，謂之《洪範五行傳》。❽皇極經世 書名。北宋邵雍著。共二十卷。其書自堯帝甲辰至後周顯德六年己未，凡興亡治亂之跡，都以卦象推之。

【語譯】我的三堂兄曉東說：他雍正五年參加會試回來，看見一個行乞討飯的婦人，嘴長在脖子上，飲食卻和常人一樣。他問這是人妖嗎？我說：「這是偶然感受了異常精氣而已，不是妖怪。那些腳趾駢生、手生六指的人，也和眾人不同，難道可以說是妖怪嗎？我所見過的有兩個身體一個頭的豬，有背上長一條腿的牛。又在聞家廟的祭社賽會上看見一個人，右手的手掌大得像畚箕，手指大得像棒椎，而左手卻和常人一樣，他每天用右手拿筆寫字作畫販賣。如果讓談論讖緯徵兆的人見了，一定說這是豬禍，這是牛禍，這是人疴了，這是將預兆某某災禍；還有人會說，這是某件事的報應。然而我見到的各種異常現象，迄今毫無徵驗報應。所以我對於漢代儒者的學說，最不相信《春秋》陰陽說、《洪範五行傳》；對於宋代儒家的學說，最不相信河圖洛書、《皇極經世》。」

【研析】作者堅定地信奉「子不語怪力亂神」，對以神祕主義來解釋儒家觀點的異端邪說都持否定態度，旗幟鮮明，毫不隱諱。

鬼獵酒

房師❶孫端人先生，文章淹雅❷，而性嗜酒。醉後所作，與醒時無異。館閣諸公，以為「斗酒百篇❸」之亞也。督學雲南時，月夜獨飲竹叢下，恍惚見一人注視壺盞，狀若朵頤❹。心知鬼物，亦不恐怖，但以手按盞曰：「今日酒無多，不能相讓。」其人瑟縮而隱。醒而悔之，曰：「能來獵酒，定非俗鬼。肯向我獵酒，視我亦不薄。奈何辜其相訪意！」市佳釀三巨碗，夜以小几陳竹間。次日視之，酒如故。歎曰：「此公非但風雅，兼亦狷介，稍與相戲，便涓滴不嘗。」幕客或曰：「鬼神但歆其氣，豈真能飲！」先生慨然曰：「然則飲酒及未為鬼時，勿將來徒歆其氣。」先生侄漁珊，在福建學幕，為余述之。覺魏晉諸賢，去人不遠也。

【章旨】此章講述了作者房師孫端人性格灑脫，喜好飲酒的故事。

【注釋】❶房師　科舉制度中，舉人、貢士對薦舉本人試卷的同考官尊稱為房師。因為鄉試、會試的同考官各占一房，試卷必須經過某房的同考官選薦，方能取中，故有此稱。❷淹雅　淵博；高雅。❸斗酒百篇　出於唐詩「李白斗酒詩百篇」，飲一斗酒，作百篇詩。形容唐代大詩人李白能詩善飲，文思敏捷，氣概豪邁。❹朵頤　鼓腮嚼食。

【語譯】我的房師孫端人先生，文章淵博高雅，而且生性喜歡飲酒。他喝醉酒後寫的文章，和清醒時寫的沒有什麼不同。翰林院的大臣們都認為他是第二位「斗酒詩百篇」那樣的人物。他到雲南擔任督學時，月夜下獨自一人在竹林中飲酒，隱隱約約看見一個人注視著自己的酒壺酒杯，樣子像是想喝酒。孫端人先生心中知道是鬼物，也不恐怖害怕，只是用手按住酒杯說：「今天酒不多，不能請你喝了。」那個人瑟瑟縮縮地隱沒不見了。孫端人先生酒醒之後感到後悔，說：「他能夠來向我討酒喝，一定不是個俗鬼。肯向我討酒喝，看待我也不薄，怎麼能辜負他來拜訪的情意！」他買來好酒三大碗，晚上放在小茶几上，擺在竹林裡。第二天一看，酒還是如同原樣沒有喝過。孫端人先生感歎地說：「這位先生不但風雅，而且性情也很耿直。我稍稍和他開個小玩笑，他就一滴酒也不肯嘗了。」有位幕客說：「鬼神不過是取吸酒的氣味，哪裡會真的喝酒呢！」孫端人先生感慨地說：「那麼，飲酒就應該趁自己還沒有變為鬼的時候，不要到將來只能吸取酒氣了！」孫端人先生的侄子孫漁珊，在福建學使衙門當幕僚的時候，對我講這件事。我覺得魏晉時期各位賢人的風度，好像離開人們不遠。

【研析】作者筆下，孫端人好酒、灑脫的性格鮮明生動，栩栩如生。

奪胎詩

錢塘❶俞君祺（偶忘其字，似是佑申也），乾隆癸未❷在余學署。偶見其〈野泊不寐〉詩曰：「蘆荻荒寒野水平，四圍唧唧夜蟲聲。長眠人亦眠難穩，獨倚枯松看月明。」余曰：「杜甫詩曰：『巴童渾不寢，夜半有行舟。』張繼❸詩曰：『姑蘇城外寒山寺，夜半鐘聲到客船。』均從對面落筆，以半夜得聞，寫出未睡，非詠巴童舟、寒山寺鐘也。君用此法，可謂善於奪胎❹。然杜、張所言是眼前景物，君忽然說鬼，不太鶻兀乎？」俞君曰：「是夕實遙見月下一人倚樹立，似是文士。擬就談以破岑寂❺，相去十餘步，竟冉冉沒，故有此語。」鍾忻湖戲曰：『雲中雞犬劉安❻過，月裡笙歌煬帝歸。』唐人謂之見鬼詩，猶嫌假借。如公此作，乃真不愧此名。」

【章旨】 此章論說了作詩師法前人而不露痕跡的高妙手法意境。

【注釋】 ❶錢塘　舊縣名。今浙江杭州。❷乾隆癸未　即清乾隆二十八年，西元一七六三年。❸張繼　唐代詩人。字懿孫，襄州（今湖北襄陽）人。〈楓橋夜泊〉是他較有名的詩。❹奪胎　即「奪胎換骨」。原為道教語。謂脫去凡胎俗骨而換為聖胎仙骨。後用以喻師法前人而不露痕跡，並能創新。❺岑寂　寂靜；寂寞。❻劉安　西漢思想家、文學家。沛郡豐（今江蘇豐縣）人。漢高祖之孫，襲父封為淮南王。曾召集人員編《淮南子》，後因謀反事發自殺。

【語譯】 錢塘人俞祺先生（我偶然忘記他的別字，好像是叫佑申），乾隆二十八年在我的學署裡。我偶然看見他的〈野泊不寐〉詩說：「蘆荻荒寒野水平，四圍唧唧夜蟲鳴聲。長眠人亦睡得難以安穩，獨自倚著枯松看月明。」我說：「唐代詩人杜甫的詩說：『巴童渾不寢，夜半有行舟。』張繼的詩說：『姑蘇城外寒山寺，夜半鐘聲到客船。』都是從對面下筆，以半夜能夠聽到，寫出沒有入睡之人，並非吟詠巴山童子的舟船、寒山寺的寺鐘。您的詩用這個方法，可以說是善於脫胎換骨的了。然而，杜甫、張繼所寫的是眼前景物，您忽然說鬼魂，不顯得太突兀了嗎？」俞先生說：「這天晚上，我確實遠遠看見月光下一個人靠著大樹站著，好像讀書人的樣子。我想過去找他攀談以破除孤獨寂寞，走到距他還有十幾步的時候，這個人竟然漸漸消失了，所以我才有這樣的詩句。」鍾忻湖開玩笑地說：『雲中傳來雞犬之聲劉安經過，月裡笙歌飛揚煬帝歸來』，唐代人把這詩叫見鬼詩，然而還嫌是假借鬼來作詩。像您這首詩，那真不愧為是見鬼詩了。」

【研析】師法唐人而不泥古，善於出新。但與唐人在意境上相差太遠，不能稱為佳作。

狐鬼不自稱

霍丈易書言：聞諸海大司農❶曰：「有世家子，讀書墳園。園外居民數十家，皆巨室之守墓者也。一日，於牆缺見麗女露半面，方欲注視，已避去。越數日，見於牆外採野花，時時凝睇望牆內，或竟登牆缺，露其半身，以為東家之窺宋玉❷也，頗縈夢想。而私念居此地者皆粗材，不應有此豔質；又所見皆荊布❸，不應此女獨靚妝，心疑為狐鬼。故雖流目送盼，而未通一詞。一夕，獨立樹下，聞牆外二女私語。一女曰：『汝意中人方步月，何不就之？』一女曰：『彼方疑我為狐鬼，何必徒使驚怖！』一女又曰：『青天白日，安有狐鬼？癡兒不解事至此！』世家子聞之竊喜，褰衣❹欲出，忽猛省曰：『自稱非狐鬼，其為狐鬼也確矣。天下小人未有自稱小人者，豈惟不自稱，且無不痛詆小人以自明非小人者。此魅用此術也。』掉臂竟返。次日密訪之，果無此二女。此二女亦不再來。」

【章旨】此章講述了一個女子自稱不是狐鬼以勾引書生的故事。

【注釋】❶海大司農　即戶部尚書海望。海望，清滿洲正黃旗人，姓烏雅氏。乾隆間官戶部尚書。卒諡勤恪。司農，漢時指職掌租稅、錢穀、鹽鐵和國家財政收支的官。明時併入戶部。習慣用作戶部尚書的別稱。❷宋玉　戰國楚辭賦家。後於屈原，或稱是屈原弟子，曾事楚頃襄王。東家之窺宋玉，見宋玉〈登徒子好色賦〉：「天下之佳人，莫若楚國；楚國之麗者，莫若臣里；臣里之美者，莫若東家之子，嫣然一笑，惑陽城，迷下蔡，然此女登牆窺臣三年，至今未許也。」❸荊布　「荊釵布裙」之省。意指樸陋。❹褰衣　撩起衣裳。

【語譯】霍易書老先生說：他聽戶部尚書海望說：「有個世家子住在墳園裡讀書。墳園外面有幾十戶人家，都是豪門巨室的守墓人。有一天，這個世家子在圍牆的缺口處看見一個美女露出半邊臉孔，正想仔細看時，這個美女已經躲開了。過了幾天，這個世家子看見美女在圍牆外面採野花，經常凝神望著圍牆內，甚至爬到圍牆的缺口處，露出上半身。這個世家子把這比作東家少女登牆偷看宋玉，引得他心思浮動，勾起了許多胡思亂想。這個世家子轉而又想住在這裡的人都是粗鄙之材，不應該有這樣美麗的女子；又平日所見到的都是穿粗布衣裳的婦女，也不應該有像這個姑娘打扮得這麼漂亮，心中懷疑這個女子是狐仙或是鬼魅。所以，雖然兩人眉目傳情，卻沒有講過一句話。有天晚上，這個青年獨自站在樹下，聽到圍牆外有兩個女子竊竊私語。一個女子說：『你的意中人正在月下散步，怎麼不去找他？』另一個女子說：『他正在懷疑我是狐仙還是鬼魅，我何必過去讓他受驚害怕呢！』前一個女子又說：『青天白日之下，哪有狐仙鬼魅？這個書呆子怎麼不懂事到這種地步！』這個世家子聽了暗暗高興，正想撩起衣服出去，忽然間省悟：『她們自稱不是狐仙鬼魅，那就確實為狐仙鬼魅了。天下的小人從來沒有說自己是小人的，不但不會自稱小人，而且沒有不痛罵小人來表明自己不是小人的。這是妖魅的騙術呀！』這個世家子轉頭就回去了。第二天，這個世家子暗中查訪，果然沒有這兩個漂亮女子。這兩個女子也不再來了。」

【研析】狐仙鬼魅化成美女誘惑人，卻總是把自己扮作良家女子，這與小人假扮自己的手法是相同的。只有把自己偽裝好了，才能迷惑他人。因此，善良的人們必須時時擦亮眼睛，提防那些善於偽裝的小人。

少華山狐精

吳林塘言：曩遊秦隴，聞有獵者在少華山❶麓，見二人儽然❷臥樹下。呼之猶能強起，問：「何困躓於此？」其一曰：「吾等皆為狐魅者也。初，我夜行失道，投宿一山家。有少女絕妍麗，伺隙調我。我意不自持，即相媟狎。為其父母所窺，甚見詈辱。我拜跪，始免捶撻。既而聞其父母絮絮語，若有所議者。次日，竟納我為婿，惟約山上有主人，女須更番執役，五日一上直，五日乃返。我亦安之。半載後，病瘵，夜嗽不能寢，散步林下。聞有笑語聲，偶往尋視，見屋數楹，有人擁我婦坐石看月。不勝恚忿，力疾欲與角。其人亦怒曰：『鼠輩乃敢瞰我婦！』亦奮起相搏。幸其亦病憊，相牽並仆。婦安坐石上，嬉笑曰：『爾輩勿鬥，吾明告爾：吾實往來於兩家，皆託云上直，使爾輩休息五日，蓄精以供採補耳。今吾事已露，爾輩精亦竭，無所用爾輩。吾去矣。』奄忽❸不見。兩人迷不能出，故餓踣於此，幸遇君等得拯也。」其一人語亦同。獵者食以乾糒，稍能舉步，使引視其處。二人共詫曰：「向者牆垣故土，樑柱故木，門故可開合，窗故可啟閉，皆確有形質，非幻影也。今何皆土窟耶？院中地平如砥，淨如拭。今何土窟以外，崎嶇不容足耶？窟廣不數尺，狐自容可矣，何以容我二人？豈我二人之形亦為所幻化耶？」一人見對面厓上有破磁，曰：「此我持以登樓失手所碎，今峭壁無路，當時何以上下耶？」四顧徘徊，皆惘惘如夢。二人恨狐女甚，請獵者入山捕之。獵者曰：「邂逅相遇，便成佳偶，世無此便宜事。事太便宜，必有不便宜者存。魚吞鉤，貪餌故也；猩猩刺血，嗜酒故也。爾二人宜自恨，亦何恨於狐？」二人乃憫默❹而止。

【章旨】此章講述了兩個人在少華山上被狐誘惑，請獵戶尋狐報仇，卻被獵戶嘲笑的故事。

【注釋】❶少華山　一稱小華山。在陝西華縣東南。因其東有太華山而得名。有獨秀峰。❷儽然　疲困貌。❸奄忽　急遽貌。❹憫默　因憂傷而沉默。

【語譯】吳林塘說：他過去遊歷陝西甘肅一帶，聽說有個獵人在少華山麓，看見有兩個人疲憊不堪地躺在樹下。獵人招呼他們還能勉強坐起來，獵人問：「你們倆怎麼會如此困乏而躺在這個地方呢？」其中一個人說：「我們都是被狐狸精迷惑的人。當初，我晚上趕路迷了路，投宿在一戶山野人家。這戶人家有個少女非常漂亮，找機會和我調情。我不能把持自己，就和她淫亂胡搞。這件事被她父母所窺見，對我大肆謾罵羞辱。我跪下求饒，才免於挨打。接著聽到那個少女的父母絮絮叨叨說話，好像在商量什麼事。第二天，他們竟然接納我為女婿，只是和我約定說山上有主人，這個少女要輪流上山服役做工，五天一次值班，五天後就返回家裡。我也安心住下來。半年後，我得了結核病，夜裡咳嗽不能睡覺，就到樹林裡去散步。我聽到有談笑說話的聲音，偶然前去尋看，看見有幾間屋子，有個人擁抱著我的妻子，坐在石上看月亮。我非常憤怒，用力奔過去打算與那個人搏鬥。那個人也生氣地說：『你這鼠輩竟然敢偷看我老婆！』也奮力起身和我搏鬥起來。幸好那個人也是因為生病而疲弱不堪，我們互相拉扯都倒在地下。那個女子安安穩穩地坐在石頭上，嬉笑著說：『你們兩人不要打鬥了，我明明白白告訴你們：我實際上是來往於你們兩家之間，都是假託說要值班，讓你們各自有五天時間休息，養精蓄銳以供我採補罷了。如今我的行為已經敗露，你們的精氣也已枯竭，用不著你們了。我走了！』忽然間就不見了。我們兩人迷路不能夠走出山來，因此飢餓困乏躺在這裡，幸好遇見你們得到拯救。」另外一個人講的也相同。獵人給他們吃了乾糧，他們才勉強能走路。獵人叫他們引路看看原來住的地方，兩人都詫異地說：「以前這裡的牆壁原來是泥土的，屋子的樑柱原來是木頭的，大門原來是可以開關的，窗戶原來也是可以開關的，都是確確實實有形體的，不是虛幻的影子，如今怎麼都成了土窟地洞了呢？原來院子裡地面平坦像塊石板，乾淨得像擦洗過一樣。現在怎麼在土窟地洞之外，地面崎嶇不平連人都站不住呢？土窟寬廣不過幾尺，狐狸精自己容身是可以的，又怎麼能容納我們兩個人呢？難道我們兩個人的形體也被狐狸精所幻化了嗎？」其中一個人看見對面山崖上有幾片破磁片，便說：「這是我拿著上樓時失手所摔碎的，如今是懸崖峭壁沒有路，當時怎麼能上上下下呢？」兩人四處張望徘徊，都覺得迷茫像做了一場夢。這兩人非常憎恨那個狐狸精，請求獵人進山去追捕。獵人說：「你們倆與狐女意外相遇，就結為好夫妻，世界上沒有這樣的便宜事。事情太便宜了，就會有不便宜的東西蘊含其中。魚吞下魚鉤，是貪吃魚餌的緣故；猩猩被刺流血，是貪喝酒的緣故。你們兩人應該憎恨自己，又怎能憎恨狐狸精呢？」這兩個人才憂傷沉默而不說什麼了。

【研析】俗話說：「天上不會掉餡餅。」意思是說，世上不會有無緣無故的好處。因此，面對小利，絕不能貪圖，以免上當。而人性的弱點，往往在面對誘惑時會忘掉一切。受騙上當，也就在所難免了。作者講述這個故事，用意也在於此。

狐媚非情

林塘又言：有少年為狐所媚，日漸羸困，狐猶時時來。後復共寢，已疲頓不能御女❶。狐乃披衣欲辭去，少年泣涕挽留，狐殊不顧。怒責其寡情，狐亦怒曰：「與君本無夫婦義，特為採補來耳。君膏髓❷已竭，吾何所取而不去？此如以勢交者，勢敗則離；以財交者，財盡則散。當其委曲相媚，本為勢與財，非有情於其人也。君於某家某家，皆向日附門牆，今何久絕音問耶？乃獨責我！」其音甚厲，侍疾者聞之皆太息。少年乃反面向內，寂無一言。

【章旨】此章講述了狐仙媚人並非為情的故事。

【注釋】❶御女　指與女子性交。❷膏髓　脂膏與骨髓。指身體中的精華。

【語譯】吳林塘又說：有個少年被狐仙所媚惑，身體日趨一日地困乏瘦弱下去，但是狐仙還是經常來。後來，那個少年和狐仙同床時，已經疲憊困頓而不能作愛。狐仙就披上衣服想告辭而去。少年流著眼淚挽留，狐仙執意不理。少年憤怒地責備狐仙薄情寡義。狐仙也生氣地說：「我和你本來就沒有夫妻的名義，只是為了採補而來的。你的精血已經枯竭，我還有什麼能取得而不離去呢？這就好比貪圖權勢與人交往的人，權勢衰敗就離開；貪圖財富與人交往的人，財富散盡就離開。當時他低聲下氣地阿諛獻媚，本來只是為了權勢和財富，並非對那些人有感情。你對於某家某家，都是當時依附他們家門下的，現在為什麼長久不去和他們聯繫了呢?你卻只會責備我!」狐仙的聲音很嚴厲，侍候這個少年養病的人聽到了都很感歎。那個少年於是轉身面向裡面，沉默而沒有說一句話。

【研析】以利相合，利盡人散，這就是被歐陽脩抨擊的「小人之朋」。當追究他人沒有付出真情時，先要反思自己是否已經付出。

扶乩不可信

汪旭初言：見扶乩者，其仙自稱張紫陽❶。叩以《悟真篇》，弗能答也，但判曰「金丹大道，不敢輕傳」而已。會有僕婦竊資逃，僕叩問：「尚可追捕否?」仙判曰：「爾過去生中，以財誘人，買其妻；又誘之飲博，仍取其財。此人今世相遇，誘汝婦逃者，買妻報；並竊資者，取財報也。冥數先定，追捕亦不得，不如已也。」旭初曰：「真仙自不妄語。然此論一出，凡奸盜皆諉諸夙因，可勿追捕，不推波助瀾乎?」乩不能答。有疑之者曰：「此扶乩人多從狡獪惡少遊，安知不有人匿僕妻而教之作此語?」陰使人偵之。薄暮，果赴一曲巷。登屋脊密伺，則聚而呼盧❷，僕婦方豔飾行酒矣。潛呼邏卒圍所居，乃弭首就縛。律禁師、巫，為奸民竄伏其中也。藍道行❸嘗假此術以敗嚴嵩❹，論者不甚以為非，惡嵩故也。

然楊、沈❺諸公，喋血碎首而不能爭者，一方士從容談笑，乃制其死命，則其力亦大矣。幸所排者為嵩，使因而排及清流❻，雖韓❼、范❽、富❾、歐陽❿，能與枝梧⓫乎？故乩仙之術，士大夫偶然遊戲，倡和詩詞，等諸觀劇則可；若借卜吉凶，君子當怖其卒也。

【章旨】此章以一名扶乩者勾結匪人胡亂判詞為例，指出扶乩不可輕信。

【注釋】❶張紫陽　北宋道士。道教南派的初祖。原名伯端，字平叔，號紫陽，天台（今浙江東部）人。著有《悟真篇》。道家推為「紫陽派」的祖師，稱紫陽真人。❷呼盧　賭博。❸藍道行　明世宗（嘉靖皇帝）時，方士藍道行以扶乩得幸。道行一向討厭嚴嵩。皇帝問天下何以不治？道行詐為乩語，具道嚴嵩父子弄權狀。皇帝遂因此驅逐嚴嵩。御史鄒應龍趁機彈劾嚴嵩父子，皇帝於是罷免嚴嵩，其子嚴世蕃下獄。❹嚴嵩　明朝嘉靖時著名奸相，專國政二十年，官至太子太師。❺楊沈　即楊繼盛、沈鍊。❻清流　古時稱負有時望，不肯與權貴同流合汙的人。❼韓　指韓琦。北宋大臣。字稚圭，相州安陽（今屬河南）人。仁宗時進士。官至樞密使、宰相。❽范　指范仲淹。北宋政治家、文學家。字希文，蘇州吳縣（今屬江蘇）人。大中祥符進士。官至參知政事。❾富　指富弼。北宋大臣。字彥國，河南洛陽人。官至宰相。❿歐陽　指歐陽脩。北宋文學家、史學家。字永叔，號醉翁、六一居士，吉水（今屬江西）人。曾任樞密院副使、參知政事。⓫枝梧　亦作「支吾」。抗拒；抵觸。

【語譯】汪旭初說：我見過一個扶乩的人，請下的乩仙自稱是張紫陽。我詢問他《悟真篇》的內容，卻不能回答，只是下判詞說「金丹大道，不敢輕傳」而已。當時剛好有個僕人的老婆偷了錢財逃走，僕人叩問乩仙說：「還可以追捕到她嗎？」乩仙下判詞說：「你的前生中，用財物引誘別人，買了他的妻子；又引誘他飲酒賭博，於是奪取了他的財產。這個人今世和你相遇，誘拐你的妻子逃跑，是你買了人家妻子的報應；你的妻子竊取了你的財產，是你騙人家財產的報應。冥冥之中劫數先已確定，你去追捕也是抓不到的，不如算了。」汪旭初說：「真正的仙人自然不會講假話。然而，這種議論一旦成立，凡是姦淫盜竊都推給前世的緣分，可以不去追捕，不就是為壞事推波助瀾嗎？」乩仙無法回答。有人懷疑說：「這個扶乩人經常和奸詐狡猾的惡少交往，怎麼知道不會有人把僕人的妻子藏起來，而指使扶乩人故意作這種判詞呢？」於是暗中派人偵察那個扶乩人。傍晚，這個扶乩人果然去了一條小巷中。跟蹤他的人爬上房頂祕密觀察，原來屋子裡正在聚眾賭博，那個僕人的妻子打扮得漂漂亮亮的，正在旁邊替他們斟酒。眾人悄悄報告巡邏的官兵包圍了這所房子，這夥人只好俯首就擒了。法律禁止巫師、巫婆，是因為防止奸詐的人潛伏在他們中間。藍道行曾經利用這種方術使嚴嵩垮臺，評論的人不很認為是不對的，這是人們憎惡嚴嵩的緣故。然而，楊繼盛、沈鍊等諸位先生，斬頭流血都不能做成的事，一個方士在從容談笑之間，就可以置嚴嵩於死地，那麼方士的力量也太大了。幸虧他所排斥攻擊的是嚴嵩，假使排擠的是清官名士，即使如韓琦、范仲淹、富弼、歐陽脩這樣的賢臣，能夠抵擋得了他嗎？所以，扶乩請乩仙的法術，只能是士大夫的偶然遊戲，與乩仙倡和詩詞，等同與像看戲一樣就可以了；如果以此來卜問吉凶，正人君子應當擔憂它的後果啊！

【研析】 扶乩之風，盛行於清代。作者以一個扶乩騙局為例說明扶乩之事不可信，只能當作閒暇遊戲看待。本書中，作者時常以扶乩喻事，看來也是借降仙說事了。

妖由人興

從叔梅庵公曰：「淮鎮人家有空屋五間，別為院落，用以貯雜物。兒童多往嬉遊，跳擲踐踏，頗為喧擾。鍵戶禁之，則竊逾短牆入。乃大書一帖粘戶❶上，曰：『此房狐仙所住，毋得穢汙！』姑以怖兒童云爾。數日後，夜聞窗外語：『感君見招，今已移入，當為君堅守此院也。』自後人有入者，輒為磚瓦所擊，並僮奴運雜物者亦不敢往。久而不治，竟全就圮頹，狐仙乃去。此之謂『妖由人興』。」

【章旨】此章以想用狐仙嚇唬孩子，卻招來狐仙的故事，說明「妖由人興」的道理。

【注釋】❶戶 本謂單扇的門，後引申為出入口的通稱。此指房屋的門。

【語譯】我的堂叔梅庵公說：淮鎮有戶人家有空屋子五間，單獨成為一個院落，用來貯藏雜物。兒童經常到那兒去玩耍，蹦跳拋擲踐踏，很是喧鬧騷擾。主人鎖上門禁止他們去，兒童們就偷偷翻過矮牆進去玩。主人於是想用這個方法嚇唬孩子們。主人用大字寫一張帖子貼在空屋的門上，說：「這所房子是狐仙住的，不得汙穢弄髒！」幾天後，主人夜裡聽到窗外有說話聲，說：「多謝您的盛情邀請，今天我已經搬進來了，定當為您堅守這個院子。」從此以後，有人進入這個院子，就會被擲來的磚瓦襲擊，甚至連去搬運雜物的僕人也不敢前去了。後來這房子年久失修，竟然全部都倒塌了，狐仙這才離去。這就是所謂的「妖怪是由人引起的」。

【研析】妖由人興，怪因己起。作者藉此告誡人們不要無事生非，以免橫生事端。

落水獲救

余有莊在滄州南，曰上河涯，今齧之矣。舊有水明樓五楹，下瞰衛河，帆檣來往欄楯下，與外祖雪峰張公家度帆樓，皆遊眺佳處。先祖母太夫人夏月每居是納涼，諸孫更番隨侍焉。一日，余推窗南望，見男婦數十人，登一渡船，纜已解。一人忽奮拳擊一叟落近岸淺水中，衣履皆濡。方坐起憤詈，船已鼓棹❶去，時衛河暴漲，洪波直瀉，凶湧有聲。一糧艘張雙帆順流來，急如激箭，觸渡船，碎如柹❷。數十人並沒，惟此叟存，乃轉怒為喜，合掌誦佛號。問其何適，曰：「昨聞有族弟得二十金，鬻童養婦為人妾，以今日成券，急質田得金如其數，齎❸之往贖耳。」眾同聲曰：「此一擊神所使也。」促換渡船送之過。時余方十歲，但聞為趙家莊人，惜未問其姓名。此雍正癸丑❹事。又先太夫人言：滄州人有逼嫁其弟婦而鬻兩侄女於青樓者，里人皆不平。一日，腰金販綠豆泛巨舟詣天津，晚泊河干，坐船舷濯足。忽西岸一鹽舟纖索中斷，橫掃而過，兩舷相切，自膝以下，筋骨糜碎如割截，號呼數日乃死。先外祖一僕聞之，急奔告曰：「某甲得如是慘禍，真大怪事！」先外祖徐曰：「此事不怪。若竟不如此，反是怪事。」此雍正甲辰❺、乙巳❻間事。

【章旨】此章以一位老人被打入河中卻反而獲救的故事，說明善惡都有報應。

【注釋】❶鼓棹 亦作「鼓櫂」。划槳。❷柹 削下的木片。此處指粉碎如木片。❸齎 攜帶；帶著。❹雍正癸丑 即清雍正十一年，西元一七三三年。❺雍正甲辰 即清雍正二年，西元一七二四年。❻乙巳 即清雍正三年，西元一七二五年。

【語譯】我有個農莊在滄州城南，叫做上河涯，現在已經賣了。這個莊子裡過去有座叫水明樓的五間房子，往下可以俯瞰衛河，帆船來來往往於水明樓的欄杆下，這座樓房和外祖父張雪峰先生家裡的度帆樓一樣，都是遊玩眺望的好地方。先祖母太夫人每年夏天住在這裡納涼避暑，孫子們輪番在她身邊侍候。有一天，我推窗向南眺望，看到男男女女幾十個人，登上一艘渡船，船纜已解開了，有個人忽然奮起一拳把一位老人打落在岸邊的淺水裡，老人的衣服全都濕了。老人剛坐起來憤怒地責罵時，渡船已經搖槳離岸而去。當時衛河水暴漲，洪波奔騰直瀉而下，波濤洶湧發出巨響。有一艘運糧船掛著兩張風帆順流而下，迅疾得如同離弦之箭，正好撞上這艘渡船，渡船被撞成碎木片，船上幾十個人都淹死了，唯獨這位老人活了下來，老人於是由憤怒轉而為高興，合掌念誦佛號。有人問老人要到哪裡去，他說：「昨天聽說我的同族兄弟為了得到二十兩銀子，把童養媳賣給人家做小妾，今天就要去簽契約。我急忙把我的田地抵押借來同樣數目的銀子，帶著這些銀子想去把童養媳贖回來。」大家異口同聲說：「這一拳是神靈所指使的。」眾人於是催促他趕快換一艘渡船，送老人過河。當時我只有十歲，只聽說他是趙家莊人，可惜沒有問他的姓名。這是雍正十一年的事。又聽祖母太夫人說：有個滄州人逼他的弟媳改嫁，把兩個侄女賣給妓院，同鄉們都很憤憤不平。有一天，他攜帶銀錢販賣綠豆，坐大船到天津去。傍晚，船停泊在河邊，他坐在船舷邊在河裡洗腳。忽然西岸的一艘運鹽船的纖索斷裂，鹽船橫掃過來，兩艘船的船舷相切，這個人的膝蓋以下，筋骨都被船壓得粉碎如同割去截掉一樣，他痛苦地號叫了幾天才死去。我外祖父的一個僕人聽說這件事，急忙奔回來報告，說：「某某遭到這樣的慘禍，真是大怪事！」外祖父從容地說：「這件事不奇怪。如果不是這樣，反倒是怪事。」這是雍正二、三年間的事。

【研析】作者認為心存一善，必有一善報；行一惡事，也必遭一惡報。這兩個故事就是作者用以印證觀點的例證，雖然說教之意甚重，但其孜孜勸善的苦心想必讀者也能體會。

父母之心

交河王洪緒言：高川❶劉某，住屋七楹。自居中三楹，東廂二楹，以妻歿無葬地，停柩其中；西廂二楹，幼子與其妹居之。一夕，聞兒啼甚急，而不聞妹語。疑其在灶室未歸，從窗罅❷視已息燈否，月明之下，見黑煙一道，蜿蜒從東廂戶下出，縈繞西廂窗下，久之不去。迨妹醒拊兒，黑煙乃冉冉斂入東廂去，心知妻之魂也。自後每月夜聞兒啼，潛起窺視，所見皆然。以語其妹，妹為之感泣。悲哉！父母之心，死尚不忘其子乎？人子追念其父母，能如是否乎？

【章旨】此章講述了一位母親去世後鬼魂仍時時關心自己孩子的故事。

【注釋】❶高川　鎮名。在河北交河東北，滹沱河邊。❷窗罅　窗戶的縫隙。

【語譯】交河縣人王洪緒說：高川鎮的劉某人，有住房七間。自己住中間的三間；東廂房兩間，因為妻子去世沒有下葬之地，就把亡妻的棺木停放在裡面；西廂房兩間，是劉某的妹妹帶著劉某的小兒子住著。一天晚上，劉某聽到小孩啼哭聲很急迫，卻沒有聽到妹妹哄孩子的聲音，劉某懷疑妹妹在廚房沒有回來，就從窗縫中看看廚房熄燈了沒有。月光之下，他看見有一道黑煙，從東廂房門下蜿蜒飄出來，縈繞在西廂房的窗戶下面，久久不飄走。等到妹妹醒來哄拍小兒子，那道黑煙才慢慢收斂退入東廂房裡去，劉某知道，這是妻子的亡靈。從此以後，每當月夜聽到孩子啼哭的時候，劉某都悄悄起身偷看，所見到的情形都是這樣。劉某告訴了妹妹，妹妹為此感動得哭起來。多麼令人感動啊！父母之心，死後還不忘記自己的孩子嗎？做兒女的追念自己的父母，能否也做到這個程度呢？

【研析】古人有言：「可憐天下父母心」。天底下最無私的是父母心，而做兒女的對父母又能奉獻多少呢？作者因此感慨萬千。

請蠲免罪

先師桂林呂公閭齋言：其鄉有官邑令者，蒞任之日，夢其房師某公，容色憔悴，若重有憂者。邑令蹙然迎拜曰：「旅櫬❶未歸，是諸弟子之過也，然念之未敢忘。今幸託蔭得一官，將拮据營窀穸❷矣。」蓋某公卒於戍所，尚浮厝僧院也。某公曰：「甚善。然歸我之骨，不如歸我之魂。子知我骨在滇南，不知我魂羈於此也。我初為此邑令，有試墾汙萊❸者，吾誤報升科❹。訴者紛紛，吾心知其詞直，而恐干吏議，百計回護，使不得申，遂至今為民累。土神訴與東嶽，嶽神謂事由疏舛❺，雖無自利之心，然恐以檢舉妨遷擢，則其罪與自利等。牒攝吾魂，羈留於此，待此浮糧減免，然後得歸。困苦飢寒，所不忍道。回思一時爵祿，所得幾何？而業海茫茫，竟杳無崖岸，誠不勝泣血椎心。今幸子來官此，儻念平生知遇，為籲請蠲除，則我得重入轉輪，脫離鬼趣。雖生前遺蛻，委諸螻蟻，亦非所憾矣。」邑令檢視舊牘，果有此事。後為宛轉請豁，又恍惚夢其來別云。

【章旨】此章講述一個縣官因疏忽加重了百姓負擔，又為了升遷而拒不改正，遂遭到陰間責罰的故事。

【注釋】❶旅櫬　客死他鄉者的靈柩。❷窀穸　墓穴。❸汙萊　荒地。❹升科　清代凡新墾荒地滿一定年限後，官府照一般田地收稅條例開始徵收錢糧，稱升科。❺疏舛　亦作「疎舛」。粗略舛亂；疏漏錯亂。

【語譯】先師桂林人呂闇齋先生說：他家鄉有個當縣令的人，到任的那一天，夢見自己科舉考試的房師某先生，臉色憔悴，好像有很沉重的憂慮。縣令心情憂愁地下拜迎接說：「先生客死他鄉，靈柩沒有能送回故里，是我們這些學生的過錯。然而我們心裡惦念著這件事時刻不敢忘懷。如今幸而託您的蔭庇得了一個官職，將以拮据的收入為先生準備墓穴安葬。」原來某先生死在流放地，棺木還暫時停放在當地的寺院中。某先生說：「這很好。但是讓我的骸骨回歸家鄉，不如讓我的靈魂回歸家鄉。你知道我的骸骨在雲南南部，不知道我的靈魂卻被羈留在這裡。我當年在這裡當縣令，有百姓試著開墾窪地荒山，我錯誤地上報為已經開墾數年的熟地。當時百姓紛紛申訴，我心中也知道他們的申訴是對的，而又擔心會引起對我吏治的議論，就千方百計為自己辯護，使百姓的冤屈得不到伸張，於是至今還成為百姓的沉重負擔。土地神把這事報告了東嶽大帝，東嶽大帝認為這事是因為我的疏忽失誤造成的，雖然沒有為自己撈取好處的想法，但是擔心被人家檢舉而妨礙自己升官，那麼這個罪和為自己撈取好處是相等的。東嶽大帝發公文把我的靈魂拘來，羈押在這裡，等到這些不該收取的賦稅減免之後，然後才放我的靈魂回去。我在這裡忍受的飢寒困苦，就不忍心再說了。回想起我為了一時的官位俸祿，所得到的又有多少呢？可是造下的冤孽像茫茫大海，竟然看不到岸邊，我實在承受不了這種椎心刺血的痛苦。幸而現在你來到這裡做官，如果你還念惜我們師生過去的知遇之恩，請你呼籲請求免除新開荒地的賦稅，那麼我就可以重新投生，脫離鬼的境界了。即使我生前的骸骨委棄給昆蟲螞蟻吞噬，也不是我所遺憾的了。」縣令檢查舊檔案，果然有這麼回事。後來縣令為此委婉請求豁免新開荒地的賦稅之後，又恍惚夢見那位老師來告別了。

【研析】為了升遷而不去糾正自己犯下的錯誤，置百姓冤屈於不顧，遭到陰間責罰理所當然。只是陰間的責罰已經有了，而陽世間類似的事件，又有多少人會受到責罰呢？

問心

交河及方言曰：「說鬼者多誕，然亦有理似可信者。雍正乙卯❶七月，泊舟靜海❷之南。微月朦朧，散步岸上，見二人坐柳下對談。試往就之，亦欣然延坐。諦聽所說，乃皆幽冥事。疑其為鬼，瑟縮欲遁。二人止之曰：『君勿訝，我等非鬼：一走無常，一視鬼者❸也。』問：『何以能視鬼？』曰：『生而如是，莫知所以然。』又問：『何以走無常？』曰：『夢寐中忽被拘役，亦莫知所以然也。』共話至二鼓，大抵縷陳報應。因問：『冥司以儒理斷獄耶？以佛理斷獄耶？』視鬼者曰：『吾能見鬼，而不能與鬼語，不知此事。』走無常曰：『君無須問此，只問己心。問心無愧，即陰律所謂善；問心有愧，即陰律所謂惡。公是公非，幽明一理，何分儒與佛乎？』其說平易，竟不類巫覡❹語也。」

【章旨】此章講述了不管陰間陽世都應該問心無愧的道理。

【注釋】❶雍正乙卯　即清雍正十三年，西元一七三五年。❷靜海　縣名。在天津西南部，鄰接河北。❸視鬼者　天生能夠看見鬼的人。❹巫覡　古代稱女巫為巫，男巫為覡，合稱巫覡。

【語譯】交河縣的及方言說：「說鬼的人大多荒誕不經，然而也有道理似乎可以相信。雍正十三年七月，我乘坐的船停泊在靜海南岸的岸邊。微弱的月光朦朧，我在岸上散步，看到有兩個人坐在柳樹下交談。我試探著走近他們，他們也高興地請我坐下。我仔細地聽他們所說的話，都是陰間的事情，心裡懷疑這兩個人是鬼，害怕得渾身發抖想要逃走。這兩個人勸阻我說：『先生不必害怕，我們不是鬼：一個是走無常，一個是能看見鬼的人。』我問：『你怎麼能看得見鬼呢？』能看見鬼的人回答說：『我生下來就這樣，不知道是什麼原因。』我又問那個走無常說：『你為什麼走無常？』那人回答說：『我睡夢中突然被拘押到陰間去服役，也不知道是什麼原因。』大家一起談到二更天，大概是仔細述說因果報應的事。因此我就問他們說：『陰間官府是按照儒家的道理來判案呢？還是按照佛家的道理來判案？』能看見鬼的人說：『我能夠看到鬼魂，但是不能同鬼魂講話，不知道這事。』走無常的人說：『先生不必問這種事，只要問一問自己的良心。問心無愧，就是陰間法律中所謂的善；問心有愧，就是陰間法律所謂的惡。大家一致認為的是與非，人世和陰間是一樣的道理，何必區分儒家和佛家呢？』他的這種說法淺顯易懂，完全不同於巫師的說法。」

【研析】一個人如果能夠做到時時問心無愧、事事問心無愧，那麼此人就是完人。作者用意並非叫人人都成為完人，而是希望人們多做問心無愧之事，沒有離開勸人向善的主旨。

視鬼者言

里有視鬼者曰：「鬼亦恆憧憧擾擾，若有所營，但不知所營何事；亦有喜怒哀樂，但不知其何由。大抵鬼與鬼競，亦如人與人競耳。然微陰不足敵盛陽，故莫不畏人。其不畏人者，一由人據所居，鬼刺促❶不安，故現變相驅之去；一由祟人求祭享；一由桀驁強魂，戾氣未消。如人世無賴，橫行為暴，皆遇氣旺者避，遇運蹇❷者乃敢侵。或有冤魂厲魄，得請於神，報復以申積恨者，不在此數。若夫欲心所感，淫鬼應之；殺心所感，厲鬼應之；憤心所感，怨鬼應之，則皆由其人之自召，更不在此數矣。我嘗清明上冢，見遊女踏青，其妖媚弄姿者，諸鬼隨之嬉笑；其幽閒貞靜者，左右無一鬼。又嘗見學宮有數鬼，教諭鮑先生出（先生諱梓，南宮❸人，官獻縣教諭，載縣志〈循吏傳〉），則瑟縮伏草間；訓導某先生出，則跳擲自如。然則鬼之敢侮與否，尤視乎其人哉！」

【章旨】此章以視鬼者言的形式講述了鬼魅畏懼人，拒妖魅全憑人自身的故事。

【注釋】❶刺促　恐懼不安。❷蹇　困苦；困厄；不順利。❸南宮　縣名。在河北南部。

【語譯】我的家鄉有位能看見鬼的人說：「鬼也經常忙忙碌碌、坐立不安，似乎是有所營求，但是不知道所營求的是什麼事；鬼也有喜怒哀樂，但不知道這喜怒哀樂的原因是什麼。大概鬼與鬼競爭，也和人與人競爭一樣。然而鬼的微弱陰氣不足以抵擋人的旺盛陽氣，所以鬼沒有不怕人的。那些不怕人的鬼，一是因為人占據了鬼居住的地方，鬼被刺激得恐懼不安，因而現出變化的嚇人怪樣把人驅逐出去；一是因為鬼作祟害人以求人們祭祀；一是因為桀驁不馴的強橫鬼魂，暴戾之氣沒有消散。如同人世間的無賴，橫行霸道為惡，都是碰到陽氣旺盛的人就躲避，遇到時運困頓的人才敢侵犯。有些冤魂惡鬼，得到神的允許，向某人報復以發洩心中的怨憤，就不在這個範圍內了。如果人們被淫欲之心所迷惑，就會有淫鬼去回應他們；如果人們被殺戮之心所控制，就會有惡鬼去回應他們；如果人們被怨憤之心所淹沒，就會有怨鬼去回應他們，這些鬼都是由人們自己招來的，更不在這個範圍內了。我曾經在清明節去上墳，看到出門遊玩的女人到城外踏青，那些妖豔嫵媚、搔首弄姿的女子，鬼魂們會跟隨著她們嘻笑；那些恬靜賢淑、端莊穩重的女子，身邊一個鬼也沒有。我又曾經看見學宮裡有幾個鬼，教諭鮑先生一走出來（先生名梓，南宮縣人，擔任獻縣教諭，事跡記載在縣志的〈循吏傳〉中），就嚇得發抖蜷縮著趴在草叢中；訓導某先生走出來，就自由自在地蹦蹦跳跳。所以，鬼之所以敢不敢欺侮人，那就全看這個人是怎樣的了！」

【研析】鬼由人起，鬼因人興。本書中，作者多次講述了這個道理。確實，世上的一切魑魅魍魎，都是畏懼光明、害怕正氣的。一個人只要做到光明磊落、一身正氣，鬼魅自然聞風而避了。

治瘧閉

侍姬之母沈媼言：鹽山❶有劉某者，患瘧閉❷，百藥不驗。一夕，夢神語曰：「銅頭煅灰，酒服之，即通。」問：「銅頭何物？」曰：「汝輩所謂螻蛄❸也。」

試之果愈。余謂此濕熱蘊結，以濕熱攻濕熱，借其竄利下行之性耳。若州都之官❹，氣不能化，則求之於本原，非此物所能導也。

【章旨】此章講述了一個人患了癃閉症，在夢中得到神靈指點而治癒的故事。

【注釋】❶鹽山　縣名。在河北東南部，宣惠河流貫，鄰接山東。❷癃閉　中醫學名詞。「癃」，即小便淋瀝點滴而出；「閉」，即小便點滴全無，統稱「癃閉」。❸螻蛄　亦稱「螻蟈」、「土狗子」。吃農作物根莖，是嚴重的農業害蟲。蟲體乾燥後，中醫用為藥物。❹州都之官　指人的內臟重要器官。

【語譯】侍妾的母親沈老太太說：鹽山縣有個劉某人，得了小便不通的病症，吃任何藥都沒有效驗。一天晚上，他夢中聽到神說：「把銅頭煅燒成灰，用酒沖服，小便就會通了。」劉某人問：「銅頭是什麼東西？」神說：「就是你們所說的螻蛄。」劉某人試著服用，病果然痊癒了。我認為劉某人的病是因為濕熱鬱結在體內，現在用濕熱去攻濕熱，借用這個藥利於攻下的藥性罷了。至於身體內重要的器官，鬱結的氣不能通暢，就要尋求患病的根本原因，並不是這種東西所能導引的。

【研析】中醫從根本上說是靠經驗積累，民間有許多偏方、祕方，治病往往能收到奇效，此文便是一例。所謂夢中得到神靈指點，或許是病人的一種託詞。

瞽聾之鬼

梁鐵幢副憲❶言：有夜行者，於竹林邊見一物，似人非人，蠢蠢然摸索而行。叱之不應，知為精魅，拾瓦石擊之。其物化為黑煙，縮入林內，啾啾作聲曰：「我緣宿業，墮餓鬼道❷中，既瞽且聾，艱苦萬狀，公何忍復相逼？」乃委之而去。余《灤陽消夏錄》中記王菊莊所言女鬼以巧於讒構受啞報❸，此鬼受聾瞽報，其聰明過甚者乎！

【章旨】此章講述了一個人遇見既瞽且聾的鬼的故事。

【注釋】❶副憲　清代都察院副長官左副都御史的別稱。❷餓鬼道　佛教名詞。六道之一。是處於經常飢餓，不能得食的鬼道。佛經謂人生前做了壞事，死後要墮入餓鬼道，不得飲食，常苦飢渴。❸女鬼以巧於讒構受啞報　見本書卷一〈喑鬼〉則。

【語譯】梁鐵幢副憲說：某人夜裡趕路，在竹林附近看到一個怪物，好像是人又不是人，很笨拙地摸索著行走。某人喝叱那個怪物卻沒有反應，知道一定是精怪，撿起磚頭瓦塊向他扔去。那個怪物化為一團黑煙，縮進竹林裡，發出啾啾戚戚的聲音說：「我因為前生的罪孽，墮落到餓鬼道裡，已經又瞎又聾，痛苦萬分，您怎麼忍心還要逼迫我呢？」某人就放過他而離去了。我在《灤陽消夏錄》中記載王菊莊所說的一個女鬼因為巧於進讒言捏造他人罪狀而受到變成啞巴的報應，現在這個鬼受到又聾又瞎的報應，大概是他生前聰明得太過分了吧！

【研析】鬼變得既瞽且聾，又何以作祟害人，如此報應可以說是極巧極妙的了。

害人先害己

先師汪文端公❶言：有欲謀害異黨者，苦無善計。有黠者密偵知之，陰裒藥以獻，曰：「此藥入腹即死，然死時情狀，與病卒無異；雖蒸骨❷驗之，亦與病卒無異也。」其人大喜，留之飲。歸則以是夕卒矣。蓋先以其藥餌之，為滅口計矣。公因太息曰：「獻藥者殺人以媚人，而先自殺也。用其藥者，先殺人以滅口，而口終不可滅也。紛紛機械❸何為乎？」張樊川前輩時在坐，因言有好孌童者，悅一宦家子，度無可得理，陰屬所愛姬託媒媪招之，約會於別墅，將執而脅汙焉。屆期，聞已至，疾往掩捕。突失足墮荷塘板橋下，幾於滅頂。喧呼救出，則宦家子已遁，姬已鬢亂釵橫矣。蓋是子美秀甚，姬亦悅之故也。後無故開閣放此姬，婢媪乃稍洩其事。陰謀者鬼神所忌，殆不虛矣。

【章旨】此章講述了兩個想謀害他人卻先害了自己的故事。

【注釋】❶汪文端公　即汪由敦。字師茗，清代休寧（今安徽休寧）人。官至吏部尚書。卒諡文端，故稱。❷蒸骨　即「蒸骨驗屍」。古時用酒醋蒸熏骨骼以定死因的驗屍方法。❸機械　巧詐；機巧。

【語譯】先師汪文端公說：有個想謀害異黨的人，苦思冥想沒有好的計策。有個狡猾的人祕密探聽到這件事，暗中懷揣了毒藥來獻給他，說：「這種藥人一喝入腹中就死了，而且死亡時的情況，和因病去世沒有差別；即使蒸骨查驗，也和病死沒有兩樣。」這個人很高興，留下獻藥者一起喝酒。獻藥者回家後就在當天夜裡死了。原來這個人先用這種毒藥給獻藥者吃，這是殺人滅口的計謀。汪文端公因此感歎說：「獻藥者想用殺人的計策取媚於人，自己卻先被殺害了。使用這種毒藥的人，先殺人來滅口，然而眾人之口終究是封不住的。他們紛紛爭鬥想方設法害人，究竟是為了什麼呢？」張樊川老先生當時在坐，就說到有一個喜愛玩弄美少男的人，喜歡上了一個官宦人家的男童。這個人考量到沒有辦法把這個男童弄到手，就暗中吩咐自己喜歡的姬妾，讓她派媒婆去找那個官宦人家的男童，約好在別墅幽會，到時這個人就來抓住這名男童，用威脅的手段姦汙他。到了約會的日期，這個人聽說那個官宦人家的男童已經到了別墅，急忙趕去捉拿。在路上卻突然失足跌落到荷塘的木板橋下面，幾乎被淹死。等到人們喧鬧呼叫著把這個人救上來時，那個官宦人家的男童已經跑了，而這個人的姬妾卻已經鬢髮散亂衣衫不整了。這是因為那位官宦人家的男童長得清秀俊美，姬妾也喜歡他的緣故。後來，這個人無緣無故開門把那個姬妾放了出去，婢女老媽子才稍稍把這件事透露出來。玩弄陰謀的人被鬼神所忌諱，確實不是虛假的。

【研析】心存忠厚，有時似乎吃虧，但終究會得到善報。而那些圖謀害人的人，往往惡謀還沒有施展，而自己卻先遭到惡報。這就是所謂的：「機關算盡太聰明，反害了卿卿生命」。

朱盞

賣花者顧媼，持一舊磁器求售：似筆洗❶而略淺，四周內外及底皆有泑色❷，似哥窯❸而無冰紋，中平如硯，獨露磁骨，邊線界畫甚明，不出入毫髮，殊非剝落。不知何器，以無用還之。後見《廣異志》❹載嵇胡❺見石室道士案頭朱筆及杯語，《乾𦠆子》❻載何元讓❼所見天狐有朱盞筆硯語，又《逸史》❽載葉法善❾有持朱鉢畫符語，乃悟唐以前無朱硯，點勘文籍，則研朱於杯盞；大筆濡染，則貯朱於缽。杯盞略小而口哆，以便掭筆，缽稍大而口斂，以便多注濃瀋也。顧媼所持，蓋即朱盞，向來賞鑑家未及見耳。急呼之來，問：「此盞何往？」曰：「本以三十錢買得，云出自井中。因公斥為無用，以二十錢賣諸雜物攤上。今將及一年，不能復問所在矣。」深為惋惜。世多以高價市贋物，而真古器或往往見擯。余尚非規方竹⑩漆斷紋⑪者，而交臂失之尚如此。然則蓄寶不彰者，可勝數哉？（余後又得一朱盞，制與此同，為陳望之撫軍⑫持去。乃知此物世尚多有，第人不識耳。）

【章旨】此章講述了作者因不識古玩，與珍品失之交臂的故事。

【注釋】❶筆洗　用陶瓷、石頭等製成的洗涮筆的器皿。❷泑色　即「釉色」。❸哥窯　宋代著名瓷窯之一。相傳南宋時有兄弟兩人在龍泉燒造瓷器，哥燒者稱哥窯，弟燒者稱弟窯。傳世所謂「宋哥窯」，胎薄，色黑如鐵，通稱「鐵骨」。❹廣異志　或即《廣異記》，唐人筆記小說，戴孚撰，今存。❺嵇胡　《廣異志》中人物。《廣異志》載，慈州人嵇胡弋獵逐鹿進山，見到石室道士的案頭有朱筆和杯。❻乾饌子　唐人筆記小說，溫庭筠撰。今存一卷。❼何元讓　《乾饌子》中人物。《乾饌子》載，何元讓赴洛陽，在老君廟附近的山丘中遇天狐，玄堂之外的几案上，也設置著朱盞和硯臺。❽逸史　唐人筆記小說。盧肇撰，今存一卷。❾葉法善　字道元。唐括蒼（今浙江麗水）人。世為道士，傳陰陽占繇符架之術，能厭劾怪鬼。❿規方竹　竹的一種，節莖上棱形。亦稱「四方竹」。深秋出筍，經歲成竹，質堅勁，可作手杖及觀賞之用。相傳唐李德裕嘗以方竹杖贈甘露寺老僧，老僧削圓而漆之。見五代嚴子休《桂苑叢談》。後以削圓方竹為庸俗不解事之誚。⓫漆斷紋　裂紋，多指古琴的裂紋。宋趙希鵠〈洞天清錄集古琴辨〉：「古琴以斷紋為證，蓋琴不歷五百歲不斷，愈久則斷愈多。」油漆斷紋也是譏刺庸俗無知的人與事。⓬撫軍　清代巡撫的別稱。亦稱撫院、撫臺。巡撫，清代正式以巡撫為省級地方政府的長官，總攬一省的軍事、吏治、刑獄等，地位略次於總督。

【語譯】賣花的顧老太太拿著一件舊磁器來出售：這件磁器像筆洗而略微淺了一些，四周內外以及底部都有釉色，好像是哥窯出產的瓷器卻沒有冰紋，瓷器內底部平的似硯臺，只露瓷器的內坯本色，邊界線十分分明，沒有參差不齊的地方，肯定不是破裂剝落的。我不知這是什麼器皿，覺得沒有用處就還給她了。我後來看到《廣異志》上記載嵇胡看見石室道士書桌上有朱筆和杯子的故事，《乾𦠆子》上記載何元讓看到天狐有朱盞筆硯的故事，還有《逸史》記載葉法善拿著朱缽畫符的故事，才省悟到唐代以前沒有朱硯，圈點校勘公文典籍，就在杯盞中研磨紅墨汁；要用大毛筆沾紅墨汁時，就把紅墨汁貯放在缽內。杯盞略小而口敞開，以便於掭筆；缽較大而口稍稍收斂，以便於多貯存紅墨汁。顧老太太所拿來的，原來就是朱盞，以前的鑑賞家還沒有見過。我急忙把顧老太太叫來，問她說：「那只盞賣到什麼地方去了？」她回答說：「我本來用三十個小錢買來的，據說是在水井中挖出來的。因為您認為這東西無用，我就以二十個小錢的價格賣給雜貨攤了。到如今已將近一年了，沒辦法再去打聽這件瓷器流落到什麼地方去了。」我深為惋惜。世間常常用高價買進假貨，而真正的古董卻往往被拋棄。我還不算是那種規方竹漆斷紋的人，而與寶物失之交臂尚且如此。那麼古玩珍寶藏在民間而不彰顯的，可以數得完嗎？（後來我又得到一只朱盞，形制和這個一樣，被陳望之巡撫拿去了。我才知道這類古物在世間還有很多，只是人們不認識罷了。）

【研析】面對寶物而不識，以致失之交臂，作者這種懊喪的心情可以理解。古玩與人也須有緣。有時刻意求之而不得，卻在不經意間得到，這就是緣分。

鬼言正理

先師介公野園言：親串中有不畏鬼者，聞有凶宅，輒往宿。或言西山某寺後閣，多見變怪。是歲值鄉試，因僦❶住其中。奇形詭狀，每夜環繞几榻間，處之恬然，然亦弗能害也。一夕月明，推窗四望，見豔女立樹下，咥然❷曰：「怖我不動，來魅我耶？爾是何怪，可近前。」女亦咥然曰：「爾固不識我，我爾祖姑也。歿葬此山。聞爾日日與鬼角，爾讀書十餘年，將徒博一不畏鬼之名耶？抑亦思奮身科目，為祖父光、為門戶計耶？今夜而鬥爭，晝而倦臥，試期日近，舉業❸全荒，豈爾父爾母遣爾裹糧入山之本志哉？我雖居泉壤，於母家不能無情，故正言告爾，爾試思之！」言訖而隱。私念所言頗有理，乃束裝歸。歸而詳問父母，乃無是祖姑。大悔，頓足曰：「吾乃為黠鬼所賣。」奮然欲再往。其友曰：「鬼不敢以力爭，而幻其形以善言解，鬼畏爾矣，爾何必追窮寇！」乃止。此友可謂善解紛矣。然鬼所言者正理也，正理不能禁，而權詞能禁之，可以悟銷鎔剛氣之道也。

【章旨】此章講述了一個書生被鬼以善言勸誡的故事。

【注釋】❶僦　租賃。❷咥然　笑貌。❸舉業　科舉時代稱應試的詩文為舉業，又稱舉子業。

【語譯】先師介野園先生說：他親戚中有個不怕鬼的人，聽說哪兒有凶宅，就前去那裡住宿。有人說西山某寺院的後閣樓，經常出現妖怪。這年他正好參加鄉試，就租了那個地方居住。奇形怪狀的東西每天夜裡都環繞在書桌睡榻間，他處之泰然，然而鬼魅也不能害他。一天夜裡月光明亮，他推開窗子四處張望，看見有個豔麗的女子站在樹下，就笑著說：「嚇不了我，就來迷惑我麼？你是什麼妖怪，走到跟前來！」那個女子也笑著說：「你當然不認識我。我是你的姑奶奶，死後葬在這座山上。聽說你天天與鬼爭鬥，你讀了十幾年書，打算只想換來一個不怕鬼的名聲嗎？還是也想發憤讀書參加科舉，為祖父爭光、為光大門庭打算呢？如今你每天夜裡與鬼鬥，白天因疲勞而睡覺，考試日期一天天臨近，學業完全荒廢，難道是你父親母親派你帶著食物到山上讀書的本意嗎？我雖然居住在黃泉之下，對娘家卻不能無情無義，所以我對你正言相告，你好好想想吧！」說罷，那個女子就不見了。這個人心中暗想她所說的話很有道理，於是就收拾行李回家去。他回到家中詳細詢問父母，得知並沒有這個姑奶奶。這個人非常後悔，跺著腳說：「我竟然被狡猾的鬼給糊弄了！」他奮然打算再上山去。他的朋友說：「鬼不敢以力與你相爭，而幻化自己的形狀用好話來化解你，這是鬼害怕你了，你何必窮追不捨呢！」這個人聽了朋友的勸告就不上山了。這位朋友可說是善於調解糾紛了。然而鬼所講的是正理，正理不能制止這個人，而巧妙的說法卻能制止他，從這裡可以領悟緩和消解血氣之爭的道理了。

【研析】鬼魅不敢與這個不怕鬼的人正面交鋒，就欺騙以冠冕堂皇的道理。古人說：「君子可欺之以方。」看來這個鬼魅深諳此道。這人身中此道而不悟，卻還要背上「正理不能禁，而權詞能禁之」的名聲，也是可悲。

賣蟒遭禍

前記閣學札公祖墓巨蟒事[1]，據總憲[2]舒穆嚕公[3]之言也。壬子[4]三月初十日，蔣少司農戟門邀看桃花，適與札公聯坐，因叩其詳。知舒穆嚕公之語不誣。札公又曰：尚有一軼事，舒穆嚕公未知也。守墓者之妻劉媼，恆與此蟒同寢處，蟠其榻上幾滿。來必飲以火酒，注巨碗中，蟒舉首一嗅，酒減分許，所餘已味淡如水矣。憑劉媼與人療病，亦多有驗。一旦，有欲買此蟒者，給劉媼錢八千，乘其醉而舁之去。去後，媼忽發狂曰：「我待汝不薄，汝乃賣我，我必褫汝魄！」自撾不止。媼之弟奔告札公。札公自往視，亦無如何。逾數刻竟死。夫妖物憑附女巫，事所恆有；忤妖物而致禍，亦事所恆有。惟得錢賣妖，其事頗奇；而有人出錢以買妖，尤奇之奇耳。此蟒今猶在，其地在西直門外，土人謂之紅果園。

【章旨】此章講述了一個婦人因貪圖錢財出賣巨蟒而遭報應的故事。

【注釋】❶記閣學札公祖墓巨蟒事　見本卷〈都察院蟒〉則。❷總憲　明清都察院左都御史的別稱，左副都御史則稱副憲。御史臺古稱憲臺，故有此稱。❸舒穆嚕公　見本卷〈都察院蟒〉則。❹壬子　即清乾隆五十七年，西元一七九二年。

【語譯】我在本卷前面記載的內閣學士札公祖墳有大蟒蛇的故事，是根據左都御史舒穆嚕公的敘述。乾隆五十七年三月初十日，戶部侍郎蔣戟門邀請我去看桃花，剛好和札公坐在一起，就詳細詢問這件事，知道舒穆嚕公的敘述不假。札公又說：還有一件軼事，舒穆嚕公也不知道。守墓人的妻子劉老太太，經常同這條大蟒蛇一起睡覺，大蟒蛇盤在她的床榻上幾乎把地方都占滿了。大蟒蛇來了，劉老太太一定給這條蟒蛇飲白酒。劉老太太把白酒倒進大碗裡，大蟒蛇抬起頭嗅一嗅，大碗中的酒就減少了幾分，碗裡剩餘的酒淡的像水一樣了。這條大蟒蛇憑附在劉老太太身上給人治病，也多有效驗。有一天，有人想買這條大蟒蛇，給了劉老太太八千銅錢，趁大蟒蛇喝醉時把牠抬走了。大蟒蛇被抬走後，劉老太太忽然發狂說：「我對你不薄，你竟然出賣我，我必定剝奪你的魂魄！」劉老太太不停地打自己的耳光。劉老太太的弟弟奔來告訴札公。札公親自前去察看，也沒有什麼辦法。過了幾個時辰，劉老太太竟然就死了。妖怪憑附在女巫身上的事是常有的；冒犯了妖怪而召來禍患的事也是常有的。唯獨為了錢財出賣妖怪，這樣的事情就很奇特了；而且還有人出錢來買妖怪，更是奇中之奇。這條大蟒蛇如今還活著，那地方就在西直門外，當地人把那地方叫做紅果園。」

【研析】這條巨蟒把劉老太太當作朋友，全然沒有戒心；而劉老太太見利忘義，貪圖錢財而起黑心，遭到巨蟒的報復也是應該。人無信不立，像劉老太太般的小人世間常有，故而人們呼喚誠信的回歸。

養瞽院

育嬰堂、養濟院，是處有之。惟滄州別有一院養瞽者，而不隸於官。瞽者劉君瑞曰：「昔有選人❶陳某，過滄州，資斧❷匱竭，無可告貸，進退無路，將自投於河。有瞽者憫之，傾囊以助其行。選人入京，竟得官，薦至州牧。念念不能忘瞽者，自齎數百金，將申漂母之報❸。而偏覓瞽者不可得，並其姓名無知者。乃捐金建是院，以收養瞽者。此瞽者與此選人，均可謂古之人矣。」君瑞又言：「眾瞽者留室一楹，旦夕炷香拜陳公。」余謂陳公之側，瞽者亦宜設一坐。君瑞囁嚅曰：「瞽者安可與官坐？」余曰：「如以其官而祀之，則瞽者自不可坐。如以其義而祀之，則瞽者之義與官等，何不可坐耶？」此事在康熙中，君瑞告余在乾隆乙亥、丙子❹間，尚能舉居是院者為某某。今已三十餘年，不知其存與廢矣。

【章旨】此章講述了清康熙間滄州設立養瞽院的由來。

【注釋】❶選人　候選官員。❷資斧　旅費。❸漂母之報　見《史記·淮陰侯列傳》：韓信釣於城下，有一母見韓信飢餓難忍，送飯給韓信吃，韓信很高興地對漂母說：「吾必有以重報母。」後來韓信做了楚王，召所從漂母，各賜千金，以報一飯之恩。❹乾隆乙亥丙子　即清乾隆二十、二十一年，西元一七五五、一七五六年。

【語譯】育嬰堂、養濟院一類的慈善機構，到處都有。唯有滄州卻有一所撫養盲人的機構，而且不隸屬官府。盲人劉君瑞說：「過去有個候補官員陳某，路過滄州時，旅費用光了，沒有地方可以借錢，走投無路，想投河自盡。有個盲人可憐他，拿出自己全部財產來資助他的行程。這個候補官員到京後，居然獲得官職，一直做到州的行政長官。他念念不忘那位盲人，自己拿出幾百兩銀子，打算去報答救助他的那位盲人。然而到處找那位盲人也沒有找到，並且連那位盲人的姓名也沒有人知道。於是，這位姓陳的官員就捐錢建立了這所收養盲人的養瞽院，用來收養盲人。那位盲人和這位官員，都可以稱為古道熱腸的人了。」劉君瑞又說：「盲人們留出一間屋子，早晚上香拜祭那位陳姓官員。」我說陳先生的旁邊，那位盲人也應該設立個牌位。劉君瑞支支吾吾地說：「盲人怎能和官員平起平坐呢？」我說：「如果是因為陳先生是官員而祭祀他，那麼盲人當然不能與他平起平坐。如果是因為陳先生的義舉而祭祀他，那麼盲人的義舉和那位陳姓官員是等同的，為什麼不能同坐呢？」這件事發生在康熙年間，劉君瑞告訴我是在乾隆二十、二十一年之間，還能列舉住在養盲院裡的人是某某人。如今過去三十多年了，不知那所養盲院是存在還是已經廢棄了。

【研析】那位盲人雖有殘疾，卻能夠盡力救助常人；常人一旦成功，也不忘那位盲人恩德，雖不能報答一人，而能夠惠及眾人。作者認為故事中的兩位主角的道德水準是平等的，即所謂的「義與官等」，講述這個故事，意在弘揚這種精神。

李守敬

明季兵亂，曾伯祖鎮番公年甫十一，被掠至臨清❶，遇舊客作❷李守敬，以獨輪車送歸。崎嶇戎馬之間，瀕危者數，終不捨去也。時宋太夫人在，酬以金。先頓首謝，然後置金於案曰：「故主流離，心所不忍，豈為求賞來耶！」泣拜而別，自後不復再至矣。守敬性戇直，儕輩有作奸者，輒齗齗❸與爭，故為眾口所排去。而患難之際，不負其心乃如此。

【章旨】此章講述了一位患難之際突顯忠心的僕人的故事。

【注釋】❶臨清　縣名。在山東西北部，鄰接河北，衛河、南運河流貫。❷客作　雇工；傭保。❸齗齗　忿嫉；爭辯貌。

【語譯】明代末年戰亂，我的曾伯祖父鎮番公當時年僅十一歲，被擄掠到了山東臨清。他在臨清遇見家中過去的傭工李守敬，李守敬用獨輪車把他送回了家。一路上道路崎嶇，兵荒馬亂，多次瀕臨險境，李守敬始終不捨棄鎮番公而自己離去。當時，宋太夫人還在世，拿些銀錢酬謝他。李守敬先磕頭行禮表示感謝，然後把銀錢放在桌上，說：「舊主人流離失所，我於心不忍，我哪裡是為了賞賜才來的呀！」他流著眼淚磕頭告別，從此沒有再來我家。李守敬性格憨厚耿直，僕人中有人做奸詐的事情，他就大聲責罵與他們爭執，所以他被僕人們排擠而離開我家。然而在患難之際，他卻能不負心到如此地步。

【研析】人心難以揣摩，患難之際方見真情。而生活中人們往往會作出錯誤的選擇，就是沒有真正了解人心人情。作者講述這個故事，包含的感歎無限。

先兆

事有先兆，莫知其然。如日將出而霞明，雨將至而礎❶潤，動乎彼則應乎此也。余自四歲至今，無一日離筆硯。壬子❷三月初二日，偶在直廬❸，戲語諸公曰：「昔陶靖節❹自作挽歌，余亦自題一聯曰：『浮沉宦海如鷗鳥，生死書叢似蠹魚。』百年之後，諸公書以見挽足矣。」劉石庵❺參知❻曰：「上句殊不類公，若以挽陸耳山❼，乃確當耳。」越三日而耳山訃音至，豈非機之先見歟！

【章旨】此章講述了一個事有先兆而莫知其然的故事。

【注釋】❶礎　柱子底下的石礅。❷壬子　即清乾隆五十七年，西元一七九二年。❸直廬　古時侍臣值班住宿之處。❹陶靖節　即陶淵明，東晉大詩人。一名潛，字元亮，私諡靖節，潯陽柴桑（今江西九江）人。曾任江州祭酒、鎮軍參軍、彭澤令等職。因不滿當時士族地主把持政權的黑暗現實，決心去職歸隱。長於詩文辭賦。散文以〈桃花源記〉最有名。❺劉石庵　即劉墉。字崇如，號石庵，故稱，清諸城（今山東諸城）人。乾隆進士。由編修累官體仁閣大學士。❻參知　即參知政事的省稱。參知政事，宋代為副宰相。清承明制，不設宰相，以內閣大學士為首輔，故以參知稱大學士。❼陸耳山 即陸錫熊。字健男，號耳山。清上海（今上海市）人。乾隆進士。博聞強記，官至副都御史。

【語譯】凡事都會有先兆，不知是什麼道理。就像太陽快要升起時朝霞明亮，雨快要來臨時柱石潮濕，行動在彼處而此處先呼應。我從四歲到如今，沒有一天離開過筆硯。乾隆五十七年三月初二日，我在衙門值班，偶然間同諸位先生開玩笑說：「過去陶淵明曾經給自己寫過挽歌，我也給自己題寫了一副挽聯：『浮沉在宦海中如同鷗鳥一般，生死在書叢裡好像蠹魚一樣。』在我百年之後，諸位先生寫這副對聯來憑弔我就夠了。」大學士劉石庵先生說：「上聯很不像您，如果用來悼念陸耳山，才是確切恰當的。」過了三天陸耳山的訃告就來到了，這難道不是神機所預示的先兆嗎！

【研析】人有偶遇，事有巧合，似乎冥冥之中安排好了一切，而以先兆預示於人。而人們卻往往在事後才能體悟這預示的先兆，不禁感歎世事的離奇巧合。

鬼揶揄

申蒼嶺先生言：有士人讀書別業❶，牆外有廢冢，莫知為誰，園丁言夜中或有吟哦聲，潛聽數夕，無所聞。一夕，忽聞之。急持酒往澆冢上曰：「泉下苦吟，定為詞客❷。幽明雖隔，氣類不殊。肯現身一共談乎？」俄有人影冉冉出樹陰中，忽掉頭竟去。殷勤拜禱，至再至三。微聞樹外人語曰：「感君見賞，不敢以異物自疑。方擬一接清談，破百年之岑寂。及遙觀丰采，乃衣冠華美，翩翩有富貴之容，與我輩縕袍❸，殊非同調。士各有志，未敢相親。惟君委曲諒之。」士人悵悵而返。自是並吟哦亦不聞矣。余曰:「此先生玩世之寓言耳。此語既未親聞,又旁無聞者,豈此士人為鬼揶揄,尚肯自述耶?」先生掀髯曰:「鉏麑❹槐下之詞❺,渾良夫夢中之噪❻,誰聞之歟?子乃獨詰老夫也!」

【章旨】此章講述了一個士人為鬼揶揄的故事。

【注釋】❶別業 即別墅。❷詞客 指擅長文詞的人。❸緼袍 以亂麻為絮的袍子。❹鉏麑 一作「鉏麛」、「鉏之彌」。春秋時晉國力士。❺槐下之詞 據《左傳》宣公二年的記載,晉靈公恨大臣趙盾多次進諫,派鉏麑前往行刺。他清晨前往,見趙盾盛服將朝,坐而假寐,鉏麑不忍下手,退而觸槐自殺。❻渾良夫夢中之噪 事見《春秋左傳》。渾良夫,衛國大夫,蒙冤。衛侯夢中見披髮鬼為其喊冤。

【語譯】申蒼嶺先生說:有位讀書人在別墅讀書,園牆外有座荒廢的墳墓,不知道埋葬的是什麼人。園丁說夜裡有時聽到吟詩的聲音,這位讀書人暗中聽了幾個晚上,什麼也沒有聽到。一天晚上,這位讀書人忽然聽到吟詩聲,急忙拿著酒前去灑在墳上,說:「您在陰間還苦吟詩詞,一定是位詩人。陰間陽世雖然相隔,但是讀書人的氣質是沒有兩樣的。您願不願意現身出來一起交談呢?」一會兒,有個人影慢慢出現在樹蔭下,忽然掉轉頭就離去了。讀書人殷勤地行禮拜禱,再三挽留。微微聽到樹林外有人說話聲,說:「感謝您的賞識,我也不能因為自己是鬼魂就多疑了。我正想和您接觸交談,以解除我百年來的孤獨寂寞。等到遠遠看見您的風度神采,衣服華貴精美,瀟灑之中有富貴人家的樣子,和我們這些穿布衣的普通人,肯定不是一類人。每個人都有自己的志趣,我不敢和您親近。只有請您理解體諒了。」這位讀書人惆悵地回去,從此以後連吟詩的聲音也聽不到了。我說:「這是先生您玩世不恭而編造的寓言故事罷了。鬼說的話先生既然沒有親自聽到,旁邊又沒有別人聽到,難道這位讀書人被鬼嘲笑,還肯自己說出來嗎?」申蒼嶺先生摸著鬍子笑道:「春秋時鉏麑撞槐樹自殺時說的話,衛侯在夢中見到鬼為渾良夫喊冤，誰在旁邊聽到了呢？你怎麼只是詰難我這個老頭子啊！」

【研析】申蒼嶺一生不得志，寄居官宦人家，憂憤之氣難免時有流露。這個故事即是自比，但他又不願明說，故而作者指出這個故事是其編造時，申先生會再三辯解，不免有「此地無銀三百兩」之嫌。

養癰貽患

邱孝廉二田言：永春❶山中有廢寺，皆焦土也。相傳初有僧居之，僧善咒術。其徒夜或見山魈，請禁制之。僧曰：「人自人，妖自妖，兩無涉也。人自行於晝，妖自行於夜，兩無害也。萬物並生，各適其適。妖不禁人晝出，而人禁妖夜出乎？」久而晝亦嬲人，僧寮❷無寧宇，始施咒術。而氣候已成，黨羽已眾，竟不可禁制矣。憤而雲遊，求善劾治者偕之歸。登壇檄將，雷火下擊，妖殲而寺亦燼焉。僧拊膺曰：「吾之罪也！夫吾咒術始足以勝之，而弗肯勝也；吾道力不足以勝之，而妄欲勝也。博善化之虛名，潰敗決裂乃至此。養癰貽患，我之謂也夫！」

【章旨】此章講述了一位僧人為博善化之虛名，養癰貽患，以致玉石俱焚的故事。

【注釋】❶永春　縣名。在福建中部偏南、晉江上源東溪上游。❷僧寮　僧舍。

【語譯】舉人邱二田說：福建永春縣的深山裡有座荒廢的寺院，已經是一片焦土了。相傳當初有僧人居住在這座寺院中，僧人善於念咒降妖的法術。僧人的徒弟有時在夜裡看見山魈，就請僧人制伏山魈。僧人說：「人是人，妖怪是妖怪，兩相各不侵犯。人在白天活動，妖怪在夜裡活動，兩相互不傷害。世界上萬物一起生長，各自有適合他們安身的地方。妖怪不禁止人白天活動，難道人要禁止妖怪夜裡出來活動嗎？」久而久之，那山魈白天也來侵擾人，寺院裡沒有一處安寧的地方，僧人這才開始施展念咒降妖的法術。然而山魈的勢力已經壯大，黨羽也多了，那個僧人竟然制伏不了山魈。僧人憤怒之下而出門雲遊，尋求到善於降妖的人一起回到寺院。在寺院中設神壇請來神將，雷電大火從天而降，把妖怪消滅，而寺院也焚毀了。僧人搥胸歎息說：「這是我的罪過呀！當初我念咒降妖的法術足以制伏妖怪時，我不肯去制服；等到我的道行不足以制伏妖怪時，卻妄想制伏妖怪。為博取善於教化的虛假名聲，卻潰敗決裂到這個地步。養毒瘡而留下禍患，說的就是我呀！」

【研析】防微杜漸，以免養癰貽患，這是古人一再告誡世人的道理。而這位僧人為博取一時的虛名，而遭來毀寺大禍，教訓深刻。作者講述這個故事，用意當也在此。

飛車劉八

「飛車劉八」，從孫樹珊之御者❶也。其御車極鞭策之威，盡馳驅之力，遇同行者，必驀越❷其前而後已，故得此名。馬之強弱所不問，馬之飢飽所不問，馬之生死亦所不問也。歷數主，殺馬頗多。一日，御樹珊往群從家，以空車返。中路馬軼，為輪所軋，仆轍中。其傷頗輕，竟昏瞀❸不知人，舁歸則氣已絕矣。好勝者必自及，不仁者亦必自及。東野稷❹以善御名一國，而極馬之力，終以敗駕。況此役夫哉！自隕其生，非不幸也！

【章旨】此章講述了一個車夫不顧馬的強弱生死，而一味驅馬，終遭報應的故事。

【注釋】❶御者　駕駛馬車的人。❷驀越　超越。❸昏瞀　昏沉；神志昏亂。❹東野稷　見《莊子・達生》篇：「東野稷以御見莊公（即魯莊公），進退中繩，左右旋中規。顏闔曰：『稷之馬將敗。』少焉，果敗而反。公曰：『子何以知之？』曰：『其馬力竭矣，而猶求焉，故曰敗。』」意謂不愛惜馬力，必然要失敗。

【語譯】有個綽號叫「飛車劉八」的人，是我侄孫紀樹珊的車夫。劉八趕車時使盡了馬鞭子的威力，盡量加快馬的奔跑速度，遇到同路的馬車，必定要超越到前面才作罷，所以得到「飛車劉八」的名號。駕車的馬匹是強壯還是瘦弱，他置之不問；馬匹是吃飽了還是飢餓著，他置之不問；馬匹的生死，他也置之不問。他曾到幾個主人家駕車，被他累死的馬很多。有一天，劉八駕車載紀樹珊去他的堂兄弟家，而後空車返回。半路上馬匹驚了奔跑，劉八被車輪所碾壓，仆倒在車轍中。他的傷勢很輕，卻昏迷不醒，被抬回家時就已經死了。好勝逞強的人必然會自食其果，不仁不義的人也必然會自食其果。東野稷以善於駕馭馬名揚全國，然而他用盡了馬的力氣，終究在駕車時失敗。何況這個車夫呢！這是自己傷害自己的性命，不能說是不幸的意外事件啊！

【研析】劉八逞強好勝，不愛惜馬匹，終究車毀人亡。作者藉此告誡世人，凡事不能逞強，不能耗盡物力，否則必定會遭來報應。雖然這種說教未免有些陳腐，但其中的道理還是值得人們深思。

人字汪

先祖光祿公❶，有莊在滄州衛河東。以地恆積潦❷，其水左右斜袤❸如人字，故名「人字汪」。後土語訛人字曰「銀子」，又轉「汪」為「窪」，以吹脣聲❹輕呼之，音乃近「娃」，彌失其真矣。土瘠而民貧，凋敝日甚。莊南八里為狼兒口（土語以「狼兒」二字合聲吹脣呼之，音近「辣」，平聲）。光祿公曰：「人對狼口，宜其不蕃也。」乃改莊門北向。直北五里曰木沽口（「沽」字土音在「果」、「戈」之間），自改門後，人字汪漸富腴，而木沽口漸凋敝矣。其地氣轉移歟？抑孤虛❺之說竟真有之？

【章旨】 此章講述了作者家鄉一個水窪名稱變化的緣由。

【注釋】 ❶光祿公　即光祿寺卿。官名。南朝梁置光祿卿，北齊以後改稱光祿寺卿，主要掌皇室的膳食。歷代沿用。清末始廢。作者先祖曾任光祿寺卿，故稱。❷潦　雨後地面積水。❸袤　長。此指斜向延伸。❹吹脣聲　以一種發音方法發出的聲音。雙脣微合，讓氣體出雙脣中吹出所發出的聲音。❺孤虛　古時占卜推算時日的方法。天干為日，地支為辰，日辰不全為孤虛。占卜時得孤虛，主事不成。

【語譯】 我的先祖父光祿公，有座莊園在滄州衛河東岸。因為地面經常有積水，積水分左右兩邊斜著流淌出去像人字，所以叫做「人字汪」。後來，當地方言把「人字」訛讀為「銀子」，又把「汪」字轉讀為「窪」，用吹唇聲輕讀，聲音近似「娃」，就更加失真了。這裡土地貧瘠而百姓貧窮，一天比一天荒涼凋敝。莊園南面八里是狼兒口（當地方言把「狼兒」兩個字合起來用吹唇音讀，語音近似「辣」，平聲）。光祿公說：「人對著狼口，這地方理應不繁衍。」光祿公於是就把莊園的大門改為朝北開。莊子正北五里叫木沽口（「沽」字當地方言讀音在「果」、「戈」之間），自從莊園改了大門之後，人字汪逐漸富裕肥沃起來，而木沽口漸漸凋敝破落了。這是地氣轉移呢？還是占卜推算的說法當真是有的呢？

【研析】地名的流變是由於多種原因，如本章所說的「人字汪」訛讀為「銀子娃」就是一例。而且作者認為地名還會相剋，如「狼兒口」剋「銀子娃」，暗寓「狼吃娃」之意；而「銀子娃」剋「木沽口」，暗寓「金剋木」之意。如此附會，徒增談笑之資而已。

積柴

人字汪場中有積柴（俗謂之「垛」）多年矣，土人謂中有靈怪，犯之多致災禍；有疾病，禱之亦或驗。莫敢擷一莖，拈一葉也。雍正乙巳❶，歲大饑，光祿公捐粟六千石，煮粥以賑。一日，柴不給，欲用此柴，而莫敢舉手。乃自往祝曰：「汝既是有神，必能達理。今數千人枵腹❷待斃，汝豈無惻隱心？我擬移汝守倉，而取此柴活饑者，諒汝不拒也！」祝訖，麾眾拽取，毫無變異。柴盡，得一禿尾巨蛇，蟠伏不動。以巨畚❸舁入倉中，斯須不見。從此亦遂無靈。然迄今六七十年，無敢竊入盜粟者，以有守倉之約故也。物至毒而不能不為理所屈，妖不勝德，此之謂矣。

【章旨】此章講述了人字汪莊院中一垛積柴的故事。

【注釋】❶雍正乙巳　即清雍正三年，西元一七二五年。❷枵腹　空腹；飢餓。❸畚　古代用草繩做成的盛器，後編竹為之，即畚箕。

【語譯】人字汪莊園的曬場中有一堆積聚多年的柴草（當地方言叫做「垛」），當地人說柴草堆裡面有靈怪，冒犯了它就會遭致災禍；有人生病，到柴草堆前祈禱有時也會靈驗。人們不敢從柴草堆上取走一根草莖一片樹葉。雍正三年，當地發生大饑荒，先祖光祿公捐助六千石糧食，煮粥來賑濟百姓。有一天，燒粥的柴草不夠用，人們打算用這堆柴草，卻沒有人敢動手拿。光祿公親自前往柴草堆前禱告說：「你既然有靈驗，必定能通情達理。如今幾千人餓著肚子等死，你怎麼會不動惻隱之心呢？我打算把你遷移去看守糧倉，把這堆柴草用來煮粥救活饑民，我想你大概不會拒絕吧！」禱告完畢，光祿公指揮眾人拉取柴草，毫無奇異變化。柴草搬完，地上出現一條禿尾巴的大蛇，蟠伏著一動也不動。人們用大畚箕把大蛇抬到糧倉裡，那條蛇一會兒就不見了。從此以後也就沒有什麼靈驗。然而至今六七十年來，沒有人敢進糧倉偷盜糧食，這是因為有過叫大蛇守糧倉的約定的緣故。無論是多麼狠毒的怪物，也不能不被正理所屈服，妖魔不能戰勝道德，這個故事闡明的就是這個道理。

【研析】民間往往會有許多忌諱，不能用常理來解說。如人們認為柴草堆中有靈怪，就是常理難以解說之事。以百姓接受的方式來處理類似事情，往往能夠收到事半功倍的效果。這就是所謂的「因勢利導」。

天償孝心

從孫樹寶言：韓店❶史某，貧徹骨。父將歿，家惟存一青布袍，將以斂。其母曰：「家久不舉火，持此易米，尚可多活月餘，何為委之土中乎？」史某不忍，卒以斂。此事人多知之。會有失銀釧❷者，大索不得。史某忽得於糞壤中。皆曰：「此天償汝衣，旌汝孝也。」余曰：「偶然也。」失釧者以錢六千贖之，恰符衣價。此近日事。或曰：「如以為偶，則王祥❸固不再得魚，孟宗❹固不再生筍也。幽明之感應，恆以一事示其機耳。汝烏乎知之！」

【章旨】此章講述了史某孝心感動上天得到善報的故事。

【注釋】❶韓店　鎮名。在今山西長治南四十里。❷銀釧　銀手鐲。❸王祥　字休徵，晉琅邪臨沂（今屬山東）人。漢末隱居廬江（今安徽舒城）二十餘年。晉代魏，官至太保。事後母孝，古時民間流傳有王祥臥冰求鯉的故事。晉干寶《搜神記》：「（王祥）繼母常欲生魚，時天寒冰凍，祥解衣，將剖冰求之，冰忽自解，雙鯉躍出。」❹孟宗　字恭武，三國江夏（今湖北鄂城）人。官至司空。事母至孝，民間流傳有孟宗哭竹生筍的故事。相傳孟宗母喜食竹筍，時當冬季沒有竹筍，孟宗入竹林悲泣哀歎，筍為之出土。

【語譯】我的族侄孫紀樹寶說：韓店鎮有個史某，貧困到了極點。他父親快要去世時，家裡僅存一件青布袍子，史某打算用這件袍子給父親下葬。史某母親說：「家裡好久沒有做飯了，拿這件袍子換錢買米，我們還能多活一個多月，何必把它埋進土裡爛掉呢？」史某不忍心，終於還是用這件袍子給父親穿了下葬。這件事人們大多知道。恰巧有人丟失了銀手鐲，到處尋找都沒有找到，史某忽然在糞土中拾到這只銀手鐲。大家都說：「這是上天補償你給父親下葬的那件衣服，表揚你的孝心。」丟失銀手鐲的人用六千錢向他贖回手鐲，恰好是那件袍子的價錢。這是發生在近日的一件事。有人說：「這件事是偶然發生的。」我說：「如果以為這是偶然的，那麼王祥臥冰固然不再能得到鯉魚、孟宗哭泣固然冬天竹子不再會生筍的了！幽明之間的互相感應，常常通過一件事顯示它的玄機跡象，你們這些人哪能知道啊！」

【研析】孝道是中華民族傳統精神的基石，是維繫民族、社會的紐帶。崇揚孝道就是維護社會安定，這正是作者努力想達到的目的。故而作者極力表彰史某的孝舉，抨擊懷疑者的偶然之說。

沉淪之鬼

景州李晴嶙言：有劉生訓蒙❶於古寺，一夕，微月之下，聞窗外窸窣聲。自隙窺之，牆缺似有二人影，急呼有盜。忽隔牆語曰：「我輩非盜，來有求於君者也。」駭問：「何求？」曰：「猥以夙業，墮餓鬼道中，已將百載。每聞僧廚飲煮，輒飢火如焚。竊君似有慈心，殘羹冷粥，賜一澆奠❷可乎？」問：「佛家經懺，足濟冥途，何不向寺僧求超拔？」曰：「鬼逢超拔，是亦前因。我輩過去生中，營營仕宦，勢盛則趨附，勢敗則掉臂如路人。當其得志，本未扶窮救厄，造有善因；今日勢敗，又安能遇是善緣乎！所幸貨賂豐盈，不甚愛惜，孤寒故舊，尚小有周旋。故或能時遇矜憐，得一沾餘瀝❸。不然，則如目連❹母鍵在大地獄中，食至口邊，皆化猛火，雖佛力亦無如何矣。」生惻然憫之，許如所請，鬼感激嗚咽去。自是每以殘羹剩酒澆牆外，亦似有肸蠁❺，然不見形，亦不聞語。越歲餘，夜聞牆外呼曰：「久叨嘉惠，今來別君。」生問：「何往？」曰：「我二人無計求脫，惟思作善以自拔。此林內野鳥至多，有彈射者，先驚之使高飛；有網罟❻者，先驅之使勿入。以是一念，感動神明，今已得付轉輪也。」生嘗舉以告人曰：「沉淪之鬼，其力猶可濟物，人奈何謝不能乎？」

【章旨】此章講述了百年沉淪之鬼善念一動，遂得超生的故事。

【注釋】❶訓蒙　教育兒童。多指舊時學塾對兒童進行啟蒙教育。❷澆奠　灑酒祭奠。❸餘瀝　殘酒。❹目連　亦作「目犍連」。釋迦牟尼十大弟子之一。傳說他神通廣大，《盂蘭盆經》說，目連以其生母死後極苦，如處倒懸，求佛救度，佛令他在僧眾夏季安居終了之日（即農曆七月十五日），備百味飲食，供養十方僧眾，即可解脫。❺肸蠁　散布；瀰漫。多指聲響、氣體的傳播。❻罟　用網捕捉。

【語譯】景州人李晴嶙說：有個姓劉的書生在一座古寺裡教兒童讀書。一天晚上，在微弱的月光下，他聽到窗外有窸窸窣窣的響聲。劉姓書生從窗縫中向外偷看，牆頭缺口處彷彿有兩個人影，劉某急忙喊叫有強盜。忽然有人隔著院牆說話道：「我們不是強盜，來這裡是有事求您。」劉某驚怕地問：「求什麼？」

回答說：「我們因為過去的冤業，墮落到餓鬼道裡，已將近一百年了。每當聽到僧寺廚房燒菜煮飯，我們就飢餓得像烈火焚燒似的。我們暗中觀察您似乎有慈悲心腸，若有殘羹剩飯，是否可以賜給我們一些呢？」劉某問道：「佛教念經懺悔，足以周濟陰間的餓鬼，你們為什麼不去向寺院的僧人請求超度呢？」鬼回答說：「鬼魂遇上超度，也是有前世的夙因。我們過去活在人世時，熱衷追求官職，誰的勢力盛大我們就趨炎附勢依附誰；誰的勢力衰敗了，我們就掉頭離開如同從不認識的路人一樣。當我們得志的時候，根本沒有去扶助窮困解救危難，積下為善的功德；今天失勢衰敗，又怎能遇到超度的善緣呢！所幸的是我們所索取的財物很多，不很愛惜，對孤獨窮困的親戚朋友，還能略有照顧。所以有時還能得到他們的憐憫，獲得一些剩餘的祭奠。不然的話，就像目連的母親那樣關在大地獄中，食物到嘴邊，都變成烈火，即使是佛的法力也無可奈何了。」劉某聽了他們敘說感到很同情可憐，就答應鬼的要求。鬼非常感激，痛哭流涕地離開了。從此以後，劉某每次把殘羹剩酒潑到院牆外面，彷彿也有輕微散亂的聲響，然而不見人形。過了一年多，一天夜裡，劉某聽到院牆外呼喚聲說：「長期來多謝您的恩賜，現在來向您告別了。」劉某問：「到哪裡去？」鬼回答說：「我們兩個沒有辦法脫離餓鬼道，只有想做點善事以求自己能得到超度。這片樹林裡野鳥很多，有人用彈弓來射鳥時，我們先去驚動鳥，使鳥兒高高飛去；有人要用網捕鳥時，我們先去趕走鳥兒，不讓牠們投入網中。因為這點善良的意願，感動了神明，我們現在已獲准輪迴投生了。」劉某曾舉這件事告誡人們說：「沉淪地獄的餓鬼，尚且能夠以其微薄的力量周濟生物，有的人為什麼要百般推託不肯去做呢？」

【研析】趨炎附勢，投機鑽營，其結果是墮入餓鬼道，不得超度；善念一現，付諸行動，就能脫離地獄，超生人間。善惡殊途如此，豈能漠然視之。作者以這個故事告誡世人，用意即在於此。然而勸人不做勢利小人，多行善積德，還是有其積極意義的。

徽州唐打獵

族兄中涵知旌德縣❶時，近城有虎暴，傷獵戶數人，不能捕。邑人請曰：「非聘徽州❷唐打獵，不能除此患也。」（休寧❸戴東原❹曰：明代有唐某，甫新婚而戕於虎。其婦後生一子，祝之曰：「爾不能殺虎，非我子也；後世子孫如不能殺虎，亦皆非我子孫也。」故唐氏世世能捕虎。）仍遣吏持幣往。歸報唐氏選藝至精者二人，行且至。至則一老翁，鬚髮皓然，時咯咯作嗽；一童子十六七耳。大失望，姑命具食。老翁察中涵意不滿，半跪啟曰：「聞此虎距城不五里，先往捕之，賜食未晚也。」遂命役導往。役至谷口，不敢行。老翁哂曰：「我在，爾尚畏耶？」入谷將半，老翁顧童子曰：「此畜似尚睡，汝呼之醒。」童子作虎嘯聲。果自林中出，徑搏老翁。老翁手一短柄斧，縱八九寸，橫半之，奮臂屹立。虎撲至，側首讓之。虎自頂上躍過，已血流仆地。視之，自頷下至尾閭❺，皆觸斧裂矣。乃厚贈遣之。老翁自言煉臂十年，煉目十年。其目以毛帚掃之不瞬，其臂使壯夫攀之，懸身下縋不能動。《莊子》曰：「習伏眾神，巧者不過習者之門❻。」信夫。

嘗見史舍人嗣彪，暗中捉筆書條幅，與秉燭無異。又聞靜海❼勵文恪公❽，剪方寸紙一百片，書一字其上，片片向日疊映，無一筆絲毫出入。均習而已矣，非別有謬巧也。

【章旨】此章講述了徽州一唐姓獵戶打虎的神奇故事。

【注釋】❶旌德縣　縣名。在安徽東南部、青弋江上游。❷徽州　州、路、府名。治所相當今安徽歙縣、休寧、祁門、績溪等縣地。❸休寧　縣名。在安徽南部山區、錢塘江支流新安江上游，鄰接浙江、江西兩省。❹戴東原　即戴震。清思想家、學者。字東原，安徽休寧人。乾隆間修《四庫全書》，特召為纂修官。在館五年，病死。博聞強記，對天文、數學、歷史、地理均有深刻研究，又精通古音，對經學、語言學都有貢獻，為一代考據大師。❺尾閭　見《莊子・秋水》。這裡指虎的肛門。❻習伏眾神二句　語出漢桓譚《新論・道賦》。原文為「伏習象神，巧者不過習者之門」。作者紀昀此處記憶有誤。意為練習一門技藝使之成為自己的習慣後，即使是生性靈巧的人都不敢輕視。❼靜海　縣名。在天津西南部，鄰接河北。❽勵文恪公　即勵杜訥。字近公，清靜海人。善書。康熙間舉鴻博。官至刑部右侍郎，卒諡文恪，故稱。

【語譯】我的族兄紀中涵任旌德縣知縣時，靠近縣城的地方出現了老虎逞暴，咬傷了幾名獵戶，但卻無法捕捉牠。當地人向官府請求說：「除非把徽州唐打獵聘請來，否則不能消除這個禍害。」（休寧戴東原說：「明代有個姓唐的人，剛新婚時就被老虎咬死了。他的妻子後來生了一個兒子，祝禱說：『你如果不能殺老虎，就不是我的兒子；後世子孫如果不能殺老虎，也都不是我的子孫。』所以唐家世世代代都能捕殺老虎。」）紀中涵於是派屬吏帶著銀錢前往聘請。屬吏回來報告說唐家選派了武藝最高強的兩人，就要到了。唐家派遣的兩個人來到縣衙，一位是個老人，頭髮鬍子雪白，還經常咯咯地咳嗽；一個少年才十六七歲。紀中涵非常失望，姑且命令屬下給這兩位獵手準備食物。那位老人覺察到紀中涵的不滿意，單腿下跪稟告說：「聽說這隻老虎在離開縣城不到五里的地方，我們先前往捕殺，回來您再賜飯不遲。」紀中涵就派差役引導他們兩人前往。差役走到山谷入口，不敢再往前走。老人譏笑差役說：「有我在這裡，你還害怕嗎？」他們走入山谷將近一半路時，老人回頭對少年說：「這隻畜生好像還在睡覺，你來喊醒牠。」少年便學著發出虎嘯聲。老虎果然從樹林裡衝出來，直向老人撲去。老人手持一把短柄的斧頭，長八九寸，闊只有四五寸，高舉手臂屹立在那裡。老虎撲到面前，老人側轉頭讓老虎越過。老虎從老人的頭頂跳躍而過時，就已經鮮血流淌仆倒在地死了。差役仔細一看，那隻老虎從下巴到肛門，都被斧頭利刃裂開成兩半了。紀中涵於是重賞這兩位獵人，送他們回去。那位老人說自己臂力練了十年，眼力練了十年。他的眼睛用掃帚掃也不會眨眼，他的手臂即使讓強壯漢子攀著，懸著身體吊在手臂上也不會動一動。《莊子》說：「練習能折伏眾多神奇，取巧的人不敢經過訓練有素者的門口。」這話是可信的。我曾經見史嗣彪舍人，他可以在黑暗中提筆寫條幅，寫出的字和在燈光下寫的完全一樣。我又聽說靜海縣的勵文恪公，剪一寸見方的紙片一百張，在每片紙上都寫一個相同的字，把這些紙片疊在一起對著太陽看，每張紙片的字沒有一筆有絲毫相差。這些都是練習勤奮而已，並不是另有什麼作偽的巧妙手法。

【研析】本章前半段的寫法，頗似《三國演義》中關雲長溫酒斬華雄。先以諸獵戶被虎傷害來渲染虎威以作鋪墊，再以縣令看不上老人作反襯，接著老人提出先捕虎後受食，一舉將老虎斬殺。老人的形象也就鮮明地樹立起來。本章後半段由老人自述殺虎本領是長期苦練的結果，並無訣竅。說明苦練成習，就能「習伏眾神」。全篇結構完整，形象生動，議論精闢。

謹飭之狐

李慶子言：山東民家，有狐居其屋數世矣。不見其形，亦不聞其語。或夜有火燭盜賊，則擊扉撼窗，使主人知覺而已。屋或漏損，則有銀錢鏗然墜几上。即為修葺，計所給恆浮所費十之二，若相酬者。歲時必有小饋遺❶置窗外。或以食物答之，置其窗下，轉瞬即不見矣。從不出嬲人，兒童或反嬲之，戲以瓦礫擲窗內，仍自窗還擲出。或欲觀其擲出，投之不已，亦擲出不已，終不怒也。一日，忽簷際語曰：「君雖農家，而子孝弟友，婦姑娣姒❷皆婉順，恆為善神所護，故久住君家避雷劫。今大劫已過，敬謝主人，吾去矣。」自此遂絕。從來狐居人家，無如是之謹飭者，其有得於老氏❸「和光❹」之旨歟！卒以謹飭自全，不遭劾治之禍，其所見加人一等矣。

【章旨】此章講述了一個狐仙為避禍躲入民家，謹飭自守，終得平安的故事。

【注釋】❶饋遺　饋贈。遺，贈送。❷娣姒　妯娌。兄妻為姒，弟妻為娣。❸老氏　即老子。春秋時思想家，道家的創始人。一說即老聃，姓李名耳，字伯陽，楚國苦縣（今河南鹿邑東）人。老子學說對中國哲學的發展有很大的影響，後來唯物、唯心兩派都從不同的角度吸收了他的思想。❹和光　即「和光同塵」。《老子》：「和其光，同其塵。」指隨俗而處，不露鋒芒。

【語譯】李慶子說：山東有戶百姓，有狐仙居住在他屋子裡已經幾代了。但沒有人看見過狐仙的身形，也沒有人聽到狐仙的說話聲。有時夜裡有火苗子或盜賊潛入，狐仙就敲門搖窗戶，使主人察覺然後才停止。房屋有時出現漏雨損壞，就會有銀錢鏗然掉落在几案上。主人就拿這些銀錢去修繕房屋，計算狐仙所給的銀錢總是多出修繕房屋費用的二成，好像是付給主人的酬勞。逢年過節時，狐仙必定會有些小禮品放在窗外。主人有時送食物以答謝狐仙，放在狐仙居住的屋子窗下，轉瞬間就不見了。狐仙從來不出來作弄人，這戶農家的兒童有時反而去作弄他，開玩笑似的把磚頭瓦片擲到狐仙居住的屋子窗戶裡，那些磚頭瓦片仍然會從窗戶裡拋出來。有些孩子想看看狐仙把磚頭拋出來的樣子，就不斷把磚頭瓦片扔進去，屋子裡也不斷地拋出來，狐仙卻始終不生氣。有一天，這家主人忽然聽到屋簷之間有說話聲：「您雖然是農家，然而子孫孝順，兄弟友愛，婆媳妯娌都溫柔和順，常常得到善神的庇護，所以我們長期寄居在你們家裡以躲避雷劫。如今大劫已經過去了，非常感謝主人，我們告辭了！」從此以後，狐仙就在這戶農家中絕跡了。從來狐仙居住在平常人家裡，沒有像這樣謹慎守規矩的，大概是他們深得老子「和光同塵」的要旨吧！這些狐仙終於因為謹慎守規矩而保全了自己，沒有遭到被符咒法術劾治的災禍，這些狐仙的見識可以說是高人一等了。

【研析】老子「和光同塵」，不失為韜晦避禍之計。然而世人往往喜歡出人頭地，難免遭致災禍。作者常說「妖由人興」、「禍由己招」，就是告誡人們要善於韜光養晦。宦海沉浮，作者的告誡不失為一劑良藥。

枕中蜂

從侄虞惇，從兄懋園❶之子也。壬子❷三月，隨余勘文淵閣❸書，同在海淀❹槐西老屋（余婿袁煦之別業，余葺治之，為輪對上直❺憩息之地）。言懋園有朱漆藤枕，崔莊社會之所買，有年矣。一年夏日，每枕之，輒嗡嗡有聲，以為作勞耳鳴也。旬餘後，其聲漸厲，似飛蟲之振羽。又月餘，聲達於外，不待就枕始聞矣。

疑而剖視，則一細腰蜂鼓翼出焉。枕四圍無針芥隙，蜂何能遺種於內？如未漆時先遺種，何以越數歲乃生？或曰：「化生也。」然蜂生以蛹，不以化。即果化生，何以他處不化而化於枕？他枕不化而化於此枕？枕中不飲不食，何以兩月餘猶活？設不剖出，將不死乎？此理殊不可曉也。

【章旨】此章講述了在一個朱漆藤枕中孵化出一隻細腰蜂的故事。

【注釋】❶懋園　即紀昭。作者紀昀堂兄。字懋園，號悟軒。乾隆進士。官至內閣中書。因父病，遂請假歸家，不再出仕為官。他和弟紀昀都勵志讀書，著有《毛詩廣義》等。❷壬子　即清乾隆五十七年，西元一七九二年。❸文淵閣　清代專貯《四庫全書》的藏書閣名。乾隆四十年（一七七五年）建，在北京紫禁城內。❹海淀　亦作「海甸」。地名。在北京城西北。附近有頤和園，以及圓明園、暢春園遺址。❺上直　上班；當值。

【語譯】我的堂侄紀虞惇，是堂兄懋園的兒子。乾隆五十七年三月，虞惇跟著我校勘文淵閣藏書，一起住在海淀的槐西老屋（這是我女婿袁煦的別墅，我修繕之後，作為在朝廷輪流值班時休息的地方）。虞惇說他父親懋園有一只朱漆的藤編枕頭，是在崔莊的廟會上買來的，已經有許多年了。一年夏天，懋園每次枕這個枕頭，就會聽到有嗡嗡的聲響，懋園以為是自己過於勞累引發的耳鳴。十多天後，這聲音漸漸響亮，好像是飛蟲振動翅膀的聲音。又過了一個多月，聲音傳出枕頭外，不用頭枕著這個枕頭就能聽到。懋園心生疑惑，就把這個藤編枕頭剖開看看，原來藤枕裡有一隻細腰蜂，拍著翅膀飛出去了。這只藤編枕頭四周沒有針眼大的縫隙，細腰蜂怎麼能把蜂卵產在枕頭裡呢？如果這只枕頭在沒有油漆時就被細腰蜂產過卵，為什麼經過幾年才孵化出小蜂呢？有人說：「這是自然界自然生成的。」但是，蜂是從蛹孵化而來，並不是自然界自然生成的。即使果真是自然界生成的，為什麼不在其他地方生成而偏偏化生在枕頭裡呢？為什麼在其他枕頭中不化生而偏偏化生在這只枕頭中呢？枕頭中沒有食物沒有水，為什麼兩個多月而這隻蜂還活著呢？假如不剖開枕頭讓這隻細腰蜂飛出來，這隻細腰蜂就不會死嗎？這些道理實在難以弄清楚。

【研析】藤編枕頭中孵化出細腰蜂，這樣的事情就是今人也難以理解。或許應該請教生物學家，請他們給出一個合理的解釋。

老翁遠行

虞惇又言：掖縣❶林知州禹門，其受業師也。自言其祖年八十餘，已昏耄不識人，亦不能步履，然猶善飯。惟枯坐一室，苦鬱鬱不適。子孫恆以椅舁至門外延眺，以為消遣。一日，命侍者入取物，獨坐以俟。侍者出，則並椅失之矣。合家悲泣惶駭，莫知所為；裹糧四出求之，亦無蹤跡。會有友人自勞山❷來，途遇禹門，遙呼曰：「若非覓若祖乎？今在山中某寺，無恙也。」急馳訪之，果然。其地距掖數百里地，僧不知其何以至。其祖但覺有二人舁之飛行，亦不知其為誰也。此事極怪而非怪，殆山魈狐魅播弄老人以為遊戲耳。

【章旨】此章講述了一位癡呆老人在無人幫助下獨自遠行數百里路的故事。

【注釋】❶掖縣　縣名。在山東東部，臨渤海萊州灣。❷勞山　山名。即嶗山。亦有稱「牢山」。在青島東北嶗山縣境，南濱黃海，東臨嶗山灣。

【語譯】紀虞惇又說：掖縣人林禹門知州，是他的受業老師。林禹門說他的祖父年齡八十多歲了，已經年老昏憒糊塗到不認識人，也不能走路，然而他卻還挺能吃飯。只是他一人呆呆地坐在房間裡，感到鬱悶不舒服。子孫們經常用椅子把老人抬到門外讓他看看遠處的景色，以此作為消遣。有一天，老人叫侍候他的人進屋去拿東西，他一個人坐在門外等著。侍候的人拿了東西走出屋門時，老人連同他坐的椅子全都不見了。全家驚恐悲泣，不知道該怎麼辦才好；家人帶著乾糧到處尋訪老人，也沒有找到蹤跡。恰好有個朋友從勞山來，路上碰到林禹門，遠遠喊道：「你不是在尋找你的祖父嗎？現在他在勞山上的某寺院裡，平安無事。」林禹門立刻騎馬奔赴勞山尋找，見老祖父果然在那裡。勞山距離掖縣有幾百里路，寺院的僧人也不知道這位老人是怎麼來的。林禹門的祖父只覺得有兩個人抬著他飛行，也不知道他們是什麼人。這件事極其奇怪卻又不奇怪，大概是山魈、狐仙之類的怪魅捉弄老人作為遊戲吧。

【研析】患了老年癡呆症的老人往往會從家中出走，類似的實例今天也不鮮見。如作者所說的這位老人，長期在屋子裡悶坐，早就有出外走走的念頭。加之其飯量尚好，說明他有出走的體力。而癡呆症患者事後也往往不知道自己做了些什麼，回答人們的詢問也是胡言亂語，不足憑信。作者不明所以，將老人的出走怪罪於怪魅，未免太過武斷。

衰氣先見

戈孝廉廷模，字式之，芥舟前輩長子也。天姿朗徹，詩格❶書法，並有父風。於父執中獨師事余，余期以遠到。乃年四十餘，始選一學官。後得心疾❷，忽發忽止，竟夭天年。余深悲之，偶與從孫樹珏談及。樹珏因言其未歿以前，讀書至夜半，偶即景得句曰：「秋入幽窗燈黯淡。」屬對未就，忽其友某揭簾入，延與坐談，因告以此句。其友曰：「何不對以『魂歸故里月淒清』？」式之愕然曰：「君何作鬼語？」轉瞬不見，乃悟其非人。蓋衰氣先見❸，鬼感衰氣應之也。故式之不久亦下世。與《靈怪集》❹載曹唐❺〈江陵佛寺〉詩「水底有天春漠漠」一聯事頗相類。

【章旨】此章講述了作者的一位學生中年夭折的故事。

【注釋】❶詩格　詩的風格、格調。❷心疾　精神病。❸見　現。❹靈怪集　筆記。前蜀牛嶠撰。今存一卷。❺曹唐　唐代詩人。字堯賓，桂州（治今廣西桂林）人。初為道士，後舉進士不第，咸通中官至使府從事。所作多遊仙詩，共一百數十篇。《靈怪集》裡記載曹唐居住江陵佛寺的故事。曹唐作了兩句詩：「水底有天春漠漠，人間無路月茫茫。」他這首詩寫完沒有向任何人說過，卻被鬼反覆吟誦、傳抄。幾天後，曹唐便死在佛寺中。

【語譯】舉人戈廷模，字式之，是前輩戈芥舟先生的長子。戈廷模天資聰明爽朗，詩格書法都有他父親的風格。戈廷模在他父親的朋友中唯獨把我當作老師來敬重，我也期待他有遠大的前程。不料他到四十多歲，才被選做了一個學官。他後來得了精神病，時而發作時而不發作，竟然在中年時就夭折了。我對他的去世深感悲痛，偶然與侄孫紀樹珏講起戈廷模的事。樹珏趁機說起戈廷模沒有去世前，有一天讀書到半夜，偶然就眼前的景物想到一句詩說：「秋色透入幽靜的窗戶燈光黯淡。」這句詩的下聯還沒有想好，突然他的一個朋友某掀起門簾走進來。他請朋友某坐下閒談，把這句詩告訴了他。朋友某說：「下句為什麼不對『魂魄回歸故里月色淒清』呢？」戈廷模驚訝地說：「您怎麼說起鬼話來了呢？」朋友某轉瞬間就不見了，戈廷模這才省悟到這位朋友已不是活人了。原來人的衰敗之氣先顯現，鬼感受到衰敗之氣才會相應而來。因此戈廷模不久就去世了。這件事和《靈怪集》記載曹唐的〈江陵佛寺〉詩「水底有天春漠漠」一聯的故事頗為相似。

【研析】戈廷模一生坎坷，中年早逝，作者惋惜之情溢於言表。所謂衰氣之說，或許有之，而文中以鬼來附會未免多餘。

奮力鬥鬼

曹慕堂宗丞❶言：有夜行遇鬼者，奮力與角。俄群鬼大集，或拋擲沙礫，或牽拽手足。左右支吾，大受捶擊，顛踣者數矣。而憤恚彌甚，猶死鬥不休。忽坡上有老僧持燈呼曰：「檀越且止！此地鬼之窟宅也，檀越雖猛士，已陷重圍。客主異形，眾寡異勢，以一人氣血之勇，敵此輩無窮之變幻，雖賁❷、育❸無幸勝也。況不如賁、育者乎？知難而退，乃為豪傑。何不暫忍一時，隨老僧權宿荒剎耶！」此人頓悟，奮身脫出，隨其燈影而行。群鬼漸遠，老僧亦不知所往。坐息至曉，始覓得路歸。此僧不知是人是鬼，可謂善知識耳。

【章旨】此章講述了一位行人誤入鬼窟，奮力鬥鬼，最終得到指點脫離鬼窟的故事。

【注釋】❶宗丞　宗人府府丞。宗人府，官署名。管理皇室宗族事務的機構。以親王任宗人令，其後事權歸於禮部。清代沿置，長官改稱宗令，其事務長稱府丞、理事官。❷賁　孟賁。戰國時著名勇士。❸育　夏育。戰國時著名勇士。衛國人。傳說能力舉千鈞。

【語譯】曹慕堂宗丞說：有個人夜裡趕路遇到鬼，就奮力同鬼角鬥。一會兒，成群的鬼蜂擁而至，有的鬼拋擲沙石，有的鬼拉手拖腳。這個人左右抵擋不住，受到鬼的重重捶擊，被鬼打得跌倒在地又爬起好幾次。然而這個人愈加憤怒，還是拚死打鬥不停。忽然山坡上有位老和尚舉著燈籠呼喊道：「施主暫且住手。這個地方是鬼的地窟陰宅，施主雖然是個勇猛的人，但已經陷入重圍了。客人和主人的情況不同，人數多寡的勢力也不同，以一個人的勇猛，去對付這些鬼無窮的變化，即使是古代勇士孟賁、夏育也沒有取勝的希望，何況你還不及孟賁、夏育呢！知難而退，才是豪傑。你為什麼不暫且忍耐一時，跟隨我老和尚暫時住宿在荒涼的寺院中呢？」這個人頓時省悟，奮力脫身而出，跟著老和尚的燈光而走。成群的鬼漸漸地遠了，老和尚也不知去向。這個人坐下休息到第二天早晨，才找到路回家。這個老和尚不知是人是鬼，但可以說是識時務的了。

【研析】與群鬼惡鬥，雖敗不退，勇氣可嘉，但未免魯莽有餘而思量不足。幸而他能聽老和尚之言，及時脫身，才不至於吃大虧。在力量對比懸殊之時，能果斷脫身，先脫離險境，不失為識時務之舉。

巨鳥

海淀人捕得一巨鳥，狀類蒼鵝，而長喙利吻，目睛突出，眈眈可畏。非鶖❶非鶴，非鴇❷非鸕鷀，莫能名之，無敢買者。金海住先生時寓直澄懷園❸，獨買而烹之，味不甚佳。甫食一二臠，覺胸膈冷如冰雪，堅如鐵石；沃以燒春❹，亦無暖氣。委頓數日，乃愈。或曰：「張讀《宣室志》載，俗傳人死數日後，當有禽自柩中出，曰『殺』。有鄭生者，嘗在隰川❺，與郡官獵於野，網得巨鳥，色蒼，高五尺餘。解而視之，忽然不見。里中人言有人死且數日，卜者言此日『殺』當去。其家伺而視之，果有巨鳥蒼色自柩中出。又《原化記》❻載，韋滂借宿人家，射落『殺』鬼，烹而食之，味極甘美。先生所食，或即『殺』鬼所化，故陰凝之氣如是歟！」倪餘疆時方同直，聞之笑曰：「是又一終南進士❼矣。」

【章旨】此章講述了人死後會有鳥形的「殺」從棺木中飛出的傳聞。

【注釋】❶鶖　古籍中水鳥名。亦名「禿鶖」。相傳似鶴而大，青蒼色。張翼廣五六尺，舉頭高六七尺。長頸赤目，頭項皆無毛。其頂皮方二寸許，紅色，如鶴頂。喙扁直，深黃色。足如雞爪，黑色。❷鶬　鳥名。似雁而略大，頭小，頸長，背部平，翅膀闊，尾巴短。羽色頸部為淡灰色，背部有黃褐和黑色斑紋，腹面近白色。常群棲草原地帶，飛止有行列，足健善馳，能涉水。肉粗味美，可供食用。羽毛可作裝飾品。❸澄懷園　園名。在京師西直門外圓明園東南。❹燒春　酒名。唐李肇《唐國史補》：「酒則有……劍南之燒春。」❺隰川　舊縣名。治所在今山西隰縣。❻原化記　唐人筆記小說。唐皇甫氏撰。今存一卷。❼終南進士　指鍾馗。傳說唐玄宗夢中見一個大鬼，抓住作祟的小鬼吃掉，並自稱是終南進士鍾馗。故後人將鍾馗稱為終南進士。

【語譯】海淀有人捕獲一隻大鳥，外形像蒼黑色的大鵝，但是鳥喙又長又尖，眼睛突出，眼神凶惡可怕。這隻大鳥既不是禿鶖又不是老鸛，既不是鶬鳥又不是鸕鷀，不知道這種鳥叫什麼，沒有人敢買下這隻鳥。

金海住先生當時住在澄懷園值班，獨自買下這隻鳥而煮了吃，鳥肉味道不很好。金先生剛吃了一兩塊鳥肉，就感覺胸部橫膈膜之間冷如冰雪，堅硬如鐵石；喝了幾杯燒酒，但胸腹之間也沒有暖氣。金先生疲乏困頓了好幾天，身體才痊癒。有人說：「張讀的《宣室志》記載，民間傳說人死幾天後，就會有鳥從棺材裡飛出來，這鳥叫做『殺』。有個姓鄭的書生，曾在隰川時，陪郡官在郊外打獵，用網捕得一隻大鳥，這隻大鳥羽毛顏色蒼黑，高五尺多。解開網看這隻鳥時，這隻鳥忽然不見了。當地人說有個人死了才幾天，占卜的人說這天『殺』應當離去的。死者的家人等著觀看，果然有一隻蒼黑色的大鳥從棺材裡飛出來。又《原化記》記載，韋滂借宿在別人家裡時，用箭射落『殺』鬼，烹煮了食用，味道十分甘美。金先生所吃的大鳥，可能就是『殺』鬼變成的，所以陰冷凝結之氣如此厲害啊！」倪餘疆當時和我一起值班，聽了這個故事就笑著說：「這又是一個終南進士了！」

【研析】此鳥不知是何種禽類，卻被冠上「殺」這樣的惡名。作者喜歡從筆記小說中尋找依據，似乎言之鑿鑿，但實際上是謬誤千里。怪不得倪餘疆先生會嘲笑他們是「又一終南進士」了。

李秀

自黃村❶至豐宜門（俗謂之南西門），凡四十里。泉源水脈，絡帶鉤連，積雨後汙潦沮洳❷，車馬頗為阻滯。有李秀者，御空車自固安❸返。見少年約十五六，娟麗如好女，蹩躠❹泥塗，狀甚困憊。時日已將沒，見秀行過，有欲附載之色，而愧沮不言。秀故輕薄，挑與語，邀之同車，忸怩而上。沿途市果餌食之，亦不甚辭。漸相軟款，問以調謔，面赬微笑而已。行數里後，視其貌似稍蒼，尚不以為意。又行十餘里，暮色昏黃，覺眉目亦似漸改。將近南苑❺之西門，則廣顙高顴，鬑鬑❻有鬚矣。自訝目眩，不敢致詰。比至逆旅❼下車，乃鬚髩❽皓白，成一老翁，與秀握手作別曰：「蒙君見愛，懷感良深。惟暮齒衰顏，今夕不堪同榻，愧相負耳。」一笑而去，竟不知為何怪也。秀表弟為余廚役，嘗聞秀自言之，且自悔少年無狀，致招狐鬼之侮云。

【章旨】此章講述了一個車夫路遇美少年，圖謀不軌，卻遭戲弄的故事。

【注釋】❶黃村　地名。在北京大興南。❷沮洳　低濕之地。❸固安　縣名。在河北中部、永定河流域，鄰接北京。❹蹩躠　跛行貌。此指艱難地行進。❺南苑　在北京永定門外南三十里，一名「南海子」，為歷代遊獵之場。清有海戶屯駐，為大閱校場。今不存。❻鬑鬑　鬢髮稀疏貌。❼逆旅　客舍；旅館。❽鬚髩　指鬢髮。髩，通「鬢」。

【語譯】從黃村到豐宜門（民間叫做南西門），共四十里路。這一帶泉水河渠綿延相連，大雨後低窪地區積水，道路泥濘不堪，車馬經常會遇到堵塞滯留的情況。有個叫李秀的人，趕著空車從固安回來。他在途中看見一個少年大約十五六歲，清秀苗條像個漂亮女子，正艱難地在泥路上跋涉，樣子很疲憊。這時，太陽已經快要下山，少年看見李秀經過，就露出想搭車的神態，然而忸怩害羞難以開口。李秀本來就為人輕薄，便挑逗少年說話，邀請他搭自己的車。少年忸忸怩怩地上了車，李秀沿途買了水果糕餅給少年吃，少年也不很推辭。李秀漸漸和少年親熱起來，有時還開開玩笑，少年只是紅著臉微笑而已。馬車走了幾里路後，李秀看到少年的相貌似乎稍稍蒼老了些，還不很介意。又走了十幾里路，暮色昏暗，李秀感覺少年的面目好像也漸漸改變。馬車快到南苑的西門時，那位少年已變成寬腦門高顴骨、鬢髮稀疏有鬍子的人了。李秀很驚訝，以為自己眼花，不敢去問那少年。等到了旅店下車時，那位少年已經頭髮鬍鬚雪白，成為一個老人了。他和李秀握手告別說：「多蒙您愛護，我心中很是感激。只是我年紀大，相貌衰老，今夜不能和您同床睡覺了，我很慚愧辜負了您的盛情。」他笑了笑就走了，竟然不知道他是什麼妖怪。李秀的表弟是我的廚工，曾經聽李秀自己說的這件事，而且李秀後悔自己年輕時沒有規矩，導致招來了狐鬼的侮辱。

【研析】作者反覆告誡「妖由人興」，此事又是一例。為人正直，妖魅自然不敢近身。那個李秀最終也省悟了，悔恨自己的輕薄無行。這就是作者想告訴讀者的道理。當然，人們也不會去追究作者所說此事的真偽。

楊生

文安王岳芳言：有楊生者，貌姣麗，自慮或遇強暴，乃精習技擊，十六七時，已可敵數十人。會詣通州❶應試，暫住京城。偶獨遊陶然亭❷，遇二回人❸強邀入酒肆。心知其意，姑與飲啖，且故索珍味食。二回人喜甚，因誘至空寺，左右挾坐，遽擁於懷。生一手按一人，並踣於地，以足踏背，各解帶反接，抽刀擬頸曰：「敢動者死！」褫其下衣，並淫之。且數之曰：「爾輩年近三十，豈足供狎昵！然爾輩汙人多矣，吾為孱弱童子復仇也！」徐釋其縛，掉臂徑出。後與岳芳同行，遇其一於途，顧之一笑。其人掩面鼠竄去，乃為岳芳具道之。岳芳曰：「戲命者使還命，攘財者使還財，律也，此當相償者也。惟淫人者有治罪之律，無還使受淫之律，此不當償者也。子之所為，謂之快心則可，謂之合理則未也。」

【章旨】此章講述了一個少年將遭回民狎辱時，以武藝使辱人者遭到懲治的故事。

【注釋】❶通州　舊縣名。今北京通州。❷陶然亭　在北京市區南部、右安門內東北。清康熙三十四年（一六九五年）在遼、金古寺慈悲院中西部建西廳三間，取唐詩人白居易詩句「更待菊黃家釀熟，與君一醉一陶然」之意，名「陶然亭」。今闢為陶然亭公園。❸回人　回族人。

【語譯】文安縣人王岳芳說：有位姓楊的書生，相貌清秀漂亮。他擔心會遇到強暴，就精心學習武功，十六七歲時，已經可以抵擋幾十個人。恰逢他到通州參加科舉考試，臨時住在京城。他偶然間獨自去陶然亭遊玩，碰到兩個回人強行邀請他進酒樓喝酒。楊某心裡明白這兩個人的用意，姑且和他們一起飲酒吃菜，而且故意索取奇珍美味來吃。這兩個回人高興得很，趁機把楊某誘騙到一間荒廢的寺院裡，一左一右挾住他坐下，又猛然把楊某擁抱在懷裡。楊某一手按住一個，把他們一起摔在地下，用腳踏住他們的脊背，把他們各自的腰帶解下來反綁雙手，拔出刀來比劃著他們的頸部說：「誰敢動一動，就叫他死！」他又扒下這兩個人的褲子，把他們一起姦淫了。楊某而且還責備他們說：「你們年紀都快近三十歲了，怎麼足以供人狎玩呢！只是你們姦汙太多人了，我要為被你們汙辱的孱弱少年復仇！」楊某慢慢解開綁他們的帶子，撒手徑直走了。後來，楊某和王岳芳同路，途中遇見其中的一個人，楊某回頭對這個人笑笑。這個人急忙遮著面孔狼狽逃竄，楊某才對王岳芳詳細說了這件事。王岳芳說：「殺人者讓他償還性命，劫奪財物者讓他還人錢財，是法律規定，這是應當賠償的。唯有姦淫他人者有治其罪的法律，沒有讓姦汙他人者反過來受姦淫的法律，這是不應當賠償的。你的所作所為，說是痛快是可以，說是合理的就未必了。」

【研析】清人喜歡姦淫狎弄男童，已經成為社會毒瘤、民間惡習。楊某雖說痛恨這種惡習，但在懲治壞人時，也用了這種方法，有以毒攻毒之意。說明楊某雖然自己不願遭到被人姦淫的下場，但並不反對姦淫別人。由此可見姦淫男童的惡習侵入社會之深。

雞卵夜光

從孫樹櫺言：南村戈孝廉仲坊，至遵祖莊（土語呼榛子莊，「遵」、「榛」疊韻❶之訛，「祖」、「子」雙聲❷之轉也。相近又有念祖橋，今亦訛為驗左。）會曹氏之葬。聞其鄰家雞產一卵，入夜有光。仲坊偕數客往觀，時已昏暮，燈下視之，無異常卵；撤去燈火，果吐光熒熒，周卵四圍如盤盂。置諸室隅，立門外視之，則一室照耀如晝矣。客或曰：「是雞為蛟龍所感，故生卵有是變怪。恐久而破殼出，不利主人。」仲坊次日即歸，不知其究竟如何也。案：木華❸〈海賦〉曰：「陽冰不冶，陰火潛然。」蓋陽氣伏積陰之內，則鬱極而外騰。《嶺南異物志》❹稱海中所生魚蜃，置陰處有光。《嶺表錄異》❺亦稱黃蠟魚頭，夜有光如籠燭，其肉亦片片有光。水之所生，與水同性故也。必海水始有火，必海錯始有光者，積水之所聚，即積陰之所凝，故百川不能鬱陽氣，惟海能鬱也。至暑月腐草之為螢，以層陰積雨，陽氣蒸而化為蟲。塞北之夜亮木❻，以冰谷雪岩，陽氣聚而附於木。螢不久即死，夜亮木移植盆盎，越一兩歲亦不生明。出潛離隱，氣得舒則漸散耳。惟雞卵夜光則理不可曉，蛟龍所感之說，亦未必然。按：段成式《酉陽雜俎》稱嶺南毒菌夜有光，殺人至速。蓋瘴癘所鍾，以溫熱發為陽焰。此卵或沴厲之氣，偶聚於雞；或雞多食毒蟲，久而蘊結，如毒菌有光之類，亦未可知也。

【章旨】此章由雞蛋會在暗處發光說起，探討了種種發光物體的現象和原因。

【注釋】❶疊韻　音韻學術語。指兩個字的韻部相同。❷雙聲　音韻學名詞。指兩個字的聲母相同。❸木華　西晉文學家。字玄虛，廣川（今河北東強東）人。曾為太傅楊駿府主簿。擅長辭賦。今僅存〈海賦〉一篇。描寫大海的變化情態，瑰奇壯闊，有名於當時。❹嶺南異物志　筆記。記載嶺南地區的奇珍異物。❺嶺表錄異　唐地理著作。劉恂撰。三卷。原書久佚，今本共一百二十四條，乃從《永樂大典》等書中輯出。仍分三卷。❻夜亮木　指一種夜間會發光的植物。

【語譯】我的侄孫紀樹檽說：南村有個舉人叫戈仲坊，到遵祖莊（當地方言叫榛子莊，「遵」、「榛」是疊韻的訛變，「祖」、「子」是雙聲的轉換。附近地方又有念祖橋，現在也訛讀為驗左橋。）參加曹家的葬禮。他聽說曹家鄰居的雞生了一顆蛋，到夜晚會發光。戈仲坊和幾位客人一起前往觀看。當時已是黃昏時分，戈仲坊在燈下觀看這顆雞蛋，和一般雞蛋沒有什麼不一樣；撤去燈火後，這顆雞蛋果然發出熒熒的亮光，照亮雞蛋四周彷彿盤子缽盂一般。把這顆雞蛋放在房間的一個角落裡，站在門外觀看，這顆雞蛋發出的光亮就把整個房間照耀得如同白天一樣。有的客人說：「是雞被蛟龍所感化，因此生蛋會有如此的變怪。擔心日子一久，小雞破殼而出，對主人會有不吉利的事。」戈仲坊第二天就回家了，不知道這顆雞蛋究竟怎麼樣了。案：木華〈海賦〉說：「向陽的冰塊不會融化，陰火潛伏燃燒。」這是因為陽氣潛伏在積聚的陰氣之中，那麼鬱積到極點就會向外爆發出來。《嶺南異物志》說大海中所滋生的魚蜃，放在陰暗處會發光。《嶺表錄異》也說有一種黃蠟魚頭，夜晚能發光，如同一只點了蠟燭的燈籠，這種魚的肉切成一片片也會有亮光發出來。這是因為水裡的產物，和水的性質相同的緣故。必定是海水才會有火，一定是海中各種海產品才會發光。積水所淤積的地方，即鬱積的陰氣所凝聚的地方，所以江河百川不能夠鬱積陽氣，只有大海能夠鬱積陽氣。至於夏天野草腐爛產生了螢火蟲，因為層層烏雲積聚就會下雨，陽氣蒸騰而化育為昆蟲。塞北有夜亮木，因為有冰谷雪峰，陽氣凝聚而依附在樹木上。螢火蟲不久就會死亡，夜亮木移栽到盆缸中，過一兩年也不會發光了。離開潛伏隱蔽的地方，陽氣得到伸展就會漸漸消散了。唯獨雞蛋夜裡發光的道理我還是沒有弄清楚。蛟龍所感化使雞受孕的說法，也未必是對的。按：段成式的《酉陽雜俎》說到嶺南有一種毒菌夜晚有光亮，毒死人的速度十分迅速。這是瘴癘之氣所積聚，因為溫熱氣候引發為明亮的火焰。這顆雞蛋或許是災害不祥之氣偶然積聚在母雞身上所致；或者是母雞吃的毒蟲太多，久而久之蘊結在雞蛋上，如同毒菌有光亮的一樣，也不是不可能的。

【研析】今天看來，雞蛋會發出熒光是件尋常小事，沒有什麼神祕之處。但在作者生活的時代，卻無從了解雞蛋會發出熒光的科學道理，人們或從神祕世界尋求答案，或者以自己掌握的學識努力解說這種現象。作者就是努力想用自己的學識來解讀這種自然現象。雖然作者的解讀離開科學尚有相當距離，但他的這種努力還是值得讚許的。

蛇血當茶

從侄虞惇言：聞諸任丘劉宗萬曰：有旗人❶赴任丘催租，適村民夜演劇，觀至二鼓乃散。歸途酒渴，見樹旁茶肆，因繫馬而入。主人出，言火已熄，但冷茶耳。入室良久，捧茶半杯出，色殷紅而稠粘，氣似微腥。飲盡，更求益。曰：「瓶已罄矣，當更覓殘剩。須坐此稍待，勿相窺也。」既而久待不出，潛窺門隙，則見懸一裸女子，破其腹，以木撐之，而持杯刮取其血。惶駭退出，乘馬急奔。聞後有追索錢聲，沿途不絕。比至居停❷，已昏瞀❸墜仆。居停聞馬聲出視，扶掖入。次日乃蘇，述其顛末，共往跡之。至繫馬之處，惟平蕪老樹，荒冢累累，叢棘上懸一蛇，中裂其腹，橫支以草莖而已。此與裴硎❹《傳奇》載盧涵遇盟器婢子殺蛇為酒事相類。然婢子留賓，意在求偶。此鬼鬻茶胡為耶？鬼所需者冥鏹❺，又向人索錢何為耶？

【章旨】此章講述了一個人途中口渴求茶，路旁人家殺蛇取血為茶飲客的故事。

【注釋】❶旗人　清代對被編入八旗的人的稱呼。古時漢人也叫滿族為「旗人」。❷居停　寓所或寄居的處所。❸昏瞀　昏沉；神志昏亂。❹裴硎　亦作「裴鉶」。唐末文學家。咸通中為靜海軍節度使高駢從事；乾符五年，以御史大夫為成都節度副使。著有小說集《傳奇》三卷。❺冥鏹　指燒給死人用的紙錢。

【語譯】我的堂侄紀虞惇說，他聽任丘人劉宗萬說，有個旗人到任丘催要地租，恰巧村裡老百姓夜晚演戲，他看到二更天戲散場才回家。在回來路上，他因酒後口渴，看見大樹邊有一家茶館，就把馬繫在樹上走入茶館裡。茶館主人迎了出來，說爐火已經熄滅，只有冷茶而已。主人入室很久，捧著半杯茶出來，這茶水顏色鮮紅而粘稠，氣味似乎微微有點腥。這個旗人把茶喝下後，請主人再端一些來。主人說：「茶瓶裡已經沒有茶了，我再去找找有沒有喝剩的茶。您必須坐在這裡稍稍等待，不要偷看啊。」等了很久還不見主人出來，這個旗人就悄悄地從門縫中偷看，卻看見屋裡懸吊著一個裸體女子，茶館主人破開女子的腹部，用木棍撐開，而手拿茶杯刮取那個女子的血液。這個旗人惶恐驚嚇地連忙退出茶館，騎上馬急忙奔逃。這個旗人在騎馬狂奔時聽到身後有追討茶錢的聲音，一路上不絕於耳。等到這個旗人跑回到住處，已經神志昏亂，從馬背上墜落在地下。住處的主人聽到馬聲出來看望，把這個旗人扶進屋子。第二天這個旗人才蘇醒過來，把事情經過講了，大家一起去那地方探視。到那個旗人繫馬的地方，只有荒野老樹和許多荒廢的墳墓。荊棘叢上懸掛著一條蛇，蛇的中段肚子裂開，橫支著一根草莖而已。這件事和唐人裴硎所著《傳奇》中記載盧涵遇到盟器婢女殺蛇當酒的故事相似。不過，婢女挽留賓客，用意在於尋求配偶。這個鬼賣茶為了什麼呢？鬼所需要的是紙錢，又為什麼要向人討取銀錢呢？

【研析】殺蛇取血為茶，讀來有點驚心動魄。但紀昀似乎已看出其中的破綻，指出這個故事與唐人小說頗類似，只是在細節上略有不同而已，其受唐人小說影響則是確鑿無疑的。

牛驚夢醒

田香谷言：景河鎮❶西南有小村，居民三四十家。有鄭某者，夜半聞犬聲，披衣出視。微月之下，見屋上有一巨人坐。駭極驚呼，鄰里並出。稍稍審諦，乃所畜牛昂首而蹲，不知其何以上也。頃刻喧傳，男婦皆來看異事。忽一家火發，焰猛風狂，合村幾盡為焦土。乃知此為牛禍，兆回祿❷也。姚安公曰：「時方納稼，豆秸穀草，堆秫籬茅屋間，袤延相接。農家作苦，家家夜半皆酣眠。突爾遭焚，則此村無噍類❸矣。天心仁愛，以此牛驚使夢醒也。何反以為妖哉！」

【章旨】此章講述了一個村落因夜晚牛驚，全村百姓出屋觀看，得以避免火災傷人的故事。

【注釋】❶景河鎮　即景和鎮。今河北河間東南。❷回祿　傳說中的火神。後用作火災的代稱。❸噍類　原指能飲食的動物。此指活著的人。

【語譯】田香谷說：景河鎮西南有個小村子，居民有三四十家。村民中有個鄒某，半夜聽到狗吠聲，披上衣服出門察看。微亮的月光下，他看見屋頂上有個巨人坐著，害怕得大聲驚呼，鄰居們都出來探問。人們稍稍仔細觀察，原來是鄒某養的一頭牛仰著頭而蹲在屋頂上，不知道牠是怎麼爬到屋頂上去的。頃刻間大家喧譁傳話，全村的男女老少都來看這件奇異怪事。忽然，一戶人家發生火災，火焰猛烈狂風大作，全村幾乎全部化為焦土。人們這才明白這是場牛禍，預兆發生火災。我的父親姚安公說：「當時正是收割季節，豆秸穀草，堆放在高粱籬笆和茅草屋間，連綿相接。農民幹活辛苦，家家半夜裡都睡得很熟。這時突然遭到火災，那麼這個村子就沒有活著的人了。天心仁愛慈悲，用這頭牛來使全村人在夢中驚醒，怎麼能反認為是妖怪呢！」

【研析】牛上屋頂，實屬罕聞，驚醒全村人，引得他們出屋觀看。如果不是出於上天安排，也是極大的巧合，避免了一場大火傷人。作者贊同他父親的說法，認為這不是牛禍，而是上天的仁慈。不過，村民即使沒有在大火中遇難，但全家財產都被燒毀，今後又如何生活呢？作者對此並沒有作出回答。

妓女椒樹

同郡某孝廉未第時，落拓不羈，多來往青樓中。然倚門者❶視之，漠然也。惟一妓名椒樹者（此妓佚其姓名，此里巷中戲諧之稱也。）獨賞之，曰：「此君豈長貧賤者哉！」時邀之狎飲，且以夜合資供其讀書。比應試，又為捐金治裝，且為其家謀薪米。孝廉感之，握臂與盟曰：「吾儻得志，必納汝。」椒樹謝曰：「所以重君者，怪姐妹惟識富家兒；欲人知脂粉綺羅中，尚在巨眼人耳。至白頭之約，則非所敢聞。妾性冶蕩，必不能作良家婦。如已執箕帚，仍縱懷風月，君何以堪！如幽閉閨閣，如坐囹圄❷，妾又何以堪！與其始相歡合，終致仳離❸；何如各留不盡之情，作長相思哉！」後孝廉為縣令，屢招之不赴。中年以後，車馬日稀，終未嘗一至其署，亦可云奇女子矣。使韓淮陰❹能知此意，烏有「烏盡弓藏❺」之憾哉！

【章旨】此章講述了妓女椒樹資助落魄書生而不圖報答的故事。

【注釋】❶倚門者　指妓女。❷囹圄　亦作「囹圉」。牢獄。❸仳離　猶言別離。古時特指婦女被遺棄而離去。❹韓淮陰　即韓信。漢初諸侯王。淮陰(今江蘇清江西南)人。初屬項羽,繼歸劉邦,被任為大將。又曾為淮陰侯,故有韓淮陰之稱。❺鳥盡弓藏　《史記·越王句踐世家》:「蜚鳥盡,良弓藏。」又《史記·淮陰侯列傳》載,韓信被處死前,感歎「高鳥盡,良弓藏」。謂飛鳥射盡,便藏起弓來無所使用。後用「鳥盡弓藏」或「鳥得弓藏」比喻大功告成,功臣受害。

【語譯】我們河間府有位舉人在沒有考取功名前,潦倒失意,生活放蕩,經常來往於青樓妓院中。不過,妓女們看待他漠然冷淡。只有一位叫做椒樹的妓女(這個妓女已佚失本來姓名,這個名字是妓院裡的人給她起的戲謔綽號。)獨獨賞識他,說:「這位先生怎麼會是長久貧賤的人呢!」椒樹時常請他飲酒親熱,還用自己夜裡賣身得到的錢供他讀書。等到他去應考時,椒樹又花錢為他準備行裝,而且給他家謀畫好了生活費。這位舉人很感動,握住椒樹的手臂發誓說:「我如果能夠得志做官,一定娶你為妻。」椒樹謝絕說:「我之所以看重你,是責怪我們姐妹只認識富家子弟;我想讓大家知道在妓女當中,還有巨眼識賢的人呀。至於結成夫妻的誓約,就不是我想聽到的了。我的性情風流冶蕩,一定不能做個良家婦女。如果成了您的妻子,仍然放任自己風流冶蕩,您怎能忍受得了!如果我幽居在閨閣中,如同坐牢一般,我又怎能忍受得了!與其開始時歡喜地結合,最後卻導致夫妻分離;還不如各自留下無盡的情意,作為長久的相思吧!」後來,這個舉人當了縣令,多次招請椒樹,她都不肯去。椒樹中年以後,門前的車馬一天比一天稀少,她始終沒有到舉人的縣衙門去,她也可稱為奇女子了。假使淮陰侯韓信能夠體會這層意思,怎麼會有「鳥盡弓藏」的感歎呢!

【研析】妓女椒樹慧眼識人才於落魄之中,捐金助人不圖報答,這些作為超乎常人,作者稱其為「奇女子」,將她與韓信對比,不難看出作者的敬佩心情。滾滾紅塵中,能夠有這樣的奇女子特立獨行,難怪紀昀要為其留名後世。

法南野旅舍詩

膠州❶法南野，飄泊長安❷，窮愁頗甚。一日，於李符千御史座上，言曾於灤口❸旅舍見二詩，其一曰：「流落江湖十四春，徐娘半老尚風塵。西樓一枕鴛鴦夢，明月窺窗也笑人。」其二曰：「含情不忍訴琵琶，幾度低頭掠鬢鴉。多謝西川貴公子，肯持紅燭賞殘花。」不署年月姓名，不知誰作也。余曰：「此君自寓坎坷耳。然五十六字足抵一篇〈琵琶行〉❹矣。」

【章旨】此章記述了一位落魄書生的兩首旅舍感懷詩。

【注釋】❶膠州　今山東膠縣。❷長安　代指京師。即今北京。❸灤口　又名下灤堰、堰頭鎮。即今山省濟南北洛口鎮，當灤水入大清河之口。❹琵琶行　長篇敘事詩。唐白居易作。寫於元和十一年，時作者被貶為江州（州治今江西九江）司馬。詩中寫他聽一昔日著名歌妓彈琵琶，訴說身世，哀歎淪落，藉此抒發自己在政治上的失意之感。

【語譯】膠州人法南野，飄泊流落到京城，生活很窮困悲愁。有一天，他在李符千御史的宴席上，說起他曾經在灤口旅店看到兩首詩。第一首說：「流落江湖十四年，徐娘半老了卻還賣笑度日。西樓一枕做起鴛鴦夢，明月從窗戶中窺看也會嘲笑人。」第二首說：「含情不忍訴諸琵琶，幾度低頭掠過鬢角間的黑髮。多謝西川貴公子，肯持紅燭觀賞殘花。」沒有署上年月和姓名，不知道是誰作的。我說：「這是法南野自己寫詩寄託坎坷遭遇罷了。不過，這兩首詩五十六字足以抵上一篇白居易的〈琵琶行〉了。」

【研析】落魄書生作詩舒懷，並向主人搖尾獻媚，氣概上已比上則所講的妓女椒樹矮了一截。做人還是要講氣節，不能為五斗米折腰乞憐。否則，難免被人鄙視。

魂依於墓

益都❶李生文淵，南澗❷弟也。嗜古如南澗，而博辯則過之。不幸夭逝，南澗乞余誌其墓，匆匆未果，並其事狀失之，至今以為憾也。一日，在余生雲精舍討論古禮，因舉所聞一事曰：博山❸有書生，夜行林莽間，見貴官坐松下，呼與語。諦視，乃其已故表丈某公也，不得已近前拜謁。問家事甚悉，生因問：「古稱體魄藏於野，而神依於廟主。文人有家祠，何為在此？」某公曰：「此泥於古不墓祭之文也。夫廟祭地也，主祭位也，神之來格，以是地是位為依歸焉耳。如神常居於廟，常附於主，是世世祖妣與子孫人鬼雜處也。且有廟有主，為有爵祿者言之耳。今一邑一鄉中，能建廟者萬家不一二，能立祠者千家不一二，能設主者百家不一二。如神依主而不依墓，是百千億萬貧賤之家，其祖妣皆無依之鬼也，有是理耶？知鬼神之情狀者，莫若聖人。明器❹之禮，自夏后氏以來矣。使神在主而不在墓，則明器當設於廟，乃皆瘞之於墓中，是以器供神而置於神所不至也，聖人顧若是顛耶？衛人之祔❺離之，殷禮也；魯人之祔合之，周禮也。孔子善周。使神不在墓，則墓之分合，了無所異，有何善不善耶？《禮》曰❻：『父歿而不忍讀父之書，手澤存焉爾；母亡而不忍用其杯棬，口澤存焉爾。』一物之微，尚且如是。顧以先人體魄，視如無物；而別植數寸之木，曰此吾父吾母之神也，毋乃不知類耶？寺鐘將動，且與子別。子今見吾，此後可毋為豎儒所惑矣。」生匆遽起立，東方已白，視之正其墓道前也。

【章旨】此章以鬼的口吻講述了鬼魂在墓地而不在家廟的緣由。

【注釋】❶益都　縣名。在山東中部。❷南澗　即李文藻。字素伯，號南澗，清益都（今山東益都）人。乾隆進士。官至桂林同知。好藏書，是清代著名藏書家。❸博山　舊縣名。在山東中部。一九五八年撤消，併入淄博。❹明器　即冥器。一作「盟器」。即專為隨葬而製作的器物，一般用陶或木、石製成。❺祔　合葬。❻禮曰　此處引文出自《禮記・玉藻》。

【語譯】益都人李文淵，是李南澗的弟弟。他喜好古物如同李南澗，然而見識的廣博和議論的精到則超過李南澗。他不幸夭折，李南澗請我給他寫一篇墓誌，我因匆忙沒有寫成，並且連李文淵的事跡行狀都丟失了，到現在我還感到遺憾。有一天，在我的生雲精舍討論古代禮儀，李文淵趁機舉出他所聽說的一件事：博山有位書生，夜晚行路經過樹林間，看到有個貴官坐在松樹下，招呼他過去說話。書生仔細一看，這位官員是自己去世的表丈某人，不得已只好上前行禮。這位官員很詳細地詢問書生家裡的事，書生不禁就問：「古人說人死後遺骸埋在郊野，而神魂依附在家廟的神主牌位上。表丈本來有家祠，怎麼會在這裡呢？」這位官員說：「這是人們拘泥於古人不去墓地祭祀的說法而已。家廟家祠是祭祀的地方，主要祭祀神主牌位。當死者的神魂降臨之時，是以祠廟這個地方和這個神主牌位作為依歸的。如果死者的神魂經常留在家廟裡，經常附在神主牌位上，那就會使世世代代的男女祖先們和活著的子孫們人鬼混雜處在一起。而且有家廟有神主牌位，是對有爵位封號有官職的人而說的。如今一邑一鄉之中，能建造家廟的，一萬家中不到一二家；能建造祠堂的，一千家中不到一二家；能設立神主牌位的，一百家中不到一二家。如果死者的神魂依附神主牌位而不依附墳墓，那麼千千萬萬貧賤的人家，他們的男女祖先都成了無處依歸的鬼魂了，有這種道理嗎？了解鬼神情形的人，沒有比得上聖人的。墳墓中放置明器的禮制，從夏后氏以來就有了。如果死者的神魂在神主牌位而不在墳墓中，那麼明器應當放在家廟裡，可是明器卻都埋在墳墓裡，難道是用明器供奉死者的神魂卻放在死者神魂不到的地方，聖人怎麼會糊塗到這個地步呢！衛國人的夫妻合葬而棺木是分離的，這是殷代的禮制；魯國人的夫妻合葬而棺木是不分開的，這是周代的禮制。孔子贊成周代的禮制。如果死者的神魂不在墳墓，那麼夫妻合葬墓的分開不分開，沒有什麼不同，又有什麼贊成不贊成呢！《禮記》說：『父親死後而不忍心閱讀父親的書籍，因為書中有父親親手書寫的字跡；母親死後而不忍心使用她的杯碗，因為這些杯碗上有母親飲食過的痕跡。』對那樣一件微小的物品，尚且如此重視。對先人的遺體反而視若無物；另外豎起幾寸長的木牌，說這是我的父親母親的神魂，這不是太不知道事理了嗎？寺院的晨鐘快要敲響了，我就和你告別了。你今天見到我，從今以後就不要被那些鄙陋的儒生所迷惑了。」書生急忙起身站立，東方已經發白，書生看到自己正站在表丈墳前的墓道上。

【研析】看似是廟祭家祭與墓祭之爭，實際是漢學與宋學之爭。宋人強調廟祭家祭，朱熹撰有《家禮》，對廟祭、家祭有種種嚴格的禮儀規定；而漢學則重視墓祭。作者在學術上高舉漢學大旗，在禮儀祭祀上自然也傾向漢學，文中不厭其煩地講述的這個故事就是明證。

偽仙偽佛

陳裕齋言：有僦居道觀者，與一狐女狎，靡❶夕不至。忽數日不見，莫測何故。一夜，搴❷簾含笑入。問其曠隔❸之由。曰：「觀中新來一道士，眾目曰仙。慮其或有神術，姑暫避之。今夜化形為小鼠，自壁隙潛窺，直大言欺世者耳。故復來也。」問：「何以知其無道力？」曰：「偽仙偽佛，技止二端：其一故為靜默，使人不測；其一故為顛狂，使人疑其有所託。然真靜默者，必淳穆安恬，凡矜持者偽也。真託於顛狂者，必遊行自在，凡張皇者偽也。此如君輩文士，故為名高，或迂僻冷峭，使人疑為狷；或縱酒罵座，使人疑為狂，同一術耳。此道士張皇甚矣，足知其無能為也。」時共飲錢稼軒❹先生家，先生曰：「此狐眼光如鏡，然詞鋒太利，未免不留餘地矣。」

【章旨】此章藉狐仙之口尖利地譏刺了偽仙偽佛的醜陋行徑。

【注釋】❶靡　無；沒有。❷搴　通「褰」。撩起；揭起。❸曠隔　遠隔。❹錢稼軒　即錢維城。字幼安，一字宗磬。號紉庵，又號稼軒，清武進（今江蘇武進）人。乾隆進士第一。官至刑部左侍郎。卒諡文敏。

【語譯】陳裕齋說：有個人借住在道觀中，和一個狐女相好，這個狐女沒有一晚上不來的。突然有幾天不見狐女來，不知道是什麼原因。一天晚上，狐女掀起門簾微笑著走進來。這個人問狐女幾天不來的緣由。狐女回答說：「道觀裡新來一個道士，大家都說他是神仙。我擔心他可能有神術，姑且暫時避開他。今天夜裡，我變成一隻小老鼠，從牆壁縫隙中偷偷觀察，發現這個道士不過是個說大話欺世盜名的人罷了。所以再來和你相會了。」這個人問：「你怎麼知道這個道士沒有法力呢？」狐女回答說：「凡是偽仙偽佛，伎倆只有兩種：一種是故意假裝鎮靜沉默，使人無法測知他的深淺；一種是故作癲狂的樣子，使人懷疑他有所依託。不過，真正鎮靜沉默的人，必然純厚莊重、安靜恬淡，凡是裝作矜持樣子的人就是假的。真正依託於癲狂狀態的人，必然是很自在地到處行走，凡是誇張造作的人就是假的。這好比你們文人，故意追求清高的名聲，或者迂腐孤僻、冷峭不近人情，使人懷疑此人性格狷介耿直；或者借酒謾罵同座之人，使人懷疑此人癲狂，都是同樣的方法罷了。這個道士誇張做作太過分了，足以知道他是沒有什麼本領的了。」當時，大家都在錢稼軒先生家喝酒，錢先生說：「這個狐女眼光明亮像一面鏡子，然而她的言辭太尖利刻薄，未免不留餘地啊。」

【研析】藉狐女之言譏刺偽仙偽佛，進而譴責世上欺世盜名之徒，其中包括文人書生。話語痛快淋漓，一針見血，直指要害。

此夫此婦

司炊者曹媼，其子僧也。言嘗見粵東一宦家，到寺營齋。云其妻亡已十九年，一夕，燈下見形曰：「自到黃泉，無時不憶，尚冀君百年之後，得一相見。不意今配入轉輪❶，從此茫茫萬古，無復會期。故冒冥司之禁，賂監送者來一取別耳。」

其夫駭痛，方欲致詞，忽旋風入室捲之去，尚隱隱聞泣聲。故為飯僧❷禮懺，資來世福也。此夫此婦，可謂兩不相負矣。〈長恨歌〉❸曰：「但令心如金鈿❹堅，天上人間會相見。」安知不以此一念，又種來世因耶！

【章旨】此章講述了一對夫妻情深，雖陰陽相隔，仍兩不相負的故事。

【注釋】❶轉輪　即輪迴。佛教名詞。佛教認為眾生各依所作善惡業因，一直在所謂六道（天、人、阿修羅、地獄、餓鬼、畜生）中生死相續，升沉不定，有如車輪旋轉不停，故稱。❷飯僧　向和尚施飯。屬修善祈福的行為。❸長恨歌　長篇敘事詩。唐代大詩人白居易作。內容描述唐明皇和楊貴妃的故事。❹金鈿　用黃金打造的首飾。

【語譯】我家管廚房做飯的曹老太太，她的一個兒子是和尚。和尚說曾經見過粵東一位官宦人家，到寺院辦齋做佛事。這個人說，他的妻子去世已經十九年了。一天晚上，妻子在燈下現出身形說：「自從到陰間後，我無時無刻不在想念您，還希望您百年之後，我們在地下能夠相見。沒有想到如今我被發配入輪迴轉生，從此茫茫千萬年，沒有重逢的日期了。我因此冒著觸犯陰司禁令的風險，賄賂監送我的人來和你告別。」她的丈夫驚駭悲痛，剛想說話時，忽然一陣旋風颼進房裡把妻子鬼魂捲走了，還能隱隱約約地聽到她哭泣的聲音。因此，他到寺院施捨齋僧作佛事，祈求夫妻來世的幸福。這對夫妻，可以說是兩人相互不負心了。白居易〈長恨歌〉說：「只要讓內心如金鈿一樣堅實，天上人間就會相見。」怎麼知道不會因為有這個念頭，又種下來世的姻緣呢！

【研析】美好的愛情總是令人讚許的。這對夫妻相隔十九年，卻兩不相負，此情此心，金石可比。作者也暗中許下祝福：「以此一念，種來世因。」

方竹青田核芸香

《桂苑叢談》❶記李衛公❷以方竹杖贈甘露寺僧，云此竹出大宛國❸，堅實而正方，節眼鬚牙，四面對出云云。案方竹今閩、粵多有，不為異物。大宛即今哈薩克，已隸職方❹，其地從不產竹，烏有所謂方者哉！又《古今注》❺載烏孫❻有青田核❼，大如六升瓠❽，空之以盛水，俄而成酒。案：烏孫即今伊犁地，問之額魯特，皆云無此。又《杜陽雜編》❾載元載❿造芸暉堂於私第。芸香，草名也，出于闐國⓫，其香潔白如玉，入土不朽爛。舂之為屑，以塗其壁，故號曰芸暉。于闐即今和闐地，亦未聞此物。唯西域有草名瑪努，根似蒼朮⓬，番僧焚以供佛，頗為珍貴。然色不白，亦不可泥壁。均小說附會之詞也。

【章旨】此章作者辨析了古籍記載的三種西域物產的真偽。

【注釋】❶桂苑叢談　筆記。一卷。五代嚴子休撰。《新唐書・藝文志》著錄此書，下著撰人馮翊子子休。馮翊子當為其號，書中所記多藝文故事。❷李衛公　即李德裕。唐大臣。字文饒，趙郡（今河北趙縣）人。官至宰相。因曾封為衛國公，故稱。❸大宛國　古西域國名。在今中亞費爾幹納盆地。❹職方　猶版圖。泛指國家疆土。❺古今注　筆記。西晉崔豹作。三卷。分輿服、都邑、音樂、鳥獸、魚蟲、草木、雜注和問答釋義八門。❻烏孫　古代西域國名。其地在今新疆伊犁河谷。❼青田核　據《古今注》載，烏孫國有青田核，不知其樹與果實，而核大如五六升瓠，空之盛水，俄而成酒。因此名其核為青田壺。❽瓠　通「壺」。❾杜陽雜編　筆記。三卷。唐蘇鄂撰。此書主要記載唐代宗至懿宗十朝的邊地及外國的奇技異物，其中頗多傳聞、虛構的故事。❿元載　字公輔，唐鳳翔岐山（今屬陝西）人。代宗時任宰相，與宦官李輔國相勾結，為政貪橫，賄賂公行，奢侈荒淫，後獲罪被殺。⓫于闐國　古西域國名。在今新疆和闐一帶。⓬蒼朮　多年生草本植物。秋天開白色或淡紅色的花。嫩苗可以吃。根肥大，可入藥。

【語譯】《桂苑叢談》記載李衛公把一根方竹杖送給甘露寺的僧人，說這種竹子出產在大宛國，堅硬結實而呈正方形，竹節間有竹鬚竹牙，在竹子的四面對稱長出來等等。我說這種方竹如今在福建、廣東很多地方生長，不是什麼奇異的東西。大宛就是如今的哈薩克一帶，已經歸入國家版圖，那地方從來不生長竹子，怎麼會有所謂的方竹呢！又，《古今注》記載，烏孫國有青田核，大的像可以盛六升水的瓢。把青田核挖空了盛水，很快就變成了酒。案：烏孫國就是如今伊犁地區，我向額魯特人詢問青田核，他們都說沒有這種東西。又，《杜陽雜編》記載，元載建造一座芸暉堂在自己的私人住宅中。芸香，是一種草的名稱，出產在于闐國。這種草提煉的香料顏色潔白像玉石一樣，埋入土中不會朽爛。把芸香舂碎成細末，用來塗牆壁，所以把這座建築叫做芸暉堂。于闐就是現在的和闐地區，也沒有聽說過有這種東西。西域一種草叫做瑪努，瑪努草的根像蒼朮，當地少數民族的僧人焚燒它以供佛，很是珍貴。不過，瑪努草顏色不白，也不能塗牆壁。以上的種種說法，都是小說家的附會之詞。

【研析】古人言：「盡信書不如無書。」即告誡人們不要盲目相信古籍記載。作者曾到過福建、新疆等地，以其親身經歷、實地調查，糾正了古籍中對於方竹、青田核、芸香的錯誤記述。

紙鋌償賭債

黎荇塘言：有少年，其父商於外，久不歸。無所約束，因為囊家❶所誘，博負數百金。囊家議代出金償眾，而勒寫鬻宅之券，不得已從之。慮無以對母妻，遂不返其家，夜入林自縊。甫結帶，聞馬蹄隆隆，回顧，乃其父歸也。駭問：「何以作此計？」度不能隱，以實告。父殊不怒，曰：「此亦常事，何至於此！吾此次所得尚可抵。汝自歸家，吾自往償金索券可也。」時囊家博未散，其父突排闥入。本皆相識，一一指呼姓字，先斥其誘引之非，次責以逼迫之過。眾錯愕無可置詞。既而曰：「既不肖子寫宅券，吾亦難以博訴官。今償汝金，汝明日分給眾人，還我宅券可乎？」囊家知理屈，願如命。其父乃解腰纏付囊家，一一驗入。得券即就燈焚之，憤然而出。其子還家具食，待至曉不歸。至囊家偵探，曰：「已焚券去。」方慮有他故，次日，囊家發篋，乃皆紙鋌❷。金所親收，眾目共睹，無以自白，竟出己橐以償，頗自疑遇鬼。後旬餘，訃音果至，歿已數月矣。

【章旨】此章講述了一個浪蕩子豪賭輸掉家宅，其父鬼魂設計取回賣房契約的故事。

【注釋】❶囊家　設局聚賭抽頭取利者。❷紙鋌　亦作「紙錠」。用錫箔糊製成銀錠狀的冥錢，焚化給死者，可供其當錢用。

【語譯】黎荇塘說：有個少年，他的父親經商在外地，很久沒有回家。少年沒有人管束，就被賭頭所引誘，參與賭博，輸了幾百兩銀子。賭頭和少年商量，由他代為出錢償還大家的賭債，而逼迫少年寫下出賣自家住宅的契約，少年不得已只好服從。少年考慮回家無法面對母親、妻子，就不回自己家，夜晚到樹林裡去上吊。少年剛結好帶子，就聽到馬蹄聲隆隆響起，回頭一看，竟然是自己的父親回來了。父親驚訝地問：「怎麼作這樣的打算？」少年料想無法隱瞞，就據實把事情告訴了父親。父親一點也不生氣，說：「這也是常有的事，何必要尋死呢！我這次賺到的錢還可以抵你的賭債。你自己先回家，我親自去還債，並討還賣房契約就是了。」當時，賭頭家的賭局還沒有散，少年的父親突然推門進入。這些人本來都認識，少年的父親於是一一指名道姓，先是斥罵他們引誘兒子賭博的不對，接著責罵他們追逼賭債的過錯。賭徒們驚愕之下更是無言以對。少年的父親接著說：「既然我那不爭氣的兒子寫下了賣房契約，我也難以把賭博告官處理。現在我償還給你銀子，你明天分給大家，還給我賣房契約行嗎？」賭頭知道自己理虧，表示願意接受他的意見。少年的父親於是解下身上帶的銀子交給賭頭，賭頭一一檢驗之後收好。少年的父親拿到契約就在油燈上點燃燒掉了，氣憤地走了出去。少年回家為父親準備飲食，等到天亮，他的父親還沒有回家。少年到賭頭家去打探，賭頭說：「已經燒掉賣房契約走了。」少年正在擔心有其他的原因。第二天，賭頭打開銀箱，發覺少年父親給的那些銀子都是紙錢。這些銀子是賭頭親自點收的，大家有目共睹，賭頭無法說清楚，只好拿出自己的銀子來償還。賭頭很懷疑自己是碰上鬼了。過了十幾天，那個少年父親的死訊果然傳來，去世已經幾個月了。

【研析】愛子心切，舐犢情深。即使陰陽相隔，也要為子女排憂解難。那個不肖子有此經歷，在今後的人生道路上或許可以走得平穩些，這也許就是那位父親的願望。

聞厭鬼

李樵風言：杭州湧金門外，有漁舟泊神祠下，聞祠中人語嘈雜。既而神訶曰：「汝曹野鬼，何辱文士？罪當笞。」又聞辯訴曰：「人靜月明，諸幽魂暫遊水次，稍釋羈愁❶。此二措大❷獨講學談詩，刺刺不止。眾皆不解，實所厭聞。竊相耳語，微示不滿，稍稍引去則有之，非敢有所觸犯也。」神默然，少頃，曰：「論文雅事，亦當擇地擇人。先生休矣。」俄而磷火如螢，自祠中出，遙聞吃吃笑不已，四散而去。

【章旨】此章藉鬼厭聞儒生談文論學的故事譏刺了某些讀書人的陳腐和討厭。

【注釋】❶羈愁　亦作「羇愁」。旅人的愁思。❷措大　亦作「醋大」。指貧寒的讀書人，含有輕慢的意思。

【語譯】李樵風說：杭州的湧金門外，有艘漁船停泊在河岸邊的神祠下，漁夫聽到神祠裡說話聲嘈雜。接著就聽到神呵責道：「你們這些野鬼，怎能侮辱讀書人呢？你們的罪過應該受到鞭刑。」又聽到申辯的聲音說：「月光明亮、人聲靜謐的時候，我們這些幽魂暫且來到水邊遊玩，稍稍釋放些滯留此地的鄉愁。這兩個窮措大卻獨獨在這兒講學談詩，嘩啦嘩啦吵個不停。大家都聽不懂，實在討厭聽到。我們私下悄悄耳語商量，微微向他們表示不滿，希望他們能夠稍稍離開一點這是有的，不是敢觸犯讀書人呀！」神沉默了一會，說：「議論文章是高雅的事情，也應當選擇地方選擇對象。你們這兩位先生就算了吧！」不久，磷火像螢火蟲般從神祠中飄出來，遠遠聽到那群鬼發出吃吃的嘻笑聲，四散而去了。

【研析】清風明月之夜，本是放懷寄情之時。卻有兩個腐儒在那裡喋喋不休，掃了大家的雅興。大家稍有不滿，還遭來腐儒的指責和控告。好在那位神靈能解風情，使得腐儒無趣而回。故事雖說的是鬼世界，而在人世間不也常有類似事嗎？

劉熥母

劉熥，滄州人。其母以康熙壬申❶生，至乾隆壬子❷，年一百一歲，尚強健善飯。屢逢恩詔，里胥❸欲為報官支粟帛，輒固辭弗願。去歲，欲為請旌建坊，亦固辭弗願。或詢其弗願之故，慨然曰：「貧家嫠婦❹，賦命蹇薄❺，正以顛連困苦，為神道所憐，得此壽耳。一邀過分之福，則死期至矣。」此媼所見殊高。計其生平，必無膠膠擾擾分外之營求，宜其恬然沖靜，頤養天和，得以保此長齡矣。

【章旨】此章講述了一位百歲老婦恬然沖靜，不要非分之福，故得頤養天和的故事。

【注釋】❶康熙壬申　即清康熙三十一年，西元一六九二年。❷乾隆壬子　即清乾隆五十七年，西元一七九二年。❸里胥　指里長。❹嫠婦　寡婦。❺蹇薄　指命運不好。

【語譯】有個叫劉熥的滄州人，他的母親生於康熙三十一年，到乾隆五十七年時，已經一百零一歲了，依然身體強實健康，胃口很好。她曾多次遇到皇帝頒發施恩詔書，當地里長差吏也想代她向官府申報領取尊老的糧食布匹，但她都堅決拒絕不願意領取。去年，當地官員打算為她申請表彰建造牌坊，她也堅決拒絕不肯接受。有人問她不願意接受的理由，她感慨地說：「我是窮人家的寡婦，命運不好；正因為我艱難困苦，受到神靈的憐憫，才有這樣的高壽。一旦我有想得到過分福氣的念頭，那麼我的死期就到了。」這位老太太的見識非常高明。推想她的生平，肯定沒有亂七八糟的過分要求。因此她能淡泊寧靜，頤養天年，才得以享有這樣的高壽了。

【研析】哲人有言：「寧靜以致遠。」這位鄉村老太太可能沒有聽說過這樣的道理，卻能以行動實踐之。無欲無求，知足本分，在人欲橫流的世界中，又有幾人能如此呢？

卷十二　槐西雜志二

文士書冊

安中寬言：有人獨行林莽間，遇二人，似是文士，吟哦而行。一人懷中落一書冊，此人拾得。字甚拙澀，波磔❶皆不甚具，僅可辨識。其中或符籙、或藥方、或人家春聯，紛糅無緒，亦間有經書古文詩句。展閱未竟，二人遽追來奪去，倏忽不見，疑其狐魅也。一紙條飛落草間，俟其去遠，覓得之。上有字曰：「《詩經》於字皆音烏，《易經》无字左邊無點。」余謂此借言粗材之好講文藝者也，然能刻意於是，不愈於飲博遊冶乎！使讀書人能獎勵之，其中必有所成就。乃薄而揮之，斥而笑之，是未思聖人之待互鄉❷、闕黨❸二童子也。講學家崖岸❹過峻，使人甘於自暴棄，皆自沽己名，視世道人心如膜外耳。

【章旨】此章以兩粗俗之鬼初學為文的故事，指出應當鼓勵，進而批評講學家自沽己名，冷漠待人的自私心理。

【注釋】❶波磔　書法指右下捺筆。一說左撇曰波，右捺曰磔。❷互鄉　春秋時的地名。《論語．述而》：「互鄉難與言。」《元和郡縣志》九〈徐州〉說滕縣東二十三里有合鄉故城，就是春秋時的互鄉。孔子曾接見互鄉的一個童子。弟子們疑惑。孔子表示這是鼓勵他們進步。❸闕黨　即「闕里」。春秋時孔子住地。在今山東曲阜城內闕里街。因有兩石闕，故名。舊亦曾用作曲阜縣的別稱。《論語．憲問》載，闕黨的一個童子見孔子，態度傲慢，被孔子批評。❹崖岸　矜莊；孤高。也比喻人性情高傲，不隨和。

【語譯】安中寬說：有個人獨自行走在樹林裡，遇到兩個人，樣子像是讀書人，一邊吟誦詩文一邊趕路。其中一個人懷中掉下一本書冊，被這個人撿到。這本書冊的字很拙劣，筆劃都不很分明，僅僅可以辨識而已。這本書冊裡有的是道士的符籙、有的是藥方、有的是人家的春聯，紛亂蕪雜沒有頭緒，也間或有儒家經書、古文詩句。這個人還沒翻閱完，那兩個人急急忙忙追來把書冊奪回去，一眨眼功夫就不見了，這個人懷疑他們是狐狸精。書冊中夾著的一張紙條飛落在雜草叢中，等那兩個人遠去之後，這個人尋覓到那張紙條。紙條上有字，寫道：「《詩經》中的『於』字都讀作『烏』，《易經》中的『无』字左邊沒有點。」我認為這是借故事來嘲諷那些才疏學淺、又喜歡談文論藝的人的。不過，能夠專心這樣做，不是比飲酒、賭錢、嫖妓好得多嗎！如果讀書人能夠讚揚鼓勵他們，他們當中一定有人會有所成就的。如果因輕視鄙薄而遠離他們，因排斥而嘲笑他們，就是沒有想想孔聖人是怎樣對待互鄉、闕黨兩地兒童的態度了。講道學的專家太過高傲，使人們甘於自暴自棄而不求進取，都是他們為了沽名釣譽，看待世道人心如同與己無關的分外事罷了。

【研析】好學讀書總比無所事事、荒淫無度要有益得多，不僅是對個人還是對整個社會都是如此。同時，作者嘲諷了講學家的道貌岸然，一針見血地指出了他們沽名釣譽的本質。

寧遜公

景州❶寧遜公，能以琉璃春碎調漆，堆為擘窠書❷。凹凸皴皺，儼若石紋。恆挾技遊富貴家，喜索人酒食。或聞燕集，必往攙末席。一日，值吳橋❸社會❹，以所作對聯匾額往售。至晚，得數金。忽遇十數人邀之，曰：「我輩欲君殫一月工，堆字若干，分贈親友，冀得小津潤。今先屈先生一餐，明日奉迎至某所。」寧大喜，隨入酒肆，共恣飲啖。至漏❺下初鼓，主人促閉戶。十數人一時不見，座上惟寧一人。無可置辯，乃傾囊償值，懊惱而歸。不知為幻術、為狐魅也。李露園曰：「此君自宜食此報。」

【章旨】此章講述了一個民間藝人遭捉弄而破財的故事。

【注釋】❶景州　今河北景縣。❷擘窠書　指大字。古人寫碑為求勻整，有以橫直界線畫成方格，叫「擘窠」。後泛指大字為擘窠書。❸吳橋　縣名。在河北東南部、南運河東岸，鄰接山東。❹社會　古時鄉村學塾逢春、秋祀社之日或其他節日舉行的集會。❺漏　指銅壺滴漏，古代的一種記時方法。

【語譯】景州人寧遜公，能把琉璃春成碎末，用油漆調勻，堆砌成大字。這些字體凹凸有皴皺紋，很像石頭的紋理。寧遜公經常靠著這種技能出入富貴人家，喜歡向人索要酒食招待。有時他聽到人家舉行宴會，必定前去攙和坐在末席吃喝。一天，剛好是吳橋縣賽神集會，寧遜公把自己製作的對聯匾額拿去出售。

到了傍晚，寧遜公賣匾額得了幾兩銀子。他忽然遇見十幾個人來邀請他，說：「我們想請您花一個月的工夫，堆砌一批字，分送給親友，希望得點小小的利潤。我們今天先委屈先生吃一頓，明天我們請您到某地方去堆字。」寧遜公非常高興，跟著他們進了酒店，大家一起大吃大喝。一直吃喝到頭更天時，酒店主人催他們離開要關店門了。那十幾個人一下子就不見了，酒席上只剩寧遜公一個人。寧遜公無法為自己辯解，於是把口袋中的銀錢都拿出來付酒費，懊惱地回家去了。不知道寧遜公遇到的這事是幻術、還是狐仙作祟。李露園說：「這位先生應該受到這種報應。」

【研析】 寧遜公有一手堆字技藝，但亦有貪吃貪喝的毛病，利用他的這一弱點，遂使他落入圈套。作者以為非幻術即狐仙，未免誇張。類似騙人手法，至今也時常聽說。人們要戒除上當吃虧，唯有不貪小便宜。

省悟得報

某公眷一孌童，性柔婉，無市井態，亦無恃寵驕縱意。忽泣涕數日，目盡腫。怪詰其故。慨然曰：「吾日日薦枕席，殊不自覺。昨寓中某與某童狎，吾穴隙竊窺，醜難言狀，與橫陳之女迥殊。因自思吾一男子而受汙如是，悔不可追，故愧憤欲死耳。」某公譬解百方，終怏怏不釋，後竟逃去。或曰：「已改易姓名，讀書游泮❶矣。」梅禹金❷有《青泥蓮花記》，若此童者，亦近於青泥蓮花歟！又奴子張凱，初為滄州隸，後夜聞罪人暗泣聲，心動辭去，鬻身於先姚安公。年四十餘，無子。一日，其婦臨蓐❸，凱愀然曰：「其女乎！」已而果然。問：「何以知之？」曰：「我為隸時，有某控其婦與鄰人張九私。眾知其枉，而事涉曖昧，無以代白也。會官遣我拘張九，我稟曰：『張九初五日以逋賦❹拘，初八日笞十五去矣。今不知所往，乞寬其限。』官檢徵比冊，良是，怒某曰：『初七日張九方押禁，何由至汝婦室乎？』杖而遣之。其實別一張九，吾借以支吾得免也。去歲，聞此婦死。昨夜夢其向我拜，知其轉生為我女也。」後此女嫁為賈人婦，凱夫婦老且病，竟賴其孝養以終。楊椒山❺有《羅刹成佛記》，若此奴者，亦近於羅刹成佛歟！

【章旨】此章講述了一個變童及一個衙役，因意識到自己的醜陋罪惡而幡然省悟，遂得善報的故事。

【注釋】❶游泮　明清科舉制度，經州縣考試錄取為生員者就讀於學宮，稱游泮。❷梅禹金　即梅鼎祚，明戲曲作家。字禹金，號勝樂道人，宣城（今屬安徽）人。萬曆時大學士申時行推薦他做官，隱居不就，著有詩文集《鹿裘石室集》。❸臨蓐　臨產。蓐，床上草墊。❹逋賦　未交的賦稅。亦指逃避賦稅。❺楊椒山　即楊繼盛。字仲芳，號椒山，明保定容城（今屬河北）人。嘉靖進士。官至兵部員外郎。因劾權相嚴嵩十大罪狀，下獄受酷刑，被殺。有《楊忠愍集》。

【語譯】某先生眷戀著一個變童，這個變童性格溫柔順從，沒有市井小民的舉止神態，也沒有依仗主人寵愛而驕慣放肆的樣子。這個變童突然連續哭泣了幾天，眼睛都哭腫了。某先生感到奇怪就追問他哭泣的原因。這個變童感慨地說：「我天天和你做愛，自己沒有什麼特別感受。昨天，住在這座宅子裡的某人和某個男童做愛，我從門窗的縫隙中偷看，那種醜惡的樣子難以說出口，這和與女人做愛完全不一樣。我因而想到自己身為一個男子卻受到這樣的汙辱，感到後悔不已，所以我羞愧憤恨想一死了之！」某先生多方勸解，這個孌童始終悶悶不樂，後來就逃走了。有人說：「這個孌童已經改名換姓，讀書考取秀才了。」梅禹金寫有《青泥蓮花記》，像這個孌童，也近似出於青泥的蓮花了。又，我家有個奴僕叫張凱，當初做過滄州衙門的衙役，後來夜晚聽到犯人暗中哭泣的聲音，心裡感觸就辭去職務，賣身到先父姚安公家做僕人。張凱年紀四十多歲了，還沒有子女。有一天，他妻子臨產，張凱悲傷地說：「大概是女兒吧！」後來他妻子果然生了個女兒。有人問他：「你怎麼會知道生女兒呢？」張凱說：「我做衙役時，有某人控告他老婆和鄰居張九私通。大家都知道那個女人冤枉，然而這件事涉及曖昧，沒有辦法為女人講清楚。剛好縣官派我去拘捕張九，我報告說：『張九初五日曾因逃稅被捕，初八日受鞭刑十五下就放走了。現在不知道張九跑到什麼地方去了，請大人寬限抓捕張九的日期。』縣官檢查徵稅的冊子，果然不錯，就生氣地質問某人說：『初七日張九正拘押在監牢裡，怎能到你老婆的臥室裡去呢！』打了某人一頓板子而趕了出去。其實，這是另一個叫張九的人，我借此機會支吾搪塞使那婦人免受冤枉。去年，聽說這個婦女死了。昨夜夢見她向我行禮，知道她轉世成為我的女兒了。」後來他的女兒嫁給了一位商人，張凱夫妻年老多病，竟然依靠這個女兒孝順贍養，直到死去。楊椒山寫有《羅剎成佛記》，像張凱這樣的奴僕，也近似羅剎積德成佛了！

【研析】 孌童為人所不齒，衙役為虎作倀，這兩種人都是遭人厭惡痛恨的。然而只要幡然省悟，痛改前非，照樣可得善報。作者孜孜不倦地講述這兩個故事，以此說明行善必有善報，用意還是勸人為善。

狐女仁義

馮平宇言：有張四喜者，家貧傭作。流轉至萬全❶山中，遇翁嫗留治圃。愛其勤苦，以女贅之。越數歲，翁嫗言往塞外省長女，四喜亦挈婦他適。久而漸覺其為狐，恥與異類偶，伺其獨立，潛彎弧射之，中左股。狐女以手拔矢，一躍直至四喜前，持矢數之曰：「君太負心，殊使人恨！雖然，他狐媚人，苟且野合耳；我則父母所命，以禮結婚，有夫婦之義焉。三綱所繫，不敢仇君；君既見棄，亦不敢強住聒君。」握四喜之手痛哭，逾數刻，乃蹶然❷逝。四喜歸，越數載，病死，無棺以斂。狐女忽自外哭入，拜謁姑舅，具述始末，且曰：「兒未嫁，故敢來也。」其母感之，詈❸四喜無良。狐女俯不語。鄰婦不平，亦助之詈。狐女瞋視曰：「父母詈兒，無不可者。汝奈何對人之婦，詈人之夫！」振衣竟出，莫知所往。去後，於四喜屍旁得白金五兩，因得成葬。後四喜父母貧困，往往於盎中篋內無意得錢米，蓋亦狐女所致也。皆謂此狐非惟形化人，心亦化人矣。或又謂狐雖知禮，不至此，殆平宇故撰此事，以愧人之不如者。姚安公曰：「平宇雖村叟，而立心篤實，平生無一字虛妄；與之談，訥訥不出口，非能造作語言者也。」

【章旨】此章講述了一個狐女雖遭負心漢的傷害，卻仍以德報冤的故事。

【注釋】❶萬全　縣名。在河北西北部、外長城內側。❷蹶然　忽然；突然。❸詈　罵；責罵。

【語譯】馮平宇說：有個叫張四喜的人，家中貧窮，因此給人家做長工。他輾轉流落到萬全縣的深山裡，遇到一對老夫妻把他留下來整理園圃。老夫妻喜歡張四喜的勤勞吃苦，就把他招贅做女婿。過了幾年，老夫妻說要到塞外看望大女兒，張四喜也帶著妻子到其他地方謀生。時間長了，張四喜慢慢發覺妻子是狐女，和異類做夫妻他感到羞恥，便乘妻子獨自站著的時候，偷偷地拉弓射箭過去，正好射中狐女的左腿。狐女用手拔出箭來，一躍跳到張四喜面前，拿著箭斥責他說：「你太沒良心了，真叫人憤恨！雖然其他狐狸精迷惑人，不過是為了得到一時的性欲滿足罷了。我卻是遵從父母之命，按照禮節和你結婚，我們之間有夫妻的名分。因為有三綱五常的規定，我不敢怨恨你；你既然已經拋棄我，我也不敢強要住在這裡麻煩你了。」狐女握住張四喜的手痛哭，哭了很久，就突然不見了。張四喜回到家中，過了幾年，病死在家裡，家裡沒有錢買棺木為他殯殮。那個狐女忽然哭著從外面進來，拜見公公婆婆，詳細講述了事情的始末，而且說：「我沒有改嫁，所以現在敢來這裡。」張四喜的母親聽了很受感動，責罵兒子張四喜沒有良心。狐女低著頭不講話。在場的鄰居婦人為狐女憤憤不平，也幫著老人一起責罵張四喜。狐女瞪著眼睛對鄰居婦人說：「父母罵兒子，沒有什麼不可以的。你怎能對著人家老婆罵她的丈夫！」狐女抖抖衣服就走了出去，不知到哪裡去了。狐女走後，在張四喜的遺體旁發現有白銀五兩，有了這些銀子才把張四喜的喪事辦理了。後來張四喜的父母生活貧困，往往在碗盆中箱子裡發現意外的銀錢糧食，這也是狐女所送的。大家都說這個狐女不但形狀變成人，連心靈也變得像人一樣了。也有人說，狐女雖然知道禮節，但也不會這樣做，大概是馮平宇編造的故事，用來羞辱那些連狐女都不如的人。姚安公說：

「馮平宇雖然是個鄉間老叟，然而心性樸實敦厚，平生沒有講過一句假話；和他談話，語言遲鈍說不出口，不是那種能編造假話的人啊。」

【研析】這個狐女有情有義，是作者筆下描寫的狐女中較另類的。獸類尚且講仁義，而有些人卻不如獸類，兩相對比，作者的好惡昭然。

狐女養孤

盧觀察❶撝吉言：茌平❷有夫婦相繼死，遺一子，甫周歲。兄嫂咸不顧恤，餓將死。忽一少婦排門入，抱兒於懷，詈其兄嫂曰：「爾弟夫婦屍骨未寒，汝等何忍心至此！不如以兒付我，猶可覓一生活處也。」挈兒竟出，莫知所終。鄰里咸目睹之。有知其事者曰：「其弟在日，常昵一狐女。意或不忘舊情，來視遺孤乎？」是亦張四喜婦之亞也。

【章旨】此章講述了一個狐女不忘舊情，收養遭到遺棄的情人遺孤的故事。

【注釋】❶觀察　清代對道員的尊稱。唐代於不設節度使的區域設觀察使，為州以上的長官。後人因為分守、分巡道員也管轄府、州，就借用以稱一般道員。❷茌平　縣名。在山東西部、徒駭河流域。

【語譯】盧撝吉觀察說：茌平縣有一對夫妻相繼去世，留下一個兒子，剛滿周歲。這對夫妻的哥哥嫂嫂都不肯照顧這個孤兒，讓他餓得快要死了。突然間，一個少婦推門走進來，把孩子抱在懷裡，責罵這對夫妻的哥哥嫂嫂說：「你們弟弟、弟媳夫妻倆的屍骨未寒，你們怎麼能忍心到如此地步呢！不如把這孩子交給我，還可以給他尋找一條生路。」那個少婦抱著孩子就走出門，不知道到哪裡去了。鄰居們都親眼看到這件事。有個知道情況的人說：「這個弟弟活著的時候，經常和一個狐女親近。想來或許是這個狐女不忘舊情，來探視他留下的孤兒吧？」這個狐女也是同張四喜的妻子很相似。

【研析】兄嫂遺棄親侄，狐女收養遺孤，兩相比較，不由得使人感歎世態炎涼，人不如狐。作者記述這個故事時，想必也是感觸良多。

人豬相交

烏魯木齊多狹斜，小樓深巷，方響❶時聞。自譙鼓❷初鳴，至寺鐘欲動，燈火恆熒熒也。冶蕩者惟所欲為，官弗禁，亦弗能禁。有寧夏布商何某，年少美風姿，資累千金，亦不甚吝，而不喜為北里❸遊。惟畜牝豕十餘，飼極肥，濯極潔，日閉門而遝淫之。豕亦相摩相倚，如昵其雄。僕隸恆竊窺之，何弗覺也。忽其友乘醉戲詰，乃愧而投井死。迪化廳同知❹木金泰曰：「非我親鞫是獄，雖司馬溫公❺以告我，我弗信也。」余作是地雜詩，有曰：「石破天驚事有無，後來好色勝登徒❻。何郎甘為風情死，才信劉郎愛媚豬。」即詠是事。人之性癖，有至於如此者！乃知以理斷天下事，不盡其變；即以情斷天下事，亦不盡其變也。

【章旨】此章講述了作者在烏魯木齊所聽說的一件人豬性交的故事。

【注釋】❶方響　古擊樂器。南北朝時梁始有之。通常由十六枚大小相同、厚薄不一的長方鐵板組成，仿照編磬次第排列，用小鐵槌擊奏，發出十二律及四個半律的音。為隋唐燕樂中常用的樂器。❷譙鼓　譙樓更鼓。❸北里　唐代長安平康里，因在城北，故稱「北里」。其地為妓院所在，因即用為妓院的代稱。❹同知　官名。明清定為知府、知州的佐官，分掌督糧、緝捕、海防、江防、水利等，分駐指定地點。同知與通判又可為地方政權廳一級的長官。❺司馬溫公　即司馬光。北宋大臣、史學家。字君實，陝州夏縣（今屬山西）涑水人，官至尚書左僕射、兼門下侍郎。為相八個月病死，追封溫國公。著有史學名著《資治通鑑》。❻登徒　即「登徒子」。宋玉有〈登徒子好色賦〉，登徒是姓，子是男子的通稱。後用來稱好色的人。

【語譯】烏魯木齊有很多妓院，在小樓深巷之中，經常能聽到打擊樂器的奏鳴聲。從譙樓計時的鼓聲響起，直到寺院晨鐘敲響，那些地方總是燈光熒熒亮著。風流放蕩的人任意尋歡作樂，官府不禁止，也沒有辦法禁止。有個寧夏販布的商人何某，年輕而姿容美好，資產累積有千兩銀子，也不很吝嗇，然而不喜歡到妓院去遊樂。他養了十幾頭母豬，餵養得十分肥壯，洗得極其乾淨，每天關上門而與母豬輪流性交。那些豬也依靡著何某，好像是親昵何某的雄壯。僕人們經常偷窺何某的這種行為，但何某沒有察覺。何某有個朋友突然間乘著醉酒開玩笑地問他這件事，何某竟羞愧得投井死了。迪化廳的同知木金泰說：「要不是我親自審問這件案子，即使是司馬溫公來告訴我，我也不會相信的。」我寫了有關烏魯木齊當地的雜詩，其中有一首寫道：「石破天驚事有沒有，後來的好色之徒勝過登徒子。何郎甘願為風情而死，才相信劉郎愛的是媚豬。」就是吟詠這件事。人的性愛怪癖，竟有到了這種地步的！我這才認識到按事理去判斷天下的事情，不能完全了解所有的變化；即使按人情去判斷天下事情，也不能完全了解它所有的變化的。

【研析】人與畜生發生性行為，這是一種怪癖，需要性學家分析研究。作者提供了一個具體事例，值得關注。

兩西商

張一科，忘其何地人。攜妻就食塞外，傭於西商。西商昵其妻，揮金如土，不數載資盡歸一科，反寄食其家。妻厭薄之，詬誶❶使去。一科曰：「微是人，無此日，負之不祥。」堅不可。妻一日持梃逐西商，一科怒詈。妻亦反詈曰：「彼非愛我，昵我色也。我亦非愛彼，利彼財也。以財博色，色已得矣，我原無所負於彼；以色博財，財不繼矣，彼亦不能責於我。此而不遣，留之何為？」一科益憤，竟抽刀殺之。先以百金贈西商，而後自首就獄。又一人忘其姓名，亦攜妻出塞。妻病卒，困不能歸，且行乞。忽有西商招至肆，贈五十金。怪其太厚，固詰其由。西商密語曰：「我與爾婦最相昵，爾不知也。爾婦垂歿，私以爾託我。我不忍負於死者，故資爾歸里。」此人怒擲於地，竟格鬥至訟庭。二事相去不一月。相國溫公❷，時鎮烏魯木齊。一日，宴僚佐於秀野亭，座間論及。前竹山❸令陳題橋曰：「一不以貧富易交，一不以死生負約，是雖小人，皆古道可風也。」公顰蹙❹曰：「古道誠然。然張一科曷可風耶？」後殺妻者擬抵，而讞語甚輕；贈金者擬杖，而不云枷示。公沉思良久，慨然曰：「皆非法也。然人情之薄久矣，有司如是上，即如是可也。」

【章旨】此章講述了兩個西商與別人妻子私通，而結局截然不同的故事。

【注釋】❶詬誶　辱罵。❷溫公　即溫福。清滿洲鑲紅旗人，姓費莫氏。雍正間補兵部筆帖式。乾隆間征金川，戰功甚著。官至武英殿大學士。後陣亡。❸竹山　縣名。在湖北西北部、堵河中上游，鄰接陝西。❹顰蹙　皺眉蹙額，不快樂的樣子。

【語譯】有個叫張一科的人，忘記他是什麼地方人了。他帶著妻子到塞外謀生，受雇於一個山西商人。山西商人愛戀他的妻子，為她揮金如土，沒有幾年，那個山西商人的財產都歸了張一科了，他反而在張家寄食。張一科的妻子討厭鄙薄這個山西商人，謾罵著趕他出去。張一科說：「沒有這個人，我們沒有今天的日子，拋棄他是不吉利的。」堅決不肯把山西商人趕出去。有一天，張一科的妻子拿著木棒去趕那個山西商人，張一科憤怒地責罵妻子，妻子也反罵道：「他不是愛我，而是迷戀我的姿色。我也不愛他，而是貪圖他的錢財。他用錢財來博取女色，女色已經得到了，我本來就沒有什麼對不起他；我用女色來博取錢財，他的錢財不能繼續供給，他也不能責怪於我。這時候不趕他走，留著幹什麼呢？」張一科更加憤怒，竟然拔刀把妻子殺死了。他先拿出一百兩銀子送給那個山西商人，然後到官府自首，被關進了監獄。還有一個人，忘記了他的姓名，他也帶著妻子到塞外去。妻子病死後，他因為窮困不能回家鄉，只能靠乞討度日。忽然有個山西商人把他叫到店裡，送他五十兩銀子。這個人奇怪商人贈送的銀子太豐厚，固執地詰問商人這樣做的理由。那個山西商人悄悄地說：「我和你妻子最親熱，你不知道罷了。你妻子臨死前，私下把你託付給我。我不忍心辜負死者，所以資助你返回家鄉。」這個人憤怒地把銀子扔在地下，和那個山西商人打起來，竟然一直爭鬥到衙門打官司。這兩件事相隔不到一個月。相國溫公當時鎮守烏魯木齊。有一天，在秀野亭宴請下屬，酒席之間談論到這兩件事。當過竹山縣令的陳題橋說：「一個不因為貧富變化而忘掉交情，一個不因為生死變化而背叛諾言，他們雖然都是市井小民，但都有古時淳樸寬厚的道義，應該加以肯定。」溫公皺著眉頭說：「當然是古時淳樸寬厚的道義。然而張一科的行為怎麼值得宣揚呢？」後來，殺死妻子的張一科被判抵罪，但是判決詞寫得很輕；贈送銀兩的山西商人被判杖刑，但是不用帶枷示眾。溫公沉思很久，感慨地說：「這都不符合法律呀！然而人情淡薄已經很久了，衙門官員這樣報上來，就這樣判決也是可以的。」

【研析】張一科靠自己妻子的姿色謀奪他人錢財，當其妻子赤裸裸要趕走那個倒霉蛋時，卻又假仁假義地阻攔，最後氣急敗壞地殺死妻子。張一科的手段卑鄙無恥，不值得任何肯定。而另一個商人也是與他人妻子私通，卻能在那個婦人去世後關照其丈夫。雖然最終遭到官府懲治，也是其咎由自取。因為小善不能掩大惡。

鬼爭朱陸異同

嘉祥❶曾映華言：一夕秋月澄明，與數友散步場圃外。忽旋風滾滾，自東南來，中有十餘鬼，互相牽曳，且毆且詈。尚能辨其一二語，似爭朱、陸❷異同也。門戶之禍，乃下徹黃泉乎！

【章旨】此章藉鬼爭論朱陸異同以譏刺宋明理學。

【注釋】❶嘉祥　縣名。在山東西南部、大運河西岸。❷朱陸　即朱熹、陸九淵。朱熹，字元晦，一字仲晦，號晦庵，別稱紫陽，徽州婺源（今屬江西）人，曾任祕閣修撰等職。為程朱理學的集大成者。陸九淵，字子靜，自號存齋，撫州金溪（今屬江西）人。曾結茅講學於象山（在今江西貴溪西南），故稱象山先生。其學與兄九韶、九齡並稱「三陸子之學」。提出「心即理」說，斷言天理、人理、物理只在吾心之中，心是唯一的實在。在「太極」、「無極」問題和治學方法上，和朱熹進行長期的辯論。他的學說後由明代王守仁繼承發展，成為陸王學派。

【語譯】嘉祥人曾映華說：一個秋夜，月色清澈明朗，他和幾個朋友在場院外散步。忽然，一陣旋風從東南方滾滾而來，旋風中有十多個鬼魂，相互拉拉扯扯，又打又罵。還能聽出其中一兩句話，似乎是在爭論朱熹、陸九淵觀點的異同。學界門戶之爭的災禍，竟然貫徹到九泉之下了！

【研析】程朱理學與陸王心學是理學的兩大流派，雖同屬理學，然而兩派之爭卻綿延數百年。作者作為漢學的代表，自然對這種派別之爭有一種厭煩的心情。將這兩派之爭稱為災禍，就是作者心情的流露。

李芳樹刺血詩

「去去復去去，淒惻門前路。行行重行行，輾轉猶含情。含情一回首，見我窗前柳；柳北是高樓，珠簾半上鉤。昨為樓上女，簾下調鸚鵡；今為牆外人，紅淚沾羅巾。牆外與樓上，相去無十丈；云何咫尺間，如隔千重山？悲哉兩決絕，從此終天別。〈別鶴〉❶空徘徊，誰念鳴聲哀！徘徊日欲晚，決意投身返。手裂湘裙❷裾，泣寄稿砧❸書。可憐帛一尺，字字血痕赤。一字一酸吟，舊愛牽人心。君如收覆水❹，妾罪甘鞭捶。不然死君前，終勝生棄捐。死亦無別語，願葬君家土。

儻化斷腸花❺，猶得生君家。」右見《永樂大典》❻，題曰〈李芳樹刺血詩〉，不著朝代，亦不詳芳樹始末。不知為所自作，如竇玄妻詩❼；為時人代作，如焦仲卿妻詩❽也。世無傳本，余校勘《四庫》❾偶見之。愛其纏綿悱惻，無一毫怨怒之意，殆可泣鬼神。今館吏錄出一紙，久而失去。今於役灤陽，檢點舊帙，忽於小篋內得之。沉湮數百年，終見於世，豈非貞魂怨魄，精貫三光❿，有不可磨滅者乎？陸耳山⓫副憲⓬曰：「此詩次韓蘄王⓭孫女詩前。彼在宋末，則芳樹必宋人。」以例推之，想當然也。

【章旨】此章抄錄了《永樂大典》中的一首古詩，作者愛其纏綿悱惻，遂記錄在此以傳世人。

【注釋】❶別鶴　琴曲名。崔豹《古今注》：〈別鶴操〉，琴曲名。商陵牧子，娶妻五年，無子，父母欲為改娶，乃援琴為〈別鶴操〉。❷湘裙　湘地絲織品製成的女裙。❸稿砧　亦作「稿椹」。稿，稻草。椹，砧板。古時行斬刑時用具。周祈《名義考》卷五：「古有罪者，席稿伏於椹上，以鈇斬之；言稿椹則兼言鈇矣。『鈇』與『夫』同音，故隱語稿椹為夫（丈夫）也。」❹覆水　指已被離異的人。相傳漢代朱買臣，初時家貧，其妻自願離異；後買臣富貴，做了會稽太守，其妻又求合；買臣取盆水傾潑於地，令其妻收取，表示夫妻既離異，就不能再合。❺斷腸花　即今秋海棠。《琅嬛記》：昔有婦人思所歡不見，輒涕泣。恆灑淚於北牆之下。後灑處生草。其花甚媚，色如婦面，其葉正綠反紅，秋開，名曰斷腸花，又名八月春。❻永樂大典　類書名。明成祖命解縉等輯。全書二萬二千八百七十七卷，凡例、目錄六十卷。今存僅八百餘卷。❼竇玄妻詩　漢竇玄狀貌絕異，天子讓其出妻，另把公主嫁給他。竇玄妻悲怨，寄書及歌與竇玄，當時人同情他的妻子。其詩云：「煢煢白兔，東走西顧。衣不如新，人不如故。」❽焦仲卿妻詩　又名〈孔雀東南飛〉。初見南朝陳徐陵所輯《玉臺新詠》，無名氏所作，前有小序云：「漢末建安中，廬江府小吏焦仲卿妻劉氏，為仲卿母所遣，自誓不嫁，其家逼之，乃投水而死。仲卿聞之，亦自縊於庭樹，時人傷之，為詩云爾。」❾四庫　即《四庫全書》。叢書名。清乾隆三十七年（一七七二年）開館纂修，經十年始成。共收書三千五百零三種，七萬九千三百三十七卷，分經史子集四部，故名《四庫》。本書作者任總纂官。❿三光　指日、月、星。⓫陸耳山　參見本書卷十一〈先兆〉則注釋❼。⓬副憲　指清代左副都御史。⓭韓蘄王　即韓世忠。南宋名將。字良臣，綏德（今屬陝西）人。官至樞密使。死後追封蘄王，故稱。

【語譯】「去去復去去，淒惻門前路。行行重行行，輾轉猶含情。含情一回首，見我窗前柳；柳北是高樓，珠簾半上鉤。昨為樓上女，簾下調鸚鵡；如今為牆外人，紅淚沾濕羅巾。牆外與樓上，相去無十丈；問為什麼咫尺間，如同相隔千重山？悲哉兩決絕，從此終天別。〈別鶴〉空徘徊，誰念鳴聲哀！徘徊日欲晚，決意投身返。親手撕裂湘裙裾，流淚寄出稿砧書。可憐帛一尺，字字血痕赤。一字一酸吟，舊愛牽人心。君如收覆水，妾罪甘鞭捶。不然死在君前，終勝生遭棄捐。死亦無別語，願葬君家土。如果化作斷腸花，還能得以生君家。」這首詩見於《永樂大典》中，題目是〈李芳樹刺血詩〉，沒有注明寫作詩的朝代，也不了解李芳樹的生平。不知道這首詩是否是李芳樹自己寫的，就像漢代竇玄妻詩一樣；還是同時代人代她而寫的，如同焦仲卿妻詩一樣。這首詩世上沒有傳抄本，我在校勘《四庫全書》時偶然看到，喜歡這首詩的纏綿悱惻，沒有一絲一毫怨恨憤怒的意思，幾乎可以說使鬼神流淚了。我叫四庫館的小吏抄錄在一張紙上，時間一久而丟失了。如今我供職來到灤陽，查點舊書稿件，突然在一個小箱子裡發現了它。這首詩埋沒幾百年後，終於出現在人世間，難道這不是貞節哀怨的魂魄，精神貫達到三光，有不能磨滅的神力嗎？陸耳山副都御史說：「這首詩抄寫在蘄王韓世忠孫女所作詩的前面。蘄王孫女是宋代末年人，那麼李芳樹一定是宋朝人。」根據一般體例來推算，想來一定是這樣了。

【研析】這首詩是一位女子遭遺棄後的哀怨之作。作者認為詩中「無一毫怨怒之意」，其實這位女子的哀怨正是在「無怨怒」處。文中列舉的竇玄妻詩、焦仲卿妻詩是歷代名篇，而該詩卻長期湮沒無聞。作者抄錄在自己著作中，有助於該詩的流傳。

鬼報盜警

舅氏安公實齋，一夕就寢，聞室外扣門❶聲。問之不答，視之無所見。越數夕，復然。又數夕，他室亦復然。如是者十餘度❷，亦無他故。後村中獲一盜，自云我曾入某家十餘次，皆以人不睡而返。問其日皆合，始知鬼報盜警也。故瑞不必為祥，妖不必為災，各視乎其人。

【章旨】此章講述了鬼報盜警的故事。

【注釋】❶扣門 叩門；敲門。扣，通「叩」。敲擊。❷度 次；回。

【語譯】妻弟安實齋先生，有一天晚上剛剛睡下，聽到室外有人敲門的聲音。他詢問是誰，沒有人回答；出門察看沒有看見什麼。過了幾個晚上，又出現這種情況。又過了幾個晚上，其他房間也出現這種情況。這樣的情況發生十幾次，也沒有發生其他事故。後來，村裡抓到一個盜賊，據他自己說曾經到某人家十幾次，都因為那家人沒有睡而返回。問他前去盜竊的日期，都和安先生家晚上有人敲門的日期相同，這才知道是鬼通報有人盜竊的警訊。所以瑞兆不一定是吉祥事，妖怪不一定就是災禍，各要看是怎樣的人而已。

【研析】鬼報盜警，本屬虛幻，當不得真。但也說明了一個道理：避禍就是福。人生在世，不如意事十常八九。能夠減少不如意事的發生，就是福分降臨。

題聯自識

明永樂二年❶，遷江南大姓實畿輔❷。始祖椒坡公，自上元❸徙獻縣之景城。後子孫繁衍，析居崔莊，在景城東三里。今土人以仕宦科第，多在崔莊，故皆稱崔莊紀，舉其盛也。而余族則自稱景城紀，不忘本也。椒坡公故宅，在景城、崔莊間，兵燹❹久圮，其址屬族叔楘庵家。楘庵從余受經，以乾隆丙子❺舉鄉試，擬築室移居於是。先姚安公為預題一聯曰：「當年始祖初遷地，此日雲孫再造家。」後室不果築，而姚安公以甲申❻八月棄諸孤。卜地惟是處吉，因割他田易諸楘庵而葬焉。前聯如公自識也。事皆前定，豈不信哉！

【章旨】此章講述了作者先父題寫一副對聯而成為自己識言的故事。

【注釋】❶永樂二年　即明永樂二年，西元一四〇四年。❷畿輔　合指京都周圍附近的地區。畿，京畿。輔如漢代的三輔。❸上元　舊縣名。治所在今南京。❹兵燹　指因戰亂所遭受的焚燒破壞等災害。燹，野火。❺乾隆丙子　即清乾隆二十一年，西元一七五六年。❻甲申　即清乾隆二十九年，西元一七六四年。

【語譯】明朝永樂二年，朝廷遷徙江南大族百姓充實京師周圍地區。我家始祖椒坡公從上元縣遷徙到獻縣的景城。後來子孫繁衍，一部分人分居到崔莊，地址在景城東面三里處。如今當地人中科舉做官的，大多出在崔莊，所以人們都把我們紀家稱為崔莊紀，稱讚崔莊紀氏的興盛。然而我們紀家人自稱為景城紀，表示不忘祖先創業的根本。椒坡公的舊居在景城、崔莊之間，經過戰亂早已坍塌廢棄了，那塊宅基屬於堂叔綮庵家所有。綮庵跟著我學習儒家經典，於乾隆二十一年鄉試中舉，想在祖先的宅基上建造房屋移居這裡。先父姚安公為他預先題寫了一副對聯：「當年始祖初遷的地方，今日雲孫再造的新家。」後來房屋沒有建成，而姚安公在乾隆二十九年八月去世了。風水先生占卜認為只有這塊地方最為吉祥，因此我家割讓其他田地與綮庵交換這塊土地，把姚安公葬在這裡。那副對聯好像是姚安公自己的讖語一樣。凡事都是命中注定，怎麼能不相信呢！

【研析】作者講述了他的家族從江南遷徙來景城的始末，便於讀者研究其家族史及明永樂年間人口遷徙史。至於作者深信「事皆前定」，讀者不必理會，這只是巧合而已。

沈五娘

侍姬沈氏，余字之曰明玕。其祖長洲❶人，流寓河間，其父因家焉。生二女，姬其次也。神思朗徹，殊不類小家女。常私語其姐曰：「我不能為田家婦。高門華族，又必不以我為婦。庶幾其貴家媵❷乎？」其母微聞之，竟如其志。性慧黠，平生未嘗忤一人。初歸余時，拜見馬夫人。馬夫人曰：「聞汝自願為人媵，媵亦殊不易為。」斂衽對曰：「惟不願為媵，故媵難為耳。既願為媵，則媵亦何難！」故馬夫人始終愛之如嬌女。嘗語余曰：「女子當以四十以前死，人猶悼惜。青裙白髮，作孤雛腐鼠，吾不願也。」亦竟如其志，以辛亥❸四月二十五日卒，年僅三十。初僅識字，隨余檢點圖籍，久遂粗知文義，亦能以淺語成詩。臨終，以小照付其女，口誦一詩，請余書之，曰：「三十年來夢一場，遺容手付女收藏。他時話我生平事，認取姑蘇❹沈五娘。」泊然而逝。方病劇時，余以侍值圓明園❺，宿海淀槐西老屋。一夕，恍惚兩夢之，以為結念所致耳。既而知其是夕暈絕，移二時乃蘇，語其母曰：「適夢至海淀寓所，有大聲如雷霆，因而驚醒。」余憶是夕，果壁上掛瓶繩斷墮地，始悟其生魂果至矣。故題其遺照有曰：「幾分相似幾分非，可是香魂月下歸？春夢無痕時一瞥，最關情處在依稀。」又曰：「到死春蠶尚有絲，離魂倩女不須疑。一聲驚破梨花夢，恰記銅瓶墜地時。」即記此事也。

【章旨】此章作者追憶其侍妾沈氏，講述其生平事跡。

【注釋】❶長洲　舊縣名。治所與吳縣同城，在今江蘇蘇州。❷媵　侍妾。❸辛亥　即清乾隆五十六年，西元一七九一年。❹姑蘇　蘇州的別稱。因西南有姑蘇山而得名。或泛指舊姑蘇府全境。❺圓明園　我國清代名園之一。遺址在北京海淀附近。始建於康熙四十八年（一七〇九年）。咸豐十年（一八六〇年）英法聯軍劫掠園中珍物，並縱火焚毀。今僅存殘跡。

【語譯】我的侍妾沈氏，我給她起個字叫明玕。她的祖上是江蘇長洲人，流落到河間，她的父親就在河間安了家。她父親生了兩個女兒，她是二女兒。沈氏思維清晰明快，很不像小戶人家的女兒。沈氏經常私下對她姐姐說：「我不能做種田人的妻子。名門望族人家，又肯定不會娶我當妻子。我大概會成為富貴人家的侍妾吧？」她的母親略微聽說了她的志向，最後就依從了她的心願。她生性聰慧機警，平生從來沒有頂撞過一個人。當初成為我的侍妾時，她去拜見馬夫人。馬夫人說：「聽說你是自願成為人家的侍妾，做侍妾也是很不容易的。」沈氏起身施禮回答說：「因為不願意做侍妾，所以侍妾就難做了。我既然願意做侍妾，那麼做侍妾還有什麼難處呢！」因此，馬夫人始終把她當做女兒那樣寵愛。沈氏曾經對我說：「女人應當在四十歲以前死去，人們還會哀悼痛惜。如果等到成為穿著青色衣裙的白髮老太婆，像孤獨的小雞和腐爛的老鼠那樣，我是不願意的。」沈氏最後也依從了她的願望，在乾隆五十六年四月二十五日去世了，年僅三十歲。她原本只認識字，跟隨我檢點圖書典籍，時間久了逐漸粗略知道文章的意思，也能用粗淺的語言寫詩。臨死的時候，她把自己的小幅遺像交給她的女兒，口中念誦一首詩，請我記下來。詩道：「三十年來如夢一場，遺容手付女兒收藏。他時話我平生事跡，認取姑蘇沈氏五娘。」說完靜靜地去世了。她病重時，我正在圓明園值班，住在海淀的槐西老屋。一天晚上，我恍惚夢見她兩次。我以為是心中思念她而做的夢。後來才知道她在那天夜裡昏迷過去，過了兩個時辰才蘇醒過來，對她母親說：「剛才我夢見到了海淀那所住宅去了，有一聲巨響好像打雷似的，我因此就驚醒了。」我回憶那天晚上，果然有一個掛在牆壁上的銅瓶，因為繩索斷了掉在地上，我這才省悟她的生魂果然來過這裡了。所以我在她的遺像上題了兩首詩：「幾分相似幾分非，可是香魂月下歸？春夢無痕時一瞥，最關情處在依稀。」「到死春蠶尚有絲，離魂倩女不須疑。一聲驚破梨花夢，恰記銅瓶墜地時。」就是記載這件事的。

【研析】作者在此章中追憶沈氏生平，思念之情溢乎言表，不能自已。沈氏於乾隆五十六年去世時，作者已經六十七歲，而沈氏年僅三十歲。沈氏是不願為田家婦才去做侍妾的。沈氏心中的憂傷作者又怎能體會到呢？

漢學務實，宋學近名

相去數千里，以燕趙之人，談滇黔之俗，而謂居是土者，不如吾所知之確。然耶否耶？晚出數十年，以髫齔❶之子，論耆舊之事，而曰見其人者，不如吾所知之確。然耶否耶？左丘明❷身為魯史❸，親見聖人；其於《春秋》，確有源委。至唐中葉，陸淳❹輩始持異論。宋孫復❺以後，哄然佐鬥，諸說爭鳴，皆曰左氏不可信，吾說可信。何以異於是耶！蓋漢儒之學務實，宋儒則近名，不出新義，則不能聳聽；不排舊說，則不能出新義。諸經訓詁，皆可以口辯相爭，惟《春秋》事跡釐然，難於變亂。於是謂左氏為楚人、為七國初人、為秦人，而身為魯史、親見聖人之說搖。既非身為魯史、親見聖人，則《傳》中事跡，皆不足據，而後可惟所欲言矣。沿及宋季，趙鵬飛❻作《春秋經筌》，至不知成風為僖公❼生母，尚可與論名分、定褒貶乎？元程端學❽推波助瀾，尤為悍戾。偶在五雲多處（即原心亭）檢校端學《春秋解》，周編修書昌因言：有士人得此書，珍為鴻寶。一日，與友人遊泰山，偶談經義，極稱其論叔姬歸酅一事，推闡至精。夜夢一古妝女子，儀衛尊嚴，厲色詰之曰：「武王元女，實主東嶽。上帝以我艱難完節，接跡共姜❾，俾隸太姬為貴神，今二千餘年矣。昨爾述豎儒之說，謂我歸酅為淫於紀季，虛辭誣詆，實所痛心！我隱公七年❿歸紀，莊公二十年⓫歸酅，相距三十四年，已經五旬以外矣。以斑白之嫠婦，何由知季必悅我？越國相從，《春秋》之法，非諸侯夫人不書，亦如非卿不書也。我待年之媵，例不登諸簡策，徒以矢心不二，故仲尼有是特筆。程端學何所依憑而造此曖昧之謗耶？爾再妄傳，當斷爾舌。」命從神以骨朵⓬擊之。狂叫而醒，遂毀其書。余戲謂書昌曰：「君耽宋學，乃作此言！」書昌曰：「我取其所長，而不敢諱所短也。」是真持平之論矣。

【章旨】此章批駁宋儒否定《春秋左氏傳》的妄說，肯定了《春秋左氏傳》確為左丘明所作的觀點。

【注釋】❶髫齔　髫，古時小孩的下垂頭髮。齔，小孩換齒。合指童年。❷左丘明　春秋時史學家。魯國人。一說複姓左丘，名明；一說姓左，名丘明。雙目失明，曾任魯國太史。相傳曾著《左傳》，又傳《國語》亦出其手。❸魯史　魯國的太史。太史，官名。西周、春秋時太史掌管起草文書，策命諸侯卿大夫，記載史事，編寫史書，兼管國家典籍、天文曆法、祭祀等，為朝廷大臣。❹陸淳　唐經學家。字伯沖，後改名質，吳郡（郡治今江蘇蘇州）人。歷信、臺二州刺史。師事啖助、趙匡，傳其《春秋》學。以為《左傳》長於敘事，但宣揚《春秋》「大義」，則不如《公羊傳》和《穀梁傳》。綜合啖助、趙匡之說，撰《春秋集傳纂例》、《春秋微旨》、《春秋集傳辨疑》等，開宋儒懷疑經傳的風氣。書今存，收入《古經解彙函》。❺孫復　北宋初學者。字明復，晉州平陽（今山西臨汾）人。曾隱居泰山，世稱泰山先生。官至殿中丞。其學上祖陸淳，下開胡安國。和胡瑗、石介提倡「以仁義禮樂為學」，並稱「宋初三先生」。主要著作有《春秋尊王發微》。❻趙鵬飛　字啟明，號木訥，宋綿州（治所在今四川綿陽）人。著作有《春秋經筌》。❼僖公　魯僖公，春秋魯閔公弟。名申。閔公被弒，季友聞之，自陳奉申入魯國立之。哀姜奔邾，慶父自殺。齊桓公召哀姜於邾而殺之，以其屍歸魯。僖公請而葬之。在位三十三年卒，諡僖。❽程端學　字時叔，元人。通《春秋》學，舉進士。仕為國子助教，遷太常博士。有《春秋本議》、《三傳辨疑》、《春秋或問》等。❾共姜　周時衛世子共伯之妻。共伯早死，她不再嫁。後常用為女子守節的典實。❿隱公七年　即西元前七一六年。隱公，春秋魯惠公長庶子，名息姑。惠公卒，魯人共立息姑攝政，行君事。在位十一年（西元前七二二年—前七一二年），被弒，諡隱。⓫莊公二十年　紀昀此處有誤。當為莊公十二年，即西元前六八二年。莊公，春秋魯桓公子，名同。在位三十二年卒（西元前六九三年—前六六二年）。諡莊。⓬骨朵　古代的一種兵器。由西羌傳入。為一長棒，棒端綴一蒜或蒺藜形的頭，以鐵或堅木製成。唐代用為刑杖。後來用為儀仗。

【語譯】相距幾千里的燕、趙地方的人，談論雲南、貴州一帶的風俗，而且說居住在雲南、貴州當地的人，不如我所知道的確切。這話是對呢還是錯呢？晚出生幾十年的青年後生，談論老前輩的事情，而且說見過老前輩的人，不如我所知道的確切。這話是對呢還是錯呢？左丘明身為魯國史官，親眼見過孔聖人；他對《春秋》的了解，的確是有根據的。到了唐代中葉，陸淳等人才提出了不同意見。宋代孫復以來，大家群起爭論，各種說法相互辯難，都說左丘明的說法不可信，只有我的說法可信。這和前面舉的兩個例子有什麼差別呢！原來，漢代儒家的治學務實，宋代儒家就近於追求名聲，不提出新的論點，就不能聳人聽聞；不批評舊的學說，就不能推出新的論點。各種儒家經典的注釋解說，都可以互相辯論爭議，唯獨《春秋》記載的史實細微有據，難以變更、混淆它的說法。於是有人就說左丘明是楚國人、是七國初期人、是秦國人，那麼他身為魯國史官、親眼見過孔聖人的說法就會動搖了。既然他不是親自擔任魯國史官，並非親眼見過孔聖人，那麼《左傳》中記載的史實，都不足以為根據，而後人就可以按自己想說的話來議論了。到了宋朝末年，趙鵬飛寫《春秋經筌》時，已到了不知道成風是僖公親生母親的地步。像這樣的學者，還可以與他談論名分，確定人物的褒貶嗎？元代程端學推波助瀾，議論尤其粗暴荒謬。

一次，在五雲多處（即原心亭）檢查校勘程端學著的《春秋解》，周書昌編修就說：有個讀書人得到這本書，愛惜它如同珍貴的寶貝。有一天，他和朋友去泰山遊玩，偶然談論到儒家經書的意旨，他極力稱讚《春秋解》中議論叔姬嫁酅這件事，認為推論闡述得十分精彩。晚上，他夢見一位穿古裝的女子，儀仗高貴警衛嚴肅，厲聲責問這個讀書人說：「武王的長女太姬，就是東嶽泰山的主持。上帝因為我能經受艱難，保持貞節，和共姜相似，就讓我隸屬太姬為貴神，至今已經二千多年了。昨天你講述那個臭儒生的學說，說我回到酅地是為了和紀季淫亂，用不實之辭來誣陷攻擊我，實在令我痛心。我在魯隱公七年嫁到紀國，莊公十二年才回到酅地，相距三十四年，我已經五十多歲了。像我這樣頭髮斑白的寡婦，你們怎麼知道紀季一定喜歡我呢？女子越過國境嫁到其他諸侯國去，按照《春秋》的體例，不是諸侯夫人是不記載的，就像不是公卿不記載一樣。我是待到年齡再送嫁的媵妾，按《春秋》的體例不能記錄在史冊中，只是因為我忠心貞節，所以孔子有這樣特別的記載。程端學有什麼依據而捏造這種曖昧的誹謗呢？你再妄加傳播，當心割了你的舌頭！」說罷，她命令隨從的神靈用骨朵打他。這個讀書人狂叫著醒了過來，就把那本書燒了。我對周書昌開玩笑說：「您沉迷在宋學裡，竟然會講這種話！」周書昌說：「我取宋學的長處，而不敢諱言它的短處。」這真是很公正的議論了。

【研析】作者推崇漢學，反對宋學，概括指出「漢儒之學務實，宋儒則近名」。作者尤其辨析了宋儒否定《春秋左傳》的種種說法，指出宋儒在難以否定《春秋左傳》時，轉而否定左丘明其人，說其是楚國人、七國時人（葉夢得觀點）、秦國人（朱熹觀點），都是沒有根據的臆說。最後以一個寓言故事，嚴正警告那些胡言亂言者，當心被割去舌頭，表現了作者強烈的愛憎。

楊令公祠

楊令公祠在古北口❶內，祀宋將楊業❷。顧亭林❸《昌平山水記》❹據《宋史》，謂業戰死長城北口，當在雲中❺，非古北口也。考王曾❻《行程錄》，已云古北口內有業祠。蓋遼人重業之忠勇，為之立廟。遼人親與業戰，曾奉使時，距業僅數十年，豈均不知業歿於何地？《宋史》則元季托克托❼所修（「托克托」舊作「脫脫」，蓋譯音未審。今從《三史國語解》），距業遠矣，似未可據後駁前也！

【章旨】此章考訂了楊令公祠的位置。

【注釋】❶古北口　關隘名，在今北京密雲東北部。長城要口之一。❷楊業　北宋名將。又名繼業。北宋太原（今屬山西）人。驍勇善戰，號楊無敵。宋太宗雍熙中，契丹陷寰州。楊業引兵自石趺趨朔州擊之，約諸將會於陳家谷口。既而兵敗，轉戰至谷口，援軍不至，墮馬被擒而死。❸顧亭林　即顧炎武。明清之際思想家、學者。初名絳，字寧人，學者稱亭林先生。江蘇昆山人。曾參加抗清起義。學問賅洽。晚年治經側重考證，開清代樸學風氣。❹昌平山水記　顧炎武撰，二卷。記昌平地區山水形勝。❺雲中　郡名。相當今內蒙古土默特右旗以東，大青山以南，卓資縣以西，黃河南岸及長城以北。❻王曾　字孝先，宋益都（今山東益都）人。曾封沂國公。卒謚文正。有《王文正筆錄》。❼托克托　元代大臣。字用之。曾任丞相，主修宋、元、金三史。今中華書局標點本《宋史》仍作「脫脫」。

【語譯】楊令公祠在古北口內，是祭祀宋代將軍楊業的神祠。顧亭林《昌平山水記》根據《宋史》記載，說楊業戰死在長城北口，應當在雲中郡，不是在古北口。考查宋人王曾《行程錄》，已經說在古北口內有楊業的祠堂。因為遼國人敬重楊業的忠心英勇，所以為他建造廟宇。遼國人親自與楊業作戰，王曾奉命出使遼國時，距離楊業戰死僅僅幾十年，怎麼會都不知道楊業戰死在什麼地方呢？《宋史》是元代末年托克托所編寫的（「托克托」過去譯為「脫脫」，這是譯音不準確。如今根據《三史國語解》的譯音），距離楊業的時代很遙遠了，似乎不應該根據後人的說法來否定前人的說法吧！

【研析】楊業忠勇，受到後人景仰，作者考訂其戰死之地，就是出自仰慕之情。不過據近人考定，楊業兵敗於陳家谷口，當在今山西省朔縣南之狼牙村。被俘後，不食三日而死。說他死於古北口或雲中，都嫌證據不足。其次，楊業戰死之地未必建神祠；為楊業建神祠處又未必是其死地，兩者無必然聯繫。

規矩草

余校勘祕籍，凡四至避暑山莊：丁未❶以冬、戊申❷以秋、己酉❸以夏、壬子❹以春，四時之勝胥❺覽焉。每泛舟至文津閣❻，山容水意，皆出天然；樹色泉聲，都非塵境。陰晴朝暮，千態萬狀，雖一鳥一花，亦皆入畫。其尤異者，細草沿坡帶谷，皆茸茸如綠罽❼，高不數寸，齊如裁剪，無一莖參差長短者。苑丁謂之規矩草。出宮牆才數步，即鬖髿❽滋蔓矣。豈非天生嘉卉，以待宸❾遊哉！

【章旨】此章描述了避暑山莊勝景和莊內細草之美。

【注釋】❶丁未　即清乾隆五十二年，西元一七八七年。❷戊申　即清乾隆五十三年，西元一七八八年。❸己酉　即清乾隆五十四年，西元一七八九年。❹壬子　即清乾隆五十七年，西元一七九二年。❺胥　皆；都。❻文津閣　清代專貯《四庫全書》的藏書閣名。乾隆四十年（一七七五年）建於避暑山莊（今屬河北承德）。❼綠罽 綠色毛氈。比喻綠色草地。❽鬖髿 原指毛髮蓬鬆散亂貌。此指草雜亂叢生的樣子。❾宸 北辰所居，因以指帝王的宮殿，又引申為王位、帝王的代稱。

【語譯】我因為校勘皇室的藏書，曾經四次來到避暑山莊：乾隆五十二年的冬天，乾隆五十三年的秋天，乾隆五十四年的夏天，乾隆五十七年的春天，四季的勝景我都得以觀覽。每當我泛舟到文津閣，只見山的容顏、水的意韻，都出自天然；樹木豐富的色彩、泉水發出的聲響，都不是塵世境界所有的。不論是陰天還是晴日、朝輝還是暮霞，都是千態萬狀，即使一隻鳥一朵花，也都可以寫入圖畫之中。其中尤其特別的是，細草沿著山坡谷底遍地生長，都是綠茸茸的像地毯一樣，草只有幾寸高，整齊得像裁剪出來似的，沒有一株高低長短不齊的。園丁稱這些細草為規矩草。出了避暑山莊圍牆幾步遠，草就雜亂不齊地滋蔓生長了。難道不是天生美好的草木，等待皇上來遊覽觀賞嗎！

【研析】避暑山莊始建於清康熙四十二年（一七〇三年），建成於乾隆五十五年（一七九〇年）。為清代帝王避暑行宮，是清初第二個政治中心。分宮區和苑區兩部分，周圍環繞長達十公里的石砌宮牆。北山面湖，多亭臺樓閣，湖中洲、島羅列，有「萬壑松風」、「梨花伴月」等七十二景之勝。作者曾在山莊編校《四庫全書》，得以飽覽山莊美景；手中又有生花妙筆，留下一段如此膾炙人口的美文，讀來引人入勝。

張子克

李又聃先生言：有張子克者，授徒村落，岑寂寡儔。偶散步場圃間，遇一士，甚溫雅。各道姓名，頗相款洽。自云家住近村，里巷無可共語者，得君如空谷之足音也。因共至塾，見童子方讀《孝經》。問張曰：「此書有今文古文❶，以何為是？」張曰：「司馬貞言之詳矣。近讀《呂氏春秋》❷，見〈審微〉篇中引諸侯一章，乃是今文。七國時人所見如是，何處更有古文乎？」其人喜曰：「君真讀書人也。」自是屢至塾。張欲報謁，輒謝以貧無棲止，夫婦賃住一破屋，無地延客。張亦遂止。一夕，忽問：「君畏鬼乎？」張曰：「人未離形之鬼，鬼已離形之人耳，雖未見之，然覺無可畏。」其人恧然❸曰：「君既不畏，我不欺君，身即是鬼。以生為士族，不能逐焰口爭錢米。叨為氣類，求君一飯可乎？」張契分❹既深，亦無疑懼，即為具食，且邀使數來。考論圖籍，殊有端委。偶論太極無極之旨，其人怫然曰：「於《傳》有之：『天道遠，人事邇。』『六經』所論皆人事，即《易》闡陰陽，亦以天道明人事也。捨人事而言天道，已為虛杳；又推及先天❺之先，空言聚訟，安用此為？謂君留心古義，故就君求食。君所見乃如此乎？」拂衣竟起，倏已影滅。再於相遇處候之，不復睹矣。

【章旨】此章藉人與鬼交往談文論藝，後因人涉及程朱理學，鬼即與其斷交的故事，以譏刺理學的虛妄。

【注釋】❶今文古文　指古文經學和今文經學。古文經學，經學中研究古文經籍的一個流派。古文經，指秦以前用古文書寫而由漢代學者加以訓釋的儒家經典。清代學者繼承古文經學家的訓詁方法而加以條理發明，用於古籍整理和語言文學研究，有較大成就。今文經學，經學中研究今文經籍的一個流派。今文經，指漢代學者所傳述的儒家經典，用當時通行的文字（隸書）記錄，大都沒有先秦的古文舊本，而由戰國以來學者師徒父子傳授，到漢代才一一寫成定本。❷呂氏春秋　亦稱《呂覽》。戰國末秦相呂不韋集合門客共同編寫，雜家代表著作。全書二十六卷，內分十二紀、八覽、六論，共一百六十篇。內容以儒、道思想為主，兼及名、法、墨、農及陰陽家言。❸恧然　慚愧的樣子。❹契分　交誼；情分。❺先天　哲學名詞，指先於實踐和經驗。講《易經》的人則以伏羲所作之《易》為《先天易》。

【語譯】李又聃先生說：有個叫張子克的人，在村子裡教書，生活寂寞，沒有朋友。他偶然到場院菜圃間散步，碰到一位讀書人，很溫文爾雅。兩人各自通報名姓，交談得很融洽。那個讀書人說自己住在附近村子裡，鄉里沒有可以交談的人，遇上張子克真像荒涼的山谷傳來人的腳步聲一樣。兩人因而一起來到張子克教書的私塾，看見兒童們正在讀《孝經》。那個讀書人問張子克說：「這本書有今文經和古文經之別，以哪一種為是呢？」張子克說：「司馬貞講得已經很詳細了。我最近讀《呂氏春秋》，看見〈審微〉篇裡引用諸侯的一段，竟是今文。戰國時代的人所見的文字便是這個樣子，哪裡還有另外的古文呢？」那個讀書人高興地說：「您是真正的讀書人啊。」從此，那人經常到私塾來。張子克想回訪他，那個讀書人總是謝絕，說是家境貧寒，無處棲身，夫妻租了一間破房子住，實在沒有地方可以接待客人。張子克也就不再要求回訪了。一天晚上，那個讀書人忽然問道：「您怕鬼嗎？」張子克說：「人是沒有脫離形體的鬼，鬼是已經脫離形體的人。我雖然沒有見過鬼，不過我覺得沒有什麼可怕的。」那個讀書人慚愧地說：「您既然不怕，我不欺騙您，我就是鬼。因為活著時是讀書人，死了不願意和其他鬼魂一樣，到人家做佛事放焰口時去爭搶錢米。先生若念惜我們都是讀書人，求您讓我吃一頓飯好嗎？」張子克和那個讀書人交情已深，也沒有什麼疑慮害怕，就立刻給他準備飲食，而且邀請他經常來。那個讀書人考訂議論古代圖書典籍，很有頭緒條理。張子克偶然間和他談論程朱理學關於太極無極的主旨，那個讀書人很不高興地說：「《左傳》中早就說過：『天道遙遠，人事切近。』儒家『六經』所談論的都是人間事。即使是《易經》闡釋陰陽，也是要藉天道來闡明人世間的事。捨棄人間事而去談論天道，已經是虛無飄渺的了；還要推論到先天之先的情況，用空洞的議論聚眾爭論，這樣有什麼用呢？我以為您留心古代典籍的義理，所以才向您要求飲食。您的見解竟然也是這樣嗎？」這個讀書人甩動衣袖就站起身來，轉瞬間就已不見影子了。張子克再到和這個讀書人相遇的地方等候，沒有再見到他了。

【研析】此章也是作者批評程朱理學的重要篇章。那個讀書人鬼所論可以看作是作者觀點的闡述。作者認為「『六經』所論皆人事」，學者也應關心人事。進而批評程朱理學「捨人事而言天道」，這樣的議論「已為虛杳」；而「推及先天之先」，更是「空言聚訟」，因此嚴正指出「安用此為」？如此從學理上責問理學，在本書中也不多見，值得讀者關注。

姬妾墮樓

余督學閩中時，院吏言：雍正中，學使有一姬墮樓死，不聞有他故，以為偶失足也。久而有洩其事者，曰姬本山東人，年十四五，嫁一窶人子❶。數月矣，夫婦甚相得，形影不離。會歲饑，不能自活，其姑賣諸販鬻婦女者。與其夫相抱，泣徹夜，齧臂為志而別。夫念之不置，沿途乞食，兼程追及販鬻者，潛隨至京師。時於車中一覿面，幼年怯懦，懼遭訶詈，不敢近，相視揮涕而已。既入官媒❷家，時時候於門側，偶得一睹，彼此約勿死，冀天上人間，終一相見也。後聞為學使所納，因投身為其幕友僕，共至閩中。然內外隔絕，無由通問，其婦不知也。一日病死，婦聞婢媼道其姓名、籍貫、形狀、年齒，始知之。時方坐筆捧樓上，凝立良久，忽對眾備言始末，長號數聲，奮身投下死。學使諱言之，故其事不傳。然實無可諱也。大抵女子殉夫，其故有二，一則搘柱❸綱常❹，寧死不辱。此本乎禮教者也。一則忍恥偷生，苟延一息，冀樂昌破鏡❺，再得重圓；至望絕勢窮，然後一死以明志。此生於情感者也。此女不死於販鬻之手，不死於媒氏之家，至玉玷花殘，得故夫凶問而後死，誠為太晚。然其死志則久定矣，特私愛纏綿，不能自割。彼其意中，固不以當死不死為負夫之恩，直以可待不待為辜夫之望。哀其遇，悲其志，惜其用情之誤，則可矣；必執《春秋》大義，責不讀書之兒女，豈與人為善之道哉？

【章旨】此章講述了一位少婦因災荒而被賣為人妾，其丈夫賣身為僕跟隨妻子至千里之外。後來丈夫病逝，妻子也殉情而死的淒婉愛情故事。

【注釋】❶寠人子　猶言貧家子。❷官媒　指以做媒為職業的婦女。❸搘柱　支撐；支持。❹綱常　「三綱五常」的簡稱。❺樂昌破鏡　南朝陳將亡時，駙馬徐德言與妻樂昌公主預料不能相保，因破銅鏡各執一半，約於正月十五日售其破鏡，俾取聯繫。陳亡，妻沒入楊素家。及期，徐輾轉依約至京，果訪得售半鏡者，夫妻卒得重聚。後因以「樂昌破鏡」比喻夫妻分離。

【語譯】我擔任福建提督學政時，聽衙門中的一個官吏說：雍正年間，有個學使的姬妾墜樓而死，沒有聽說有什麼原因，大家都認為是偶然失足跌死的。時間久了，有人把這件事的原因洩露出來，說這個姬妾本來是山東人，十四五歲時嫁給一個窮人家的青年。結婚幾個月，夫妻非常恩愛，形影不離。恰逢那年鬧饑荒，這家人窮得無法生活，她的婆婆就把她賣給販賣婦女的人口販子。這個少婦和丈夫相互擁抱，哭了一夜，相互在手臂上咬出牙痕作為標誌而分別了。這位丈夫無法忘掉妻子，沿途乞討要飯，日夜趕路追上那個人口販子，偷偷跟隨著來到京城。兩人有時在馬車裡見上一面，但夫妻倆年輕膽怯，都怕遭到人口販子喝叱責罵，不敢接近對方，只能相對流淚而已。等到這個少婦進了官媒家裡，她的丈夫還時常等候在大門邊，兩人偶然有一次見面的機會，彼此相約不能尋死，盼望有朝一日，夫妻終究能夠重逢團圓。後來丈夫聽說妻子被學使收為姬妾，就賣身做了學使幕僚的僕人，一起到了福建。然而，衙署內廷外堂隔絕，他無法和妻子通音訊，所以他的妻子不知道丈夫已來到福建了。有一天，丈夫病死了，他的妻子聽到家中僕婦、婢女說到病死的這個人的姓名、籍貫、長相、年齡，才知道是自己的丈夫。當時這個少婦正坐在筆捧樓上，聽到丈夫的死訊，凝神站立了很久，忽然，她對眾人把他們夫妻的事情詳細敘述了，大聲哭號了幾聲，奮身跳下樓死了。學使忌諱講這件事，所以他們的事情沒有流傳出來。不過，實際上沒有什麼可忌諱的。一般來說女子殉情，原因有兩種：一種是女子為了固守三綱五常，寧死不受侮辱。這是從根本上嚴守禮教。一種是忍辱偷生，苟延生命，希望能夠像樂昌公主那樣破鏡重圓；到了希望斷絕、走投無路時，然後用一死來表明自己的心志。這是由於重感情而產生的結果。這個少婦沒有死在人口販子手中，沒有死在官媒的家中，直到自己被人家玷汙成了殘花敗柳，聽到自己前夫的死訊後才自盡，實在太晚了。然而她要尋死的志向早就定了，只是因為愛戀前夫的纏綿之情，無法割捨。在她的心目中，本來就不把應當死而不死當作辜負丈夫的恩情，而是把可以等待丈夫而沒有等待看作是辜負丈夫的希望。哀悼她的遭遇，憐憫她的志向，惋惜她用情上的失誤，這就可以了；一定要拿著《春秋》所說的大道理，責備那些沒有讀過書的青年男女，這難道是與人為善的態度嗎？

【研析】一段纏綿的哀怨故事，一曲惆悵的愛情輓歌。這對夫妻沒有樂昌公主的幸運。樂昌公主夫妻能夠破鏡重圓，這對夫妻卻只能以死來了卻夙願。作者雖生活在程朱理學橫行的年代，但能仗義直言，其情其義，令人敬佩。

紀生

壬申❶七月，小集宋蒙泉家，偶談狐事。聶松巖曰：「貴族有一事，君知之乎？曩以鄉試在濟南，聞有紀生者，忘其為壽光❷為膠州❸也。嘗暮遇女子獨行，泥濘顛躓❹，倩之扶掖。念此必狐女，姑試與昵，亦足以知妖魅之情狀。因語之曰：『我識爾，爾勿誑我。』女子笑而去。夜半果至，狎媟者數夕，覺漸為所惑，因拒使勿來。狐女怨詈不肯去。生正色曰：『勿如是也。男女之事，權在於男。男求女，女不願，尚可以強暴得；女求男，男不願，則心如寒鐵，雖強暴亦無所用之。況爾為盜我精氣來，非以情合，我不為負爾情。爾閱人多矣，難以節言，我亦不為墮爾節。始亂終棄，君子所惡，為人言之，不為爾曹言之也。爾何必戀戀於此，徒為無益？』狐女竟詞窮而去。」乃知一受蠱惑，纏綿至死，符籙不能驅遣者，終由情欲牽連，不能自割耳。使泊然不動，彼何所取而不去哉！

【章旨】此章講述了一位書生不受狐女迷惑，自斷情欲的故事。

【注釋】❶壬申　即清乾隆十七年，西元一七五二年。❷壽光　縣名。在山東中部偏北、瀰河下游，濱臨渤海萊州灣。❸膠州　今山東膠縣。❹顛躓　跌倒；跌跌撞撞的樣子。

【語譯】乾隆十七年七月，眾人在宋蒙泉家聚會，偶然間談到狐狸精的事。聶松巖說：「您家族裡有一件事，您知道嗎？從前我在濟南參加鄉試時，聽說有一位姓紀的讀書人，已經忘記他是壽光人還是膠州人了。他曾經在傍晚時分遇見一位獨自趕路的女子，在泥濘道路上艱難地走著，請求紀某拉她一把。紀某心想她一定是狐女，姑且試著同她親熱，也足以知曉妖魅迷惑人的情形。紀某就對她說：『我認識你，你不要騙我。然而我能夠得到像你一樣的漂亮女子也是好事。夜深人靜後你可以來我的書房，不要在這裡調情，白費曲折。』那狐女就笑著走了。半夜，那狐女果然來了，與紀某調情淫戲。這樣過了幾天，紀某覺得自己漸漸被狐女迷惑了，因此就拒絕狐女，叫她不要再來。狐女怨憤謾罵，不肯離開。紀某正顏厲色地說：『不要像這樣吧！男女之間的事情，主動權在男方。男子追求女方，女方不願意，男方還可以採取強暴的手段得到她。女方追求男方，男方不願意，那就心像寒冷的鐵鑄成似的，即使女方用強暴的手段也沒有用的。何況你是為了盜取我的精氣而來，並非因為有感情而和我結合，我也不是辜負你的感情。你結交的人很多，很難講什麼貞節，我也不是破壞你的貞節。開始時男女歡愛結合，最後將女子拋棄，這種行為是君子所厭惡的，但這是對人而言，不是對你們說的。你何必戀戀不捨地賴在我這裡，白白做這種沒有好處的事呢？』狐女竟然無話可說地走了。」從這件事可以知道，一旦受到迷惑，被糾纏直到死亡，連道家佛祖的符籙都不能把妖魅趕走的人，終究是因為被情欲牽連，自己不能夠割捨罷了。如果能淡然處之，不動感情，她有什麼可以盜取而不肯走呢！

【研析】玩弄女性，還振振有詞，似乎男子淫亂，錯全在女子身上。這個紀某與蒲松齡筆下的多情男兒相去何遠，兩者高下立現。

惡少遭報應

法南野又說一事曰：里有惡少數人，聞某氏荒冢有狐，能化形媚人。夜攜罝罟❶布穴口，果掩得二牝狐。防其變幻，急以錐刺其髀❷，貫之以索，操刃脅之曰：「爾果能化形為人，為我輩行酒，則貸爾命，否則立磔爾！」二狐嗥叫跳擲，如不解者。惡少怒，刺殺其一，其一乃人語曰：「我無衣履，及化形為人，成何狀耶？」又以刃擬頸，乃宛轉成一好女子，裸無寸縷。眾大喜，迭肆無禮，復擁使侑觴，而始終掣索不釋手。狐妮妮軟語，祈求解索。甫一脫手，已瞥然逝。歸未到門，遙見火光，則數家皆焦土，殺狐者一女焚焉。知狐之相報也。狐不擾人，人乃擾狐，「多行不義」，其及也宜哉。

【章旨】此章講述了惡少欺凌狐女而遭到狐女報復的故事。

【注釋】❶罝罟　捕獸的網。罟，網的總稱。❷髀　股部；大腿。

【語譯】法南野又說了一個故事：鄉下有幾個流氓惡少，聽說某家的荒墳裡有狐仙，能夠變化形狀來迷惑人。這幾個惡少便在夜裡帶著捕獸的網布置在狐狸洞口，果然抓到兩隻雌狐。為了防止這兩隻狐狸變幻逃脫，惡少們急忙用錐子刺穿狐狸的大腿，用繩索穿過，拿著刀威脅這兩隻狐狸說：「你們如果能變成人形，侍候我們喝酒，就饒了你們的性命，否則立即剁碎了你們！」兩隻狐狸嗷叫著又蹦又跳，好像聽不懂似的。這些惡少大怒，當即刺殺了一隻狐狸。另一隻狐狸才說起人話道：「我沒有衣服鞋襪，即便變化成人形，成什麼樣子呢？」惡少們又把刀架在這隻狐狸的頭頸上，這隻狐狸才漸漸變化成一個漂亮女人，身上一絲不掛。眾人大喜，輪流對她恣意非禮，又抱住狐女，讓她侍候飲酒，然而始終抓住那條繩索不鬆手。狐女溫柔地說好話，請求解開繩索。這些惡少剛一鬆手，狐女轉眼間就逃走了。這些惡少還沒有回到家，就遠遠看見了火光，原來他們幾個人的家都被燒成焦土了。那個親手殺死狐狸的惡少的女兒也被燒死了。人們這才知道是狐女的報復。狐狸精沒有騷擾人，人卻主動去侵擾狐狸精，《左傳》說「多行不義必自斃」，這些惡少遭到這樣的報應也是應該的了。

【研析】這幾個惡少的作為不齒於人，遭此報應自然也不會得到同情。作者愛憎分明，並沒有因人獸之別而偏袒這幾個惡少。

報施之理，鬼神弗奪

田白巖說一事曰：某繼室少艾，為狐所媚，劾治無驗。後有高行道士，檄神將縛至壇，責令供狀。僉聞狐語曰：「我豫產也，偶撻婦，婦潛竄至此，與某昵。我銜之次骨，是以報。」某憶幼時果有此，然十餘年矣。道士曰：「結恨既深，自宜即報，何遲遲至今？得無刺知此事，假借藉口耶？」曰：「彼前婦貞女也，懼干天罰，不敢近。此婦輕佻，乃得誘狎。因果相償，鬼神弗罪，師又何責焉？」道士沉思良久，曰：「某昵爾婦幾日？」曰：「一年餘。」「爾昵此婦幾日？」曰：「三年餘。」道士怒曰：「報之過當，曲又在爾，不去，且檄爾付雷部❶！」狐乃服罪去。清遠先生（蒙泉之父）曰：「此可見邪正之念，妖魅皆得知。報施之理，鬼神弗能奪也。」

【章旨】此章講述一個狐仙為報復人戲其妻而蠱惑人妻的故事。

【注釋】❶雷部　參見本書卷五〈役雷神〉則注釋❻。

【語譯】田白巖講了一個故事：某人的續絃很年輕，被狐仙迷惑，某人多方劾治卻沒有效果。後來，有個道行高超的道士，下檄文派神將把這個狐仙縛到神壇前，責令狐仙如實招供罪行。大家都聽到狐仙說：「我是河南出生的，偶爾有一次打了妻子，妻子偷偷跑到這裡，和某人親昵。我恨之入骨，這樣做就是報復他的。」某人回憶年輕時果然有這件事，但已經過了十幾年了。道士說：「結下仇恨既然這樣深，本來應該馬上報復，為什麼遲遲等到如今？莫不是你探聽到某人的這件事，假借來作藉口吧？」狐仙說：「他的前妻是個貞節的女人，我怕上天懲罰，不敢接近她。這個婦人性格輕佻，我才能引誘戲狎。因果互相補償，鬼神都不加罪，法師又為什麼責備我呢？」道士沉思很久，說：「某人和你妻子親昵有多長時間？」狐仙回答說：「一年多。」道士說：「你和這個婦女親昵有多長時間呢？」狐仙回答說：「三年多。」道士發怒說：「報復超過恰當程度，錯誤就又在你身上了，你不離開這個婦女，我就把你送交雷部去受罰了。」狐仙才表示服罪而走了。清遠先生（宋蒙泉的父親）說：「從這件事可以看到邪惡與正直的觀念，妖魅也都能知道。報復和施與的權利，鬼神也不能剝奪呀！」

【研析】因果報應，講求公平原則。受欺負的是人，當然有權利報復；然而即使受欺負的是狐仙，也有權利報復。只要做到公平，神靈也無可奈何。人妖之分，首先還得服從於公平原則。士大夫中能夠有這種平等思想，無疑是社會進步的體現。

狐女報夙業

清遠先生亦說一事曰：朱某一婢，粗材也。稍長，漸慧黠，眉目亦漸秀媚，因納為妾。頗有心計，摒擋❶井井，米鹽瑣屑，家人纖毫不敢欺，欺則必敗。又善居積，凡所販鬻，來歲價必貴。朱以漸裕，寵之專房。一日，忽謂朱曰：「君知我為誰？」朱笑曰：「爾顛耶？」因戲舉其小名曰：「爾非某耶？」曰：「非也，某逃去久矣，今為某地某人婦，生子已七八歲。我本狐女，君九世前為巨商，我為司會計。君遇我厚，而我乾沒君三千餘金。冥謫墮狐身，煉形數百年，幸得成道。然坐此負累，終不得升仙。故因此婢之逃，幻其貌以事君。計十餘年來，所入足以敵所逋。今尸解❷去矣。我去之後，必現狐形。君可付某僕埋之，彼必裂屍而取革，君勿罪彼，彼四世前為餓殍❸時，我未成道，曾啖其屍。聽彼碎磔我，庶冤可散也。」俄化狐仆地，有好女長數寸，出頂上，冉冉去；其貌則別一人矣。朱不忍而自埋之，卒為此僕竊發，剝賣其皮。朱知為夙業❹，浩歎而已。

【章旨】此章講述一個狐仙因前世欠下夙業而今世化作小妾報答的故事。

【注釋】❶摒擋　料理；收拾。❷尸解　道家稱修仙者遺其形骸而仙去。❸餓殍　亦作「餓莩」。餓死的人。❹夙業　前世的罪業、冤業。

【語譯】宋清遠先生也講了一個故事，他說：朱某有個婢女，是個粗笨的女人。這個婢女稍稍長大些，漸漸聰明伶俐起來，模樣也漸漸清秀嫵媚，朱某就把她收為小妾。她很有心計，料理家務井井有條，柴米油鹽之類瑣碎的帳目，家人絲毫不敢欺騙她，欺騙了她就必然會敗露。她又善於囤積貨物，凡是她買進來儲藏的貨物，第二年價格必然上漲。因此，朱某漸漸富裕起來，朱某也就只寵愛她一個人了。有一天，她忽然對朱某說：「您知道我是誰？」朱某笑道：「你瘋了是嗎？」接著開玩笑地叫起她的小名說：「你不是某某嗎？」她回答說：「不是。某某早就逃走了。現在她在某個地方做某人的妻子，生個兒子也已經七八歲了。我本來是個狐女，您九世前是個富商，我替您管財務。您很厚待我，而我卻私吞了您的三千多兩銀子。陰司罰我墮落成狐狸，我修煉形骸幾百年，有幸得以成道。然而因為這件事的連累，我始終不能升為神仙。因此，在這個婢女逃走之後，我變成她的模樣來侍奉您。估計十幾年來，我為您謀取的錢財足以抵償當年我私吞的銀子了。如今我要尸解去了。我死之後，我的遺骸必然現出狐狸的模樣。您可以吩咐僕人某某掩埋我，他必定會割裂我的屍體剝取我的狐皮，您不要因此而懲罰他。四世前他因飢餓而死時，我還沒有成道，曾經吃過他的屍體。現在，聽任他割碎我的屍骸，冤仇大概就可以消散了。」一會兒，她變成狐狸倒在地上，有一個幾寸長的漂亮女子，從狐屍的頭部出來，慢慢升起飄走了；這個女子的相貌就又是另外一個人了。朱某不忍心而自己把狐屍掩埋了，但最後仍然被那個僕人偷偷挖出來，剝下並賣掉了狐皮。朱某知道這是前世的冤業，只有浩然長歎而已。

【研析】作者無非要告訴讀者，人不能做虧心事。一旦欠下冤業，即使隔了幾代也是要償還的。然而這種告誡是否有效，值得懷疑。君不見，壞人並沒有因此而斂手，世風也並沒有因此而提高。但作者孜孜不倦地勸人向善的努力還是應該得到肯定的。

賀某背楊木

從孫樹櫺言：高川❶賀某，家貧甚。逼除夕，無以卒歲，詣親串借貸無所得，僅沽酒款之。賀抑鬱無聊，姑澆塊壘❷，遂大醉而歸。時已昏夜，遇老翁負一囊，蹩躠❸不進。約賀為肩至高川，酬以雇值，賀諾之。其囊甚重，賀私念方無度歲資，若攘奪而逸，龍鍾疲叟，必不能追及。遂盡力疾趨，翁自後追呼，不應。狂奔七八里，甫得至家，掩門急入。呼燈視之，乃新斫楊木一段，重三十餘斤，方知為鬼所弄。殆其貪狡之性，久為鬼惡，故乘其窘而侮之。不然，則來往者多，何獨戲賀？是時未見可欲，尚未生盜心，何已中途相待歟？

【章旨】此章講述了一個貪鄙的窮漢謀奪他人錢財卻遭致侮弄的故事。

【注釋】❶高川 鎮名。在河北交河東北，滹沱河濱。清時有把總駐此。❷塊壘 比喻積在心中的不平之氣。❸蹩躠 跛行貌。指行進艱難。

【語譯】我的侄孫紀樹櫺說：高川鎮有個賀某，家中十分貧窮。將近除夕，他家沒法過年，賀某到親戚朋友處借錢卻一無所得，那些親戚朋友僅僅買了酒來款待他。賀某心情抑鬱無聊，就借酒消愁，於是喝得大醉而回家。當時天色已經昏黑，賀某遇見一個老頭，背著一個口袋，步履艱難。老頭請賀某替他把口袋背到高川鎮，並且說要給賀某酬金，賀某答應老頭的要求。背上那個口袋頗為沉重，賀某心想正沒錢過年，如果背著口袋而逃跑，一個老態龍鍾的老頭，肯定不能追上自己。賀某就竭力迅速奔跑，老頭在後面追趕喊叫，賀某都不回應他。他發狂似地奔跑了七八里路，才回到自己家，連忙進去關上大門。賀某招呼家人拿過燈來一看，口袋裡竟然是一段剛砍下的楊木，重三十多斤，賀某這才知道是被鬼作弄了。大概賀某性格狡猾貪婪，早就被鬼厭惡了，所以趁賀某窘困無奈的時候侮弄他。不然的話，路上來往的人很多，為什麼唯獨侮弄賀某呢？當初，賀某還沒有出現貪心，還沒有產生搶盜之心，為什麼那個老頭已經在路上等著他呢？

【研析】人窮而不能志窮。人窮而志不窮，骨氣尚存；人窮而志亦窮，那麼真正是窮得一無所有了。賀某就是這樣的人，不值得同情。

張子儀

樹橒又言：垛莊❶張子儀，性嗜飲，年五十餘，以寒疾❷卒。將斂矣，忽蘇曰：「我病愈矣。頃至冥司，見貯酒巨甕三，皆題『張子儀封』字。其一已啟封，尚存半甕，是必皆我之食料，須飲盡方死耳。」既而果愈，復縱飲二十餘年。一日，謂所親曰：「我其將死乎！昨又夢至冥司，見三甕酒俱盡矣。」越數日，果無疾而卒。然則《補錄紀傳》載李衛公❸食羊之說，信有之乎！

【章旨】此章講述了一個人的壽命冥冥之中已經注定的故事。

【注釋】❶垛莊　集鎮名。在山東沂水西南一百五十里，清代曾在此處設置驛站。❷寒疾　指因感受寒邪所致的疾病。❸李衛公　即李德裕，唐大臣。字文饒，趙郡（今河北趙縣）人。出身世家，武宗時居相位。著有《次柳氏舊聞》、《會昌一品集》。

【語譯】紀樹櫺又說：垛莊的張子儀，生性喜好飲酒，五十多歲時，因為得了寒疾而死去。家人正要給他入殮時，他忽然蘇醒過來說：「我病痊癒了。我剛才到陰間衙門，看見有儲酒的大缸三個，都題寫著『張子儀封』幾個字。其中一個酒缸已經開封，還存有半缸酒。這些酒肯定都是我的飲料，我必須喝完這些酒才會死的。」不久他的病果然痊癒了，又縱情地痛飲了二十多年的酒。有一天，他對親屬說：「我可能快要死了。昨天又夢見到了陰間衙門，看見那裡三個大缸的酒都喝完了。」過了幾天，張子儀果然無疾而終了。那麼，《補錄紀傳》記載唐朝李衛公一輩子要吃一萬隻羊的故事，相信是有的吧！

【研析】人的壽命冥冥之中已經注定，早不得，晚不得，到了注定的那一天自然會兌現。作者講說的故事宣揚的就是這個意思，並無新意，讀來也頗無聊。

黑豆擊妖

寶坻❶王孝廉錦堂言：寶坻舊城圮壞，水齧雨穿，多成洞穴，妖物遂窟宅其中。後修城時，毀其舊垣，失所憑依，遂散處空宅古寺，四出祟人，男女多為所媚。忽來一道士，教人取黑豆四十九粒，持咒煉七日，以擊妖物，應手死。錦堂家多空屋，遂為所據，一僕婦亦為所媚。以道人所煉豆擊之，忽風聲大作，似有多人喧呼曰：「太夫人被創死矣！」趨視，見一巨蛇，豆所傷處，如銃炮鉛丸所中。因問道士：「凡媚女者必男妖，此蛇何呼太夫人？」道士曰：「此雌蛇也。蛇之媚人，其首尾皆可以噏❷精氣，不必定相交接也。」旋有人但聞風聲，即似夢魘，覺有吸其精者，精即湧溢，則道士之言信矣。又一人突見妖物，豆在紙裹中，猝不及解，並紙擲之，妖物亦負創遁。又一人為女妖所媚，或授以豆。耽其色美，不肯擊，竟以殞身。夫妖物之為祟，事所恆有，至一時群聚而肆毒，則非常之惡，天道所不容矣。此道士不先不後，適以是時來，或亦神所假手歟！

【章旨】此章講述了一個道士煉黑豆驅妖的故事。

【注釋】❶寶坻　縣名。在天津北部，鄰接河北，潮白新河、薊運河流經境內。❷噏　通「吸」。

【語譯】寶坻縣王錦堂舉人說：寶坻的舊城牆崩塌損壞，雨水沖刷，形成許多洞穴，妖怪就住在這些洞穴中。後來修城牆時，拆毀原來的舊城牆，那些妖怪沒有地方藏身，就分散到空屋和古寺裡安身，並出來到處作祟害人，許多男女都被妖怪所媚惑。城裡突然來了一位道士，讓人取來黑豆四十九粒，用符咒煉七日，再用黑豆去擲擊妖怪，妖怪應聲而死。王錦堂家裡有很多空屋子，因此很多屋子被妖怪占據，一個僕人的媳婦也被妖怪所媚惑。人們用道士所煉的黑豆擲過去，忽然風聲大作，好像有許多人在喧譁呼喊：「太夫人被打死了！」人們趕過去一看，見一條大蛇，蛇身被黑豆擊傷的地方，就像銃炮的鉛彈打中一般。王錦堂就問道士：「凡是媚惑女人的一定是男妖，這條蛇怎麼叫做太夫人呢？」道士說：「這是條雌蛇。蛇迷惑人，牠的頭、尾都可以吸取人的精液元氣，不必一定要與人性交的。」不久，有人只聽到了一陣風聲，就馬上像作夢一樣，覺得有東西在吸取他的精液，精液馬上就流了出來，那麼這個道士的話是可信的了。又有一個人突然看見妖怪，黑豆包裹在紙裡，倉猝間來不及打開，就連紙一起扔過去，妖怪也受傷逃走了。還有一個人被女妖所媚惑，有人給了他那種黑豆，他沉湎於那個女妖的美色，不肯用黑豆擊打她，終於因精氣枯竭而死。妖物作怪害人，這種事是常有的，至於一時成群聚集在一起而肆意毒害百姓，那就不是尋常的作惡害人，是上天所不允許的。這位道士不先不後，恰好在這個時候到來，或許也是神靈借他的手來懲治妖怪吧！

【研析】黑豆是華北地區廣泛種植的一種糧食作物，是當地百姓的一種主食，並不罕見。古人有「撒豆成兵」之說，紀曉嵐則講述了「煉豆殺妖」之奇，這種黑豆可說是神功祕器了。

虐婢遭報

某侍郎夫人卒，蓋棺以後，方陳祭祀，忽一白鴿飛入幃，尋視無睹。俶擾❶間，煙焰自棺中湧出，連甍❷累棟，頃刻並焚。聞其生時，御下酷嚴：凡買女奴，成券❸入門後，必引使長跪，先告誡數百語，謂之「教導」；「教導」後，即褫衣反接，撻百鞭，謂之「試刑」。或轉側，或呼號，撻彌甚。撻至不言不動，格格然如擊木石，始謂之「知畏」，然後驅使。安州❹陳宗伯夫人，先太夫人姨也，曾至其家。常曰其僮僕婢媼，行列進退，雖大將練兵，無如是之整齊也。又余常至一親串家，丈人行也。入其內室，見門左右懸二鞭，穗❺皆有血跡，柄皆光澤可鑑。聞其每將就寢，諸婢一一縛於凳，然後覆之以衾，防其私遁或自戕❻也。後死時，兩股疽潰露骨，一若杖痕。

【章旨】此章講述了一個貴婦人和一個顯貴因虐待婢女，死後遭到報應的故事。

【注釋】❶俶擾　擾亂；騷擾。❷連甍　形容房屋連延成片。甍，屋脊。❸成券　寫下契約，指買賣成立。券，此指賣身券。❹安州　舊縣名。治所在今河北安新西南安州。❺穗　指鞭子柄所繫的下垂成穗狀的裝飾物。❻自戕　自殺。

【語譯】某位侍郎的夫人死了，入殮蓋好棺材後，剛安放祭品祭祀時，忽然有一隻白鴿從外面飛入帷帳裡，人們尋找卻又沒有找到。正在忙亂的時候，濃煙大火從棺材裡湧出，把棺材連同房屋都在頃刻間一起燒光。聽說這位夫人生前管教奴僕十分嚴酷：凡買來的女奴，寫下契約進她家門後，必定要女奴跪下，先告誡幾百句話，這叫做「教導」；「教導」之後，就把女奴的衣服剝掉，反綁雙手，打一百鞭子，這叫做「試刑」。如果掙扎、叫喊，就鞭打得更狠毒。一直打到這個女奴不敢叫喊、不敢掙扎，聽上去發出格格的聲音就像鞭子打在木頭石塊上那樣，這才叫做「知畏」，然後再供這位夫人驅使。安州陳宗伯的夫人，是我先母太夫人的姨媽，曾經到過這位侍郎夫人的家裡。經常說她家的男女老幼奴僕，排成行列進出，即使是大將訓練士兵，也沒有這樣整齊有序。又，我常常到一位親戚家去，這位親戚是我的前輩。我進入他的內室，只見房門的左右懸掛著兩條鞭子，鞭穗上都有血跡，鞭子柄都光滑得能照見人影。聽說他每天要睡覺時，把婢女一個個縛在凳子上，然後蓋上被子，防止婢女私下逃走或者自殺。後來他死的時候，兩條大腿生瘡腐爛得露出骨頭，就像鞭子打的一樣。

【研析】虐待奴僕，是封建社會的常事，本不足以講述。只是這個貴婦人下手太狠，天怨人怒，招致報應。作者說這個故事，無非是要那些虐待奴僕者能夠手下留情，多多行善積德，而不是要從根本上反對畜養奴僕的制度。

治毆傷方

刑曹❶案牘，多被毆後以傷風死者，在保辜❷限內，於律不能不擬抵。呂太常❸含暉，嘗刊祕方：以荊芥、黃蠟、魚鰾❹三味（魚鰾炒黃色）各五錢，艾葉三片，入無灰酒一碗，重湯煮一炷香，熱飲之，汗出立愈；惟百日以內，不得食雞肉。後其子慕堂，登庚午❺賢書❻，人以刊方之報也。

【章旨】此章記述了治療遭毆打受傷的一張祕方。

【注釋】❶刑曹　分管刑事的官署或屬官。❷保辜　古代刑律規定，凡打傷人，官府視情節立下期限，責令被告為傷者治療。如傷者在期限內因傷致死，以死罪論；不死，以傷人論。叫做保辜。❸太常　官名。秦置奉常，漢景帝時改稱太常。為九卿之一，掌宗廟禮儀，兼掌選試博士。歷代沿置，北齊稱太常侍卿，沿用至清，清末廢。❹魚鰾　指魚體內可以脹縮的白色囊狀器官。裡面充滿氣體。收縮時魚下沉，膨脹時魚上浮。❺庚午　即清乾隆十五年，西元一七五〇年。❻賢書　本意是舉薦賢能的名單。後世稱鄉試考中為「登賢書」。

【語譯】在司法機關審理的案件中，有許多人被毆打後，因感染風寒而死，被打者如在治傷期限中死亡，按照法律打人者就不能不判處抵罪了。太常寺卿呂含暉，曾經刊發一個治傷的祕方：用荊芥、黃蠟、魚鰾（魚鰾炒成黃色）三味藥各五錢，艾葉三片，加入無灰酒一碗，濃湯煮一炷香的功夫，趁熱服下，發汗後傷就立刻好了；只是在一百天以內，不能吃雞肉。後來他的兒子呂慕堂，在乾隆十五年考中舉人，人們認為這是呂含暉刊發祕方得到的好報。

【研析】民間有許多祕方，往往難以說出其治病見效的道理。這是中醫的深奧，也是中醫的神祕處。作者講述這個故事用意還是強調行善之人得好報。

骰子咒

《酉陽雜俎》❶載骰子咒曰：「伊帝彌帝，彌揭羅帝。」誦至十萬遍，則六子皆隨呼而轉。試之，或驗或不驗。余謂此猶誦「驢」字治病耳。大抵精神所聚，氣機❷應之。氣機所感，鬼神通之，所謂「至誠則金石為開」也。篤信之則誠，誠則必動；姑試之則不誠，不誠則不動。凡持煉之術，莫不如是，非獨此咒為然矣。

【章旨】此章講述了心誠專注則金石為開的道理。

【注釋】❶酉陽雜俎　筆記。唐段成式撰。共三十卷。所記奇聞異事、道佛人鬼，無不畢具。體制略似西晉張華《博物志》。❷氣機　中醫學名詞。指人體內氣的正常運行，包括經絡、臟腑的功能活動。

【語譯】唐人段成式《酉陽雜俎》記載骰子咒說：「伊帝彌帝，彌揭羅帝。」據說念到十萬次，那麼六顆骰子都能隨著呼聲而轉動了。有人試驗過這種方法，有時靈驗有時不靈驗。我認為這好像是誦念「驢」字可以治病一樣。大概人的精神集中，氣機隨之感應的結果。氣機所感應，鬼神也能夠通達了，這就是所謂的「達到了至誠的程度，連金石也會感動得裂開」。堅定地相信就有誠心，有誠心就定能感動鬼神；如果只是抱著試試看的態度就是沒有誠心，沒有誠心就感動不了鬼神。凡是堅持修煉的法術，沒有不是這樣的，不只是骰子咒是這樣的。

【研析】心誠則靈。凡事都要誠心誠意，才能成功。三心二意不成，假心假意更是與誠心相違背。作者諄諄告誡的一番苦心，讀者自能體會。

誤遷婦柩惹鬼爭

舊僕蘭桂言：初至京師，隨人住福清❶會館，門以外皆叢冢❷也。一夜月黑，聞洶洶喧呶❸聲、哭泣聲，又有數人勸諭聲。念此地無人，是必鬼鬥。自門隙竊窺，無所睹。屏息諦聽，移數刻，乃一人遷其婦柩，誤取他家柩去，婦故有夫，葬亦相近，謂婦為此人所劫，當以此人婦相抵。婦不從而詬爭也。會邏者鳴金過，乃寂無聲。不知其作何究竟，又不知此誤取之婦他年合窆❹又作何究竟也。然則謂鬼附主而不附墓，其不然乎！

【章旨】此章以誤遷婦柩而惹來鬼爭的故事，批駁了理學家所謂的「鬼附主而不附墓」的觀點。

【注釋】❶福清　縣名。今福建福清。❷叢冢　連片的墳墓；墳堆。❸喧呶　大聲說話；聲音雜亂。❹合窆　猶合葬。

【語譯】我以前的僕人蘭桂說，他初次來到京城時，隨著他人住在福清會館，會館門外都是連片的墳堆。一個沒有月光的黑夜，他聽到吵吵鬧鬧的喧譁聲、哭泣聲，又有幾個人勸說解釋的聲音。他想這個地方沒有人居住，一定是鬼打架。他從門縫中偷看，沒有看到什麼。他屏住呼吸靜靜傾聽，聽了幾刻鐘才弄清楚：原來是一個人來遷葬自己妻子的棺材，錯把別人妻子的棺材遷走了。這個被遷走的婦女原本就有丈夫，埋葬的地方也在附近，以為自己的老婆被那個人所劫持了，應當以那個人的妻子相抵償。那人的妻子不肯，因而互相謾罵爭吵。剛好這時巡邏的人敲著鑼走過，這些鬼才寂靜無聲了。不知道這件事最後是怎樣的結果，也不知道這個被錯遷的婦女將來和那邊男人合葬時又會怎麼樣。如此說來，所謂鬼魂依附神主牌位而不依附在墳墓裡的話，大概是不對的吧！

【研析】鬼魂依附在神主牌位還是依附在墳墓裡，是漢學、宋學爭論不休的一個問題。今人看來，無聊之極，而作者卻不這樣認為。他在本書的前十二卷就兩次提出這個問題，可見其關注之切了。

放生咒

虞惇有佃戶孫某，善鳥銃，所擊無不中。嘗見一黃鸝，命取之。孫啟曰：「取生者耶？死者耶？」問：「鐵丸衝擊，安能預決其生死？」曰：「取死者直中之，取生者則驚使飛而擊其翼。」命取生者。舉手銃發，黃鸝果墮。視之，一翼折矣。其精巧如此。適一人能誦放生咒❶，與約曰：「我誦咒三遍，爾百擊不中也。」試之果然。後屢試之，無不驗。然其詞鄙俚❷，殆可笑噱，不識何以能禁制。又凡所聞禁制諸咒，其鄙俚大抵皆似此，而實皆有驗，均不測其所以然也。

【章旨】 此章講述了一種方術「放生咒」的故事。

【注釋】 ❶放生咒　一種方術，據說誦念後就能使動物得以逃生。❷鄙俚　粗俗。

【語譯】 我的堂侄虞惇有個佃戶孫某，善於打鳥槍，所射出的槍彈沒有不射中目標的。虞惇曾看見一隻黃鸝鳥，叫他射下來。孫某問道：「要活鳥呢？還是要死鳥？」虞惇問：「鐵彈子衝擊下，怎能預先決定這隻鳥死活呢？」孫某回答說：「要死鳥的話就直接射中這隻鳥，要活鳥的話就驚嚇鳥使牠飛起來，然後射牠的翅膀。」虞惇命令他要活鳥。孫某舉起手中的鳥槍射去，黃鸝鳥果然掉下來。虞惇看這隻鳥，一邊的翅膀被打斷了。孫某槍法的精巧就是這樣高明。剛好有一個人會念放生咒，和孫某約定說：「我念咒語三遍，你就會百發不中。」試驗的結果，果然如此。之後每次試驗，沒有不靈驗的。然而放生咒的詞語粗俗，是很可笑的，不知道為什麼能夠禁止孫某槍法的力量。又，凡是我所聽說的有禁止力量的各種咒語，它們的詞語大概都像是這樣粗俗的，可是實際上都有效驗，我全然不知道這是什麼原因造成的。

【研析】 咒語的效驗竟有如此之大，真是難以理解。不過據筆者看來，念咒語的效驗在於一種心理暗示。這種心理暗示擾亂了槍手的心神，而槍手並不自知，才會產生如此的結果。因此，要破解這個謎團，心理學家可能是最好的人選。

小兒吞鐵物方

蔡葛山❶先生曰：「吾校《四庫書》❷，坐訛字奪俸者數矣，惟一事深得校書力：吾一幼孫，偶吞鐵釘，醫以朴硝❸等藥攻之，不下，日漸尫弱❹。後校《蘇沈良方》❺，見有小兒吞鐵物方，云剉新炭皮研為末，調粥三碗，與小兒食，其鐵自下。依方試之，果炭屑裹鐵釘而出。乃知雜書亦有用也。此書世無傳本，惟《永樂大典》❻收其全部。余領書局時，屬王史亭排纂成帙。蘇沈者，蘇東坡、沈存中❼也，二公皆好講醫藥。宋人集其所論，為此書云。」

【章旨】此章記載了一個醫治小兒誤吞鐵物的藥方。

【注釋】❶蔡葛山　即蔡新。清漳浦（今福建漳浦）人。字次明，號葛山。乾隆進士。官至文華殿大學士、吏部尚書。卒諡文恭。❷校四庫書　指校閱《四庫全書》。❸朴硝　藥名。是一種含有食鹽、硝酸鉀和其他雜質的硫酸鈉，是海水或礦泉熬過之後沉澱出來的結晶體。用於硝皮革，醫藥上用作瀉藥或利尿藥。通稱「皮硝」。❹尫弱　瘦弱。❺蘇沈良方　又名《蘇沈內翰良方》。醫方書。本書為宋沈括撰《良方》和蘇軾撰《蘇學士方》合編本。原書十五卷，現流傳本為十卷。本書論述除醫理、方藥、針灸、養生、煉丹等內容外，還論述內、外、婦、兒、五官各科疾病與單方，所述醫方簡單易行，切合實際。❻永樂大典　參見本卷〈李芳樹刺血詩〉則注釋❻。❼沈存中　即沈括。北宋科學家、政治家。字存中，杭州錢塘（今浙江杭州）人。仁宗嘉祐進士。神宗時歷任司天監、翰林學士等職。沈括博學善文。於天文、方志、律曆、音樂、醫藥、卜算，無所不通。著有《長興集》、《夢溪筆談》、《蘇沈良方》。

【語譯】蔡葛山先生說：「我校勘《四庫全書》時，因為沒有校出錯字而被罰了好幾次俸祿，只有一件事深深得到校勘圖書的好處：我有個年幼的孫子，偶然吞下鐵釘，醫生用朴硝等藥物催瀉，但鐵釘並沒有排洩出來，人卻日漸瘦弱了。我後來校勘《蘇沈良方》，見書中有治療小兒吞鐵物的藥方，說剝取新炭的炭皮磨成粉末，用它調三碗粥，給小孩子吃了，那鐵物自然會排洩出來。我按照藥方試驗，果然見炭末裹著鐵釘而排洩了出來。我才知道雜書也是有用的。這本書世上沒有流傳的版本，只有《永樂大典》中收錄全文。我在主持書局工作時，囑咐王史亭編纂成冊。所謂蘇沈，就是蘇東坡、沈存中。這兩位先生都喜歡談論醫藥。宋代的人收集他們的議論，編成這本書。」

【研析】《蘇沈良方》是一本著名醫書，世間傳本雖不多，但也不是如蔡葛山先生所說的：「此書世無傳本，惟《永樂大典》收其全部。」據筆者所知，南宋陳振孫《直齋書錄解題》即有著錄，後世亦屢有刊刻，如今存明嘉靖間刊本即是一證。清人編修《四庫全書》時，從《永樂大典》中輯出，釐定為八卷。故今傳世本有八卷和十卷兩個系統。

葉守甫

葉守甫，德州老醫也，往來余家，余幼時猶及見之。憶其與先姚安公言：常從平原❶詣海豐❷，夜行失道，僕從皆迷。風雨將至，四無村墟，望有廢寺，往投暫避。寺門虛掩，而門扉隱隱有白粉大書字。敲火視之，則「此寺多鬼，行人勿住」二語也。進退無路，乃推門再拜曰：「過客遇雨，求神庇蔭；雨止即行，不敢久稽。」聞承塵板上語曰：「感君有禮。但今日大醉，不能見客，奈何！君可就東壁坐，西壁蠍窟，恐遭其螫；渴勿飲簷溜，恐有蛇涎；殿後酸梨已熟，可摘食也。」毛髮植立，噤不敢語。雨稍止，即惶遽❸拜謝出，如脫虎口焉。姚安公曰：「題門榜示，必傷人多矣。而君得無恙，且得其委曲告語。蓋以禮自處，無不可以禮服者；以誠相感，無不可以誠動者。雖異類無間也。君非惟老於醫，抑亦老於涉世矣！」

【章旨】此章講述了一個老中醫途中避雨遇鬼，以禮相待，而沒有遭到鬼的傷害的故事。

【注釋】❶平原　縣名。今山東平原。❷海豐　縣名。明洪武六年（一三七三年）置，治所即今山東無棣。❸惶遽　驚懼慌張。

【語譯】葉守甫是德州的一位老中醫，常常來往於我家，我小時候還見過他。我回憶起他對先父姚安公說：他曾經從平原縣到海豐縣去，夜晚行走迷失了道路，隨從和僕人也都走失了。這時，狂風暴雨將要來到，周圍沒有村落，葉先生望見有一座荒廢的寺廟，就投奔那座寺廟暫且躲避風雨。廟門虛掩著，而廟門上隱隱約約有白粉寫的大字。葉先生敲石點火觀看，卻是「這座寺廟多鬼，行人不要入住」兩句話。葉先生進退兩難，於是就推開廟門拜了又拜說：「過路客人遇上下暴雨，請求神靈庇護保佑；雨停了我就上路，不敢在此地久留。」葉先生聽到天花板有說話聲：「感謝您有禮貌。但是今天我喝得大醉，不能和客人見面，怎麼辦呢！您可以靠著東牆坐，西牆有蠍子洞，怕您被蠍子螫著；口渴了切勿喝屋簷上流下的水，恐怕會有蛇的唾沫；大殿後面的酸梨已經熟了，客人可以摘了吃。」葉先生嚇得毛髮都豎起來，連話都不敢說。等暴雨稍稍停歇時，葉先生就驚懼慌張地行禮拜謝，出了寺廟，好像脫離虎口似的。姚安公說：「在寺廟大門上題寫告示，那個妖怪一定傷害過許多人了。然而您沒有受到傷害，而且得到他的委婉忠告。這是因為能夠自己注重禮節的人，就能夠用禮來折服他人；自己用真誠來感化，就沒有不可以被真誠所感動的人。即使是異類也沒有區別。您不僅僅對於醫道經驗老到，立身處世也是十分老到呀！」

【研析】以禮相待，以誠相待，這是人與人和睦相處的基礎。「禮」與「誠」說來簡單，但要真正做到卻也不易。在作者所處的時代如此，今天何嘗不是如此。

輕薄致禍

朱導江言：新泰❶一書生，赴省鄉試。去濟南尚半日程，與數友乘涼早行。黑暗中有二驢追逐行，互相先後，不以為意也。稍辨色後，知為二婦人。既而審視，乃一嫗，年約五六十，肥而黑；一少婦，年約二十，甚有姿首。書生頻目之。少婦忽回顧失聲曰：「是幾兄耶！」生錯愕不知所對。少婦曰：「我即某氏表妹也。我家法中表兄妹不相見，故兄不識妹。妹則嘗於簾隙窺兄，故相識也。」書生憶原有表妹嫁濟南，因相款語。問：「早行何適？」曰：「昨與妹婿往問舅母疾，本擬即日返。舅母有訟事，浼❷妹婿入京，不能即歸。妹早歸為治裝也。」流目送盼，情態嫣然，且微露十餘歲時一見相悅意。書生心微動。至路歧，邀至家具一飯。欣然從之，約同行者晚在某所候。至鐘動不來。次日，亦無耗。往昨別處，循歧路尋之，得其驢於野田中，鞍尚未解。遍物色❸村落間，絕無知此二婦者。再詢，訪得其表妹家，則表妹歿已半年餘。其為鬼所惑、怪所啖，抑或為盜所誘，均不可知。而此人遂長已矣。此亦足為少年佻薄❹者戒也。時方可村在座，言：「遊秦隴❺時，聞一事與此相類。後有合窆於妻墓者，啟壙，則有男子屍在焉。不知地下雙魂，作何相見。焦氏《易林》❻曰：『兩夫共妻，莫適為雌。』若為此占矣。」戴東原亦在座，曰：「《後漢書》尚有三夫共妻事，君何見不廣耶？」余戲曰：「二君勿喧。山陰公主❼面首❽三十人，獨忘之歟？然彼皆不畏其夫者。此鬼私藏少年，不慮及後來之合窆，未免縱欲忘患耳。」東原喟然曰：「縱欲忘患，獨此鬼也哉！」

【章旨】此章講述了一個書生因輕薄遭鬼魅媚惑而失蹤的故事。

【注釋】❶新泰　縣名。在山東中部偏南、大汶河上游。❷浼　請託；請求。❸物色　尋找；訪求。❹佻薄　輕浮淺薄。❺秦隴　秦嶺和隴山的並稱。亦指今陝西、甘肅地區。❻易林　相傳西漢焦贛（字延壽）撰。十六卷。以每一卦演為六十四卦，共四千零九十六卦。各繫繇詞，占驗吉凶，為後來以術數說《易》者所推崇。❼山陰公主　即劉楚玉，南朝宋孝武帝女兒。性淫蕩，劉宋前廢帝曾為其置面首數十人。《宋書・前廢帝紀》：「山陰公主淫恣過度，謂帝曰：『妾與陛下，雖男女有殊，俱託體先帝。陛下六宮萬數，而妾唯駙馬一人。事不均平，一何至此！』帝乃為主置面首左右三十人。」❽面首 指強壯姣美的男子。引申為男寵、男妾。泛指供貴婦人玩弄的美男子。

【語譯】朱導江說：新泰縣有個書生，到省城去參加鄉試。走到距離省城濟南還有半天路程時，書生和幾位朋友趁涼快清早上路。昏暗中，有兩頭毛驢追逐著他們趕路，有時在前面，有時在後面，大家也並不在意。天色稍亮之後，大家看清騎在驢上的是兩個女人。他們再仔細審視，一個是老太太，年齡約五六十歲，又胖又黑；另一個是少婦，年齡約二十歲左右，很有姿色。書生頻頻看那個少婦。少婦忽然回頭失聲叫道：「是幾表哥吧！」書生驚訝之中不知道如何回答。少婦說：「我就是某某家的表妹呀。我們家規矩，表兄妹不能相見，所以表哥不認識妹妹我。我卻曾在門簾縫裡偷看過表哥，所以認得你。」書生回憶起原來有個表妹嫁到濟南，因此就和她親切交談。書生問她：「清早趕路去哪兒啊？」那個少婦回答說：「昨天和你妹夫去探望生病的舅母，本來想當天回家。舅母家要打官司，請你妹夫到北京去，不能馬上回濟南。我趁早回去給他準備行裝。」說著，那個少婦眼波流動，眉目傳情，言談之中情意綿綿，而且稍微透露出十幾歲時見到表哥就有好感的意思。書生也微微心動。走到叉路口，那個少婦請書生到家中吃頓飯。書生欣然答應了，約同路的朋友傍晚時在某個地方等候。到晚鐘敲響的時候，書生沒有到來。第二天，也沒有消息。同路的朋友前往昨天分手的地方，沿著叉路去尋找那個書生，在田野裡發現書生騎的毛驢，鞍子還沒有解下來。大家找遍周圍的村子，沒有人知道這兩個婦女。人們再詢訪，找到書生表妹的家，才知道表妹去世已經半年多了。那個書生是被鬼迷惑、被妖怪吃掉、還是被強盜所誘拐，都無法知道了。然而這個書生從此就失蹤不見了。這件事也足以作為少年中那些輕薄者的鑑戒呀。

當時，方可村也在座，他說：「我在遊覽陝西、甘肅一帶時，聽到一件事和這件事相類似。有個人死了，屍體要和去世的妻子合葬。挖開妻子的墳墓，另外有一具男屍在裡面。不知道黃泉之下這兩個人的靈魂，相見時會怎麼樣。焦延壽《易林》說：『兩個丈夫共有一個妻子，做妻子的無可適從。』好像是為了這種事所占的卦。」戴東原也在座，說：「《後漢書》裡還有三個丈夫共有一個妻子的事情，您的見識為什麼如此不廣博呢？」我開玩笑地說：「你們兩位不要爭論了。山陰公主有面首三十人，你們怎麼都忘記了呢？但是，凡是這樣的女人都不怕自己的丈夫。這個女鬼私藏年輕男人，不考慮將來要和丈夫的合葬，這樣未免放縱情欲而忘記災患了。」戴東原感歎地說：「放縱情欲，忘記災患，難道只是這個女鬼嗎！」

【研析】受媚惑而忘乎所以，縱情欲而不計後果，類似事常有，不獨是在鬼世界。戴震所說有理。作者講述這個故事，無非也是希望世人能夠鑑戒。

畜養孌童干神怒

雜說稱孌童始黃帝❶（錢詹事❷辛楣如此說，辛楣能舉其書名，今忘之矣），殆出依託。比頑童始見《商書》，然出梅賾❸偽《古文》，亦不足據。《逸周書》❹稱「美男破老」，殆指是乎？《周禮》有不男之訟，注謂天閹不能御女者。然自古及今，未有以不能御女成訟者。經文簡質，疑其亦指此事也。凡女子淫佚，發乎情欲之自然。孌童則本無是心，皆幼而受紿，或勢劫利餌言。相傳某巨室喜狎狡童，而患其或愧拒，乃多買端麗小兒未過十歲者。與諸童媟戲時，使執燭侍側。種種淫狀，久而見慣，視若當然。過三數年，稍長可御，皆順流之舟矣。有所供養僧規之曰：「此事世所恆有，不能禁檀越不為，然因其自願。譬諸挾妓，其過尚輕；若處心積慮，鑿赤子之天真，則恐干神怒。」某不能從，後卒罹禍。夫術取者造物所忌，況此事而以術取哉！

【章旨】此章探討孌童的由來。

【注釋】❶黃帝　古帝名。傳說是中原各族的共同祖先。❷詹事　官名。秦始置，職掌皇后、太子家事。歷代相沿，明清皆置詹事府，設詹事及少詹事，為三、四品官。❸梅賾　一作梅頤或枚賾、枚頤。字仲真，東晉汝南（今湖北武昌）人。曾任豫章內史。獻偽《古文尚書》及偽《尚書孔氏傳》，東晉君臣信以為真，立於學官。宋代吳棫、朱熹，元代趙孟頫、吳澄，明代梅鷟，均加懷疑或批駁；直到清代閻若璩作《古文尚書疏證》、惠棟作《古文尚書考》，才完全證明他所獻的是偽書。❹逸周書　書名。原名《周書》，連序共七十一篇。有人誤以為與《竹書紀年》同時出土，為《汲冢周書》。經後代學者考定為先秦古籍，而多數出於戰國時擬周代誥誓辭命之作，書中文字多誤脫。

【語譯】雜書上說畜養孌童始於黃帝時（錢辛楣詹事就主張這種說法，他還列舉了記載這事的書名，如今我已忘記了），大概出於附會依託。褻狎男童始見於《商書》記載，但卻是出自梅賾的偽《古文尚書》，不足為據。《逸周書》裡有「美麗的男子迷惑君主，離間老臣」的話，大概指的是這類人吧？《周禮》記載有男子因性器官缺陷而引起的訴訟，注釋上說這是指先天的性無能，不能和女子性交。然而從古到今，沒有因為男子不能與女子性交而打官司的。儒家經典的文字簡約質樸，我懷疑也是指這類事情。凡是女子性欲旺盛，是出於情欲的本能，那是很自然的。孌童卻本來沒有這樣的性欲和心理，都是自幼就受到欺騙，或者是被威逼利誘而成。相傳某個權貴喜歡姦淫漂亮伶俐的男孩，然而擔心這些男孩或許會因羞愧而抗拒，就多買些長相端正漂亮，年齡不超過十歲的小男童。這個權貴和男孩們淫亂取樂時，讓小男童們拿著燈在旁邊侍候。種種淫蕩的姿勢，他們久而久之看慣了，便視作理所當然的事情。過三五年後，這些小男童稍稍長大些可供淫樂時，都像順水行舟那樣自然就範了。有個被他供養的僧人規勸他說：「這種事世間常有，不能禁止施主不做，然而要這些男孩自願才成。譬如去嫖娼宿妓，這樣的罪孽還比較輕微；如果處心積慮地摧殘破壞孩子天生的童真，那麼恐怕就要遭到天神的怒責了。」這個權貴不聽勸告，最後終於遭受災禍。那些玩弄權術攫取利益的人是上天所厭惡的，何況是這種事情而用權術去謀取呢！

【研析】畜養孌童是一種醜惡的陋習，清代尤甚。作者考證了這種陋習產生的時代，對這種違反自然、人性的行為進行了譴責。

棄兒救姑

東光❶有王莽河，即胡蘇河❷也。旱則涸，水則漲，每病涉焉。外舅馬公周籙言：雍正末，有丐婦一手抱兒，一手扶病姑涉此水。至中流，姑蹶而仆。婦棄兒於水，努力負姑出。姑大詬曰：「我七十老嫗，死何害！張氏數世，待此兒延香火，爾胡棄兒以拯我？斬祖宗之祀者爾也！」婦泣不敢語，長跪而已。越兩日，姑竟以哭孫不食死。婦嗚咽不成聲，癡坐數日，亦立槁。不知其何許人，但於姑詈婦時，知為姓張耳。有著論者，謂兒與姑較，則姑重；姑與祖宗較，則祖宗重。使婦或有夫，或尚有兄弟，則棄兒是。既兩世窮嫠❸，止一線之孤子，則姑所責者是，婦雖死有餘悔焉。姚安公曰：「講學家責人無已時。夫急流洶湧，少縱即逝，此豈能深思長計時哉！勢不兩全，棄兒救姑，此天理之正，而人心之所安也。

使姑死而兒存，終身寧不耿耿耶？不又有責以愛兒棄姑者耶？且兒方提抱，育不育未可知。使姑死而兒又不育，悔更何如耶？此婦所為，超出恆情已萬萬。不幸而其姑自殞，以死殉之，其亦可哀矣！猶沾沾焉而動其喙，以為精義之學，毋乃白骨銜冤，黃泉齎恨乎？孫復❹作《春秋尊王發微》❺，二百四十年內，有貶無褒；胡致堂❻作《讀史管見》❼，三代以下無完人，辨則辨矣，非吾之所欲聞也。」

【章旨】此章以道學家批評祖孫三人涉河時媳婦因救婆婆而棄兒之舉，抨擊道學家的虛偽和陳腐。

【注釋】❶東光　縣名。在河北東南部、南運河東岸，鄰接山東。❷胡蘇河　古九河之一。因其水下流，故稱。胡，下。蘇，流。❸嫠　寡婦。❹孫復　北宋學者。參見本卷〈漢學務實，宋學近名〉則注釋❺。❺春秋尊王發微　北宋孫復撰。十二卷，附錄一卷。是孫復解說《春秋》的主要著作。❻胡致堂　即胡寅。字明仲，南宋建寧崇安（今屬福建）人。官至徽猷閣直學士。著有《讀史管見》、《斐然集》，學者稱致堂先生。❼讀史管見　南宋胡寅撰，三十卷。是書為其謫居嶺南時讀司馬光《資治通鑑》所作。

【語譯】東光縣有條王莽河，就是胡蘇河。乾旱時河水乾涸，發大水時河水暴漲，經常使人為渡河所苦。我的岳父馬周籙先生說：雍正末年，有個討飯的婦人一手抱著兒子，一手扶著生病的婆婆，涉水過胡蘇河。走到河中間，婆婆摔倒在河水中，婦人把兒子拋到水裡，用力背著婆婆出水。婆婆大罵道：「我是七十歲的老太婆，死了有什麼害處！張家幾代人，指望這個孩子承繼香火，你為什麼拋棄兒子來救我？斬絕祖宗祭祀的人就是你啊！」那個婦人流著眼淚不敢說話，直挺挺地跪著。過了兩天，婆婆竟然因為痛哭孫兒而絕食死去。那個婦人嗚咽哭泣得發不出聲音，癡癡呆呆地坐了幾天，也很快就死了。不知她們是什麼人，只是在她的婆婆罵她時，知道她姓張。有人寫文章議論，說兒子與婆婆比較，那麼婆婆重要；婆婆與祖宗比較，那麼祖宗重要。如果那個婦人或者還有丈夫，或者丈夫還有兄弟，那麼拋棄兒子是對的。既然兩代是窮寡婦，只有一線單傳的獨子，那麼婆婆所責備的是對的。這個婦人即使死後還是有悔恨的。姚安公說：「道學家責備人家沒有止盡的時候。在那急流洶湧的緊急時刻，稍一遲疑就失去機會了，怎麼能有時間深思熟慮從長計議呢！在勢必不能兩全的情況下，拋棄兒子去搶救婆婆，這是天理的正道，也是讓人安心的舉動。如果婆婆死了而兒子活著，那個婦人就不會終身耿耿有愧嗎？不會又有人責備她因為愛護兒子而拋棄婆婆嗎？而且，兒子還是個嬰兒，將來養得活養不活還不知道。如果婆婆淹死了而兒子也養不活，那個婦人又會怎麼悔恨呢？這個婦人的作為，要高出一般事理人情的萬萬倍了。不幸的是她婆婆的自盡，她以死來殉婆婆，這也真夠悲哀的了！卻還有人沾沾不休地張口亂講，認為自己所宣揚的是精深的理學，這不是使死者受到冤屈，黃泉之下也要怨恨嗎？北宋的孫復寫《春秋尊王發微》，對二百四十年中的人物，只有批評沒有表揚；南宋的胡致堂寫《讀史管見》，說夏、商、周三代以後沒有一個品德完美的人了。這些議論雄辯倒是夠雄辯的了，卻不是我所願意聽到的。」

【研析】作者對理學的批判，本篇是重要篇章。本篇中，作者對理學滅絕人性的批判，入情入理，令人信服。同時，我們也可以看到，作者對理學的批判，很大程度上受到其父親的影響。紀昀的父親雖然名聲不顯，但對紀昀的影響卻不可低估。

煉氣先煉心

郭石洲言：朱明經[1]靜園，與一狐友。一日，飲靜園家，大醉，睡花下。醒而靜園問之曰：「吾聞貴族醉後多變形，故以衾覆君而自守之。君竟不變，何也？」

曰：「此視道力之深淺矣。道力淺者能化形幻形耳，故醉則變，睡則變，倉皇驚怖則變；道力深者能脫形，猶仙家之尸解❷，已歸人道，人其本形矣，何變之有！」靜園欲從之學道。曰：「公不能也。凡修道人易而物難，人氣純，物氣駁也；成道物易而人難，物心一，人心雜也。煉形者先煉氣，煉氣者先煉心，所謂志氣之帥也。心定則氣聚而形固，心搖則氣渙而形萎。廣成子之告黃帝❸，乃道家之祕要，非莊叟❹寓言也。深岩幽谷，不見不聞，惟凝神導引，與天地陰陽往來消息，閱百年如一日，人能之乎？」朱乃止。因憶丁卯❺同年某御史，嘗問所昵伶人曰：「爾輩多矣，爾獨擅場，何也？」曰：「吾曹以其身為女，必並化其心為女，而後柔情媚態，見者意消，如男心一線猶存，則必有一線不似女，烏能爭蛾眉曼睩❻之寵哉？若夫登場演劇，為貞女則正其心，雖笑謔亦不失其貞；為淫女則蕩其心，雖莊坐亦不掩其淫；為貴女則尊重其心，雖微服而貴氣存；為賤女則斂抑其心，雖盛妝而賤態在；為賢女則柔婉其心，雖怒甚無遽色；為悍女則拗戾其心，雖理詘無巽詞❼。其他喜怒哀樂，恩怨愛憎，一一設身處地，不以為戲而以為真，人視之竟如真矣。他人行女事而不能存女心，作種種女狀而不能有種種女心，此我所以獨擅場也。」李玉典曰：「此語猥褻不足道，而其理至精；此事雖小，而可以喻大。天下未有心不在是事而是事能詣極者，亦未有心在是事而是事不詣極者。心心在一藝，其藝必工；心心在一職，其職必舉。小而僚之丸❽、扁之輪❾，大而皋、夔、稷、契❿之營四海，其理一而已矣。此與煉氣煉心之說，可互相發明也。」

【章旨】 此章藉狐仙修煉成形來說明做事專注的重要。

【注釋】 ❶明經　清代用作貢生的別稱。❷尸解　參見本卷〈狐女報夙業〉則注釋❷。❸廣成子之告黃帝　見《莊子・在宥》：「廣成子，古之仙人。居崆峒之山，石室之中。黃帝問以至道，廣成子曰：『至道之精，窈窈冥冥；至道之極，昏昏默默，無視無聽，抱神以靜，形將自正，必靜必清，無勞女（汝）形，無搖女（汝）精，乃可以長生。目無所見，耳無所聞，心無所知，女（汝）神將守形，形乃長生。』」這是道家修煉養生的祕訣。❹莊叟　即莊子。其著作《莊子》中多寓言故事。❺丁卯　即清乾隆十二年，西元一七四七年。❻曼睩　明眸善睞。指目光明媚。睩，旁視；顧盼。❼巽詞　亦作「巽辭」。委婉的言詞。❽僚之丸　僚，指宜僚。春秋戰國時楚勇士，善於弄丸。❾扁之輪　扁，指輪扁。春秋時齊國有名的造車工人，善斫輪。後世多用為高手的代稱。❿皋夔稷契　指上古堯舜時期的四位賢大臣皋陶、夔、后稷、契。

【語譯】 郭石洲說：朱靜園貢生和一位狐仙交上朋友。有一天，狐仙在朱靜園家中飲酒，喝得大醉，在花下睡著了。狐仙醒來後，朱靜園問他說：「我聽說您一族喝醉後都會現出原形，所以我給您蓋上被子，並親自在旁邊守護。您竟然沒有現原形，這是為什麼呢？」狐仙說：「這就要看道行的深淺了。道行淺的狐仙只能做到幻化成人形，所以喝醉了就會現原形，睡著了也會現原形，倉惶驚怕時也會現原形；道行深的狐仙能夠脫離原來的形體，就像仙人的尸解，已經變成人了，人形就是他的本來形狀，哪會有什麼變幻現形呢！」朱靜園想跟著狐仙學道。狐仙說：「您不能夠的。凡是修煉學道的事，人容易做到而其他動物就難做到，這是因為人的氣息純粹，其他動物的氣息駁雜；從修煉成道行來說，其他動物容易而人類較困難，這是因為其他動物心思專一，人心複雜。修煉形體者先要煉氣，煉氣者先要煉心，這就是所謂的心是志氣的統帥呀。心思鎮定，那麼氣息聚集而形體就堅固；心思動搖，那麼氣息渙散而形體就衰弱了。廣成子報告黃帝的話，是道家修煉的秘訣要點，不是莊老夫子講的寓言故事。身在深山幽谷之中，無所見無所聞，只能集中精神修煉導引，與天地陰陽相往來，歷經百年如同一天似的，人能做到嗎？」朱靜園才打消了學道的想法。我因而想起乾隆十二年鄉試與我同時中舉的某御史，曾經詢問他所寵愛的伶人說：「你們同行很多，唯獨你的技藝最高超，為什麼呢？」那個伶人回答說：「我們男人要以自己身體扮演女人，必須要把心思變成女人的心思，然後才會有女子的柔情媚態，讓看戲的人見了銷魂。如果還保存著一絲男人的心思，那麼必定會有一絲不像女子的地方，怎麼能爭得觀眾對藝人所扮演的眉目傳情、流目送盼那樣美女的特別寵愛呢？要是登臺演戲，扮演貞節女子就要端正心思，即使說諢調笑也不可失卻她貞烈的尊嚴；扮演淫蕩女子必須淫蕩自己的心思，雖然是端莊地坐著也不能掩飾她的那種淫蕩的情態；扮演高貴女子就要心思尊貴沉穩，即使穿著普通百姓的服裝也要有貴族的氣度存在；扮演貧賤女子就要具備那種謹慎畏縮的心思，雖然穿上漂亮衣服而那種卑賤神態仍存在；扮演賢慧女子就要具備那種溫柔婉順的心思，雖然非常生氣臉上也不要驟然變色；扮演凶悍女子就要具有她的那種凶悍的心思，即使沒有道理也不說服軟的話。其他喜怒哀樂、恩怨愛憎，都要一一設身處地來設想，不要把它當做演戲，而要當做真實的事情，那麼觀眾看了就會像真的一樣了。其他藝人雖然扮演女性而沒有存有女人的心思，扮演各種女性的姿態而不能具有女人的心思，這就是我之所以演得好的原因了。」李玉典說：「這番話雖然猥褻粗俗不足稱道，然而其中所說的道理極其精闢；這件事雖小，但是可以比喻大事。天下沒有心思不在某件事上而這件事能做得好到極點的，也沒有全心全意辦某件事而這件事辦不好的。一心一意在一種技藝上，他的技藝必然高明；一心一意在一種職業上，他的職業必然做的出色。

小到宜僚的彈丸、輪扁的車輪，大到皋陶、夔、后稷、契等人的管理國家，他們的道理都是相同的。這和煉氣先煉心的講法，是可以互相啟發的。」

【研析】全篇意在說明做事要專心致志。專心於一事，鍥而不捨，那麼金石可鏤。其中藝人談演戲的一段文字，闡述了演員要演好角色，就必須深入角色內心，體驗角色的喜怒哀樂，是非常有價值的戲劇史史料。

書生拒狐

石洲又言：一書生家有園亭，夜雨獨坐。忽一女子搴簾入，自云家在牆外，窺宋❶已久，今冒雨相就。書生曰：「雨猛如是，爾衣履不濡，何也？」女詞窮，自承為狐。問：「此間少年多矣，何獨就我？」曰：「前緣。」問：「此緣誰所記載？誰所管領？又誰以告爾？爾前生何人？我前生何人？其結緣以何事？在何代何年？請道其詳。」狐倉卒不能對，囁嚅久之，曰：「子千百日不坐此，今適坐此；我見千百人不相悅，獨見君相悅。其為前緣審矣，請勿拒。」書生曰：「有前緣者必相悅。吾方坐此，爾適自來，而吾漠然心不動，則無緣審矣，請勿留。」女赼趄❷間，聞窗外呼曰：「婢子不解事，何必定覓此木強❸人！」女子舉袖一揮，滅燈而去。或云是湯文正公❹少年事。余謂狐魅豈敢近湯公，當是曾有此事，附會於公耳。

【章旨】此章講述了一個狐仙以前生有緣媚惑書生，而遭到書生堅拒的故事。

【注釋】❶窺宋　指女子愛慕追求男子。戰國楚宋玉作〈登徒子好色賦〉，有「臣里之美者，莫若臣東家之子，……然此女登牆闚臣三年，至今未許也。」闚，通「窺」。❷趑趄　徘徊不前的樣子。❸木強　性格質直剛強。❹湯文正公　即湯斌。字孔伯，號潛庵，清河南睢州（今河南睢縣）人。順治進士，官至工部尚書。謚文正，故稱。著有《洛學篇》、《睢州志》等。

【語譯】郭石洲又說：有位書生家中的花園裡有座亭子，一個下雨的夜晚，書生獨自坐在亭子裡，忽然有一個女子掀開門簾走進來，自己說家在院牆外面，愛慕書生已經很久了，今夜冒雨前來相陪。書生說：「雨下得這樣大，你的衣服鞋子不濕，這是為什麼呢？」女子無話可說，只好承認自己是個狐女。書生問道：「附近青年人很多，為什麼唯獨來找我呢？」狐女說：「這是前生注定的緣分。」書生問道：「這種緣分是誰人記載的？誰人掌管？又是誰告訴你的？你的前生是什麼人？我的前生是什麼人？我們結成緣分是因為什麼事？在哪個朝代哪一年？請詳細地告訴我。」狐女倉卒間不能回答，支支吾吾很長時間後，說：「您過去千百天不坐在這座亭子裡，今夜剛好坐在這裡；我看見千百人都不喜歡，唯獨看見您就喜歡，這就是前生的緣分無疑了，請不要拒絕我。」書生說：「有前生緣分的人一定相互喜歡。我剛坐在這裡，你恰好從外面進來，可是我漠然冷淡毫不動心，那麼我們沒有緣分就無疑了，請不要留在這裡！」狐女正在進退兩難的時候，聽到窗外有聲音喊道：「這個丫頭真不懂事，何必一定要找這個倔強無趣的人呢！」狐女舉起袖子一揮，打滅了燈盞就走了。有人說這是湯文正公年輕時的事。我認為狐狸精怎麼敢去接近湯先生，應當是曾有這樣的事，卻被附會到湯先生身上罷了。

【研析】書生堅拒狐仙，少了一段逸聞軼事。對書生來說，是坐懷不亂，守身如玉；對狐女來說，卻是不解風情。作者筆下的書生與蒲松齡筆下的書生相比，少了些風情，多了些道學氣。由此也可看出，作者雖不贊成宋學，然而宋明理學所提倡的「滅人欲」，在其思想上還是留下深深的痕跡。

西域野畜

烏魯木齊多野牛，似常牛而高大，千百為群，角利如矛矟❶。其行以強壯者居前，弱小者居後。自前擊之，則馳突奮觸，銃炮不能禦，雖百煉健卒，不能成列合圍也；自後掠之，則絕不反顧。中推一最巨者，如蜂之有王，隨之行止。常有一為首者，失足落深澗，群牛俱隨之投入，重疊殪焉。又有野騾野馬，亦作隊行，而不似野牛之悍暴，見人輒奔。其狀真騾真馬也，惟被以鞍勒❷，則伏不能起。然時有背帶鞍花者（鞍所磨傷之處，創愈則毛作白色，謂之鞍花），又有蹄嵌踣鐵❸者，或曰山神之所乘，莫測其故。久而知為家畜騾馬逸入山中，久而化為野物，與之同群耳。騾肉肥脆可食，馬則未見食之者。又有野羊，《漢書・西域傳》所謂羱羊也，食之與常羊無異。又有野豬，猛鷙亞於野牛，毛革至堅，槍矢弗能入，其牙銛❹於利刃，馬足觸之皆中斷。吉木薩❺山中有老豬，其巨如牛，人近之輒被傷。常率其族數百，夜出暴禾稼。參領❻額爾赫圖牽七犬入山獵，猝與遇，七犬立為所啖，復厲齒向人。鞭馬狂奔，乃免。余擬植木為柵，伏巨炮其中，伺其出擊之。或曰：「儻擊不中，則其牙拔柵如拉朽，柵中人危矣。」余乃止。又有野駝，止一峰，臠⑦之極肥美。杜甫〈麗人行〉所謂「紫駝之峰出翠釜」，當即指此。今人以雙峰之駝為八珍⑧之一，失其實矣。

【章旨】此章記述了新疆烏魯木齊地區特有的野生動物，並簡單地記述了這些動物的習性。

【注釋】❶矛矟　指簡單兵器。矟，長矛。❷鞍勒　指馬鞍和籠頭嚼子。❸踣鐵　馬蹄所鑲的鐵。或即馬蹄鐵。❹銛　鋒利。❺吉木薩　即吉木薩爾，古縣名。在今新疆布爾津西南。❻參領　官名。即「甲剌額真」。明萬曆四十三年（一六一五年）努爾哈赤建立八旗制度，於固山額真之下設甲剌額真，轄牛錄額真五。清太宗天聰八年（一六三四年）改名甲剌章京，漢譯參領。❼臠　切成塊的肉。❽八珍　八種珍貴的食物。後世以龍肝、鳳髓、豹胎、鯉尾、鴞炙、猩唇、熊掌、酥酪蟬為八珍。

【語譯】新疆烏魯木齊地區有很多野牛，牠們的外形像平常的家牛，卻要高大得多，千百頭牛為一群，牛角鋒利得像長矛尖端一樣。牛群行動時以強壯的野牛走在前面，弱小的牛走在後面。如果從前面攻擊牛群，牛群就會奔馳突擊奮力衝撞，槍炮也不能抵禦，雖然有經過長期訓練的精銳士兵，也不能組成隊形把牠們包圍；如果從牛群後面去捕捉野牛，牛群就絕對不會回頭照看。野牛群中推舉一頭最高大強壯的野牛，如同蜜蜂有蜂王一樣，牛群跟隨著牠或走或停。曾經有一頭為首的野牛失足跌落深谷，牛群都跟著牠跳下去，重重疊疊地摔死。又有野騾野馬，也是成群結隊生活，但不像野牛那樣凶悍暴戾，見人就跑掉。牠們的形狀像真的騾子和真的馬，只是給牠們披上鞍子帶上嚼子，牠們就趴在地下不能站起來。不過時常有背上帶有鞍花的野騾野馬（馬鞍磨傷的地方，傷好之後皮毛變成白色，這叫做鞍花），又有蹄子上還釘著鐵掌的野騾野馬，有人說這是山神所騎過的騾馬，人們不知道出現這種情況的原因。時間長了，人們才知道是家養的騾馬逃到山裡，久而久之就變為野生動物，與原來的野騾野馬合成一群了。野騾肉肥美脆嫩可以食用，野馬肉就沒有見過吃的人。當地又有野羊，就是《漢書·西域傳》裡所說的羱羊，野羊肉吃起來和平常的羊肉沒有什麼不同。當地還有野豬，凶猛僅次於野牛。野豬皮非常堅韌，槍刺箭射都不能打進去。野豬的牙齒比利刃還要鋒利，馬腳被牠咬住都會折斷。吉木薩山裡有隻老野豬，幾乎和野牛一般大，人靠近那頭野豬就會被咬傷。老野豬常常率領著幾百頭野豬，夜間出來毀壞莊稼。參領額爾赫圖牽著七隻獵犬進山打獵，突然碰上老野豬，七隻獵犬馬上被牠咬死，又露出獠牙向著人衝過來。額爾赫圖鞭打馬匹狂奔逃走，才得以倖免。我打算把木頭豎起來作柵欄，把大炮埋伏在柵欄後面，等老野豬出來時用炮轟擊牠。有人說：「倘若大炮擊不中老野豬，那麼老野豬用牙齒拔柵欄就像摧毀爛木頭似的，柵欄裡面的人就危險了。」我才打消了這種想法。還有野駱駝，只有一個駝峰，駝峰切煮來吃極其肥美。唐代大詩人杜甫在〈麗人行〉中所謂的「紫駝之峰出翠釜」，應當就是指這種食物。如今人們把雙峰駝的駝峰列為八珍之一，是不符合實情的。

【研析】作者戍邊新疆烏魯木齊地區時，還能時常見到野牛、野馬、野驢、野羊、野豬、單峰駝等珍稀野生動物，故而對其習性描寫，簡潔而生動。二百多年後的今天，由於人類活動的影響和濫捕濫殺，這些動物已經罕見，有些到了滅絕的邊緣，急需人們救助。保護野生動物，就是保護人類自己。政府在新疆建立了野馬自然保護區，以保護這種瀕危動物。可惜作者當時並沒有這種意識，在文章中喋喋不休地講述騾肉的脆嫩、駝峰的肥美，使人感歎不已。

相地之說

景城之北，有橫岡坡陀，形家❶謂余家祖塋之來龍。其地屬姜氏，明末，姜氏妒余族之盛，建真武❷祠於上，以厭勝❸之。崇禎壬午❹，兵燹，余家不絕如線。後祠漸圮，余族乃漸振，祠圮盡而復盛焉。其地今鬻於從侄信夫。時鄉中故老已稀，不知舊事，誤建土神祠於上，又稍稍不靖。余知之，急屬信夫遷去，始安。相地❺之說，或以為有，或以為無。余謂劉向校書❻，已列此術為一家，安得謂之全無？但地師❼所學必不精，又或緣以為奸利，所言尤不足據，不宜溺信之耳。若其鑿鑿有驗者，固未可誣也。

【章旨】此章作者講述了對相地看風水的看法。

【注釋】❶形家　指看陰陽風水的專門人士。❷真武　道教所信奉的神。相傳古淨樂國王的太子，遇天神授以寶劍，入湖北武當山修煉，經四十二年而功成，白日飛升，威鎮北方，號玄武君。北宋真宗時因避諱改為真武。宋真宗尊為「鎮天真武靈應祐聖帝君」，簡稱「真武帝君」。❸厭勝　古代方士的一種巫術，謂能以詛咒制服人或物。❹崇禎壬午　即明崇禎十五年，西元一六四二年。❺相地　即看陰陽風水。❻劉向校書　劉向，西漢時人。原名更生，字子政，高祖弟楚元王（劉交）四世孫。宣帝時任散騎諫大夫。成帝時，更名向，任光祿大夫，校閱經傳諸子詩賦等書籍，寫成《別錄》一書，為我國最早的分類目錄。❼地師　指看風水好壞的人。俗稱風水先生。

【語譯】景城北面，有一條隆起的山崗，陰陽家說這是我家祖墳的龍脈。但這塊土地原屬於姜家所有，明朝末年，姜家嫉妒我們紀氏家族的興盛，就在山崗上修建了一座真武祠，想以此來壓抑、勝過我家。明朝崇禎十五年，這地方遭受戰亂，我們家族人丁單薄如同絲線一般。後來真武祠漸漸破落，我們家族才漸漸復興，真武祠全部坍塌之後，我們家族更加興盛了。這處山崗如今賣給了我的堂侄紀信夫。當時鄉里老人已經很少了，不知道過去的事情，又誤在山崗上建造土地祠，我們家族又稍稍不安寧了。我知道這件事後，急忙囑咐信夫把土地祠遷走，我們家族才得以安寧。看地勢風水的說法，有人認為有道理，有人認為沒有道理。我認為西漢劉向校勘古書時，已經把風水術列為一家，怎麼能說全無道理呢？但是風水先生所學的法術不一定精深，又有人或許以看風水謀取私利，所說的尤其不足為據，不應該盲目迷信罷了。如果他們所說的確實經得起檢驗，就不能認定他們全是胡說了。

【研析】陰陽風水術，由來已久，紀昀對其抱有信、有不信的態度。說其信，紀昀認為真武祠的建立和頹廢與紀氏家族關係密切；說其不信，紀昀所見世上風水家或學藝不精、或以此騙取錢財者太多。但細究本文，紀昀還是相信陰陽風水術的。

言易行難

《象經》❶始見《庾開府集》❷，然所言與今法不相符。《太平廣記》載棋子為怪事❸，所言略近今法，而亦不同。北人喜為此戲，或有耽之忘寢食者。景城真武祠未圮時，中一道士酷好此，因共以「棋道士」呼之，其本姓名乃轉隱。一日，從兄方洲入所居，見几上置一局，止三十一子，疑其外出，坐以相待。忽聞窗外喘息聲，視之，乃二人四手相持，共奪一子，力竭並踣也。癖嗜乃至於此！南人則多嗜弈，亦頗有廢時失事者。從兄坦居言：丁卯❹鄉試，見場中有二士，畫號板❺為局，拾碎炭為黑子，剔碎石灰塊為白子，對著不止，竟俱曳白❻而出。夫消閒遣日，原不妨偶一為之；以此為得失喜怒，則可以不必。東坡❼詩曰：「勝固欣然，敗亦可喜。」荊公❽詩曰：「戰罷兩奩❾收白黑，一枰何處有虧成？」二公皆有勝心者，跡其生平，未能自踐此言，然其言則可深思矣。辛卯❿冬，有以「八仙⓫對弈圖」求題者，畫為韓湘⓬、何仙姑⓭對局，五仙旁觀，而鐵拐李⓮枕一壺盧⓯睡。余為題曰：「十八年來閱宦途，此心久似水中鳧⓰。如何才踏春明⓱路，又看仙人對弈圖。」「局中局外兩沉吟，猶是人間勝負心。那似頑仙癡不省，春風蝴蝶⓲睡鄉深。」今老矣，自跡生平，亦未能踐斯言，蓋言則易耳。

【章旨】此章記敘了嗜好弈棋者的逸事和自己的感歎。

【注釋】❶象經　書名。談下象棋方法的古籍。❷庾開府集　別集名。北周庾信作。原集久佚。今傳各本，都是後人所輯。庾信，字子山，曾官驃騎大將軍、開府儀同三司。❸太平廣記載棋子為怪事　《太平廣記》卷三六九〈岑順〉載：汝南岑順旅居陝州山宅，幻見「天那軍」與「金象軍」對陣，雙方各出車、馬、卒大戰的情形，原來是古墓中象棋棋子為怪所致。❹丁卯　即清乾隆十二年，西元一七四七年。❺號板　科舉考試時，考場號子中供生員答卷兼睡覺用的木板。❻曳白　《新唐書・苗晉卿傳》：「(張奭)持紙終日，筆不下，人謂之曳白。」後因稱考試時交白卷為「曳白」。又科舉時代謄寫試卷跳頁也叫「曳白」。❼東坡　即蘇軾。❽荊公　即北宋大政治家、文學家王安石。因其封荊國公，故稱。❾奩　精緻的小匣子，這裡指棋奩。❿辛卯　即清乾隆三十六年，西元一七七一年。⓫八仙　道教傳說的八位仙人：漢鍾離、張果老、韓湘子、鐵拐李、呂洞賓、曹國舅、藍采和、何仙姑。⓬韓湘　即韓湘子。傳說中的八仙之一。⓭何仙姑　傳說中的八仙之一。相傳是唐廣州增城女子，住雲母溪。年十四五歲時，食雲母粉而成仙。⓮鐵拐李　傳說中的八仙之一。相傳姓李名玄，曾遇太上老君得道。⓯壺盧　即葫蘆。⓰鳧　野鴨。⓱春明　唐代京城長安東面有三門，中間一門稱春明門。⓲春風蝴蝶　此用莊子夢蝶的典故。《莊子・齊物論》載：莊子夢為蝴蝶。莊子說不知是他夢見蝴蝶，還是蝴蝶夢見他。

【語譯】《象經》一書最初見於《庾開府集》，然而所說的和今天下棋的方法不同。《太平廣記》記載棋子作怪的事，所說的比較接近現在下棋的方法，然而也有所不同。北方人喜歡這種遊戲，有人甚至著迷到了廢寢忘食的地步。景城真武祠沒有倒塌前，祠裡有個道士酷愛下棋，因此大家都以「棋道士」來稱呼他，他本來的姓名反而不為人所知了。有一天，我的堂兄紀方洲走進道士住的屋子，見几案上放著棋局，只有三十一個棋子。紀方洲以為道士外出了，便坐下來等他。他忽然聽到窗外有喘息的聲音，過去一看，原來是兩個人四隻手相互爭持拉扯，共同爭奪一枚棋子，爭得精疲力竭一起倒在地上。癖好竟然到了這種地步！南方人就多半嗜好下圍棋，也經常有浪費時間而耽誤事情的人。我的堂兄紀坦居說：他參加乾隆十二年鄉試，看見考場裡有兩位秀才，在號板上畫棋盤，撿碎炭塊做黑子，剔些碎石灰塊做白子，不停地下棋，竟然都交白卷而出考場。為了消閒排遣日子，原本也不妨偶然下下棋；但把下棋當作人生的得失喜怒，就大可不必了。蘇東坡有詩說：「勝了固然欣喜，敗了也可高興。」王荊公有詩說：「戰罷用兩個盒子收起白黑棋子，一個棋盤哪裡有虧損成功？」這二位先生都是有好勝心的人，看看他們的平生作為，並沒有能夠實踐自己在詩中所說的話，但他們的話是值得深思的。乾隆三十六年冬天，有人拿著〈八仙對弈圖〉來請我題辭。畫的是韓湘子和何仙姑下棋，其他五位仙人在旁觀看，而鐵拐李枕著一個葫蘆睡覺。我給這幅畫題寫道：「十八年來經歷宦途，此心久似水中的野鴨。何以才踏上春明路，又看仙人對弈圖。」「局中局外兩處沉吟，還是人間的勝負心。那像頑仙癡顛不省，春風蝴蝶睡鄉深深。」我如今老了，回顧生平經歷，也沒有能實踐自己詩中所說的話，看來說就是比較容易啊！

【研析】人如能克制好勝心，自己少了許多煩惱，世界也會因此而太平許多。何為好勝心？究其實，不外是欲心、貪心、名利心。古往今來的賢人君子，能夠戒貪、戒欲、戒名利的又有幾何？作者如此大家，晚年也不免感歎「言易行難」了。

祆教傳入中原

明天啟❶中，西洋人艾儒略❷作《西學》，凡一卷。言其國建學育才之法，凡分六科：「勒鐸理加」者，文科也；「斐錄所費亞」者，理科也；「默弟濟納」者，醫科也；「勒斯義」者，法科也；「加諾搦斯」者，教科也；「陡祿日亞」者，道科也。其教授各有次第，大抵從文入理，而理為之綱。文科如中國之小學，理科如中國之大學，醫科、法科、教科皆其事業，道科則彼法中所謂盡性至命之極也。其致力亦以格物窮理❸為要，以明體達用❹為功，與儒學次序略似；特所格之物皆器數之末，所窮之理又支離怪誕而不可詰，是所以為異學耳。末附〈唐碑〉一篇，明其教之久入中國。碑稱貞觀十二年❺，大秦國❻阿羅木遠將經像來獻，即於義寧坊敕造大秦寺一所，度僧二十一人云云。考《西溪叢語》❼，貞觀五年❽，有傳法穆護⑨何祿，將祆教⑩詣闕奏聞。敕令長安崇化坊立祆寺，號大秦寺，又名波斯寺。至天寶四年⑪七月，敕波斯經教，出自大秦，傳習而來，久行中國。爰初建寺，因以為名；將以示人，必循其本，其兩京波斯寺，並宜改為大秦寺。天下諸州縣有者準此。《冊府元龜》⑫載，開元七年⑬，吐火羅⑭國王上表獻解天文人大慕闍⑮，智慧幽深，問無不知。伏乞天恩喚取問諸教法，知其人有如此之藝能；請置一法堂，依本教供養。段成式《酉陽雜俎》載，孝億國⑯界三千餘里，舉俗事祆⑰，不識佛法。有祆祠三千餘所。又載德建國⑱烏滸河中有火祆祠，相傳其神本自波斯國來。祠內無像，於大屋下作小廬舍向西，人向東禮神。有一銅馬，國人言自天而下。據此數說，則西洋人即所謂波斯，天主即所謂祆神⑲，中國具有記載，不但此碑也。又杜預注《左傳》「次睢之社」曰：「睢受汴，東經陳留，是譙彭城⑳入泗。此水次有祆神，皆社祠之。」顧野王㉑《玉篇》㉒亦有祆字，音阿憐切，注為祆神。徐鉉據以增入《說文》㉓。宋敏求㉔《東京記》㉕載寧遠坊有祆神廟，注曰：「〈四夷朝貢圖〉云：『康國㉖有神名祆畢，國有火祆祠，或傳石勒㉗時立此。』」是祆教其來已久，亦不始於唐。岳珂㉘《桯史》㉙記番禺㉚海獠㉛，其最豪者號白番人，本占城㉜之貴人，留中國以通往來之貨，屋室侈靡逾制。性尚鬼而好潔，平居終日，相與膜拜祈福。有堂焉以祀，如中國之佛，而實無像設，稱為聱牙㉝，亦莫能曉，竟不知為何神。有碑高袤數丈，上皆刻異書如篆籀㉞，是為像主，拜者皆向之。是祆教至宋之末年，尚由賈舶㉟達廣州。而利瑪竇㊱之初來，乃詫為亙古未有。艾儒略既援唐碑以自證，其為祆教更無疑義。乃當時無一人援據古事，以決源流。蓋明自萬曆㊲以後，儒者早年攻八比㊳，晚年講心學㊴，即盡一生之能事，故徵實之學全荒也。

【章旨】此章考訂祆教傳入中原的時間和過程。

【注釋】❶天啟　明熹宗朱由校的年號（一六二一—一六二七年）。❷艾儒略　明末來中國的天主教耶穌會傳教士。義大利人。先在江蘇、陝西、山西一帶傳教，後在福建傳教。著有《幾何要法》、《職方外紀》等。❸格物窮理　指窮究事物的道理。❹明體達用　指明理而實用。❺貞觀十二年　即西元六三八年。貞觀，唐太宗李世民的年號。❻大秦國　古代中國對羅馬帝國的稱呼。❼西溪叢語　筆記。宋姚寬撰。三卷。此書評論詩文，考證典籍，頗為後來從事考據者所稱引。❽貞觀五年　即西元六三一年。❾穆護　唐時用以稱祆教傳教士。見宋姚寬《西溪叢語》卷上。❿祆教　即瑣羅亞斯德教，俗稱拜火教。相傳為西元前六世紀瑣羅亞斯德創。但古人亦泛指西方傳入中國的天主教、基督教等宗教。⓫天寶四年　即西元七四五年。天寶，唐玄宗李隆基的年號。⓬冊府元龜　類書名。宋真宗命王欽若、楊億等輯。一千卷。分三十一部，一千一百零四門。將上古至五代的歷代事跡分門順序排列。對宋前史籍的輯佚和校勘工作頗有價值。⓭開元七年　即西元七一九年。開元，唐玄宗李隆基的年號。⓮吐火羅　中亞細亞古國。即巴克特里亞或大夏。地在今阿富汗北部。見於《隋書》、《北史》和《唐書》。⓯慕闍　唐時稱摩尼教法師為慕闍。見《冊府元龜》卷九七一。⓰孝億國　段成式《酉陽雜俎》所記載的國家。今已無考。⓱祆　我國古代對瑣羅亞斯德教（俗稱拜火教）信奉之神的統稱。⑱德建國　段成式《酉陽雜俎》所記載的國家，今已無考。⑲天主即所謂祆神　按：祆教即瑣羅亞斯德教，以周靈王二十一年（西元前五五一年）由瑣羅亞斯德創行。此教拜太陽神祆爾摩（專司一切清淨美善之事），故稱祆教；又以火為光明之體，教人拜火，以日為光明之源，教人拜日，故又稱拜火教和太陽教。天主教與祆教迴不相同。紀昀誤把天主當祆神。⑳譙彭城　譙，今安徽亳州。彭城，今江蘇徐州。㉑顧野王　南朝梁陳之間文字訓詁學家。字希馮，吳郡吳（今江蘇吳縣）人。官至光祿卿。著有《玉篇》三十卷。㉒玉篇　字書。南朝梁陳之間顧野王撰。三十卷。原本《玉篇》收字一萬六千九百十七，每字下先注反切，再引群書訓詁，解說頗詳。㉓說文　《說文解字》的簡稱。文字學書。東漢許慎撰。本文十四卷，又敘目一卷。今存宋初徐鉉校定本，每卷分上、下，共三十卷。是我國第一部系統的分析字形和考究字原的字書，也是世界最古的字書之一。㉔宋敏求　北宋文學家、史地學家。字次道，趙州平棘（今河北趙縣）人。官至史館修撰，龍圖閣直學士。曾參加編撰《唐史》。撰有地志《長安志》等。㉕東京記　記載東京開封情況的地理書，今已佚。㉖康國　古國名。故地在今烏茲別克撒馬爾罕一帶。㉗石勒　十六國時期後趙的建立者。字世龍，上黨武鄉（今山西榆社北）人。羯族。西元三一九—三三三年在位。㉘岳珂　南宋文學家、史學家。字肅之，號倦翁，相州湯陰（今屬河南）人。岳飛之孫，官至戶部侍郎，著有《刊正九經三傳沿革例》、《桯史》等。㉙桯史　筆記。岳珂撰。十五卷。記載兩宋士大夫軼事及朝政得失，並加以評議。間及瑣事，近於小說。㉚番禺　縣名。在廣東廣州南部。㉛獠　古代對洋人的蔑稱。㉜占城　古國名。也叫占婆。故地在今越南中南部。中國史籍初稱之為「林邑」，唐至德以後改稱「環王」。西元九世紀後期改稱占城，見唐劉恂《嶺表錄異》卷上。㉝聱牙　此指白番人的語言難懂。㉞篆籀　篆文和籀文。篆、籀，都是漢字書體名。㉟賈舶　商船。㊱利瑪竇　明末來中國的天主教耶穌會傳教士。義大利人。主張將孔孟之道和宗法敬祖思想同天主教相融合；也介紹過一些西方的自然科學知識。著譯有《幾何原本》、《天學實義》等。㊲萬曆　明神宗朱翊鈞的年號（一五七三—一六二〇年）。㊳八比　八股文的別稱。㊴心學　即陸王學派。南宋陸九淵、明代王守仁都把「心」看作宇宙萬物的本原，提出「聖人之學，心學也」（《象山全集・敘》）。後人稱此派為「心學」。

【語譯】明代天啟年間，西洋人艾儒略寫了《西學》一書，共一卷。艾儒略在書中說到他的祖國設立學科培育人才的方法，共分六科：所謂的「勒鐸理加」是指文科；「斐錄所費啞」是指理科；「默弟濟納」

是指醫科；「勒斯義」是指法科；「加諾搦斯」是指教科；「陡祿日亞」是指道科。各科的教育都有條不紊地按次序進行，一般從文科到理科，而以理科為主體。文科類似中國的小學，理科類似中國的大學，醫科、法科、教科都屬於專業教育，道科就是他們學問當中最高深的性命之學。他們的努力方向也是以分析研究事物、窮究其中的根本道理為關鍵，以掌握本體、便於施行為功效，和儒家學問的次序大致相似；只是他們分析研究的事物都是具體器物，所窮究體會的道理又支離怪誕而不能深入追問，所以被認為是異於常理的學問。這本書後附有一篇〈唐碑〉（《大秦景教流行中國碑》）的碑文，說明他們的宗教傳入中國的悠久歷史。碑文中說唐代貞觀十二年，大秦國阿羅木遠帶著經籍圖像來到中國進獻給皇帝。皇帝下詔命令在京城長安義寧坊建造大秦寺一所，設二十一名僧人等等。考查《西溪叢語》記載，唐代貞觀五年，有位傳教的慕闍叫何祿，來到朝廷將祆教的事情向皇帝奏明。皇帝下詔命令在長安崇化坊建立祆教寺院，號稱大秦寺，又叫波斯寺。到唐代天寶四年七月，皇帝降旨說波斯經文宗教都出自大秦國，傳播已經很長時間，在中國流行已久。最初建立寺院時，因以國名來命名；現在要公告世人時，必須遵循其根本，現存在於東西兩京的波斯寺，都應改名為大秦寺。天下各州縣有這樣的寺院也以此為準。《冊府元龜》記載，唐代開元七年，吐火羅國王上表，向朝廷獻上一位能夠解釋天文的人大慕闍，智慧淵博深遠，有問必答，無所不知。懇求皇上施恩召喚他詢問各教派的教法，了解這個人有如此的學問技能；請為他設立一所傳法的經堂，按照本教的方式供奉。段成式的《酉陽雜俎》記載，孝億國面積三千餘里，舉國百姓都信奉祆教，不懂佛教教義。他們國家有祆教祠三千多處。又記載德建國烏滸河的河灘中建有火祆祠，相傳這個神靈是從波斯國來。祠堂裡沒有神像，在大屋子裡建造一間簡陋的西向小屋，人們朝著東方敬神。有一匹銅馬，該國的人說是從天上降下來的。根據這幾種說法，那麼西洋人就是所謂的波斯，天主就是所謂的祆教的神，中國的典籍中都有記載，不僅僅是這塊碑文這樣記載。還有，杜預注釋《左傳》「次睢之社」時說：「睢水承受汴水，向東流經陳留、譙及彭城，流入泗水。這條河的水邊有祆神，都當作土地神來祭祀。」顧野王的《玉篇》也有「祆」字，讀音阿憐切，注釋為祆神。徐鉉以此為依據增補進《說文解字》一書中。宋敏求《東京記》記載寧遠坊有祆神廟，注釋說：「〈四夷朝貢圖〉說：『康國有個神靈叫祆畢，國內有火祆祠，有人傳說是在石勒時建立在這裡的。』」這說明祆教來源已經很久遠了，也不是開始於唐代。岳珂《桯史》記載番禺地區有海獠，其中最有勢力的稱為白番人，本來是占城國的貴族，留在中國以經營進出口的貨物，他們的住宅奢侈豪華，超過官府規定的制度。他們生性崇尚鬼神，而且喜愛清潔，平常每天都要一起禮拜祈福。有專門的廟堂祭祀，如同中國人拜佛，但堂內實際沒有陳設神像，他們的稱謂很難懂，也不能知曉，他們究竟拜的是什麼神。有塊碑高闊有幾丈，上面都刻著像篆書、籀書的形狀的奇怪文字，白番人把巨碑當做神主，做禮拜的人都向著它跪拜。這說明祆教到宋朝末年還從海上經由商船傳到廣州。可是利瑪竇剛來中國時，卻驚訝地認為這是自古沒有的。艾儒勒既然援引唐碑來為自己作證，那麼這種宗教是祆教更沒有疑義了。可是，當時沒有一個人援引根據古代事實來辯明祆教源流衍變。這是因為明代從萬曆以後，儒生們年輕時攻讀八股文，晚年講論心學，以為這樣做就算是盡了一生的能力了，因而考證事實的學問全都荒廢了。

【研析】作者據西洋人的著述和古籍記載，考定祆教源流衍變，以及在中國流傳狀況，用功深而細緻，並據此抨擊科舉取士和陸王心學的弊端，不失為是一篇「祆教流傳中國考」。宥於當時的地理知識和宗教知識水平，作者並沒有弄清祆教與天主教、基督教乃至伊斯蘭教的區別，以為都是祆教，得出了錯誤的結論。讀者當不會據此責怪作者。

天下無無弊之法

田氏姊言：趙莊一佃戶，夫婦甚相得。一旦，婦微聞夫有外遇，未確也。婦故柔婉，亦不甚慍，但戲語其夫：「爾不愛我而愛彼，吾且縊矣。」次日，饁田❶

間，遇一巫能視鬼，見之駭曰：「爾身後有一縊鬼❷，何也？」乃知一語之戲，鬼已聞之矣。夫橫亡者必求代，不知陰律何所取，殆惡其輕生，使不得速入轉輪；且使世人聞之，不敢輕生歟？然而又啟鬼瞰之漸，並聞有縊鬼誘人自裁者。故天下無無弊之法，雖神道無如何也。

【章旨】 此章講述了一對夫妻「一語之戲，鬼已聞之」的故事。

【注釋】 ❶饁田　給在田裡耕作的人送飯。❷縊鬼　吊死鬼。

【語譯】 田家姐姐說：趙莊有家佃戶，夫婦感情很好。有一天，妻子微微聽說丈夫有外遇的傳聞，沒有得到確實。妻子本來很溫柔體貼，也不很生氣，只是和丈夫開玩笑說：「你不愛我而愛她，我就要上吊了。」第二天，妻子送飯到田頭，遇見一位巫師能夠看得見鬼。他看見這婦人吃驚地說：「你身後有個吊死鬼，這是怎麼回事呢？」她這才知道一句玩笑話，鬼已經聽到了。凡是非正常死亡的人一定要尋求替身，不知道陰間法律這樣規定是為了什麼，大概是厭惡這個人的輕生，使他不能夠迅速進入輪迴；並且讓世人知道這樣的事，而不敢輕生吧？然而這又漸漸啟發了鬼窺探人的門路，我還聽說有吊死鬼引誘人自殺的。所以，天下沒有沒有弊端的法律，即使是神明對這些弊端也無可奈何呀！

【研析】 天下無無弊之法，這是法律的局限，也是法治的可悲。如何補闕除弊，值得人們深思。

縊鬼拒代

戈荔田言：有婦為姑所虐，自縊死，其室因廢不居，用以貯雜物。後其翁納一妾，更悍於姑，翁又愛而陰助之；家人喜其遇敵也，又陰助之。姑窘迫無計，亦恚而自縊。家無隙所❶，乃潛詣是室。甫啟鑰，見婦披髮吐舌當戶立。姑故剛悍，了不畏，但語曰：「爾勿為厲，吾今還爾命。」婦不答，徑前撲之。陰風颯然，倏已昏仆。俄家人尋視，扶救得蘇，自道所見。眾相勸慰，得不死。夜夢其婦曰：「姑死我當得代，然子婦無仇姑理，尤無以姑為代理，是以拒姑返。幽室沉淪，淒苦萬狀，姑慎勿蹈此轍也！」姑哭而醒，愧悔不自容。乃大集僧徒，為作道場❷七日。戈傅齋曰：「此婦此念，自足生天，可無煩追薦也。」此言良允。然傅齋、荔田俱不肯道其姓氏，余有嗛❸焉。

【章旨】此章講述了一位媳婦遭婆婆迫害自縊，但拒絕婆婆自縊替代的故事。

【注釋】❶隙所　空閒的地方。❷道場　指和尚或道士做法事。❸嗛　通「歉」。不滿足；遺憾。

【語譯】戈荔田說：有個媳婦被婆婆所虐待，上吊死了。她上吊的那間屋子因此廢棄沒有人居住，用來貯存雜物。後來，她的公公娶了個小妾，比婆婆更加凶悍，公公又寵愛小妾而暗中幫助她；家裡人高興地認為婆婆遇到對手了，又都暗中幫助那個小妾。婆婆窘迫得走投無路，也憤然去上吊自殺。家裡沒有空房間，她就悄悄跑到媳婦上吊的那間屋子去。她剛打開房門，就看見媳婦披散頭髮吐出舌頭當門站著。婆婆本來就強悍凶狠，一點也不害怕，只說：「你不要作怪，我現在來償還你的性命。」媳婦沒有回答，徑直朝前撲向她。一陣陰風颯颯颼過，剎那間婆婆就昏倒在地上。一會兒，家人尋找看見，扶起搶救，婆婆才蘇醒過來。婆婆自己把所見到的事說出來，眾人勸解安慰，她也就打消了尋死的念頭。夜裡，婆婆夢見那個死去的媳婦說：「婆婆死後我當然可以得到替代，不過做媳婦的沒有仇恨婆婆的道理，更沒有把婆婆當做替代的道理，所以我拒絕了，讓婆婆生還。在陰間沉淪，非常地淒涼痛苦，婆婆千萬不能重蹈我的覆轍啊！」婆婆哭著醒來，慚愧後悔得無地自容。於是她請來大批僧人，為媳婦做了七天的水陸道場。戈傅齋說：「這個媳婦有這種念頭，就足以得到超生，可以不必麻煩僧人超度啊。」這話說得很恰當公允。然而戈傅齋、戈荔田都不肯說出這家人的姓氏，這使我感到有點遺憾。

【研析】婆婆虐待媳婦，把媳婦迫害致死，是封建社會常有之事。然而封建禮教卻規定媳婦不能怨恨婆婆，否則就是大逆不道。這個冤死的媳婦正因為遵循了封建禮教，才得到文人墨客的稱讚。封建禮教之害，何至於此。

君子有妖，天以示警

姚安公言：霸州❶有老儒，古君子也，一鄉推祭酒❷。家忽有狐祟，老儒在家則寂然，老儒出則撼窗扉、毀器物、擲汙穢，無所不至。老儒緣是不敢出，閉戶修省而已。時霸州諸生以河工❸事愬州牧，期會於學宮❹，將以老儒列牒首。老儒以狐祟不至，乃別推一王生。自後王生坐聚眾抗官伏法，老儒得免焉。此獄興而狐去，乃知為尼❺其行也。是故小人無瑞，小人而有瑞，天所以厚其毒；君子無妖，君子而有妖，天所以示警。

【章旨】此章講述了一位老儒因家中狐祟，居家不出，故而避禍的故事。

【注釋】❶霸州　州名。治所在今河北霸縣。❷祭酒　古代饗宴時酹酒祭神的長者。後亦泛稱年長或位尊者。❸河工　修治河道堤防的工程。因黃河水患獨多，故多指黃河工程。❹學宮　學校。❺尼　阻止。

【語譯】姚安公說：霸州有位老儒，是位古道熱腸的君子，一鄉人都推舉他為祭酒。他家裡忽然有狐仙作祟。老儒在家時就寂然無事，老儒出門，狐仙就搖動門窗、毀壞器物，拋擲汙穢東西，無所不為。老儒因此不敢出門，在家閉門讀書修養反省而已。當時，霸州的秀才們因為河工的事情彈劾霸州的地方長官，約好在學校集會，準備把老儒列在公文卷首第一位。老儒因為狐仙作祟沒有出席，所以大家另外推選了一位王秀才做帶頭人。後來王秀才因聚眾抗官的罪而被處死，老儒卻得以倖免。這件案子審訊時狐仙就離開了老儒的家，人們這才知道狐仙是為了阻撓老儒的行動。所以說，小人沒有吉祥預兆，小人一旦有吉祥預兆，是上天用這個方法來加深他的罪惡；君子沒有妖怪作祟，君子碰上妖怪作祟，是上天用這個方法向他提出警告。

【研析】老儒方正，才得以受到眾人推舉。然而在大事前畏縮退避，豈是君子所為。所謂的狐仙作祟，或許就是出於老儒自己安排，這樣既保全了名聲，又可以避免不測之禍。清人受理學毒害已久，類似小伎倆豈能瞞過明眼人。

畫妖

前母安太夫人家有小書室，寢是室者，中夜開目，見壁上恍惚有火光，如燃香狀，諦視則無。久而光漸大，聞人聲，乃徐徐隱。後數歲，諦視之竟不隱，乃壁上懸一畫猿，光自猿目中出也。僉❶曰：「此畫寶矣。」外祖安公（諱國維，佚其字號。今安氏零落殆盡，無可問矣）曰：「是妖也，何寶之有！為虺❷弗摧，為蛇奈何？不知後日作何變怪矣！」舉火焚之，亦無他異。

【章旨】此章講述了一幅畫中的猿猴眼睛會發光，因而將這幅畫焚毀的故事。

【注釋】❶僉　眾人；大家。❷虺　泛稱小蛇。

【語譯】我的前母安太夫人家中有間小書房，睡在這間書房的人，半夜睜開眼睛時，看見牆上彷彿有火光，像點燃著的香頭，仔細看就沒有了。時間長了而火光逐漸大起來，聽到有人的聲音，才慢慢隱滅。過了幾年，仔細觀看時，火光竟然不熄滅。原來是牆上掛著一幅猿猴的畫像，火光是從猿猴的眼睛裡出來的。大家都說：「這幅畫成了寶物。」外祖父安老先生（名國維，不知道他的字號。如今安家人丁稀少快沒有後人了，沒有人可以詢問）說：「這是妖怪，有什麼可寶貴的！蛇小時不消滅，變成大蛇那可怎麼辦呢？不知道將來會變成什麼妖怪！」於是點火燒毀了這幅畫像，也沒有什麼怪異發生。

【研析】不貪利，不信邪，防微杜漸，這是驅妖避怪的最佳方法。安老先生行事果敢，令人敬佩。

虎語

崔嫗家在西山❶中，言其鄰子在深谷樵采，忽見虎至，上高樹避之。虎至，昂首作人語曰：「爾在此耶？不識我矣！我今墮落作此形，亦不願爾識也。」俯首嗚咽良久。既而以爪掊❷地，曰：「悔不及矣！」長號數聲，奮然掉首去。

【章旨】此章講述了一個老虎說人話，懺悔前生的故事。

【注釋】❶西山　北京西郊群山的總稱。西北接軍都山，為京郊名勝地。❷掊　以爪扒物或掘土。

【語譯】崔老太太的家在西山中，她說，有個鄰居的兒子在深山打柴，忽然看見有隻老虎向他走來，他爬上高高的大樹躲避老虎。那隻老虎來到樹下，抬起頭開口說人話道：「你在這裡嗎？不認識我啦！我現在墮落變成這個模樣，也不願意你認識我了。」說罷，老虎低頭哭泣了很久。後來老虎用爪子扒著地說：「後悔也來不及了！」長號了幾聲，猛然掉頭跑了。

【研析】這是一篇寓言故事，主旨在勸人向善，這也是作者撰寫本書的主旨。

蛇妖幻形

楊槐亭言：即墨❶有人往勞山❷，寄宿山家❸。所住屋有後門，門外繚以短牆為菜圃。時日已薄暮,開戶納涼,見牆頭一靚妝女子,眉目姣好,僅露其面,向之若微笑。方凝視間,聞牆外眾童子呼曰:「一大蛇身蟠於樹,而首擱於牆上!」乃知蛇妖幻形,將誘而吸其血也。倉皇閉戶,亦不知其幾時去。設近之,則危矣。

【章旨】此章講述了一人借宿山民家,遇見蛇妖幻形,幸而及時省悟得免。

【注釋】❶即墨 縣名。在山東青島東北部。❷勞山 即「嶗山」。在青島東北嶗山縣境,南濱黃海,東臨嶗山灣。為著名風景區。❸山家 山野人家。

【語譯】楊槐亭說:即墨縣有個人去嶗山,借宿在山野人家。他所住的屋子有後門,門外圍著一圈矮牆作為菜圃。當時已經傍晚時分,他打開後門納涼,看見牆頭上有一位打扮漂亮的姑娘,長得眉清目秀,只露出她的臉蛋,向著他好像在微笑。他正在凝神注視的時候,忽然聽到矮牆外一群孩子喊叫說:「一條大蛇蛇身盤在樹上,而蛇頭擱在矮牆上!」這人才知道是蛇妖變形,想引誘他而吸取他的血。他慌亂關上後門,也不知道那蛇妖什麼時候離去。如果這人靠近蛇妖,那就危險了。

【研析】蛇妖害人,也要幻化成美女,一旦被其誘惑,下場可想而知。不被表面現象所迷惑,這是避免吃虧上當的首要條件。

玉孩兒

琴工錢生(錢生嘗客裘文達公家,日相狎習,而忘問名字鄉里)言:其鄉有人，家酷貧，傭作所得，悉以與其寡嫂，嫂竟以節終。一日，在燭下拈紵線❶，見窗隙一人面，其小如錢，目炯炯內視。急探手攫得之，乃一玉孩，長四寸許，製作工巧，土蝕斑然。鄉僻無售者，僅於質庫❷得錢四千。質庫置櫝❸中，越日失去，深懼其來贖。此人聞之，曰：「此本怪物，吾偶攫得，豈可復脅取人財？」具述本末，還其質券。質庫感之，常呼令傭作，倍酬其直，且歲時周恤，竟以小康。裘文達公曰：「此天以報其友愛也。不然，何在其家不化去，到質庫始失哉？至慨還質券，尤人情所難，然此人之緒餘耳。世未有鍥薄❹奸黠而友於兄弟者，亦未有友於兄弟而鍥薄奸黠者也。」

【章旨】此章講述了一個鄉人奉養寡嫂，終得好報的故事。

【注釋】❶紵線　紵麻的線。紵，紵麻。❷質庫　當鋪。❸櫝　木櫃；木匣。❹鍥薄　刻薄。

【語譯】琴師錢生（錢生曾經客居裘文達公家，我經常和他交往習琴，但忘記問他的姓名籍貫）說：他家鄉有個人，家庭非常貧窮，靠做雇工所得的錢糧，全部交給他那守寡的嫂嫂，使他的嫂嫂最終得以守節到老死。有一天，他在燈下搓麻線，看見窗縫裡有個人面，像銅錢那樣小，雙眼炯炯有神地向屋裡看著。他急忙伸手抓進來，原來是一個玉孩兒，長約四寸多，製作精巧，玉孩兒身上被泥土侵蝕的斑痕很明顯。鄉下偏僻，沒有地方可以出售，只能送到當鋪當得四千銅錢。當鋪把玉孩兒放在木箱子裡，第二天就不見了，當鋪很怕這個人來贖取這個玉孩兒。這人聽說這件事，就說：「這玉孩兒本來是件奇怪的物品，我偶然抓到的，怎能以此再來威脅人家索取錢財呢？」他把事情的經過全講了出來，把當票還給當鋪。當鋪感激他，經常叫他來做工，加倍給他工錢，而且逢年過節經常周濟他，他家竟然得以過上小康生活了。裘文達公說：「這是上天對他友愛的報答。不然的話，玉孩兒為什麼在他家時不變化離去，到當鋪才丟失呢？至於歸還當票，更是人情所難做到，然而不過是這人善良品格的一部分罷了。世界上沒有刻薄奸狡卻友愛兄弟的人，也沒有友愛兄弟卻又刻薄奸狡的人。」

【研析】這個農民的忠厚淳樸，得到士大夫們的稱讚，已屬難得。讓這位農民過上好日子，即所謂的「好人有好報」，這是大家都希望看到的結局。不過，當鋪怎會把玉孩兒弄丟了？說來總是蹊蹺，不追究也罷。

修善非佞佛

王慶垞❶一媼，恆為走無常（即〈灤陽消夏錄〉所記見送婦再醮之鬼者）。有貴家姬問之曰：「我輩為妾媵❷，是何因果？」曰：「冥律小善惡相抵，大善惡則不相掩。姨等皆積有小善業，故今生得入富貴家；又兼有惡業，故使有一線之不足也。今生如增修善業，則惡業已償，善業相續，來生益全美矣。今生如增造惡業，則善業已銷，惡業又續，來生恐不可問矣。然增修善業，非燒香拜佛之謂也。孝親敬嫡，和睦家庭，乃真善業耳。」一姬又問：「有子無子，是必前定，祈一檢問。如冥籍不注，吾不更作癡夢矣。」曰：「此不必檢，但常作有子事，雖注無子，亦改注有子；若常作無子事，雖注有子，亦改注無子也。」先外祖雪峰張公，為王慶垞曹氏婿，平生嚴正，最惡六婆❸，獨時時引與語，曰：「此嫗所言，雖未必皆實，然從不勸婦女布施佞佛，是可取也。」

【章旨】此章講述了一個走無常的老婦人勸貴家姬妾行善的故事。

【注釋】❶王慶垞　鎮名，在河北武清南八十五里。東通大海，居民有萬戶，多從事漁業。清代有千總駐此。❷妾媵　古代諸侯貴族女子出嫁，以侄女和妹妹從嫁，稱為媵。後因以泛指侍妾。❸六婆　指「三姑六婆」。三姑指尼姑、道姑、卦姑；六婆指牙婆、媒婆、師婆、虔婆、藥婆、穩婆。

【語譯】王慶垞鎮有個老婦人，經常充當走無常（即〈灤陽消夏錄〉中所記載的那個能看見送妻再嫁之鬼的老婦人）。有富貴人家的姬妾問她：「我們這些人當姬妾，是什麼因果報應？」她回答說：「陰間法律規定，小善小惡互相抵消，大善與大惡就不能相互抵消了。你們這些姨娘都積有小善的因果，所以今世得以嫁到富貴人家；但又兼有小惡的因果，所以使你們還有一絲不滿足的地方。今生如果增加修行多積善業，那麼惡業已經得到抵償，善業又繼續增加，來生就更加盡善盡美了。今生如果增造惡業，那麼善業已經抵消了，惡業卻繼續增加，來生恐怕不可追問了。然而，我說的增加修行多積善業，並不是燒香拜佛的這些做法，孝順長輩，尊敬正室夫人，使家庭和睦，才是真正的善業啊！」一位姬妾又問：「有兒子還是沒有兒子，必定是前生注定的，請為我查問一下。如果陰間簿籍注定我沒有兒子，我就不再作癡心夢想了。」老婦人說：「這件事不必去查問，只要經常做能夠有兒子的善事，即使注定沒有兒子，也會改注為有兒子的；如果經常做不能有兒子的惡事，雖然注定有兒子，也會改注為沒有兒子的。」先外祖父張雪峰先生，是王慶垞鎮曹家的女婿，平生嚴肅正直，最厭惡三姑六婆，唯獨時常叫這婦人來說話，說：「這個老婦人所說的話，雖然未必都是事實，但是她從來不勸婦女布施討好佛祖，這是可取的。」

【研析】這個老婦人勸說姬妾的那些話，周到得體，無懈可擊，難怪張雪峰先生也要時常召喚其閒聊了。不過，這個老婦人所說之言，說教味太重，讀久令人生厭。

禍不虛生

翰林院供事❶茹某（忘其名，似是茹鋌）言：曩訪友至邯鄲❷，值主人未歸，暫寓城隍祠。適有賣瓜者，息擔橫臥神座前。一賣線叟寓祠內，語之曰：「爾勿若是，神有靈也。」賣瓜者曰：「神豈在此破屋內？」叟曰：「在也。吾嘗夜起納涼，聞殿中有人聲。躡足潛聽，則有狐陳訴於神前，大意謂鄰家狐媚一少年，將死未絕之頃，尚欲取其精。其家憤甚，伏獵者以銃矢攻之。狐駭，現形奔。眾噪隨其後。狐不投己穴，而投里許外一鄰穴。眾布網穴外，熏以火，闔穴皆殪❸，而此狐反乘隙遁。故訟其嫁禍。城隍曰：『彼殺人而汝受禍，訟之宜也，然汝子孫亦有媚人者乎？』良久，應曰：『亦有。』『亦曾殺人乎？』又良久，應曰：『或亦有。』『殺幾人乎？』狐不應。城隍怒，命批其頰，乃應曰：『實數十人。』城隍曰：『殺數十命，償以數十命，適相當矣。此怨魄所憑，假手此狐也。爾何訟焉？』命檢籍示之，狐乃泣去。爾安得謂神不在乎？」乃知禍不虛生，雖無妄之災，亦必有所以致之；但就事論事者，不能一一知其故耳。

【章旨】此章以一個狐狸精嫁禍於他狐的故事，說明禍不虛生的道理。

【注釋】❶供事　清代中央機關書吏的一種。大體上指內閣、翰林院等官署的雇員。任職至一定年限可以轉為低級官員。❷邯鄲　今河北邯鄲，在河北南部。❸殪　死。

【語譯】翰林院供事茹某（我忘記他的名字，好像是叫茹鋌）說：他曾經到邯鄲去拜訪朋友，剛好主人外出沒有在家，就暫時住在城隍祠中。當時恰好有個賣瓜人來到城隍祠，放下擔子橫躺在神座前休息。有個賣線的老頭住在城隍祠裡，對賣瓜人說：「你不要這樣，城隍神是有靈驗的。」賣瓜人說：「神怎會住在這間破屋子裡呢？」賣線老頭說：「神是住在這裡的。我曾在夜裡起來乘涼，聽到神殿中有人聲，我輕手輕腳地走過去偷聽，原來是一隻狐狸精在城隍神面前告狀，大意是說鄰居的一隻狐精媚惑了一個青年人，那個青年快要死了，沒有斷氣時，那狐精還想吸取他的精血。青年的家人非常憤怒，埋伏獵人用獵槍、弓箭攻擊狐精。狐精驚怕，現出原形逃跑。人們鼓噪著在後面追趕。那狐精不逃回自己的洞穴，反而逃到一里多路外的一個鄰居的洞穴去。人們在洞穴外布置羅網，用火熏，洞穴中的狐精全都死了，而那隻媚惑青年的狐精反倒乘機會逃走了。所以來控告那迷惑青年的狐精嫁禍於人。城隍神說：『他殺人而你受災禍，控告他是應該的。不過你的子孫也有媚惑人的嗎？』這狐精沉默了很久，回答說：『也有的。』城隍神問：『他們也曾殺過人嗎？』這狐精又沉默了很久，回答說：『或許也有的。』城隍神問：『殺了幾個人呢？』狐精沒有回答。城隍神發怒，命令打這個狐精的嘴巴，狐精這才回答說：『實際上有幾十個人。』城隍神說：『你家子孫殺了幾十條性命，現在抵償幾十條性命，剛好相當。這是冤魂所憑依，借這隻狐精的手來報復罷了。你還有什麼可控告的呢？』城隍神隨即命人翻檢生死簿給這隻狐精看，狐精才流著眼淚走了。你怎能說神靈不在這裡呢？」由此可以知道，災禍不是憑空發生的，雖然看來是突如其來的災禍，也一定有其產生的原因；不過人們就事論事，不能夠一一知道這些原因罷了。

【研析】作者想告訴讀者，凡事都有夙因。前事是因，今事是果。凡事無須外求，從自身即可明白因果。但是作者的這番說法，似是而非。如作者所說，殺人者都不必抵命，因為這是被殺者前生注定。如此，天下豈不大亂。公理何在？正義何在？講因果推至極點，未免偏頗無理。

乩仙護短

汪主事康谷言：有在西湖扶乩者，降壇詩曰：「我遊天目❶還，跨鶴看龍井❷。夕陽沒半輪，斜照孤飛影。飄然一片雲，掠過千峰頂。」未及題名，一客竊議曰：「夕陽半沒，乃是反照，司馬相如❸所謂凌倒景❹也！何得云斜照？」乩忽震撼久之，若有怒者，大書曰：「小兒無禮！」遂不再動。余謂客論殊有理，此仙何太護前❺，獨不聞古有一字師❻乎？

【章旨】此章講述了一個乩仙護短的故事。

【注釋】❶天目　即天目山。在浙江西北部。多奇峰、竹林，為浙西名勝地。❷龍井　地名。在浙江杭州西湖西南山地中。有歷史悠久的龍井寺。以產龍井茶著名。❸司馬相如　西漢辭賦家。字長卿，蜀郡成都（今屬四川）人。武帝時曾為孝文園令。所作〈子虛賦〉、〈上林賦〉為武帝賞識。❹凌倒景　見司馬相如〈大人賦〉：「貫列缺之倒景。」服虔曰：「倒景謂人在天上，下向視日，故日景倒在地上。」景，通「影」。❺護前　祖護自己以前的過失，不肯認錯。

❻一字師　唐代詩僧齊己作〈早梅〉詩，有「前村深雪裡，昨夜數枝開」之句，鄭谷改「數枝」為「一枝」，齊己下拜。時人稱鄭谷為「一字師」。

【語譯】汪康谷主事說：有人在杭州西湖扶乩，乩仙降壇寫了一首詩說：「我遊天目山還，跨著仙鶴看龍井山水。夕陽隱沒半輪，斜照孤單飛影。飄然一片雲，掠過千峰頂。」還沒來得及題上姓名，有位客人私下議論說：「夕陽一半隱沒，就是陽光反照，就像司馬相如所說的淩倒景呀！怎能說是斜照呢？」乩筆忽然震撼了很長時間，好像乩仙有怒氣似的，然後大字寫道：「小子無禮！」乩筆就不再動了。我認為這位客人說得很有道理，這位乩仙為什麼如此護短，難道沒有聽說過古代有一字師的故事嗎？

【研析】乩仙護短，不如說是扶乩者護短。清代士大夫們扶乩，大多出自消遣玩樂，而扶乩者卻氣量太小，又不知「一字師」的典故，遂有如此舉動，未免煞風景。

粗婢幽魂

俞君祺言：向在姚撫軍❶署，居一小室。每燈前月下，睡欲醒時，恍惚見人影在几旁，開目則無睹。自疑目眩，然不應夜夜目眩也。後偽睡以伺之，乃一粗婢，冉冉出壁角；側聽良久，乃敢稍移步。人略轉，則已縮入矣。乃悟幽魂滯此不能去，又畏人不敢近，意亦良苦。因私計彼非為祟，何必逼近使不安？不如移出。才一舉念，已彷彿見其遙拜。可見人心一動，鬼神皆知。「十目十手❷」，豈不然乎？次日，遂託故移出。後在余幕中，乃言其實，曰：「不欲驚怖主人也。」

余曰：「君一生縝密，然殊未了此鬼事。後來必有居者，負其一拜矣。」

【章旨】此章講述了一個婢女幽魂在一間小屋安身，拜請人們不要打擾的故事。

【注釋】❶撫軍　清代巡撫的別稱。亦稱「撫院」、「撫臺」。❷十目十手　語出《禮記・大學》：「十目所視，十手所指，其嚴乎……故君子必誠其意。」謂人的言行總是處在眾人的監察之下，如有不善，無法掩蓋。

【語譯】俞君祺說：以前他在姚巡撫衙門時，獨自住在一間小屋裡。每當燈前月下，自己睡到將醒未醒的時候，隱隱約約看到有個人影在几案旁，睜開眼睛仔細看時，卻什麼也沒有看見。他懷疑自己眼花，然而不應該夜夜都眼花的呀。後來，他假裝睡著了等著看個究竟，原來是個粗使婢女，慢慢從牆角裡走出來，仔細聽了很久，才敢稍稍移動腳步。他在床上略微轉身，她就縮進牆角去了。俞君祺這才省悟這個幽魂滯留此地不能離去，又不敢靠近人，她也很費盡心思。俞君祺因而心想她不是要作祟，何必逼近她使她不安寧呢？不如搬出去住算了。俞君祺剛有搬出去住的想法，就彷彿看見婢女遠遠地向自己行禮。可見人的心思一動，鬼神都會知曉。人的一舉一動，都逃不出人們的耳目，難道不是這樣嗎？第二天，俞君祺就找個藉口搬了出去。後來俞君祺做了我的幕僚，才說了這件事的真實情況，還說：「我不想讓主人受到驚嚇。」我說：「先生一生謹慎嚴密，但是卻沒有了結這個鬼的事情。以後一定還會有人到那間小屋居住，你辜負了那婢女對你的一拜了。」

【研析】佛法謂「一念一菩提」。心生一善念，就是種下一善因。人心向善，就是從這樣的小事做起。作者所謂的「負其一拜」，是對俞君祺沒有徹底解決問題的責難，未免要求過高。

冤女之心不朽

族侄肇先言：曩中涵叔❶官旌德❷時，有掘地遇古墓者，棺骸俱為灰土，惟一心存，血色猶赤，懼而投諸水。有石方尺餘，尚辨字跡。中涵叔聞而取視，鄉民懼為累，碎而沉之，諱言無是事，乃里巷訛傳。中涵叔罷官後，始購得錄本，其文曰：「白璧有瑕，黃泉蒙恥。魂斷水濆❸，骨埋山趾。我作誓詞，祝霾❹壙底。千百年後，有人發此。爾不貞耶，消為泥滓。爾儻銜冤，心終不死。」末題「壬申三月，耕石翁為第五女作」。蓋其女冤死，以此代誌。觀心仍不朽，知受枉為真。然翁無姓名，女無夫族，歲月無年號，不知為誰。無從考其始末，遂令奇跡不彰，其可惜也夫！

【章旨】此章講述了一位貞女千百年後其心不朽的故事。

【注釋】❶中涵叔　作者堂弟，生平事跡無考。❷旌德　縣名。在安徽東南部、青弋江上游。❸濆　水邊；臨水的山崖。❹霾　通「埋」。

【語譯】我的族侄紀肇先說：以前中涵叔在旌德縣做官時，有人挖地碰到古墓，墓中棺材屍骸都化為灰塵泥土了，只有一顆心依然存在，那顆心的血色還是紅的。挖墓人害怕而把這顆心丟到河裡去了。另有一塊邊長一尺多的方石板，還可以辨認出上面刻的文字。中涵叔聽說後，就要把石板取來觀看。鄉下百姓害怕受到連累，把石板敲碎而丟到水裡去，謊稱說沒有這件事，那是鄉里百姓的謠傳。中涵叔罷官以後，才買到了這塊石板上刻的文字的抄本，那篇文字是：「白璧有瑕疵，黃泉蒙恥辱。魂魄斷水邊，白骨埋山腳。我作此誓詞，祝禱埋壙底。千百年以後，有人發此墓。你如不貞節，消解為泥土。你如銜冤屈，赤心終不死。」文末題「壬申三月，耕石翁為第五個女兒作」。原來他的女兒含冤而死，他用這塊石板代替墓誌銘。現在看到那顆心仍然沒有腐朽，知道他的這個女兒是真的受冤枉了。然而耕石翁沒有姓名，他的這個女兒沒有丈夫的家族姓氏，有歲月又沒有朝代年號，不知道到底是什麼人，無法考查這件事的始末，於是就使得這件奇跡不能彰顯於天下，這真太可惜了！

【研析】貞女冤魂，赤心尚存。黃土下埋藏著多少故事，如今又有誰能知曉。作者感到遺憾，讀者何嘗不是如此。

李鷺汀

許文木言：康熙末年，鬻古器李鷺汀，其父執也。善六壬❶，惟晨起自占一課，而不肯為人卜，曰：「多洩未來，神所惡也。」有以康節❷比之者。曰：「吾才得六七分耳。嘗占得某日當有仙人扶竹杖來，飲酒題詩而去。焚香候之。乃有人攜一雕竹純陽❸像求售，側倚一貯酒壺盧，上刻〈朝遊北海〉一詩也。康節安有此失乎？」年五十餘無子，惟蓄一妾。一日，許父造訪，聞其妾泣，且絮語曰：

「此何事而以戲人，其試我乎？」又聞鷺汀力辯曰：「此真實語，非戲也。」許父叩反目之故。鷺汀曰：「事殊大奇！今日占課，有二客來市古器：一其前世夫，尚有一夕緣；一其後夫，結好當在半年內，並我為三，生在一堂矣。吾以語彼，彼遽恚怒。數定無可移，我不泣而彼泣，我不諱而彼諱之，豈非癡女子哉！」越半載，鷺汀果死。妾鬻於一翰林家，嫡不能容，過一夕即遣出。再鬻於一中書舍人家，乃相安云。

【章旨】此章講述了一位占卦者占卦的二三件逸事。

【注釋】❶六壬　參見本書卷一〈術士〉則注釋❷。❷康節　即邵雍。參見本書卷四〈論宋儒臆斷〉則注釋❽。❸純陽　即呂洞賓，俗傳八仙之一。名巖，號純陽子。道教全真教尊為北五祖之一。

【語譯】許文木說：康熙朝末年，有個賣古董的李鷺汀，是他父親的朋友。李鷺汀善於陰陽占卦之術，不過只在早晨起床後為自己占一卦，而不肯給外人占卜。他說：「過分洩露未來的事情，是神靈所厭惡的。」有人拿北宋的邵康節來和他比較。他說：「我才得到邵康節的六七分而已。我曾經占卦算定某天當有仙人拄著竹拐杖來訪，在我家飲酒題詩後才離開。我焚香等候仙人降臨。原來是有人帶著一件竹雕的呂純陽像來出售，雕像是呂純陽斜倚著一只貯存酒的葫蘆的樣子，葫蘆上刻著呂純陽題在岳陽樓上的〈朝遊北海〉一詩。邵康節怎麼會有這種失誤呢？」李鷺汀五十多歲了還沒有兒子，只養了一個侍妾。有一天，許文木的父親去拜訪他，聽到李鷺汀的侍妾在哭泣，並且絮絮叨叨地說：「這是什麼事，卻拿來跟人家開玩笑，大概是考驗我吧？」又聽到李鷺汀極力辯解說：「這是真實的話，不是開玩笑！」許文木的父親就詢問他們爭吵的原因。李鷺汀說：「這件事實在非常奇怪。我今天占卦，有兩位客人來買古董：一個是她的前世丈夫，還有一夜夫妻的緣分；一個是她今後的丈夫，兩人結婚應當在半年之內。連我在內是三個丈夫，我們三人活著時會相聚在一堂。我把實話告訴她，她就非常生氣。命運注定不可改變，我不哭泣而她卻哭泣，我不忌諱而她卻忌諱，這難道不是個癡心女人嗎？」過了半年，李鷺汀果然死了。侍妾被賣到一位翰林家中，那位翰林的嫡妻不能容納，過了一晚就被發遣出來了。這個侍妾再被賣到一位中書舍人家裡，才相安無事安頓下來了。

【研析】占卦之術，起自周文王，至今已有三千多年，信者恆信。紀昀講述李鷺汀故事，平鋪直敘，可見其對占卦一事仍處於將信將疑間。

婚約

龐雪崖❶初婚日，夢至一處，見青衣高髻女子，旁一人指曰：「此汝婦也。」醒而惡之。後再婚殷氏，宛然夢中之人。故《叢碧山房集》中有〈悼亡〉詩曰：「漫說前因與後因，眼前業果定誰真？與君琴瑟初調❷日，怪煞箜篌❸入夢人。」記此事也。按：「箜篌入夢」凡二事：其一為《仙傳拾遺》❹載薛肇攝陸長源女見崔宇，其一為《逸史》❺載盧二舅攝柳氏女見李生，皆以人未婚之妻作伎侑酒，殊太惡作劇。近時所聞呂道士等，亦有此術（語詳〈灤陽消夏錄〉❻）。

【章旨】此章講述了一個婚姻前定的故事，並批評了傳說故事中玩弄未婚女子的惡作劇。

【注釋】❶龐雪崖　即龐塏。字霽公，號雪崖，清任丘（今河北任丘）人。康熙舉人，官至建寧知府。著有《叢碧山房集》五十七卷。❷琴瑟初調　指剛結為夫妻。❸箜篌　一作「箜侯」、「坎侯」。古撥絃樂器，分臥式、豎式兩種。豎箜篌為豎琴前身，後漢時由西域傳入中原。❹仙傳拾遺　傳奇小說集，前蜀杜光庭撰。有《說郛》本行世。❺逸史　傳奇小說集，唐代盧肇撰。有《說郛》本行世。此處紀昀記憶有誤。《仙傳拾遺》載薛肇攝柳氏女見崔宇；《逸史》載盧二舅攝陸長源女見李生。❻語詳灤陽消夏錄　可參見本書卷一〈呂道士〉則。

【語譯】龐雪崖剛結婚的時候，夢見來到了一個地方，看見一位身穿青衣、梳著高高髮髻的女子，旁邊有個人指著她說：「這是你的妻子。」龐雪崖醒來後因而很厭惡自己的妻子。龐雪崖後來再娶殷氏，宛然就是當初夢中見到的姑娘。所以，他在《叢碧山房集》中有〈悼亡〉詩說：「漫說前因與後因，眼前業果確定誰是真實的？與君剛剛結婚的日子，怪煞彈著箜篌入夢的人。」就是記載這件事情的。按：我考證「箜篌入夢」，古書上記載了兩個故事：一個是《仙傳拾遺》，記載薛肇攝召陸長源女兒的生魂去和崔宇相會的故事，另一個是《逸史》，記載盧二舅攝召柳家女兒的生魂去和李生相會的故事，這兩個故事都是把人家的未婚妻當作藝伎來侍奉酒宴，也太過惡作劇了。最近聽說呂道士等人也有這種法術（故事詳見〈灤陽消夏錄〉）。

【研析】龐雪崖因一夢而厭惡結髮妻子，後來的〈悼亡〉詩流露了悔恨之情。「箜篌入夢」之典，也是以玩弄女性為樂，作者批評為「殊太惡作劇」，表現了作者的正義感。

劉石渠

葉旅亭言：其祖猶及見劉石渠❶。一日，夜飲，有契友逼之召仙女。石渠命掃一室，戶懸竹簾，燃雙炬於几。眾皆移席坐院中，而自禹步❷持咒，取界尺❸拍案一聲，簾內果一女子亭亭立。友視之，乃其妾也，奮起欲毆。石渠急拍界尺一聲，見火光蜿蜒如掣電，已穿簾去矣。笑語友曰：「相交二十年，豈有真以君妾為戲者。適攝狐女，幻形激君一怒為笑耳。」友急歸視，妾乃刺繡未輟也。如是為戲，庶乎在不即不離間矣。余因思李少君❹致李夫人❺，但使遠觀而不使相近，恐亦是攝召精魅，作是幻形也。

【章旨】此章講述了一個術士召魂的故事。

【注釋】❶劉石渠　清代術士。❷禹步　巫師道士作法時的一種步法。❸界尺　寫字時用以間隔行距的文具。❹李少君　西漢術士，臨淄（今山東淄博）人。武帝時以祠灶卻老方見帝，得到武帝寵信。後病死。按：據《史記・孝武本紀》，召李夫人者為「齊人少翁」。作者此處記憶有誤。❺李夫人　西漢李延年的妹妹。妙麗善舞，延年有寵於武帝，李夫人因平陽公主言於帝，也得到武帝寵幸。早卒。武帝畫了她的畫像於甘泉宮，思念不已。方士齊人少翁說能召致其神。於是夜張燈設帷帳，讓武帝在其他帷帳遙望，果然看見一個像李夫人的漂亮女子。

【語譯】葉旅亭說：他的祖父還趕得上見過劉石渠。有一天，劉石渠和朋友晚上喝酒，有位交情很好的朋友逼劉石渠召喚仙女。劉石渠叫人打掃一個房間，門口掛上竹簾，在几案上點燃一對蠟燭。大家都移動酒席坐在院子中，而劉石渠自己邁著禹步念咒語，取界尺一拍桌子，竹簾裡果然出現一位女子亭亭玉立。朋友一看，竟然是自己的侍妾，奮身跳起來就要打。劉石渠急忙用界尺再一拍桌子，見一道火光蜿蜒曲折像閃電似的，那侍妾已經穿過竹簾消失了。劉石渠笑著對朋友說：「我們相交有二十年了，怎麼會真拿您的侍妾開玩笑呢！我剛才攝召來的是狐女，幻化成您侍妾的外形激您發怒來開個玩笑罷了。」朋友急忙回家看看，侍妾還在刺繡沒有停手。像這樣的開玩笑，大概在於不即不離之間了。我由此想到西漢武帝時李少君召喚李夫人的靈魂，武帝只能遠看而不能接近，恐怕也是攝召妖精鬼魅，變成這樣的幻化形象吧。

【研析】齊人少翁用方術召來李夫人的魂魄，以解武帝思念之苦。但據今人研究，齊人少翁使用的是皮影戲的手法，讓皮影投影在帷幕上，遠遠看去，就像真人在活動了。依此類推，劉石渠所謂攝召來朋友侍妾的手法，大約也相去不遠。作者當時尚無法了解真相，產生誤解當屬難免。

僧遭狐算

費長房❶劾治百鬼，乃後失其符，為鬼所殺。明崇儼❷卒，剚刃陷胸，莫測所自。人亦謂役鬼太苦，鬼刺之也。恃術者終以術敗，蓋多有之。劉香畹言：有僧善禁咒，為狐誘至曠野，千百為群，嗥叫搏噬。僧運金杵，擊踣人形一老狐，乃潰圍出。後遇於途，老狐投地膜拜，曰：「曩蒙不殺，深自懺悔。今願皈依受五戒❸。」僧欲摩其頂，忽擲一物冪僧面，遁形而去。其物非帛非革，色如琥珀，粘若漆，牢不可脫。瞀悶❹不可忍，使人奮力揭去，則面皮盡剝，痛暈殆絕。後痂落，無復人狀矣。又一遊僧，榜門曰「驅狐」。亦有狐來誘，僧識為魅，搖鈴誦梵咒❺，狐駭而逃。旬月❻後，有媼叩門，言家近墟墓，日為狐擾，乞往禁治。僧出小鏡照之，灼然人也，因隨往。媼導至堤畔，忽攫其書囊擲河中，符籙法物，盡隨水去。媼亦奔匿秫田中，不可蹤跡。方懊惱間，瓦礫飛擊，面目俱敗。幸賴梵咒自衛，狐不能近，狼狽而歸。次日，即愧遁。久乃知媼即土人，其女與狐昵。因其女，賂以金，使盜其符耳。此皆術足以勝狐，卒為狐算。狐有策而僧無備，狐有黨而僧無助也。況術不足勝而輕與妖物角乎！

【章旨】此章講述了兩個遭狐仙暗算的僧人的故事。

【注釋】❶費長房　東漢方士。汝南（郡治今河南上蔡西南）人。曾為市掾。傳說從壺公入山學仙，未成辭歸。能醫眾病，鞭笞百鬼，驅使社公。後失其符，為眾鬼所殺。事見《後漢書・方術傳下》。❷明崇儼　唐代偃師（今河南偃師）人。以奇技自名，能盛夏得雪，四月得瓜。累遷正諫大夫。後被盜所刺死。❸五戒　為佛教中在家的男女教徒所應遵守的五項戒條：不殺生、不偷盜、不邪淫、不妄語、不飲酒。❹瞀悶　目眩暈厥。❺梵咒　參見本書卷九〈說神仙感遇〉則注釋❷。❻旬月　一個月。

【語譯】費長房能用符咒懲治各種鬼怪，後來失去了符咒，最終被鬼殺死。明崇儼死時，有刀插入胸膛，也不知凶器從何而來。有人說，他驅使鬼怪太苦，鬼刺殺了他。依靠法術的人終究會因為法術而失敗，這樣的事是很多的。劉香畹說：有位僧人善於念禁咒，被狐狸精引誘到曠野上，成千上百的狐狸精成群，嗥叫著撲向他撕咬。僧人揮動金杵，擊倒了一個化作人形的老狐狸，於是得以突圍逃出來。後來僧人在路上遇到那隻老狐狸，老狐狸跪在地上向他頂禮膜拜，說：「過去蒙您沒有殺我，我自己深深懺悔。如今我願意皈依佛法，接受五戒。」僧人想給老狐狸摩頂受禮，老狐狸忽然擲出一樣物品罩在僧人臉上，變形逃走了。罩在僧人臉上的這樣東西不是絲綢，也不是皮革，顏色像琥珀，粘度像膠漆，牢固地沾在僧人臉上無法脫下來。僧人憋悶得無法忍受，請人用力把這樣東西揭掉，於是僧人臉上的皮膚都被剝了下來，痛得幾乎暈死過去。後來僧人臉上傷口結痂脫落後，已經不再有人樣了。還有一個雲遊僧人，在門上張貼告示說「驅趕狐狸精」。也有狐狸精來引誘他，僧人識破他是妖魅，搖鈴念誦梵咒，狐狸精嚇得逃走了。一個月後，有位老婦人上門，說自己家住得靠近墳場，天天被狐狸精騷擾，請僧人前去禁絕懲治狐狸精。僧人拿出小鏡子照老婦人，這老婦人確實是人，因此就跟著她前往。老婦人帶著僧人走到堤岸邊，突然搶過僧人的書袋丟到河裡去，僧人的符籙、法物都隨河水漂走了。這個老婦人也跑到高粱地裡躲起來，找不到她的蹤跡。僧人正在懊惱時，忽然有碎磚爛瓦飛砸過來，僧人的臉面都被打傷了。幸虧僧人靠著念咒自衛，狐狸精不能靠近，才得以狼狽地逃回去。第二天，僧人就慚愧地逃走了。時間久了，人們才知道那個老婦人是本地人，她的女兒和狐狸精親昵。狐狸精就利用女兒的關係，用錢收買老婦人，讓她去搶奪僧人的符籙。這些都是有法術足以戰勝狐狸精，最終卻被狐狸精用計打敗了。因為狐狸精有計謀，而僧人沒有準備；狐狸精有同黨，而僧人沒有幫手。何況，掌握的法術不足以取勝而輕易和妖魅角力呢！

【研析】僅有驅妖的法術，還不足以根除妖魅。要徹底驅妖，就必須有嚴密的計畫、高度的警惕、廣泛的同盟軍，以及驅妖務盡的決心。驅妖如此，除惡也當如此。

數不可逃

舅氏五占安公言：留福莊木匠某，從卜者❶問婚姻。卜者戲之曰：「去此西南百里，某地某甲今將死，其妻數合嫁汝。急往訪求，可得也。」匠信之，至其地，宿村店中。遇一人，問：「某甲居何處？」其人問：「訪之何為？」匠以實告。不慮此人即某甲也，聞之恚憤，掣佩刀欲刺之。匠逃入店後，逾垣遁。是人疑主人匿室內，欲入搜。主人不允，互相格鬥，竟殺主人。論抵伏法。而匠之名姓里居，則均未及問也。後年餘，有媼同一男一婦過獻縣，云叔及寡嫂也。媼暴卒，無以斂，叔乃議嫁其嫂。嫂無計，亦曲從。匠尚未娶，眾為媒合焉。後詢其故夫，正某甲也。異哉！卜者不戲，匠不往；匠不往，無從與某甲鬥；無從與某甲鬥，則主人不死；主人不死，則某甲不論抵；某甲不論抵，此婦無由嫁此匠也。乃無故生波，卒輾轉相牽，終成配偶，豈非數使然哉！又聞京師西四牌樓，有卜者日設肆於衢。雍正庚戌❷閏六月，忽自卜十八日橫死，相距一兩日耳。自揣無死法，而爻象❸甚明，乃於是日鍵戶❹不出，觀何由橫死。不慮忽地震，屋圮壓焉。使不自卜，是日必設肆通衢中，烏由覆壓？是亦數不可逃，使轉以先知誤也。

【章旨】此章講述了一個木匠因聽信卜者之言娶妻而引發的一連串巧合。

【注釋】❶卜者　指以占卜算命為職業的人。❷雍正庚戌　即清雍正八年，西元一七三〇年。❸爻象　《周易》中六爻相交成卦所表示的事物形象。《易·繫辭下》：「爻象動乎內，吉凶見乎外。」後因以「爻象」指吉凶。❹鍵戶　鎖上房門。

【語譯】我的舅父安五占先生說：留福莊有個木匠某人，向算命先生卜問自己婚姻，算命先生開玩笑地說：「由此向西南方行走百里，某個地方的某甲如今快要死了，他的妻子注定要嫁給你。你趕快去探訪尋求，就可以娶到這個女人了。」木匠相信算命先生的話，來到那個地方，住在村中的旅店裡。木匠遇見一個人，問道：「某甲住在哪兒？」那個人詢問說：「你找他有什麼事？」木匠就把實話告訴他。沒想到這個人就是某甲，聽到木匠的話非常憤怒，拔出佩刀就要刺殺木匠。木匠逃進旅店的後院，翻牆逃跑了。這個人懷疑是店主人把木匠藏在屋內，就想進屋搜查。店主人不答應，兩人互相打鬥起來，某甲竟然將店主人殺死了。某甲論罪償命，被處以死刑。而木匠的姓名籍貫，大家卻都沒有來得及問過。過了一年多，有位老太太和一個男子、一個婦人經過獻縣，說是小叔和守寡的嫂子。老太太突然死了，沒有錢收殮埋葬，小叔就和人們商量把自己嫂子嫁出去。嫂子沒辦法，也只好委曲地順從。木匠還沒有娶妻，大家做媒為他們撮合，讓木匠和那個婦人結了婚。木匠後來詢問那婦人的前夫，正是某甲。這太奇怪了！算命先生不開玩笑，木匠不會去那個地方；木匠不去那個地方，就不會與某甲爭鬥；木匠不與某甲爭鬥，店主人就不會死；店主人不死，那麼某甲不會被判償命；某甲不被判償命，這個婦人就不會嫁給木匠。這真是無端地生出許多波瀾，最後輾轉互相牽連，木匠與那個婦人終究成了夫妻，這難道不是氣數注定而成的嗎！我又聽說京師西四牌樓，有個算命先生天天在街上擺攤。雍正八年閏六月，算命先生忽然算到自己要在十八日橫死，相距十八日只有一兩天時間而已。自己揣摩沒有死的道理，但是卦象很清楚。於是算命先生就在那天關門不出去，看看是什麼原因會造成橫死的。沒想到忽然發生地震，房屋倒塌，把他壓死了。假使他不給自己算卦，這天必定仍然在大街上擺卦攤，怎會被屋子壓死呢？這也是氣數注定，勢不可逃，使他反而由於預先知道而誤了性命啊。

【研析】一連串不可思議的巧合，造成了預知的結果。這是氣數注定，還是純屬巧合，留待讀者判斷。

畫士張無念

畫士❶張無念，寓京師櫻桃斜街，書齋以巨幅闊紙為窗櫺❷，不著一櫺，取其明也。每月明之夕，必有一女子全影在櫺心。啟戶視之，無所睹，而影則如故。以不為禍祟，亦姑聽之。一夕諦視，覺體態生動，宛然入畫。戲以筆四圍鉤之，自是不復見。而牆頭時有一女子露面下窺。忽悟此鬼欲寫照，前使我見其形，今使我見其貌也。與語不應，注視之，亦不羞避，良久乃隱。因補寫眉目衣紋，作一仕女圖。夜聞窗外語曰：「我名亭亭。」再問之，已寂。乃並題於櫺上，後為一知府買去（或曰是李中山）。或曰：「狐也，非鬼也，於事理為近。」或曰：「本無是事，無念神其說耳。」是亦不可知。然香魂才鬼，恆欲留名於後世。由今溯古，結習相同，固亦理所宜有也。

【章旨】此章講述了畫士張無念為鬼寫照的故事。

【注釋】❶畫士　畫師。❷櫺　通「幀」。畫幅。

【語譯】畫師張無念，住在京師櫻桃斜街，書齋都用大幅闊紙裱為窗紙，不留一格窗櫺，取其採光明亮。每當月光明亮的夜晚，必定有個女子全身影在窗紙的中心。張無念開門看時，看不見什麼，但影子卻依然存在。張無念因為影子沒有為禍作祟，也就隨她去了。一天晚上，張無念仔細觀看，覺得那影子體態生動，宛然可以入畫。張無念玩笑似地用筆把影子輪廓勾勒下來，從此再也看不見影子。但是，牆頭上時常有個女子露出臉向下窺看。張無念忽然省悟這個鬼想要畫像，先前使我看見她的身形，現在使我看見她的容貌。張無念同那女子說話，她沒有回答；仔細注視她，她也不害羞，過了很久才隱沒。張無念因而就在窗紙的畫像上補畫了眉眼和衣飾，畫成一幅仕女圖。張無念晚上聽到窗外有聲音說：「我叫亭亭。」再問她時，已經寂然沒有聲響了。於是，張無念就把她的姓名題在畫像上。後來這幅畫像被一個知府買去了（有人說就是李中山）。有人說：「那女子是狐狸精，不是鬼，這樣說才比較合乎情理。」有人說：「本來沒有這件事，張無念故意把畫像說得神乎其神而已。」這兩種說法究竟誰是誰非，也不可知曉了。然而，那些香魂才鬼都想留名於後世。從現在追溯到古代，這種習性是相同的，而且本來也是理所當然的事情。

【研析】為狐仙畫像、還是為女鬼作畫，都能夠引發人們的無限遐想。而把這個故事說成是畫師的自我炒作，未免大煞風景，索然無趣。看來作者是傾向前者，這也是文人的習性使然。

少男強姦案

姚安公官刑部江蘇司郎中❶時，西城移送一案，乃少年強汙幼女者。男年十六，女年十四。蓋是少年遊西頂歸，見是女擷菜圃中，因相逼脅。邏卒❷聞女號呼聲，就執之。訊未竟，兩家父母俱投詞：乃其未婚妻，不相知而誤犯也。於律未婚妻和姦❸有條，強姦無條。方擬議間，女供亦復改移，稱但調謔而已，乃薄責而遣之。或曰：「是女之父母受重賂，女亦愛此子丰姿，且家富，故造此虛詞以解紛。」姚安公曰：「是未可知。然事止婚姻，與賄和人命，冤沉地下者不同。其姦未成無可驗，其賄無據難以質。女子允矣，父母從矣，媒保有確證，鄰里無異議矣，兩造之詞亦無一毫之牴牾矣，君子可欺以其方，不能橫加鍛煉❹，入一童子遠戍也！」

【章旨】此章講述了一個少男強姦少女未遂案子在審訊時發生的種種變故。

【注釋】❶刑部江蘇司郎中　刑部主管一地案子的中層官員。❷邏卒　巡邏的士兵。❸和姦　謂男女雙方無夫妻關係而自願發生性行為。❹鍛煉　比喻枉法陷人於罪。

【語譯】先父姚安公擔任刑部江蘇司郎中時，西城移送來一個案子，是一個少年強姦幼女案。少年的年齡十六歲，幼女的年齡十四歲。原來是這個少年到西頂遊玩回家，看見這個幼女在菜園裡摘菜，因而就使用威逼脅迫的手段要強姦她。巡邏的兵丁聽到幼女呼喊，就把少年抓住了。案子審訊還沒有結束，男女兩家父母都送來辯護詞：說幼女是少年的未婚妻，兩人互相不認識而少年誤犯了幼女。按照法律，和未婚妻通姦有條款，強姦未婚妻卻沒有條款。判官正在商議定罪時，幼女的供詞也作了改變，只說是少年調笑戲謔自己而已，於是官府把他們輕輕責備一番，然後就把他們放了。有人說：「這是女方父母接受了男方的厚金賄賂，幼女也喜愛這個少年的美貌豐姿，而且少年家庭富裕，所以捏造這種假供詞來解決糾紛。」姚安公說：「是不是這樣我們無法知道。然而，這件事了結在婚姻上，這和用賄賂來銷除人命，使屈死者沉冤地下的案子不同。那個少年強姦未遂無法檢驗，說他家行賄沒有證據難以對質。幼女同意了，父母聽從了，媒人保人有確實的證明，鄰居們沒有異議，男女雙方的供詞也沒有一絲一毫的相互矛盾之處。做君子的可以因為正直而受到欺騙，卻不能橫生枝節去羅織罪名，判處一個少年流放到遠方呀！」

【研析】這起強姦未遂案如此了結，看來是皆大歡喜：對少年來說，免於牢獄之苦；對幼女來說，嫁了一戶有錢人家；對雙方父母來說，都是不錯的結局；而對審案的官員來說，則是做了一件好事。唯獨對於法律來說，是徇私枉法。不過，姚安公對此有一番說詞，是非曲直，讀者自會評判。

戲語成真

某公夏日退朝，攜婢於靜室晝寢。會閽者❶啟事，問：「主人安在？」一僮故與閽者戲，漫應曰：「主人方擁爾婦睡某所。」婦適至前，怒而詬詈❷。主人出問，笞逐此僮。越三四年，閽者婦死。會此婢以抵觸失寵，主人忘前語，竟以配閽者。事後憶及，乃浩然歎曰：「豈偶然歟！」

【章旨】此章講述了一個僮僕的一句戲語後竟成真的故事。

【注釋】❶閽者　守門人。❷詬詈　謾罵。

【語譯】某位官員在夏天退朝回家後，拉著婢女在幽靜的房間裡午睡。剛好守門人來報告事情，問：「主人在哪裡？」一個僮僕故意同守門人開玩笑，隨口回答說：「主人正摟著你的老婆在某處睡覺。」守門人老婆恰好來到僮僕面前，就生氣地怒罵這個僮僕。主人出來問明原因，打了僮僕一頓，將他趕了出去。過了三四年後，守門人的老婆死了。恰好那個婢女因為頂撞主人而失寵，主人忘記以前說的話，就把這個婢女許配給了守門人。主人事後想起以前的事，才浩然長歎說：「這怎麼會是偶然的呢！」

【研析】作者說了個「戲語成真」的故事，文中那個婢女只是故事情節發展的一環。但筆者卻以為那個婢女更值得關注：這個婢女先被主人姦汙，後又被主人隨意許配他人。主人將其許配他人時，根本沒有問過她的感受，而且又以「戲語成真」，為自己找到解脫的理由。婢女的命運是無人會來關注的，這就是封建社會婦女的命運。

廢寺破鐘

文水❶李華廷言：去其家百里一廢寺，云有魅，無敢居者。有販羊者十餘人，避雨宿其中。夜聞嗚嗚聲，暗中見一物，臃腫團圞❷，不辨面目，蹣跚而來，行甚遲重。眾皆無賴少年，殊不恐怖，共以破磚擲擊。中聲錚然，漸縮退欲卻。覺其無能，噪而追之。至寺門壞牆側，屹然不動。逼視，乃一破鐘，內多碎骨，意其所食也。次日，告土人，冶以鑄器，自此怪絕。此物之鈍極矣，而亦出嚇人，卒自碎其質。殆見夫善幻之怪，有為祟者，從而效之也。余家一婢，滄州山果莊人也。言是莊故盜藪❸，有人見盜之獲利，亦從之行。捕者急，他盜格鬥跳免，而此人就執伏法焉。其亦此鐘之類也夫。

【章旨】此章講述了一座廢寺裡一口破鐘作祟的故事。

【注釋】❶文水　縣名。在山西中部、太原盆地西緣，汾河支流文峪河流經境內。❷團圞　圓形貌。❸盜藪　強盜聚集的地方。

【語譯】文水縣人李華廷說：離他家百里外有一座荒廢的寺院，人們都說寺裡有妖怪，所以沒有人敢在寺裡居住。有十幾個羊販子，避雨住宿在這座破寺裡。他們在夜晚聽到嗚嗚的響聲，黑暗中看見一樣東西，體圓臃腫，無法分辨它的面目。這個怪物步履蹣跚地朝他們走來，行動十分遲緩笨重。羊販子都是些無賴少年，根本不感到恐怖害怕，一起撿起破磚爛瓦擲過去。磚瓦擊中怪物發出清亮的聲音，那怪物漸漸退縮想逃走。大家更覺得這怪物沒有能耐，鼓噪著去追趕它。怪物跑到寺門破牆旁邊，就站著不動了。大家走近一看，原來是一口破鐘，鐘裡有很多碎骨頭，大概是怪物所吃剩的。第二天，羊販子告訴當地人，把這口破鐘熔化了鑄造其他器具，從此怪物就絕跡了。這個怪物真是遲鈍極了，卻也要出來害人，最終落個粉身碎骨的下場。大概這個怪物看到那些善於變幻的妖怪有出來作祟的，它跟著仿效吧！我家有個婢女，是滄州山果莊人。她說，山果莊原是個強盜窩，有人看到當強盜能夠獲利發財，也跟著去當強盜。官府捕捉強盜緊急時，其他強盜與官兵格鬥逃走而免於治罪，只有這個人被抓獲處死了。這個人也是那個破鐘之類啊。

【研析】看人獲利就跟著學，而不問獲利的手段是否正當。一旦有變，利沒有得，卻先遭禍，咎由自取，也就怨不得他人了。這口破鐘可為戒鑑。

柳某負心

舅氏安公介然言：有柳某者，與一狐友，甚昵。柳故貧，狐恆周其衣食。又負巨室❶錢，欲質❷其女。狐為盜其券，事乃已。時來其家，妻子皆與相問答，但惟柳見其形耳。狐媚一富室女，符籙不能遣，募能劾治者予百金。柳夫婦素知其事，婦利多金，慫恿柳伺隙殺狐。柳以負心為歉，婦誶曰：「彼能媚某家女，不能媚汝女耶？昨以五金為汝女製冬衣，其意恐有在。此患不可不除也！」柳乃陰市砒霜❸，沽酒以待。狐已知之。會柳與鄉鄰數人坐，狐於簷際呼柳名，先敘相契之深，次陳相周❹之久，次乃一一發其陰謀曰：「吾非不能為爾禍，然周旋已久，寧忍便作寇仇？」又以布一匹、棉一束自簷擲下，曰：「昨爾幼兒號寒苦，許為作被，不可失信於孺子也。」眾意不平，咸誚讓柳。狐曰：「交不擇人，亦吾之過。世情如是，亦何足深尤？吾姑使知之耳。」太息而去。柳自是不齒於鄉黨❺，亦無肯資濟升斗者。挈家夜遁，竟莫知所終。

【章旨】此章講述了一個與狐仙交友，卻又為錢財而出賣狐仙的卑鄙小人的故事。

【注釋】❶巨室　參見本書卷六〈夙世冤愆〉則注釋❶。❷質　典當；抵押。❸砒霜　參見本書卷四〈雷劈逆子〉則注釋❹。❹相周　相互救濟。❺鄉黨　參見本書卷四〈無賴王禿子〉則注釋❹。

【語譯】我的舅父安介然先生說：有個柳某，和一個狐仙交朋友，關係很親密。柳某本來貧窮，狐仙經常周濟他家衣服糧食。柳某又因為欠了某個大戶人家的錢，打算把女兒抵押給這戶人家。狐仙為柳某偷來那份契約，賣女兒的事才沒有辦成。狐仙時常來柳家，柳某的妻子、孩子都能和狐仙說話，但只有柳某見過狐仙的模樣。狐仙媚惑一個富有人家的女兒，那戶富有人家用符咒之類的方法不能趕走他，就招募能夠劾治狐仙的人給予一百兩銀子。柳家夫妻一向知道這件事，柳某妻子貪圖錢財，慫恿柳某找機會殺死狐仙。柳某認為這是負心行為，心中感到歉意而不肯，妻子罵他說：「他能夠媚惑某人家的女兒，就不會媚惑你的女兒嗎？昨天他拿來五兩銀子給你女兒做冬衣，他的用意恐怕就在此了。這個禍患不能不除啊！」於是柳某暗地裡買來砒霜，買酒等待狐仙到來。狐仙已經知道柳某的陰謀了。等到柳某和鄉親鄰居幾個人坐在一起的時候，狐仙在屋簷上喊柳某的名字，首先敘述互相交往感情的深切，接著陳說自己周濟柳某的長久，最後一一揭發柳某夫妻的陰謀，說：「我並非不能成為你的禍害，但是我與你相交已經很久了，怎能忍心就把你當作仇敵呢？」狐仙又把一匹布、一束棉花從屋簷上丟下來，說：「昨天你的小兒子叫喊寒冷，我答應給他做棉被，我不能失信於小孩子。」大家聽了心中憤憤不平，都責罵柳某。狐仙說：「交朋友沒有選擇人，也是我的過失。世間人情就是這樣，又何必大大地責備他呢？我只是讓大家知道柳某是這樣的人罷了。」說完，狐仙長歎著離去。柳某從此被鄉親們所鄙視，也沒有人肯資助周濟柳某一升一斗的糧食。柳某帶著家人在夜裡逃走了，人們竟然不知道他的下場。

【研析】貪心是人類最可惡、也是最難以根除的劣性。貪心可以使人出賣良心，貪心也可以使人踐踏神聖的準則。中外古今有良知者都鄙視並譴責貪心。如西方童話就有「漁夫與金魚」的故事，與作者所說的這個故事相類似，表達了人類所共有的情感。

佟園縊鬼

舅氏張公夢徵言：滄州佟氏園未廢時，三面環水，林木翳如，遊賞者恆借以宴會。守園人每聞夜中鬼唱曰：「樹葉兒青青，花朵兒層層。看不分明，中間有個佳人影。只望見盤金❶衫子，裙是水紅綾❷。」如是者數載。後一妓為座客毆辱，恚而自縊於樹。其衣色一如所唱，莫喻其故。或曰：「此縊鬼候代，先知其來代之人，故喜而歌也。」

【章旨】此章講述了一個縊鬼因得到人替代而歌唱的故事。

【注釋】❶盤金　用金線在繡品圖案上再加工。❷水紅綾　一種水紅色的絲織品。

【語譯】舅舅張夢徵先生說：滄州佟氏的園林沒有荒廢時，三面環水，林木幽深，遊覽賞玩的人常常借這個園林舉行宴會。守園人夜裡常常聽到鬼唱歌，歌詞是：「樹葉兒青青，花朵兒層層。看不分明，中間有個佳人影。只望見穿著盤金衫子，裙子是水紅綾做的。」這樣的情況持續了幾年。後來，有個妓女被座中客人毆打侮辱，極為悲憤，因而在樹上吊死了。她穿的衣服樣式和顏色，和鬼歌唱的一樣，人們不知道這是什麼緣故。有人說：「這是吊死鬼等候替代，預先知道了來替代的是個怎麼樣的人，故而高興地歌唱呀。」

【研析】縊鬼求代，是古代小說中常有的情節。這可能是因為農村婦女自殺往往採用上吊，人們為解釋婦女自盡的原因，就歸結為縊鬼求代了。民間傳說中，不僅縊鬼要有人替代才能得以轉世，其他非正常死亡人的鬼魂要轉世，也必須要經歷這樣的過程。上天好生，故設置種種障礙。佛如是說。

青縣農婦

青縣❶一農家，病不能力作。餓將殆，欲鬻婦以圖兩活。婦曰：「我去，君何以自存？且金盡仍餓死。不如留我侍君，庶飲食醫藥，得以檢點❷，或可冀重生。我寧娼耳。」後十餘載，婦病垂死，絕而復蘇曰：「頃恍惚至冥司，吏言娼女當墮為雀鴿；以我一念不忘夫，猶可生人道也。」

【章旨】此章講述了青縣一農婦為救丈夫而犧牲自己的故事。

【注釋】❶青縣 縣名。在河北東南部，鄰接天津。❷檢點 查點；收拾。

【語譯】青縣有個農民，因病不能勞作，餓得快要死了，想賣掉妻子以求兩個人都能活下去。他妻子說：「我走了，您怎能活下來？況且賣我得到的錢用完之後，您還是會餓死的。不如留下我侍奉您，使您的飲食醫藥，都能夠得到照料收拾，或許還可以希望您能恢復健康。我寧願去做娼妓。」十幾年後，這個農婦病重快要死了，昏迷過去又蘇醒過來，說：「剛才恍恍惚惚到了陰間衙門，陰間衙門的官員說當娼妓的女子應當墮落為麻雀鴿子；因為我念念不忘丈夫，所以還可以託生為人。」

【研析】這個青縣農婦為了丈夫忍辱負重，死後非但得不到褒彰，卻還被羞辱一番。總算是法外施恩，准許她再世為人。如果這個農婦不為丈夫做出如此犧牲，她轉世為人豈不更為順當？陰間賞罰，竟是如此不公，真讓人憤憤不平。

侍妾郭姬

侍姬郭氏，其父大同❶人，流寓天津。生時，其母夢鬻端午❷彩符者，買得一枝，因以為名。年十三，歸余。生數子，皆不育；惟一女，適德州盧蔭文，暉吉觀察❸子也。暉吉善星命❹，嘗推其命，壽不能四十，果三十七而卒。余在西域❺時，姬已病瘵❻，祈籤關帝❼，問：「尚能相見否？」得一籤曰：「喜鵲簷前報好音，知君千里有歸心。繡幃重結鴛鴦帶，葉落霜雕寒色侵。」謂余即當以秋冬歸，意甚喜。時門人邱二田在寓，聞之，曰：「見則必見，然末句非吉語也。」後余辛卯❽六月還，姬病良已。至九月，忽轉劇，日漸沉綿，遂以不起。歿後，曬其遺篋，余感賦二詩，曰：「風花還點舊羅衣❾，惆悵酴醾❿片片飛。恰記香山居士⓫語，『春隨樊素⓬一時歸』。」（姬以三月三十日亡，恰送春之期也。）「百折湘裙颭⓭畫欄，臨風還憶步珊珊。明知神讖曾先定，終惜『芙蓉不耐寒』。」（「未必長如此，芙蓉不耐寒」，寒山子⓮詩也），即用籤中意也。

【章旨】此章作者追憶侍妾郭氏生平，惋惜郭氏早卒。

【注釋】❶大同　參見本書卷七〈孫白谷降壇詩〉則注釋❾。❷端午　即端午節。❸觀察　清代對道員的尊稱。❹星命　推測人的氣數、命運的方術之一。古人認為人間的行為和命運常同星宿的位置、運行有關，所以各人有各人的星命，時日有它的吉凶。一般以出生年、月、日、時，配合日、月和水、火、木、金、土五星的位置和運行，來推算人的命運。❺西域　舊指玉門關（今甘肅敦煌西北）以西地區的總稱。❻病瘵　肺結核病。❼關帝　參見本書卷二〈嫁禍於神〉則注釋❹。❽辛卯　即清乾隆三十六年，西元一七七一年。❾羅衣　輕軟絲織品製成的衣服。❿酴醾　植物名。亦稱「佛見笑」。薔薇科。初夏開花，大型，白色，重瓣，不結實。栽培供觀賞。⓫香山居士　參見本書卷四〈臥虎山人降乩〉則注釋❿。⓬樊素　唐代藝妓，善歌唱。白居易有多首詩吟詠她，如：「櫻桃樊素口。」⓭颭　風吹物使顫動。唐代柳宗元〈登柳州城樓寄漳汀封連四州〉詩：「驚風亂颭芙蓉水，密雨斜侵薜荔牆。」⓮寒山子　唐代著名詩僧。居浙江天台寒岩，因稱寒山子或寒山。有《寒山子詩集》三卷。

【語譯】我的侍妾郭氏，她父親是大同人，流落到天津便住了下來。郭氏出生的時候，她母親夢見賣端午彩符的人，就買了一枝，因此為她取名叫彩符。她十三歲時就嫁給我。生過幾個兒子，都沒有養大；只有一個女兒，嫁給德州盧蔭文。蔭文是盧暉吉觀察的兒子。盧暉吉會星命之術，曾經推算郭氏壽命不會超過四十歲，果然，她三十七歲時就去世了。我在西域時，郭氏已經生了肺病，她到關帝廟求籤，詢問：「還能不能相見？」得到一支籤，上面寫道：「喜鵲在屋簷前報好音訊，知道夫君千里有歸心。繡花幃帳重結鴛鴦帶，然而葉落霜雕寒色侵淩。」她認為說的是我會在秋冬時節回來，心中很高興。當時，我的門人邱二田在我家居住，聽到這首籤語，說：「見面那是必然會見面的，不過最後一句不是吉利話。」後來我在乾隆三十六年六月回來，郭氏的病已經大好了。到了九月，郭氏的病情忽然轉重，病勢一天天沉重，於是就這樣去世了。她去世後，翻曬她的衣箱遺物，我感慨地賦詩兩首：「風花還檢點舊羅衣，惆悵中酴醾花片片飛舞。恰好記起香山居士語，『春天隨著樊素一時歸去』。」（郭氏在三月三十日去世，恰好是送春的日子。）「百折湘裙在畫欄間顫動，臨風還追憶起你的腳步珊珊。明明知曉神讖曾已先定，終究惋惜『芙蓉不耐寒風』。」（「未必長如此，芙蓉不耐寒」，是寒山子的詩句），這兩首詩就是用了郭氏求來的神籤籤語的意思。

【研析】郭氏雖是小妾，但作者心中仍對她有無數眷戀。一片真情，在詩句中流露。

推命用時

世傳推命[1]始於李虛中[2]，其法用年月日而不用時，蓋據昌黎[3]所作虛中墓誌[4]也。其書《宋史・藝文志》[5]著錄，今已久佚，惟《永樂大典》[6]載虛中《命書》三卷，尚為完帙。所說實兼論八字[7]，非不用時。或疑為宋人所偽託，莫能明也。然考虛中墓誌，稱其最深於五行[8]，書以人始生之年月日，所直日辰，支干相生，勝衰死生，互相斟酌，推人壽夭貴賤、利不利云云。按天有十二辰，故一日分為十二時，日至某辰，即某時也，故時亦謂之日辰。《國語》[9]：「星與日辰之位，皆在北維。」是也。《詩》：「跂彼織女，終日七襄。」[10]孔穎達[11]疏（案：孔穎達疏應作鄭玄[12]箋。）：「從旦暮七辰一移，因謂之七襄。」是日辰即時之明證。《楚辭》[13]：「吉日兮辰良。」，王逸[14]注：「日謂甲乙，辰謂寅卯。」以辰與日分言，尤為明白。據此以推，似乎「所直日辰」四字，當連上年月日為句。後人誤屬下文為句，故有不用時之說耳。余撰《四庫全書總目》[15]，亦謂虛中推命不用時，尚沿舊說。今附著於此，以志余過。至五星[16]之說，世傳起自張果[17]。其說不見於典籍。考《列子》⑱稱稟天命，屬星辰，值吉則吉，值凶則凶，受命既定，即鬼神不能改易，而聖智不能回。王充⑲《論衡》⑳稱天施氣而眾星布精。天施氣而眾星之氣在其中矣，含氣而長，得貴則貴，得賤則賤。貴或秩有高下，富或資有多少，皆星位大小尊卑之所授。是以星言命，古已有之，不必定始於張果。又韓昌黎《三星行》曰：「我生之辰，月宿南斗㉑，牛㉒奮其角，箕㉓張其口。」杜樊川㉔自作墓誌曰：「余生於角星㉕昴畢㉖，於角為第八宮，曰疾厄宮，亦曰八殺宮，土星在焉，火星繼木星土。楊晞曰：『木在張㉗，於角為第十一福德宮。木為福德大，君子無虞也。』余曰：『湖守不周歲遷舍人，木還福於角足矣，火土還死於角宜哉。』」是五星之說，原起於唐，其法亦與今不異。術者託名張果，亦不為無因。特其所託之書，詞皆鄙俚，又在李虛中《命書》之下，決非唐代文字耳。

【章旨】此章考訂推命用時之說，兼論五星之說不起於唐代。

【注釋】❶推命　推算命運；算命。❷李虛中　字常容，唐魏郡（治今河北大名）人。貞元進士，官至殿中侍御史。信道教長生不死之術，精通五行書。以人的生年、月、日，按日辰干支推算壽夭貴賤。後世推為星命家之祖。世傳《李虛中命書》三卷，署名鬼谷子撰，虛中注。事跡見韓愈〈殿中侍御史李君墓誌銘〉。❸昌黎　即韓愈。參見本書卷一〈鬼牒〉則注釋❾。韓愈撰有〈殿中侍御史李君墓誌銘〉，即李虛中墓誌銘。❹墓誌　放在墓中刻有死者傳記的石刻，同時也是墓葬斷代的確證。❺宋史藝文志　《宋史》為二十四史之一，元托克托奉敕編修。記載有宋一代史事。藝文志，史書中記載圖書目錄部分的專名。起於《漢書》，後世相繼編修。《宋史・藝文志》著錄有李虛中《命書格局》二卷，今已佚失。❻永樂大典　參見本書卷二〈李芳樹刺血詩〉則注釋❻。❼八字　參見本書卷二〈知命〉則注釋❹。❽五行　水、木、金、火、土。我國古代稱構成各種物質的五種元素，古人常以此說明宇宙萬物的起源和變化。古時星相家以五行生剋推算命運。因以稱命運。❾國語　傳為春秋時左丘明著。二十一卷。以記西周末年和春秋時期周魯等國貴族的言論為主，可與《左傳》相參證，故有《春秋外傳》之稱。❿跂彼織女二句　語出《詩・小雅・大東》。意思是：織女星座三隻角，一天七次移位忙。⓫孔穎達　唐經學家。字沖遠，冀州衡水（今屬河北）人。歷任國子博士、國子司業、國子祭酒諸職。曾主編《五經正義》。唐代用其書作為科舉取士的標準。⓬鄭玄　參見本書卷十一〈石中物象〉則注釋⓯。⓭楚辭　總集名。西漢王逸為作章句。原收戰國楚人屈原、宋玉及漢代淮南小山、東方朔、王褒、劉向等人辭賦共十六篇。全書以屈原作品為主。⓮王逸　東漢文學家。字叔師，南郡宜城（今屬湖北）人。順帝時官侍中。所作《楚辭章句》是《楚辭》最早的完整注本。⓯四庫全書總目　書目名。清永瑢、紀昀主編。纂修《四庫全書》時，曾將抄錄入庫和抄存卷目的圖書，全部撰寫提要，於乾隆四十六年（一七八一年）彙編此書。二百卷。收正式入庫書三千四百七十種，存目書六千八百十九種。次年又另編《四庫全書簡明目錄》，省略文字，刪除存目，是《總目》的簡編本。⓰五星　指金、木、水、火、土五大行星。古代星命術士以人的生辰所值五星之位來推算祿命，因以指命運。⓱張果　唐方士。久隱中條山，往來汾、晉間，自言生於堯丙子年。武后時，遣使召張果，張果詐死；後有人在恆州山中見到他。張果常倒騎白驢。開元中遣使迎至東都，不久還山，賜號通玄先生。宋元之際有八仙傳說，張果被列為八仙之一，稱張果老。⓲列子　參見本書卷三〈紅柳娃〉則注釋❻。⓳王充　東漢學者。字仲任，會稽上虞（今屬浙江）人。歷任郡功曹、治中等官，後罷職居家，從事著述。著作有《論衡》。⓴論衡　東漢王充著。全書二十多萬字，共三十卷，分八十五篇。闡述了「氣」是萬物本原的學說，解釋人與自然，精神與肉體的關係，並批判當時流行的讖緯神學和宗教思想。㉑南斗　即斗宿。因同「北斗」相對來說位置在南，故稱。㉒牛　星名，二十八宿之一。㉓箕　星名，二十八宿之一。㉔杜樊川　即杜牧。唐代文學家。字牧之，京兆萬年（今陝西長安）人。因長安縣南有樊川，故稱。官至中書舍人。其詩在晚唐成就頗高，後人稱杜甫為「老杜」，杜牧為「小杜」。著有《樊川文集》。㉕角星　即角宿。星宿名。二十八宿之一。東方蒼龍七宿的第一宿。有星兩顆，屬室女座。㉖昴畢　昴宿與畢宿的並稱。同屬白虎七宿。古人以昴畢為冀州的分野。《史記・天官書》：「奎、婁、胃，徐州。昴、畢，冀州。」㉗張　星名，二十八宿之一。朱雀七宿的第五宿，有星六顆，在長蛇座內。

【語譯】世間傳說推算生命長短之術始於李虛中，他的方法是用年、月、日推算，卻不用時辰。這種說法是依據韓愈所作的李虛中墓誌。李虛中的書在《宋史・藝文志》有著錄，如今已經佚失很久了，只有《永樂大典》收錄李虛中的《命書》三卷，還是完整的。書中所說的實際上兼論八字，並非不用時辰。有人懷疑這是宋代人託名偽造的，究竟如何，無法弄清楚了。然而考查李虛中的墓誌，稱讚他最精通五行，所著書中以人出生時的年、月、日，所遇上的日辰，地支天干相生，勝衰死生，互相斟酌研究，推算出這人的壽命長短和富貴貧賤、有利不利等等。據考查，天有十二辰，所以一日分為十二時，太陽運行到某辰，就是某時。所以時也稱為日辰。《國語》上說：「星與日辰的位置，都在北維。」講的就是這一點。《詩經》中有：「織女星座三隻角，一天七次移位忙。」的句子。孔穎達的注釋（案：應當作鄭玄的箋釋）說：「從早到晚七個時辰移動一遍，因此稱為七襄。」這是日辰也就是時的明確證明。屈原在《楚辭・東皇太一》中說：「吉日啊時辰是美好的。」王逸注釋說：「日是指天干甲乙，辰是指地支寅卯。」把辰和日分別講，更為清楚明白。根據這些來推論，似乎讀韓愈所作〈李君墓誌銘〉中「所直日辰」四個字，應當連上文「書以人始生年月日」為一句。後人誤把這四個字與下文接成一句，所以有不用時的說法。我撰寫《四庫全書總目》時，也說李虛中算命不用時，還是沿襲過去的說法。現在附帶寫在這裡，用來記錄我的過錯。至於五星推算人的休咎的說法，相傳始於張果，這種說法不見於典籍記載。考查《列子》說稟承天命，服屬星辰，遇上吉就是吉，遇上凶就是凶。所受的命運既已注定，即使鬼神也不能改變更換，聖人智士也不能迴避。王充在《論衡》中稱說，上天布施氣數，而各種星星分布精神。上天布施氣數，而各種星星的氣數就在其中了。包含氣數而生長，得到貴就貴，得到賤就賤。貴人或許有官位的高低，富人或許有資財的多少，都是因為星位的大小尊卑所給予的。所以用星來論命，自古就已有了，不一定是始於張果。還有，韓愈的〈三星行〉說：「我出生時的時辰，月亮正在南斗星，牛宿奮張其角，箕宿張著口。」杜牧為自己寫的墓誌上說：「我生在角星與昴宿、畢宿相會，而角宿是在第八宮，叫疾厄宮，也稱八殺宮，土星在其中，火星跟著木星、土星。楊晞說：『木星運行於張，對角星而言是第十一福德宮。木星的福德大，君子沒有什麼可憂慮的。』我說：『我當湖州太守不到一年就升任舍人，木星還福於角星足夠了，火星土星把死亡還給角星也是應該的。』」這種五星之說，起源於唐代，它的方法也和現在的方法沒有什麼不同。用五星之術算命的人假託張果的名字，也不是沒有原因的。只是他們所假託的書，詞語都很粗俗，又在李虛中的《命書》之下，絕對不是唐代的文字。

【研析】陰陽五行說與推命術雖不是儒家正統，但士大夫們卻樂此不疲。孔子說天命，不言怪力亂神。而後世士大夫雖尊奉孔子為萬世師表，但骨子裡早已經將諸家學說揉合進儒學，喜談推命、星命就是例證。作者雖是清代大儒，但其思想仍受時代影響，這是沒有疑問的。還須指出，對於李虛中推命是否用「時」，作者經研究認為傳統說法有誤，承認自己在撰寫《四庫全書總目》時的失誤，並說「今附著於此，以志余過」。這種勇於承認錯誤的精神至今值得讚許。

畫妖

霍養仲言：一舊家壁懸〈仙女騎鹿圖〉，款題趙仲穆❶，不知確否也（仲穆名雍，松雪之子也）。每室中無人，則畫中人緣壁而行，如燈戲❷之狀。一日，預繫長繩於軸首，伏人伺之。俟其行稍遠，急掣軸出，遂附形於壁上，彩色宛然。俄而漸淡，俄而漸無，越半日而全隱，疑其消散矣。余嘗謂畫無形質，亦無精氣，通靈幻化，似未必然。古書所謂畫妖，疑皆有物憑之耳。後見林登《博物志》❸載北魏元兆，捕得雲門黃花寺畫妖，兆詰之曰：「爾本虛空，畫之所作，奈何有此妖形？」畫妖對曰：「形本是畫，畫以象真；真之所示，即乃有神。況所畫之上，精靈有憑可通。此臣之所以有感，感而幻化。臣實有罪。」云云，其言似亦近理也。

【章旨】此章講述了一幅畫發生怪異之事，人們疑為畫妖的故事。

【注釋】❶趙仲穆　即趙雍。元代畫家。字仲穆，湖州（今浙江湖州）人。官集賢待制、同知湖州路總管府事。存世作品有〈溪山漁隱〉、〈駿馬圖〉、〈著色蘭竹〉等圖。❷燈戲　也叫「燈影戲」、「皮影戲」、「影戲」。用燈光照射獸皮或紙板作的人物剪影以表演故事的戲劇形式。❸林登博物志　林登，宋人。曾撰《續博物志》，以續張華《博物志》。今《說郛》（商務印書館本）存殘卷。

【語譯】霍養仲說：一戶世族人家，牆壁上掛著一幅〈仙女騎鹿圖〉，落款題名是趙仲穆，不知道是否確實是他的真跡（趙仲穆名趙雍，是趙松雪的兒子）。每當房間裡沒有人時，畫中的人物就會沿著牆壁行走，好像皮影戲的樣子。有一天，有人預先把長繩繫在畫軸頭上，埋伏的人等待奇怪現象的出現。等畫中人行走到稍遠的地方，迅速地把畫軸拉出屋子來，畫中人只得把形象依附在牆壁上，色彩宛然和圖畫一樣。不久顏色漸漸變淡，不久漸漸隱沒，過了半天就全都隱沒了，人們懷疑畫中人已經消散了。我曾經說過圖畫是沒有形象實質，也沒有精氣，說它能夠通靈幻化形體，似乎未必能如此。後來，我看到宋人林登的《續博物志》記載，北魏的元兆，抓獲雲門黃花寺的畫妖，元兆追問畫妖說：「你本來是空虛的，是畫出來的，為什麼有這樣的妖怪的形狀呢？」畫妖回答說：「形象本來是畫出來的，畫像就以畫得像真實的才行；真實的形象有所啟示，便會有神靈。何況在所畫的圖畫上面，精靈有具體事物依憑就可以通靈。這就是我得到生活真實形象的感召，感召下而幻化成妖怪。我實在是有罪的。」等等，畫妖的話似乎也有點道理。

【研析】畫妖之說似屬無稽，權當故事，聊以消遣。但畫妖所謂得到畫的感召，「感而幻化」，才會成妖。將成妖歸咎於畫的「象真」，未免更加荒唐了。

天狐

驍騎校❶薩音綽克圖與一狐友，一日，狐倉皇❷來曰：「家有妖祟，擬借君墳園棲眷屬。」怪問：「聞狐祟人，不聞有物更祟狐，是何魅歟？」曰：「天狐也，變化通神，不可思議；鬼出電入，不可端倪。其祟人，人不及防；或祟狐，狐亦弗能睹也。」問：「同類何不相惜歟？」曰：「人與人同類，強凌弱，智紿愚，寧相惜乎？」魅復遇魅，此事殊奇。天下之勢，輾轉相勝；天下之巧，層出不窮。千變萬化，豈一端所可盡乎！

【章旨】此章講述了天狐作祟害狐仙，同類相殘的故事。

【注釋】❶驍騎校　參見本書卷十〈烏啼〉則注釋❶。❷倉皇　匆促；慌張。

【語譯】驍騎校薩音綽克圖和一個狐仙交朋友。有一天，狐仙慌張地跑來說：「我家有妖精作祟，想借您家的墳園給家屬居住。」薩音綽克圖奇怪地問：「只聽說狐仙作祟害人，沒聽說還有東西能作怪害狐仙，那是什麼妖怪呢？」狐仙說：「那是天狐。牠的變化通達神靈，令人不可思議；牠像鬼怪般出去像雷電般進來，沒有一點預兆。天狐作怪害人，人來不及防備；天狐有時作怪害狐仙，狐仙也不能看到。」薩音綽克圖問狐仙說：「牠與你們都是同類，怎麼不留一點情面呢？」狐仙說：「人與人也是同類，卻是強壯的欺凌弱小的，聰明的欺騙愚笨的，又怎會手下留情呢？」妖怪又碰上妖怪，這件事太奇怪了。天下的世態，反覆爭鬥取勝；天下的機巧，層出不窮。世界的千變萬化，難道是一句話就可以講清楚的嗎？

【研析】天狐祟狐仙，正如人世間的「強凌弱，智紿愚」，沒有正義、沒有公理，剩下的是赤裸裸的強權和霸道。但人畢竟是人，不能等同於獸道。人類是靠正義和公理來維持社會秩序，以保證社會的有序發展。即使強權能夠得逞於一時，但終究要被正義和公理取代。因為，正義和公理的光輝是任何東西都遮掩不了的。

卷十三　槐西雜志三

旅邸臥病詩

丁卯❶同年郭彤綸，戊辰❷上公車❸，宿新中驛❹旅舍。燈下獨坐吟哦，聞窗外語曰：「公是文士，西壁有一詩請教。」出視無所睹，至西壁拂塵尋視，有〈旅邸臥病〉詩八句，詞甚淒苦，而鄙俚不甚成句。豈好疥壁❺人死尚結習未忘耶？抑欲彤綸傳其姓名，俾人知某甲旅卒於是，冀家人歸其骨也？

【章旨】此章講述了一個旅人病臥他鄉，在客舍壁上題詩的故事。

【注釋】❶丁卯　即清乾隆十二年，西元一七四七年。❷戊辰　即清乾隆十三年，西元一七四八年。❸公車　清代稱舉人入京應試為公車。❹新中驛　驛站名。在今河北境內。❺疥壁　謂在壁上所題書畫如疥瘢，令人厭惡。語出唐段成式《酉陽雜俎・語資》：「大曆末，禪師玄覽住荊州陟屺寺，道高有風韻，人不可得而親。張璪嘗畫古松於齋壁，符載贊之，衛象詩之，亦一時三絕。覽悉加堊焉。人問其故，曰：『無事疥吾壁也。』」

【語譯】乾隆十二年與我鄉試同科中舉的郭彤綸，赴京參加乾隆十三年會試途中，住宿在新中驛的旅舍裡。

夜晚，他獨自坐在燈下吟誦詩文，聽到窗外說話聲：「先生是讀書人，西牆上有一首詩請您指教。」郭彤綸走出房沒有看見什麼人，便走到西牆邊，拂去牆上的灰塵察看，牆上果然題寫著一首〈旅邸臥病〉詩，共八句，文詞十分淒苦，而又粗俗鄙俚，不太成詩句。這難道是喜歡胡亂題寫牆壁的人到死還忘不了老習慣嗎？還是想請郭彤綸替他傳揚姓名，使人們知道某某人客死在某某旅舍，希望家屬能來收拾他的骸骨運回家鄉呢？

【研析】旅邸臥病，客死他鄉，心中淒苦不可言狀。或許就是郭彤綸發現了這首題壁詩，遂編造故事以達到宣揚的目的。

宋遇與王成

奴子宋遇凡三娶：第一妻自合巹❶即不同榻，後竟仳離❷。第二妻子必孿生❸，惡其提攜之煩，乳哺之不足，乃求藥使斷產；誤信一王媼言，舂礪石❹為末服之，石結聚腸胃死。後遇病革時，口喃喃如與人辯。稍蘇，私語其第三妻曰：「吾出初妻時，吾父母已受人聘，約日迎娶。妻尚未知，吾先一夕引與狎。妻以為意轉，欣然相就。五更尚擁被共眠，鼓吹已至，妻恨恨去。然媒氏早以未嘗同寢告後夫，吾母兄亦皆云爾。及至彼，非完璧，大遭疑詬，竟鬱鬱卒。繼妻本不肯服石，吾痛捶使嚥盡。歿後懼為厲，又賄巫斬殃❺。今並恍惚見之，吾必不起矣。」已而果然。又奴子王成，性乖僻。方與妻嬉笑，忽叱使伏受鞭。鞭已，仍與嬉笑。或方鞭時，忽引起與嬉笑；既而曰：「可補鞭矣。」仍叱使伏受鞭。大抵一日夜中，喜怒反覆者數次。妻畏之如虎，喜時不敢不強歡，怒時不敢不順受也。一日，泣訴先太夫人。呼成問故，成跪啟曰：「奴不自知，亦不自由。但忽覺其可愛，忽覺其可憎耳。」先太夫人曰：「此無人理，殆佛氏所謂夙冤❻耶！」慮其妻或輕生，並遣之去。後聞成病死，其妻竟著紅衫。夫夫為妻綱❼，天之經也。然尊究不及君，親究不及父，故「妻」又訓「齊」，有敵體之義❽焉。則其相與，宜各得情理之平。宋遇第二妻，誤殺也，罪止太悍。其第一妻，既已被出而受聘，則恩義已絕，不當更以夫婦論，直誘汙他人未婚妻耳。因而致死，其取償也宜矣。王成酷暴，然未致婦於死也，一日居其室，則一日為所天。歿不制服❾，反而從吉，是悖理亂常也。其受虐固無足憫焉。

【章旨】此章以兩名奴僕殘害自己妻子，終遭報應的故事，論述了夫妻相處的道理。

【注釋】❶合巹　古代結婚儀式之一。後以此稱結婚。❷仳離　猶言別離。舊時指婦女被遺棄而離去。❸孿生　雙生。一胎生兩個嬰兒。❹礪石　可作磨刀石和石磨的一種粗石。❺斬殃　謂作法斬絕厲鬼作祟。❻夙冤　前世的罪業、冤孽。❼妻綱　即指三綱中的「夫為妻綱」。我國封建社會中謂君為臣綱、父為子綱、夫為妻綱，合稱三綱。綱是提綱的總繩，為綱，是居於主要或支配地位的意思。❽敵體之義　謂彼此地位相等，無上下尊卑之分。❾制服　指喪服。

【語譯】奴僕宋遇共娶過三個妻子：第一個妻子從婚後就沒有同床，後來竟然離婚了。第二個妻子懷孕生孩子就是雙胞胎，宋遇討厭照料孩子的麻煩，妻子奶水又不夠，就去找來藥物使妻子絕育；他錯信了一個王老太太的話，把磨刀石舂成粉末叫妻子服下，結果妻子因石頭粉末聚結在腸胃中而死了。後來，宋遇病危時，口中含糊不清地說著話，好像和什麼人辯論似的。病情稍稍好轉，他悄悄對第三個妻子說：「我休掉第一個妻子時，我的父母已經接受了人家的聘禮，約定日子來迎娶。我的第一個妻子還不知道，我先在前一天晚上引誘和她同房。妻子以為我回心轉意，便高興地和我親熱。五更天時，我和她還在一起睡覺，等到迎親隊伍來到，第一個妻子才悔恨不已地被接走了。然而，媒人早就以這個婦人沒有和我同過房告訴她的後夫，我的母親、哥哥也都這樣說的。等到第一個妻子嫁到後夫家，發現並非處女，就遭到後夫家的懷疑責罵，最後心情鬱悶而死。我的第二個妻子本來不肯吃磨刀石的粉末，我痛打她，逼她吞嚥下去。她死後，我懼怕她變為厲鬼作祟，又行賄巫師作法斬絕禍殃。我如今在神志恍惚時都見到了她們，我肯定要死了。」不久，宋遇果然死了。還有個奴僕叫王成，性格乖僻。他正在和妻子嬉笑時，會突然凶狠地喝令妻子趴在地上接受鞭打。鞭打完了，他仍然和妻子嬉笑。有時他正在鞭打妻子時，忽然讓妻子起來與自己嬉笑；隨後又說：「要補打幾鞭子了。」就又凶狠地喝令妻子趴在地上接受鞭打。大概在一天一夜裡，這樣喜怒反覆有好幾次。妻子怕他像怕老虎似的，他高興時妻子不敢不強顏歡笑，他發怒時妻子不敢不順從挨打。有一天，妻子流著淚向先母太夫人訴說。太夫人把王成叫來問緣故，王成跪著稟告說：「我自己也不明白，也不由自主。只是忽而覺得妻子可愛，忽而覺得妻子可憎而已。」太夫人說：「這從人情上說毫無道理，大概是佛法所說的前生冤業吧！」又擔心他妻子或許會自殺，就把他們一起打發走了。後來聽說王成病死，他的妻子竟然穿上紅衣衫。丈夫是妻子的統領和主人，這是天經地義的事。但是，論尊嚴終究不如君主，論親情關係終究不如父親，所以「妻」字又解釋為「齊」，有對等的含義。那麼，夫妻相處，各自都應該在情理上平等對待。宋遇的第二個妻子，是被誤殺的，宋遇的罪過只是太凶悍了。他的第一個妻子，既然已經被休了，而且接受了人家的聘禮，那麼夫妻的恩愛名分已經斷絕，不應當再按夫妻關係來對待。所以宋遇的做法，簡直是誘姦別人的未婚妻。因而導致她死亡，宋遇以性命抵償也是適當的。王成殘酷凶暴，但還沒有把妻子打死。妻子一天在他家裡，就應一天把他當作自己的主宰。王成死後妻子不穿喪服，反而穿紅衣吉服，這是違反倫理破壞綱常。她受到虐待，也就不值得憐憫了。

【研析】妻子遭到丈夫虐待，這種現象在封建社會常見。作者雖對惡丈夫有所譴責，卻並非無保留；而且其譴責的對象不是丈夫虐待妻子的行為，而是丈夫侵犯他人利益的行為。這是作者所處時代的局限，不能苛求。不過，作者指出了夫妻有「敵體之義」，應該「各得情理之平」，指出夫妻要平等相處的道理，這比理學家鼓吹的陳腐之說又高出一籌了。

新婦越禮

吳惠叔言：太湖❶有漁戶嫁女者，舟至波心，風浪陡作，舵師❷失措，已攲仄❸欲沉❹。眾皆相抱哭，突新婦破簾出，一手把舵，一手牽篷索，折戧❺飛行，直抵婿家，吉時猶未過也。洞庭人傳以為奇。或有以越禮譏者，惠叔曰：「此本漁戶女，日日船頭持篙櫓，不能責以必為宋伯姬❻也。」又聞吾郡有焦氏女，不記何縣人，已受聘❼矣。有謀為媵❽者，中以蜚語，婿家欲離婚，父訟於官，而謀者陷阱已深，非惟證佐鑿鑿，且有自承為所歡者。女見事急，竟倩鄰媼導至婿家，升堂拜姑曰：「女非婦比，貞不貞有明證也。兒與其獻醜於官媒，仍為所誣，不如獻醜於母前。」遂闔戶弛服，請姑驗。訟立解。此較操舟之新婦更越禮矣，然危急存亡之時，有不得不如是者。講學家❾動以一死責人，非通論也。

【章旨】此章講述了兩位新嫁娘在危急時刻挺身而出的故事。

【注釋】❶太湖　湖名。在今江蘇、浙江兩省間。❷舵師　掌舵的人，亦泛指船夫。❸欹仄　傾斜；歪斜。❹沉　沒入水中。❺折戧　船在逆風中揚帆行駛。❻宋伯姬　此處指春秋時期宋伯姬在發生火災時因宥於禮制而喪命。見《穀梁傳》：「伯姬之舍失火，左右曰：『夫人少辟火乎？』伯姬曰：『婦人之義，傅母不在，宵不下堂。』遂逮乎火而死。」❼受聘　傳統風俗，女子先受聘禮定婚，然後再出嫁。所以受聘如同今之訂婚。❽媵　妾。❾講學家　指信奉理學、墨守禮儀規定的人。

【語譯】吳惠叔說：太湖裡有戶漁民嫁女兒，接新娘的船航行到湖心，風浪突然大作，船上的掌舵人驚慌失措，船也已經傾斜快要沉沒了。大家都互相抱在一起痛哭時，突然新娘子掀開艙簾衝出來，一手掌舵，一手拉住篷帆的繩索，船隻頂著風飛快行駛，直達夫婿家中，結婚的良辰吉時還沒有過去。太湖裡洞庭山上的人們傳說著這件事認為是奇蹟。也有人認為新娘子的行為是超越禮儀規定而加以嘲諷，吳惠叔說：「新娘子本來就是漁家女，天天在船上拿篙搖櫓的，不能夠責求她去做等死的宋伯姬呀！」我又聽說我家鄉有個焦姓人家的女兒，不記得是哪個縣的人了，已經受了人家聘禮待嫁。有人圖謀娶這位姑娘做小妾，就散布流言蜚語陷害她。男家想要解除婚約，姑娘的父親到官府告狀，但策畫陰謀的人布置很周密，不但證據確鑿，而且還有人出面承認自己是姑娘的情人。姑娘看到事情緊急，竟然請鄰居老太太帶路來到未婚夫家。她走到廳堂上向婆婆行禮，說：「未婚女子不同於已婚婦人，貞節不貞節是有明確證據的。我與其在官府媒婆那裡出醜，仍舊被他們誣陷，不如在婆婆您面前獻醜了。」她就關上門脫下衣服，請婆婆檢查。這場官司立刻就解決了。這件事比親自掌舵的新娘更加不守禮節，然而在危急存亡的緊要關頭，有時不得不這樣做。那些墨守禮儀的道學家動不動就以死來責求人家，這不是通情達理的議論。

【研析】這兩位姑娘不受封建禮儀約束，為求得自身幸福，敢作敢為，她們的舉動得到了作者的讚許。作者講述這兩位姑娘的故事，用意在於批評那些道學家們的迂腐和墨守陳規。

不死不生

楊雨亭言：勞山❶深處，有人兀坐❷木石間，身已與木石同色矣。然呼吸不絕，目炯炯尚能視。此嬰兒❸煉成，而閉不能出者也。不死不生，亦何貴於修道，反不如鬼之逍遙矣。大抵仙有仙骨，質本清虛；仙有仙緣，訣逢指授。不得真傳而妄意沖舉，因而致害者不一，此人亦其明鑑也。或曰：「以刃破其頂，當兵解❹去。」此亦臆度之詞，談何容易乎！

【章旨】此章講述了一個學道者因修煉處於不死不生尷尬境地的故事。

【注釋】❶勞山　又名嶗山。即今山東青島嶗山縣東嶗山。❷兀坐　獨自端坐。❸嬰兒　道家稱鉛為嬰兒，水銀（汞）為姹女。道家說以鉛及汞入鼎煉丹，服後可以長生。因此稱煉丹之事為鉛汞。這裡指修煉內丹。❹兵解　古代方士之流謂學道者死於兵刃，實是借兵刃解脫軀殼以成仙。

【語譯】楊雨亭說：在嶗山深處，有個人直挺挺地端坐在樹木石頭之間，身體已經和樹木石頭一樣的顏色了。然而他的呼吸沒有斷絕，兩眼炯炯有神還能看世界。這是道家內丹已經煉成，因封閉在體內無法出來的緣故。這樣不死不生，修道又有什麼可貴呢，反而不如做鬼的逍遙自在了。大概仙人有仙骨，他的體質本來清澈而玄虛；仙人有仙緣，遇到有人傳授仙訣。有些人沒有得到真傳就妄想隨意修煉成仙，由此受害的人不是只有一二個，這個人也就是一個明白的鑑戒。有人說：「用刀砍破他的頭頂，他就可以解脫軀殼成仙了。」這也是猜想臆度的話，又談何容易呢！

【研析】道家講究修煉內丹、外丹，以為一旦丹藥煉成就能飛升成仙了。然而作者潑了一盆冷水，指出「仙有仙骨」、「仙有仙緣」，不是每個人都能修煉成仙的。強要修煉，未免害己。看似作者並不反對道家修煉術，實際是反對常人妄意修煉。

灶神

古者大夫祭五祀❶，今人家惟祭灶神❷。若門神、若井神、若廁神、若中霤神，或祭或不祭矣。但不識天下一灶神歟？一城一鄉一灶神歟？抑一家一灶神歟？如天下一灶神，如火神❸之類，必在祀典，今無此祀典也。如一城一鄉一灶神，如城隍社公之類，必有專祠，今未見處處有專祠也。然則一家一灶神耳，又不識天下人家，如恆河沙數❹，天下灶神，亦當如恆河沙數。此恆河沙數之灶神，何人為之？何人命之？神不太多耶？人家遷徙不常，興廢亦不常，灶神之閒曠者何所歸？灶神之新增者何自來？日日銓除移改，神不又太煩耶？此誠不可以理解。然而遇灶神者，乃時有之。余小時，見外祖雪峰張公家一司爨嫗❺，好以穢物掃入灶。夜夢烏衣人呵之，且批其頰。覺而頰腫成癰，數日巨如杯，膿液內潰，從口吐出；稍一呼吸，輒入喉嘔噦欲死。立誓虔禱，乃愈。是又何說歟？或曰：「人家立一祀，必有一鬼憑之。祀在則神在，祀廢則神廢，不必一一帝所命也。」是或然矣。

【章旨】此章質疑民間祭祀灶神的習俗。

【注釋】❶五祀　古代祭祀的五種神祇。就是門、戶、井、灶、中霤。❷灶神　亦稱「灶君」或「灶王」。古時百姓供奉於灶頭，認為灶君掌管一家禍福。習俗臘月二十三或二十四日用紙馬飴糖等送灶神上天，謂之送灶；除夕又迎回，謂之迎灶。❸火神　神話中司火之神。❹恆河沙數　佛教語。形容數量多至無法計算。❺司爨嫗　掌管炊事的老婦人。

【語譯】古代士大夫要祭祀五神，如今的百姓家只祭灶神。如門神、井神、廁神、中霤神，就有人祭祀有人不祭祀了。但不知天下是共有一個灶神呢？還是一座城市、一個鄉村共有一個灶神？或者是一戶百姓家一個灶神呢？如果天下共有一個灶神，像火神之類，那麼必然在祭祀的典籍上有所記載，而現在卻沒有這樣的祭祀典籍。如果一座城市、一個鄉村共有一個灶神，像現在的城隍、土地神之類，那麼必然有專門的神祠祭祀，但現在沒有看見各地有專門祭祀灶神的神祠。如果一家一戶有一個灶神，但又不知道天下的百姓人家像恆河泥沙數目那樣眾多，天下的灶神，也應當像恆河泥沙數目那樣眾多了。這些像恆河泥沙數目那樣眾多的灶神，是什麼人擔任的呢？什麼人任命的呢？灶神不是太多了嗎？百姓人家遷徙搬家沒有常規，興盛衰敗也沒有常理，灶神空閒無事時又到哪裡去呢？灶神中新增加的神又從哪裡來呢？如果每天任免、移改灶神，神靈不是又太麻煩了嗎？這些實在是不能按道理來解釋的。然而遇見灶神的事，卻時常發生。我小時候，看見外公張雪峰先生家裡一個燒飯的老婦人，喜歡把髒東西掃進灶膛裡。夜晚夢見有個穿黑衣服的人叱罵她，而且打了她耳光。老婦人醒來後覺得面頰腫脹成了膿瘡，幾天後膿瘡腫大的像茶杯，膿液潰爛向嘴裡流，從口裡吐出來；老婦人稍稍一呼吸，膿液就流入喉嚨裡，噁心嘔吐得想要死。老婦人發誓虔誠地祈禱，這個膿瘡傷口就痊癒了。這又該怎麼說呢？有人說：「人們家中設個祭祀的地方，必定有一個鬼依附著。祭祀的地方存在，神也就存在；祭祀的地方廢棄了，神也就消失了，不必要上帝一一任命的。」或許是這樣的吧！

【研析】作者對灶神的質疑，並不是建立在學理上的一種科學探究，而是根據常理的一種推想。儘管如此，作者的這種質疑還是相當有力的。如果真有神靈在世，也難以回答。可惜，作者最終未能再前進一步，還是回到了問題的起點。

夜宿山家

孫協飛先生夜宿山家❶，聞了鳥（了鳥，門上鐵繫也。李義山❷詩作此二字。）丁東❸聲，問為誰，門外小語曰：「我非鬼非魅，鄰女欲有所白也。」先生曰：「誰呼汝為鬼魅？而先辯非鬼非魅也，非欲蓋彌彰乎！」再聽之，寂無聲矣。

【章旨】此章講述了一位書生夜宿山野人家的奇遇。

【注釋】❶山家　山野人家。❷李義山　即李商隱。唐詩人。字義山，號玉溪生，懷州河內（今河南沁陽）人。曾任縣尉、祕書郎和東川節度使判官等職。有《李義山詩集》等。李商隱〈病中聞河東公樂營置酒口占寄上〉詩：「鎖門金了鳥，展障玉鴉叉。」❸丁東　亦作「丁冬」、「東丁」，狀聲詞。

【語譯】孫協飛先生夜晚在山野人家中住宿，聽到了鳥（了鳥，是大門上的鐵搭扣，李義山的詩裡就用這兩個字。）丁東的聲響。孫先生問是誰，門外有小聲說：「我不是鬼，也不是妖，是鄰居的女兒，有話想跟你說。」孫先生說：「誰說你是鬼是妖了？你先分辯自己不是鬼不是妖，這不是欲蓋彌彰嗎！」再傾聽屋子外面動靜，就寂靜無聲了。

【研析】笨鬼欲蓋彌彰，孫先生直指要害，使得鬼魅無話可說，只能落荒而逃。

崔崇屽剖腹

崔崇屽，汾陽❶人，以賣絲為業。往來於上谷❷、雲中❸有年矣。一歲，折閱❹十餘金，其曹❺偶有怨言。崇屽恚憤，以刃自剖其腹，腸出數寸，氣垂絕。主人及其未死，急呼里胥❻與其妻至，問：「有冤耶？」曰：「吾拙於貿易，致虧主人資。我實自愧，故不欲生，與人無預也。其速移我返，毋以命案為人累。」主人感之，贈數十金為棺斂費，奄奄待盡而已。有醫縫其腸，納之腹中。敷藥結痂，竟以漸愈。惟遺矢❼從刀傷處出，穀道❽閉矣。後貧甚，至鬻其妻。舊共賣絲者憐之，各贈以絲，俾拈線自給。漸以小康，復娶妻生子。至乾隆癸巳❾、甲午❿間，年七十乃終。其鄉人劉炳為作傳。曹受之侍御⓫錄以示余，因撮記其大略。夫販鬻喪資，常事也。以十餘金而自戕，崇屽可謂輕生矣。然其本志，則以本無毫髮私，而其跡有似於乾沒⓬，心不能白，以死自明，其平生之自好可知矣。瀕死之頃，對眾告明里胥，使官府無可疑；切囑其妻，使眷屬無可訟，用心不尤忠厚歟！當死不死，有天道焉。事似異而非異也。

【章旨】此章講述了一個賣絲人因涉嫌遭疑，而剖腹表明心跡的故事。

【注釋】❶汾陽　今山西汾陽。❷上谷　郡名。轄境相當河北張家口、小五臺山以東，赤城、北京延慶以西，及內長城和昌平以北地。❸雲中　今山西大同。❹折閱　虧損；虧本。❺其曹　他的同夥。❻里胥　指里長。里，古代地方行政組織。自周始，後代多因之，其制不一。從二十五家為一里至一百一十家為一里都有。❼遺矢　大便。❽穀道　指肛門。❾乾隆癸巳　即清乾隆三十八年，西元一七七三年。❿甲午　即清乾隆三十九年，西元一七七四年。⓫侍御　官名。即侍御史，在御史大夫下，或給事殿中，或舉劾非法，或督察郡縣，或奉使外出，執行指定任務。⓬乾沒　侵吞。

【語譯】崔崇屽是汾陽人，以賣絲為職業，往來於上谷、雲中經商已有多年了。有一年，他虧損了十幾兩銀子，與他合夥的人偶然有些怨言。崔崇屽怨憤，用刀剖開自己腹部，腸子流出幾寸長，生命垂危。主人趁著他還沒死，急忙叫來里長和他的妻子，問他：「你有什麼冤枉嗎？」崔崇屽說：「我不會經營貿易，致使主人的資金虧損。我自己實在覺得慚愧，所以不想活了，和別人沒有關係。趕快把我抬回家去，不要因人命案子連累別人。」主人很感動，送給他幾十兩銀子做喪葬費，他氣息奄奄等死而已了。有位醫生把他的腸子縫合，塞回腹腔內，敷上藥，傷口結痂，竟然漸漸痊癒了。只是大便會從刀傷處流出來，肛門已經閉塞了。崔崇屽後來非常貧困，甚至賣掉了自己妻子。過去和他一起販絲的人可憐他，每人贈送他一些絲，讓他紡成線維持生活。他的生活漸漸好起來達到了小康，又重新娶了老婆，生了兒子。到乾隆三十八年、三十九年間，他七十歲時才去世。他的同鄉劉炳給他寫了傳記，曹受之侍御抄錄了一份拿給我看，我便摘要記下了大概情況。做買賣虧本，是常有的事。因為十幾兩銀子就自殺，崔崇屽可以說是太輕視性命了。然而他的本意，是以自己本來沒有絲毫的私心，但自己行為卻有點像侵吞財物，自己的心跡不能讓大家明白，只好用死來表明自己的清白，這個人平生的潔身自好就可想而知了。他快要死的時候，當眾把實際情況報告里長，使官府沒有什麼可懷疑的；又真切地囑咐自己妻子，使家屬沒有什麼可以提起訴訟的，他的這種用心不是特別忠厚嗎！他應當死卻沒有死，這是有天道照應的。這件事似乎很奇怪，而實際上卻並不奇怪。

【研析】崔崇屽涉嫌侵吞財物遭到同伴懷疑，便毅然剖腹表明心跡；剖腹後又不願連累他人，還把身後事一一交代，剛烈忠厚，贏得作者「平生之自好可知」、「用心不尤忠厚」的贊許。但作者對其為了十幾兩銀子就剖腹明志的舉動也提出了「可謂輕生」的批評。

夙冤心疾

文安❶王丈紫府言：灞州❷一宦家娶婦，甫卻扇❸，新婿失聲狂奔出。眾追問故。曰：「新婦青面赤髮，狀如奇鬼，吾怖而走。」婦故中人姿，莫解其故。強使復入，所見如前。父母迫之歸房，竟伺隙自縊。既未成禮，女勢當歸。時賀者尚滿堂，其父引之遍拜諸客，曰：「小女誠陋，然何至驚人致死哉！」《幽怪錄》❹

載盧生娶弘農令女事，亦同於此，但婿未死耳。此殆夙冤，不可以常理論也。自講學家言之，則必曰：「是有心疾，神虛目眩耳。」

【章旨】此章講述了一位姑娘與新婚丈夫見面，丈夫即驚惶失態，乃至自殺的故事。

【注釋】❶文安　縣名。在河北中部，大清河下游，鄰接天津。❷灞州　即霸州。今河北霸縣。在河北中部、大清河下游。❸卻扇　古代婚禮，新婦行禮時以扇障面，交拜後去扇的儀式。❹幽怪錄　此處指《續幽怪錄》，唐代志怪小說集。唐李復言撰，四卷。有《四部叢刊》本。

【語譯】文安人王紫府先生說：霸州有戶宦人家娶媳婦，剛掀開新娘的蓋頭，新郎就突然大叫著狂奔出去。大家追問什麼原因，新郎說：「新娘子青面孔紅頭髮，模樣像個奇怪的鬼，我害怕而逃了出來。」新娘本來是中等相貌，大家都說不清什麼原因，就強迫新郎再進洞房，但新郎眼中看到的新娘還是像鬼一樣。父母迫使新郎進新房去，新郎竟然乘人不注意上吊自殺了。既然沒有行過夫妻之禮，新娘勢必應當回娘家。當時來祝賀婚禮的客人還滿堂都是，新娘的父親就帶著新娘一一向客人們行禮，說：「我女兒的相貌誠然醜陋，但何至於到嚇死人的地步！」唐人李復言在《續幽怪錄》裡記載盧生娶弘農令女兒的故事，也和這件事相同，但是新郎沒有死。這大概是前生的冤業，不可以用常理來解釋的。由道學家來說這件事，那麼肯定會說：「這是新郎有心理毛病，神志虛幻、眼睛昏花造成的。」

【研析】這個故事奇在新郎見新娘就會驚怖出逃，乃至自殺。作者認為是夙冤，並批評嘲諷了道學家的解釋。今天看來，作者的解釋無疑是錯誤的，而理學家的解釋或更接近事實。由此來看，作者對理學的評判，在某些方面已陷入偏見。整個事件如此蹊蹺，可能另有隱情。或許新郎已有意中人，但對父母之命無法違抗，就想用如此手段逃避婚事。但在父母的逼迫下，婚事無法逃避，新郎就以一死來對自己的情人表明心跡。如此說來，這應是一曲愛情的悲歌。

李再瀛

李主事❶再瀛，漢三❷制府❸之孫也。在禮部❹時為余屬。氣宇朗徹，余期以遠到。乃新婚未幾，遽夭天年。聞其親迎時，新婦拜神，懷中鏡忽墮地，裂為二，已訝不祥；既而鬼聲啾啾，徹夜不息。蓋衰氣之所感，先兆之矣。

【章旨】此章講述了一位新郎婚後不久即因病身亡的故事。

【注釋】❶主事　官名。北魏置尚書主事令史，即令史中的首領。隋以後但稱主事。明代遂定為各部司官員中最低之一級。清代相沿，進士分部，須先補主事，遞升員外郎、郎中。官階為正六品。❷漢三　即李世傑。字漢三，一字雲巖，清黔西（今貴州黔西）人。乾隆時由巡檢累擢四川按察使。官至兵部尚書。卒謚恭勤。❸制府　明清二代的總督府。❹禮部　官署名。北周始設。隋唐時為六部之一，包括魏晉以來客曹及祠部等機構之職掌，分禮部、祠部、主客、膳部四曹。掌禮儀、祭享、貢等職，長官為禮部尚書。歷代相沿，至清末始廢，改設典禮院。

【語譯】主事李再瀛是李漢三總督的孫子，他在禮部任職時是我的部下。他氣宇軒昂、說話爽朗明徹，我對他抱有很大的期望。但是，他新婚不久，就突然去世了。聽說他去迎娶新娘時，新娘拜神，懷中的鏡子忽然掉在地下，摔裂成兩半，人們已經驚訝，認為是不吉利的兆頭了；不久就又聽到啾啾的鬼聲，徹夜響個不停。這是由於衰氣有所感應，預先表現出來的徵兆。

【研析】作者相信人的命運前生注定，是以氣數的形式反映出來的。因此，作者在本書中經常記載類似的故事，表達他的這一思想。

應酬之禮不可廢

選人❶某，在虎坊橋租一宅。或曰：「中有狐，然不為患，入居者祭之則安。」某性嗇不從，亦無他異。既而納一妾，初至日，獨坐房中。聞窗外簾隙有數十人悄語，品評其妍媸❷。忸怩不敢舉首。既而滅燭就寢，滿室吃吃作笑聲（「吃吃笑不止」，出《飛燕外傳》❸。或作「嗤嗤」，非也。又有作「咥咥」者，蓋據毛亨❹《詩傳》❺。然《毛傳》「咥咥」乃笑貌，非笑聲也），凡一動作，輒高唱其所為。如是數夕不止。訴於正乙真人，其法官汪某曰：「凡魅害人，乃可劾治；若止嬉笑，於人無損。譬互相戲謔，未釀事端，即非王法之所禁。豈可以猥褻細事，瀆及神明！」某不得已，設酒肴拜祝。是夕寂然。某喟然曰：「今乃知應酬之禮不可廢。」

【章旨】此章講述了一名官員因喬遷新居，沒有祭祀原來住在裡面的狐仙，即遭到狐仙捉弄的故事。

【注釋】❶選人　唐代以後稱候補、候選的官員。❷妍媸　美好和醜惡。這裡指人相貌的美醜。❸飛燕外傳　書名。一卷。記漢成帝后趙飛燕爭寵宮中之逸事。舊本題漢伶元撰，然文句不類漢人語，蓋為後人依託。❹毛亨　參見本書卷九〈河間獻王墓〉則注釋❺。❺詩傳　此處指《毛傳》，《毛詩故訓傳》（一作詁訓傳）的簡稱。《漢書・藝文志》著錄三十卷。東漢鄭玄《詩譜》以為魯人大毛公所作，三國吳陸璣《毛詩草木鳥獸蟲魚疏》以為毛亨所作，頗引起後來學者的懷疑。其詁訓大抵以先秦學者的意見為依據，保存了很多古義，雖有誤解，仍為研究《詩經》的重要文獻。

【語譯】有位候選官員某人在虎坊橋租了一所宅院。有人說：「這房子裡有狐仙，不過不騷擾人，搬進去居住的人祭祀一下狐仙，就平安無事了。」這位候補官員生性吝嗇，沒有聽從勸告，搬進去後也沒發生什麼怪事。他不久娶了個侍妾。侍妾初到的那一天，她獨自坐在房間裡，聽到窗外、門簾縫隙裡傳來幾十個人輕輕的說話聲，在評論她的相貌美醜。侍妾害臊，頭也不敢抬起來。接著這位候補官員和侍妾熄滅蠟燭睡覺，就聽到滿房間都是吃吃的笑聲（「吃吃笑不止」，出自《飛燕外傳》。有的本子作「嗤嗤」，是不正確的。又有本子作「啞啞」，是根據毛亨《詩傳》。但是毛亨《詩傳》所說的「啞啞」是歡笑的模樣，不是指笑聲），他們有什麼動作，房間裡的聲音就大聲叫喊他們的所作所為。像這樣一連幾個晚上沒有停止。這位候補官員就向正乙真人投訴，真人手下的法官汪某說：「大凡妖魅害人，是可以彈壓懲治的；如果只是戲弄嘲笑，對於人沒有什麼損害。好比相互嬉笑戲謔，沒有釀成什麼事端，就不是王法所能夠禁止的了。怎麼可以把男女親熱這些猥褻瑣碎的事，去褻瀆冒犯神明呢！」這位候補官員沒有辦法，只好設置酒菜祭祀狐仙。當天晚上就寂然無聲了。他十分感歎地說：「現在我才知道，應酬的禮數是不能夠廢除的。」

【研析】這位選人雖生性吝嗇，但並沒有冒犯狐仙；而狐仙的行為完全是敲竹槓。就是趁人不便，用要脅的手段索取好處。然而神明也是糊塗，竟然不問事由，一推了之，真叫人哭笑不得。吳承恩在《西遊記》中寫到唐僧師徒四人來到靈山，佛祖賜給佛經，讓他們到藏經閣領取。但藏經閣管事的菩薩卻要索取唐僧等人的好處，否則不給經書。孫猴子告到佛祖面前，佛祖卻也大加袒護。吳承恩筆下的佛祖與紀昀筆下的神明何其相似。

鳳凰店狐

王符九言：鳳凰店民家，有兒持其母履戲，遺後圃花架下，為其父所拾。婦大遭詬詰，無以自明，擬就縊。忽其家狐祟大作，婦女近身之物，多被盜擲於他處，半月餘乃止。遺履之疑，遂不辯而釋，若陰為此婦解結者，莫喻其故。或曰：「其姑性嚴厲，有婢私孕，懼將投繯❶。婦竊後圃鑰縱之逃。有是陰功，故神遣狐救之歟！」或又曰：「既為神佑，何不遣狐先收履，不更無跡乎？」符九曰：「神正以有跡明因果❷也。」余亦以符九之言為然。

【章旨】此章講述了狐仙為一民家婦女巧解其丈夫猜忌的故事。

【注釋】❶投繯 上吊；自縊。❷因果 佛教語。謂因緣和果報。根據佛教輪迴之說，種什麼因，結什麼果；善有善報，惡有惡報。

【語譯】王符九說：鳳凰店有戶百姓家，有個孩子拿著他母親的鞋子玩耍，丟在後園的花架下，被他父親撿到。這個當母親的為此受到嚴厲的責備和詰問，又沒辦法說清楚，就想上吊自殺。突然，這家的狐仙大肆作祟，凡是婦女用過的貼身衣物，都被偷去丟在另外的地方，鬧了半個多月才停止。這個婦人丟失鞋子的嫌疑，於是不用辯解而冰釋了。這件事彷彿是暗中替這位婦女解脫困境，大家都不明白其中的緣故。有人說：「這個婦人的婆婆性情嚴厲，有個婢女和人私通懷孕，恐懼之下打算上吊自殺。這個婦人偷偷拿來後園鑰匙，把這個婢女放跑了。她有這樣的陰德，所以神明派遣狐仙來救她吧！」有人說：「既然是神明保佑，為什麼不派狐仙先把她的鞋子收起來，不就更沒有痕跡了嗎？」王符九說：「神明正是用這些痕跡顯示因果報應分明呀！」我也認為王符九的話是正確的。

【研析】狐仙設法為這位婦女避免了丈夫的猜忌，人們究其原因，認為是這位婦女曾救一名婢女性命，善有善報，故得神明相助。不過，事出蹊蹺。或許相助這位婦女的不是狐仙，而是與那名婢女私通的人。此人當是該戶人家的僕人，對該家主婦無以相報，遂在主婦身處危難之際，設法假託狐仙解救。不管何種說法可信，「善有善報」的道理在這個故事中得到了印證。

胡太虛言

胡太虛撫軍能視鬼❶，云嘗以葺屋巡視諸僕家，諸室皆有鬼出入，惟一室闃然❷。問之，曰：「某所居也。」然此僕蠢蠢無寸長，其婦亦常奴耳。後此僕死，其婦竟守節終身。蓋烈婦或激於一時，節婦非素有定志，必不能飲冰茹蘗❸數十年，其胸中正氣，蓄積久矣，宜鬼之不敢近也。又聞一視鬼者曰：「人家恆有鬼往來，凡閨房媟狎❹，必諸鬼聚觀，指點嬉笑，但人不見不聞耳。鬼或望而引避者，非他年烈婦、節婦，即孝婦、賢婦也。」與胡公所言，若重規疊矩矣。

【章旨】此章引用視鬼者言，講述了鬼尊敬正人及烈婦、節婦的道理。

【注釋】❶視鬼　俗傳指有超能力能看見鬼的人。❷闃然　寂靜無聲。❸飲冰茹蘗　喝冷水，吃苦味之物。比喻處境困苦或心情抑鬱。❹媟狎　相處過於親暱而近於放蕩。

【語譯】巡撫胡太虛能夠看到鬼魂。他說曾經因為修繕房屋巡視奴僕們的家，發現各個屋子都有鬼魂進進出出，只有一間屋子沒有鬼魂。他查問一下，回答說：「是某奴僕住的屋子。」不過這個僕人愚蠢粗笨得很，沒有什麼特長，他的老婆也是平常的女僕罷了。後來這個奴僕死後，他的老婆竟然終身守節不嫁。原來烈婦有的是激於一時義憤，而節婦如果不是平日有堅定的信念，就必定不能做到含辛茹苦幾十年，她心中的正氣已經蓄積很久，鬼魂當然不敢靠近了。又聽一個能夠看見鬼魂的人說：「人們的家裡經常有鬼魂來往，凡是在閨房裡男女調笑親熱，必定有鬼魂們來圍觀，指點嬉笑，只是人們看不見聽不見而已。鬼魂也有望見就遠遠避開的人，不是將來成為烈婦、節婦的，就是成為孝婦、賢婦的了。」這話與胡太虛先生所講的，如出一轍了。

【研析】人們常說驚天地、泣鬼神，說的是那些忠臣義士報效國家的壯烈舉動。而對於那些節婦烈女，人們也是心懷尊敬。本文雖說的是鬼神尊敬節婦烈女，而鬼世界是人世間的折射，所反映的正是俗世凡人的看法。

士人模棱

朱定遠言：一士人夜坐納涼，忽聞屋上有噪聲。駭而起視，則兩女自簷際格鬥墮，厲聲問曰：「先生是讀書人，姊妹共一婿，有是禮耶？」士人噤不敢語。女又促問。戰栗囁嚅❶曰：「僕是人，僅知人禮。鬼有鬼禮，狐有狐禮，非僕之所知也。」二女唾曰：「此人模棱❷不了事，當別問能了事人耳。」仍糾結❸而去。蘇味道模棱❹，誠自全之善計也。然以推諉僨事❺，獲譴者亦在在有之。蓋世故太深，自謀太巧，恆並其不必避者而亦避，遂於其必當為者而亦不為，往往坐失事機，留為禍本，決裂有不可收拾者。此士人見誚於狐，其小焉者耳。

【章旨】此章講述了一個士人遇事模棱的故事，譏刺了那種遇事推諉、自謀太巧的處世態度。

【注釋】❶囁嚅　要說話而又不敢說，吞吞吐吐的樣子。❷模棱　對問題的態度或意見含含糊糊，不明確表態。❸糾結　纏繞連結。❹蘇味道模棱　蘇味道，唐趙州欒城（今屬河北）人。乾封進士。少年時與鄉人李嶠俱以文辭知名，稱為「蘇李」。武曌（則天后）時官至鳳閣侍郎。居相位數載，處事圓滑，模棱兩可，曾對人說：「決事不欲明白，誤則有悔，模棱持兩端可了。」時人稱「蘇模棱」。❺僨事　猶言敗事。

【語譯】朱定遠說：有個讀書人夜晚坐著乘涼，忽然聽到屋頂上有吵鬧聲。他驚訝地站起來察看，原來是兩個女子在屋簷上格鬥打架而掉了下來。這兩個女子大聲問道：「先生是讀書人，請問現在姐妹兩人共嫁一個丈夫，有這樣的禮制嗎？」這個讀書人嚇得不敢說話。兩個女子又催問，他戰戰兢兢、吞吞吐吐地說：「我是人類，只知道人世間的禮制。鬼有鬼的禮制，狐仙有狐仙的禮制，不是我所能知道的了。」這兩個女子唾罵他說：「這個人模棱兩可，無法了結事情，我們應當另外去問能夠了斷這事情的人去！」說著雙方拉拉扯扯地走了。唐代宰相蘇味道處世辦事態度模棱兩可，誠然是自我保全的好計策。但是因推諉責任而敗壞事情，遭到懲罰的人，也是到處都有的。因為太老於世故、為自己謀畫太過狡猾的人，連平時不應當迴避的事也迴避了，於是他應該去做的事也不願意去做，往往就會坐失良機，留下災禍的根子，一旦發作就不可收拾了。這個讀書人被狐仙嘲笑，還是小事而已。

【研析】有種人世故圓滑，遇事盡量推諉，實在躲避不了時就含含糊糊、模棱兩可，不明確表態，不承擔責任。作者進而指出，這種人「世故太深」、「自謀太巧」，到頭來必然會「坐失事機，留為禍本，決裂有不可收拾者」，反映了作者對這種人的評判和否定。

黎丘之技

濟南❶朱青雷言：其鄉民家一少年與鄰女相悅，時相窺也。久而微露盜香❷跡，女父疑焉，夜伏牆上，左右顧視兩家，陰伺其往來。乃見女室中有一少年，少年室中有一女，衣飾形貌皆無異。始知男女皆為狐媚也。此真黎丘之技❸矣。青雷曰：「以我所見，好事者當為媒合，亦一佳話。然聞兩家父母皆恚甚，各延巫驅狐。時方束裝❹北上，不知究竟如何也。」

【章旨】此章講述了一對男女相鄰而居，日久生情，卻雙雙被狐仙所媚惑的故事。

【注釋】❶濟南　今山東濟南。在山東中部偏西、黃河下游南岸。❷盜香　謂男女私通。❸黎丘之技　古代傳說中黎丘所出現的奇鬼，喜效人子侄昆弟之狀，以戲弄他人。典出《呂氏春秋・疑似》。❹束裝　整理行裝。

【語譯】濟南人朱青雷說：他家鄉有戶百姓家中，一少年與鄰居少女相愛，時常偷偷眉目傳情。時間長了，他們兩人私下相愛的形跡就略有暴露。少女的父親心中懷疑，晚上趴在院牆上，左右察看兩家屋子，暗中觀察這個少年和少女的來往。他於是發現在少女的房間裡有一個少年，在少年的房間裡有一個少女，衣服裝飾、形體相貌都沒有什麼不同。少女的父親這才知道少年和少女都被狐仙媚惑了。這真像是黎丘之鬼變幻成人家子弟形狀的伎倆。朱青雷說：「按照我的看法，不如找個熱心人做媒讓少年與少女結合，也是一件好事。不過，聽說兩家父母都非常生氣，各自請巫師來驅逐狐仙。當時我正收拾行李北上，不知道最後究竟怎麼樣了。」

【研析】少男少女私下相愛，今人看來無可指責。但在封建時代，就是不守禮儀，敗壞門風。如果有人撮合，或許真能成一佳話。

享祭之鬼

有視鬼者曰：「人家繼子，凡異姓者，雖女之子，妻之侄，祭時皆所生來享，所後者弗來也。凡同族者，雖五服❶以外，祭時皆所後來享，所生者雖亦來，而配食於側，弗敢先也。惟于某抱養張某子，祭時乃所後來享。久而知其數世前本于氏婦懷孕嫁張生，是于之祖也。此何義歟？」余曰：「此義易明。銅山❷西崩，洛鐘❸東應，不以遠而阻也。琥珀拾芥❹不引針，磁石引針不拾芥，不以近而合也。一本者氣相屬，二本者氣不屬耳。觀此使人睦族之心，油然而生，追遠之心，亦油然而生。一身歧為四肢，四肢各歧為五指，是別為二十歧矣。然二十歧之痛癢，吾皆能覺，一身故也。莫昵近於妻妾，妻妾之痛癢，苟不自言，吾終不覺，則兩身而已矣。」

【章旨】此章論述了祭祀本生父母與繼父母的關係。

【注釋】❶五服　古時的喪服制度，以親疏為差等，有斬衰、齊衰、大功、小功、緦麻五種名稱，統稱「五服」。❷銅山　指產銅之山。《世說新語・文學》：「銅山西崩，靈鐘東應。」❸洛鐘　指洛陽宮中的鐘。唐孔穎達《五經正義》：「亦有異類相感者，……蠶吐絲而商弦絕，銅山崩而洛鐘應。」❹琥珀拾芥　琥珀摩擦後生電，能吸引輕微之物。喻相互感應。《易・乾卦》：「同聲相應，同氣相求，……則各從其類也」。唐孔穎達疏：「亦有異類相感者，若磁石引針，琥珀拾芥。」

【語譯】有個能夠看到鬼魂的人說：「一般人家的過繼兒子，凡是過繼給異姓的，即使是姐妹的兒子、妻子的侄兒，在祭祀時都是生育他的父母長輩的鬼魂來享用，而繼父母的鬼魂不來享用。凡是同族祭祀時，有的雖然已經出了五服，祭祀時都是他們的繼父母的鬼魂來享用，親生父母鬼魂雖然也來了，只是在旁邊陪著，不敢爭先享用。只有于某抱養了張某的兒子，祭祀時卻是于某鬼魂來享用。很久後才知道，在幾代以前，于家的一名婦女懷孕之後嫁到了張家，這鬼魂本來是于家的祖先呀。這是什麼道理呢？」我說：「這個道理很容易明白。銅山在西方崩塌，洛陽的銅鐘在東方就會響應，並不因為距離遠而有所妨礙。琥珀能吸引芥微之物卻不會吸引鐵針，磁石能吸引鐵針卻不能吸引芥微之物，它們不因相近而就能相合。出於一個根本的氣息就相互感應，出於兩個根本的氣息就不會相互感應。看到這種情況，使人油然產生了和睦宗族的感情，追念祖宗的感情也會自然產生出來。人的身體有四肢，四肢各分為五指，這就有了二十個指頭了。但是，二十個指頭的痛癢，我們都能覺察，這是因為同一個身體的緣故。親近莫過於妻子侍妾了，但妻子侍妾的痛癢，如果她們自己不說，我們始終不知道，那是因為身體是兩個的緣故啊！」

【研析】宗法是封建社會維繫和保持等級制度的重要思想支柱，是封建禮教的核心。因此，祭祀本生父母還是繼父母就有了宗法上的意義。

狐報怨

宋子剛言：一老儒訓蒙鄉塾，塾側有積柴，狐所居也。鄉人莫敢犯，而學徒頑劣，乃時穢汙之。一日，老儒往會葬，約明日返。諸兒因累几為臺，塗朱墨演劇。老儒突返，各撻之流血，恨恨復去。眾以為諸兒大者十一二，小者七八歲耳，皆怪師太嚴。次日，老儒返，云昨實未歸，乃知狐報怨也。有欲訟諸土神❶者，有議除積柴者，有欲往詬詈❷者。中一人曰：「諸兒實無禮，撻不為過，但太毒耳。吾聞勝妖當以德，以力相角❸，終無勝理。冤冤相報，吾慮禍不止此也。」眾乃已。此人可謂平心，亦可謂遠慮矣。

【章旨】此章講述了一個鄉間私塾的學童們頑劣，遭到狐仙懲治的故事。

【注釋】❶土神　五行神之一。此處指土地神。❷詬詈　辱罵；責罵。❸相角　爭勝；互鬥。

【語譯】宋子剛說：有位老儒在鄉塾中教書。鄉塾旁有個堆積多年的柴堆，是狐仙居住的地方。鄉下人都不敢去冒犯這垛柴堆，但鄉塾裡的學生頑皮搗亂，時常把柴堆弄得又髒又臭。有一天，老儒去參加葬禮，約定明天回來。學生們就把書桌疊起來做戲臺，臉上塗著紅黑顏色演戲。老儒突然回來了，把一個個學生打得流血，這才很生氣地又走了。鄉裡人認為這些孩子大的十一、二歲，小的只有七、八歲，都責怪老師太過嚴厲了。第二天，老儒回來了，說昨天確實沒有回來過，人們才知道這是狐仙的報復。有人打算到土神那裡告狀，有人主張把柴堆清除掉，還有人想去柴堆那裡怒罵。其中有一個人說：「這些孩子確實太無禮了，打一頓也不為過，只是打得太狠了。我聽說戰勝妖怪應當用德行，如果用力氣去爭鬥，終究不會有戰勝的道理的。人和狐之間以冤報冤，我擔心災禍不會到此為止啊！」大家聽了這才作罷。這個人真可說是處事心平氣和，也可說是有長遠的謀慮了。

【研析】學童頑劣，遭到狐仙責罰，眾人心疼孩童，但又無奈，只好不了了之。人世間常有類似事，無奈之下，不了了之，或許是最好的處置辦法。

雙頭鵝

雍正乙卯❶，佃戶張天錫家生一鵝，一身而兩首。或以為妖。沈丈豐功曰：「非妖也。人有孿生，卵亦有雙黃。雙黃者，雛必枳首❷。吾數見之矣。」與從侄虞惇偶話及此，虞惇曰：「凡鵝一雄一雌者，生十卵即得十雛。兩雄一雌者，十卵必毈❸一二，父氣雜也。一雄兩雌者，十卵亦必毈一二，父氣弱也。雞鶩❹則不妨，物各一性爾。」余因思鵝鴨皆不能自伏卵，人以雞代伏之。天地生物之初，羽族皆先以氣化，後以卵生，不待言矣（凡物皆先氣化而後形交，前人先有雞先有卵之爭，未之思也）。第不知最初卵生之時，上古之民淳淳悶悶❺，誰知以雞代伏也？雞不代伏，又何以傳種至今也？此真百思不得其故矣。

【章旨】此章講述了一農家孵化出一隻雙頭鵝的故事，引發了作者的一段思考。

【注釋】❶雍正乙卯　即清雍正十三年，西元一七三五年。❷枳首　歧首；兩個頭。❸毈　指鳥卵孵化不出。❹鶩　鴨。❺淳淳悶悶　形容淳樸老實而不聰明。

【語譯】雍正十三年，佃戶張天錫家裡孵化出了一隻鵝，一個身體而有兩個頭。有人認為是妖怪。沈豐功老先生說：「這不是妖怪。人有雙胞胎，蛋也有兩個蛋黃的。雙黃蛋孵出的幼禽必定是兩個頭。我見過幾次了。」我和堂侄紀虞惇偶爾說起這件事時，虞惇說：「凡是鵝是一雄一雌配對的，生十隻蛋會孵出十隻小鵝。兩隻雄鵝一隻雌鵝配對的，生下十隻蛋肯定有一兩隻孵化不出來，這是因為雄性精氣混雜。一隻雄鵝兩隻雌鵝配對的，生下十隻蛋也肯定有一兩隻孵化不出來，這是因為雄性精氣薄弱。雞鴨就不要緊，動物都各有自己的特性。」我由此想到鵝鴨都不能自己孵卵，人們用雞代替鵝鴨孵卵。天地生化萬物剛開始時，禽類都先由天地之氣感化而生，然後才有卵生，這就不必再說了（凡是物種都是先有精氣變化然後有形體交配，前人關於先有雞還是先有蛋的爭論，是沒有深入思考）。只是不知道最初孵化卵的時候，上古的百姓淳樸簡單，誰會知道用雞來代替孵卵呢？雞不代替鵝孵卵，鵝又怎能傳種到現在呢？這些事真令人百思不得其解啊。

【研析】雙黃的鵝蛋孵化出雙頭鵝，這是生物進化變異的表現。作者雖然不明白其中的道理，卻努力用科學道理來作出合理解釋，而不是將這種現象納入不可知的神鬼世界，這就是作者高於常人之處。

善誑者終遇誑

劉友韓侍御❶言：向寓山東一友家，聞其鄰女為狐媚。女父跡知其穴，百計捕得一小狐，與約曰：「能捨我女，則捨爾子。」狐諾之。捨其子而狐仍至。詈其負約，則謝曰：「人之相詐者多矣，而責我輩乎！」女父恨甚，使女陽❷勸之飲，而陰置砒焉。狐中毒，變形踉蹌去。越一夕，家中瓦礫交飛，窗扉震撼，群狐合噪來索命。女父厲聲道始末，聞似一老狐語曰：「悲哉！彼徒見人皆相詐，從而效尤。不知天道好還，善詐者終遇詐也。主人詞直，犯之不祥。汝曹隨我歸矣。」語訖寂然。此狐所見，過其子遠矣。

【章旨】此章講述了一個狐仙因欺騙他人，而終究命喪謊言的故事。

【注釋】❶侍御　官名。即侍御史，在御史大夫下，或給事殿中，或舉劾非法，或督察郡縣，或奉使外出，執行指定任務。❷陽　通「佯」。假裝。

【語譯】劉友韓侍御說：以前住在山東一位朋友家裡，聽說他鄰居的女兒被狐仙媚惑。這姑娘的父親跟著狐仙的蹤跡找到他的巢穴，千方百計捕獲了一隻小狐狸。姑娘的父親就和狐仙約定：「你能捨棄我女兒，我就放了你兒子。」狐仙答應了。姑娘的父親放了小狐狸後，而狐仙仍舊來媚惑姑娘。姑娘的父親大罵狐仙違背約定，狐仙反說：「人類相互欺騙的事夠多了，怎能責備我們狐類呢！」姑娘的父親憤恨極了，就讓女兒假裝勸狐仙飲酒，而偷偷地把砒霜放在酒裡。狐仙喝了中毒，現出原形踉踉蹌蹌地跑了。過了一夜，這戶人家的家裡碎磚破瓦紛亂飛擲，窗門被砸得震動搖撼，成群的狐仙聚在一起鼓噪著前來要求償命。姑娘的父親高聲把事情經過說了出來，就聽見彷彿是個老狐狸的聲音說：「太可悲了！他只看見人類都相互欺騙，從而效仿。他不知道天道說的是報應，善於騙人的人終究會遇見騙他的人。這個主人說的有理，侵犯這樣的人不吉利。你們都跟我回去吧！」說完，四周就寂然無聲了。這個老狐仙的見識，比他的子孫們要深遠多了。

【研析】搞陰謀詭計者終究要遭報應，為人還是要老實正派，堂堂正正，才是正途。

季廉夫遇鬼

季廉夫言：泰興❶舊宅後，有樓五楹❷，人跡罕至。廉夫取其僻靜，恆獨宿其中。一夕，甫啟戶，見板閣上有黑物，似人非人，鬖髿長毿❸如蓑衣，撲滅其燈，長吼衝人去。又在揚州❹宿舅氏家，朦朧中見紅衣女子推門入。心知鬼物，強起叱之。女子跪地，若有所陳，俄仍冉冉出門去。次日，問主人，果有女縊此室，時為祟也。蓋幽房曲室，多鬼魅所藏。黑物殆精怪之未成者，潛伏已久，是夕猝不及避耳。縊鬼長跪，或求解脫沉淪乎？廉夫壯年氣盛，故均不能近而去也。俚巫❺言，凡縊死者著紅衣，則其鬼出入房闥❻，中霤神❼不禁。蓋女子不以紅衣斂，紅為陽色，猶似生魂故也。此語不知何本。然婦女信之甚深，故銜憤死者多紅衣就縊，以求為祟。此鬼紅衣，當亦由此云。

【章旨】此章講述了一個讀書人遇見鬼魅的故事。並探究了婦女上吊穿紅衣的緣由。

【注釋】❶泰興　縣名。今江蘇泰州。在江蘇中部、長江北岸。❷楹　計算房屋的單位，一列為一楹。❸鬖髿長毿　毛髮長而散亂。❹揚州　今江蘇揚州。在江蘇中部、長江北岸，大運河經此。❺俚巫　民間的巫師。❻房闥　寢室；閨房。❼中霤神　古代五祀所祭對象之一。即后土之神。

【語譯】季廉夫說：在泰興舊宅的後面，有樓房五間，很少有人到那裡去。季廉夫認為那裡偏僻幽靜，經常獨自一人住宿在樓房裡。一天晚上，他剛打開門，看見閣板上有一團黑東西，似人非人，毛髮長而散亂像蓑衣一樣。這怪物撲滅了燈火，大聲吼叫著衝過他身旁跑了出去。還有一次，季廉夫在揚州住宿在舅父家裡，朦朧中看到一個穿紅衣的女子推開門進來。季廉夫心中知道是鬼魂，強坐起來叱罵她。這女子跪在地下，好像要講些什麼，不久就慢慢地出門去了。第二天，季廉夫詢問主人，果然以前有個女人在這間屋子裡上吊自殺，鬼魂有時會出來作祟。凡是幽靜偏僻的房屋內，經常有鬼怪躲藏。那團黑東西大概是還沒有變化成的精怪，潛伏已經很久了，那天晚上倉猝間來不及躲避季廉夫。那個吊死鬼長跪不起，或許是請求解脫沉淪吧？季廉夫壯年，精氣旺盛，所以鬼怪都不能接近他，只好逃走了。民間巫師說，凡是上吊死亡的人穿紅衣服，那麼他的鬼魂出入房舍，中霤神是不禁止的。所以女子死後不用紅色的衣服裝殮，因為紅色是陽性顏色，鬼魂穿紅衣服就像活人的生魂一般。這種說法不知是根據什麼。然而婦女們對這些非常相信，所以含著怨憤吊死的婦女大多穿著紅衣服，希望死後能作祟報復。這個鬼魂穿紅衣服，大概也是如此。

【研析】對一些現象作客觀冷靜的分析是必要的。作者迷信鬼神，因此常把有些一時無法解釋的事情歸於鬼神。如上述所說的「黑物」，或許是某種小動物；女子穿紅衣自縊，是民間傳說影響下的這些自縊女子的回應。生前自縊抗爭，死後作祟報復。正反映了這些女子的剛烈性格。如果這樣來看，這些故事也就不再神祕難解了。

樹精

先兄晴湖言：滄州呂氏姑家（余兩胞姑皆適❶呂氏，此不知為二姑家、五姑家也），門外有巨樹，形家❷言其不利。眾議伐之，尚未決。夜夢老人語曰：「鄰居二三百年，忍相戕乎？」醒而悟為樹之精，曰：「不速伐，且為妖矣。」議乃定。此樹如不自言，事尚未可知也。天下有先期防禍，彌縫周章❸，反以觸發禍機者，蓋往往如是矣。（聞李太僕敬堂❹某科磨勘❺試卷，忽有舉人來投刺❻，敬堂拒未見。然私訝曰：「卷其有疵乎？」次日檢之，已勘過無簽。覆加詳核，竟得其謬，累停科。此舉人如不干謁，已漏網矣。）

【章旨】此章講述了一個樹精為免遭砍伐而託夢求主人，卻反被毀滅的故事。

【注釋】❶適　嫁。❷形家　指看風水者。俗稱風水先生。❸彌縫周章　費心補救行事的闕失。彌縫，補救行事的闕失。周章，周旋；周折。❹李太僕敬堂　即李堅。字敬堂，號琴浦，清祥符（今河南開封）人。乾隆進士。太僕，官名。春秋始置，為九卿之一，掌管皇帝的輿馬和馬政。❺磨勘　科舉時代，鄉試、會試卷例須進呈，派翰林院官員複核，稱磨勘。❻投刺　投名片請謁。

【語譯】先兄晴湖說：滄州呂氏姑媽家（我的兩位姑媽都嫁給姓呂的人家，這不知是二姑家，還是五姑家），門外有棵大樹，風水先生說它不吉利。大家商量要把大樹砍了，但還沒有決定。這天夜裡夢見一位老人說：「我們做鄰居二三百年了，你忍心殘害我嗎？」醒來後才省悟那是樹精，說：「不趕快砍倒樹，大樹就要成精作怪了。」於是砍樹的意見就決定了。如果這棵樹精自己不來託夢說情，事情的發展還不知道會怎樣。天下有預先防止禍患，費心盡力地彌補行事的不足，卻反而觸發了潛伏著的禍患，往往就像這件事一樣。(我聽說李敬堂太僕在某次科舉考試閱卷結束後正在複查試卷時，忽然有位舉人投送名片求見，李敬堂拒絕不見，然而私下感到奇怪說：「他的試卷難道有紕漏嗎？」第二天檢查他的試卷，發現已經檢查過，沒有用籤條標出問題。李太僕就再次仔細地檢查，竟然找出了他文章的疏漏，這個舉人因此而落榜了。如果這個舉人不去拜訪李敬堂，他文章的疏漏就已經漏網了。)

【研析】事情有了紕漏，盡力彌補過失當然重要；但行事不當，往往會適得其反，弄巧成拙，反遭失敗。因此，遇事謹慎，謀定而動，才是應該汲取的教訓。作者講說這個故事，用意或許在此。

王敬自經

奴子王敬，王連升之子也。余舊有質庫❶在崔莊，從官久，折閱❷都盡，群從鳩資❸復設之，召敬司夜❹焉。一夕，自經於樓上，雖其母其弟莫測何故也。客作胡興文，居於樓側，其妻病劇。敬魂忽附之語，數其母弟之失，曰：「我自以博負死，奈何多索主人棺斂費，使我負心！此來明非我志也。」或問：「爾怨索負者乎？」曰：「不怨也。使彼負我，我能無索乎？」又問：「然則怨誘博者乎？」曰：「亦不怨也。手本我手，我不博，彼能握我手博乎？我安意俟代而已。」初附語時，人以為病者瞀亂❺耳；既而序述生平、寒溫故舊，語音宛然敬也。皆歎曰：「此鬼不昧本心，必不終淪於鬼趣❻。」

【章旨】此章講述了一個奴僕上吊自殺後，魂附他人之體訴說自殺緣由的故事。

【注釋】❶質庫　當鋪的舊稱。❷折閱　猶言虧損、虧本。❸群從鳩資　兄弟子侄聚集資財。群從，指族中兄弟子侄輩。鳩資，聚集資財。❹司夜　主管夜間的報時。此處指值夜看門。❺瞀亂　精神錯亂。❻鬼趣　即鬼道，餓鬼道的簡稱。佛教六道之一。

【語譯】奴僕王敬，是王連升的兒子。我原來有家當鋪開設在崔莊，出外當官時間長久，這家當鋪都虧損光了。我的本家子侄又集資重新設立，叫王敬值夜看門。一天夜晚，王敬在當鋪樓上上吊自殺，即使他的母親、兄弟都不知道他自殺的原因。我家有個雇工叫胡興文，住在當鋪樓房的旁邊，他的妻子病情危重。王敬的鬼魂突然附在她身上說話，數落他母親、兄弟的過失，說：「我自己因為賭博欠了錢而自殺，你們怎麼能向主人多要喪葬費，使我有虧良心呢！我這次來是為了表明這不是我的本意。」有人問：「你怨恨向你要債的人嗎？」鬼魂說：「不怨恨。如果他欠我的錢，我能夠不去要債嗎？」有人又問：「那麼你是否怨恨引誘你去賭博的人呢？」鬼魂說：「我也不怨恨。手是我的手，我不去賭博，他能抓住我的手去賭博嗎？我現在只是安心地等待替代我的人就是了。」鬼魂開始附在胡妻身上說話時，人們以為是病人精神錯亂說胡話；後來聽到講述生平經歷，向親友噓寒問暖，說話的聲音和王敬一樣。大家都感歎地說：「這個鬼魂不昧良心，肯定不會永遠沉淪在鬼界的。」

【研析】正當死者的母親、兄弟向該家主人索要賠償時，死者鬼魂不失時機地依附於雇工妻子之身，訴說自殺緣由，將主人的責任一概排除。事出蹊蹺，未免使人生疑，這一切或許出自主人安排，利用人們的迷信，偽託鬼魂附身，以擺脫死者家屬的糾纏。如此推測，有點煞風景。

戒虛詞榮親

李玉典言：有舊家❶子，夜行深山中，迷不得路。望一岩洞，聊投憩息，則前輩某公在焉。懼不敢進，然某公招邀甚切。姑前拜謁。寒溫勞苦如平生，略問家事，共相悲慨。因問：「公佳城❷在某所，何獨遊至此？」某公喟然曰：「我在世無過失，然讀書第隨人作計，為官第循分❸供職，亦無所樹立。不意葬數年後，墓前忽見一巨碑，螭額❹篆文，是我官階姓字；碑文所述，則我皆不知，其中略有影響者，又都過實。我一生樸拙❺，意已不安；加以遊人過讀，時有譏評；鬼物聚觀，更多姍笑。我不耐其聒，因避居於此。惟歲時祭掃，到彼一視子孫耳。」士人曲相寬慰曰：「仁人孝子，非此不足以榮親。蔡中郎不免愧詞❻，韓吏部亦嘗諛墓❼。古多此例，公亦何必介懷❽。」某公正色曰：「是非之公，人心具在。人即可誑，自問已慚。況公論具存，誑亦何益？榮親當在顯揚，何必以虛詞招謗乎？不謂後起勝流❾，所見皆如是也。」拂衣竟起。士人惘惘而歸。余謂此玉典寓言也。其婦翁田白巖曰：「此事不必果有，此論則不可不存。」

【章旨】此章通過講述一個寓言的形式，以死者的口吻，反對諛墓之詞，認為虛詞榮親，不免遭謗。

【注釋】❶舊家　猶世家。❷佳城　墓地；棺材。張華《博物志・異聞》：「漢滕公夏侯嬰死，公卿送葬至東都門外，馬不行，跼地悲鳴，掘之得石，銘曰：『佳城鬱鬱，二千年見白日。吁嗟滕公，居此室。』遂葬焉。」❸循分　安守本分。❹螭額　雕有螭形花飾的碑額。❺樸拙　質樸真率。❻蔡中郎不免愧詞　蔡中郎，即東漢蔡邕，著名學者。他為郭泰寫碑文後說，自己過去寫許多碑銘，「皆有慚德」，只有這次才「無慚色」。見《後漢書・郭泰傳》。❼韓吏部亦嘗諛墓　韓吏部，即韓愈，唐代文學家。《新唐書・劉義傳》說：「（劉義）持（韓）愈金數斤去，曰：『此諛墓中人得耳，不若與劉君為壽。』（韓）愈不能止。」諛墓，指為墓中人寫諛詞。❽介懷　耿耿於懷。❾勝流　指名流。

【語譯】李玉典說：有個世家子弟，夜晚行走在深山中，迷失方向找不到路，看見一個岩洞，只好暫且進去休息，卻看到自己去世的長輩某先生在岩洞裡。這人害怕不敢進去，但是某先生很懇切地招喚他。他料想不會有什麼災禍，便姑且上前拜見行禮。某先生像生前一樣對他噓寒問暖，略略問起家裡的事，兩人都很悲傷感慨。這人就問道：「您的墳墓在某地，您怎麼獨自來到這裡呢？」某先生感歎地說：「我在世時沒有過失，然而讀書只是人云亦云，做官只是按本分供職，也沒有什麼建樹。沒有想到埋葬了幾年後，我的墳墓前突然出現一塊巨大的碑石，碑額刻著螭形花飾和彎彎曲曲的篆字，是我的官職姓名；碑文中所講的事，卻都是我所不知道的；其中略微有些根據的，又都言過其實。我一生質樸愚拙，看到這碑文心中已經不安；加上遊人經過這裡讀碑文時，時常有譏刺議論；鬼魂聚集觀看，取笑嘲諷就更多了。我不能忍受這些冷語嘲諷，只好躲避到這裡居住。只是在逢年過節晚輩來祭祀掃墓時，到墳墓那裡看一看子孫罷了。」這人委婉地勸慰他說：「仁人孝子，不這樣不足以榮耀祖先。東漢的蔡中郎不免講有愧於心的話，唐朝的韓吏部也曾經給人寫過吹捧的墓誌。古代這樣的例子很多，您又何必放在心裡呢！」某先生嚴肅地說：「是非公道，都在人們心中。即使可以欺騙別人，捫心自問已經覺得慚愧。何況公眾的評論都客觀存在，欺騙別人又有什麼好處呢？讓祖先榮耀應當是自己建立功業，何必講假話招致誹謗攻擊呢？想不到你一個名門望族的後代，見識竟然是這樣的！」他抖抖衣服起身徑直走了。這個士人茫然若失地回了家。我認為這個故事是李玉典編造的寓言。他的岳父田白巖說:「這件事不一定真有,但這個道理卻不可以不存有。」

【研析】譏詞難免。即使如蔡邕、韓愈這樣的先哲,也不免因為譏詞遭到後世譏刺。譏詞或許亦可避免。只要持正直平常之心,不圖虛名假譽之榮,就能抗拒譏詞,不為所動。作者記敘這個故事,其用意也在於此。

交河老儒

交河❶老儒劉君琢,居於聞家廟,而設帳❷於崔莊。一日,夜深飲醉,忽自歸家。時積雨之後,道途間兩河皆暴漲,亦竟忘之。行至河干❸,忽又欲浴,而稍憚波浪之深。忽旁有一人曰:「此間原有可浴處,請導君往。」至則有盤石如漁磯❹,因共洗濯。君琢酒少解,忽歎曰:「此去家不十餘里,水阻迂折,當多行四五里矣。」其人曰:「此間亦有可涉處,再請導君。」復攝衣徑渡。將至家,其人匆匆作別去。叩門入室,家人駭路阻何以歸?君琢自憶,亦不知所以也。揣摩其人,似高川❺賀某,或留不住(村名,其取義則未詳。)趙某。後遣子往謝,兩家皆言無此事;尋河中盤石,亦無蹤跡。始知遇鬼。鬼多嬲醉人,此鬼獨扶導醉人。或君琢一生循謹,有古君子風,醉涉層波,勢必危,殆神陰相而遣之歟!

【章旨】此章講述了一位老儒夜晚酒醉回家，暗中得到鬼相助的故事。

【注釋】❶交河　縣名。在河北中部偏南、南運河和滏陽河之間。❷設帳　指設館授徒。❸河干　河邊；河岸。❹漁磯　可供垂釣的水邊岩石。❺高川　鎮名。在河北交河東北，滹沱河邊。

【語譯】交河縣有位老儒叫劉君琢，住在聞家廟，而在崔莊設館教學生。有一天，夜已經很晚了，他喝醉了酒，忽然自己回家去。當時長時間下雨之後，回家途中的兩條河河水都暴漲，劉君琢也竟然把這事忘記了。他走到河邊，忽然又想洗澡，但有點怕洶湧的河水太深。忽然旁邊有一個人說：「這裡原來有個地方可以洗澡的，讓我帶你去吧。」走到那地方，劉君琢見河邊有一塊石頭像漁磯，就和那人一起洗澡。劉君琢的醉意消了些，又歎息說：「這裡離家不過十幾里路，但被河水阻隔繞遠路，要多走四五里了。」那人說：「這裡也有可以涉水而過的地方，讓我再來引導你過河去。」於是兩人提起衣服徑直涉水渡河。劉君琢快走到家時，那個人匆匆忙忙地告別走了。劉君琢敲門回到家裡，家裡人都驚訝道路受阻他是怎麼回來的？劉君琢自己回憶，也不明白是怎麼回事。劉君琢揣度那個人好像是高川鎮的賀某，或許是留不住（村名，取名的含義就不了解了。）的趙某。後來，劉君琢派兒子前往道謝，賀、趙兩家都說沒有這件事；劉君琢去找河裡那塊大石頭，也不見蹤影。劉君琢這才知道是遇見鬼了。鬼大多戲弄喝醉酒的人，這個鬼卻唯獨去給醉漢引路。或許是劉君琢一生老實謹慎，有古代君子的風範，喝醉了酒去涉水渡河，勢必會有危險，大概是神靈暗中派那鬼來幫助他吧！

【研析】善有善報，好人暗中自有鬼神相助。這就是作者想告訴讀者的主旨。自然，通過講故事以勸人向善，用心可嘉。

姦嫂招禍

奴子董柱言：景河鎮某甲，其兄歿，寡嫂在母家。以農忙，與妻共詣之，邀歸助饁餉❶。至中途，憩破寺中。某甲使婦守寺門，而入與嫂調謔。嫂怒叱，竟肆強暴。嫂扞拒呼救，去人窵遠❷，無應者。婦自入沮解，亦不聽。會有饁婦❸踣於途，碎其瓶罍，客作❹五六人，皆歸就食。適經過，聞聲趨視。具陳狀。眾共憤怒，縱其嫂先行；以二人更番持某甲，裸其婦而迭淫焉。瀕行，叱曰：「爾淫嫂，有我輩證，爾當死。我輩淫爾婦，爾嫂決不為證也。任爾控官，我輩午餐去矣。」某甲反叩額於地，祈眾祕其事。此所謂假公濟私者也，與前所記楊生事，同一非理，而亦同一快人意。後鄉人皆知，然無肯發其事者：一則客作皆流民，一日耘畢，得值即散，無從知為誰何；一則惡某甲故也。皆曰：「饁婦之踣，不先不後，豈非若或使之哉！」

【章旨】此章講述了一個惡人想強姦寡嫂，卻使得自己的妻子反遭輪姦的故事。

【注釋】❶饁餉　送飯到田頭。❷窵遠　深遠的意思。❸饁婦　給在田裡幹活的人送飯的婦女。❹客作　雇工。

【語譯】奴僕董柱說：景河鎮有個某甲，他的哥哥已經去世，守寡的嫂子住在娘家。因為農忙，某甲和老婆一起去找嫂子，請她回家幫助做飯、送飯。回家走在半路上，三人在一座破寺院裡休息。某甲叫老婆看守寺院大門，自己進寺裡去調戲嫂子。嫂子憤怒叱罵他，他竟然要強姦嫂子。嫂子抗拒呼救，但這座寺院離開民家很遠，沒有人聽到。某甲的老婆進廟去勸阻，某甲也不聽。恰好這時有個送飯的農婦在路上摔了一跤，把盛飯菜的瓦罐碗盆都摔破了。她家的五六個短工，都回主人家吃飯。短工們剛好經過這座寺院，聽到呼救聲就跑進去察看。某甲的嫂子就把詳細情況說出來，大家聽了都很憤怒，把某甲的嫂子放出，讓她先走。短工們輪流用兩個人按住某甲，其他人剝光某甲老婆的衣服而把她輪姦了。短工們臨走時，斥罵道：「你姦淫嫂子，有我們這些人做證，你就得死。我們姦淫你老婆，你的嫂子絕不會做證人的。任憑你去官府告狀，我們吃午飯去了。」某甲反而跪在地上叩頭，請求這些人不要把這件事說出去。這就是所謂的假公濟私的行為，和我前面記載楊生的事，同樣不合道理，卻也同樣大快人心。後來，村裡人都知道這件事，但是沒有人肯去揭發這件事。一是短工都是流民，一天耕耘幹完活，得了工錢就散去了，無從知道他們是哪裡人；二是人們都憎恨某甲的行徑。大家都說：「送飯農婦的摔倒，摔得不先不後，豈不是彷彿有人在指使的嗎！」

【研析】與上章善有善報相對，此處說的是惡有惡報。某甲不起強姦嫂子的惡念，自己妻子就不會遭到輪姦。一旦心起惡念並付諸行動，惡報也就接踵而至了。作者講述這個故事，就是為了凸顯其警世之意。

羅漢峰

縊鬼溺鬼皆求代，見說部❶者不一。而自剄自鴆以及焚死壓死者，則古來不聞求代事，是何理歟？熱河❷羅漢峰，形酷似趺坐❸老僧，人多登眺。近時有一人墮崖死，俄而市人時有無故發狂，奔上其頂，自倒擲而隕者。皆曰：「鬼求代也。」延僧禮懺，無驗。官守以邏卒，乃止。夫自戕之鬼候代，為其輕生也。失足而死，非其自輕生。為鬼所迷而自投，尤非其自輕生。必使輾轉相代，是又何理歟？余謂是或冤譴，或山鬼❹為祟，求祭享耳，未可概目以求代也。

【章旨】此章以熱河羅漢峰上發生的自殺事件為例，論述了自己對鬼求替身之說的看法。

【注釋】❶說部　指古代小說、筆記、雜著一類書籍。❷熱河　清行政區名。乾隆間置熱河副都統，嘉慶十五年（一八一〇年）改都統，駐承德府（今河北承德），轄有今河北北部及遼寧、內蒙古部分地區。❸趺坐　「結跏趺坐」的略稱。佛教中修禪者的坐法，即雙足交疊而坐。❹山鬼　泛指山中鬼魅。

【語譯】吊死鬼、淹死鬼都要尋求替代，這種說法見於筆記小說中不止一次。然而，自刎而死的、服毒自殺的、燒死的和被壓死的鬼，則自古以來沒有聽說過要尋求替代的事，這是什麼道理呢？熱河地區有座羅漢峰，形狀酷似一位打坐的老和尚，很多人常登臨遠眺。最近有一個人從山崖上墜落摔死了，不久，當地時常有人無緣無故發瘋，跑到羅漢峰頂，自己頭朝下跳下去摔死的。大家都說：「那是鬼魂尋找替死鬼。」請和尚做法事超度祈禱，也沒有效驗。官府派巡邏兵把守，才制止了墮崖事件。自殺的鬼等待替代，是因為他自己不珍惜生命。失足墮崖而死，並非他自己不珍惜生命。被鬼魂迷惑而自殺，更不是自己不珍惜生命。但一定要輾轉不斷地尋找替代，又是什麼道理呢？我認為或許是有冤業的報應，或許是山鬼作祟，以求祭品享用，不能都看作是鬼魂尋找替代。

【研析】作者對民間傳說中所謂吊死鬼、淹死鬼尋求替身的說法提出質疑，認為這種說法沒有道理。但作者並沒有否認替代之說，只是以為是冤業報應、或是山鬼作祟。如此看來，作者的質疑也是五十步笑百步了。

陽盛陰消

余鄉產棗，北以車運供京師，南隨漕船❶以販鬻於諸省，土人❷多以為恆業。棗未熟時，最畏霧，霧浥❸之則瘠而皺，存皮與核矣。每霧初起，或於上風積柴草焚之，煙濃而霧散；或排鳥銃迎擊，其散更速。蓋陽氣盛則陰霾消也。凡妖物皆畏火器。史丈松濤言：山陝間❹每山中黃雲暴起，則有風雹害稼。以巨炮迎擊，有墮蝦蟆如車輪大者。余督學福建時，山魈❺或夜行屋瓦上，格格有聲。遇轅門❻鳴炮，則踉蹌奔迸，頃刻寂然。鬼亦畏火器。余在烏魯木齊，曾以銃擊厲鬼，不能復聚成形（語詳《灤陽消夏錄》）。蓋妖鬼亦皆陰類也。

【章旨】此章探討了驅散霧氣和陰霾之氣的方法，並引申以為可用火器驅散鬼魅。

【注釋】❶漕船　指運糧的船舶。❷土人　本地人。❸浥　濕潤。❹山陝間　指山西、陝西一帶。❺山魈　動物名。猴屬，狒狒之類。古代傳說以為是山怪。❻轅門　古代帝王巡狩、田獵，止宿在險阻的地方，用車子作為屏藩。出入之處，仰起兩輛車子，使兩車的轅相向交接，成三角形的門，叫「轅門」。後也指領兵將帥的營門及督撫等官署的外門。

【語譯】我的家鄉出產棗子，向北用車輛運輸供應京城，向南隨運糧船運輸到南方各省販賣，本地人大多以種植和販運棗子為固定不變的職業。棗子沒有成熟時，最怕起霧。霧氣濕潤滲透進棗子，棗子就會乾癟起皺，只剩下棗子皮和棗核了。每當霧氣剛升起的時候，有人就在上風頭堆積柴草燃燒，煙氣濃厚而霧氣就消散了；或者排開許多鳥槍迎著霧氣轟擊，霧氣消散得更快。這是因為陽氣旺盛，那麼陰霾就會消散了。凡是妖怪都害怕火器。史松濤老先生說：山西、陝西一帶，每當山中黃色雲氣突然升起時，就會出現強風冰雹毀壞莊稼。用大炮迎著雲氣轟擊，有時掉下來的蝦蟆如同車輪那麼大。我在福建任督學時，山魈有時夜間在屋頂的瓦片上行走，發出格格的聲響。遇到轅門鳴放大炮，就跌跌撞撞地慌亂逃跑，頃刻間就寂靜無聲了。鬼怪也是怕火器的。我在烏魯木齊時，曾經用槍轟擊厲鬼，厲鬼就不能再恢復成原來的形狀了（故事詳細記載在〈灤陽消夏錄〉中）。這是因為妖怪鬼魂也都屬於陰類的緣故。

【研析】形成霧氣的原因是空氣潮濕，加之初秋時節晝夜溫差大，空氣中的水汽就會在地表凝結成霧，而這時正當棗子成熟之時。農民用煙薰的方法提高地表溫度，使得水汽上升，霧氣自然無法生成。排槍齊發驅散霧氣的原因也在於此。至於冰雹的形成，是因為大氣中有強烈的對流雲團。用大炮轟擊驅散雲團，形成降雨，就不會下冰雹。這些道理如今已成常識，但在作者生活的年代，還不為人知。作者用傳統的陰陽理論來解說霧氣、冰雹等自然現象，個中用心，讀者自當體會。

狐戲與自戲

董秋原言：東昌❶一書生，夜行郊外。忽見甲第甚宏壯，私念此某氏墓，安有是宅，殆狐魅所化歟？稔聞《聊齋志異》青鳳、水仙❷諸事，冀有所遇，躑躅不行。俄有車馬從西來，服飾甚華，一中年婦揭幃指生曰：「此郎即大佳，可延入。」生視車後一幼女，妙麗如神仙，大喜過望。既入門，即有二婢出邀。生既審為狐，不問氏族，隨之入。亦不見主人出，但供張甚盛，飲饌豐美而已。生候合巹❸，心搖搖如懸旌。至夕，簫鼓喧闐，一老翁搴簾揖曰：「新婿入贅，已到門。先生文士，定習婚儀，敢屈為儐相❹，三黨❺有光。」生大失望，然原未議婚，無可復語；又飫❻其酒食，難以遽辭。草草為成禮，不別而歸。家人以失生一晝夜，方四出覓訪。生憤憤道所遇，聞者莫不拊掌曰：「非狐戲君，乃君自戲也。」

余因言有李二混者，貧不自存，赴京師謀食。途遇一少婦騎驢，李趁與語，微相調謔。少婦不答亦不嗔。次日，又相遇，少婦擲一帕與之，鞭驢徑去，回顧曰：「吾今日宿固安❼也。」李啟其帕，乃銀簪珥數事。適資斧❽竭，持詣質庫❾；正質庫昨夜所失，大受拷掠，竟自誣為盜。是乃真為狐戲矣。秋原曰：「不調少婦，何緣致此？仍謂之自戲可也。」

【章旨】此章講述了一個書生夢想與狐仙豔遇，最後卻落空的故事。

【注釋】❶東昌　府名。今山東聊城。❷聊齋志異青鳳水仙　《聊齋志異》是清初蒲松齡所著短篇小說集。青鳳、水仙是小說中描述的追求美好愛情的狐仙。❸合巹　結婚。❹儐相　指舉行婚禮時陪伴新郎的男子和陪伴新娘的女子。❺三黨　舊指父黨、母黨、妻黨。即父族、母族、妻族。❻飫　飽食。❼固安　縣名。在河北中部，永定河流域，鄰接北京。❽資斧　旅費；盤纏。❾質庫　指當鋪。

【語譯】董秋原說：東昌府有位書生，夜間行走在郊外。他忽然看見一處住宅很宏偉壯麗，心中暗想這是某某家的墓地，怎會有這處大宅院呢，大概是狐仙所幻化出來的吧？他熟悉《聊齋志異》中青鳳、水仙等狐仙的故事，希望自己也能有這種機遇，便徘徊磨蹭不肯離開。不久，有一隊車馬從西邊過來，衣服裝飾很華麗，一位中年婦女揭起車簾指著書生說：「這位郎君就很好，可以請他進來。」書生看到車後坐著一位少女，美麗得像天仙似的，就高興得不得了。進了那處大宅院的大門後，就有兩個婢女出來邀請書生。書生既然已經知道這些是狐仙，也不問她們的姓氏家族情況，就跟著她們進了屋子。也沒有見到主人出來，只是陳設招待十分周到，酒菜非常豐盛而已。書生等著做新郎，心裡忐忑不安就像風中懸掛著的旌旗。到了晚上，簫鼓等樂器奏起的樂聲很喧鬧，有一位老頭掀開門簾走進來作揖行禮說：「新女婿入贅，已經到門口了。先生是讀書人，一定熟悉婚禮儀式，委屈你當個儐相，我們全家族都會感到光彩。」書生大失所望，但原先就沒有人和他議過婚事，現在就沒有話可說的了；又飽食人家的酒菜，難以馬上就推辭，於是書生只好草草了事地為他們完成了婚禮，不辭而別回到家裡。家裡人因為書生失蹤了一天一夜，正出外四處尋找。書生懊惱地說出了自己的遭遇，聽到的人都拍手大笑，說：「這不是狐仙戲弄你，而是你自己戲弄自己。」我接著也說了個故事：有個叫李二混的人，窮得不能養活自己，就到京城謀一口飯吃。途中遇見一位騎驢的少婦，李二混趁機和她說話，稍稍地同她調笑。那個少婦不答話也不生氣。第二天，兩人又相遇了，少婦扔了一個手帕包給李二混，鞭打著驢子就走了，還回頭說：「我今天住宿在固安。」李二混打開那個少婦給的手帕包，是幾件銀簪子、耳環等首飾。李二混正好缺少旅費，就拿著這些銀首飾到當鋪去典當；這些銀首飾恰好是當鋪昨夜失竊的東西，於是李二混就被狠狠地拷打，竟然屈打成招，自己承認是盜賊。這才是真的被狐仙戲弄了。董秋原說：「他不去調戲少婦，怎麼會到這個地步呢？這仍然可以叫做是他自己戲弄自己啊！」

【研析】 非分之想，總有非常之報。書生只是夢想好事，報應也不過是好事成夢；而那個李二混卻將非分之想付諸行動，得到的報應就要比那個書生悲慘得多。作者講述這個故事，勸世之意昭然。

陳至剛

莆田❶李生裕翀言：有陳至剛者，其婦死，遺二子一女。歲餘，至剛又死。田數畝、屋數間，俱為兄嫂收去。聲言以養其子女，而實虐遇之。俄而屋後夜夜聞鬼哭，鄰人久不平，心知為至剛魂也，登屋呼曰：「何不祟爾兄？哭何益！」魂卻退數丈外，嗚咽應曰：「至親者兄弟，情不忍祟；父之下，兄為尊矣，禮亦不敢祟，吾乞哀而已。」兄聞之感動，詈其嫂曰：「爾使我不得為人也。」亦登屋呼曰：「非我也，嫂也。」魂又嗚咽曰：「嫂者兄之妻，兄不可祟，嫂豈可祟也！」嫂愧不敢出。自是善視其子女，鬼亦不復哭矣。使遭兄弟之變者，盡如是鬼，尚有鬩牆❷之釁乎？

【章旨】此章講述了一個兄嫂不能善待弟弟遺孤，通過弟弟鬼魂的哀求，兄嫂幡然悔悟的故事。

【注釋】❶莆田　市名。在福建東部沿海、木蘭溪下游。❷鬩牆　謂兄弟相爭於內。引申指內部相爭。語出《詩・小雅・常棣》：「兄弟鬩於牆，外禦其務。」

【語譯】莆田有個書生叫李裕翀的說：有個叫陳至剛的人，他的妻子死了，留下兩個兒子一個女兒。過了一年多，陳至剛又死了。家中的幾畝田、幾間屋，都被哥哥嫂嫂收去了。哥哥嫂嫂聲稱要用這些產業來贍養陳至剛的子女，實際上卻在虐待這些孩子。過不多久，屋子後面每天夜裡都能聽到鬼哭，鄰居早就對他哥哥嫂子的所作所為憤憤不平了，心裡明白那是陳至剛的鬼魂在哭，就登上房頂呼喊道：「你為什麼不作祟害你哥哥？哭泣有什麼用！」鬼魂卻退後到幾丈之外，嗚咽著回答說：「最親近的人就是兄弟，手足之情使我不忍心作祟害他；父親以下，兄長為尊，按禮法我也不敢作祟害他，我只能苦苦哀求而已。」他哥哥聽到了很感動，責罵自己的妻子說：「你使我不能做人了！」陳至剛的哥哥也登上屋頂喊道：「不是我要幹的，是你嫂子幹的！」鬼魂又嗚咽著說：「嫂子是哥哥的妻子，對哥哥不能作祟，對嫂子又怎能作祟呢！」嫂子慚愧得不敢出屋來。從此，他的哥哥嫂子善待陳至剛的子女，鬼魂也不再哭泣了。如果世上那些兄弟之間發生矛盾的人，都像陳至剛的鬼魂那樣處理糾紛，還會發生骨肉相爭的事嗎？

【研析】鬩牆之釁，人們常見不鮮。但這鬼魂卻能如此退讓，以情動人，以理動人，讓當事人自己覺悟，避免了一場骨肉相殘的爭鬥，可說是高明之極。如果人們都能得理讓人，世上豈不是少了許多無謂的紛爭。

醉漢落井

衛媼，從侄虞惇之乳母也，其夫嗜酒，恆在醉鄉。一夕，鍵戶❶自出，莫知所往。或言鄰圃井畔有履，視之，果所著；窺之，屍亦在。眾謂牆不甚短，醉人豈能逾？且投井何必脫履？咸大惑不解。詢守圃者，則是日賣菜未歸，惟婦攜幼子宿，言夜聞牆外有二人邀客聲，繼又聞牽拽固留聲，又訇然❷一聲，如人自牆躍下者，則聲在牆內矣。又聞延坐屋內聲，則聲在井畔矣。俄聞促客解履上床聲，又訇然一聲，遂寂無音響。此地故多鬼，不以為意，不虞此人之入井也，其溺鬼求代者乎？遂填是井。後亦無他。

【章旨】此章講述了一個醉鬼落井身亡的故事。

【注釋】❶鍵戶　鎖門；關門。❷訇然　形容大聲。

【語譯】衛老婦人是我的堂侄紀虞惇的奶媽，她的丈夫嗜好飲酒，成天喝得醉醺醺的。一天晚上，他鎖上門自己出去，大家都不知道他到哪裡去了。有人說在隔壁菜園子裡的水井邊有雙鞋子，衛老婦人趕去一看，果然是自己丈夫穿的；探頭看看井裡，丈夫的屍體也在裡面。大家說菜園的圍牆不很低矮，醉漢怎能跳過去呢？而且跳井又何必要脫鞋子呢？人們都感到疑惑不解。人們去問看菜園的人，那人說這天他出外賣菜沒有回家，家裡只有妻子帶著年幼的兒子睡覺。他妻子說，那天夜裡聽到圍牆外有兩個人邀請客人的聲音，接著又聽到拉拉扯扯定要挽留客人的聲音，又聽到轟隆一聲，好像有人從牆頭跳下來，那時說話聲就已經在圍牆內了。接著又聽到請客人到屋裡坐坐的聲音，那時聲音已經在井邊了。不久，又聽到催促客人脫鞋子上床的聲音，又聽到撲通一聲，就寂靜沒有聲響了。這個地方本來就有許多鬼魂，那看菜園人的妻子也不當一回事，沒想到是那個醉漢掉進井裡，這大概是淹死鬼尋找替身的吧？於是，大家就填埋了這口水井，後來也沒有發生什麼異常事。

【研析】醉漢意外墜井，本不是什麼意外事，但一經渲染，卻似乎成了什麼蹊蹺事。如果說其中有蹊蹺，那麼肯定是與看菜園子人的妻子有關。但事涉鬼神，旁人自然不會多言了。

夜叉與樹精

族叔楘庵言：嘗見旋風中有一女子張袖而行，迅如飛鳥，轉瞬已在數里外。又嘗於大槐樹下見一獸跳擲，非犬非羊，毛作褐色，即之已隱。均不知何物。余曰：「叔平生專意研經，不甚留心於子❶、史❷。此二物，古書皆載之。女子乃飛天夜叉，《博異傳》❸載唐薛淙於衛州❹佛寺見老僧言居延海❺上見天神追捕者是也。褐色獸乃樹精。《史記．秦本紀》❻二十七年，伐南山大梓，豐大特❼。注曰：『今武都❽故道，有怒特祠，圖大牛上生樹本，有牛從木中出，復見於豐水之中。』《列異傳》❾：秦文公❿時，梓樹化為牛。以騎擊之，騎不勝；或墮地，髻解被髮，牛畏之入水。故秦因是置旄頭騎。庾信⓫〈枯樹賦〉曰：『白鹿貞松，青牛文梓。』柳宗元⓬〈祭纛文〉曰：『豐有大特，化為巨梓；秦人憑神，乃建旄頭。』即用此事也。」

【章旨】此章利用古書記載來解說奇異之事和奇異之物。

【注釋】❶子　指先秦百家的著作。如：子書。後來圖書四部（經、史、子、集）分類法中列為第三部，包括哲學、政治、科技和藝術等類的書。❷史　即史部。也稱乙部。我國古代圖書四部分類法中第二大類的名稱。收各種體裁的歷史著作。❸博異傳　即《博異記》，舊題唐谷神子還古撰。不著姓名。有人說是唐國子博士鄭還古所作，一卷。所記都是神異故事。❹衛州　今河南汲縣。❺居延海　內陸湖泊名。在今內蒙古額濟納旗北境。漢稱「居延澤」，魏晉一名「西海」，唐後通稱「居延海」。❻史記秦本紀　《史記》十二本紀中記載秦國歷史的一篇本紀，下接〈秦始皇本紀〉。❼豐大特　意謂豐水中出現一頭大公牛。豐，即豐水，河流名。出陝西戶縣東南，北流入渭水。特，公牛。大特，即大公牛。❽武都　古縣名。西漢置。治所在今甘肅西和西南。❾列異傳　志怪小說集。當為魏晉人作，三卷。內容大都記述怪異，事多荒誕。原書已佚，魯迅從古籍中輯得五十則，編入《古小說鉤沉》中。❿秦文公　春秋秦襄公子。西元前七六五—七一六年在位，共五十年。⓫庾信　北周文學家。字子山，南陽新野（今屬河南）人。歷仕西魏、北周，官至驃騎大將軍、開府儀同三司，世稱庾開府。善詩賦、駢文。在梁時作品綺豔輕靡，與徐陵皆為當時宮廷文學的代表。時稱「徐庾體」。⓬柳宗元　唐代文學、哲學家。字子厚，河東解（今山西運城解州鎮）人，世稱「柳河東」。因曾官柳州刺史，故又稱「柳柳州」。與韓愈都倡導古文運動，同被列為唐宋八大家，並稱「韓柳」。

【語譯】我的族叔楘庵說：曾經看見旋風中有一個女子張開袖子飛行，迅疾得如同飛鳥一般，一眨眼間已經飛到幾里之外了。又曾經在大槐樹下看見一隻怪獸蹦跳，既不是狗也不是羊，毛是褐色的，人一接近就不見了。都不知道這是什麼東西。我說：「叔父平生專心研讀經書，不很留心子部、史部的書籍。這兩種東西古書上都有記載。那女子是飛天夜叉，《博異傳》記載唐代薛淙在衛州的佛寺裡見到一個老和尚，老和尚說過在居延海曾看見過天神追捕的就是這種飛天夜叉了。那皮毛褐色的野獸是樹精。《史記・秦本紀》中記載，秦文公二十七年，砍伐南山的大梓樹，豐水中出現一頭大公牛。注釋說：『現在武都的古道上，有怒特祠，畫著一頭大牛，上面長著樹木。又有牛從樹木中出來，再出現在豐水當中。』《列異傳》記載，秦文公時，梓樹化成了牛。派騎兵攻擊那頭牛，騎兵不能取勝；有個騎兵跌落地上，髮髻散開，披著頭髮，那頭牛害怕逃進河水裡去了。所以秦國因此而設置了掌旄頭的騎兵。庾信的〈枯樹賦〉中說：『白色的鹿堅貞的松樹，青色的牛有花紋的梓樹。』柳宗元的〈祭纛文〉說：『豐水中有大公牛，化為巨大的梓樹；秦人憑藉神靈，於是建立旄頭騎。』用的就是這個典故。」

【研析】自然界有許多現象，人們還不了解。作者對這些尚不為人們了解的自然現象，喜歡從古書中尋求答案，而不是去探索產生這種現象的真正原因。作者寫作本書時正是十八世紀末，西方產業革命正風起雲湧，世界面臨大變革。而作為中國知識分子傑出代表的紀昀，卻還是只知道從古書堆中尋找解開自然之謎的答案。十九世紀中國落後挨打的悲哀，這時已經初露端倪了。

王德圃言

王德圃言：有縣吏夜息松林，聞有泣聲。吏故有膽，尋往視之，則男女二人並坐石几上，喁喁絮語，似夫婦相別者。疑為淫奔，詰問其由。男子起應曰：「爾勿近，我鬼也。此女吾愛婢，不幸早逝，雖葬他所，而魂常依此。今被配入轉輪❶，從此一別，茫茫萬古，故相悲耳。」問：「生為夫婦，豈死後又顛倒移換耶？」曰：「惟節婦守貞者，其夫在泉下暫留，待死後同生人世，再續前緣，以補其一生之煢苦❷。餘則前因後果，各以罪福受生，或及待，或不及待，不能齊矣。爾宜自去，吾二人一刻千金，不能與爾談冥事也。」張口噓氣，木葉亂飛，吏悚然反走。後再過其地，知為某氏墓也。德圃為凝齋先生❸侄。先生作《秋燈叢話》❹，漏載此事。豈德圃偶未言及，抑先生偶失記耶？

【章旨】此章講述了如果夫妻人間相愛，死後在陰間也能相聚，共同轉世，再續前緣的故事。

【注釋】❶轉輪　輪迴；轉世。❷煢苦　孤獨；困苦。❸凝齋先生　即清人戴延年。號凝齋，故稱。著有《秋燈叢話》。❹秋燈叢話　清人小說集，戴延年撰。一卷。今存。

【語譯】王德圃說：有個縣衙的小吏，夜晚在松樹林中歇息，聽到有人哭泣的聲音。這個縣吏生來膽子大，尋聲過去察看，發現有男女兩人並肩坐在石桌上，低聲細語地說話，彷彿是夫妻話別的樣子。縣吏懷疑他們是私通外逃，就過去盤問他們這樣哭的緣由。那男子起身站起來回答說：「你不要走近，我是鬼。這個女子是我心愛的婢女，不幸年紀輕輕就去世了，雖然葬在別的地方，但她的鬼魂常依戀我而留在這裡。如今她被判入輪迴轉世投生，從此分別之後，茫茫萬年永遠不能相見，所以我們相對悲泣。」縣吏問：「生前是夫妻，每人各自都有配偶，怎麼死後又顛倒變換呢？」那個男子說：「只有節婦堅守忠貞的，她的丈夫在陰間暫時停留，等待節婦死後一同轉生人世，再接續前生的姻緣，用來補償她一生的孤獨痛苦。其餘人就根據各自的前因後果、各自的罪過福分去投生，有些夫妻能在陰間等候得到，有些夫妻就等候不到，不能一齊投生了。你應該離開了，我們兩人一刻千金，不能同你談陰間的事情了！」男子張嘴吹了一口氣，樹葉亂飛，嚇得那個縣吏趕快返身便走。縣吏後來再經過那個地方，才知道是某人的墓地。王德圃是凝齋先生的侄子。凝齋先生寫《秋燈叢話》時，漏記了這件事。難道是王德圃偶然沒有說到這件事，還是凝齋先生偶然失於記載呢？

【研析】唐人白居易〈長恨歌〉稱：「在天願作比翼鳥，在地願為連理枝。」表現的是亙古不變的愛情。不管陽世陰間，愛情都是永恆的。

閨閣解冤神咒

先外祖母曹太恭人嘗告先太夫人曰：「滄州一宦家婦，不見容於夫，鬱鬱將成心疾，性情乖剌❶，琴瑟愈不調❷。會有高行尼至，詣問因果。尼曰：『吾非冥吏，不能稽配偶之籍也；亦非佛菩薩，不能照見三生❸也。然因緣之理，則吾知之矣。夫因緣無無故而合者也，大抵以恩合者必相歡，以怨結者必相忤。又有非恩非怨，亦恩亦怨者，必負欠使相取相償也，如是而已。爾之夫婦，其以怨結者乎？天所定也，非人也；雖然，天定勝人，人定亦勝天。故釋迦❹立法，許人懺悔。但消爾勝心❺，戢爾傲氣，逆來順受，以情感而不以理爭；修爾內職，事翁姑以孝，處娣姒❻以和，待妾媵以恩，盡其在我，而不問其在人，庶幾可以挽回乎！徒問往因，無益也。』婦用其言，果相睦如初。」先太夫人嘗以告諸婦曰：「此尼所說，真閨閣中解冤神咒也。信心行持，無不有驗；如或不驗，尚是行持未至耳。」

【章旨】此章借一個尼姑之口，講述了家庭生活中妻子如何做才能形成夫妻和睦的道理。

【注釋】❶乖剌 指乖戾；不順。❷琴瑟不調 比喻夫妻感情不和諧。❸三生 佛教用語。指前生、今生、來生。❹釋迦 即釋迦牟尼。佛教創始者。❺勝心 好勝心。❻娣姒 妯娌。兄妻為姒，弟妻為娣。

【語譯】先外祖母曹太恭人曾經告訴先太夫人一件事：滄州有一位官宦人家的婦人，被丈夫冷落，心中鬱鬱不歡，要成精神病了。她的性情古怪，夫妻感情更加不和諧。恰好這時有一位道行高深的尼姑到來，這婦人就向那個尼姑請教夫妻不和的因果。尼姑說：「我不是陰間的官吏，不能去查看你們配偶的登記簿冊；我也不是佛門的菩薩，不能看到你們前世、今生、來世的變化。不過姻緣的道理，那麼我是明白的。姻緣沒有無緣無故而結合的事，大抵是因為恩愛而結合的必定相處歡愛，因為怨恨而結合的必定相處抵忤不和。又有的夫妻沒有恩情沒有怨恨，有的夫妻既有恩愛也有怨恨，他們結合後必然雙方互有負欠而彼此互相取得抵償，就是這樣的幾種情況而已。你們夫妻，難道是因為怨恨而結婚的？這是上天決定的，不是人為的；雖然講天定勝人，人也定能勝天。所以佛祖釋迦牟尼創立佛法，准許人們懺悔。只要消除你的好勝心，消滅你的傲氣，逆來順受，用情感而不要用道理去和丈夫爭辯；做好你分內的責任，孝順地侍奉公公婆婆，和睦地處理姑嫂妯娌關係，寬容賢惠地對待姬妾，盡力做到這些全在自己，而不要以此要求其他人，大概這樣就可以挽回你們夫妻的感情了。只是詢問過去的因果，是沒有好處的。」這個婦人按尼姑的話去做，夫妻關係果然和睦如初了。太夫人曾拿這件事告誡媳婦們說：「這個尼姑所說的，真是閨閣之中消解冤恨的神咒啊！堅定地相信奉行它，沒有不應驗的；如果有不應驗的，那是沒有堅持奉行到家而已。」

【研析】夫妻關係，冷暖自知。空洞的說教無濟於事，而學會寬容忍讓，才是處理好夫妻關係的良方。那位尼姑雖是方外之人，卻能洞察世事，可謂高行。只是尼姑所說的妻子應該容忍姬妾，那是封建社會的特殊現象，今人自可不必理會。

餘氣

蔡太守❶必昌云判冥❷，論者疑之。然朱竹君之先德（唐人稱人故父曰「先德」，見《北夢瑣言》❸），蔡君先告以亡期；蔡君之母，亦自預知其亡期，皆日辰不爽。是又何說歟？朱石君撫軍，言其他事甚悉，石君非妄語人也。顧郎中❹德懋亦云判冥。後自言以洩漏陰府事，謫為社公❺，無可驗也。余嘗聞其論冥律❻，已載《灤陽消夏錄》中。其論鬼之存亡，亦頗有理。大意謂人之餘氣為鬼，氣久則漸消。其不消者有三：忠孝節義，正氣不消；猛將勁卒，剛氣不消；鴻材碩學❼，靈氣不消。不遽消者亦三：冤魂恨魄，茹痛黃泉❽，其怨結則氣亦聚也；大富大貴，取多用宏，其精壯則氣亦盛也；兒女纏綿，埋憂齎恨，其情專則氣亦凝也。至於凶殘狠悍，戾氣亦不遽消，然墮泥犁❾者十之九，又不在此數中矣。言之鑿鑿，或亦有所徵耶？

【章旨】此章以判冥人之口講述了各種人死後其餘氣凝聚消散的種種情由。

【注釋】❶太守　官名。本為戰國時郡守的尊稱，至明清時則專以稱知府。❷判冥　指審理陰間的案件。❸北夢瑣言　筆記。北宋孫光憲撰。原三十卷，今本二十卷，已有殘缺。記載唐五代政治遺聞、士大夫言行和社會風俗，其中頗多詩人逸事。❹郎中　官名。始於戰國。至清朝各部皆沿置郎中，分掌各司事務，為尚書、侍郎、丞以下之高級部員。❺社公　古指土地神。❻冥律　陰間的法律。❼鴻材碩學　指學識淵博。鴻材，卓越的才能。碩學，學問淵博。❽黃泉　指人死後埋葬的地穴。亦指陰間。❾泥犁　地獄。

【語譯】知府蔡必昌說自己判處陰間案子，議論者懷疑這種事情。然而朱竹君的先德（唐代人把人家去世的父親叫做先德，參見《北夢瑣言》記載），蔡先生事先告知他去世的日期；蔡先生的母親，也是預先知道自己去世的日期，說的日期時辰都沒有誤差。這又怎麼解釋呢？朱石君撫軍說起蔡必昌的其他事情都很詳細，朱石君先生不是胡亂說話的人。顧德懋郎中也說起過判決陰間案子的事情。他後來自己說因為洩漏陰間的事情，被貶謫為土地神，這就無法查驗了。我曾經聽他談論陰間的法律，這事已經記載在〈灤陽消夏錄〉中。他議論鬼魂的存亡，也頗有道理。大意是說人的餘氣成為鬼，時間長了餘氣就會漸漸消散。餘氣不會消散的有三種情況：忠孝節義的人，他的正氣不會消散；勇猛的將軍和剛勁的士兵，他們的剛氣不會消散；才子博學之人，他們的靈氣不會消散。餘氣不會立刻消散的也有三種：冤屈憤恨的魂魄，在陰間含恨忍痛，他們的怨恨鬱結，那麼他們的餘氣也會凝聚；大富大貴的人，獲取多而用去的也多，他們的精魄強壯，餘氣也很旺盛；纏綿恩愛的男女，帶著幽怨遺恨死去，他們的感情專一，那麼餘氣也會凝聚。至於凶殘狠毒的人，他們的凶惡之氣也不會馬上消散，不過他們十有九個是要墮落到地獄去，就不在這個數目當中了。他說的十分確切，或許是有真憑實據吧？

【研析】餘氣之說，雖屬虛幻，但也不無道理。文天祥〈正氣歌〉稱：「天地有正氣，雜然賦流形。」「於人曰浩然，沛乎塞蒼冥。」歷代仁人志士的浩然正氣充塞於天地之間，至今激勵人們。而惡人的剛戾之氣卻也是久久難消，貽害後人。當然，這都是從精神層面上說的，而紀昀所說的這個故事不也可以視為是一種隱喻嗎？

大旋風

雍正戊申❶夏，崔莊有大旋風，自北而南，勢如潮湧，余家樓堞❷半揭去（北方鄉居者，率有明樓❸以防盜，上為城堞）。從伯燦宸公家，有花二盎、水一甕，並卷置屋上，位置如故，毫不欹側。而階前一風爐銅銚❹，炭火方熾，乃安然不動，莫明其故。次日，詢迤北諸村，皆云未見。過村數里，即漸高入雲。其風黃色，嗅之有腥氣。或地近東瀛❺，不過百里，海神來往，水怪飛騰，偶然狡獪歟？

【章旨】此章講述了清雍正六年一場旋風颳過作者家鄉崔莊時的情景。

【注釋】❶雍正戊申　即清雍正六年，西元一七二八年。❷樓堞　原指城樓與城堞。此處指樓房屋頂上的矮牆。❸明樓　碉樓。古時北方鄉居，樓房蓋瓦者為暗樓；上層作雉堞形，以供候望偵伺用。❹銅銚　銅鍋；銅壺。銚，一種帶柄有嘴的小鍋。❺東瀛　此處指東海。

【語譯】雍正六年夏天，崔莊颳了一場大旋風，旋風從北向南颳來，風勢就像大潮洶湧，我家明樓的城堞被風揭去一半（北方鄉村房屋，都建有明樓用來防盜，明樓的頂層是城堞）。我的堂伯父燦宸先生家裡有兩個花盆、一個水甕，都被風捲到房頂上，擺放的位置還和原來一樣，絲毫沒有傾斜。而放在他家臺階前的一個風爐銅壺，爐中炭火燒得正旺，卻安然不動，人們不知道這是什麼緣故。第二天，人們詢問崔莊北面的幾個村子，都說沒有見到旋風。旋風颳過我們村子幾里路之後，就逐漸升高到天空。旋風顏色發黃，聞聞有腥氣味。大概是此地靠近東海，不超過百里，海神來往路過，水怪飛騰而上，偶然做些遊戲吧？

【研析】夏天，北方平原經常會突然颳起旋風，又突然消失，這是因為夏天平原地區大氣對流加劇所致，不足為奇。筆者當年在淮北農村務農，就曾親歷旋風襲來時的情景。旋風呼嘯而來，天地昏暗，剎那間，我所居住的農家屋頂就被旋風揭去。但旋風轉瞬即逝，周圍村落也未遭到波及，與紀昀此處記敘甚吻合。只是紀昀不明此中道理，以為是海神所為，不免謬誤，讀者當能體諒。

抱陽山白石

從侄虞惇，甲辰❶閏三月官滿城❷教諭❸時，其同官戴君，邀遊抱陽山❹。戴攜彭、劉二生，從山前往。虞惇偕弟汝僑、子樹璟及金、劉二生，由山後觀牛角洞、仙人室諸勝。方升山麓，遙見一人岩上立，意戴君遣來迎也。相距尚里許，急往赴之。愈近，其人漸小，至則白石一片，倚岩植立，高尺五六寸，廣四五寸耳。絕不類人形，而望之如人，奇矣。凡物遠視必小，歐羅巴人❺所謂視差也。此石遠視大而近視小，抑又奇矣。迨下山里許，再回視之，仍如初見狀。眾謂此石有靈，擬上山攜取歸。彭生及樹璟先往覓，不得；汝僑又與二劉生同往，道路依然，物物如舊，石竟不可復睹矣。蓋邃谷深崖，神靈所宅，偶然示現，往往有之。是山所謂仙人室者，在峭壁之上，人不能登。土人每遙見洞口人來往，其必煉精羽化之徒❻矣。

【章旨】此章講述了作者侄兒與眾人遊覽抱陽山時所見山上白石的奇異情景。

【注釋】❶甲辰　即清乾隆四十九年，西元一七八四年。❷滿城　今河北滿城。❸教諭　學官名。宋代在京師設立小學和武學中始置教諭。元明清三代縣學皆置教諭，掌文廟祭祀、教育所屬生員。❹抱陽山　在河北滿城西南。兩峰環抱南向，中谷溫和，隆冬冰雪不積，故稱抱陽。又以花木蓊翳，亦稱花陽山。是著名遊賞之地。❺歐羅巴人　歐洲人。❻煉精羽化之徒　指修煉道術，以求羽化成仙的人。

【語譯】我的族侄紀虞惇，乾隆四十九年閏三月出任滿城縣教諭時，他的同僚戴先生邀請他一起去遊覽抱陽山。戴先生帶著姓彭、姓劉的兩個學生，從山前上山，虞惇和弟弟汝僑、兒子樹璟，以及姓金、姓劉的兩個學生，從後山上山去參觀牛角洞、仙人室等多處名勝。他們剛爬上山麓，遠遠看見一個人站立在岩石上。虞惇以為是戴先生派來迎接他們的人。虞惇一行這時相距還有一里多路，就急忙向前趕路。虞惇他們愈走愈近，而那個人漸漸變小了。虞惇他們走到跟前，卻只見一片白石頭，靠著岩石樹立著，高一尺五六寸，寬四五寸。這片白石完全不像人的形狀，而遠遠望去卻像人，這真是太奇怪了。凡是物體，遠遠看去一定覺得小，這就是歐洲人所說的視差。這片白石從遠處看著大而從近處看著小，這就更奇怪了。等到下山走了一里多路，再回頭看那片白石時，仍然像最初看到的那樣。大家說這塊石頭有神靈，還打算上山取了它帶回家。姓彭的學生和樹璟先去尋找，沒有找到；汝僑又和兩個姓劉的學生一起去，還是這條山路，周圍景物也都如舊，這片白石竟然再也看不見了。大概是幽谷深崖之間，都是神靈居住的地方，神靈偶然顯示現形，是常有的事。這座山裡被稱為仙人室的地方，在懸崖峭壁之上，人們不能攀登上去。當地人常常遠遠地看見洞口有人來來往往，那些必定是修煉道術、羽化成仙的人了。

【研析】凡是物體，近看大而遠看小，這是視覺的一般規律，亦為作者所了解。而文中所說的物體遠看大而近看小，違背了一般的視覺規律，作者疑惑不解，我們也未免感到困惑。或許只有請科學家來解開疑團了。

樹後語

申丈蒼巔言：劉智廟❶有兩生應科試❷，夜行失道。見破屋，權投棲止。院落半圮，亦無門窗，擬就其西廂坐。聞樹後語曰：「同是士類❸，不敢相拒。西廂是幼女居，乞勿入；東廂是老夫訓徒地，可就坐也。」心知非鬼即狐，然疲極不能再進，姑向樹拱揖，相對且坐。忽憶當向之問路，再起致詞，則不應矣。暗中摸索，覺有物觸手；捫之，乃身畔各有半瓜。謝之，亦不應。質明❹將行，又聞樹後語曰：「東去二里，即大路矣。一語奉贈：《周易》互體❺，究不可廢也。」不解所云，叩之又不應。比就試，策❻果問互體。場中皆用程朱說，惟二生依其語對，並列前茅焉。

【章旨】此章講述了兩位書生趕考而誤入鬼神狐仙所居之地，得到善待的故事。

【注釋】❶劉智廟　劉智，字子房，晉高唐（今山東禹城西南）人。少年貧寒，以儒行稱著於當時，官至侍中尚書。劉智廟或是祭祀劉智的祭祠。歷經千年，此處所稱當是指地名。❷科試　清代每屆鄉試前，各省學政巡迴所屬縣府舉行的考試。科考合格的生員才能應本省鄉試。❸士類　古時對讀書人的通稱。❹質明　天剛亮時。❺周易互體　《周易》卦上下兩體相互交錯取象而成之新卦，又叫「互卦」。清王鳴盛《蛾術編・說錄二・南北學尚不同》：「若無互體，六十四卦只說六十四事，何以彌綸天地、經緯萬端乎？」❻策　古代考試以問題書之於策，令應舉者作答。稱為「策問」，也簡稱「策」。

【語譯】申蒼嶺老先生說：劉智廟有兩位書生前去參加科舉考試，夜晚趕路迷失了方向，看見有處破屋子，暫且進去住宿休息。這處破屋子的院牆已經倒塌了一半，也沒有門窗，兩人打算就到西廂房裡坐坐，這時聽到樹後有聲音說：「大家都是讀書人，我不敢拒絕你們進來休息。西廂房是我小女兒居住的，請不要進去；東廂房是老夫教訓學生的地方，可以請二位坐坐。」兩個書生心知這說話聲不是鬼魂就是狐仙，然而實在疲倦極了，不能再趕路，只好向樹拱手作揖行禮，面對面坐了下來。書生忽然想起應當向他問路，再站起身來問話，卻沒有回答了。兩個書生在黑暗中摸索，覺得有東西碰到手；一摸那東西，原來各人身邊都有半隻瓜。書生表示感謝，也沒有回答。等到天色剛亮書生起身準備上路時，又聽到樹後聲音說：「向東走二里，就是大路了。有一句話奉送給你們：《周易》中的互體，終究是不可忽視的。」兩位書生不明白他所說的意思，詢問又不回答。等到考試時，策論部分果然問到互體。考生們都採用二程朱熹的說法，只有這兩個書生按樹後聲音所講的話來回答，結果都名列前茅。

【研析】這兩位書生和鬼神狐仙能夠以禮相待，不失身分；鬼神狐仙也能禮遇書生，不興事作怪，雙方互相待之以禮，不傷和氣，豈不也是一段佳話。在對方貿然闖入時，能夠平心靜氣相待，是化解矛盾的關鍵。此處鬼神狐仙的應對落落得體，行文中可以感到作者的贊許。

輕薄書生

乾隆甲子❶，余在河間應科試。有同學以帕冪首❷，云墮驢傷額也。既而有同行者知之，曰：「是於中途遇少婦，靚妝獨立官柳下，忽按轡問途。少婦曰：『南北驛路❸，車馬往來，豈有迷途之患？爾直欺我孤立耳。』忽有飛瓦擊之，流血被面。少婦徑入秫田❹去，不知是人是狐是鬼也。但未見舉手，而瓦忽橫擊，疑其非人；鬼又不應白日出，疑其狐矣。」高梅村曰：「此不必深問。無論是人是鬼是狐，總之當擊耳。」又丁卯❺秋，聞有京官子，暮過橫街東，為娼女誘入室。突其夫半夜歸，脅使盡解衣履，裸無寸縷，負置門外叢冢間。京官子無計，乃號呼稱遇鬼。有人告其家迎歸。姚安公時官戶部❻，聞之笑曰：「今乃知鬼能作賊。」此均足為佻薄者戒也。

【章旨】此章講述了兩個書生舉止輕薄而遭到懲治的故事。

【注釋】❶乾隆甲子　即清乾隆九年，西元一七四四年。❷冪首　蓋住頭。冪，覆蓋；罩。❸驛路　我國古時的交通大道。即為傳車、驛馬通行而開闢的大路。沿途設置驛站。❹秫田　此指高粱地。秫，高粱。❺丁卯　即清乾隆十二年，西元一七四七年。❻戶部　官署名。六部之一，掌管全國土地、戶籍、賦稅、財政收支等事務，長官為戶部尚書。

【語譯】乾隆九年，我在河間府參加科舉考試。有個同學用手帕包著頭，說是從驢子上摔下來傷了額頭。後來有個和他一起來的考生知道事情真相，說：「他在路上遇見一個少婦，那個少婦打扮得漂漂亮亮，獨自站在官道邊的柳樹下。他突然拉住牲口韁繩向那個少婦問路。少婦說：『一條南北向的驛路，來往的車馬很多，怎麼會迷路呢？你不過是想欺侮我獨自一個人站著罷了。』忽然有塊瓦片飛來，擊中了他的頭，當即血流滿面。少婦逕自走進高粱地裡去了，不知她是人是狐仙還是鬼魂。只是沒有看見少婦舉手，而那塊瓦片就忽然從旁邊飛過來，懷疑她不是人；鬼魂又不應該在白天出現，所以懷疑她是狐仙了。」高梅村說：「這事就不必深究細問了。無論是人是鬼還是狐仙，總之，這個人都應當挨打。」又有一件事，乾隆十二年秋天，聽說有個京官的兒子，黃昏時經過橫街東頭，被娼妓誘騙到家裡。突然，娼妓的丈夫半夜回家，脅迫他脫掉全部衣服鞋子，赤裸裸地一絲不掛，被扔在門外的亂墳堆裡。京官兒子沒有辦法，於是就大聲喊叫遇見鬼了。有人告訴他家裡人，把他接了回去。姚安公當時在戶部任職，聽說這件事就笑著說：「如今才知道鬼還能做賊。」這些事都足以作為輕薄者的鑑戒呀。

【研析】讀書人飽讀詩書，卻有輕薄之舉，遭到報應也是活該。不難想像，傳說中的鬼神狐怪捉弄人的故事，或許有相當部分是由那些輕薄書生遭到戲弄後，為搪塞他人而有意編造的，目的在於掩蓋自己的醜行，以免敗露。文中那個京官子所謂遇鬼事就是明證。

回婦之鬼

烏魯木齊千總❶柴有倫言：昔征霍集占❷時，率卒搜山。於珠爾土斯深谷中遇瑪哈沁❸，射中其一，負矢奔去。餘七八人亦四竄，奪得其馬及行帳❹。樹上縛一回婦❺，左臂左股，已臠食見骨，噭噭作蟲鳥鳴。見有倫，屢引其頸，又作叩顙❻狀。有倫知其求速死，剚刃貫其心。瞠目長號而絕。後有倫復經其地，水暴漲，不敢涉，姑憩息以待減退。有旋風來往馬前，倏行倏止，若相引者。有倫悟為回婦之鬼，乘騎從之，竟得淺處以渡。

【章旨】此章講述了清乾隆年間新疆地區土匪強盜殘害民婦的故事。

【注釋】❶千總　官名。清代綠營軍制，守備以下有營千總。❷霍集占　即「小和卓木」。新疆伊斯蘭教白山派的和卓。初曾被準噶爾因禁在伊犁，清乾隆二十年準噶爾平定後獲釋。他卻於乾隆二十二年自稱巴圖爾汗，舉兵叛亂。乾隆二十四年清王朝出兵平亂，統一南疆，霍集占被殺。❸瑪哈沁　新疆地區的土匪強盜。❹行帳　行軍或出遊時所搭的帳篷。❺回婦　回族婦女。❻叩顙　磕頭。

【語譯】烏魯木齊千總柴有倫說：從前征伐霍集占的時候，他率領士兵搜山。在珠爾土斯山深谷中碰到瑪哈沁的隊伍，射中其中一個人，他帶著箭逃跑了。其他七八個人也四處逃竄，便奪取了他們的馬匹帳篷。樹上綁著一個回族婦女，她的左臂左大腿上的肉已被那些人割下來吃了，都能看見骨頭了，她呻吟的聲音像昆蟲小鳥那樣微弱。她看見柴有倫，幾次伸長脖子，又作出叩頭的姿態。柴有倫知道她請求快點死去，就拔出刀扎進她的心臟。那個回族婦女瞪著眼睛發出長長的一聲哀號就死了。後來，柴有倫又經過那個地方，河水突然暴漲，他不敢涉水過河，只好暫時休息等待河水退下去。突然有股旋風在柴有倫的馬前颳來颳去，忽而移動，忽而停止，彷彿是在引導他似的。柴有倫省悟這是那個回族婦女的鬼魂，就騎上馬跟著旋風走，竟然從水淺處渡過了河。

【研析】新疆地區的瑪哈沁凶殘無比，竟然活剮人肉吃。被他們殘害的婦人唯求速死以解脫，而不願活著忍受痛苦的煎熬。這個慘劇發生在清乾隆年間，距今不過二百多年。人性的滅絕，竟到了如此地步，令人扼腕歎息。

賈姓書生

季廉夫言：泰興❶有賈生者，食餼❷於庠，而癖好符籙禁咒事。尋師訪友，煉五雷法❸，竟成。後病篤，恍惚見鬼來攝。舉手作訣，鬼不能近。既而家人聞屋上金鐵聲，奇鬼猙獰，洶湧而入。咸悚惶❹避出。遙聞若相格鬥者，徹夜乃止。比曉視之，已伏於床下死，手掐地成一深坎，莫知何故也。夫死生數也，數已盡矣，猶以小術與天爭，何其不知命乎？

【章旨】此章講述了一個書生學得五雷法欲與天爭，而最終失敗的故事。

【注釋】❶泰興　縣名。在江蘇中部、長江北岸。今江蘇泰興。❷食餼　指明清時經考試取得廩生資格的生員享受廩膳補貼。亦即成為廩生。❸五雷法　道教方術。謂得雷公墨篆，依法行之，可致雷雨，祛疾苦，立功救人。因雷公有兄弟五人，故稱五雷。❹悚惶　亦作「悚皇」。惶恐。

【語譯】季廉夫說：泰興有個姓賈的書生，在縣學讀書得到廩膳補貼，然而卻癖好符籙禁咒的事情。他尋師訪友，修煉道教的五雷法，最後竟然煉成這種法術。他後來病重時，恍恍惚惚間看到有鬼來攝拿自己魂魄，就舉起手念五雷法的口訣，鬼不能靠近他。不久，他家裡人聽到房頂上有金屬發出的聲響，奇形怪狀的鬼猙獰可怕，像潮水般衝進屋來，家裡人都驚惶地逃避出去。人們遠遠地聽到好像屋子裡有打鬥的聲音，聲音持續了一夜才停止。人們等到天亮去看時，姓賈的書生已經趴在床下死了，手指把地面摳出一個深坑，不知道是什麼緣故。人的生死都是有定數的，氣數已經盡了，還想用小小的法術與天抗爭，他怎麼這樣不知道天命呢？

【研析】古人言生死有命。人是不能與命運抗爭的，但賈姓書生卻偏要與命運抗爭。雖說終究是失敗了，但他的勇氣還是值得敬佩的。

紅衣女子

廉夫又言：鍾太守光豫官江寧❶時，有幕友❷二人，表兄弟也。一司號籍❸，一司批發❹，恆在一室同榻寢。一夕，一人先睡。一人猶秉燭，忽見案旁一紅衣女子坐，駭極，呼其一醒。拭目驚視，則非女子，乃奇形鬼也。直前相搏，二人並昏仆。次日，眾怪門不啟，破扉入視。其先見者已死，後見者氣息僅屬，灌治得活。乃具述夜來狀。鬼無故擾人，事或有之；至現形索命，則未有無故而來者。幕府❺賓佐❻，非官而操官之權，筆墨之間，動關生死，為善易，為惡亦易。是必冤譴相尋，乃有斯變。第不知所緣何事耳。

【章旨】此章講述了官衙中同住一室的兩個幕友一夜間一死一傷的離奇故事。

【注釋】❶江寧　即今江蘇南京。❷幕友　原指將帥幕府中的參謀、書記等，後用為地方軍政官員延用的辦理文書、刑名、錢穀等佐助人員的通稱。亦稱「幕僚」、「師爺」、「西賓」。❸號籍　指管理戶籍。❹批發　批示發送文書。❺幕府　軍隊出征，施用帳幕，所以古代將軍的府署稱「幕府」。後世地方軍政大吏的府署，如明清的督撫衙門，也稱「幕府」。❻賓佐　指幕賓佐吏。即在幕府中的幕友吏員。

【語譯】季廉夫又說：鍾光豫太守在江寧府做官時，有兩位幕僚，他們是表兄弟。一個管理戶籍編號登記，一個掌管公文收發，兩人常在一個房間裡同床而睡。一天晚上，一個人先睡下，另一個人還在燈下做事，突然看見書桌邊坐著一個穿紅衣的女人，害怕極了，連忙把先睡著的人喊醒。那人醒後揉著眼睛吃驚地察看，發現並不是女子，而是一個奇形怪狀的鬼。那鬼直衝上來搏鬥，兩個人都昏倒在地上。第二天，眾人奇怪他們房門沒有開，就打破房門進屋查看。先看見鬼的人已經死了，後看見鬼的人也只剩下一口氣，經過灌水治療才活了過來。他醒來後就詳細地講述了昨夜發生的情況。鬼魂無緣無故來騷擾人，這事可能會有；至於現出原形來索要性命，就不會無緣無故而來的。官府裡的幕僚賓客，雖然不是官而掌握官的權力，動筆墨寫文書之間，動輒關係到人的生死，所以他們行善容易，作惡也容易。這件事必定是有冤魂前來尋仇報復，才有這樣大的變故，但不知道是因為什麼事情罷了。

【研析】今人看來，這個案子並不蹊蹺，肯定是件謀殺案，那個活著的人大有嫌疑。但作者紀昀生活的年代，人們相信鬼神。故而以鬼神來掩飾殺人，往往能夠得到人們採信。這也是作者深信不疑的原因。

護法善神

烏魯木齊軍吏茹大業言：古浪❶回民，有踞佛殿飲博❷者，寺僧孤弱，弗能拒也。一夜，飲方酣，一人舒拇指呼曰：「一。」突有大拳如五斗栲栳❸，自門探入，五指齊張，厲聲呼曰：「六。」舉掌一拍，燭滅幾碎，十餘人並驚仆。至曉，乃各漸蘇，自是不敢復至矣。佛於眾生無計較心，其護法善神❹之示現乎？

【章旨】此章講述了一群賭徒在寺廟飲酒聚賭，遭到護法神驅趕的故事。

【注釋】❶古浪　縣名。在甘肅河西走廊東部、鄰接內蒙古自治區。❷飲博　飲酒賭博。❸栲栳　用竹篾或柳條編成的盛物器具。❹護法善神　護衛佛法的天神。

【語譯】烏魯木齊軍吏茹大業說：古浪縣的回民，有人聚集在佛教寺廟的大殿上飲酒賭博，佛寺中的僧人勢孤力單，不能阻攔這些人的胡作非為。一天夜晚，這些人喝酒正在酣暢時，一個人伸出大拇指叫道：「一。」突然有一隻像能盛五斗米籮筐般的大拳頭從門外伸進來，五個手指一齊張開，大聲喊道：「六！」舉起手掌一拍，蠟燭熄滅，桌子粉碎，這十幾個聚賭的人一齊被驚嚇得跌倒在地。到天亮時，這些人才慢慢蘇醒過來，從此不敢再到佛寺來了。佛祖對於芸芸眾生沒有計較心，大概這是佛祖的護法善神來現形顯示佛力吧？

【研析】從這個故事中可以看到回民對佛教的不敬，但對他們褻瀆佛教行為的懲治，也僅限於嚇唬嚇唬而已。這大概就是所謂的「佛於眾生無計較心」了。

墨畫祕戲圖

蘇州❶朱生煥，舉壬午❷順天❸鄉試❹第二人，余分校所取也。一日，集余閱微草堂，酒間各說異聞。生言：曩乘舟，見一舵工額上恆貼一膏藥，縱約寸許，橫倍之。云有瘡，須避風。行數日，一篙工❺私語客曰：「是大奇事，云有瘡者偽也。彼嘗為會首❻，賽水神例應捧香而前。一夕犯不潔❼，方跪致祝，有風颭爐灰撲其面，骨栗神悚，幾不成禮。退而拂拭，則額上現一墨畫祕戲圖❽，神態生動，宛肖其夫婦。洗濯不去，故以膏藥掩之也。」眾不深信，然既有此言，出入往來，不能不注視其額。舵工覺之，曰：「小兒又饒舌耶！」長喟而已。然則其事殆不虛，惜未便揭視之耳。又余乳母李媼言：曩登泰山❾，見娼女與所歡皆往進香，遇於逆旅，伺隙偶一接脣，竟膠粘不解，擘之則痛徹心髓。眾為懺悔，乃開。或曰：「廟祝賄娼女作此狀，以聳人信心也。」是亦未可知矣。

【章旨】 此章講述了平民百姓如果犯下對神靈不恭之過，就會遭到神靈懲罰的故事。

【注釋】 ❶蘇州　市名。在江蘇南部，太湖東北。❷壬午　即清乾隆二十七年，西元一七六二年。❸順天　即順天府，今北京。❹鄉試　明清兩代每三年一次在各省省城（包括京城）舉行的考試。考中的稱為舉人。❺篙工　撐篙的船工。❻會首　指民間各種叫做「會」的組織的發起人或主持人。也叫會頭。❼不潔　喻情欲。指男女性交。❽祕戲圖　指繪有男女性交圖案的色情圖畫。❾泰山　山名。在山東中部。海拔一五二四公尺，山峰突兀峻拔，雄偉壯麗。古稱「東嶽」。

【語譯】 蘇州有個書生叫朱煥，乾隆二十七年順天鄉試考中第二名，是我擔任考官分閱他的考卷錄取的。有一天，大家聚集在我的閱微草堂，酒席之間各人講述奇聞異事。朱煥說：過去有一次坐船，看見一個舵工的額頭上總是貼著一塊膏藥，長約一寸左右，寬有二寸左右。舵工說是因為額頭生瘡，要避風吹。船航行幾天後，有個篙工悄悄對客人說：「這是件大怪事，舵工說生瘡是假話。他曾經是行會的首領，祭祀水神儀式上，按規矩他要捧著香在前面祝禱。頭一天晚上他和女人做愛犯了不潔之過。他正跪著致詞禱告時，有一陣風吹起香爐裡的香灰撲在他臉上，嚇得他毛骨悚然，幾乎無法完成儀式。他退下後拂拭額頭上的爐灰，額頭上卻現出了一幅用墨畫的男女做愛的圖畫，神態生動，極像他們夫妻的形象。用水擦洗也洗不掉，圖案反而更加分明，所以他用膏藥來遮掩額頭了。」大家並不很相信，然而既然有這個說法，大家進出往來，都不能不注意看那個舵工的額頭。舵工覺察後，罵道：「小孩子又多嘴了！」他長歎幾聲也就罷了。那麼，這件事應該不會是虛構的了，可惜不便揭開膏藥來看看。還有我的奶媽李老太太說：過去她登泰山時，看見有個娼妓和她的相好都前去進香，在旅店裡相遇，兩人趁有機會就接吻，誰知兩人的嘴唇就粘在一起分不開了。用力拉開就痛徹心髓。眾人為他們兩人懺悔，他們的嘴唇才能分開來。有人說：「這是廟祝賄賂收買娼妓，故意裝成這個樣子，用來聳人聽聞，使人更加相信這座廟的神靈罷了。」這也不是不可能的。

【研析】敬鬼神而遠之，突出一個「敬」字。雖說老百姓不一定相信對神靈不恭就會招致報應的說法，但寧可信其有而不可信其無，這是大多數老百姓對鬼神的態度。只是泰山腳下娼妓的作為被認為是廟祝買通娼妓假扮，那麼舵工額頭上的墨畫祕戲圖又是誰安排的呢？

刑房吏王謹

獻縣❶刑房❷吏王瑾，初作吏時，受賄欲出❸一殺人罪。方濡筆起草，紙忽飛著承塵上，旋舞不下。自是不敢枉法取錢，恆舉以戒其曹偶❹，不自諱也。後一生溫飽，以老壽終。又一吏恆得賄舞文，亦一生無禍，然歿後三女皆為娼。其次女事發當杖，伍伯❺夙戒其徒曰：「此某師傅女（土俗呼吏曰師傅），宜從輕。」

女受杖訖，語鴇母曰：「微我父曾為吏，我今日其殆矣。」嗟乎，烏知其父不為吏，今日原不受杖哉！

【章旨】此章講述了獻縣縣衙兩名刑房吏，一個秉公執法、一個貪贓枉法，分別得到不同報應的故事。

【注釋】❶獻縣　縣名。即今河北獻縣。❷刑房　古時衙門中掌理刑事案件的分署。❸出　開脫；釋放。❹曹偶　儕輩；同類。❺伍伯　古代衙門中掌管行刑的役卒。

【語譯】獻縣縣衙刑房官吏王瑾，剛任小吏時，接受賄賂想為一個殺人犯開脫罪行。他剛剛用筆沾墨起草案卷時，那張紙忽然飛到天花板上，旋轉飄蕩不掉下來。從此，王瑾不敢受賄枉法，還常常用這件事告誡同事們，自己也毫不隱諱。後來，他一生溫飽，以老年高壽去世。又有一個縣吏經常接受賄賂，舞文弄墨為罪人開脫，一輩子也沒有什麼禍患，然而他死後，他的三個女兒都作了娼妓。他第二個女兒犯罪應當受杖刑，衙門中掌管行刑的衙役事先告誡手下掌刑的人說：「這是某師傅的女兒（老百姓俗語稱呼縣吏為師傅），下手要輕一些。」那人的二女兒受完杖刑，對鴇母說：「要不是我父親曾經當過縣吏，今天我就被打死了。」嗚呼，她怎麼知道要是她父親不當縣吏，她今天本來就不會受到杖刑的啊！

【研析】掌管刑名的衙吏貪贓枉法，這是老百姓最痛恨的，也是最犯忌諱的事情。作者用這兩個衙吏作比較，用意也在於警世。即使報應不在自身，也會在子女身上實現。因此，做官豈能不謹慎！

道士與狐精

交河❶有姊妹二妓，皆為狐所媚，羸病欲死。其家延道士劾治，狐不受捕。

道士怒，趣設壇，牒雷部❷。狐化形為書生，見道士曰：「煉師❸勿苦相仇也。夫採補❹殺人，誠干天律❺，然亦思此二女者何人哉？飾其冶容，蠱惑年少，無論其破人之家，不知凡幾，廢人之業，不知凡幾，間人之夫婦，不知凡幾，罪皆當死。即彼攝人之精，吾攝其精；彼致人之疾，吾致其疾；彼戕人之命，吾戕其命，皆所謂『請君入甕』，天道宜然。煉師何必曲庇之？且煉師之劾治，謂人命至重耳。夫人之為人，以有人心也。此輩機械❻萬端，寒暖百變，所謂人面獸心者也。既已獸心，即以獸論。以獸殺獸，事理之常。深山曠野，相食者不啻恆河沙數❼，可一一上瀆雷部耶？」道士乃捨去。論者謂道士不能制狐，造此言也。然其言則深切著明矣。

【章旨】此章講述了一個狐狸精攝取兩個妓女精血，使人致病，卻還說出一番道理的故事。

【注釋】❶交河　縣名。在河北中部偏南、南運河和滏陽河之間。❷雷部　神話中主管打雷的部門。有時即指雷神。❸煉師　古時對某些道士的尊稱。認為他們懂得「養生」、「煉丹」的方法。❹採補　指汲取他人元氣、精血以補益自身。❺天律　天界的律令。❻機械　比喻巧詐。❼恆河沙數　佛教語。形容數量多至無法計算。

【語譯】交河縣有姐妹兩人都是妓女，都被狐狸精迷惑，瘦弱生病幾乎要死了。妓女的家人請來道士懲治狐狸精，狐狸精卻反抗拒捕。道士發怒，催促設立神壇，上書報告雷神。狐狸精變化成一位書生，來拜見道士說：「法師不要苦苦相逼吧！為了採補而殺人，當然是觸犯天界律條的事，但是你也想想這兩個女人是什麼人呢？她們打扮得漂漂亮亮，去蠱惑年輕人。不要說她們敗毀別人的家業，不知道有多少人家了；使他人事業荒廢，也不知道有多少人了；離間別人夫婦感情，也不知道有多少了，這些罪行都應當處死。而她們攝取別人的精血，我攝取她們的精血；她們使別人生病，我使她們生病；她們殘害別人的性命，我殘害她們的性命，這都是所謂的『請君入甕』的做法，按天道來說也是合適的。法師何必曲意包庇她們呢？況且法師要懲治我，就是認為人命至關重要罷了。人之所以被稱為人，是因為人是有人的心腸的。這些妓女機詐萬端，忽冷忽熱百般變化，是人們所謂的人面獸心的東西。她們既然已經有獸心，就應當按野獸論處。野獸殺害野獸，是很平常的事理。在深山曠野之中，野獸相互廝咬捕食，就像恆河泥沙那樣多，難道可以一一上報雷神請求懲治嗎？」道士於是放跑狐狸精而自己走了。人們議論說，那個道士不能制服狐狸精，故意編造出這些話來。然而，狐狸精的這些話卻很深刻明白啊。

【研析】女子成為妓女，多數是迫不得已，她們本身就是受害者。而狐狸精卻認為她們是壞人，因而迫害她們就不應該受到天道公理的懲治。這是一種強盜邏輯，不值得一駁。只是紀昀卻也以為這種說法「深切著明」，不難看出紀昀思想中的封建陳腐因素。

狐友懲妓

程魚門言：朱某昵淮上[1]一妓，金盡，被斥出。一日，有西商[2]過訪妓，僕輿奢麗，揮金如土。妓兢兢恐其去，盡謝他客，曲意效媚。日贈金帛珠翠，不可縷數。居兩月餘，云暫出赴揚州[3]，遂不返。訪問亦無知者。貲既饒，擬去北里為良家。檢點篋笥，所贈已一物不存，朱某所贈亦不存；惟留二百餘金，恰足兩月餘酒食費，一家迷離惝恍，如夢乍回。或曰，聞朱某有狐友，殆代為報復云。

【章旨】此章講述了一個書生迷戀妓女，錢財耗盡就被妓女逐出。後來他的一個狐友為之捉弄妓女的故事。

【注釋】❶淮上　淮河沿岸。❷西商　一說指山西商人。❸揚州　府名。今江蘇揚州。在江蘇中部、長江北岸。

【語譯】程魚門說：有個朱某人迷戀淮河邊的一個妓女，錢財花光後，就被妓女趕了出來。一天，有位山西商人去拜訪這位妓女，商人的僕從車馬十分奢侈華麗，商人又揮金如土。妓女戰戰兢兢地小心侍候，唯恐這個商人離開，就把其他客人都謝絕了，千方百計地討好商人。商人每天贈送她金銀珠翠、綾羅綢緞，多得數也數不清。這個商人住了兩個多月，說是暫時去一趟揚州，從此就沒有回來。妓女尋訪詢問，也都說不知道商人的下落。妓女得到的財物很多，就想離開妓院做個良家婦女。她檢點自己的箱籠，商人所贈送的財物不翼而飛，朱某所贈送的財物也不見了，只剩下二百多兩銀子，剛好夠兩個多月的酒食費用。妓女全家人都覺得迷迷糊糊的，好像做夢剛醒過來似的。有人說，聽說朱某有一位狐狸精朋友，大概是代朱某去報復妓女的。

【研析】士大夫們玩弄妓女，而一切不是卻都要妓女承擔。如這個朱某人嫖妓，錢財花光被妓女趕出家門本是尋常事，卻引來狐友報復，似乎萬般過錯都在妓女一人。妓女本來做的就是皮肉生意，朱某人也是知道的，結果也是可想而知的，那麼朱某人的怨恨就大可不必了，而他的那個狐友的報復更屬多餘。紀昀的偏袒，讀者自可明白。

偽狐女

魚門又言：遊士某，在廣陵❶納一妾，頗嫻文墨。意甚相得，時於閨中倡和。一日，夜飲歸，僮婢已睡，室內暗無燈火。入視闃然❷，惟案上一札曰：「妾本狐女，僻處山林。以夙負應償，從君半載。今業緣已盡，不敢淹留。本擬暫住待君，以展永別之意，恐兩相淒戀，彌難為懷。是以茹痛❸竟行，不敢再面。臨風回首，百結柔腸。或以此一念，三生石❹上，再種後緣，亦未可知耳。諸惟自愛，勿以一女子之故，至損清神。則妾雖去而心稍慰矣。」某得書悲感，以示朋舊，咸相慨歎。以典籍❺嘗有此事，弗致疑也。後月餘，妾與所歡北上，舟行被盜，鳴官待捕，稽留淮上者數月，其事乃露。蓋其母重鬻於人，偽以狐女自脫也。周書昌曰：「是真狐女，何偽之云？吾恐志異諸書所載，始遇仙姬，久而捨去者，其中或不無此類也乎！」

【章旨】此章講述了一個女子被賣與他人為妾，偽裝狐女脫身，再被賣給另一人的故事。

【注釋】❶廣陵　縣名。今江蘇揚州。❷闃然　形容空無所有。❸茹痛　忍受痛苦。❹三生石　傳說唐朝李源與惠林寺和尚圓觀友善，兩人同遊三峽時，見婦人汲水，圓觀對李源說：「其中孕婦姓王者，是某託身之所。」更約十二年後中秋夜，相會於杭州天竺外。這天夜裡圓觀果然去世，而孕婦產。後李源如期赴約。聞牧童歌〈竹枝詞〉：「三生石上舊精魂，賞月吟風不要論。慚愧情人遠相訪，此身雖異性長存。」李源因此知道牧童就是圓觀的後身。後人附會謂杭州天竺寺後山的三生石，即李源和圓觀相會之處。詩文中常用為前因宿緣的典故。❺典籍　指各種書籍文獻。

【語譯】程魚門又說：有個書生遊歷到廣陵，娶了一個侍妾，她很有文學知識和才能。書生和她相處的很好，經常在閨房中和她一起吟詩唱和。一天夜晚，書生飲酒後回來，看到家中小僮婢女都已經睡了，室內昏暗沒有燈火。書生進房間看，寂然沒有聲音，只見桌子上有一封信，信中說：「我本來是狐女，住在荒僻的山林裡。因為要報答從前的恩情，所以跟隨您半年。如今我們的緣分已盡了，我不敢久留。我本來想暫時停留等您回來，以表示我永別的意思，又怕我們情深悲哀留戀，難以割捨。所以我只好忍痛離去，不敢再與您相見。臨走回頭眺望，柔情盤旋在我心頭。或許因為有這樣的一個念頭，在三生石上，我們會再結來世姻緣，也許是有可能的。請您自己一定要保重，不要因為一個女子的緣故，以至於損害精神。那麼，我雖然離去但心裡也稍感安慰了。」書生看了信悲傷感歎，把信拿給朋友們看，朋友們都很感歎。因為古代書籍上曾經有過這類記載，大家也都沒有對這件事產生懷疑。過了一個多月後，這個侍妾和她的情人北上，坐船航行而行李被偷盜，向官府報案等待追捕盜賊，因此侍妾和她情人滯留在淮河一帶有幾個月，於是這件事才敗露了。原來是她母親把她再賣給另一個人，她就假裝成狐女從書生這裡脫身。周書昌說：「這是真正的狐女，有什麼假的呢？恐怕那些志怪小說所記載的奇聞異事，開始時書生遇上仙女，時間久了仙女又離開書生，其中或許就有這類情況吧。」

【研析】收取錢財成為他人妻妾後，以種種藉口脫身，再去騙取別人錢財，此種手法時有所聞，並不鮮見。只是文中周書昌以為古人小說中亦多類似故事，雖然所言或許接近事實，卻將古人小說的情趣破壞殆盡，未免煞風景。

死人首蠕動

余在翰林日，侍讀❶索公爾遜同齋戒於待詔廳（廳舊有何義門❷書「衡山舊署」一匾，又聯句一對。今聯句尚存，匾則久亡矣）。索公言：前征霍集占時，奉參贊大臣❸檄調。中途逢大雪，車仗❹不能至，僅一行帳❺隨，姑支以憩。苦無枕，覓得二三死人首，主僕枕之。夜中並蠕蠕掀動，叱之乃止。余謂此非有鬼，亦非因叱而止也。當斷首時，生氣未盡，為嚴寒所束，鬱伏於中。得人氣溫蒸，凍解而氣得外發，故能自動。已動則氣散，故不再動矣。凡物生性未盡者，以火炙之皆動，是其理也。索公曰：「從古戰場不聞逢鬼，吾心惡之，謂吾命衰也。今日乃釋此疑。」

【章旨】此章作者為一位曾征戰新疆的官員解釋了死人腦袋為何會蠕動的原因。

【注釋】❶侍讀　官名。翰林院下設置的較高級的翰林官。❷何義門　即何焯。清初校勘家。初字潤千，更字屺瞻，號茶仙，清長洲（今江蘇蘇州）人。學者稱義門先生。康熙時召直南書房，賜翰林。著有《義門讀書記》。❸參贊大臣　官名。清代於新疆、蒙古等地設置參贊大臣，輔助將軍辦理軍務。❹車仗　指行軍時的輜重行李。❺行帳　行軍打仗用的輕便帳篷。

【語譯】我在翰林院為官的時候，和侍讀索爾遜先生一起在待詔廳齋戒，（這所廳堂上原有何義門寫的「衡山舊署」匾額，還有一副聯句。現在聯句還保存著，匾額早就不見了）。索先生說：從前征討霍集占的時候，接到參贊大臣命令調動。行軍途中恰逢下大雪，車輛行李不能及時趕到，只有一頂行軍帳篷帶在身邊，姑且架起帳篷休息。苦於睡覺時沒有枕頭，找到兩三個死人腦袋，主人和僕從都枕著死人腦袋睡覺。半夜裡，那些死人頭慢慢蠕動起來，我們大聲叱罵，那些人頭才停止不動了。我說這並不是有鬼，也不是因為叱罵而那些人頭才不動的。當這些人頭被砍下來時，生氣沒有完全消散，被嚴寒所束縛，鬱結在死人頭裡。這些人頭得到人體氣息溫暖蒸發，解凍後而死人頭裡的生氣得以向外發散，故而能夠自己動。活動之後，人頭裡的生氣就散發了，所以不會再蠕動了。凡是生物的生氣沒有散盡的，用火燒炙都會活動，就是這個道理。索先生說：「從古以來沒有聽說過在戰場上遇見鬼的事，我心裡厭惡這件事，以為我的生命要衰亡了。今天才解開了這個疑慮。」

【研析】死人頭會蠕動，說來嚇人。但經作者這麼一解釋，卻竟然毫不怪異。雖說作者的解說尚有待專家的認同，但作者力求以科學道理來破解他人的迷信恐懼，這種努力是值得讚賞的。

周二姐詈擊媚妖

崔莊多棗，動輒成林，俗謂之棗行（戶郎切❶）。余小時，聞有婦女數人，出挑菜，過樹下，有小兒坐樹杪，摘紅熟者擲地下，眾競拾取。小兒急呼曰：「吾自喜周二姐嬌媚，摘此與食。爾輩黑鬼，何得奪也？」眾怒詈，二姐惡其輕薄，亦怒詈，拾塊擊之。小兒躍過別枝，如飛鳥穿林去。忽悟村中無此兒，必妖魅也。

姚安公曰：「賴周二姐一詈一擊，否則必為所媚矣。凡妖魅媚人，皆自招致。蘇東坡❷〈范增論〉❸曰：『物必先腐也而後蟲生之。』」

【章旨】此章講述了一個農村女子不受妖魅媚惑的故事。

【注釋】❶切　即反切。用兩個字拼成另一個字的音，是傳統的一種注音方法。反切上字與所切之字聲母相同，反切下字與所切之字的韻母和聲相同。即上字取聲，下字取韻和調。❷蘇東坡　即北宋大文豪蘇軾。因其號東坡居士，故稱。❸范增論　范增為秦末起義軍項羽的謀士。但項羽不能採用范增謀略，錯失時機，致使劉邦坐大。後范增離開項羽軍返回家鄉，病卒。蘇軾曾撰〈范增論〉而抒發自己感受。

【語譯】崔莊棗樹很多，到處棗樹成林，當地人習慣叫棗行（行，戶郎切）。我小時候，聽說有幾個婦女出門挑菜，經過棗樹下，看見有個小孩子坐在樹杈上，摘下紅熟的棗子拋到地下，大家都競相拾取。小孩子急忙大叫道：「我喜歡周二姐的嬌美嫵媚，摘了這些棗子送給她吃。你們這些黑鬼，怎能來搶奪呢？」眾人憤怒地斥罵，周二姐厭惡這個小孩子的輕薄，也生氣地怒罵，還撿起土塊擲擊那個小孩子。小孩子從這棵樹跳到那棵樹，像飛鳥一般穿過樹林逃走了。大家這時忽然想到村裡沒有這個孩子，必定是妖怪了！姚安公說：「幸虧有周二姐一罵一擊，否則一定被妖怪媚惑了。凡是妖怪媚惑人，都是人們自找的。蘇東坡在〈范增論〉中說：『物體必定是先自身腐爛，然後才會生出蟲子來。』」

【研析】「物必先腐也而後蟲生之」，東坡所言極是。往往自己有弱點，外界誘惑才會趁虛而入。自己若能堂堂正正做人，妖魅豈能媚惑？

鬼賣色求職

有選人❶在橫街夜飲，步月而歸。其寓在珠市口，因從香廠取捷徑。一小奴持燭籠行，中路踣而滅。望一家燈未息，往乞火。有婦應門，邀入茗飲。心知為青樓❷，姑以遣興。然婦羞澀低眉，意色慘沮。欲出，又牽袂❸固留。試調之，亦宛轉相就。適攜數金，即以贈之。婦謝不受，但祈曰：「如念今宵愛，有長隨某住某處，渠久閒居，妻亡子女幼，不免飢寒。君肯攜之赴任，則九泉❹感德矣。」選人戲問：「卿可相隨否？」泫然曰：「妾實非人，即某妻也。為某不能贍子女，故冒恥相求耳。」選人悚然而出，回視乃一新冢也。後感其意，竟攜此人及子女去。求一長隨，至鬼亦薦枕❺，長隨之多財可知。財自何來？其蠹官而病民可知矣。

【章旨】此章講述了一個女鬼為丈夫求職而不惜犧牲色相的故事。

【注釋】❶選人　唐代以後稱候補、候選的官員。❷青樓　妓院。❸牽袂　牽拉衣袖。袂，衣袖。❹九泉　指地下或黃泉。❺薦枕　借指侍寢。

【語譯】有個候補官員夜晚在橫街喝完酒，趁月色步行回家。他家住在珠市口，所以從香廠取捷徑穿行。

有個小僕人拿著燈籠帶路，走到半路，小僕人跌跤把燈籠弄滅了。這個候補官員遠遠看見有戶人家燈火還沒有熄滅，就走過去借火。有個婦人開門出來，請這個候補官員進屋喝茶。這個候補官員心中知道這裡是妓院，就姑且消遣玩玩。然而那個婦人羞澀地低著頭，神色像是悲切無奈的樣子。這個候補官員想走時，婦人又拉著他的衣袖一定要他留下。這個候補官員試探著和她調情，那婦人也很溫柔地順從了他。這個候補官員身邊剛好帶了幾兩銀子，就拿出來送給她。婦人推辭不肯接受，只是請求說：「如果您能念及今夜的恩愛，有個長隨某人住在某處，他閒居在家很久了，妻子去世，孩子年幼，不免飢寒交迫。您如果肯帶著他去上任，那麼我在九泉之下也會感謝您的恩德的。」候選官員開玩笑地說：「你能不能跟隨我去呢？」婦人流淚說：「我實際不是人，就是那個長隨的妻子。因為他不能贍養子女，所以我不顧羞恥來求您了。」候選官員毛骨悚然地走出屋子，回頭一看，卻是一座新墳。後來，這個候補官員被婦人的誠意所感動，就把那個長隨和他的子女一起帶著上任去了。為了求得做一個官員長隨的職位，甚至鬼也會不惜陪人睡覺，長隨可以發大財就可想而知了。他們的錢財從哪裡來？那麼他們蠹官害民的情況也是可以想見的了。

【研析】這個女鬼為了孩子而甘願犧牲自己，不應該受到譴責。作者抨擊的對象也主要是那個長隨。長隨的害民，往往是在官員的授意或默許下進行。為虎作倀、狐假虎威，正是指這類人。

蛟龍姦老翁

牛犢馬駒，或生鱗角，蛟龍之所合，非真麟也。婦女露寢，為所合者亦有之。惟外舅馬氏家，一佃戶年近六旬，獨行遇雨，雷電晦冥，有龍探爪按其笠。以為當受天誅，悸而踣，覺龍碎裂其褌，以為褫衣而後施刑也。不意龍捩轉❶其背，據地淫之。稍轉側避，輒怒吼，磨牙其頂。懼為吞噬，伏不敢動。移一二刻，始霹靂一聲去。呻吟塍上❷，腥涎滿身。幸其子持蓑❸來迎，乃負以返。初尚諱匿，既而創甚，求醫藥，始道其實。耘苗之候，饁婦眾矣，乃狎一男子；牧豎❹亦眾矣，乃狎一衰翁。此亦不可以理解者。

【章旨】此章講述了一個老翁被蛟龍強姦的故事。

【注釋】❶捩轉　掉轉；扭轉。❷塍上　田間的小路上。❸蓑　蓑衣。農民披在身上避雨的一種器具，用棕葉編成。❹牧豎　牧童。

【語譯】小牛犢和小馬駒，有的生出鱗片長出角來，是蛟龍和母牛母馬交配後生出來的，不是真的麒麟。婦女露天睡覺，被蛟龍所姦汙的也是有的。只是我的岳父馬先生家，有個佃戶年齡快六十歲了，他獨自走路遇到下雨，電閃雷鳴，烏雲密布，有一條蛟龍伸出龍爪按住這個老翁的斗笠。老翁以為自己要受到上天的誅殺，嚇得摔倒在地上。他發覺那條蛟龍撕開他的褲子，又以為是把衣服剝光再施行刑罰。沒想到那條蛟龍把他的身體反轉過來，按在地上強姦。老翁稍有轉身躲避，那條蛟龍就發出怒吼，用牙齒在他頭頂上磨來磨去。老翁害怕被蛟龍吃掉，就趴在地上不敢動。過了一二刻時間，那條蛟龍才發出一聲霹靂巨響離開了。老翁在田埂上痛苦呻吟，腥臭的蛟龍口水唾沫沾滿全身。幸虧他的兒子帶著蓑衣來接他，才背著他回家去。老翁最初還隱瞞這件事，後來因為受傷太重，求醫問藥，才說出實際情況。當時正是鋤草耘田的時候，往田裡送飯的婦女很多，蛟龍卻去姦淫一個男子；放牧的少年也很多，蛟龍卻去姦淫一個老頭。這也是不能用道理來解釋的事。

【研析】世上並無蛟龍，自然也不會與人發生性關係，強姦老翁之事更是無稽之談。但為何作者如此確信此事呢？或許真有老翁在雷雨天遭到傷害，而老翁又說不清事情發生的經過，以訛傳訛，遂有了這麼個離奇故事。春夏季節多雷雨，農人常會受到雷電的傷害。據媒體報導，浙江農村曾有人在大樹下聚賭，遭到雷擊，三十餘人傷亡。雷雨天在大樹下容易遭到雷擊，這是科學常識。但如不明白遭雷擊的原因，還會以為是因為他們聚賭，故而遭到上天的懲罰。此事發生早幾百年，豈不又是一段離奇故事。

破甕片

王方湖言：蒙陰❶劉生，嘗宿其中表❷家。偶言家有怪物，出沒不恆，亦不知其潛何所。但暗中遇之，輒觸人倒，覺其身堅如鐵石。劉故喜獵，恆以鳥銃❸隨，曰：「若然，當攜此自防也。」書齋凡三楹，就其東室寢。方對燈獨坐，見西室一物向門立，五官四體，一一似人，而目去眉約二寸，口去鼻僅分許，部位乃無一似人。劉生舉銃擬之，即卻避。俄手掩一扉，出半面外窺，作欲出不出狀。才一舉銃，則又藏，似懼出而人襲其後者。劉生亦懼怪襲其後，不敢先出也。如是數回，忽露全面，向劉生搖首吐舌。急發銃一擊，則鉛丸中扉上，怪已銜煙❹去矣。蓋誘人發銃，使一發不中，不及再發，即乘機遁也。兩敵相持，先動者敗，此之謂乎！使忍而不發，遲至天曉，此怪既不能透壁穿窗，勢必由戶出，則必中銃；不出，則必現形矣。然自此知其畏銃。後伏銃窗櫺，伺出擊之，琤然仆地，如簷瓦墮裂聲。視之，乃破甕一片，兒童就近沿無泑處戲畫作人面，筆墨拙澀，隨意塗抹，其狀一如劉生所見云。

【章旨】此章講述了一片破甕變妖作怪的故事。

【注釋】❶蒙陰　縣名。在山東中部偏南、東汶河上游。❷中表　古代稱父親的姐妹（姑母）的兒子為外兄弟，稱母親的兄弟（舅父）姐妹（姨母）的兒子為內兄弟。外為表，內為中，合稱「中表兄弟」。後稱同姑母、舅父、姨母的子女這樣的親戚關係為「中表」。❸鳥銃　即鳥槍。古代一種打鳥的火器。❹衝煙　指衝過硝煙而去。

【語譯】王方湖說：蒙陰縣有位姓劉的書生，曾住在他表兄家，偶然聽表兄說家裡有個怪物，出沒無常，也不知道他潛伏在什麼地方。只是黑暗中碰上他，就能把人撞倒，覺得怪物身體像金屬石頭一般堅硬。劉某本來喜歡打獵，常常隨身帶著鳥槍，說：「如果是這樣，我就帶上鳥槍自己防備好了。」劉某表兄家的書房共三間屋，劉某睡在東屋。劉某正在燈下獨自坐著時，看見西屋有一個東西對著門口站著，五官四肢都很像人，但是眼睛距離眉毛大約二寸，嘴巴距離鼻子僅有一分多，五官的部位卻沒有一處和人相同。劉某舉起鳥槍瞄準怪物，怪物就躲避開。不久，怪物伸手關上一扇門露出半個面孔向外偷看，作出想跑又不跑的樣子。劉某剛一舉槍，怪物就又躲起來，似乎像是害怕跑出去時而劉某攻擊他的背後。劉某也害怕怪物從後面襲擊自己，不敢先出屋子來。像這樣反覆了好幾次，怪物忽然露出整個面孔，對著劉某搖頭伸舌。劉某急忙打了一槍，鉛彈卻打在門扇上，怪物就在煙火中衝了出去。原來怪物在引誘劉某開槍射擊，使得他一槍沒有打中，來不及打第二槍，怪物就乘機逃走了。敵對雙方相持的時候，先動手的就失敗，指的就是這種情況。如果劉某忍耐著不射擊，延遲等到天亮，這個怪物就不能穿透牆壁窗門，勢必從門口出去，那麼就一定會被鳥槍擊中；如果怪物不出來，那麼就會現出原形了。不過，人們從此知道怪物害怕鳥槍。後來，劉某埋伏在窗櫺下，等怪物出現時開槍射擊，怪物發出琤地一聲倒在地上，好像屋簷瓦片掉下來碎裂似的。劉某上前一看，原來是一片破甕，小孩子就在靠近甕片邊緣處沒有釉的地方畫上一個人面來玩，筆畫很幼稚，是孩子隨便塗抹亂畫的。它的樣子就像劉某所見的怪物一樣。

【研析】破甕片興妖作怪，不知嚇倒了多少人。劉某不信邪，鳥槍一轟，怪物原形畢現。世上事大都類此。妖魅害人，是因為人們怕他。人們只要不怕鬼、不信邪，一身正氣，妖魅自然無處作怪。所謂的「邪不壓正」，說的就是這個意思。

富家子

有富室子病危，絕而復蘇，謂家人曰：「吾魂至冥司矣。吾嘗捐金活二命，又嘗強奪某女也。今活命者在冥司具保狀❶，而女之父亦訴牒喧辯。尚未決，吾且歸也。」越二日，又絕而復蘇曰：「吾不濟矣。冥吏謂奪女大惡，活命大善，可相抵。冥王謂活人之命，而復奪其女，許抵可也。今所奪者此人之女，而所活者彼人之命；彼人活命之德，報此人奪女之仇，以何解之乎？既善業本重，未可全銷，莫若冥司不刑賞，注來生恩自報恩，怨自報怨可也。」語訖而絕。案歐羅巴書不取釋氏❷輪迴❸之說，而取其天堂地獄，亦謂善惡不相抵。然謂善惡不抵，是絕惡人為善之路也。大抵善惡可抵，而恩怨不可抵，所謂冤家債主，須得本人是也。尋常善惡可抵，大善大惡不可抵。曹操❹贖蔡文姬❺，不得不謂之義舉，豈足抵篡弒之罪乎（曹操雖未篡，然以周文王❻自比，其志則篡也，特畏公議耳）？至未來生中，人未必相遇，事未必相值，故因緣湊合，或在數世以後耳。

【章旨】此章借一富家子之口論說了人世間恩怨在陰間不能相抵的道理。

【注釋】❶保狀　由保證人填寫的有一定格式的保證書。❷釋氏　此處指佛教。❸輪迴　佛教名詞。佛教認為眾生各依所作善惡業因，一直在六道（天、人、阿修羅、地獄、餓鬼、畜生）中生死相續，升沉不定。有如車輪的旋轉不停，故稱輪迴。❹曹操　即魏武帝。三國時政治家、軍事家、詩人。字孟德，小名阿瞞，譙（今安徽亳縣）人。三國時曹魏政權的實際開創者。❺蔡文姬　即蔡琰。漢末女詩人。陳留圉（今河南杞縣南）人。蔡邕之女。博學有才辯，通音律。東漢末年大亂，被掠歸南匈奴。居匈奴十二年，曹操念蔡邕無後，用重金將她贖還，再嫁董祀。❻周文王　商末周族領袖。姬姓，名昌，商紂時為西伯，世稱伯昌。統治期間，國勢強盛。在位五十年。後其子周武王推翻了殷商王朝，建立了周朝。

【語譯】有個富家子弟病情危重，昏死過去又蘇醒過來，告訴家裡人說：「我的靈魂到了陰曹地府。我曾經捐助金錢救活兩條人命，又曾經強搶過一個女子。如今，被我救活的人在陰間官府裡出具保釋我的文書，而那個女子的父親也投遞訴狀吵吵鬧鬧地申辯控告我。這個案子還沒有判決，我暫時回來了。」過了兩天，這個富家子弟再次昏死過去又蘇醒過來，說：「我不行了。陰間官員說，搶奪女子是大惡行，救人活命是大善行，可以相互抵消。閻王說救人活命，而又搶奪了這個人家的女兒，允許功過相抵是可以的。如今搶奪的是這個人的女兒，而所救的是那個人的性命。用救活那人性命的恩德，來抵償搶奪這人女兒的仇恨，又如何來解釋呢？既然善行的報應本來就很重，不可以全部抵消，不如陰間官府就不作賞罰了，只是注定你們來生有恩的自己報恩，有怨的自己報怨就可以了。」說完，這個富家子弟就死了。案，歐洲人的著作中不採納佛教關於輪迴的說法，而採取他們天堂地獄的說法，也說善行與惡行不能互相抵消。然而善惡不能互相抵消，是斷絕了惡人改過為善的道路了。大概善與惡可以互相抵消的，而恩與怨不能相互抵消。人們所謂的冤家債主，必須要本人來清算。一般來說善與惡可以互相抵消，大善與大惡不可以互相抵消。曹操重金贖回蔡文姬，不能不說是仁義的行為，但怎麼能抵消他篡奪權位殺害君王的罪行呢（曹操雖然沒有篡位，但是他把自己比做周文王，他的志向就是要篡位，只不過怕眾人議論罷了）？至於將來在來生中，人們未必會相遇，發生的恩恩怨怨之事未必就會相等，所以，因為有緣而聚合在一起，或許會在幾世以後吧。

【研析】作者講述這個故事，用意還是在於勸人向善。即使既行善又作惡，妄圖祈福，也是枉然。大善不能與大惡相抵，作下大惡之事，就會遭到報應。因此，人生在世，應當時時行善而切勿作惡。雖說作者的勸世之說，今人看來未免迂腐，但作者的苦心，還是應當體會。

狐不近正人

宋村廠（從弟東白莊名，土人省語呼廠裡。）倉中舊有狐。余家未析箸❶時，姚安公從王德庵先生讀書是莊。僕隸夜入倉院，多被瓦擊，而不見其形，惟先生得納涼其中，不遭擾戲。然時見男女往來，且木榻藤枕，俱無纖塵，若時拂拭者。一日，暗中見人循牆走，似是一翁，呼問之曰：「吾聞狐不近正人❷，吾其不正乎？」翁拱手對曰：「凡興妖作祟之狐，則不敢近正人；若讀書知禮之狐，則樂近正人。先生君子也，故雖少婦稚女，亦不相避，信先生無邪心也。先生何反自疑耶？」先生曰：「雖然，幽明異路，終不宜相接。請勿見形可乎？」翁磬折❸曰：「諾。」自是不復睹矣。

【章旨】此章講述了一個狐仙不近正人君子的故事。

【注釋】❶析箸　指分家。箸，筷子。❷正人　正直、純正之人。即謂正人君子。❸磬折　彎腰如磬，表示恭敬。

【語譯】宋村廠（我的堂弟紀東白的村莊名稱，當地人節省語言，稱為廠裡。）的倉庫裡原來有狐仙。我們家族還沒有分家的時候，姚安公在這個村莊裡跟隨王德庵先生讀書。奴僕們夜晚走進倉庫院子，很多人被瓦片打中，然而卻看不見狐仙的身形。只有王先生能在院子裡納涼，而不會遭到狐仙的騷擾戲弄。不過，王先生經常看見男人女子來來往往，而且所用的木床和藤枕，全都沒有一點灰塵，好像時常擦拭似的。一天，王先生在昏暗中看見一個人沿著牆邊走過，好像是個老頭。王先生喊住他問道：「我聽說狐仙不敢靠近正人君子，我大概不是正人君子吧？」老頭拱手行禮回答說：「凡是興妖作怪害人的狐仙，就不敢靠近正人君子；如果是讀書知禮的狐仙，就喜歡靠近正人君子。先生是正人君子，所以即便狐仙中的少婦少女，也不迴避先生，相信先生沒有邪念呀。先生為什麼反過來懷疑自己呢？」王先生說：「雖說如此，但是陰間和人世不是同路，相互接近畢竟不合適的。請不要現出你的形體可以嗎？」老頭彎腰鞠躬說：「好吧。」從此就不再看見狐仙了。

【研析】身正行直，妖魅自然遠避。狐仙不敢騷擾戲弄王先生，就是因為他有一股正氣。人生在世，有了這樣一股浩然正氣，就能抵禦一切妖魅，挺直腰桿做人。

布施須己財

沈瑞彰寓高廟讀書，夏夜就文昌閣❶廊下睡。人靜後，聞閣上語曰：「吾曹亦無用錢處，爾積多金何也？」一人答曰：「欲以此金鑄銅佛，送西山❷潭柘寺❸供養，冀仰託福佑，早得解形。」一人作啐聲曰：「咄咄大錯！布施須己財。佛豈不問汝來處，受汝盜來金耶？」再聽之，寂矣。善哉野狐，檀越❹雲集之時，倘聞此語，應如霹靂聲也。

【章旨】此章借兩個野狐之口講述了布施須己財的道理。

【注釋】❶文昌閣　文昌是中國神話中主宰功名、祿位的神，又叫文曲星，多為讀書人所崇祀。寺廟中常建有文昌閣，供奉文曲星。❷西山　北京西郊群山的總稱。❸潭柘寺　佛教寺廟名。在今北京石景山西。以在西山支脈潭柘山而得名。寺中有銀杏樹，相傳樹齡有千年，民間諺語稱：「先有潭柘，後有幽州。」❹檀越　佛教名詞。寺院僧人對施捨財物給僧團者的尊稱。

【語譯】沈瑞彰寄宿在高廟讀書，夏夜在文昌閣的廊下睡覺。天黑人靜之後，他聽到文昌閣上有說話聲：「我們也沒有用錢的地方，你積蓄這麼多錢幹什麼呢？」一個人回答說：「我想用這些錢鑄一尊銅佛，送到西山潭柘寺供養起來，希望仰仗此舉得到託福保佑，早日得以解脫自己的原形。」又有一個人發出唾棄的聲音說：「呸呸！你真是大錯特錯了！向佛布施必須是自己的財物，佛祖難道不問你的錢財來路，就接受你偷盜來的錢物嗎？」沈瑞彰再聽下去，就沒有聲響了。好啊，這個野狐精。寺廟的施主們集會的時候，如果聽到這番話，應當像聽到晴天霹靂那樣受到震撼啊！

【研析】占有不義之財，就想通過布施來洗脫自己惡行，祈福今生來世。如此祈福，豈不太容易了些？作者講述這個故事，就是要告誡人們，行善才能祈福；妄圖用不義之財來買通神靈為自己祈福，此路不通。

木杪誦書聲

瑞彰又言：嘗偕數友遊西山，至林巒深處，風日暄妍，泉石清曠，雜樹新綠，野花半開。眺賞間，聞木杪❶誦書聲。仰視無人，因揖而遙呼曰：「在此朗吟，定為仙侶。叨同儒業，可請下一談乎？」誦聲忽止，俄琅琅又在隔溪。有欲覓路追尋者，瑞彰曰：「世外之人，趁此良辰，尚耽研典籍。我輩身列黌宮❷，乃在此攜酒榼❸看遊女，其鄙而不顧宜矣，何必多此跋涉乎！」眾乃止。

【章旨】此章講述了一個隱士勤奮讀書，不願與常人交往的故事。

【注釋】❶木杪　樹梢。❷黌宮　古時學舍。指官府所辦學校。❸榼　古時盛酒或貯水的器具。

【語譯】沈瑞彰又說：他曾經和幾個朋友去西山遊玩，走到山林幽深的地方，風和日麗，水清石白，各種樹木泛出新綠，野花半開。大家正在眺望欣賞的時候，聽到樹梢上傳來讀書聲。大家抬頭看去，卻沒有看見人。大家於是作揖行禮而遠遠呼喊道：「在這裡大聲吟詠讀書，肯定是仙人了。我們也算同是儒家子弟，能不能請你下來談一談呢？」吟誦聲突然停止了，不久，琅琅的讀書聲又在小溪對面響起。有人想找條路過去追尋，沈瑞彰說：「世外之人，趁著這樣的好時光，還在專心研讀典籍。我們這些人身為學生，卻在這裡帶著酒具觀賞來遊玩的女人，他鄙視而不肯理睬我們也是應當的了，何必多此一舉渡河追尋呢！」大家這才罷休。

【研析】泉清石白，滿目蒼翠；風和日麗，遊人如織。如此大好時光，還能埋頭苦讀，如果不是聖人，就是不解風情的書呆子。聖人境界，常人難以企及；如果變成一個書呆子，不學也罷。

遊方尼

滄州有一遊方❶尼，即前為某夫人解說因緣者也，不許婦女至其寺，而肯至人家。雖小家以粗糲❷為供，亦欣然往。不勸婦女布施，惟勸之存善心，作善事。外祖雪峰張公家，一范姓僕婦，施布一匹。尼合掌謝訖，置几上片刻，仍舉付此婦曰：「檀越功德，佛已鑒照矣。既蒙見施，布即我布。今已九月，頃見尊姑猶單衫。謹以奉贈，為尊姑製一絮衣可乎？」僕婦踧踖❸無一詞，惟面赬汗下。姚安公曰：「此尼乃深得佛心。惜閨閣多傳其軼事，竟無人能舉其名。」

【章旨】此章講述了一個雲遊尼姑不要布施，勸人盡孝的故事。

【注釋】❶遊方　僧人為修行問道而雲遊四方。❷粗糲　糙米。❸踧踖　恭敬而局促不安的樣子。

【語譯】滄州有個雲遊的尼姑，就是前邊說過給某位夫人解說因緣的那個人。她不允許婦人到她的庵裡去，而自己卻肯到別人家裡去。即使貧苦人家只能用粗茶淡飯來供奉她，她也高高興興地去。她不勸說婦女布施財物，只勸她們保存善心，做善事。我的外祖父張雪峰先生家中，有一個姓范的僕婦，布施一匹布料給尼姑。尼姑雙掌合十表示感謝，把這匹布放在桌子上一會兒，仍然把這匹布交還給這個僕婦，說：「施主的功德，佛祖已經知道了。既然承蒙你把這匹布布施給我，這匹布就是我的布匹了。如今已經是九月了，剛才看見你的婆婆還穿著單衣。我把這匹布送給你，請你給婆婆縫製一件棉衣可以嗎？」這個僕婦局促不安地說不出一句話，只是滿臉通紅額頭出汗。姚安公說：「這個尼姑才是深刻領會了佛法的精髓了。」可惜女人之間流傳著許多關於這個尼姑的軼事，竟然沒有人能說出她的名字。

【研析】靠布施來為自己祈福，而不管自己長輩起居生活的人，佛祖也不會庇佑降福。這位尼姑顯然並不贊成僕婦的行為，而是用一種委婉的方法提出批評，使僕婦能夠認識自己錯誤並加以改正。作者記述這個故事，就是為了勸善。

痴兒不痴

先太夫人乳母廖媼言：四月二十八日，滄州社會❶也，婦女進香者如雲。有少年於日暮時，見城外一牛車向東去，載二女，皆妙麗，不類村妝。疑為大家內眷，又不應無一婢媼，且不應坐露車❷。正疑思間，一女遺紅帕於地，其中似裹數百錢，女及御者皆不顧。少年素樸愿，恐或追覓為累，亦未敢拾。歸以告母，譙訶❸其痴。越半載，鄰村少年為二狐所媚，病瘵死。有知其始末者，曰：「正以拾帕索帕，兩相調謔媾合也。」母聞之，憬然悟曰：「吾乃知痴是不痴，不痴是痴。」

【章旨】此章講述了一個青年因不貪小利，遂不被狐仙媚惑的故事。

【注釋】❶社會　古時鄉村學塾逢春、秋祀社之日或其他節日舉行的集會。❷露車　古代民間運載物品用的車子，上無篷蓋，四邊無車衣，十分簡陋。❸譙訶　喝罵；申斥。

【語譯】先太夫人的奶媽廖老太太說：四月二十八日，是滄州的社日賽會，婦女們各處聚集來進香。有個少年在太陽下山時分，看見城外有一輛牛車向東駛去，車上載著兩個女子，都很年輕漂亮，不像村裡姑娘的打扮，懷疑她們是大戶人家的家眷，但又不應該沒有婢女和老媽子陪伴，而且也不應該坐沒有車篷的露車。這個少年正在懷疑思索時，車上一個姑娘掉了一個紅手帕包在地下，其中好像包著幾百枚銅錢。姑娘和趕車的人都沒有回頭看。這個少年平日老實厚道，恐怕人家日後追尋時有麻煩，也就不敢撿拾那個手帕包。那個少年回家告訴了母親，母親罵他是個痴呆。過了半年，鄰村有個青年被兩隻狐仙所媚惑，生重病死了。有知道這件事情前因後果的人就說：「狐仙正是利用你撿手帕包，她再索回手帕包的機會，互相戲謔調情而發生性關係的呀！」這個少年的母親聽了，恍然大悟地說：「我這才知道說是痴呆其實是不痴呆，說是不痴呆其實才是痴呆！」

【研析】不貪圖小利，才不會上大當。人生在世，面臨各種誘惑，不為所動，才能修成正果。作者用意也在於此。

天道好還

有納其奴女為媵者，奴弗願，然無如何也。其人故隸旗籍❶，亦自有主。媵後生一女，年十四五。主聞其姝麗，亦納為媵。心弗願，亦無如何也。喟然曰：「不生此女，無此事。」其妻曰：「不納某女，自不生此女矣。」乃爽然自失。又親串❷中有一女，日構其嫂，使受譙責不聊生。及出嫁，亦為小姑所構，日受譙責如其嫂。歸而對嫂揮涕曰：「今乃知婦難為也。」天道好還，豈不信哉！又一少年，喜窺婦女，窗罅簾隙，百計潛伺。一日醉寢，或戲以膏藥糊其目。醒覺腫痛不可忍，急揭去，眉及睫毛並拔盡。且所糊即所蓄媚藥，性至酷烈，目受其熏灼，竟以漸盲。又一友好傾軋，往來播弄，能使膠漆成冰炭。一夜酒渴，飲冷茶。中先墮一蠍，陡螫其舌，潰為瘡。雖不致命，然舌短而拗戾❸，話言不復便捷矣。此亦若或使之，非偶然也。

【章旨】此章講述了幾個天道好還、報應不爽的小故事。

【注釋】❶旗籍 旗人的戶籍。❷親串 親近的人；親戚。❸拗戾 生硬拗口；不順。

【語譯】有個人把奴僕的女兒納為自己侍妾，奴僕不願意，但是也沒有辦法。這個人原本隸屬旗籍，也有自己的主子。這個侍妾後來生了個女兒，年齡十四、五歲時，這人的主子聽說他的女兒長得漂亮美麗，也納為侍妾。這個人心裡不願意，也沒有辦法。他歎息說：「不生這個女兒，就沒有這件事。」他的妻子說：「不納奴僕女兒做侍妾，自然不會生下這個女兒了。」他這才沉默不語，茫然若失。又，我的親戚中有個女子，天天指謫詆毀她嫂子，使得嫂子挨罵，痛不欲生。等到這個女子出嫁後，也常常被小姑指謫詆毀，天天像她嫂子一樣遭到斥罵。這個女子回娘家對著嫂子流淚說：「如今才知道做媳婦的艱難呀！」天道講的是什麼行為得到什麼報應，豈能不相信嗎！又有一個青年，喜歡偷看婦女，從窗縫簾隙中，千方百計地偷看。一天，他喝醉了酒睡覺時，有人開玩笑地用膏藥糊住了他的眼睛。他醒來後發覺眼睛腫痛無法忍受，急忙把膏藥揭掉，眉毛和眼睫毛都一起被拔光了。而且，糊在眼睛上的膏藥原來是青年所積蓄的春藥，藥性極其猛烈。眼睛受到藥物的熏灼，竟然因此漸漸失明了。又有一個人喜歡排擠傾軋他人，來回搬弄是非，能讓如膠似漆的親密朋友變成冰炭不相容。有一天夜晚他酒後口渴，喝杯涼茶。茶杯裡先前剛掉進一隻蠍子。在他飲茶時突然間螫了他的舌頭，潰爛成瘡。雖然這個瘡不至於傷害性命，但是他的舌頭變得粗短僵硬，說話不再像以前那樣方便敏捷了。這也好像是冥冥之中有什麼指使的，而不是偶然的。

【研析】幾個小故事，無非想說明這樣一個道理：天道好還，報應不爽。民間也有類似的俗語，所謂的「種瓜得瓜，種豆得豆」，說的就是這個意思。

機心者戒

先師陳文勤[1]公言：有一同鄉，不欲著其名，平生亦無大過惡，惟事事欲利歸於己，害歸於人，是其本志耳。一歲，北上公車❷，與數友投逆旅。雨暴作，屋盡漏。初覺漏時，惟北壁數尺無漬痕。此人忽稱感寒，就是榻蒙被取汗。眾知其詐病，而無詞以移之也。雨彌甚，眾坐屋內如露宿，而此人獨酣臥。俄北壁頹圮，眾未睡皆急奔出。此人正壓其下，顱破血流，一足一臂並折傷，竟舁❸而歸。此足為有機心❹者戒矣。因憶奴子于祿，性至狡。從余往烏魯木齊，一日早發，陰雲四合。度天欲雨，乃盡置其衣裝於車箱，以余衣裝覆其上。行十餘里，天竟放晴，而車陷於淖，水從下入，反盡濡焉。其事亦與此類，信巧者造物❺之所忌也。

【章旨】此章講述了兩個不顧他人、機心取巧、卻反遭報應的故事，以告誡世人。

【注釋】❶陳文勤　即陳世倌。字秉之，號蓮宇，清海寧（今浙江海寧）人。康熙進士。授編修。乾隆間官至工部尚書，文淵閣大學士。卒謚文勤，故稱。❷公車　清代稱舉人入京應試。❸舁　抬。❹機心　機巧的心思。❺造物　古時以為萬物是天造的，故稱天為「造物」。

【語譯】先師陳文勤公說：他有一位同鄉，不想說出他的姓名了，平生也沒有什麼大的過錯，只是事事都想把好處歸於自己，害處歸於他人，這就是他的本性。有一年，他北上京城參加會試，和幾個朋友投宿旅店。大雨突然傾盆而下，房屋都漏雨了。大家剛發覺屋子漏雨時，只有北牆邊幾尺寬的地方沒有漏水的痕跡。這個人忽然自稱患了感冒風寒，就躺在北牆下的床上蒙著被子發汗。大家知道他是在裝病，但又沒有理由讓他移到別處。雨越下越大，大家坐在屋裡挨雨淋如同露宿一樣，而這個人卻獨自酣睡。不一會兒，北牆倒塌，大家因為沒有睡覺都急忙奔了出去。這個人正好被壓在牆下，頭破血流，一條腿一隻手臂都被壓斷了，竟然被人抬回家去了。這件事足以讓有機詐心的人引以為戒。我因而回憶起我的僕人于祿，他的性格非常狡詐。他跟隨我到烏魯木齊去的時候，有一天起早趕路，烏雲四面圍攏來，他猜想天要下雨，於是就把自己的衣服行李全都放在車廂裡，把我的衣服行李蓋在上面。走了十幾里路，天氣居然放晴了，但是車子卻陷在泥坑裡，水從車底下滲透上來，他的衣服行李卻反倒都浸濕了。這件事也和上面所說的那件事相類似，我相信機巧狡詐的人是造物主所討厭的。

【研析】為人敦厚老實，看上去吃虧，但終究不會吃虧；而那些取巧之人，得便宜於一時，卻到頭來聰明反被聰明誤，終究會吃大虧。如若不信，作者所講述的兩個故事就是明證。

幽蘭沈淑孫

沈淑孫，吳縣❶人，御史❷芝光先生孫女也。父兄早卒，鞠於祖母。祖母，楊文叔先生妹也，諱芬，字瑤季，工詩文，畫花卉尤精，故淑孫亦習詞翰❸，善渲染。幼許余侄汝備，未嫁而卒。病革❹時，先太夫人往視之。沈夫人泣呼曰：「招孫（其小字❺也），爾祖姑來矣，可以相認也。」時已沉迷，猶張目視，淚承睫，舉手攀太夫人釧。解而與之，親為貫於臂，微笑而瞑。始悟其意欲以紀氏物斂也。初病時，自知不起，畫一卷，緘封甚固，恆置枕函邊，問之不答。至是亦悟其留與太夫人，發之，乃雨蘭一幅，上題曰：「獨坐寫幽蘭，圖成只自看；憐渠空谷❻裡，風雨不勝寒。」蓋其家庭之間，有難言者，阻滯嫁期，亦是故也。太夫人悲之，欲買地以葬。姚安公謂於禮不可，乃止。後其柩附漕船❼歸，太夫人尚恍惚夢其泣拜云。

【章旨】此章講述了一位父兄亡故、寄居在祖母家的少女孤苦悲憐的一生。

【注釋】❶吳縣　今江蘇蘇州。❷御史　官名。秦以前本為史官。唐代有侍御史、殿中侍御史和監察御史三種。至明清僅存監察御史，分道行使糾察。❸詞翰　詞章。❹病革　病勢危急。❺小字　小名；乳名。❻空谷　空曠幽深的山谷。❼漕船　運送漕糧的船舶。

【語譯】沈淑孫，江蘇吳縣人，是御史沈芝光先生的孫女。她的父親、兄長早就去世了，由祖母撫養。她的祖母是楊文叔先生的妹妹，名芬，字瑤季，擅長吟詩作文，畫花卉尤其精妙。因此沈淑孫也學寫詩詞文章，擅長畫畫。她自幼許配給我的侄子紀汝備，還沒有出嫁就死了。她病危時，先太夫人去看望她。沈夫人流著眼淚喊道：「招孫（她的小名），你祖婆婆來了，你可以互相認識了。」這時沈淑孫已經昏迷，還是睜開眼睛注視，睫毛上掛著眼淚，伸手拉住太夫人手臂上的金釧。太夫人把金釧除下來親自套在她手臂上，她就微笑著去世了。這時人們才省悟到她的意思是想帶著紀家的東西入殮下葬。她剛生病時，自己知道將一病不起，畫了一幅畫，封得很嚴實，總是放在枕箱邊。問她是什麼，她也不回答。到這時人們也省悟她是留給太夫人的。打開畫卷一看，是一幅雨中蘭花圖，上面題寫著一首詩，說：「獨自端坐畫幽蘭，圖畫繪成只自看；可憐它生長在空谷裡，風雨襲來不勝寒。」大概是說她的家庭之間，有難以言說的事，她的嫁期被耽誤，也是這個緣故。太夫人很可憐她，想買塊地安葬她。姚安公認為從禮制上是不能這樣做的，太夫人才打消了這個想法。後來，她的靈柩搭乘運糧船回家鄉，太夫人還在夢中恍恍惚惚見她哭泣著告別。

【研析】孤女沈淑孫的身世與《紅樓夢》中的林黛玉何其相似。林黛玉寄居在外婆家，沈淑孫寄居在祖母家，她們兩人的命運都像空谷幽蘭，備受風雨侵襲，心中哀怨，有誰知曉？作者從她臨終的神態和枕邊的雨蘭圖，點染她的一生和難言的隱衷，含蓄地針砭了封建家庭對女子的摧殘。

神不受賕

王西侯言：曾與客作❶都四，夜行淮鎮❷西。倦而少憩，聞一鬼遙呼曰：「村中賽神，大有酒食，可共往飲啖。」眾鬼曰：「神筵那可近？爾勿造次。」呼者曰：「是家兄弟相爭，叔侄互軋，乖戾之氣，充塞門庭，敗徵已具，神不享矣。爾輩速往，毋使他人先也。」西侯素有膽，且立觀其所往。鬼漸近，樹上繫馬皆驚嘶。惟見黑氣蒙蒙，轉繞從他道去，不知其詣誰氏也。夫福以德基，非可祈也；禍以惡積，非可禳也。苟能為善，雖不祭，神亦助之；敗理亂常，而瀆祀以冀神佑，神受賕乎？

【章旨】此章以一個故事講述了為人積德行善，神靈自會庇佑；作惡多端，即使天天祭神，神靈也不會庇佑降福的道理。

【注釋】❶客作 傭工。❷淮鎮 在河北獻縣東。本名槐家鎮，當地人稱為淮鎮。當東西要道，獻縣、交河接界處。

【語譯】王西侯說：他曾經和傭工都四夜晚趕路來到淮鎮西邊，疲倦了稍稍休息，聽到一個鬼遠遠地叫喊：「村裡正在舉行賽神會，有很多酒菜食物，我們可以共同前往喝酒吃肉。」眾多鬼說：「神仙的宴席，我們怎能靠近呢？你不要胡鬧亂來。」剛才叫喊的鬼說：「那家人家兄弟互相爭鬥，叔侄互相傾軋，暴戾的氣氛充塞家門庭院了，這戶人家敗落的徵兆已經顯現出來，神仙不會來享用他家的酒席了。你們趕快前去，不要讓他人搶了先啊！」王西侯向來有膽量，就站起來看那些鬼魂往哪裡去。鬼魂逐漸靠近時，繫在樹上的馬匹都驚嚇嘶叫，只見一股濛濛的黑氣，轉彎繞道從別的道路過去了，不知鬼魂去的是哪一家。福氣以德行為基礎，不是祈求神靈就能得到的；災禍因為惡行累積而成，不是祈求神靈就能消除的。如果能夠多做善事，即使不祭祀，神靈也會幫助他的；敗逆事理，擾亂綱常，卻想靠褻瀆神靈的祭祀來祈求神靈保佑，難道神靈會接受賄賂嗎？

【研析】作者想告誡人們：為善人家福自臨，作惡之徒必自斃。雖然禪宗有言：放下屠刀，立地成佛。難道該人此前犯下的罪惡一概不計了？如此贖罪之法，未免太過容易。不如作者所謂的「福以德基，非可祈也；禍以惡積，非可禳也」，更加直觀而易為常人接受。

黠鬼幻形

梁豁堂言：有廖太學❶，悼其寵姬，幽鬱不適，姑消夏於別墅，窗俯清溪，時開對月。一夕，聞隔溪搒掠冤楚❷聲，望似縛一女子，伏地受杖。正懷疑凝眺，女子呼曰：「君乃在此，忍不相救耶？」諦視，正其寵姬，駭痛欲絕。而崖陡水深，無路可過，問：「爾葬某山，何緣在此？」姬泣曰：「生前恃寵，造業❸頗深。歿被謫配於此，猶人世之軍流❹也。社公❺酷毒，動輒鞭捶。非大放焰口❻，不能解脫也。」語訖，為眾鬼牽曳去。廖愛戀既深，不違所請，乃延僧施食，冀拔沉淪。月餘後，聲又如前。趨視，則諸鬼益眾，姬裸身反接，更摧辱可憐。見廖哀號曰：「前者法事未備，而牒神求釋，被駁不行。社公以祈靈無驗，毒虐更增，必七晝夜水陸道場❼，始能解此厄也。」廖猛省社公不在，誰此監刑？社公如在，鬼豈敢斥言其惡？且社公有廟，何為來此？毋乃黠鬼幻形，紿求經懺耶？姬見廖凝思，又呼曰：「我實是某，君毋過疑。」廖曰：「此灼然偽矣。」因詰曰：「汝身有紅痣，能舉其生於何處，則信汝矣。」鬼不能答，斯須間，稍稍散去。自是遂絕。此可悟世情狡獪，雖鬼亦然。又可悟情有所牽，物必抵隙。廖自云有灶婢❽歿葬此山下，必其知我眷念，教眾鬼為之。又可悟外患突來，必有內間矣。

【章旨】此章講述了一群惡鬼利用他人思念愛姬的感情，騙取布施超度的故事。

【注釋】❶太學　古代中國的大學。這裡指太學生。❷冤楚　被毒打而發出的呼冤喊痛的聲音。❸造業　佛教語。指做壞事。❹軍流　充軍流放。❺社公　指土地神。❻焰口　佛教名詞。古印度傳說裡一種餓鬼的名稱。佛教密宗有專對這種餓鬼施食的經咒和念誦儀軌，一般叫做放焰口，頗為流行，作為對死者追薦的佛事之一。❼水陸道場　佛教法會的一種。僧尼設壇誦經，禮佛拜懺，遍施飲食，以超度水陸一切亡靈，普濟六道四生，故稱。❽灶婢　在灶下幹活的婢女，即女廚工。

【語譯】梁豁堂說：有位姓廖的太學生，悼念他寵愛的姬妾，憂鬱而身心不舒適，姑且到別墅消暑。從別墅的窗戶可以俯視清澈的溪水，廖某時常打開窗戶望月。一天晚上，他聽到溪水對岸有人挨打而發出痛苦叫冤的聲音，遠遠望去彷彿綁著一個女子，趴在地下挨板子打。他正在疑惑凝神察看時，那個女子高喊道：「您原來在這裡，能忍心不來救我嗎？」廖某仔細一看，那女子正是自己寵愛的姬妾，廖某驚駭心痛得差點暈過去。然而山崖陡峭、溪水很深，沒有路可以過去。廖某就問道：「你葬在某座山上，為什麼會來到這裡的？」姬妾流著眼淚說：「我生前依仗您的寵愛，犯下許多罪過。死後被貶謫發配到這裡，好比人間的充軍流放。這裡的土地爺殘酷狠毒，動不動就鞭打我。如果不大放焰口做佛事，我是不能解脫的了。」姬妾說完，就被眾多鬼魂牽曳走了。廖某愛戀姬妾的感情很深，不願違背她的請求，於是請來僧人布施食物，希望把姬妾超度出沉淪痛苦的境地。一個多月後，姬妾的哭喊聲又像以前一樣，廖某趕上前張望，只見那些鬼魂更多了，姬妾裸著身體雙手反綁，被摧殘侮辱得更加可憐。姬妾看見廖某哀叫著說：「上次的法事不完備，我上書神靈請求寬釋，被神靈駁回，不准放行。土地爺因為您的祈禱沒有靈驗，更加惡毒地虐待我，一定要作七天七夜的水陸道場，才能解救我的危難呀！」廖某猛然省悟土地爺不在場，誰在這裡監督行刑呢？土地爺如果在場，鬼魂怎麼敢斥說祂的惡毒呢？而且土地爺有自己的廟，為什麼要來這裡？不會是狡譎的鬼魂變化形象，欺騙我請僧人念經超度吧？姬妾看見廖某凝神思考，又喊道：「我確實是您的侍妾，您不要過於猜疑。」廖某說：「這確實是假的了。」因此詰問姬妾說：「你身上有顆紅痣，你能說出它長在什麼地方，我就相信你了。」鬼不能回答，過了一會兒，鬼魂慢慢散去。從此鬼就不再來了。這件事可以體會到世間人情的狡猾虛偽，雖然成了鬼也是如此。又可以省悟到感情有所牽掛時，怪物必定會乘虛而入。廖某自己說有個做飯的丫頭死後埋葬在這座山下，一定是她知道我眷戀愛姬，教那些鬼這麼做的。這又可以明白外部的禍患突然到來，必定是有內奸在其中接應了。

【研析】付出的是真感情，得來的卻是欺騙和虛偽，作者由此引發對世情人心的感歎。想必作者在這方面或許也曾吃虧上當，故而會如此消極地看待世情人心。

小詞為紅葉

豁堂又言：一粵東❶舉子赴京，過白溝河，在逆旅午餐。見有騾車載婦女住對屋中，飯畢先行。偶步入，見壁上新題一詞曰：「垂楊裊裊映回汀，作態為誰青？可憐弱絮，隨風來去，似我飄零。　濛濛亂點羅衣袂，相送過長亭。丁寧❷囑汝：沾泥也好，莫化浮萍。」（按：此調名〈秋波媚〉，即〈眼兒媚〉❸也。）舉子曰：「此妓語也，有厭倦風塵之意矣。」日日逐之同行，至京，猶遣小奴記其下車處。後宛轉物色，竟納為小星❹。兩不相期，偶然湊合，以一小詞為紅葉❺，此真所謂前緣矣。

【章旨】此章講述了一位士人路遇一女子題詞牆頭，心中愛慕，最終竟納為小妾的故事。

【注釋】❶粵東　廣東的別稱。❷丁寧　一再囑咐。❸眼兒媚　詞牌名。雙調四十八字，平韻。❹小星　妾的代稱。❺紅葉　喻作傳情的媒介。

【語譯】梁豁堂又說：有一位廣東舉人前往京城，經過白溝河時，在旅館裡吃午飯。他看見有輛騾車載著一位婦女住在自己對面客房裡，這位婦女吃完飯先離開了旅館。舉人隨意散步走進那婦人住過的客房，看見牆上新題寫著一首詞：「垂楊裊裊映照著水邊回旋的平地，我裝作姿態為誰青眼相看？可憐柔弱的柳絮，隨風來去，似我一般飄零。　濛濛細雨亂點在羅衣袂上，相送過長亭。丁寧囑咐汝：沾上泥水也好，就是不要化作浮萍。」（按：這首詞的曲調名〈秋波媚〉，也就是〈眼兒媚〉。）舉人說：「這是妓女的口吻啊！有厭倦風塵生涯的意思在裡面了。」於是，這個舉人天天追隨著那個婦女同行，到了北京，還派小書僮記住她下車的地方。舉人後來輾轉尋找，終於把這個婦女納為侍妾。這兩個人沒有約定日期相見，偶然邂逅相遇，因為一首小詞作為傳情的紅葉，這真是所謂的前世姻緣了。

【研析】說是一段愛情故事可以，說是獵豔漁色亦可。只是因為這個婦女露出風塵之色，才引起舉人的好奇和獵豔。在這篇故事中，婦女虛寫，舉人實寫；婦女靜，舉人動。虛實動靜，襯托出婦人的靜謐，舉人的急不可耐。

婢女與貓

舅祖陳公德音家，有婢惡貓竊食，見則撻之。貓聞其咳笑，即竄避。一日，舅祖母郭太安人使守屋。閉戶暫寢，醒則盤中失數梨。旁無他人，貓犬又無食梨理，無以自明，竟大受捶楚❶。至晚，忽得於灶中，大以為怪。驗之，一一有貓爪齒痕。乃悟貓故銜去，使亦以竊食受撻也。「蜂蠆有毒❷」，信哉。婢憤恚，欲再撻貓。郭太安人曰：「斷無縱汝殺貓理，貓既被殺，恐冤冤相報，不知出何變怪矣。」此婢自此不撻貓，貓見此婢亦不復竄避。

【章旨】此章講述了一個婢女虐待小貓，遭到小貓報復的故事。

【注釋】❶捶楚　也作「棰楚」。杖刑。❷蜂蠆有毒　謂惡物雖小，卻能害人。

【語譯】我的舅公陳德音老先生家裡，有個婢女厭惡貓偷吃東西，見了貓就打。貓聽到那個婢女咳嗽說笑的聲音，就立刻逃走躲開。有一天，舅婆郭太安人派婢女看守房間。婢女關上房門暫睡片刻，醒來後就發現果盤中丟失了幾隻梨。房間裡沒有別人，貓狗又沒有吃梨的道理，婢女無法證明自己沒有偷吃，竟然挨了好一頓打。到了晚上，婢女突然在灶膛裡撿到那幾隻梨，感到非常奇怪。仔細察看，每隻梨上都有貓的爪痕牙印。婢女這才省悟是貓故意把梨叼走，使婢女也因為偷吃東西而受到鞭打。「野蜂毒蟲有毒」這句話，確實是有道理。婢女氣憤極了，要再打貓一頓。郭太安人說：「絕對沒有放縱你殺貓的道理。貓如果被你殺了，恐怕今後冤冤相報，不知道又要出現什麼變故怪事了！」這個婢女從此不再打貓，貓見了這個婢女也不再逃避了。

【研析】善待小動物，與善待人類自身是一致的。人類只有善待自然界的一切生靈，最終才能與萬物和諧共處。這個故事寓言的成分超過真實，但所說的道理發人深省。

良朋變佳耦

桐城❶耿守愚言：一士子遊嵩山，搜剔古碑，不覺日晚。時方盛夏，因藉草眠松下。半夜露零，寒侵衣袖，噤而醒。偃臥看月，遙見數人從小徑來，敷席山岡，酌酒環坐。知其非人，懼不敢起，姑側聽所言。一人曰：「二公謫限將滿，當入轉輪❷，不久重睹白日矣。受生何所，已得消息否？」上坐二人曰：「尚不知也。」既而皆起，曰：「社公❸來矣。」俄一老人扶杖至，對二人拱手曰：「頃得冥牒❹，來告喜音：二公前世良朋，來生嘉耦❺。」指右一人曰：「公官人。」指左一人曰：「公夫人也。」右者顧笑，左者默不語。社公曰：「公何悒悒❻？閻羅王寧誤注哉！此公性剛直，剛則凌物，直則不委曲體人情。平生多所樹立，亦多所損傷。故沉淪幾二百年，乃得解脫。然究君子之過，故仍得為達官。公本長者，不肯與人為禍福。然事事養癰不治，亦貽患無窮。故墮鬼趣二百年，謫墮女身。以平生深而不險，柔而不佞，故不失富貴。又以此公多忤，而公始終與相得，故生是因緣。神理分明，公何悒悒哉！」眾譁笑曰：「渠非悒悒，直初作新婦，未免嬌羞耳。有酒有肴，請社公相禮，先為合巹可乎？」酬酢喧雜，不復可辨。晨雞俄唱，各匆匆散去。不知為前代何許人也。

【章旨】此章講述了兩位朋友各自因自己的性格弱點沉淪陰曹地府二百年，閻羅判他們來世性格互補，結成夫妻。

【注釋】❶桐城　今安徽桐城。❷轉輪　輪迴；轉世。❸社公　指土地神。❹冥牒　指陰間官府公文。❺嘉耦　互敬互愛、和睦相處的夫婦。❻悒悒　憂悶不樂。

【語譯】桐城人耿守愚說：有個書生遊覽嵩山，尋訪蒐集古代碑文，不知不覺天色已晚。當時正值盛夏季節，他便睡在松樹下的草地上。半夜下了露水，寒氣透過衣衫，把書生凍醒了。書生就躺著看月亮，突然遠遠看見有幾個人從小路走上山來，把酒席擺在山崗上，圍坐在一起飲酒。書生知道來的這些不是人，害怕得不敢起來，姑且躺著側耳傾聽他們說些什麼。其中一人說：「兩位先生貶謫期限快要滿了，應當入輪迴投生，不久就可以重見天日了。你們投生到什麼地方，已經得到消息了嗎？」坐在上座的兩人說：「還不知道呢！」隨後幾個人都站起來，說：「土地公公來了。」不久，一位老人拄著拐杖到來，對那兩個人拱手行禮說：「剛剛接到陰間官府的公文，特來向兩位報告喜訊：兩位先生前世是好朋友，來生成為恩愛夫妻。」土地公公指著右邊一個人說：「您是官人。」又指著左邊一個人說：「您是夫人。」右邊的人回頭看著左邊的人而笑起來，左邊的人卻沉默不語。土地公公說：「您又何必悶悶不樂呢？閻羅王難道會錯誤安排嗎！這位先生性格剛直，剛強就會盛氣淩人，直率就不會委婉體會別人的心情。他一生有很多建樹，也傷害了很多人，所以死後在陰間沉淪了二百年，才得以解脫投生。不過，他犯的終究是君子的過錯，所以仍然可以成為大官。您本來是一位忠厚長者，不願意為人家造福，也不願意傷害人家。但是您事事姑息養奸，不加治理糾正，也留下無窮的禍患。所以您墮落到鬼界二百年，貶謫您墮落為女性。這是因為您前生深沉而不陰險，柔弱而不奸詐，所以仍然享受富貴。還有，因為這位先生經常得罪人，而您始終和他相處得很好，因此就結下了這段姻緣。神靈判斷審理得清楚明白，您又何必悶悶不樂呢！」眾鬼喧譁取笑說：「他並非悶悶不樂，只是初次當新娘子，不免有些嬌媚害羞罷了。這裡有酒有菜，請土地公公主持儀式，先給他們完婚好嗎？」於是應酬道謝的聲音喧鬧嘈雜，不能再聽清楚他們說些什麼。一會兒，清晨雄雞啼叫，那些鬼各自匆匆忙忙散去了，不知道他們是前代的什麼人。

【研析】夫妻兩人性格如何，直接影響到夫妻關係。夫妻兩人性格互補，容易達到和諧，是一種較好的婚配。文章中，閻羅為他們做了選擇。然而，封建社會中，這種選擇是由「父母之命，媒妁之言」作出的，當事人沒有多少發言權。婚後的夫妻感情究竟如何，外人也是無法知曉的。

世故害人

李應絃言：甲與乙鄰居世好，幼同嬉戲，長同硯席❶，相契如兄弟。兩家男女時往來，雖隔牆，猶一宅也。或為甲婦造謗，謂私其表弟。甲偵無跡，然疑不釋，密以情告乙，祈代偵之。乙故謹密畏事，謝不能。甲私念未偵而謝不能，是知其事而不肯偵也，遂不再問，亦不明言，然由是不答其婦。婦無以自明，竟鬱鬱死。死而附魂於乙曰：「莫親於夫婦。夫婦之事，乃密祈汝偵，此其信汝何如也。使汝力白我冤，甲疑必釋；或陽❷許偵而徐告以無據，甲疑亦必釋。汝乃慮脫偵得實，不告則負甲，告則汝將任怨也。遂置身事外，恝然❸自全，致我齎恨於泉壤，是殺人而不操兵❹也！今日訴汝於冥王，汝其往質❺！」竟顛癇數日死。甲亦曰：「所以需朋友，為其緩急相資也。此事可欺我，豈能欺人？人疏者或可欺，豈能欺汝？我以心腹託汝，無則當言無，直詞責我勿以浮言間夫婦；有則宜密告我，使善為計，勿以穢聲累子孫。乃視若路人，以推諉啟疑竇，何貴有此朋友哉！」遂亦與絕，死竟不弔焉。乙豈真欲殺人哉？世故太深，則趨避太巧耳。然畏小怨，致大怨；畏一人之怨，致兩人之怨。卒殺人而以身償，其巧安在乎？故曰，非極聰明人，不能作極懵懂❻事。

【章旨】此章講述了一個人因世故太深而害死他人，最終自己也遭惡報的故事。

【注釋】❶硯席　硯臺和坐席，借指學習。❷陽　通「佯」。假裝。❸恝然　漠不關心；冷淡。❹兵　指兵器、武器。❺質　對質；驗證。❻懵懂　糊塗。

【語譯】李應絃說：甲和乙二人是鄰居，祖上幾代以來關係很好，從小一起玩耍遊戲，長大後又一起讀書，性情相投就像親兄弟似的。兩家的男男女女也時常往來，雖然隔著一堵牆，卻像是一家人。有人假造甲妻的謠言，說她和她的表弟私通。甲經過調查沒有發現證據，但是心中的疑慮並沒有消除，就暗地裡把此事告訴了乙，請乙代為調查。乙向來謹慎怕事，就辭謝說不能辦到。甲心中暗想乙還沒有調查就謝絕說不能辦到，那一定是知道這件事而不肯去調查。於是，甲也不再追問，也不明白說出來，但是從此不理睬自己的妻子。甲妻無法自我辯白，竟然憂鬱而死。甲妻死後，鬼魂附在乙身上，說：「沒有比夫妻更親密的了。夫婦之間的事，卻祕密地求你調查，這就可見甲對你是如何信任了。假如你能盡力表明我的冤枉，甲的疑慮必然消除；或者你假裝答應調查而後慢慢告訴甲那件事毫無根據，甲的疑慮也必然會消除。你卻擔心如果調查確實，不告訴甲就辜負了甲的信任，告訴甲你將受到別人的怨恨。於是你就置身事外，無動於衷地保全自己，致使我含恨於九泉，你是殺人而不用刀呀！今天我向冥王控告你，要你到陰間去對質！」乙發瘋幾天後就死去了。甲也說：「人之所以需要朋友，是為了有急難時可以相互幫助。這種事情能欺騙我，怎能欺騙別人呢？人們關係疏遠或許可以欺騙，又怎麼能欺騙你呢？我把心中的隱祕告訴你，沒有這種事你就應該說沒有，直率地責備我不要因為流言蜚語損害了夫妻感情；要是有這種事你應當祕密告訴我，讓我好好處理，不要讓汙穢名聲連累了子孫後代。你卻把我看作過路人一樣，用推諉的方式引起我的懷疑，這樣的朋友有什麼可以寶貴的呢！」於是甲就和乙絕交，乙死時竟然也不去弔唁。乙難道真的想殺人嗎？只是因為世故太深，而趨利避害的心思太機巧而已。然而害怕小的怨恨，卻招致大的怨恨；害怕一個人的怨恨，卻招致兩個人的怨恨，結果害死了人而還要用自己性命抵償，他的機巧又在哪裡呢？所以說，不是絕頂聰明的人，不會做出絕頂糊塗的事。

【研析】凡事推諉以求自全，不僅會害了別人，最終還會害了自己。知心朋友，就應該推心置腹，赤誠相見；如果面對摯友而不能說實話，這樣的朋友又有何用？為人還是少一些機巧之心，多一些真誠之意。這樣，於人於己，都有益處。

有形無質

竇東皋❶前輩言：前任浙江學政❷時，署中一小兒，恆往來供給使。以為役夫之子弟，不為怪也。後遣移一物，對曰：「不能。」異而詢之，始自言為前學使之僮，歿而魂留於是也。蓋有形無質，故能傳語而不能舉物，於事理為近。然則古書所載，鬼所能為，與生人無異者，又何說歟？

【章旨】此章講述了一個孩子生前為學政童僕，死後魂魄仍為後任學政差遣的故事。

【注釋】❶竇東皋　即竇光鼐。字元調，號東皋，故稱，清諸城（今河北諸城）人。乾隆進士。累官左都御史，歷督河南、浙江學政，有賢名。❷學政　學官名。提督學政的簡稱。朝廷派往地方主管教育的最高長官。

【語譯】竇東皋前輩說：他以前擔任浙江學政時，官署中有個小孩子，常常往來供他使喚。他以為是官署中哪個差役的子弟，並不感到奇怪。後來他派這個孩子去搬一件東西，這個孩子回答說：「我不能做到。」他覺得奇怪就詢問這個孩子，這個孩子才說自己原來是前任學政的書僮，死後而鬼魂還留在此地。因為鬼魂有形沒有質，所以只能傳話而不能搬東西。這樣說還比較接近事物的道理。但是，古書所記載鬼魂能做到的事和活人沒有差別，這又怎麼解釋呢？

【研析】這個孩子生前為童僕，死後魂魄還甘願為人差遣而不肯離開此地，究竟為了什麼，誰人能夠解釋？紀昀沒有提供答案，而今人更難揣測了。

唐代古城

特納格爾❶為唐金滿縣❷地，尚有殘碑。吉木薩❸有唐北庭都護府❹故城，則李衛公❺所築也。周四十里，皆以土墼壘成，每墼厚一尺，闊一尺五六寸，長二尺七八寸。舊瓦亦廣尺餘，長一尺五六寸。城中一寺已圮盡，石佛自腰以下陷入土，猶高七八尺。鐵鐘一，高出人頭，四圍皆有銘，鏽澀模糊，一字不可辨識。惟刮視字棱，相其波磔❻，似是八分書❼耳。城中皆黑煤，掘一二尺乃見土。額魯特❽云：「此城昔以火攻陷，四面炮臺，即攻城時所築。」其為何代何人，則不能言之。蓋在準噶爾❾前矣。城東南山岡上一小城，與大城若相犄角。額魯特云：「以此一城阻礙，攻之不克，乃以炮攻也。」庚寅❿冬，烏魯木齊提督標增設後營，余與永餘齋⓫（名慶，時為迪化城督糧道⓬，後官至湖北布政使。）奉檄籌畫駐兵地。萬山叢雜，議數日未定。余謂餘齋曰：「李衛公相度地形，定勝我輩。其所建城必要隘，盍因之乎？」餘齋以為然，議乃定。即今古城營也。（本名破城，大學士溫公為改此名）。其城望之似孤懸，然山中千蹊萬徑，其出也必過此城，乃知古人真不可及矣。褚筠心⓭學士修《西域圖志》⓮時，就訪古跡，偶忘語此。今附識之。

【章旨】作者經過實地調查，考定了新疆地區的一座唐代古城，並補了清代官修《西域圖志》的疏漏。

【注釋】❶特納格爾　今新疆維吾爾族自治區阜康縣。❷金滿縣　唐貞觀年間置。治所在今新疆維吾爾族自治區吉木薩爾縣北破城子。寶應元年（七六二年）改名後庭縣。❸吉木薩　在今新疆維吾爾族自治區布爾津縣西南。❹北庭都護府　唐六都護府之一，唐武則天長安二年（七〇二年）分安西都護府設置，治庭州，統金山以西及天山以北諸地。❺李衛公　即李靖。唐初京兆三原（今陝西三原）人。精熟兵法。唐太宗時，歷任兵部尚書、尚書右僕射等職。先後擊敗東突厥、吐谷渾，封衛國公。案：李靖卒於唐太宗貞觀二十三年（六四九年），而北庭都護府始置於唐長安二年（七〇二年），似乎此城之築與李靖無涉。或此城為李靖所築，後來北庭都護府即設置在此城。❻波磔　書法，左撇叫波，右捺叫磔。這句指仔細觀察銘文撇捺的筆畫。❼八分書　隸書。一種書體。❽額魯特　又叫衛拉特，清代時對西部蒙古各部的總稱。❾準噶爾　清衛拉特蒙古四部之一。因該部首領以「綽羅斯」為姓，故又名「綽羅斯部」。❿庚寅　即清乾隆三十五年，西元一七七〇年。⓫永餘齋　即永慶。號餘齋。時為迪化城督糧道，後官至湖北布政使。⓬督糧道　負責督運糧草的道臺。⓭褚筠心　即褚廷璋。字左莪，號筠心，清江蘇長洲（今常州）人，官侍讀學士。乾隆三十一年（一七六六年）奉敕撰《西域圖志》五十卷。⓮西域圖志　清官修地方志。即《皇輿西域圖志》。

【語譯】特納格爾是唐代金滿縣的轄地，至今還有殘存的唐碑。吉木薩有座唐代北庭都護府的故城址，是唐代李衛公修築的。城牆周長四十里，都用土坯壘築而成，每塊土坯厚一尺，寬一尺五六寸，長二尺七八寸。舊瓦片也寬一尺多，長一尺五六寸。城裡有一所寺廟已經全部坍塌了，石雕佛像從腰部以下都陷入泥土中，佛像上身還有七八尺高。有一口鐵鐘，一人多高，鐘身周圍鑄有銘文，鏽蝕得模模糊糊，連一個字都無法辨識了。只是刮去鐵鏽觀察字的輪廓，分辨字的撇捺筆畫，似乎是隸書。城裡到處都是黑煤，掘地一兩尺才出現泥土。額魯特人說：「這座城過去是靠火攻才攻陷的，四面的炮臺，就是攻城時修築的。」攻城是什麼朝代什麼人做的，就說不清楚了。大概是在準噶爾部以前的事了。城東南的山岡上有一座小城，和大城形成犄角呼應之勢。額魯特人說：「因為這座小城的阻礙，攻城沒有攻克，所以才用炮攻城的。」乾隆三十五年冬天，烏魯木齊提督指令在這裡增設後營，我和永餘齋（永餘齋名慶，當時擔任迪化城督糧道，後來官做到湖北布政使。）奉軍令籌畫駐兵的地點。由於山巒連綿地形複雜，大家商議了好幾天沒有定下來。我對永餘齋說：「唐代李衛公勘察地形，一定勝過我們。他所修築的城池必定是在要隘之處，為什麼不沿用他築城的地點呢？」永餘齋認為很對，商議這才確定了下來，就是現在的古城營（古城營原來叫破城，大學士溫公改為現在的名稱）。這座城池看上去似乎孤零零地懸在外面，然而山中任何一條大路小徑，所有的出路都一定要經過這座城池。這才認識到古人的才能智慧真是我們望塵莫及的呀。褚筠心學士編寫《西域圖志》時，向我訪查古跡，當時我偶然忘記告訴他這座小城，現在附記在這裡。

【研析】絲綢古道上的小城，歷經數百年的風風雨雨，到清代已經僅存殘址了。清代前期國力強盛，朝廷重新經營西域，這些小城才得以重現當年風采。從朝廷的這些舉動，依稀可見大清盛世。

喀什噶爾漢畫

喀什噶爾❶山洞中，石壁剷平❷處有人馬像。回人相傳云，是漢時畫也。頗知護惜，故歲久尚可辨。漢畫如武梁祠堂❸之類，僅見刻本，真跡則莫古於斯矣。後戍卒燃火禦寒，為煙氣所熏，遂模糊都盡。惜初出師時，無畫手橐筆摹留一紙也。

【章旨】此章講述了在新疆喀什噶爾山洞中發現的漢代畫像的大致情況。

【注釋】❶喀什噶爾　清府名。今新疆喀什。在新疆維吾爾自治區西南部、喀什噶爾河上游。南疆第一大城。❷剷平　鑿平。❸武梁祠堂　即指武梁祠畫像。東漢畫像石。在今山東濟寧紫雲山，是武氏家族墓葬的雙闕和四個石祠堂的裝飾畫。其中以武梁的祠堂為最早，從漢桓帝建和元年（一四七年）開始起數十年間陸續營造。用減底陽刻法，刻畫歷史人物故事、神仙怪異和墓主人生前的生活，像旁有隸書題記。藝術風格渾樸雄健，為研究東漢末期社會史的參考資料。

【語譯】在喀什噶爾山洞裡，在石壁鑿平的地方畫有人馬的畫像。回族居民相傳說，這是漢代的畫像，當地人都知道保護珍惜，所以雖然年代久遠，還可以辨認出來。漢代畫像如武梁祠堂畫像之類，只看見過刻本，真跡就再沒有比這裡更古老的了。後來，戍邊的兵卒點柴火禦寒，畫像被煙氣薰染，於是全都模糊不清了。可惜初次出兵的時候，沒有畫師拿筆臨摹留下一幅畫來。

【研析】喀什噶爾山洞中的漢畫像彌足珍貴，可惜毀於士卒的無知。作者的痛惜之情，從字裡行間流露出來，令人久久不能釋懷。

兒媳趙氏

次子汝傳婦趙氏，性至柔婉，事翁姑❶尤盡孝。馬夫人稱其工容言德❷皆全備，非偏愛之詞也。不幸早卒，年僅三十有三。余至今悼之。後汝傳官湖北時，買一妾，體態容貌，與婦竟無毫髮差，一見駭絕。署中及見其婦者，亦莫不駭絕。計其生時，婦尚未歿，何其相肖至此歟？又同歸一夫，尤可異也。然此妾入門數月，又復夭逝。造物又何必作此幻影，使一見再見乎？

【章旨】此章講述了作者二媳婦的才貌雙全，並惋惜她的早逝。

【注釋】❶翁姑　指公公婆婆。❷工容言德　指女子的女工、容貌、言談、品德。

【語譯】我的二兒子紀汝傳的媳婦趙氏，性格極其溫柔和順，侍奉公公婆婆尤其盡孝。馬夫人稱讚她女工、容貌、言語、品德全都齊備，這不是偏愛的話。趙氏不幸很早就去世了，年齡只有三十三歲。我至今還悼念她。後來，汝傳在湖北做官時，買了一個侍妾，體態容貌和趙氏竟然沒有絲毫的差別，剛一見面時都吃驚極了。官署中見過汝傳媳婦趙氏的人見了，也沒有不吃驚極了的。計算這個侍妾出生時，趙氏還沒有去世，兩人怎麼會相像到如此程度呢？而且又是嫁給同一個丈夫，這就更加奇怪了。不過，這個侍妾進門幾個月後，又像趙氏那樣病死了。造物主又何必造出趙氏的幻影，讓人們一見再見呢？

【研析】公公婆婆與兒媳婦的關係相處好的不多，封建社會總是將責任歸之於兒媳婦，指責其不賢不孝。如作者如此懷念自己兒媳，可見這個兒媳與公婆關係之親密了。

姚別峰與自剄鬼

桐城姚別峰，工吟詠，書仿趙吳興❶，神骨逼肖。嘗摹吳興體❷作偽跡，熏暗其紙，賞鑑家弗能辨也。與先外祖雪峰張公善，往來恆主其家，動淹旬月。後聞其觀潮❸沒於水，外祖甚悼惜之。余小時多見其筆跡，惜年幼不知留意，竟忘其名矣。舅祖紫衡張公（先祖母與先母為姑侄，凡祖母兄弟，惟雪峰公稱外祖，有服之親從其近也；餘則皆稱舅祖，統於尊也。）嘗延之作書，居宅西小園中。一夕月明，見窗上有女子影，出視則無。四望園內，似有翠裙紅袖，隱隱樹石花竹間。東就之則在西，南就之則在北，環走半夜，迄不能一睹，倦而憩息。聞窗外語曰：「君為書《金剛經》❹一部，則妾當相見拜謝。不過七千餘字，君肯見許耶？」別峰故好事，急問：「卿為誰？」寂不應矣。適有宣紙素冊，次日，盡謝他筆墨，一意寫經。寫成，炷香供几上，覬其來取。夜中已失之。至夕，徘徊悵望，果見女子冉冉花外來，叩顙❺至地。別峰方舉手引之，挺然起立，雙目上視，血淋漓胸臆間，乃自剄鬼也。噭然驚仆。館僮聞聲持燭至，已無睹矣。頓足恨為鬼所責。雪峰公曰：「鬼云拜謝，已拜謝矣。鬼不責君，君自生妄念，於鬼何尤？」

【章旨】此章講述了一個書法家看見一個女鬼心生邪念，遂為女鬼書寫一部經書的故事。

【注釋】❶趙吳興　即趙孟頫。元代書畫家。湖州吳興（今浙江湖州）人，故稱。工書法，尤其精於正、行書和小楷，自成一家，世稱「趙體」。❷吳興體　即趙孟頫的書畫風格。人稱「趙體」，亦稱「吳興體」。❸觀潮　觀賞漲潮。特指觀賞錢塘江的大潮。每年以農曆八月十八日為最盛。❹金剛經　佛經名。全稱《金剛般若波羅蜜經》，因用金剛比喻智慧有能斷煩惱的功用，故名。❺叩顙　磕頭。

【語譯】桐城人姚別峰，擅長吟詠詩詞，書法模仿趙孟頫，神韻骨架都非常相似。他曾經模仿趙孟頫的書體寫了一幅贗品，又熏暗了那張畫紙，連鑑賞家都無法分辨真偽。姚別峰與我外祖父張雪峰老先生關係很好，往來時常住在他家裡，而且一住就是十天半月。後來聽說姚別峰在觀潮時淹死了，外祖父非常傷心惋惜。我小時候見過他的很多墨跡，可惜當時年幼不知道留意，現在竟然忘記這些墨跡的名目了。我的舅公張紫衡老先生（我的祖母和我的母親是姑侄關係，凡是祖母的兄弟，惟有雪峰老先生我們稱為外祖父，是按照五服之內比較親近的緣故；其他人就都稱為舅公，是統一的尊稱。）曾請他來作書法，住在宅院西面的小園子裡。一天夜晚，月光明亮，姚別峰看到窗子上有個女子的影子，出門察看卻沒有人。姚別峰向花園裡四處張望，好像有個綠裙紅袖的女子，隱隱約約在樹叢假山花草竹林間出沒。姚別峰往東去尋找，她就在西邊；姚別峰往南去尋找，她就在北邊，在院子裡環走尋找了半夜，都沒有能夠見上一面。姚別峰感到疲倦而回房休息，聽到窗外說話道：「您為我書寫一部《金剛經》，那麼我就和您相見當面拜謝。這部佛經不過七千多字，您肯答應嗎？」姚別峰本來就是個好事的人，急忙問道：「你是誰？」窗外寂靜沒有人回答。恰好房內有宣紙裝訂成的空白冊頁，第二天，姚別峰就全部謝絕了其他要書寫的託付，一心一意抄寫《金剛經》。寫好之後，姚別峰點上一炷香把經冊供在几案上，等著她來取。半夜時分經冊已經不見了。又到了晚上，姚別峰惆悵地在院子中徘徊張望，果然看見一個女子慢慢從花叢外走過來，對著他叩頭至地。姚別峰剛要伸手把她扶起來，她忽然挺身站起來，兩眼朝上翻著，鮮血淋漓灑滿胸前，原來是一個割頸自殺的鬼魂。姚別峰嚇得大叫一聲倒在地上。這屋裡的僮僕聽到喊聲拿著蠟燭跑過來，已經看不見什麼了。姚別峰跺腳惱恨自己被鬼所哄騙，雪峰老先生說：「那個女鬼說要拜謝你，已經拜謝了。鬼並沒有哄騙您，您自己生了邪念，和鬼有什麼關係呢？」

【研析】心生邪念，才會被鬼利用。世上許多事類此。只要自己心正行直，外魔能奈我何？

苦樂無盡境

于南溟明經❶曰：「人生苦樂，皆無盡境；人心憂喜，亦無定程。曾經極樂之境，稍不適則覺苦；曾經極苦之境，稍得寬則覺樂矣。嘗設帳❷康寧屯，館室湫隘❸，幾不可舉頭。門無簾，床無帳，院落無樹。久旱炎鬱，如坐炊甑❹。解衣午憩，蠅擾擾不得交睫❺。煩躁殆不可耐，自謂此猛火地獄❻也。久之，倦極睡去。夢乘舟大海中，颶風陡作，天日晦冥，檣斷帆摧，心膽碎裂，頃刻覆沒。忽似有人提出，擲於岸上，即有人持繩束縛，閉置地窖中。暗不睹物，呼吸亦咽塞不通。恐怖窘急，不可言狀。俄聞耳畔喚聲，霍然開目，則仍臥三腳木榻上。覺四體舒適，心神開朗，如居蓬萊❼方丈❽間也。是夕月明，與弟子散步河干❾，坐柳下，敷陳此義。微聞草際歎息曰：『斯言中理。我輩沉淪水次，終勝於地獄中人』。」

【章旨】此章講述了人生苦樂、憂喜沒有盡境定程，全在自己內心體會。

【注釋】❶明經 清代用作貢生的別稱。❷設帳 指設私塾教授學生。❸湫隘 低矮狹小。❹炊甑 陶製的蒸器。❺交睫 上下睫毛相交接，即合眼而睡。❻猛火地獄 指難以忍受的烈火地獄。❼蓬萊 古代傳說中的三神山之一。❽方丈 古代傳說中的三神山之一，又名「方壺」。❾河干 河邊；岸邊。

【語譯】于南溟貢生說：「人生的痛苦與歡樂，都是沒有止境的；人心的憂傷和喜悅，也沒有既定的模式。曾經歷過極其快樂的境地以後，稍稍有些不舒適就會感覺痛苦；曾經歷過極其痛苦的境地之後，稍稍得到些寬鬆就會覺得快樂了。我曾經在康寧屯辦私塾教書，學堂低矮窄小，幾乎不能抬頭。房門沒有門簾，床上沒有帳子，院子裡沒有樹木。長期乾旱熱浪鬱積，人在室內如同坐在蒸籠裡。我脫衣服午睡時，蒼蠅飛舞騷擾使我不能閉上眼睛安睡。我當時心中煩躁幾乎要忍不住了，認為這真是在烈火地獄中受煎熬啊。過了好長時間，我疲倦極了才沉沉睡著了。夢中我坐船航行在大海上，颶風突然颳起來，天昏地暗，船的桅杆被吹斷，船帆被吹破了，我嚇得心膽都破碎了，頃刻間船隻就沉沒了。突然，覺得彷彿有人抓住我，把我扔到岸上，立即有人用繩子把我綁住，關在地窖裡。地窖內暗得看不見東西，呼吸也因為咽喉堵塞而不暢通。我這時恐怖窘迫，無法用言語來描述。不久，聽到耳邊有人呼喚我，我突然睜開眼睛一看，原來自己仍躺在只有三條腿的破木床上。這時，我只覺得四肢舒適，心情神志清朗，如同住在蓬萊、方丈仙島上一般。這天晚上月光明亮，我和弟子們到河邊散步，坐在柳樹下講述這件事所含的意義，隱隱約約聽到草叢中傳出歎息聲，說：『這番話很有道理。我們沉淪在水邊，終究要勝過在地獄裡的人。』」

【研析】人生苦樂憂喜，全在自己內心感受。心境平和，身處逆境而安然坦蕩；怨天尤人，身在福中尚不知滿足。樂天知命，安渡難關，豈不比那些牢騷滿腹者生活得更好麼？

報冤鬼

外舅周籙馬公家，有老僕曰門世榮。自言嘗渡吳橋❶鉤盤河，日已暮矣，積雨暴漲，沮洳❷縱橫，不知何處可涉。見二人騎馬先行，迂迴取道，皆得淺處，似熟悉地形者，因逐之行。將至河干，一人忽勒馬立，待世榮至，小語曰：「君欲渡河，當左繞半里許，對岸有枯樹處可行。吾導此人來此，將有所為，君勿與俱敗。」疑為劫盜，悚然返轡，從所指路別行，而時時回顧。見此人策馬先行，後一人隨至中流，突然滅頂，人馬俱沒；前一人亦化旋風去，乃知為報冤鬼也。

【章旨】此章講述了一個報冤鬼報復怨仇而不害無辜的故事。

【注釋】❶吳橋　今河北吳橋。❷沮洳　低窪潮濕之地。

【語譯】我的岳父馬周籙先生家有個老僕人叫門世榮。他說自己曾經在吳橋渡鉤盤河。當時天色已近黃昏，連續多日下雨河水暴漲，低窪地上水流縱橫交叉，不知道從哪裡能夠涉水過河。他看見有兩個人騎著馬走在前面，迂迴找路通行，走的都是淺水的地方，似乎是熟悉地形的人，門世榮因此就跟著他們走。快要走到河邊時，其中一個人突然勒馬站住，等門世榮走到身邊時，小聲對他說：「您想過河，應當向左繞半里多路，看到對岸有棵枯樹的地方就可以涉水過河去了。我引這個人來這裡，打算是要做些事情的，您不要跟著他受到牽連。」門世榮懷疑是強盜搶劫，驚恐地勒轉馬頭，按照那人指示的另一條路徑走過去，而且還時時回頭看。門世榮看見那個人騎馬先走，後面一個人跟著到了河心，突然溺水，人和馬都沉沒了；前面那個人也化成一陣旋風而去，門世榮這時才知道前面的那個人是報冤鬼。

【研析】常言道：「怨有頭，債有主。」這個報怨鬼不濫殺無辜，也算是恩怨分明了。

西域萬年松

田丈耕野官涼州❶鎮時，攜回萬年松一片，性溫而活血，煎之，色如琥珀。婦女血枯血閉❷諸證，服之多驗。親串家❸遞相乞取，久而遂盡。後余至西域，乃見其樹，直古松之皮，非別一種也。土人煮以代茶，亦微有香氣。其最大者，根在千仞❹深澗底。枝幹亭苕，直出山脊，尚高二三十丈，皮厚者二尺有餘。奴子吳玉保，嘗取其一片為床。余謂閩廣芭蕉葉可容一二人臥，再得一片作席，亦一奇觀。又嘗見一人家，即樹孔施門窗，以梯上下。入之，儼然一屋。余與呼延化州（名華國，長安❺人，己未❻進士，前化州❼知州。）同登視，化州曰：「此家以巢居兼穴處矣。」蓋天山以北，如烏孫❽、突厥❾，古多行國❿，不需梁柱之材，故斧斤不至。意其真盤古⓫時物，萬年之名，殆不虛矣。

【章旨】此章講述了生長在西域的萬年松的形態、特性和藥用價值。

【注釋】❶涼州　今甘肅武威。參見本書卷三〈孟夫人〉則注釋❷。❷血枯血閉　兩種婦科病。指婦女的經血不調或閉經之症。❸親串家　指親戚朋友家。❹仞　古代長度單位。據陶方琦《說文仞字八尺考》謂周制為八尺，漢制為七尺，東漢末年則為五尺六寸。此處所謂千仞，只是形容其深而已，不是實數。❺長安　縣名。在今陝西西安西北。❻己未　即清乾隆四年，西元一七三九年。❼化州　州名。在廣東西南部。今廣東化州。❽烏孫　古族名。最初在祁連、敦煌間從事游牧，後漸與鄰族融合。近代哈薩克族中尚有烏孫部落。❾突厥　中國古族名。廣義包括突厥、鐵勒各部落，狹義專指突厥。❿行國　指游牧民族建立的國家。⓫盤古　我國神話中開天闢地創造世界的人。

【語譯】田耕野老先生在涼州鎮當官時，帶回來一片萬年松，藥性溫和而能活血，加水煎熬萬年松，煎出的湯水顏色如同琥珀。婦女的血枯、血閉等各種病症，服用這種藥湯大多有效驗。親戚朋友家相繼來索取，久而久之就被拿完了。後來，我到了西域，才見到這種樹，原來就是古松樹的樹皮，不是別種松樹。當地人煮松樹皮湯代替茶水飲用，也稍微有點香氣。最大的古松樹，樹根紮在千仞深的山澗底下，枝幹高高聳立，高出山脊，還超出有二三十丈，樹皮厚的有二尺多。我的僕人吳玉保曾經挖出一片來做床。我說福建、廣東的芭蕉葉大得可以容納一兩個人躺下，如果能採到一片芭蕉葉來做席子配這張床，也算是一種奇觀了。我還曾見到一家人，在大樹洞安上門窗，用梯子上下。進到大樹洞裡，真像是一間屋子。我和呼延化州（呼延化州名華國，長安人，乾隆四年進士，以前擔任過化州知州。）一起爬上去參觀。呼延化州說：「這戶人家真是巢居兼穴處啊。」原來天山以北，如烏孫、突厥這些民族，古時大多是游牧國家，不需要建房屋所用的屋樑房柱等木材，所以不來砍伐這些樹木。想來這些松樹都是盤古開天闢地年代的東西，稱之為萬年松，可以說是名不虛傳啊。

【研析】萬年松，可說是西域的植物珍寶。連綿數千年，沒有遭到人類的砍伐。可惜自作者紀昀此文一出，萬年松因為它的藥用價值和珍稀，就要遭到厄運了。君不見，如今天山頭，萬年松樹剩幾何？

道沖畫扇

田白巖曰：「名妓月賓，嘗來往漁洋山人❶家，如東坡之於琴操❷也。」蘇斗南因言少時見山東一妓，自云月賓之孫女，尚有漁洋所贈扇。索觀之，上畫一臨水草亭，傍倚二柳，題「庚寅❸三月道沖寫」。不知為誰。左側有行書一詩曰：「湮縷濛濛蘸水青，纖腰相對鬥娉婷。樽前試問香山老，柳宿❹新添第幾星？」不署名字，一小印已模糊。斗南以為高年耆宿，偶賦閒情，故諱不自著也。余謂詩格風流，是新城宗派❺。然漁洋以辛卯❻夏卒，庚寅是其前一歲，是時不當有老友，「香山老」定指何人？如云自指，又不當云「試問」；且詞意輕巧，亦不類老筆。或是維摩丈室❼，偶留天女散花❽，他少年代為題扇，以此調之。妓家借託盛名，而不解文義，遂誤認顏標耳。

【章旨】此章考訂妓女手中一把扇子的來歷，辨明不是出自漁洋山人之手。

【注釋】❶漁洋山人　清王士禎的別號。漁洋山在蘇州太湖中。❷琴操　宋代妓女。蘇軾任杭州太守時，常攜她一起遊玩。一天，蘇軾和她一起參禪。琴操悟禪理，削髮為尼。❸庚寅　即清乾隆三十五年，西元一七七〇年。❹柳宿　星宿名。早期稱「咮」。二十八宿之一，朱鳥七宿的第三宿。有星八顆，即長蛇座八星。據《左傳》、《爾雅》，「柳星」曾為鶉火次的標誌星。❺新城宗派　指王士禎為首的文學流派。王士禎是山東新城（今山東桓台）人，故稱。❻辛卯即清乾隆三十六年，西元一七七一年。❼維摩丈室　佛教語。維摩詰居士的方丈室。室雖只有一丈見方，其所包容極廣。❽天女散花　佛經故事。謂以天女散花試菩薩和聲聞弟子的道行。據《維摩經》：有一天女，以天花散諸菩薩，悉皆墮落，至大弟子便著不墜。天女曰：「結習未盡，故花著身；結習盡者花不著身。」

【語譯】田白巖說：「名妓月賓，曾經來往於漁洋山人王士禎家，好像蘇東坡和杭州名妓琴操的關係一樣。」蘇斗南於是說起小時候見過一位山東妓女，自稱是月賓的孫女，還保存有漁洋山人所贈送的扇子。蘇斗南向她取來觀看，見扇子上畫著一座臨水的茅草亭，旁邊有兩棵柳樹，題款是「庚寅三月道沖寫」。不知道道沖是什麼人。扇子的左邊有行書寫的一首詩：「雲煙縷縷濛濛蘸著湖水青青，纖腰相對鬥妍娉婷。酒樽前試問香山老人，柳宿新添了第幾星？」詩沒有署名，一方小印章已經模糊不清了。蘇斗南認為是年長的老儒，偶然抒發些閒情逸致，所以隱諱不願自己署名。我認為從這首詩的風格流派來看，是漁洋山人一派的作品。不過，漁洋山人在乾隆三十六年夏天去世，庚寅年是他去世的前一年，這個時候他不應當有老友。「香山老」究竟是指什麼人呢？如果說是指自己，又不應當說「試問」；而且詩句意趣輕鬆巧妙，也不像出自老年人的筆調。或許是像佛經裡所說在維摩的丈室中，偶然留下天女散花，其他年輕人代替他在扇子上題詩，以此來與妓女調情。妓女要借重漁洋山人的大名，卻又不理解詩的含義，於是便誤認為是漁洋山人的真跡了。

【研析】文人攜妓吟詠，不以為醜陋，反以為是風流韻事，這是文人的陋習。作者與諸友考訂這把扇子的真偽，個中情趣與漁洋山人無異。

地中出人首

王觀光言：壬午❶鄉試，與數友共租一小宅讀書。觀光所居室中，半夜燈光忽黯碧，剪剔復明。見一人首出地中，對爐噓氣。拍案叱之，急縮入。停刻許復出，叱之又縮。如是七八度，幾四鼓❷矣，不勝其擾；又素以膽自負，不欲呼同舍，靜坐以觀其變。乃惟張目怒視，竟不出地。覺其無能為，息燈竟睡，亦不知其何時去。然自此不復睹矣。吳惠叔曰：「殆冤鬼欲有所訴，惜未一問也。」余謂果為冤鬼，當哀泣不當怒視。粉房琉璃街迤東，皆多年叢冢，民居漸拓，每夷而造屋。此必其骨在屋內，生人陽氣熏爍，鬼不能安，故現變怪驅之去。初拍案叱，是不畏也，故不敢出。然見之即叱，是猶有鬼之見存，故亦不肯竟去。至息燈自睡，則全置此事於度外，鬼知其終不可動，遂亦不虛相恐怖矣。東坡書孟德❸事一篇，即是此義。小時聞巨盜李金梁曰：「凡夜至人家，聞聲而嗽者，怯也，可攻也；聞聲而啟戶以待者，怯而示勇也，亦可攻也；寂然無聲，莫測動靜，此必勍敵，攻之十恆七八敗，當量力進退矣。」亦此義也。

【章旨】一位舉子借居的屋子中，半夜冒出人頭。這位舉子先斥責後靜觀，最後不加理睬而自己睡覺，這個人頭無法作怪，也就不了了之。

【注釋】❶壬午　即清乾隆二十七年，西元一七六二年。❷四鼓　四更。指凌晨一時至三時。❸孟德　即曹操。字孟德，故稱。

【語譯】王覲光說：他在乾隆二十七年參加鄉試，和幾個朋友共租一座小宅院讀書。王覲光居住的房間中，半夜時燈光忽然變得昏暗發綠，剪了燈芯後燈光才重新亮起來。王覲光這時看見一個人頭從地下冒出來，對著火爐吹氣。王覲光拍桌子叱罵，人頭急忙縮進地裡。過了一會兒，人頭又冒出來，一喝叱又縮進去。就這樣反反覆覆七八次，快到四更天了，王覲光不耐煩這種騷擾；平時又以大膽自負，不想叫同住的其他人，就靜坐著看看人頭有什麼變化。那人頭卻只是睜大眼睛怒目而視，竟然不敢伸出地面了。王覲光覺得這個人頭沒有什麼作為，熄了燈就睡覺了，也不知道這個人頭什麼時候離開的。不過，從此再也沒有看見這個人頭了。吳惠叔說：「大概是冤鬼想要投訴什麼事情，可惜沒有問一問。」我認為如果是冤鬼，應該悲哀哭泣而不應該怒目而視。粉房琉璃街一帶往東去，都是多年的亂墳地。民宅逐步擴充，往往把墳地夷平而在上面建造房屋。這必定是那個人頭的屍骨埋在屋內，被活人的陽氣熏灼，鬼魂不能安身，所以現形作怪要把人趕出去。剛開始拍桌子叱罵時，是人不怕鬼，所以那人頭不敢伸出來。但是一看見就罵，可見這個人心中還存有鬼的念頭，所以鬼也不肯馬上離開。等到人熄燈睡覺，就表示完全把這件事置之度外，鬼知道這個人最終不能使他搬走，於是也就不虛張聲勢來嚇唬他了。蘇東坡寫了一篇關於曹操的文章，說的就是這個道理。我小時候聽江洋大盜李金梁說：「凡是夜晚進入人家裡，聽到有聲音就發出咳嗽聲的這戶人家，是膽小害怕，就可以攻擊他；聽到有聲音就打開門來等著的這戶人家，是膽怯卻強裝出勇敢，也可以去攻擊他；這戶人家聽到聲音而寂然沒有聲響，無法預測這戶人家的虛實動靜，這一定是勁敵，進攻這樣的人家十次經常有七八次要失敗的，這時應當估量自己實力，決定進退了。」說的也是這個意思。

【研析】魔由心生，怪因己起。世上許多事都是因為自己心中有雜念，以致百魔叢生，無法收拾。心中無邪，自然百魔退避。作者想告誡讀者的，也是這層意思。

蕉鹿之夢

《列子》❶謂蕉鹿之夢❷，非黃帝孔子不能知。諒哉斯言！余在西域，從辦事大臣巴公履視軍臺。巴公先歸，余以未了事暫留，與前副將❸梁君同宿。二鼓有急遞，臺兵❹皆差出，余從睡中呼梁起，令其馳送，約至中途遇臺兵則使接遞。梁去十餘里，相遇即還，仍復酣寢。次日，告余曰：「昨夢公遣我齎廷寄，恐誤時刻，鞭馬狂奔。今日髀肉尚作楚。真大奇事！」以真為夢，僕隸皆粲然。余〈烏魯木齊雜詩〉曰：「一笑揮鞭馬似飛，夢中馳去夢中歸。人生事事無痕過（東坡詩：『事如春夢了無痕。』），蕉鹿何須問是非？」即紀此事也。又有以夢為真者，族兄次辰言：靜海❺一人，就寢後，其婦在別屋夜績。此人忽夢婦為數人劫去，噩而醒，不自知其夢也，遽攜梃出門追之。奔十餘里，果見曠野數人攜一婦，欲肆強暴。婦號呼震耳。怒焰熾騰，奮力死鬥，數人皆被創逸去。近前慰問，乃近村別一人婦，為盜所劫者也。素亦相識，姑送還其家。惘惘自返，婦績未竟，一燈尚熒然也。此則鬼神或使之，又不以夢論矣。

【章旨】此章講述了有人將真實當夢境，有人將夢境當真實的故事。

【注釋】❶列子　書名。相傳戰國時列禦寇撰。《漢書・藝文志》著錄《列子》八篇，早佚。今本《列子》八篇，從思想內容和語言使用上看來，可能是晉人作品。內容多為民間故事、寓言和神話傳說。❷蕉鹿之夢　《列子・周穆王》說，春秋時，鄭國樵夫打死一隻鹿，怕被別人看見，把牠藏在無水的濠裡，蓋上蕉葉。但後來要去取鹿時，卻記不起藏的地方了。於是他以為是一場夢。後來多把「蕉鹿之夢」比喻把真事看作夢幻的消極想法。❸副將　官名。南宋武職有副將，位在統制、統領、正將下。清代的副將，隸於總兵，統理一協軍務，又稱為協鎮。❹臺兵　指軍臺的駐軍。❺靜海　縣名。在天津西南部，鄰接河北。

【語譯】《列子》中記載有人把用蕉葉藏鹿的現實當成夢幻的故事，不是黃帝、孔子，恐怕都解釋不清楚。這話確實有道理。我在西域的時候，跟隨辦事大臣巴公去視察軍臺。巴公先回去了，我因為有事沒有處理完就暫時留在軍臺，和前任副將梁某同住在一處。二更時有緊急公文要遞送，軍臺的兵士全都派出去了，我就把梁某從睡夢中叫醒，派他騎馬去送公文，約定要是途中遇到軍臺士兵時，就命他們接過去傳送。梁某騎馬跑了十幾里路，遇到了軍士，就把公文讓他們轉遞而自己回到軍臺，仍然又躺下熟睡。第二天，他告訴我說：「昨天夜裡夢見您派我去遞送朝廷公文，我怕耽誤時間，鞭打馬匹拼命狂奔。今天我的大腿還在酸痛。真是大大的怪事！」他把真事當成做夢，僕人隨從聽了都大笑起來。我在〈烏魯木齊雜詩〉中寫道：「一笑揮鞭快馬似飛，夢中馳去夢中歸來。人生事事沒有痕跡經過（蘇東坡的詩句：『事情如同春夢了無痕跡。』）蕉鹿之夢何須問是非？」，就是記載這件事的。又有把夢當做真事的人。我的族兄紀次辰說：靜海縣有一個人，晚上睡覺後，他的妻子在另外一間屋子裡連夜織布。這個人忽然夢見妻子被幾個人搶去了。驚噩而蘇醒過來，自己不明白剛才是在做夢，就拿起木棍出門追趕。奔了十多里路，果然看到曠野中有幾個人拉住一個婦女，想要肆意強姦。婦女呼救聲震耳。這個人心中怒火熾烈，奮力和那幾個人拼死搏鬥，那幾個人都被打傷逃走了。他跑過去安慰婦人，發現她是附近村子裡某人妻子，是被強盜劫持到這裡的。他們平時也彼此認識，這個人就把她護送回家。他自己心神不定地回到家裡時，他的妻子還沒有織完布，屋子裡的一盞燈還亮著。這或許是有鬼神指使他去的，又不可以用夢境來論說的了。

【研析】將真實誤以為是夢幻，將夢幻又誤以為是真實。真假變幻，使人難辨自己究竟是身處現實呢，還是身處夢幻呢？人生在世，有時也是難以分清夢幻與真實的差別。唐人傳奇小說〈枕中記〉，所說不也是如此嗎？

銅末治骨折

交河❶黃俊生言：折傷骨者，以開通元寶❷錢（此錢唐初所鑄，歐陽詢❸所書。其旁微有偃月形，乃進蠟樣時，文德皇后❹誤掐一痕，因而未改也。其字當迴環讀之。俗讀為開元通寶，以為玄宗❺之錢，誤之甚矣。）燒而醋淬，研為末，以酒服下，則銅末自結而為圈，周束折處。曾以一折足雞試之，果接續如故。及烹此雞，驗其骨，銅束宛然。此理之不可解者。銅末不過入腸胃，何以能透膜自到筋骨間也？惟倉卒間此錢不易得。後見張鷟❻《朝野僉載》❼曰：「定州❽人崔務，墮馬折足。醫令取銅末酒服之，遂痊平。及亡後十餘年，改葬，視其脛骨折處，銅末束之。」然則此本古方，但云銅末，非定用開通元寶錢也。

【章旨】此章講述了銅末能夠醫治骨折的唐人記載及清人所做的試驗。

【注釋】❶交河　縣名。在河北中部偏南、南運河和滏陽河之間。❷開通元寶　亦稱「開元通寶」、「開元錢」。中國古錢幣名。唐高祖武德四年（六二一年）廢五銖錢後開始鑄造。幣面上下左右有「開元通寶」四字，有人迴環讀作「開通元寶」。為後世銅幣以通寶或元寶為名的由來。「開元」意為開闢新紀元，非指年號。紀昀此處所說有誤。❸歐陽詢　唐書法家。字信本，潭州臨湖（今湖南長沙）人。官至太子率更令。弘文館學士，封渤海縣男。工書法，學二王（羲之、獻之），於平正中見險絕，自成面目，人稱「歐體」，對後世影響很大。與虞世南、褚遂良、薛稷並稱為唐初四大書家。❹文德皇后　即長孫皇后。唐晟女，太宗皇后。好讀書，太宗深重之。三十六歲去世，謚文德，故稱。❺玄宗　即唐玄宗李隆基。因唐玄宗年號有開元，故引起誤解。❻張鷟　唐文學家。字文成，自號浮休子，深州陸澤（今河北深縣）人。官司門員外郎。❼朝野僉載　筆記。唐張鷟撰。六卷。記隋唐兩代朝野遺聞，對武則天時期的朝政頗多譏評，有的為《資治通鑑》所取材。❽定州　今河北定縣。

【語譯】交河人黃俊生說：受傷骨折的人，用開通元寶錢（這種錢是唐代初年鑄造，歐陽詢寫的字。錢的邊緣微微有一道彎月痕跡，這是把銅錢蠟樣送朝廷檢查時，文德皇后手指誤掐的一道痕跡，所以沒有改動。銅錢上的字應當迴環讀。老百姓讀為開元通寶，以為是唐玄宗時鑄的錢，太錯誤了。）燒紅後在醋中淬火，碾磨為粉末，用酒服下，那麼銅粉就會自動結成一個圈，環繞圈束住骨折的地方。有人曾經用一隻折斷腿骨的雞做試驗，骨頭果然接續得如同原來的一樣。等到烹煮這隻雞時，檢查雞的腿骨，銅圈還很清楚。這個道理真是無法解釋。銅粉末不過是進入腸胃，怎能透過腹膜自動滲透到筋骨之間呢？只是在緊急的時候這種銅錢不容易找到。後來，我看到張鷟在《朝野僉載》中說：「定州人崔務，從馬上摔下來折斷了腳骨，醫生要他拿銅粉末用酒沖服，就痊癒了。到他死後十幾年，家人把他改葬的時候，發現他腳脛骨折斷的地方，有銅粉末圈束著。」可見這原本是古代的醫方，只是說用銅粉，不一定要用開通元寶錢的。

【研析】服用銅粉末就能醫治骨折，想來當今醫家可能聞所未聞。作者所記，或許可為醫學界提供研究線索。

花柳之家

招聚博塞，古謂之囊家，見李肇❶《國史補》❷，是自唐已然矣。至藏蓄粉黛，以分夜合之資，則明以前無是事。家有家妓，官有官妓故也。教坊既廢，此風乃熾，遂為豪猾之利源，而呆痴之陷阱。律雖明禁，終不能斷其根株。然利旁倚刀，貪還自賊。余嘗見操此業者，花嬌柳嚲，近在家庭，遂不能使其子孫皆醉眠之阮籍❸。兩兒皆染淫毒❹，延及一門，癘疾纏綿，因絕嗣續。若敖氏之鬼❺，竟至餒而。

【章旨】此章抨擊了開設妓院的惡習，指出經營妓院難免斷子絕孫的下場。

【注釋】❶李肇　唐人，元和中為翰林學士。❷國史補　即《唐國史補》。唐代筆記，三卷。所記涉及唐代政治、歷史、文化諸方面，是一部重要的史料筆記。❸阮籍　三國魏文學家、思想家。字嗣宗，陳留尉氏（今屬河南）人。阮瑀之子。曾為步兵校尉。世稱阮步兵。與嵇康齊名，為竹林七賢之一。❹淫毒　指性病。❺若敖氏之鬼　若敖氏的後代楚國令尹子文，擔心他的侄兒越椒將來會使若敖氏滅宗，臨死時，對族人哭著說：「若敖氏之鬼，不其餒而！」餒，餓。意思是若敖氏的鬼將因滅宗而無人祭祀。

【語譯】招人聚賭，坐吃抽頭的人，古時候叫做囊家，在李肇的《國史補》裡有記載，可見是從唐代以來已經有這類人了。至於畜養妓女，以分取她們夜晚接客賣淫所得的錢，那麼在明代以前沒有這種事。因為那時家有家妓、官府有官妓的緣故。教坊廢除之後，這種風氣就開始盛行，於是成了惡霸流氓獲利的根本，而且成了呆子痴漢的陷阱。法律雖然明令禁止，但始終不能禁斷這種事情的根本。然而「利」字旁邊倚著一把刀，貪婪的人最終還是害了自己。我曾見過做這個行業的人，那些美妓嬌女就近在自己家庭裡，他的子孫卻不能都像阮籍醉眠一樣無所沾染。他的兩個兒子都染上了性病，傳染全家，惡病纏綿拖延，以至於斷絕了子孫後嗣，就像古時楚國若敖氏的鬼魂，竟然沒有後人祭祀，只好挨餓了。

【研析】聚賭是惡習，賣淫更是社會的毒瘤。作者態度鮮明，反對開設妓院，以為開設妓院者害人害己，終究不得好下場。但是作者並不是一概反對妓女，只是反對開設民間妓院，認為這樣做容易引起性病傳播。作者的局限於此可見。

牛報怨

臨清❶李名儒言：其鄉屠者買一牛，牛知為屠也，縋❷不肯前，鞭之則橫逸。氣力殆竭，始強曳以行。牛過一錢肆❸，忽向門屈兩膝跪，淚涔涔下。錢肆憫之，問知價八千，如數乞贖。屠者恨其獰，堅不肯賣，加以子錢❹亦不許，曰：「此牛可惡，必剚刃而甘心，雖萬貫不易也。」牛聞是言，蹶然自起，隨之去。屠者煮其肉於釜，然後就寢。五更，自起開釜。妻子怪不回，疑而趨視，則已自投釜中，腰以上與牛俱糜矣。夫凡屬含生，無不畏死。不以其畏而憫惻，反以其畏而恚憤，牛之怨毒，加尋常數等矣。厲氣❺所憑，報不旋踵，宜哉。先叔儀南公，嘗見屠者許學牽一牛。牛見先叔，跪不起。先叔贖之，以與佃戶張存。存豢之數年，其駕耒服輮，力作較他牛為倍。然則恩怨之間，物猶如此矣。可不深長思哉！

【章旨】此章講述了一頭牛在有人贖買的情況下，屠夫仍非要宰殺，遂招致牛報復的故事。

【注釋】❶臨清　縣名。在山東西北，鄰河北，衛河、南運河流貫。❷絙　繫著繩索。❸錢肆　錢店；錢莊。❹子錢　貸與他人取息之錢。後亦稱利息為子錢。❺厲氣　邪惡之氣。

【語譯】臨清人李名儒說：他的家鄉有個屠夫買了一頭牛，這頭牛知道他是屠夫，牽曳牠不肯朝前走，鞭打牠就向旁邊逃去。等到這頭牛的力氣用盡，才被屠夫硬牽曳著走了。這頭牛經過一座錢莊時，忽然向錢莊大門屈兩條腿跪下，眼淚嘩啦啦地流下來。錢莊的人可憐這頭牛，詢問知道這頭牛的買價是八千銅錢，就要求用同樣的價錢贖買這頭牛。屠夫怨恨這頭牛倔強，堅決不肯出賣。錢莊給屠夫增加利息，屠夫還是不肯，說：「這頭牛太可惡，我一定要殺了牠才甘心，就是給一萬貫錢我也不肯賣！」這頭牛聽了屠夫說的這些話，猛地自己站起來，隨屠夫去了。屠夫在大鍋子裡煮那頭牛的肉，然後自己上床睡覺。五更時分，屠夫起床開鍋。他妻子奇怪屠夫去了很久沒有回來，懷疑出事而趕過去察看，那時屠夫已經投身到大鍋子裡去，腰部以上的肢體和鍋裡的牛肉一起煮爛了。凡是有生命的物體，沒有不畏懼死亡的。不因為牠的害怕而憐憫，反而因為牠的害怕而憤怒，所以牛的怨恨，就比平常增加了幾倍。邪惡之氣依附在這頭牛身上，報復極其迅速，也是應當的了。我的先叔父儀南公曾看見屠夫許學牽著一頭牛。牛看到先叔父時，跪在地上不起來。先叔父就把牛贖買了，交給佃戶張存。張存餵養這頭牛好幾年，這頭牛耕田拉車，比其他的牛加倍賣力。可見在恩怨報應方面，動物尚且也會如此，難道不能發人深思嗎！

【研析】六畜之中，牛付出最多，而得到最少。牛一生辛勞，晚年還要被人食肉寢皮。牛無愧於人，而人有愧於牛。只不過牛是家畜，天生沒有權利，只能任人為所欲為。但是萬事不可過分，過分就會招來天譴。如文中的那個屠夫，買牛宰殺，牛自然不能抗拒。但有人願意贖買救牛一命時，這個屠夫卻意氣用事，非要宰殺此牛。隨後發生的事故，即使純屬偶然，人們也會自然想到是牛的報復。滅絕人性如屠夫者，就是死了也不會得到人們的同情。

鬼妒妻改嫁

甲與乙望衡❶而居，皆宦裔也。其婦皆以姣麗稱，二人相契如弟兄，二婦亦相契如姊妹。乙俄卒，甲婦亦卒。乃百計圖謀娶乙婦，士論譏焉。納幣❷之日，廳事有聲，登登然如撾疊鼓❸。卻扇❹之夕，風撲花燭滅者再。人知為乙之靈也。一日，甲婦忌辰，懸畫像以祀。像旁忽增一人影，立婦椅側，左手自後憑其肩，右手戲摩其頰。畫像亦側眸流盼，紅暈微生。諦視其形，宛然如乙。似淡墨所渲染，而絕無筆痕，似隱隱隔紙映出，而眉目衣紋，又纖微畢露。心知鬼祟，急裂而焚之。然已眾目共睹，萬口喧傳矣。異哉！豈幽冥惡其薄行，判使取償於地下，示此變幻，為負死友者戒乎？

【章旨】此章講述了一個士人娶了亡友遺孀，遂遭亡友陰間報復的故事。

【注釋】❶望衡　即相鄰而居。衡，古代樓殿邊上的欄杆。❷納幣　古代婚禮「六禮」之一。也稱「納徵」。男女兩方締婚之後，男家把聘禮送給女家。❸疊鼓　重疊的鼓聲。❹卻扇　指古代婚禮時，新婦行禮時以扇障面，交拜後去扇的儀式。

【語譯】甲和乙相鄰而居，他們都是官宦人家的後代，兩人的妻子都以美麗著稱。甲和乙的交情好得像兄弟一般，兩人的妻子也友好得像姐妹一樣。不久，乙去世了，甲的妻子也去世了。甲就千方百計地圖謀娶乙的遺孀當老婆，當地讀書人都譏嘲這件事。下聘禮那天，客廳裡出現怪事，發出登登的響聲好像擂鼓般作響。到了舉行婚禮的那一天晚上，洞房中的花燭被風吹滅了好幾次，人們知道那是乙在顯靈。有一天，是甲的前妻的忌辰，甲家懸掛她的畫像祭奠。畫像旁邊突然多出一個人影，站在甲妻的椅子旁邊，左手從身後搭在她的肩上，右手調戲般撫摸她的臉頰。畫像中的甲妻也斜眼看著，眼神流盼，臉上微微泛出紅暈。仔細看那人影的模樣，就像乙的模樣。乙的人影好像是用淡淡的墨汁渲染上去的，卻絲毫沒有筆畫的痕跡；似乎是隱隱約約隔著紙透出來的，而且乙的眉毛眼睛、衣服紋路等細微之處，又全都顯現得十分清楚。甲心中知道是鬼在作祟，急忙把畫像撕碎燒掉了。然而這件事已經被眾人共同看到，眾口紛紛喧譁傳揚開了。太奇怪呀！難道是陰間厭惡甲的品行輕薄，判決乙在地下得到補償，並把這種變幻顯示出來，讓那些對亡友負心的人引以為戒嗎？

【研析】今人看來，娶亡友遺孀為妻是極為尋常之事，不足以引起亡友的妒嫉和報復。如果亡友有靈，自己已經與妻子陰陽相隔，為了妻子的幸福，實在也不應該干涉妻子的生活。但封建社會強調的是婦女從一而終，不管改嫁是出於何種原因，都是不為社會讚許的行為。作者雖飽讀詩書，主張漢學，但在婦女問題上卻仍然受到程朱理學的束縛，沒能擺脫理學桎梏。

卷十四 槐西雜志四

天女之樂

林教諭❶清標言：曩館崇安❷，傳有士人居武夷山❸麓，聞采茶者言，某岩月夜有歌吹聲，遙望皆天女也。士人故佻達❹，乃借宿山家，月出輒往，數夕無所遇。山家❺亦言有是事，但恆在月望❻，歲或一兩聞，不常出也。士人託言習靜，留待旬餘。一夕，隱隱似有聲，乃潛蹤急往，伏匿叢薄❼間。果見數女皆殊絕，一女方拈笛欲吹，瞥見人影，以笛指之。遽僵如束縛，然耳目猶能視聽。俄清響透雲，曼聲動魄，不覺自贊曰：「雖遭禁制，然妙音媚態，已具賞矣。」語未竟，突一帕飛蒙其首，遂如夢魘，無聞無見，似睡似醒。迷惘約數刻，漸似蘇息。諸女叱群婢曳出，譙呵曰：「痴兒無狀，乃窺伺天上花耶！」趣折修篁❽，欲行棰楚。士人苦自申理，言性耽音律，冀竊聽幔亭法曲❾，如李謩❿之傍宮牆，實不敢別有他腸，希彩鸞甲帳⑪。一女微哂曰：「憫汝至誠，有小婢亦解橫吹⑫，姑以賜汝。」士人匍匐叩謝，舉頭已杳。回顧其婢，廣顙巨目，短髮鬖髿，腰腹彭亨⑬，氣咻咻如喘。驚駭懊惱，避欲卻走。婢固引與狎，捉搦不釋。憤擊仆地，化一豕嗥叫去。岩下樂聲，自此遂絕。觀於是婢，殆是妖，非仙矣。或曰：「仙借豕化婢戲之也。」倘或然歟？

【章旨】此章講述了一個輕薄書生偷窺天女奏樂，被天女捉弄的故事。

【注釋】❶教諭　學官名。宋代在京師設立的小學和武學中始置教諭。元明清縣學皆置教諭，掌文廟祭祀、教育所屬生員。❷崇安　縣名。在福建西北部、崇溪上游，鄰接江西。今福建武夷山市。❸武夷山　在福建、江西兩省邊境。東北西南走向。主峰黃崗山為福建第一名山。❹佻達　輕薄；放蕩。❺山家　山野人家。❻望　指農曆每月的十五日。❼叢薄　草木叢生的地方。❽修篁　修竹；長竹。❾幔亭法曲　幔亭，指福建武夷山。因山上有幔亭峰勝境，故稱。法曲，此處指仙家妙樂。❿李謨　唐代長安人。善於吹笛者。曾依宮牆偷聽唐玄宗新度的樂曲。⓫彩鸞甲帳　此處指豔遇。典出唐人傳奇。⓬橫吹　樂器名。即橫笛。又名短簫。⓭彭亨　也作「膨脝」。意即腰腹粗壯。

【語譯】林清標教諭說：他過去在崇安坐館教書時，傳說有個書生住在武夷山麓，這個書生聽採茶人說，某處山岩每逢明月之夜就有人唱歌奏樂，遙望過去都是天上仙女。這個書生為人輕薄，於是借住在山野人家中，每到月出時就去那處山崖，但一連幾個夜晚什麼都沒有遇見。山野人家的人也說有這種事情，但通常在每月十五日夜裡，一年也就一、二次能聽見，不是經常出現的。書生藉故說自己喜歡清靜，留住在山野人家十幾天等待機會。一天晚上，書生隱隱約約似乎聽到有聲音，於是急忙暗中前往，藏匿在草木叢中等候。他果然看見幾位女子姿色都極其出眾，一位女子剛拿起笛子要吹奏，瞥見書生的人影，用笛子指向書生，書生突然間全身僵直如同被繩子捆綁一樣，不過耳朵還能聽，眼睛還能看。不久，清脆的樂聲響徹雲霄，柔曼的歌聲動人心魄。書生不覺脫口稱讚說：「我雖然遭到禁絕制住，然而仙女美妙的歌聲和嬌媚的姿態，我都欣賞到了。」話沒有說完，突然一塊手帕飛來蒙住書生的頭，書生就像睡覺做惡夢一樣聽不到、看不見，似睡似醒。書生大約迷迷糊糊了幾刻鐘，漸漸地似乎清醒過來。幾位仙女命令婢女們把書生拽出來，喝叱他說：「你這個傻瓜沒有禮貌，竟敢偷偷窺伺天上的仙女！」仙女催促婢女折竹子來，準備揍這個書生。書生苦苦申辯說自己生性喜愛音樂，只希望偷聽到天上的美妙樂曲，就像唐代的李謩依在宮牆外聽樂聲一樣，實在不敢有別的企圖，並非妄求有什麼豔遇。其中一個仙女微微冷笑道：「我可憐你的老實，我有個小婢女也會吹笛子，姑且把她賜給你吧！」書生連忙跪地叩謝。等他抬起頭來，仙女們已經都不見了。書生回頭看看那個小婢女，長著寬大的額頭和巨大的眼睛，髮髻蓬鬆雜亂，腰腹部又粗又壯，呼吸聲像喘氣一般。書生驚駭懊惱，打算躲避逃走。這個婢女強拉著書生調情，拉扯著不肯放手。書生氣憤地拔拳把那個婢女打倒在地，那個婢女變成了一頭豬嗷叫著跑掉了。山崖下的音樂聲，從此就斷絕了。從這個婢女來看，大概是妖怪，不是仙人。也有人說：「這是仙女借用豬變成丫頭來戲弄那個書生。」也許這是可能的？

【研析】唐人傳奇中亦有類似故事，但大都以仙女喜愛上書生為結局。看來這個書生也夢想有這樣的豔遇，卻不知君有情而妾無意，這個書生遭到仙女薄懲，也是咎由自取，是他為自己的輕薄行為付出的代價，一笑而已。

學子偷情遭禍

劉燮甫言：有一學子，年十六七，聰俊韶秀，似是近上一流，甚望成立。一日，忽發狂譫語，如見鬼神。俟醒時問之，自云：「景城❶社會❷觀劇，不覺夜深，歸途過一家求飲。惟一少婦，取水飲我，留我小坐，言其夫應官外出，須明日方歸。流目送盼，似欲相就。愛其婉媚，遂相燕好。臨行泣涕，囑勿再來，以二釧贈我。次日視之，銅青斑斑，微有銀色，似多年土中者。心知是鬼，而憶念不忘。昨再至其地，徘徊尋視。突有黑面長髯人，手批我頰。踉蹌奔歸，彼亦隨至。從此時時見之，向我詬厲。我即忽睡忽醒，不知其他也。」父母為詣墓設奠，並埋其釧。俄其子瞋目呼曰：「我婦失釧，疑有別故，而未得主名，僅倒懸鞭五百，轉鬻遠處。今見汝竊來，乃知為汝所誘。此何等事，可以酒食金錢謝耶？」顛癇月餘，竟以不起。然則鑽穴逾牆❸，即地下亦尚有禍患矣。

【章旨】此章講述了一個學生因與鬼婦偷情，遭到鬼丈夫報復的故事。

【注釋】❶景城　地名。在今河北滄州西景城。❷社會　古時鄉村學塾逢春、秋祀社之日或其他節日舉行的集會。❸鑽穴逾牆　指偷情、私奔、偷竊等行為。

【語譯】劉鑾甫說：有一位學生，年齡十六七歲，長得聰明俊秀，似乎是同齡人中的一流人才，很有希望成名立業。有一天，他突然發狂說胡話，好像遇見鬼神似的。等他醒來時問他，他自己說：「我到景城賽神會去看戲，不知不覺夜深了，回家的路上經過一戶人家，我進去討水喝。這戶人家只有一個少婦，取水來給我喝，留我坐下休息片刻，說她丈夫因官差外出，明天才能回來。少婦眉目傳情，暗送秋波，好像有要和我親熱的意思。我喜歡她的柔順嫵媚，於是就和她成了好事。我和她分別的時候，她流著眼淚，囑咐我不要再去了，還把兩隻手釧送給了我。第二天一看那手釧，上面有斑斑點點的銅綠，透出淡淡的銀色，彷彿是埋在泥土裡多年似的。我心裡知道少婦是鬼，然而還是念念不忘。昨天我再到那個地方徘徊尋找察看，突然有一個黑面孔長鬍子的人出現，用手打我耳光。我踉踉蹌蹌地奔跑回家，他也跟著來了。從此，我時常看見他，對著我厲聲痛罵。我就變成忽睡忽醒，不知道其他事情了。」這個學生的父母為此就到墳地去祭奠，並且把手釧埋回墳墓裡。不久，他們的兒子瞪著眼睛叫道：「我妻子丟失手釧，我疑心有其他的緣故，而沒有查實得到手釧的人，只好把老婆倒吊起來鞭打五百下，轉賣到遙遠的地方去了。如今看到你們偷偷把手釧送回來，才知道我老婆是被你兒子所引誘的。這是什麼事，怎能用酒菜金錢謝罪賠禮就可以解決的呢？」這個學生瘋癲了一個多月，竟一病不起死了。可見這種偷雞摸狗的行為，即使在陰間也是會帶來災禍的。

【研析】鑽穴逾牆之舉，正人君子不為也。這個學生只見那個鬼婦一面，就成其好事，所謂的「聰俊韶秀」，所作所為竟然如此，遭到鬼丈夫的報復，也屬應該。作者講述這個故事，用意在於告誡世人，為人必須行為正直，才能避禍免災。

熏狐者

李雲舉言：東光❶有熏狐者，每載燧挾罟，來往墟墓間。一夜，伏伺之際，見一方巾❷襴衫❸人自墓頂出，䰰䰰（苦侯反。《說文》曰：「鬼聲也。」）長嘯，群狐四集，圍繞叢薄❹，狰獰嗥叫，齊呼捕此惡人，煮以作脯。熏狐者無路可逃，乃攀援上高樹。方巾者指揮群狐，令鋸樹倒。即聞鋸聲訇訇然。熏狐者窘急，俯而號曰：「如蒙見釋，不敢再履此地。」群狐不應，鋸聲更厲。如是號再三，方巾者曰：「果爾，可設誓。」誓訖，鬼狐俱不見。此鬼此狐，均可謂善了事矣。蓋侵擾無已，勢不得不鋌而走險，背城借一。以群狐之力，原不難於殺一人；然殺一人易，殺一人而激眾人之怒，不焚巢犁穴不止也。僅使知畏而縱之，姑取和焉，則後患息矣。有力者不盡其力，乃可以養威；屈人者使人易從，乃可以就服。召陵之役❺，不責以僭王，而責以苞茅❻，使易從也；屈完❼來盟即旋師，不盡其力，以養威也。講學家說《春秋》者，動議齊桓❽之小就。方城漢水❾之固，不識可一戰勝乎？一戰而不勝，天下事尚可為乎？淮西❿、符離⓫之事，吾徵諸史冊矣。

【章旨】此章講述了一個薰狐人遭到群狐圍攻，在薰狐人保證不再薰狐時，群狐就此放過薰狐人的故事，引發了作者的一些議論。

【注釋】❶東光　縣名。在河北東南部、南運河東岸，鄰接山東。❷方巾　明代的一種頭巾，處士及儒生所用。❸襴衫　古代士人的服裝。❹叢薄　草木叢生的地方。❺召陵之役　指春秋時齊國討伐楚國，在召陵發生戰鬥之事。見於《左傳》僖公四年。❻苞茅　束成捆的菁茅。苞，通「包」。古代祭祀時，以裹束著的菁茅置於柙中，用來濾去酒中渣滓。❼屈完　春秋楚國大夫。❽齊桓　即齊桓公。春秋時齊國國君。姓姜，名小白。齊襄公的弟弟。西元前六八五－前六四三年在位。是春秋五霸之首。❾方城漢水　方城，春秋時楚國所築長城。北起今河南方城北，南至今泌陽東北。

漢水，河流名，一稱漢江，是長江最長支流，源出陝西，在武漢入長江。是楚國的天然屏障。❿淮西　地區名。在今皖北豫東淮河北岸一帶。⓫符離　古邑名；古縣名。在今安徽宿縣東北。為淮北軍事、交通要地。南宋抗金戰爭，宋軍曾在淮西、符離兩地大敗。

【語譯】李雲舉說：東光縣有個用煙薰之法捕捉狐狸的人，經常帶著火石和獵網，來往於廢墟墳堆間。一天夜晚，他正潛伏等待機會的時候，看見一個頭戴方巾、身穿襴衫的人，從墳頂上出來，發出䨲䨲（苦侯反。《說文解字》說：「是鬼發出的聲音。」）的長嘯。成群的狐狸從四面八方雲集而來，圍繞著這個人藏身的草木叢，發出猙獰恐怖的嗥叫聲，齊聲呼喊抓住這個惡人，煮熟了做成肉乾吃！薰狐人無路可逃，於是攀登上一棵高高的大樹。戴方巾的人指揮成群的狐狸，命令把樹鋸倒。馬上聽到鋸樹的聲音轟轟作響。薰狐人更加窘急害怕，只得俯下身子叫道：「如果承蒙你們放了我，我不敢再踏上這片土地了。」狐狸們根本不理睬他，鋸樹的聲音更加猛烈。薰狐人再三這樣叫喊，戴方巾的人說：「如果真的這樣，你可以發個誓。」薰狐人發誓後，鬼魂和狐群都不見了。這個鬼魂和這個狐群都可以說是善於了結事情的。因為薰狐人不停地到這裡侵擾，鬼魂狐群迫不得已而不得不鋌而走險，與敵人決一死戰。以成群狐狸的力量，原本要殺死一個人並不難；然而殺一個人容易，殺了一個人而激起眾人之怒，恐怕不把狐群的巢穴燒光毀掉是不會停止的。現在，只是讓薰狐人知道害怕之後就放了他，姑且和解了事，那麼後患就平息了。有力量的人不用盡他的全部力量，就可以保持畜養自己的威力；使人屈服的人要讓別人容易做到順從，才可以使別人服從。春秋齊楚召陵之戰，齊桓公不指責楚國擅自稱王，只指責楚國不向周天子進貢祭祀時用來濾酒的菁茅，這就使得楚國容易服從。在楚國大夫屈完來簽訂了盟約之後，齊國就退兵了，不用盡齊國的軍力，為的是保持威脅的實力。那些道學家說到《春秋》時，動輒議論齊桓公只滿足於取得小小的成就。但以楚國方城、漢水防守的堅固，他們不了解不可能靠一次戰鬥就取勝嗎？如果一次戰鬥不能取勝，天下大事還可能有所作為嗎？像南宋軍隊與金軍在淮西、符離交戰失敗的事，我已從史書中得到佐證了。

【研析】留有餘地，見好就收，這是聰明人的做法。只是世界上凡人多而聰明人少，故而往往會把事情推到極點而難以收場。仔細想想，類似的事例還少麼？公司裡，同事間互相爭執不下，誰也不肯相讓；家庭中，夫妻針尖對麥芒，為了一點小事而大動肝火。其實，世上許多事難以分出對錯。即使有理，也讓人三分，這世界豈不平和許多？

說雷

族弟繼先，嘗宿廣寧門內友人家。夜大風雨，有雷火自屋山（近房脊之牆謂之屋山，以形似山也。范石湖❶詩屢用之。）穿過，如電光一掣然，牆棟皆搖。次日，視其處，東西壁各一小竇如錢大。蓋雷神逐精魅，貫而透也。凡擊人之雷，從天而下；擊怪之雷，則多橫飛，以遁逃追捕故耳。若尋常之雷，則地氣鬱積，奮而上出。余在福寧❷度嶺，曾於山巔見雲中之雷；在淮鎮❸遇雨，曾於曠野見出地之雷，皆如煙氣上衝，直至天半，其端火光一爆，即訇然有聲，與銃炮之發無異。然皆在無人之地。其有人之地，則從無此事。或曰：「天心仁愛，恐觸之者死。」語殊未然。人為三才❹之中，人之聚處，則天地氣通，通則弗鬱，安得有雷乎？塞外苦寒之地，耕種牧養，漸成墟落，則地氣漸溫，亦此義耳。

【章旨】此章作者以自身學識經驗解說了雷電形成的原因。

【注釋】❶范石湖　即范成大。南宋詩人。字致能，號石湖居士，吳郡（今江蘇蘇州）人。紹興進士，官至參知政事。晚年退居故鄉石湖。有《石湖居士詩集》。❷福寧　州、府名。今福建霞浦。❸淮鎮　在河北獻縣東。本名槐家鎮，當地人呼為淮鎮。❹三才　古指天、地、人。才亦作「材」。

【語譯】我的族弟紀繼先，曾經住宿在廣寧門內的一個朋友家。那天夜裡風雨大作，有一團雷火從屋山（靠近屋脊的牆叫做屋山，因為形狀像山。范石湖的詩多次用這個詞語。）穿過，如同電光似的一閃間，牆壁屋樑都被震得搖動。第二天，繼先去察看那個地方，發現東西兩面屋山上各有一個如銅錢般的小孔。原來是雷神追逐妖精鬼魅，從這裡穿牆而過。凡是擊人的雷，是從天而下的；擊妖怪的雷，就大多橫著飛動，因為鬼怪在前遁逃而雷神在後追捕的緣故罷了。至於那些普通的雷，卻是因為地氣鬱結，猛然向上衝出來的。我在福寧翻越山嶺時，曾經在山頂上看到雲中之雷；在淮鎮遇到下大雨，曾經在曠野中看到衝出地面的雷，這些雷都像煙氣一樣上衝，直衝到半空，它的頂端爆出一陣火光，隨即發出轟隆隆的聲響，與擊發銃炮沒有什麼兩樣。然而，這些雷都發生在沒有人的地方。至於有人的地方，從來沒有發生過這樣的事。有人說：「上天之心仁愛，擔心接觸到雷的人會死去。」這話很不正確。人處在天、地、人三才之間，人聚居的地方，就使天地之氣相通。相通就不會鬱結，怎麼會有雷產生呢？在塞外嚴寒的地方，人們耕種放牧，漸漸形成村落，那麼地氣漸漸溫暖，也是這個道理。

【研析】作者把雷分為擊人之雷、擊妖之雷和普通之雷，各自運行的方式不同，產生的原因也不同。今人看來，這種解說不免可笑。但在二百多年前，作者的這種努力已比將雷一概歸之於雷神的說法有了較大的進步，至少他已承認有一部分雷是因為地氣鬱積而產生的。也就是說，作者認為這些雷的產生，是自然原因所致。當然，作者並不了解科學的雷電形成的原因，故而他的最終解說還是錯誤的。

刀劍自鳴

王岳芳言：其家有一刀，廷尉❶公故物也。或夜有盜警，則格格作爆聲，挺出鞘外一二寸。後雷逐妖魅穿屋過，刀墮於地，自此不復作聲矣。世傳刀劍曾漬人血者，有警皆能自響，是不盡然，惟曾殺多人者乃如是爾。每殺一人，刀上必有跡二條，磨之不去。幼年在河間揚威將軍哈公元生❷家，曾以其佩刀求售，云夜亦有聲。驗之，信然也。或又謂作聲之故，乃鬼所憑，是亦不然。戰陣所用，往往曾殺千百人，豈有千百鬼長守一刀者哉？飲血既多，取精不少，厲氣之所聚也。盜賊凶鷙，亦厲氣之所聚也。厲氣相感，躍而自鳴，是猶撫琴者鼓宮宮應，鼓商商應而已。蕤賓之鐵❸，躍乎池內；黃鍾之鐸❹，動乎土中，是豈有物憑之哉？至雷火猛烈，一切厲氣，遇之皆消，故一觸焰光，仍為凡鐵。亦非豐隆❺、列缺❻，專為此物下擊也。

【章旨】此章作者解說了刀劍會自己發出聲響的原因。

【注釋】❶廷尉　官名。掌刑獄，為九卿之一。從北齊至明清皆稱大理寺卿。❷哈公元生　即哈元生。清河間（今屬河北）人。雍正間以守備隨征貴州諸苗，積功官至貴州提督。後因罪革職免死，卒於軍。❸蕤賓之鐵　蕤賓，古樂十二章中之第七律。唐段安節《樂府雜錄・琵琶》：「武宗初，朱崖李太尉有樂吏廉郊者……。郊嘗宿平泉別墅，值風清月朗，攜琵琶於池上，彈《蕤賓調》……忽有一物鏘然躍出池岸之上，視之，乃一片方響，蓋蕤賓鐵也。以指撥精妙，律呂相應也。」❹黃鍾之鐸　黃鍾，樂律十二律中第一律。《新唐書・李嗣真傳》：「太常缺黃鍾，鑄不能成，嗣真居崇業里，疑土中有之，弗得其所。道上逢一車，有鐸聲甚厲，嗣真曰：『宮聲也。』市以歸，振於空地，若有應者，掘之得鍾，眾樂遂和。」❺豐隆　古代神話中的雲神；一說雷神。❻列缺　此處指閃電。

【語譯】王岳芳說：他家有一把刀，是當過廷尉的長輩的遺物。如果夜裡有盜賊警報，這刀就會爆出格格的聲響，刀身會挺出刀鞘一二寸。後來，有雷電追逐妖怪穿過房屋，刀掉在地上，從此不再發出聲響了。世間相傳凡是刀劍曾經沾過人血的，有警報時都能自動發出響聲，這也不完全如此，只有曾經殺死許多人的刀才會這樣。每殺一個人，刀上必然有兩條痕跡，磨也磨不掉。我年幼時在河間揚威將軍哈元生先生家裡，哈家曾經要把將軍的佩刀出售，說是夜裡也會發出聲響。經過檢驗，果然是這樣的。又有人說刀發出響聲的原因，是因為鬼魂依附在上面，這樣說也不正確。戰場上所用的刀，往往曾經殺過成千上百的人，怎麼可能有成千上百的鬼魂長久地守在一把刀上呢？刀沾的血既然很多，獲取精氣就不少，暴戾之氣就會聚集在刀上。盜賊凶狠陰險，也會有暴戾之氣聚集在他身上。暴戾之氣相互感應，因此刀躍出刀鞘自己發出聲響，這就好比彈琴的人彈到宮音，宮音響應；彈到商音，商音響應罷了。發出蕤賓音律的鐵片，會自動從水池中跳出來；含著黃鍾音律的鈴鐺，會自動在泥土中跳動，這哪是有什麼東西憑附在上面呢？至於雷火猛烈，一切暴戾之氣遇上都會消散，所以那些沾血的刀劍一碰上雷火的烈焰，就會變成平常的鐵器。也不是霹靂雷電，專門為了這些刀劍而下擊的。

【研析】刀劍自鳴，今人難以想像。據作者紀昀驗證，確實有之。但刀劍自鳴的原因，眾說紛紜，紀昀以為是氣質相合而導致共鳴。紀昀之言或許也是一說，讀者姑妄聽之而已。

落星石古人題名

余嘗惜西域漢畫，毀於煙煤❶；而稍疑一二千年筆跡，何以能在？從侄虞惇曰：「朱墨著石，苟風雨所不及，苔蘚所不生，則歷久能存。易州❷、滿城❸接壤處，有村曰神星。大河❹北來，復折而東南，有兩峰對峙河南北，相傳為落星所結，故以名村。其峰上哆❺下斂，如雲朵之出地，險峻無路。好事者攀踏其孔穴，可至山腰。多有舊人題名，最古者有北魏❻人、五代❼人，皆手跡宛然可辨。然則洞中漢畫之存於今，不為怪矣。」惜其姓名虞惇未暇一一記也。易州、滿城皆近地，當訪其土人問之。

【章旨】此章記述了河北易縣、滿城交界處落星石上千年仍存的古人題詞。

【注釋】❶惜西域漢畫二句　參見本書卷十三〈喀什噶爾漢畫〉則。❷易州　即今河北易縣。❸滿城　縣名。在河北中部偏西、太行山東麓。❹大河　黃河。❺哆　張口貌。❻北魏　朝代名。從西元三八六年拓跋建魏，到五五七年初西魏亡，共歷十七帝，一百七十一年。❼五代　有兩說：唐代稱梁、陳、齊、周、隋為五代，是為前五代；宋以後稱唐末至宋初的梁、唐、晉、漢、周為五代，是為後五代。此處或指後五代。

【語譯】我曾經為西域的漢畫毀於煤煙而可惜，然而也有點懷疑一兩千年前的筆跡，怎麼能保持到現在呢？我的堂侄紀虞惇說：「用朱砂和黑墨畫在石壁上，如果風雨吹打不到，苔蘚不能生長，就能夠經歷很長時間而保存下來。在易州、滿城交界的地方，有個村子叫神星村。黃河從北而來，至此又折向東南流去，有兩座山峰隔著黃河南北對峙。相傳山峰是隕落的星星形成的，所以村子就以神星來命名。這兩座山峰都是上部張開而下部收斂，恰似雲朵拔地而出，山勢險峻，無路可上。有些好事的人踩著石壁上的孔穴攀援而上，可以爬到半山腰。上面有許多前人的題名，最古老的有北魏時人、五代時人，那些手寫的字跡都清晰可辨。那麼西域山洞裡的漢畫保存到如今，也就不奇怪了。」可惜虞惇沒有閒暇把那些姓名一一記錄下來。易州、滿城都在附近地區，我應該向那些當地人詢問情況。

【研析】中華文明綿延五千年，文物古跡遍及神州大地。但歷經動盪和戰亂，保存至今的文物古跡並不如想像中的多。落星石上的古人題名不知今天還在否？令人關注，令人神往。

毒魚法干神怒

虞惇又言：落星石北有漁梁❶，土人世擅其利，歲時以特牲❷祀梁神。偶有人教以毒魚法，用芫花❸於上流挼漬，則下流魚蝦皆自死浮出，所得十倍於網罟。試之良驗。因結團焦❹於上流，日施此術。一日，天方午，黑雲自龍潭暴湧出，狂風驟雨，雷火赫然，燔其廬為燼。眾懼，乃止。夫佃漁之法，肇自庖羲❺；然數罟不入，仁政存焉。絕流而漁，聖人尚惡；況殘忍暴殄，聚族而坑哉！干神怒也宜矣。

【章旨】此章講述了土人以毒魚法捕魚，干犯神怒的故事。

【注釋】❶漁梁　即魚梁。築堰攔水捕魚的一種設施。宋王安石〈半山即事〉詩之七：「露積山禾百種收，漁梁亦自富蝦鰍。」❷特牲　指牛一類的牲畜。❸芫花　落葉灌木。葉小橢圓形，花小色紫，可供觀賞。花蕾可入藥，性溫、味辛，有毒。❹團焦　圓形草屋。也叫「團瓢」、「團標」。❺庖羲　即伏羲。中國神話中人類的始祖。

【語譯】紀虞惇又說：在落星石北面有一條漁梁，當地人世代獨享靠漁梁捕魚的利益，故而每年歲時節令就用牛一類牲口來祭祀漁梁神。偶然有人教給當地人一種毒魚的辦法，把芫花揉碎泡在上游的水中，那麼下游的魚蝦就都會被毒死而浮出水面，用這種方法捕獲的魚蝦要比用網捕魚多十倍。當地人試驗這種辦法，效果極佳。於是人們就在上游搭起草屋，天天用這種方法捕魚。有一天，時間剛到正午時分，烏雲從龍潭裡暴湧而出，狂風暴雨大作，雷電交加，把捕魚人的草屋燒成了灰燼。大家感到懼怕，再不敢用毒魚法捕魚了。耕田打漁的方法，創始於上古伏羲氏時代。然而，不准用細密的漁網捕魚，也有仁政存在的含義。截斷河流而來捕魚，聖人尚且厭惡；何況用殘忍的手段去摧殘生命，把魚類不管大小都全部消滅掉呢！這種做法引起神靈憤怒，也是當然的事了。

【研析】與萬物和諧共處，保持平衡，是中國古代哲學的精髓。故而，竭澤而漁，聖人不為。因為只有留給萬物發展的餘地，人類才能得到更大的發展空間。這就是近年來人們十分重視的永續發展的思想。我們的先人，早在二千多年前就樸素地提出了這一思想。可惜人們往往囿於眼前利益，而忘記祖先教誨。只有在遭到自然界的懲罰時，才想起來補救。人們何時能自覺地意識到呢？

文風遞變

周書昌曰：「昔游鵲華❶，借宿民舍。窗外老樹森翳❷，直接岡頂。主人言時聞鬼語，不辨所說何事也。是夜月黑，果隱隱聞之，不甚了了。恐驚之散去，乃啟窗潛出，匍匐草際，漸近竊聽。乃講論韓、柳、歐、蘇[3]文，各標舉其佳處。一人曰：『如此乃是中聲[4]，何前後七子[5]，必排斥不數，而務言秦漢，遂啟門戶之爭？』一人曰：『質文遞變，原不一途。宋末文格[6]猥瑣，元末文格纖穠，故宋景濂[7]諸公力追韓、歐，救以春容[8]大雅[9]。三楊[10]以後，流為臺閣之體[11]，日就膚廓[12]，故李崆峒[13]諸公又力追秦漢，救以奇偉博麗。隆、萬[14]以後，流為偽體，故長沙一派[15]，又反唇焉。大抵能挺然自為宗派者，其初必各有根柢，是以能傳；其後亦必各有流弊，是以互詆。然董江都[16]、司馬文園[17]文格不同，同時而不相攻也。李、杜、王、孟[18]詩格不同，亦同時而不相攻也，彼所得者深焉耳。後之學者，論甘則忌辛，是丹則非素，所得者淺焉耳。』語未竟，我忽作嗽聲，遂乃寂然。惜不盡聞其說也。」余曰：「此與李詞畹記飴山事[19]均以平心之論託諸鬼魅，語已盡，無庸歇後[20]矣。」書昌微愠曰：「永年百無一長，然一生不能作妄語。先生不信，亦不敢固爭。」

【章旨】此章借鬼魅之口論說了明代文風流變的原委。

【注釋】❶鵲華　橋名。在山東濟南大明湖南岸。為遊覽勝地。❷森翳　茂密。❸韓柳歐蘇　即韓愈、柳宗元、歐陽脩、三蘇（蘇洵、蘇軾、蘇轍）。他們均為唐宋時期著名的文學家。❹中聲　中和之聲。❺前後七子　明代弘治年間的李夢陽、何景明、徐禎卿、邊貢、康海、王九思、王廷相號稱「七才子」，史稱「前七子」。嘉靖時的李攀龍、謝榛、宗臣、王世貞、梁有譽、徐中行、吳國倫也稱為「七才子」，史稱「後七子」。他們都是明代著名的散文家。❻文格　指文章的格調和風格。❼宋景濂　即宋濂。字景濂，號潛溪，浦江（今屬浙江）人。明代的開國文臣之首，也是著名的文學家。❽舂容　謂重撞擊。這裡指聲調宏大響亮。❾大雅　宏大雅正。連上句是說宋景濂等人寫文章以聲調的宏大來挽救宋末元末的瑣碎細小的文風。❿三楊　指明代的楊士奇、楊榮、楊溥三人。均為明代文學家。⓫臺閣之體　明初上層官僚間所形成的一種文風，流行於永樂、成化年間，其特徵是形式典雅工麗，內容多為粉飾太平和歌功頌德。其代表人物即三楊。⓬膚廓　空泛而不切實際。⓭李崆峒　即李夢陽。明代文學家。字獻吉，自號崆峒子，故稱。慶陽（今屬甘肅）人。主張「文必秦漢，詩必盛唐」，反對臺閣體。⓮隆萬　即指隆慶、萬曆年間。隆慶，明穆宗的年號（一五六七—一五七二年）。萬曆，明神宗的年號（一五七三—一六一九年）。⓯長沙一派　指李東陽派。李東陽，明代詩人。字賓之，號西涯，茶陵人。茶陵屬湖南長沙，故稱李長沙。天順進士，官至吏部尚書、華蓋殿大學士。其詩多應酬題贈之作，形式上追求典雅工麗，在當時很有影響，形成以他為首的茶陵詩派。⓰董江都　即漢代董仲舒。西漢哲學家、今文經學大師。廣川（今河北東強東）人。專治《春秋公羊傳》。曾任江都相，故稱。⓱司馬文園　即漢代司馬相如。西漢辭賦家。字長卿，蜀郡成都（今屬四川）人。曾任孝文園令，故稱。⓲李杜王孟　指李白、杜甫、王維、孟浩然。均為唐代著名詩人。⓳李詞畹記飴山事　李詞畹，益都（今屬山東）人，所記秋谷（趙執信）南遊與聞窗外論詩事。參見本書卷三〈木客談詩〉則。⓴無庸歇後　不需要再有後文。歇後，謂隱去句末之詞，暗示其義。

【語譯】周書昌說：「我從前遊覽鵲華橋時，借宿在當地百姓家。窗外老樹茂密，一直延伸到山頂上。主人說時常聽到鬼說話，但聽不清楚他們所說的是什麼事。當天夜裡沒有月亮，我果然隱隱約約聽到說話聲，但聽不清楚。我怕把鬼驚嚇散了，就打開窗戶悄悄地出去，在草叢中匍匐爬行，漸漸靠近過去竊聽。原來他們在議論韓愈、柳宗元、歐陽脩、三蘇的文章，分別舉出他們各人文章的優點。其中一個人說：『這樣的文章才是中和正聲，為什麼前後七子，一定要排斥他們，而務必稱說秦漢文章，以致引起門戶之爭呢？』另一個人說：『文風質樸和藻飾的變化，本來就不是沿著一條途徑。宋代末年文章格調低下猥瑣，元代末年文章格調纖巧穠麗，所以明代初年宋濂等人大力提倡學習韓愈、歐陽脩，用雍容高雅來挽救當時的文風。到三楊之後，文風流變為臺閣體，一天天走向膚淺空洞，所以李夢陽等人又大力提倡秦漢風格，用奇偉豐富華麗來補救文風。明代隆慶、萬曆以後，文風又流變為虛假模仿秦漢文章，所以李東陽一派，又反過來責罵譏笑這樣的文風。大抵能夠站出來自成一個宗派的，開始的時候必定各自有自己的基礎，所以能夠傳播開來；後來也必定各有流弊，所以相互詆毀。不過，董仲舒和司馬相如文章風格不同，他們處在同一個時代卻不相互攻擊。李白、杜甫、王維、孟浩然詩歌風格不同，也都是同時代人而不相互攻擊，這是因為他們的見識十分高深。後代的學者，談到甘甜就忌諱辛辣，肯定紅色就非議白色，他們的見識就太淺薄了。』話還沒有說完，我忽然咳了一聲，於是就沒有聲音了。可惜沒有聽全他們的議論。」我說：「這和李詞畹記述的飴山事相同，都是把平心靜氣的議論借鬼怪之口說出來，話已經講清楚，不必再需要後面的話了。」周書昌有點不高興地說：「我平生一無所長，但一生不會說假話。先生不相信，我也不敢硬要和你爭辯了。」

【研析】明代文風流變，自有其內在原因。周書昌借鬼魅之口加以論說，確實是平和之論，頗有見地。作者記述這段議論，並稱為「平心之論」，讀者從中亦可看出作者的讚許之意。

以子之矛，陷子之盾

董曲江言：一儒生頗講學，平日亦循謹無過失，然崖岸太甚，動以不情之論責人。友人於五月釋服，七月欲納妾。此生抵以書曰：「終制未三月而納妾，知其蓄志久矣。《春秋》誅心，魯文公❶雖不喪娶，猶喪娶也。朋友規過之義，不敢不以告。其何以教我？」其持論大抵類此。一日，其婦歸寧，約某日返，乃先期一日。怪而詰之。曰：「吾誤以為月小也。」亦不為訝。次日，又一婦至。大駭愕，覓昨婦，已失所在矣。然自是日漸尪瘠，因以成瘵。蓋狐女假形攝其精，一夕所耗已多也。前納妾者聞之，亦抵以書曰：「夫婦居室，不能謂之不正也；狐魅假形，亦非意料之所及也。然一夕而大損真元，非恣情縱欲不至是。無乃燕昵之私，尚有不節以禮者乎？且妖不勝德，古之訓也。周、張、程、朱❷，不聞曾有遇魅事。而此魅公然犯函丈❸，無乃先生之德尚有所不足乎？先生賢者也，責備賢者，《春秋》法也。朋友規過之義，不敢不以告。先生其何以教我？」此生得書，但力辯實無此事，里人造言而已。宋清遠先生聞之曰：「此所謂以子之矛，陷子之盾。」

【章旨】此章以講故事的形式對理學作了辛辣嘲諷。

【注釋】❶魯文公　春秋魯僖公子。名興。在位十八年卒。諡文。參見《春秋公羊傳》。❷周張程朱　即兩宋理學家周敦頤、張載、程顥、程頤、朱熹。❸函丈　對前輩學者或老師的敬稱。

【語譯】董曲江說：有位儒生很推崇理學，平日行為也謹慎有禮，沒有什麼過失。但是他性情太過嚴峻，動輒就用不近人情的議論去責備別人。他有個朋友五月份為父母守喪期滿除了孝服，七月份打算娶個小妾。這位儒生給他寫了一封信，說：「服完孝不到三個月就想娶小妾，可知你有這個打算已經很久了。《春秋》主張追究動機，所以魯文公雖然沒有在喪禮期間娶妻，但也像在喪禮期間娶妻一樣要受到指責。朋友之間有規勸過失的義務，所以我不敢不提醒你，你怎麼來回答我呢？」他的議論大多數類似這樣。有一天，他妻子回娘家探親，約定某一天回來，卻提前一天回來了，這位儒生感到奇怪而問妻子，她說：「我記錯了，以為這個月是小月。」儒生也不再感到奇怪。第二天，又有一個妻子回到家裡，儒生大為震驚，再去找昨天回來的妻子，已經沒有蹤影了。不過，從這天以後，儒生漸漸瘦弱下去，並因此而得了癆病。原來狐女假變他妻子的形象來吸取他的精血，他在一個晚上消耗的精血已經很多了。以前娶小妾的那個朋友聽說這件事，也寫來了一封信，說：「夫妻同房，不能說是不正當的事；狐狸精假變人形，也不是人所能意料到的事。然而一個晚上就大傷元氣，這不是縱情肉欲就不會到這個樣子。這難道是在夫妻同房恩愛的時候，還有不按照禮法加以節制的地方嗎？而且妖魅不能勝過有德行的人，這是古人的明訓。兩宋的周敦頤、張載、程顥、程頤、朱熹，沒有聽說過他們曾經遇到妖魅的事。然而這個妖魅公然來冒犯先生，是不是先生您的德行還有所不足呢？先生是個賢人，責備賢人，是《春秋》的法則。朋友之間有規勸過失的義務，因此我不敢不把我的想法告訴您，先生將怎樣來回答我呢？」這位儒生接到信後，只是極力辯解實際上沒有這件事，是鄰居造謠而已。宋清遠先生聽說這件事後，說：「這就是所謂的以子之矛，攻子之盾了。」

【研析】理學發展到清代，已經走向衰落。儘管封建朝廷仍在大力提倡，而士大夫中已有很多人對理學提出了批評。讀者可以把這個故事看作是當時的士大夫們對理學的一種批判。從中也反映了作者的學術取向。

記前生

袁愚谷❶制府❷（諱守侗，長山❸人，官至直隸總督，諡清慤），少與余同硯席❹，又為姻家。自言三四歲時，尚了了記前生。五六歲時，即恍惚不甚記。今則但記是一歲貢生❺，家去長山不遠；姓名籍貫，家世事跡，全忘之矣。余四五歲時，夜中能見物，與晝無異。七八歲後，漸昏暗。十歲後，遂全無睹。或夜半睡醒，偶然能見，片刻則如故。十六七後以至今，則一兩年或一見，如電光石火，彈指即過。蓋嗜欲日增，則神明日減耳。

【章旨】此章講述了袁守侗年幼時尚能記得前生的故事。

【注釋】❶袁愚谷　即袁守侗。字執沖，號愚谷，清長山（今山東鄒平）人。乾隆舉人。由內閣中書累官直隸總督。以清節著稱。卒諡清慤。❷制府　對明清兩代總督的尊稱。❸長山　舊縣名。在山東中部偏北。今山東鄒平。❹同硯席　即同學。硯席，亦作「研席」。硯臺和坐席，借指學習。❺貢生　科舉制度中，生員（秀才）一般是隸屬於本府、州、縣學的生員，若考選升入京師國子監讀書的，則不再是本府、州、縣學的生員，而稱為貢生。

【語譯】袁愚谷總督（名守侗，長山人，官做到直隸總督，死後賜諡號清慤），少年時候和我是同學，又是親家。他自己說三四歲時還能清楚記得前生的事。五六歲時，就恍恍惚惚記不清了。如今就只記得自己前生是個當了一年的貢生，家離長山縣不遠；至於自己前生的姓名、籍貫、家世事跡等等，全都忘記了。我四五歲的時候，在夜晚黑暗中能看清楚東西，和白天沒有兩樣。七八歲以後，就逐漸昏暗模糊。十歲以後，就完全看不到了。有時半夜醒來，偶然還能看見黑暗中的東西，過一會兒就和平常一樣。十六七歲以後直到如今，有時一兩年或許能看見一次，好像電光石火一般，一彈指間就過去了。這是因為人的嗜好欲望一天天增加，所以神智清明就一天天減少了。

【研析】袁守侗所說的年幼時能記得前生的說法，如果不是其有意騙人，那也是幼年時的幻覺，當不得真。至於作者年幼時能在黑暗中看見物體，而年齡漸大就不行了，這只是說明作者視力的退化，與前世之說毫無關係。

妓女之夫

景州❶李西崖言：其家一佃戶，最有膽。種瓜畝餘，地在叢冢側。熟時恆自守護，獨宿草屋中，或偶有形聲，亦恬不為懼。一夕，聞鬼語嘈雜，似相喧詬。出視，則二鬼冢上格鬥，一女鬼痴立於旁。呼問其故。一人曰：「君來大佳，一事乞君斷曲直：天下有對其本夫調其定婚之妻者耶？」其一人語亦同。佃戶呼女鬼曰：「究竟汝與誰定婚？」女鬼靦覥良久，曰：「我本妓女。妓家之例，凡多錢者皆密訂相嫁娶。今在冥途，仍操舊術，實不能一一記姓名，不敢言誰有約，亦不敢言誰無約也。」佃戶笑且唾曰：「何處得此二痴物！」舉首則三鬼皆逝矣。

又小時聞舅祖陳公（諱穎孫，歲久失記其字號。德音公之弟，庚子❷進士，仙居❸知縣秋亭之祖也。）說親見一事曰：「親串中有歿後妾改適者，魂附病婢靈語曰：『我昔問爾，爾自言不嫁。今何負心？』妾殊不懼，從容對曰：『天下有夫尚未亡，自言必改適者乎？公此問先憒憒，何怪我如是答乎？』」二事可互相發明也。

【章旨】此章講述了兩鬼為爭奪一個妓女鬼而引發爭執的故事。

【注釋】❶景州　今河北景縣。❷庚子　即清康熙五十九年，西元一七二〇年。❸仙居　縣名。即今浙江仙居。

【語譯】景州人李西崖說：他家有個佃戶，最有膽量。種了一畝多地的瓜，那塊瓜地就在亂墳堆旁。瓜熟時，那個佃戶常常親自守護，獨自一個人住在瓜地裡的草屋中。有時偶爾出現鬼影鬼聲，他也安然不害怕。一天夜晚，他聽到鬼說話聲嘈雜喧鬧，似乎是在互相吵罵。他走出來看，發現兩個男鬼在墳頭上格鬥，一個女鬼呆呆地站在旁邊。他就呼喊詢問打鬥的原因。其中一個人說：「您來得太好了，有一件事請您判斷是非曲直：天下有當著未婚夫的面去調戲他的未婚妻的人嗎？」另一個人說的也是這樣。佃戶問女鬼說：「究竟你和誰定了婚約？」女鬼忸怩了半天才說：「我本來是妓女。按妓院的規矩，凡是錢多的人，我都和他祕密地訂下嫁娶的約定。如今在陰間，我仍然操持老行當，實在不能一一記住嫖客的姓名，不敢說和誰有婚約，也不敢說和誰沒有婚約呀！」佃戶邊笑邊唾罵說：「從什麼地方得來的這兩個大傻瓜！」一抬頭，三個鬼都消失了。又，我小時候聽舅祖陳公（名字叫穎孫，年歲久遠忘記了他的字和別號。他是德音公的弟弟，康熙五十九年進士，仙居知縣陳秋亭的祖父。）講，他曾親眼看見一件事：「親戚當中有人死後，他的小妾改嫁，這個人的鬼魂就附在生病的婢女身上顯靈，說：『我過去問你，你自己說不會改嫁。如今為什麼負心了呢？』這個小妾一點也不害怕，從容回答說：『天底下哪有丈夫還沒有死，就自稱自己以後一定要改嫁的人呢？你這個問題本來就糊塗不清，何必責怪我這樣回答呢？』」這兩件事可以相互對照啟發理解的。

【研析】妓女本來就是賣身，人皆可夫，又何來丈夫？兩鬼不悟，徒成笑話。至於小妾改嫁，死鬼丈夫附婢女之身橫加責備，小妾回答理直氣壯，似乎也頗有道理。作者講述這兩個故事，又能啟發理解什麼呢？

朱子論鬼神

有講學者論無鬼，眾難之曰：「今方酷暑，能往墟墓中獨宿納涼一夜乎？」是翁毅然竟往，果無所見。歸益自得，曰：「朱文公❶豈欺我哉！」余曰：「重齎千里，路不逢盜，未可云路無盜也；縱獵終日，野不遇獸，未可云野無獸也。以一地無鬼，遂斷天下皆無鬼；以一夜無鬼，遂斷萬古皆無鬼，舉一廢百矣。且無鬼之論，創自阮瞻❷，非朱子❸也。朱子特謂魂升魄降為常理，而一切靈怪非常理耳，未言無也。故金去偽錄曰：『二程❹初不說無鬼神，但無如今世俗所謂鬼神耳。』楊道夫❺錄曰：『雨風露雷，日月晝夜，此鬼神之跡也，此是白日公平正直之鬼神。若所謂有嘯於樑，觸於胸，此則所謂不正邪暗、或有或無、或來或去、或聚或散者。又有所謂禱之而應，祈之而獲，此亦所謂鬼神同一理也。』包揚⑥錄曰：『鬼神死生之理，定不如釋家所云，世俗所見；然又有其事昭昭，不可以理推者，且莫要理會。』又曰：『南軒⑦亦只是硬不信。如禹鼎⑧魑魅魍魎之屬，便是有此物，深山大澤，是彼所居。人往占之，豈不為祟！豫章⑨劉道人，居一山頂結庵。一日，眾蜥蜴入來，盡吃庵中水。少頃，庵外皆堆雹。明日，山下果雹。有一妻伯劉文，人甚樸實，不能妄語。言過一嶺，聞溪邊林中響，乃無數蜥蜴，各抱一物如水晶，未去數里下雹。此理又不知如何。舊有一邑，泥塑一大佛，一方尊信之。後被一無狀宗子⑩斷其首。民聚哭之，佛頸泥木出舍利。泥木豈有此物？只是人心所致。』吳必大⑪錄曰：『因論薛士龍家見鬼，曰：世之信鬼神者，皆謂實有在天地間；其不信者，斷然以為無鬼。然卻又有真個見者，鄭景望遂以薛氏所見為實。不知此特虹霓之類耳。問：虹霓只是氣，還有形質？曰：既能啜水，亦必有腸肚。只才散便無，如雷部神⑫亦此類。』林賜錄曰：『世之見鬼神者甚多，不審有無如何？曰：世間人見者極多，如何謂無？但非正理耳。如伯有⑬為厲，伊川⑭謂別是一理。蓋其人氣未嘗盡而強死，魂魄無所歸，自是如此。昔有人在淮上夜行，見無數形象，似人非人，出沒於兩水之間。此人明知其鬼，不得已衝之而過。詢之，此地乃昔人戰場也。彼皆死於非命，銜冤抱恨，固宜未散。坐間或云：鄉間有李三者，死而為厲。鄉曲凡有祭祀佛事，必設此人一分。後因為人放爆仗，焚其所依之樹，自是遂絕。曰：是他枉死氣未散，被爆仗驚散。』沈僩⑮錄曰：『人有不伏其死者，所以既死而此氣不散，為妖為怪。如人之凶死及僧道既死多不散（原注：僧道務養精神，所以凝聚不散）。』萬人傑⑯錄曰：『死而氣散，泯然無跡者，是其常道理。恁地有託生者？是偶然聚得氣不散，又恁生去湊著那生氣便再生。』葉賀孫⑰錄曰：『潭州⑱一件公事：婦殺夫，密埋之。後為祟。事已發覺，當時便不為祟。以是知刑獄裡面，這般事若不與決罪，則死者之冤必不解。』李壯祖⑲錄曰：『或問：世有廟食之神，綿歷數百年，又何理也？曰：寖久亦散。昔守南康⑳，久旱，不免遍禱於神。忽到一廟，但有三間敝屋，狼藉之甚。彼人言三五十年前，其靈如響，有人來而帷中之神與之言者。昔之靈如彼，今之靈如此，亦自可見。』葉賀孫錄曰：『論鬼神之事，謂蜀中㉑灌口㉒二郎廟㉓是李冰㉔，因開離堆㉕立廟。今來現許多靈怪，乃是他第二兒子出來，初間封為王；後來徽宗㉖好道，遂改封為真君。張魏公㉗用兵，禱於其廟，夜夢神語曰：我向來封為王，有血食之奉，故威福得行。今號為真君雖尊，人以素食祭我，無血食之養，故無威福之靈。今須復封我為王，當有威靈。魏公遂乞復其封。不知魏公是有此夢，是一時用兵，託為此說。又有梓潼神㉘，極靈。此二神似乎割據兩川。大抵鬼神用生物祭者，皆是假此生氣為靈。古人釁鐘釁龜皆此意。漢卿云，李通㉙說有人射虎，見虎後數人隨之，乃是為虎傷死之人。生氣未散，故結成此形。』黃義剛㉚錄曰：『論及請紫姑神㉛吟詩之事，曰：亦有請得正身出現，其家小女子見，不知此是何物。且如衢州㉜有一人事一神，只開所錄事目於紙，而封之祠前。少間開封㉝，而紙中自有答語。此不知是如何？』凡此諸說，黎靖德㉞所編《語類》㉟班班具載，先生何竟誣朱子乎？」此翁索書觀之，良久，憮然曰：「朱子尚有此書耶！」憫默而散。然余猶有所疑者：朱子大旨，謂人秉天地之氣生，死則散還於天地。葉賀孫錄所謂「如魚在水，外面水便是肚裡水，鱖魚肚裡水與鯉魚肚裡水只是一般」，其理精矣；而無如祭祀之理，制於聖人，載於經典，遂不得不云子孫一氣相感，復聚而受祭；受祭既畢，仍散入虛無。不識此氣散還以後，與元氣㊱渾合為一歟？抑參雜於元氣之內歟？如混合為一，則如眾水歸海，共為一水，不能使江淮河漢，復各聚一處也。如五味㊲和羹，共成一味，不能使薑鹽醯醬㊳，復各聚一處也。又安能於中犁出某某之氣，使各與子孫相通耶？如參雜於元氣之內，則如飛塵四散，不知析為幾萬億處，如遊絲亂飛，不知相去幾萬億里。遇子孫享薦，乃星星點點，條條縷縷，復合為一，於事理毋乃不近耶？即以能聚而論，此氣如無知，又安能感格？安能歆享？此氣如有知，知於何起？當必有心；心於何附？當必有身。既已有身，則仍一鬼矣。且未聚以前，此億萬微塵，億萬縷縷，塵塵縷縷，各有所知，則不止一鬼矣。不過釋氏之鬼，地下潛藏；儒者之鬼，空中旋轉。釋氏之鬼，平日常存；儒家之鬼，臨時湊合耳。又何以相勝耶？此誠非末學所知也。

【章旨】此章論述了朱子關於鬼神的種種說法，批駁了無鬼論。

【注釋】❶朱文公　即南宋大理學家朱熹。因死後追諡文，故稱。❷阮瞻　晉人。阮咸之子。字千里。一直堅持無鬼論。參見《晉書・阮瞻傳》。❸朱子　即朱熹。❹二程　即北宋理學家程頤、程顥。❺楊道夫　字仲思，宋浦城（今福建浦城）人。朱熹弟子。❻包揚　字顯道，號克堂，宋南城（今江西南城）人，一作建陽（今福建西北部）人。師從陸象山，象山卒，遂詣朱子，執弟子禮。❼南軒　即張栻。南宋學者。字敬夫，又字樂齋，號南軒，張浚子，漢州綿竹（今屬四川）人。遷於衡陽。官至右文殿修撰。和朱熹、呂祖謙齊名，時稱「東南三賢」。著有《南軒集》。❽禹鼎　西周晚期青銅器。宋代《歷代鐘鼎彝器款識法帖》等書著錄，稱為「穆公鼎」。❾豫章　古縣名。治所在今江西南昌。❿宗子　古代宗法制度，嫡長子為族人兄弟共宗（尊），故稱「宗子」。⓫吳必大　字伯豐，宋興國（今江西興國）人。以父任為吉水丞。會禁偽學，遂致仕。必大早事張栻、呂祖謙，晚師朱熹，深究理學，為儒林所重。⓬雷部神　即雷神。古代神話中的司雷之神。⓭伯有　春秋時鄭大夫良霄，字伯有。《左傳》昭公七年謂伯有死後曾作祟。後因用伯有為厲鬼的代稱。⓮伊川　北宋哲學家程頤宅於嵩縣東北耙耬山下，世稱伊川先生。⓯沈僩　字杜仲，宋永嘉（今浙江永嘉）人。學於朱熹。精地理。⓰萬人傑　字正淳，宋大冶（今湖北大冶）人。初師事陸九齡，後復從九淵學。九淵嘗言：吾門惟曹立之、萬正淳可不為利害所動。已而見朱熹於南康，遂為朱熹弟子。⑰葉賀孫　即葉味道。初名賀孫，以字行，更字知道。宋溫州（今浙江溫州）人，一說龍泉（今浙江龍泉）人。師事朱熹。登嘉定進士，官至著作佐郎。卒諡文修。⑱潭州　州、路、府名。在今湖南長沙、株洲、湘潭等一帶。⑲李壯祖　宋光澤（今福建光澤）人。嘉定進士。為閩清尉。真德秀薦之，稱為人物典型。⑳南康　縣名。在江西南部、贛江西源章水流域。㉑蜀中　即今四川。㉒灌口　今四川灌縣。㉓二郎廟　供二郎神的廟。二郎神，神話人物。小說《西遊記》、《封神演義》及戲劇《寶蓮燈》等俱引用。《寶蓮燈》稱二郎神為三聖母（華山聖母）之兄。小說稱二郎神姓楊，或名楊戩，住灌口，疑從李冰次子故事轉變而來。傳說李冰次子奉父命在灌口斬蛟，為民除害。一說二郎神即李冰。㉔李冰　戰國時水利家。約西元前二五六－前二五一年被秦昭王任為蜀郡守。他徵發民工在岷江流域興修許多水利工程，以都江堰最著名。㉕離堆　《史記・河渠書》：戰國時秦蜀守李冰「鑿離堆，辟沫水之害。」在四川灌縣西南岷江分流處，即都江堰所在。㉖徽宗　即宋徽宗趙佶。北宋皇帝、書畫家。神宗之子，西元一一〇〇－一一二五年在位。在位期間，奢侈荒淫，尊信道教，大建宮觀。金兵南下，他傳位兒子趙桓（欽宗），自稱太上皇。後被金兵俘獲，死於五國城（今黑龍江依蘭）。㉗張魏公　即張浚。宋代大臣。字德遠，漢州綿竹（今屬四川）人。徽宗時進士。建炎三年（一一二九年）任知樞密院事，孝宗時曾封魏國公，故稱。卒諡忠獻。㉘梓潼神　道教所奉的主宰功名、祿位之神。傳說姓張名亞子。居蜀七曲山（今四川梓潼北）。仕晉戰死，後人立廟紀念。㉙李通　字次元，後漢宛（治所在今河南南陽）人。仕王莽為五威將軍從事。光武即位，李通常居守京師，旋為前將軍。累拜大司空。卒諡恭。㉚黃義剛　字毅然，宋臨川（今江西臨川）人。朱熹弟子。㉛紫姑神　神話中廁神名。又稱子姑、坑三姑。相傳為人家妾，為大婦所嫉，每以穢事相役。正月十五日激憤而死。故世人以其日作形，夜於廁間或豬欄邊迎之。見南朝宋劉敬叔《異苑》卷五、南朝梁宗懍《荊楚歲時記》。一說，姓何名楣，字麗卿，為唐壽陽刺史李景之妾，為大婦曹氏所嫉，正月十五日夜，被殺於廁中，上帝憐憫，命為廁神。舊俗每於元宵在廁中祀之，並迎以扶乩。事見《顯異錄》以及宋蘇軾《子姑神記》。㉜衢州　州、路、府名。今浙江衢州。㉝開封　開啟；打開。㉞黎靖德　南宋永嘉（今浙江溫州）人。官沙縣主簿，攝縣事。編有《朱子語類》。㉟語類　即《朱子語類》。南宋朱熹講學語錄。原有池州、饒州、建安所刊三種《語錄》，眉州、徽州所刊二種《語類》，後經黎靖德合併編輯成為今本。共一百四十卷。㊱元氣　指產生和構成天地萬物的原始物質，或指陰陽二氣混沌未分的實體。《論衡・談天》：「元氣未分，混沌為一。」亦稱「原氣」。指人體維持組織、器官生理功能的基本物質與活動能力。元氣在胚胎時期已經形成，藏於腎中，與命門密切聯繫。㊲五味　指酸、甜、苦、辣、鹹五味。㊳醯醬　醋和醬。

【語譯】有個講理學的人主張無鬼論，眾人難為他說：「如今正是酷暑，你能到亂墳堆中獨自睡一晚上納涼嗎？」這個老先生就毅然前往，果然沒有見到鬼。這人回來後越發得意，說：「朱文公怎麼會欺騙我呢！」我說：「攜帶貴重財物而行千里路，路途上沒有遭遇強盜，不能說所有道路都沒有強盜；打了一天獵，在曠野中沒有遇見野獸，不能說曠野裡都沒有野獸。因為一個地方沒有鬼，就斷言天下都沒有鬼；因為一夜沒有鬼，就斷言遠古以來都沒有鬼，這是以舉一個事例來否定全部。而且主張無鬼的觀點是晉人阮瞻首先提出的，並不是朱子。朱子只是說人死後魂升於天而魄降於地是常理，而一切幽靈變怪不是常理而已，並沒有說無鬼。所以，金去偽記述說：『程頤、程顥最初不說沒有鬼神，但不是現今世俗所說的鬼神。』楊道夫記述說：『下雨颳風、露降雷鳴，日月運行、晝夜轉換，這些都是鬼神的蹤跡，這些是白天公平正直的鬼神。如果所謂在屋樑上呼嘯，觸及人的胸膛使人擔驚受怕的，這就是不正直、奸邪陰險的鬼神，他們是時有時無、或來或去、或聚或散的鬼神。又有所謂的祈禱就會有回應，請求就會有收穫的情況，這也與所說的鬼神存在是同一個道理呀。』包揚記述說：『鬼神生死的道理，必定不像佛家所說、世俗所見的一樣；然而又有這樣的事實明擺著，不能用道理來推論，暫且不要去理會這些事。』又說：『張栻也只是硬不相信這些罷了。比如禹鼎上刻的魑魅魍魎之類的圖案花紋，就是說有這類東西，深山大澤，是他們居住的地方。人們前去占據他們的地方，他們怎麼會不作祟呢！豫章的劉道人，在一座山頂上搭了間庵堂居住。有一天，一群蜥蜴爬進庵堂來，把庵堂裡的水喝光了。一會兒，庵堂外都堆著冰雹。第二天，山下果然下了冰雹。妻子的一位伯父叫劉文，為人很樸實，不會胡說八道。他說曾翻越一座山嶺，聽到溪邊樹木中有聲響，原來是無數條蜥蜴，各自抱著一樣像水晶的東西。他沒有走出幾里路就下起了冰雹。這裡面的道理又不知道該如何解說。過去有一個小城鎮，有一尊泥塑的大佛像，當地百姓都很尊崇信奉。後來這尊佛像的佛頭被本族一個無賴小子砸掉了，百姓聚集在佛像旁邊哭泣，佛像頸部的泥土木條之間出現了舍利子。泥土木條中怎麼會有舍利子呢？這只是人心感召所導致的。』吳必大記述說：『因為議論到薛士龍家中出現鬼，就說：世間相信鬼神的人，都說確實存在於天地之間；那些不相信鬼神的人，斷然認為沒有鬼。但是卻又有真的見到過鬼的人，鄭景望於是就以薛士龍家所見的為事實。他不知道這只不過是彩虹霞光之類的東西罷了。有人問：虹霓只是一股氣，還是有形有質的？回答說：虹霓既然能吸水，也就必然有腸肚。只是它一消散就沒有了，比如雷部的神靈也是這一類。』林賜記述說：『世上見過鬼神的人很多，不知道究竟有還是沒有鬼神？朱子說：既然世上看見鬼神的人很多，怎能說沒有呢？但這種說法不是正理。例如春秋時鄭國的伯有死後變成厲鬼，伊川先生認為這是另有道理。因為人的氣數不應盡卻死於非命，他的魂魄無處可去，自然就會成為這個樣子了。過去有人在淮河上夜間行船，看見無數有形狀的東西，似人非人，出沒於兩條河之間。這個人明知這些東西都是鬼，不得已只好駕船衝擊這些東西過去。詢問當地人，才知道這地方從前是古戰場。他們都是死於非命的人，含冤抱恨，形象固然不應該消散的。在座的有人說：鄉間有個叫李三的人，死後變成厲鬼。鄉間凡有祭祀和佛事，必定給這個人設立一個牌位。後來因為有人放爆竹，焚燒掉了這個厲鬼所依附的樹，惡鬼從此就不見了。朱子說：這是因為他被冤枉而死，精氣沒有消散，被爆竹驚散了。』沈僩記述說：『有人對自己的死不甘心，所以他死後這股氣不散，就會成妖作怪。例如人的凶死、以及僧人道士死後，他們的魂魄也大多不會消散（原注：僧人道士專門修煉精神，所以氣會凝聚不散）。』萬人傑記述說：『人死後他的精氣就消散了，消散得毫無蹤跡，是通常的道理，怎麼還會有託生的？是偶然把精氣凝聚得不消散，又怎麼去湊近碰著那生氣便會再生了。』葉賀孫記述說：『潭州有一件案子：妻子殺了丈夫，祕密掩埋了丈夫的屍體。後來丈夫的鬼魂作祟。等到事情敗露，鬼魂當即就不作祟了。從這件事可知在判案當中，這種事情如果不判罪，那麼死者的冤氣必然不能消解。』李壯祖記述說：『有人問：世上有享受廟堂祭祀的神靈，綿延了幾百年，是什麼道理呢？朱子說：時間長久了，神靈也會消散。過去我知南康軍時，久旱無雨，不免到處禱告神靈。我偶然來到一座廟前，那座廟只有三間寬敞的屋子，屋子裡破爛不堪。當地人說在幾十年前，這座廟裡的神很靈驗，就像回聲應響，有人到來時，帷帳裡的神會和他說話。過去神的靈驗像那個樣子，如今神的靈驗像這個樣子，其中的道理也自然可以看得出了。』葉賀孫記述說：『談論到鬼神之事，朱子說四川灌口的二郎廟供的是李冰，因為他開鑿了離堆有功而為他建廟祭祀。如今出現了許多神靈怪異的事，卻是他的第二個兒子弄出來的。最初廟神被封為王，後來因為宋徽宗喜好道教，就改封廟神為真君。張魏公帶兵打仗時，曾到那座廟裡祈禱，夜裡夢見神對他說：我一直被封為王，享有血食的供奉，所以我顯威降福得以施行。現在我號稱為真君，雖然地位尊貴，人們都用素食祭祀我，而沒有血食的奉養，所以我就沒有顯威降福的靈驗了。如今必須重新封我為王，我自然就會有威嚴靈驗了。張魏公於是上奏請求恢復他的封號。不知道張魏公真的是有這個夢，還是因為一時用兵打仗的需要，假託編造了這個說法。還有梓潼神，極為靈驗。這兩個神似乎割據稱雄東西兩川。大概鬼神要人們用活的動物來祭祀，都是要憑藉這些活的動物的生氣顯靈。古人用鮮血塗抹鐘和塗抹龜都是這個意思。漢卿說，李通說有人射老虎，看見老虎後面有幾個人跟隨著，原來是被老虎咬傷而死的人，生氣還沒有消散所以凝結為這些形象。』黃義剛記述說：『談到請紫姑神吟詩的事，朱子說：有時也能請得紫姑神的正身出現，那家人的小姑娘見了，不知道這是什麼東西。比如衢州有個人侍奉一位神靈，只要把打算問的事開列寫在紙上，而且封好放在神祠前，過一會兒打開封包，紙上自然有回答的話。這不知道是怎樣的？』凡是這種種說法，在黎靖德所編的《朱子語類》中一一都有詳細記載，先生為什麼竟然要誣衊朱子呢？」這個老人要來《朱子語類》觀看，看了很久，沮喪愧疚地說：「朱子還有這樣的書啊！」他憂鬱而默默地走了。但是我還有些懷疑的地方：朱子的主導思想，是說人秉承天地之氣而生，死後那氣就消散回到天地之間。葉賀孫記述中所說的「好像魚在水裡，外面的水便是魚肚裡的水，鱖魚肚裡的水與鯉魚肚裡的水都是一樣的」。這個道理很精闢。然而有關祭祀之禮的道理，是聖人制定的，記載在儒家經典中，這就不得不說先人與子孫因同一種氣相感應，聚集起來而接受祭祀，受祭祀完畢後，祖先的氣仍消散入虛無之中。不知道這股氣消散之後，和元氣渾合為一呢？還是摻雜在元氣之內呢？如果是和元氣混合為一，就好像眾多河流都流歸大海，都成了一海之水，不能夠再使長江、淮河、黃河、漢水的水，再各自聚集到一起了。又如用酸、甜、苦、辣、鹹五種滋味調和成羹湯，共同合成一種滋味，而不能使薑、鹽、醋、醬，再各自聚集在一處。又怎麼能從元氣中分辨出是某人的氣，使各自與他的子孫相通呢？如果摻雜在天地元氣之內，就會像飛揚的塵土四處散開，不知道分解為幾萬億個地方，如同遊絲亂飛，不知道相互分開有幾萬億里。遇到子孫祭祀供奉時去享用，就星星點點、條條縷縷地重新凝聚在一起，這從事理上說難道不是太不近情理了嗎？即使按照先人之氣能夠凝聚來說，這種氣如果沒有知覺，又怎麼能受到子孫感應？怎麼能去享受祭祀？這種氣如果有知覺，知覺又從哪兒產生？如有知覺就應當有心。那麼心依附在什麼地方呢？如果有心就必然有身體。既然有身體，那麼仍然是一個鬼了。而且還沒有凝聚之前，這些億萬個微小的塵埃、億萬條絲縷，每一點塵埃、每條絲縷，都各自有知覺，就不止是有一個鬼了。不過，佛家所說的鬼，在地下潛伏躲藏；儒家所說的鬼，在空中旋轉。佛家的鬼，平日經常存在；儒家的鬼，卻是臨時湊合成的。他們又有什麼可以互相比較取勝的呢？這實在不是才疏學淺的我所能弄明白的了。

【研析】子不語怪力亂神，而朱熹卻在其體系中為鬼神留下一席之地。作者據此駁斥了無鬼之論，卻無法找到佛教之鬼與儒家之鬼的相通之處。這種矛盾，是儒家學說與佛教之間固有的。儘管兩宋以來，儒、釋、道三教合一，但其理論體系中的這種衝突是無法用講故事的形式來解釋的。

孽由己作

烏魯木齊千總❶某，患寒疾。有道士踵門求診，云有夙緣，特相拯也。會一流人❷高某婦，頗能醫，見其方，駭曰：「桂枝❸下嚥，陽盛乃亡。藥病相反，烏可輕試？」力阻之。道士歎息曰：「命也夫！」振衣竟去。然高婦用承氣湯❹，竟愈。皆以道士為妄。余歸以後，偶閱邸抄❺，忽見某以侵蝕屯糧伏法。乃悟道士非常人，欲以藥斃之，全其首領也。此與舊所記兵部書吏事❻相類，豈非孽由自作，非智力所可挽回歟？

【章旨】此章講述了一個因果報應總要兌現，並非人力能夠挽回的故事。

【注釋】❶千總 官名。清代綠營軍制，守備以下有營千總。❷流人 有罪被流放的人。❸桂枝 中藥名。肉桂的細枝。性溫，味辛甘，功能解表散寒、溫經通陽。❹承氣湯 中醫藥方名。❺邸抄 即邸報。中國古代官府用以傳知朝政的文書抄本和政治情報。❻兵部書吏事 參見本書卷三〈死不悛改〉則。

【語譯】烏魯木齊千總某人，得了寒疾。有個道士登門請求為他診治，說是前生有緣分，特地前來相救的。恰好一個被流放的高某的妻子很懂醫道，看見道士開的藥方，吃驚地說：「桂枝熬湯喝下去，會使陽氣過盛而死亡。藥性和病情相反，怎能輕易試用呢？」高某妻子極力阻止千總用道士開的藥方治病。道士歎息說：「這真是命啊！」抖抖衣服就走了。高某的妻子用承氣湯給千總治病，千總服後病就痊癒了。人們都認為道士是錯誤的。我回到京城以後，偶然有次閱讀邸報，忽然看見那個千總因為侵吞貯存的軍糧而被斬首了。這時我才省悟那個道士不是平常人，他想用藥把千總藥死，以這種辦法來保全千總死後可以得個全屍。這件事和我以前記載兵部書吏的事情相類似；這難道不是罪孽由自己作出來，不是人的智力可以挽回的嗎？

【研析】作者講述這個故事，用意在於宣揚因果報應，勸人向善。這是作者撰寫本書的主旨之一，有一定的勸世作用。

紫桃軒硯

姚安公云，人家有奇器妙跡，終非佳事。因言癸巳❶同年牟丈瀜家（不知即牟丈，不知或牟丈之伯叔，幼年聽之未審也。）有一硯，天然作鵝卵形，色正紫，一鸜鵒眼❷如豆大，突出墨池中心，旋螺紋理分明，瞳子炯炯有神氣。拊之，膩不留手。叩之，堅如金鐵。呵之，水出如露珠。下墨無聲，數磨即成濃瀋。無款識銘語，似愛其渾成，不欲椎鑿。匣亦紫檀根所雕，出入無滯，而包裹無纖隙，搖之無聲。背有「紫桃軒」三字，小僅如豆，知為李太僕日華❸故物也（太僕有說部❹名《紫桃軒雜綴》）。平生所見宋硯，此為第一。然後以珍惜此硯忤上官，幾罹不測，竟恚而撞碎。禍將作時，夜聞硯若呻吟云。

【章旨】此章描述了一方奇硯的名貴之處，並因其名貴而遭到毀滅。

【注釋】❶癸巳　即清康熙五十二年，西元一七一三年。❷鸜鵒眼　指端石上的圓形斑點。其大如五銖錢，小如芥子，形如八哥之眼，外有暈。以活而清朗，有黑睛者為貴。宋歐陽修《硯譜》：「端石出端溪……有鸜鵒眼為貴。」鸜鵒，即今八哥鳥。❸李太僕日華　明代文學家。字君實，號竹懶，浙江嘉興人。萬曆進士。官至太僕寺少卿。❹說部　指古代小說、筆記、雜著一類著作。

【語譯】我的父親姚安公說，家裡藏有珍貴的奇妙器具，終究不是好事。他因而說起康熙五十二年同榜考中的牟瀜老先生家裡（我不知道是否就是牟老先生，還是牟老先生的伯伯叔叔，幼年時聽說得不詳細。）有一方硯臺，天然形成的鵝卵形，顏色是純正的紫色，硯臺上有一個鸜鵒眼像黃豆一般大，突出在硯池中心，螺旋狀的紋理清晰分明，像八哥鳥的瞳子炯炯有神氣。用手撫摸這方硯臺，感覺滑膩不粘手。用手敲擊這方硯臺，發出的聲音堅硬得像金屬似的。在這方硯臺上呵氣，水汽凝結在硯池中如同露珠。磨墨時沒有聲音，只要磨幾下就成了濃墨汁了。這方硯臺沒有刻著款識銘文，似乎是因為喜歡這方硯臺的天然渾成，不想雕琢它。硯匣也是用紫檀樹的樹根所雕成的，放硯取硯都很方便，而且硯臺放進硯匣後包裹得嚴絲合縫，沒有一點空隙，搖動硯盒沒有撞擊聲。硯匣背面刻有「紫桃軒」三個字，小得僅像豆子那麼大，由此知道這方硯臺是明代太僕寺少卿李日華的舊物（李日華著有雜記《紫桃軒雜綴》）。我平生見過的宋硯之中，要數這方硯為第一。然而，他後來因為珍惜這方硯臺而得罪了上司，幾乎遭到不測之禍，竟然就生氣地把這方硯臺摔碎了。在災禍將要發生時，夜裡聽到這方硯臺發出好像呻吟的聲響。

【研析】名硯難求。讀書人有一方好硯臺，就會愛若珍寶。但名貴罕有之物也會招來許多窺伺和垂涎，因而給主人帶來不測之禍。如若不信，這方紫桃軒硯就是明證。

新菌

余在烏魯木齊日，城守營都司❶朱君饋新菌❷，守備❸徐君（與朱均偶忘其名。蓋日相接見，惟以官稱，轉不問其名字耳。）因言：昔未達時，偶見賣新菌者，欲買。一老翁在旁，呵賣者曰：「渠尚有數任官，汝何敢為此！」賣者逡巡去。

此老翁不相識，旋亦不知其何往。次日，聞里有食菌死者，疑老翁是社公❹。賣者後亦不再見，疑為鬼求代也。《呂氏春秋》❺稱味之美者越駱之菌，本無毒，其毒皆蛇虺之故，中者使人笑不止。陳仁玉❻《菌譜》❼載水調苦茗白礬解毒法，張華《博物志》、陶宏景❽《名醫別錄》❾並載地漿解毒法，蓋以此也（以黃泥調水，澄而飲之，曰地漿）。

【章旨】本章講述了人誤食菌類會中毒，並介紹了幾種解毒之法。

【注釋】❶都司　清代綠營軍官。職位次於游擊，分領營兵。❷菌　指菌類植物。有些可食用，有些有劇毒。❸守備　官名。清代綠營統兵官，分領營兵，位在都司之下，稱營守備。❹社公　指土地神。❺呂氏春秋　戰國末秦相呂不韋集合門客共同編寫，為雜家代表著作。全書二十六卷，內分十二紀、八覽、六論，共一百六十篇。內容以儒、道思想為主，兼及名、法、墨、農及陰陽家言。彙合先秦各派學說，為當時秦國統一天下、治理國家提供理論依據。❻陳仁玉　字碧棲，南宋仙居（今浙江仙居）人。擢進士第。官至浙東提刑，入直敷文閣。❼菌譜　陳仁玉撰。成書於南宋淳祐五年（一二四五年）。論述台州（今浙江台州地區一帶）十一種菌的生長時期、形狀和色味等。❽陶宏景　南朝齊梁時期道教思想家、醫學家。字通明，自號華陽隱居，丹陽秣陵（今南京）人。仕齊拜左衛殿中將軍。入梁，隱居句曲山（茅山）。武帝禮聘不出，但朝廷大事輒就諮詢，時人稱為「山中宰相」。卒謚貞白先生。❾名醫別錄　陶宏景著。已佚。清人黃鈺輯為一卷。有《陳修園醫書》本。

【語譯】我在烏魯木齊的時候，該城守營都司朱先生送給我一些新鮮的菌類，守備徐先生（他和朱先生的名字，我都偶然忘記了。因為當時互相見面，只是稱呼官銜，反而沒有問他們的名字。）就講了一件事：從前他還沒有做官時，有一次看到有人賣新鮮的菌類，就想買來吃。有個老頭在旁邊呵罵那賣菌類的人說：「他還有幾任官職，你怎麼敢賣這種東西給他！」賣菌類的人徘徊一下就走了。徐先生和這個老頭並不認識，隨後也不知道他到哪裡去了。第二天，聽說鄉里有人吃了菌類中毒而死，因而懷疑那個老頭是土地神。那個賣菌類的人後來也沒有再看見過，懷疑是鬼來尋找替代的人。《呂氏春秋》說，味道最鮮美的是越駱地區的菌類，本來沒有毒，它的毒性都是因為有毒蛇毒蟲爬上去沾汙的，中毒後會使人狂笑不停。陳仁玉所撰寫的《菌譜》記載用水調苦茶白礬可以解菌毒的方法。張華撰寫的《博物志》、陶宏景撰寫的《名醫別錄》都記載用地漿解毒的方法，都是因為有毒菌使人中毒的緣故（用黃泥調水，澄清後而飲用，叫做地漿）。

【研析】古人已經知道一些菌類有毒，只是還不清楚這些菌類有毒的原因。魏晉南北朝以來，人們已在探索解毒之法，並有醫方傳世。作者遍覽歷代典籍，從中摘引數種解毒之方，雖沒有首倡之功，卻也有爬梳鉤沉之力。

氣機所感，妖魅應之

親串家廳事之側有別院，屋三楹。一門客每宿其中，則夢見男女裸逐，粉黛雜沓，四圍環繞，備諸媟狀。初甚樂觀，久而夜夜如是，自疑心病也。然移往他室則不夢，又疑為妖。然未睡時寂無影響，秉燭至旦，亦無見聞。其人亦自相狎戲，如不睹旁尚有人，又似非魅，終莫能明。一日，忽悟書廚貯牙鐫石琢橫陳像凡十餘事，祕戲[1]冊卷大小亦十餘事，必此物為祟。乃密白主人盡焚之。有知其事者曰：「是物何能為祟哉？此主人徵歌選妓之所也，氣機❷所感，而淫鬼應之。此君亦青樓❸之狎客也，精神所注，而妖夢通之。水腐而後蠛蠓❹生，酒酸而後醯雞❺集，理之自然也。市肆鬻雜貨者，是物不少，何不一一為祟？宿是室者非一人，何不一一入夢哉？此可思其本矣。徒焚此物，無益也。」某氏其衰乎！不十歲，而屋易主。

【章旨】此章講述了一戶人家衰敗氣機初露，就有妖魅應之的故事。

【注釋】❶祕戲　指男女性交淫戲。❷氣機　中醫學名詞。指人體內氣的正常運行，包括經絡、臟腑的功能活動。❸青樓　指妓院。❹蠛蠓　小蟲名。會飛，夏天為多。❺醯雞　小蟲名，即蠛蠓。古人誤以為是酒醋上的白黴變成，故名。

【語譯】親戚家客廳旁邊有一座別院，院內有三間屋子。有個門客每次在屋子裡住宿，就會夢見一群男女赤身裸體互相追逐遊戲，女人們紛亂來去，四周環繞，做出種種不堪入目的淫態。這個門客最初時還很喜歡看，久而久之夜夜都做這種夢，他就懷疑自己得了心病。但他搬到另外房間去住就不做這種夢了，所以又懷疑是妖魅作祟。然而他沒有睡著的時候，周圍寂靜毫無動靜，點著蠟燭等到天亮，也沒有看見聽到什麼。夢中的這些人也只顧自己互相淫樂，好像沒有看見旁邊還有人，這樣又不像妖魅作祟，這件事始終也沒弄明白。有一天，這個門客忽然想起書櫥裡收藏著牙雕石刻的各種裸體淫態的男女人像十幾件，畫有男女做愛圖畫的畫卷十幾冊，一定是這些物品在作祟。他就悄悄地告訴主人把這些物品都焚毀了。有知道這件事的人說：「這些物品怎麼能作祟呢？這個地方是主人徵召挑選歌妓的地方。由於氣機感應，因而淫鬼就前來響應。這個門客也是妓院的嫖客，他的精神關注在這方面，所以妖魅就與他在夢中相通。水腐敗而後才會有小蟲滋生，酒變酸而後小蟲才會飛來聚集，這是自然的道理。集市上賣雜貨的地方，這種東西並不少見，為什麼不會一個個都作祟呢？住過這間屋子的並非只有他一個人，為什麼不是每個人都做這種夢呢？這就可以思考這種情況發生的根本原因了。僅僅焚燒了這些東西，沒有什麼用的。這戶人家大概要衰敗了！」不到十年，這幢房子就換了主人。

【研析】古人常言「一葉落而知秋」，是要人們關注事物隱微的徵兆，才能防微杜漸，避免大災大難。本文所說的「氣機所感，而淫鬼應之」，就是說這家主人性好淫戲，才會招來淫鬼作祟。作者通過這個故事來告誡世人，想必也是這個道理。

老僧論微服私訪

明公恕齋，嘗為獻縣❶令，良吏也。官太平府❷時，有疑獄，易服自察訪之。偶憩小庵，僧年八十餘矣，見公合掌肅立，呼其徒具茶。徒遙應曰：「太守❸且至，可引客權坐別室。」僧應曰：「太守已至，可速來獻。」公大駭曰：「爾何以知我來？」曰：「公一郡之主也，一舉一動，通國皆知之，寧獨老僧！」又問：「爾何以識我？」曰：「太守不能識一郡之人，一郡之人則孰不識太守。」問：「爾知我何事出？」曰：「某案之事，兩造皆遣其黨，布散道路間久矣，彼皆陽❹不識公耳。」公憮然自失，因問：「爾何獨不陽不識？」僧投地膜拜❺曰：「死罪死罪！欲得公此問也。公為郡不減龔、黃❻，然微不慊於眾心者，曰好訪。此不特神奸巨蠹，能預為蠱惑計也；即鄉里小民，孰無親黨，孰無恩怨乎哉？訪甲之黨，則甲直而乙曲；訪乙之黨，則甲曲而乙直。訪其有仇者，則有仇者必曲；訪其有恩者，則有恩者必直。至於婦人孺子，聞見不真；病媼衰翁，語言昏憒，又可據為信讞乎？公親訪猶如此，再寄耳目❼於他人，庸有幸乎？且夫訪之為害，非僅聽訟為然也，閭閻❽利病，訪亦為害，而河渠堤堰為尤甚。小民各私其身家，水有利則遏以自肥❾，水有患則鄰國為壑❿，是其勝算矣。孰肯揆⓫地形之大局，為永遠安瀾之計哉？老僧方外⓬人也，本不應預世間事，況官家事耶。第佛法慈悲，捨身濟眾，苟利於物，固應冒死言之耳。惟公俯察焉。」公沉思其語，竟不訪而歸。次日，遣役送錢米。歸報曰：「公返之後，僧謂其徒曰：『吾心事已畢。』竟泊然逝矣。」此事楊文汝川嘗言之，姚安公曰：「凡獄情虛心研察，情偽乃明，信人信己皆非也。信人之弊，僧言是也；信己之弊，亦有不可勝言者。安得再一老僧，亦為說法乎！」

【章旨】此章講述了一位老僧論述官員微服私訪之弊端的故事。

【注釋】❶獻縣　即今河北獻縣。❷太平府　治所在今安徽當塗。❸太守　官名。本為戰國時郡守的尊稱。明清則專以稱知府。❹陽　通「佯」。假裝。❺膜拜　舉手加額，長跪而拜。為表示極端恭敬或畏服的行禮式。❻龔黃　即龔遂和黃霸。龔遂，字少卿，西漢山陽南平陽（今山東鄒縣）人。為渤海太守數年，開倉借糧，獎勵農桑，獄訟減少，農民歸田。黃霸，字次公，西漢淮陽陽夏（今河南太康）人。宣帝時任揚州刺史，潁川太守，為政外寬內明。後為御史大夫、丞相，封建成侯。後世把他與龔遂作為「循吏」的代表，稱為「龔黃」。❼再寄耳目　再加上拜託他人做耳目。❽閭閻　里巷，指民間。❾遏以自肥　只要水對自己有利，就會截水路來灌溉自己的田地。❿鄰國為壑　如果水對自己有害，就會把水放入別人的田地，使它變成溝壑。⓫揆　度量；揣度。⓬方外　世外，謂超然於世俗禮教之外。

【語譯】明恕齋先生曾經擔任獻縣縣令，是位能幹的好官。他在擔任太平府知府時，因為有一件疑難案子，就換上便服親自去察訪。他偶然到一座小廟休息，這座小廟的僧人已經八十多歲了，看見明恕齋先生就合掌肅立，吩咐自己的徒弟準備茶水。那個徒弟在遠處應聲回答說：「太守就要到了，可以先把客人帶到另外房間稍坐。」老僧回答說：「太守已經到了，趕快送上茶來！」明恕齋先生大吃一驚說：「你怎麼會知道我會來呢？」老僧說：「您是一郡的長官，一舉一動，全郡都知道，何止老僧我一人呢！」明恕齋先生又問：「你怎麼會認識我？」老僧回答說：「太守不能認識一郡所有的人，但一郡的人誰不認識太守！」明恕齋先生說：「你知道我為什麼事情出來的嗎？」老僧回答說：「某件案子的事情，雙方當事人都派了自己黨羽，分散在街市道路上已經很長時間了，他們都假裝不認識您罷了。」明恕齋先生恍然若有所失，因而問他說：「你為什麼卻獨自不假裝不認識我呢？」老僧急忙跪下叩頭行禮說：「死罪死罪！我就想等大人您問這個問題呢。您擔任太守處理政務不比漢代名臣龔遂、黃霸遜色。但是大家心中略有不滿的，是您喜好微服私訪。這樣，不僅使那些大奸大惡的人能夠預先制定迷惑您的詭計，即使是鄉里小老百姓，誰沒有親朋好友，誰沒有恩恩怨怨呢？察訪到甲的朋友同黨，那麼就說甲是對的而乙是錯的；察訪到乙的朋友同黨，那麼就說甲是錯的而乙是對的。察訪那些與當事人有仇的人，那麼當事人肯定是錯的；察訪那些受到當事人恩惠的人，那麼當事人肯定是對的。至於婦女小孩，所見所聞不夠真實；有病的老太太和年高體弱的老頭，說話糊塗混亂，又怎麼可以作為定案的根據呢？您親自訪查尚且還是這樣，再委託其他人去訪查，怎麼會得到準確的情況呢？而且，私訪的弊端，不僅僅體現在訴訟判案上，在百姓之間的利弊上，私訪也是有害的，而在修河渠、築堤壩上尤為嚴重。小老百姓各自維護自身利益，當河水有利於自己時，他就阻斷水流灌溉自己的田地；當河水成災對他不利時，他就把鄰里當成溝渠放水淹人家的地，這就是他們的如意算盤。誰肯根據地勢的高低遠近，作永遠免除水災的長期打算呢？老僧我是世外之人，本來不應該過問人世間的事情，何況是官府的公事呢！但是因為佛法慈悲，捨身幫助眾人，如果有利於天下人世，我就應該冒著死罪講出來。希望您能夠明察。」明恕齋先生深入思考老僧的一番話，竟然沒有私訪就返回衙門了。第二天，明恕齋先生派差役給老僧送錢和糧食。差役回來報告說：「大人返回之後，這位老僧對自己徒弟說：『我的心事已經了結。』就淡然恬靜地去世了。」這件事，楊汶川老先生曾說過。姚安公說：「凡是審案判案，對案情要虛心研究調查，案情的真偽就會明瞭；只相信別人或只相信自己都是不對的。只相信別人的弊病，老僧說得很對；只相信自己的弊病，也有說不完的地方。真希望還能再出現一位老僧，也來為我們說法講清楚啊！」

【研析】這位老僧論述了官員微服私訪之害，發人深省。曾任獻縣縣令的明晟（恕齋），數見於本書，是作者推崇的清官循吏。他深入民間了解下情，本應得到讚許，卻引來一番振聾發聵的議論。明晟從善如流，並不因老僧的冒犯而發怒，確實有一位循吏的度量。古人說：「兼聽則明，偏聽則暗。」官員的微服私訪，本來就是想聽到百姓的心聲。但如果百姓早有準備，訪查的對象又失之偏頗，那麼訪查所得的結論自然不會公正。老僧之言，今天也有其意義。

書生與詩魂

舅氏健亭張公言：讀書野雲亭時，諸同學修禊❶佟氏園。偶扶乩召仙，共請姓名。乩題曰：「偶攜女伴偶閒行，詞客何勞問姓名？記否瑤臺❷明月夜，有人嗔喚許飛瓊❸。」再請下壇詩❹。乩又題曰：「三面紗窗對水開，佟園還是舊樓臺。東風吹綠池塘草，我到人間又一回。」眾竊議詩情淒惋，恐是才女香魂；然近地無此閨秀，無乃煉形拜月之仙姬乎？眾情顛倒，或凝思佇立，或微詞通詞。乩忽奮迅大書曰：「衰翁憔悴雪盈顛，傳粉熏香看少年。偶遣諸郎作痴夢，可憐真拜小嬋娟。」復大書一「笑」字而去。此不知何代詩魂，作此狡獪；要亦輕薄之意，有以召之。

【章旨】此章講述一群學生請乩仙降壇，因舉止輕薄，遭到乩仙嘲弄的故事。

【注釋】❶修禊　古代習俗，於農曆三月三日，到水邊嬉遊，以消除不祥。❷瑤臺　仙人的居處。❸許飛瓊　傳說中王母娘娘的侍女。❹下壇詩　由乩仙降壇題寫的詩。

【語譯】我的舅舅張健亭先生說：他在野雲亭讀書時，同學們到佟氏花園舉行修禊活動。偶爾有人扶乩請來仙人，大家共同請問仙人姓名。乩仙題寫說：「偶爾攜女伴偶爾得閒而行，詞客何必勞動詢問姓名？曾記否瑤臺明月之夜，有人含嗔呼喚許飛瓊。」大家再請乩仙一首下壇詩，乩仙又題寫道：「三面紗窗對著湖水而開，佟園還是舊時樓臺。東風吹綠池塘邊的小草，我來到人間又是一回。」大家私下議論，認為詩歌的意境情調淒婉動人，恐怕來的是才女的香魂；然而，大家又想到附近沒有這樣的大家閨秀，難道是在這裡煉形拜月的仙姬嗎？眾人都神魂顛倒，有的人呆立著沉思，有的人稍稍說些調情挑逗的話。乩仙忽然奮筆疾書大字說：「衰敗的老頭十分憔悴頭髮已經白了，搽粉熏香來看少年。偶爾差遣各位少年郎君作番痴夢，可憐真會膜拜小嬋娟。」乩仙又大大寫了一個「笑」字就回去了。這位乩仙不知道是哪個朝代的詩魂，竟會與大家開了這樣一個狡猾的大玩笑；大概也是大家請乩仙時就有輕薄之意，所以這也是大家自己召來的。

【研析】書生輕薄，召來一頓嘲諷。嘲諷書生者不是乩仙，而是扶乩之人。只是眾書生沉湎此中而不自知，只想著香魂幽靈，而全忘了自重和自制。

壺盧狐女

胡厚庵先生言：有書生昵一狐女，初遇時，以二寸許壺盧❶授生，使佩於衣帶，而自入其中。欲與晤，則拔其楔，便出嫣婉，去則仍入而楔之。一日，行市中，壺盧為偷兒剪去。從此遂絕，意恆悵悵。偶散步郊外，以消鬱結，聞叢翳❷中有相呼者，其聲狐女也。就往與語，匿不肯出，曰：「妾已變形，不能復與君見矣。」怪詰其故。泣訴曰：「採補❸煉形❹，狐之常理。近不知何處一道士，又搜索我輩，供其採補。捕得禁以神咒，即僵如木偶，一聽其所為。或有道力稍堅，吸之不吐者，則蒸以為脯。血肉既啖，精氣亦為所收。妾入壺盧蓋避此難，不意仍為所物色，攘之以歸。妾畏罹湯鑊❺，已獻其丹，幸留殘喘。然失丹以後，遂復獸形，從此煉形又須二三百年，始能變化。天荒地老，後會無期；感念舊恩，故呼君一訣。努力自愛，毋更相思也。」生憤恚曰：「何不訴於神？」曰：「訴者多矣。神以為悖入悖出，自作之愆；殺人人殺，相酬之道，置不為理也。乃知百計巧取，適以自戕。自今以往，當專心吐納❻，不復更操此術矣。」此事在乾隆丁巳、戊午❼間，厚庵先生曾親見此生。後數年，聞山東雷擊一道士，或即此道士淫殺過度，又伏天誅歟？螳螂捕蟬，黃雀在後，挾彈者又在其後，此之謂矣。

【章旨】此章講述了一個狐女為逃避道士劫奪而躲進葫蘆，與書生相愛，但最終難逃道士毒手。道士強取豪奪，惡貫滿盈而終遭天誅的故事。

【注釋】❶壺盧　即葫蘆。❷叢翳　草木茂密相互遮蔽。指草木茂盛。❸採補　汲取他人元氣、精血以補益己身。❹煉形　修煉形體。一般指狐狸精經過修煉，可以由獸身變為人身。❺湯鑊　古代的一種酷刑，把人投入滾湯中煮死。湯，滾水。鑊，無足大鼎。❻吐納　中國古代的一種養生方法。即把肺中的濁氣盡量從口中呼出，再由鼻孔緩慢地吸進清新的空氣，使之充滿肺部。古人叫做「吐故納新」。❼朝隆丁巳戊午　即清乾隆二、三年。西元一七三七年、一七三八年。

【語譯】胡厚庵先生說：有位書生親昵一個狐女，最初相遇時，狐女把一隻二寸多長的葫蘆交給書生，讓他佩掛在衣帶上，而自己鑽入葫蘆裡安身。書生想與狐女見面時，拔出葫蘆的塞子，狐女就出來和書生親熱一番。書生與狐女分離時，狐女就仍然鑽入葫蘆裡，書生再用塞子塞上。有一天，書生行走在集市上，這個葫蘆被小偷剪斷衣帶偷走了。從這以後，狐女就斷絕了蹤跡，書生心裡總是怏怏不樂。書生偶然在郊外散步，以消除心中的鬱悶，聽到草叢中有人呼喚自己，那聲音是狐女發出的。書生就過去和她說話，她卻藏匿著不肯出來，說：「我已經變了模樣，不能再和您見面了。」書生奇怪地問她是什麼原因，狐女哭著訴說道：「通過採補來修煉形體，是狐狸精常用的方法。近來不知道從哪裡來了一個道士，又搜索尋找我們狐狸精，供他採補精氣之用。他捕獲我們狐狸精後，就用神咒禁制我們，我們就僵硬得像木偶一樣，只能聽憑他為所欲為。有的道行高一些的狐狸精，道士吸不出牠的內丹來，道士就把牠蒸熟做成肉乾。這個狐狸精的身軀被他吃掉了，精氣也就被他吸收了。我躲進葫蘆裡就是為了逃過這場災難，沒有想到仍然被道士找到了，把我抓了回去。我怕遭到蒸煮的災禍，就把自己已經煉成的內丹獻了出來，僥倖留下性命。然而，我失去內丹之後，就回復成野獸的模樣，從今以後修煉形體又要二三百年，才能夠變化形體。即便天荒地老，我們也沒有再相見的日子了；我感念我們過去的恩愛，所以呼喚您來訣別。希望您努力保重，不要再思念我了。」書生憤怒地說：「你為什麼不向神仙控訴呢？」狐女說：「控訴的人很多。但神仙認為來路不正的東西又被人搶走，是自作自受的結果；殺人者又被人殺，就是相互報應的道理，所以擱置一邊不予審理。我因此知道千方百計巧取豪奪，最終只會害了自己。從今以後，我要專心修煉吐納術，不再使用採補術了。」這件事發生在乾隆二、三年間，胡厚庵先生曾經親眼見過這個書生。過了幾年，聽說山東有個道士被雷擊死，或許就是這個道士因為淫殺過度，而被上天誅殺吧？螳螂捕蟬，黃雀在後，拿著彈弓的人又在黃雀之後，說的就是這個道理。

【研析】狐女與書生相愛，卻慘遭道士毒手。訴諸於神靈，神靈卻置不為理。難道非要弱者冤冤相報來了結？作者為宣揚因果報應，講述的這些故事，雖說惡人終獲報應，但來的未免太晚了些。

鎮魔木人

從弟東白宅，在村西井畔。從前未為宅時，繚以周垣，環築土屋。其中有屋數間，夜中輒有叩門聲。雖無他故，而居者恆病不安。一日，門旁牆圮，出一木人，作張手叩門狀，上有符籙。乃知工匠有嗛❶於主人，作是鎮魘❷也。故小人不可與輕作緣，亦不可與輕作難。

【章旨】此章講述了一個工匠為報復主人而製造鎮魘木人嚇唬人的故事。

【注釋】❶嗛　懷恨。❷鎮魘　指製造妖魅之狀嚇唬人。

【語譯】我堂弟紀東白的住宅，座落在村子西面的水井旁。從前沒有建造這座住宅時，這裡圍著一圈院牆，沿著院牆建造了一些土屋。其中有幾間土屋，半夜常聽到有敲門的聲音。雖然沒有其他變故，然而居住在裡面的人總是因為害怕而不得安生。一天，土屋門旁邊的牆壁倒塌，露出一個木頭人來，作著舉手敲門的形狀，身上還畫有符籙。人們這才知道是工匠對主人有怨恨，於是做了這個木頭人來嚇唬人。所以說，不能輕易和小人結交，也不可以輕易得罪他們。

【研析】古人相信通過某些方法可以使土人木偶與人的生死病痛發生聯繫。如《紅樓夢》中就有類似情節。今人自然不會相信這種所謂的鎮魘之法。但作者文章末尾告誡讀者，不要輕易與小人結交，也不要輕易得罪小人。看來這是作者宦海數十年得出的肺腑之言，值得關注。

恃術失勢，取敗也宜

何子山先生言：雍正初，一道士善符籙。嘗至西山極深處，愛其林泉，擬結庵習靜。土人言是鬼魅之巢窟，伐木採薪，非結隊不敢入，乃至狼虎不能居，先生宜審。弗聽也。俄而鬼魅並作，或竊其屋材，或魘❶其工匠，或毀其器物，或汙其飲食。如行荊棘中，步步掛礙。如野火四起，風葉亂飛，千手千目，應接不暇也。道士怒，結壇召雷將❷。神降則妖已先遁，大索空山無所得。神去，則數日復集。如是數回，神惡其瀆，不復應。乃一手結印❸，一手持劍，獨與戰，竟為妖所踣，拔鬚敗面，裸而倒懸。遇樵者得解，狼狽逃去。道士蓋恃其術耳。夫勢之所在，雖聖人不能逆；黨之已成，雖帝王不能破。久則難變，眾則不勝誅也。故唐去牛、李之傾軋❹，難於河北之藩鎮❺。道士昧眾寡之形，客主之局，不量力而攖其鋒，取敗也宜矣。

【章旨】此章講述了一個道士依仗法術而不顧形勢，碰得頭破血流，以失敗告終的故事。

【注釋】❶魘 夢魘。夢中遇可怕的事而呻吟、驚叫。俗稱做惡夢。❷雷將 雷神。古代神話中的司雷之神。❸結印 拿著鎮妖的符印。❹牛李之傾軋 唐代穆宗至宣宗年間，大臣李德裕和牛僧孺、李宗閔有怨，互結朋黨，爭權傾軋，史稱「牛李黨爭」。❺河北之藩鎮 唐朝安史之亂後，在河北的三個藩鎮：盧龍、成德、魏博坐大，而朝廷也為之束手。

【語譯】何子山先生說：雍正初年，有個道士善於用符籙。他曾經來到北京郊外西山極其幽深的地方，喜歡那裡的樹林山泉，打算在那裡建造庵堂修習靜養。當地人說那裡是鬼怪的巢穴，本地人伐木砍柴，不是成群結隊就不敢進那裡去，甚至豺狼虎豹都不能居留，希望道士應該審慎些。道士沒有聽當地人的意見。不久，鬼怪妖魅一起作怪，有的偷竊道士建屋子的材料，有的夢魘建房的工匠，有的毀壞道士的器具物品，有的弄髒道士的食物。使得道士就像在荊棘叢中走路，步步都受到阻礙。又像野火四面燒起，風吹樹葉亂飛，即使道士有一千隻手一千隻眼睛，也應接不暇。道士極為憤怒，設壇作法召請雷部神將。等到雷神降臨時，妖怪早已先逃跑了，雷神在空蕩蕩的山谷中大肆搜索，一無所獲。雷神離去後，過了幾天那些妖怪又重新聚集在這裡了。這樣反覆了幾次，雷神怪罪道士褻瀆神靈，不再答應他的請求。於是道士一手拿著符印，一手拿著劍，獨自一人與妖魅鬼怪打鬥，竟然被妖魅鬼怪打倒在地，還拔掉鬍鬚，打得鼻青眼腫，剝光衣服被倒掛在樹上。幸虧遇到來打柴的人，才把道士解救下來，道士這才狼狽逃走了。道士大概是依仗自己有法術罷了。但在大勢所趨的情況下，即使是聖人也不能逆勢而行；朋黨已經形成，即使帝王也不能破壞。積習長久就難以改變，人數眾多就難以全部誅殺掉。因此唐代要消滅牛李的黨爭，其難度超過平息河北的藩鎮。道士不明白眾寡懸殊的形勢，不分辨客勞主逸的局面，不自量力而去觸犯其鋒芒，自取失敗也是應該的。

【研析】大勢所趨，常人難以阻擋。道士妄想憑一己之力逆勢而行，無疑螳臂當車。上下五千年，類似的事例太多了，無須贅言。作者講述這個故事，無非是想告誡讀者，凡事不能逆勢而行。要平息事端，必須在其萌芽狀態。否則事倍功半，難以收到效果。

僧盜之巧詐

小人之計萬變，每乘機而肆其巧。小時，聞村民夜中聞履聲，以為盜，秉炬搜捕，了無形跡。知為魅也，不復問。既而胠篋者❶知其事，乘夜而往。家人仍以為魅，偃息弗省，遂飽所欲去，此猶因而用之也。邑有令❷，頗講學❸，惡僧如仇。一日，僧以被盜告。庭斥之曰：「爾佛無靈，何以廟食❹？爾佛有靈，豈不能示報於盜，而轉瀆官長耶？」揮之使去，語人曰：「使天下守令❺用此法，僧不沙汰❻而自散也。」僧固黠甚，乃陽與其徒修懺❼祝佛，而陰賂丐者，使捧衣物跪門外，狀若痴者。皆曰佛有靈，檀施轉盛。此更反而用之，使厄我者助我也。人情如是，而區區執一理與之角，烏有幸哉！

【章旨】此章講述了一個盜賊和一位僧人分別利用人們心理而獲取好處的故事。

【注釋】❶胠篋者　指盜賊。胠篋，撬開箱篋。❷令　指縣令。一縣的行政長官。❸頗講學　很喜歡講道學。❹廟食　指死後受人奉祀，在廟中享受祭饗。❺守令　指太守、刺史、縣令等地方官。❻沙汰　淘汰。❼修懺　指僧尼為人表示悔過所作的禮禱。亦指拜禱懺悔時所念的經。

【語譯】小人的計謀千變萬化，每當有可乘之機而就極力施展他們的機巧。我小時候聽說有戶村民家中半夜聽到腳步聲，以為是盜賊，就拿著火把到處搜捕，沒有發現任何蹤跡。大家知道是妖魅作怪，也就不再找了。不久，有個小偷知道這件事，就趁著夜晚去這戶人家偷竊。這戶人家仍然以為是妖魅，就只顧睡覺而不去理睬，於是這個小偷就飽飽地滿載而去了，這件事還是借村民的心理加以利用而做成的。有個縣令很喜歡講道學，憎恨和尚如同仇人一樣。有一天，和尚以被偷盜向官府報告，縣令當堂訓斥和尚說：「如果你供奉的佛祖沒有靈驗的話，憑什麼得到廟宇的供奉？如果你供奉的佛祖有靈驗的話，怎麼不能夠在盜賊身上顯示報應，卻轉而要來麻煩長官呢？」縣令揮手讓和尚離去，對旁人說：「如果讓天下的太守、縣令等地方官都用這種辦法，和尚不用淘汰就會自動解散了！」這個和尚本來就很狡猾，於是表面上和自己的徒弟們虔誠地敬佛祈禱懺悔，而暗中賄賂一個乞丐，讓他捧著衣物跪在廟門外，樣子像痴呆傻子一樣。人們都說這座寺廟佛祖有靈驗，前來布施的人反而越來越多。這就是將壞事反過來加以利用的例子，使得本來想害我的人變成幫助我的人。世道人情就是這樣，而僅僅偏執一理與人爭高下，怎麼會有好處呢！

【研析】揣摩人們心理，因勢利導而獲取好處，這是世間小人常用的手法，不足為奇。作者卻因此告誡世人，不要偏執一理，以免吃虧。作者之說未免世故。是否作者也曾有過類似的教訓，有感而發，才會有如此議論？

憤激為厲

張某、瞿某，幼同學，長相善也。瞿與人訟，張受金，刺得其陰謀，洩於其敵。瞿大受窘辱，銜之次骨；然事密無左證❶，外則未相絕也。俄張死，瞿百計娶得其婦。雖事事成禮，而家庭共語，則仍呼曰張幾嫂。婦故樸愿❷，以為相憐相戲，亦不較也。一日，與婦對食，忽躍起自呼其名曰：「瞿某，爾何太甚耶！我誠負心，我婦歸汝，足償矣。爾必仍呼嫂何耶？婦再嫁常事，娶再嫁婦亦常事。我既死，不能禁婦嫁，即不能禁汝娶也。我已失朋友義，亦不能責汝娶朋友婦也。今爾不以為婦，仍繫我姓呼為嫂，是爾非娶我婦，乃淫我婦也。淫我婦者，我得而誅之矣。」竟顛狂數日死。夫以直報怨，聖人不禁。張固小人之常態，非不共之仇也。計娶其婦，報之已甚矣；而又視若倚門婦❸，玷其家聲，是已甚之中又已甚焉。何怪其憤激為厲哉！

【章旨】此章講述了兩個好友，其中一人為金錢出賣朋友，而另一人報復又太過分，遂招致報應而喪命的故事。

【注釋】❶左證　證據；證實。❷樸愿　樸實忠厚。❸倚門婦　指妓女。

【語譯】張某和瞿某，年幼時是同學，長大了成為好朋友。瞿某與別人打官司，張某接受別人的金錢，打探到瞿某的陰謀，洩露給瞿某的敵人。瞿某大大地吃虧受辱，對張某恨之入骨；然而張某做這件事非常隱祕而沒有證據，所以表面上瞿某並沒有與張某絕交。不久張某死了，瞿某千方百計娶了張某的妻子。雖然說婚事的每個環節都合乎禮儀，但在家裡和妻子說話時，瞿某仍然稱呼她為張幾嫂。這個女人原本樸實忠厚，認為瞿某或是憐憫或是開玩笑，也不計較。有一天，瞿某和妻子面對面吃飯，突然跳起來自己喊著自己的名字說：「瞿某，你為什麼要這樣欺人太甚！我確實是負心，我的妻子歸了你，也足夠補償了。你一定要仍舊稱呼她為張幾嫂是為什麼呢？女人再嫁是平常事，娶再嫁的女人也是平常事。既然我死了，不能禁止妻子改嫁，就不能禁止你娶她。我已經失去了朋友間的情義，也不能責備你娶了朋友的妻子。如今你不把她當成妻子，仍然用我的姓稱呼她為張幾嫂，這就是說，你並沒有娶我的妻子，而是姦淫我的妻子了。姦淫我妻子的人，我就可以殺死他！」瞿某竟然因此癲狂了幾天就死了。按照正當的方法去報復怨仇，聖人並不禁止。張某的作為本來就是小人常有的情態，並非不共戴天之仇。瞿某用計娶了他的妻子，報復張某已經太過分了；而又把這女人看作是賣淫的妓女，玷汙張家的名聲，這是過分之中又太過分了。怎麼能夠責備張某憤激變成厲鬼進行報復呢！

【研析】瞿某與張某兩人之間，既無情更無義。北宋大文豪歐陽脩曾將朋友分為「君子之朋」和「小人之朋」，君子之朋以道義相交，而小人之朋則是以利相交。張某失義在先，瞿某報復雖屬正當，但也應受到約束，不能因此而胡作非為。作者對瞿某、張某都十分鄙薄，並不因瞿某之死而略加同情。

惡少懺悔改過

一惡少感寒疾，昏憒中魂已出舍，悵悵無所適。見有人來往，隨之同行。不覺至冥司❶，遇一吏，其故人也。為檢籍良久，蹙額曰：「君多忤父母，於法當付鑊湯獄❷。今壽尚未終，可且反，壽終再來受報可也。」惡少惶怖，叩首求解脫。吏搖首曰：「此罪至重，微我難解脫，即釋迦牟尼亦無能為力也。」惡少泣涕求不已。吏沉思曰：「有一故事，君知乎？一禪師登座，問：『虎頷下鈴，何人能解？』❸眾未及對，一沙彌曰：『何不令繫鈴人解。』得罪父母，還向父母懺悔，或希冀可免乎！」少年慮罪業深重，非一時所可懺悔。吏笑曰：「又有一故事，君不聞殺豬王屠，放下屠刀，立地成佛❹乎？」遣一鬼送之歸，霍然遂愈。自是洗心滌慮，轉為父母所愛憐。後年七十餘乃終。雖不知其果免地獄否，然觀其得壽如是，似已許懺悔矣。

【章旨】此章講述了一個惡少懺悔改過而得到善終的故事。

【注釋】❶冥司　陰間地府。❷鑊湯獄　比喻水深火熱的處境。鑊，無足大鼎。湯，滾水。鑊湯，佛經所說十八地獄之一。用以烹罪人。❸一禪師登座四句　所用典故即「解鈴繫鈴」。本佛教禪宗語。比喻誰做的事有了問題，仍需誰去解決。《指月錄》卷二三〈法燈〉：「金陵清涼泰欽法燈禪師在眾日，性豪爽，不事事，眾易之。法眼獨契重，眼一日問眾：『虎項金鈴，是誰解得？』眾無對。師適至，眼舉前語問，師曰：『繫者解得。』」❹放下屠刀二句　本佛家語，調停止作惡，立成正果。後藉以喻改惡得善之速。《景德傳燈錄》卷二五〈法安濟慧禪師〉：「要似他廣額凶屠，拋下操刀，便證阿羅漢果。」

【語譯】有個惡少年患了寒病，昏昏沉沉中靈魂已經離開了肉體，茫茫然不知道往哪裡去。他看見有人來來往往，就跟隨著他們一起走。他不知不覺中來到陰間衙門，遇見一個衙吏，是他的熟人。這個衙吏為惡少年查閱檔案查了很久，皺著眉頭說：「你多次頂撞違抗父母，按法律應當交付湯鑊地獄。如今你的陽壽還沒有完，可以暫時回去，壽終之日再來接受報應好了。」這個惡少年驚惶害怕，跪下叩頭請求衙吏幫忙解脫。衙吏搖著頭說：「這種罪行最嚴重，不僅我難以解脫，即使是佛祖釋迦牟尼也是無能為力的。」這個惡少年哭泣著哀求不止，衙吏沉思著說：「有一個故事，你聽說過嗎？有位禪師登座說法，問道：『老虎脖子下的鈴鐺，誰人能解除下來？』大家還沒有來得及回答，一個小和尚說：『為什麼不叫繫鈴的人去解呢！』你得罪了父母，還是向父母懺悔，或許有希望可以免罪吧！」這個惡少年擔心過去罪業太深重，並非一時所能懺悔的。衙吏又笑著說：「又有一個故事，你沒有聽說過殺豬的王屠夫，放下屠刀，就立地成佛了嗎？」衙吏派一個鬼把這個惡少年送回家，他的病忽然間就痊癒了。從此以後，這個少年洗心革面，反而得到父母的喜愛。後來，這個少年活到七十多歲才去世。雖然不知道他是否真的免除了下地獄的報應沒有，然而看到他得到這樣長的壽命，似乎已經允許他懺悔了。

【研析】惡少頂撞父母，犯下不孝之罪。但禪宗允許人們改過自新，即使犯下彌天大罪，也有自新之路。

惡少通過自己的努力，得以善終。作者講述這個故事，拳拳勸善之心，讀者當能體會。

論儒佛兩教

許文木言：老僧澄止，有道行。臨歿，謂其徒曰：「我持律精進，自謂是四禪天人❶。世尊❷嗔我平生議論，好尊佛而斥儒，我相❸未化，不免仍入輪迴❹矣。」其徒曰：「崇奉世尊，世尊反嗔乎？」曰：「此世尊所以為世尊也。若黨同而伐異，揚己而抑人，何以為世尊乎？我今乃悟，爾見猶左耳。」因憶楊槐亭言：乙丑❺上公車❻時，偕同年數人行。適一僧同宿逆旅，偶與閒談。一同年目止之曰：「君奈何與異端語？」僧不平曰：「釋家誠與儒家異，然彼此均各有品地。果為孔子，可以闢佛；顏、曾❼以下弗能也。果為顏、曾，可以闢菩薩；鄭、賈❽以下弗能也。果為鄭、賈，可以闢阿羅漢❾；程、朱以下弗能也。果為程、朱，可以闢諸方祖師；其依草附木，自託講學者弗能也。何也？其分量不相及也。先生而闢佛，毋乃高自位置乎？」同年怒且笑曰：「惟各有品地，故我輩儒可闢汝輩僧也。」幾於相哄而散。余謂各以本教而論，譬如居家，三王❿以來，儒道之持世久矣，雖再有聖人弗能易，猶主人也。佛自西域而來，其空虛清淨之義，可使馳鶩者息營求，憂愁者得排遣；其因果報應之說，亦足警戒下愚，使回心向善，於世不為無補。故其說得行於中國。猶挾技之食客也，食客不修其本技，而欲變更主人之家政，使主人退而受教，此佛者之過也。各以末流而論，譬如種田，儒猶耕耘者也。佛家失其初旨，不以善惡為罪福，而以施捨不施捨為罪福。於是惑眾蠹財，往往而有，猶侵越疆畔，攘竊禾稼者也。儒者捨其耒耜⑪，荒其阡陌，而皇皇持梃荷戈，日尋侵越攘竊者與之格鬥；即格鬥全勝，不知己之稼穡如何也。是又非儒者之顛耶？夫佛自漢明帝⑫後，蔓延已二千年，雖堯、舜、周、孔⑬復生，亦不能驅之去。儒者父子君臣兵刑禮樂，捨之則無以治天下，雖釋迦⑭出世，亦不能行彼法於中土。本可以無爭，徒以緇徒⑮不勝其利心，妄冀儒絀佛伸，歸佛者檀施當益富。講學者不勝其名心，著作中苟無闢佛數條，則不足見衛道之功。故兩家語錄，如水中泡影，旋生旋滅，旋滅旋生，互相詬厲而不止。然兩家相爭，千百年後，並存如故；兩家不爭，千百年後，亦並存如故也。各修其本業可矣。

【章旨】此章作者論述了儒、佛二教的由來和互補作用，指出了儒、佛二教並存的歷史趨勢。

【注釋】❶四禪天人　佛教有三界諸天之說。三界，指欲界、色界、無色界。色界諸天又分為四禪：初禪為大梵天之類；二禪為光音天之類；三禪為遍淨天之類；四禪為色究竟天之類。色究竟天為色界的極處。參見《法苑珠林》卷五。

❷世尊　佛教名詞。佛教徒對於釋迦牟尼的尊稱。❸我相　佛教語。我、人、眾生、壽者等的相之一。指把輪迴六道的自體當成真實存在的觀點。❹輪迴　佛教名詞。認為眾生各依所作善惡業因，一直在所謂六道（天、人、阿修羅、地獄、餓鬼、畜生）中生死相續，升沉不定，有如車輪的旋轉不停，故稱輪迴。❺乙丑　即清乾隆十年，西元一七四五年。❻公車　舉人入京應試的代稱。❼顏曾　即顏淵和曾子。顏淵，春秋末魯國人。名回，字子淵。孔子的學生。曾子，春秋末魯國南武城（今山東費縣）人。名參，字子輿。孔子的學生。❽鄭賈　即鄭玄和賈逵。鄭玄，東漢經學家。字康成，北海高密（今屬山東）人。世稱「後鄭」，以別於鄭興、鄭眾父子。賈逵，東漢經學家、天文學家。字景伯，扶風平陵（今陝西咸陽西北）人。❾阿羅漢　羅漢的全稱。❿三王　指夏禹、商湯、周文王；一說指夏禹、商湯和周代的文王武王。⓫耒耜　古代耕地翻土的工具。耒是耒耜的柄，耜是耒耜的鏟。後亦以「耒耜」為農具的總稱。⓬漢明帝　即劉莊，東漢光武帝子。在位時，法令分明，又重儒學，親臨辟雍講學。相傳曾遣使往天竺求佛經像，在洛陽建立白馬寺，是為佛教傳入中國之始。⓭堯舜周孔　指唐堯、虞舜、周公、孔子。此四人均為古代之聖人。⓮釋迦　即釋迦牟尼，佛教創始者。⓯緇徒　僧侶。

【語譯】許文木說：老和尚澄止很有道行。臨死的時候，對他的徒弟說：「我堅持佛門戒律，道行精深進步，自認為一定是第四禪天的人。世尊釋迦牟尼佛祖卻責備我平生所發的議論，喜好推崇佛法而排斥儒家，我相沒有發生變化消除，死後不免仍然要入陰間輪迴轉世投生。」他的徒弟說：「崇敬供奉世尊，世尊反而會生氣責備嗎？」澄止說：「這就是世尊之所以為世尊的道理。如果黨同伐異，宣揚自己而貶抑他人，怎能稱為世尊呢？我如今才省悟，而你們的見識還相差很遠呢。」由此我想起楊槐亭說的一件事：他在乾隆十年上京參加會試時，和同年考中舉人的幾個人一起趕路，恰巧和一位和尚同住在一家旅館裡。他偶然與和尚閒談，有一個舉人使眼色制止他說：「您怎麼和持異端邪說的人說話呢？」這位和尚憤憤不平地說：「佛家確實與儒家不同，然而彼此都各有品第。如果是孔子，可以批評佛祖，顏回、曾子以下就不可以了；如果是顏回、曾子，可以批評菩薩，鄭玄、賈逵以下就不可以了。如果是鄭玄、賈逵，可以批評阿羅漢，程顥、程頤、朱熹以下就不可以了。如果是程顥、程頤、朱熹，可以批評各方祖師，那些趨炎附勢、自認為是道學家的人就不可以了。為什麼呢？因為他們的分量不對等呀。先生這樣批評佛祖，不是把自己的位置抬得太高了嗎？」這個舉人又氣又笑地說：「正因為各有品第，所以像我們這樣的儒生可以批評你們這樣的僧人了！」雙方幾乎互相哄鬧起來，不歡而散。我認為分別從本教來說，比如居家過日子，從三王以來，儒家道統思想處於社會統治地位已經很久了，即使再有聖人出現也不可改變，儒家就好像是主人一樣。佛教從西域傳來，它的空虛清淨的教義，可以使追逐名利的人停止這種鑽營追逐，使憂愁的人得到排遣解脫。它的因果報應的學說，也足以警戒愚笨的百姓，使他們回心向善，這對於世道不是沒有補益的。所以佛家學說能夠在中國流行。佛家好像有技藝的食客，食客不去修煉自己本身的技藝，而想改變主人的家政，使主人放棄自己的教義而反過來接受他們的教義，這是佛教徒的過錯了。各自以自己最低等的工作而論，譬如種田，儒家好像是耕耘土地的人。而佛教卻拋開了自己最初的宗旨，不把行善作惡當作有福還是有罪的依據，卻把施捨不施捨當作有福或有罪的依據。於是迷惑群眾聚斂錢財，這樣的事經常會有，這就好像越過田界侵占他人田地，搶掠別人莊稼一樣。儒家放下手中農具，把田地廢棄，而慌慌忙忙地拿起武器，每天去追尋越界搶掠莊稼的人，和他們格鬥。即使這場格鬥全勝，卻也不知道自己的莊稼長成什麼樣了。這不又是儒家發瘋了嗎？自東漢明帝以後，佛教綿延流傳已經二千年，即使唐堯、虞舜、周公、孔子再生，也不能把佛教驅逐出去。儒家的父子君臣、兵刑禮樂學說，拋棄這些就無法治理天下，即使釋迦牟尼出世，也不能在中國推行他的主張。這些事原本可以無須爭論，只是因為和尚們控制不住自己的利欲心，妄圖希望儒家被貶黜而佛家得以伸張，歸依佛教的人布施給佛寺的財富就應當更多。講理學的人控制不住自己的好名之心，著作中如果沒有幾條批評佛教的內容，就不足以顯示他衛道的功勞。所以，儒、佛兩家的語錄，如同水中的泡影，一邊冒出來一邊就消失了，一邊剛消失一邊又冒出來，互相謾罵而不停止。然而儒、佛兩家互相爭論，在千百年後，仍然還像原先那樣並存；儒、佛兩家不互相爭論，在千百年後，也會像原先那樣並存的。儒、佛兩家各自修習自己的本業就可以了。

【研析】儒家作為本土思想，有其滋生發展的條件；佛家作為外來宗教，要想在中土紮根，必須本土化。從佛教傳入中國後，儒佛發生幾次大的鬥爭，但儒家無法將佛教清除出去，而佛教也無法取代儒家成為中國的主導思潮。正如作者所說的，儒佛二教，不管互相爭論與否，總是並存如故的。這種認識，就是兩宋以來，儒佛道三教合流的結果。儒家文化的包容性、佛教文化的本土化和道教文化的蕪雜性，成就了中華文化的豐富多彩。

鬼魂假冒

陳瑞庵言：獻縣城外諸丘阜❶，相傳皆漢冢也。有耕者誤犁一冢，歸而寒熱譫語❷，責以觸犯。時瑞庵偶至，問：「汝何人？」曰：「漢朝人。」又問：「漢朝何處人？」曰：「我即漢朝獻縣人，故冢在此，何必問也？」又問：「此地漢即名獻縣耶？」曰：「然。」問：「此地漢為河間國，縣曰樂成。金始改獻州。明乃改獻縣。漢朝安得有此名？」鬼不語。再問之，則耕者蘇矣。蓋傳為漢冢，鬼亦習聞，故依託以求食。而不虞適以是敗也。

【章旨】此章講述了一個鬼魂假冒漢朝人，企圖騙取祭享的故事。

【注釋】❶丘阜　山丘；土山。❷譫語　病中胡言亂語。

【語譯】陳瑞庵說：獻縣城外的許多土丘山岡，相傳都是漢代墳墓。有個耕田的農民不小心犁開了一座墳墓，回家後就發冷發熱說胡話，責備自己觸犯了古人。當時陳瑞庵偶然間來到這戶人家，就問道：「你是什麼人？」附在農民身上的鬼魂回答說：「漢朝人。」陳瑞庵又問：「漢朝什麼地方的人？」鬼魂回答說：「我就是漢朝的獻縣人，所以墳墓在這裡，這何必問呢？」陳瑞庵又問：「這個地方漢朝時就叫做獻縣嗎？」鬼魂回答說：「是的。」陳瑞庵就問鬼魂說：「這個地方漢朝時是河間國封地，這個縣叫樂成縣。金朝時開始改名為獻州，明朝才改名為獻縣。漢朝怎麼會有獻縣的名稱呢？」這個鬼魂不再說話。陳瑞庵再問時，而生病的農民就蘇醒過來了。原來傳說那些墳墓是漢墓，鬼魂也聽習慣了，故而依託這種傳說來尋求人們祭祀供奉，卻沒有想到正好碰上有學問的人，所以才失敗了。

【研析】鬼魂騙人，在有學問的人面前，騙局被揭穿，鬼魂只能怏怏而去。世間的騙子也無不如此。只要你有真才實學，就能識破種種騙局，使騙子不能得逞。

耿某

毛其人言：有耿某者，勇而悍。山行遇虎，奮一梃❶與鬥，虎竟避去，自以為中黃❷、佽飛❸之流也。偶聞某寺後多鬼，時嬲醉人，憤往驅逐。有好事數人隨之往。至則日薄暮，乃縱飲至夜，坐後垣上待其來。二鼓後，隱隱聞嘯聲，乃大呼曰：「耿某在此。」倏人影無數，湧而至，皆吃吃笑曰：「是爾耶，易與耳。」耿怒躍下，則鳥獸散去，遙呼其名而詈之。東逐則在西，西逐則在東，此沒彼出，倏忽千變。耿旋轉如風輪，終不見一鬼，疲極欲返，則嘲笑以激之。漸引漸遠，突一奇鬼當路立，鋸牙電目，張爪欲搏。急奮拳一擊，忽嗷然自仆，指已折，掌已裂矣，乃誤擊墓碑上也。群鬼合聲曰：「勇哉！」瞥然俱杳。諸壁上觀者聞耿呼痛，共持炬舁❹歸。臥數日，乃能起，右手遂廢。從此猛氣都盡，竟唾面自乾焉。夫能與虓虎❺敵，而不能不為鬼所困，虎鬥力，鬼鬥智也。以有限之力，欲勝無窮之變幻，非天下之痴人乎？然一懲即戒，毅然自返，雖謂之大智慧人，亦可也。

【章旨】此章講述了一位耿某人與鬼爭鬥，一受懲戒，隨即回頭的故事。

【注釋】❶梃　木棍。❷中黃　亦稱「中黃伯」。古勇士名。亦泛指勇士。❸佽飛　亦稱「佽非」。人名。相傳為春秋時楚國的勇士。❹舁　抬。❺虓虎　亦作「哮虎」。咆哮怒吼的老虎。

【語譯】毛其人說：有個耿某人，勇敢而強悍。他走山路時遇見老虎，就舉起一根木棒和老虎搏鬥，老虎竟然避開逃走了，他就認為自己是中黃、佽飛一類的勇士。他偶然聽說某座寺院後面有許多鬼，時常戲弄喝醉酒的人，耿某憤怒地前去驅逐那些鬼，有幾個好事之徒跟著耿某一同前去。到那座寺院時天已黃昏，耿某於是痛飲到夜晚，然後坐在寺院的後牆上等著鬼出現。二更後，隱隱約約聽到呼嘯聲，耿某就大聲呼喊道：「耿某人在這裡！」忽然間無數人影，洶湧而至，都吃吃地笑著說：「是你呀，容易對付的！」耿某憤怒地跳下牆頭，人影就像鳥獸一樣散開去，遠遠地喊著耿某的名字罵他。耿某向東追逐，鬼魂就在西面；耿某向西追逐，鬼魂就又在東面，這邊隱沒那邊出現，轉眼間千變萬化。耿某像風車一樣團團轉，始終見不到一個鬼。耿某疲倦極了打算回去，那些鬼魂又發出嘲笑來激怒他。鬼魂把耿某漸漸越引越遠，耿某突然看見一個奇形怪狀的鬼站在路中間，長著鋸齒般的牙齒、閃著電光的眼睛，張牙舞爪想和耿某搏鬥。耿某急忙奮力一拳打過去，忽然大喊一聲自己倒在地上，手指骨已折斷了，手掌也已裂開了，原來他是誤擊在一塊墓碑上。那些鬼魂們齊聲喊道：「真勇敢啊！」轉眼間都不見了。那些在牆頭上觀看的人聽到耿某痛苦的叫喊，一起舉著火把把耿某抬回家去。耿某躺了幾天，才能起床，右手就此殘廢了。從此，耿某的勇猛之氣都消除了，竟然被人家唾了面就等著自己乾了而不還手。耿某能夠與咆哮的猛虎對敵，卻不能不被鬼魂所困迫，那是因為老虎是以力氣相鬥，鬼魂是以智謀相鬥的呀。用有限的力氣，想戰勝能夠無窮變幻的鬼魂，這不是天底下的痴人傻子嗎？然而受到一次懲罰就戒悟，自己毅然回頭，如果說他是有大智慧的人，也是可以的。

【研析】耿某憑一己之勇與群鬼爭鬥，雖說失敗是必然的，但其勇氣還是值得誇讚。上者鬥智，下者鬥力。人世間的爭鬥，往往是智慧的較量。有胸懷、有度量，就能立於不敗之地。記得在洛陽白馬寺看見天王殿前的一副對聯，至今記憶猶新：「日日背空布袋，少米無錢，卻剩得大肚寬懷；年年坐冷山門，接張待李，總見他歡天喜地。」個中境界，常人難以企及。

名臣三硯

張桂岩自揚州❶還，攜一琴硯❷見贈。斑駁剝落，古色黯然。右側近下，鐫「西涯」二篆字，蓋懷麓堂❸故物也。中鐫行書一詩曰：「如以文章論，公原勝謝劉❹。玉堂❺揮翰手，對此憶風流。」款曰「稚繩」，高陽❻孫相國❼字也。左側鐫小楷一詩曰：「草綠湘江叫子規❽，茶陵❾青史有微詞。流傳此硯人猶惜，應為高陽五字詩。」款曰「不凋」，乃太倉⑩崔華⑪之字。華，漁洋山人之門人。漁洋論詩絕句曰：「溪水碧於前渡日，桃花紅似去年時。江南腸斷何人會？只有崔郎七字詩。」即其人也。二詩本集皆不載，豈以詆訶前輩，微涉訐直，編集時自刪之歟？後以贈慶大司馬⑫丹年，劉石庵參知頗疑其偽。然古人多有集外詩，終弗能明也。又楊文洨川（諱可鏡，楊忠烈公曾孫也。以拔貢⑬官戶部郎中，與先姚安公同事。）贈姚安公一小硯，背有銘曰：「自渡遼，攜汝伴。草軍書，恆夜半。余之心，惟汝見。」款題「芝岡銘」。蓋熊公廷弼⑭軍中硯，云得之於其親串家。又家藏一小硯，左側有「白谷手琢」四字，當是孫公傳庭⑮所親製。二硯大小相近，姚安公以皆前代名臣，合為一匣。後在長兒汝佶處。汝佶夭逝，二硯為婢媼所竊賣。今不可物色矣。

【章旨】此章講述了作者曾收藏的明代三位名臣用過的三方硯臺的故事。

【注釋】❶揚州　府名。今江蘇揚州。❷琴硯　形狀如古琴的硯臺。❸懷麓堂　即李東陽。字賓之，號西涯，明茶陵（今屬湖南）人。官至吏部尚書、華蓋殿大學士。卒諡文正。著有《懷麓堂集》。❹謝劉　與李東陽同時的大臣謝遷、劉健。謝遷，字于喬，明餘姚（今屬浙江）人。官至太子太保、兵部尚書兼東閣大學士。與劉健、李東陽同心輔政。見事尤敏，天下稱賢相。劉健，字希賢，明洛陽（今屬河南）人。孝宗時為文淵閣大學士。學問深粹。嘉靖中卒，諡文靖。❺玉堂　官署名。漢侍中有玉堂署，宋以後翰林院亦稱玉堂。❻高陽　今河北高陽。❼孫相國　即孫承宗。字稚繩，明保定高陽（河北高陽）人。萬曆進士。天啟二年任兵部尚書。崇禎十一年清兵破高陽城，遂自殺。❽子規　杜鵑鳥的別稱。一名子巂。❾茶陵　縣名。在湖南東部、湘江支流洣水流域，鄰接江西。❿太倉　縣名。在江蘇東南部，東北濱長江，鄰接上海。⓫崔華　字蘊玉，清太倉（今屬江蘇）人。順治舉人。⓬大司馬　兵部尚書的別稱。⓭拔貢　清科舉制度中，每十二年一次，由各省學政選拔文行兼優的生員，貢入京師，稱為拔貢生，簡稱拔貢。⓮熊公廷弼　即熊廷弼。字飛百，明湖廣江夏（今湖北武昌）人。萬曆進士。任遼東經略，後金軍不敢進攻。後魏忠賢專權，他被排擠去職。再被魏忠賢冤殺。⓯孫公傳庭　即孫傳庭。字伯雅，一字白谷，明代振州武衛（今山西代縣）人。萬曆進士。崇禎十五年任陝西總督，次年在李自成軍破潼關時戰死。

【語譯】張桂岩從揚州回來，帶來一方古琴形狀的硯臺贈送給我。硯臺已經斑駁剝落了，顏色古舊發黑。硯臺的右側靠近下面的地方刻著「西涯」兩個篆字，原來是李東陽懷麓堂的遺物。硯臺中間刻著行書寫的一首詩：「如果以文章而論，先生原本勝過謝遷劉健。玉堂揮動翰林之手，對此追憶風流。」題款是「稚繩」，這是高陽人孫承宗相國的字。硯臺的左側刻著小楷寫的一首詩：「草綠湘江子規鳴叫，茶陵青史尚有微詞。流傳此硯人猶惋惜，應為高陽題寫五字詩。」題款是「不凋」，這是太倉人崔華的字。崔華，是漁洋山人王士禎的學生。王士禎論詩絕句說：「溪水碧於前次渡河日，桃花紅似去年今時。江南腸斷何人理會？只有崔郎所寫的七字詩。」就是指這個人。這兩首詩，他們本人的詩文集都沒有收入，難道是因為批評指責前輩，略微有點過分直率，編定詩文集時自己刪去的嗎？後來，我把這方硯臺送給兵部尚書慶丹年，參知劉石庵很懷疑這方硯臺是偽造的。然而古人往往有集外詩，終究也沒有能夠弄明白。還有，楊汶川老先生（楊先生名可鏡，是楊忠烈公的曾孫。以拔貢出身，任戶部郎中，和先父姚安公是同事。）贈給姚安公一方小硯臺，背後刻有銘文：「自從渡遼河，攜帶著你作伴。起草軍書，經常到夜半時分。我的一片赤心，唯獨你看見。」題款為「芝岡銘」。原來是熊廷弼先生在軍隊中所用的硯臺，據說是從他親戚家中得來的。還有，我家收藏一方小硯臺，左側刻有「白谷手琢」四個字，應該是孫傳庭先生親手製作的。這兩方硯臺大小相近，姚安公認為都是前代著名大臣的遺物，就合放在一個硯匣中。

後來這兩方硯臺放在我的大兒子汝佶那裡。汝佶夭折後，這兩方硯臺被婢女、僕婦偷出去賣掉了。如今已經不可能找到了。

【研析】文房四寶，硯臺就是其中之一。文人喜愛名硯，往往到痴迷程度。作者不能免俗，說起名硯如數家珍。作者在本書中已數次講述硯臺，文人情懷，讀者自當體會。

鎮鬼與見鬼

余十七歲時，自京師歸應童子試❶，宿文安❷孫氏（土語呼若巡詩，音之轉也）。室廬皆新建，而土炕下釘一桃杙❸。上下頗礙，呼主人去之。主人頗篤實，搖手曰：「是不可去，去則怪作矣。」詰問其故。曰：「吾買隙地構此店，宿者恆夜見炕前一女子立，不言不動，亦無他害。有膽者以手引之，乃虛無所觸。道士咒桃杙釘之，乃不復見。」余曰：「其下必古冢，人在上，鬼不安耳。何不掘出其骨，具棺遷葬？」主人曰：「然。」然不知其果遷否也。又辛巳❹春，余乞假養疴❺北倉❻。姻家趙氏請余題主，先姚安公命之往。歸宿楊村，夜已深，余先就枕，僕隸秣馬尚未睡。忽見彩衣女子揭簾入，甫露面，即退出。疑為趁座妓女，呼僕隸遣去，皆云外戶已閉，無一人也。主人曰：「四日前，有宦家子婦宿此卒，昨移柩去。豈其回煞❼耶？」歸告姚安公。公曰：「我童子時，讀書陳氏舅家。值僕婦夜回煞，月明如晝，我獨坐其室外，欲視回煞作何狀，迄無見也。何爾乃有見耶？然則爾不如我多矣。」至今深愧此訓也。

【章旨】此章講述了作者親歷的鎮鬼之舉和所謂的回煞。

【注釋】❶童子試　科舉制度中的低級考試。童生應試合格者始為生員。❷文安　縣名。在河北中部、大清河下游，鄰接天津。❸桃杙　桃橛的別名。即桃木樁，舊時用以辟邪。❹辛巳　即清乾隆二十六年，西元一七六一年。❺疴　疾病。❻北倉　地名。在今天津武清東南。❼回煞　古代迷信說法。陰陽家按人死時年月干支推算靈魂返舍的時間，並說返回之日有凶煞出現，故稱。也叫歸煞。

【語譯】我十七歲時，從京城回鄉參加童生考試，住在文安孫氏家裡（孫氏，當地土語讀音像巡詩，是語音的變化）。房屋都是新建的，但在土炕下釘著一根小桃木樁，上下炕很礙事，我叫主人把木樁拔掉。主人非常忠厚老實，搖著手說：「這個桃木樁是不能拔掉的，拔掉後妖怪就會作祟。」我追問是什麼原因，他說：「我買空地建造這所旅店後，住宿的人經常在夜裡看見土炕前有一位女子站立，不說不動，也沒有別的禍害。有膽量的人用手去拉那個女子，卻是虛空，什麼都觸摸不到。經道士念咒，用桃木樁釘在炕下，那個女子才不再出現。」我說：「這間房子下面必定有古墓，人們住在上面，鬼魂不得安寧罷了。為什麼不挖出她的屍骨，裝入棺材中遷葬到別的地方呢？」主人說：「對。」但是不知道主人果真遷葬了沒有。又，乾隆二十六年春天，我請假到天津北倉養病。我的親家趙氏請我去寫神主牌位，先父姚安公就叫我前去。我回來時住在楊村，夜色已深，我就先上床睡覺，僕人們餵馬還沒有睡。我忽然看見一位穿著彩色衣服的女子掀開門簾走進來，剛一露面，隨即退了出去。我懷疑是召喚來陪酒的妓女，就呼喚僕人們把她打發走。僕人們都說外面大門已經關上了，沒有一個人進來。主人說：「四天前，有個官宦人家的兒媳婦住在這裡去世了，昨天才把靈柩移走。難道是她回煞嗎？」我回家後告訴姚安公，姚安公說：「我幼年時在舅舅陳氏家讀書，正碰上有個僕婦當夜回煞，月光明亮如同白天一樣，我獨自一人坐在那個僕婦的室外，想看看回煞是什麼樣子，結果什麼也沒有看到。為什麼你卻見到了呢？那麼你就不及我太多了。」我至今還深深慚愧這個教訓。

【研析】鎮鬼與回煞這兩件事，作者信以為真，仔細辨析，卻破綻甚多。桃木避邪，其說由來已久。鎮鬼之舉，卻無從考察。看見一婦女，就懷疑是回煞之鬼；其父想見回煞，卻一無所見。世上本無回煞，作者不如其父多矣。

遺命與亂命

河豚❶惟天津至多，土人食之如園蔬，然亦恆有死者，不必家家皆善烹治也。姨丈惕園牛公言：有一人嗜河豚，卒中毒死。死後見夢於妻子曰：「祀我何不以河豚耶？」此真死而無悔也。又姚安公言：里有人粗溫飽，後以博破家。臨歿，語其子曰：「必以博具❷置棺中。如無鬼，與白骨同為土耳，於事何害？如有鬼，荒榛蔓草之間，非此何以消遣耶？」比大殮，僉❸曰：「死葬之以禮，亂命❹不可從也。」其子曰：「獨不云事死如事生乎？生不能幾諫，歿乃違之乎？我不講學，諸公勿干預人家事。」卒從其命。姚安公曰：「非禮也，然亦孝子無已之心也。」

吾惡夫事事遵古禮，而思親之心則漠然者也。」

【章旨】此章講述了遵從死者願望就是尊重親情，鄙夷滿口禮儀道德，卻淡漠親情的道學家。

【注釋】❶河豚　魚名。體圓筒形，口小，背部黑綠色。腹部白色，鰭紫紅色。肉味鮮美，肝臟、生殖腺及血液有劇毒。❷博具　六博等博戲用具。亦泛指賭博用具。❸僉　眾人；大家。❹亂命　本指神志昏迷時所發的命令。後泛稱荒謬無理的命令。

【語譯】河豚魚惟獨天津產得最多，當地人吃河豚魚就像吃蔬菜一樣，不過也經常有人中毒死亡的，因為不是每戶人家都善於烹飪河豚魚。我的姨丈牛惕園先生說：有一個人嗜好吃河豚魚，最終中毒而死。他死後託夢給妻子說：「祭祀我時為什麼不用河豚魚呢？」這真是死而無悔了。又，姚安公說：鄉里有戶人家尚能維持溫飽，後來主人因為賭博敗了家。這家主人臨死時，對兒子說：「一定要把賭具放在棺材裡。如果沒有鬼，賭具和白骨一同變為泥土罷了，對什麼事有危害呢？如果有鬼，我們身處荒野草木叢中，沒有這些賭具怎麼來消遣呢？」等到大殮下葬時，人們都說：「人死後按禮儀下葬，臨終前神志不清時說的話是不能遵從的。」他兒子說：「難道沒有聽說過侍奉死者如同侍奉生者一樣嗎？父親生前我不能委婉勸阻，父親死後我卻要違背他的遺言嗎？我不信奉理學，各位先生也不要干涉別人的家事。」最終還是遵從他父親的遺命辦理喪事。姚安公說：「這種行為並不符合禮儀，但也表明孝子思親不已的心情。我厭惡那些每件事都要遵從古代禮儀，而思親之心卻非常淡漠的人。」

【研析】家庭中親情最重要。淡漠親情，不管出於什麼理由，都不能得到諒解。但關注親情，應該在生前，而不是在死後。對長輩某些不良習俗的勸諫和告誡，也是一種親情。作者對道學家只講禮儀，淡漠親情的心態，作了猛烈抨擊。

狐精換形

一奴子業針工❶，其父母鬻身時未鬻此子，故獨別居於外。其婦年二十餘，為狐所媚，歲餘病瘵死。初不肯自言，病甚，乃言狐初來時為女形，自言新來鄰舍也。留與語，漸涉謔，既而漸相逼，遂昏昏如魘。自是每夜輒來，來必換一形，忽男忽女，忽老忽少，忽醜忽好，忽僧忽道，忽鬼忽神，忽今衣冠，忽古衣冠，歲餘無一重複者。至則四肢緩縱，口噤不能言，惟心目中了了而已。狐亦不交一言，不知為一狐所化，抑眾狐更番而來也。其尤怪者，婦小姑偶入其室，突遇狐出，一躍即逝。小姑所見，是方巾❷道袍❸人，白鬚鬖鬖❹；婦所見則黯黑垢膩，一賣煤人耳。同時異狀，更不可思議耳。

【章旨】此章講述了一個農家婦女被狐精媚惑至死的故事。

【注釋】❶針工　指縫紉。❷方巾　明代的一種頭巾。處士及儒生所用。❸道袍　古代家居常穿的衣服。斜領大袖，四周鑲邊的袍子。❹鬖鬖　毛髮下垂貌。

【語譯】我家有個僕人的兒子做裁縫，他父母賣身為奴時，沒有賣這個兒子，所以他獨自住在外面。他的妻子二十多歲，被狐精所媚惑，一年多後就病重死了。他的妻子最初不肯說出來，病情很嚴重時，才說狐精剛來的時候是女子的模樣，自稱是新搬來的鄰居。她把狐精留下來說話，漸漸地說起調笑的話，隨即漸漸靠近身邊來，忽然衝上來擁抱，於是這個婦人就昏昏迷迷如同做惡夢一樣。從此以後，狐精每天夜裡就會來，每次來時必定變換一個形象，忽而是男人忽而是女人，忽而是老人忽而是年輕人，忽而醜陋忽而漂亮，忽而是和尚忽而是道士，忽而是鬼魅忽而是神靈，忽而穿戴著當今的衣服帽子忽而穿戴著古代的衣服帽子，一年多來沒有一次是重複的。狐精一來，這個婦人就四肢鬆緩無力，嘴巴閉著不能說話，只是心中明白而已。狐精也不和她說話，不知道是一個狐精變化的模樣，還是許多狐精輪番前來的。其中尤為奇怪的是，這個婦人的小姑偶然進入她的房間，突然遇見狐精出來，一跳就不見了。小姑看見的，是個頭戴方巾、身穿道袍的人，白鬍鬚下垂著；而這個婦人所見的卻是皮膚黝黑、滿身汙垢，像個賣煤的人。同時會有不同的形象，就更不可思議了。

【研析】狐精媚人至死，自當遭到天誅。只是這個婦人引狼入室，還不知悔悟，遂導致大錯。人生在世，處處小心，不為表面形象所迷惑，才能消災避難。

鬼魅畏正人

及孺愛先生（先生於余為疏從表侄，然幼時為余開蒙，故始終待以師禮。）言：交河有人田在叢冢旁，去家遠，乃築室就之。夜恆聞鬼語，習見不怪也。一夕，聞冢間呼曰：「爾狼狽何至是？」一人應曰：「適路遇一女，攜一童子行。見其面有衰氣，死期已近，未之避也。不虞女忽一嚏，其氣中人，如巨杵舂撞（平聲。）傷而仆地。蘇息良久，乃得歸。今胸鬲❶尚作楚也。」此人默記其語。次日，耘者聚集，具述其異，因問：「昨日誰家女子傍晚行，致中途遇鬼？」中一宋姓者曰：「我女昨晚同我子自外家❷歸，無遇鬼事也。」眾以為妄語。數日後，宋女為強暴所執，捍刃抗節死。乃知貞烈之氣，雖屆衰絕，尚剛勁如是也。鬼魅畏正人，殆以此夫。

【章旨】此章講述了一個鬼魅畏懼正人的故事。

【注釋】❶胸鬲　指胸膛、胸口。❷外家　外祖父母家。

【語譯】及孺愛先生（先生是我的遠房表侄，但我小時候是他為我進行啟蒙教育，所以我始終以對待老師的禮節對待他。）說：交河縣有人的田地在一片墳地旁，離家很遠，他就在田邊搭建了一間屋子居住在那裡。他在夜裡經常聽到鬼在說話，習慣了也就不感到奇怪了。一天夜裡，他聽到墳墓之間有呼喊聲說：「你怎麼這樣狼狽呢？」另一個人回答說：「剛才在路上遇見一個女子，帶著一個孩子趕路。我見她臉上有衰敗之氣，死期已經接近了。就沒有躲避她。沒料到那個女子忽然打了個噴嚏，那股氣打中了我，如同受到巨大的棒槌衝撞（撞字讀平聲），我被撞傷而跌倒在地上，歇息了很長時間，才得以回來。直到現在胸膛還有些疼痛呢。」這個人暗中記住鬼說的這番話。第二天，種田人聚集在一起的時候，這個人就詳細敘述了這件怪事，因而問道：「昨天是誰家的女子傍晚趕路，以致在途中遇見了鬼？」其中有個姓宋的人說：「我女兒昨天晚上和我兒子一起從外婆家回來，並沒有遇見鬼。」大家都認為那個人是胡說八道。幾天之後，宋家女兒被歹徒所劫持強姦，她抗拒不從而被殺死了。由此才知道，忠貞節烈的正氣，雖然臨近衰竭，仍然像這樣剛勁有力。鬼魅畏懼正直的人，大概就是這個原因。

【研析】人無貴賤之分，但有正直與邪惡之分。正直之人自有一股正氣，充塞於天地之間，富貴不能淫，鬼魅不能犯。這位農家姑娘雖不知其姓名，但卻贏得了眾人乃至鬼魅的尊敬。正直做人的原則豈能輕易拋棄？

償前生債

張完質舍人❶言：有與狐為友者，將商於外，以家事託狐。凡火燭盜賊，皆為警衛；僮婢或作奸，皆摘發無遺。家政井井，逾於商未出時。惟其婦與鄰人昵，狐若弗知。越兩歲，商歸，甚德狐。久而微聞鄰人事，又甚咎狐。狐謝曰：「此神所判，吾不敢違也。」商不服曰：「鬼神禍淫，乃反導淫哉？」狐曰：「是有故。鄰人前世為巨室，君為司出納，因其倚信，侵蝕其多金。冥判以婦償負，一夕准宿妓之價銷金五星❷，今所欠只七十餘金矣。銷盡自絕，君何躁焉！君倘未信，試以所負償之，觀其如何耳。」商乃詣鄰人家曰：「聞君貧甚，僕此次幸多贏，謹以八十金奉助。」鄰人感且愧，自是遂與婦絕。歲暮，饋肴品❸亦謝，甚精腆。計其所值，正合七十餘金所贏數。乃知夙生債負，受者毫釐不能增，與者毫釐不能減也。是亦可畏也已。

【章旨】此章講述了一個償還前生債不能缺少絲毫、也不能增加絲毫的故事。

【注釋】❶舍人　宋元以來俗稱貴顯子弟為舍人，猶稱公子。❷五星　此處指五錢銀子。星，戥、秤等物上的記數點。❸肴品　熟肉。亦泛指魚肉之類的葷菜。

【語譯】張完質舍人說：有個和狐仙交朋友的人，將要到外地去經商，就把家事託付給狐仙。凡是火警或是有盜賊，狐仙都為他報警守衛；童僕婢女中有人作奸犯科，狐仙也都毫無遺漏地加以揭發。家務事處理得井井有條，比這個商人還沒外出經商時還要好。惟獨這個人的妻子與鄰居通姦，狐仙好像不知道似的。過了兩年，商人回家，很感謝狐仙。時間久了，商人略微聽說鄰居和自己妻子通姦的事，又很怪罪狐仙。狐仙向商人謝罪說：「這是神靈判定的，我不敢違抗。」商人不服氣地說：「鬼神應該懲罰淫亂的人，怎麼反而引導他們淫亂呢？」狐仙說：「這是有原因的。鄰居前世是大戶人家，您為他擔任出納，因為他對您很倚重信任，您就侵吞了他的許多錢財。陰間判決用你的妻子賠償欠債，每一個晚上，按嫖宿妓女的價格扣銷五錢銀子。如今您所欠的債務只有七十多兩銀子了。債務抵銷完了，兩人關係自然斷絕，您何必急躁發火呢！您如果不相信，嘗試把剩下的欠債款項還給他，看他會怎麼樣。」商人於是就來到鄰居家裡，對他說：「聽說您很貧窮，我這次外出經商，僥倖多賺了些錢，現在奉送八十兩銀子資助您。」鄰居既感動又慚愧，從此就斷絕了和他妻子的往來。年底時，鄰居贈送食品禮物表示感謝，禮物十分精美。估計這些禮物的價值，正好是扣除七十多兩銀子債務之後多餘的錢款。這才知道前生所欠的債務，債主一毫一釐也不能多收，還債的人一毫一釐也不能減少償還。這種事情也是可以敬畏的啊！

【研析】欠債還錢，天經地義，只是神靈判決此人還債的方式未免太過下流。當然，這不過是篇寓言，編造故事者就是要提醒欠債者償還債務，非駭人聽聞者不足以警世。

孝弟通神明

族侄竹汀言：有農家婦少寡，矢志不嫁，養姑撫子數年矣。一日，見華服少年，從牆缺窺伺。以為過客❶誤入，詈之去。次日復來。念近村無此少年，土人亦無此華服，心知是魅，持梃驅逐。乃復拋擲磚石，損壞器物。自是日日來，登牆自道相悅意。婦無計，哭訴於社公祠❷，亦無驗。越七八日，白晝晦冥，雷擊裂村南一古墓，魅乃絕。不知是狐是鬼也。以妖媚人，已干天律，況媚及柏舟之婦❸，其受殛也固宜。顧必遲久而後應，豈天人一理，事關誅死，亦待奏請而後刑，由社公輾轉上聞，稍稽時日乎？然匹婦一哭，遽達天聽，亦足見孝弟之通神明矣。

【章旨】此章講述了一個農村寡婦遭到妖魅騷擾媚惑，這個寡婦上訴神靈，妖魅遂遭到誅滅的故事。

【注釋】❶過客　過路人；旅客。❷社公祠　土地廟。❸柏舟之婦　柏舟本為《詩・鄘風》篇名。《詩・鄘風・柏舟序》：「柏舟，共姜自誓也。衛世子共伯蚤死，其妻守義，父母欲奪而嫁之，誓而弗許，故作是詩以絕之。」後因以謂喪夫或夫死矢志不嫁。

【語譯】族侄紀竹汀說：有個農家婦女年輕守寡，發誓不再嫁人，奉養婆婆撫育兒子已經幾年了。有一天，她看見有個穿著華麗衣服的少年，從院牆缺口處窺探偷看。她以為是過路人走錯了路而誤入此地，就把這個少年罵跑了。第二天，這個少年又來了。她想附近村子沒有這個少年，當地人也沒有穿這樣華麗衣服的，心裡知道這是妖魅，就手持木棒驅逐他。那個妖魅於是就又拋擲磚頭瓦塊，損壞寡婦家中的器物。從此以後，這個少年天天來，爬到牆頭上向寡婦表達自己的愛慕之意。寡婦沒有辦法，就到土地廟去哭訴，也沒有應驗。過了七八天，大白天忽然天昏地暗，雷電炸裂了村南的一座古墓，妖魅從此就絕跡了。不知道這妖魅是狐精還是鬼怪。用妖術媚惑人，已經觸犯了上天的律條，何況媚惑的是貞烈守節的寡婦，那個妖魅遭到雷擊也確實應該。至於必須遲延很長時間而後才有報應，難道是上天和人世間同一道理，事關死刑，也要等待上奏請示然後才能行刑，由土地神輾轉上報天庭，因而稍稍耽誤時間的嗎？然而一個普通農婦的哭訴，就會馬上直達天庭，也足以證明孝順友愛能與神靈相通啊。

【研析】儒家文化強調孝悌，認為家庭是維繫社會穩定、國家長治久安的基石。故而古人常說：「修身齊家治國平天下」，將「修身齊家」放在「治國平天下」之前。這個妖魅要破壞的正是維繫家庭、社會的孝悌之情，遭到上天懲治，就是必然的了。

養狼遺患

滄州一帶海濱煮鹽之地，謂之灶泡。袤延數百里，並斥鹵不可耕種，荒草粘天，略如塞外，故狼多窟穴於其中。捕之者掘地為阱，深數尺，廣三四尺，以板覆其上，中鑿圓孔如盂大，略如枷狀。人蹲阱中，攜犬子或豚子，擊使嗥叫。狼聞聲而至，必以足探孔中攫之。人即握其足立起，肩以歸。狼隔一板，爪牙無所施其利也。然或遇其群行，則亦能搏噬。故見人則以喙❶據地嘷，眾狼畢集，若號令然，亦頗為行客道途患。有富室偶得二小狼，與家犬雜畜，亦與犬相安。稍長，亦頗馴，竟忘其為狼。一日，主人晝寢廳事❷，聞群犬嗚嗚作怒聲，驚起周視，無一人。再就枕將寐，犬又如前。乃偽睡以俟，則二狼伺其未覺，將齧其喉，犬阻之不使前也。乃殺而取其革。此事從侄虞惇言。狼子野心，信不誣哉！然野心不過遁逸耳；陽為親昵，而陰懷不測，更不止於野心矣。獸不足道，此人何取而自貽患耶？

【章旨】此章講述了獵人捕狼和養狼遺患兩個小故事，提醒人們狼的本性不會改變。

【注釋】❶喙　嘴巴。❷廳事　廳堂。

【語譯】滄州一帶海邊煮鹽的地方，叫做灶泡。這片地方廣袤綿延幾百里，都充斥著鹽鹼而不能耕種，荒草連天，有點像邊塞之外的荒漠地區，所以狼群多把巢穴安置在這一帶。捕狼人挖地做陷阱，陷阱深幾尺，闊三四尺，用木板覆蓋在陷阱上，木板中間鑿一個圓孔有杯子大小，有點像木枷的形狀。獵人蹲在陷阱裡，帶著小狗或者小豬，打牠們使得牠們嘷叫。狼聽到聲音就會跑過來，必定用腳爪伸到木板上的圓孔裡探查抓取。獵人立即緊握狼爪站起來，背在肩上回家。狼隔著一層木板，無法施展爪子牙齒的利害。不過有時遇到狼成群而來，那麼獵人也可能會被咬死的。所以，狼一見有人就把嘴貼近地面嘷叫，狼群就全部集中過來，好像聽到號令一般，這也很是旅客在路途上的禍患。有個富戶偶然得到兩隻小狼，就把牠們和家犬混雜餵養，小狼和狗也能相安無事。小狼稍微長大一些時，也很馴良，這個富人竟然忘記牠們是狼了。有一天，主人白天在客廳裡睡覺，聽到狗群發出憤怒的嗚嗚聲。他吃驚地起來四處查看，沒有看見什麼人。當他再次靠著枕頭又要睡覺時，狗群又像前次那樣發出叫聲。於是他假裝睡著等待看看究竟是怎麼回事，原來那兩條狼想趁主人沒有發覺，要咬主人的喉嚨，狗群阻止著不讓狼靠近主人。主人於是就把兩條狼殺了而剝取了狼皮。這件事是我的堂侄紀虞惇說的。狼子野心這句話，確實一點不假。然而說野心不過是指逃跑而已；表面上裝作親熱，而暗地裡胸懷不軌，就不僅僅是野心了。野獸本不值得一說，這個人為什麼要養小狼為自己製造禍患呢？

【研析】養狼遺患，怨不得別人。幸好主人及時發覺，沒有釀成大患。不過，無論狼有多麼狡猾凶殘，總鬥不過萬物之靈的人類。不信，請看獵人捕狼，不費一槍一彈，就把狼生擒活捉。如此事例，足資證明。

立誅猴妖

田村一農婦，甚貞靜。一日饁餉❶，有書生遇於野，從乞瓶中水。婦不應。出金一錠投其袖。婦擲且詈，書生皇恐遁。晚告其夫，物色之，無是人，疑其魅也。數日後，其夫外出，阻雨不得歸。魅乃幻其夫形，作冒雨歸者，入與寢處，草草息燈，遽相媟戲。忽電光射窗，照見乃向書生。婦恚甚，爪敗其面。魅甫躍出窗，聞呦然一聲，莫知所往。次早夫歸，則門外一猴腦裂死，如刃所中也。蓋妖之媚人，皆因其懷春而媾合。若本無是心，而乘其不意，變幻以敗其節，則罪當與強汙等。揆諸神理，自必不容，而較前記竹汀所說事❷，其報更速。或社公權微，不能即斷；此遇天神立殛之？抑彼尚未成，此則已玷，可以不請而誅歟？

【章旨】此章講述了一個猴妖想媚惑農婦，遭拒絕後，就幻化成其丈夫而姦汙了農婦，隨即被上天誅殺的故事。

【注釋】❶饁餉　給在田裡耕作的人送飯。❷前記竹汀所說事　參見本卷〈孝弟通神明〉則。

【語譯】田村有個農婦，極為貞節賢靜。有一天，她送飯到田裡去，有個書生在曠野上和她相遇。書生向她要些水瓶中的水喝，這個農婦不答應。書生拿出一塊銀子扔到農婦的衣袖裡。農婦把銀子擲回去而且大聲責罵，書生惶恐地逃走了。晚上，農婦告訴丈夫，到處尋找這個書生，沒有找到這個人，由此懷疑書生是個妖魅。幾天後，這個農婦的丈夫外出，被大雨阻隔不能回家。這個妖魅就幻化成她丈夫的形狀，裝作冒雨回家，進門就走入睡覺的房間裡，匆匆忙忙熄了燈，立刻和農婦做愛。忽然一股電光射在窗戶上，照見床上的人原來就是那個書生。農婦非常憤恨，用手指甲抓破了書生的臉。妖魅剛跳出窗子逃走，就聽到嗷地叫了一聲，不知道跑到哪裡去了。第二天早上，丈夫回家，看見門外有隻猴子腦袋裂開而死，好像是被刀砍中一樣。原來妖魅媚惑人，都是因為對方有肉欲邪念而後才能苟且做愛。如果本來沒有這種心思，卻趁對方不注意，變幻模樣去敗壞人家的名譽節操，那麼罪行應當與強姦罪相等。根據上天神靈的道理，自然肯定是不允許的。然而這件事比較此前記載的紀竹汀所講的故事，這次報應更加迅速。或許是土地神權力低微，不能立即判決；這次是遇見了天神而立刻就把妖魅處死了吧？還是前面所說的那件事還沒有構成強姦罪，這次卻已經姦汙了農婦，就可以不必上奏請示而誅殺妖魅呢？

【研析】本書中，作者強調「妖由人興」，「禍因己生」，很有見解。世上許多禍事，往往是當事人自己惹來的。如果行正坐直，妖魅豈敢輕易近身。即使奸邪找上門來，自有天道公理，疏而不漏。而奸邪的最終下場，也肯定像那個猴妖一樣，難逃懲罰。作者勸善懲惡之心，歷歷可鑑。

傳言不實

同年鄒道峰言：有韓生者，丁卯❶夏讀書山中。窗外為懸崖，崖下為澗。澗絕陡，兩岸雖近，然可望而不可至也。月明之夕，每見對岸有人影，雖知為鬼，度其不能越，亦不甚怖。久而見慣，試呼與語。亦響應，自言是墮澗鬼，在此待替。戲以餘酒憑窗灑澗內，鬼下就飲，亦極感謝。自此遂為談友，誦肄之暇，頗消岑寂❷。一日試問：「人言鬼前知。吾今歲應舉，汝知我得失否？」鬼曰：「神不檢籍，亦不能前知，何況於鬼。鬼但能以陽氣之盛衰，知人年運❸；以神光之明晦，知人邪正耳。若夫祿命，則冥官執役之鬼，或旁窺竊聽而知之；城市之鬼，或輾轉相傳而聞之；山野之鬼弗能也。城市之中，亦必捷巧之鬼乃聞之，鈍鬼亦弗能也。譬君靜坐此山，即官府之事不得知，況朝廷之機密乎！」一夕，聞隔澗呼曰：「與君送喜。頃城隍巡山，與社公相語，似言今科解元❹是君也。」生亦竊自賀。及榜發，解元乃韓作霖，鬼但聞其姓同耳。生太息曰：「鄉中人傳官裡事，果若斯乎！」

【章旨】此章以一個鬼傳言而失實的故事，指出百姓傳說官府事也大多類此。

【注釋】❶丁卯　即清乾隆十二年，西元一七四七年。❷岑寂　寂靜；寂寞。❸年運　年壽和氣運。❹解元　唐制，舉進士者皆由地方解送入試，故相沿稱鄉試第一名為解元。

【語譯】同年鄒道峰說：有個姓韓的書生，乾隆十二年夏天在深山裡讀書。窗外是懸崖，懸崖下面是山澗。山澗十分陡峭，兩岸雖然接近，然而可以看見對面卻不能往來。在月光明亮的夜晚，韓某常常看見對岸有人影，雖然知道是鬼魂，估計他不能越過山澗，心裡也不是很害怕。久而久之看習慣了，韓某試著呼喊鬼與他說話，鬼也響應回答，說自己是墮入山澗而死的鬼，在這裡等待替身。韓某開玩笑地把喝剩的酒靠著窗戶灑向山澗，鬼下到山澗去喝酒，也極其感謝韓某。從這以後，他們彼此就成為談話的朋友，韓某在讀書休息閒暇的時候，也可借此消磨山中的寂寞。有一天，韓某試探地詢問說：「人們都說鬼能事先知曉。我今年參加科舉考試，你知道我能否考上嗎？」鬼回答說：「神仙不查看記事的簿籍，也不能事先知曉，何況是鬼呢！鬼只能從人陽氣的盛衰，知道人的年壽和氣運；從人神光的明暗，知道人的邪惡和正直而已。如果要說某人官運，那麼給陰間官府當差的鬼，或許能在旁邊窺探偷聽而知道；城市裡的鬼，或許能通過輾轉相傳聽說而知道。山野裡的鬼就沒有這個機會了。城市之中，也一定是機敏靈巧的鬼才能打聽到，愚笨的鬼也是不能知道的。比如您靜坐在這座山上讀書，即使官府的事也不得而知，何況是朝廷的機密大事呢！」一天晚上，韓某聽到鬼隔著山澗呼喊道：「給您報喜了。剛才城隍來巡山，和土地神談話，似乎說今科的解元是您。」韓某也暗自慶賀。等到放榜時，解元是韓作霖，鬼只聽到姓氏相同而已。韓某歎息說：「鄉里人傳說官府裡的事，果然就像這樣吧！」

【研析】傳言不實，「三人成虎」，古人早有明訓。究其原因，還是因為人們原本就不知曉事情的真相，僅憑探聽到的片言隻字，或道聽塗說，就去想像事情的真相，這樣沒有不出差錯的。但要想杜絕百姓傳言，唯一的辦法就是將官府的事情公開。

地仙報恩

王史亭編修❶言：有崔生者，以罪戍廣東。恐攜孥有意外，乃留其妻妾，隻身行。到戍後，窮愁抑鬱，殊不自聊；且回思「少婦登樓❷」，彌增忉怛❸。偶遇一叟，自云姓董，字無念。言頗契，愍其流落，延為子師，亦甚相得。一夕，賓主夜酌，樓高月滿，忽動離懷，把酒倚欄，都忘酬酢。叟笑曰：「君其有『雲鬟玉臂』❹之感乎？託在契末，已早為經紀❺，但至否未可知，故先不奉告；旬月後當有耗耳。」又半載，叟忽戒僮婢掃治別室，意甚匆遽。頃之，則三小肩輿至，妻妾及一婢揭簾出矣。驚喜怪問。皆曰：「得君信相迓，囑隨某官眷屬至。急不能久待，故草草來。家事託幾房幾兄代治，約歲得租米，歲歲鬻金寄至矣。」問：「婢何來？」曰：「即某官之媵，嫡不能容，以賤價就舟中鬻得也。」生感激拜叟，至於涕零。從此完聚成家，無復故園之夢❻。越數月，叟謂生曰：「此婢中途邂逅，患難相從，當亦是有緣。似當共侍巾櫛❼，無獨使向隅也。」又數載，遇赦得歸。生喜躍不能寐，而妻妾及婢俱慘慘有離別之色。生慰之曰：「爾輩戀主人恩耶？倘不死，會有日相報耳。」皆不答，惟趣⑧為生治裝。瀕行，翁治酒作餞，並呼三女出曰：「今日事須明言矣。」因拱手對生曰：「老夫地仙⑨也。過去生中，與君為同官。歿後，君百計營求，歸吾妻子，恆耿耿不忘。今君別鶴離鸞⑩，自合為君料理；但山川綿邈⑪，二孱弱女子，何以能來？因攝召花妖，俾先至君家中半年，窺尊室容貌語言，摹擬俱似；並刺知家中舊事，使君有證不疑。渠本三姊妹，故多增一婢耳。渠皆幻相，君勿復思，到家相對舊人，仍與此間無異矣。」生請與三女俱歸。叟曰：「鬼神各有地界，可暫出不可久越也。」三女握手作別，灑淚沾衣，俯仰間已俱不見。登舟時，遙見立岸上，招之不至矣。歸後，妻子具言家日落，賴君歲歲寄金來，得活至今。蓋亦此叟所為也。使世間離別人皆逢此叟，則無復牛女銀河之恨⑫矣。史亭曰：「信然。然粵東有地仙，他處亦必有地仙；董叟有此術，他仙亦必有此術。所以無人再逢者，當由過去生中原未受恩，故不肯竭盡心力縮地補天⑬耳。」

【章旨】此章講述了一位書生落難而得到地仙報恩的故事。

【注釋】❶編修　官名。明清的翰林院編修，以一甲二三名進士及庶吉士之留館者充任，無定員，亦無實際職務。❷少婦登樓　指年輕已婚女子的哀怨之情。典出唐代詩人王昌齡〈閨怨〉詩：「閨中少婦不知愁，春日凝妝上翠樓。忽見陌頭楊柳色，悔教夫婿覓封侯。」❸忉怛　哀傷。❹雲鬟玉臂　言婦人髮鬟如雲，臂膀如玉。意謂美女。借指思念妻子。唐代詩人杜甫〈月夜〉詩：「香霧雲鬟濕，清輝玉臂寒。」❺經紀　安排；料理。❻故園之夢　即思鄉之夢。元倪瓚〈桂花〉詩：「忽起故園想，泠然歸夢長。」❼巾櫛　巾和梳篦。泛指盥洗用具。代指娶為妻妾。❽趣　通「促」。趕快。❾地仙　道教謂居於人世的仙人，與「天仙」對稱。❿別鶴離鸞　指夫妻分居。⓫綿邈　遙遠。⓬牛女銀河之恨　即牛郎織女故事。從星名衍化而來。織女為天帝孫女，故亦稱天孫。長年織造雲錦，自嫁與河西牛郎後，織乃中斷。天帝大怒，責令她與牛郎分離，只准每年七夕相會一次。故事初見於《古詩十九首》，至《荊楚歲時記》，內容有所發展。⓭縮地補天　縮地，指術士化遠為近的法術。晉葛洪《神仙傳》卷五〈壺公〉：「（費長）房有神術，能縮地脈，千里存在，目前宛然，放之復舒如舊也。」補天，古代神話傳說，女媧煉石補天。後遂用作典故。亦常以喻挽回世運。《舊唐書・音樂志一》：「高祖縮地補天，重張區宇，反魂肉骨，再造生靈。」

【語譯】翰林院編修王史亭說：有個姓崔的書生，因為犯罪被流放到廣東。他擔心帶著家眷會發生意外，就把妻妾留在家裡，隻身一人前往。到了流放地後，崔某憂愁抑鬱，實在無法排解；而且回想起唐代詩人王昌齡〈閨怨〉「少婦登樓」的詩意，更增加內心的哀傷。他偶然遇見了一位老人。這位老人自稱姓董，字無念。兩人談得很融洽。董姓老人可憐崔某流落異鄉，就延請他當兒子的老師，彼此相處的也很友好。一天晚上，崔某和董姓老人月夜對酌。崔某在高樓上看著圓月，忽然觸動了心中的離愁情懷，拿著酒杯靠在欄杆上，全都忘了應酬喝酒。董姓老人笑道：「您大概有杜甫〈月夜〉詩『雲鬟玉臂』的感觸吧？既然我有幸和您有交情，早已替您籌畫，但能否辦到還無法知道，所以事先沒有告訴您；過幾個月後應當會有消息的。」又過了半年，董姓老人忽然命童僕婢女打掃收拾另外一間屋子，看樣子很匆忙急迫。不一會兒，就有三乘小轎來到，崔某的妻子、小妾和一個婢女揭開轎簾走了出來。崔某非常驚喜，奇怪地詢問是怎麼回事。妻子、小妾都說：「接到您的信要我們來，囑咐我們跟隨某位官員的眷屬一起來。

那位官員著急不能久等，所以我們就匆匆前來。家裡的事託付第幾房的幾哥代為料理，按照每年得到的租米，年年賣了換成現金寄到這裡來。」崔某又問：「這個婢女從哪兒來的？」妻子、小妾回答說：「這就是某某官員的侍妾，因為嫡妻不能容納，就在船上用低價買下來了。」崔某感激地拜謝董姓老人，甚至掉下淚來。從此崔某家庭完聚團圓，不再思念家鄉了。過了幾個月，董姓老人對崔某說：「這個婢女是在途中意外相遇的，患難與共相隨到這裡來，應當也是有緣分的。好像應該讓她和妻妾一起侍奉您，不要讓她孤獨寂寞啊！」又過了幾年，崔某遇上朝廷大赦得以回家鄉了。崔某高興得睡不著覺，但妻子、小妾和婢女都神色淒慘有離別的表情。崔某安慰她們說：「你們眷戀這裡主人的恩德嗎？我倘若不死，總有一天會報答他的。」她們都不答話，只是忙著為崔某整理行裝。臨走的時候，董姓老人擺酒筵為崔某餞行，並且把這三個女子叫出來說：「今天我要把事情講清楚了。」於是拱手對崔某說：「老夫我是地仙。前生和您一同做官。我死後，您千方百計地籌畫想辦法，把我的妻子兒女送回故鄉，我總是耿耿在心不能忘懷。如今您離別妻妾來到這裡，我自應該為您照料。但是山川相隔遙遠，您家妻妾兩位柔弱的女子，怎能來到這裡呢？因此，我攝召來花妖，命令她們先到您家裡半年，偷偷地觀察您妻妾的容貌和說話習慣，模仿得十分相似。並且探聽到您家中過去的事情，讓您聽了有證據而不會懷疑。她們本來是三姐妹，所以多增加了一個婢女。她們都是幻形，您不必再思念，回到老家面對原來的妻、妾時，會覺得仍舊和這裡一樣沒有差別。」崔某請求和三個女子一起回家鄉去，董姓老人說：「鬼神都各自有地界，可以暫時出入卻不可以長久越界。」三個女子握著崔某的手告別，眼淚沾濕了衣服，忽然間已經全都不見了。崔某登船時，遠遠看見她們站在河岸上，招呼她們也不過來。崔某回到家裡後，妻子詳細說了家境一天天敗落，幸虧依賴崔某年年寄錢回家，大家才能活到現在。原來這件事也是董姓老人做的。假使世間離別的人都能遇到這樣的老人，就不再有牛郎織女隔著銀河相望的怨恨了。王史亭說：「這件事是可信的。然而粵東有地仙，其他地方也必定有地仙；董姓老人有這種法術，其他地仙也必定有這種法術。之所以沒有人再遇到神仙，可能是因為神仙前生中原本沒有受過恩惠，所以不肯竭盡心力施展縮地補天的法術來報答了！」

【研析】「滴水之恩，當湧泉相報」，這是中華民族的傳統美德，被廣泛傳播和頌揚。作者記述這個故事，用意也在於弘揚這種美德，並抨擊世風日下、充滿爾虞我詐的現實社會。借古諷今，借古律今，是古人常用的手法，作者也不例外，因而使我們讀到了一則美好的故事。

得失倚伏

有客在泊鎮❶宿妓，與以金。妓反覆審諦，就燈爍之，微笑曰：「莫紙錠否？」怪問其故。云數日前糧艘演劇賽神❷，往看至夜深歸。遇少年與以金，就河干❸草屋野合。至家，探懷覺太輕，取出乃一紙錠，蓋遇鬼也。因言相近一妓家，有客贈衣飾甚厚。去後，皆己篋中物，鑰故未啟，疑為狐所紿矣。客戲曰：「天道好還。」又聾者❹劉君瑞言：青縣❺有人與狐友，時共飲甚昵。忽久不見，偶過叢莽，聞有呻吟聲，視之，此狐也。問：「何狼狽乃爾？」狐愧沮良久，曰：「頃見小妓頗壯盛，因化形往宿，冀採其精。不虞妓已有惡瘡，採得之後，毒滲命門❻，與平生所採混合為一，如油入麵，不可復分。遂潰裂蔓延，達於面部。恥見故人，故久疏來往耳。」此又狐之敗於妓者。機械相乘，得失倚伏，膠膠擾擾，將伊于胡底乎？

【章旨】此章記述了二三個小故事，用來說明得與失互相依存的道理。

【注釋】❶泊鎮　或即泊頭鎮。在河北交河東五十里，跨南運河。兩岸皆有市，西岸有城，屬交河縣。❷賽神　設祭酬神。❸河干　河邊。❹瞽者　眼睛失明的人；盲人。❺青縣　縣名。在河北東南部，鄰接天津。❻命門　中醫學名詞。指兩腎之間的一個部位。認為命門是人體生理功能和生命活動的根源。

【語譯】有個客人在泊鎮嫖妓，給妓女銀子。妓女拿了銀子反覆審視察看，又就著油燈燒一燒，微笑著說：「不會是紙錢吧？」客人奇怪地問她原因。妓女說前幾天運糧船演戲祭神，她前去看戲到深夜才回家。她在回家路上遇見一個少年給了她銀子，就和他在河邊的一間草屋裡做愛。她回到家裡，摸摸懷裡的銀子覺得太輕，拿出來卻是一個紙錠，原來是遇見鬼了。於是她又說到附近有個妓女，有個客人贈送給她很豐厚的衣服首飾。客人走後一看，那個妓女發現那些衣服首飾都是自己箱子裡的東西，箱子的鎖頭一直沒有打開過，懷疑是被狐精所捉弄了。客人開玩笑地說：「這就是惡有惡報。」又盲人劉君瑞說：青縣有個人和狐狸精交朋友，時常一起飲酒，非常親密。這個人忽然很久沒有看見狐狸精，偶然經過草木叢生的地方，聽到有呻吟聲，過去一看，原來就是這個狐狸精。這個人問：「為什麼會狼狽成這個樣子？」狐狸精羞愧沮喪了很久，說道：「我看見有個小妓女很健壯豐滿，就變幻人形前去嫖宿，希望採集她的精氣。沒有想到這個妓女已經染有梅毒惡瘡，我採到了她的精氣之後，惡瘡的毒氣也滲入我的命門，和我一生所採集的精氣混合在一起，如同油滲入麵粉裡，不能再分開了。毒氣於是就潰爛蔓延，一直潰爛到面部。我沒有臉見老朋友，所以長時間不和朋友來往了。」這又是狐狸精敗給妓女的事例。雙方互相鉤心鬥角，得與失彼此互相依存，互相糾纏在一起，將來會有個怎麼樣的結局呢？

【研析】老子說：「禍兮福之所倚，福兮禍之所伏。」雖然這幾個小故事說的都是妓女、狐狸精，但禍福倚伏，人生無定。人生在世，能不小心謹慎嗎？

公子遇丈夫

李千之侍御言：某公子美丰姿，有衛玠❶「璧人」❷之目。雍正末，值秋試❸，於豐宜門內租僧舍過夏。以一室設榻，一室讀書。每晨興，書室几榻筆墨之類，皆拂拭無纖塵；乃至瓶插花，硯池注水，亦皆整頓如法，非粗材所辦。忽悟北地多狐女，或藉通情愫，亦未可知，於意亦良得。既而盤中稍稍置果餌，皆精品。雖不敢食，然益以美人之貽，拭目以待佳遇。一夕月明，潛至北牖外穴紙竊窺，冀睹豔質。夜半，聞器具有聲，果一人在室料理。諦視，則修髯偉丈夫也，怖而卻走。次日，即移寓。移時，承塵❹上似有歎聲。

【章旨】此章講述了一位俊美公子得到一位偉丈夫暗中照料的故事。

【注釋】❶衛玠　晉人。字叔寶。風神秀美，人稱「璧人」。❷璧人　猶言玉人。形容儀容美好的人。❸秋試　亦稱「秋闈」。明清科舉制度，每三年的秋季，在各省省城舉行一次考試，即鄉試。因在秋季舉行，故稱「秋試」。❹承塵　天棚；天花板。

【語譯】侍御史李千之說：某位公子相貌俊美漂亮，有晉人衛玠「璧人」的美譽。雍正末年，正當秋試，他就在豐宜門內租了寺院的房舍過夏。他用一間屋子當臥室，一間屋子當書房讀書。每天早晨起床，他發現書房裡的桌椅、筆墨之類，都被擦拭得一塵不染，甚至瓶子插著鮮花、硯池裡注了清水，也都整理得很有條理，這不是粗手粗腳的人所能夠做得到的。這位公子忽然省悟到北方有很多狐女，或許藉這機會來表示情意，也不是不可能的，公子心中也就很得意。隨後盤子裡漸漸還會出現一些瓜果食品，都是精品。公子雖然不敢吃，然而更加認為是美人贈送的，拭目以待與美人相遇。一天夜晚月光明亮，公子悄悄跑到北窗外，把窗戶紙弄破一個洞偷看，希望看到美女。半夜時分，公子聽到屋子裡器具有響聲，果然有一個人在室內整理打掃。公子仔細觀看，原來是個長鬍鬚的高大男人。公子嚇得趕緊走開了。第二天，公子立即搬家。搬家的時候，天花板上似乎有歎息的聲音。

【研析】俊美公子滿心希望豔遇，卻見到個偉丈夫。希望破滅不說，還要為自身安危擔心。不過，公子得到偉丈夫的多日照料，也算是意外中的收穫吧。

黠婢之鬼

康師，杜林鎮❶僧也。北俗呼僧多以姓，故名號不傳焉。工瘍醫❷。余小時曾及見之。言其鄉人家一婢，懷春❸死。魂不散，時出祟人。然不現形，不作聲，亦不附人語，不使人病。惟時與少年夢中接，稍尪瘦❹，則別媚他少年，亦不至殺人。故為祟而不以為祟。即嘗為所祟者，亦夢境恍惚，莫能確執。如是數十年，不為人所畏，亦不為人所劾治。真黠鬼哉！可謂善藏其用，善遁於虛，善留其不盡，善得老氏❺之旨矣。然終有人知之，有人傳之，則黠巧終無不敗也。

【章旨】此章講述了一個婢女死後成鬼，媚惑人總留有餘地，故不被人劾治的故事。

【注釋】❶杜林鎮　在河北青縣西南七十里。南接交河縣界。清代時商業發達。❷瘍醫　本為周代醫官名。相當於後世的外科醫生。❸懷春　少女春情初動，有求偶之意。即男女相思。❹尪瘦　孱弱；瘦弱。❺老氏　即老子。相傳春秋時思想家，道家的創始人。

【語譯】康師是杜林鎮上的和尚。北方習俗稱呼和尚大多用姓氏，所以他的名號沒有流傳下來。康師擅長治療外科疾病，我小時候還曾見過他。他說他的家鄉有戶人家的一個婢女因害單相思而死了。她的陰魂沒有消散，時常出來作怪害人。然而她不現出身形，不發出聲音，也不附在別人身上說話，也不使人生病。唯獨時常和少年在夢中做愛，這個少年稍微有點瘦弱，她就另外去媚惑別的少年，也不至於把人殺死。所以，她作祟而人們卻也不認為是作祟。即使曾經被她媚惑過的人，也是在夢境中恍恍惚惚，不能確切指出是誰。這樣過了幾十年，她不被人們所畏懼，也不被人們所鎮劾禁治。真是個狡黠的鬼啊！可以說，她善於隱藏自己的用意，善於躲在虛空，善於留有她不盡之意，善於領會老子學說的主旨了。然而終究有人知道她，有人傳說她，那麼狡黠機巧終究沒有不失敗的呀！

【研析】萬事留有餘地，即使是鬼作祟多端也能安然無事。作者對這個狡黠之鬼抱有一種難以言狀的讚許，否則，不會在文章結束時，連用四個「善」字，所謂「善藏其用，善遁於虛，善留其不盡，善得老氏之旨」。當然，末句指出這個狡黠之鬼必然滅亡的下場，無疑是想給文章一個光明的結局。

人與狐俱焚

相傳康熙❶中，瓜子店火（在正陽門❷之南而偏東），有少年病瘵不能出，並屋焚焉。火熄，掘之，屍已焦，而有一狐與俱死，知其病為狐媚也。然不知狐何以亦死。或曰：「狐情重，救之不出，守之不去也。」或曰：「狐媚人至死，神所殛也。」是皆不然。狐鬼皆能變幻，而鬼能穿屋透壁出（羅兩峰云爾）。鬼有形無質，純乎氣也；氣無所不達，故莫能礙。狐能大能小與龍等，然有形有質，質能縮而小，不能化而無。故有隙即遁，而無隙則礙不能出。雖至靈之狐，往來亦必由戶牖。此少年未死間，狐尚來媚，猝遇火發，戶牖俱焰，故並為燼焉耳。

【章旨】此章講述了北京城裡發生的一場火災，在火災現場，發現人與狐狸共焚的奇異事件。

【注釋】❶康熙　清聖祖愛新覺羅玄燁的年號（一六六二—一七二二年）。❷正陽門　今北京前門。

【語譯】相傳康熙年間，有家瓜子店發生火災（在正陽門的南面偏東）。店內有個少年身患重病不能逃出來，和房子一起燒死了。大火熄滅後，人們挖掘火場，這個少年的屍體已經燒焦了，而且還有一隻狐狸和他一起被燒死，人們因而知道少年的病是被狐精媚惑造成的，但是不知道狐精為什麼也會被燒死。有的人說：「狐精情深義重，救那個少年卻救不出來，就守在少年身邊不肯離開。」有的人說：「狐精把人媚惑死了，是被神靈誅殺的。」這些說法都不對。狐精和鬼魅都能夠變幻，而且鬼能夠穿透屋子的牆壁出去（這是羅兩峰的說法）。鬼有形狀沒有實質，純粹是氣凝聚的。氣沒有什麼地方不能到達的，所以沒有什麼能夠阻礙它。狐精能變大能變小，和龍一樣，但是有形狀有實質，實質能夠收縮而變小，但不能變化為虛無。所以，狐精只要有縫隙就能逃走，而沒有縫隙就被阻礙而不能出來。即使是最機敏靈巧的狐精，來去也必須經過房門窗戶。這個青年沒有燒死的時候，狐精還來媚惑，突然間遇到火災發生，房門窗子全都是火焰，所以狐精和少年一起被燒成灰燼了。

【研析】這件事原本可以演繹為一個淒美的愛情故事，而作者卻將其推論成一個冷酷的結論。如果追究原因，或許在內心深處，作者不喜歡也不相信狐仙、鬼怪也具有善良真誠的感情。這就是作者筆下的狐仙鬼怪與蒲松齡筆下的狐仙鬼怪的差別和距離了。

離魂婢女

門人徐通判❶敬儒言：其鄉有富室，昵一婢，寵眷甚至。婢亦傾意向其主，誓不更適。嫡❷心妒之無如何。會富室以事他出，嫡密召女儈❸鬻諸人。待富室歸，則以竊逃報。家人知主歸事必有變也，偽向女儈買出，而匿諸尼庵。婢自到女儈家，即直視不語，提之立則立，扶之行則行，捺之臥則臥，否則如木偶，終日不動。與之食則食，與之飲則飲，不與亦不索也。到尼庵亦然。醫以為憤恚痰迷❹，然藥之不效，至尼庵仍不蘇。如是不死不生者月餘。富室歸，果與嫡操刃鬥，屠一羊瀝血告神，誓不與俱生。家人度不可隱，乃以實告。急往尼庵迎歸，痴如故。富室附耳呼其名，乃霍然如夢覺。自言初到女儈家，念此特主母意，主人當必不見棄，因自奔歸；慮為主母見，恆藏匿隱處，以待主人之來。今聞主人呼，喜而出也。因言家中某日見某人，某人某日作某事，歷歷不爽。乃知其形去而魂歸也。因是推之，知所謂「離魂倩女」❺，其事當不過如斯，特小說家點綴成文，以作佳話。至云魂歸後衣皆重著，尤為誕謾❻。著衣者乃其本形，頃刻之間，襟帶不解，豈能層層攙入？何不云衣如委蛻❼，尚稍近事理乎？

【章旨】此章講述了一個婢女因與主人相愛，遭到主母嫉恨而被賣給人販子。但婢女之魂不肯離開主人家，終於和主人團聚的故事。

【注釋】❶通判　官名。宋初始於諸州府設置，即共同處理政務之意。明清設於各府，分掌糧運及農田水利等事務，清代另有州通判，稱州判。❷嫡　宗法社會中稱正妻為嫡。❸女儈　買賣婦女的女性居間人。❹痰迷　中醫學名詞。指由於痰濁蒙蔽，導致神志不清的病理現象。表現為精神錯亂、意識模糊，或昏迷不醒，喉有痰聲等。❺離魂倩女　唐陳玄祐撰小說〈離魂記〉，敘張鎰女倩娘與鎰甥王宙相戀，倩娘魂化為兩體事。元鄭光祖以此為題材，撰雜劇《迷青瑣倩女離魂》。❻誕謾　荒誕。❼委蛻　如蟬棄其所蛻之皮。委，棄也。

【語譯】我的門生徐敬儒通判說：他家鄉有個富戶，喜愛一個婢女，非常寵愛眷戀她。婢女也傾心愛主人，發誓不另嫁別人。富戶的嫡妻內心妒嫉而又沒有辦法。恰好富戶有事外出，嫡妻祕密找來個女儈把婢女賣給別人。等富戶回家，嫡妻就告訴他婢女私自逃走了。家裡人知道主人回家後事情一定有變化，就冒名從女儈那裡把婢女買出來，而把她藏在尼姑庵中。婢女自從到了女儈家後，就眼睛直視不說話，提她站立，她就站立；扶她行走，她就行走；按她躺下，她就躺下；否則就像木偶一樣，整天一動不動。給她食物她就吃，給她喝水她就喝，不給也不向人要。到了尼姑庵也是這樣。醫生認為是因為憤恨導致痰迷，但是吃了藥沒有效果，到尼姑庵後也沒有蘇醒過來。婢女就這樣不死不生地過了一個多月。富戶回家後，果然與嫡妻拿著刀爭鬥，並宰殺一頭羊灑血祭告神靈，發誓要和嫡妻拼命。家裡人料想不能再隱瞞了，就把實際情況告訴了富戶。富戶急忙到尼姑庵把婢女迎接回家，婢女呆痴的樣子仍然和過去一樣。富戶靠近她耳邊呼喊她的名字，婢女忽然像做夢一樣蘇醒過來。婢女自己說，剛到女僧家時，想到這只是嫡妻的意思，主人應當肯定不會拋棄自己，因此自己跑回家；又擔心被嫡妻看見，經常躲藏在隱祕的地方，等候主人回家。如今聽到主人呼喊，歡喜而就跑出來了。這個婢女還說到在家中某日見到某人，某人某日做了某事，說得一點都沒錯。通過這個事例推想，知道所謂的「離魂倩女」，那些事情應當也不過如此。只是小說家編寫點綴成文章，當成了佳話。至於說到靈魂回歸肉體後衣服都互相重疊在一起，這就更為荒誕了。穿衣服的是她的本形，在頃刻之間，衣帶沒有解開，怎麼能夠一層層地攙入進去呢？為什麼不說衣服像蟲蛻一樣脫掉了，還比較接近事物的道理呢？

【研析】婢女與主人相愛，遭到主母嫉恨而遭磨難，這種故事老掉牙了，本不值得一提。只是因為其中穿插了婢女之魂離開肉體，苦等主人回來的情節，顯得與眾不同。作者花了大量筆墨講述這個故事，用意還是在於辨析古人關於「離魂倩女」的記載是否合乎情理。不過，今人看來，作者的這番考訂，未免迂腐。

田不滿斥髑髏

客作❶田不滿（初以其取不自滿假之義，稱其命名有古意，既乃知以饕餮得此名，取田填同音也），夜行失道，誤經墟墓間，足踏一髑髏。髑髏作聲曰：「毋敗我面！且禍爾。」不滿戇且悍，叱曰：「誰遣爾當路！」髑髏曰：「人移我於此，非我當路也。」不滿又叱曰：「爾何不禍移爾者？」髑髏曰：「彼運方盛，無如何也。」不滿笑且怒曰：「豈我衰耶！畏盛而凌衰，是何理耶！」髑髏作泣聲曰：「君氣亦盛，故我不敢祟，徒以虛詞❷恫喝也。畏盛凌衰，人情皆爾，君乃責鬼乎？哀而撥入土窟中，公之惠也。」不滿衝之竟過，惟聞背後嗚嗚聲，卒無他異。余謂不滿無仁心，然遇莽鹵之人而以大言激其怒，鬼亦有過焉。

【章旨】此章講述了一個雇工夜間趕路時踩到髑髏，不怕髑髏恫嚇的故事。

【注釋】❶客作　古時對傭工的稱呼。❷虛詞　空話；假話。

【語譯】有個雇工叫田不滿（起初以為他取名有不能自滿的意思，稱讚他起名字有古意，後來知道他以饕餮能吃出名，取填和田同音，即「填不滿」）。夜間趕路迷失了方向，誤經一片墳墓之間，腳踩到一個髑髏。髑髏出聲說：「不要踩壞我的臉！我要報復禍害你！」田不滿又戇又凶悍，叱罵道：「誰讓你擋在路上！」髑髏說：「有人把我搬到這裡來，不是我想擋在路上。」田不滿又叱罵道：「你為什麼不去禍害把你搬到這裡來的人呢？」髑髏說：「他的氣運正旺盛，我對他沒有辦法。」田不滿又好笑又生氣地說：「難道我就衰敗了嗎？你畏懼氣運旺盛的人而欺侮氣運衰敗的人，這是什麼道理呢！」髑髏發出哭聲說：「您的氣運也是旺盛的，所以我不敢作祟害您，只是用空話來嚇唬您。畏懼旺盛而欺凌衰敗，世道人情都是這樣，您怎麼能只是責怪鬼呢？您如果可憐我而把我撥進土洞裡去，這就是您對我的恩惠了。」田不滿大步朝前就衝過去了，只聽到背後有嗚嗚的哭泣聲，最終也沒有什麼怪異的事情發生。我認為田不滿沒有仁愛之心，然而遇到粗魯莽撞的人，卻用大話去激起他的憤怒，這個鬼也是有過錯的。

【研析】世間一切鬼魅都是畏盛凌衰，欺弱怕強。只要有勇氣與鬼魅爭鬥，就能戰而勝之。

倚樹小童

蔣苕生❶編修言：一士人北上，泊舟北倉、楊柳青❷之間（北倉去天津二十里，楊柳青距天津四十里）。時已黃昏，四顧渺漫。去人家稍遠，獨一小童倚樹立，姣麗特甚；然衣裳華潔，而神意不似大家兒。士故輕薄，自上岸與語。口操南音，自云流落至此，已有人相約攜歸，待尚未至。漸相款洽，因挑以微詞，解扇上漢玉佩為贈。赬顏❸謝曰：「君是解人❹，亦不能自諱。然故人情重，實不忍別抱琵琶❺。」置佩而去。士人意未已，欲覘其居停，躡跡從之。數十步外，倏已滅跡，惟叢莽中一小墳，方悟為鬼也。女子事夫，大義也，從一則為貞，野合乃為蕩耳。男子而抱衾裯❻，已失身矣，猶言從一，非不揣本而齊末乎？然較反面負心，則終為差勝也。

【章旨】此章講述了一個輕薄士人想調戲少年，卻被少年以「故人情重」為理由拒絕的故事。

【注釋】❶蔣苕生　即蔣士銓。字心餘。一字苕生，號清容，清鉛山（今屬江西）人。其先為錢氏，自長興遷鉛山，始姓蔣。乾隆進士。官編修。風神散朗，工詩文。❷楊柳青　地名。在天津郊區，以盛產年畫著稱。❸赬顏　紅著臉。❹解人　見事高明，通解理趣的人。❺別抱琵琶　即琵琶別抱。指婦女改嫁。❻抱衾裯　《詩・召南・小星》：「嘒彼小星，維參與昴，肅肅宵征，抱衾與裯，寔命不猶。」按：〈小星序〉謂「夫人無妒忌之行，惠及賤妾，進御於君」。後因以「抱衾裯」為侍寢。亦借指作妾。

【語譯】翰林院編修蔣茗生說：有個士人坐船北上，船停泊在北倉、楊柳青之間（北倉離天津二十里，楊柳青離天津四十里）。當時已是黃昏時分，四面看去迷迷濛濛。離開村落人家稍遠的地方，有個少年獨自靠著樹站著，長得非常漂亮；不過衣服雖然華麗整潔，但神情意態不像大戶人家的孩子。這個士人原本為人輕薄，就上岸和少年談話。少年是南方口音，自稱流落到這裡，已經和人約好帶他回去，等待那人，那人卻還沒有到。兩人談話漸漸融洽，士人就用輕薄的話去挑逗少年，解下摺扇上的漢代玉佩作為贈禮送給他。少年紅著臉謝絕說：「您是個明白人，我也不能隱瞞。然而故人情意深重，我實在不忍心投到別人懷抱去。」他把玉佩放在地上就走了。士人還不死心，打算看看少年居住的地方，就輕手輕腳跟在少年後面。走到幾十步之外，少年忽然間已經沒有了蹤跡，只是在草木叢中有一座小墳，士人這才省悟少年是鬼。女子侍奉丈夫，是大義規定的。從一而終就是貞節，與人通姦就叫做淫蕩。身為男子卻陪人睡覺，已經算是失身，還說要只愛一個人，這不是棄本而逐末嗎？不過比起那種翻臉負心的人，那麼終究要稍好一些。

【研析】清人陋習，喜歡姦淫男童。童子無知，卻認為從一而終是美德。殊不知姦淫男童已是天理難容的醜事，卻還要從一而終，更是醜上加醜。作者批評這種陋習，卻將批評的矛頭指向無知的童子，未免指錯了方向。

君真道學

先師陳白崖先生言：業師❶某先生（忘其姓字，似是姓周），篤信洛、閩❷，而不鶩講學名，故窮老以終，聲華闃寂❸。然內行醇至，粹然古君子也。嘗稅居空屋數楹。一夜，聞窗外語曰：「有事奉白，慮君恐怖，奈何？」先生曰：「第入無礙。」入則一人戴首於項，兩手扶之；首無巾而身襴衫，血漬其半。先生拱之坐，亦謙遜如禮。先生問：「何語？」曰：「僕不幸，明末戕於盜，魂滯此屋內。向有居者，雖不欲為祟，然陰氣陽光，互相激薄，人多驚悸，僕亦不安。今有一策：鄰家一宅，可容君眷屬。僕至彼多作變怪，彼必避去；有來居者，擾之如前，必棄為廢宅。君以賤價售之，遷居於彼。僕仍安居於此。不兩得乎？」先生曰：「吾平生不作機械事❹，況役鬼以病人乎！義不忍為。吾讀書此室，圖少靜耳。君既在此，即改以貯雜物，日扃鎖之可乎？」鬼愧謝曰：「徒見君案上有性理❺，故敢以此策進。不知君竟真道學，僕失言矣。既荷見容，即託宇下可也。」後居之四年，寂無他異。蓋正氣足以懾之矣。

【章旨】此章通過講述一位篤信道學並身體力行的老儒的故事，對那些口中講論理學，卻表裡不一的儒生作了辛辣的抨擊。

【注釋】❶業師　本人受業的老師。❷洛閩　理學不同學派。洛，即洛學，以北宋程顥、程頤為首的學派。因二程是洛陽人，故名。閩，即閩學，以南宋朱熹為首的學派。因朱熹曾僑寓並講學於福建路的建陽（福建別稱「閩」），故名。

❸闃寂 寂靜無聲。❹機械事 巧詐的事；機巧的事。❺性理 宋明理學重要範疇之一。程朱派理學家說：「性即理也。」由於理學家們多談「性理」問題，故理學亦稱「性理之學」。

【語譯】我的老師陳白崖先生說：他的老師某先生（忘記他姓氏和字號，好像是姓周），十分信奉洛學、閩學，卻不追求講學家的名氣，所以窮困到老直至去世，都沒有什麼名聲。然而他內心修行純正，是一位純粹的古君子。他曾租了幾間空屋子居住。一天夜裡，他聽到窗外有說話聲，說：「我有事奉告您，擔心您會感到恐怖害怕，怎麼辦呢？」先生說：「只管進來，沒有關係。」進門來的一個人把腦袋掛在脖子上，兩隻手扶著腦袋；腦袋上沒有頭巾，而身穿著秀才的衣服，血跡浸透了半邊衣衫。先生拱手請他坐下，他也謙恭有禮。先生問道：「有什麼話？」這個人說：「我很不幸，明朝末年被強盜殺死，鬼魂滯留在這間屋子裡。過去有居住在這間屋子裡的人，我雖然不想作祟，但是陰氣和陽光互相衝突激蕩，人大多受到驚嚇，我也很不安。如今有個辦法：鄰居家一處住宅，可以容納您的家眷。我到他們那裡多次作怪，他們必定會避去搬走；有來居住的人，我仍舊和以前一樣騷擾他們，鄰居家必然會拋棄那處住宅而成為廢棄的房屋。您用便宜的價錢買進，搬遷到那邊居住。我仍舊安居在這裡。這樣不是一舉兩得的事嗎？」先生回答說：「我平生不做陰謀欺詐的事情，何況役使鬼去傷害他人呢！從道義上講我不忍心這樣做。我在這間屋子裡讀書，圖的是清靜而已。您既然在這間屋子裡，我馬上把這間屋子改為貯放雜物的房間，天天關閉鎖著門，可以嗎？」鬼慚愧地謝罪說：「我只是看到您書桌上有談性理的書籍，所以才敢向您提出這個主意。我不知道您竟然是個真正的道學家，我失言了。既然承蒙您的收容，我就寄住在您的這間屋子裡好了。」後來，先生在這裡住了四年，寂然沒有發生別的異常怪事。這是因為正氣足以震懾鬼怪了。

【研析】朱熹生前死後的一段日子裡，理學曾被稱為「偽學」，這是對理學家的一種政治迫害。隨著理學逐漸成為社會的主流思潮，「偽學」之說無人再提。但作者卻在故事中，借鬼魅之口稱篤信理學、並身體力行者為「真道學」。那麼，既有「真」必有「假」，何為「假道學」呢？作者並沒有直接給出答案。但讀者在本書中所見的對「講學家」的嘲諷，不難看出作者心目中的「假道學」究竟是怎麼樣的了。

木偶似人

凡物太肖人形者，歲久多能幻化。族兄中涵言：官旌德❶時，一同官好戲劇，命匠造一女子，長短如人，周身形體以及隱微之處，亦一一如人；手足與目與舌，皆施關捩❷，能屈伸運動；衣裙簪珥❸，可以按時更易。所費百金，殆奪偃師❹之巧。或植立書室案側，或坐於床榥❺，以資笑噱。一夜，僮僕聞書室格格聲。時已鐍閉，穴紙竊視，月光在牖，乃此偶人來往自行。急告主人自覘之，信然。焚之，嚶嚶作痛聲。又先祖母言：舅祖蝶莊張公家，有空屋數間，貯雜物。婢媼或夜見院中有女子，容色姣好，而頷下修髯如戟，兩頰亦磔如蝟毛❻，攜四五小兒遊戲。小兒或跛或盲，或頭面破損，或無耳鼻。人至則倏隱，莫知何妖。然不為人害，亦不外出。或曰目眩，或曰妄語，均不甚留意。後檢點此屋，見破裂虎丘泥孩❼一床，狀如所見，其女子之鬚，則兒童嬉戲以墨筆所畫云。

【章旨】此章講述了木偶泥人歲月長久了會作怪的故事。

【注釋】❶旌德　縣名。在安徽東南部、青弋江上游。❷關捩　能轉動的機械裝置。❸簪珥　指首飾。❹偃師　傳說周穆王時的巧匠，製木人，能歌善舞。見《列子・湯問》。後稱弄木偶的藝人為偃師。❺床檅　床和檅子。❻蝟毛　刺猬的毛。蝟，「蝟」的異體字。❼虎丘泥孩　指蘇州虎丘產的泥人。但無錫產的泥偶更為著名。蘇州無錫相近，或即指無錫泥偶。

【語譯】凡是物體太像人形的，年歲久了大多能夠幻化。我的族兄紀中涵說：他在旌德做官時，有位同僚喜好戲劇，命匠人製作了一個女子，高矮像人一樣，全身形體以及人身上隱祕的部位，也一一像人一樣。手腳、眼睛和舌頭，全都安裝了機關，能夠屈伸運動。這個女子模型的衣裙首飾，也都可以按時節更換。製造這個女子模型花費了一百兩銀子，它的精巧幾乎超過了古代巧匠偃師的技藝。這位同僚有時把它立在書房裡的書桌旁，有時讓它坐在床或凳子上，用來開玩笑取樂。一天夜裡，僮僕聽到書房裡有格格的聲音。當時書房已經關閉上鎖，僮僕就在窗戶紙上挖個洞朝裡偷看，月光照在窗戶上，原來是這個木偶在室內來來回回自己行走。僕人急忙告訴主人，主人親自去看，果然如此。主人就把這個木偶燒了，木偶還發出嚶嚶痛苦的聲音。我又聽先祖母說：舅公張蝶莊老先生家裡有幾間空屋子，儲存雜物。僕婦婢女有時夜裡看見院中有個女子，容貌姣美漂亮，然而下巴上長著像戟一樣的鬍鬚，兩頰也長著像刺蝟毛一樣的鬍鬚。她帶著四五個小孩子做遊戲。那些小孩子有的是跛腳、有的是盲人，有的頭臉殘破，有的沒有耳朵、鼻子。有人來時就都忽然隱身不見了，不知道是什麼妖怪。但是她們不成為人的禍害，也不到外面去。有人說這可能是眼花目眩看錯了，也有人說這是胡說八道，大家都沒有太留意。後來檢查清點這間空屋子，看到破裂的虎丘泥人散在一床，形狀和夜晚見到的一樣。那女人臉上的鬍鬚，就是小孩子玩耍時用墨筆畫上去的。

【研析】古人常有奇思妙想，所謂的木偶泥人會作怪就是一例，今人肯定是一笑置之，不把它當真。只是在想，古代工匠的技藝，真能製作出像人那樣，關節、眼睛、舌頭曲伸自如的木偶來嗎？但，今人不可低估古人的智慧。如諸葛亮的木牛流馬、祖沖之的指南車等等，都令後人嘖嘖稱奇。何況一千多年後的清人，理當不讓先賢。

乩仙判詞

景州❶方夔典言：少嘗患心氣不寧，稍作勞則似簌簌動。服棗仁❷、遠志❸之屬，時作時止，不甚驗也。偶遇友人家扶乩，云是純陽真人❹。因拜乞方。乩判曰：「此證現於心，而其原出於脾，脾虛則子食母氣故也。可炒白朮❺常服之。」試之果驗。夔典又言：嘗向乩仙問科第。乩判曰：「場屋❻文字，只筆酣墨飽，書味盎然，即中式矣，何必預問乎！」後至乾隆丙辰❼登進士，本房同考官出閱卷簿視之，所注批詞即此八字也。然則科名前定，並批詞亦前定乎？

【章旨】此章講述了乩仙判詞應驗的兩則小故事，表現了作者對扶乩活動的態度。

【注釋】❶景州　今河北景縣。❷棗仁　棗核內的仁，可入藥。明李時珍《本草綱目・果一・棗》：「常服棗仁，百邪不復干也。」❸遠志　多年生草本。葉線形。果實扁薄，中醫學上用為安神、化痰藥，性溫、味苦辛，主治失眠、驚悸、咳嗽多痰等症。❹純陽真人　即呂洞賓。傳說八仙之一，號純陽子，故稱。❺白朮　多年生草本。根狀莖肥大成塊狀。花紫色。中醫學上以根狀莖入藥，性溫、味甘苦，功能健脾益氣、利水化濕，主治脾虛泄瀉、水腫、痰飲等症。❻場屋　特指科舉時代考試士子的地方，也稱科場。❼乾隆丙辰　即清乾隆元年，西元一七三六年。

【語譯】景州人方夔典說：他小時候曾患心氣不寧的病症，稍稍勞累心臟就好像簌簌抖動。服用棗仁、遠志一類的藥物，症狀時而發作時而停止，不很有效。一次，他偶然遇見朋友家在扶乩請仙，乩仙自稱是純陽真人呂洞賓。他趁便拜求仙人賜予仙方。乩仙判道：「這個症狀表現在心臟部位，但它的病因出於脾臟。脾虛就是因為子食母氣，使氣息反轉的緣故。可以把白朮炒後經常服用。」他作了試驗，果然有效。方夔典又說：他曾經向乩仙詢問自己的科舉前程。乩仙判道：「科舉考場中寫的文章，只要能做到筆酣墨飽，書味盎然，就會考中了。何必預先查問呢！」後來，他到乾隆元年登進士第，他所在的那一房的同考官拿出閱卷簿來看，所批注的評語就是乩仙判詞上的八個字。不過科舉功名是前生注定，難道連試卷批語也是前生注定的麼？

【研析】扶乩這種活動在清朝盛行一時，士大夫們常把此作為遊戲。作者相信扶乩能請來乩仙，至於這個乩仙是神仙降臨還是鬼魂作亂，作者認為就不可知了。看來這位方夔典是幸運的，能有純陽真人呂洞賓為其開方治病、指點迷津。他人是否有此幸運，就不得而知了。

物各有主

高梅村言：有二村民同行，一人偶便旋，蹴起片瓦，下有一罌❶。瓦上刻一字，則同行者姓也。懼為所見，託故自返，而潛伏蒼翳❷中。望其去遠，乃往私取，則滿罌皆清水矣。不勝其恚，舉而盡飲之。時日已暮，無可棲止，憶同行者家尚近，徑往借宿。夜中忽患霍亂，嘔洩並作，穢其床席幾遍；愧不自容，竟宵遁。質明，其家視之，則皆精銀，如鎔汁瀉地成片然。余謂此語特供諧笑，未必真有。而梅村堅執謂不誣。然則物各有主，非人力可強求，鑿然信矣。

【章旨】此章講述了一個人想侵占他人名下財物，卻不能得逞的故事。

【注釋】❶罌　盛酒器。口小腹大。❷薈翳　草木叢聚隱翳。亦指枝葉繁茂隱翳的草木。

【語譯】高梅村說：有兩個村民同行趕路，一個人偶爾去小便，踢起一塊瓦片，下面有一隻口小腹大的罈子。瓦片上刻著一個字，是同行人的姓。他擔心被同行人看見，就找個藉口自己返回了，卻悄悄潛伏在茂密的草叢裡。他看見同行人走遠了，於是就私自前去拿那個罈子，然而那個罈子裡滿滿的都是清水。那個人非常氣憤，舉起罈子把水一飲而盡。這時天色已晚，沒有地方住宿，想起同行人的家就在附近，就直接到那家去借宿。半夜，他忽然患了霍亂，上吐下瀉，同時發作，把人家的床鋪弄得幾乎到處都是汙穢；他慚愧得無地自容，就連夜偷偷地走了。等到天亮，同行人的家人來看望這個人，看到地下床上到處是純銀，好像銀子熔化後瀉在地上凝成一片的形狀。我認為這個故事不過是供人當笑話罷了，不一定真有其事。但高梅村堅持說不是編造出來的故事。那麼，每樣物品都各有主人，不是人力可以勉強迫求得到的，這個道理確實可信。

【研析】這個故事無非是想說明富貴在天，不可強求的道理。再深入一層，就是要人們各安其命，不要奮起抗爭。這在今人看來，不可理解。但在當時，卻是為封建統治者所歡迎。因為這種思想能夠起到麻痺人們、安定社會的作用，千萬不可小看。

姜挺赦狐

梅村又言：有姜挺者，以販布為業，恆攜一花犬自隨。一日獨行，途遇一叟呼之住。問：「不相識，何見招？」叟遽叩首有聲曰：「我狐也。夙生負君命，三日後君當嗾花犬斷我喉。冥數❶已定，不敢逃死。然竊念事隔百餘年，君轉生人道❷，我墮為狐，必追殺一狐，與君何益？且君已不記被殺事，偶殺一狐，亦無所快於心。願納女自贖，可乎？」姜曰：「我不敢引狐入室，亦不欲乘危劫人女。貰❸則貰汝，然何以防犬終不噬也？」曰：「君但手批一帖曰：『某人夙負❹，自願銷除。』我持以告神，則犬自不噬。冤家債主，解釋須在本人，神不違也。」適攜記簿紙筆，即批帖❺予之。叟喜躍去。後七八載，姜販布渡大江❻，突遇暴風，帆不能落，舟將覆。見一人直上檣竿杪❼，掣斷其索，騎帆❽俱落。望之似是此叟，轉瞬已失所在矣。皆曰：「此狐能報恩。」余曰：「此狐無術自救，能數千里外救人乎？此神以好生延其壽，遣此狐耳。」

【章旨】此章講述布商姜挺赦免前生負罪的狐狸精，得到狐狸精報恩的故事。

【注釋】❶冥數　上天所定的氣數或命運。❷人道　佛教語。猶言人界。佛教謂眾生根據生前善惡行為，因果報應，在天道、人道、阿修羅道、畜生道、餓鬼道、地獄道等六道中輪迴。❸貰　赦免；寬縱。❹夙負　謂對往事有所歉疚。❺批帖　指寫一張帖子。❻大江　長江。❼檣竿杪　船桅杆的頂端。❽騎帆　指騎在帆布上。

【語譯】高梅村又說：有個叫姜挺的人，以販賣布匹為職業，常常攜帶一條花狗隨著自己。有一天，姜挺獨自趕路，路上遇到一個老人叫住他。姜挺說：「我們不相識，為什麼叫住我？」老人急忙跪下磕頭磕出響聲來說：「我是狐狸精。前生欠您一條命，三天後，您會叫花狗咬斷我的喉嚨。冥冥之中氣數已經注定，我不敢逃避死亡。然而我私下想事情已經隔了一百多年，您轉世投胎為人，我卻墮落為狐狸，非要追殺一隻狐狸，對您有什麼好處呢？而且您已經不記得前生被殺的事，現在偶爾殺死一隻狐狸，心裡也沒有什麼可高興的。我願意把女兒送給您，來贖自己當年的罪惡，可不可以呢？」姜挺說：「我不敢把狐狸引到家裡來，也不想乘人之危搶奪人家的女兒。要寬恕就寬恕你了，但是怎樣才能防止花狗咬你呢？」老人說：「您只要手寫一張帖子，說『某人前生欠我的債，我自願銷除』。我拿著這張帖子去報告神靈，那麼花狗自然就不會咬我了。凡是冤家債主，解除債務一定是要債主本人，神靈不會不同意的。」姜挺恰好身邊帶有記帳的紙和筆，就寫了一張帖子交給老人。老人高興得跳起來走了。過了七八年後，姜挺販運布匹橫渡長江，突然遇到暴風，船帆不能落下來，船眼看就要傾覆。只見一個人直接爬上桅杆頂，扯斷帆繩，騎在船帆上一起落下來。姜挺遠遠望見那個人好像是那個老人，轉眼間就不知去向了。大家都說：「這隻狐狸精能夠知道報恩。」我說：「這隻狐狸精沒有法術自救，怎麼能到幾千里之外去救別人呢？這是神靈因為姜挺有好生之德，要延續他的壽命，所以派遣那隻狐狸精去救他而已。」

【研析】夙冤總要償還，除非債主寬免。姜挺並不糾纏於夙冤，而是得饒人處且饒人，與人方便，自己方便，最終得益的還是自己。那些糾纏於隔年舊帳的人，不妨學學姜挺。

形隨心化

周泰宇言：有劉哲者，先與一狐女狎，因以為繼妻。操作如常人，孝舅姑，睦娣姒❶，撫前妻子女如己出，尤人所難能。老而死，其屍亦不變狐形。或曰：「是本奔女，諱其事，託言狐也。」或曰：「實狐也，煉成人道，未得仙，故有老有死；已解形，故死而屍如人。」余曰：「皆非也，其心足以持之也。凡人之形，可以隨心化。郗皇后❷之為蟒，封使君❸之為虎，其心先蟒先虎，故其形亦蟒亦虎也。舊說狐本淫婦阿紫❹所化，其人而狐心也，則人可為狐。其狐而人心也，則狐亦可為人。緇衣黃冠❺，或坐蛻❻不仆；忠臣烈女，或骸存不腐，皆神足以持其形耳。此狐死不變形，其類是夫！」泰宇曰：「信然。相傳劉初納狐，不能無疑憚。狐曰：『婦欲宜家耳，苟宜家，狐何異於人？且人徒知畏狐，而不知往往與狐侶。彼婦之容止無度，生疾損壽，何異狐之採補乎？彼婦之逾牆鑽穴，密會幽歡，何異狐之冶蕩乎？彼婦之長舌離間，生釁家庭，何異狐之媚惑乎？彼婦之隱盜資產，私給親愛，何異狐之攘竊乎？彼婦之嚚淩詬誶❼，六親❽不寧，何異狐之祟擾乎？君何不畏彼而反畏我哉？』是狐之立志，欲在人上久矣，宜其以人始以人終也。若所說種種類狐者，六道輪迴，惟心所造，正恐眼光落地，不免墮入彼中耳。」

【章旨】此章講述了一個狐女立志欲在人上，而最終成功的故事。

【注釋】❶娣姒　妯娌。兄妻為姒，弟妻為娣。❷郗皇后　名徽，梁金鄉（南朝宋置僑縣，今闕，當在江蘇境內）人。幼明慧。齊建元末嫁於武帝。武帝為雍州刺史時，郗氏卒於襄陽官舍。梁武帝即位，追尊為皇后。相傳她變為巨蟒。❸封使君　《太平御覽》卷八九二《述異記》：「漢宣城郡守封邵，一日忽化虎，食郡民。……故時人語曰：『無作封使君，生不治民死食民。』」使君，對太守的敬稱。故事反映了對貪官汙吏的憎恨。後來詩文中以封使君為虎的代稱。❹阿紫　狐狸的別稱。晉干寶《搜神記》卷十八引：「《名山記》曰：『狐者，先古之淫婦也，其名曰阿紫，化而為狐。』」❺緇衣黃冠　緇衣，僧尼之服。黃冠，道士所戴束髮之冠。用金屬或木類製成，其色尚黃，故曰黃冠。❻坐蛻　亦稱「坐脫」、「坐化」。佛教名詞。傳說有些高僧臨終之時，常常端坐而逝，故稱。❼囂凌詬誶　囂凌，囂張凌辱；囂張氣盛。詬誶，辱罵。❽六親　六種親屬。古說不一。①《新書・六術》以父、昆弟、從父昆弟、從祖昆弟、曾祖昆弟、族昆弟為六親。②《漢書・賈誼傳》顏師古注引應劭注，以父、母、兄、弟、妻、子為六親。③《老子》王弼注以父、母、兄、弟、夫、婦為六親。此處凡指親屬。

【語譯】周泰宇說：有個叫劉哲的人，先和一個狐女相愛，後來又把狐女娶為繼妻。狐女操持家務像平常人一樣，孝順公婆，和睦妯娌，撫育前妻的子女如同自己生的孩子一樣，這尤其是人都難以做到的。狐女年老去世，她的屍首也不變回狐狸的模樣。有人說：「她本來是個私奔的女子，隱瞞了這個事實，假說是狐女而已。」有人說：「確實是狐女，她修煉成了人，但還沒有成仙，所以才有年老死亡的事；她已經解脫了狐狸原來的本形，所以死後屍體和人一樣。」我說：「這些說法都不對。這是因為她的心思足以使她保持人的模樣而已。大凡人的形體，可以隨著心思變化。梁武帝的郗皇后之所以變成蟒蛇，封使君之所以變成老虎，是他們的心思已經先變成蟒蛇之心、老虎之心，所以他們的形體也變成了蟒蛇、老虎了。過去說狐狸精本來是淫婦阿紫變成的，這是人的形體而有狐狸的心思，那麼人可以變成狐狸。狐狸的形體而有人的心思，那麼狐狸也可以變成人。僧人道士，有的坐化而軀體不會倒下；忠臣烈女，有的死後屍骸存留不會腐爛，都是因為他們的精神足以保持他們的形象。這個狐女死後不變形，就是屬於這一類吧！」周泰宇說：「這話是可以相信的。相傳劉哲剛娶狐女時，不能不有所疑慮害怕。狐女說：『娶妻只要適宜這個家庭而已。如果適宜這個家庭，狐女有什麼不同於人呢？而且人們只知道害怕狐狸精，而不知道往往和狐狸精為伴侶。那些婦女行為不規矩、欲望沒有限度，使男人生病短壽，和狐狸精採補人的精氣有什麼不同？那些婦女翻牆鑽洞，祕密與人約會偷情，和狐狸精的淫蕩有什麼不同？那些偷盜家產，私自送給相好的，和狐狸精的搶奪偷盜有什麼不同？那些婦女的囂張狂傲，吵鬧詬罵，攪得六親不寧，和狐狸精的作祟騷擾有什麼不同？您為什麼不怕那些婦人卻反而害怕我呢？』這狐女立的志向，想在常人之上很久了，她以人的生活開始而以人的死亡終了是應該的。她所說的那些種種類似狐狸精的婦人，陰間六道輪迴，都是由自己的心志所決定的。我正擔心她們眼睛向下，對自己要求過低，不免要墮落到狐狸中間去了。」

【研析】作者筆下的狐女中，唯獨這個狐女值得尊敬。她並不因為自己是狐女而自暴自棄，她立志高遠，在常人之上，求仁得仁，最終完成了自己的心願，也歸屬了人類，這就是作者所謂的「其狐而人心也，則狐亦可為人」。而有些人雖說是人類，行事卻與禽獸無異。作者激憤地指出：「其人而狐心也，則人可為狐。」從中可以看出作者對這些所謂的「人」的鄙夷。

爭繼原為資產

古者世祿世官❶，故宗子❷必立後，支子❸不祭，則禮無必立後之文。孟皮❹不聞有後，亦不聞孔子為立後，非嫡故也。支子之立後，其為煢嫠守志❺，不忍節婦之無祀乎？譬諸士本無誄❻，而縣賁父❼則始誄，死職故也。童子本應殤，而汪錡❽則不殤，衛社稷故也。禮以義起，遂不可廢。凡支子之無後者，亦遂沿為例不可廢，而家庭之難，即往往由是作焉。董曲江言：東昌❾有兄弟三人，仲先死無後。兄欲以其子繼，弟亦欲以其子繼。兄曰，弟當讓兄。弟曰，兄子幼而其子長，弟又當讓兄。訟經年，卒為兄奪。弟恚甚，鬱結成疾。疾甚時，語其子曰：「吾必求直於地下。」既而昏眩，經半日復蘇，曰：「豈特陽官❿誖哉，陰官之誖乃更甚。頃魂遊冥司，陳訴此事。一陰官詰我曰：『汝為汝兄無後耶？汝兄已有後矣，汝特為資產爭耳。見獸於野，兩人並逐，捷足者先得。汝何訟焉？』竟不理也。夫爭繼原為資產，乃瞋目與我講宗祀⓫，何不解事至此耶？多置紙筆我棺中，我且訴諸上帝也。」此真至死不悟者歟！曲江曰：「吾猶取其不自諱也。」

【章旨】此章從一個事例揭露了家族中爭奪繼承權就是爭奪家產的事實。

【注釋】❶世祿世官　指古代貴族世代承襲官職、享受祿位。❷宗子　古代宗法制度，嫡長子及繼承先祖嫡系之子為族人兄弟所共宗（尊），故稱。❸支子　嫡妻之次子以下及妾生之子為「支子」。❹孟皮　孔子的庶兄。❺煢嫠守志　寡婦守節。煢嫠，寡婦。❻誄　古代用以表彰死者德行並致哀悼的文辭，亦即為謚法所本。僅能用於上對下。後來成為哀祭文體的一種。❼縣賁父　春秋時魯莊公的臣。❽汪錡　春秋時魯國童子。❾東昌　路、府名。轄境相當今山東聊城。❿陽官　陽間的官吏。與「陰官」相對。⓫宗祀　謂對祖宗的祭祀。

【語譯】古代世襲祿位、世襲官職，所以家族的嫡長子必須確立繼承人，其他兒子不享受祭祀，但按禮制沒有必須確立繼承人的規定。沒聽說孟皮有後代，也沒聽說孔子為他立繼承人，因為他不是嫡子的緣故。為支子立繼承人，大概是因為寡婦守節，後人不忍心那些節婦無人祭祀吧？譬如士死後本來沒有祭文，從縣賁父開始才有祭文，是因為他以身殉職的緣故。兒童的死亡叫做殤，但魯國兒童汪錡的死卻沒有稱做殤，因為他是為保衛國家戰死的緣故。禮制是根據義理制定的，於是就不可以廢除。凡是其他兒子沒有繼承人的，也就沿襲為慣例不可以廢除，但家庭中矛盾，就往往由此而產生了。董曲江說：東昌府有兄弟三人。老二先死沒有後代，老大想讓自己的兒子去繼承，老三也想讓自己的兒子去繼承。老大說，弟弟應當讓哥哥。老三說，哥哥的兒子年幼，而我的兒子年長，從子侄一代來說弟弟又應當讓哥哥。官司打了一年多，最終被老大奪得繼承權。老三憤恨極了，憂鬱成病。病重時，對自己兒子說：「我一定要到地下求得公平。」接著昏迷不醒，過了半天又蘇醒過來，說：「不只是陽世的官員糊塗不講理，陰間的官員更加糊塗不講理。剛才我的魂魄到陰間官府，陳述了這件事。一個陰間官員質問我說：『你是為你二哥沒有後代而爭嗎？那麼你二哥如今已經有後代了，你只是為了你二哥的遺產而爭奪罷了。這彷彿在荒野上看見一隻野獸，兩個人一起追逐，跑得快的人先得到。你有什麼可以告狀的呢？』竟然不理會我了。本來爭奪繼承權就是為了財產，卻睜大眼睛對我講繼承祖先祭祀的事，那個官員怎麼不懂事理到這樣的程度呢？多放些紙筆在我棺材裡，我要控告到上帝那裡去。」這真是個至死不悟的人。董曲江說：「我倒是讚許他對自己的意圖毫不隱諱。」

【研析】「爭繼原為資產」，這個人倒是把自己的意圖毫不隱諱地說出來，剝去了脈脈親情，剩下的只是赤裸裸的利益。明清兩代，統治者大力提倡理學，社會上充斥著滿口仁義道德的講學家，但揭去面紗，我們看到的卻是無情的爭奪和無恥的自白。如此事例，對理學的批判是何等辛辣。

論因緣

己卯❶典試山西時，陶序東以樂平❷令充同考官。卷未入時，共閒話仙鬼事。序東言有友嘗遊南嶽❸，至林壑深處，見女子倚石坐花下。稔聞智瓊❹、蘭香❺事，遽往就之。女子以紈扇❻障面曰：「與君無緣，不宜相近。」曰：「緣自因生，不可從此種因乎？」女子曰：「因須夙造，緣須兩合，非一人欲種即種也。」翳然❼滅跡，疑為仙也。余謂情欲之因緣，此女所說是也。至恩怨之因緣，則一人欲種即種，又當別論矣。

【章旨】此章講述了一個輕薄士子偶遇仙女，引發了作者對於因緣的議論。

【注釋】❶己卯　即清乾隆二十四年，西元一七五九年。❷樂平　古縣名。治所在今山西昔陽。❸南嶽　衡山的古稱。在湖南衡山縣西。❹智瓊　仙女名。晉干寶《搜神記》卷一：「魏濟北郡從事掾弦超，字義起，以嘉平中夜獨宿，夢有神女來從之，自稱天上玉女，東郡人，姓成公名智瓊，早失父母，天帝哀其孤苦，遣令下嫁從夫。」❺蘭香　杜蘭香。神話傳說中的仙女。晉干寶《搜神記》卷一載：漢時有杜蘭香者，數至張碩家，「可十六七，說事邈然久遠……。」❻紈扇　細絹製成的團扇。❼翳然　隱蔽的樣子。

【語譯】乾隆二十四年我到山西主持科舉考試，樂平縣令陶序東擔任同考官。試卷沒有送來時，我們一起閒談神仙鬼怪故事。陶序東說，有位朋友曾遊歷南嶽衡山，走到山林幽深處，看見一個女子靠著石頭坐在花叢下。這個人熟知仙女成公智瓊、杜蘭香的故事，急忙向女子走過去。女子用絹扇遮著臉說：「我和您沒有緣分，不應該互相接近。」這個人說：「緣分是由因生出來的，我們不能從現在開始種因嗎？」女子說：「因必須前生造下的，緣分必須是雙方相合，並非一個人想種就能種下的。」說罷，女子忽然間就消失了蹤跡。這個人懷疑她是位仙女。我認為，指男女情欲的因緣，這個女子所說的很對。至於恩怨的因緣，那是一個人想種就能種，這又另當別論了。

【研析】輕薄書生妄想和仙女有一場豔遇，卻碰了一鼻子的灰。男女感情，應該是男女雙方共同培育的，並非一廂情願之事。至於人與人之間的恩怨，確實如作者所說的一人即可種下。有時一句話，一個行動，甚至一個眼色，都會引起個人間的恩怨。要消除人間的恩怨，還是在於人們相互間的寬容和大度。

此乃真仙

大同❶宋中書❷瑞言：昔在家中戲扶乩，乩動，請問仙號。即書曰：「我本住深山，來往白雲裡。天風忽颯然，雲動如流水。我偶隨之遊，飄飄因至此。荒村茅舍靜，小坐亦可喜。莫問我姓名，我忘已久矣。且問此門前，去山凡幾里？」書訖，乩遂不動。或者此乃真仙歟？

【章旨】此章記錄了乩仙題寫的一首詩，作者以為是真仙所寫。

【注釋】❶大同　今山西大同。在山西北部、桑乾河上游、外長城內側。❷中書　官名。清代沿明制，於內閣置中書若干人。掌撰擬、記載、翻譯、繕寫。官階為從七品。

【語譯】大同人宋瑞中書說：過去在家裡扶乩取樂，乩動起來，他請問來的仙人的法號。乩仙寫道：「我本來住在深山，來往於白雲裡。天風忽然颯然颳起，白雲飄動如流水。我偶爾隨之漫遊，飄飄因而來到此地。荒村茅舍幽靜，小坐亦甚可喜。不要問我姓名，我已忘記很久了。且問此門前往，去山共有幾里？」寫畢，乩就不再動了。或許這位是真仙吧？

【研析】憑一首詩，就能斷定真仙，未免太過簡單。從中不難看出，作者平日所見的下壇乩仙，大多是假神假仙。因此一首灑脫小詩，就會引起作者如此共鳴。

小李陵

和和呼通諾爾之戰❶，兵士有沒蕃者。乙亥❷平定伊犁，望大兵旗幟，投出宥死，安置烏魯木齊，群呼之曰「小李陵❸」。此人不知李陵為誰，亦漫應之。久而竟迷其本名。己丑❹、庚寅❺間，余在烏魯木齊，猶見其人，已老矣。言在準噶爾❻轉鬻數主，皆司牧羊。大兵將至前一歲八月中旬，夜棲山谷，望見沙磧有火光。西域諸部，每互相鈔掠，疑為劫盜。登岡眺望，乃見一巨人，長丈許，衣冠華整，侍從秉炬前導，約七八十人。俄列隊分立，巨人端拱向東拜，意甚虔肅，知為山靈❼。時適準噶爾亂，已微聞阿睦爾撒❽納款❾塞請兵事，竊意或此地當內屬，故鬼神預東向耶？既而果然。時尚不知八月中旬為聖節❿，歸正後乃悟天聲震疊，為遙祝萬壽云。

【章旨】此章從一個側面反映了清軍平定準噶爾叛亂，得到邊疆人民擁護的事實。

【注釋】❶和和呼通諾爾之戰　清雍正九年（一七三一年），清軍鎮壓新疆叛亂的一場戰爭。❷乙亥　即清乾隆二十年，西元一七五五年。❸李陵　西漢李廣孫。字少卿，成紀（今屬甘肅靜寧）人。善騎射，武帝時拜騎都尉。帶兵出塞伐匈奴，兵敗投降。❹己丑　即清乾隆三十四年，西元一七六九年。❺庚寅　即清乾隆三十五年，西元一七七〇年。❻準噶爾　清衛拉特蒙古四部之一。原游牧於天山北路塔爾巴哈臺東和博克河、薩里山一帶，後以伊犁為中心，兼併衛拉特其餘三部，勢力不斷擴大，並勾結外國勢力發動叛亂。清朝自康熙二十九年（一六九〇年）至乾隆二十二年（一七五七年）多次用兵，始將其平定。❼山靈　山神。❽阿睦爾撒　新疆地區少數民族首領。居額爾齊河。乾隆十九年（一七五四年），抗拒準噶爾汗達瓦齊，戰敗舉關附清廷。❾納款　投誠。❿聖節　唐開元十七年（七二九年）八月五日玄宗生日，左丞相源乾曜、右丞相張說等上表請以是日為千秋節，制許之。後歷代皇帝生日或定節名，或不定節名，皆稱為聖節。

【語譯】和和呼通諾爾戰役中，有個兵士被番邦俘獲。乾隆二十年，清軍平定伊犁，這個兵士看見清朝大軍的旗幟，就跑了回來，被免於死罪，安置在烏魯木齊，大家喊他為「小李陵」。這個人不知道李陵是誰，也隨口答應了大家的稱呼。時間長了，大家竟然忘記了他的本名。乾隆三十四、五年間，我在烏魯木齊時，還見到這個人，年紀已經老了。他說在準噶爾時被轉賣給幾個主人，都是牧羊。大軍到來前一年的八月中旬，他夜裡睡在山谷裡，遠遠望見沙漠中有火光。西域各個部落，經常相互搶掠，他懷疑是搶劫的強盜。他爬上山岡眺望，看見一個巨人，身高一丈多，衣冠華美整齊，有侍從舉著火炬在前面開路，大約有七八十人。不久，列隊分開兩邊站立，巨人嚴肅地向東方拱手行禮，神情十分虔誠肅穆，他知道是山神了。當時正值準噶爾叛亂，又略微聽到阿睦爾撒決定投誠朝廷，請求朝廷出兵的事，心中暗想或許這個地方要歸屬內地了，所以鬼神預先向東方行禮吧？後來果然如此。當時還不知道八月中旬是天子的誕辰。等到回歸朝廷後，才省悟到天聲不斷震響，是在遙祝皇帝萬壽無疆。

【研析】清康熙年間平定新疆準噶爾叛亂，是打擊分裂勢力，維護國家統一的一場鬥爭。康熙皇帝克服種種困難，出兵新疆平叛，並取得了決定性勝利。但直至乾隆年間，這場平叛鬥爭才告徹底完成。新疆人民是渴望祖國統一，反對分裂割據的。從上述故事就不難看出民心的向背。

李璇占事多驗

甘肅李參將名璇，精康節❶觀梅之術❷，占事多驗。平定西域時，從大學士溫公在軍營。有兵士遺火，焚轅前枯草，闊丈許。公使占何祥。曰：「此無他，公數日內當有密奏耳。火得枯草行最速，急遞之象也；煙氣上升，上達之象也。知為密奏。凡密奏，當焚草也。」公曰：「我無當密奏事。」曰：「遺火亦無心，非預定也。」既而果然。其占人終身，則使隨手拈一物。或同拈一物，而所斷又不同。至京師時，一翰林拈煙筒。曰：「貯火而其煙呼吸通於內，公非冷局官❸也；然位不甚通顯，尚待人吹噓故也。」問：「歷官當幾年？」曰：「公毋怪直言。火本無多，一熄則為灰燼，熱不久也。」問：「壽幾何？」搖首曰：「銅器原可經久，然未見百年煙筒也。」其人慍去。後歲餘，竟如所言。又一郎官❹同在座，亦拈此煙筒，觀其復何所云。曰：「煙筒火已息，公必冷官也。已置於床，是曾經停頓也；然再拈於手，是又遇提攜復起矣。將來尚有熱時，但熱又占與前同耳。」後亦如所言。

【章旨】此章通過幾個小故事來說明李璇占卦應驗。

【注釋】❶康節　即邵雍。北宋哲學家。字堯夫，諡康節。其先范陽人，幼隨父遷共城（今河南輝縣）。他根據《易傳》關於八卦形成的解釋，參雜道教思想，虛構一宇宙構造圖式和學說體系，成為他的象數之學（也叫「先天學」）。❷觀梅之術　古占法。指宋代邵雍所作的梅花數。其法任取一字劃數，以八減之，餘數得卦；再取一字，以六減之，餘數得爻，然後依《易》理，附會人事，以斷吉凶。❸冷局官　冷官。指地位不重要，事務不忙的官。❹郎官　謂侍郎、郎中等職。

【語譯】甘肅參將李璇，精通邵雍的觀梅之術，用來占卜事情大多很應驗。平定西域時，李璇隨從大學士溫福先生在軍營中。有個兵士引發火災，燒掉軍營轅門前的一片枯草，有一丈多寬。溫公叫李璇占卜是什麼徵兆。李璇說：「這沒什麼，先生幾天之內就會有密奏報告朝廷而已。火遇到枯草蔓延最迅速，是緊急傳送的象徵；煙氣上升，是報告朝廷的象徵。由此知道這是密奏，因為凡是密奏，就要把草稿燒掉。」溫公說：「我沒有必須密奏的事啊！」李璇說：「兵士引發火災也是無意中的行為，並非是預先準備的。」後來果然如此。他占卜預測別人的終身命運時，就讓人隨手拿一件東西。有時幾個人拿同一件東西，但他的占卦結果又各不同。到京城時，有個翰林拿了個煙筒，李璇說：「煙筒貯藏火焰，而且它的煙氣通過呼吸通行在煙筒裡，說明您不是被冷落的官員，但地位不十分通達顯赫；還需要等待別人為您吹噓的緣故！」這個翰林又問：「我可以做幾年官？」李璇說：「先生不要責怪我直言。煙筒裡的火本來不多，一旦熄滅後就成了灰燼，熱的時間不會長。」這個翰林又問：「我的壽命有多長？」李璇搖搖頭說：「銅器原本可以經久耐用，但是沒有見過有百年以上的煙筒呀！」這個翰林聽後生氣地走了。後來過了一年多，這個翰林的命運竟然像李璇所說的一樣。又有一個郎官同時在座，也拿起這個煙筒，看看李璇又怎麼說。李璇說：「煙筒火已經熄滅了，您必定是位受冷落的官員。煙筒已經放在床上，這是說您的官運曾經停頓過。但是它又被拿在手裡，是說明您又遇到有人提攜要被重新起用了。將來還會有熱起來的時候，不過熱後的結果和前面占的相同。」後來，那位郎官的命運也和李璇說的一樣。

【研析】占卦測運算命由來已久，至今不衰，其中的社會心理現象值得研究。作者相信命運前定，故而相信占卦也就順理成章了。仔細辨析李璇的解說，似乎並沒有什麼值得驚奇佩服之處，他只不過依據事理說了些模稜兩可的話。但作者深迷其中，難免以為句句應驗了。

煙靄乘舟圖

吳惠叔攜一小幅掛軸❶，紙色似百年外物，云得之長椿寺市上。筆墨草略，半以淡墨掃煙靄，半作水紋，中惟一小舟，一女子坐篷下，一女子搖櫓而已。右角濃墨寫一詩曰：「沙鷗同住水雲鄉，不記荷花幾度香。頗怪麻姑❷太多事，猶知人世有滄桑。」款曰：「畫中人自畫並題。」無年月，無印記。或以為仙筆，然女仙手跡，人何自得之？或以為游女❸，又不應作此世外語。疑是明末女冠❹，避兵於漁莊蟹舍，自作此圖。無舊人跋語，亦難確信。惠叔索題，余無從著筆，置數日還之。惠叔歿於蜀中，此畫不知今在否也？

【章旨】此章描述了一幅小畫的畫面和題款，並對作畫者作了推測。

【注釋】❶掛軸　裝裱成軸，可懸掛的書畫。❷麻姑　中國古代神話中的仙女。葛洪《神仙傳》說她為建昌人，修道牟州東南姑餘山。東漢桓帝時應王方平之召，降於蔡經家，年十八九，能擲米成珠。自言曾見東海三次變為桑田，蓬萊之水也淺於舊時，或許又將變為平地。後世遂以「滄海桑田」比喻世事變化之急劇。她的手指像鳥爪，蔡經見後曾想：「背大癢時，得此爪以爬背，當佳。」後代文人常用作典故。又相傳三月三日西王母壽辰，她在絳珠河畔以靈芝釀酒，為王母祝壽。故古時祝女壽者多繪麻姑像贈送，稱「麻姑獻壽」。❸游女　出遊的女子。❹女冠　即女道士。唐代出家的女道徒戴黃冠。因古時女子本無冠，凡有冠者必是女道士，稱「女冠」。

【語譯】吳惠叔帶來一小幅掛軸，從紙的顏色看好像是百年前的東西，說是在長椿寺的集市上買來的。畫上的筆墨隨意簡略，一半用淡墨掃描成煙靄，一半畫成流水的波紋，中間只畫了一葉小舟，一個女子坐在船篷下，一個女子搖櫓而已。畫的右角用濃墨題寫著一首詩：「與沙鷗同住在水雲鄉，不記得荷花幾度香。頗責怪麻姑太多事，尚且還知道人世有滄桑。」題款是「畫中人自畫並題」。畫上沒有年月，也沒有印記。有人認為是仙人的筆跡。但如果是仙女的手跡，凡人又是怎麼得到的呢？有人認為是游女所畫的，但游女不應該寫出這樣超脫人世的話語。我懷疑是明朝末年的女道士，在漁村漁民家裡躲避戰亂，自己畫了這幅畫。但因為沒有前人的跋語，所以也難以確信。吳惠叔請我題詞，我覺得無從下筆，放了幾天還給了他。吳惠叔在四川去世後，這幅畫不知道如今還在不在了？

【研析】一幅小畫意境超脫，有飄然出世之念，似乎頗得作者喜愛，以致若干年後還念念不忘。作者歷經宦海風波，晚年有超脫塵世之想，也屬正常。

輕薄少年遺狐懲

舅氏實齋安公言：程老，村夫子也。女頗韶秀❶，偶門前買脂粉，為里中少年所挑，泣告父母。憚其暴橫，弗敢較，然恚憤不可釋，居恆鬱鬱。故與一狐友，每至輒對飲。一日，狐怪其慘沮。以實告，狐默然去。後此少年復過其門，見女倚門笑，漸相軟語，遂野合於小圃空屋中。臨別，女涕泣不捨，相約私奔。少年因夜至門外，引以歸。防程老追索，以刃擬婦曰：「敢洩者死！」越數日，無所聞；知程老諱其事，意甚得，益狎昵無度。後此女漸露妖跡，乃知為魅；然相悅甚，弗能遣也。歲餘病瘵，惟一息僅存，此女乃去。百計醫藥，幸得不死，資產已蕩然。夫婦露棲，又尪弱❷不任力作，竟食婦夜合之資❸，非復從前之悍氣矣。程老不知其由，向狐述說。狐曰：「是吾遣黠婢戲之耳。必假君女形，非是不足餌之也；必使知為我輩，防敗君女之名也；瀕危而捨之，其罪不至死也。報之已足，君無更怏怏矣。」此狐中之朱家❹、郭解❺歟？其不為已甚，則又非朱家、郭解所能也。

【章旨】此章講述了一個輕薄少年調戲良家少女，遭到狐狸精嚴懲的故事。

【注釋】❶韶秀　聰明秀麗。❷尪弱　亦作「尫弱」、「尩弱」。瘦弱；衰弱。❸夜合之資　付給娼妓的嫖宿報酬。❹朱家　西漢初魯人。以任俠聞名，藏匿大批的豪強和亡命，在關東地區勢力很大。高祖即位，追捕原項羽部將、楚地遊俠季布，他曾用計加以解脫。❺郭解　字翁伯，西漢河內軹縣（今河南濟源）人。以任俠聞名，常藏匿亡命，任意殺人，並私鑄貨幣。後被漢武帝徙往關中，仍與當地豪強結交。因門客殺人，被指為叛逆，族誅。

【語譯】舅舅安實齋先生說：程老先生是村裡的塾師。他有個女兒長得很聰明秀麗，偶然有次在門口買脂粉，被里中的一個少年調戲，哭著告訴父母。程老先生害怕那個少年的凶暴蠻橫，不敢和他計較，但是心中的憤怒無法消除，時常鬱鬱寡歡。程老先生原來和一位狐仙交朋友，狐友每次來就要和程老先生在一起對坐喝酒。有一天，狐友見程老先生神色淒慘沮喪，感到很奇怪，老人就把實際事情告訴了狐友。狐友聽後沒有說什麼就離開了。後來，那個少年又經過程老先生的家門口，看到老人的女兒靠在門上對他微笑，兩人漸漸互相說些親熱的話，於是就在小菜園的空屋裡私通做愛。少年臨別時，程女流著眼淚依依不捨，相約一起私奔。少年因而在夜裡來到程家門外，帶著程女回了自己家。為了防止程老先生知道要來追討索要女兒，這個少年就用刀威脅自己妻子說：「敢洩露這件事，就殺死你！」過了幾天，沒有聽到什麼動靜，少年以為程老先生不敢張揚這件事情，心中很得意，更加和程女放縱淫樂沒有節制。後來，這個女子漸漸露出妖怪的跡象，少年才知道她是妖魅。但是兩人彼此很歡愉，少年不能趕她走。一年多後，少年病重，只剩下一口氣了，這個女子才離去。少年家裡千方百計地求醫問藥，僥倖沒有病死，但家中財產已經蕩然無存。夫妻兩人露宿街頭，少年又因為身體衰弱不能從事體力勞動，竟然靠妻子的賣淫錢糊口謀生，不再有從前那種凶悍的霸氣了。程老先生不知道其中的原因，向狐友說起這件事。狐友說：「這是我派了一個狡黠的婢女去戲弄那個少年而已。必須假裝成您女兒的模樣，不是這樣不足以引他上鉤。後來又必須讓他知道是我們狐狸精幹的，防止他敗壞您女兒的名聲。等到他生命垂危快要死時就放過他，因為他的罪過還不至於死。報復他已經足夠了，您不要再快快不快了。」這是狐狸精中的朱家、郭解吧？他不做過分的事，這又不是朱家、郭解所能及得了的。

【研析】輕薄少年落到這樣下場，只能說是咎由自取。那個狐仙如此助友，看來作者是讚許的，說其「不為已甚，則又非朱家、郭解所能」，就是將這個狐仙的行事不僅比作朱家、郭解，甚至超過朱家、郭解。作者的愛憎，於此分明。

狐女懲治負心漢

從孫樹寶言：辛亥❶冬，與從兄道原訪戈孝廉仲坊，見案上新詩數十紙，中有二絕句云：「到手良緣事又違，春風空自鎖雙扉。人間果有乘龍婿，夜半居然破壁飛❷。」「豈但蛾眉❸鬥尹、邢❹，仙家亦自妒娉婷。請看搔背麻姑爪❺，變相分明是巨靈❻。」皆不省所云，詢其本事。仲坊曰：「昨見滄州張君輔言：南皮❼某甲，年二十餘，未娶。忽二豔女夜相就。詰所從來，自云：『是狐，以夙命當為夫婦。雖不能為君福，亦不至禍君。』某甲耽昵其色，為之不婚。有規戒之者，某甲謝曰：『狐遇我厚，相處日久無疾病，非相魅者。且言當為我生子，於嗣續亦無害，實不忍負心也。』後族眾強為納婦，甲聞其女甚姣麗，遂頓負舊盟。迨洞房停燭之時，突聲若風霆，震撼簷宇，一手破窗而入，其大如箕，攫某甲以去。

次日，四出覓訪，杳然無跡。七八日後，有數小兒言，某神祠中有聲如牛喘。北方之俗，凡神祠❽無廟祝❾者，慮流丐棲息，多以土墼墐其戶，而留一穴置香爐。自穴窺之，似有一人裸體臥，不辨為誰。啟戶視之，則某甲在焉，已昏昏不知人矣。多方療治，僅得不死。自是狐女不至，而婦家畏狐女之報，亦竟離婚。此二詩記此事也。」夫狐已通靈，事與人異。某甲雖娶，何礙倏忽之往來？乃逞厥凶鋒，幾戕其命，狐可謂妒且悍矣。然本無夙約，則曲在狐；既不慎於始而與約，又不善其終而背之，則激而為祟，亦自有詞。是固未可罪狐也。

【章旨】此章講述了一個狐女懲治負心漢的故事。

【注釋】❶辛亥　即清乾隆五十六年，西元一七九一年。❷夜半居然破壁飛　這裡用「畫龍點睛」的典故。唐張彥遠《歷代名畫記》卷七：「武帝（梁武帝）飾佛寺，多命僧繇（張僧繇）畫之……金陵安樂寺四白龍不點眼睛，每云：『點睛即飛去。』人以為妄誕，固請點之。須臾，雷電破壁，兩龍乘雲騰去上天，二龍未點眼者見在。」❸蛾眉　指美女。❹尹邢　漢武帝的兩位寵妃。❺麻姑爪　參見本卷〈煙霧乘舟圖〉則注釋❷。❻巨靈　巨神。古代神話傳說中分開華山的河神。❼南皮　縣名。在河北東南部、南運河東岸，鄰接山東。❽神祠　祭神的祠堂。❾廟祝　神廟裡管理香火的人。

【語譯】我的侄孫紀樹寶說：乾隆五十六年冬天，他和堂兄紀道原去拜訪戈仲坊舉人，看見他的書桌上放著寫有新詩的幾十張信箋，其中有兩首絕句說：「到手良緣卻事又違背，春風空自鎖緊雙扉。人間果然有乘龍快婿，夜半居然破壁飛去。」「豈但蛾眉難鬥尹、邢兩夫人，仙家亦自嫉妒娉婷美女。請看搔背的麻姑仙爪，變相分明是巨靈神。」兩人都不知道詩中所說的是什麼事，就向戈仲坊說：「昨天遇見滄州的張君輔，他說：南皮縣有個某甲，年齡二十多歲，還沒有娶妻。突然有兩個美貌女子夜裡來和他相會。某甲問兩個女子從哪裡來，她們自己說：『我們是狐女，因為前生注定要與你結為夫妻。雖然我們不能給你帶來福氣，但也不至於禍害你。』某甲迷戀她們的美色，為此而不肯娶妻結婚。有人規勸某甲，某甲謝絕說：『狐女對我很好，相處這麼久我沒有得病，說明她們不是來作祟害我的。況且她們說要給我生兒子，對傳宗接代也沒有妨礙，我實在不忍心辜負她們。』後來，族人們強行給某甲訂親娶妻，某甲聽說那個女子很美麗，於是立刻背棄了以前與狐女訂的盟約。等到洞房花燭夜熄燈的時候，突然響起如同狂風雷霆般的聲音，聲音震撼了房屋，一隻手破窗而入，大得像畚箕，抓起某甲就離開了。第二天，人們四處尋找，沒有一點蹤跡。七八天後，有幾個孩子說，某座神祠裡有聲音像牛喘氣那樣。北方習俗，凡是神祠沒有廟祝照看的話，因為擔心流民乞丐住在神祠裡，大多用土坯堵塞大門，而留下一個洞放置香爐。人們從那個洞中窺看，彷彿有個人裸體躺在裡面，但看不清是什麼人。大家打開門看時，原來就是某甲在裡面，已經昏迷不省人事了。經過多方治療，總算保住了性命。從此狐女不來了，而某甲妻子家害怕狐女的報復，也和某甲解除了婚約。這兩首詩就是記述這件事情的。」

狐狸精已經通靈性，做事和人不同。某甲雖然娶妻，怎能阻礙她們迅疾地來往呢？狐女卻這麼逞凶報復，幾乎害了某甲的性命，狐女可以說是又妒嫉又凶悍了。然而，如果彼此本來沒有以前的盟約，那麼錯在狐女一方。某甲既然開始時不慎重而與狐女訂約，後來又不能善始善終而背棄了狐女，那麼，狐女激憤而作祟，自然也是有道理的。這確實不能怪罪狐女了。

【研析】儘管男子有喜新厭舊之心，但古人對此卻是持批評態度的。「糟糠之妻不下堂」，被看作是男子的一種美德，而一齣《鍘美案》，又引得多少人共鳴。這個某甲，與狐女盟誓在先，而貪圖美色、背棄盟約在後，遭到狐女的激烈報復，真是大快人心。即使是狐女，也有捍衛自己尊嚴的權利。即便如作者，也只能說「固未可罪狐」了。

鬼囚夜哭

北方之橋，施欄楯❶以防失足而已。閩中❷多雨，皆於橋上覆以屋，以庇行人。邱二田言：有人夜中遇雨，趨橋屋❸。先有一吏攜案牘，與軍役押數人避屋下，枷鎖琅然。知為官府錄囚，懼不敢近，但畏縮於一隅。中一囚號哭不止，吏叱曰：「此時知懼，何如當日勿作耶！」因泣曰：「吾為吾師所誤也。吾師日講學，凡鬼神報應之說，皆斥為佛氏之妄語。吾信其言，竊以為機械能深，彌縫能巧，則種種惟所欲為，可以終身不敗露。百年之後，氣反太虛❹，冥冥漠漠，並毀譽不聞，何憚而不恣吾意乎！不虞地獄非誣，冥王果有。始知為其所賣，故悔而自悲也。」又一囚曰：「爾之墮落由信儒，我則以信佛誤也。佛家之說，謂雖造惡業，功德即可以消滅；雖墮地獄，經懺即可以超度。吾以為生前焚香布施，歿後延僧持誦，皆非吾力所不能。既有佛法護持，則無所不為，亦非地府❺所能治。不虞所謂罪福，乃論作事之善惡，非論捨財之多少。金錢虛耗，舂煮❻難逃。向非恃佛之故，又安敢縱恣至此耶？」語訖長號。諸囚亦皆痛哭。乃知其非人也。夫「六經」❼具在，不謂無鬼神；「三藏」❽所談，非以斂財賂。自儒者沽名，佛者漁利，其流弊遂至此極。佛本異教，緇徒❾藉是以謀生，是未足為責。儒者亦何必乃爾乎？

【章旨】此章通過一個鬼囚夜哭的故事，批評了儒佛兩家流弊所造成的惡劣後果。

【注釋】❶欄楯　即欄杆。❷閩中　指今福建。❸橋屋　即在橋上建的屋子，行人可避風雨。❹太虛　中國哲學術語。《莊子・知北遊》：「是以不過乎昆侖，不遊乎太虛。」據成玄英疏，謂指「深玄之理」。至宋代張載始提出「太虛即氣」的學說，認為：「太虛不能無氣，氣不能不聚而為萬物，萬物不能不散為太虛。」（《正蒙・太和》）肯定「太虛」、「氣」、「萬物」乃是同一物質實體的不同狀態。❺地府　迷信說法，人世之外，另設有百官，專管鬼魂死人的世界，稱為地府。又稱陰間。❻舂煮　指地獄中的種種酷刑。❼六經　六部儒家經典。始見於《莊子・天運》篇。即《詩》、《書》、《禮》、《樂》、《易》、《春秋》。❽三藏　佛教經典的總稱。分經藏、論藏、律藏。對通曉三藏的僧人，尊稱為三藏法師，或簡稱三藏。❾緇徒　僧侶。

【語譯】北方的橋樑，只有安裝欄杆以防止人們失足跌落而已。福建地區多雨，都在橋上蓋起屋子，使行人可以避雨。邱二田說：有個人夜裡趕路遇到下雨，就向橋屋跑去。這時橋屋裡已有個小吏帶著公文，和軍卒差役押著幾個囚犯在橋屋下避雨。聽到枷鎖撞擊發出的響亮聲音，這個人知道是官府在登記囚犯，心裡害怕不敢靠近，只是畏縮在一個角落裡。其中有個囚犯痛哭不止，小吏叱罵他說：「這個時候知道害怕，還不如當初不要做呢！」囚犯哭著說：「我被我老師給誤導的。我老師天天講理學，凡是鬼神報應的說法，都被他斥責為佛家的胡說。我相信了他的話，自認為只要機詐能深密，掩飾能巧妙，那麼不論什麼事都可以為所欲為，可以終身不會敗露。死了之後，元氣回到太虛之中，渺渺茫茫，不管別人的責罵、稱讚都聽不到了，有什麼忌憚而不能讓我肆意而為呢！沒有想到地獄之說不是假的，陰間冥王果真存在。現在才知道我被我老師出賣了，所以我自己悔恨而悲傷啊！」又有一個囚犯說：「你的墮落是因為你信奉儒家，我卻是因為信奉佛家而墮落的。佛家的學說認為，即使造了孽，做功德就可以消除罪過了。即使墮落到地獄，念經懺悔就可以得到超度。我以為生前燒香布施財物，死後請僧人念經做佛事，都不是我的力量做不到的事。既然有佛法保護，那麼我就可以無所不為，也不是陰曹地府所能管治得了的。沒想到所謂有罪有福，只以做事的善惡來衡量，而不是以供佛的錢財多少來衡量。金錢白白耗費了，地獄的酷刑仍然難逃。過去要不是相信可以依仗佛法保佑，我又怎麼敢放縱到這種地步呢？」說完便放聲大哭，囚犯們也都痛哭起來。這個人才知道這些囚犯都不是人。儒家「六經」都在，「六經」中沒有說沒有鬼神；「三藏」中所講的，不是用來斂財的。自從儒者沽名釣譽，佛家謀取錢財，它們的流弊於是到了如此極端的程度。佛教本來是異族的宗教，僧人們以此為生，也不值得過分責難。儒生們也何必這樣呢？

【研析】 作者在本篇中猛烈批評了儒佛兩家的流弊。對儒家的批評，主要針對理學。指出假道學先生的口是心非，表裡不一。這是作者一貫的學術取向。而對佛家的批評，則是針對某些僧人只顧斂財，而忘記弘揚佛法、勸人向善。當然，限於本書的體裁，作者對假理學先生和斂財僧人的批評還只是淺層次的，並沒有上升到學理。因此，這種批評也是不深刻的。

寡婦倪媼

倪媼，武清❶人，年未三十而寡。舅姑欲嫁之，以死自誓。舅姑怒，逐諸門外，使自謀生。流離艱苦，撫二子一女，皆婚嫁，而皆不才。煢煢無倚❷，惟一女孫度為尼，乃寄食佛寺，僅以自存，今七十八歲矣。所謂青年矢志，白首完貞者歟！余憫其節，時亦周之。馬夫人嘗從容謂曰：「君為宗伯❸，主天下節烈之旌典❹。而此嫗失諸目睫前，其故何歟？」余曰：「國家典制，具有條格。節婦烈女，學校❺同舉於州郡，州郡條上於臺司❻，乃具奏請旨，下禮曹❼議，從公論也。禮曹得察核之、進退之，而不得自搜羅之，防私防濫也。譬司文柄❽者，棘闈❾墨牘❿，得握權衡，而不能取未試遺材，登諸榜上。此嫗久去其鄉，既無舉者，京師人海，又誰知流寓之內，有此孤嫠⓫？滄海遺珠，蓋由於此。豈余能為而不為歟？」念古來潛德，往往藉稗官小說，以發幽光。因撮厥大凡，附諸瑣錄。雖書原志怪，未免為例不純；於表章風教⓬之旨，則未始不一耳。

【章旨】此章記述了寡婦倪老太太的事跡，並闡述了記述其事跡的原因。

【注釋】❶武清　縣名。在天津西郊，鄰接北京和河北，北運河、永定河經過境內。❷煢煢無倚　孤獨無依靠。❸宗伯　官名。在《周禮》為春官，輔佐天子掌管宗室之事。春秋時魯國設置，掌管宗廟祭祀等禮儀。後世以大宗伯為禮部尚書的別稱，侍郎則稱少宗伯。❹旌典　表彰。❺學校　教育機構。《孟子．滕文公上》：「設為庠、序、學、校以教之。庠者，養也。校者，教也。序者，射也。夏曰校，殷曰序，周曰庠，學則三代共之。」❻臺司　指省級行政機構。因明清稱布政使為藩臺、按察使為臬臺，故稱。❼禮曹　參見本書卷五〈解夙因〉則注釋❷。❽文柄　有以考試選拔文士的職權。❾棘闈　即「棘院」。科舉時代試院的別稱。科舉時代的試院，為了防止傳遞作弊，圍牆上都插棘枝，使人不能爬越，故稱為「棘院」。❿墨牘　即科舉考試的試卷。⓫孤嫠　孤獨的寡婦。⓬風教　指風俗教化。

【語譯】倪老太太是武清人，不到三十歲就守了寡。公公婆婆想把她嫁出去，她誓死不從。公婆生氣了，把她逐出家門，讓她自己去謀生。她流離失所，歷盡艱難困苦，撫育兩個兒子一個女兒，都已婚嫁，但都沒有成才。她孤苦零丁，無依無靠，只有一個孫女當尼姑，她就在尼姑庵中寄食，僅僅能夠勉強活下來，倪老太太今年七十八歲了。這可以說是年輕時立志守節，到年老白髮蒼蒼了還保持貞潔的人了。我同情她的貞節，也時常周濟她。馬夫人曾經從容地對我說：「您身為禮部尚書，主管天下節婦烈女的旌典表彰。然而這位老太太卻錯失在眼前沒有得到表彰，這是為什麼呢？」我說：「國家的典章制度，都有具體的格式條文。節婦烈女，要學校共同向州郡舉薦，州郡寫成條文向省裡報告，由省行政機構寫奏章請求皇帝下旨，由天子批給禮部衙門評議，聽從公正的評價，禮部衙門可以進行考察審核，決定取捨，但不能自己到處去搜羅物色人選，以防止營私舞弊和防止濫竽充數。譬如主持科舉考試的人，在考場閱卷中，得以掌握錄取與否的權力，但不能錄取沒有參加考試的遺漏人材，把他們登在考中的榜文上。這位老太太離開家鄉很久了，既沒有舉薦她的人，京師茫茫人海中，又有誰知道流浪寄寓的人群中，有這麼個孤寡的老太太呢？滄海遺珠，就是因為這個原因。怎麼是我能做而不去做呢？」我想自古以來被埋沒的有德之人，往往借助稗官野史、小說筆記來發出他們的一點幽幽的光亮。因此，我收集整理了倪老太太的大概情況，附記在這本瑣碎的雜錄中。雖然這本書原來記述的是志怪，記述倪老太太的事跡未免會使體例不統一；但是對於表彰風俗教化的主旨來說，那麼不一定算不統一吧！

【研析】封建社會中，像倪老太太這樣的人不勝枚舉，卻沒有幾個人能得到紀昀來為她們記述生平。從這個意義上講，倪老太太又是幸運的。因為她已經與紀昀和這部《閱微草堂筆記》一起不朽了。

◎新譯歷代寓言選

黃瑞雲／注譯

寓言是一種特殊的文類，它以短小精悍的故事，寄寓深刻的意義，用以揭示真理，總結教訓，諷刺醜惡。中國古代寓言最大的特色，是總與當時的哲學思想、政治理念綰結在一起，它的創作在百家爭鳴的先秦諸子論著中即已廣泛運用，兩漢以降以至明清，歷代也都各有其著名作家、作品與特色。本書從分散在浩如煙海的古籍中，精選出符合短小精悍之類型與精神的寓言二五一則，深入注譯研析，供讀者賞閱。

◎新譯郁離子

吳家駒／注譯

明朝開國大臣劉基經歷元末政治腐敗、社會黑暗與民族衝突的丕變，對於種種的不公不義感到忿懣，故撰寫《郁離子》以抒發自己的看法與主張。書中所言包羅萬象，並大量運用寓言筆法，其精巧的構思，不僅意蘊深刻，而且妙趣橫生，給人耳目一新之感。經注譯者詳盡的注釋、語譯與精湛的研析，更增添其價值與光彩。

◎新譯列女傳

黃清泉／注譯　陳滿銘／校閱

劉向所編撰的《列女傳》目的在作為帝王后妃與外戚的借鑑，是一部介紹中國古代婦女行為的著作，也可視為是一部古代婦女史。所選婦女從遠古到西漢，歷史跨度長；有后妃、夫人和民女，人物眾多，具有史學、文學和文獻價值。在一則則的歷史故事中，往往含有積極意義，既反映出民主色彩的婦女觀，也突顯出本書在思想上的貢獻。

◎新譯小窗幽記

馬美信／注譯

《小窗幽記》是一部輯錄嘉言格論、麗詞醒語的雜著。此書的編纂，並沒有明確的主題和嚴格的體例，而是隨手所記，積而成帙。全書十二卷，其所採錄的文獻，從先秦兩漢直至明代晚期，包括經史典籍、諸子百家、佛教道藏、小說戲曲、筆記雜著。內容則涉及道德修養、處世原則、隱逸之樂、山水之趣等各方面。本書版本精校、注釋精潔、語譯到位，加上旁徵博引、援古引今的研析，讓您輕鬆體會古人修身處世的智慧，優遊於山水田園的悠閒慢活。

◎新譯圍爐夜話

馬美信／注譯

《圍爐夜話》是清代最具代表性的清言小品，與《菜根譚》、《小窗幽記》並稱為處世三大奇書。此書內容廣泛，涉及道德修養、處世方法、家庭教育、門風傳承、生活情趣、讀書方法等方面，對今人依然很有啟示意義。「百善孝為先，萬惡淫為首」，人們經常引用的這句格言，便出自此書。文字平易淺近，自然順暢，讀來猶如傾聽長者娓娓而談，親切入耳。

◎新譯浮生六記

馬美信／注譯

《浮生六記》是一部具有深厚文化意蘊和卓越藝術成就的自傳體敘事文學作品。此書透過對沈復和陳芸日常生活情事的描寫，表現出與傳統觀念不同的人生觀和價值觀，沈復夫婦的愛情悲劇，揭示了封建禮教的虛偽和冷酷。此書眾體兼備，融匯小說、散文、詩詞、筆記等文體，文筆瀟灑飄逸，敘事詳盡曲折，抒情委婉纏綿，寫景生動形象，具有很高的閱讀欣賞價值。